SABRINA QUNAJ

Der erste König

GOLDMANN
Lesen erleben

Sabrina Qunaj

Der erste König

Historischer Roman

GOLDMANN

A1

Dieses Buch ist auch als E-Book erhältlich.

MIX
Papier aus verantwortungsvollen Quellen
FSC® C014496

Verlagsgruppe Random House FSC® N001967

1. Auflage
Originalausgabe September 2020

Die Veröffentlichung dieses Werkes erfolgt auf Vermittlung
der literarischen Agentur Peter Molden, Köln.
Umschlaggestaltung: UNO Werbeagentur, München
Umschlagmotiv: FinePic®, München
Karten und Stammbaum: Peter Palm, Berlin
MR · Herstellung: kw
Satz: GGP Media GmbH, Pößneck
Druck und Bindung: GGP Media GmbH, Pößneck
Printed in Germany
ISBN: 978-3-442-48852-0
www.goldmann-verlag.de

Besuchen Sie den Goldmann Verlag im Netz

Für meine zauberhafte Nichte Juno

ANGELSÄCHSISCHE HERRSCHERLINIE

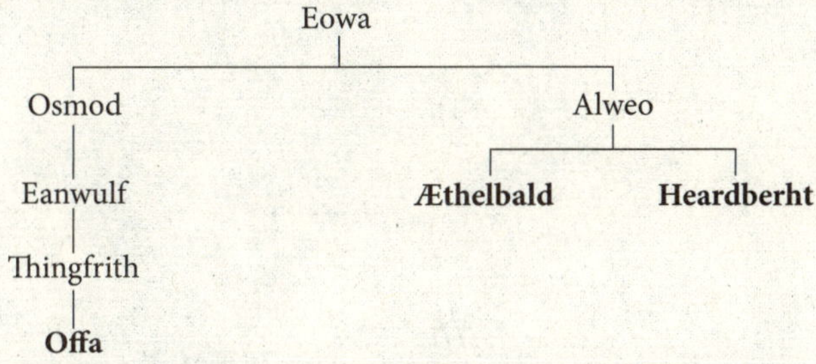

FRÄNKISCHE HERRSCHERLINIE (KAROLINGER)

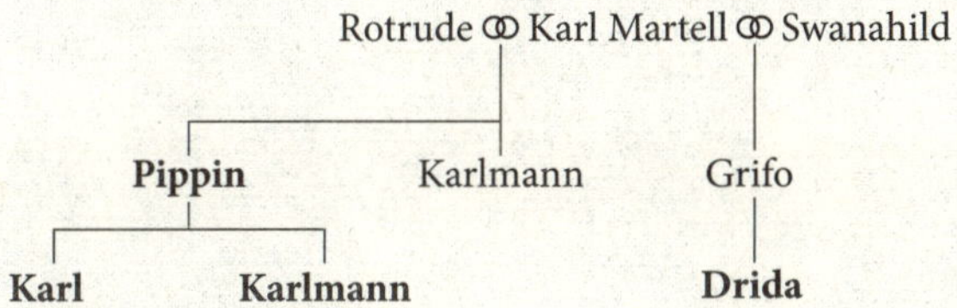

PIKTENLAND
N
W
O
S
Tweed
NORTHUMBRIA
Nordsee
Tyne
Man
Ouse
Eoferwic
Irische See
Lindesege
Angelesey/Môn
Lindcolne
MERCIA
Trent
Oswaldestroe
Licidfelth
Wininicas
Mathrafal
Tamouuorthig
Severn
Powys
Magonsæten
OST-
ANGLIA
WALES
Averdun
Hwicce
Beorgford
ESSEX
Themse
Lundenwic
KENT
Wintanceastre
WESSEX
SUSSEX
0
100 km
Wight
Kanal

ANGELSÄCHSISCHE KÖNIGREICHE
DÄNEMARK
Nordsee
Ostsee
Britannien
Obodriten
Sachsen
Rhein
Oder
Elbe
Noyon
Quierzy
Saint-Denis
Paris
Soissons
Austrasien
Sorben
Bretagne
Neustrien
Böhmen
Loire
FRANKENREICH
Baiern
Donau
Burgund
Awaren
Rhône
Lombardei
Aquitanien
Verona
Padua
Genua
Po
Span. Mark
Ebro
EMIRAT VON CÓRDOBA
Korsika
Adria
Rom
Sardinien
Balearen
Tyrrhenisches Meer
Mittelmeer
Sizilien
ABBASIDEN-KALIFAT
0
200 km

DRAMATIS PERSONAE

Historische Persönlichkeiten sind mit einem * gekennzeichnet

Die Angelsachsen:

Die Angelsachsen sind ein germanisches Volk, das sich, wie der Name schon sagt, hauptsächlich aus Angeln und Sachsen zusammensetzte. Sie waren Söldner, die vom Festland aus (dem heutigen Deutschland) weite Teile Großbritanniens eroberten und die einheimische Bevölkerung (Waliser) zurückdrängten. Diese Kriegsherren ernannten sich selbst zu Königen, und so wurde das heutige England von mehreren kleineren und größeren Königreichen und Stammesverbänden beherrscht.

Der Buchstabe Æ wird wie das deutsche »Ä« ausgesprochen.

Königreich Mercia

Æthelbald*, König von Mercia
Heardberht*, sein Bruder und ein mächtiger Aldermann (Graf)
Beornred*, Befehlshaber der Herdwache des Königs
Herefrith*, Priester am Hof des Königs
Acha, eine Magd in Tamouuorthig
Fina, eine irische Leibeigene in Tamouuorthig
Brorda*, ein Krieger in Tamouuorthig
Sigebed*, ein Aldermann Mercias
Cyneberht*, ein Aldermann Mercias

Wilfrid*, ein Aldermann Mercias
Eadbald*, ein Aldermann Mercias
Eata, ein Bauer in Tamouuorthig

Königreich Mercia – Hwicce

Offa*, ein mercischer Adliger und Nachfahre der ersten angelsächsischen Könige
Thingfrith*, sein Vater, ein Aldermann von Averdun
Marcellina*, Thingfriths Frau
Eadburh, Offas Schwester
Eanwulf*, Offas verstorbener Großvater
Æthelric*, König der Hwicce, Subkönig unter König Æthelbald, Offas Onkel
Uhtred*, Æthelrics Sohn, Offas Vetter und Kriegsherr
Ealdred*, Æthelrics Sohn, Offas Vetter und Kriegsherr
Goda, Ealdreds Tochter
Eanberht*, Offas Vetter und Kriegsherr
Leofric, Krieger aus Averdun
Wulfhere, Krieger aus Averdun
Cerdic, Krieger aus Averdun
Eadric, Cerdics Bruder, Krieger aus Averdun
Hilda, eine Magd aus Averdun
Godric, Hildas Vater
Aldfrith, ein wohlhabender, mächtiger Mann aus Averdun
Osbald, der Sohn eines Ziegenhirten aus Averdun
Eardulf, ein junger Bauer aus Averdun
Oswiu, ein junger Schmied aus Averdun
Seaxburh, Tochter des Müllers und Oswius Frau
Wada, ein Bogenschütze aus Averdun
Æthelmund*, ein Aldermann der Hwicce
Æthelric*, sein Sohn

Königreich Mercia – Magonsæten

Merdith*, ein Aldermann

Königreich Wessex

Cuthred, König von Wessex
Cynewulf, sein Nachfolger

Die Waliser:

Die Waliser bzw. Briten sind ein keltisches Volk und sozusagen die Ureinwohner Britanniens. Ihr Land – Wales – gliedert sich ebenfalls in mehrere Königreiche bzw. Fürstentümer.

Fürstentum Powys

Elisedd*, Fürst von Powys
Brochfael*, sein Sohn
Cadell*, der Thronfolger

Die Franken:

Die Franken herrschten zu jener Zeit über weite Teile des heutigen Deutschlands, Österreichs und Frankreichs. Über Jahrhunderte herrschte das Geschlecht der Merowinger, während das Hofamt des Hausmeiers immer mehr an Bedeutung gewann. Bis schließlich der Hausmeier Pippin aus dem Geschlecht der Karolinger die absolute Macht erlangte und mit Unterstützung des Papstes die Krone an sich nahm.

Pippin*, König der Franken
Bertha*, seine Frau, Königin der Franken
Karl*, Pippins und Berthas ältester Sohn und Thronfolger
Himiltrud*, Karls Frau
Karlmann*, Karls jüngerer Bruder und zweiter Thronfolger

Gerperga*, Karlmanns Frau
Gisela*, Karls und Karlmanns Schwester
Drida*, König Pippins Nichte von illegitimer Geburt und sein Mündel
Grifo*, Pippins verstorbener Halbbruder, Dridas Vater
Herzog Autchar*, ein Gefolgsmann König Pippins
Fulrad*, Abt der Abtei von Saint Denis
Hubert, Abt von Brétigny
Giselbert, Bischof von Noyon

Die Langobarden:

Die Langobarden herrschten über weite Teile des heutigen Italien.

Desiderius*, König der Langobarden
Adelchis*, sein Sohn

Das Licht der Weisheit, welches anderswo so oft
ausgestorben, scheint in Eurem Königreich.
Ihr seid die Glorie Britanniens, die Posaune der
Verkündigung, das Schwert gegen Widersacher,
der Schild gegen Feinde.

Alcuin of York in einem Brief an Offa of Mercia, 8. Jahrhundert

Er war ein Mann von großartigem Verstand;
einer, der jedes seiner Vorhaben verwirklichte.
Wäge ich die Taten dieses Mannes ab, hadere ich
darüber, ob ich sie loben oder anprangern soll.
Wenn in einem Menschen auf jede Sünde eine Tugend
folgt und jede Tugend von einer weiteren Sünde
begleitet wird, fällt es schwer, den stets wandelnden
Proteus zu beschreiben.

William of Malmesbury über Offa of Mercia, 1125

Erster Teil

KAPITEL 1

Averdun, Königreich Mercia, Oktober 747

Offa blickte auf seine Heimat hinab.

Sie brannte.

Die Reetdächer der Siedlung, die sich ans schilfgesäumte Ufer des Avon schmiegten, standen lichterloh in Flammen. Eine Rauchwolke schwebte unheilvoll über den Hügel hinweg, der sein Zuhause im Osten begrenzte. Die Schleier krochen über zerklüftete Felsen, die aus dem Gras lugten und ihm und seiner Schwester früher Verstecke in ihrem Spiel geboten hatten.

»Eadburh!«

Offa wollte losreiten, er schlug die Fersen in den Bauch seines Pferdes. Aber ehe es gehorchen konnte, griff eine behandschuhte Hand in seinen Zügel und riss den Kopf des Tiers herum.

»Warte, Junge.« Eine Mahnung, die keine Widerrede duldete.

Offa fuhr herum zu dem alten Krieger an seiner Seite. Es war ihm egal, dass dieser ein Aldermann und zudem der Bruder des Königs war. Jetzt musste er handeln. »Meine Schwester! Sie ist dort unten!«

»Ich sagte, warte.« Helle Augen unter schmalen grauen Brauen sprachen eine Warnung, und Offa fluchte, im Wissen, dass er machtlos war.

Er blickte wieder auf die brennende Siedlung hinab, versuchte, von seiner erhöhten Position aus Genaueres auszumachen, seine Schwester zu finden. Aber er konnte keine Gesichter erkennen, dafür war er zu weit weg. Er sah fliehende Menschen, die schutzsuchend die steilen Hänge hinaufliefen. Die Herbstfarben der Laubbäume verblassten, alles verwandelte sich in ein düsteres Grau, beleuchtet von einer unbeteiligt scheinenden Sonne. Schon von Weitem hörte Offa die Schreie der Fliehenden, ebenso wie die jener, die zu langsam waren, um zu entkommen.

Seine Hand umschloss die beiden Anhänger, die er um den Hals trug – das christliche Kreuz und den Valknut, ein heidnisches Symbol, das ihn stets an seine Abstammung vom alten Gott Wōden erinnern sollte. Er betete darum, dass sie seine Schwester beschützten.

»Waliser?«, fragte Osmond, einer von Aldermann Heardberhts Männern, und bezog sich damit auf das britische Volk, die Einheimischen dieser Insel.

Offa und seine Begleiter waren Angelsachsen. Ihre Vorfahren waren vor Hunderten von Jahren auf die Insel gekommen und hatten sie zum Großteil erobert.

Der alte Krieger neigte den Kopf und lehnte sich im Sattel vor. »So weit weg von der Grenze. Junge, mach dich nützlich: Wie viele zählst du?«

Offa ballte die Hände zu Fäusten und blickte zu den dunklen Gestalten, die auf ihren Bergponys zwischen den Hütten und ihren Gärten entlangpreschten. Sie ritten über abgeerntete Gerstenfelder und hielten auf die Grubenhäuser mit ihren bis zum Boden reichenden Giebeldächern zu. Dort waren die Vorräte gelagert, weit weg vom Fluss, um sie vor Überschwemmungen zu schützen. Die große Halle im Herzen der Siedlung war hinter all dem Rauch kaum noch zu sehen, da waren nur noch die rot flackernden Lichtpunkte der Flammen.

Es war ein unwirklicher Anblick. Offa wollte die Zahl der Feinde nicht aussprechen, als er sah, dass sie Aldermann Heardberhts kleine Truppe weit übertraf.

»Vielleicht zwei Dutzend«, sagte er.

Osmond zu seiner anderen Seite schnaubte laut. »Wenn man die außer Acht lässt, die der Rauch verbirgt.«

»Wir können sie trotzdem vernichten!«

Eine brennende Unruhe machte sich in Offa breit. Er griff nach dem Heft des Kurzschwertes, das Aldermann Heardberht ihm vor nunmehr vier Jahren gegeben hatte. Damals war Offa dreizehn gewesen und hatte seiner ersten Schlacht entgegengeblickt.

Er wollte losreiten, sich in den Kampf stürzen, sein Heim verteidigen – und vor allem seine Schwester finden. Angespannt sah er seinen Herrn an, wartete auf eine Regung.

Schließlich nahm der Aldermann seinen am Sattel festgebundenen Helm, setzte ihn auf und zog den Schild, den er über die Schulter gehängt hatte, nach vorne.

»Zu den Waffen, Männer.«

Heardberht sprach ruhig, und trotzdem peitschten die Worte Offa und alle anderen hoch. Regung kam in ihre Truppe aus acht Männern. Sie würden dem Gemetzel nicht tatenlos zusehen.

»Die Waliser erwarten keinen Angriff«, sagte Heardberht an seine Männer gewandt. »Sie sind weit verstreut. Wir werden sie einen nach dem anderen für diese Untat büßen lassen.«

Die Glocken des nahen Klosters von St. Peter an den unteren Ausläufern des Averdun-Hügels erklangen, und ein Schauer fuhr Offas Rücken hinab. Die Mönche läuteten Alarm, dabei sollten sie doch nichts zu befürchten haben. Waliser hatten es für gewöhnlich nicht auf Geistliche abgesehen, sondern auf Rinder und die frisch eingebrachte Ernte. Offa kannte diese Raubzüge gut. Er selbst hatte schon mehr als einmal Aldermann Heardberht hinter die Grenzen begleitet, um zurückzuholen, was die Feinde ihnen genommen hatten. Und dann waren sie wieder zu ihnen gekommen. Es gehörte dazu, aber bislang war es nie persönlich gewesen. Bislang waren sie nie bis zu seinem Zuhause vorgedrungen, wo seine Eltern und seine kleine Schwester lebten.

»Du hältst dich raus«, befahl Heardberht und zog sein Schwert aus der Scheide.

»Es ist meine Familie!«

»Gerade deshalb.« Heardberht sah ihn noch einen Augenblick lang warnend an, dann gab er den anderen Männern das Zeichen zum Angriff.

Die Krieger trieben ihre Pferde vorwärts und galoppierten die Anhöhe hinunter in den Qualm. Offa starrte ihnen hinterher, fassungslos über diesen aberwitzigen Befehl. Er wartete nur kurz, dann folgte er ihnen. Er war siebzehn Jahre alt und kampferfahren – er hatte nicht vor, hier untätig zuzusehen.

Entschlossen trieb er den kleinen braunen Wallach vorwärts und versuchte, nicht zu weit hinter Heardberht und seiner eingeschworenen Truppe zurückzubleiben. Die Krieger zogen ihre Schwerter. Er tat es ihnen gleich.

Dann sah er einen Waliser die Tür eines Vorratshauses am Hügel eintreten. Es lag gleich hinter dem Zaun, der die Siedlung umschloss – und Offa hatte ein Ziel gefunden. Er hielt direkt auf den Holzzaun zu und betete, dass sein Pferd ihn nicht im Stich ließ.

»Komm schon, komm schon.« Er presste die Schenkel zusammen, fasste mit einer Hand in die Mähne.

Der Wallach sprang ab. Offa ließ sich vom Schwung des Satzes aus dem Sattel heben, es war nur ein Herzschlag des Fliegens, dann fand er sich mit einem harten Aufprall auf der anderen Seite wieder, innerhalb der Umzäunung seines

Heims. Aber für Erleichterung war keine Zeit, in ihm toste ein brennendes Verlangen zu töten. Er kannte dieses Gefühl. Er hatte nicht nur in Grenzscharmützeln gekämpft, sondern auch an der Seite von Königen in einer gewaltigen Schlacht.

Aber heute war etwas anders.

Nie hatte er Angst gehabt. Nie zuvor hatte er dieses laue Bangen in seinem Magen gespürt: die Furcht, etwas zu verlieren, was ihm teuer war. Und wenn es nur ein einziges Gerstenkorn war aus nur einer einzigen Ähre, die auf seinem Boden gewachsen war, auf einem goldenen Feld, durch das er mit Eadburh gelaufen war.

Der Feind verschwand im dunklen Inneren der Hütte, und Offa sprang aus dem Sattel. Es mochte unklug sein, den Vorteil des Pferdes aufzugeben, aber er musste den Mann aufhalten, bevor er womöglich ein weiteres Feuer legte.

Um ihn herum hörte er Rufe aufbranden, sie klangen nun auch in der walisischen Sprache. Heardberht und seine Männer waren entdeckt worden.

Aber im nächsten Moment war es still. Offa trat über zwei nach unten führende Stufen ins staubige Zwielicht der herabgesenkten Hütte, und sofort erkannte er die kleingewachsene Gestalt, die sich über die Fässer beugte. Der Waliser musste die Veränderung des Lichtspiels bemerkt haben – Offas Körper verdeckte einen Gutteil der Tür –, denn er fuhr sofort herum, ein langes Messer in der Hand.

»Du bist tot«, knurrte Offa, und er musste nicht Walisisch verstehen, um zu hören, dass sein Gegenüber fluchte.

Der Mann sah sich nach einem Fluchtweg um, aber in dem kleinen, fensterlosen Vorratshäuschen konnte er nirgendwohin. Feigling.

Schwarze Augen starrten ihn an. Die Haut des Walisers war sonnengebräunt, aber ihr war auch anzusehen, dass sie von Natur aus einen dunkleren Ton hatte, so wie bei den meisten

Walisern. Schwarzes, kurz geschnittenes Haar klebte dem Mann schweißnass auf dem Kopf. Er war nicht gerüstet, das waren Waliser selten. So blieben sie schnell und wendig. Aber auch Offa trug nicht mehr als ein gefüttertes, abgestepptes Hemd, das nur wenig vor Hieben schützte. Er besaß keinen wertvollen Ringpanzer.

Offa machte einen Schritt auf seinen Gegner zu, entschlossen, ihn büßen zu lassen, als er selbst ein Flackern in den spärlichen Sonnenflecken auf der gegenüberliegenden Wandseite bemerkte. Der Blick des Mannes huschte an Offa vorbei, fast unmerklich – aber genug, um ihn zu warnen.

Offa drehte sich blitzschnell zur Seite, fort von der Tür und an die Wand. Keinen Herzschlag lang zu früh: Eine Klinge sauste haarscharf an ihm vorbei.

Seines Widerstands beraubt, taumelte der Angreifer die beiden Stufen hinunter ins Innere. Offa überlegte nicht lange. Er packte seinen ausgestreckten Arm, drehte ihn herum, sodass ihm die Waffe aus der Hand fiel, und jagte ihm sein Schwert in die Nieren.

Ein dumpfer Laut kam dem Mann über die Lippen, er sackte zusammen, aber Offa hielt ihn als Schutzschild aufrecht, denn jetzt stürmte der andere Waliser von den Getreidefässern mit wildem Gebrüll auf ihn zu. Offa stieß ihm seinen sterbenden Landsmann entgegen, drehte das bluttriefende Schwert in der Hand, um noch einmal zuzuschlagen … als der Mann unvermittelt einen Satz an dem Toten vorbei machte und aus der offen stehenden Tür floh.

Offa starrte ihm einen Augenblick lang wie vor den Kopf geschlagen hinterher.

»Was?«, entfuhr es ihm. Dann begriff er, dass der Feind tatsächlich fortgelaufen war.

Er stürmte aus dem Vorratshaus und sah sich um, fest entschlossen, diesen Feigling zu erwischen. Aber der Rauch machte es unmöglich, weit zu blicken. Er brannte in Offas Augen und kratzte in seiner Kehle. Pferde wieherten, immer noch hörte er die Schreie der Opfer und die Rufe der Waliser. Von Heardberhts Männern war nichts mehr zu sehen. Der Kampf musste weiter innen, im Herzen der Siedlung, stattfinden. Bei der Halle. Wo seine Familie lebte.

Offa rannte los. Der Rauch hing so dicht, dass er kaum etwas erkannte. Es schien ihm nicht länger sein Zuhause, sondern ein fremder Ort zu sein. Das Atmen fiel ihm schwer, aber er lief weiter zwischen den in Flammen stehenden Häusern hindurch. Die Hitze brannte auf seiner Haut, trieb ihm den Schweiß auf die Stirn. Aus den Augenwinkeln sah er einen Schatten vorbeihuschen, ein reiterloses Pferd, aber er schenkte ihm keine Beachtung. Noch mehr Schreie dröhnten in seinen Ohren – er wusste nicht, welche ihm mehr unter die Haut gingen: die der verzweifelten Menschen oder die der verbrennenden Tiere.

Wie war so etwas nur möglich? Er verstand es nicht. Dies war kein einfacher Raubzug!

Die Waliser waren kein mutiges, tapferes Volk. Sie kamen nur, wenn sie keine Verluste befürchten mussten. Meist schlichen sie sich nachts zu den Weiden und stahlen Vieh. Damit waren sie so schnell wieder weg, dass kaum jemand bemerkte, dass sie überhaupt da gewesen waren. Aber dies war ein vollständiger Angriff, ein Krieg. Warum nur? Was brachte sie dazu, so weit in angelsächsisches Gebiet einzufallen und eine Siedlung am Rande eines Klosters zu überfallen?

»Eadburh!«, rief Offa und versuchte, das lange goldene Haar seiner Schwester unter den schattenhaften, umhertorkelnden Menschen auszumachen. »Eadburh, wo bist du?!«

Eine zusammengekauerte Gestalt versperrte ihm den Weg. Es war ein Mann in einem Ringpanzer, der sich über eine blutüberströmte Frau mit leer in den Himmel starrenden Augen beugte.

»Komm zurück!«, rief er immer wieder. »Komm zurück zu mir!«

Offas Kehle schnürte sich zu, schlagartig blieb er stehen. Er kannte diesen Mann.

Es war Cerdic, ein Krieger aus der Herdtruppe seines Vaters, und die Tote war seine Frau Cyneburg. Offa war bei ihrer Hochzeit vor sechs Jahren gewesen, er hatte ihr Blumen überreicht. Die ganze Nacht hindurch hatten sie getanzt. Bei seinem letzten Besuch zu Hause hatte er ihre beiden kleinen Töchter kennengelernt. Und wie durch eine unsichtbare Macht gelenkt, fiel sein Blick auf die goldhaarigen Mädchen, die, fast verborgen vom Rauch, regungslos neben der Hütte lagen.

Übelkeit stieg in ihm hoch, er glaubte, sich übergeben zu müssen. Aber eine weitere vertraute Gestalt riss ihn aus seiner Starre.

»Los, Cerdic!«, rief der Mann und rannte auf den gekrümmt auf der Erde kauernden Krieger zu.

Offa erkannte ihn als Cerdics jüngeren Bruder Eadric. Gegen ihn hatte Offa sich einst im freundschaftlichen Schwertkampf mit Holzschwertern gemessen.

»Sie hauen mit den Rindern ab! Komm endlich, wir müssen sie aufhalten!«

Eadric packte seinen Bruder, der nur schwer auf die Beine kam. Gemeinsam wankten sie davon.

Niemand schien Offa wahrzunehmen – als wäre er ein Geist, ein verstörter Junge inmitten des Hölleninfernos.

»Offa?!« Eine grelle Frauenstimme. Sie hallte über den Lärm der tosenden Flammen und des unter der Hitze berstenden Holzes. »Offa, bist du hier?!«

Er rannte los, sprang über einen kleinen Zaun, der einen

Garten zum Schutz vor den Tieren abtrennte, dann noch einmal auf der anderen Seite. Er umrundete die Überdachungen für die Pferde, hielt immer auf die panisch rufende Stimme zu, und schließlich tat sich vor ihm die große Langhalle seiner Familie auf. Auch sie war in Rauch gehüllt und schien im roten Licht der umliegenden Feuer zu leuchten.

Eine füllige Gestalt in wallenden Gewändern mit einem langen Schleier, der am Kopf mit einem Reif befestigt war, taumelte ziellos davor umher, krümmte sich hustend und sah sich in alle Richtungen um.

»Mutter!«

Offa eilte ihr entgegen und ließ zugleich den Blick prüfend über den Platz vor der Halle schweifen. Er sah Männer und Frauen, die mit Eimern voll Wasser vom Fluss herbeiliefen, im verzweifelten Versuch, noch etwas zu retten. Ein paar Krieger seines Vaters waren dabei, aber niemand kämpfte mehr. Heardberhts Ankunft musste den Angreifern den Mut genommen und sie zur Flucht getrieben haben.

»Offa, bist du es wirklich?« Seine Mutter Marcellina taumelte ihm entgegen und fiel ihm gegen die Brust.

Offa schob sie von sich und ließ seinen Blick über sie schweifen, um zu überprüfen, ob sie blutete. Er strich ihr mit beiden Händen übers Gesicht, entfernte die Asche, so gut es ging, und stellte erleichtert fest, dass sie unverletzt war. Aus großen, schreckgeweiteten Augen sah sie zu ihm auf. Erst jetzt wurde Offa bewusst, dass er auf sie hinabblickte, dass sie ihm gerade noch bis zu den Schultern reichte. Dabei war sie immer eine hochgewachsene Frau gewesen, sie überragte sogar seinen Vater. Aber jetzt kam sie ihm klein und schutzbedürftig vor, nicht mehr wie der stolze, hochaufgerichtete Stützpfeiler dieser Familie. War es wirklich so lange her, seit er das letzte Mal zu Hause gewesen war?

Aldermann Heardberht hatte Offa mit sich genommen,

kaum dass er volljährig gewesen war. Damals mit zwölf hatte Offa es nicht erwarten können, von zu Hause wegzugehen, dem großen und tapferen Aldermann Heardberht zu folgen, dem Bruder des Königs von Mercia, der ihm sagte, dass er einen starken Arm hatte und damit ein Schwert und nicht die Sense schwingen sollte. Offa hatte das Land sehen, ein Krieger werden wollen.

Aber jetzt, fünf Jahre später, während ihm der Rauch seines brennenden Heims in die Kehle drang, kamen Zweifel in ihm auf, ob er nicht hätte bleiben sollen, um seine Familie verteidigen zu können.

»Wo ist Eadburh?«, stieß er aus. Aber seine Mutter schien ihn gar nicht richtig zu hören.

»Ich habe Aldermann Heardberht gesehen und wusste, dass du zurückgekommen bist«, brachte sie atemlos hervor und packte seine Arme. »Du bist es wirklich. Mein Offa! Ein wahrhaftiger Mann.« Ihr Blick fiel auf seine blutgetränkte Klinge. »Und ein Krieger.«

Offa schob das Schwert zurück in die Scheide.

»Wo ist Vater?«

Er konnte ihr kaum zuhören – nicht, während alles, was er aus seiner Kindheit kannte, in Schutt und Asche fiel.

Marcellina ließ ihn los, und irgendetwas an ihrer Haltung beunruhigte ihn.

»Er ist dort drinnen.« Sie deutete zur Halle, und Offa verstand gar nichts mehr.

»Was macht er dort? Wieso kämpft er nicht? Und wo ist Eadburh? Hat sie auf dem Hügel im alten Fort Schutz gesucht?«

Er schob sich an seiner Mutter vorbei und ging mit weitgreifenden Schritten auf die Halle zu. Das Tor im reich mit Schnitzereien verzierten Eingangsbereich stand einen Spalt breit offen, was nachlässig war. Es sollte verriegelt sein, um die

Frauen und Kinder darin zu schützen. Aber stattdessen war seine Mutter hier draußen, und sein Vater drinnen?

Er schob sich durch die Tür in der Mitte der Längsseite und sah sich um. Seine Augen brauchten ein paar Augenblicke, um sich nach der Grelle des Sonnenlichts und der Feuer an die verhältnismäßige Dunkelheit zu gewöhnen. Er sah glühende Asche bei der Feuerstelle in der Mitte, die in einem steinernen Rechteck so groß war, dass drei Männer nebeneinander darin hätten liegen können. Darum herum standen Tische und Bänke. Offa machte zwei Krieger aus, die einen zusammengesunkenen Mann bewachten.

Er erkannte seinen Vater sofort. Das lange weiße Haar, das sich über dem Tisch ausbreitete, die schmächtige Gestalt, der Krug vor ihm und der umgestoßene Becher, sein Kopf in einer Schale ruhend. Vielleicht sollte er bei diesem Anblick Sorge verspüren, aber er war ihm so vertraut aus seinen Kindheitsjahren, dass er nur noch Zorn empfand.

»Thingfrith!«

Er wollte auf seinen Vater zugehen, ihn wach schütteln, als unvermittelt seine Mutter vor ihn trat und ihm den Weg verstellte.

»Das nützt nichts. Wir haben schon versucht, ihn zu wecken.«

Ungläubig sah Offa auf seine Mutter hinab, dann zurück zu seinem Vater und den beiden Kriegern an dessen Seite, die ihn beschützen sollten.

»Geht hinaus«, befahl er ihnen harsch. In seinem Körper schien kein Platz mehr zu sein für so viel Zorn, er drohte jeden Moment zu zerbersten. »Helft beim Löschen der Feuer und der Versorgung der Verwundeten!«

Die beiden Krieger zögerten keinen Wimpernschlag lang, sie setzten sich sofort in Bewegung. Offa wusste nicht, ob sie ihn als Thingfriths Sohn erkannten oder ob ihnen selbst bewusst war, dass sie anderswo nützlicher waren. Auf einen Betrunkenen aufzupassen, während draußen Heim und Familie angegriffen wurde, war wohl keines Kriegers Begehr.

»Thingfrith!«

Er trat zu seinem Vater. Dabei bemerkte er ein Schwert, das neben dem zusammengesunkenen Aldermann auf der Bank lag. Zuerst erkannte Offa es nicht wieder. Das Leder der Scheide war brüchig und verstaubt. Aber dann bemerkte er den Griff, um den sich ein Drache wand. Es war das Schwert seines Großvaters Eanwulf gewesen, des Königs Vetter, der noch ein angesehener, bedeutender Aldermann und Kriegsherr gewesen war.

Offa sah zwischen seinem Vater, dem Speichel aus dem Mundwinkel floss, und dem Schwert hin und her. Die Abscheu verstärkte die Übelkeit in ihm, aber Thingfrith war jetzt nicht das Wichtigste.

»Wo sind sie alle?«, wollte er von seiner Mutter wissen, die ihm gefolgt war.

Für gewöhnlich war die Halle ein geschäftiger Ort, und besonders während eines Raubzugs müsste es hier drinnen eigentlich vor Frauen und Kindern nur so wimmeln.

»Sie versuchen zu retten, was zu retten ist.«

»Niemand kam während des Angriffs hierher, um Schutz zu suchen?«

Er sah auf Marcellina hinab. Der Blick, mit dem sie den seinigen erwiderte, sagte ihm alles, was er wissen musste. Niemand hatte angenommen, hier sicher zu sein. Dies war kein Ort des Schutzes, noch nicht einmal Leibeigene hielten sich in der Halle auf. Vermutlich hatten sie sich in der Küche oder in der Kirche versteckt. Was hatte sein Vater nur mit diesem Ort angestellt? Mit seinem Zuhause?

»Wo ist Eadburh?«

Marcellina trat einen Schritt von ihm zurück. Blankes Entsetzen blickte ihm entgegen.

»Eadburh – wo ist sie? Habt Ihr sie vor den Walisern versteckt?«

Seine Schwester war zwei Jahre jünger als er, sie musste jetzt fünfzehn sein. Zuletzt hatte er sie, wie alles hier, bei seinem Besuch vor zwei Jahren gesehen. Sie konnte nicht verheiratet und weggezogen sein, dann hätte er eine Nachricht erhalten. Wo also steckte sie?

»Offa …«

Marcellina streckte die Hand nach ihm aus, aber er trat einen Schritt zurück. Eine grauenvolle Vorahnung überkam ihn. Er ließ den Blick erneut durch die Halle wandern, zu den etwas höher gelegenen Schlafplätzen an der gegenüberliegenden Längsseite, und zu den verstaubten, runden Schilden an der Wand, die einst Stolz verströmt hatten. Die Farben, mit denen sie bemalt waren, konnte er unter all dem Ruß von der Feuerstelle kaum noch erkennen. Er sah auf die schweren Eichenstämme, die das Dach stützten und in Schnitzarbeiten Helden vergangener Tage zeigten, jetzt aber genauso rußschwarz waren, ebenso wie die einst gekalkten Wände.

Alles hier war so heruntergekommen wie sein Vater.

»Eadburh?!«

Er blickte in jede noch so finstere Ecke und spürte, wie sein Herz schneller schlug. Sein Vater war nie ein Mensch gewesen, zu dem er aufsah. Er hatte schon immer zu viel getrunken, während seine Mutter als die wahre, aber unnahbare Herrscherin nur selten Wärme verströmt hatte. Es wäre eine einsame Kindheit gewesen ohne Eadburh. Sie war sein Herz – das kleine goldene Mädchen, das nie ihr Lächeln verlor. Der Gedanke an seine Wiederkehr nach Hause hatte ihm nicht behagt, er hatte Heardberht überreden wollen, Thingfriths Ersuchen zur Rückkehr seines Sohnes nicht nachzukommen. Nur wegen Eadburh hatte er es nicht getan. Auf sie hatte er sich gefreut.

»Wo ist sie?!«

Seine Stimme schwoll an, kippte beinahe, während Marcellina ihn nur stumm und aus schmerzerfüllten Augen ansah.

Offa hielt inne, jegliche Kraft verließ seinen Körper. »Die Waliser haben sie erwischt.«

Es war keine Frage, sondern eine Feststellung. Er spürte Tränen in den Augen aufsteigen, seine Kehle wurde eng, aber er durfte keine Schwäche zulassen, er war jetzt ein Mann. Der einzige Mann in dieser Familie, der geblieben war, wie es schien.

»Offa, es ist nicht …«

Er hörte gar nicht mehr hin, ballte die Hände zu Fäusten und stürmte auf den Vater zu.

»Ihr habt sie umgebracht!« Er packte Thingfrith an den schmächtigen Schultern und riss ihn zurück. »Wacht auf! Wie könnt Ihr schlafen, während Euer Land brennt?! Was für ein Mann seid Ihr? Was für ein Mann, der versagt, wenn es darum geht, seine Familie zu verteidigen?!«

Er spürte Hände, die versuchten, ihn zurückzuschieben, die seinen Griff lösen wollten, aber sie bewirkten nichts. Er sah nur seinen Vater, der langsam den Kopf hob und blinzelte.

»Warte, Offa, es waren nicht die Waliser!«, hörte er wie aus weiter Ferne seine Mutter, aber ihre Worte erreichten seinen Verstand nicht.

Er starrte nur ins Gesicht seines Vaters, das schwammig und aufgedunsen war. Es schien ihm sonderbar gelblich, ebenso das Weiß seiner Augen.

Offa ließ ihn los, als hätte er sich an ihm verbrannt, und sein Vater sank zurück. Er stützte sich am Tisch ab, um halbwegs aufrecht auf der Bank sitzen zu können, und starrte ihn an.

»Sohn … bist du es?«, krächzte er.

Offa wusste nicht, was schlimmer in ihm brannte, Hass oder Verzweiflung. Wie konnte dieser Mann sein Vater sein?

Wie war es möglich, dass Eadburh ihm nicht lachend entgegenlief und ihn umarmte?

»Seht Euch nur an«, knurrte er und trat einen Schritt zurück. »Euer Heim brennt. Die Feinde sind gekommen, weil sie erfahren haben, dass es hier einen Aldermann gibt, der nicht in der Lage ist, seinen Besitz zu schützen. Sie sahen leichte Beute, und sie hatten recht. Wer soll ihnen verdenken, sich zu nehmen, was ein Mann nicht zu schützen bereit ist?«

Thingfrith sah ihn verwirrt an, und Offa ballte die Hände zu Fäusten.

»Steht auf! Habt Ihr nichts zu sagen? Wäre Aldermann Heardberht nicht gekommen, dann wärt ihr alle tot! Und Ihr schlaft hier drinnen Euren Rausch aus! Ich schäme mich, Euch zum Vater zu haben!«

Er wartete auf eine Reaktion, darauf, Prügel zu beziehen für diese Worte, so wie früher, als er noch klein gewesen war. Nein, er *hoffte* darauf. Er wollte seinen Vater voller Kraft und lebendig sehen, wollte irgendein Handeln erzwingen. Aber Thingfrith zuckte nur kaum merklich, dann sank ihm der Kopf auf die Brust. Er tastete nach dem Krug, aber Offa stieß ihn fort.

»Bitte«, winselte Thingfrith. »Marcellina, wo bist du? Bring mir Ale! Aber nicht dieses verdünnte Gesöff, bring mir richtiges.«

Marcellina ignorierte ihn und wandte sich Offa zu. Sie nahm ihn bei den Armen und sah ihm in die Augen. »Deshalb bat ich dich, nach Hause zu kommen.«

»Ihr? Ich dachte, die Nachricht wäre von Vater. *Er* hat mich doch nach Averdun gerufen.«

»Sie war von mir. Dein Vater ist schwerkrank, und ich fürchte … ich fürchte, sein Ende naht.«

Offa konnte seine Verachtung nicht verbergen. »Er ist betrunken, wie immer.«

Marcellina schloss einen Moment lang die blauen Augen, dann atmete sie tief ein und sah wieder zu ihm auf. »Nicht nur deines Vaters wegen bat ich dich zurückzukehren. Ich muss dir von Eadburh erzählen. Von Angesicht zu Angesicht.«

Sein Körper gefror zu Eis. Er hatte größte Mühe, sich nach außen hin ungerührt zu geben. »Was ist mit ihr geschehen?«

Seine Mutter blickte ihm direkt in die Augen. »Eadburh starb diesen Sommer. Es waren nicht die Waliser. Es gab schwere Unwetter. Der Fluss trat über die Ufer, er war reißend wie nie, und Eadburh … ich weiß nicht, wie es passierte, sie wollte Wasser holen. Aber sie kam nicht mehr zurück. Sie muss ausgerutscht sein, den Hang hinunter … Sie konnte doch nicht schwimmen.«

Die Worte fuhren Offa wie glühende Nadeln in den Leib, schienen ihn an der Kehle zu packen und zuzudrücken.

»Was hatte sie beim Fluss verloren, wenn er doch so gefährlich war? Wir haben doch genügend Leibeigene, die solche Aufgaben erledigen.«

»Du weißt doch, wie Eadburh war. Sie wollte immer helfen, brauchte immer etwas zu tun. Ich wusste gar nicht, dass sie zum Fluss gehen wollte, ich hatte doch damit zu tun, den Haushalt zu führen. Dein Vater …« Sie warf einen müden Blick auf ihren Gemahl. »Er kümmerte sich um nichts, noch nicht einmal darum, einen guten Ehemann für Eadburh zu finden. Auch das musste ich für ihn erledigen.«

»Nun, darauf hättet Ihr verzichten können. Jetzt ist sie tot, weil niemand auf sie aufgepasst hat.« Nun verspürte er auch Zorn auf seine Mutter, die all das zugelassen hatte.

Der Halle war anzusehen, dass auch Marcellina aufgegeben hatte, vielleicht nach Eadburhs Tod. Dies war nicht länger sein Zuhause. Das hatte er erkannt, als er auf die brennenden Häuser hinabgeblickt hatte – aber in diesem Moment spürte er es noch einmal sehr viel deutlicher. Denn seine kleine Schwester war nicht mehr hier.

»Es gibt also auch kein Grab«, stellte er fest, während er aus den Augenwinkeln bemerkte, wie sein Vater sich über die Bank beugte und den letzten Krug Ale erbrach.

Marcellina trat an Thingfriths Seite und stützte ihn. »Der Fluss nahm sie mit sich.«

»Woher wollt Ihr dann wissen, dass sie tot ist?« Er versuchte, das Würgen seines Vaters zu ignorieren und sich an den winzigen Strohhalm Hoffnung zu klammern. »Sie könnte überlebt haben, davongegangen sein, jemand könnte sie mit sich genommen haben und …«

Marcellina richtete sich auf und füllte einen Becher, den sie Thingfrith reichte. Dann kam sie auf Offa zu und nestelte an ihrem Gürtel, der das Überkleid an der Taille zusammenhielt. Schlüssel und ein Beutel hingen daran. Aus Letzterem zog sie etwas heraus.

»Zwei der Mägde haben sie mit Eimern zum Fluss gehen gesehen. Einen der Eimer haben wir an der Uferböschung gefunden, genauso wie ihre Spuren, die dort endeten, und …« – ihr Kiefer spannte sich an, ließ ihr rundliches Gesicht schärfer wirken – »… dieses Band von ihrem Kleid.« Sie reichte ihm ein blassblaues Seidenband mit goldenen Stickereien, wie es nur bei feinstem Gewand zu finden war. Es mochte ein Stück des Saums gewesen sein, des Halsausschnitts oder des Ärmels. Seine Mutter hatte es an ihrem Gürtel getragen, jetzt nahm Offa es in die Hand und starrte darauf. Die Seide war so weich auf seiner rauen, schwieligen Hand. Er konnte Eadburh vor sich sehen, wie sie auf ihn zulief, lachend und mit offen wehendem Haar.

»Es war der Tag, an dem sie ihren Bräutigam hätte kennenlernen sollen, einen Landhalter deines Onkels Æthelric. Sie war so aufgeregt. Ich weiß nicht, warum sie unbedingt noch

Wasser holen wollte und zum Fluss gegangen ist. Vielleicht wollte sie sich ablenken, die Zeit überbrücken. Ich weiß nur, sie war dort«, hörte er Marcellina über das Pochen in seinen Ohren. »Im Schlamm war zu sehen, wo sie hinunterstürzte … Sie ist tot, Offa.«

»Das hätte nicht passieren dürfen.«

Er sprach leise, es wunderte ihn selbst, wie gefasst er klang. Aber er erkannte, dass er sich nicht erlauben durfte, seine Trauer zuzulassen. Dieses Land hatte keinen richtigen Herrn mehr, es war angegriffen und beinahe zerstört worden. Nun fiel es ihm zu, das Ruder zu übernehmen, ob er wollte oder nicht. In ihm floss das Blut von Königen. Sein Vater war ein enger Verwandter des Königs von Mercia, des mächtigsten Königs aller Angelsachsen. Seine Mutter hingegen war die Schwester des Königs der Hwicce, der mittlerweile unter mercischer Vorherrschaft stand. In Offa floss das Blut beider Linien, und er musste sich auch so benehmen.

Alles in ihm verlangte danach, mit Aldermann Heardberht davonzureiten und nie mehr zurückzublicken, aber er durfte es nicht. In der Halle bleiben und seinen Eltern in die Augen sehen konnte er allerdings auch nicht. Ohne ein weiteres Wort knotete er sich das Seidenband seiner Schwester um das Handgelenk, um Eadburhs Erinnerung immer bei sich zu tragen, warf einen letzten Blick auf seinen Vater und ging hinaus. Ein Teil in ihm erwartete Finsternis, tiefe Nacht, vielleicht, weil er sich so fühlte. Die Sonne auf dem Gesicht zu spüren ärgerte ihn beinahe schon.

Immer noch war alles verraucht. Als er auf seine Hände hinabblickte, erkannte er, dass sie grau von Ruß waren. Bestimmt sah sein Gesicht nicht anders aus. Es kam wohl einem Wunder gleich, dass sein Vater ihn trotzdem erkannt hatte.

»Na, willst du nicht weglaufen? Das könnt ihr doch am besten!«

Offa hielt bei der höhnischen Stimme inne und versuchte auszumachen, woher sie kam. Er sah zu den Pferchen hinüber, wo Schweine gehalten wurden, und erkannte eine Menschenansammlung. Krieger und einfaches Volk standen beisammen, bildeten einen Halbkreis inmitten der nach ausgestreutem Getreide pickenden Hühner. Viele der Menschen hatten Speere in der Hand, wie sie jene für den Krieg nutzten, die sich kein Schwert leisten konnten. Die Metallspitzen blitzten in der Sonne und blendeten.

Offa ging näher heran und entdeckte Heardberht, der mit amüsiertem Ausdruck an der Wand des Stalls lehnte. Das graue, im Nacken zusammengebundene Haar wirkte unter all der Asche dunkler und verlieh ihm eine etwas jugendlichere Erscheinung. Er sah nicht in Offas Richtung, sondern in den Schweinepferch, in dem ein junger Waliser mit einem der langen angelsächsischen Speere in der Hand stand. Auch auf der anderen Seite der Umzäunung hatten sich Krieger eingefunden, während die Schweine verängstigt in einer Ecke grunzten.

Der Mann war umzingelt, aber anders als dem im Vorratshaus stand ihm nicht die pure Angst ins Gesicht geschrieben, sondern Entschlossenheit, ja fast schon Trotz. Es war ein Ausdruck, den Offa sich in den Augen seines Vaters gewünscht hätte.

»Wer darf ihn sich holen?«, wollte Osmond, der erfahrene Krieger aus Heardberhts Gefolge, von seinem Herrn wissen. Er stellte sich auf die unterste Sprosse des Zauns und schickte sich an hinüberzuklettern.

Der Waliser stieß etwas in seiner Sprache aus und schwang den Speer von einer Seite zur anderen. Der lange Schaft ermöglichte es ihm, Angreifer auf Distanz zu halten. Sein Blick aus fast schwarzen Augen huschte stetig hin und her, wachsam. Das Kopfhaar hatte er abgeschoren, nur dunkle Stoppeln bedeckten sein Haupt, was die scharfen Züge seines ausgemergelten Gesichts betonte. Er war nicht gerüstet, sondern trug eine knielange Tunika aus einfachem Tuch und die für die Kelten charakteristischen enganliegenden Hosen. Ein einfacher Ledergürtel mit einer langen Scheide daran hielt die Tunika zusammen. Es steckte aber kein Schwert darin.

Offa wunderte sich, dass ein junger Mann mit derart einfachem Gewand wohlhabend genug war, ein Schwert zu tragen. Ein Schwert, das ihm höchstwahrscheinlich abgenommen worden war oder das er verloren hatte. Ein wertvoller Besitz, dessen Verlust er wohl nicht mehr lange bedauern musste.

»Tötet ihn!«, kam es aus allen Richtungen.

»Lasst *mich* ihn umbringen!«, rief Cerdic, dessen rußgeschwärztes Gesicht verzerrt war von Trauer und Zorn. »Diese Schweine haben mir alles genommen! Ich werde mir Zeit lassen und dem Kerl zeigen, was einem blüht, der Frauen und Kinder abschlachtet. Ich lasse ihn seine Eier fressen, bevor ich ihn vierteile.«

»Nein, *ich* töte ihn!«, kam es von der anderen Seite. »Nein, ich!« – »Nein, ich! Sie sind mit unseren Rindern auf und davon!« Aufgeregte Rufe erklangen aus allen Richtungen.

»Fast kann er einem leidtun«, meinte dann jemand von den freien Bauern, den Offa als Godric wiedererkannte, einen Freund und Trinkkumpan seines Vaters. Nur hatte der Bauer sich besser gehalten als sein Aldermann. »Seine Freunde sind ohne ihn davongerannt. Vielleicht sollten wir ihm ein wenig Platz machen, ihm die Möglichkeit geben, die Flucht zu versuchen. So stirbt er wenigstens bei dem, was einen Waliser auszeichnet – Feigheit.«

»Und die Jagd würde uns gut unterhalten«, erwiderte ein anderer aus der Menge.

»Nein.« Heardberht richtete sich auf und zog sein Schwert aus der Scheide. »Wir halten uns nicht länger mit diesem Abschaum auf. Hier gibt es genug wiederaufzubauen. Komm her, Bürschchen. Sieh dem Ende entgegen wie ein Mann und tritt vor den Schöpfer im Wissen, dass du nicht gewinselt hast.«

Aber der Waliser, der die Worte wohl nicht verstand, machte keine Anstalten, sich zu ergeben oder auch nur einen Fluchtversuch zu unternehmen. Er blieb nach wie vor kampfbereit stehen. In seinen Augen stand die Entschlossenheit, kämpfend zu sterben und dabei so viele mitzunehmen wie möglich. Offa verstand ihn. Er würde wohl genauso handeln. Ohne es bewusst zu entscheiden, schob er sich zwischen den Schaulustigen hindurch.

»Der hier ist ein Einzelstück«, erklärte er laut, um sich die Aufmerksamkeit aller zu sichern. Er wusste nicht, woher er die Autorität in seiner Stimme nahm, besonders, da er sich entwurzelt und tieftraurig fühlte – aber sie war da. »Etwas Besonderes. Nie zuvor habe ich einen Waliser gesehen, der auch nur einen Funken Mut hat.«

»Du bist auch noch nicht lange auf der Welt«, lachte Osmond, der sich an Heardberhts Seite begab.

Offa ignorierte ihn. Jetzt war er nicht mehr der Jüngling, der bewundernd zu den Kriegern Heardberhts aufblickte und davon träumte, sich ihren Respekt zu verdienen. Er war hier zu Hause, der Sohn eines Aldermanns, der nicht in der Lage war, selbst Recht zu sprechen. Das musste nun Offa als einziger lebender Sohn übernehmen.

»Der hier …« Er zeigte mit der Spitze seines Kurzschwertes auf den Feind, der kaum älter als er selbst sein konnte, »… will kämpfend sterben.«

»Erfüllen wir ihm den Wunsch«, rief jemand aus der Menge, und zustimmendes Raunen folgte.

Aber Offa sprang mit einem Satz über den Zaun und wandte sich den Umstehenden zu. Er wusste, er befand sich beinahe schon in Reichweite des Speers, und dem Waliser den Rücken zuzudrehen mochte nicht klug sein. Aber er wollte allen zeigen, dass er keine Angst hatte, dass er wusste, was er tat. Wenn er zögerlich oder beunruhigt wirkte, konnte er nicht erwarten, dass andere seinem Wort folgten.

»Ich sage, er wird verschont«, verkündete er und sah den Männern und Frauen in die schmutzigen, erschöpften Gesichter.

Manche von ihnen kamen ihm bekannt vor. Sie waren Krieger seines Vaters, so wie Cerdic, der ihn wütend und entsetzt ansah, sein Bruder Eadric oder der rote Leofric, der Offa seine ersten Holzschwerter gegeben hatte und ihn jetzt aufmerksam musterte, an einem Grashalm kauend.

Weitere freie Bauern und Handwerker kamen herbei. Ja, da war sogar Hilda, das Mädchen, das er vor seinem letzten Aufbruch geküsst hatte. Selbst Heardberhts Männer, die ihm nach den fünf gemeinsamen Jahren vertrauter waren als die Menschen Averduns, hatten sich an den Zaun gedrängt, während anderswo noch Feuer gelöscht wurden. Jedem Einzelnen war anzusehen, dass seine Entscheidung keinen Anklang fand. Trotzdem sprach niemand auch nur ein Wort gegen ihn.

»Wir brauchen genügend starke Hände, um Averdun wiederaufzubauen, und der Mann kann arbeiten. Leibeigenschaft, nicht Tod, so lautet mein Urteil.«

Blicke wurden getauscht, und Offa wusste, was die Menschen hier dachten. Er war nur der siebzehnjährige Sohn des Aldermanns, er hatte überhaupt kein Urteil zu fällen. Trotzdem sah er plötzlich ein erstes Nicken. Waffen senkten sich, und auch der Waliser schien den Umschwung der Stimmung zu bemerken. Aber anstatt sich nun freiwillig zu ergeben, sah Offa ein Flackern des Schattens vor sich auf dem Boden. Er wusste nicht genau, was der Mann vorhatte oder wie er selbst reagieren sollte. Er handelte rein instinktiv – vielleicht, weil ihm klar war, was er an des Kriegers Stelle tun würde.

Er hörte ein Luftschnappen von den Umstehenden, jemand streckte die Hand in seine Richtung aus, wie um ihn wegzuziehen, ein hoher mädchenhafter Ruf erscholl – das war Hilda –, aber Offa brauchte die Warnungen nicht, er duckte sich bereits zur Seite weg und sah die Speerspitze vor sich ins Leere stoßen. Weniger ungläubig als verärgert sah er auf das in der Sonne blitzende Metall, das sich beinahe in seinen Körper gebohrt hätte.

Jetzt musste er den Waliser wohl doch töten.

»Also, eines habt ihr alle gemeinsam.« Er richtete sich auf und wich gerade noch rechtzeitig einem weiteren Vorstoß aus. »Tapfer oder nicht, ihr alle fallt einem Mann nur allzu gerne in den Rücken.«

Der Krieger schwang den Speer und versuchte erneut anzugreifen, aber Offa ließ sich nicht so leicht erwischen. Heardberht hatte ihm Leichtfüßigkeit und Wendigkeit beigebracht, indem er ihn auf Holzpfosten über einem Schlammloch hatte balancieren und kämpfen lassen. Damals war Offa nicht nur einmal zwischen den schmalen und vor Nässe rutschigen Pfeilern, auf denen seine Füße kaum Halt fanden, in den Dreck gestürzt. Er hatte seinen Lehrmeister verflucht, aber heute war er ihm dankbar.

Der Waliser knurrte etwas, aus dem Offa mit seinen mangelnden Sprachkenntnissen nur das Wort »Gott« heraushörte. Dann griff er erneut an und ließ die Umstehenden damit hörbar nach Luft schnappen.

Offa drehte sich aus der Bahn des Speers, wirbelte herum und suchte nach einer Möglichkeit, den Mann zu entwaffnen oder näher an ihn heranzukommen. Aber sein kurzes Schwert und der lange Speer waren ungleiche Waffen, die dem anderen einen Vorteil verschafften.

Erneut raste die Metallspitze auf seine Kehle zu. Offa schlug sie gerade noch rechtzeitig mit dem Schwert beiseite. Dem

Waliser war es ernst. Er musste wissen, dass er nicht lebend hier herauskam, aber er wollte zumindest noch Offa mitnehmen, das stand deutlich in den dunklen Augen zu lesen.

Offa wusste nicht, wie lange Heardberht und die anderen Krieger noch tatenlos zusehen würden. Er musste es beenden, und zwar schnell und mit möglichst heiler Haut. Wie aus weiter Ferne hörte er, wie Wetten abgeschlossen wurden und wie Heardberht diejenigen dafür rügte. Beunruhigend war nur, dass die meisten auf den Waliser setzten.

»Helft ihm!«, hörte er Hildas angsterfüllte Stimme.

Aus dem Augenwinkel nahm Offa wahr, wie Eadric nach vorne an den Zaun trat. Offa war immer stolz gewesen, wenn er den fünf Jahre Älteren im Kampf mit den Holzschwertern besiegt hatte. Heute trug Eadric aber kein Holzschwert, sondern einen Bogen, und er spannte ihn. Schon damals war er ein hervorragender Jäger gewesen, und Offa zweifelte nicht daran, dass er den Waliser treffen würde.

»Nicht!«, rief er und duckte sich unter einem weiteren Vorstoß des Speers hinweg.

Wenn Eadric den Waliser erschoss, hatte der Schütze nicht nur gegen Offas Befehl, ihn am Leben zu lassen, verstoßen. Sondern damit stellte er ihn, Offa, auch als schwach dar, als unfähig, einen jungen Waliser zu besiegen. Offa musste es alleine schaffen. Aber der Waliser war ebenfalls wendig und schien genau zu wissen, was er tat. Als hätte auch er eine Kampfausbildung genossen. Der enorme Überlebenswille und die Entschlossenheit taten ihr Übriges, um den Feind zu einem ernsthaften Gegner zu machen.

»Es wird dir nichts nützen«, stieß Offa aus und umrundete den Waliser, wartete auf den nächsten Angriff und suchte gleichzeitig selbst nach einer Möglichkeit, am Speer vorbeizukommen. »Du magst tapferer als die anderen sein, aber verlieren wirst du trotzdem.«

Der Waliser lächelte. Verstand er etwa, was Offa sagte? Oder war er nur so siegessicher? Er machte einen Ausfallschritt nach rechts, schwang den Speer aber in die andere Richtung und stieß ihn schließlich nach vorn, direkt in die Richtung, in die Offa für gewöhnlich auswich. Beinahe wäre Offa darauf hereingefallen, aber er wirbelte in die entgegengesetzte Richtung herum, deutete einen Schlag gegen den Kopf des Walisers an, änderte aber im letzten Augenblick die Richtung und ließ sein Kurzschwert auf den ausgestreckten Speerschaft herabfahren.

Seine Klinge war nicht die beste, der Aufschlag des Metalls auf das Holz bebte schmerzhaft durch seinen Arm. Aber die Kraft reichte aus, um den Speer in zwei Teile zu hacken. Raunen erklang um ihn herum, und Offa spürte das heiße Wallen seines Blutes, die Erregung, gleich zu siegen.

»Du hättest aufgeben sollen, als du noch konntest.«

Offa trat die abgeschlagene Spitze zur Seite und betrachtete den Waliser, der immer noch die andere Hälfte in der Hand hielt und sie ihm drohend entgegenstreckte. Er konnte nichts mehr ausrichten. Im schlimmsten Fall war es ihm möglich, Offa ein paar Splitter in die Haut zu rammen, oder vielleicht sogar etwas Kopfweh zu verursachen, wenn es ihm gelang, ihn mit dem Holzstück zu treffen. Aber sie beide wussten, dass es vorbei war.

Offa schlug mit seiner Klinge auf den übrig gebliebenen Schaft, und wie erwartet, fiel er dem Waliser aus der Hand.

»Heute war der falsche Tag, um Averdun anzugreifen.« Er richtete die Schwertspitze auf die Brust des Walisers und wollte zustechen.

Aber sein Körper gehorchte ihm nicht. Irgendetwas hielt ihn davon ab.

Der Waliser starrte ihn herausfordernd an, seine dunklen Augen schienen zu schreien: *Tu es! Tu es!* Und Offas Hand zuckte in dem Wunsch, es zu Ende zu bringen. Aber er rührte sich nicht.

Vielleicht war es der Gedanke an seinen Vater, der sich in der Halle die Eingeweide aus dem Leib spie, der ihn zögern ließ. Das Wissen, was für eine Verschwendung es wäre, einen Mann zu töten, der willig war, für sein Leben zu kämpfen. Hätte sein Vater nur etwas mehr von seinem vor ihm stehenden Feind.

»Sieh ihn dir an, Offa«, erklang unvermittelt Heardberhts Stimme, der nun ebenfalls über den Zaun kletterte. »Dir bleibt nur, ihn zu töten, denn er würde sich nie fügen. Jeder Gegenstand in seiner Hand wäre eine Waffe, und bei der erstbesten Gelegenheit bringt er dich im Schlaf um. Dich und viele andere, Unschuldige. Du willst ihn zwingen, bei Averduns Aufbau zu helfen, nur damit er alles wieder abfackelt. Mach es schnell, und die Angelegenheit ist erledigt.«

Heardberhts Worte ergaben einen Sinn. All das wusste Offa, und trotzdem brachte er es nicht fertig. Eine Schwäche, die er allen offenbarte. Sein Blick fiel auf Eadburhs Seidenband an seinem Handgelenk, und er dachte daran, wie sinnlos sie im Fluss ums Leben gekommen war, dass niemand bei ihr gewesen war. Die Menschen, die sie hätten beschützen sollen, hatten versagt, das schloss auch Offa mit ein. Er war ihr großer Bruder gewesen, er war mitverantwortlich.

»Offa …« Heardberhts mahnende Stimme, die er gut kannte, drang in seine Gedanken.

Aber wie immer erweckte sie in ihm kein Nachgeben, sondern eher Trotz. Derselbe Trotz, der ihm aus den Augen des Walisers entgegensah.

»Nein.«

Er ließ die Klinge sinken und war nicht erstaunt über das aufgebrachte Keuchen und Gemurmel um ihn herum, das sofort einsetzte. Aber er tat nie gerne, was andere von ihm erwarteten. Und so genoss er die Reaktion.

»Wie heißt du?«, fragte er den Waliser mit dem wenigen Britisch, das er sich im Laufe der Jahre bei den Grenzkämpfen angeeignet hatte.

Der Waliser starrte ihn an, immer noch misstrauisch. Sein Blick flackerte kurz auf die herabgesenkte Klinge, dann zurück in Offas Gesicht. Schließlich straffte er die Schultern.

»Gwil«, antwortete er und sah ihn weiterhin herausfordernd an.

Die Hände hatte er an den Seiten zu Fäusten geballt, und Offa blieb wachsam. Er zweifelte nicht daran, dass Gwil ihn auch unbewaffnet angreifen würde.

»Ich bin Offa, Sohn des Aldermanns Thingfrith, Enkel von Eanwulf, Vetter von Æthelbald, König von ganz Mercia. Ab heute gehörst du mir.«

Ein Hauch von Überraschung huschte über das Gesicht des Walisers. Vielleicht hatte er nicht erwartet, dass Offa ein paar Wortfetzen seiner Sprache beherrschte, vielleicht beeindruckten ihn aber auch sein Name und die Verwandtschaft zum mächtigsten König des Landes.

Offa wechselte zurück ins Angelsächsische, da ihm die nun folgenden Worte in der fremden Sprache fehlten, aber er glaubte, sein Ton machte klar, was er sagte. »Diese Gnade erteile ich dir nur einmal. Tust du irgendetwas, was mir nicht gefällt, und wenn es nur ein Blick auf eine Waffe ist, dann hole ich nach, was ich heute nicht zu tun bereit bin. Haben wir uns verstanden?«

Gwil starrte ihn ein paar lange Herzschläge an, dann nickte er.

Offa sollte über dieses Nachgeben vielleicht Zufriedenheit verspüren. Aber er fühlte sich taub, nach allem, was heute geschehen war. Wortlos wandte er sich ab und blickte in erstaunte Gesichter. Er war sich nicht sicher, was er in den Mienen las, aber es war kein Zorn über seine Entscheidung, kein Unglaube über so viel Leichtsinn. Eher schienen ihm die Blicke wohlwollend, ja gar bewundernd.

~

»Mutter sagt, Ihr werdet sterben.«

Offa blickte in das fahle, gelbliche Gesicht seines Vaters, das Jahrzehnte älter aussah, als es sollte. Selbst im Schlaf wirkte Thingfriths Ausdruck gequält, als litte er Schmerzen. Seine Lippen verzogen sich, seine Stirn legte sich in Falten, ein Zucken ging durch seinen Körper.

»Wagt es nicht.« Offa sprach ruhig, auch wenn es im privaten Gemach des Aldermanns keine Zuhörer gab. Sie waren ganz allein, während von draußen immer noch Wehklagen zu hören war. »Wagt nicht, einfach so aufzugeben und mir alles zu hinterlassen. Ich … ich bin noch nicht bereit. Das alles hier … es ist Eure Aufgabe. Ihr seid der Aldermann. Ihr seid ein Diener des Königs, Ihr seid für Averdun und die Menschen hier verantwortlich. Ihr könnt nicht einfach so gehen. Sonst werde ich genauso versagen wie Ihr. Ich brauche mehr Zeit.«

Leiser, rasselnder Atem antwortete ihm, und Offa ballte die Hände zu Fäusten. Er wollte auf seinen Vater losgehen, die Qual, das Warten beenden – und gleichzeitig wollte er ihn auch anflehen weiterzukämpfen. Er wollte für ein Wunder beten. Schließlich gab es Wunder. Offa selbst hatte eines erlebt.

Er war blind und taub geboren worden und konnte seine Glieder nicht bewegen. Sein Vater hatte ihn auf den Namen Winfrith getauft und jeden Tag um Heilung gebetet. Er hatte dem Herrn sogar die Errichtung eines Klosters versprochen, was er ihm bis heute schuldig geblieben war. Offas Mutter hingegen, die heimlich noch zu den alten Göttern sprach, hatte in einem heidnischen Ritual eins der besten Pferde aus Thingfriths Stall geopfert. Nur wenige Tage später war Offa geheilt gewesen. Seine Mutter hatte ihm schließlich den neuen Namen gegeben, nach einem früheren König, der ein ähnliches Leiden gehabt hatte und ebenfalls geheilt worden war.

Wenn Wōden in der Lage gewesen war, ihn zu heilen, so konnte er auch Thingfrith zu neuer Kraft verhelfen. Nur – wollte der Göttervater das? Thingfrith glaubte nicht an die alten Götter, er sah allein schon die Aussprache ihrer Namen als Sünde an. Wieso sollte Wōden ihm dann helfen? War er dazu überhaupt noch in der Lage? Der christliche Gott gewann zunehmend an Macht.

»Welchen Plan verfolgst du, Wōden?«, flüsterte Offa und schloss seine Hand um den heidnischen Anhänger. »Warum hast du mich damals geheilt? Was hast du mit mir vor? Was erwartest du von mir? Siehst du denn nicht, dass ich meines Vaters Sohn bin? Ich werde alle enttäuschen.«

Thingfrith verkrampfte sich, seine Augen pressten sich fest zu, und Offa legte ihm die Hand auf die Brust. Das Bild einer Erinnerung flackerte vor seinem geistigen Auge auf: Thingfrith als junger, starker Mann, vor gar nicht so langer Zeit. Er rief Offa zu sich aufs Feld, rupfte einen Gerstenhalm aus und überreichte ihn seinem Sohn. »Dies hier ist das wahre Gold«, hatte er gesagt. »Vergiss es nie. Reicher als jedes Geschmeide macht dich fruchtbarer Boden. Deshalb kamen unsere Vorväter in dieses Land.« Es war einer jener seltenen Momente gewesen, in denen Offa das Gefühl gehabt hatte, wirklich einen Vater zu haben, der weise war, von dem er etwas lernen konnte. Jetzt wollte er sich gar nicht daran erinnern. Er wollte den betrunkenen Nichtsnutz vor sich sehen, er wollte Zorn verspüren, keine Trauer. Denn die Trauer um Eadburh steckte bereits zu tief in ihm und nahm ihn ganz und gar ein.

»Der Waliser wird gut verwahrt.«

Die vertraute tiefe Stimme ließ ihn zusammenzucken. Offa fuhr herum und entdeckte Aldermann Heardberht vor den Vorhängen, die das Privatgemach vom Rest der Halle trennten.

»Sie haben ihn in den Pferdestall gebracht, ein Krieger deines Vaters bewacht ihn.«

Offa schloss die Augen. Der Waliser! Um den musste er sich auch noch kümmern. Das Gefühl, unter einem schweren Stein zu liegen, während andere Menschen weitere Brocken über ihm auftürmten, erdrückte ihn. Der Angriff. Eadburh. Sein Vater. Die ungewisse Zukunft. Wie sollte es weitergehen? War er wirklich bald Aldermann?

»Meine Männer und ich werden noch bleiben, Offa. Wir werden helfen, Averdun wieder aufzubauen, sorge dich nicht.«

Offa erhob sich von dem gepolsterten Schemel, warf seinem Vater noch einen letzten Blick zu und ging auf Heardberht zu. »Ich danke Euch. Für alles.«

Heardberht nickte grimmig, schließlich seufzte er. »Deine Entscheidung über den Waliser magst du noch bereuen.«

»Gut möglich.« Vielleicht war sie die erste von vielen falschen Entscheidungen, aber worauf sollte er hören, wenn nicht auf sein Gefühl? »Wie groß sind die Schäden?«

»Manche hat es schlimmer erwischt als andere.«

Offa dachte zurück an Cerdic und dessen Familie, seine Frau und die Töchter. Wie viele hatten heute alles verloren? Und wofür?

»Ich muss mir überlegen, wie ich den Menschen helfen kann. Und warum es überhaupt dazu kam.« Er blickte an Heardberht vorbei in Richtung Halle. Eine nagende Unruhe überkam ihn. Es gab nur einen, der ihm Antworten auf seine vielen Fragen geben konnte. »Ich nehme an, Ihr wollt mit meinem Vater allein sein?«

Heardberht sah ihn besorgt an, nickte aber. »Danke. Es ist schwer, Abschied von einem alten Freund zu nehmen.«

Offa legte ihm die Hand auf den Arm und verließ schließlich das Gemach.

In der Halle herrschte reges Treiben, die Menschen des Dorfes suchten Trost, Wärme und eine warme Mahlzeit. Offa hatte angeordnet, dass jeder hier heute willkommen war, und sein Angebot wurde gut genutzt. Sogar seine Mutter verteilte Schalen heißer Brühe, dabei wirkte sie kraftvoll und stolz, als gäbe ihr diese Aufgabe neue Stärke.

Offas Erscheinen zog Aufmerksamkeit auf sich. Er spürte unzählige Blicke auf sich, Getuschel brandete auf. Fragten die Menschen sich, was aus ihnen werden sollte, wenn der Aldermann starb und ein siebzehnjähriger Jüngling die Führung übernahm? Würde der König ihm sein Erbe überhaupt verleihen? Oder es einem Erfahreneren, Fähigeren anvertrauen? Offa hatte einen mächtigen Onkel, und auch Vettern, die bereits verdiente Kriegsherren waren. Sie alle waren besser geeignet, um Averdun wieder auf die Beine zu bringen.

Die Luft draußen vor der Halle war immer noch rauchgeschwängert und stank verbrannt, die aufziehende Dunkelheit vertiefte diesen Eindruck noch. Offa sah kleine Menschengruppen, die sich in den Armen lagen und weinten, andere, die immer noch Trümmer fortschafften. Auch erste Gräber wurden bereits ausgehoben. Der Pfarrer war den ganzen Abend umhergezogen, um die Toten zu segnen und mit den Familien zu beten.

Offa hielt auf den Pferdestall zu, der eher eine überdachte Umzäunung war, in denen sich die Tiere frei bewegten. Und an diesen Zaun gebunden saß der Waliser, gerade noch unter dem Dachvorsprung, um im Falle von Regen trocken zu bleiben. Der rote Leofric saß dem Waliser gegenüber auf einem

Schemel, an die Wand der Waffen- und Lederkammer gelehnt. Von dort aus beobachtete er den Feind, an einem Heuhalm kauend. Bei Offas Näherkommen richtete er sich auf, die Hand am Knauf seines Schwertes, als wollte er zeigen, dass er gut ausgerüstet war. Als Teil von Thingfriths Herdwache hatte er bestimmt schon lange nichts mehr zu tun gehabt. Thingfrith war niemand, der gerne kämpfte, und seine Krieger waren eher Bauern geworden.

»Mein Herr.«

Leofric neigte respektvoll den Oberkörper, was Offa nicht behagte. Der hünenhafte Krieger mit den leuchtend roten Haaren war mit seinen ungefähr dreißig Jahren der Ältere von ihnen beiden und verdiente Respekt. Aber Offa sah ein, dass er sich wohl daran gewöhnen musste, dass er derjenige war, dem die Menschen Respekt zollten. Nichts war mehr so, wie es einst gewesen war.

»Es tut gut, dich wiederzusehen, Leofric.«

Der Krieger lächelte freudig, was zwei Zahnlücken offenbarte.

»Und Euch, mein Herr. Ihr wurdet schmerzlichst vermisst.« Leofrics Miene verfinsterte sich schlagartig, und sein Blick flackerte in Richtung Halle.

Offa verstand, was die Worte bedeuteten. Unter Thingfrith hatte Averdun die Führung vermisst, die es so dringend brauchte. Leofric war nur einer mehr, der sich auf Offa verließ und den er nicht enttäuschen durfte.

»Ich dachte, ihr würdet den Waliser zu den anderen Knechten bringen. Dort ist jetzt sein Platz. Als Leibeigener.«

Leofric warf dem Gefangenen einen Blick zu und zuckte mit den Schultern. »Ich hielt es für besser, ihn für die erste Zeit hier aufzubewahren. Zu seiner eigenen Sicherheit.«

Offa nickte. Damit hatte Leofric wohl weise gehandelt. Es gab hier bestimmt viele, die den Waliser tot sehen wollten.

»Ich danke dir. Geh doch in die Halle und hol dir etwas Warmes zu essen. Ich bleibe hier.«

Leofric zögerte kurz, doch dann neigte er das Haupt, warf dem Waliser noch einen warnenden Blick zu und ging schließlich davon. Offa wartete, bis er außer Hörweite war, dann ließ er sich auf Leofrics verlassenem Platz an der Hauswand nieder.

»Warum seid ihr gekommen?«, stellte er unumwunden die in ihm schwelende Frage.

Gwil sah ihn regungslos an, seine dunklen Augen leuchteten in dem schmalen Gesicht, das im fahlen Licht der fernen Fackeln blass wirkte.

»Ja, ich weiß, ihr Waliser hasst uns, seht unser Land als eures an, was es auch einmal war. Aber ihr habt dieses Land schon vor Hunderten von Jahren verloren, es ist jetzt unseres. Wir wurden hier geboren, genauso wie unsere Väter und Großväter und unzählige Generationen davor. Es ist auch unsere Heimat. Und die Frauen und Kinder, die ihr heute abgeschlachtet habt, haben euch euer Land nicht weggenommen.«

Keine Reaktion. Offa zwang sich, ruhig weiterzusprechen. »Sag mir, warum ihr gekommen seid. Die walisische Grenze liegt Tage von hier entfernt. Selbst wenn ihr schnell und mit leichtem Gepäck unterwegs wart, ist die Entfernung doch zu groß für einen gewöhnlichen Raubzug. Woher kommt ihr überhaupt? Wer hat euch geschickt? Welchem Fürsten dienst du?«

Er versuchte in den dunklen Augen zu lesen, aber sie waren nur leere Schatten. Keine Angst stand darin, kein Zorn, keine Neugierde darauf, was sein neuer Herr von ihm wollte. Gwil sah ihn nur ungerührt an.

Offa seufzte. »Wie, dachtet ihr, bringt ihr euer Diebesgut über eine derart weite Strecke zurück in walisisches Land?«

Er erhob sich und ging auf Gwil zu, der den Kopf in den

Nacken legte, um ihm weiterhin stoisch in die Augen zu sehen, aber vermutlich kein einziges Wort verstand.

»Weißt du überhaupt, wo du hier gelandet bist? Du befindest dich im Reich der Hwicce. Zwischen deinem Land und meinem liegt noch ein ganz anderes Reich, das du durchquert hast, nur um hierherzugelangen. Ein angelsächsisches Reich! Ein Reich, das du auf dem Rückweg mit deiner Beute hättest überwinden müssen. Dies kann kein Zufallsschlag gewesen sein.« Er ging vor Gwil in die Hocke und sah ihm in die gefühllos wirkenden Augen. »Wie habt ihr es überhaupt bis zu uns geschafft? Wie kann es sein, dass euch niemand aufgehalten oder uns gewarnt hat?«

Der Waliser zeigte weiterhin keine Regung. Offa kämpfte gegen den Drang, die Antworten aus ihm herauszuprügeln.

»Wieso trägst du derart gutes Tuch?« Er zupfte an Gwils Hosenbein und der Tunika. Beides war aus bestem Leinen, aufwendig gefärbt und sorgfältig vernäht. Es war schlicht, aber von hervorragender Qualität. »Warum hattest du ein Schwert? Ich nehme nicht an, dass in Wales jeder dahergelaufene Bauer ein Schwert besitzt. Wer bist du?«

Immer noch Schweigen.

Offa richtete sich abrupt auf und entfernte sich ein paar Schritte, ehe er noch die Beherrschung verlor. »Du musst doch irgendetwas von dem verstehen, was ich sage. Die Magonsæten – haben sie euch freies Geleit durch ihr Reich zugesagt? Haben sie euch gar beauftragt, uns anzugreifen?«

Gwil öffnete den Mund, und Offa hielt den Atem an, gespannt auf jedes einzelne Wort, das der Waliser ihm sagen werde. Aber nichts kam dem jungen Mann über die Lippen. Stattdessen senkte er zum ersten Mal den Blick. Er starrte auf die Seile hinab, die ihn an den Knöcheln fesselten.

Offa unterdrückte einen zornigen Schrei. Er musste wissen, was heute geschehen war, und warum. Wie sonst sollte er die

Menschen Averduns in Zukunft schützen? Hatte er gar Feinde vor der eigenen Haustür? Steckten die Magonsæten etwa mit den Walisern unter einer Decke? Ausgerechnet sie hatten unter den Walisern als direkt an der Grenze liegendes Reich doch am meisten gelitten! Nie würden sie sich mit dem Feind verbünden, gegen Brüder, gegen Angelsachsen. Sie alle waren Mercia, sie waren eins!

»Sag mir alles, und ich lasse dich gehen«, hörte er sich selbst sprechen.

Aber Gwil rührte sich nicht. Darüber, dass der Waliser nichts verstand, sollte Offa wohl erleichtert sein. Seine Verzweiflung war nichts, was er dem Feind offenbaren durfte. Aber wie sonst sollte er herausfinden, wo sich der wahre Feind verbarg? Die Magonsæten waren, ebenso wie Offas Volk der Hwicce und viele andere kleine Reiche, von Mercia einverleibt worden. Ein Schicksal, das die Hwicce nicht besonders bekümmert hatte, denn sie waren durch Familienbande mit dem mächtigen König Mercias verbunden. Aber die Magonsæten mochten damit weniger zufrieden sein. Womöglich begannen sie eine Rebellion, um ihre Unabhängigkeit zurückzuerlangen, und Averdun war nur der Anfang, die Waliser nur ein Werkzeug?

»Ich schicke einen von den walisischen Leibeigenen zu dir«, sagte er resigniert und erkannte bereits Leofric, der von der Halle zurück auf ihn zukam, zwei Schalen Brühe in der Hand. »Er wird für dich übersetzen. Du wirst ihm alles erzählen, was du weißt, ansonsten …« Offa brach ab, schüttelte den Kopf und wandte sich ab.

Es war nutzlos. Der Waliser verstand kein Wort, jegliche Drohung lief ins Leere. Ihm blieb nur zu hoffen, dass ein Landsmann etwas aus ihm herausbekam. Denn wenn Gwil weiterhin schwieg, gab es tatsächlich keinen Grund, ihn am Leben zu lassen.

KAPITEL 2

Offa schlug mit aller Kraft zu, immer und immer wieder. Der Hammer in seiner Hand fühlte sich gut und mächtig an. Der Nagel war längst im Holz, aber Offa hämmerte weiter, bis Leofric an seiner Seite sich räusperte und ihm mit besorgtem Ausdruck einen neuen Nagel reichte.

»Der Dachstuhl ist fast fertig«, sagte der Krieger bewundernd und ließ sich mit einem Stöhnen auf einem der Holzpfosten neben ihm nieder. »Man könnte glauben, Ihr habt vor, die ganze Siedlung allein wiederaufzubauen, so wie Ihr schuftet.« Er wies auf Offas Hände hinab, an denen eingetrocknetes Blut klebte.

Offa hämmerte weiter. »Cerdic lebt schon Tage ohne ein Dach über dem Kopf, genauso wie viele andere. Ich habe zwei gesunde Hände, also …« Er schlug noch fester zu und genoss den Schmerz, der durch seinen ganzen Arm bebte.

»Ich fürchte, Cerdic hat im Moment ohnehin größere Sorgen als sein Dach. Gestern haben sie seine Familie beerdigt.«

Das wusste Offa. Er war nicht hingegangen, zu beschämt darüber, dass er und seine Familie dieses Unglück nicht verhindert hatten. Lieber machte er sich nützlich. Es war ohnehin ein teures Unterfangen, Averdun wiederaufzubauen. Offa hörte sogar aus der Entfernung die Arbeiten im Wald, wo Holz geschlagen wurde.

Noch wusste er nicht, wie er all das bezahlen und woher er

die Mittel nehmen sollte. Viele Bewohner Averduns würden zu Mariä Lichtmess gewiss nicht in der Lage sein, ihre Abgaben zu entrichten. Sie hatten zu viel verloren. Aber diese Anteile waren dringend notwendig, um seinerseits die geschuldeten Abgaben dem König der Hwicce zuzuführen.

Vielleicht konnte Offa mit seinem Onkel sprechen? Der König der Hwicce war Marcellinas Bruder. Offa kannte ihn kaum, aber vielleicht konnte seine Mutter vermitteln. Allerdings musste sein Onkel ebenfalls Abgaben an den König Mercias leisten, der über ihnen allen stand. Er war das Glied, das alles zusammenhielt, zu dem alles floss. Aber diesen König aufzusuchen war ein Ding der Unmöglichkeit. Da spielte es auch keine Rolle, dass er ein Vetter von Offas verstorbenem Großvater war. Zum König Mercias konnte man nicht einfach so hinspazieren. Nein, Offa musste eine andere Lösung finden.

»Ist das nicht der Junge, den du zu dem Gefangenen geschickt hast?«

Offa blickte auf. Von seinem erhöhten Standpunkt auf dem Dach aus erblickte er einen der Leibeigenen in einem groben Wollhemd, der aus der Richtung der großen Halle kam. Der Junge schaute zu ihm herauf und schüttelte schließlich den Kopf.

Offa biss die Zähne zusammen. Gwil weigerte sich also immer noch zu sprechen. Mit allem hatte er es bereits versucht: mit Versprechungen von Freiheit und Reichtum ebenso wie mit Drohungen von unerträglichem Schmerz und Tod. Nichts nützte.

»Der Waliser ist es nicht wert, dass Ihr Euch seinetwegen den Kopf zerbrecht«, sagte Leofric, denn der Krieger verstand nicht, wie wichtig diese Antworten waren.

»Je länger er schweigt, desto mehr glaube ich, dass er etwas zu sagen hat.« Offa wollte seinen Hammer wieder aufnehmen, als eine sanfte weibliche Stimme unter ihm erklang.

»Mein Herr.«

Er blickte vom Dach aus in den umzäunten Garten hinunter, in dem Hilda mit einem Krug in der Hand stand und zu ihm hinauf in die Sonne blinzelte. Das Mädchen aus seiner Vergangenheit, das gar kein Mädchen mehr, sondern eine schöne Frau geworden war.

»Dich schickt der Himmel!«, rief Leofric und sprang mit einem Satz vom Dach.

Offa sah auf seinen Hammer hinab, er wollte nicht aufhören zu arbeiten. Aber er sah ein, dass er nicht ewig in der prallen Sonne auf den Dächern stehen und hämmern konnte. Also kletterte er ebenfalls hinunter, wischte sich den Schweiß von der Stirn und band sich das schulterlange weizenfarbene Haar im Nacken neu. Dann zog er sich auch noch das Hemd über, das er über den Zaun gehängt hatte, um nicht mit nacktem Oberkörper dazustehen.

»Ich danke dir, Hilda.«

Er nahm den Krug entgegen und trank einen tiefen Schluck vom Ale. Dann reichte er ihn weiter an Leofric.

»Wie geht es deiner Familie?«, fragte er Hilda schließlich, die den Blick schüchtern zu Boden gerichtet hatte.

Das helle Haar trug sie in dichten Zöpfen, die auch ihre Ohren bedeckten, ihre sommersprossigen Wangen leuchteten rot. Vielleicht war es ihr unangenehm, ihm nach all der Zeit gegenüberzustehen. Bei seinem letzten Besuch in Averdun hatten sie sich in der Heunische innig geküsst. Aber das war lange her. Heute war sie vermutlich längst verheiratet. Sie war ein Jahr älter als er, musste jetzt also achtzehn sein. Womöglich hatte sie schon Kinder.

»Ich habe Godric in den letzten Tagen gar nicht gesehen.«

»Vater greift unseren Nachbarn unter die Arme«, erklärte Hilda und wagte es immer noch nicht aufzusehen. »Das Feuer hat große Schäden angerichtet.«

»Auch in deinem Zuhause?«

Sie schüttelte den Kopf. »Kein Feuer.«

»Lebst du denn noch bei deinen Eltern?«

Leofric an seiner Seite kicherte leise, neigte sich zu ihm und flüsterte: »Sie ist noch nicht verheiratet, keine Sorge.«

Nun blickte Hilda auf, und das Rot auf ihren Wangen verstärkte sich. Wäre Leofric nicht einen halben Kopf größer und doppelt so breit wie er, hätte Offa ihn wohl jetzt geschlagen. Doch der Krieger war immer noch eine Respektsperson für ihn – auch das hielt ihn davon ab. An seine Stellung in Averdun konnte Offa sich immer noch nicht gewöhnen. Er war es gewohnt, in Heardberhts Truppe als junger Bursche und aufstrebender Krieger, der noch vieles zu lernen hatte, Gegenstand von gutmütigem Spott zu sein und nichts zu sagen zu haben.

»Kann ich noch etwas für Euch tun, Herr?«, fragte Hilda.

Offa konnte Leofrics breites Grinsen aus den Augenwinkeln erkennen.

»Nein«, sagte er und musterte Hilda erneut. Es war ihm unverständlich, dass sie noch nicht verheiratet war. Sie war schön und von sanftem Wesen. Wie kam es, dass ihre Eltern nicht längst jemanden für sie gefunden hatten?

Hilda sah enttäuscht aus, und Offa wies hinauf zum Dach, um ihr zu erklären, dass er weiterarbeiten musste. Aber da fiel sein Blick an ihr vorbei zu dem breiten Weg, der das Zentrum der Siedlung durchzog. Aus der Richtung, in der die Halle lag, kam seine Mutter auf ihn zu. Ihr folgten so viele Menschen, dass Offa das Gefühl hatte, das ganze Dorf hatte sich ihr angeschlossen.

Marcellina trug etwas auf den ausgestreckten Händen. Ein Schwert.

Offas Blut erkaltete.

Gemessenen Schrittes kam sie auf ihn zu. Hilda und Leofric

traten einen Schritt zurück, und alle anderen bildeten einen Kreis um ihn und seine Mutter, die schließlich die Klinge aus der Scheide zog. Das scharrende Geräusch, mit dem sie aus dem brüchigen Leder fuhr, jagte Offa einen Schauder den Rücken hinab.

Plötzlich war es um ihn herum totenstill, selbst die Arbeiten schienen eingestellt. Er spürte die Blicke aller auf sich, konnte den Blick aber nicht von seiner Mutter abwenden.

Marcellina legte das doppelschneidige Schwert wieder auf ihre ausgestreckten Hände und hielt es ihm entgegen. Offa konnte es nur anstarren – das fast drei Fuß lange Meisterwerk eines längst verstorbenen Schmieds.

»Es gehört dir«, sagte seine Mutter wie aus weiter Ferne.

Offa blickte an ihr vorbei in Richtung Halle, als könnte er seinen Vater auf ihn zutorkeln und vor Wut die Faust recken sehen. Thingfrith sollte rufen, dass es sein Schwert war und er sich noch lange nicht dazu bereit erklärte, es aufzugeben. Aber niemand kam. Da waren nur die vielen Menschen Averduns, die auf seine Reaktion warteten.

»Thingfrith ist tot«, sprach seine Mutter.

Die Worte – obwohl er sie schon geahnt hatte – brannten mit einer Endgültigkeit durch ihn hindurch, die ihm den Schweiß in den Nacken trieb.

»Geh zum König, schwör ihm Treue als Aldermann, ehe ein anderer es tut, und er wird dich als Nachfolger deines Vaters anerkennen. Da bin ich mir sicher. Ich weiß, du wirst uns nicht enttäuschen. Mach mich stolz, mein Sohn.«

Sie hob das Schwert ein wenig an, streckte es ihm auffordernd entgegen, und obwohl Offa es am liebsten weggeschlagen hätte, streckte er seine Hand danach aus. Sein Körper handelte wie von selbst, seine Finger schlossen sich um den Drachenschwanz, und ein Zittern fuhr durch seinen Körper.

Jetzt lag es an ihm, all das zu tun, was er von seinem Vater verlangt hatte.

Offa starrte auf das geschwungene Muster des Schwertes, drehte die Klinge hin und her und beobachtete, wie das Licht des vollen Monds darübertanzte. Trotz der mangelnden Pflege durch seinen Vater und trotz der vereinzelten Rostspuren war das Schwert immer noch wunderschön. Es war aufwendig aus mehreren Stücken Eisen hergestellt worden, die ineinander verwoben worden waren – ein sehr teures Verfahren, das heute außer bei Messern nicht mehr oft angewendet wurde. Den Griff bildete der Schwanz eines silbernen Drachen, dessen goldener Kopf mit weit aufgerissenem Maul den Knauf formte. Ein Rubin diente als rotes Auge, das zweite fehlte bereits.

Offa ließ den Wetzstein über die Schneide fahren und überprüfte mit dem Finger das Ergebnis. Es war immer noch nicht genug. Wer wusste schon, ob das Schwert überhaupt zu retten war?

Mit einem Seufzen griff er nach dem Lederschlauch, der im Gras neben ihm lag, und nahm einen großen Schluck Ale. Dabei spürte er gar nicht mehr das Erwärmen seines Körpers und die friedvolle Leichtigkeit. Das Gefühl hatte er nur bei den ersten Bechern gehabt, drüben in Leofrics Haus, wo die Bewohner Averduns seinen Vater verabschiedet und Offa gefeiert hatten. Vielleicht hätte er alle in die Halle einladen sollen. Aber er wollte ihr fernbleiben, ebenso wie seiner Mutter.

»Mach mich stolz, mein Sohn.« Die Worte nagten an ihm.

Er nahm einen weiteren Schluck. Dabei fiel sein Blick auf das Seidenband an seinem Handgelenk. Sofort wurde ihm das Herz schwer, seine Brust verengte sich, als zögen sich seine

Rippen zusammen. Eadburh … Er konnte immer noch nicht glauben, dass sie weg war. Die letzten Tage war es ihm dank harter Arbeit gelungen, den Gedanken an sie wegzuschieben, aber jetzt, allein mit einem Schlauch Ale am Flussufer, verfolgte ihn ihr Gesicht. Seine kleine Schwester war ertrunken. Hatte sie gelitten? Hatte sie gekämpft? Hatte sie um Hilfe gerufen? War sein Name über ihre Lippen gekommen?

Seine Gedanken drehten sich im Kreis. Vielleicht sollte er nicht so viel trinken, wenn er Thingfriths Ende bedachte. Aber Leofric und die anderen hatten ihm immer wieder den Becher gefüllt, und Offa war zu aufgewühlt gewesen, um darauf zu achten, wie viele er geleert hatte. Im Moment war ihm das alles egal. Er wollte nur einen einzigen Abend lang entkommen, fliehen vor den Gedanken an eine Vergangenheit, die ihm wie ein Traum erschien, und eine Zukunft, die ihm aufgezwungen wurde.

Sein Blick fiel über den Fluss, der friedlich dalag, und nur hin und wieder vernahm er das Plätschern eines Fischs oder Nachtvogels. Der Avon war an dieser Stelle nicht besonders breit, Offa konnte sogar jetzt in der Dunkelheit mit Leichtigkeit das von Schilf gesäumte andere Ufer ausmachen. Die schattenhaften Silhouetten der Bäume streckten sich in die Nacht und hoben sich schwarz vom silbrigen Mondlicht ab. Aus der Ferne hörte er Flötenklänge und die singende Stimme eines Mannes. Bestimmt war es Godwin, der seinen kleinen Hof an den Hängen des Averdun-Hügels hatte und ein begnadeter Geschichtenerzähler war. Offa erinnerte sich noch gut daran, mit Eadburh am Herdfeuer gesessen und ihm gelauscht zu haben. Das war damals Zuhause gewesen. Heute bedeutete ihm diese Stimme nichts mehr.

Ein Rascheln zu seiner Seite riss ihn aus den Gedanken. Er hielt mit dem Wetzstein in der Hand inne und schloss die andere um den Griff des Schwertes. Den Kopf zur Seite geneigt lauschte er, hielt den Atem an. Womöglich waren die Waliser zurückgekommen? Oder war es Gwil, der die Feierlichkeiten nutzte, um zu entkommen und den neuen Herrn Averduns auf diesem Weg zu beseitigen?

So unauffällig wie möglich winkelte Offa die Beine an, drückte die Füße gegen den Boden und machte sich bereit. Ein Ast knackte hinter ihm. Er sprang hoch, schwang das Schwert, holte aus, ließ die Klinge nach vorne schnellen … Ein hoher Schrei erscholl.

Offa erstarrte, die angehaltene Luft entwich ihm. Er blickte in das fahle Gesicht Hildas, deren jungfräulich offenes Haar wie ein golden schimmernder See über ihre Schultern floss.

Langsam sah sie an sich hinab und auf die Klinge, die gegen ihre Brust drückte. Offa ließ sie sofort sinken. Gott sei Dank war sie nicht besonders scharf, sonst hätte er Hilda verletzt.

»Wen habt Ihr erwartet?«, keuchte sie und fasste sich ans Herz.

Offa sah sie noch einen Augenblick lang an, als wäre sie eine Erscheinung aus dem Wald, so wenig passte ihr Anblick in diese düstere Nacht. Dann wandte er sich ab und ließ sich wieder nieder. Er nahm den Wetzstein auf und fuhr mit seiner Arbeit fort.

»Es ist töricht, sich im Dunkeln an einen Bewaffneten heranzuschleichen.« Sein Blick fiel auf den Aleschlauch. Erst jetzt bemerkte er, dass seine Hände zitterten. »Du könntest jetzt tot sein.«

Hilda schwieg. Er spürte ihren Blick wie Nadelstiche im Nacken.

Schließlich hörte er, wie ihre Füße durchs feuchte Gras näher kamen.

Er seufzte. »Du solltest nicht hier sein.«

Er legte den Stein ab und sah zu ihr hinauf. Sie stand an

seiner Seite, ihr von Sommersprossen übersätes Gesicht war vom Mondlicht beleuchtet, immer noch ein wenig blass.

Hilda schwieg. Sie breitete das dicke Tuch, das sie um die Schultern trug, auf dem Boden aus und ließ sich an seiner Seite darauf nieder.

»Ich hätte nicht gedacht, dich jemals wiederzusehen, Offa«, flüsterte sie. Die formlose Anrede weckte ungewohnte Wärme in ihm. »Du warst so lange fort.«

»Es waren nur zwei Jahre seit meinem letzten Besuch«, erwiderte er, fast schon wehmutsvoll. Damals war noch alles in Ordnung gewesen. Wäre er doch nur geblieben, dann wäre Eadburh vielleicht noch am Leben. Stattdessen hatte er seinen Traum, ein Krieger zu werden, verfolgt.

Der Schmerz schnitt ihm durch die Brust, und er presste fest die Augen zu, als könne er so die Bilder von Eadburh im Fluss, wie sie strampelte und nach Atem rang, verbannen.

Eine Berührung am Oberarm riss ihn zurück. Er biss die Zähne zusammen.

»Du solltest jetzt gehen, Hilda.« Er sagte die Worte, auch wenn er sie nicht so meinte.

In Wirklichkeit wollte er, dass sie blieb. In seinem benebelten Zustand konnte er sich nichts Besseres vorstellen, als mit Hilda für kurze Zeit alles zu vergessen. Und sie dachte an dasselbe, sonst wäre sie nicht zu ihm gekommen. Schon damals war sie ihm ständig hinterhergelaufen.

Aber sie war keines der schamlosen Mädchen, die eine Bande Krieger an den Häfen verführten und für wenige Münzen ihre Tugend vergaben. Sie wollte mehr. Sie verdiente auch mehr. Sie war die Tochter eines freien Bauern, die darauf hoffen konnte, einmal einen guten Ehemann zu finden und eine eigene Familie zu gründen. Er durfte sie nicht entehren.

»Ich will bei dir bleiben.« Ihre Hand strich über seinen Arm und weiter hinauf zu seinem Hals.

Er kämpfte gegen die Sehnsucht, sie nah bei sich zu spüren, sich in ihrer Wärme zu verlieren. »Von mir hast du nichts zu erwarten«, brachte er rau hervor.

Aber Hilda lachte nur. »Du bist Offa. Du stammst vom ersten König der Angeln ab, der übers Meer kam und dieses Land für unser Volk eroberte. Dein Vorfahre war Mercias erster König. Du könntest mir vieles bieten, Offa.« Sie nahm seine Hand in ihre und führte sie zu ihrem Unterleib. »Ein Kind.«

Offa zuckte weg, als wären ihre Worte ein Feuer, an dem er sich verbrannte. Er sah sie an, und sie blickte unverwandt zurück. Diese unschuldigen Augen passten nicht zu den Worten, die ihren Mund verließen.

Sie schien ihm den Schrecken vom Gesicht abzulesen, denn sie lächelte.

»Ich weiß, dass du mich nie zu deiner Frau nehmen wirst. Du bist der Sohn des Aldermanns …« Sie hielt inne, schüttelte den Kopf und lachte schließlich leise. »Nein, du bist bald selbst Aldermann. Und du wirst die Tochter eines Ebenbürtigen heiraten, ja, vielleicht sogar die Tochter eines Königs. Ich weiß das. Nur wird es keine Heirat aus Liebe sein. Deshalb brauchst du jemanden, der nur für *dich* da ist, ohne all die politischen Verstrickungen. Ein Mensch … eine Frau … bei der du dich fallen lassen kannst. Und wenn du mir versprichst, dich immer um mich zu kümmern, genauso um die Kinder, die wir bekommen mögen, kann ich diese Frau für dich sein. Deine Zuflucht.« Sie streckte die andere Hand aus und legte sie zielgerichtet in seinen Schritt.

Offa gab beinahe ein Stöhnen von sich. Er hatte für gewöhnlich keine Schwierigkeiten, was seine Selbstkontrolle betraf, aber nach so viel Ale spürte er sich schwach werden.

»Vergiss alles«, flüsterte sie und lehnte sich zu ihm vor.

Offa wandte sich ihr zu. Er wollte ihr noch einmal sagen, dass sie gehen sollte … aber stattdessen fanden seine Lippen ihre. Er zog sie an sich und küsste sie mit kaum noch vorhandener Beherrschung. Hilda schlang augenblicklich ihre Arme um seinen Hals, ließ sich zurück auf den Boden sinken und zog ihn mit sich. Ihr weicher Körper lag unter seinem, der Rausch der Nähe und des Ales ließen alles um ihn herum verschwimmen. Seine Hand fand ihre volle Brust, die andere grub sich in die Erde. Er krallte sich daran fest, um nicht augenblicklich ihre Röcke hochzuschieben und sie zu nehmen, wonach sein ganzer Körper schrie.

Hilda legte ihre Beine um seine Hüften, leises Stöhnen drang aus ihrem Mund in seinen. »Lass los«, flüsterte sie und löste sich nur so weit von ihm, um mit den Lippen seinen Hals zu liebkosen. »Halt dich nicht länger zurück.«

Ein Keuchen entkam ihm. »Dein Vater würde mich vierteilen, wüsste er von unserem Gespräch.«

Hilda kicherte und ließ ihre Hand durch sein Haar streichen, das sich aus dem Band im Nacken gelöst hatte. »Aber *er* war es doch, der mich zu dir schickte.«

Offa hielt inne. Schlagartig war er nüchtern, und sein erhitztes Blut gefror zu Eis. Er stützte sich auf die Hände und sah auf Hilda hinab, auf ihr im fahlen Mondlicht blasses Gesicht. »Dein Vater weiß hiervon?«

»Er weiß, wie gern wir uns damals hatten, aber er ist auch weise genug zu verstehen, dass du mich niemals heiraten wirst. Aber wenn du … wenn du mich in dein Herz lässt, wirst du dich doch immer um uns kümmern, oder? Um mich und meine Familie? Der Hof … Wir haben heute viel verloren, und …«

Offa wollte nichts mehr hören. Er sprang auf die Füße und sah auf das Mädchen hinunter, als hätte er eine Fremde vor sich. Fürwahr, hier war nichts mehr so, wie es einst gewesen war.

»Geh jetzt«, knurrte er und hob sein Schwert von der Wiese

auf. Nicht, um ihr zu drohen, sondern weil er vorhatte, selbst zu verschwinden, wenn sie nicht sofort ging.

Hilda sah ihn wie vor den Kopf gestoßen an. Langsam rappelte sie sich auf und brachte etwas Abstand zwischen sie beide. »Ich verstehe nicht …«

Er selbst verstand sich auch nicht. Aber wie sollte er auch denken, wenn er geschätzt den halben Vorratskeller des Klosters leergetrunken hatte. Ihm gefiel nicht, dass es in seinem Dorf einen Mann gab, der glaubte, ihn lenken zu können. Was für ein Vater war das, der seiner eigenen Tochter den Weg zu einem glücklichen Familienleben für immer verwehren wollte, nur um sich selbst zu bereichern?

»Ich brauche niemanden«, sagte er heiser und sah ihr in die Augen.

Aber anstatt Widerstand oder zumindest Einsicht schlug ihm von Hilda Mitleid entgegen. Ein Gesichtsausdruck, der ihn fassungslos machte. Wie konnte sie sich erlauben, ihn zu bemitleiden?

»Doch, das tust du, Offa. Du brauchst jemanden. Lass deinen Stolz nicht in den Weg deines Glücks geraten.«

Aber Offa hörte ihre Worte kaum. Er sah nur ihren Vater Godric vor sich, und wie er gegen ihn konspirierte. Vielleicht glaubte Godric ja, jetzt, da der Aldermann tot war und ihm ein Jüngling folgte, selbst an die Macht kommen zu können.

»Du hast ihn gehört, Mädchen«, erklang unvermittelt eine vertraute Stimme aus dem Dickicht.

Offa konnte sich nur schwer ein Seufzen verkneifen. Das hatte ihm gerade noch gefehlt.

Hilda hingegen schien eher verängstigt von dem Krieger, der ins Mondlicht trat und nur als graue Gestalt zu erkennen war. Sie warf Offa noch einen letzten Blick zu, dann raffte sie ihre Röcke und huschte davon.

»Du hast klug entschieden, Offa.«

Ein verächtlicher Laut drang aus Offas Kehle. »Wie lange steht Ihr schon da und beobachtet mich?«

Heardberht hob entwaffnend die Hände. »Ich habe dich gesucht und dich dann mit dem Mädchen gesehen. Ich wollte gerade umdrehen und gehen, aber dann bist du plötzlich aufgesprungen, und ich habe gehört, was sie vorhatte. Du hast einen kühlen Kopf bewiesen. Und das, obwohl …« Er deutete vage zum Aleschlauch hinab. »Es scheint, dass meine endlosen Predigten wohl doch gefruchtet haben.«

Offa schüttelte den Kopf. Er wollte nicht länger über Hilda reden, und jetzt wurde er schlagartig müde. »Morgen früh reiten wir also zum König?«, fragte er und versuchte dabei nicht allzu bang zu klingen.

Heardberht nickte ernst. »Du musst ihm Treue schwören.«

»Wird er mich denn empfangen?«

»Wir werden sehen.« Heardberht klopfte ihm auf die Schulter und führte ihn mit sich, zurück durch den kleinen Waldabschnitt zur Siedlung. »Mein Bruder war kein Freund deines Vaters, er hielt ihn für schwach und nutzlos. Umso größere Stücke hielt er auf seinen Vetter, deinen Großvater. Er wird jemanden in Averdun sehen wollen, dem er vertrauen kann und der verhindert, dass dein Onkel, der König der Hwicce, zu große Macht erlangt und die Unabhängigkeit anstrebt. Dein Alter wird ihn abschrecken, dessen sei versichert – aber im Grunde liegt alles, was morgen geschieht, in deiner Hand.«

»Das habe ich befürchtet.« Offa hatte König Æthelbald nur einmal vor ein paar Jahren in einer gewaltigen Schlacht gegen die Waliser gesehen. Und das nur aus der Ferne. Seine Erinnerung zeigte einen Mann der Stärke und Kraft, einen Mann, der in den Jahrzehnten seiner Regierung Mercia zum mächtigsten Königreich aller Angelsachsen gemacht hatte. Was würde ein solcher König sehen, wenn er Offa betrachtete?

Noch nie in ihrem Leben hatte sich Hilda derart gedemütigt gefühlt. Sie war sich sicher gewesen, Offa für sich gewinnen zu können. Aber nun war sie allein.

Wie sollte sie ihren Eltern unter die Augen treten, ihrem Vater, der von ihr erwartete, die Familie zu retten? Wie sollte sie ihm offenbaren, dass sie versagt hatte? Er zählte auf sie, er hatte seine Milchkuh und den Ochsen für den Pflug verloren. Fast ihr ganzer Besitz. Sie hatten nur noch ein halbes Dutzend Schafe, das zusammen mit denen der Nachbarn auf den Hügelhängen weidete. Aber ein Schaf war kaum etwas wert, nur den fünften Teil einer guten Kuh. Rinder waren es, die Wohlstand brachten, und ihr Vater war stets stolz darauf gewesen, nicht nur Schafe zu besitzen, wie viele der ärmeren Bauern.

Das Dorf lag dunkel da, immer noch stank es nach Rauch und den verkohlten Überresten von Holz, Stroh und Lehm. Aus der Ferne erklang Musik. Leofric der Rote hatte viele Dorfbewohner zu sich eingeladen, um Offas Rückkehr zu feiern und Thingfriths Tod zu betrauern. Die Männer dort drüben tranken und lachten, als hätte es den Angriff vor vier Tagen gar nicht gegeben, als wären die Waliser nicht gekommen und hätten ihnen nicht beinahe ihre Lebensgrundlagen geraubt. Wäre der Aldermann Heardberht mit seinen Männern nicht wie ein Racheengel ins Dorf gestoßen, dann hätten sie noch viel mehr verloren. Aber vielleicht tranken sie auch gerade deshalb. Um zu vergessen. Hildas Vater war auch sehr gut darin.

Hilda ging über den Streifen abgeerntetes Feld ihrer Familie und starrte auf den schwarzen Schemen ihres Zuhauses. Sie versuchte, sich die richtigen Worte zu überlegen. Vielleicht sollte sie ihrem Vater sagen, dass sie Offa nicht gefunden hatte. Aber das wäre eine Lüge. Und den eigenen Vater anzulügen war eine große Sünde. Nein, sie musste sich stellen.

Mit einem krampfartigen Gefühl im Bauch schob sie die Tür auf und sah sich in der Hütte um. Der vertraute Geruch der Talgkerzen stieg ihr in die Nase und brannte ein wenig. Ihre Mutter saß auf der Decke neben dem Herdfeuer und sortierte Wolle, während ihr Vater sich auf einem Schemel niedergelassen hatte und Tierfallen baute. Dieser Winter würde sehr schwer werden, sie würden nicht allein von ihren Vorräten überleben können. Vielleicht mussten sie die Schafe schlachten oder verkaufen. Dann hatten sie gar nichts mehr.

»Du bist früh zurück.« Godric richtete sich auf. Seinem hageren Gesicht war bereits sein Urteil abzulesen.

Hilda schluckte. »Er hat gerade erst seinen Vater verloren …«, begann sie, aber Godric hob mit einer harschen Bewegung die Hand und stierte sie an.

»Gerade deshalb sucht er Trost und Ablenkung. Für eine Frau gibt es nichts Leichteres, als einen Mann zu verführen, besonders wenn er so betrunken ist wie Offa. Und nicht einmal das bringst du zustande. Sag mir, für was bist du noch nütze? Warum sollen wir dich über den Winter durchfüttern, wenn du nicht in der Lage bist, deinen Beitrag zu leisten?«

Tränen stiegen Hilda in die Augen. Sie warf einen hilfesuchenden Blick zu ihrer Mutter, aber die konzentrierte sich auf ihre Wolle und sah sie nicht einmal an.

»Ich kann es wieder versuchen, ich …«

»Er reitet morgen weg, du dumme Göre! Zum König! Glaubst du, dort gibt es keine hübschen Mädchen? Glaubst du, er wird noch einen einzigen Gedanken an dich verschwenden?«

Er kam mit zwei forschen Schritten auf sie zu, und ehe sie reagieren konnte, hob er die Hand – und Hilda spürte nur noch Schmerz am Wangenknochen und fand sich am Boden liegend wieder.

Auch jetzt blieb ihre Mutter still. Vermutlich fürchtete sie, ebenfalls Godrics Zorn auf sich zu ziehen.

»Du bist achtzehn Jahre alt, Hilda, und die willigen Ehemänner rennen uns nicht gerade die Tür ein! Offa war deine letzte Hoffnung.«

»Ja – als Hure«, keuchte Hilda – und bereute die Worte sofort, denn ein Tritt in die Rippen presste ihr die Luft aus der Lunge.

»So wärst du zumindest *etwas*. Jetzt bist du ein Nichts.«

Hilda sagte nichts mehr. Stumm blieb sie im Stroh liegen, die Hände über den Kopf geschlagen. Sie dachte an den jungen Oswiu, der das benachbarte Feld mit seinem Vater hielt und das Handwerk des Schmieds erlernte. So lange hatte sie den Eindruck gehabt, sie würde ihm gefallen. Sie hatte gehofft und darauf gewartet, dass ihre Väter sich trafen und eine Vermählung besprachen, aber dieser Tag war nie gekommen. Stattdessen hatte Oswiu Seaxburh geheiratet, die rehäugige Tochter des Müllers mit den mausbraunen Haaren.

»Es tut mir leid«, wimmerte sie und wagte nicht aufzusehen. »Ich mache es wieder gut. Ich kann meinen Beitrag leisten, ich mache es wieder gut.«

Ihr Vater aber schnaubte nur verächtlich und ließ sich wieder auf dem Schemel nieder.

Hilda regte sich nicht mehr. Sie wusste nicht, wie lange sie so dalag und an Offa dachte, und wie er ihr Leben hätte ändern können. Sie wollte wütend auf ihn sein, aber stattdessen empfand sie nur Wehmut. Ihr war es nicht nur darum gegangen, einen Beschützer zu finden, das hätte vielleicht alles leichter gemacht. Nein, sie hatte *ihn* gewollt, sein Lächeln, das so selten war, aber ihr Herz zum Singen brachte. Sie hatte seinen schlanken Körper spüren wollen und hören, wie er ihren Namen voller Hingabe flüsterte. Er war schon lange Bestandteil all ihrer Träume. Und nun waren sie ausgeträumt.

Sie fand lange nicht den Mut aufzustehen, besonders als ihr Vater anfing, über Offa zu schimpfen, weil er den Waliser verschont hatte. Er hätte ihn töten können, den Kampf hatte er doch gewonnen, sagte er, und dabei konnte er ein wenig Staunen nicht aus seiner Stimme heraushalten. Hilda wollte gar nicht an die schrecklichen Momente denken, in denen sie um Offas Leben gefürchtet hatte. Gleichzeitig flatterte aber ihr Bauch, wenn sie ihn sich erneut vorstellte, wie er sein Schwert geführt hatte, wie sich seine Muskeln spannten und wie er mit seinen tiefblauen Augen den Feind fixierte.

Irgendwann legte Godric sich schlafen, und Hilda ging in die Ecke der Hütte, in der die Kuh und der Ochse durch eine niedrige Bretterwand abgetrennt die Nächte verbracht hatten. Jetzt war alles leer. Die Tiere waren an diesem schönen Herbsttag draußen auf der Wiese gewesen. Die Waliser hatten schon damit begonnen, die Rinder fortzutreiben, ehe Heardberht gekommen war und sie in die Flucht geschlagen hatte. Die Fremden waren nicht mehr dazu gekommen, Feuer in diesem Bereich des Dorfes zu legen, sie waren also vielleicht sogar noch glimpflich davongekommen. Der Gedanke sollte ihr Kraft spenden, aber in dieser Nacht tat sie trotzdem kein Auge zu. Sie überlegte, wie sie Offa doch noch für sich gewinnen konnte. Er durfte nicht wegreiten und sie hier vergessen.

Noch vor Sonnenaufgang stand sie auf, schlich sich nach draußen und beobachtete die große Halle. Alles war ruhig dort. Sie wusste gar nicht, ob Offa in seinem einstigen Heim geschlafen hatte oder in den Armen irgendeiner anderen Frau. Allein der Gedanke entfachte in Hilda ein heißes Feuer der Eifersucht.

Wäre Aldermann Heardberht nur nicht an den Fluss gekommen! Dann wäre es ihr noch gelungen, Offa umzustimmen. Bedeutete sie ihm denn wirklich nichts mehr? War es ihm egal, dass sie für ihn auf eine Ehe und ein christliches Familienleben verzichten würde? Sah er nicht, dass er ihre letzte Hoffnung war, um zu überleben?

Ein leises Rascheln riss sie aus ihren Gedanken. Sie sah hinüber zu der kleinen Holzkirche, vor der gerade der alte Aldfrith vorbeiging. Seine Füße schlurften durch die Sägespäne, die von den Wiederaufbauarbeiten überall herumlagen. Und als spürte er ihren Blick, hob er den Kopf und sah in ihre Richtung.

Hildas Herz machte einen Satz. Sie wusste nicht, warum, aber sie fühlte sich, als hätte er sie bei etwas Verbotenem ertappt. Aber er lächelte und kam auf sie zu. Anders als die meisten hier hielt er nicht nur so viel Land, um eine Familie zu ernähren, sondern gleich drei Hufen. Für zwei davon entrichtete er seine Abgaben an den Aldermann, der wohl bald Offa sein würde. Der Rest unterstand dem Kloster, das Offas Großvater gegründet hatte. Aldfrith war der wohlhabendste der freien Bauern dieser Gegend, er besaß sogar zwei Leibeigene. Dabei war er großzügig und verlieh oft ohne Gegenleistung einen seiner Pflüge an jene, die keinen eigenen hatten, um ihr Land zu bestellen.

Vielleicht konnte *er* ihrer Familie helfen.

»Hilda! Du bist aber schon früh wach.« Er sah sich in alle Richtungen um, wie um sich zu erklären, was sie hier wollte, dann fiel sein Blick zur Halle. »Wartest du auf jemanden?«

»Nein!« Das Wort kam ihr viel zu schnell über die Lippen.

Aldfrith sah sie mit prüfendem Blick an, lange und durchdringend. Ihr wurde immer unwohler. Seine faltige Haut spannte sich um das scharfkantige Gesicht und verlieh ihm etwas von einem Raubvogel. Graue Augen stierten sie an. Ein

Zittern fuhr über ihren Körper. Nun bereute sie es, das Haus verlassen zu haben.

»Ich konnte nicht schlafen«, versuchte sie zu erklären.

Aldfrith nickte bedächtig. Er blickte an ihr vorbei in die Richtung, in der ihr Zuhause lag, auch wenn es von hier aus nicht zu sehen war.

»Der Überfall hängt uns wohl allen noch nach. Viele Familien stehen mit nichts mehr da. Freie Menschen, die Land besitzen und sich glücklich schätzen können, aber jetzt keine Mittel mehr haben, um das Land zu halten. Manchen wird wohl nichts anderes übrig bleiben, als ihre Kinder in die Leibeigenschaft zu verkaufen, bis es ihnen besser geht.«

Hilda wusste nicht, was sie sagen sollte. Sie überlegte, wie sie ihn um Hilfe bitten konnte, ohne dass ihr Vater sein Gesicht verlor und sie eine Bettlerin schimpfte. Aufmerksam sah sie Aldfrith an. Sein schütteres graues Kopfhaar und ein umso dichterer grauer, langer Bart sollten ihn grotesk aussehen lassen, aber Hilda kannte ihn nicht anders. Sie hatte das Gefühl, er hatte immer schon so ausgesehen. Nur die Falten um seine grauen Augen waren mehr geworden.

»Ich hoffe, du und deine Familie, ihr habt keine großen Verluste erlitten. Die Feuer sind ja nicht bis zu euch vorgedrungen.«

»Sie haben uns die Tiere genommen«, sagte sie und versuchte, die Verzweiflung aus ihrer Stimme herauszuhalten.

Aldfriths Worte echoten durch ihren Kopf. *Leibeigenschaft*. War dies das Schicksal, das auch ihr drohte? Ihre Freiheit zu verlieren, Besitz zu werden, wie die Rinder, die die Waliser gestohlen hatten? Als Erstes würden sie ihr das lange goldene Haar abschneiden, um sie als Unfreie zu kennzeichnen, und dann war jede kleinste Aussicht auf eine Zukunft dahin. In diesem Dorf konnte sich niemand mehr einen Leibeigenen leisten. Ihr Vater würde sie in ein anderes Dorf verkaufen, in eine fremde Stadt, ja, womöglich mochte er sie auf einem der Menschenmärkte bei den großen Häfen verkaufen. Von dort könnte sie nach Irland oder aufs Festland gebracht werden und würde ihre Heimat nie wiedersehen. Und Offa auch nicht.

Das Schlimmste daran war, dass sie ihrem Vater solch eine Tat zutraute, wenn er keinen anderen Ausweg mehr sah. Eine schlechte Ernte im nächsten Jahr, noch ein kleiner Rückschlag, und er würde sie nicht länger füttern, wie er selbst sagte. Sie musste es verhindern.

»Ich kann arbeiten«, platzte es aus ihr heraus. »Kochen, waschen, das Haus sauber halten, nähen, spinnen …«

Aldfrith hob lachend die Hand. Es war ein durch und durch freundliches Lachen, trotzdem bekam Hilda dadurch kein besseres Gefühl. Sie wusste, ihr Vorschlag war nicht weit von einem Selbstverkauf in die Leibeigenschaft entfernt, aber wenn sie für Lohn arbeitete, konnte sie zumindest einen Hauch von Freiheit bewahren und irgendwann doch heiraten, eine Familie gründen und ein respektables Leben führen. Vielleicht würde Offa sie dann irgendwann als seiner würdig erachten. Nicht als Ehefrau, aber zumindest als einen Bestandteil seines Lebens, auch wenn er noch so klein war.

»Du willst dir etwas verdienen.« Aldfrith nickte wissend und sah sie durchdringend an, dann hob sich seine Hand an ihre Wange, er berührte genau die schmerzende Stelle, wo ihr Vater sie getroffen hatte. Vielleicht sah man es bereits.

»Es ist kalt hier draußen.« Er wies zum Hügel, an dessen Fuß seine Hütte stand.

Er lebte allein darin. Seine beiden Söhne waren im Kampf gefallen, und seine Tochter hatte einen fahrenden Händler geheiratet und war längst nicht mehr hier. Seine Ehefrau war schon lange tot, und nicht nur einmal hatte Hilda ihren Vater mutmaßen gehört, dass Aldfrith wohl dem Kloster beitreten würde. Schließlich betonte er oft genug, dass er nicht vorhatte, jemals wieder zu heiraten.

Aber die Art, wie er sie ansah, als er die Hand besitzergreifend auf ihre Schulter legte, bewies ihr, dass er nicht die Absicht hatte, ein Mönch zu werden. Sie mochte eine Jungfer sein, aber sie kannte die Blicke von Männern. Ein Blick, den sie sich in Offas Augen wünschte, wenn er sie ansah.

»Du möchtest deiner Familie helfen, nicht wahr?« Seine Hand strich zu ihrem Hals, seine Fingerspitzen berührten sie kaum, als sie hinter ihr Ohr fuhren und dann in ihren Nacken. Ein eiskalter Schauder fuhr ihr den Rücken hinunter. »Du weißt nur nicht, wie.«

»Ich … ich kann …«, versuchte sie ihre Arbeitsabsichten zu wiederholen, aber Aldfrith ließ sie nicht ausreden.

»Du kannst ihnen helfen.« Er trat einen Schritt auf sie zu und wies noch einmal in Richtung seines Hauses. »Komm mit mir, tu, was ich dir sage, und ich werde gut zu dir sein. Ich werde dich anständig belohnen.«

Hildas Kiefer begann zu zittern, so sehr presste sie die Zähne aufeinander. Sie wusste nicht, was sie sagen sollte. Es hätte keinen Sinn, Empörung zu spielen oder so zu tun, als wäre sie zu ahnungslos, um zu erkennen, was er von ihr wollte. Genauso wenig aber nützte es vorzugeben, sie müsse über das Angebot nachdenken. Sie wussten beide, dass dies ihr letzter Ausweg war. In der Leibeigenschaft konnte sie sich noch weniger aussuchen, wer sie benutzte, und dann würde es vermutlich auch nicht nur einer sein. Wenn sie genug verdiente, konnten sie vielleicht die Schafe behalten und irgendwann wieder eine Kuh kaufen. Dann wären sie wieder auf dem richtigen Weg.

»Ich tue, was Ihr sagt«, flüsterte sie.

Aldfriths Blick verdunkelte sich, und etwas Ungezügeltes trat in seine Augen, das in ihr das Grauen weckte.

Er bedeutete ihr, ihm zu folgen, und so setzte sich Hilda in

Bewegung. Sie ging mit einigem Abstand hinter ihm durch das schlafende Dorf. Er drehte sich nicht einmal zu ihr um, um zu prüfen, ob sie noch da war, so sicher war er, dass sie ihn brauchte. Er hatte die Macht, und allein dieses Wissen erfüllte sie mit einer lähmenden Resignation. Sie spürte ihren Körper gar nicht mehr, ihre Füße setzten wie von selbst einen Schritt vor den anderen. Und als sie die Hütte erreichten und Aldfrith die Magd und den Knecht fortschickte, war ihr alles egal.

Er schenkte ihr edelsten Wein vom Frankenreich ein, und sie schmeckte nichts.

Schließlich führte er sie zu einer erhöhten Bettstatt an der Stirnseite des großen Raums, hob sie hoch und legte sie darauf nieder. Dann hob er seine Tunika, hantierte an sich herum … Plötzlich kam sie mit voller Wucht ins Hier und Jetzt zurück. Der Schmerz, der sie durchzuckte, ließ sie aufkeuchen, und ihr wurde bewusst, was sie hier tat.

Er hatte versprochen, gut zu ihr zu sein, und vielleicht war er das auch. Er war nicht unnötig grob, aber sie hatte auch keine Möglichkeit zu vergleichen. Schließlich war dies das erste Mal, dass sie sich einem Mann hingab.

Der Ekel war das Schlimmste an allem. Der Ekel und der Selbsthass. Sie war eine Hure.

Vor ein paar Tagen war sie noch voller Träume zum Fluss gelaufen, um die Wäsche zu waschen, sie hatte Äpfel vom Boden aufgesammelt und mit ihrer Mutter verarbeitet. Und dann waren Schreie erklungen. Von diesem Moment an hatte sich alles geändert. Jetzt lag sie unter diesem schwitzenden, röchelnden alten Mann und kämpfte gegen den Drang an, sich zu übergeben. Sie wusste nicht, wie lange es dauerte. Ihr kam es vor wie eine Ewigkeit.

Als Aldfrith endlich fertig war und aufstand, presste sie vor Erleichterung die Augen zu. Sie wünschte sich weit fort und war tatsächlich enttäuscht, dass sie immer noch hier war, als sie die Lider hob. Es war kein böser Traum gewesen.

Aldfrith rückte seine Kleider zurecht, ging zum Fenster, das er mit schwerem Tuch verhängt hatte, zog die Tücher zur Seite und legte den Kopf schief.

»Es herrscht Aufruhr. Zieh dich an. Wenn ich dich wieder brauche, werde ich es dich wissen lassen.«

Er nahm etwas aus seiner Börse an seinem Gürtel und legte es auf den mit tiefen Kerben durchzogenen Tisch. Dann ging er hinaus.

Hilda starrte ihm einen Moment lang wie gelähmt hinterher, dann sprang sie auf und stürzte zum Tisch, als könnte irgendjemand ihren Lohn stehlen. Es waren zwei Pfennige. Hilda bekreuzigte sich. Eine in diesem Augenblick vielleicht unpassende Geste, schließlich hatte sie gerade eine große Sünde begangen. Trotzdem dankte sie dem Herrn für die Großzügigkeit, die Aldfrith ihr entgegenbrachte.

Nur beim Gedanken daran, das alles noch einmal durchstehen zu müssen, wurde ihr sogleich wieder elend zumute. Plötzlich krampfte sich ihr Magen zusammen, er schien sich zu heben, Speichel sammelte sich in ihrem Mund. Und dann übergab sie sich mit reiner Galle, denn sie hatte heute noch nichts gegessen.

Tränen sammelten sich in ihren Augen, aber sie wischte sie wütend fort. Sie durfte nicht weinen, nicht schwach sein. Sie hatte einen Weg gefunden, zu überleben und ihrer Familie zu helfen – ohne Offa. Sie sollte stolz auf sich sein. Aber in ihren Gedanken hallten immer nur die Worte: *ohne Offa, ohne Offa.* Sie hatte so lange ohne ihn gelebt, oft hatte sie gar nicht mehr an ihn gedacht. Aber mit seiner Rückkehr, an dem Tag, an dem alles zusammengebrochen war, hatten all die alten Gefühle von früher sie mit der Gewalt eines Sturms angegriffen. Und jetzt konnte sie sie nicht mehr abschütteln. Dabei musste sie das, denn er ging wieder fort. Sie hatte sich verkauft, und alles war vorbei. Warum blieb der Funken Hoffnung, Offa würde sie retten?

Der Lärm, von dem Aldfrith gesprochen hatte, drang nun auch an ihre Ohren. Hilda ging hinaus und ignorierte dabei den sengenden Schmerz in ihrem Schoß ebenso wie die Nässe zwischen ihren Beinen.

Das graue Licht der Morgendämmerung war einem roten Glanz gewichen, die Sonne blickte mit ersten schwachen Strahlen hinter dem Hügel hervor. Hilda atmete tief die kalte Luft ein. Die vielen Stimmen kamen aus Richtung der Halle, und Hilda sah auch andere Dorfbewohner, die sich auf den Weg dorthin machten. Zu ihrer Erleichterung blickte niemand in ihre Richtung, als sie aus Aldfriths Haus trat. Die Schande wäre zu groß. Jeder in diesem Dorf kannte sie, kannte ihre Familie – sie würde nicht damit leben können, ihr Geheimnis preisgegeben zu sehen.

So unauffällig wie möglich huschte sie zwischen zwei Häuser, kletterte über die Zäune eines Gartens und kam schließlich auf den Pfad, der zur Halle des Aldermanns führte. Dort standen Pferde bereit.

Männer aus dem Dorf, die Hilda schon ihr ganzes Leben lang kannte, schwangen sich in die Sättel und sahen wie Fremde aus. Da war Leofric der Rote, der seinen großen schweren Körper meist nur mit einer knielangen Tunika und weiten, um die Waden festgeschnürten Hosen kleidete, ohne jeglichen Zierrat. Jetzt aber trug er einen Ringpanzer, der ihn noch mächtiger wirken ließ. Sogar ein Schwert hatte er um die Hüften gegurtet. Sein übliches Lächeln fehlte, ernst sah er sich im Hof um. Sein Blick folgte dem jungen Waliser, den Offa zu Godrics Missfallen verschont hatte.

Auch Wulfhere trat auf wie ein Krieger und nicht wie der Schweinehirt aus dem Stall; hinter ihm folgten die Brüder

Eadric und Cerdic, die die Jüngsten der Truppe waren, aber, ebenfalls voll gerüstet, wie Fremde wirkten. Sie waren Männer aus dem Dorf, die Tiere hielten und Felder bestellten, aber auch als Thingfriths Krieger gedient hatten. Vor vielen Jahren waren sie Teil von Thingfriths Herdwache gewesen, ehe der Aldermann die Notwendigkeit von Kriegern aus dem Auge verloren und sich nur noch um sein Ale gekümmert hatte.

Zuletzt hatte sich Hilda ein ähnliches Bild geboten, als der König von jedem seiner Landhalter Krieger verlangt hatte, die für ihn in der Schlacht gegen die Waliser kämpften. Aber das war lange her. Und heute zogen die Männer auch nicht in den Kampf, sondern zum König. Hilda betete, dass sie bald zurückkehrten.

Schließlich trat Offa aus der Halle.

Hildas Herz machte wie immer einen Satz und schlug viel zu schnell weiter. Er sollte wie ein Junge wirken, und doch war er ein Mann. Seine Züge hatten nichts Kindliches mehr an sich, sie wirkten hart und unnachgiebig. Das goldene, im Nacken zusammengebundene Haar verstärkte diesen Eindruck noch, der kurze Bart an Kinn und Wangen funkelte im Sonnenlicht, als wäre seine Haut mit Gold bestäubt.

Auch er trug einen Ringpanzer, der ihm bis zu den Oberschenkeln reichte, und ein Schwert pendelte an seiner Seite. Seine Hand umschloss das Heft, und Hilda konnte nur auf seine langen, schlanken Finger starren. Sie stellte sich vor, wie diese sie gestern Nacht berührt hatten und wie anders es sich angefühlt hatte als der gierige Griff Aldfriths. Nichts an Offa könnte sie ekeln. Wenn sie seine breiten Schultern betrachtete, die dem Rest seines noch drahtigen, schlanken Körpers davongewachsen waren, wollte sie sich in seine Arme werfen und dort Trost finden. Sie wollte, dass er sie hielt und ihr von seiner Stärke abgab.

Aber er blickte nicht einmal in ihre Richtung. Sie stand mitten auf dem Pfad, und trotzdem schien sie unsichtbar.

Umso präsenter war Marcellina, die den Hof betrat. Sie ging auf ihren Sohn zu und neigte respektvoll das Haupt. Trotz offensichtlicher Müdigkeit und Trauer strahlte sie Würde und Kraft aus – etwas, was auch Hilda vollbringen wollte. War Marcellina jemals so geschlagen gewesen wie sie jetzt? Hatte sie sich jemals an einem solchen Tiefpunkt wiedergefunden und es zurück nach oben geschafft? Und wenn ja, wie hatte sie das angestellt? Hätte doch Offa nur Interesse an ihr, dann hätte Marcellina sie vielleicht unter ihre Fittiche genommen, hätte ihr beigebracht, wie sie sich mit derselben Erhabenheit halten konnte.

»Offa hat sie zu seiner Verwalterin ernannt«, erklang unvermittelt Godrics Stimme an ihrer Seite und ließ sie zusammenzucken. Ihr Vater sah sie nicht an, auch er blickte zu Offa und seiner Mutter, und seiner Stimme waren keine Gefühle anzumerken. »Eine Frau, die hier das Sagen hat …« Er ließ die Worte so stehen, und obwohl er sich nicht anhören ließ, was er davon hielt, kannte Hilda ihn gut genug, um zu wissen, dass er Offas Entscheidung missbilligte. »Du warst schon früh unterwegs.«

Auch das sagte er in absoluter Gefühllosigkeit, aber Hilda spürte Hitze in ihren Wangen aufsteigen. Sie versuchte sich eine Ausrede zu überlegen, aber er war ihr Vater. Und es war doch sein Wunsch gewesen, dass sie sich verkaufte, um der Familie zu helfen. Vielleicht war er bestürzt und bekam ein schlechtes Gewissen, wenn er die Wahrheit hörte. Dann wusste er, dass er sie zu solch einem Schritt getrieben hatte. Vielleicht würde er sie tröstend in die Arme nehmen.

Ohne ein Wort reichte sie ihm einen der beiden Pfennige und schielte vorsichtig zu ihm empor. Sie wartete auf eine Reaktion, auf irgendwelche Worte.

Aber ihr Vater nahm das Geld wortlos entgegen, nickte kurz, wandte sich ab und ging.

Hilda konnte sich nicht rühren. Sie fühlte sich schlimmer, als wenn er sie geschlagen hätte. Sie spürte den zweiten Pfennig in ihrer Hand, und nun war sie froh, ihn behalten zu haben. So unauffällig wie möglich ließ sie ihn in ihrer kleinen Tasche am Gürtel verschwinden. Dann betrachtete sie wieder die Reiter, die sich auf den Weg machten: Aldermann Heardberht und seine Krieger, Offa und die Männer Averduns.

Bitte komm schnell zurück, flehte sie stumm und beobachtete Offa, der auf dem prächtigen Rappen aus Thingfriths Stall den Pfad entlangtrabte. *Dreh dich wenigstens einmal zu mir um, nur einmal, sieh mich an.*

Aber er ritt fort, ohne einen Blick zurückzuwerfen.

KAPITEL 3

Tamouuorthig (Tamworth), Königreich Mercia, Herbst 747

Das war also Tamouuorthig, der Lieblingssitz des mächtigen Königs von Mercia. Offa war ein wenig enttäuscht, denn die Stadt sah kaum anders aus als sein Heim in Averdun. Er hatte alte römische Bauten und hohe Mauern erwartet, prächtige Kirchen und einen geschäftigen Hafen – eine Stadt, die schon von Weitem Macht und Stärke ausstrahlte. Aber sie war nicht mehr als eine angelsächsische Siedlung, die etwas größer geraten war.

»Und vergiss nicht, Offa: Lass dich nicht einschüchtern. Mein Bruder kann Angst riechen wie ein hungriger Wolf.« Aldermann Heardberht klopfte ihm von seinem Pferd aus auf die Schulter, während sie Seite an Seite mit ihren Begleitern zur Stadt ritten. »Außerdem ist er sehr ungeduldig. Also teil ihm dein Anliegen mit, kurz und bündig, schwör ihm Loyalität und warte dann auf seine Antwort.«

»Und wenn er mir mein Erbe verweigert?«

Heardberht sah ihn an, als hätte er die dümmste Frage der Christenheit gestellt. »Na, dann bedankst du dich und siehst zu, dass du verschwindest. Ich lass dich schon nicht fallen, Offa, du kannst in meiner Kriegstruppe bleiben. Lerne, werde erfahrener, und wenn du dich weiterhin so gut entwickelst, nehme ich dich irgendwann in meine Herdwache auf.«

Offa schwieg. Er wollte den Aldermann nicht beleidigen, indem er ihm sagte, dass dieser Vorschlag für ihn keine Option war. Er musste um sein Erbe kämpfen, auch wenn er es im Grunde gar nicht wollte. Seine Heilung als Säugling, der Tod seines Vaters ausgerechnet nach einem schwerwiegenden Angriff der Waliser, wenige Tage nachdem Offa heimgekehrt war – all das musste einen Grund haben. Er musste die Verantwortung übernehmen, das war seine Bestimmung.

Sie ritten über eine Brücke, die sich über den schmalen Fluss Anker erstreckte. An den Uferhängen darunter kauerten Bettler, vielleicht Leibeigene, die nicht mehr arbeiten konnten, krank und schwach waren, oder freie Männer und Frauen, die alles verloren und keinen Herrn gefunden hatten. Sie kauerten um schwach lodernde Feuer, mit löchrigen Umhängen um die Schultern. Sogar Kinder waren darunter. Offa dachte an seine kleine Schwester. Was, wenn sie überlebt hatte und irgendwo angespült worden war, nicht wusste, wo sie sich befand und wie sie nach Hause zurückkehren sollte? Was, wenn ihr niemand geglaubt hatte, dass sie die Tochter eines wohlhabenden Herrn war, wenn sie ein Dasein als Besitz eines anderen oder als Bettlerin verbrachte?

»Wulfhere.«

Offa sah zurück zu dem Krieger aus Averdun, den er ebenso wie Leofric, Eadric und Cerdic noch von früher kannte. Wie die meisten aus Thingfriths einstiger Herdwache war er kräftig gebaut, hatte einen Stiernacken und einen fast rechteckig wirkenden Rumpf. Das helle Haar schor er regelmäßig ab, da es schon früh schütter geworden war. Seine Augen waren stets zusammengekniffen, als blickte er gegen die Sonne. Auch jetzt sah er Offa mit dem üblichen Missmut an.

»Mein Herr.«

»Finde in der Stadt etwas zu essen und bring es diesen Menschen.«

»Mein Herr?«

Nun war sich Offa auch der Blicke der anderen aus ihrer kleinen Reisegruppe bewusst, aber er kümmerte sich nicht darum. Sollten sie ihn für wunderlich halten. Er hatte in nur einer Woche seinen Vater, seine Schwester und sein halbes Dorf verloren – wenn er mildtätig sein wollte, dann war er es auch. Vielleicht konnte er den Herrn damit sanft stimmen, sollte Eadburhs Seele noch nicht ins Himmelreich gefunden haben.

»Du hast mich gehört, Wulfhere.«

Der Krieger nickte nur und ließ sich wie immer nicht anmerken, was er dachte. Für Offa war es unmöglich zu sagen, ob Wulfhere ihm wohlgesinnt war oder ob er ihn auch nur für einen jungen Burschen hielt, der sich erst Respekt verdienen musste. Aber der Krieger hatte ihm Treue geschworen, und kein Mann brach solch einen Schwur leichtfertig. Er konnte Wulfhere vertrauen.

Sie ritten weiter, und Offa ließ seinen Blick den Wasserlauf entlangschweifen, ein blaugraues, gewundenes Band inmitten von Grün. Ein Stück weiter westlich verband der Anker sich mit dem Tame, jenem Fluss, dem die Stadt ihren Namen verdankte. Offa machte an der Mündung ein paar Boote aus, aber von seiner Vorstellung von einem geschäftigen Handelsplatz war dieser Anblick weit entfernt.

Schließlich tat sich vor ihnen die ringförmige Palisade auf, die Tamouuorthig umschloss. Zumindest diese machte einen guten, stabilen Eindruck, als ob sie regelmäßig auf Schwachstellen überprüft wurde. Auch zahlreiche Krieger tummelten sich in den Türmen und auf den Wehrgängen. Das war vermutlich das Einzige, was zählte. Prunk und Glanz war nicht das, was einen König auszeichnen sollte, sondern die Fähigkeit zu halten, was er besaß. Diese Wahrheit war Offa seit seiner Rückkehr nach Averdun wieder schmerzlich bewusst geworden. Stärke war das, was zählte, nicht Ale zu trinken und in seiner Halle fett zu werden. Ein König wie auch seine Vertreter im Land, die Aldermänner, mussten stets präsent sein, Überlegenheit vermitteln und jeden noch so kleinen Hinweis auf Unruhe niederschlagen.

Das Tor stand weit offen, um Händler und Reisende hindurchzulassen. Vor ihnen hielt ein Karren mit Wolle, der genauestens untersucht wurde.

Aus einem Wachturm blickten zwei Krieger auf sie herab. Sie erkannten Heardberht und seine Männer, und so ritt ihre kleine Truppe auf einen kurzen Wink hin unbehelligt in die Stadt ein.

Häuser von Handwerkern säumten die gepflasterte und teilweise überwachsene Straße, um Reisenden sofort zu Diensten sein zu können und ihre Waren zu verkaufen. Nicht nur Praktisches wie Werkzeug, Waffen, Schuhe oder Kochgeschirr wurde feilgeboten, sondern Offa entdeckte auch Kunstvolles wie Zierrat, Schnitzereien und Schmuck, ausgestellt auf Tischen. Vielleicht hatte sein erster Eindruck der Stadt ihn doch getrogen. Es ging hier jedenfalls bunter zu als in seiner Heimat.

Ein Junge kreuzte ihren Weg, der schimpfend ein Schwein vor sich hertrieb. Als er die Gruppe Krieger entdeckte, blieb er wie angewurzelt stehen und starrte mit offenem Mund von einem zum anderen. Der Ast in seiner Hand fiel zu Boden. Offa konnte es ihm nicht verdenken. Er erinnerte sich noch gut daran, wie beeindruckt er selbst gewesen war, wenn er die starken Männer in ihren Rüstungen, mit den mächtigen Schilden und funkelnden Schwertern gesehen hatte. Nichts hatte er sich sehnlicher gewünscht, als selbst dazuzugehören. Und heute ritt er zum König, auf dem prächtigsten Pferd aus dem Stall seines Vaters, einem kräftigen Rappen mit üppiger Mähne und dichtem Fesselbehang, gezogen aus einer der besten Stuten seines

Großvaters. Er trug den alten Ringpanzer Thingfriths, den die Knechte tagelang vom Rost befreit hatten, darüber einen tiefblauen, fast schwarzen Umhang, der mit Fuchsfell gesäumt war. Sein Haar trug er genauso wie Heardberht im Nacken zusammengebunden, das bisschen goldener Bart, das ihm gewachsen war, hatte er stehen gelassen, um älter zu wirken. Die Drachenklinge seines Großvaters hing an seiner Seite, und an der Flanke des Pferdes war der gigantische Holzschild befestigt, der mit Bronze umrandet war, während der Buckel in der Mitte, der die Hand seines Trägers schützte, aus Silber bestand.

Der Blick des Jungen traf seinen, und Offa konnte in den Kinderaugen sehen, wie der Junge ihn wahrnahm. Als Helden. Nicht als Burschen, der in dieser Gruppe nichts verloren hatte. Allein dieser Blick gab ihm den Mut, dem König gegenüberzutreten und sein Vermächtnis einzufordern.

Ohne zu überlegen, zog er eine Münze aus der Lederbörse an seinem Gürtel und warf sie dem Jungen zu. Der hob sie eilig vom Boden auf und bewunderte sie wie einen wertvollen Schatz. Offa hörte ihn noch »Habt Dank, mein Herr!« rufen, da ritten er und seine Begleiter auch schon um die Straßenbiegung.

Schließlich passierten sie eine aus Stein errichtete Kirche und gelangten zu einem weiteren Palisadenring, der die Halle und die Wirtschaftsgebäude des Königs umschloss. Dieser Eingang war noch stärker bewacht. Aber auch durch dieses Tor kamen sie ohne Schwierigkeiten.

»Sagt meinem Bruder, dass ich zurückgekehrt bin und einen Freund mitgebracht habe«, wandte Heardberht sich an ein paar Wachen, die gerade Fackeln für die bevorstehende Abenddämmerung vorbereiteten.

Die Männer schienen Heardberht sofort zu erkennen, denn einer von ihnen löste sich mit einer knappen Verbeugung von den anderen und eilte zur Halle.

Offa schwang sich aus dem Sattel und blickte in den Himmel, wo sich dunkle Wolken zusammenzogen. »Hoffentlich beeilen sie sich.«

Heardberht warf ihm einen seiner ungeduldigen Blicke zu. »Nun, wir können nicht einfach so mir nichts, dir nichts zum König spazieren.«

»Nicht einmal Ihr?«

»Nicht einmal ich.«

Offa nickte ernst und sah sich schließlich in seinem Gefolge um.

»Gwil!«

Er winkte dem Waliser, den er mit sich genommen hatte, um vielleicht doch noch Antworten zu erlangen, aber auch, um ihn zu schützen. Die Menschen in Averdun konnten in Offas Abwesenheit womöglich beschließen, Rache zu üben.

»Nimm mein Pferd und gib ihm Wasser.«

Er reichte dem Waliser die Zügel des Rappen. Gwil nahm sie entgegen, ohne eine Miene zu verziehen. Es fiel Offa schwer einzuschätzen, ob der Waliser sich mit seinem Schicksal abgefunden hatte. Auf ihrer gut fünftägigen Reise gen Norden war Gwil bemüht gewesen, nicht aufzufallen. Offa hatte Fluchtversuche erwartet oder sogar einen Angriff, aber vermutlich war Gwil sich der Aufmerksamkeit aller bewusst. Bestimmt wollte er Offa in Sicherheit wiegen und würde zuschlagen, sobald er nachlässig wurde. Nur dass Offa nicht vorhatte, jemals nachlässig zu werden.

Heardberht übergab sein Pferd ebenfalls einem seiner Männer. »Der König wird dich bestimmt bald empfangen, Offa, und bis dahin werden wir zweifellos in der Halle Gastfreundschaft erfahren«, sagte er und klopfte ihm auf die Schulter.

Offa hörte ihm kaum zu, er behielt Gwil im Auge. Auch Leofric und die Brüder Cerdic und Eadric hatten ihm ihre Pferde gegeben, während Wulfhere in der Stadt geblieben war, um seinen Auftrag zu erfüllen. Gwil führte die Pferde zu den Unterständen hinüber, wo Heu und Wassertröge warteten. Er machte keinen falschen Schritt, sah sich nicht nach einer passenden Gelegenheit zur Flucht um oder hielt auf Waffen zu. Er tat nur, was von einem Leibeigenen erwartet wurde. Aber gerade das machte Offa misstrauisch. Und damit schien er nicht der Einzige. Auch Leofric hatte den Waliser im Auge, und als er Offas Blick bemerkte, zwinkerte er ihm zu. *Mach dir keine Sorgen,* schien er sagen zu wollen. *Ich sorge schon dafür, dass er keine Dummheiten begeht.*

Offa nickte ihm dankbar zu. Er war froh, den stets gut gelaunten Krieger an seiner Seite zu haben, und noch glücklicher war er darüber, dass er Leofric auf dem Weg hierher die Förmlichkeiten ausgeredet hatte.

Offa wollte sich gerade abwenden und Heardberht zur Halle folgen, da bemerkte er eine Gestalt, die sich aus dem Schatten der Ställe löste und Gwil entgegenging. Auf den ersten Blick erinnerte der Hüne eher an einen Bären. Erst als er ins Sonnenlicht trat, erkannte Offa einen großgewachsenen, muskulösen Mann mit einem fellgetrimmten Umhang, der einen grauen Hund an einer Kette führte. Die Bestie war so groß wie ein Kalb, bewegte sich aber leichtfüßig und grazil. Die Muskeln spannten sich unter dem Fell, als wäre sie jederzeit zu einem Angriff bereit.

Offa hielt inne. Er wusste nicht genau, was an diesem Fremden ihn so beunruhigte. Mit seinem Ringpanzer, dem Schwert an der Hüfte und dem Speer in der Hand gehörte er vermutlich zur Herdwache des Königs, und damit war er keine Bedrohung. Aber etwas an den Augen dieses Riesen, die Gwil wie die eines Falken am Naseneisen des Helms vorbei fixierten, weckte Wachsamkeit in Offa.

»Was hat ein dreckiger Waliser hier zu suchen?«, ertönte auch schon eine bellende Stimme über den Hof.

Gwil blieb stehen, und die vier Pferde, die am langen Zügel hinter ihm gingen, hielten folgsam inne, allerdings die Nüstern ob des Hundes gebläht, die Ohren gespitzt und die Augen geweitet. Gwil sagte nichts. Vermutlich verstand er gar nicht, was der Mann von ihm wollte. Offa ging näher heran.

»Abschaum, Diebespack, Mörder! Verschwinde dahin, wo du hergekommen bist!« Die kräftige Pranke fuhr vor und packte Gwil am Hemd. Die Pferde scheuten zurück, und im nächsten Moment stieß der Hüne den Waliser schon in den Dreck.

Der Hund rührte sich nicht und beobachtete nur, was sein Herr tat, worüber Offa erleichtert war.

»Was an diesem Mann sagt Euch, dass es sich um einen Dieb handelt?«

Offa verschränkte die Arme vor der Brust und trat so ruhig wie möglich an Gwils Seite. Dabei zwang er sich, die gigantischen Fäuste des Kriegers und die scharfen Zähne des Hundes zu ignorieren. Aus den Augenwinkeln bemerkte er, dass auch Leofric herantrat. Gwil rappelte sich auf und sammelte die Zügel der Pferde wieder ein.

Der Riese schien nicht verwundert über Offas Erscheinen und sah ihn herausfordernd an, das schwammige Gesicht durch die Wangenstücke des Helms sonderbar zusammengequetscht.

»Das ist ein Waliser. Unverkennbar. Kein Angelsachse hat so dunkle Haut.«

Damit hatte er zweifellos recht – die Waliser waren ein dunkleres Volk als die Angelsachsen, auch wenn es hier wie da Ausnahmen gab. Aber das hatte nichts damit zu tun, ob Gwil ein Dieb war oder nicht.

»Selbst wenn er ein Waliser ist, hat Euch das nicht zu kümmern. Er wird nicht der Einzige in Tamouuorthig sein. Ich bin sicher, unter den Leibeigenen hier finden sich mehrere. Fürchtet Ihr, auch von denen bestohlen zu werden, oder nur von dem, der mir gehört?«

Der Blick des Hünen flog zu Offas heidnischem Anhänger an der Brust, und sein Körper spannte sich noch stärker an. »Alle Waliser sind Diebe und gehören an die Kette wie die Hündin hier.« Er wies knapp auf das aufmerksame Tier hinab. »Ich sage, er verlässt Tamouuorthig entweder freiwillig, oder ich helfe ihm dabei.« Seine Hand umfasste den Speerschaft.

Offa spürte sein Herz schneller schlagen. Er wusste, er sollte sich zurückziehen und sich nicht mit diesem Bären und seiner Bestie anlegen. Aber welcher Beginn einer Herrschaft wäre es, wenn er noch nicht einmal in der Lage war, einen Leibeigenen zu schützen? Mit so fester Stimme wie möglich sagte er:

»Der Waliser gehört mir, und er ist dort, wo auch ich bin.«

»Dann ist es auch für dich Zeit zu verschwinden, Bürschchen. Du magst hier durchs Tor reiten mit deiner Handvoll Männer, als wärst du von Bedeutung, aber in Wirklichkeit bist du nur ein kleiner grüner Junge, dem eine Lehre erteilt werden muss.«

Offa lächelte. Nicht weil er sich plötzlich behaglicher fühlte, sondern weil er nun die Bestätigung dafür hatte, worum es hier ging. Nicht um Gwil, sondern um seinen, Offas, Auftritt als Kriegsherr. Einem erfahrenen Kämpfer wie seinem Gegenüber passte es offensichtlich nicht, dass jemand mit gerade mal siebzehn Jahren bereits mit Gefolge reiste und über ihm stand. Aber so war die Welt nun einmal, und nur der Verbitterung eines Mannes wegen ließ er sich nicht beleidigen.

»Sagt mir Euren Namen, damit ich ihn mir für die Zukunft merken kann.«

Der Krieger straffte die Schultern, was ihn sofort um noch einen Fuß wachsen zu lassen schien. »Ich heiße Beornred, Befehlshaber der Herdwache des Königs.«

Das hatte ihm gerade noch gefehlt. Der Riese war nicht nur

körperlich bedrohlich, sondern hielt auch noch eine hohe Position am königlichen Hof. Aber Offa durfte jetzt nicht zurückweichen – nicht vor den Kriegern, deren Treueschwüre noch frisch waren und die er sich noch gar nicht verdient hatte. Und auch nicht vor Gwil.

»Nun, Beornred, ich bin Offa, Sohn von Thingfrith von Averdun, den der Herr zu sich rief. Merkt Euch auch meinen Namen. Und nun lasst mich vorbei, der König erwartet mich.«

Beornred starrte ihn mordlustig an, sagte aber nichts mehr. Er stand einfach nur wie ein unüberwindbarer Berg da und ließ seinen Körper für sich sprechen.

»Offa!«, hörte er Heardberht von der Halle her rufen. Vermutlich hatte er gerade erst bemerkt, dass Offa ihm nicht gefolgt war.

Offa bedeutete ihm mit einer Handbewegung, dass er gleich nachkäme.

»Kümmere dich um die Pferde«, wandte er sich an Gwil und legte ihm die Hand auf den Arm, um vor Beornred klarzustellen, dass er unter seinem Schutz stand und jegliches Handeln gegen ihn Konsequenzen haben würde.

Der Waliser sah ihn aus seinen dunklen Augen an und neigte den Kopf. Eine kaum merkliche Reaktion, die aber stärker nicht hätte sein können. Es war ein Zeichen des Gehorsams, wenn nicht gar des Respekts.

Offa erwiderte das Nicken. Er wusste immer noch nicht, was in ihn gefahren war, als er den Waliser vor einigen Tagen vor dem Tode bewahrt hatte. Aber er hatte es nichtsdestotrotz getan, und damit war er für ihn verantwortlich.

Mit einem letzten warnenden Blick an Beornred wandte er sich ab, überquerte den Hof zur Halle und schob dabei das Gefühl beiseite, jeden Moment von der Bestie von hinten angesprungen und zerfleischt zu werden.

»Ich weiß nicht, ob ich deinen Mut bewundern oder deine

Selbstmordabsichten bedenklich finden soll«, lachte Leofric an seiner Seite, der sich während der Auseinandersetzung mit Beornred dankenswerterweise im Hintergrund gehalten hatte. »Ich sähe den Waliser zwar auch lieber am Grund des Severn, gemeinsam mit dem Rest dieses schäbigen Volks, aber mir ist der kleine Gwil immer noch lieber als dieser aufgedunsene Fleischklops und sein Ungeheuer.«

Offa legte ihm die Hand auf den Arm. »Danke, dass du dich rausgehalten hast.«

Es war wichtig, dass Offa gerade wegen seines jungen Alters einen bleibenden Eindruck der Stärke hinterließ. Und wenn ihm die älteren, erfahrenen Krieger zur Seite sprangen, als müssten sie ihn retten, war das nicht das Bild, das er vor dem König und seinen Männern verkörpern wollte. Leofric schien das zu wissen. Und damit war er genau der Mann, den Offa an seiner Seite haben wollte.

»Das Schwert da musst du ablegen, *Bürschchen*«, erklang unvermittelt dasselbe Bellen wie vorhin.

Offa biss die Zähne zusammen. Er ging aber ungerührt weiter zur Halle, in die Heardberht bereits verschwunden war, und hoffte, dass der Riese aufgeben würde. Aber so viel Glück hatte er nicht.

»Hörst du schlecht, Rotzbengel!?«

Offa blieb stehen. Im nächsten Moment eilte Beornred schon an ihm vorbei und verstellte ihm den Weg. Zu Offas Erleichterung war der Hund aber nicht mehr bei ihm. Ein Blick zu den Unterständen zeigte, dass er dort angebunden lag und den ganzen Hof im Auge behielt.

»Niemand betritt die Halle des Königs bewaffnet, schon gar kein dahergelaufener Grünschnabel, der noch nie in seinem Leben für etwas kämpfen hat müssen!«

»Natürlich.« Offa versuchte so ungerührt wie möglich zu klingen. »Aber Ihr müsst keine Angst vor dieser Klinge haben.

Sie ist nicht mehr das, was sie einmal war, ungeachtet meiner Bemühungen.«

Er überreichte das Schwertgehänge und erwartete, dass Beornred es ihm aus der Hand riss, aber der Krieger rührte sich nicht. Stattdessen blickte er auf das blassblaue Seidenband, das Offa ums Handgelenk trug. Ein spöttisches Lächeln verzog seine Lippen.

Offa schob den Hemdsärmel darüber. Nicht weil er sich dafür schämte, sondern weil er das Gefühl hatte, Eadburh vor diesem Blick schützen zu müssen. »Wollt Ihr das Schwert nun?«, knurrte er und hob es ein wenig an.

Beornred grinste nur, was grotesk aussah. »Ist es von deiner Mutter?«

Offa zwang sich, tief durchzuatmen. »Das Schwert.«

Endlich nahm Beornred es entgegen, aber er war noch nicht fertig. »Also nicht? Etwa ein Mädchen? Wer hätte gedacht, dass ein Bengel mit noch kaum Flaum im Gesicht bereits eine Hure hat, die ihn an die Kette legt.«

Und ehe Offa sich's versah, packte Beornred seinen Arm, schob den Ärmel hoch und riss das Band ab.

Offa schnappte entsetzt nach Luft. Fast im gleichen Augenblick schnellte seine Hand vor, er konnte nichts dagegen tun. Sie ballte sich zur Faust, und ein befriedigendes Knacken erscholl, als sie Beornreds Nase traf.

Im nächsten Moment war da ein Brüllen, das sich mit fernem Bellen vermischte, und Blut benetzte das schwammige Gesicht. Beornred riss sich den Helm vom Kopf und tastete nach seiner schiefen Nase.

Erst jetzt begriff Offa richtig, was er getan hatte, und der Schmerz explodierte in seiner Hand. Er blickte auf sie hinab und erkannte, dass er ebenfalls blutete. Am mittleren Handknöchel sah der blanke Knochen heraus. Offa streckte seine Finger und ballte sie wieder, um zu überprüfen, ob er sich schlimmer verletzt hatte. Aber seine Bewegungsfähigkeit war nicht eingeschränkt – wenn auch sehr schmerzhaft. Schnell sammelte er die beiden Teile des Seidenbandes vom Boden auf, bebend vor Zorn über diesen Angriff auf seine teure Erinnerung. Gleichzeitig war ihm aber auch bewusst, dass seine Tat unerfreuliche Konsequenzen haben konnte. Einem Mann mit Nasenkolben ins Gesicht zu schlagen war nicht sein bester Einfall gewesen.

»Oh, Junge, das hast du nicht umsonst getan.« Ein blutiges Grinsen blickte ihm entgegen

Offa tastete nach seinem Schwert, aber natürlich griff er ins Leere. Beornred hatte es in der Hand. Vermutlich war das besser so, denn wenn er eine Waffe gegen den Befehlshaber zog, brachte er sich in noch größere Schwierigkeiten.

Leofric an seiner Seite stand da, als wäre auch er zu einem Faustkampf bereit. Er war zumindest klug genug, nicht nach seinem Schwert zu greifen, das er noch nicht abgegeben hatte. Auch Cerdic und Eadric kamen wachsam näher. Offa schüttelte kaum merklich den Kopf in ihre Richtung. Das musste er alleine regeln.

»Fasst nie wieder an, was mir gehört«, knurrte er und schob die Seidenbänder in seine Tasche am Gürtel. Er unterdrückte den Schmerz in der Hand und tat ungerührt, als stünde kein rachelustiger Krieger vor ihm. Er wies zu den Unterständen, wo Gwil die Pferde versorgte, um noch einmal klarzustellen, dass auch der Waliser sein Besitz war, den er schützen würde. »Ihr könnt froh sein, dass es nur Eure Nase war. Und jetzt entschuldigt mich. Es wäre wirklich nicht klug, den König warten zu lassen.«

Er wollte weitergehen, als Beornred seine Pranke auf seine Schulter fallen ließ und ihn bremste.

»Nicht so schnell. Wir sind noch nicht fertig.« Beornred ballte seine freie Hand zur Faust.

Offa sah sie bereits in sein Gesicht prallen, als unvermittelt drei Männer, ähnlich gerüstet wie Beornred, an ihre Seite traten, die Mienen grimmig und die Hände an den Waffen.

»Was ist hier los? Befehlshaber?« Einer von den dreien, der mit seinem grauen Bart wohl der älteste war, sah aufmerksam von einem zum anderen. Dabei schien sein Missfallen aber nicht Offa zu gelten, sondern seinem Anführer.

Beornred ließ die Hand von Offas Schulter sinken und wandte sich den Kriegern zu. »Dieser Rotzbengel glaubt, zum König gehen zu können, und das, nachdem er mich angegriffen hat! Verpasst ihm eine Lektion, und dann schafft ihn weg von hier. Am besten werft ihn in den Tame, und seinen Waliser-Freund gleich mit.«

Die Krieger tauschten Blicke, betrachteten Beornreds Nase und sahen schließlich Offa an, fast schon ein wenig bewundernd.

»Der König erwartet mich bereits«, beeilte sich Offa zu sagen, in der Hoffnung, mit den hinzugekommenen Kriegern Verbündete gefunden zu haben. »Fragt Aldermann Heardberht, wenn Ihr wollt. Er ist bereits in der Halle und wartet dort auf mich.«

»Wieso sollte Aldermann Heardberht sich mit einem dahergelaufenen Bengel wie dir abgeben?«, knurrte Beornred und betastete wieder seine Nase, die immer noch blutete.

Offa setzte zu einer Antwort an. Er wollte sagen, dass er ihn bestimmt an Heardberhts Seite hatte hereinreiten sehen, als unvermittelt dessen vertraute Stimme erklang.

»Weil er ein Herz für dahergelaufene Bengel hat«, sagte der alte Krieger und klang dabei wie am Ende seiner Geduld. »Auch wenn er selbst nicht verstehen kann, warum.«

Alle wandten sich um, und Offa atmete erleichtert auf. Er war nicht gerne auf Hilfe angewiesen, aber er sah auch ein, dass er mit seiner blutigen Hand kaum seine Unschuld beteuern konnte.

»Aldermann Heardberht.« Der älteste Krieger löste sofort seinen Griff vom Schwert, und die anderen taten es ihm gleich. »Wir hörten, dass Ihr zurückgekehrt seid, wussten aber nicht, dass der Junge zu Euch gehört.«

»Offa ist hier, um den König zu sehen, und ich fürchte, mein Bruder wird sehr ungehalten, wenn wir ihn noch länger warten lassen.« Heardberht ruckte mit strengem Blick sein Kinn in Richtung Halle, und Offa setzte sich tunlichst in Bewegung.

Leofric folgte ihm wie ein Schatten, aber auch Beornred begleitete ihn ins Innere, als müsste er sichergehen, dass Offa sich benahm. Dabei ließ er es sich nicht nehmen, ihm mordlustige Blicke zuzuwerfen. Offa wusste, dass er dem Bären besser nicht allein begegnete.

Die Halle sah nicht viel anders aus als jene in Averdun, und sie war fast genauso heruntergekommen. Aber anders als in Averdun spürte er hier die Macht und Stärke eines Königs. Denn die Stützpfeiler, der Dachstuhl und das Bodenstroh mochten zwar schmutzig sein, aber die in Körben zusammenstehenden Speere zeigten keinen Anflug von Rost, und die Schilde an den Wänden sahen aus, als wären sie erst heute dorthin gehängt worden. Auch hier drinnen fanden sich Krieger wieder, die bei ihrem Eintreten wachsam aufblickten.

Offa konnte sich vorstellen, was sie bei Beornreds blutigem Anblick dachten. Er hoffte nur, dass er sich am königlichen Hof nicht nur Feinde machte.

»Versuch dich wenigstens für ein paar Augenblicke zusammenzureißen«, drang Heardberhts Stimme in seine Gedanken.

Offa sah auf und begegnete dem missbilligenden Blick des alten Kriegers, der vieldeutig auf seine verletzte Hand hinabwies. Er versuchte zerknirscht auszusehen über seinen Kontrollverlust, auch wenn er ungeachtet der vermutlich drohenden Konsequenzen immer noch Genugtuung verspürte, wenn er Beornreds Versuche hörte, durch die Nase zu atmen.

Heardberht stieß ein Seufzen aus und führte Offa weiter vor ins Herz der Halle zur Feuerstelle, die bestimmt doppelt so groß wie die in Averdun war. Darum herum standen spärlich besetzte Bänke. Etwas weiter weg waren Tafeln aufgebockt, dort sah Offa ein paar Männer würfeln. Direkt am Feuer, in der Mitte der Längsseite, saß ein kräftiger Mann auf einem über zwei Stufen zugänglichen, rot gepolsterten Stuhl. Er trug weite Hosen, die zwischen Knie und Knöchel mit bunten Seidenbändern umwickelt waren, was die kräftigen Waden betonte und von Wohlstand zeugte. Ein fellgesäumter Umhang betonte die breiten Schultern, darunter trug er eine Tunika aus Seide. Das graudurchwobene lange Haar hatte im Feuerschein einen roten Schimmer, genauso wie der dichte, lange Bart. Das musste der König sein.

An seiner Seite stand ein junger Priester in bescheidenen Gewändern, einer mausbraunen Tunika, die bis zu den Knöcheln reichte, und einem einfachen Strick als Gürtel. Der Geistliche erweckte den Eindruck, als könnte er sich gerade noch davon abhalten, sich die dunklen Haare auszureißen.

»Mein König, ich bitte Euch«, hörte Offa ihn beim Näherkommen flehen. Bis auf das Prasseln des Feuers war es in diesem Teil der Halle ruhig. »Dieser Brief ist nicht zu ignorieren! Er stammt von Bonifatius, dem Bischof von Mainz und päpstlichen Legaten, höchstpersönlich, und sieben weitere Bischöfe haben ihn unterzeichnet.«

»Belästigt mich nicht länger, Herefrith. Seht Ihr nicht, dass mein Bruder zurückgekehrt ist?« Der König musterte den Aldermann von oben bis unten, dann grinste er, was erstaunlich weiße Zähne zum Vorschein brachte. »Du bist alt geworden, Bruder.«

»Und Ihr fett«, erwiderte Heardberht mit einem Wink auf den ausladenden Bauch des mächtigsten Mannes der britannischen Insel.

Offa verschluckte sich beinahe an seinem eigenen Speichel. Den ganzen Ritt über hatte Aldermann Heardberht ihn vor dem aufbrausenden Temperament seines Bruders gewarnt – und dann sagte er so etwas?

Der König aber verfiel in schallendes Lachen und breitete die Arme aus, was seinen Bauch noch deutlicher zeigte. »Anders als du genieße ich nicht die Freiheit, ständig durchs Land zu reiten und zu kämpfen. Ich werde gezwungen, mir in meinen Hallen das Leid aller anzuhören, und dann auch noch jeden Dahergelaufenen zu bewirten. Wer kann mir da verdenken, wenn ich selbst zugreife?«

Sein Blick fiel zu den schweren Vorhängen an der Stirnseite der Halle, hinter denen wohl sein Privatgemach lag. Zwischen den dunklen Stoffen lugte soeben das Gesicht einer Frau hervor. Des Königs Augen begannen zu funkeln. Dann aber wandte er sich wieder an seinen Bruder.

»Und wessen Leid soll ich mir heute anhören? Wen hast du mir da mitgebracht?«

»Das ist Offa, mein König«, stellte Heardberht ihn förmlich vor, »Sohn von Thingfrith, Sohn des Eanwulf.«

Offas Herz begann schneller zu schlagen. Jetzt war sein Moment gekommen. Aber der König sah gar nicht in seine Richtung. Mit einem ungeduldigen Laut wandte er sich an den Priester, der von einem Bein aufs andere trat und wirkte, als könne er sich gerade noch davon abhalten, den König kräftig zu schütteln.

»Himmelherrgott, Herefrith, was ist los mit Euch?«

»Mein König.« Der Priester hob das Pergament in seiner Hand, als wäre es ein heiliger Kelch. »Dieses Anliegen duldet keinen Aufschub. Ihr müsst von Euren Sünden ablassen. So steht es in diesem Brief. Ansonsten ereilt Euch ein schreckliches Schicksal.« Dann begann er plötzlich laut vorzulesen: »*So wie Euren beiden Vorgängern wird es Euch ergehen. Hinabgeworfen von Eurem königlichen Gipfel und verwehrt das ewige Licht, verschüttet in den Tiefen der Hölle und dem Abgrund des Tartarus'*.«

Der König stieß ein ungeduldiges Stöhnen aus und winkte vage in die Luft – eine Geste, die erstaunliche Ähnlichkeit mit Heardberhts Ausbrüchen von Ungeduld hatte. Im nächsten Moment erschien ein gut gekleideter Herr, der ihm einen kostbar mit Edelsteinen verzierten Pokal reichte. Der König nahm einen tiefen Schluck und wandte sich schließlich wieder dem Priester zu.

»Es ist nur Unsinn, was in diesem Brief steht.«

»Diesen *Unsinn*, mein König, haben Bonifatius und die anderen Bischöfe sogar zum Erzbischof von Eoferwic geschickt, damit dieser mögliche Unwahrheiten richtigstelle. Aber dem war nicht so. Alles, was Euch darin vorgeworfen wird, ist wahr.« Der Priester hob die Hand und zählte mit den Fingern, ohne jegliche Angst ob der immer zorniger werdenden Blicke seines Gegenübers. »Diebstahl kirchlicher Erträge, Verstöße gegen die kirchlichen Privilegien, Aufzwingen von Arbeit den Geistlichen, Unzucht mit Jungfern, und …« – er deutete mit angewiderter Miene zu den Vorhängen des Privatgemachs – »… insbesondere mit den Jungfern Gottes.«

Offa schnappte beinahe laut nach Luft. War die Frau im Gemach des Königs etwa eine Nonne?!

Der Priester wurde immer roter und roter und las tapfer weiter:

»*Vergesst nicht, dass Ihr die Königswürde nicht durch Eure eigenen Verdienste erlangtet, sondern durch die reiche Gnade Gottes. Jetzt macht Ihr Euch durch Eure Lust zum Sklaven eines bösen Geistes.*« Wie um Zustimmung suchend sah er nun zum ersten Mal in Aldermann Heardberhts und Offas Richtung, dann aber widmete er sich sogleich wieder dem König. »Bonifatius wandte sich auch an Cuthbert, den Erzbischof von Cantuarabyrg, und er berichtete ihm von einer Kirchensynode, die dieses Jahr im Frankenreich abgehalten wurde. Mein König, die letzte Synode in Eurem Reich ist fünf Jahre her. Vielleicht wäre es an der Zeit, dass auch Ihr …«

»Ich bitte Euch, langweilt mich nicht weiter.« Der König winkte den Priester mit dem Pokal in der Hand fort, aber der Geistliche war hartnäckig.

»Aber es sind nicht nur Mahnungen, die sich in diesem Schreiben wiederfinden, mein Herr König, auch Lob. Hört selbst: *Wir vernahmen, dass Ihr Raub, Eidbrüche und Plünderungen aufs Härteste unterbindet und dass Ihr als Beschützer der Witwen und der Armen bekannt seid. Ihr habt in Eurem Reich Frieden geschaffen.«*

»Da hört Ihr es. So böse kann die Kirche mir nicht sein.«

»Aber«, betonte Herefrith und tat so, als hätte er den Einwand seines Königs gar nicht gehört. *»Sollte es stimmen, dass Ihr, Gott bewahre, keine rechtmäßige Ehefrau genommen habt, noch Euch in Keuschheit übt, dass Ihr von Lust in die Sünden der Unzucht und Ehebruch getrieben wurdet, dass Ihr Euren guten Namen vor Gott und den Menschen verloren habt, so sind wir zutiefst betrübt. Und was noch viel schlimmer ist: Jene, die uns zu Eurer Schande von Euren Lastern berichteten, fügten noch die Sünden an Klöstern, heiligen Nonnen und gottversprochenen Jungfern hinzu. Wir wurden auch darüber in Kenntnis gesetzt, dass Ihr die Kirchen- und Klösterprivilegien missachtet und sie um ihre Einkünfte bringt. Sollte sich dies als wahr herausstellen, so muss es als schwere Sünde angesehen werden. Es wird gesagt, dass Eure Gesiths und Aldermänner größere Gewalt und Unterdrückung den Mönchen und Priestern entgegenbringen als je unter einem anderen christlichen König zuvor.«*

»Ihr wiederholt Euch, mein Freund.«

»Mein König, ich bitte Euch!«

Ein neuerliches königliches Seufzen. »Also gut, Herefrith. Ich werde darüber nachdenken, eine Synode einzuberufen und mich mit den geistlichen Vertretern zu einer Besserung der Lage zusammenzusetzen.«

Aber Herefrith schien immer noch nicht zufrieden und stand mit zusammengepressten Lippen da. »Und sie?«, stieß er mit einem Fingerzeig auf das Privatgemach hervor, was der König nur noch mit einem warnenden Blick beantwortete.

»Ihr habt meinen Bruder gehört, Vater.« Aldermann Heardberht trat zu dem Geistlichen, ehe dieser die Geduld des Königs endgültig überstrapazierte. »Er wird über diesen Brief nachsinnen und sein Handeln künftig weiser gestalten. Jetzt entschuldigt uns. Wir haben einen langen Weg hinter uns und noch einiges zu besprechen.«

Der Priester verengte missgelaunt die Augen, aber er verstand offensichtlich, dass alle hier das Gespräch für beendet ansahen. Er rollte den Brief sorgsam auf, sah den König noch einmal zornerfüllt an, blickte auch vorwurfsvoll zu Offa und Aldermann Heardberht und verließ schließlich die Halle.

»Na endlich.« Der König nahm einen neuerlichen tiefen Schluck aus dem Pokal, während Offa sich bereits überlegte, was er sagen sollte und ob er überhaupt von sich aus sprechen durfte.

Ehe er aber zu einer Entscheidung fand, trat plötzlich Beornred aus den Schatten zum Feuer.

»Mein König. Es ist schwer, für Eure Sicherheit zu sorgen, wenn Ihr sogar die Geistlichkeit gegen Euch aufbringt.«

Der König blickte desinteressiert in Beornreds Richtung, aber als er den Krieger schließlich sah, riss er die Augen auf.

»Beim Allmächtigen! In welche wütende Faust bist du denn hineingelaufen?« Er stieß einen ungläubigen Laut aus, der mehr ein Lachen denn ein Tadel war. »Sicherheit, he? Wie willst du für meine Sicherheit sorgen, wenn du nicht einmal deine eigene gewährleisten kannst? Und das will der Befehlshaber meiner Herdwache sein! Hast du einen deiner Krieger zu lange mit Psalmen geärgert?«

Beornred schnappte hörbar nach Luft und sah in Offas Richtung. »Mein König, das …«, begann er und hielt dann abrupt inne.

Der König aber schien den kurzen Seitenblick in Offas Richtung bemerkt zu haben, denn wie durch ein unsichtbares Band gezogen, schaute er genau auf Offas blutige Hand.

Offa hielt den Atem an, er erwartete bereits Zorn und Tadel und die Verkündung schmerzhafter Strafen für sein Vergehen. Aber stattdessen breitete sich ein Grinsen auf dem runden Gesicht des Königs aus. Æthelbald erhob sich von seinem Stuhl, trat die beiden Stufen hinunter und kam auf Offa zu, musterte ihn von oben bis unten.

»Es gehört viel dazu, sich mit einem Recken wie Beornred anzulegen.«

»Ja – viel Dummheit«, knurrte Heardberht und nahm von einem Bediensteten einen Becher entgegen. »Aber wegen dieses unbedachten Jünglings bin ich hier.«

Der König rieb sich die Hände. »Ich bin schrecklich gespannt.«

Heardberht öffnete den Mund, um etwas zu sagen, aber Offa trat bereits vor.

»Mein Name ist Offa, mein König«, wiederholte er, da er sich sicher war, dass der König seinen Namen längst wieder vergessen hatte. »Sohn von Thingfrith und Enkel Eures Vetters Eanwulf. Ich bin hier, um Euch vom Tod Thingfriths zu berichten und …«

»Und um mein Aldermann zu werden, habe ich recht?« Der König ließ seinen prüfenden Blick über Offa wandern.

Nun traten aus den anderen Bereichen der riesigen Halle Neugierige näher. »Wenn du Eanwulfs Enkel bist, dann war dein Vater der Aldermann von Averdun. Was ist mit ihm geschehen? Starb er eines natürlichen Todes?«

Offa überlegte, ob man Thingfriths Dahinvegetieren natürlich nennen konnte, als Heardberht schon für ihn antwortete: »Der Herr rief ihn nur wenige Tage nach einem Angriff der Waliser auf Averdun zu sich.«

Offa warf seinem Lehrmeister einen Blick zu. Heardberht hatte mit dieser Antwort weder behauptet noch verneint, dass Thingfriths Tod durch die Hand der Waliser herbeigeführt worden war, und trotzdem war jedes Wort die Wahrheit. Er hatte Thingfriths Namen geschützt, obwohl der König ja schon wusste, dass Offas Vater nicht der beste Aldermann gewesen war.

»Und jetzt möchtest du Thingfriths Platz einnehmen, junger Offa.«

»Ja.« Offa straffte die Schultern.

Er versuchte so männlich und kriegerisch wie möglich zu wirken, damit nicht auch der König ihn als Jüngling sah.

Aber der König hörte nicht auf zu grinsen, als hätte er nur Narren vor sich. »Ich kannte Thingfrith. Er war ein guter Mann, wenn auch hingezogen zu Lastern. Aber wem soll ich das verdenken?«

Er blickte erneut sehnsüchtig zum Privatgemach, fasste sich aber schnell wieder und wandte sich an seinen Bruder: »Sag einmal, Heardberht: War es nicht Papst Gregor, der einen Sklaven mit so hellem Haar, wie es dieser hier hat, fragte, woher er kam?« Er deutete auf Offa. »Woraufhin der Sklave erwiderte, er sei einer des Volkes der Angeln aus Britannien.«

»Und Papst Gregor antwortete, er gehöre offensichtlich nicht den Angeln an, sondern den Engeln«, bemerkte Heardberht, nun ein wenig belustigt – vielleicht, weil Offa die Richtung, in die das Gespräch ging, nicht gefiel und das bestimmt nicht erfolgreich verbergen konnte.

Der König lachte. »Und dann sieh dir dieses Bürschchen an. Dieses goldene, glänzende Haar, dieses hübsche Gesicht, die strahlend blauen Augen. Wenn dem Papst damals ein solcher Angelsachse gegenüberstand, kann ich ihm nicht verdenken, dass er ihn für einen Engel hielt.«

»Ich bin ein Krieger, mein König«, stieß Offa aus, was den mächtigen Mann noch lauter lachen ließ.

»Ja, das sehe ich.« Der König zeigte mit dem Finger auf Beornred und schüttelte den Kopf. »Ich weiß nicht, ob es Dummheit war, wie Heardberht sagt, oder Mut. Ob ich dich bestrafen oder belohnen soll.«

»Mein König, Ihr erwägt doch nicht wirklich, ihn zu belohnen …«, begann Beornred empört, aber der König riss die beringte Hand hoch und brachte den Befehlshaber damit zum Verstummen.

»Was ich erwäge oder nicht, muss ich mir bestimmt nicht von meinem Befehlshaber sagen lassen. Schon gar nicht von einem, der sich von einem Jüngling mit kaum Flaum im Gesicht hat niederstrecken lassen.«

Beornred senkte mit rotem Gesicht das Haupt. »Ja, mein König.«

»Und nun zu dir, Offa.«

Offa spürte sein Herz in der Brust rasen, seine Hand pochte. Er musste sich zwingen, dem König in die Augen zu sehen und nicht ebenfalls den Blick zu senken wie Beornred.

»Ich denke, es ist Zeit für dich, einen Schwur zu leisten. Den Schwur, als Aldermann Land zu halten und zu verteidigen. Ich habe das Gefühl, solche wie dich kann ich zukünftig noch gut gebrauchen. Heute Abend in der Halle, vor allen Anwesenden.«

»Mein König, ich danke Euch. Wenn ich nur eine Bitte äußern dürfte?«

»Offa!« Heardberht stieß ihn in die Seite.

Aber Offa konnte nicht schweigen. Nicht, wenn es darum ging, seiner Aufgabe und seiner Verantwortung gerecht zu werden.

Der König sah ihn aus verengten Augen an, breitete aber die Hände auffordernd aus und schien eher neugierig als verärgert über seine Kühnheit.

»Ich mag Euch jung erscheinen«, begann Offa. Er wusste nicht, woher er die Kraft in seiner Stimme nahm. »Vielleicht mag ich auch das Antlitz eines Engels haben, aber lasst Euch davon nicht beirren. Ich bin ein Krieger und habe an der Seite Eures Bruders bereits viele Kämpfe bestritten. Auch in Eurer Schlacht gegen die Waliser war ich im Schildwall und habe nicht nur einen Feind zum Herrn geschickt. Euer Bruder hat mir alles beigebracht, was ich wissen muss, und so bitte ich Euch: Schickt mich an die walisische Grenze. Lasst mich Euer Land vor weiteren feigen Angriffen schützen.«

Der König sah ihn ausdruckslos an. Auch die anderen sagten kein Wort. Nur Beornreds pfeifendes Atmen durchbrach die Stille.

Schließlich gab der König ein röchelndes Lachen von sich. Offa spürte Hitze in sich aufsteigen. Er wurde tatsächlich ausgelacht. So viel zu seinem Vorhaben, einen guten Eindruck zu hinterlassen. Aber so abrupt wie er zu lachen begonnen hatte, wurde der König auch wieder ernst. Durchdringend sah er ihn an, seine Stimme war streng und rau.

»Ich nehme an, du willst den Angriff auf deine Heimat rächen?«

Sein Herz machte einen Satz. »Ja.«

Der König nickte gedankenvoll. »Die Waliser sind weit in mein Reich vorgedrungen. Ein Angriff auf Averdun ist ein

Angriff auf mich. Sie glauben, nur weil sie einen Teil ihres Landes zurückerobern konnten, gelänge das mit dem Rest genauso einfach. Vielleicht ist es an der Zeit, sie eines Besseren zu belehren. Vielleicht ist es an der Zeit, ihnen einen Besuch abzustatten und ihre eigenen Grenzen wieder zurückzuschieben.«

»Ihr denkt über einen einfachen Raubzug hinaus, Bruder?«, fragte Heardberht mit deutlicher Sorge in der Stimme.

Der König ignorierte seinen Bruder und sah weiterhin Offa an. »Westlich von hier liegt Mathrafal, der Hauptsitz des walisischen Fürstentums Powys. Fürst Elisedd ap Gwylog kontrolliert damit einen Landstrich, der mir gehört. Genauer gesagt, die Stadt Oswaldestroe – ein Ort des Glaubens, den ich gerne zurückhätte.« Er grinste wie ein Junge, der etwas ausheckte, und rieb sich die beringten Hände. »Was denkst du, wie beeindruckt meine kirchlichen Miesmacher wären, wenn ich diese Heiligenstätte zurück in mein Reich bringe?«

»Damit brecht Ihr einen Krieg mit Elisedd vom Zaun«, warnte Heardberht, was der König mit einem Schulterzucken abtat.

»Das muss mich nur kümmern, wenn ich verliere, oder? Darf ich dich daran erinnern, Bruder, dass du vor Jahren dasselbe zu mir sagtest im Hinblick auf die anderen angelsächsischen Königreiche? Hätte ich einst auf dich gehört, dann wäre Mercia jetzt nur ein kleines Königreich im Herzen der Insel. Aber anders als all meine Vorgänger vor mir, herrsche ich nun über das ganze Land südlich des Humber. Ich habe nicht nur Mercia vergrößert, auch andere Könige sind mir verantwortlich. Also, was sagst du, Offa? Erfüllt dieses Vorhaben deinen Wunsch? Du kannst dich bewähren und mir zeigen, ob du wirklich der Krieger bist, der du behauptest zu sein. Und ich bringe damit den Klerus zum Schweigen.«

Offa musste sich um eine ungerührte Miene bemühen, die seine Aufregung verbarg. »Ihr könnt Euch auf mich verlassen, mein König.«

»Dann ist es also beschlossen.« Der König winkte ihn davon.

Offa beeilte sich wegzukommen, ehe Heardberht ihn noch erwischen und ihm einreden konnte, wie unklug sein Vorhaben war. Blieb nur zu hoffen, dass es dem Aldermann nicht gelang, seinen Bruder umzustimmen. Ein erfolgreicher Feldzug gegen die Waliser unter seinem eigenen Namen – nicht mehr nur als Gefolgsmann Heardberhts – war genau das, was alle Kritik über Offas Alter verstummen lassen würde. Und wenn er sich erst einen Namen gemacht hatte, würde niemand mehr es wagen, seine Heimat anzugreifen.

Offa sah sich in der Halle um, die sich mittlerweile gefüllt hatte. Er hörte Regen aufs Strohdach prasseln, und Männer und Frauen kamen der Feuerstelle näher, um zu trocknen. Nur von Offas Kriegern war bis auf Leofric keiner zu sehen.

»Bleib hier, wenn du willst«, sagte er an seinen Kumpan aus der Heimat gewandt. »Stärke dich, wir brechen noch vor Sonnenaufgang auf.«

»Zu den Walisern?«

»Zuerst nach Hause. Dieser Feldzug muss gut durchdacht werden, und ich habe auch schon einen Plan.« Er legte Leofric die Hand auf den Arm, dann ließ er ihn in der Obhut einer bemühten Magd zurück, die bereits mit einem Krug Met zu ihm kam.

Draußen ergoss sich tatsächlich ein Wolkenbruch aufs Land. Offa hatte Mühe, durch den grauen Schleier Näheres auszumachen. Aber dann erkannte er den grimmigen Wulfhere, der beim Vordach der Küche Schutz suchte. Offa zog sich die lederne Kapuze über den Kopf und eilte über den Hof zu ihm. Der Duft nach Braten stieg ihm in die Nase und erinnerte ihn daran, wie lange er nichts mehr gegessen hatte. Aber damit war er nicht der Einzige.

»Hast du den Bettlern Speisen gebracht?«

Wulfhere wandte sich ihm zu und sah ihn wie immer mit gerunzelter Stirn aus verengten Augen an. »Etwas Brot, mein Herr.«

Offa verdrehte die Augen. Wulfhere war der Einzige, den er nicht dazu hatte bringen können, ihn formlos anzureden, wenn sie unter sich waren. Seufzend zog er ein paar Münzen aus seiner Börse und reichte sie Wulfhere, um seine Ausgaben zu ersetzen. Der Krieger nahm sie, ohne mit der Wimper zu zucken, entgegen und steckte sie ein.

»Weißt du, wo Gwil ist?«

Offa hielt nach dem kleinen Waliser Ausschau. Er ließ ihn nie gerne aus den Augen, und ihm kam der Gedanke, dass Aldermann Heardberht recht mit seiner Warnung gehabt haben könnte, sich diese Aufgabe aufzubürden. Es war anstrengend, immer nach ihm sehen zu müssen.

Wulfhere deutete mit dem Kinn zu den Unterständen der Pferde hinüber. »Zuletzt habe ich ihn mit Eimern dort rübergehen gesehen.«

»Danke, Wulfhere. Du kannst dich in der Halle trocknen lassen und etwas essen, ich komme nach.«

Wulfhere setzte sich ohne eine Reaktion in Bewegung und ging gemessenen Schrittes durch den Regen zur Halle hinüber, als spürte er die Nässe gar nicht.

Offa sah ihm einen Augenblick lang hinterher. Er wurde einfach nicht schlau aus diesem Krieger. Dann aber schüttelte er den Kopf und eilte zu den Pferden hinüber. Die Tiere waren unter einem Dach nebeneinander angebunden und fraßen Heu. Hinter ihnen schloss sich ein weiterer Stall an, wo ebenfalls Schnauben zu hören war.

Offa entdeckte seinen Rappen, der bereits abgesattelt war

und einen zufriedenen Eindruck machte, aber von Gwil fehlte jede Spur. Ein ungutes Gefühl machte sich in Offa breit. Was, wenn er davongelaufen war? Aber wohin sollte er? Ohne Pferd käme er nicht weit, und bei den vielen Wachen würde es ihm nie gelingen, eines zu stehlen und damit die Stadt zu verlassen. Mit seinem groben Wollhemd sah jeder, dass er ein Leibeigener war, und käme er auf den Gedanken, eine Waffe in die Hand zu nehmen, hätte jeder das Recht, ihn sofort zu töten. So dumm wäre er bestimmt nicht. Aber wo steckte er dann?

Wachsam ging Offa die Reihen der Pferde entlang und schließlich zur offen stehenden Tür des Stalls. Der Geruch nach Mist und Heu war hier noch stärker, die Luft war feucht, und nur durch schmale Schlitze in den Holzbrettern gelangte Licht.

Hier drinnen waren die Pferde nicht festgebunden, sie standen zusammen in einem Laufstall, der aber nicht viel Platz gebot. Von Menschen fehlte jede Spur.

»Gwil? Bist du hier?«

Keine Antwort. Offa wollte sich gerade umdrehen und wieder hinausgehen, als sich etwas Spitzes ins Kettengeflecht seines Rückens bohrte.

Er erstarrte und hielt den Atem an. Er wusste, es war eine Klinge. Gwil hatte also den richtigen Moment gefunden.

»Ich hätte wohl nichts anderes erwarten dürfen«, sagte er, sonderbar ruhig in Anbetracht der Tatsache, dass der Waliser nun jeden Moment zustechen konnte.

Das Kettengeflecht würde ihn nicht davor schützen; es wehrte Hiebe ab, aber keinen direkten Stoß.

»Dann bist du doch nicht so dumm, wie ich dachte«, erklang eine tiefe Stimme hinter ihm in einwandfreiem Angelsächsisch.

Offa fuhr herum, vergaß völlig die Klinge in seinem Rücken. Und tatsächlich stand Beornred drohend vor ihm,

Offas Schwert auf ihn gerichtet. Die andere Hand hielt einen blutenden Gwil im Nacken gepackt. Offa brauchte kein helles Licht, um zu erkennen, dass die Nase des Walisers gebrochen war.

»Plötzlich nicht mehr so vorlaut?« Beornred drehte das Schwert in der Hand und presste die Spitze unter Gwils Kinn.

Offa sah Angst in den dunklen Augen des Walisers, zum ersten Mal. Aber kein Wort kam ihm über die Lippen, kein Flehen oder Winseln. Nur die Entschlossenheit, mit Würde zu sterben.

»Für den größten Mann, der vermutlich je auf dieser Erde wandelte, sucht Ihr Euch erstaunlich kleine Gegner aus.«

Beornreds Lippen verzogen sich zu einem abartigen Grinsen. »Du hast mir etwas genommen, jetzt nehme ich dir etwas.«

Seine Hand zuckte, und Offa konnte sich gerade noch davon abhalten, laut »Nein« zu rufen. Er durfte nicht offenbaren, wie wichtig ihm das Überleben des Walisers war, auch wenn er selbst nicht wusste, warum.

»Macht mit ihm, was Ihr wollt«, sagte er so gelangweilt wie möglich. »Mir soll es egal sein.«

Er zwang sich, Gwil nicht anzusehen, und betete stumm, dass Beornred aufgab und den jungen Kämpfer verschonte. Sein gespieltes Desinteresse war der einzige Weg, ihn zu retten, und so ging er mit bleiernen Beinen an den beiden vorbei in Richtung Ausgang, lauschte dabei auf ein Geräusch hinter sich, auf einen Hinweis, dass Beornred zu Ende brachte, was er begonnen hatte. *Bitte lass ihn gehen,* dachte er dabei eindringlich, *lass ihn einfach los und geh.*

Aber plötzlich erklang ein Rumpeln, ein Aufprall, Schritte. Er wollte sich umdrehen und nachsehen, aber da schloss sich eine eiserne Hand um seinen Nacken. Der Boden verschwand unter ihm, und dann spürte er nur, wie er durch die Luft flog und hart gegen etwas prallte. Das Nächste, was er hörte, war das Rascheln von Pferden, die erschrocken zurückwichen, und das Rauschen seines Blutes in den Ohren.

Er blinzelte, versuchte sich zu orientieren, aber als er den riesenhaften Schemen vor sich ausmachte, traf ihn auch schon ein Tritt in die Rippen. Das Kettengeflecht dämpfte kaum etwas, die Luft blieb ihm weg. Er hustete, versuchte sich aufzurappeln, so schnell wie möglich auf die Beine zu kommen, um sich zu wehren, da kam auch schon der nächste Tritt.

»Glaubst du wirklich, du kommst einfach so davon, Bürschchen?« Noch ein Tritt, und Galle stieg ihm hoch. »Na, was machst du jetzt, *Aldermann*?«

Offa spuckte ins Stroh und hob den Blick zu Beornred. »Sieht Euch ähnlich, einem Mann in den Rücken zu fallen«, keuchte er und lehnte sich mühsam gegen die Wand in seinem Rücken. Er sah Beornred über sich aufragen, immer noch sein Schwert in der Hand, und fragte sich, ob diese Klinge ihn wohl töten würde. »Ihr werdet dafür bezahlen.«

»Nun, das glaube ich nicht.«

Beornred ging vor ihm in die Hocke und richtete die Schwertspitze auf Offas Brust. Hinter ihm sah Offa Gwil, der regungslos auf dem Boden lag. War er tot, oder nur besinnungslos?

»Weißt du, Bürschchen, du hältst dich für besonders schlau, aber du bist nur ein Kind. Glaubst du wirklich, du bist der Erste, den ich aus dem Weg geräumt habe? Sie müssen dem Waliser nur ins Gesicht sehen, um zu wissen, dass du dich tapfer gewehrt hast, aber am Ende tötete er dich mit deiner eigenen Klinge. Ich konnte nichts mehr dagegen tun, ich kam gerade erst in den Stall, als du schon zusammenbrachst. Den Waliser habe ich noch erwischt. Er wird elendig draußen am Tor hängen.«

»Feigling.« Offa spuckte ihm das Wort entgegen. Vielleicht

sollte er mehr Angst verspüren, schließlich zweifelte er nun nicht mehr daran, dass Beornred ihn töten wollte. Aber stattdessen war er nur zornig. »Worauf wartet Ihr?« Offa breitete die Hände aus und sah Beornred in die Augen. »Oder habt Ihr auch dazu nicht den Mut?«

Beornreds Augen funkelten boshaft, seine Finger schlossen sich sichtlich fester um das Schwert. Offa hielt den Atem an, erwartete den tödlichen Stoß – und dann erstarrte Beornred plötzlich mit einem dumpfen Ausatmen.

Offa horchte in sich hinein, wartete auf den Schmerz. Er wusste nicht, was geschehen war. Hatte Beornred schon zugestoßen? Aber da war nichts. Er sah an sich hinab. Das Schwert lag immer noch an seiner Brust, drückte aber nicht mehr dagegen.

Er blickte wieder hoch in Beornreds überraschte, eher entsetzte Augen. Und dann erschien wie aus dem Nichts Gwil als dunkler Schemen an Beornreds Seite. Der Waliser hielt etwas gegen Beornreds Rücken, und der Befehlshaber war klug genug, sich nicht mehr zu rühren. Gwil führte seine Hand nach vorn und legte eine kurze Klinge, kaum mehr als ein Speisemesser, an Beornreds Hals.

Der Befehlshaber sank aus der Hocke nach vorne auf die Knie, Fassungslosigkeit stand in seinem Blick. Selbst in dieser Position wirkte er immer noch riesig, besonders neben der schmächtigen Gestalt des Walisers. Aber er war vollkommen wehrlos. Eine kleine Handbewegung, und er würde verbluten.

»Schwert«, befahl Gwil mit deutlich fremder Sprachmelodie.

Beornred starrte Offa ungläubig an, als wäre *er* für das Wiedererwachen des Walisers verantwortlich.

»Schwert!« Gwil drückte die Klinge etwas fester gegen Beornreds Hals, und Offa glaubte, ein dunkles Rinnsal Blut zu erkennen.

Beornred atmete hörbar ein, dann ließ er Offas Schwert endlich fallen. Offa griff sofort danach und richtete sich auf. Er sah auf den Befehlshaber hinab und widerstand dem Drang, ihm ebenfalls einen Tritt in die Rippen zu verpassen. Auf seinen eigenen Zorn durfte er sich nicht konzentrieren. Er musste den Waliser in Schach halten.

»Es ist gut, Gwil.« Er sah seinem Leibeigenen eindringlich in die Augen. Der Waliser durfte nichts Unüberlegtes tun. Den Befehlshaber der königlichen Herdwache umzubringen würde auch er nicht überleben. »Komm.« Offa deutete mit dem Kinn zum Ausgang.

Aber Gwil rührte sich nicht. Ihm war anzusehen, dass er Beornred töten wollte, derselbe Ausdruck wie in Averdun stand in seinem Gesicht. Selbst in der Dunkelheit war seine Entschlossenheit zu erkennen.

»Lass das Messer sinken, Gwil. Du kommst nie aus der Stadt hinaus.«

»Wenn der Waliser glaubt, damit durchzukommen, dem Befehlshaber der königlichen Herdwache zu drohen …«, knurrte Beornred, die Hände an seinen Seiten zu Fäusten geballt. »*Mich* anzugreifen. Ein verlauster, dahergelaufener Unfreier! Dafür wird er hängen.«

»Nein, das wird er nicht. Morgen reisen wir ab, und Ihr werdet uns in Ruhe lassen. Denn beim nächsten Mal lasse ich es ihn vollenden.«

Gwil sah zwischen ihnen beiden hin und her und versuchte sichtlich zu verstehen, was sie sprachen. Vielleicht erfasste er zumindest den Sinn, wenn auch nicht jedes einzelne Wort.

Beornred sah ihn mordlustig an. »Der König ist ein Narr, einem grünen Bürschchen Land und Titel zu verleihen. Aber er wird seinen Fehler noch einsehen. Die Dämonen, von denen er besessen ist, werden vernichtet, und er wird zurückfinden auf den Pfad der Weisheit und des Glaubens und …«

»Genug.« Offa drehte sein Schwert in der Hand herum und schlug den Knauf gegen Beornreds Schläfe.

Der Befehlshaber war so überrascht, dass er noch nicht einmal zuckte. Mit einem dumpfen Laut brach er zusammen und blieb besinnungslos zu Offas Füßen liegen. Hoffentlich brauchte er etwas länger als Gwil, um wieder zu sich zu kommen. Lange genug für Offa und seine Männer, um in der Halle unter Menschen in der Masse verschwinden zu können. Vor Zeugen wäre es Beornred nie möglich, seinen hinterhältigen Plan in die Tat umzusetzen. Offa musste nur aufpassen, nirgendwo mehr allein hinzugehen, und auch Gwil musste ab jetzt noch mehr geschützt werden.

Offa wandte sich an den Waliser, der auf den reglosen Körper hinabstarrte. Zumindest schien er nicht mehr vorzuhaben, Beornred die Kehle durchzuschneiden.

»Danke.« Offa hoffte, dass der Waliser zumindest so viel verstand. »Du hast mir das Leben gerettet.«

Gwil runzelte die Stirn, dann sah er auf das Messer in seiner Hand hinab. Einen Augenblick lang war er ganz in sich gekehrt, regungslos, nachdenklich. Dann streckte er unvermittelt die Hand aus und reichte Offa die Klinge. Er wusste, dass es ihm verboten war, eine bei sich zu tragen.

Offa wollte das Messer entgegennehmen, aber irgendetwas hielt ihn davon ab. Hätte Gwil es nicht besessen, wäre Offa jetzt tot. Beornred hätte ihn, ohne mit der Wimper zu zucken, umgebracht. Wie lange Gwil es wohl schon bei sich trug? Hatte er die Gelegenheit gehabt, Offa oder einem seiner Männer etwas anzutun, und sich dann dagegen entschieden?

Offa wandte sich ab, ohne das Messer an sich zu nehmen. Er betete, dass er es nicht noch einmal bereute, dem bewaffneten Waliser den Rücken zuzukehren. Aber als er zum Ausgang ging, hörte er Gwils Schritte hinter sich. Der Waliser folgte ihm.

KAPITEL 4

Averdun, Königreich Mercia, Herbst 747

Offa blickte auf all die vielen Menschen Averduns, die sich auf seine Bitte hin auf dem großen Platz vor der Kirche versammelt hatten. Dabei überkam ihn ein sonderbares Gefühl von Stolz. Dies waren seine Leute. Er war ihr Aldermann und damit für sie verantwortlich.

Neugierige Mienen blickten ihm entgegen, Misstrauen, Müdigkeit, Hoffnung – in jedem Gesicht las er etwas anderes.

»Ich weiß, ich bin jung«, erklärte er laut, sodass ihn auch diejenigen hören konnten, die sich in den letzten Reihen gegen die Gartenzäune pressten. »Ihr habt einen starken Anführer verdient, jemanden, der euch vor weiteren Angriffen schützt. Gewiss habt ihr euch jemand anderen vorgestellt. Aber ich gelobe, alles zu tun, um euch gerecht zu werden. Angefangen mit einem Feldzug gegen die Waliser.«

Raunen erklang, Blicke wurden getauscht.

»Der König hat mich beauftragt, die Pilgerstadt Oswaldestroe von den Walisern zurückzuerobern. Und ich werde ihnen zeigen, mit wem sie es zu tun haben.«

Das Raunen wurde lauter, verwandelte sich in das Dröhnen unzähliger Stimmen, die durcheinanderredeten, aber Offa ließ sich nicht beirren.

»Leofric ist bereits losgeritten, um unser Heer aufzustellen.

Und auch von euch muss ich einfordern, was in dieser schweren Zeit nicht leicht zu geben ist. Ihr kennt das Gesetz – jeder freie, kampffähige Mann schuldet mir Kriegsdienst. Aber dafür gebe ich euch die Gelegenheit zur Rache und die Möglichkeit zu zeigen, dass die Männer Averduns sich nicht so leicht besiegen lassen.«

Das aufgeregte Gemurmel verwandelte sich in Jubel. Offa sah in den Gesichtern der Männer, dass sie froh darüber waren, nicht untätig hier zu verharren. Sie wollten etwas tun, genauso wie Offa, sie wollten kämpfen. Nun hatten sie Gelegenheit dazu.

»Das Dorf ist beinahe wieder aufgebaut.« Offa blickte über die Hütten, die alle wieder mit Schilf und Moos oder Stroh gedeckt waren. Die Verwüstung war beseitigt worden, und auf den ersten Blick sah alles so aus, als hätte es den Angriff nie gegeben. »Trotzdem haben viele von euch große Verluste erlitten. Kommt in den nächsten Tagen zu mir in die Halle, und wir besprechen die Abgaben. Wir werden Lösungen finden, für jeden von euch.«

Der Jubel schwoll noch weiter an. Nun beteiligten sich auch die Frauen daran, die viel besorgter wirkten als die Männer.

Nur einer von ihnen zog eine mürrische Miene. Es war der alte Aldfrith, der bei dem Angriff glimpflich davongekommen war. Der Landhalter hatte nur Getreide aus dem Lager verloren. Marcellina hatte ihm erzählt, dass Aldfrith Land von jenen Bauern kaufen wollte, denen nach dem Angriff die Mittel fehlten, ihres weiterhin zu halten. Wenn er dann fünf Hufen oder mehr besaß, stieg er auf zu einem Gesith, in den Kreis der Noblen. Daher gefiel ihm Offas Unterstützung für die Familien Averduns wohl nicht. Aber Offa musste die Abgaben senken oder gar ganz erlassen, auch wenn er noch nicht wusste, wie er dann den Tribut an seinen Onkel, den König der Hwicce, bezahlen sollte. Doch darum würde er sich nach dem Feldzug kümmern. Ihm waren treue Bauern lieber, die im nächsten Jahr alles dafür taten, um die Verluste auszugleichen, als gierige, die sich am Unheil anderer bereicherten. Die Familien hier waren schon seit Generationen in Averdun ansässig, und Offa hatte nicht vor, sie im Stich zu lassen. Aber er durfte auch Aldfrith nicht zu sehr bremsen und ihn gegen sich aufbringen. Die Menschen hier im Dorf respektierten ihn und hörten auf seine Worte.

»Aldfrith«, rief er daher nach kurzem Überlegen. Der Landhalter schien überrascht. Er zuckte kurz zusammen, dann löste er sich von den zusammenstehenden Menschen und trat ein paar Schritte vor. »Ich ernenne Euch zum Reeve von Averdun. Ihr werdet in meiner Abwesenheit verwalten, was mein ist, und sicherstellen, dass meine Anweisungen eingehalten werden.«

»Mein Herr.« Aldfrith verneigte sich, die mürrische Miene wich einem Blick aus funkelnden Augen.

Offa hoffte nur, dass er damit die richtige Entscheidung getroffen hatte. »Und nun geht und bereitet euch auf den Feldzug vor. Wenn wir zurückkehren, dann siegreich und gestärkt.«

Der Jubel setzte sich fort. Nun sah er Hoffnung in den Augen der Versammelten, und als er seinen Platz vor der Kirche verließ und zur Halle ging, schollen ihm Segenswünsche von allen Seiten entgegen. Dabei fiel ihm einer von den walisischen Unfreien auf: ein Knecht in Offas Alter, der weiterhin seiner Arbeit nachging und Holz für den Winter schlug.

Offa ging auf ihn zu. »Komm mit«, befahl er.

Er wollte einen letzten Versuch unternehmen, die Wahrheit aus Gwil herauszubekommen. Vielleicht war er nach allem, was sie in Tamouuorthig erlebt hatten, jetzt eher gewillt, ihm von den Hintergründen des Angriffs zu erzählen.

Aber als er sich dem Pferdeunterstand näherte, hörte er

schon von Weitem laute Stimmen, hasserfüllte Rufe, Hohn und Spott.

Offa beschleunigte seine Schritte. Sein Herz machte einen erschrockenen Satz, als er drei Stallknechte sah, die auf den an den Zaun gefesselten Gwil einschlugen und eintraten.

»Dachtest wohl wirklich, so leicht davonzukommen, was?«

»Dir werden wir schon noch zeigen, was es bedeutet, uns anzugreifen!«

»Jetzt nicht mehr so stark, he?«

Offa packte einen der Knechte am Hemd und riss ihn zurück. Mit aller Kraft schleuderte er ihn zu Boden, ehe er sich den nächsten schnappte. Der dritte wich von selbst zurück und starrte ihn angstvoll an.

»Wie könnt ihr es wagen, meinem Befehl zuwiderzuhandeln?!«

Offa blickte von einem zum anderen. Das Lachen war ihnen vergangen, jetzt stand blankes Entsetzen in ihren Gesichtern.

»Wir … wir …«

»Wir wollten uns rächen«, verkündete der eine der beiden, die auf dem Boden saßen, und rappelte sich auf.

»Rächen?!« Offa zeigte auf den blutenden Gwil hinab. Die Zeichen seiner Begegnung mit Beornred waren auf dem Weg zurück nach Averdun zurückgegangen, die Nase war kaum noch geschwollen gewesen, nur dunkle Schatten in Blau und Grün hatten noch unter seinen Augen geprangt. Jetzt aber benetzte frisches Blut sein Gesicht.

»Rächt euch an einem Gegner, der euch ebenbürtig ist! An einem, der sich wehren kann! Das hier macht euch nicht zum Sieger. Es macht euch schwach und feige!«

Er zog sein Messer aus dem Gürtel, woraufhin alle zusammenzuckten. Rasend vor Wut ging er auf Gwil zu, hockte sich vor ihn hin und schnitt ihm die Fesseln durch.

Dann richtete er sich wieder auf und sah zu den drei Schlägern. »Ich bin sehr versucht, euch an seiner Stelle dort festzubinden. Aber dann würden mir Arbeiter fehlen. Stattdessen macht ihr es euch ab jetzt zur Aufgabe, Gwil hier in Averdun einzuführen. Er wird mit den anderen Unfreien schlafen, essen und Arbeiten verrichten. Und ihr werdet ihm helfen, bis er von seinen Verletzungen genesen ist und wir auf den Feldzug gehen. Habt ihr mich verstanden?«

»Ja, Herr.«

Dann wandte Offa sich wieder Gwil zu, der sich die Seite hielt und schmerzverzerrte Grimassen zog. »Du wirst mit uns nach Oswaldestroe gehen – zu deiner eigenen Sicherheit.«

Der walisische Knecht, den Offa mit sich genommen hatte, übersetzte alles. Offa wandte sich ab. Er wollte hier niemanden mehr sehen, und er musste zurück in die Halle, um sich mit den Anliegen der Menschen auseinanderzusetzen. Aber dann blickte er doch noch einmal zurück zu Gwil.

»Versuchst du zu fliehen oder greifst du nach einer Waffe, dann töte ich dich eigenhändig, ungeachtet dessen, was du in Tamouuorthig für mich getan hast.«

Der Knecht übersetzte erneut. Gwil nickte ernst.

Hilda näherte sich so unauffällig wie möglich der Halle. Es war bereits dunkel; die Nacht brach mit jedem Tag, der verging, früher über das Land herein. Tanzende Lichter zeigten, wo die von Offa eingesetzten Wachen mit ihren Fackeln umherstreiften.

Langsam schlich sie näher heran, hangelte sich entlang der Wände weiter und lauschte. Konnte sie Offas Stimme hören? Sie vermochte sie nicht auszumachen.

Ein blasser Lichtstrahl griff durch eine Ritze zwischen zwei

Pfosten der Hallenwand. Hilda lehnte sich vor und blickte hindurch. Zuerst konnte sie im Inneren nichts ausmachen, nur Lichtfunken und dunklere Bereiche des Schattens. Aber dann fand sie die Feuerstelle und einzelne Gestalten, die sich darum herum tummelten.

Da waren ihr Vater und ein paar der Männer, die Offa zu Kriegern seiner Herdwache ernannt hatte. Darunter die Brüder Eadric und Cerdic, aber auch Wulfhere war dabei. Sie alle saßen ums Feuer und sprachen ernst miteinander. Auch ein Priester des Königs, der Offa aus Tamouuorthig hierherbegleitet hatte, stand bei ihnen und gestikulierte wild. Hilda konnte die einzelnen Worte nicht verstehen, aber sie war sicher, dass ein Plan für den Feldzug gegen die Waliser geschmiedet wurde.

Auch Aldfrith war unter ihnen. Sein Anblick bescherte ihr sofort wieder Übelkeit. Seit ihrem Zusammentreffen vor etwa zwei Wochen hatte der Grundbesitzer sie nicht mehr zu sich gerufen, was Hilda einerseits mit Erleichterung erfüllte. Andererseits brauchte sie aber auch Geld.

Ein wenig abseits saß Offas Mutter an ihrem Webrahmen. Auf den ersten Blick machte es den Anschein, als wäre Marcellina ganz in ihre Arbeit vertieft, aber Hilda ahnte, dass sie genauestens zuhörte. Und dann war da noch Offa.

Seine Züge wirkten im glutroten Licht noch härter, er sah nachdenklich aus. Am liebsten wäre sie zu ihm gegangen. Er machte den Anschein, als trüge er die Last der ganzen Welt auf seinen Schultern. Aber wie könnte sie in seine Nähe gelangen? Sollte sie sich Met und Käse greifen, um einen Vorwand zu haben, in die Halle zu gehen? Sie wollte Offa aus der Nähe sehen, mit ihm sprechen.

Ein leises scharrendes Geräusch ließ sie zusammenzucken, als wäre es laut wie Donner gewesen. Erst jetzt bemerkte sie, dass sie den Atem angehalten hatte, und schnappte laut nach

Luft. Hektisch sah sie sich in der schmalen Gasse zwischen Halle und Vorratshaus um. Beinahe entkam ihr ein Schrei, als sie eine finstere Gestalt entdeckte, die aus der kleinen Seitentür geschlüpft war, die die Bediensteten meist nutzten, um schnell in die Küche zu gelangen. Der schwarze Schemen regte sich nicht. Hilda konnte nur seine Umrisse ausmachen, wusste aber, dass er sie ansah.

»Wer ist da?«, fragte sie mit zitternder Stimme, als er sich plötzlich umdrehte und davonhuschte.

Und in diesem Moment erkannte Hilda ihn. Sie wusste gar nicht genau, woran. An der eher schmächtigen Gestalt, die nur mit einem knielangen Hemd bekleidet war, an der Art, sich zu bewegen wie eine Katze, den kurzgeschorenen Haaren …

»Na warte!«, zischte sie, als sie den Waliser über den Hof laufen sah.

Sie raffte ihre lange Tunika und rannte dem jungen Mann hinterher, so schnell sie konnte. Dabei wusste sie gar nicht, was sie so plötzlich in Panik versetzte. Etwas in ihr sagte ihr, dass der Waliser einen Grund haben musste, sich aus der Halle zu schleichen, und dass dieser Grund nichts Gutes für Offa bedeuten konnte. Vielleicht versuchte er zu fliehen, auch wenn er ohne Pferd nie weit käme. Oder er wollte Offas Plan verraten, irgendwie eine Nachricht an seine Verbündeten senden. Das würde sie verhindern!

Sie war schnell. Sie war zwar von eher untersetzter Gestalt, aber wenn sie wollte, konnte sie rennen. Sie schloss ihre Hand um den Arm des Walisers, ehe er die andere Seite des Hofs erreicht hatte und zwischen den dicht stehenden Häusern verschwinden konnte.

»Wo willst du hin?« Sie drehte ihn zu sich herum, ohne sich der Gefahr richtig bewusst zu sein.

Der Waliser starrte sie an. Seine Augen funkelten in der

Dunkelheit, und Hilda begann zu zittern. Jetzt hatte sie einen Augenblick lang Zeit, sich ihres Handelns bewusst zu werden und einen Gedanken an die möglichen Folgen zu richten. War er bewaffnet? Konnte er sie niederschlagen? Sie umbringen?

Nichts davon war wichtig, wenn sie nur Offa schützen konnte.

»Weiß Offa, dass du hier draußen bist?«

Sie tastete an ihrem Gürtel nach dem Speisemesser und zog es, ohne zu zögern. Es hatte nur eine kleine Klinge, um Käse aufzuspießen oder Zwiebeln zu schälen, aber sie konnte ihm damit sehr wehtun.

Der Waliser riss überrascht die Augen auf und reagierte nicht schnell genug. Hilda presste ihm die Spitze bereits gegen die Brust, und er erstarrte.

»Ich schwöre dir, wenn du vorhast, Offa Schaden zuzufügen, wenn du ihn hintergehen willst, schlitze ich dich auf wie Schlachtvieh.«

Er starrte sie nur an, vermutlich verstand er kein Wort. Hilda überlegte fieberhaft, was sie jetzt tun sollte. Sie wollte sich nach Hilfe umsehen, wagte es aber nicht, den Blick von ihm zu nehmen. Er war ein feindlicher Krieger, der über die Grenze gekommen war und ihr so viel genommen hatte. Ein kleiner Fehler, und er konnte sie mit Leichtigkeit überwältigen.

»Du wirst ihn verraten, nicht wahr? Euch Walisern kann man nicht trauen. Er hat dir das Leben gerettet, und du wirst seines nehmen. Ich weiß es.«

Wieder keine Reaktion. Hildas Hand schloss sich noch fester um das Messer. Was, wenn sie ihn tötete? Dann könnte er niemandem mehr schaden, die Gefahr wäre gebannt. Sie müsste nur an Offa eine Kompensationszahlung für den Verlust seines Besitzes entrichten, und alle wären froh über die Befreiung von diesem walisischen Unheil. Vielleicht erließ

Offa ihr die Zahlung sogar, vielleicht erkannte er dadurch endlich, was er an ihr hatte! Er wäre ihr dankbar, und er würde sie davor retten, noch einmal ihren Körper verkaufen zu müssen. Es wäre alles ganz leicht, sie musste ihre Hand nur mit aller Kraft …

»Hilda?«

Sie erstarrte. Es fühlte sich an, als bliebe ihr Herz einen Augenblick lang stehen. Sie hörte Schritte näher kommen und betete, dass sie sich bei der Stimme verhört hatte, dass es nicht *er* war.

»Was machst du da? Ist das …«

Hilda ließ die Hand sinken mit dem Gefühl, ihren letzten Ausweg verloren zu haben. Aber schon im nächsten Moment spürte sie Entsetzen über ihre eigenen Gedanken. Wäre sie tatsächlich in der Lage gewesen, ein Menschenleben auszulöschen? Hatte sie das wirklich in Erwägung gezogen?

»Das ist doch der Waliser.« Aldfrith trat an ihre Seite und sah zwischen ihnen hin und her. »Was macht ihr beide denn hier?«

Seine Stimme nahm einen dunklen Unterton an. Hilda versuchte so unauffällig wie möglich ihr Messer zurück in die kleine Lederscheide an ihrem Gürtel gleiten zu lassen.

»Ich habe ihn hier herumschleichen gesehen«, sagte sie wahrheitsgemäß. Und dann begann ihre Lüge. »Ich wollte soeben nach Hilfe rufen, damit ihn jemand zu den anderen Unfreien bringt. Ich fürchtete, er könnte versuchen zu fliehen.«

»So dumm wärst du nicht, oder Bürschchen?« Aldfrith zog die lange Klinge an seiner Seite und ließ die freie Hand schwer auf die Schulter des Walisers fallen, was fast schon freundschaftlich wirkte. In Wahrheit hielt er ihn natürlich fest. »Na, dann komm, wir bringen dich zu deinem vornehmen Schlafgemach. Hilda, komm mit.«

Er stieß den Waliser vor sich her bis zum Unterstand der Pferde, wo er einen Strick nahm und den jungen Mann inmitten der Tiere an die Wand fesselte. Der Waliser ließ es mit sich geschehen.

»Hier solltest du für die Nacht sicher vor irgendwelchen Dummheiten sein, die du zu begehen gedenkst.«

Er kam zurück in den Hof und wandte sich Hilda zu. Er musterte sie von oben bis unten. Es war wieder dieser Blick, mit dem er sie bei seinem Angebot, ihr zu helfen, angesehen hatte.

Bitte nicht, dachte Hilda und blickte an ihm vorbei zur Halle. *Offa, rette mich.* Zugleich aber wusste sie, dass sie dankbar sein sollte, dass Aldfrith sie wollte, und ihr somit die Gelegenheit gab, Geld zu verdienen.

»Ich habe bemerkt, wie du unseren jungen Herrn ansiehst.«

Hilda schrak aus ihren Gedanken und sah mit wild schlagendem Herzen zu Aldfrith auf.

»Du machst kein großes Geheimnis daraus«, tadelte er und deutete zurück zur Halle. »Du wünschst dir, *er* wäre es, der dich in sein Bett führt. Er ist jung und schön und stark, und er hat den hirnlosen Wagemut eines jungen Kriegers, der noch zu wenig über die Welt weiß. Durchaus alles anziehende Eigenschaften. Aber glaubst du wirklich, deshalb fühlt er sich anders an?« Er kam auf sie zu, und ehe sie reagieren konnte, legte er eine Hand in ihren Schritt. »Glaubst du das?«

Hilda konnte nichts sagen und war zu keiner Bewegung fähig. Sie starrte Aldfrith nur an, kämpfte gegen den erneuten Ekel an und zwang sich, nicht in Tränen auszubrechen.

»Ich glaube gar nichts«, brachte sie schließlich heraus.

Sie wunderte sich ein wenig darüber, wie kalt ihre Stimme klang, wie fest sie ihre Kehle verließ. Stärker, als sie sich tatsächlich fühlte. Und gleichzeitig wurde ihr die Wahrheit hinter ihren Worten bewusst.

Sie glaubte an gar nichts mehr. An keine Zukunft, an keine Rettung. Sie war auf sich allein gestellt. Und als Aldfrith sein Kinn in Richtung seiner Hütte ruckte, folgte sie ihm mit betäubender Resignation.

KAPITEL 5

Oswaldestroe (Oswestry), Mercia/Wales, Herbst 747

Sein Ziel rückte näher. Die Pilgerstadt war nicht mehr weit, aber als Offa mit seiner kleinen Kriegsbande aus dem Wald ritt, lenkte etwas ganz und gar Unerwartetes seine Gedanken vom nahenden Kampf ab. Er blickte auf ein Bauwerk, so beeindruckend wie keines, das er je zuvor gesehen hatte. Und zwar, weil es keine prächtigen Steinsäulen aufwies, keine hohen Mauern und tiefen Becken wie die verlassenen Städte der Römer. Nein, es schien eins mit der Natur. Eine Erinnerung an große Taten seines eigenen Volkes, und nicht minder beständig als das der einst auf der Insel lebenden Römer. Dabei war es so einfach und gleichzeitig wirkungsvoll, dass es Offa meisterhaft erschien.

»Wat's Dyke«, erklärte der Priester Herefrith an seiner Seite und ließ ebenso wie alle anderen seinen Blick über den schier endlosen Erdwall gleiten, der von Norden nach Süden das Land teilte. »Ein Bollwerk aus vergangener Zeit, um die Grenze zu den Walisern zu markieren und zu halten. Auf der anderen Seite verläuft noch ein Graben, der es den Walisern erschwert, den Wall zu erklimmen und angelsächsisches Land zu betreten.«

»Wie lang ist er?«, wunderte sich Offa. Er fand diese wie von Zauberhand mitten durchs Land verlaufende Barriere faszinierend.

»Er erstreckt sich von der nördlichen Küste bis hierher. Der Wall endet ein Stück südlich von hier.«

»Aber Oswaldestroe liegt auf der anderen Seite«, staunte Offa und versuchte hinter dem Erdhügel etwas auszumachen. Er konnte aber nur Wälder auf fernen Hügeln erkennen. »Auf walisischer Seite. Laut dieser Grenze müsste Oswaldestroe also den Walisern gehören. Es waren doch Angelsachsen, die den Wall errichtet haben.«

»Das ist lange her. König Æthelbald und seine Vorgänger verschoben die Grenze zu unseren Gunsten nach Westen. Nur gelang es Elisedd von Powys leider, diese Errungenschaften rückgängig zu machen, indem er Oswaldestroe und andere Grenzgebiete eroberte.«

Offa sagte nichts dazu. Er wollte gar nicht über die vielen Generationen nachdenken, die schon hier gestanden und gefochten hatten. Er war nur einer von ihnen. Er wusste nur, dass Oswaldestroe als Pilgerstätte wichtig war, denn Pilger bedeuteten Reichtum. Sie zahlten viel, um von ihren Sünden freigesprochen zu werden und heilige Reliquien berühren zu dürfen. Es war also nicht verwunderlich, dass der König die Stadt zurückhaben wollte.

Aufregung flatterte durch Offas Bauch – der Gedanke, tatsächlich das Ruder in der Hand zu halten und seinem König zu dienen. Gleichzeitig begleitete ihn aber auch stets die Angst zu versagen.

Er trieb sein Pferd voran, um nicht weiter darüber nachzudenken. Er ließ die letzten Bäume der Ausläufer des Waldes hinter sich und erkannte nun, dass der Wall im Norden an einen gewaltigen stufenförmigen Hügel anschloss: ein keltisches Fort aus einer Zeit, bevor sein Volk auf die Insel gekommen war. Offa kannte solche altertümlichen Verteidigungsanlagen gut, schließlich war der Averdun-Hügel bei ihm zu Hause nichts anderes. Beeindruckend fand er aber, dass die

Arbeiter des Erdwalls es vollbracht hatten, das alte Hügelfort in ihre Grenzmarkierung einzubinden. Wieso hatte nie jemand eine derartige Barriere im Süden errichtet? Wieso nur diesen verhältnismäßig kurzen Abschnitt? Wie viel einfacher wäre es, die Grenzländer zu schützen und Raubzüge zu unterbinden, wenn die gesamte Länge von Küste zu Küste abgetrennt wäre! Konnte solch ein Unterfangen überhaupt verwirklicht werden? Es fiel Offa schon schwer, sich vorzustellen, wie es gelungen war, nur diesen Abschnitt zu erschaffen, aber der Gedanke an eine weithin sichtbare, nur schwer überwindbare Grenze gefiel ihm.

Im Moment konnte er sich darauf aber nicht konzentrieren, er musste den Auftrag des Königs erfüllen. Er hatte bereits erfahren, dass Oswaldestroe nahe einem altertümlichen Fort lag, was in Anbetracht des Hügels bedeutete, dass sie ihr Ziel beinahe erreicht hatten.

»Wartet hier.«

Offa stieg am Fuße des Erdwalls ab und ging die steile, grasbewachsene Aufschüttung hinauf, die so hoch war, dass er nicht darüber hinwegblicken konnte. Oben angekommen, ließ er seinen Blick über das westliche Land schweifen: Wales, das Land der Britannier.

Und tatsächlich. Vor ihm erstreckte sich weites grünes Hügelland, an dessen vordersten Hang sich eine Siedlung schmiegte, die von Palisaden geschützt war. Dies musste Oswaldestroe sein.

Das Land dahinter war in den Tälern dicht bewaldet und, wie er wusste, von Mooren durchzogen. Es gab nur diesen Weg, um ungesehen und sicher heranzukommen.

Der Wall bot ihnen einen guten Schutz, um auf ihren Angriff zu warten und von den Walisern unentdeckt zu bleiben.

Offa musste sich auch überlegen, wie das Heer samt den Pferden den Wall überwinden sollte. Er ging die wenigen

Schritte nach vorne über den Kamm des Walls und blickte tatsächlich, wie von Vater Herefrith angekündigt, in einen Graben hinunter. Kaum vorstellbar, wie viele Menschen daran gearbeitet hatten. Er war genau das Richtige, um den Walisern ihre Raubzüge zu erschweren. Einzelne Fußgänger konnten die unbewachte Barriere natürlich jederzeit überwinden, aber mit einer Herde gestohlener Rinder oder Karren voller Getreide war es fast ein Ding der Unmöglichkeit. Der Wall stellte ein Hindernis dar, das nun aber auch Offa im Weg lag.

Aufmerksam sah er sich nach einer anderen Passage in die Stadt um. Eine geebnete Straße führte aus dem Palisadentor von Oswaldestroe nach Süden, der Wall musste also tatsächlich weiter südlich enden oder zumindest einen Durchgang erlauben. Es war der Pilger- und Händlerweg, aber dieser war für ihren Überraschungsangriff nicht geeignet. Die walisischen Krieger in der Stadt wären vorgewarnt und könnten das Tor verschließen, sich sammeln und ordnen, wohingegen Offa sie überrumpelt und daher einzeln verstreut sehen wollte. Nein, sie mussten in Deckung bleiben und dann unerwartet zustoßen.

Im Moment sah Oswaldestroe noch friedlich aus. Rauch stieg aus den Dächern der Häuser auf, und auf der großen Wiesenfläche außerhalb grasten Rinder. Offa sah zwei Männer mit Speeren in der Hand, die die Herde bewachten. Es war ihm aus der Entfernung unmöglich zu sagen, ob sie Angelsachsen oder Waliser waren. Er vermutete Letzteres, wenn er bedachte, dass die Stadt noch in walisischer Hand war. Außerhalb der Palisaden, versammelt um die Straße, tummelten sich ein paar Hütten aus Flechtwerk mit Lehmverstrich, und auch eine kleine Steinkirche erhob sich über dem weiten Feld zwischen Stadt und Wall. Eine erste Anlaufstelle für die Pilger, ehe sie in die Stadt einzogen.

»Seht Euch das an«, erklang unvermittelt Herefriths Stimme

an seiner Seite, der nun ebenfalls den Wall erklommen hatte. Der Priester in seiner schlammfarbenen Kutte kniete neben ihm nieder und bekreuzigte sich. »Ein heiliger Ort des Glaubens, in den Händen dieser Heiden.«

»Ich dachte, die Waliser wären Christen, so wie wir. Und das schon sehr viel länger.«

Ein verächtliches Schnauben. »Das behaupten sie, ja, aber in Wahrheit leben sie nach ihren eigenen Gepflogenheiten, fern der väterlichen Hand Roms. Sie erlauben ihren Priestern zu heiraten, halten ihre Feiertage nicht ein und glauben immer noch an ihre alten Naturgeister und Riten.«

Offa schwieg. Schließlich war er an Aldermann Heardberhts Seite nicht nur einem angelsächsischen Priester eines kleinen Dorfes begegnet, der verheiratet war und kaum ein Wort Lateinisch beherrschte. Meist waren diese Geistlichen nicht mehr als Bauern, die sich nebenher ums Seelenwohl ihrer kleinen Gemeinschaft kümmerten. In Wales war es wohl nicht anders, aber das wollte der Priester Herefrith bestimmt nicht hören – und Offa konnte auf einen Tobsuchtsanfall des Klerikers, wie er ihn in Tamouuorthig miterlebt hatte, verzichten. Den Valknut sollte er wohl lieber auch unter seinem Hemd tragen und nur den Kreuz-Anhänger offenbaren.

»Es ist unsere Pflicht, diese Stadt zurückzuerlangen, koste es, was es wolle.«

»Das habe ich vor.«

Herefrith wandte den Blick von den Palisaden ab und sah ihn an. »Zuerst hielt ich den Vorschlag des Königs, einen so jungen Spross mit einer derart wichtigen Aufgabe zu betrauen, für zu hoffnungsvoll. Aber ich sehe Eure Entschlossenheit, und ich vertraue auf Gott, unseren Herrn, dass er Euch die nötige Kraft und Weisheit schenkt, um uns den Sieg zu sichern.«

Offa antwortete nicht. Die Worte des Priesters erhöhten nur

den Druck, der auf ihm lastete, und daher ignorierte er sie lieber. Er ließ seinen Blick den Pilgerpfad entlangschweifen, der in einer Schleife aus der Stadt und, vorbei an den dahingewürfelten Häusern, in einen Wald zu seiner Linken führte. Er wusste, Leofrics Kundschafter, der Offa über dessen nahende Ankunft berichten würde, käme nicht über das offene Feld zu ihm, wo die Waliser ihn sehen konnten. Es war auch noch lange nicht Zeit für Leofrics Ankunft mit dem Hauptheer, Offa erwartete ihn erst in einigen Tagen. Trotzdem hoffte er schon jetzt auf ein Zeichen, denn das bevorstehende lange Warten erfüllte ihn mit Unruhe.

»Was meint Ihr, mein Herr?«, erklang Osbalds Stimme nun zu seiner anderen Seite.

Osbald war der zwanzigjährige Sohn eines Ziegenhirten, der ein Stück außerhalb von Averdun wohnte, und ihm war die Vorfreude auf den Kampf und den Ruhm anzuhören. Seinen Speer hatte er dankenswerterweise nicht mit heraufgenommen, sodass er nicht schon von Weitem als kampfbereiter Mann zu erkennen war. »Wie viele Waliser halten die Stadt?«

Offa zuckte nur mit den Schultern. Oswaldestroe hatte keine Wehrtürme, und das Tor stand offen, um Reisende einzulassen. Er hatte ein Dutzend Männer an seiner Seite. Wenn er mit diesen auf die Stadt zuging, ohne dabei einen feindseligen Eindruck zu erwecken, standen ihnen am Eingang vielleicht nur drei oder vier Gegner gegenüber. Diese wären tot, bevor das Wort von Feinden sich in der Stadt herumgesprochen hatte und die übrigen Männer sich sammeln konnten. Wenn alles nach Plan verlief, trafen sie auch nicht auf alle zugleich.

Doch Offa wusste nicht, wie viele es tatsächlich waren. Im Grunde könnte er wohl schon jetzt zuschlagen, aber dann käme Elisedd mit seinem Heer sofort nach Oswaldestroe, um die Stadt zu retten, und dann säße Offa mit seiner kleinen Truppe in der Falle.

Nein, sein Plan war gut. Leofric griff mit dem Hauptheer im Süden an und lockte Elisedd und seine Männer damit fort von seinem Hauptsitz, der nur eine Tagesreise von Oswaldestroe entfernt lag. Eadric und Cerdic warteten auf halber Strecke zwischen Offa und Leofric. Sobald Elisedd diesen Punkt mit seinem Heer überschritt, würde einer der Brüder zu Leofric in den Süden reiten, um ihn zu warnen, und der andere zu Offa in den Norden kommen. Leofric würde sich dann sofort in angelsächsisches Land zurückziehen und ebenfalls hierherkommen. So verband sich das Hauptheer mit Offas kleiner Gruppe, während Elisedd im Süden war und sich fragte, wohin der Feind verschwunden war. Bis er dann die Nachricht hörte, dass Oswaldestroe erobert worden war, konnte er nichts mehr dagegen tun.

»Bitte vergesst nicht, mein Herr«, ließ sich erneut Vater Herefrith vernehmen, »in Oswaldestroe leben zahlreiche Angelsachsen, gute Christen. Ihr seid hier, um die Stadt von den Walisern zu befreien, nicht, um sie niederzubrennen.«

Offa warf dem Priester an seiner Seite einen ungeduldigen Blick zu, der sofort ergeben die Hände hob.

»Ich meine nur, ein Blutbad in dieser heiligen Stadt wäre …«

»Wieso, glaubt Ihr, mache ich mir die Mühe mit diesem Schwindel und greife nicht direkt mit Leofric und meiner ganzen Macht an? Warum ziehe ich nicht in einem Kriegszug hier herauf, den Elisedd schon von Weitem sieht, und fechte eine Schlacht um diese Stadt aus? Ob Ihr es glaubt oder nicht: Ich opfere nicht gerne sinnlos unzählige Leben und lasse zwei Heere gegeneinander anrennen, wenn ein Sieg auch ohne großes Blutvergießen auf beiden Seiten erreicht werden kann. Versteht mich nicht falsch, ich schätze einen guten Kampf genauso wie jeder andere Krieger auch. Aber als Aldermann trage ich nun die Verantwortung über meine Männer, und ich werde sie nicht kämpfen und ihr Leben riskieren lassen, wenn es nicht sein muss. Es wird noch genügend Schlachten geben, aber nicht hier und nicht heute.« Er deutete zu Osbald an seiner Seite und hinunter zu den anderen Männern, die ihm in den Norden gefolgt waren. »Meine Männer gehen nach der Einnahme der Stadt zurück zu ihren Familien und bauen unser Dorf wieder auf.«

»Ihr habt so recht, mein Herr, so recht. Ihr seid ein Vorbild für viele Kriegsherren.«

Offa seufzte nur und konzentrierte sich weiterhin auf die Stadt, um jegliches Anzeichen von Unruhe dort sofort zu erkennen. Sollten die Bewohner Oswaldestroes Gestalten auf dem Wall auszumachen vermögen, so hielten sie den Priester und seine zwei Begleiter bestimmt für keine Bedrohung.

Mit einem letzten Blick auf die ferne Siedlung wandte Offa sich ab und ging den steilen Hang zurück hinunter zu den anderen. Vater Herefrith und Osbald folgten ihm.

»Wir schlagen im Schutz des Waldes unser Lager auf und warten auf Leofrics Nachricht. Dann greifen wir an.«

»Ist der Wall mit den Pferden zu überwinden?«, wollte der griesgrämige Wulfhere mit zweifelndem Blick wissen.

»Uns bleibt nichts anderes übrig. Wir können ihn nicht im Galopp eines vollen Angriffs nehmen, sondern müssen die Pferde langsam hinüberführen. Auf der anderen Seite sitzen wir wieder auf und sollten dann immer noch schnell genug sein, um den entscheidenden Vorteil herauszuschlagen.«

»Was an dieser Stadt soll eigentlich so heilig sein?«, wollte Osbald wissen.

Er wich nicht von Offas Seite und wirkte wie ein aufgeregter grüner Junge, dabei war er einige Jahre älter als Offa. Aber anders als der Hirte hatte Offa schon viele Kämpfe gefochten und wusste, was auf ihn zukam.

Sie schlugen sich zurück ins Dickicht des Waldes, wo Vater Herefrith seinen Esel festband und sich in einem Bett aus Farnen niederließ, erschöpft vom langen Ritt, aber mit leuchtenden Augen vor Freude, sein Wissen teilen zu können.

»Wie schön, dass du fragst, Osbald! Ich erzähle dir gerne von der Stadt. Innerhalb der Palisaden steht eine hohe Esche, musst du wissen, du wirst sie bald sehen. Es ist dieser Ort, der heilig ist. Vor hundert Jahren fand auf dem Feld auf der anderen Seite des Walls eine große Schlacht statt. König Penda von Mercia, ein Vorfahre unseres werten Offa hier und unseres geliebten Königs Æthelbald, kämpfte dort gegen Oswald, den König des Nordens, von Northumbria. Es betrübt mich zu sagen, dass König Penda damals noch die alten germanischen Götter wie Wōden und Thor verehrte, während sein Feind Oswald bereits den christlichen Glauben gefunden hatte. Das ganze Gebiet, auf das wir hier blicken, ist seit jeher stark umkämpft.«

Das war nicht schwer zu glauben, wenn man bedachte, dass die Angelsachsen von früher es für nötig befunden hatten, den gewaltigen Wall dort zu errichten.

»Die Könige Mercias und Northumbrias und die britischen Könige von Wales erheben Anspruch darauf. Penda war es einst gelungen, die Grenzen Wales' weit in den Westen zu verschieben, und er hielt dieses Land hier als Teil Mercias. Aber dann kam Oswald aus dem Norden, um seine Vorherrschaft über alle Könige der Insel, und insbesondere das Gebiet südlich des Humber, für sich zu beanspruchen. Doch König Penda besiegte ihn, zerstückelte seinen Leichnam und steckte seinen Kopf und seine Arme auf Speere.«

Osbald riss die Augen auf, und auch alle anderen Männer sammelten sich um Herefrith, um der Geschichte zu lauschen. Nur Gwil hielt sich im Hintergrund und begann damit, die Pferde abzusatteln und von ihren Traglasten zu befreien. Offa behielt ihn unauffällig im Auge. Seit er von Gwils Fluchtversuch in Averdun erfahren hatte, den Aldfrith gerade noch verhindert hatte, war er wieder vorsichtiger geworden. Er wusste, dass es Wulfhere genauso ging, denn auch der Krieger hielt seinen Blick stets auf den Waliser gerichtet.

»Und weil der christliche Oswald im Kampf gegen einen Heiden hier seinen Tod fand, soll der Ort heilig sein?«, fragte Osbald fast schon enttäuscht.

Vater Herefrith gab einen missbilligenden Laut von sich. »Das allein wäre genug, denn Oswald starb als Märtyrer. Aber ihr werdet erfahren, dass der Herr der gesamten Christenheit ein viel bedeutsameres Geschenk darreichte. Er sandte einen Raben, der einen von Oswalds Armen von den Speeren nahm und ihn in jene Esche dort hinten trug. An diesem Baum geschehen seither allerlei Wunder. Oswaldestroe trägt auch seinen Namen nach ihm: Er bedeutet *Oswalds tree,* Oswalds Baum. Aber damit nicht genug. Der Arm fiel schlussendlich in den darunter fließenden Bachlauf, der nun in der Lage ist, Augenleiden zu heilen.«

Osbald sah zwischen Herefrith und Offa hin und her, Faszination in den Augen, während Eardulf und Oswiu, ein Bauer und ein junger Schmiedelehrling aus Averdun, zu lachen begannen.

Vater Herefrith schnappte empört nach Luft, aber die Männer – außer Osbald – ließen sich davon nicht am Lachen hindern. Offa konnte es ihnen nicht verdenken. Wenn er selbst nicht eine wundersame Heilung erfahren hätte, wie seine Eltern behaupteten, käme ihm die Geschichte vom magischen abgetrennten Arm wohl auch lächerlich vor. Eher zweifelte er an der Christlichkeit dieser Geschichte wegen des vielen Geldes, das die Geistlichen den Reisenden für den Zugang zu diesen heiligen Stätten abknöpften.

Vater Herefrith sah aus, als bräche er jeden Moment in Tränen aus, und Offa legte Eardulf mit einem vieldeutigen Blick die Hand auf den Arm, damit er und die anderen ihr Lachen einstellten. Er wollte den armen Priester nicht weiter quälen. Nicht, dass ihm auch noch ein tadelnder Brief eines Bischofs um die Ohren flog, so wie dem König.

Aber zu seinem Glück war er dafür wohl nicht bedeutend genug. Noch nicht. Doch wenn dieser Feldzug zu seinen Gunsten ausging, würde bald jeder seinen Namen kennen.

Offa ließ den Blick über die Ebene zwischen dem Wall und der Stadt schweifen und kämpfte gegen die nagende Unruhe. Vor vier Tagen schon hatte ihn die Nachricht erreicht, dass König Elisedd mit einem gewaltigen Kriegsheer von Mathrafal gen Süden zog, um Leofric zu stellen. Vorgestern Nacht war dann Eadric mit seinem Bericht bei ihm eingetroffen – König Elisedd hatte die halbe Strecke wie geplant zurückgelegt, und Eadrics Bruder Cerdic war sofort zu Leofric in den Süden geritten, damit dieser umkehrte und auf angelsächsischer Seite in den Norden zu Offa kam. So weit verlief alles wie gehofft. König Elisedd würde schnell bemerken, dass sein angelsächsischer Feind verschwunden war, und wenn er die Kunde vom Heer bei Oswaldestroe erhielt, kehrte er bestimmt sofort um. Aber bis dahin gehörte die Stadt bereits Offa. Elisedd wäre ein Narr, ihn dann noch anzugreifen. Offa konnte die Verteidigungsanlagen Oswaldestroes nutzen und hatte sein vereintes Heer.

Jetzt musste nur noch Leofrics Bote ankommen, dann konnten sie endlich aus ihrer Starre erwachen.

Offa blickte zurück zu den Männern, die zwischen den Bäumen saßen und auf ein Zeichen von ihm warteten. Auch sie waren die Zeit des Nichtstuns leid. Sie hatten ihr Lager ein

Stück weiter südlich aufgeschlagen, wo der Wald sich bis zum Wall hinauf ausgebreitet hatte, um die Stadt und das Umland aus besserer Deckung beobachten zu können. Es war ein guter Ort, aber nichtsdestotrotz war Offa nervös.

Nur Wulfhere und Eadric waren Krieger und hatten unter Thingfrith Kämpfe ausgefochten, der Rest setzte sich aus Bauern und Hirten zusammen, die lediglich mit Speeren bewaffnet waren. Sie verhielten sich still, im Wissen, wie nah der Feind war, und auch auf ein Feuer hatten sie die letzten Tage verzichtet. Gwil versorgte die Pferde, brachte sie in bewaffneter Begleitung zum Fluss und hielt die Ausrüstung in Schuss. Im Moment legte er ein nasses Tuch um die Fessel von Eadrics Wallach, der sich auf dem schnellen Ritt hierher im unwegsamen Marschland der Flussniederung vertreten hatte und deshalb lahmte. Sie hatten nur drei Pferde – Offas, Wulfheres und Eadrics – sowie einen Esel. Die anderen waren, so wie der Großteil von Offas schnell zusammengeworfenem Heer, das mit Leofric unterwegs war, Fußkämpfer mit Speeren. Nur wenige von ihnen besaßen ein Schwert, geschweige denn irgendeine Form von Rüstung. Aber den Walisern ging es damit bestimmt nicht anders.

Zumindest Wasser stand ihnen hier ausreichend zur Verfügung. Der unscheinbare Fluss Morda verlief nur wenig südlich von ihrem Standort und verzweigte sich in unzählige kleine Bachläufe, die den Wald durchkreuzten. Es war ein guter, wenn auch feuchter Ort, um auf ihren Angriff zu warten.

Das war das Schlimmste. Nichtstun und beobachten.

Der schrille Ruf eines Greifvogels erscholl, und Offa blickte über die Ebene zur Stadt hinüber, über der er einen gewaltigen Schatten kreisen sah. Aus der Ferne konnte er den Vogel nicht genau erkennen, aber er war nichtsdestotrotz eindrucksvoll. Rascheln von Laub über ihm erklang, und bunte Blätter flatterten durch die Luft. Ein Windstoß traf ihn.

Gänsehaut überzog ihn, und ein ungutes Gefühl überkam ihn. Wie durch eine fremde Macht gelenkt, sah er zu Gwil hinunter, als könnte er bei dem Waliser einen Grund dafür finden.

Gwil hielt mit seiner Arbeit inne und lauschte mit schräg gehaltenem Kopf. Dann richtete der Waliser sich langsam an der Seite des Pferdes auf und blickte hoch in die Baumkronen über sich, den Blick konzentriert verengt.

»Hat der Waliser Angst vor ein wenig Wind?«, wollte Eadric lachend wissen und biss von einem Stück alten Brot ab, das er aus seinem Beutel geholt hatte.

Offa ignorierte ihn und sah sich ebenfalls um. Irgendetwas lag in der Luft, ein Hauch von Unheil. Erneut kreischte der Greifvogel, und dann erscholl das Heulen eines Wolfs aus der Ferne.

Wulfhere griff nach seinem Schwert, das neben ihm auf dem Boden lag, und erhob sich langsam. Die Ohren der Pferde zuckten unruhig in alle Richtungen.

»Ein Rudel Wölfe?«, keuchte der Priester Herefrith angsterfüllt und bekreuzigte sich.

»Bloß was für eines?«, murmelte Offa und betrachtete die Stadt. Er suchte nach Zeichen des Aufruhrs, nach irgendeinem Hinweis, dass sie entdeckt worden waren. Aber alles blieb ruhig. Schließlich ließ er den Blick am südlichen Waldrand entlangschweifen, um dort nach Bewegung Ausschau zu halten. Aber auch hier konnte er nichts sehen.

Im nächsten Augenblick erscholl ein ferner Hornstoß. Offa zuckte zusammen.

»Leofric?«, fragte Eadric verwirrt. Aber für dessen Ankunft war es noch zu früh, Offa erwartete ihn erst morgen – und das auch nur, wenn Leofric Mensch und Tier in einem Gewaltmarsch geschunden hatte.

»Zu den Waffen.«

Er trat vor an die Wallkante und blickte nun nicht mehr gen Süden, von wo er Leofric erwartete, sondern in nordöstliche Richtung. Dort sah er Schatten zwischen den Bäumen, nahe dem altertümlichen Hügelfort. Schließlich traten nach und nach bewaffnete Männer heraus auf die Ebene. Einzelne Reiter waren unter ihnen, aber genau wie bei Offa war der Großteil zu Fuß unterwegs.

Nur dass dieser Großteil nicht aufhören wollte. Immer mehr strömten aus dem Wald, und Offa spürte sein Herz schneller schlagen. Tausend Fragen wirbelten durch seinen Kopf, aber er hatte keine Zeit dafür – er musste handeln, nicht nachdenken.

Mit rasendem Herzen eilte er zu seinem Pferd, das Eardulf, der junge Bauer aus Averdun, bereits fertig machte. Wulfhere und Eadric taten es ihm gleich, während die anderen schon ihre Speere und Schilde in Händen trugen.

»Was ist mit dem Waliser?« Wada, ein weiterer Bauer aus Averdun, der mit seinen knapp fünfzig Jahren zu den Ältesten hier gehörte, packte Gwil am Arm und schob ihn in Offas Richtung. »Seine Leute greifen uns an, er wird die Gelegenheit nutzen und uns in den Rücken fallen.«

»Bringen wir ihn gleich um«, knurrte Eadric und zog sein Schwert.

Offa sah zwischen seinen Männern hin und her und suchte nach einer Lösung, die Gwils Leben verschonte. Schon wieder, denn eigentlich hätte Offa ihn für seinen Fluchtversuch in Averdun töten müssen. Aber der Feind war nah, und wenn sie der Übermacht entgehen wollten, bis Leofric mit seinem Heer zu ihnen stieß, mussten sie schnell handeln.

Ein lautes Rascheln und Knacksen aus dem Wald erklang hinter ihm. Offa riss sein Schwert aus der Scheide, und auch die anderen machten sich sofort kampfbereit, zogen ihre Schilde an sich, richteten die Speerspitzen aus und blickten ins

Dickicht. Im nächsten Moment brach Osbald, der junge Ziegenhirte mit den vielen Fragen, aus dem Unterholz. Offa hatte ihn zum Fluss geschickt, um von dort aus das Land südlich der Stadt im Auge zu behalten.

»Die Waliser!«, stammelte er und fiel beinahe vor Offa in die Knie. »Sie kommen!« Er fuchtelte mit der Hand hinter sich.

Offa atmete die angehaltene Luft aus. »Das wissen wir bereits.« Er zeigte nach Norden zum Hügelfort, wo sich das feindliche Heer sammelte. »Wir ziehen uns zurück in den Wald und warten ab, was sie vorhaben, vielleicht haben sie von unserem Plan erfahren und sind hier, um die Stadt zu verstärken. Noch haben sie uns nicht gesehen.«

Die Bäume schützten sie vor dem Blick des Feindes, aber nicht mehr lange, und sie würden entdeckt werden. Es gefiel ihm zwar nicht wegzurennen, aber sie waren nur dreizehn Männer, und allein in den kurzen Momenten, ehe Offa zu seinem Pferd gegangen war, hatte er schon fünfmal so viele Waliser gesehen. Wer wusste schon, wie viele noch dort drüben waren.

»Wir können nicht in den Wald!« Osbald deutete wild hinter sich. »Sie kommen doch aus dem Wald!«

»Aus nördlicher Richtung«, berichtigte Offa ihn und wunderte sich selbst, wie es die Waliser ungesehen an ihnen vorbeigeschafft hatten, um ihnen den Weg zum Hügelfort, das ein wenig Schutz versprochen hätte, abzuschneiden. Sein Magen verkrampfte sich. »Wir gehen zurück nach Süden, zum Fluss.«

»Nein! Sie kommen auch aus dem Süden!«

»Diese Mistkerle umzingeln uns«, stellte Eadric trocken fest. Woraufhin der Priester Herefrith ein hohes Jammern ausstieß, wie das eines Kindes.

Offa sah sich um. Er musste versuchen, klar zu denken und

seine Männer hier herausbringen, aber wie? Er hatte keine Zeit mehr!

Achtsam trat er ein wenig vor, spähte am Stamm eines der letzten Bäume vorbei und ließ seinen Blick den Wall entlang die Anhöhe zum Fort hochwandern. Die Waliser hatten sich entlang des Waldrands versammelt. Es mussten siebzig oder achtzig Mann sein.

Osbald trat an seine Seite. »Genauso viele kommen aus dem Süden. Sie ziehen einen Kreis um uns.«

»Noch ist er nicht geschlossen.«

Offa betrachtete den Pilgerpfad, der zum Tor in den Palisaden führte. Auf der Wiesenebene war kein Feind zu sehen. Aber sie konnten nicht in die Stadt flüchten, dort warteten ebenfalls walisische Kämpfer auf sie, die zweifelsohne schon das Heranrücken des Heers bemerkt hatten. Ein unauffälliges Hineinschleichen war damit nicht mehr möglich. Sie mussten einen Ort finden, der mit ihrer kleinen Gruppe zu verteidigen war, und an dem sie aushalten konnten, bis Leofric zu ihnen stieß.

Sein Blick fiel zur Steinkirche außerhalb der Palisaden, und sein Herz machte einen Satz.

»Macht euch bereit zu rennen. Wir suchen dort Unterschlupf!«

Er deutete zur Kirche, die mit ihrem Strohdach zwar eine Gefahr darstellen konnte, falls die Waliser beschließen sollten, es in Brand zu stecken. Aber ein Holzhaus wäre noch gefährlicher. Zudem hoffte Offa, dass die Waliser fromm genug waren, um eine Kirche unversehrt zu lassen.

»Das schaffen wir nie.« Vater Herefrith deutete zu den feindlichen Kriegern, die nicht viel weiter von der Kirche entfernt waren als Offa und seine Gruppe. Außerdem hatten auch sie Pferde. »Sie meucheln uns nieder, bevor wir das Gotteshaus erreichen.«

Offa schloss seine Hand fester um sein Schwert und nahm sein Pferd entgegen, das Eardulf ihm reichte. »Dann sollten wir wohl schneller rennen als sie. Könnt Ihr reiten?«

Der Priester riss die Augen auf und sah Offas Rappen misstrauisch an. »Auf dem Esel, aber nicht auf solch einem …«

»Esel bleiben stehen, wenn sie Angst haben, Pferde aber rennen nur noch schneller. Also, was ist Euch lieber?«

Der Priester blickte noch einmal zu seinem kleinen, struppigen Esel, den sie zurücklassen mussten, und nickte schließlich, im Wissen, dass dies sein einziger Ausweg war.

»Dann steigt auf. Eadric, Wulfhere, bringt Vater Herefrith sicher zur Kirche.«

»Was ist mit Euch?«, wollte Eadric wissen und deutete zu den Walisern hinüber. »Die Reiter metzeln Euch nieder, Ihr schafft es nie rechtzeitig bis zur Kirche.« Wie immer hielt der Bogenschütze mit der Wahrheit nicht hinterm Berg, aber jetzt wünschte sich Offa, er würde vor den verängstigten Bauern Averduns den Mund halten.

Mit so viel Zuversicht wie möglich wandte er sich an die Männer, die ihre Speere umklammert hielten und sich ganz offensichtlich ebenfalls auf den Rücken eines Vierbeiners wünschten. »Wir rennen«, erklärte er bestimmt.

Entsetzen schlug ihm entgegen, aber Offa musste sicherstellen, dass König Æthelbalds Priester durch seinen fehlgeschlagenen Plan nichts geschah. Und er musste an der Seite seiner Männer bleiben. Was für ein Anführer wäre er, wenn er davonritt und sie ihrem Schicksal überließe? Sie hatten eben nur drei Pferde.

»Und der Waliser?« Eadric deutete noch einmal auf Gwil, der wachsam von einem zum anderen blickte.

Der Waliser war aber klug genug, keinen Fluchtversuch zu unternehmen. Wada und Oswiu aus Averdun trugen Bogen und Pfeile, er käme nicht weit. Auch Eadric war ein hervorragender Schütze, und schon in Averdun hatte er seinen Pfeil auf Gwil gerichtet. Er würde nicht zögern, heute zu vollbringen, was Offa ihm damals untersagt hatte. Bestimmt wollte Eadric immer noch Rache für den Tod seiner Nichten und seiner Schwägerin, und vor allem für seinen Bruder, der seither völlig gebrochen war.

Offa biss die Zähne zusammen. Er wusste, er sollte Gwil jetzt töten, aber er konnte es nicht. Etwas in ihm hielt ihn nach wie vor davon ab, als wäre es eine grobe Sünde. Gott musste einen Plan haben, ansonsten wären ihre Schicksale in den letzten Wochen nicht so verflochten gewesen.

»Nimm ihn mit«, trug er Eadric auf, was missbilligende Blicke der ganzen Truppe auf sich zog. »Wer weiß, wozu wir ihn noch gebrauchen können«, fügte er hinzu.

Zu seiner Erleichterung murrte Eadric nicht, sondern band Gwil ohne großes Aufhebens die Hände aneinander und hob ihn vor sich aufs Pferd.

Offa blickte noch einmal zu dem feindlichen Heer hinüber. Ein Hornstoß erklang aus dessen Reihen, der von einem weiteren hinter ihnen aus dem Wald beantwortet wurde. Sie waren nah, aber die Truppe am Waldrand war zu seiner Erleichterung noch nicht weitergezogen. Vielleicht wussten die Waliser dort drüben nicht genau, wo sie sich befanden, aus welcher Richtung sie kämen. Sie warteten darauf, dass jene aus dem Süden sie auf die Wiese hinaustrieben, um dann zuzuschlagen. Aber dieser Plan würde hoffentlich nicht aufgehen.

Offa wartete, bis Vater Herefrith sicher auf dem Rappen saß und, flankiert von Eadric und Wulfhere, in vorderster Reihe stand. Dann gab er sein Zeichen, während er ein Stoßgebet gen Himmel sandte.

Die drei Reiter rückten vor bis zum Rand des Walls. Offa hörte auch den Priester beten. Dann traten die Pferde auch schon mit den Vorderbeinen vorsichtig auf den steilen Hang hinunter und rutschten mehr, als dass sie gingen, in den darunterliegenden Graben.

»Los, los, los!«, hörte er Eadric rufen, und die Pferde galoppierten aus der Vertiefung heraus und auf die Ebene.

»Wir sind an der Reihe.« Offa sprang in den Graben hinunter, und die anderen taten es ihm gleich.

Dann rannte er an der Seite der Speerträger los. Er verbot sich, zu den Walisern hinüberzublicken – er wollte gar nicht sehen, wie sie ihre Reiter losschickten, um sie aufzuhalten und niederzumetzeln. Stattdessen achtete er darauf, dass sie zusammenblieben und jeder mitkam. Er versuchte, hinter seiner Gruppe zu bleiben, um sie wie eine Schafherde vor sich herzutreiben, aber dann hörte er den Donner.

Entgegen seinem Vorhaben blickte er zur Seite und erkannte eine Handvoll Reiter auf robusten Bergponys, die mit gezogenen Schwertern auf sie zugaloppierten. Die Kirche schien kaum näher gekommen zu sein. Offa fühlte sich wie in einem Albtraum.

Sie würden es nicht schaffen.

»Bildet einen Kreis, Bogenschützen in die Mitte!«

Er packte den ersten Speerträger, den er zu fassen bekam, und riss ihn herum, die anderen reagierten zu seiner Erleichterung schnell und gaben nicht dem Drang nach weiterzurennen. Vielleicht hatten auch sie gesehen, wie nah die feindlichen Reiter bereits waren.

Offa steckte sein Schwert zurück in die Scheide, nahm seinen Schild vom Rücken und einen Speer von Oswiu, der einen Pfeil auf seinen Bogen legte. Schulter an Schulter bildeten sie einen kleinen Kreis, Schild an Schild, um sich größtmöglich zu schützen. In ihrer Mitte positionierten sich Wada und Oswiu, die das Bogenhandwerk beherrschten, und Offa hoffte inständig, dass sie treffsicher waren.

Er sah zum Feind hinüber. Hinter der ersten Gruppe Reiter folgten weitere. Offa konzentrierte sich auf einen ruhigen Atem.

»Speere bereit!«

Die Männer streckten die Speere nach vorne, eine Barriere für die Pferde, die sie hoffentlich nicht zu überwinden vermochten. Ein Pfeil zischte an ihm vorbei und verfehlte den ersten Reiter um eine Armeslänge.

Offa verbiss sich einen Tadel. Er hoffte nur, dass Vater Herefrith inzwischen sicher in der Kirche angekommen war und vielleicht die Zeit nutzte, um Gottes Beistand zu erflehen. Diesen konnten sie jetzt gut gebrauchen.

»Wartet auf meinen Befehl zum Vorstoß!«

Offa spürte seinen Nachbarn zittern – er glaubte, es war Osbald –, zwei Männer weiter hörte er ein leise gemurmeltes Gebet, und ein anderer schluchzte auf.

Noch ein Pfeil. Dieser saß und riss einen Reiter vom Pferd, aber Offa konnte sich nicht darüber freuen. Der Feind raste auf ihn zu, und er sah nur Nüstern und Vorderhufe.

»Jetzt!«

Offa legte all seine Kraft in den Speer und stieß ihn nach vorne. Er zielte auf die Brust eines der Bergponys und spürte mehr am schmerzhaften Widerstand, dass er traf, als dass er hinter seinem hochgezogenen Schild etwas sehen konnte. Die Wucht des Aufpralls schmetterte ihn ein Stück zurück. Den anderen ging es gleich, und Offa stemmte seine Füße in den Boden.

»Reihe halten!«, keuchte er und ließ den Speer los.

Er zog sein Schwert und stach damit blind an seinem Schild vorbei nach vorne. Er wusste nicht, wie viele Gegner einen Kreis um sie zogen. Die Pfeile flogen nun in kürzeren Abständen gezielt durch Lücken in ihrer schwachen menschlichen Mauer, Klingen blitzten an Schilden vorbei, kamen von oben, und Offa versuchte auf jeden Schlag zu reagieren. Er sah ein Stück Stoff, ein sich bewegendes Etwas hinter seinem Schild, und er stach zu. Ein Stöhnen. Treffer. Wieder versuchte er etwas auszumachen, die Feinde zu sehen, und erneut fand er ein Ziel. Aber dann brach der Mann neben ihm zusammen, und Offa trat schnell zur Seite, um die Lücke zu schließen.

»Reihe halten!«, rief er noch einmal.

Sein Herz machte einen Satz, als eine Klinge zwischen seinem Schild und dem seines Nachbarn hindurchstieß. Gerade noch rechtzeitig ließ er sein eigenes Schwert darauf niederfahren, ehe der Feind den nach vorn gebeugten Eardulf an seiner Seite treffen konnte. Wieder erklang ein schmerzerfüllter Schrei – und dann blieben die feindlichen Hiebe plötzlich aus. Es war bis auf das Stöhnen und Keuchen seiner eigenen Männer still.

Offa senkte den Schild ein wenig, um sich umzusehen. Er hörte Rufe auf Walisisch, und dann plötzlich Eadrics Stimme:

»Schnell! Rennt! Bewegt Euch!«

Offa blickte zurück. Eadric war auf seinem Pferd gekommen, und der Feind war fort. Um sie herum lagen tote Ponys und tote Menschen – auf seinen flüchtigen Blick hin waren es gut zwei Dutzend –, mit Pfeilen gespickt, die dem Anschein nach auch von Eadric stammten, und aus anderen tiefen Wunden blutend. Von seinen eigenen Männern hatte es einen getroffen, die Mauer hatte gehalten. Aber nach diesem ersten Reiterangriff folgte nun das gesamte walisische Heer.

Offa starrte zu den Gegnern, die brüllend über die Wiese zu ihm rannten, und Eadrics Stimme drang noch einmal an sein Ohr.

»Rennt!«

Offa stieß den ersten Mann, den er zu fassen bekam, weiter. »Los!«, rief er.

Er selbst aber zögerte noch einen Moment lang und blickte

auf den Angelsachsen hinunter, der zusammengebrochen war. Er musste sichergehen, dass der Mann wirklich tot war, ehe er ihn hier zurückließ.

Es war Osbald. Offas Kehle wurde eng. Leblose Augen, noch vor Schreck weit aufgerissen, starrten ihn an. Der junge Ziegenhirte, der so fasziniert von den Wundern der heiligen Esche gewesen war.

»Offa!« Eadrics Stimme riss ihn aus seiner Starre.

Der Krieger ritt zu ihm, aber Offa winkte ihn schon mit dem Schwert in der Hand fort und rannte los, während er den Atem der Feinde beinahe schon im Nacken spürte. Kurz überlegte er, seinen Schild loszulassen, um schneller rennen zu können, aber er wagte es nicht. Er musste sich verteidigen können, sollte er eingeholt werden.

Im Tor der Kirche standen Wulfhere und Vater Herefrith, vor den beiden lagen vier tote Reiter, die wohl versucht hatten, den Priester und die beiden Krieger zu erwischen, ehe sie den Schutz des Gotteshauses erreichten.

Offa hörte das Trampeln der Männer hinter sich. Vielleicht waren auch schon jene, die aus dem Süden angerückt waren, um ihnen den Fluchtweg zu versperren, zu den anderen gestoßen.

Die ersten seiner Männer gelangten in die Sicherheit der Kirche, Eadric erreichte das Steinhaus ebenfalls, schwang sich aus dem Sattel und führte hastig sein Pferd am Zügel ins Innere. Offa rannte noch schneller. Die Muskeln in seinen Beinen brannten, es fühlte sich an, als hätte er Steine daran festgebunden.

Ein Pfeil zischte an seinem Ohr vorbei. Offa fluchte, seine Hände krampften sich um Schild und Schwert. Er versuchte, im Zickzack zu laufen, aber er durfte sich auch nicht noch weiter verlangsamen. Ein weiterer Pfeil verfehlte ihn nur knapp. Er zog den Kopf ein, auch wenn er wusste, dass dies nicht viel nützte.

»Schnell!«, hörte er Vater Herefriths Kreischen, dann verschwand auch der Priester im Inneren der Kirche. Offa biss die Zähne zusammen.

Er sah jeden Einzelnen seiner Männer in die Sicherheit schlüpfen, dann endlich tat sich das Gotteshaus auch direkt vor ihm auf. Offa wollte einfach nur ins Innere laufen und das Tor hinter sich verschließen, aber einem Impuls nachgebend, drehte er sich im Türsturz noch einmal um. Er wollte sehen, wie viele Feinde ihnen gefolgt und wie weit sie noch entfernt waren.

Das war sein Glück, denn er hatte kaum zurückgeblickt, da fuhr schon eine Klinge auf ihn herab. Offa riss gerade noch rechtzeitig seinen Schild hoch und jagte sein Schwert am Holz vorbei direkt in den Bauch des Angreifers. Aber schon griff der Nächste an. Er konnte gar nicht erkennen, wie viele Waliser es waren, sie umströmten die Kirche wie ein Schwarm Bienen. Offa konnte sich nur auf die direkt vor sich konzentrieren.

»Verfluchte Schweine!«

Er stieß seinen Schild vor, um sie zurücktaumeln zu lassen, um sich richtig aufzurichten und einen Überblick zu bekommen, aber der Feind drängte weiter vor.

Gestalten kamen von hinten an ihn heran, nahmen ihn in die Mitte, und Offa musste nicht zur Seite blicken, um zu wissen, dass es Wulfhere und Eadric waren. Zu dritt füllten sie die Tür aus, hinter ihnen positionierten sich die Männer Averduns, die ihren Speer noch hatten, und stießen die Waffen an ihren Köpfen vorbei nach vorne.

»Sichert die Fenster!«, rief Offa, während er insgeheim aber hoffte, dass die Kirche gar keine hatte. Auf dem Lauf hierher hatte er nur schmale Öffnungen gesehen, durch die kein Mann passen konnte, es waren lediglich Ritzen im Mauerwerk, in denen Kerzen brannten.

»Stellt sicher, dass es keinen anderen Eingang gibt. Oswiu, Wada! An eure Bogen!«

Er wehrte einen weiteren Hieb ab, während sich vor ihnen die Toten bereits zu einem Wall türmten und die anderen Angreifer über sie hinwegsteigen mussten. Offa wusste nicht, wie lange sie diese Position halten konnten. Die Waliser konnten ihre Überzahl hier zwar nicht einsetzen, doch irgendwann würden seine Arme und die seiner Männer müde werden. Aber noch lebten sie, trotz der Übermacht.

»Wir haben kaum noch Pfeile!«, kam es aus dem Inneren der Kirche.

»Verschießt, was ihr habt! Geht zu den Maueröffnungen und lasst die übrigen Pfeile zählen!«

Offa hörte Eadric und Wulfhere an seinen Seiten stöhnen und fluchen, aber sie hielten die Tür. Sie waren Krieger seines Vaters gewesen – anders als Aldermann Heardberhts erfahrene Truppe zwar lange, ohne eine Schlacht zu schlagen, aber jetzt kämpften sie, als wären sie dazu geboren worden.

Offa wusste nicht, wie lange die ungerüsteten, wild durcheinanderlaufenden Feinde gegen sie vorpreschten. Er spürte seine Arme nicht mehr, aber sie verrichteten weiterhin ihre Arbeit, als unvermittelt ein Hornstoß erklang. Und mit diesem Laut zog sich die Wand vor ihnen plötzlich zurück. Da waren noch zwei oder drei Hiebe gegen ihre Schilde, und dann waren sie weg.

Offa ließ den Schild sinken, und plötzlich spürte er, wie schwer er war. Beinahe fiel er ihm aus der Hand. Er blickte über die vielen Toten vor der Kirche hinweg zum Wald hinüber, wo sich die Waliser versammelten. Es schien, als hätte es den Kampf gar nicht gegeben: Sie waren nicht weniger geworden.

Offa warf einen Blick zum Himmel, wo die Sonne unterging. Sie konnten die Kirche nicht ewig halten, und dass es ein

Gotteshaus war, schien die Waliser auch nicht sonderlich zu kümmern, das hatten sie bewiesen. Vielleicht sahen sie wenigstens davon ab, es niederzubrennen und sie auszuräuchern. Aber für wie lange? Leofric würde nicht so bald eintreffen, selbst wenn er Tag und Nacht marschiert war.

»Die kommen wieder«, knurrte Eadric an seiner Seite.

Offa ballte die Hände zu Fäusten. Vermutlich hatten die Waliser es sich leichter vorgestellt, ihre kleine Gruppe niederzumachen, aber zweifelsohne dachten sie sich jetzt einen Plan aus, um ihnen den Vorteil dieses Rückzugsorts zu nehmen. Es würde nicht lange dauern, bis sie erneut angriffen.

Er beauftragte vier Männer, an allen Seiten der Kirche durch die Fensterschlitze Ausschau zu halten und jegliche Feindbewegung schnellstmöglich zu melden. Dann sah er sich zum ersten Mal im Inneren des Gotteshauses um.

Rötliches Licht herrschte, an den Wänden standen Tische mit Kerzen, und auch vorne an der Stirnseite beim Altar flackerten kleine Flämmchen. Einzelne goldene Strahlen fielen durch die Fensteröffnungen, und es roch nach Schweiß und Pferdemist.

Die Männer saßen auf dem Strohboden, manche von ihnen lagen sogar regungslos da, erschöpft vom Lauf und dem Kampf. Gwil war an einen der Stützpfeiler gefesselt – er schien unverletzt –, während Vater Herefrith vorne beim Altar mit jemandem sprach. Offa ging näher heran und hörte, dass Herefrith lateinische Worte benutzte, aber sein Gegenüber sah ihn nur angstvoll an. Es musste der Priester dieser Kirche sein. Hinter ihm, in einer finsteren Ecke, hockten drei zitternde Jungen in dunklen Kutten, die Offa aus großen Augen anstarrten.

Er konnte sich vorstellen, was sie sahen. Sein sonst helles Haar musste genauso wie sein Gesicht blutüberströmt sein. Er besaß keinen Helm, der ihn hätte schützen können, der seines Vaters war völlig durchgerostet gewesen. Von seinem Schwert tropfte immer noch Blut. Offa bückte sich und strich es im Stroh ab.

»Vater Herefrith.« Er trat an die Seite der beiden Priester und versuchte, vor dem Fremden nicht zu furchteinflößend zu wirken. »Ich hoffe, Ihr seid unverletzt.«

Herefrith wandte sich ihm zu. »Der König wird davon erfahren!«, keuchte er.

Offa wusste nicht, wie er die Worte aufnehmen sollte. Er hatte aber jetzt auch keine Geduld mit dem hysterischen Priester und wollte sich abwenden, aber Herefrith fuhr bereits fort: »Ihr habt Euch einer Überzahl gestellt, mein Herr, mir Euer Pferd gegeben und uns in Sicherheit gebracht. Sollten wir lebend hier herauskommen, werde ich alles tun, damit Euer Heldenmut belohnt wird.«

»Wenn ich etwas zu trinken hätte, würde ich jetzt meinen Becher auf Offa heben«, kam ein Stöhnen aus den Reihen der Bauern. Andere stimmten zu.

Aber auch wenn Offa überrascht war über die wohlwollenden Worte, fand er das Lob eher unangenehm. Noch hatte er niemanden in Sicherheit gebracht, und es war *sein* Plan gewesen, der gescheitert war. Er hatte seine Männer in eine Falle geführt. Das war keine Heldentat.

»Jeder, der heute an meiner Seite gekämpft hat, vollbrachte Übermenschliches. Ich kämpfte Jahre an der Seite erfahrener Krieger, aber ihr Männer Averduns steht in Sachen Mut und Kampfeswillen keinem davon nach. Gott hielt seine schützende Hand über uns«, erklärte er und bekreuzigte sich. Dabei berührte er aber auch flüchtig den Valknut. »Möge der Herr sich Osbalds Seele annehmen, der sein Leben opferte, um unseres zu retten.«

»Amen«, sagte der Bauer Eardulf erschöpft und von Trauer niedergestreckt, genauso wie die anderen.

Vater Herefrith legte seine Hand auf den Altar. »Ich werde eine Messe für ihn lesen.«

»Habt Dank. Aber nun zu Euch.« Offa wandte sich dem zweiten Priester zu, der ihn angstvoll anstarrte. »Ihr habt nichts zu befürchten. Wir suchen hier nur für eine Weile Unterschlupf.«

Der Priester sah ihn ausdruckslos an, und Herefrith seufzte.

»Das ist vergebene Liebesmüh, mein Herr, er ist Waliser und spricht schändlicherweise auch kein Lateinisch. Er versteht kein Wort.«

»So können wir ihn wohl auch nicht bitten, Gottes Beistand für uns zu erflehen«, bemerkte Offa trocken, als unvermittelt einer der Jungen vom Boden aufstand und mit gesenktem Kopf kleinlaut das Wort ergriff.

»Mein Herr, ich bin gerne bereit, für Euch zu übersetzen, wenn es Euer Wunsch ist«, sagte er in einwandfreiem Angelsächsisch.

»Du sprichst beide Sprachen?«, fragte Offa erstaunt.

Jetzt wagte der dunkle Bursche es, den Kopf zu heben und ihn anzusehen. »Meine Mutter ist Sächsin und mein Vater Waliser, mein Herr. In Oswaldestroe leben viele des einen als auch des anderen Volkes in Frieden zusammen. Hier versteht fast jeder beide Sprachen. Mein Vater sagt, einmal gehört dieses Land dem und einmal dem, aber wir arbeiten fleißig in Gottes Dienst, egal wer sich nun Herr von Oswaldestroe nennt.«

Offa sah den Jungen schweigend an. Für die Einwohner der Stadt musste der Kampf sinnlos erscheinen. Aber nichtsdestotrotz mussten sie ihn führen, um zu überleben.

»Sag deinem Priester, dass wir nicht hier sind, um ihm oder euch etwas anzutun. Haltet euch im Hintergrund, und euch wird nichts geschehen.«

Der Junge nickte. Offa wandte sich seinen Männern zu, die sich bei seinem Näherkommen aufrichteten.

»Leofric wird nicht so bald kommen. Wir müssen uns überlegen, wie wir uns bis dahin die Waliser vom Leib halten.«

»Genauso wie jetzt«, knurrte Wulfhere und strich seinem Pferd über den Hals. »Drei in vorderster Reihe, und wenn einer fällt oder ermüdet, nimmt einer aus der hinteren Reihe seinen Platz ein.«

»Wenn sie nicht beschließen, uns das Dach über dem Kopf abzubrennen«, seufzte Offa mit einem Blick nach oben. »Was machen sie jetzt?«, fragte er die Männer, die Ausschau hielten.

»Unverändert«, meldete Eardulf.

Offa wusste nicht, ob er froh darüber sein oder fluchen sollte. Er fühlte sich wie ein Schaf vor der Schlachtbank.

»Sollten sie wirklich noch einmal angreifen, werden wir nicht lange genug standhalten. Wir müssen uns irgendwie Zeit erkaufen oder einen Weg hier raus in Sicherheit finden, und dann …«

»Vielleicht kann ich Euch dabei helfen«, erklang plötzlich eine klare Stimme in fremder Sprachmelodie.

Alle fuhren zu dem festgebundenen Gwil herum.

»Wenn Ihr mir Euer Wort gebt, dass Ihr mich dafür gehen lasst, kann ich Euch helfen.«

»Er spricht unsere Sprache!«, stieß Eadric mit einer Mischung aus Staunen und Zorn aus. »Diese Ratte!«

Offa ging auf Gwil zu und blieb mit verschränkten Armen vor ihm stehen. »Du hast uns die ganze Zeit getäuscht.«

Gwil zuckte mit den Schultern, und ein kaum sichtbares Lächeln umspielte seine Lippen. »Ich hatte nichts zu sagen.«

»*Er* war es!« Eadric stürmte auf Gwil zu und holte aus.

Aber Offa konnte seinen Arm gerade noch rechtzeitig fassen und ihn zurückziehen, ehe seine Faust Gwils Gesicht traf, das ohnehin noch von Beornred und den Stallknechten zerschunden war.

»Wenn du ihm die Zähne einschlägst, werden wir kaum noch herausfinden, was es mit alldem auf sich hat.«

»Aber er war es!«, knurrte Eadric und sah voller Mordlust zwischen Gwil und ihm hin und her. »Denkt darüber nach, mein Herr! Wie kommt das walisische Heer so plötzlich zu uns? Woher wussten sie, dass wir hier sind? Euer Plan war ihnen von Anfang an bekannt, es war eine List! Sie passierten meinen Bruder und mich auf halber Strecke, damit wir keinen Verdacht schöpfen, sie wussten, dass wir dort sind und wollten, dass wir glauben, dass sie weiter in den Süden zu Leofric ziehen. Aber stattdessen drehten sie sofort um und hatten nie vor, Leofric zu stellen! Sie wussten, sie sind schneller bei uns, als Leofric es sein kann! Und der hier …« – er deutete auf Gwil – »hat alles mitangehört. Er war in der Halle, als Ihr diesen Plan geschmiedet habt, er verstand auch offensichtlich jedes Wort, und er hat es seinen Leuten irgendwie übermittelt.«

Offa sah auf Gwil hinab, der an den Pfeiler gefesselt saß und ausdruckslos von einem zum anderen blickte. Fast griff er selbst nach seinem Schwert, so übermächtig kam der Zorn über ihn. Er konnte nicht fassen, dass er sich so getäuscht hatte. Eadrics Schilderung klang einleuchtend, es konnte nur Gwil gewesen sein. Warum sonst hätten die Waliser es geschafft, sie derart zu überrumpeln?

»Ich sage, wir töten ihn«, meldete sich nun auch Wulfhere zu Wort, der genauso wie alle anderen näher gekommen war und Gwil voller Hass ansah.

»Wenn Ihr das tut, werdet Ihr niemals lebend hier herauskommen«, erklärte der Waliser. Es war für Offa immer noch schwer zu glauben, wie gut er das Angelsächsische beherrschte.

»Wieso sprichst du unsere Sprache?«, fragte er und deutete

zu den Jungen in der Ecke hinüber. »Bist du auch aus dieser Gegend? Wurdest du an der Grenze groß?«

Gwil richtete sich auf, so gut es seine Fesseln erlaubten, und straffte die Schultern. »Nein. Aber mein Vater bestand darauf, dass jeder Mann in seiner Familie die Sprache des Feindes erlernt, um einen Vorteil zu erlangen.«

»Da hört Ihr es, mein Herr! Er gibt zu, seine Fähigkeiten genutzt zu haben, um uns in diese Falle zu locken!«, ließ sich nun auch der Priester Herefrith vernehmen.

»Nein.« Gwil warf dem Priester nur einen flüchtigen abfälligen Blick zu. Dafür, dass er ein Gefangener war und so gut wie alle in diesem Raum ihn tot sehen wollten, gab er sich viel zu selbstbewusst. »Ich war es nicht, der Euch verraten hat, Offa«, sagte er und blickte Offa direkt in die Augen.

Aber Offa fand es unmöglich zu erkennen, ob Gwil die Wahrheit sprach.

Der Waliser lächelte schmallippig. »Ich versuchte zu fliehen, ja, und ich hätte verraten, dass Ihr einen Angriff auf Oswaldestroe plant. Aber ich kam nie dazu. Ihr umgebt Euch mit treuen Menschen, die jeglichen Verrat gegen Euch zu verhindern wissen. Nun, nicht ganz, wie es scheint.«

»Verfluchter Lügner!« Wulfhere machte zwei Schritte auf Gwil zu, aber Offa hob die Hand und ließ ihn damit in der Bewegung verharren.

Langsam und aufmerksam sah er durch die Runde und versuchte in jedem einzelnen Gesicht zu lesen. Er sollte seine eigenen Männer nicht verdächtigen – viel wahrscheinlicher war, dass Gwil log. Aber die Worte waren ausgesprochen, und die Möglichkeit, von einem seiner Kampfkameraden betrogen worden zu sein, ließ ihn nicht mehr los. Aber wer hätte so etwas tun können, und warum?

»Töten wir ihn endlich«, knurrte Wulfhere noch einmal.

Offa sah ihn prüfend an. Er hatte den mürrischen Krieger

mit dem kurzgeschorenen Haar und dem langen Bart noch nie gut einschätzen können. Stets schien er unzufrieden, und wenn Offa genauer darüber nachdachte, war es auch Wulfhere gewesen, der Offa in Tamouuorthig in den Stall geschickt hatte, wo Beornred auf ihn gelauert hatte. Was, wenn die Intrige schon dort begonnen hatte?

»Wie willst du uns helfen?«, verlangte Offa zu wissen, ohne auf Wulfheres Worte einzugehen.

Gwil sah ihn einige Herzschläge lang unverwandt an, dann atmete er hörbar ein. »Bevor ich Euch das sage, müsst Ihr mir Euer Wort geben, mich dafür gehen zu lassen. Zurück in meine Heimat. Gesund und unverletzt.« Er hob die Hand an seine Nase und verzog schmerzhaft das Gesicht. »Nun, jedenfalls nicht mehr als ohnehin schon.«

Offa verengte die Augen. Er versuchte den Waliser zu durchschauen, aber es gelang ihm nicht. »In Averdun warst du nur zu bereit zu sterben. Du bist mir in den Rücken gefallen, obwohl du wusstest, dass du dafür getötet werden würdest. Du wolltest einen ruhmreichen Tod, wolltest kämpfend sterben. Willst du jetzt wirklich deinem Feind helfen, nur um deine Freiheit zu erlangen?«

»Meine Frau erwartet ein Kind, und ich werde es mir nicht entgehen lassen, zu ihr zurückzukehren, wenn sich die Möglichkeit bietet.«

»Du scheinst mir noch sehr jung, um bereits verheiratet und bald Vater zu sein.«

»Ich bin achtzehn Jahre alt. Meine Frau ist fünfzehn.«

Offa sah den Waliser überrascht an. Er konnte sich nicht vorstellen, bereits verheiratet zu sein und Vater zu werden, aber es war auch nicht so ungewöhnlich in diesem Alter, wie es sich für Offa anfühlte. Seine Mutter war bei ihrer Heirat auch nicht älter gewesen, und seine Schwester hätte ebenfalls im selben Alter geheiratet.

»Also gut, Gwil, du hast mein Wort. Sag mir, wie du uns helfen willst …«

»Aber mein Herr …«, begann Eadric, doch ein Blick Offas genügte, um ihn zum Schweigen zu bringen.

»Soll ich ihn töten, damit wir ihm kurz darauf alle folgen? Wenn er uns hier rausbringen kann, dann nehme ich seine Freiheit gerne in Kauf, denn sie bedeutet auch die unsere. Also?«

Er sah Gwil abwartend an, der noch einmal misstrauisch durch die Runde blickte und schließlich tief seufzte. Er sah Offa unverwandt an, und nichts an ihm schien unterwürfig oder verängstigt.

»Gwil ist nicht mein richtiger Name. Den habe ich nur benutzt, damit Ihr nicht herausfindet, wer ich wirklich bin, und mich gegen meine Familie benutzt.«

Ein sonderbares Gefühl der Bestätigung einer Ahnung machte sich in Offa breit. Er hatte es schon immer gewusst. Gwil war mehr gewesen – die feine Kleidung, das Schwert …

»Wie lautet dein wirklicher Name?«

»Brochfael ap Elisedd. Ich bin der Sohn des Königs von Powys. Sein einziger Sohn.«

Ein kollektives Luftschnappen ging durch die Kirche. Aber Offa konnte sich nicht um die Aufregung der anderen kümmern. Stattdessen wirbelten die wildesten Gedanken durch seinen Kopf – der Versuch zu verstehen, was diese Eröffnung für ihn und für sie alle bedeutete. Entsprach sie überhaupt der Wahrheit?

Wie aus weiter Ferne hörte er den Jungen von vorhin aufgeregt im Flüsterton auf den walisischen Priester einreden. Dieser bekreuzigte sich und blickte gen Himmel, als wäre der Herr höchstpersönlich herabgestiegen, um ihn zu retten. Und retten würde Gwil – oder besser Brochfael – nicht nur ihn, sondern auch Offa und seine Männer.

»Wulfhere.« Er sah den Krieger nicht an, immer noch misstrauisch, ob er sich mit ihm einen Verräter in die Truppe geholt hatte. »Reite zu König Elisedd und erklär ihm, dass wir seinen Sohn haben. Sollte er noch einmal die Kirche angreifen, werfen wir ihm Brochfaels Kopf hinaus.«

Wulfhere zögerte nicht ob der gefährlichen Aufgabe, allein zum feindlichen Heer zu reiten, sondern wandte sich mit einer knappen Verbeugung ab, nahm sein Pferd bei den Zügeln und führte es durch die Kirche zum Ausgang. Vielleicht, weil er tapfer war. Vielleicht, weil er mit den Walisern unter einer Decke steckte.

»Ihr hättet Euer Leben und Eure Freiheit schon in Averdun mit dieser Wahrheit sichern können«, wandte Offa sich an Brochfael – diesmal förmlich, schließlich hatte er einen Mann von königlichem Geblüt vor sich. »Ein Wort, und wir hätten Euch vermutlich für viel Geld Eurem Vater zurückgegeben. Stattdessen wart Ihr bereit zu sterben.«

»Hättet Ihr das wirklich? Euer Zorn und der aller anderen war groß. Wenn Ihr erfahren hättet, wer ich bin, dann hättet Ihr die Möglichkeit genutzt, dem Fürsten von Powys den einzigen Sohn zu nehmen.«

Offa dachte zurück an den Moment, in dem er dem Waliser zum ersten Mal gegenübergestanden war. Er musste gestehen, dass Brochfael mit seiner Einschätzung vielleicht richtiglag. »Euer Vater, Euer gesamtes Heer, steht vor dieser Tür. Wieso sagt Ihr jetzt die Wahrheit? Wieso wartet Ihr nicht einfach, bis sie uns alle umgebracht haben?«

Brochfael sah ihn ernst an, jegliches Funkeln in seinen Augen erlosch. Da war nur ein tiefer, durchdringender Blick, der mehr sagen wollte, als die Worte es taten. »Ich kann leider nicht zulassen, dass Ihr getötet werdet, Offa.«

Die Worte standen bedeutungsvoll im Raum, und Offa war es unmöglich zu verstehen, was der Waliser damit sagen wollte. Seine Gedanken drehten sich im Kreis. Er fühlte sich hintergangen, verraten, tief verletzt, da er sich eingebildet hatte, zwischen ihm und dem Feind habe es eine Art Verständnis gegeben. Jetzt bereute er es, dem Waliser vertraut zu haben. Gleichzeitig war er aber auch froh darüber, denn nun bot er sich tatsächlich als Rettung an. So lange war Brochfael nur ein Gefangener gewesen, und trotzdem hatte Offa immer gespürt, dass mehr dahintersteckte. Jetzt stellte sich sein Gefühl als richtig heraus. Und trotzdem hatte er mehr Fragen als zuvor.

»Warum habt Ihr uns angegriffen?«, stellte er die Frage, die er schon so oft ausgesprochen hatte.

Aber wie fast schon zu erwarten, schüttelte Brochfael nur den Kopf.

Offa ballte die Hände zu Fäusten. »Jetzt könnt Ihr nicht mehr so tun, als würdet Ihr mich nicht verstehen. Wieso Averdun? Was hattet Ihr bei uns verloren?«

»Ich habe Euch gesagt, wer ich bin. Mehr kann ich nicht offenbaren, selbst wenn ich wollte.«

Offa wandte sich ab, strich sich mit beiden Händen das Haar zurück und hielt sich gerade noch davon ab, daran zu zerren. Er bemerkte die Blicke aller, die ihn wachsam beobachteten, aber er hatte für keinen von ihnen Aufmerksamkeit übrig.

»Habt Ihr uns verraten?« Er fuhr erneut zu Brochfael herum und starrte auf ihn hinab, in der Hoffnung zu hören, dass er es gewesen war, dass der Verrat sich als vollkommen herausstellte. Denn der Gedanke, von seinen eigenen Männern hintergangen worden zu sein, war nach allem, was heute geschehen war, einfach zu viel. »Kamen die Informationen von Euch?«

Brochfael hielt die Ernsthaftigkeit bei und sah ihm direkt in die Augen. »Nein. Mein Ziel war es nie, Euch zu schaden. Ich wollte lediglich zurück zu meiner Frau.«

Offa unterdrückte einen Aufschrei. Am liebsten wäre er hinausgestürmt. Er brauchte frische Luft. Stattdessen wandte er sich ab und ging zum Fensterschlitz an Brochfaels Seite, um den Feind zu beobachten.

Wer hatte ihn verraten?

So unauffällig wie möglich sah er sich noch einmal in der Kirche um, blickte in die niedergeschlagenen, müden Gesichter. Er wusste, der Verräter musste nicht zwingend unter ihnen sein. Er konnte sich auch bei Leofric aufhalten. Herrgott, es konnte sogar Leofric sein! Allein der Gedanke schnürte ihm die Kehle zu.

Seufzend zog er das zerrissene Seidenband seiner Schwester aus der Gürteltasche – seine einzige Klarheit, die Erinnerung an eine Zeit, in der alles noch einfach gewesen war. Der blassblaue Streifen mit der goldenen Stickerei wirkte in der schmutzigen Kirche fehl am Platz, er war ein Hauch Schönheit inmitten von Verzweiflung und Furcht.

»Seid Ihr nicht auch noch etwas jung, um bereits verheiratet zu sein?« Brochfael blickte zu ihm auf, während er sich hin und her bewegte, um in den Fesseln eine angenehmere Position zu finden. »In Averdun habe ich keine Frau gesehen, die Eure Braut sein könnte.«

Offa sah auf den Waliser hinab und schloss die Hand fester um das Band. Eigentlich wollte er nicht antworten, aber er war zu erschöpft, um noch länger zornig zu sein. Er wollte nur noch seine Männer heil hier herausbringen und war froh, durch Brochfael einen Funken Hoffnung zu erlangen.

»Ich bin auch nicht verheiratet. Das Band gehörte meiner Schwester.« Er wusste nicht, wieso er dem Waliser davon erzählte, die Worte kamen ganz von selbst. »Sie ertrank im Fluss.«

Brochfael nickte bedächtig. Immer noch kam es Offa sonderbar vor, sich mit ihm in der eigenen Sprache zu unterhalten.

»Ihr tragt ihr Andenken immer bei Euch«, sagte der Waliser und hob die Hand an seine Brust. Unter dem Hemd schien er etwas zu ertasten.

»So wie Ihr ein Andenken an Eure Frau?«

Der Waliser schloss die Faust um sein Hemd und um das, was auch immer er darunter trug. Die Sehnsucht war ihm anzusehen. Ein Gefühl, das Offa fremd war.

»Wir haben gegen den Willen unserer Eltern geheiratet. Ich hoffe, dass mein Vater unsere Verbindung nach allem, was passiert ist, nun endlich akzeptiert.«

»Und wenn nicht?«

»Ich muss zurück zu ihr.« Brochfael streckte seine Beine aus und blickte zum Kirchentor. »Das ist alles, was zählt. Ich muss zurück.«

KAPITEL 6

Leofric kam nicht. Diese Wahrheit ließ Offa nicht los. Egal wie oft er aus dem schmalen Fensterschlitz der Kirche hinaus zu den kleinen Feuern der Waliser blickte, nichts änderte sich. Der Feind zog nicht ab ob der Ankunft eines angelsächsischen Heers, er wartete lediglich weiter auf eine Möglichkeit, sie alle zu vernichten, ohne den Fürstensohn zu gefährden.

Brochfaels Identität erkaufte ihnen Zeit, aber nur, da eine Gruppe Waliser zur Kirche gekommen war, um sich davon zu überzeugen, dass der Königssohn tatsächlich in Offas Gewalt war.

Der Fürst war nicht persönlich gekommen, sondern drei Noble, wie Brochfael ihm erklärt hatte. Diese waren von Brochfaels zerschundenem Gesicht nicht angetan gewesen, was Offa und seinen Männern aber nur zum Vorteil gereichte. Die Waliser sollten ruhig fürchten, dass ihrem geschätzten Erben etwas zustoßen könnte. Die Drohung, Brochfael zu töten, hatte Offa und seine Männer bislang vor einem Angriff bewahrt, aber zweifelsohne würde das nicht ewig so bleiben. Und Leofric hätte schon vor zwei Tagen ankommen sollen.

Offa rätselte, wo er sich aufhielt. Oder war es tatsächlich Leofric gewesen, der den Verrat geübt hatte?

Sein Blick fiel auf Wulfhere, der, wie die meisten Männer, an die Wand gelehnt im Stroh saß und ins Leere starrte. Wartend, hoffend, bangend. Er war unversehrt von seiner Nachrichtenübergabe zurückgekommen, aber ob dies bedeutete, dass er für den Feind arbeitete, konnte Offa nicht sagen.

Die Waliser hatten ihnen erlaubt, die Kirchenjungen in die Stadt zu schicken, um Wasser und Nahrung zu holen – natürlich nur, damit Fürst Elisedd Brochfael nicht in Einzelteilen zurückbekam. Aber der Gestank von Mensch und Tier in der Kirche war mittlerweile kaum noch auszuhalten, und die Stimmung konnte schlechter nicht sein.

»Wieso unternehmen sie keinen Versuch, Euch zu befreien?«, wollte Offa von dem Fürstensohn wissen. Er ging auf den Waliser zu und blickte auf ihn hinab. Sie nahmen ihm nur selten die Fesseln ab, damit er sich etwas strecken konnte. Und das nur mit vorgehaltenem Schwert. Sie konnten nicht riskieren, dass er entkam, er bedeutete ihrer aller Sicherheit. »Wir sitzen hier schon etliche Tage fest, und wenn Eure Landsmänner meinen Plan kennen, wissen sie auch, dass ein Heer hierher unterwegs ist und uns befreien wird. Warum also nutzen sie ihre Übermacht nicht, warum versuchen sie nicht, Euch zu befreien? Sie könnten uns ohne Schwierigkeiten allesamt vernichten, vermutlich noch ehe wir Zeit haben, Euch etwas anzutun.«

Brochfael sah ihn nicht an. Er blickte auf das besudelte Bodenstroh hinab. »Diese Frage stelle auch ich mir jeden wachen Augenblick, und sogar in meinen Träumen sucht sie mich heim. Warum riskieren sie es nicht? Warum harren sie derart lange aus?«

»Seid Ihr zu einer Antwort gelangt?«

»Die noble Blutlinie steht in meinem Volk über allem. Die meinige geht viele Jahrhunderte zurück, auf britische Könige, die schon in Zeiten der Römer herrschten. Mein Vater hat nur mich, keine weiteren Kinder. Aber die Linie ist gesichert, meine Frau muss bereits entbunden haben. Es sei denn …« Er hob den Kopf und sah Offa mit leerem Blick an. »Wieso tun sie alles, um mich zu retten? Mein Vater und ich standen uns nie nahe, er hielt mich auch bis jetzt für tot. Er würde nicht aus Sentimentalitäten darauf verzichten, Angelsachsen zu vernichten, er hasst jeden von Euch. Er würde nie riskieren, in Eure Verstärkung zu laufen, und daher auch nicht dort draußen auf sie warten. Also nehme ich an, dass meiner Frau und meinem Kind etwas zugestoßen ist. Dass ich der Letzte der Linie bin und mein Vater und seine Männer deshalb nicht riskieren, dass Ihr mir sofort die Kehle durchschneidet, wenn sie näher rücken.« So viel Schmerz und Angst lagen in Brochfaels Gesicht – mehr noch, als bei seiner Gefangennahme, oder als er durch Beornreds Klinge bedroht war.

»Vielleicht irrt Ihr Euch.« Offa ging vor dem Fürstensohn in die Hocke und sah ihn ernst an. »Vielleicht geht es den beiden gut, und Euer Vater will Euch einfach nur unversehrt zurück.«

»Ich bete, dass es so ist.«

Offa beugte sich vor und legte dem Waliser die Hand auf die Schulter. Dann richtete er sich wieder auf. Er konnte sich nicht vorstellen, wie es sich für Brochfael anfühlen musste, hier drinnen eingesperrt zu sein und nicht zu wissen, ob es seiner Familie gutging. Für Offa war das Gefühl der Ungewissheit auch nicht gerade berauschend. Wie ging es für ihn und seine Männer weiter? Er glaubte nicht, dass die Waliser noch allzu lange geduldig blieben und ihren zukünftigen Fürsten hier in Feindeshand ließen. *Irgendetwas* würden sie unternehmen. Nur was – und wann?

Offa ließ seinen Blick durch die Kirche wandern, in die müden, ausgezehrten Gesichter. Er war für die Moral verantwortlich, er sollte dafür sorgen, dass alle guten Mutes waren. Aber das Misstrauen in ihm machte es ihm unmöglich. Wer hatte ihn verraten, und warum?

Nie zuvor hatte er sich so allein gefühlt. Von der Kameradschaft in Aldermann Heardberhts Kriegstruppe waren sie hier weit entfernt. Er verfluchte seinen Vater, der ihn so früh verlassen und ihm diese Bürde auferlegt hatte. Im Grunde kannte er keinen der Männer besonders gut, das hatte er nur geglaubt. In Wahrheit war er doch nie zu Hause gewesen.

Er ballte die Hände zu Fäusten, das Unwissen machte ihn halb wahnsinnig. Kaum ein Landhalter, ein Krieger, und schon hatte er kläglichst versagt. Wie kam es, dass der Feind, ein Waliser, ihm noch am vertrautesten erschien? Wieso fühlte er zu Brochfael die größte Verbindung in dieser Kirche? Lag es daran, dass er von ihm nichts erwartete? Dass er von ihm keinen Verrat fürchtete, da er ohnehin annahm, hintergangen zu werden?

Der Priester Herefrith an seiner Seite hustete, und einer der Jungen brachte ihm Wasser.

»Vielleicht solltet Ihr Euch das Angebot noch einmal überlegen«, sagte Offa besorgt mit rauer Stimme, die er zu selten benutzte.

Aber Vater Herefrith schüttelte unwirsch den Kopf und trank in großen Schlucken. Der Priester litt unter der kalten Luft und den feuchten Mauern. Brochfael hatte vorgeschlagen, seinen Vater zu bitten, den Priester in die Stadt gehen zu lassen. Einem Geistlichen würde der Fürst von Powys nichts antun. Aber Vater Herefrith weigerte sich, dieses Häufchen Elend zu verlassen. Er war für das Seelenheil der Truppe verantwortlich und würde sie nicht im Stich lassen. Diese Entscheidung zeugte von größerer Stärke, als Offa ihm je zugetraut hätte, aber in solchen Situationen zeigte sich wohl das wahre Ich. Manche zerbrachen, andere fanden Kraft. Manche blieben treu, andere wurden zu Verrätern.

»Haltet eure Waffen scharf«, befahl Offa und holte die Männer damit ein wenig aus ihrem versunkenen Zustand. »Wenn Leofric kommt, müssen wir bereit sein zu kämpfen.«

»*Falls* Leofric kommt«, knurrte Wulfhere, der tatsächlich noch mürrischer dreinschaute als gewöhnlich.

»Er *wird* kommen, und wir werden kämpfen«, bekräftigte Offa mit einem Ton, der keine Widerrede duldete.

Er brauchte keine Miesmacher, die allen die übrige Hoffnung nahmen. Auch wenn er selbst schon an Leofrics Ankunft zweifelte, aber das tat er bestimmt nicht seinen Männern kund.

»Zu kämpfen wird nicht nötig sein«, erklang Brochfaels ruhige Stimme vom Stützpfeiler.

Der walisische Priester war an seine Seite gekommen und sah ihn an, als wäre er der wiederauferstandene Sohn Gottes. Offa behielt den Geistlichen stets im Auge, da er ahnte, dass dieser nichts unversucht lassen würde, um Brochfael zu befreien und Offa und seine Männer zu vernichten. Falls er mutig genug war.

»Was meint Ihr damit?«, wollte er von Brochfael wissen. »Wenn Leofric kommt, wird Euer Vater wohl um die Stadt kämpfen wollen.«

»Er wird sein Heer nicht aufreiben lassen. Wenn meine Befürchtung wahr ist und ich tatsächlich der Letzte der Linie bin, wird er Euch die Stadt überlassen – für meine Freilassung, die Ihr versprochen habt.«

»Dann machen wir den Austausch jetzt«, stöhnte Eadric, den Kopf in die Hände auf den angewinkelten Knien gestützt. »Sie bekommen den Waliser und lassen uns gehen.«

Das hatten die Waliser schon mehrmals angeboten. Aber Offa konnte nicht darauf eingehen, er vertraute niemandem.

»Sie werden uns umbringen, sobald sie Brochfael zurückhaben. Nein, wir brauchen Leofrics Heer, um die Waagschale günstig auf unsere Seite zu legen. Sie bekommen Brochfael zurück, ich gab mein Wort. Aber wenn sie dann noch angreifen wollen, steht ihnen ein ebenbürtiges Heer gegenüber.«

»Und wie lange wollen wir hier noch auf Leofric warten?«, seufzte Eadric, dem vielleicht schon derselbe Gedanke gekommen war wie Offa, nämlich dass Leofric der Verräter war.

Offa sah streng von einem zum anderen. »So lange, wie es dauert.«

»Der Herr Offa hielt uns bis jetzt am Leben«, verkündete der Priester mit so kraftvoller Stimme, wie er es zustande brachte. »Er wird uns auch gesund hier rausbringen. Vertraut auf den Aldermann und auf Gott.«

Zustimmendes Raunen ging durch die Kirche, während Brochfael weiter leise mit dem Priester auf Walisisch sprach. Es war eine Schande, dass Offa diese Sprache nicht beherrschte, und er schämte sich sogar dafür. Die Waliser galten in seinem Volk als rückständig. Sie waren, was Waffen, Rüstungen und auch den Bau von Verteidigungsanlagen betraf, weit hinterher. Auch galten sie als ungebildet. Anders als in angelsächsischen Königreichen gab es in Wales keine Schulen, keine Zentren der Bildung, wie etwa in Cantuarabyrg, Wintanceastre, Hrofæscæstre, Eoferwic oder vielen anderen Klöstern auf angelsächsischer Seite. An diesen Orten wurden die Lernenden auf eine kirchliche Laufbahn vorbereitet, und nur die klügsten erhielten einen der wenigen Studienplätze. Die Schüler lernten die alten Werke der Römer und Griechen kennen, wurden in Grammatik, Rhetorik, Mathematik sowie in Gesang, Astronomie und Naturkunde unterrichtet.

Aber die Waliser hatten einen Fürsten, der die Sprache des Feindes erlernt hatte und seinen Sohn dazu anhielt, dasselbe zu tun. So dumm konnten sie also nicht sein.

Offa nahm sich vor, das Walisische ebenfalls zu erlernen. Die Kämpfe zwischen ihren beiden Völkern würden bestimmt nicht bald enden, und wie Brochfael schon gesagt hatte: Den Feind zu kennen konnte nur von Vorteil sein.

»Da draußen tut sich was«, sagte Eardulf, einer der jungen Bauern Averduns, der aus einem Seitenfenster blickte.

Die Worte holten alle aus ihrer Starre. Offa ging zu Eardulf, um selbst hinauszublicken. Tatsächlich: Unruhe kam im feindlichen Lager auf. Es war ein einziges Gewusel von Menschen und Pferden, Aufbruchstimmung. Die Rauchwolken verdichteten sich, als die Feuer gelöscht wurden, dann löste sich unvermittelt eine Gruppe Reiter aus der Menge und kam direkt auf die Kirche zu. Es waren vier Reiter und ein Handpferd. Sie zogen keine Waffen. Nein, sie wirkten eher wie Botschafter.

Offa wusste nicht, was all das zu bedeuten hatte, aber als Anführer musste er hinausgehen und sie empfangen.

»Eardulf, Oswiu, kommt mit mir. Aneirin, du auch«, sagte er und deutete auf den Jungen aus Oswaldestroe, der beide Sprachen beherrschte und ihnen in den letzten Tagen zu essen gebracht hatte. »Wada, halt dich mit deinem Bogen hinter uns in der Tür. Es spielt keine Rolle, dass du keine Pfeile mehr hast, das wissen die Waliser nicht.«

Er hob sein Schwert vom Boden auf, und die beiden Männer aus Averdun nahmen ihre Speere und folgten ihm, ebenso wie der Junge, durch die Kirche.

Niemand schien überrascht, dass Offa keinen der erfahrenen Krieger an seine Seite holte. Vielleicht glaubten sie, dass Offa sie als Rückversicherung brauchte, zur Verteidigung jener in der Kirche. Aber in Wahrheit wollte er Eardulf und Oswiu an seiner Seite, weil beide in der Halle von Averdun nicht anwesend gewesen waren, als er seinen Plan offenbart hatte. Bei den beiden war die Wahrscheinlichkeit am geringsten, dass sie ihn hintergangen hatten.

Offa nahm seinen Schild und zögerte nicht, das Tor zu öffnen, auch wenn er halb erwartete, sofort einen Pfeil auf sich zufliegen zu sehen. Er durfte keine Angst zeigen, er musste dem Feind mit festen Schritten entgegengehen. Und das tat er auch. Eardulf und Oswiu flankierten ihn mit Speeren in der Hand, und auch sie gaben sich selbstbewusst und kriegerisch. Aneirin hielt sich indessen ein wenig hinter ihnen, wo es sicherer war, bis sie einschätzen konnten, was die Waliser wollten.

Es war schwer zu sagen, ob die Männer dieselben waren wie jene, die gekommen waren, um Brochfaels Unversehrtheit zu überprüfen. Aber Offa war ziemlich sicher, dass der Fürst sich nicht unter ihnen befand. Das Risiko war ihm wohl zu groß.

Die Waliser hielten ihre kleinen Pferde vor ihnen an und sagten etwas, dabei deuteten sie auf das reiterlose Tier.

Offa winkte den Jungen zu sich nach vorne, und der übersetzte:

»Mein Herr, die Männer sind gekommen, um den Sohn des Fürsten zu holen.«

Diese Worte entlockten ihm ein Lachen. »Ach, sind sie das?«

Wieder sprachen die Waliser, und Aneirin beeilte sich hinterherzukommen: »Sie haben sich an die Abmachung gehalten und nicht angegriffen. Sie ziehen ab und wollen den Herrn Brochfael.«

»Warum ziehen sie nach der langen Zeit so plötzlich ab?«

Die Frage schien die Waliser zu verwirren, denn sie sahen Offa verständnislos an. Dann deutete einer von ihnen gen Süden. Als Offas Blick seiner Hand folgte, machte sein Herz einen Satz.

»Leofric.«

Er konnte es nicht glauben. Aus dem Wald, nicht weit von den Walisern, die sich kampfbereit machten, strömte Leofrics Heer. Und genauso wie vor Tagen beim Feind wirkte es, als würde es kein Ende nehmen.

Er war wirklich gekommen. Er hatte ihn nicht verraten.

»Sie wollen nur den Herrn Brochfael«, drang die kindliche Stimme Aneirins über das Pochen in seinen Ohren. »Die Stadt gehört Euch. Sie werden nicht kämpfen.«

So wie Brochfael es vorausgesagt hatte. Offa traute seinen Augen und Ohren nicht. Kamen sie tatsächlich lebend hier raus?

Es überraschte ihn nicht, dass die Waliser jetzt, da sie die Macht der Verstärkung sahen, nicht mehr kämpfen wollten. Leofrics Heer war nur wenig stärker als das walisische, aber im Kampf auf offenem Feld konnte der Feind nur unterliegen. Die Waliser verstanden sich auf Angriffe in den ihnen vertrauten Wäldern, auf Hinterhalte und schnelle Flucht, aber gegen einen angelsächsischen Schildwall rannten sie nicht gerne an.

Sie hatten es tatsächlich geschafft!

»Eardulf, bring Brochfael her.«

Der junge Bauernsohn setzte sich sofort in Bewegung, und kurze Augenblicke später kam er gemeinsam mit Wulfhere zurück, den gefesselten Fürstensohn in ihrer Mitte.

»Wollt Ihr ihn wirklich freilassen?«, fragte Wulfhere bitter, eine Hand auf dem Knauf seines Schwertes. »Leofric ist da, wir können die Waliser besiegen und den hier töten. Wenn der Fürst seinen Sohn verliert, sind die Waliser schwächer als je zuvor und …«

»Wie viele unserer Männer würden im Kampf gegen das walisische Heer sterben, für eine Stadt, die bereits uns gehört?« Offa konnte nur schwer seine Ungeduld verbergen. »Wir lassen Brochfael frei. Ich habe mein Wort gegeben.«

Er sah den jungen Fürstensohn an. Es war sonderbar, dass es einem Teil in ihm leidtat, ihn gehen zu lassen. Er hatte sich an ihn gewöhnt, und er würde nie vergessen, dass er ihm sein Leben verdankte.

»Geht heim.« Er zog sein Messer aus seinem Gürtel und

schnitt Brochfael die Fesseln durch. »Ich bete für Eure Frau und Euer Kind, und dass Ihr sie bald in die Arme schließen könnt.«

Brochfael neigte knapp den Oberkörper, als würde er sich vor ihm verbeugen – was absurd war, schließlich war er ein Prinz, und Offa nur ein gewöhnlicher Aldermann. Es war ein Zeichen des Respekts. Offa musste nicht überlegen und tat es ihm gleich, wobei er insgeheim hoffte, dass sie sich nicht bald auf zwei verschiedenen Seiten eines Schlachtfeldes gegenüberstanden.

Schließlich nickte Brochfael noch dem walisischen Priester in der Tür der Kirche zu und nahm das Pferd seiner Landsmänner entgegen.

»Ihr habt gewonnen, Offa«, sagte er mit ehrlicher Anerkennung, als er sich in den Sattel schwang. »Ich hoffe, Ihr nutzt Eure erlangte Freiheit weise und findet Euch nicht bald in einer ähnlichen Situation wieder.«

Mit diesen Worten wendete er sein Pferd und galoppierte davon. Die anderen folgten ihm, während Leofrics Heer immer näher über die Wiesenfläche zwischen Wall und Stadt kam. Offa erkannte den rothaarigen Hünen schon von Weitem an der Spitze. Leofric trieb sein Pferd vorwärts und setzte sich von den anderen ab.

Offa ging ihm entgegen, so froh und erleichtert, den Mann Averduns zu sehen, dass er keinen Zweifel mehr daran hatte, dass Leofric treu zu ihm stand.

»Was zur Hölle ist passiert?!«, rief Leofric schon von Weitem und deutete zum Heer der Waliser hinüber, die nach und nach in den Wald verschwanden. Er schwang sich aus dem Sattel, noch ehe das Pferd richtig zum Stehen gekommen war, und kam stürmisch auf Offa zu. Dann prallte er ungebremst gegen ihn, zog ihn in eine Umarmung und klopfte ihm auf den Rücken.

»Beim Allmächtigen, Ihr stinkt, mein Herr, und Ihr seht aus, als wärt Ihr unter die Hufe geraten.«

»Es hat sich nicht nur einmal so angefühlt.« Offa schob den Krieger von sich und ließ seinen Blick zu seinem Heer schweifen, das in voller Stärke zur Kirche marschierte.

»Wo seid ihr gewesen?« Offa wies ebenfalls zu den Walisern, die er nicht aus den Augen ließ, falls sie sich doch noch zu einem Angriff entschließen sollten. »Sie haben uns schon vor Tagen überrascht, und hätte sich Gwil nicht als Sohn Fürst Elisedds herausgestellt, wären wir jetzt alle tot. Und ihr seid nicht gekommen.«

Leofric sah ihn verwirrt an, die dichten roten Augenbrauen trafen sich in der Mitte. »Wir haben auf Nachricht von Euch gewartet, mein Herr. Einer der Männer sollte doch zu mir kommen, wenn die Waliser den halben Weg zurückgelegt haben. Aber niemand traf ein. Irgendwann wurde mir das Warten zu bunt. Ich ahnte, dass irgendetwas schiefgegangen sein musste, und so gab ich den Befehl zu marschieren.«

Offa wischte sich Schweiß und Schmutz von der Stirn und seufzte. »Nur gut, dass du es getan hast. Sonst stünden wir uns jetzt nicht gegenüber.«

Aus den Augenwinkeln bemerkte er, dass nach und nach auch alle anderen aus der Kirche kamen, froh über die frische Luft und den Anblick ihrer Rettung. Dabei fiel ihm besonders Eadric ins Auge, der nach irgendetwas Ausschau hielt und dem die Sorge ins Gesicht geschrieben stand.

Offa wandte sich wieder Leofric zu. »Die Waliser haben die halbe Wegstrecke passiert. Eadric kam zu mir, um mir davon zu berichten, und sein Bruder Cerdic hätte zu dir reiten sollen.«

»Cerdic kam nie bei mir an. Glaubt Ihr, die Waliser haben ihn erwischt?«

Offa sah noch einmal zu Eadric zurück und betete stumm,

dass der Krieger nicht seinen Bruder verloren hatte. Womöglich war Cerdic, getrieben von seiner Trauer, den Walisern entgegengelaufen und hatte sich zu einer Dummheit hinreißen lassen. Hatte er den Tod gesucht?

Andererseits wäre die zweite Möglichkeit noch viel schlimmer. Wenn Cerdic nicht tot war, bedeutete dies, dass es sich bei ihm um den Verräter handelte. Aber das konnte Offa sich nicht vorstellen. Cerdic hasste die Waliser.

Offa wusste nur, er musste schnellstmöglich herausfinden, wie die Waliser von seinem Plan erfahren hatten. Er würde nie sicher sein, solange der Verräter weiterhin sein Unwesen trieb. Vielleicht hatte Brochfael ja gelogen, vielleicht hatte er doch selbst einen Weg gefunden, die Informationen zu seinem Vater zu tragen. Vielleicht war es sein Ziel gewesen, Zwietracht unter Offas Männern zu säen, und jedes seiner Worte war eine Lüge gewesen. Aber solange auch nur die kleinste Möglichkeit bestand, dass der Verräter aus seiner Mitte kam, würde Offa wohl nicht mehr ruhig schlafen.

~

Oswaldestroe lag ruhig und friedlich da. Die Menschen fürchteten wohl den Machtwechsel und hielten sich lieber in ihren Häusern auf. Aber ihre Angst war unbegründet. Offa hatte den Großteil des Heers außerhalb der Palisaden kampieren lassen, bis der König jemanden sandte, der die Verwaltung der Stadt übernahm. Und der Rest hatte den strikten Befehl erhalten, sich wie Gäste zu benehmen. Das Letzte, was er jetzt noch gebrauchen konnte, waren plündernde Krieger, die eine heilige Stätte entweihten. Es war ohnehin schon schwierig gewesen, einen seiner Männer auszuwählen, um dem König die Kunde von der erfolgreichen Einnahme zu überbringen. Schließlich hatte es jemand Vertrauenswürdiges sein müssen, und so hatte er Leofric geschickt, ebenso den Priester Herefrith.

Er hoffte, dass die beiden dem König am besten schildern konnten, was hier vorgefallen war. Bis dahin saß er in Oswaldestroe fest. Aber er konnte sich nicht beschweren. Alles war besser als die stinkende Kirche.

Es war sein zweiter Abend in der Stadt, und Offa ging voll gerüstet durch die Straßen, denn er erwartete jederzeit einen Angriff. Sein missglückter Plan hatte ihn misstrauisch gemacht, aber einsperren wollte er sich nach den finsteren Tagen auch nicht. Zwar war die Luft innerhalb der Palisaden auch nicht die beste – dafür lebten hier zu viele Menschen und Tiere auf engstem Raum –, aber sie war immer noch leichter erträglich als die in der Kirche.

Sein Ziel war der heilige Baum mit der darunter entspringenden Quelle. Er wusste gar nicht richtig, warum es ihn dorthin zog. Vielleicht wollte er einfach nur sehen, was es mit diesen Wundern auf sich hatte.

Die Dämmerung legte einen grauen Schleier über die Straßen, im Westen leuchteten die Wolken rot und beschworen ein gespenstisches Licht herauf. Vor diesem Hintergrund sollte es ihn wohl nicht wundern, dass jeder Mensch, der ihm begegnete, sofort das Weite suchte. Dabei hatte er sich bereits gewaschen, und auch sein Ringpanzer war von den Blutspuren befreit.

Offa folgte einer gepflasterten Straße mit nur wenigen Häusern und ein paar Pferchen für Tiere. Verlassene Verkaufsstände reihten sich die letzten Schritte zur heiligen Stätte entlang, wo die Pilger alle möglichen geweihten Gegenstände erwerben konnten. Jetzt in den Abendstunden aber zeigte sich niemand mehr. Umso überraschter war Offa, in dieser schaurigen Stille unvermittelt eine Stimme zu hören. Sie kam aus der Richtung, in der Offa bereits die Krone der alten Esche erblickte.

Wachsam ging er näher heran. Als er die Stimme erkannte, blieb er unvermittelt stehen.

»Es war das Richtige!«, zischte der verloren geglaubte Cerdic.

Jetzt konnte Offa auch seine Gestalt ausmachen, direkt am Ufer der heiligen Quelle, inmitten eines Meeres von gelben und braunen Eschenblättern. Der Krieger sah nicht verletzt aus – im Gegenteil: Er stand aufrecht, und sein Ringpanzer glänzte im roten Licht, genauso wie das lange goldene Haar.

»Weißt du nicht mehr, wie das war? Ohnmächtig zuzusehen, wie er unsere Heimat verkommen ließ, bis so vielen von uns alles genommen wurde? Glaubst du wirklich, Offa ist anders? Wie der Vater, so der Sohn! Erinnere dich, wohin Thingfriths Herrschaft uns geführt hat. Siehst du sie nicht mehr vor dir? Die kleinen Körper? Der geschändete Leib meiner Frau? Die Waliser sahen uns als leichte Beute. Unter Offa wird es nicht anders sein. Er ist ein Kind! Allein schon sein feiger Plan, die Stadt durch eine List einzunehmen anstatt im Kampf. Glaubst du, Fürst Elisedd nimmt dieses Bürschchen ernst? Er hat noch kaum Haare im Gesicht und nennt sich einen Landhalter, einen Aldermann.«

»Er *ist* ein Aldermann, Cerdic«, erwiderte Eadric, der nicht nur mit seinen dunklen Haaren das Gegenteil seines Bruders war. Nach den Tagen in der Kirche hatten sich finstere Schatten unter seinen Augen gebildet, seine Gestalt war zusammengesunken, er wirkte kraftlos. »Offa hat alles getan, um uns am Leben zu halten. Ja, er ist jung, aber an Mut mangelt es ihm nicht! Er ist nicht wie Thingfrith. Sein Plan wäre aufgegangen. Es war ein Plan, der Menschenleben schont. Wieso soll er seine Männer sinnlos aufreiben, wenn noch genügend Kämpfe folgen werden, die nicht so leicht zu gewinnen sind, in denen wir uns stellen und vielleicht den Tod finden müssen?«

»Ach, du redest schon wie er.«

Cerdic ging näher an den Baum heran, während Offa sich zu einem der Verkaufsstände zurückzog, um nicht entdeckt zu werden. Er wusste gar nicht, was er denken sollte. Sein Kopf war wie leergefegt.

»Wenn Offa scheitert, ernennt der König einen neuen Herrn über Averdun, jemand Fähigen. Jemanden, der in der Lage ist, unsere Familien zu beschützen – für jene, die noch Familien haben. Beornred hat gesagt …«

»Beornred?« Eadric hätte nicht überraschter klingen können. Offa ging es ebenso. »Was hat die Leibwache des Königs damit zu tun?«

»Wir haben in Tamouuorthig miteinander gesprochen, und alles, was er sagt, ist einleuchtend. Wir können Averdun nur vor den Walisern schützen mit einem starken Herrn, nicht mit einem Kind. Wie oft werden sie noch bei uns einfallen, wenn sie erst hören, dass ein Halbwüchsiger das Land hält?«

»Dieses *Kind* hat deren Thronfolger gefangen genommen …«

»… und verloren.«

»Er hat an unserer Seite gegen eine Übermacht gekämpft, er hat das Unmögliche möglich gemacht, er hat die Waliser in die Flucht getrieben. Und das wissen sie jetzt auch!«

»Ach, ich bitte dich! Wenn Leofric nicht gekommen wäre, hätten die Waliser euch überrannt.«

»Ja, uns alle, mich eingeschlossen. War dir das bei deinem Verrat überhaupt bewusst, oder nur gleichgültig? Warst du wirklich gewillt, deinen eigenen Bruder ans Messer zu liefern … wofür? Um einen Fremden nach Averdun zu führen, von dem wir nicht wissen, ob er nicht hundertmal schlimmer ist als Thingfrith?«

»Die Waliser hätten dich verschont, das war die Abmachung mit Fürst Elisedd. Und Beornred hätte schon jemanden gewusst, der geeignet ist, Averdun zu halten. Er hätte eine

Empfehlung beim König ausgesprochen, er weiß, wie wichtig …«

»Ach, halt den Mund! Hörst du dich überhaupt selbst? Bist du wirklich so leichtgläubig anzunehmen, dass die Waliser mich nicht genauso aus dem Weg geräumt hätten? Glaubst du wirklich, dass Beornred an das Wohl der Menschen in Averdun denkt?«

»Er ist also zurückgekommen«, erklang unvermittelt Wulfheres Stimme an Offas Seite.

Offa zuckte zusammen. Er wusste nicht, ob Wulfhere sich so leise bewegt hatte oder ob er selbst zu vertieft in das Gespräch gewesen war, um seiner Umgebung Aufmerksamkeit zu schenken. Genauso gut hätte er jetzt eine Klinge zwischen den Rippen haben können.

»Was willst du hier?«

»Ich bin Euch gefolgt.« Wulfhere deutete zu den Brüdern hinüber, die in der zunehmenden Dunkelheit nur noch als Schemen auszumachen waren. »Nach einem Verrat aus den eigenen Reihen hielt ich es für besser, ein Auge auf Euch zu haben, wenn Ihr schon beschließt, ganz allein durch die Stadt zu streifen.«

Offa betrachtete die beiden Brüder, die immer noch weiterstritten, und ein Seufzen kam ihm über die Lippen. »Ich dachte, du wärst es, Wulfhere.«

»Ich weiß.« Die Worte kamen so selbstverständlich über Wulfheres Lippen, dass Offa den Krieger nun doch ansah.

Wie immer blickte ihm ein grimmiges Gesicht entgegen, mit tiefen Falten um die Augen, die ihn älter wirken ließen, als er war. Offa wusste nicht, was er sagen sollte, aber Wulfhere ergriff ohnehin wieder das Wort.

»Cerdic also.«

Offa nickte. »Jetzt wissen wir auch, warum er Leofric nie Bescheid gab. Er hat gewartet, bis Eadric sich auf den Weg zu uns in den Norden gemacht hat, und dann ließ er die Waliser umkehren.«

»Was werdet Ihr jetzt tun?«

Offa griff nach dem Knauf seines Schwertes, unbewusst wohl, aber es unterstrich seine Worte: »Ich muss ihn töten.«

»Und Eadric?«

»Nach allem, was ich gehört habe, hat er nichts damit zu tun.«

»Er wird aber auch nicht zulassen, dass sein Bruder getötet wird.«

»Er hat keine andere Wahl.« Und mit diesen Worten trat er hinter dem Verkaufsstand hervor und ging auf die beiden zu.

Immer noch flogen Worte wie Pfeile zwischen den Brüdern hin und her. Sie bemerkten Offa und Wulfhere erst, als sie schon fast vor ihnen standen.

Eadric zuckte zusammen und keuchte auf. Er schien erschrockener als Cerdic – dabei war Letzterer es doch, der Konsequenzen für seine Tat fürchten musste.

»Mein Herr Offa«, stieß Eadric ungewohnt förmlich aus. Sein Blick fiel auf Offas Hand, die immer noch den Drachen seines Schwertes umschloss. »Wie lange …«

»Cerdic.« Offa ignorierte seinen Krieger und wandte sich stattdessen dem Verräter zu. »Ich möchte sagen, dass ich die Beweggründe deiner Tat verstehe, dass du nur das Beste für deine Heimat wolltest. Aber ich weiß nicht, welches Verbrechen schwerer wiegt: der Verrat an sich oder die Dummheit, sich von einem Mann wie Beornred für seine kindischen Rachefeldzüge benutzen zu lassen.«

»Ich bereue nichts«, knurrte Cerdic und blickte Offa stur in die Augen. »Ich nehme an, Ihr habt gehört, was ich gesagt habe. Jedes Wort ist wahr. Euer Vater war ein Versager und ein Feigling, und Ihr folgt demselben Weg. Manch einer mag Euch Zeit geben wollen, um erwachsen zu werden, um einen anderen Pfad einzuschlagen, den der Stärke. Aber Averdun hat keine Zeit mehr – nicht nach solch einem Angriff, wie wir ihn erleben mussten. Ich habe den höchsten Preis dafür bezahlt.«

»Viele Familien trauerten an diesem Tag. Hätte dein Verrat nur mir gegolten, dann hätte ich vielleicht einen Weg gefunden, dich zu schonen. Aber du hast das Leben guter Männer aufs Spiel gesetzt, Männer Averduns, die dir doch so sehr am Herzen liegen. Osbald hatte auch eine Familie, und er fiel deinetwegen.«

»Ich bitte Euch, mein Herr«, flehte Eadric und schob sich zwischen Offa und seinen Bruder. »Er wusste nicht, was er tat. Ihr sagt es selbst, er hörte auf die falschen Worte eines falschen Mannes. Die Trauer vernebelte seinen Verstand. Schickt ihn fort, aber lasst ihn leben.«

»Die Trauer …« Offa wandte sich erneut Cerdic zu und sah den Mann, den er zu kennen geglaubt hatte, verständnislos an. »Die Waliser waren es, die deine Familie umgebracht haben. Und mit denselben Leuten hast du dich gegen deinen Herrn verbündet.«

»Nur das Ziel zählte«, erwiderte Cerdic kalt, was ihn noch fremder wirken ließ. »Für Averdun hätte ich einen Pakt mit dem Teufel selbst geschlossen.«

Offa konnte nicht glauben, was er da hörte, was er sah. Cerdics Blick war leer. Der Cerdic, den Offa kannte, war beim Angriff auf Averdun mit seiner Familie gestorben. Der Verräter, der vor ihm stand, hatte nichts mehr mit ihm gemein.

Eadric sah ihn flehend an. Offa versuchte sein Herz davor zu verschließen, denn er wusste, was er zu tun hatte. Aber es wollte ihm nicht gelingen. Es kostete ihn schon alle Kraft, die er hatte, Cerdic nicht zu packen und anzuschreien. Er verstand Eadrics Trauer, aber Cerdic war zu weit gegangen. Osbald war gestorben, und beinahe alle anderen auch. Wie sollte er ihn jetzt noch verschonen? Cerdic hatte ihn beschuldigt, schwach zu sein, und vielleicht war er das auch gewesen. Hatte er diesen Verrat selbst heraufbeschworen? So oft hatte er Brochfael verschont, selbst nach seinem Fluchtversuch, obwohl er zuvor klar verkündet hatte, ihn dafür zu töten.

Wenn er sich jetzt von Eadric und von seinen eigenen Erinnerungen erweichen ließ, war er weiterhin genau das – schwach, angreifbar. Was würde andere dann davon abhalten, ihn ebenfalls zu verraten? Er musste Stärke beweisen, auch wenn er am liebsten umdrehen und gehen wollte. Er wollte Cerdic fortschicken, ihn entkommen lassen, alle anderen anlügen und behaupten, sie hätten nicht herausgefunden, wer der Verräter war. Er wollte Wulfhere bitten, ihm die Entscheidung abzunehmen, er konnte nicht mehr.

Aber es war *seine* Aufgabe, nicht die eines anderen – und er musste sie erfüllen. Er war Aldermann mit allen Konsequenzen.

»Eadric.« Er wandte sich dem treuen Krieger zu, der zusammen mit ihm in der Kirche ausgeharrt hatte. »Du solltest jetzt gehen.«

Mit zitternder Hand zog er die Klinge aus der Scheide. Wulfhere an seiner Seite spannte sich an, machte sich bereit, als müsse er jeden Moment eingreifen, und Eadric riss panisch die Augen auf.

»Bitte, mein Herr, ich … ich flehe Euch an! Er ist mein Bruder!«

Offa schloss die Hand fester um den Drachenknauf, damit sie endlich nicht mehr bebte. Er hatte schon oft getötet, aber dies hier war etwas anderes.

»Deshalb möchte ich, dass du gehst. Sein Verrat war nicht deiner.«

»Tötet mich, und Ihr habt einen Feind mehr«, feixte Cerdic und legte seine Hand auf Eadrics Schulter. »Ihr werdet noch viele töten müssen, mit solchen Entscheidungen, wie Ihr sie trefft. Ich bin nur der Erste. Mein Bruder wird mich rächen, und unsere Familie ihn. So wird es weitergehen, bis einer davon Euch trifft.«

»Eadric.« Offa sah seinen Krieger an, in dessen Augen Verzweiflung lag, die die seine spiegelte. »Bitte, tritt beiseite und triff dann deine Wahl. Dein Bruder muss sterben. Wenn es dir dieses Urteil unmöglich macht, mir weiterhin zu folgen, entbinde ich dich von deinem Schwur. Du sollst nicht an der Seite eines Mannes kämpfen und vielleicht sogar sterben müssen, den du hasst, und bei dessen Anblick du stets an den Tod deines Bruders erinnert wirst. Geh fort, finde einen neuen Herrn – du bist ein guter Kämpfer, nicht nur mit dem Schwert, sondern auch mit dem Bogen. Du hast in diesen Tagen viele von uns gerettet. Ich bin sicher, du wirst jemanden finden, der deine Leistungen anerkennt und dich gerne in seinen Dienst nimmt.« Seine Stimme klang so ruhig, so gefühllos, die Worte formten sich ganz von selbst. Ein wenig kam es ihm vor, als hörte er Aldermann Heardberht durch sich sprechen.

Eadric sah zwischen seinem Bruder und ihm hin und her. »Ich … ich habe einen Schwur geleistet. Ich kann ihn nicht brechen.« Langsam, mit einem sonderbar entrückten Ausdruck, schob er den Arm seines Bruders von sich und trat zur Seite.

Nun schien Cerdic zum ersten Mal verunsichert. »Eadric …«, begann er, aber sein jüngerer Bruder sah ihn nicht mehr an, sondern kam wie ein Schlafwandler auf Offa zu.

»Das wirst du bereuen!«, rief Cerdic, und seine Hand fuhr zu seinem Schwert. Aber fast im gleichen Augenblick schnellte Offas Klinge nach vorne und bohrte sich direkt in Cerdics Herz.

Eadric fuhr herum und keuchte auf. Cerdic starrte Offa an, und Offa konnte nicht mehr atmen. Er blickte in Cerdics Augen, in denen das Leben erlosch, und seine Brust zog sich zusammen. Mit letzter Kraft zog er die Klinge zurück. Cerdic brach zusammen.

Ein paar endlose Augenblicke lang blieb alles ruhig, niemand schien auch nur zu atmen. Dann trat Wulfhere vor.

»Ich begrabe ihn«, sagte der Krieger unumwunden, drehte sich um und schritt davon, wohl, um eine Schaufel zu holen.

Die Spitze von Offas Schwert sank zu Boden, mit einem dumpfen Laut berührte sie das Laub. Er starrte auf Cerdic hinab, konnte nicht begreifen, was gerade passiert war. Wie hatte es so weit kommen können? Dann bemerkte er Eadric, der sich regte. Langsam schritt der Krieger auf seinen Bruder zu und ging neben ihm in die Knie. Er weinte. Leise und mit geflüsterten Worten. Es war ein Bild, das Offas eigenes Herz schier durchbohrte.

Offa wandte sich ab. Er musste von hier weg, jetzt sofort. Sein Magen hob sich. Er taumelte zu den Verkaufsständen, seine Beine wollten ihn nicht mehr tragen. Er stützte sich an den Holzverschlägen ab, und im nächsten Moment erbrach er sich.

Das war es also, was es bedeutete, Aldermann zu sein.

KAPITEL 7

5 Jahre später

Beorgford (Burford), Königreich Mercia, Sommer 752

Der goldene Drache fiel. Das Banner Mercias taumelte zu Boden in den Schlamm, und der Feind jubelte.

Ein Hornstoß erklang, das Zeichen zum Rückzug. Offa sah sich auf dem Schlachtfeld nach dem König um. Hielt er sich in der Nähe des Banners auf? War er in Gefahr?

»Bleibt zusammen!«, rief er seinen Männern zu, die ihn umgaben. Der Schildwall war zerstört, die Westsachsen hatten sie umzingelt. Offa verlor Leofric, Wulfhere und Eadric aus den Augen. Die drei waren seine besten Krieger, mittlerweile selbst Gesiths, nachdem er sie für ihre Treue mit Land belohnt hatte. Aber jetzt war nichts von ihnen zu sehen. Speere stießen in seine Richtung, und Offa hatte alle Mühe, ihnen auszuweichen oder sie an seinem Schild abprallen zu lassen. Sie kamen von allen Seiten. Neben ihm brach einer der eigenen Speermänner zusammen, dann noch einer und noch einer.

Offa blinzelte Blut aus seinen Augen. Er wusste nicht, ob es sein eigenes war oder das eines Gegners, es verschleierte seine Sicht. Bald wusste er nicht mehr, wer zu welcher Seite gehörte. Er schwang sein Schwert und richtete es gegen Krieger, gegen jene, die gerüstet waren und ebenfalls eine Klinge führten.

Sein Atem ging in schweren Stößen, ein Hieb traf ihn an der Schulter, er taumelte zur Seite, hatte aber keine Zeit, nachzusehen, ob sein Ringpanzer durchbrochen war. Er spürte keinen Schmerz.

Erneut versuchte er den König zu finden. Æthelbald durfte nicht fallen. Er *war* Mercia, ohne ihn konnte das Land nicht überleben. Offa wollte sich in die Richtung durchkämpfen, in der er den König vermutete, an die Stelle, wo vor Kurzem noch das Banner des goldenen Drachen geweht hatte, aber er kam nicht weiter. Er war eingeschlossen in Menschenleibern, und bald konnte er nicht einmal mehr mit dem Schwert ausholen. Da war nur Stöhnen, Schweiß, Blut und Gedränge.

Und dann plötzlich erhob sich der goldene Drache wieder über die Köpfe der Kämpfenden und stieg empor über das Schlachtfeld. Am liebsten hätte Offa sich bekreuzigt und laut Gott gelobt, aber dann erkannte er den goldhaarigen König Cuthred von Wessex mit seiner übertrieben großen Krone, der das Banner schwang. Er hatte es an sich genommen. Der Feind.

Wo war König Æthelbald?!

Offa stieß einen der eigenen Männer zur Seite, rammte sein Schwert in den Bauch eines Westsachsen, versuchte, Boden gutzumachen, und dann entdeckte er plötzlich den Hünen Beornred von der königlichen Leibwache. Der Krieger befand sich ein wenig erhöht am Rande des Schlachtfelds, mehrere Pferde am Zügel in der Hand. Er wollte den Hang hinauffliehen, hoffentlich zusammen mit dem König.

»Mein Herr!« Unvermittelt tauchte Leofric an seiner Seite auf, sein rotes Haar in dunklen Strähnen zusammengeklebt. »Sie überrennen uns!«

Noch einmal durchbrach ein Hornstoß den Schlachtenlärm. Offa packte Leofric am Arm. »Wir müssen hier raus. Wir müssen den König finden!«

Gemeinsam mit seinem Krieger kämpfte er sich weiter im Versuch, aus dem Getümmel zu entkommen. Andere taten es ihm gleich, er fühlte sich wie in einem Strom gefangen, mitgerissen von der Flut. Alle wollten in dieselbe Richtung – in jene, aus der der Hornstoß erklungen war. Offa hörte den Jubel des Feindes hinter sich.

Plötzlich lichtete sich die Menschenmasse vor ihm, und er sah Männer rennen. Sie hatten den Fluss überquert und liefen die Anhöhe hinauf, sie flohen mit allem, was ihre Körper noch hergaben. Auch Beornred, Vater Herefrith, der Bischof von Ligora-Ceaster und der König waren dort auf ihren Pferden.

Ein Stein fiel Offa vom Herzen. Er hoffte nur, dass auch Eardulf aus Averdun, dem er sein Pferd für die Dauer des Kampfes anvertraut hatte, geflohen war.

»Lasst uns von hier verschwinden«, erklang unvermittelt Eadrics Stimme an seiner Seite. Das schwarze kinnlange Haar klebte ihm auf den Wangen.

Und auch Wulfhere stieß zu ihnen, besudelt von Blut, aber seinem sicheren Gang nach zu urteilen, war es nicht sein eigenes.

»Noch nie war ich so froh, dein mürrisches Gesicht zu sehen, wie jetzt«, stieß Offa aus, erleichtert über die Rückkehr seiner eingeschworenen Krieger.

Wulfhere verzog keine Miene, zu einem Lächeln waren seine Lippen wohl gar nicht geschaffen.

Eadric aber grinste, als stünden sie nicht auf der verlierenden Seite einer Schlacht.

»Der hier hat den Verräter umgebracht«, erklärte er voller Stolz und legte seine Hand auf Wulfheres Schulter. »Wir mögen die Schlacht verlieren, aber zumindest hat Wulfhere gezeigt, was passiert, wenn man im letzten Moment die Seiten wechselt.«

Offa sah seinen grimmigen Krieger verblüfft an und wollte

etwas sagen, als er hinter sich den Ruf vernahm: »Bringt mir Æthelbald! Ich will den König!«

Offa fuhr herum und erkannte, dass sich das feindliche Heer auf dem von Leichen übersäten Feld sammelte, während die Mercier sich in alle Richtungen zerstreut hatten. Zu Pferde konnten die Westsachsen den König noch einholen und umzingeln – Æthelbalds übrige Herdwache war zu klein, um ihn gegen solch einen Ansturm zu schützen.

Es war noch nicht vorbei.

»Haltet den Fluss!«

Offa rannte los, zur Furt, durch die der König, Beornred und die anderen geflohen waren. Nur an dieser Stelle war eine Überquerung möglich, und Offa musste sicherstellen, dass die Westsachsen den Fliehenden nicht hinterherkamen. Die Furt war nicht breit, drei Reiter hatten nebeneinander Platz, danach sank das schlammige Flussbett wieder tiefer. Offa würde sie halten, solange es ging.

»Schützt euren König!«

Er kämpfte sich durchs hohe Ufergras. Vor ihm rannten Speermänner, die nicht daran dachten zurückzubleiben, um den Fluss zu halten. Sie durchquerten die seichte Passage und hetzten die Anhöhe hinauf.

Offa fluchte und sprang hinunter ins nur knöcheltiefe Wasser. Kälte floss in seine Lederschuhe, aber er spürte sie kaum, zu heiß rauschte das Blut durch seine Adern.

»Bleibt hier, haltet den Fluss!« Er packte ein paar Männer, die ebenfalls auf die andere Seite fliehen wollten, und hielt sie auf. »Haltet den Fluss! Die Westsachsen werden nicht weiter in unser Land vordringen! Haltet stand!«

Und endlich sammelten sich um ihn herum Männer. Leofric, Wulfhere und Eadric brüllten ebenfalls Befehle, bildeten Reihe um Reihe in der Furt, bis manche Männer bereits hüfttief im Wasser standen, ihre Speere nach vorn gestreckt. Sie waren nur ein kleines Häufchen, der letzte mickrige Rest Mercias. Offa wusste, dies war ein Kampf, den sie nur verlieren konnten. Aber wenn sein Plan aufging, war es den Westsachsen zumindest nicht möglich, sie an dieser Stelle zu umzingeln. Der Feind musste von vorne angreifen und konnte seine große zahlenmäßige Überlegenheit nicht nutzen, so wie einst die Waliser in der Kirche vor Oswaldestroe.

Er sah keine andere Möglichkeit, als hier zu kämpfen. Wenn sie sich umdrehten und rannten, konnten die feindlichen Reiter, die zur Verfolgung ansetzten, sie in aller Ruhe nacheinander niedermachen und sich dann auch noch den König, das Herz Mercias, holen. Nein, lieber stand Offa hier im Wasser, mit seinen Getreuen Schulter an Schulter, und schenkte seinen Landsmännern und seinem König zumindest etwas Zeit zur Flucht.

Die Westsachsen formierten sich und schienen ob der Blockierung der Furt verunsichert. Offa sah den König Cuthred, der Mercia gleich nach seiner Krönung vor vielen Jahren angegriffen und verloren hatte. Damit war Wessex unter die Vorherrschaft Mercias gefallen. Dann war er gemeinsam mit König Æthelbald in die Schlacht gegen die Waliser gezogen – in Offas erste richtige Schlacht; er war damals noch ein Junge gewesen. Heute hatte Cuthred das Bündnis vergessen und versuchte sich erneut von der Vorherrschaft Mercias loszusagen und König Æthelbalds Position als mächtigster König Britanniens an sich zu reißen. Und wenn Offa es nicht verhinderte, würde er diesmal erfolgreich sein.

Cuthred und seine Aldermänner saßen auf ihren Pferden in vorderster Reihe und gestikulierten wild. Sie deuteten immer wieder an die Flanken von Offas kleiner Truppe, die an der stärksten Stelle vielleicht sechs Reihen an Männern aufwies. Zweifelsohne überlegten sie, wie sicher es war, sie zu umgehen. Sie kannten das Land nicht, seine Flüsse und Gefahren.

Und jeder Reiter, der an ihrer Flanke vorbeiwollte, würde sich tiefem Schlamm stellen müssen, der die Pferde zum Stolpern und Feststecken brachte. Aber auch vielen, vielen Speeren, die bereit waren, die stockenden Feinde in aller Ruhe niederzumachen.

»Wir halten stand!«, rief Offa noch einmal, und die hinteren Reihen streckten ihre Speere an ihm vorbei, machten sich bereit für den Ansturm. »Lasst niemanden auf die andere Seite!«

»Tod den Westsachsen!«, brüllte Eadric und streckte sein Schwert in die Höhe.

Die anderen nahmen den Ruf auf.

Dann kam Bewegung in die Reihen der Feinde.

Geordnet, ruhig und wachsam marschierten die Westsachsen auf sie zu. Cuthred schickte nicht die wenigen Reiter, die er hatte, sondern die sehr viel zahlreicheren Speerkämpfer. Offa erkannte in der ersten Reihe auch Krieger, Männer mit Ringpanzern, Helmen, Schilden und Schwertern. Diese würden schwer zu töten sein. Er überlegte sich bereits, wo er Schwachstellen in den Rüstungen finden konnte.

»Wir sind der Wall Mercias«, hörte er sich sagen und verhakte seinen Schild mit denen seiner Nachbarn Wulfhere und Eadric. »Sie dürfen nicht vorbei.«

Der Feind war jetzt nahe genug, dass man einzelne Gesichter ausmachen konnte. Grimmige, blutbespritzte, bärtige Männer. Von anderen waren durch den Helm nur die Augen zu sehen, wieder andere wirkten noch so jung wie Offa und waren gänzlich ungerüstet.

Noch wenige Schritte trennten sie. Offa hielt sich davon ab, seine Finger noch fester um das Drachenheft zu schließen. Er durfte seinen Arm nicht verkrampfen.

Und dann kam der Zusammenstoß.

Das Stöhnen und Fluchen begann, das Schieben und Drücken, ein blindes Vorstoßen am Schild vorbei, während er wahrnahm, wie die hinteren Reihen ihre Speere gegen die ungeschützten Beine des Feindes stießen.

»Bringt die Bastarde um!«, rief er und betete zu Gott, dass sie lange genug standhielten, um den König und so viele andere Männer Mercias wie möglich entkommen zu lassen.

»Haltet die Reihe!«, hörte er Leofric rufen. Er hielt sich an einer der Flanken.

Offa wollte am liebsten den Kopf recken und nachsehen, was dort drüben geschah, ob jemand dabei war, den Fluss zu überwinden. Aber er musste sich auf den Krieger direkt vor sich konzentrieren. Er wusste nicht, wie viele in der ersten Reihe bereits gefallen waren, nur, dass Eadric und Wulfhere immer noch an seinen Seiten kämpften, unerbittlich. Leichen lagen zu seinen Füßen im Wasser. Offa stieß sein Schwert schräg vor, um an Schilden vorbei auf Fleisch zu treffen.

Etwas prallte gegen seine Wade, und plötzlich gab sein Bein für einen Herzschlag lang nach. Eingezwängt zwischen den anderen, konnte er sich jedoch gerade noch halten. Er spürte keinen Schmerz, nur einen dumpfen Druck, und so machte er weiter. Seine Klinge fand ein weiteres Ziel, er spürte es deutlich. Der Westsachse vor ihm fiel in sich zusammen. Offa wusste nicht genau, wie, aber am Schild vorbei gelang ihm ein Blick nach vorne, und er erkannte die Lücke. Ohne darüber nachzudenken, ließ er seinen Schild los, packte einen der an ihm vorbeiführenden Speere und rammte ihn nach vorne in die nächste Reihe der Westsachsen. Wulfhere und Eadric hingegen ließen ihre Schwerter nach vorne schnellen. Die Lücke wurde größer.

Offa hatte einen Augenblick lang Zeit, seinen Schild wieder aufzuheben und die Panik in den Blicken der Westsachsen direkt vor sich zu sehen.

»Reihe halten!«, befahl er noch einmal laut, um seine Männer von zu großem Übereifer abzuhalten. Die Lücke konnte womöglich den einen oder anderen dazu bewegen, nach vorne auszufallen, um den aufgebrochenen Schildwall des Feindes zu nutzen.

Aber die Westsachsen waren immer noch viel zu viele, und wenn sie ihre Position im Fluss aufgaben, wären sie bald umzingelt.

Die Reihen der Feinde lichteten sich, niemand wollte mehr vorne stehen und ihnen begegnen. Befehle hallten zu ihnen herüber, Aldermänner, die zum Angriff riefen – aber es herrschte Unordnung und Verwirrung, und die Toten stapelten sich im Fluss.

Und dann erklang der Hornstoß zum Rückzug.

Offa konnte es nicht glauben. Er ließ seinen Schild sinken und sah nur noch die Rückseiten der Westsachsen. Sie gaben auf.

Er erwartete jeden Moment, Jubel unter seinen Männern zu hören. Aber es blieb still. Er sah sich um.

Alle starrten dem Feind hinterher. Genauso wenig wie Offa konnten sie fassen, dass sie noch am Leben waren. Der Verlust musste Cuthred zu hoch gewesen sein für eine bereits gewonnene Schlacht. Er hatte den König zur Flucht getrieben, und nun schwang er erneut das Banner des goldenen Drachen Mercias.

Auch Offa hatte viele Männer verloren. Im Fluss lagen nicht nur Westsachsen.

Aber sie hatten standgehalten.

KAPITEL 8

Averdun, Königreich Mercia, Sommer 752

Hilda ging neben ihrer Mutter den Pfad vom Fluss zu ihrem Haus entlang und überlegte, wie sie die richtigen Worte finden konnte. Sie musste sich ihr anvertrauen, denn wer sonst sollte ihr jetzt noch helfen? Aldfrith? Immer öfter sah sie Osthryth, eine Witwe mit zwei Kindern, in Aldfriths Hütte gehen. Er begann, Hilda zu ersetzen. Gerade jetzt, da sie sein Kind in sich trug. Zweimal war sie in den letzten Jahren schwanger geworden, aber jedes Mal hatte der Herr schon früh entschieden, ihr das Kind wieder zu nehmen. Und Hilda war stets froh darüber gewesen.

Auch dieses Mal hatte sie gehofft, erneut davon befreit zu werden. Aber ihr Bauch schwoll bereits an, und das Kind lebte immer noch. Jetzt musste sie einen Weg finden, mit dieser neuen Bürde umzugehen.

Die vollen Wassereimer waren schwer. Hilda musste sich konzentrieren, um nichts zu verschütten. Seaxburh, die Frau des Schmieds Oswiu, den eigentlich Hilda zu heiraten geplant hatte, bekam nun schon ihr drittes Kind, und die Alten sagten immer wieder zu ihr, sie dürfe nichts Schweres tragen.

Vielleicht riskierte auch Hilda gerade das Leben ihres ungeborenen Kindes. Aber das war ihr egal. Wenn sie es wieder verlor, war sie das Problem wenigstens los.

Hilda wartete, bis sie in der Hütte angekommen und ihre Mutter einen der Eimer in den Kessel über dem Feuer geleert hatte, bis sie das Wort ergriff.

»Ich erwarte ein Kind«, platzte es aus ihr heraus.

In zu langen schlaflosen Nächten hatten die Worte sich in ihr gestaut. Aber sie auszusprechen traf sie selbst noch einmal mit voller Wucht, machten den schrecklichen Gedanken noch deutlicher wahr.

Ihre Mutter wandte sich ab, nahm ein Messer, das Holzbrett und den Lauch und ließ sich damit auf dem Schemel neben dem Feuer nieder. In gleichmäßigen Bewegungen schnitt sie das Gemüse klein.

Hilda stand da mit einem Kloß im Hals. Plötzlich wünschte sie sich ihren Vater herbei, der draußen auf den Feldern war. Er hätte zumindest reagiert, sie angeschrien und vielleicht auch geschlagen, obwohl er wusste, wie sie das Geld verdiente, um die Familie zu unterstützen. Sie hatten nie darüber gesprochen, aber er wusste es.

Gerade aus Angst vor seiner Reaktion hatte sie einen Zeitpunkt gewählt, an dem er nicht zu Hause war. Aber das Schweigen ihrer Mutter war noch schlimmer.

»Ich habe es Aldfrith noch nicht gesagt«, stammelte sie und knetete ihre Hände vor sich. »Ich glaube, wenn er es erfährt, wird er uns unterstützen. Er wird uns helfen …«

Ihre Mutter erhob sich und ließ den kleingeschnittenen Lauch in den Kessel fallen, dann ließ sie sich wieder nieder.

Hilda kämpfte gegen Tränen. »Mutter? Bitte …«

Ein paar quälend lange Herzschläge blieb es still. Dann ließ ihre Mutter endlich das Messer sinken und sah sie aus wütend zusammengekniffenen Augen an, was ihre vielen Falten betonte. Sie war noch nicht alt, aber auch das Haar unter ihrem Schleier war bereits ergraut.

»Wir hatten zwei schlechte Ernten«, presste sie leise hervor,

»und das, was du uns an mickrigem Beitrag bringst, ist lediglich ein Tropfen auf den heißen Stein. Nicht genug, um ein weiteres hungriges Maul zu füttern.«

Ein eisiger Schauer fuhr Hilda den Rücken herunter, während ihr gleichzeitig der Schweiß ausbrach. »Aldfrith …«

»… ist nutzlos. Glaubst du wirklich, Hilda, du hättest gut gewählt? Nur weil Offa ihn zum Reeve über dieses Land ernannte? Du hast dir den wohlhabendsten, einflussreichsten Mann im Dorf gesucht, aber zugleich auch einen, der in fünf Jahren nicht ein Mal die Absicht geäußert hat, dich zu heiraten. Er ist alt. Und was wird aus dir und dem Kind, wenn er stirbt? Ohne den Schutz eines Ehebundes?«

»Auch Offa hätte sterben können«, brach es aus Hilda unter Tränen heraus, »als Vater mich in sein Bett legen wollte ohne einen Ehebund. Von ihm sollte ich ein Kind bekommen, aber auch er hätte jederzeit sterben können. Nach allem, was wir wissen, ist er längst tot. Wann haben wir denn das letzte Mal von ihm gehört? Als er Männer zur Schlacht rief! Was wäre dann aus mir und meinem Kind geworden?«

»Nun, dein Vater hielt dich für schlauer.« Ihre Mutter nahm ein neues Bündel Lauch und schnitt weiter, ohne sie anzusehen. »Er dachte, du würdest für Offa nicht nur eine Hure, sondern eine Geliebte werden, und dann hätte er dir Land und Wohlstand geschenkt, von dem du und dein Kind auch nach seinem Tod noch leben könntet. Aber Aldfrith … Jeder Narr hätte sehen können, dass er dir nie mehr geben wird als eine mickrige Bezahlung für deine Dienste. Er hatte bereits eine Frau und Kinder, er braucht dich nicht mehr. Aber wenn du Offa sein erstes Kind geschenkt hättest, vielleicht sogar seinen ersten Sohn …«

»Das habe ich aber nicht!« Hilda wischte sich wütend die Tränen fort. »Ich habe getan, was ich konnte, um dich und

Vater zu unterstützen. Und jetzt ... jetzt bitte ich dich, *mich* zu unterstützen!«

Ihre Mutter schüttelte nur bedächtig den Kopf. Es war erstaunlich, wie viel Abscheu in einer so kleinen Geste stecken konnte. »Wir brauchen noch Möhren«, sagte sie kalt.

Hilda brauchte ein paar Augenblicke, bis die Worte zu ihr durchdrangen. Sie war wie gelähmt. Immer noch schlummerte die Hoffnung in ihr, dass ihre Mutter aufwachte, es sich anders überlegte, sich erhob und sie in den Arm nahm. Sie sollte sie halten und ihr sagen, dass sie zu ihr hielt und dass alles gut werden würde. Wenigstens ihre Mutter. Denn was ihr Vater sagen würde, wusste Hilda ohnehin.

»Bitte ...« Sie klang kläglich und verabscheute sich selbst dafür, aber sie konnte nicht anders. »Was wird jetzt geschehen? Du sagst, ihr könnt nicht noch jemanden ernähren, aber was bedeutet das? Schickt ihr mich fort?«

»Das wird dein Vater entscheiden. Und jetzt hol mir die Möhren.«

Hilda stand reglos da. »Mutter ...?«

Aber nichts geschah.

Hilda blickte der Wahrheit ins Gesicht. Sie sah ihre Mutter noch einmal an, dann stürmte sie hinaus.

Wolken verdeckten die vorhin noch ungetrübt strahlende Sonne, man konnte den anstehenden Regen bereits in der Luft riechen. Hilflos sah Hilda sich nach allen Richtungen um. Vor dem Haus lag ihr kleiner Garten, und dahinter schlossen sich die Ackerstreifen der einzelnen Bauern an. Festgetretene Pfade führten zwischen den einzelnen Häusern hindurch. Hilda schlug den Weg ein, den sie nach all den Jahren viel zu gut kannte. Sie wollte zu Aldfrith und ihm alles erzählen. Er durfte sie nicht im Stich lassen, er musste sicherstellen, dass ihr Kind versorgt war. Wenigstens er musste Mitgefühl zeigen. Offa hatte ihm sein Land anvertraut, um es in seiner Abwesenheit zu verwalten, und das hatte seinen Wohlstand noch vergrößert. Jetzt war es an der Zeit, dass er etwas davon abgab.

Sie war noch nicht weit gekommen, als sie aufgeregte Stimmen hörte. Sie kamen aus südlicher Richtung, als rollten sie wie die Sommergewitter über die Hügel ins Dorf. In den letzten Wochen war es ruhig gewesen. Wenn so viele Männer fort im Kampf waren und alle um das Wohlergehen ihrer Liebsten bangten, war die Stimmung gedrückt. Jetzt aber hörte Hilda Freudenrufe, aber auch Wehklagen – ein Wirrwarr an Gefühlen war aus den Stimmen herauszuhören. Hilda ahnte, was dies zu bedeuten hatte. Sofort begann ihr Herz zu rasen.

Sie änderte die Richtung und hielt direkt auf die Kirche zu, vor der sie eine Menschenansammlung fand. Alle redeten durcheinander. Hilda entdeckte Männer unter ihnen, die sie kannte, die ihr aber jetzt, mit all dem Dreck und Blut, fremd erschienen. Es waren Männer, die Offa in die Schlacht gegen den König der Westsachsen gefolgt waren.

Die Luft entwich ihr mit einem Keuchen. Er war zurückgekehrt! Er war zurückgekommen, um sie zu retten! Wo war sein Pferd? Der wunderschöne Rappe? Wo war Offa mit seinem hohen schlanken Wuchs und dem goldenen, im Nacken zusammengebundenen Haar? Wo war er, mit seinem stechenden Blick aus den blauen Augen, die aus einem scharf gezeichneten Gesicht blickten und denen nichts entging? Sie erkannte ihn für gewöhnlich unter Dutzenden von Männern. Aber heute fand sie ihn nicht einmal in diesem kleinen Häufchen Elend, das zurückgekehrt war.

Manche Männer saßen oder lagen auf dem Karren, der vor der Kirche abgestellt worden war, andere wurden von Kameraden gestützt, und nur wenige schienen noch über einen Rest Kraft zu verfügen, um sich aufrecht halten zu können.

»Oswiu!«, erklang plötzlich eine schrille Stimme, und im nächsten Moment rannte die schwangere Seaxburh mit einem

Säugling auf dem Arm und einem weiteren Kind an der Hand an Hilda vorbei mitten in die Menge.

Der Schmied, der darauf bestanden hatte, Offa in den Kampf zu folgen, löste sich von den anderen und breitete die Arme aus. Der Ärmel seiner Tunika war abgerissen, die um die Waden gewundenen Bänder hatten sich an einem Bein gelöst, was die weiten Hosen flattern ließ, sein langes Haar verband sich auf der Brust mit dem Bart, und eine dicke blutige Kruste verlief über seine Stirn. Er sah schrecklich aus – wenn auch noch mit am besten, wenn man den Rest der zurückgekehrten Gruppe betrachtete. Eine solche Erleichterung und Liebe stand in seinem Gesicht, als er seine Familie in die Arme schloss, dass Hilda die Galle hochstieg. Das passierte ihr öfter, seit sie wusste, dass sie ein Kind trug, aber in diesem Moment hatte ihre Übelkeit nichts mit der Schwangerschaft zu tun. Es war das Glück, das stets andere fand, nur nicht sie. Nun, auch andere fühlten sich elend, versuchte sie sich zu erinnern, und ließ ihren Blick über den Platz schweifen.

Nicht alle waren zurückgekehrt. Hilda erkannte sofort, dass sich hier weniger Männer aufhielten, als aufgebrochen waren. Frauen fragten die Heimgekehrten nach ihren Ehemännern und Söhnen, und so manche brach auf ein Kopfschütteln hin in Wehklagen aus.

Und erst jetzt schlich sich der schlimmste aller Gedanken in Hildas Kopf. Auch Offa war nicht zurückgekehrt. Sie hatte es vorhin noch zu ihrer Mutter gesagt: Er könnte längst tot sein. Er war im Kampf gefallen!

Ein Zittern überfiel ihren Körper. Dabei dürfte Offas Tod für sie gar keinen Unterschied machen. In den letzten Jahren war er kaum hier gewesen, stattdessen war er für den König durch ganz Mercia und darüber hinaus gereist, hatte gekämpft und sich einen Namen gemacht. Hilda hingegen war immer hier gewesen. Für sie war das Leben aus der Arbeit auf den

Feldern, bei den Tieren und im Haus und mit den vereinzelten schrecklichen Momenten mit Aldfrith weitergegangen. Selbst wenn Offa ins Dorf gekommen war, hatte er ihr lediglich ein höfliches Lächeln geschenkt. Als wäre sie für ihn nichts als eine ferne Erinnerung an einen jugendlichen Kuss.

Und trotz allem hatte sie immer weiter gehofft. Die Hoffnung hatte sie bei Verstand und bei Kräften gehalten. Eines Tages würde er sie sehen. Eines Tages würde er sein Herz für sie öffnen und all ihren Schmerz beenden. Er durfte nicht tot sein, denn das brachte auch ihre Hoffnung um.

»… Offa«, hörte sie wie aus weiter Ferne durch das Rauschen ihrer rasenden Gedanken. Sie wusste nicht, ob jemand nach ihm gefragt hatte oder ob einer der Zurückgekehrten von ihm berichtete, denn sie hatte nicht zugehört.

Mit wild schlagendem Herzen blickte sie zu Oswiu, der sich lautstark an die Umstehenden wandte. »König Æthelbald hat eine Niederlage erlitten. Die Westsachsen haben unser Heer geschlagen und unseren König zur Flucht gezwungen. Aber unser Herr … Aldermann Offa von Averdun … er ging aus diesem Tag als Held hervor!« Er breitete die Arme aus, und plötzlich wirkte er nicht mehr abgerissen und erschöpft, sondern voller Kraft und Stolz. »Als alles verloren war, stellte er sich dem Feind entgegen. Er rannte nicht davon, sondern hielt den Fluss mit nur wenigen Männern. Und obwohl er selbst dabei verletzt wurde, rettete er damit nicht nur das Leben unseres Königs, sondern auch das vieler Männer Mercias! Er kämpfte so verbissen, dass das gewaltige Heer des Feindes zurück nach Wessex rannte! Wir Männer Averduns dürfen stolz sein, an seiner Seite gestanden zu haben.«

Beeindrucktes Stimmengewirr erklang, und als noch mehr Menschen von den angrenzenden Feldern kamen, wurde die Geschichte immer und immer wieder weitererzählt. Offa war ein Held. Ihr Held. Aber warum war er dann nicht mit seinen

Männern zurückgekommen? Oswiu hatte gesagt, er sei verletzt! Etwa schwer? Ging es ihm gut? Hilda überlegte, ob sie es wagen sollte, die Frage zu stellen, aber in diesem Augenblick sah sie ihren Vater näher kommen. Er würde ihr Interesse an Offa bestimmt nicht gutheißen. Umso froher war sie, als plötzlich Aldfrith zu der Gruppe trat und sich nach dem Herrn von Averdun erkundigte.

»Er ist weitergezogen, zum König nach Tamouuorthig. Uns hat er nach Hause geschickt. Ich bin sicher, der König wird ihn großzügig belohnen. Offa hat auch uns für unseren Beistand im Fluss eine Belohnung versprochen. Er sagte, er wird den Familien, die einen Angehörigen verloren haben, die Abgaben zu Michaelis erlassen. Und uns anderen, die wir überlebt haben, erlässt er die Hälfte.« Bei diesen Worten sah er Aldfrith an, der als Reeve für die Abgaben zuständig war.

»Der Herr segne Aldermann Offa!«, erklang eine schluchzende Frauenstimme.

Andere wiederholten ihre Worte, und Hilda sah Menschen sich bekreuzigen. Auch der Dorfpfarrer war aus der Kirche gekommen und reckte die Arme dankend gen Himmel. Erleichterung und Frohsinn breiteten sich aus, von allen Seiten hörte Hilda Stimmen, die Offa priesen. Sie fragte sich, wie anders ihr Leben verlaufen wäre, wäre sie als Junge geboren worden. Dann wäre auch sie in der Lage gewesen, ihren Weg mit Tapferkeit und Kampfgeschick zu lenken, sie könnte ihrer Familie Ruhm, Ehre und Reichtum bringen, nicht nur Schande und Verluste. Natürlich hätte dann auch sie zu jenen gehören können, die nicht mehr aus der Schlacht zurückkehrten, aber zumindest ihre Familie wäre dann versorgt gewesen. Eine Ernte, ohne einen Anteil abgeben zu müssen, war ein großzügiges Geschenk, vor allem, da die freien Männer verpflichtet waren, ihren Herrn im Kampf zu unterstützen. Offa musste ihnen dafür nichts abgeben. Umso deutlicher zeigte diese

Geste seine Wertschätzung für die Tapferkeit und Treue in der Schlacht.

Ihr Blick fiel zu Aldfrith hinüber. Auch er sah sie an. Wie immer schien er genau zu wissen, was sie dachte – oder besser gesagt, an wen. Das beklemmende Gefühl in ihrem Inneren verstärkte sich. Die Worte ihrer Mutter hallten durch ihren Kopf, und sie dachte daran, wie ihr Vater sie später empfangen würde. Vielleicht schlug er sie so fest, dass sie ihr Kind verlor! Schreck und Hoffnung befielen sie gleichermaßen. Aber als Aldfrith seinen Blick von ihr nahm und sich daranmachte, den Verletzten zu helfen, kam auch Hilda aus ihrer Starre. Auch sie machte sich an die Arbeit, holte Wasser und half den Familien, die Verwundeten in ihre Häuser zu bringen und ihnen das Blut abzuwaschen.

Sie kam gerade aus der Hütte von Eardulf, dessen Felder an die ihres Vaters angrenzten, und kippte einen Eimer blutiges Wasser in die Wiese, als ein Schatten auf sie fiel.

»Dank dir«, erklang eine vertraute Stimme. Es war der Schmied Oswiu. Hilda überfiel eine sonderbare Wehmut. Zögernd sah sie zu ihm auf. Er war nicht der am besten aussehende Mann im Dorf, aber er war fleißig, er hatte ein nützliches Handwerk erlernt und die Arbeit seines Vaters übernommen, der vor zwei Jahren an einer nicht verheilenden Brandverletzung gestorben war. Er konnte seine Familie ernähren, und er hatte gütige Augen. Er war kein Offa, aber sie hätte sich mit ihm abfinden können.

»Eardulf hat eine tiefe Verletzung an der Brust. Ich bete, dass die Wunde gut verheilt.« Sie wischte sich mit dem Unterarm die auf ihrem schweißnassen Gesicht klebenden Strähnen fort. »Geht es dir denn gut? Wurdest du verwundet?«

Oswiu schüttelte den Kopf. »Der Herr hielt eine schützende Hand über mich. Anderen ließ er diesen Segen leider nicht zuteilwerden. Ich bete, dass er auch meine Frau schützt.«

»Seaxburh erwartet wieder ein Kind.« Es war keine Frage. Sie wusste es ja längst, die Leute im Dorf redeten.

Oswiu sah sie nachdenklich an. »Und du? Du bist noch nicht verheiratet?«

»Nein.« Sie klang hart und abweisend. Röte stieg in ihren Wangen auf, als sie daran dachte, dass sie mit dreiundzwanzig Jahren noch immer keinen Ehemann gefunden hatte. Mittlerweile hatte sie aber auch keine Hoffnung mehr, dass sich daran je etwas ändern würde.

»Nun, deine Eltern sind bestimmt froh, dich zu Hause zu haben«, sagte er aufmunternd, nickte ihr zu und ging dann an ihr vorbei in Eardulfs Hütte.

Hilda kämpfte gegen das Gefühl der Wut in ihrem Bauch. Niemand war über ihre Situation froh, weder ihre Eltern noch sie selbst. Am liebsten hätte sie laut geschrien, so aufgebracht war sie.

Um Ruhe bemüht sah sie in die Richtung, in der Aldfriths Haus lag. Schon zuvor hatte sie ihn eigentlich aufsuchen wollen. Sie überlegte nicht lange und machte sich auf den Weg zu ihm. Er war jetzt der Einzige, der alles noch in eine erträgliche Richtung lenken konnte. Er musste ihr helfen.

Aldfrith war zu Hause. Sie hörte ihn mit seinem Knecht schimpfen, der das frisch geschlagene Feuerholz draußen hatte liegen lassen, wo es vom Regen durchnässt worden war. Als Hilda die Tür erreichte, kam der Knecht ihr schon mit roten Ohren entgegen und machte sich schnell an die Arbeit.

Hilda trat ein, ohne zu klopfen, sie war zu aufgewühlt für Höflichkeiten. Fast erwartete sie schon, Aldfrith in den Armen einer Magd zu sehen, aber er fing nichts mit dem Gesinde an, das betonte er stets. Vielleicht war die Witwe Osthryth hier, die durch Aldfrith ebenso einen Weg gefunden hatte, sich etwas dazuzuverdienen. Aber Hilda fand ihn allein vor. Er stand über eine Truhe gebeugt, in der edelste Stoffe zusammengefaltet lagen, und legte einen silbernen Armreif hinein.

»Was willst du?« Er richtete sich auf, und Hilda schloss die Tür hinter sich. »Ich habe dich nicht gerufen.«

»Ich möchte mit Euch sprechen.«

»Dann rede.«

Er schloss die Truhe, ging zum Tisch und schenkte sich Wein in einen edlen Kupferpokal ein. Den zweiten Becher ließ er ungefüllt – ein deutliches Zeichen, dass er nicht vorhatte, sie lange bleiben zu lassen. Ein Lichtstrahl fiel durchs Fenster auf sein faltiges, eingefallenes Gesicht mit den herabhängenden Hautlappen an den Wangen. Wie so oft fragte Hilda sich, wie sie es schaffte, nicht vor Ekel zu sterben. Jetzt trug sie sein Kind in sich, und allein von dem Gedanken musste sie sich beinahe wieder übergeben.

Aldfrith sah sie ungeduldig an und trank.

Hilda versuchte, sich genauso wie vorhin bei ihrer Mutter die richtigen Worte zurechtzulegen, aber erneut gab es keine bessere Möglichkeit, als die reine Wahrheit auszusprechen.

»Ich erwarte ein Kind.«

Er blickte ihr ausdruckslos entgegen. »Richte dem Vater meine Glückwünsche aus. Ich nehme an, das bedeutet, dass du mich so bald nicht mehr besuchen kommst?«

Hilda starrte ihn nur an. Sie wusste nicht, wovon er redete. Schließlich atmete sie tief ein, zupfte an ihrem Kopftuch herum und schob lose Strähnen zurück. »Dem … dem Vater? Aber Ihr seid doch …«

»Hilda, erwarte nicht von mir zu glauben, ich wäre der Einzige, dem du deinen Körper verkaufst. Du bist eine Hure, und Huren bekommen Kinder. Das war abzusehen, und ich verstehe, dass du für das Balg mehr Geld brauchst, aber das wirst du nicht bei mir finden.«

»Aber Ihr seid der Vater! Ich habe nie …«

»Viele Familien trauern heute, falls du es nicht mitbekommen hast, und Oswiu hat irgendetwas von Abgabenerlässen erzählt. Was bedeutet, dass ich allerlei Berechnungen aufzustellen habe. Ich habe keine Zeit für dich, und ich bezweifle, dass es den anderen Leuten im Dorf an einem Tag wie diesem anders geht. Verschwinde, und komm ja nie wieder mit irgendwelchen Forderungen an mich.«

»Ich wollte doch nicht …«

Aldfrith machte einen bedrohlichen Schritt auf sie zu. »Bist du nicht nur taub, sondern auch noch dumm? Ich sagte, verschwinde! Und wag es ja nicht, irgendjemandem dieselbe Lügengeschichte aufzutischen. Ich bin nicht der Vater deines Bastards!« Ein gemeines Lächeln verzog die dünnen Lippen. »Nicht dass dir irgendjemand glauben würde. Aber wir brauchen keinen Unfrieden in unserem Dorf. Halt den Mund, bring deinen Bastard zur Welt, und wenn ich in gnädiger Stimmung bin, nehme ich dich danach vielleicht zurück. Bis dahin lass dich hier nicht mehr blicken.«

Hilda konnte nicht reagieren. Ihre Gedanken rasten, und eine schier unerträgliche Hitze breitete sich in ihr aus. Ihr Atem beschleunigte sich, in ihrem Kopf pochte es, und ihre Ohren rauschten. Das konnte nicht wahr sein. Nein, es *durfte* nicht wahr sein! Aldfrith musste ihr helfen! Er hatte sich jahrelang zu ihr gelegt, und nun wollte er sich vor seiner Verantwortung drücken? Wie sollte sie überleben ohne sein Geld? Ihr Vater wusste vermutlich inzwischen auch schon von der Schwangerschaft und setzte sie bestimmt vor die Tür. Ihre Mutter hatte es ja selbst gesagt: Sie waren nicht in der Lage, ein weiteres hungriges Maul zu füttern. Noch nicht einmal in die Leibeigenschaft verkaufen konnte er sie jetzt. Niemand wollte Geld ausgeben für eine schwangere Frau, die weniger Leistung erbrachte und bei der Geburt vielleicht starb. Das war weggeschmissenes Geld, sagten die Leute.

Aber was blieb ihr dann noch, wenn selbst ihre schlimmste Vorstellung, unfrei zu werden, zu gut für sie war? Wohin sollte sie gehen? Womit überleben?

»Ihr müsst mir helfen!«, rief sie und spürte Tränen in ihren Augen aufsteigen. Ihre Sicht verschleierte sich, und sie rang nach Luft. »Ihr seid der Vater! Ihr seid der Reeve des Dorfes, Ihr habt eine Verantwortung. Ihr könnt mich doch nicht einfach so im Stich lassen! Ihr habt doch alles! Offa hat Euch alles gegeben, und jetzt wollt Ihr mich abweisen? Ich bin keine Hure, und auch nicht Eure Leibeigene! Ich bin die Tochter eines freien Mannes! Ihr dürft mich nicht so behandeln, es gibt Gesetze! Ihr seid der Vater!«

Aldfrith schoss auf sie zu, und bevor sie reagieren konnte, lagen seine Hände um ihren Hals und drückten zu.

»Zügle deine falsche Zunge, Hure, oder es waren deine letzten Worte. Es ist mir egal, ob ich der Vater des Balgs bin oder nicht, das sage ich zum letzten Mal.«

Er beugte sich über sie, seine grauen Augen starrten in ihre. Hilda spürte ihre Beine schwach werden. Immer noch drückte er ihre Kehle zu. Panik stieg in ihr hoch. Ein schmerzhafter Druck baute sich in ihrem Kopf auf, auch ihre Brust wurde immer enger. Sie tastete um sich, suchte nach irgendetwas, womit sie sich befreien konnte, griff nach dem Wandbord in ihrem Rücken … und plötzlich schlossen sich ihre Finger um einen Krug. Ohne zu überlegen, riss sie ihn an sich und schmetterte ihn mit aller Kraft gegen Aldfriths Kopf.

Aldfriths schmerzhafter Griff löste sich. Er taumelte zurück und brach schließlich zusammen.

Hilda röchelte, krümmte sich, rang gierig nach Atem, den tränenverschwommenen Blick auf den reglosen Aldfrith gerichtet. Plötzlich hatte sie ihr Speisemesser in der Hand. Sie starrte auf den alten, grauen Mann, der so oft schwitzend und stöhnend auf ihr gelegen hatte.

Ihr Körper handelte wie von selbst.

Aldfrith bewegte sich, seine Hand fuhr fahrig durchs Bodenstroh, er hob sie an seinen Kopf, ein Fluch entrang sich ihm. Hilda kniete neben ihm nieder, legte ihm die Hand auf die Schulter, fast schon zärtlich. Und dann stieß sie zu.

Sie jagte ihm die Klinge in die Brust, direkt dorthin, wo sie das Herz vermutete, und blickte ihm dabei ins Gesicht. Er riss die Augen auf, sah sie an, voller Staunen und Entsetzen. Hilda drehte mit fast übermenschlicher Kraft, von der sie nicht wusste, woher sie kam, das Heft und zog die Klinge zurück.

»Ich bin keine Hure«, stieß sie aus und spuckte ihm ins Gesicht.

Aber Aldfrith reagierte nicht mehr. Er starrte sie nur reglos an.

Zitternd stand sie auf und blickte auf ihn hinab. Sie sah zu, wie er seine letzten Atemzüge tat, wie sein Blick brach. Und ein unbeschreiblich befriedigendes Gefühl machte sich in ihr breit. War es das, was die Männer im Kampf spürten? Gab es deshalb einen Krieg nach dem anderen, weil es sich so berauschend anfühlte, ein Leben auszulöschen? Als wäre etwas Göttliches durch sie hindurchgefahren.

Gleichzeitig brach aber auch etwas in ihr.

Sie hatte immer versucht, ein anständiger Mensch zu sein, und hatte dafür nur Leid erfahren. Sie war immer tiefer und tiefer gefallen und hatte es nicht verhindern können. Jetzt war sie unten angekommen. Schlimmer konnte es nicht mehr werden.

Ihr Blick fiel zu der Truhe, in die Aldfrith vorhin den silbernen Armreif gelegt hatte. Sie sah noch einmal auf den Toten hinab, und dann wieder zur Truhe.

So hatte sie nicht enden wollen. Aber jetzt hatte sie keine andere Wahl mehr. Sie musste ihr Herz verschließen, wenn sie überleben wollte.

Sie ging zur Truhe, und ohne noch länger zu zögern, nahm sie den Silberreif heraus, fand noch einige Münzen und einen Ring und verstaute alles im Beutel an ihrem Gürtel.

Dann verließ sie die Hütte. Ihr Weg führte sie nicht mehr zurück ins Dorf. Dieses Leben lag hinter ihr. Jetzt musste sie neu beginnen.

KAPITEL 9

5 Jahre später

Grenzgebiet Mercia/Powys, Herbst 757

Das Reh ist entkommen«, brummte Cynewulf, der neu ernannte König der Westsachsen, und deutete ins Dickicht des Waldes. Das Tier war über eine Wiesenebene, durch einen Buchenhain und schließlich in diesen dichten Forst geflüchtet. Auf den ersten Blick war es nicht mehr zu sehen, aber Offa erkannte bei genauerem Hinsehen das rotbraune Fell inmitten der Farne. Das Reh war am Ende seiner Kräfte, es war zu Tode erschöpft, glaubte sich aber ob der großen Entfernung wohl in Sicherheit und blieb stehen.

»Lasst uns umkehren.«

Cynewulf sah Offa ungeduldig an, aber der lächelte nur und gab seinem Krieger Eadric ein Zeichen.

»Mein Schütze sieht kaum die Hand vor Augen, aber in die Ferne blickt er weiter als jeder andere Mann, den ich kenne. Wenn er will, trifft er das Reh zwischen den Augen.«

»Nun, das möge er vorführen. Ich lasse mich gerne beeindrucken.« Cynewulf verschränkte die schmächtigen Arme vor der Brust und sah in die Runde seines Gefolges.

Er hatte ein Dutzend Krieger mit auf die Jagd gebracht, als fürchte er einen Hinterhalt. Das war wohl verständlich, bedachte man, dass er sich hier in einem Königreich befand, das gegen das seinige lange Krieg geführt hatte. Cynewulf trug die Krone von Wessex noch nicht lange. König Cuthred war letztes Jahr gestorben, und in der Folge hatte sich Unruhe in Wessex ausgebreitet – ein Zustand, der König Æthelbald zum Vorteil gereicht hatte nach der verlustreichen Niederlage bei Beorgford vor fünf Jahren. Mercias Oberherrschaft war mit Cuthreds Tod endlich wiederhergestellt worden. Denn Cynewulf war eher darauf bedacht, seine Grenzen gegen die Waliser zu schützen, als gegen Angelsachsen zu kämpfen. Er war zu Æthelbald nach Mercia gekommen, um ihm als Oberkönig zu huldigen, Urkunden zu bezeugen – und schließlich auch, um den Wall zu sehen, der vor langer Zeit errichtet worden war, um die Waliser aus angelsächsischem Land fernzuhalten.

König Æthelbald hielt von dieser Art der Verteidigung gegen die Britannier wenig. Anders als Offa, der in dem Wall die Möglichkeit sah, Raubzüge zu verhindern. Mit einer Herde Vieh und Karren voller gestohlenem Getreide war er kaum zu überwinden. Mehrmals hatte Offa versucht, den König davon zu überzeugen, den Wall bei Oswaldestroe zu verlängern, ihn weiter auszubauen und damit die gesamte Länge der Grenze zu schützen. Aber Æthelbald betonte stets, dass solch ein Unterfangen unmöglich wäre, nicht zuletzt, da auch sein Oberbefehlshaber Beornred den Einfall »hirnrissig« nannte. Offa war nichts anderes übrig geblieben, als dem neu ernannten Westsachsenkönig von dem Wall zu erzählen, damit vielleicht dieser einen Teil der Grenze befestigte. Ein Schritt nach dem anderen, und ihre Dörfer wären sicher.

So sollte Offa dem König Cynewulf nun die Gegend rund um Oswaldestroe zeigen und ihn auf der Jagd unterhalten, ehe er zurück in sein eigenes Reich ging. Dabei hatte Offa nur Eadric, Wulfhere und Leofric bei sich. Die drei Krieger und er hatten schon unzählige Kämpfe miteinander bestritten, und

Offa vertraute ihnen wie niemandem sonst – selbst dem griesgrämigen Wulfhere, der sich auch jetzt wieder umsah, als vermutete er hinter jedem Baum einen Hinterhalt. Auch Eadric stand stets an Offas Seite; den Tod seines Bruders hatte er nie wieder erwähnt. Und Leofric war nach wie vor einfach nur der lebensfrohe Leofric. Offa war eine solch kleine eingeschworene Truppe lieber als ein Heer von Fremden, und er war dankbar, dass er die drei an seiner Seite hatte. Besonders jetzt, da er vor König Cynewulf mit Eadrics Fähigkeiten angeben konnte.

Eadric legte den Pfeil an und kniff die Augen ein wenig zusammen. Er führte einen kleinen, aber starken Bogen. Offa bemerkte, dass die Männer aus Cynewulfs Gefolge flüsternd Wetten abschlossen, ob der mercische Krieger das Reh treffen würde. Fast hätte er gelacht und jene, die gegen Eadric setzten, vor einer solch unklugen Entscheidung gewarnt. Offa hatte Eadric schon kleinere Ziele in größerer Entfernung treffen sehen.

Und tatsächlich stak auch jetzt das gefiederte Ende des Pfeils aus dem Kopf des zusammenbrechenden Wildtiers.

Jubel und Flüche erklangen gleichermaßen, Münzen wurden ausgetauscht, und Cynewulf blickte verschnupft durch die Runde.

»Recht ordentlich«, murmelte er und nickte Eadric zu, der ungerührt die Flachssehne aushängte und den Bogen in den Beutel zu den Pfeilen an seiner Hüfte steckte.

»Und wo ist nun der Wall, von dem Ihr gesprochen habt?«, wollte Cynewulf mit einem Blick gen Norden wissen. »Ich will bald zurück und mir dieses Bauwerk, mit dem Ihr mir ständig in den Ohren liegt, noch ansehen. Meine Männer kümmern sich um das Reh.«

Offa bedeutete ihm, ihnen zu folgen, erleichtert, dass er zumindest die Möglichkeit hatte, Cynewulf die Vorteile des Walls vor Ort zu zeigen. »Wir sind fast da.«

Er ritt voran über einen Wildwechsel, in der Hoffnung, bald auf die Straße nach Oswaldestroe zu treffen. Aber stattdessen wurde der Wald noch dichter. Offa musste sich unter den Zweigen hinwegducken und Gestrüpp mit den Händen fortschieben, um nicht alles ins Gesicht zu bekommen. Bei der Verfolgung des Rehs waren sie vom Pfad abgewichen, und Offa betete, dass er sich in dem dichten Forst nicht verlaufen hatte. Der Wall musste nördlich von ihnen liegen, genauso die Pilgerstadt, die Offa vor nunmehr zehn Jahren eingenommen hatte. König Cynewulf hatte darauf bestanden, ausgerechnet diesem Reh zu folgen, und nun wusste Offa nicht mehr, wo sie waren. Er blickte in die ineinandergewachsenen Baumkronen empor, um herauszufinden, ob sie irgendwo lichter wurden, aber alles um ihn herum sah gleich aus. Cynewulfs Männer hinter ihm fluchten, was kaum den Lärm übertönte, den ihre Truppe bei ihrem Kampf gegen das Dickicht verursachte. Wo zur Hölle waren sie? Verfluchtes Reh und verfluchter Cynewulf!

»Da vorne.« Eadric an seiner Seite streckte die Hand aus.

Offa kniff die Augen zusammen, um im goldenen Zwielicht des Waldes besser sehen zu können. Und tatsächlich: Er sah eine kleine, einsame Hütte, bestrahlt von einzelnen Sonnenstrahlen, die sich ihren Weg durchs Geäst bahnten. Und als er sich weiter umsah, sah er parallel zu seiner Gruppe auch einen Trampelpfad, der genau dorthin führte.

Er trieb seinen Rappen durchs Gestrüpp auf den Weg und hielt auf die Hütte zu. Vielleicht gehörte sie einem Schweinehirten oder Torfstecher. Aber als er näher kam, erkannte er, dass sie halb verfallen und somit wohl verlassen war. Das Dach war einmal mit Moos gedeckt gewesen, aber davon war nicht mehr viel übrig, fast überall blickten die nackten Holzbalken heraus. Auch eine Wandseite war eingestürzt. Doch Offa hörte plötzlich ein Geräusch aus dem Inneren, ein Poltern, als bewegte sich etwas zwischen den Trümmern.

»Ich nehme an, das wird nicht noch ein Reh sein«, bemerkte Cynewulf trocken und griff nach dem Heft seines Schwertes.

Offa aber glaubte nicht, dass ihnen Gefahr drohte. Was auch immer sich dort drin befand, war wohl kaum etwas, das es mit einem guten Dutzend Kriegern aufnehmen konnte.

»Ein Fuchs vielleicht«, sagte er.

In diesem Moment schoss plötzlich eine Gestalt in einem Umhang aus der Hütte. Offa erkannte aus der Ferne nur langes helles Haar, es schien ihm eine Frau zu sein, dann verschwand sie auch schon hinter der Hütte.

»Was zur Hölle …?«, fragte Leofric.

Im nächsten Moment tauchte die Gestalt aber schon wieder auf, diesmal auf dem Rücken eines Pferdes, auf dem sie den Pfad entlangpreschte und sich schnell entfernte.

»Hinterher!«, rief Cynewulf sofort, und seine Männer trieben ihre Pferde vorwärts.

»Nein!« Offa stellte seinen Rappen quer und versperrte ihnen so den Weg auf dem schmalen Pfad. Wütend sah er Cynewulf in die Augen. »Wir verfolgen keine wehrlose Frau! Wollt Ihr eine Hetzjagd auf sie veranstalten, als wäre auch sie ein Reh, das Ihr zu erschießen wünscht?«

Cynewulf öffnete den Mund, zweifelsohne bereit zu einem Wutausbruch. Aber dann blickte er an ihm vorbei und verengte die Augen. Offa drehte sich um und sah ebenfalls zur Hütte, aus der unvermittelt ein Mann trat.

Offa verschlug es die Sprache. Selbst nach so vielen Jahren wusste er sofort, wer vor ihm stand. Mitten im Wald, vor einer halb verfallenen Hütte, sahen sie sich wieder – eine völlig willkürliche Fügung des Schicksals. Er musste sich täuschen.

Der Waliser blickte ihn an und schien genauso verdutzt. Er hatte sich verändert, ja, aber im Grunde war er immer noch derselbe. Aus dem schmächtigen achtzehnjährigen Bürschchen war in den letzten zehn Jahren ein Mann geworden, der immer noch schlank, fast ausgemergelt war und dessen dunkle Augen aus einem gebräunten Gesicht blickten, dessen Züge durch das abgeschorene Haar noch schärfer wirkten.

»Gwil?«

Der Waliser lächelte, und nun verflogen die letzten Zweifel an seiner Identität. »Fürst Brochfael«, erwiderte er und verneigte sich mit ausgebreiteten Armen, eine fast schon spöttische Geste.

Offa sah ihn nur staunend an. Er hatte gehört, dass Fürst Elisedd vor zwei Jahren gestorben und sein Sohn Brochfael Fürst des walisischen Königreichs Powys geworden war. Aber Offa war so damit beschäftigt gewesen, die Konflikte mit Wessex zu lösen und König Æthelbald nach der Niederlage in Beorgford dabei zu unterstützen, die Vorherrschaft Mercias zurückzuerlangen, dass die Waliser in den Hintergrund geraten waren. Es war ruhig um Powys geworden, und Offa fragte sich, was einen Fürsten so ganz allein hierher über die Grenze brachte. Oder waren Offa und seine Begleiter bereits auf walisischer Seite? Hatte er sich tatsächlich so weit verlaufen?

»Da hol mich doch der Teufel«, stieß Leofric an seiner Seite aus und lachte laut auf. »Da läuft uns doch tatsächlich der kleine Waliser einfach so über den Weg.«

»Fürst?«, wollte König Cynewulf wissen. Etwas Sonderbares trat in seine Augen, etwas Gieriges, was Offa Unbehagen bereitete.

Er beschloss, den König erst einmal zu ignorieren, und schwang sich aus dem Sattel. Wachsam und ungläubig ging er auf den Waliser zu. Zehn Jahre waren vergangen, aber Offa schien es, als wäre es erst gestern gewesen, dass sie zusammen in der Steinkirche vor Oswaldestroe eingesperrt gewesen waren.

»Was macht Ihr hier draußen?«

Offa warf einen Blick auf den heruntergekommenen Bretterhaufen und erinnerte sich an die Frau, die davongeritten war. Beinahe entkam ihm ein Lachen. Jetzt konnte er sich vorstellen, was der Fürst hier ganz allein trieb.

»Ihr seid in *meinem* Land, Aldermann Offa«, sagte der Waliser, auf jedes Wort bedacht. Vielleicht weil es eine für ihn fremde Sprache war, auch wenn er sie nach wie vor gut beherrschte.

Er wirkte allerdings auch ein wenig nervös und warf immer wieder Blicke zurück, in die Richtung, in die die Frau verschwunden war. Vielleicht hatte er König Cynewulfs Ruf gehört, sie zu verfolgen.

»Eigentlich sollte ich *Euch* fragen, was Ihr hier verloren habt. Mit einer Kriegstruppe.«

Brochfael blickte an ihm vorbei in Cynewulfs Richtung, dessen Männer unruhig ins umliegende Gestrüpp spähten, als erwarteten sie einen walisischen Überfall.

Offa wusste, in welche Richtung dieses überraschende Zusammentreffen laufen konnte, und er wollte jegliches Blutvergießen vermeiden. »Es war nicht meine Absicht, in Euer Land einzudringen, Fürst. Um ehrlich zu sein, habe ich mich bei der Verfolgung eines Rehs verlaufen. Wir wollen nach Oswaldestroe.«

»Nach Caer Ogyrfan«, korrigierte Brochfael ihn mit dem walisischen Namen der Stadt. »Auch wir verbinden alte Legenden mit diesem Ort, auch für uns ist er heilig. Und zwar schon sehr viel länger als seit Oswalds Dahinscheiden. Ihr mögt die Stadt von uns genommen haben, Offa, aber sie gehört immer noch genauso uns.«

Offa ging nicht darauf ein. Einen Disput über die Herrschaft Oswaldestroes konnte jetzt niemand gebrauchen, schon gar nicht im Beisein des Königs Cynewulf. »Liegt die Stadt nahe?«

»Geht nach Osten, dann kommt Ihr zur Straße.«

Sie waren weiter vom Weg abgekommen, als Offa angenommen hatte. Wenn die Straße östlich von ihnen lag, dann mussten sie sich tatsächlich auf walisischem Land befinden.

»Ein Fürst reist nie allein«, ließ sich unvermittelt Cynewulf vernehmen, der sein Pferd näher trieb und sich weiterhin misstrauisch umsah. »Ihr wart wohl kaum allein mit Eurer Hure hier. Wo ist der Rest Eures Gefolges? Eure Krieger sind bestimmt nicht weit.«

»König Cynewulf«, mahnte Offa. Aus den Augenwinkeln bemerkte er, wie Brochfaels Hand näher zu seinem Schwert glitt.

Cynewulf sah ihn nur ungeduldig an. »Die Hure ist bestimmt zu seinen Kriegern geritten. Ihr hättet uns nicht aufhalten dürfen, Aldermann, wir hätten sie einfangen müssen. Zweifelsohne kehrt sie mit einer Kriegstruppe zurück. Wir wissen nicht, wie viele es sind. Ich sage, wir greifen uns den Fürsten, solange wir noch können. Solch eine Gelegenheit ergibt sich nie wieder! Er ist der Fürst von Powys, in Gottes Namen!«

»Richtig. Er ist der Fürst, und wir sind in *seinem* Land. Wenn Ihr ihm etwas zuleide tut, dann hilft Euch auch kein Wall. Die Waliser werden Rache üben. Nicht nur Powys, auch alle anderen walisischen Königreiche werden sich ob dieser unehrenhaften Tat gegen uns vereinen.«

Cynewulf schüttelte nur den Kopf und gab seinen Männern ein Zeichen. »Ergreift den Waliser und tötet jeden, der sich euch in den Weg stellt.«

Offa riss sein Schwert aus der Scheide, und seine Männer taten es ihm gleich. Sie standen zehn Westsachsen gegenüber – drei von Cynewulfs Männern waren beim Reh geblieben und wollten es direkt nach Oswaldestroe bringen – und waren selbst nur vier Mercier und ein Waliser.

Eadric legte seinen Bogen an und zielte damit genau auf Cynewulf.

»Soll ich ihn erschießen, Herr?«, knurrte der Krieger, und seine Miene zeigte deutlich, dass er nicht zögern würde, es zu tun.

Cynewulfs Männer regten sich nicht, aus Angst, Eadric könnte seine Drohung wahrmachen, während ihr König nur verächtlich schnaubte.

»Ihr wollt einen Angelsachsen töten, um einen Waliser zu schützen? Einen *König*?!«

»Worin liegt die Ehre, einen einzelnen Mann von einer ganzen Kriegstruppe niedermachen zu lassen?«

»Ruhm und Ehre hält kein Land.«

»Nein, aber Verstand. Und davon habt Ihr nicht viel, wenn Ihr glaubt, Fürst Brochfaels Tod hätte keine Konsequenzen.«

Cynewulf riss die Augen auf. Sein ganzer Körper bebte vor Zorn. Offa wusste, er machte sich gerade einen weiteren Mann zum Feind – und das, wo Beornred immer noch keine Gelegenheit ausließ, um gegen Offa zu intrigieren. Aber er hatte nicht vor, diesen neu ernannten König sinnlos einen Mann niedermetzeln zu lassen.

»Fürst Brochfael, es wäre wohl das Beste, wenn Ihr jetzt geht.« Offa sah weiterhin Cynewulf an, der immer noch eine Pfeilspitze auf sich gerichtet sah. Und alle hier wussten, wie treffsicher Eadric war, schließlich hatte er es vorhin demonstriert. »Ihr habt mein Wort, dass wir Euer Land umgehend verlassen und auch nicht mehr zurückkommen. Geht jetzt.«

»Ihr begeht einen großen Fehler«, stieß Cynewulf hasserfüllt aus, aber Offa zuckte nur mit den Schultern.

»Ich bin bereit, mit den Konsequenzen zu leben, bezweifle aber, dass Ihr es auch seid, wenn die Waliser Rache üben.« Er warf einen Blick zurück zu Brochfael, der zwischen ihnen hin und her sah.

»Meine Frau hat sich in Euch getäuscht, Offa«, sagte der Waliser und ging zur Rückseite der Hütte, wo er sein Pferd losband. »Kommt bald zu mir nach Mathrafal. Ich bürge für Eure Sicherheit und würde mich freuen, Euch in meinem Zuhause willkommen zu heißen.«

»Eure Frau?«, fragte Offa verwirrt und blickte an Brochfael vorbei dahin, wo die goldhaarige Gestalt verschwunden war.

Warum sollte sie sich in ihm getäuscht haben? Sie kannte ihn doch gar nicht. Offa erinnerte sich, wie zärtlich Brochfael von seiner jungen Braut gesprochen hatte und wie sehr es ihn gedrängt hatte, zu ihr zurückzukehren. War es dieselbe Frau? Offa hatte nie erfahren, ob sich Brochfaels Befürchtung, seiner Familie könnte etwas zugestoßen sein, bewahrheitet hatte.

Aber Brochfael blieb ihm eine Antwort schuldig. Er hob nur flüchtig die Hand zum Gruß, stieg auf, wendete sein Pferd und folgte seiner Gemahlin.

Offa wandte sich wieder an Cynewulf, der ganz rot vor Zorn war, und überlegte, wie er die Beziehung zum König der Westsachsen noch retten konnte.

»Wollt Ihr jetzt den Wall sehen?«, fragte er so ungerührt wie möglich, während Eadric immer noch den Bogen gespannt hielt. Er erahnte die Antwort bereits.

Der König riss wie erwartet sein Pferd herum und bedeutete seinen Männern, ihm zu folgen. »Euer König wird davon erfahren!«, rief er noch und preschte davon.

Offa verkniff sich ein Seufzen. Er zweifelte nicht daran, dass Æthelbald tatsächlich sofort zu Ohren kommen würde, wie Offa den neuen König von Wessex bedroht hatte, um einen Waliser zu schützen. Genauso wenig zweifelte er daran, dass Beornred unverzüglich wieder zur Stelle sein würde, um seine Meinung dazu kundzutun. Selbst Offas Kampf im Fluss von Beorgford hatte der Befehlshaber damals als Nichtigkeit abgetan. Schließlich sei Beornred derjenige gewesen, der den König in Sicherheit und heil nach Tamouuorthig gebracht hatte. Offa habe nur versucht, seine eigene Haut zu retten, und dass es ihm gelungen war, das westsächsische Heer aufzuhalten, lag einzig und allein am Vorteil des Flusses. Damit mochte Beornred sogar ein wenig recht haben, aber zumindest König Æthelbald hatte sich als dankbar erwiesen, nicht zuletzt aufgrund Priester Herefriths Fürsprache. Auch Aldermann Heardberht stand nach wie vor zu Offa, und so hatte er in den engsten Kreisen des Königs zumindest nicht nur Gegner. Mächtige Unterstützer konnte er jetzt umso mehr gebrauchen, da er Wessex gegen sich aufgebracht hatte – ein Land, das nicht weit von seiner Heimat Averdun entfernt lag.

Sofort jagten die wildesten Gedanken durch seinen Kopf. Cynewulf könnte ihn angreifen und es wie eine Attacke der Waliser aussehen lassen. Er mochte offenen Krieg suchen. Was musste Averdun noch alles erleiden? Hatte Offa die Menschen, für die er verantwortlich war, mit seiner Tat in Gefahr gebracht?

Es hatte lange gedauert, bis Averdun sich vom Angriff der Waliser erholt hatte, und als endlich alles aufwärtsgegangen war, hatten irgendwelche Fremden seinen Reeve getötet und eine junge Frau aus dem Dorf entführt. Niemand wusste, was genau passiert war. Aldfrith war tot in seiner Hütte aufgefunden worden, eine Wunde am Kopf und eine in der Brust, und die junge Hilda hatte nie wieder jemand zu Gesicht bekommen. Dies war kurz nach der Niederlage gegen König Cuthred von Wessex in Beorgford geschehen. Averdun lag auf dem Weg vom Schlachtfeld ins Herz Mercias – wer wusste schon, wie viele geschlagene, tief verzweifelte Männer, die ihren König hatten fliehen sehen, durch Offas Heimat gekommen waren – hungrig, durstig, verletzt und sich nach einer Frau sehnend? Vielleicht hatte Hilda sich vom Dorf entfernt und war ihnen in die Arme gelaufen. Auch Aldfriths Hütte lag ein wenig außerhalb, die Männer waren vielleicht auf der Suche nach Reichtümern gewesen.

Offa wollte gar nicht mehr darüber nachdenken und betete nur, dass Averdun nicht ein weiteres schweres Schicksal traf. Heute verwaltete seine Mutter sein Land. Ihr konnte er trauen, sie war fähig. Deshalb war aus dieser vorübergehenden Notlösung Alltag geworden. Er musste sie warnen.

»Und was jetzt?«, wollte Leofric wissen, der sein Pferd an seine Seite lenkte. »Gehen wir wirklich nach Mathrafal? Zu den Walisern?«

Offa warf einen Blick zurück in den dichten Wald. Er wusste nicht, was Brochfael mit seinen Worten gemeint hatte oder was er vorhatte. Schon gar nicht, was er mit Brochfaels Gemahlin zu tun haben sollte und wieso sie über ihn sprach. Aber er war neugierig, und er wollte auf keinen Fall als feige gelten.

»Der Fürst von Powys hat mich eingeladen, und ich bin geneigt, diese Einladung anzunehmen.«

»Die meucheln Euch bei erster Gelegenheit nieder«, meinte Eadric, der Pfeil und Bogen senkte. Er blieb aber wachsam und behielt jene Richtung im Auge, in die der König Cynewulf mit seinen Männern verschwunden war. »Das ist bestimmt eine Falle. Der Waliser wollte nur davonkommen, zurück zu seinen Leuten, aber jetzt, da er außer Gefahr ist, wird er Euch gegenüber bestimmt nicht mehr so freundlich sein. Ihr habt ihn ja gehört – Ihr habt Oswaldestroe eingenommen, aber der Fürst glaubt immer noch, dass die Stadt ihm gehört.«

»Nun, was er vorhat, werden wir erst erfahren, wenn ich nach Mathrafal gehe, um es herauszufinden.« Dann würde er auch Brochfaels Gemahlin mit dem goldenen Haar kennenlernen und erfahren, warum sie über ihn sprach.

Offa war kein König – nicht einmal ein Subkönig wie sein Onkel –, nur ein einfacher Aldermann, dessen Land auch nicht an der Grenze zu Powys lag. Sollte sie tatsächlich von ihm gehört haben?

Der Gedanke gefiel ihm. Schließlich war es immer sein Wunsch gewesen, sich einen Namen als Kriegsherr zu machen.

»Wir gehen nach Hause, nach Averdun, und stellen sicher, dass Cynewulf auf seinem Weg in den Süden auf keine dummen Gedanken kommt. Und dann besuche ich die Waliser. Ihr könnt mich begleiten oder nicht, das steht euch frei, aber ich gehe.«

KAPITEL 10

In der Ferne wehten Banner. Es war ein Heer, das sich auf der Römerstraße sammelte. Eine unendlich lange Schneise an Speerspitzen, die in der Sonne funkelten und dem Verlauf der Straße folgten, so weit wie Offa blicken konnte.

Es war ein mercisches Heer, Offa kannte einige der Banner. Sie gehörten Aldermännern, die auch in der Schlacht von Beorgford an seiner Seite gekämpft hatten. Auch Aldermann Heardberhts Drache war darunter.

»Hat König Cynewulf uns den Krieg erklärt?«, mutmaßte Leofric an seiner Seite.

Eine Befürchtung, die auch schon Offa überkommen hatte. In Averdun war zwar alles beim Alten gewesen, der westsächsische König hatte also nicht sofortige Rache an Offa geübt. Aber es war durchaus möglich, dass Offas Verhalten dazu geführt hatte, dass Cynewulf Mercias Oberherrschaft nicht länger anerkannte.

»Die Straße führt nach Wessex. Es wäre gut möglich, dass sie gen Süden marschieren.«

»Oder sie wollen zu Euch nach Averdun, um Euch für die Sache mit Fürst Brochfael zu bestrafen«, scherzte Eadric und grinste spöttisch.

Offa lachte, auch wenn es eher ein nervöses Lachen war. »Ich glaube, um mich zu beseitigen, bräuchte König Æthelbald kein ganzes Heer.«

»Æthelbald ist nicht dabei«, bemerkte Wulfhere.

Tatsächlich, das Banner des Königs fehlte. Es waren nur die Banner seiner treuesten Aldermänner zu sehen.

Ein ungutes Gefühl beschlich Offa. Was wollten die Männer auf der Straße nach Süden?

»Ich denke, unseren Besuch bei den Walisern werden wir verschieben müssen.«

Er trieb sein Pferd vorwärts, und seine Krieger taten es ihm gleich. Der Abstand zum Heer verkleinerte sich. Da löste sich eine Handvoll Reiter von den anderen und kam ihnen in gemäßigtem Galopp entgegen. Offa erkannte Aldermann Heardberht mit seinem grauen, im Nacken zusammengebundenem Haar schon von Weitem. An seiner Seite ritten Sigebed, Cyneberht, Wilfrid und Eadbald, die wohl ältesten und mächtigsten Aldermänner des Landes.

Die Gruppe hielt vor ihnen an. Offa blickte in finstere Mienen.

»Aldermann Offa«, begrüßte Heardberht ihn sonderbar höflich.

Offa sah sich unter seinen Begleitern um, als könnte der alte Krieger jemand anderen damit meinen. »Aldermann Heardberht? Was geht hier vor?«

»Wir sind froh, Euch hier anzutreffen. Wir hofften, Euch in Averdun zu finden.«

Das Heer war tatsächlich auf dem Weg nach Averdun gewesen? Zu Offas Heim?

»Von dort komme ich gerade. Ich bin auf dem Weg nach Mathrafal, um einer Einladung Fürst Brochfaels zu folgen.«

Heardberhts Augen zeigten Verwirrung, die buschigen grauen Brauen zogen sich zusammen. Ihm war anzusehen, dass er zu solch einem törichten Einfall einiges zu sagen hatte, aber er schüttelte nach langen Momenten des Schweigens nur den Kopf und atmete tief ein.

»Diesen Besuch werdet Ihr verschieben müssen«, war alles, was er sagte. Kummer zeichnete sich in seinem Blick ab.

Offa wurde immer unruhiger. »Ihr kommt mit einem Heer in den Süden, Aldermann.« Es war eine Feststellung, aber gleichzeitig auch eine Frage nach dem Grund für all das.

Heardberht tauschte einen flüchtigen Blick mit den anderen Aldermännern, dann sah er Offa direkt in die Augen.

»Wir sind hier, um Euch die Nachricht vom Tode unseres guten Königs Æthelbald zu überbringen. Er wurde vor drei Tagen in Secandune von uns genommen.«

»Was?«

Die Worte wollten nicht bis zu Offas Verstand vordringen. Er war doch noch vor Kurzem beim König in Tamouuorthig gewesen, gemeinsam mit König Cynewulf aus Wessex! Æthelbald hatte sich guter Gesundheit erfreut, er war lebensfroh und überschwänglich wie immer gewesen. Der König konnte doch nicht einfach so tot sein. Hatte Cynewulf etwas damit zu tun gehabt? War alles Offas Schuld? Kamen die versammelten Aldermänner mit ihren Kriegsbanden deshalb zu ihm?

»Es war Verrat aus den eigenen Reihen«, drangen Heardberhts Worte wie aus weiter Ferne zu ihm hindurch.

Offas Fassungslosigkeit nahm zu. Nichts ergab einen Sinn.

»Aus den eigenen Reihen?«, fragte Leofric, und seine Stimme nahm einen ungewohnt dunklen Unterton an.

Es war Sigebed, ein von Narben gezeichneter weißhaariger Kriegsherr, der antwortete. Heardberht schien dazu nicht in der Lage, sein ganzer Körper wirkte starr. »Die königliche Herdwache erschlug ihn nachts in seinem Bett.«

Offa hörte seine Männer nach Luft schnappen, und er selbst bekreuzigte sich, ohne nachzudenken, auch wenn ihm oft unterstellt wurde, ein halber Heide zu sein.

»Beornred«, war alles, was er herausbrachte.

Heardberht nickte grimmig. »Er hat meinen Bruder getötet und nennt sich nun selbst König Mercias. Er behauptet, Gottes Werk zu tun, denn Æthelbald sei nicht gottesfürchtig gewesen und hätte ein barbarisches Leben geführt, das sich eines Königs nicht geziemt. Er will ein Vorbild an Tugend und Christlichkeit werden, hat aber bereits alle aus Æthelbalds Gefolge, die sich ihm in den Weg zu stellen versuchten, töten lassen. Wäre ich in dieser Nacht in Secandune gewesen, hätte es wohl auch mich getroffen. Aldermann Cyneberht hier konnte entkommen und kam direkt zu mir. Wir haben keine Zeit vergeudet. Wir werden noch mehr werden, die Kunde geht bereits durchs ganze Land, und in alle anderen Reiche ebenso. Wir ziehen gegen Beornred, und der Rat der Weisen wird einen neuen König wählen.«

»Ihr habt mein Schwert und meine Männer«, versprach Offa sofort.

»Wir schicken diesen feigen Verräter direkt in die Hölle«, fügte Leofric hinzu.

Aber Heardberht schüttelte den Kopf. »Es sind nicht nur Euer Schwert und Eure Männer, die wir wollen, Offa. Es ist Euer Leben. Euer Leben im Dienst dieses Landes. Ihr seid ein Thronfolger, einer der wenigen männlichen Verwandten Æthelbalds. Wir, die wir hier stehen, nehmen einen großen Teil des Rats ein, und wir alle sind uns einig: Ihr, Offa, sollt die Krone Mercias tragen, wenn Beornred vernichtet ist.«

Offa starrte seinen einstigen Herrn sprachlos an. Diese Worte ergaben noch weniger Sinn als jene über den Tod des Königs. Seine Gedanken rasten, er suchte nach geeigneteren Kandidaten, nach männlichen Verwandten, und vor ihm stand der offensichtlichste.

»Aber Heardberht, Ihr seid Æthelbalds Bruder und …«

»… zu alt. Uns stehen große Unruhen bevor. Nicht nur Beornreds wegen, den wir mit all seinen verräterischen Gefolgsmännern vernichten müssen. Auch die anderen Königreiche werden versuchen, den Tod meines Bruders und diesen Krieg unter uns selbst zu nutzen, um ihre Macht wiederzuerlangen und zu vergrößern. Wir müssen Beornred so schnell wie möglich beseitigen und die Stabilität im Land mit einem starken König wiederherstellen. Das Letzte, was Mercia braucht, ist ein alter Mann, der seinem Bruder bald folgt und das Land erneut in Unruhe stürzt.«

»Aber ich bin doch nur … Es muss irgendwo …« Offa konnte nicht mehr sprechen, geschweige denn denken.

In ihm brannte das Verlangen zu fliehen – gleichzeitig aber wollte er auch Beornred für seine Tat bezahlen lassen.

Ehe er zu weiteren Worten kam, löste sich ein anderer Reiter vom Heer im Hintergrund und kam an die Seite der Aldermänner. Es war der Priester Herefrith. Offa fühlte sich in der Zeit zurückversetzt. Wie lange war es her, dass er zum ersten Mal König Æthelbald gegenübergetreten war, mit einem verzweifelten Herefrith im Raum, der den König zur Tugendhaftigkeit mahnte? Offa war damals siebzehn Jahre alt gewesen, hoffend und bangend, das Erbe als Aldermann antreten zu dürfen. Und heute sollte er König über das mächtigste Reich Britanniens werden?

»Ihr stammt genauso wie Æthelbald – Gott möge sich seiner Seele erbarmen – und Aldermann Heardberht vom ersten König Mercias ab«, erklärte der Priester feierlich. »Zudem fließt durch Eure Mutter in Euch das Blut der Könige der Hwicce, die einen Landstrich halten, den wir durch Beornred und den drohenden Zerfall unseres Landes nicht verlieren dürfen.«

»Ihr habt oft genug bewiesen«, fuhr Aldermann Heardberht wie auf ein unsichtbares Kommando hin fort, immer noch viel zu höflich, als wäre Offa bereits König, »dass Ihr Mut und Stärke in Euch vereint und …« – er lächelte aufmunternd – »… auch ein wenig Weisheit besitzt. Wir Aldermanner stehen Euch stets mit Rat und Tat zur Seite. Aber die Krone – die Bürde – müsst Ihr für uns tragen. Wir sind gekommen, um Euch in den Kampf zu folgen und Euch zum König Mercias zu krönen. Die Frage ist nur: Nehmt Ihr an?«

Zweiter Teil

KAPITEL 11

Quierzy, Neustrien, Fränkisches Reich, September 768

Drida schloss die Augen und genoss die warme Morgensonne auf der Haut. Ein leiser Windhauch strich über ihren Körper und ließ ihr Gewand und ihr langes schwarzes Haar hinter ihr flattern. Das Rauschen von Ästen, Blättern und Nadeln hüllte sie ein, und sie hatte das Gefühl, emporgehoben zu werden und über das weite Land davonzufliegen. Sie breitete die Arme aus, legte den Kopf in den Nacken und gab sich dem Gefühl der Freiheit hin. Sie hatte keine Angst zu fallen. Spürte sie doch den starken Ast unter ihren nackten Füßen schwanken und hielt trotzdem ihr Gleichgewicht, ohne die Augen zu öffnen. Dies war ihr Versteck, ihr Ort der Stille, abgeschirmt von allen neugierigen Blicken der Pfalz, verborgen inmitten der dicht ineinandergewachsenen Bäume am Ufer der Oise. Sie hörte das Plätschern des Flusses unter ihren Füßen.

Blind setzte sie einen Schritt vor den anderen, immer weiter den Ast entlang, der weit übers Ufer hinaus aufs Wasser ragte. Sie kannte diesen Baum in- und auswendig, er trug sie nicht zum ersten Mal. Je weiter sie hinausging, umso stärker schwankte er. Sie spürte ihren Herzschlag in der Kehle pochen, ihre Sinne schärften sich, unter ihr nur das Nichts und das Wasser, um sie herum nur der Wind. Es gab kein besseres Gefühl.

»Hab dich!«

Ein kräftiger Stoß in ihren Rücken.

Drida riss die Augen auf, schnappte nach Luft. Sie ruderte mit den Armen, konnte ihr Gleichgewicht aber nicht mehr halten. Sie spürte, wie ihre Füße den Halt verloren, ins Nichts traten. Sie fiel. Im nächsten Augenblick tauchte sie ein in kaltes Nass, das Wasser schlug über ihr zusammen, von Lichtblitzen durchzogene Dunkelheit hüllte sie ein. Ihre Kehle und ihre Brust zogen sich zusammen, die Kälte drang tief in ihren Körper. Aber gleichzeitig war da auch Hitze des Zorns. Drida strampelte, wollte zurück an die Oberfläche schwimmen, aber etwas hielt sie unten. Als hielte jemand ihre Knöchel umschlossen und zöge sie hinab. Sie sank.

Ihre Füße berührten den Boden, sie stieß sich mit aller Kraft daran ab … Und dann, endlich, spürte sie den Wind auf dem Gesicht. Ein hoher Laut vermischte sich mit ihrem tiefen Atemzug. Sie blinzelte das Wasser aus den Augen und sah hinauf zu dem Ast, von dem sie gestürzt war.

Dort erkannte sie gerade noch Karl, der lachend über ihr stand, ehe sie erneut unterging. Sie kam nicht gegen den Sog an, sie spürte die Strömung an sich ziehen. Angst verdrängte den Zorn. Erneut strampelte sie mit den Füßen, fand wieder den Boden und stieß sich wieder empor zur Oberfläche.

»Karl!«, rief sie und stellte zu ihrem Entsetzen fest, dass der Ast und der Königssohn nun auf ihrer anderen Seite waren. Sie trieb davon!

»Du kannst doch schwimmen!«, rief er. Aber nun klang er nicht mehr so belustigt. Ein Hauch von Zweifel begleitete seine Stimme. »Glaub nicht, dass ich darauf hereinfalle und dich hole! Du willst nur, dass ich auch noch nass werde! Aber deine Rache wirst du nicht bekommen!«

»Karl …!«

Sie versuchte nicht mehr, gegen die Strömung anzukommen. Es war sinnlos, und sie musste ihre Kraft schonen. Sie ließ sich weitertreiben, in die Flussschleife, wo weitere Bäume aufs Wasser hinausragten. Vielleicht konnte sie sich an einem Ast festhalten. Zu ihrer Erleichterung ließ zumindest der Sog an ihren Beinen in die Tiefe nach.

Karl verschwand aus ihrem Blickfeld.

Drida schwamm mit aller Kraft aufs Ufer zu, versuchte aus der Strömung auszubrechen, aber sie war nicht stark genug. Auch wich die bewachsene Böschung nun einem steilen, steinigen Hang, über den sie bestimmt nicht mehr hinaufklettern konnte.

Mit wild schlagendem Herzen sah sie sich nach einem Ausweg um, als unvermittelt Karl neben ihr auftauchte und seinen Arm um ihre Mitte schlang.

»Halt dich an mir fest.«

Drida versuchte ihn von sich zu stoßen. »Lass mich los!«

»Ich bin hier, um dich zu retten.«

Er sah sie aus seinen großen blauen Augen an. Schalk blitzte daraus hervor, als wäre er nicht der zwanzigjährige Sohn des Königs, sondern ein zwölfjähriger Bengel. Sein sonst helles Haar, das um seinen Kopf herum rund geschnitten war, hatte nun die Farbe dunklen Honigs und klebte nass an seinen Wangen. Die Stirnfransen schob er sich aus den Augen und verkniff sich dabei sichtlich ein Lachen. Dieser Anblick nahm ihr vor Zorn fast die Luft zum Atmen.

»Du hast mich doch erst in Gefahr gebracht!«

»Das ist wahr. Aber möchtest du jetzt darüber reden, bis wir nach Compiègne abgetrieben sind, oder darf ich dich ans Ufer bringen?«

Drida funkelte ihn an, schlang aber die Arme um seinen Nacken und ließ sich aus der Strömung herausziehen. Karl war immer schon ein starker Schwimmer gewesen. Sie hatte ihm schon oft dabei zugesehen, wie er gegen Strömungen schwamm und sich dabei mit den Söhnen der Grafen maß. Daraus ging er in der Regel siegreich hervor.

»Wir müssen zur anderen Seite«, sagte er und hielt auf das gegenüberliegende Flussufer zu, das dicht bewaldet war. Das dahinterliegende Land wurde vom Kloster Saint-Bertin verwaltet.

Drida stöhnte auf. Die nächste Brücke lag beim Kloster Brétigny, einen kurzen Fußmarsch flussabwärts von der Pfalz gelegen. Aber sie hatten keine andere Wahl – wenn sie nicht wieder durchs Wasser wollten, mussten sie sich durch den Wald schlagen.

Karl brachte sie ohne große Mühe bis ans wild verwachsene Ufer. Das Gewässer hier war ruhiger. Drida hielt sich an einer Wurzel fest, während Karl bereits hinauskletterte.

Rinnsale troffen von seiner knielangen Tunika, und eine der Beinbinden, die seine Hose an den Unterschenkeln umschlossen, hatte sich gelöst. Er streckte ihr die Hand mit den kräftigen Fingern entgegen, die sie bestimmt mit nur einem Ruck die Böschung hinaufziehen konnten, aber Drida kämpfte sich allein hinaus.

Hocherhobenen Hauptes stellte sie sich vor ihn hin, fest entschlossen, ihre entwürdigende Rettung nicht an ihren Stolz herankommen zu lassen.

Karl sah sie an, und etwas an seinem Ausdruck änderte sich. Das Schelmische schwand wie die Flamme einer ausgeblasenen Kerze, und etwas selten Ernstes trat in seine Augen. Sein Blick wanderte über sie, über ihre Brüste, die sich unter ihrer nass am Körper klebenden Kleidung hervorhoben, und seine Hände an den Seiten ballten sich zu Fäusten.

Ein Windstoß fegte über Drida hinweg, drang unter ihr nasses Haar und ließ sie frösteln. Gänsehaut überzog sie, und in ihrem Bauch machte sich ein nervöses Kribbeln breit. Sie kannte diesen Blick, Karl richtete ihn nicht das erste Mal auf sie. Drida wünschte, sie wüsste, wie sie damit umgehen sollte. Sie war sechzehn Jahre alt, längst kein kleines Mädchen mehr, aber allein hier draußen zu sein, mit dem verheirateten Thronerben, dessen Launen sich von einem Augenzwinkern zum nächsten wandelten, erfüllte sie mit Unruhe.

»Sei mir nicht böse«, sagte er mit rauer Stimme und streckte die Hand nach ihr aus.

Drida zuckte zurück, ehe sie sich unter Kontrolle bringen konnte.

Karl nickte bedächtig, und seine Lippen pressten sich zu einer schmalen Linie. Durchdringend sah er sie an, und Dridas Herz schlug immer schneller. Sie hatte Angst, jetzt noch viel mehr als im Fluss. Sie hatte Angst, dass er seinem Verlangen nachgeben und sich nehmen könnte, was er so offensichtlich wollte – weit weg von allen anderen, auf der falschen Uferseite, wo rund um sie nur Bäume und Gestrüpp waren. Ungeachtet der Tatsache, dass er ihr Vetter war.

»Kannst du mir verzeihen?«, hakte er nach.

Sie wünschte sich seine unerträgliche Flegelhaftigkeit zurück, nicht diese Traurigkeit, dieses fast schon Flehende, als wäre ihm tatsächlich wichtig, wie sie über ihn dachte. Es war schwer, ihn zu durchschauen, ihm zu glauben, denn sie kannte ihn auch anders: gemein und selbstsüchtig.

Drida nickte nur, sie wagte nichts zu sagen und deutete mit dem Kinn an ihm vorbei. Karl rührte sich nicht von der Stelle, er sah sie nur weiter nachdenklich an. Schließlich seufzte er, trat zur Seite und bedeutete ihr mit einer Geste, dass sie frei war zu gehen.

Drida verkniff sich ein deutliches Aufatmen. Ohne ihn anzusehen, setzte sie sich in Bewegung und kämpfte sich durchs Gestrüpp. Sie versuchte, nahe am Fluss zu bleiben, um nicht in die falsche Richtung zu gehen, aber das dichte Geäst machte ein Weiterkommen fast unmöglich. Schließlich gab sie auf und drang in den Wald vor, wo die Bäume zwar ebenfalls dicht standen, aber wo sie ein wenig besser vorankam. Zu ihrem Leidwesen war nun aber auch genug Platz für Karl, um an ihrer Seite zu gehen.

»Es war nur ein Spaß«, sagte er besänftigend, sein Körper viel zu nahe an ihrem, sein Arm streifte sie bereits. »Straf mich nicht mit deinem Schweigen. Als du da so gestanden hast, auf dem Ast, mit ausgebreiteten Armen, dein schwarzes Haar im Wind wie ein Schleier der Nacht … du warst so … Du hast ausgesehen, als wärst du in einer anderen Welt, und ich … ich wollte dich festhalten.« Er lehnte sich nach vorne, um ihr ins Gesicht zu blicken.

Drida beschleunigte ihre Schritte, aber Karl war höher gewachsen als die meisten Männer und hatte mit seinen langen Beinen keine Schwierigkeiten mitzuhalten.

»Nun sag schon etwas!«

»Gerperga erwartet, dass ich ihr beim Altartuch für Saint-Denis helfe! Was wird sie denken, wenn ich nicht rechtzeitig zurück bin?«

»Meine Schwägerin ist nicht dafür bekannt, ausgiebig zu denken. Du solltest also keine Schwierigkeiten bekommen.«

Drida schnappte empört nach Luft und blieb stehen. Am liebsten hätte sie dem Königssohn mit der Faust gegen die stolzgeschwellte Brust geschlagen. »Sie weiß, dass ich zum Fluss wollte, sie wird sich Sorgen machen!«

Sie sah bereits vor sich, wie Gerperga die Wachen alarmierte und einen Suchtrupp losschickte. Denn anders, als Karl behauptete, war seine Schwägerin keinesfalls dumm. Sie lauschte vielleicht nicht heimlich dem Unterricht der Königssöhne, um Latein und Griechisch zu lernen, so wie Drida; sie mochte sich nicht selbst lesen und schreiben beigebracht haben; aber sie war gütig und herzlich, und sie würde Dridas Verspätung bemerken. Was bedeutete, dass bei ihrer Rückkehr wohl die gesamte Pfalz in Aufruhr sein würde. Und was die Bewohner bei ihrem und Karls durchnässtem Anblick sagen würden, ahnte sie bereits jetzt.

»Ich will so schnell wie möglich zurück und …« Sie wollte sich gerade wieder in Bewegung setzen, als ein hoher, herzzerreißender Laut sie unterbrach.

Drida sah sich um, lauschte angestrengt. Da war es schon wieder. Weiter weg vom Fluss, tiefer im Wald, raschelte etwas. Und dann erklang ein jammerndes Heulen – fast menschlich, und doch anders.

Karl streckte den Arm aus und hielt sie zurück. »Bleib hier.«

Dann ging er auf das Geräusch zu, nicht wachsam oder vorsichtig, sondern so, als wüsste er genau, was sich zwischen den Farnen verbarg. Drida folgte ihm, denn sie dachte nicht daran, seine Anweisung zu befolgen. Da bückte sich Karl bereits, schob das Grün auseinander … und im nächsten Moment hob er ein graues Bündel hoch.

Drida schlug sich mit einem entzückten Laut die Hand vor den Mund. »Ist das ein Wolf?«

Sie kannte kein Halten mehr und eilte auf Karl zu, der das kleine, verfilzte Wesen im Nacken gepackt hielt und es unbeeindruckt von allen Seiten betrachtete.

»Du hättest ihn nicht berühren dürfen! Seine Mutter wird ihn jetzt nicht mehr annehmen!«

Karl setzte den kleinen Wolf zurück auf den Boden. Der huschte nicht davon, sondern saß da und blickte mit eingeklemmtem Schwanz zwischen ihnen beiden hin und her.

»Der hat schon lange keine Mutter mehr gesehen. Er ist kaum mehr als Haut und Knochen, sein Fell ist nicht gepflegt, und seine Rippen sind zu sehen. Der wird nicht mehr lange leben.«

Er strich sich die Hände an seiner nassen Tunika sauber und wollte weitergehen. Aber Drida war wie gefangen. Sie blickte auf dieses hilflose Geschöpf hinab, das sie aus blauen Augen ansah, und konnte sich nicht einfach abwenden.

»Drida …« Etwas Mahnendes lag in Karls Stimme. Aus dem Augenwinkel sah sie, dass er sich an die Hüfte griff, wo normalerweise sein Schwertgurt hing. Aber den hatte er natürlich abgenommen, bevor er in den Fluss gesprungen war, genauso wie seinen Umhang. »Wenn du möchtest, befreie ich ihn von seinem Leid. Kurz und schmerzlos.«

»Auf keinen Fall!«

Drida hob den kleinen Wolf hoch und drückte ihn an ihre nasse Brust, ehe sie richtig begriffen hatte, dass sie sich überhaupt bewegt hatte. Der Welpe ließ es sich gefallen. Reglos hielt er sich in ihren Armen, vermutlich starr vor Angst.

Karl lächelte und verschränkte die Arme. »Du willst ihn behalten.«

»Ich werde ihm zu fressen geben und versuchen, ihn zu stärken, bis er alleine zurechtkommt.«

»Er ist kein Hund.«

»Das weiß ich!«

»Damit meine ich, dass du ihn nicht einfach in die Pfalz mitnehmen kannst. Niemand wird dort einen Wolf tolerieren, und wenn er noch so klein und lieb sein mag. Sie werden sagen, wenn er einmal dort zu fressen bekommt, wird er immer wieder kommen. Er wird größer werden und dann unser Vieh reißen.«

Drida sah auf den flauschigen Ball in ihren Händen hinab, der sich zusammengerollt hatte und dem vor Schwäche schon die Augen zufielen. Karl hatte recht. Und trotzdem konnte sie ihn nicht einfach zurücklassen oder töten. Fieberhaft überlegte sie, wie sie ihn ungesehen in die Pfalz schmuggeln und wo sie ihn verstecken könnte, bis er alleine draußen überleben konnte, als Karl wieder näher kam.

»Nimm ihn mit«, sagte er. Solch eine Entschlossenheit lag in seiner Stimme, dass sie verwundert aufblickte.

»Aber du sagtest doch …«

»Niemand wird ihm etwas antun, ich verspreche es dir. Ich sage allen, dass er ein Geschenk von mir ist.«

»Sie werden sagen, du hättest den Verstand verloren.«

»Nur mein Bruder. Und meine Mutter. Und meine Frau. Vielleicht auch alle anderen, aber das ist mir gleich. Sie werden nicht gegen mein Wort handeln.«

Drida spürte den schnellen Herzschlag des Wolfs an ihrer Hand, und eine Welle der Dankbarkeit überspülte sie. »Das werde ich dir nie vergessen, Karl.«

Karl lächelte und bedeutete ihr, ihm zu folgen. »Komm, sonst wundert sich Gerperga bestimmt, wo du bleibst. Aber wenn der Wolf ihr Altartuch zerfetzt, musst du selbst mit ihrem Tobsuchtsanfall zurechtkommen.«

»Das werde ich.«

Drida hatte es nicht mehr eilig, zurück zur Pfalz zu kommen. Sie redete dem Wolf gut zu und versuchte, ihm am Fluss Wasser einzuflößen – leider ohne Erfolg. Dafür entdeckte sie, dass es sich bei dem Tier um ein Weibchen handelte. Sie betete, dass die Kleine es schaffen würde. Und so kam ihr der Weg bis zum Kloster Brétigny nicht weit vor. Drida sah Mönche auf Weizenfeldern arbeiten, und das große Rad der Mühle am Fluss drehte sich. Manche blickten in ihre Richtung, als sie die Brücke überquerten, aber von Weitem erkannte wohl niemand, dass Karl und sie mehr als nur einfache Reisende waren. Karl trug wie meist ein einfaches Gewand. Nur wenn sein Vater ihn dazu zwang, legte er für besondere Anlässe feinere Kleider an. Auch hatte er sein Schwert nicht bei sich.

Schließlich läuteten die Glocken zur Sext, und alle legten

ihre Arbeit nieder. Die Mönche machten sich auf den Weg zur großen Klosterkirche, in der auch der König wichtige Zusammenkünfte feierte, da die Kapelle in Quierzy zu klein dafür war.

Drida blickte hoch in den Himmel. Die Sonne stand direkt über ihr, so spät war es bereits, aber das war jetzt nicht mehr wichtig. Sie musste sich um die Wölfin kümmern, sie wärmen und beruhigen und sich überlegen, was sie ihr später zu fressen geben konnte.

Der Weg auf der nunmehr richtigen Uferseite zurück zur Pfalz führte sie nicht mehr durch dichten Wald, sondern über wunderschöne, von rot blühenden Malven geschmückte Weiden. Ihr Gewand trocknete allmählich in der Sonne, sodass sie zumindest nicht mehr triefend nass war, und sie hoffte, dass auch der Wölfin, der immer wieder die Augen zufielen, angenehm warm war.

»Was glaubst du, wie alt ist die Kleine?«, fragte sie Karl, als sie darüber nachdachte, ob die Wölfin noch Milch brauchte.

Karl warf einen Blick auf das Fellknäuel hinab und zuckte mit den Schultern. »Mit Wölfen kenne ich mich nicht aus. Aber wenn ich sie mit einem Hund vergleiche, schätze ich sie auf zehn bis zwölf Wochen. Vielleicht ist sie auch älter und nur der Vernachlässigung wegen so winzig.«

»Glaubst du, sie kann schon Fleisch zu sich nehmen?«

Karls rechter Mundwinkel zuckte, als hielte er nur schwer ein Lächeln zurück. »Für die Zukunft merke ich mir, dass ich dir nur ein wildes, verwahrlostes Tier vor die Füße setzen muss, damit du mir nicht mehr böse bist.«

»Karl …« Ungeduld klang aus Dridas Stimme.

Sie hatte jetzt wirklich keinen Nerv für Spielchen, sie wollte nur, dass es der Wölfin gutging. Sie selbst wusste ja auch nichts über diese Tiere und konnte sich auch nicht vorstellen, dass sich in der Pfalz begeisterte Helfer fanden. Eher würden ihr die Bewohner vermutlich anbieten, die Wölfin im Fluss zu ertränken.

»Versuch es«, riet Karl, nun wieder mit dem nötigen Ernst. »Vielleicht ist sie für Fleisch noch zu schwach, das wirst du sehen.«

Drida nickte nur gedankenvoll. Sie konnte sich den Protest bereits bildlich vorstellen, wenn sie Fleisch für einen Wolf aus der Küche holen wollte, aber bis dahin erwarteten sie noch weitere Hürden, die es zu überwinden galt.

Vor ihnen tat sich der gewaltige Bau der Königspfalz auf, thronend auf einer sanften Hügelebene. Zwei vertraute Gestalten traten aus dem sechs Schritt breiten, von zwei Türmen flankierten Tor an der Südmauer. Und plötzlich war die Wölfin nicht mehr ihr dringendstes Problem. Jetzt wurde ihr wieder bewusst, dass sie selbst wie ein ertränkter Hund aussah und den ganzen Vormittag über unauffindbar gewesen war.

Gerperga hatte wohl tatsächlich Sorge bekundet und ihren Gemahl Karlmann losgeschickt, um nach ihr zu suchen, desgleichen Karls Frau Himiltrud. Gerperga selbst war nicht dabei. Ihr ging es wegen ihrer Schwangerschaft oft nicht gut, sie litt an Schwäche und Übelkeit. Umso schuldiger fühlte Drida sich, ihrer Freundin weitere Sorgen aufgebürdet zu haben.

Karlmann und Himiltrud folgten der Straße und kamen direkt auf Karl und Drida zu. Drida wusste, dass dieses Zusammentreffen nicht angenehm werden würde, denn Karl und sein jüngerer Bruder Karlmann waren nie gut aufeinander zu sprechen.

Karl stieß beim Anblick der Näherkommenden auch schon ein angewidertes Stöhnen aus. »Kann man nicht einen Moment ohne die beiden verbringen?«

Er ging zu dem schmalen Pfad zwischen den Bäumen und Sträuchern, den Drida zum Fluss genommen hatte, und wo ihr Lieblingsbaum stand, die alte Eiche. Von einem tiefhängenden Ast hob er seinen Schwertgurt und den Mantel herunter.

»Die Versuchung ist groß, wieder in den Fluss zu springen«, seufzte er und schloss die Spange des Mantels an seiner rechten Schulter. Dann band er sich den Schwertgurt um die Hüften und blinzelte gegen die hochstehende Sommersonne. Mit seiner hohen, schlanken Gestalt und dem windgetrockneten zerzausten Haar wirkte er wie eine römische Gottheit.

Drida hatte sich nie zu ihm hingezogen gefühlt – nicht auf *diese* Weise, dafür war ihre gemeinsame Vergangenheit wohl zu steinig. Sie waren zusammen aufgewachsen, aber Karl hatte ihr oft das Leben schwergemacht. Angefangen mit harmlosen Dingen wie Spinnen auf ihrem Schlaflager, bis hin zu gefährlicheren Einfällen wie Stacheln unter dem Sattel ihres Pferdes oder diesem Stoß in den Fluss.

Er strich sich das im Wind wehende Haar zurück und kniff die Augen zu, als könnte er so der Welt entgehen. »Drida, ich weiß nicht, ob du mir bereits gänzlich verziehen hast, aber tu mir trotzdem den Gefallen und schaff die beiden zurück in die Halle. Du musst dich ohnehin um dein Findelkind kümmern.«

»Deine Frau erwartet ein Kind«, erwiderte Drida tadelnd mit einem Blick auf die Näherkommenden. »Wieso willst du ihr aus dem Weg gehen? Oder geht es nur wieder um Karlmann? Habt ihr beide euch schon wieder gestritten?«

Karls jüngerer Bruder, der siebzehnjährige Karlmann, hielt sich hochaufgerichtet und stolz neben Himiltrud, die ihren nur leicht gewölbten Bauch mit beiden Händen schützend umklammert hielt.

»Ich will keinen der beiden sehen«, knurrte Karl. Etwas an seiner Haltung änderte sich – er wirkte plötzlich hart und abweisend, was Drida nicht oft an ihm sah. »Weder diese Frau noch meinen Bruder.«

»*Diese* Frau?«, wiederholte Drida, erstaunt über die abfällige Art, in der Karl über die adelige Fränkin sprach, die einst sein Vater für ihn ausgesucht hatte. Zugegeben, Karl hatte sich in Himiltruds Gesellschaft nie besonders hingebungsvoll verhalten. Aber diese harsche Abweisung überraschte Drida.

Aber ehe Karl antworten konnte, kamen die beiden schon von der Straße über die Wiese zu ihnen und ließen ihre Blicke missfällig über ihrer beider abgerissene Erscheinungen wandern.

»Was hast du getan?!«, rief Karlmann, noch bevor er bei ihnen angekommen war, an seinen Bruder gerichtet.

Seine Hand fuhr zum Heft seines Schwertes, und Karl tat es ihm augenblicklich gleich. Eine Überreaktion, die bei den beiden aber nicht ungewöhnlich war. Sie griffen schnell zu den Waffen, wenn sie nicht gerade mit Fäusten aufeinander einprügelten.

»Ich bin in den Fluss gestürzt!«, beeilte Drida sich zu beschwichtigen und versuchte, zerknirscht über ihre Tollpatschigkeit auszusehen, während sie gleichzeitig hoffte, dass die Wölfin von dem Tumult nicht aufwachte. Noch hatte niemand sie wahrgenommen. »Du kennst mich doch, Karlmann. Ich bin wieder über die alte Eiche balanciert, und dabei habe ich das Gleichgewicht verloren.«

Karlmann kam auf sie zu, jede seiner Bewegungen geschmeidig wie die einer Katze, immer auf der Hut, bereit für einen Angriff, und trotzdem elegant. Seine langgliedrige Hand hob sich an ihr Gesicht, blieb aber kurz davor in der Luft hängen, dann ließ er sie wieder an sein Schwert sinken. Sie berührten sich nie – ein unausgesprochenes Gesetz, an das sie sich beide hielten. Aber dass er es fast getan hatte, zeigte, wie tief ihr Anblick ihn traf. Der Blick aus seinen bernsteinfarbenen Augen wanderte über sie von oben bis unten, als wollte er Verletzungen an ihr feststellen, aber bei der Wölfin in ihren

Armen blieb er hängen. Er öffnete den Mund, als wollte er etwas sagen, schüttelte dann aber den Kopf, als wüsste er genau, was es damit auf sich hatte und dass es sinnlos war, ihr ihren Entschluss auszureden. Er kannte Drida in- und auswendig.

Aber so einfach wie den Wolf ließ er den Fluss nicht auf sich beruhen. Sein Kiefer war angespannt, sein ganzer Körper schien vor stillem Zorn zu beben.

»Du hast noch nie das Gleichgewicht verloren«, sagte er leise, auf jedes Wort bedacht, und noch gedämpfter fügte er hinzu: »Du musst nicht für diesen Bastard lügen. Bitte, geh nicht mehr alleine fort. Du sollst nicht alleine mit *ihm* sein.«

Drida sah ihm eindringlich in die Augen. »Mir geht es gut«, versicherte sie ihm.

Sie hoffte, dass er ihr glaubte und nicht weiter darauf herumritt. Sie wusste, dass Karlmann Angst um sie hatte. Er hatte sie immer beschützt, schon als sie beide gerade einmal hatten laufen können. Der ältere Karl war immer wild und ungezügelt gewesen und hatte sowohl Karlmann als auch Drida in ihrer Kindheit ohne Unterlass schikaniert. Vielleicht war er eifersüchtig gewesen, da sie beide so eng zueinander gestanden hatten und er sich ausgeschlossen gefühlt hatte. Noch nicht einmal die Geburt seiner Schwester Gisela hatte ihn besänftigt, stets fühlte er sich benachteiligt. Aber anstatt einen Versuch zu unternehmen, Teil der Familie zu werden, einen Zugang zu ihnen zu finden, hatte er ihnen stets nur Hass entgegengebracht, Eifersucht und Gewalt. Er war der Erstgeborene, der langersehnte Sohn, und Karlmanns Geburt hatte für ihn schon als Kind eine Bedrohung dargestellt.

»Wirklich rührend«, stöhnte Karl und verschränkte die Arme vor der Brust. »Karlmann, der Retter. Aber wo warst du, Bruder, als *ich* sie vor dem Ertrinken bewahrte?«

Drida fuhr zu Karl herum, fassungslos über diese Worte, schließlich hatte *er* sie ja gestoßen. Aber sie schwieg, um die Situation zu beruhigen. Doch zu ihrem Bedauern sprang Karlmann auf die Worte an.

»Sie ist nicht gefallen. *Du* hast etwas damit zu tun«, sagte er eisig und starrte seinen älteren Bruder an.

Karlmann war zwar jünger, aber eher der kühle Denker als der oft impulsive Ältere, und auch äußerlich unterschied er sich von seinem Bruder durch die dunkleren Haare und die dunklen Augen. Er strahlte stets Ernsthaftigkeit aus, die jetzt aber einem gefährlichen Feuer des Zorns wich. Nur Karl war es möglich, seinen Bruder die Beherrschung verlieren zu lassen.

»*Du* hast sie hineingestoßen, weil du wieder einmal nicht nachgedacht hast. Oder vielleicht hast du sogar gedacht, nämlich dass du sie retten und damit ausnahmsweise zum Helden aufsteigen kannst. Vielleicht hast du gedacht, dass sie dich dann endlich ansieht und dir gibt, was du willst.«

»Karlmann!«, rief Drida, bereute es aber sofort, denn die Wölfin in ihren Armen zuckte erschrocken zusammen.

Schnell streichelte Drida sie weiter, um sie wieder zu beruhigen, während sie Karlmann fassungslos ansah. Ihr Blick flog zu Himiltrud, die mit tränengefüllten Augen von einem zum anderen blickte. Drida wollte zu ihr eilen und sie trösten. Aber sie wagte es nicht, sich zu bewegen – nicht, während die beiden Brüder einander mordlustig gegenüberstanden und das kleine Bündel in ihren Armen zitterte.

»Und das erträgst du nicht, weil in Wahrheit *du* sie haben willst«, schleuderte Karl dem Jüngeren entgegen.

Drida glaubte, in Ohnmacht zu fallen. Sie sah sich um, aus Angst, auch Gerperga könnte zu ihnen stoßen und diese Auseinandersetzung hören.

Gerperga und Himiltrud waren beide schwanger. Sie waren

beide letztes Jahr von König Pippin auserwählt worden, um die beiden Thronerben zu heiraten. Karl war neunzehn und Karlmann sechzehn Jahre alt gewesen. Die Linie musste gesichert werden, und mit Pippins Erkrankung war dies wichtiger als je zuvor. Das Letzte, was irgendjemand gebrauchen konnte, war, dass sich die beiden Brüder wegen einer illegitimen Verwandten unwiederbringlich überwarfen. Dabei glaubte Drida nicht, dass Karl tatsächliches Interesse an ihr hatte, nicht einmal draußen am Flussufer. Es ging ihm wie immer nur darum zu haben, was sein Bruder hatte. So war es gewesen, seit sie ihrer Wiege entwachsen waren. Es ging um Besitz. Genauso stritten die beiden um die besten Pferde im Stall. Drida wusste das, und sie wollte nicht der Grund für dieses Zerwürfnis sein.

»Lasst uns zurückgehen.« Sie trat zwischen die Brüder und deutete auf die einschüchternde, gut drei Schritt dicke Mauer, die die Pfalz in einem Oval umschloss. »Wir brechen morgen früh auf nach Saint-Denis. Vorbereitungen müssen getroffen werden.«

»Sie will dich retten«, spottete Karlmann, wieder etwas ruhiger, auch wenn Drida sich dadurch nicht unbedingt besser fühlte. »Vor einer weiteren Niederlage. Sie weiß, dass du im Schwertkampf jedes Mal gegen mich verlierst, sie will dich vor der Schmach bewahren. Das ist wohl das Einzige, was du in ihr weckst, großer Bruder: Mitleid.«

Ein zornverzerrter Schrei erklang, und im nächsten Moment riss Karl sein Schwert aus der Scheide, stürmte an Drida vorbei und flog direkt auf seinen Bruder zu. Dieser hatte wohl nichts anderes erwartet, denn Karls Klinge traf bereits auf Karlmanns. Himiltrud schrie auf.

»Hol Hilfe!«, rief Drida und stieß Karls Gemahlin leicht an.

Es war besser, wenn die Schwangere nicht in der Nähe blieb und womöglich noch verletzt wurde. Drida hingegen überlegte fieberhaft, wie sie die beiden auseinanderbringen konnte.

Sollte sie sich dazwischenwerfen und riskieren, selbst getroffen zu werden? Sie hatte noch nicht einmal ihre Hände frei. »Wärst du nur größer und könntest deine Zähne gegen die beiden fletschen«, seufzte sie und streichelte die Wölfin – das Einzige, was sie tun konnte.

»Ihr wollt euch doch nicht verletzen!« Ihre Worte waren eher an sich selbst gerichtet, um sich zu versichern, dass kein Blut fließen würde. »Ihr seid Brüder, euer Vater ist krank. Ihr müsst zusammenhalten!«

Wie erwartet hörten die beiden sie nicht. Ohne Unterlass schlugen sie aufeinander ein, die Schwerter schienen Funken zu sprühen, mit solcher Gewalt trafen sie aufeinander, der hohe Klang hallte durch Dridas Ohren. In diesen Augenblicken sahen sie fast wie Zwillinge aus, beide Gesichter grimmig und zornverzerrt. Karl war etwas größer, Karlmann aber schneller und wendiger. Beider angestrengtes Stöhnen hallte über die Wiesenebene. Karls Schläge nahmen an Stärke noch zu. Karlmann hingegen war flink und wich geschickt aus, sein Schwertkampf glich eher einem Tanz als einem brutalen Draufhauen wie bei Karl.

Und dann geschah es. Karlmann tauchte unter einem Hieb hinweg, wirbelte herum und rammte Karl mit solcher Wucht, dass dieser zu Boden fiel. Im nächsten Moment stand Karlmann schon über dem Älteren und setzte ihm die Spitze der Klinge an die Brust.

»Ich habe dich gewarnt. Du wirst mich nie besiegen, großer Bruder. Halt dich von Drida fern.«

Karl starrte zu seinem Bruder empor. Purer Hass stand in seinen blitzend blauen Augen, was Drida ängstigte. Wie lange noch sollten die beiden ständig aneinandergeraten? Irgendwann würden sie sich ernsthaft verletzen.

»Ah, ich sehe, ich habe alles versäumt«, erklang plötzlich eine vertraute Stimme.

Drida erkannte eine bärenhafte Gestalt im Sonnenlicht. Sie hob die Hand an die Stirn, auch wenn sie sofort wusste, wer es war. Erleichtert atmete sie auf. Himiltrud hatte genau den Richtigen geschickt.

»Herr Beornred.«

Der Angelsachse kam lächelnd näher und sah sich um. Natürlich wusste er, was vorgefallen war. Nicht nur weil Himiltrud es ihm sicher gesagt hatte, sondern weil er die beiden Brüder schon mehr als einmal hatte trennen müssen.

Beornred war genauso hochgewachsen wie Karl, aber bestimmt doppelt so breit, ein Hüne, der sie oft an die alten Sagen von Riesen erinnerte. Er war vor gut zehn Jahren ins Frankenreich gekommen, nachdem ein brutaler, gottloser Kriegsherr ihm in seiner Heimat Britannien die Krone geraubt und ihn verbannt hatte. Seither lebte er am fränkischen Königshof, diente als Berater und Krieger und hatte an der Kampfausbildung der Königssöhne teilgehabt.

»Ihr hättet nicht kommen müssen, Beornred«, verkündete Karlmann gelassen und trat zurück, während sein Bruder sich aufrappelte und sich den Schmutz vom Gewand abklopfte. »Es war schnell entschieden.«

»Wie immer, mein Herr«, erwiderte der Angelsachse und klopfte Karlmann, seinem besten Schüler, die Schulter.

Beornred hatte dem jüngeren Königssohn viel beigebracht und stets seine herausragende Begabung gelobt, während Karl sich mit dem Schwert schwerer tat, ebenso wie beim Schreiben und Lesen. Vielleicht hatte Karl deshalb heute wieder zeigen müssen, wie stark er im Wasser war – die eine Sache, bei der niemand sonst an ihn herankam.

»Es ist noch nicht vorbei«, drohte Karl und atmete sichtlich schnell und schwer.

Karlmann sah seinen Bruder nicht einmal an, sondern

wandte sich Drida zu. »Kommst du?« Er wies einladend an seine Seite.

Er und Beornred setzten sich bereits in Bewegung in Richtung Pfalz, aber Drida zögerte. Sie sah zu Karl, der in sich zusammengesunken schien, das Schwert schlaff in der Hand, die Spitze auf dem Boden, seine Kleidung immer noch nass vom Fluss.

Am liebsten wäre sie zu ihm gegangen, hätte ihn in den Arm genommen und ihn getröstet, denn mit einem hatte Karlmann recht: Sie verspürte trotz allem Mitleid. Karlmann hatte seinen älteren Bruder nicht nur früh mit seinen Talenten überflügelt. Er war mit seiner Besonnenheit und Klugheit, die im Gegensatz zu Karls Unberechenbarkeit stand, auch bei allen beliebter. So auch beim König, der kaum je ein freundliches Wort über seinen Erstgeborenen verlor und, wie die meisten anderen, Karlmann bevorzugte.

Nur die Königin stand unerschütterlich hinter Karl. Drida war froh, dass er zumindest einen Menschen an seiner Seite hatte, auf den er zählen konnte. Denn sie selbst konnte sich nur selten überwinden, in Karls Nähe zu sein. Dafür hatte er ihr mit seinen vermeintlichen Späßen schon zu viel angetan. Der Stoß in den Fluss hätte sie gar nicht überraschen dürfen.

Aber er konnte auch anders sein. Die Wölfin in ihren Armen bewegte sich und bewies, dass Karl auch Güte in sich trug. Sein Bruder würde dazu wohl Berechnung sagen, was Drida nicht gänzlich ausschließen konnte, denn sie wurde oft nicht klug aus dem Thronfolger. Aber sie wollte glauben, dass ihn nicht nur Eifersucht trieb.

»Danke«, sagte sie also an Karl gewandt und wies auf ihr kleines Bündel hinab, das endlich etwas zu fressen bekommen musste. »Und … es tut mir leid.«

»Drida?« Karlmann blieb stehen und sah sie fragend an, wartete.

Drida warf Karl noch einen letzten Blick zu. Er nickte, als wäre es in Ordnung, ihn alleine zu lassen, und so wandte sie sich ab und ging mit Karlmann und Beornred.

Der kleine Vorhof des Wohnhauses innerhalb der Mauern der Pfalz war einer ihrer Lieblingsorte. Hier gab es selbst im Herbst noch rosa und purpur blühende Sträucher, vollhängende Obstbäume und Bänke im Schatten ihrer Kronen. Sie saß gern draußen und genoss das angenehme Wetter. Die Gegend rund um Quierzy war ihr die liebste, es war nie zu kalt und nie zu heiß. Es regnete zwar oft, aber das störte sie nicht. Sie liebte den reinen Duft und den grünen Glanz des Landes nach den Regenfällen.

Drida hatte im Frühsommer ein paar Wochen in Toulouse und Bordeaux verbracht, nachdem König Pippin den Herzog von Aquitanien nach Jahren des Krieges besiegt hatte. Dort hatte ihr das warme Klima auch sehr gefallen, genauso die Aussicht auf die Weinberge. Schließlich waren sie aber alle zurück in den Norden gezogen, und der König war fest entschlossen, nun auch die Sachsen endgültig zu unterwerfen. Ein Vorhaben, das er wohl nicht mehr erfüllen konnte. Schon während der Reise war er krank geworden und schließlich ins Kloster Saint-Denis gezogen – mit der Begründung, er wolle die Arbeiten an dem von ihm in Auftrag gegebenen neuen Altarraum sehen, durch den Pilger die Gräber der Heiligen umrunden konnten.

Aber Drida glaubte, dass er seine Zeit nahen sah und sich deshalb an jenen Ort begeben hatte, an dem sein Vater zur ewigen Ruhe lag. Gestern hatte Herzog Autchar die Nachricht überbracht, dass es um die Gesundheit des Königs immer schlechter stand, und daher sollten seine Gemahlin und seine Söhne zu ihm nach Saint-Denis kommen.

Blieb nur zu hoffen, dass Karl und Karlmann sich in den nächsten Tagen zusammenrissen. Die Anspannung und die Sorge vor einer drohenden Unruhe, sollte der König tatsächlich sterben, machten die Lage wohl auch nicht besser.

Im Moment wollte Drida aber weder an Karl noch Karlmann oder den König denken, sondern das schöne Wetter genießen, genauso die kleine Wölfin, die neben ihr im Gras lag und an einem Hasenbein nagte. Drida hätte lieber ein schönes Stück Fleisch vom Reh gehabt, aber der Koch hatte sie bei diesem Wunsch davongejagt. Die Schale Ziegenmilch hatte die Wölfin hingegen nicht angerührt, was Drida zuerst mit Sorge erfüllt hatte. Nun war sie aber sonderbar stolz.

»Du weißt genau, dass du schon groß bist, nicht wahr? Du brauchst keine Milch mehr. Das Fleisch wird dich wieder zu Kräften bringen.«

Drida kniete neben ihr auf der Wiese nieder und streichelte der Wölfin über das Fell, das in der Sonne nicht nur grau aussah, sondern auch stellenweise rotbraun schimmerte, besonders vorne bei der Nase. Dabei versuchte Drida es gleichzeitig von Nadeln und Kletten zu befreien. Es war erstaunlich, dass die Wölfin sich so bereitwillig anfassen ließ, aber sie tat wohl alles, solange sie nur ihren Bauch füllen konnte.

Der Protest der Bewohner hatte sich zu ihrer Überraschung in Grenzen gehalten. Kaum jemand hatte ihre kleine Begleiterin wahrgenommen, zu beschäftigt waren alle damit gewesen, über den neuerlichen Zusammenstoß zwischen den königlichen Brüdern zu tratschen. Aber ihr sollte es recht sein. Schon morgen brachen sie auf nach Saint-Denis, und niemand hier musste sich dann noch um ihre kleine vierbeinige Begleiterin sorgen. Denn Drida wollte sie mitnehmen. Noch war die Wölfin nicht bereit, alleine draußen zu bleiben und sich ihre Mahlzeiten selbst zu erlegen. Vielleicht würde sie das nie sein. Aber so weit in die Zukunft wollte Drida erst gar nicht blicken. Jetzt war ihr nur wichtig, dass es der Wölfin gutging.

»Drida, da bist du ja!« Ein Schatten fiel auf sie, und als sie gegen die Sonne blinzelte, erkannte sie Gerperga, die, mit den Händen in die Seiten gestemmt, auf sie hinabstarrte. »Ist das etwa ein …?«

»… Wolf«, bestätigte Drida und lachte bei den leisen Knurrlauten, die die Wölfin von sich gab, während sie den Hasenschenkel hin und her schleuderte.

»Aber wie … woher …?« Gerperga ging neben ihr in die Knie und sah die Wölfin ganz fasziniert an. Von Ablehnung oder Sorge keine Spur. Ihr war anzusehen, dass sie augenblicklich genauso verliebt in das Tier war wie Drida. »Hat er keine Mutter mehr?«

»Sie«, stellte Drida klar und schüttelte schließlich den Kopf. »Ich habe sie auf der anderen Uferseite im Wald gefunden, halb verhungert. Ich hoffe, dass ich sie aufziehen kann, bis sie in der Lage ist, draußen alleine zu überleben.«

Gerperga sah verwirrt zwischen der Wölfin und ihr hin und her. »Auf der anderen Uferseite … Himiltrud hat gesagt, dass du in den Fluss gestürzt bist und Karl und Karlmann schon wieder aneinandergeraten sind. Ich habe dich gesucht, aber du warst nirgendwo.«

»Ich habe der Kleinen hier ihr Fressen besorgt.«

Drida wollte nicht über die beiden Brüder reden, und schon gar nicht darüber, wie sie in den Fluss geraten war. Schließlich wusste sie, was Gerperga über Karl zu sagen hätte. Ihre Meinung über ihn war genauso schlecht wie die ihres Gemahls.

»Wir sollten ihr einen Namen geben«, lenkte Drida also ab und nahm den Strick, der ihr Kleid in der Mitte zusammenhielt, um ihn vor der Wölfin hin und her tanzen zu lassen. Sofort sprang die Kleine darauf, verbiss sich darin und zerrte daran.

Gerperga sah sie noch einen Moment lang prüfend an, dann widmete auch sie sich dem umherspringenden kleinen Bündel. »*Du* solltest einen Namen aussuchen. Du hast sie gefunden.«

»Eigentlich war es Karl.«

Drida ließ ihren Blick über den Hof schweifen, wo Mägde Wäsche zum Trocknen in die Sonne hängten, und sie hoffte, dass Karl sich die erneute Auseinandersetzung mit seinem Bruder nicht zu sehr zu Herzen nahm. Schnell schüttelte sie den Kopf, um nicht weiter an ihn zu denken. Er mochte Güte gezeigt haben, was die Wölfin betraf, aber wie oft zuvor hatte er ihr oder Karlmann wehgetan?

»Ich nenne sie Luna«, erklärte sie und befreite das Seil aus den Fängen der kleinen Wölfin. Diese schnappte es sich aber sofort wieder, und so ging das Gezerre weiter.

»Das ist ein schöner Name. Hast du Karlmann irgendwo gesehen?«

»Nicht, seit wir vom Fluss zurückgekommen sind. Ich bin sofort in die Küche gegangen, um der kleinen Luna ihr Fressen zu holen. Karlmann war da noch mit dem Herrn Beornred zusammen.«

»Vielleicht trifft er Vorbereitungen für die Reise morgen.« Gerperga erhob sich, sie war plötzlich ganz blass, und ihr Ausdruck wirkte angespannt. »Arbeiten wir später am Altartuch weiter?«

Drida sah besorgt zu ihrer Freundin empor. Sie wusste, dass ihr wieder übel geworden war, und so nickte sie. »Versprochen. Ich hoffe, dieser kleine Wirbelwind schläft auch einmal.«

Gerperga lächelte und ging zurück ins Wohnhaus, in dem sich die Schlafgemächer der königlichen Familie und hoher Besucher befanden. Drida schlief zusammen mit Himiltrud und Gerperga in einem Gemach, da es den beiden fränkischen Adligen in ihrem Zustand nicht zugemutet werden konnte, das Bett mit ihren Ehemännern zu teilen. Es würde spannend werden, wie Himiltrud auf Luna reagierte, aber vielleicht hatte Karl bereits mit ihr darüber gesprochen – wenn er sich überwinden konnte, endlich einmal die Nähe seiner Frau zu suchen. Seit Himiltrud ein Kind erwartete, schien er seine Pflicht als erfüllt anzusehen und richtete kaum noch das Wort an sie.

Drida konnte sich nichts Schlimmeres vorstellen, als in einer solch lieblosen Ehe gefangen zu sein, und sie bedauerte Himiltrud, aber auch Gerperga. Karlmann trug seine Gattin zwar auf Händen, aber Drida wusste, wie es in seinem Herzen aussah, und das machte auch sie zu einer Verräterin und Betrügerin.

»Aber jetzt habe ich dich«, flüsterte sie, an Luna gewandt.

Sie fand immer mehr Gefallen am Spiel mit dem Seil und fand es erstaunlich, wie klug die Wölfin war. Wenn Drida nicht mehr am Seil zerrte und es in Ruhe ließ, ließ auch Luna es aus dem Maul fallen. Aber sobald Drida es wieder in die Hand nahm, stürzte sich das Tier wieder darauf.

»Das ist kein Hund, dem Ihr Kommandos beibringen könnt«, erklang ein Lachen über ihr.

Als Drida aufblickte, sah sie Karlmann und Beornred. Schnell sah sie sich nach Gerperga um, damit sie ihr Bescheid geben konnte, dass ihr Gemahl hier war, aber sie war bereits verschwunden.

»Deine Frau hat nach dir gesucht.« Drida stand auf und deutete aufs Wohnhaus.

Karlmann nickte nur und sah sie schweigend an. Er stand da, aufrecht und stolz, mit gegürtetem Schwert und zerzaustem Haar vom Kampf, die scharfen Züge in seinem bartlosen Gesicht traten unter seinem ernsten Blick noch stärker hervor als sonst.

Beornred hingegen ging in die Hocke und streckte die Hand nach Luna aus. Die Wölfin starrte die große Pranke aber nur misstrauisch mit ihren blauen Augen an, angespannt, bereit, jederzeit davonzuspringen. Dann ging sie langsam näher und schnüffelte.

Drida spürte ihr Herz aufgehen. Sie fand jede Bewegung, jeden Ausdruck des kleinen Tiers herzallerliebst.

»Was heißt ›Wolf‹ auf Angelsächsisch?«, fragte sie Beornred, wie immer bemüht, auch in dieser Sprache besser zu werden.

Obwohl ihr Interesse daran nicht allein an ihrem Wissensdurst lag. Dridas Mutter war Angelsächsin gewesen, das war das Einzige, das Drida über sie wusste – eine angelsächsische Unfreie, der ihr herrschaftlicher Vater angeblich verfallen war. Kurz nach Dridas Geburt war sie an einem Fieber gestorben. Deshalb trug Drida in Wahrheit auch einen angelsächsischen Namen: Cynethryth. Im Fränkischen war daraus Quindrida geworden, aber für beide Formen galt die Abkürzung Drida, die ihr auch am besten gefiel.

Beornred richtete sich wieder auf. »Wulf«, erklärte er und freute sich wie immer, wenn sie ihn nach irgendetwas fragte, das mit seiner Heimat zu tun hatte. Sie wusste, wie sehr er Britannien vermisste.

»Gibt es in Britannien auch Wölfe?«

»Natürlich. Aber man sieht sie nur selten. Sie leben tief in den Wäldern, wo kaum je ein Mensch vorbeikommt.«

Das war hier nicht anders. Aber Luna musste auf der Suche nach Nahrung in Menschennähe gekommen sein, auch der Fluss war als Wasserquelle für sie wichtig gewesen. Was wohl mit ihrer Familie geschehen war? Hatte ihre Mutter sie verlassen, da sie zu schwach war? Oder gab es irgendwo ein Rudel, das nach ihr suchte? Vielleicht war ihre Mutter auch tot. Allein der Gedanke bekräftigte Drida in ihrem Vorhaben, alles für das kleine, hilflose Wesen zu tun.

»Was habt Ihr nun mit ihr vor?«, wollte Beornred wissen, während Karlmann angespannt und unruhig wirkte.

Nicht oft ließ er sich Gefühle anmerken, aber jetzt rieb er die Finger aneinander und blickte immer wieder prüfend durch den Hof. Drida ahnte, was in ihm vorging, und sie wünschte, sie könnte die Gedanken wegschieben. So gelassen wie möglich wandte sie sich wieder Beornred zu.

»Ich hoffe, dass sie bald stark genug ist, um wieder in Freiheit zu leben. Ich kann sie wohl kaum wie einen Jagdhund an die Leine legen.«

Und als hätte Luna eine Ahnung von den Worten, kam sie näher und legte sich auf Dridas Füße. Ihr Herz ging über vor Liebe.

Beornred lachte. »Fränkisch, Lateinisch, Griechisch, Angelsächsisch. Und nun lernt Ihr auch noch die Sprache der Tiere?«

»Ich fange mal mit den Wölfen an«, scherzte sie und warf erneut Karlmann einen Blick zu, der immer noch ernst dreinsah und kein Interesse an Luna zeigte. Fast hätte sie geseufzt.

Beornred sah zwischen ihnen beiden hin und her. Er schien Karlmanns Anspannung wahrzunehmen und bemerkte, wie intensiv er Drida ansah, denn er machte einen Schritt zurück.

»Wenn Ihr Hilfe mit der Kleinen braucht, zögert nicht, zu mir zu kommen. Mein Vater hat Hunde ausgebildet, und ich selbst hatte jahrelang eine Wolfshündin aus Irland als treue Begleiterin.« Sein Ausdruck wurde in sich gekehrt, Wehmut zeichnete sich in seinem Blick ab.

Drida fragte sich, ob er die Hündin hatte in Britannien zurücklassen müssen. Wenn ja, lebte sie bestimmt nicht mehr, denn er hatte seine Heimat schon vor langer Zeit verlassen.

Beornred schüttelte den Kopf. »Nun, es ist zwar nicht dasselbe, aber vielleicht kann Euch das eine oder andere weiterhelfen.«

»Vielen Dank, ich weiß das sehr zu schätzen.«

Beornred nickte ihr noch zu, legte Karlmann die Hand auf die Schulter und ging schließlich davon.

Karlmann wartete, bis der Krieger bei den Ställen verschwunden war, dann kam er einen Schritt näher.

»Geht es dir gut?«

Drida wusste, wie sehr diese Frage in ihm gebrannt hatte. Er wollte wissen, was wirklich am Fluss geschehen war, aber die Wahrheit würde seine Beziehung zu Karl nicht bessern. Auf dem Weg zurück hatten sie wegen Beornred nicht frei reden können, aber Karlmann schien immer noch nicht überzeugt, dass ihr nichts passiert war.

Drida lächelte. Manchmal hatte sie das Gefühl, es für ihn tun zu müssen, denn Karlmann fiel Frohsinn schwer. Er wirkte sehr viel älter als der zwanzigjährige Karl, obwohl er drei Jahre jünger war. Vom eigenen Bruder abgelehnt zu werden, kaum dass er den schützenden Leib der Mutter verlassen hatte, war nicht spurlos an ihm vorübergegangen.

»Du hättest nicht gegen ihn kämpfen dürfen«, sagte sie sanft und blickte auf Luna hinab, die immer noch auf ihren Füßen lag und sich satt und zufrieden zusammengerollt hatte.

Karlmann verdrehte die Augen, sah sich um und bedeutete ihr schließlich mit einer Kinnbewegung fort vom Wohnhaus, ihm zu folgen. Drida zögerte. Sie wollte nicht allein mit ihm sein, wollte nicht hören, was er ihr zu sagen hatte, sosehr ein Teil in ihr sich auch danach sehnte. Es war Verrat.

Karlmann aber sah sie so eindringlich an, dass sie nachgab. Vorsichtig zog sie die Füße unter dem warmen Wolfskörper hervor und setzte sich in Bewegung. Sie achtete darauf, ob Luna ihr folgte. Und tatsächlich tapste die Kleine hinter ihr her.

Sie traten hinaus aus dem Garten in den großen Innenhof. Zu ihrer Rechten erstreckte sich die gewaltige Königshalle, die bei großen Zusammenkünften und Festen genutzt wurde, zu ihrer Linken all die Nebengebäude wie die Ställe, die Vorratsräume und die Küche. Dahinter führte das Tor vor die Palisaden, wo auch die Unterkünfte für die Bediensteten lagen. Gebell erklang aus dem Hundezwinger, vielleicht witterten sie den Wolf. Aber Drida kümmerte sich nicht darum.

Karlmann führte sie zu der unscheinbaren Kapelle, die nicht mehr als ein kleines Holzhaus mit einem Kreuz war. Kurz überlegte sie, Luna draußen zurückzulassen, aber sie hatte Angst, dass jemand sie nehmen und fortbringen oder ihr etwas antun könnte. Lieber hatte sie sie in ihrer Nähe. So hielt sie die Tür auf, sodass Luna ihr folgen konnte. Zuerst blieb die Wölfin an der Schwelle stehen. Der dunkle, nur von Kerzenlicht beleuchtete Raum schien ihr unheimlich. Aber Drida schob langsam die Tür zu, und so machte Luna schnell noch einen Sprung nach drinnen.

Es gab keine Fenster, nur einzelne schmale Lichtstreifen drangen durch Ritzen zwischen den Holzbrettern. Nicht mehr als fünfzig Menschen fanden hier Platz, weshalb auch große kirchliche Zusammenkünfte im nahen Kloster Brétigny stattfanden.

Karlmann sah sich im flackernden Zwielicht um, als überprüfte er, dass sie alleine waren. Schließlich wandte er sich ihr zu, wobei er Luna ignorierte, die den Raum sofort mit ihrer Nase erkundete.

»Mir wäre wirklich wohler, wenn du Karl aus dem Weg gehen würdest.«

Drida riss ihren Blick von der Wölfin los und wandte sich Karlmann zu. »Ich habe ihn nicht zum Fluss eingeladen, falls es das ist, was du meinst.«

Er sah sie aus verengten, im Kerzenlicht funkelnden Bernsteinaugen an. »Er wird dir wehtun. Er wird dir schaden, um mir zu schaden.«

Tiefe Qual sprach aus jedem seiner Worte, und Drida hielt sich nur schwer davon ab, seine Hand zu ergreifen, um ihn zu beruhigen. Sie wusste gar nicht mehr, wann sie einander zum letzten Mal umarmt, wann sie nur beiläufig den Arm des anderen berührt hatten. Den genauen Moment, in dem sich etwas zwischen ihnen verändert hatte, was über ihre kindliche Einheit hinausgegangen war, konnte sie im Nachhinein nicht mehr benennen. Aber sie hatten es beide bemerkt und seither versucht, Distanz zu wahren. Karlmann war verheiratet, seine Frau erwartete ein Kind, und zwischen ihnen konnte nie mehr sein als eine geschwisterliche Bindung. Es war leichter so. Sie mussten den Abstand wahren und sich verbieten zu bemerken, wie schnell ihrer beider Herzen schlugen, wenn sie einander nur ansahen. Sie waren zusammen aufgewachsen und hatten an der Brust derselben Amme getrunken. Es durfte sich nicht so anfühlen, als erweckte er allein mit seiner Anwesenheit jede Faser ihres Körpers und brachte sie zum Schwingen.

Karlmann stand unbewegt vor ihr, jeder Muskel in seinem Körper schien angespannt. »Ich könnte es nicht ertragen, wenn dir etwas geschieht. Heute hat er dich in den Fluss gestoßen, was wird er morgen tun?« Seine Finger streckten sich und ballten sich wieder zur Faust.

Drida hielt den Atem an. Eine Macht wie die im Fluss, die sie in die Tiefe gerissen hatte, wollte sie näher an ihn ziehen, aber sie hielt stand. Zu groß war ihre Angst, dass die kleinste Berührung in ihnen etwas entzünden konnte, was sie beide nicht mehr zu löschen vermochten.

Also standen sie einander nur gegenüber, jeder Atemzug bewusst ruhig getan. Sollte Karl je herausfinden, dass Dridas Herz tatsächlich für seinen Bruder schlug, wollte sie sich gar nicht ausdenken, was er zu tun imstande war. Noch war es ein brüderliches Gezanke, vage Eifersuchtsspiele, aber Drida wusste, wie schnell es zwischen den beiden ernst werden konnte.

»Er wird mir nichts tun«, versicherte sie ihm und versuchte so überzeugend wie möglich zu klingen, während sie sich nichts sehnlicher wünschte, als von seinen Armen festgehalten zu werden. »Er fühlt sich zurückgewiesen, er greift an, wenn er sich nicht mehr anders zu helfen weiß, aber er liebt uns auch, da bin ich mir ganz sicher. Wir sind seine Familie, und alles, was er will, ist dazuzugehören. Dass euer Vater nun ausgerechnet wieder dir eine Nachricht zukommen ließ, um uns nach Saint-Denis einzuladen, nicht eurer Mutter, nicht seinem Erstgeborenen, sondern dir – das war für ihn ein erneuter Schlag ins Gesicht.«

»Du verteidigst ihn immer noch. Ist es wirklich nur Mitleid, das aus dir spricht?« Etwas Dunkles drang in seine Stimme.

Drida sah ihn ungeduldig an. »Karlmann …«

»Du weißt, dass er dich will. Jeder weiß es, selbst seine Frau. Himiltrud weigert sich, bei ihm zu liegen, solange sie sein Kind trägt, und jetzt will er dich.«

»Er kann mich nicht haben.«

»Nein.« Er machte einen Schritt auf sie zu, sodass er vor ihr aufragte und sie den Kopf in den Nacken legen musste, um seinem lodernden Blick standhalten zu können. »Keiner von uns beiden.«

Dridas Herz machte einen Satz, sengend heiße und gleichzeitig eiskalte Wellen loderten über ihren Körper.

Nur einmal, sagte sie sich. Einmal den Schritt nach vorne wagen, nur einmal seinen Körper nahe an ihrem spüren, seine Lippen auf ihren, seinen heißen Atem, der jetzt über ihr Gesicht strich … Niemand müsste es wissen. Andere taten es auch, selbst die Mönche in Brétigny bezahlten Unfreie, um sich am Fluss mit ihnen zu treffen. Jeder wusste es. Nur sprach niemand offen darüber, nur hinter vorgehaltener Hand mit einem Flüstern. So müsste es nicht einmal zwischen ihr und Karlmann sein. *Niemand* würde davon erfahren.

Aber *sie* wusste es. Sie würde seiner Frau Gerperga unter die Augen treten müssen, ihrer Freundin. Einer Frau, nur wenig älter als Drida, die ein Kind trug und Karlmann verehrte, die Drida stets nur Herzlichkeit entgegenbrachte und sie ihre Schwester nannte.

»Nicht.«

Drida wandte sich ab, was ihr beinahe schon körperlichen Schmerz bereitete. Sie ging zur Tür, legte die Hand darauf und wollte sie aufstoßen, hinausgehen, nur fort. Aber sie schaffte es nicht.

Karlmann hielt sie nicht auf. Er rührte sich nicht. Sie hörte ihn nur tief einatmen, ein leiser Laut im golden erleuchteten Gotteshaus, der ihr durch und durch ging.

So standen sie da und konnten ihren Gedanken, ihren Gefühlen und den äußeren Umständen, die all das verboten, nicht entkommen.

Drida wusste nicht, wie viel Zeit verging, in der sie beide wortlos das Feuer in ihrem Inneren zu löschen versuchten. Sie konnte Karlmann jetzt nicht ansehen, sonst würde sie wohl schwach werden. Sie musste die Kontrolle bewahren. Und sie ahnte, dass es Karlmann ebenso ging. Abstand. Sie durften es nicht so weit kommen lassen, durften sich nicht mehr alleine sehen.

Wo war Luna? Sie musste sich auf die Wölfin konzentrieren, um zu vergessen, dass Karlmann in ihren Rücken starrte.

»Vater stirbt«, brach er unvermittelt die Stille – wohl in einem Versuch, irgendwie auszubrechen und so weiterzumachen, als wäre nichts geschehen, als wären sie nur Verwandte. Er sprach scheinbar gleichgültig, aber sie kannte ihn. Sie hörte den tief verborgenen Schmerz, vielleicht jetzt noch stärker, da ihre Sinne nicht von seinem Anblick abgelenkt wurden. »Er hat die Krone des Frankenreichs in unsere Familie geholt, er hat die Sarazenen zurück über die Pyrenäen gejagt, er hat lombardische Gebiete für den Papst erobert, den Herzog von Aquitanien besiegt, mehrmals Erfolge gegen die Sachsen verzeichnet … Er hat ein Land an sich genommen und es stärker gemacht. Was, wenn mit seinem Tod alles zerfällt?«

Karlmann brauchte sie. Das war es, was er damit sagte. Er musste seine Sorgen aussprechen. Sie durfte nicht gehen, um dem schmerzhaften Sehnen zu entgehen. Sie musste bleiben und seine Nähe aushalten, denn er hatte niemanden sonst. Sein Vater lag im Sterben, und seine Mutter versetzte Berge, wenn es darum ging, ihren Erstgeborenen zu stärken. Seine Schwester lebte in der Abtei Notre-Dame de Chelles nahe Paris, auch an sie konnte Karlmann sich nicht wenden. Und obwohl er Freunde hatte – die Söhne von Grafen und Hofbeamten, enge Berater wie den Herzog Autchar oder auch den Angelsachsen Beornred –, traute er niemandem vollkommen.

Drida drehte sich zu ihm um und sah ihm in die Augen. Sie blieb an der Tür stehen, wollte ihm aber zeigen, dass sie immer für ihn da war. Sie würde zuhören.

Karlmann nickte dankbar, oft verstand er ihre Gedanken, ohne dass sie sie aussprechen musste.

»Du weißt, was er vorhat«, fuhr er fort, und seine Züge wurden noch härter. »Vater will Karl und mich zu seinen Erben machen. Er will das Land teilen, es zerreißen und uns beiden einen Anteil geben.«

»So war es immer. Das Land wird unter allen legitimen Söhnen aufgeteilt. Auch bei deinem Vater war es so.«

»Ja. Und mein Vater hat den deinen töten lassen, um das Erbe für sich allein zu haben. Seinen anderen Bruder verbannte er ins Kloster. Soll es auch bei Karl und mir so sein? Sollen wir uns gegenseitig so lange bekriegen, bis nur noch einer von uns übrig ist?«

Drida senkte den Blick. Die Erwähnung ihres Vaters war sonderbar schmerzhaft, dabei hatte sie gar keine Erinnerung an ihn. König Pippin hatte ihn töten lassen, da war Drida gerade mal ein Jahr alt gewesen. Vielleicht hatte er sich schuldig gefühlt, den eigenen Halbbruder beseitigt zu haben, und Drida deshalb zu seinem Mündel ernannt. So wollte er wohl Buße tun, denn angeblich war Drida ihrem Vater sehr wichtig gewesen, trotz der Umstände ihrer Geburt.

»Ihr beide seid klüger, als unsere Väter es waren.«

»Sind wir das? Ich dachte, du kennst uns besser.«

»Nun, so ist nun mal das Gesetz. Ihr seid beide Pippins Söhne, und …«

»Ja, aber wir sind nicht beide legitim. Karl weiß, dass er in Wahrheit keinen Anspruch auf das Erbe hat.«

»Karlmann …« Mahnung lag in ihrer Stimme.

Diese Wahrheit auszusprechen war gefährlich, es war ein wunder Punkt, der neben Pippins Abweisung Karls größter Auslöser für Zornesausbrüche war. Pippin und seine Gemahlin hatten lange vor Karls Geburt geheiratet, aber wegen ihrer nahen Verwandtschaft hatte der Papst die Ehe erst sehr viel später anerkannt. Da war Karl schon auf der Welt gewesen, und manche munkelten, das machte ihn zu einem Bastard.

»Du weißt, zwischen uns beiden wird nie Einigkeit herrschen. Karl wird nichts unversucht lassen, um auch meinen Anteil zu bekommen, mich zu vertreiben, so wie unser Vater es bei deinem Vater getan hat. Er unterstellt mir, ihm alles nehmen zu wollen, und so will er mir alles nehmen, um mir zuvorzukommen.«

»Und du willst *ihm* zuvorkommen.« Drida schüttelte den Kopf. »Ihr solltet miteinander sprechen. Karl wird nicht gegen seinen eigenen Bruder kämpfen.« Karlmann hob die Augenbrauen, und Drida lächelte wehmütig, da sie selbst hörte, wie unglaubwürdig ihre Worte klangen. »Ich meine damit keine

Schwertkämpfe im Hof, Karlmann, sondern einen Krieg zweier Heere, einen Krieg im eigenen Land, gegen das eigene Volk. Karl ist oft ungestüm, eifersüchtig und voller Groll, aber er ist nicht dumm. Das Königreich könnte solch einen Bruderkrieg nicht verkraften. Das weiß er. Er wird sein Erbe annehmen und dich in Ruhe lassen, da bin ich mir sicher.«

»Dein Wort in Gottes Ohr.«

Sie sahen einander an, und sofort schlitterten sie beide zurück in ihre gegenseitige Sehnsucht. Erneut schien sich die Luft zwischen ihnen zu entzünden und zu knistern. Drida atmete erleichtert auf, als Luna gegen ihr Bein sprang und sich in ihrem Kleid verbiss.

»Ein weiterer von Karls hirnrissigen Einfällen«, seufzte Karlmann mit einem Blick auf die Wölfin.

Drida bückte sich und hob die Kleine auf, die nach ihren Fingern zu schnappen versuchte, aber Drida hielt sie fest, und so gab sie schnell auf und rollte sich lieber in ihren Armen zusammen.

»Es war *mein* hirnrissiger Einfall, sie mitzunehmen.«

»Und Karl unterstützt dich dabei. Nur er kann mit einem Wolf in deiner Nähe glücklich sein. Er bekommt deine Dankbarkeit, und gleichzeitig kann dir der Wolf auch schaden.«

»Luna schadet niemandem.«

»Sie wird schnell größer werden, und mit dem ersten Vieh, das sie reißt, mit dem ersten Menschen, gegen den sie nur die Zähne fletscht, wirst du in Schwierigkeiten geraten.«

»Bis dahin ist sie längst nicht mehr hier.«

Allein der Gedanke tat bereits nach so kurzer Zeit erstaunlich weh, aber Drida wusste, dass ein Wolf ein wildes Tier war und in der Nähe von Menschen nichts verloren hatte. Sie wünschte der Kleinen auch das freie Leben in den Wäldern, aber schon jetzt fürchtete sie den Moment des Abschieds. Luna schien schon nach nur einer Mahlzeit so viel aufgeweckter und stärker, vielleicht brauchte sie Dridas Hilfe ja auch gar nicht. Aber da sich das Fell direkt über den Rippen spannte und kaum etwas an ihr dran war, wollte sie ihr wenigstens ein bisschen länger Zeit geben.

»Ich bete nur, dass dieser Wolf keine von Karls Schikanen ist.« Karlmann strich sich müde über die Stirn und wollte auf sie zukommen, als sich unvermittelt die Tür hinter ihr öffnete.

Die Stimme der Königin Bertha erklang. Drida lief es kalt den Rücken hinunter.

»Karlmann, Herzog Autchar möchte mit dir sprechen. Er wartet in der Halle auf dich.« Sie trat an Drida vorbei, ohne sie anzusehen, und machte in Karlmanns Richtung eine einladende Geste zur Tür.

Karlmann sah Drida noch einen Augenblick lang an, dann setzte er sich in Bewegung und folgte der Anweisung seiner Mutter. Er trat hinaus. Drida erwartete, die Königin würde ihm folgen und ihr ein paar Augenblicke allein in der Kapelle schenken, aber stattdessen schloss sie die Tür und wandte sich ihr zu. Die Goldfäden in ihrem Schleier funkelten im Kerzenlicht ebenso wie der goldene Halsschmuck mit den Smaragden. Aber selbst ohne das Geschmeide wäre sie durch und durch eine erhabene Persönlichkeit. Allein schon, wie sie es schaffte, Drida anzusehen, als wäre sie ein widerliches Insekt.

Drida war gar nicht sicher, ob die Königin die Wölfin in ihren Armen wahrnahm. Sie blickte ihr direkt in die Augen, voller Abscheu, was Drida bereits kannte.

»Ich weiß, was du tust«, sagte sie und trug dabei fast schon Liebenswürdigkeit in ihrer Stimme, die Drida aber kein besseres Gefühl gab. »Auch wenn es meine Söhne nicht sehen mögen.« Ein leises Lachen und ein Zucken mit den Schultern. »Nun, was will man von Männern auch anderes erwarten? Sie lassen sich leicht täuschen, besonders von jungen, hübschen Mädchen. Aber ich bin kein Mann und beschäftige mich nicht damit, jedem hellen Lachen hinterherzusehen, mit dem Schwert auf andere einzuprügeln oder Wild zu jagen. Nein, ich habe Zeit, genau hinzuschauen, alles zu beobachten. Und ich sehe dich, Quindrida, und wie du dich zwischen die beiden drängst, die mir das Wichtigste sind – die dem Land das Wichtigste sind, wie du sie auseinandertreibst und mit ihnen spielst.«

Drida wusste nicht, was sie sagen sollte. Sie fühlte sich klein und schmutzig. Im Moment war sie über das warme, weiche Bündel in ihren Armen heilfroh, denn es tröstete sie ein wenig.

»Das war nie meine Absicht«, brachte sie schließlich heraus und kämpfte gegen Tränen.

Sie wollte nicht vor der Königin weinen, die sie allein mit ihrem Blick daran erinnerte, dass sie nichts weiter war als der Bastard jenes Mannes, den der König als seinen Feind betrachtet hatte.

»War es das nicht?« Bertha durchbohrte sie mit ihrem stechenden Blick aus den blauen Augen. »Karl ist ein guter Mann. Er war immer ein guter Junge. Er ist bescheiden, treu, gottesfürchtig und klug, aber du hast stets das Schlechteste in ihm zum Vorschein gebracht. Weißt du, wie lange der König und ich warten mussten, bis der Herrgott uns mit einem Kind, einem Sohn, segnete? Sieben lange Jahre! Karl war unser aller Rettung, er war *meine* Rettung, er war … er *ist* mein Ein und Alles, und du machst aus ihm jemanden, über den gespottet und gelacht wird.«

»Das war nie meine Absicht«, wiederholte Drida, nun aber nicht mehr so unterwürfig.

Denn die Art, wie die Königin über Karl sprach, als wäre er ihr einziges Kind, machte sie wütend. Sosehr der König Karlmann bevorzugte, so eng stand die Königin zu Karl. Dies war keine Familie, kein Zusammenhalt – es waren Fronten. Und fast alle in diesem Land standen entweder auf der einen oder

der anderen Seite. Nur Drida fühlte sich oft dazwischen eingekeilt, auch wenn ihr Herz für Karlmann schlug. Vergessen konnte sie trotzdem nicht, dass sie auch mit Karl aufgewachsen war und dass auf jede seiner Schandtaten meist wieder etwas Liebevolles folgte. Wie heute mit Luna.

Der Blick der Königin fiel nun zum ersten Mal auf die Wölfin hinab, und Drida schloss die Arme schützend etwas fester um das Tier. Das entlockte ihrem Gegenüber ein abfälliges Schmunzeln.

»Keine Sorge, Quindrida, ich habe nicht vor, dir deine Bestie wegzunehmen. Im Gegenteil. Dich darin zu bestärken, sie an dich zu nehmen, war sehr klug von Karl. Vielleicht reißt sie dir des Nachts ja die Kehle heraus.«

Drida erstarrte. Sie war fassungslos über diese Worte, die über jegliche bisherige Herablassung hinausgingen. Der neuerliche Kampf zwischen den Thronfolgern heute war wohl auch an deren Mutter nicht spurlos vorübergegangen.

Die Königin lächelte hämisch, Dridas Betroffenheit schien ihr zu gefallen. »Karl wird jedenfalls ein besserer König, wenn du nicht mehr da bist.«

»Ihr habt auch noch einen anderen Sohn«, platzte es aus Drida heraus.

Sie war nicht überrascht über das tiefe Luftschnappen, das zur Antwort kam.

»Wage es nicht, *mir,* deiner Königin, derart aufsässiges Verhalten entgegenzubringen! Oder ich sorge dafür, dass du von nun an in einem Kloster verdorrst. Vielleicht suche ich dir auch einen Ehemann, der dir Manieren beibringt. Ich werde bestimmt den Richtigen finden.«

Drida funkelte die Königin an. »Ihr seid zu freundlich«, stieß sie zwischen zusammengebissenen Zähnen aus und zwang ihre Lippen zu einem Lächeln, das bestimmt grimassenhaft ausfiel.

Aber sie wollte nicht offenbaren, wie sehr die Aussicht auf einen Ehemann sie ängstigte. Wie sollte sie je einen anderen als Karlmann lieben? Wie sollte sie zulassen, dass sie fortgebracht wurde, zu einem Fremden, der womöglich abscheulich und brutal war?

»Halte dich von meinen Söhnen fern.« Eine letzte Drohung, dann wandte die Königin sich ab und ging gemessenen Schrittes und mit hocherhobenem Haupt aus der Kapelle.

Drida schloss die Augen. Der Atem entwich ihr mit einem Stöhnen. Sie blieb allein zurück in der Kapelle, wie sie es sich vorhin noch gewünscht hatte. Aber jetzt drückte eine schmerzhafte Einsamkeit sie nieder. Sie hatte niemanden.

Luna in ihren Armen regte sich, und ein Schluchzen befreite sich aus Dridas Kehle. Sie hob die Wölfin an ihr Gesicht und schmiegte ihre Wange ins weiche Fell.

»Du hast recht. Ich habe dich.«

KAPITEL 12

Saint-Denis, nahe Paris, Neustrien, Fränkisches Reich, September 768

Drida folgte den beiden Thronerben und der Königin gemeinsam mit Himiltrud und Gerperga zur Kirche der Abtei Saint-Denis. Nieselregen hatte eingesetzt. Trotzdem herrschte buntes Treiben auf dem Markt, auf dem sich dem Anschein nach hauptsächlich Pilger tummelten. Morgen war Sonntag, und zudem der achte Tag im Monat September, das Fest der Geburt Mariä. Drida konnte sich vorstellen, dass bis dahin noch sehr viel mehr Menschen eintrafen.

Ihre Ankunft zog Aufmerksamkeit auf sich, und das nicht nur, weil Drida Luna auf dem Arm hatte, damit sie in dem Trubel nicht zertrampelt wurde oder Angst bekam und davonlief. Sie hörte aufgeregtes Raunen über die wertvollen Kleider der Königin und über die Pracht der beiden Thronerben. Wegen der Leibwächter, die sie flankierten, konnte Drida aber kaum etwas erkennen, was sie bedauerte. Sie hätte sich gerne auf dem Markt umgesehen. Manchmal kamen Händler von weit her, die interessante Geschichten erzählten. Besonders hier am Ufer der Seine, die ins Meer zwischen dem Frankenreich und Britannien mündete, fanden sich oft Händler aus Beornreds Heimat wieder.

Der Angelsachse war auch heute dabei, er flankierte sie, zusammen mit den Leibwächtern. Die Königin hatte ihn gerne um sich, gab er doch schon von Weitem eine einschüchternde Erscheinung ab. Zudem wusste Bertha wohl, dass Beornred ihre Söhne bis zum Tode verteidigen würde. Er hatte ihnen das Kämpfen beigebracht und war ihnen zugetan.

Knechte nahmen ihnen die erschöpften Pferde ab und führten sie davon, während eine Gruppe Mönche ihnen zum Empfang entgegenkam.

»Abt Fulrad.« Die Königin klang ungewohnt freundlich, und auch der alte Abt lächelte.

Drida hatte diesen Mann schon häufiger gesehen, er war ein enger Vertrauter des Königs. Jetzt aber zeigte sich Sorge auf seinem Gesicht. Drida konnte die genauen Worte nicht verstehen, die zwischen der Königsfamilie und dem Abt hin und her gingen, dafür war es um sie herum zu laut. Aber sie konnte sich schon vorstellen, worum es ging: um die Gesundheit und das Leben ihres Souveräns.

Sie waren fast vier Tage unterwegs gewesen und jetzt müde und erschöpft. Aber alle wollten sofort zum König und sich seines Wohlergehens versichern – selbst Drida, die ihrem Onkel gemischte Gefühle entgegenbrachte. Einerseits war da stets das Wissen, dass er ihren Vater auf dem Gewissen hatte, andererseits hatte er sie aufgenommen und war ihr gegenüber immer nur freundlich gewesen. Aber über eines war sie sich im Klaren: Sie wollte nicht, dass er starb. Schon allein um Karls und Karlmanns willen.

Die kleine Gruppe setzte sich wieder in Bewegung, und Drida folgte ihnen. Lieber wäre sie in Quierzy geblieben, um Luna die anstrengende Reise zu ersparen. Auch hatte sie Angst gehabt, dass ihr die Wölfin davonlaufen könnte, ehe sie stark genug war, um allein zu überleben. Aber Luna wich ihr nicht von der Seite und fraß artig alles, was Drida ihr vorsetzte. Sie hatte schnell verstanden, wo sie ihren Bauch füllen konnte. In

Quierzy hatte Drida auch nicht bleiben können. Karlmann hatte darauf bestanden, dass sie die Familie begleitete. Drida sollte seiner Gemahlin Gerperga dienen, die nicht gerne Mägde von niederer Geburt oder gar Unfreie um sich hatte. Sie bevorzugte Drida, um sich das Haar machen und sich beim Ankleiden helfen zu lassen. Drida sollte ihr auch Gesellschaft leisten, besonders jetzt, da sie ein Kind in sich trug und bei vielem Hilfe brauchte. Sie vertraute Drida, und allein der Gedanke erfüllte Drida sofort wieder mit einem schlechten Gewissen. Sie dachte an die Kapelle von Quierzy und wie nahe daran sie gewesen war, ihre Loyalität gegenüber Gerperga wegzuwerfen.

Drida warf der jungen Frau an ihrer Seite einen Blick zu. Gerperga war schön, klein, zart, blass, mit Haar wie flüssiges Gold, das durch den fast durchsichtigen Schleier schimmerte. Ihr Ausdruck hatte stets etwas Verwundertes an sich. Auch jetzt sah sie sich um, als wäre sie nie zuvor in Saint-Denis gewesen. Fast wie ein kleines Kind, das die Wunder der Welt noch zu schätzen wusste und noch nie enttäuscht worden war. Drida schwor sich, niemals diejenige zu sein, die für ein bitteres Erwachen sorgte. Vielleicht sollte sie tatsächlich heiraten, um ihren Gefühlen für Karlmann zu entgehen.

»Ist der König etwa in der Kirche?«, flüsterte Gerperga ihr erstaunt zu und deutete zur Basilika, die sich vor ihnen auftat.

Aber ehe Drida etwas erwidern konnte, meldete Himiltrud, Karls Gemahlin, sich an ihrer anderen Seite zu Wort. »Der Abt hat gesagt, dass der König die Arbeiten am neuen Altarraum beaufsichtigt.«

Drida war überrascht, aber auch erleichtert. Wenn Pippin tatsächlich in der Kirche war, stand es um ihn vielleicht doch nicht so schlecht, wie vom Herzog Autchar bei seinem Besuch in Quierzy dargestellt. Vielleicht erholte er sich wieder, und Karlmann und Karl blieb es noch für längere Zeit erspart, die

Verantwortung über dieses gewaltige Reich zu übernehmen. Vielleicht gelang es ihnen dann auch, ihre Differenzen beiseitezuräumen, und sie wuchsen zusammen, um als Einheit über die Franken zu herrschen. Es war ein Wunsch, an dessen Erfüllung Drida glauben wollte, auch wenn er ihr – wenn sie ehrlich zu sich selbst war – unmöglich erschien. Allein, wie viel Abstand die beiden auf ihrem Weg zueinander hielten, ihre Mutter zwischen sich, zeigte schon, dass sie sich eher als Gegner denn als Brüder sahen.

Hämmern und Klopfen ertönte aus dem Inneren des Gotteshauses, und als einer der Mönche das Tor öffnete, drang sofort Staub heraus.

Drida kniff die Augen zusammen und brauchte ein paar Momente, bis sie im Inneren etwas erkennen konnte. Das Mittelschiff war überfüllt mit Arbeitern, vermutlich Unfreie, und sogar manche Mönche fassten mit an, trugen Steine und schafften Schutt mit Karren fort. Tageslicht strömte zu den schwindelerregend hoch gelegenen Fenstern herein, und in den Lichtstrahlen tanzte der Staub. Die durch Säulen abgetrennten Seitenschiffe waren in der dicken Luft kaum zu sehen, und über den Lärm der Arbeiten dröhnten Befehle und Rufe.

»Wie wollen wir morgen hier die Messe feiern?«, fragte Himiltrud und sah sich mit angewidert verzogener Nase um.

»Sie werden schon alles halbwegs sauber bekommen, und am Sonntag wird ohnehin nicht gearbeitet«, beruhigte Gerperga sie. »Es ist ja auch nur Staub.«

»Ich habe das Gefühl, den Tod zu atmen«, jammerte Himiltrud weiter und deutete nach vorne zur Apsis, in der Heilige und Könige rund um den Altar begraben waren oder in Sarkophagen ihre letzte Ruhestätte gefunden hatten.

Drida wollte ihr antworten, dass sie sich beruhigen sollte, aber da fiel ihr Blick auf den König, der mit zwei Mönchen vor dem Altar stand und wild gestikulierte.

Unwillkürlich schnappte sie nach Luft. Auch Himiltrud an ihrer Seite schien Pippin zu bemerken, denn sie schlug sich mit einem hohen Laut die Hand vor den Mund.

Die Königin fuhr zu ihnen herum und warf ihnen einen warnenden Blick zu. Gerperga stieß Drida an ihrer Seite leicht an, mahnend, aber Drida konnte ihr Entsetzen nicht abschütteln. Der Mann in den feinen Gewändern vor ihr schien nicht ihr Onkel zu sein. In der kurzen Zeit, seit sie ihn das letzte Mal gesehen hatte, schien er um das Doppelte in die Breite gegangen zu sein, und auch sein Gesicht war aufgedunsen, sodass die Wangen gegen seine Augen drückten und er nur durch schmale Schlitze blicken konnte.

Drida hatte einmal einen Jungen gekannt, der nach einem Bienenstich gestorben war. Er hatte ähnlich ausgesehen.

»Wassersucht«, flüsterte Gerperga ihr zu. »Das hat Herzog Autchar gesagt, als er in Quierzy ankam.«

Karlmanns Gemahlin bekreuzigte sich, und Drida und Himiltrud taten es ihr gleich. Für Drida kam es einem Wunder gleich, dass der König sich überhaupt noch bewegen konnte. Tatsächlich watschelte er mehr, als er ihre Ankunft bemerkte und auf seine Söhne und seine Gemahlin zuging.

»Was sagt ihr?«, rief er freudig und breitete die dicken Pranken aus, wie um die Basilika zu umfassen. Dabei schnaufte er, als hätte er einen Berg erklommen.

Dieses laute Atmen hörte sich in der hallenden Kirche unheimlich an, selbst der Arbeitslärm konnte es nicht übertönen.

»Es wird ein Meisterwerk, für das man sich lange an Euch erinnern wird«, rief die Königin zurück und schlug die Hände applaudierend zusammen, aber nur so leicht, dass nichts zu hören war.

Karl ging seinem Vater entgegen, sein Körper deutlich angespannt, den Kopf zwischen die Schultern gezogen, so wie früher, als er ein Kind gewesen war. Jetzt war er zwar größer als der König und blickte auf ihn herab. Trotzdem wirkte er klein und hilflos.

Sofort änderte sich etwas an Pippins Haltung. Trotz seiner grotesken Gestalt strahlte er nun Stärke aus, etwas Königliches, Unüberwindbares, Hartes. Dahin waren der Stolz und die Fröhlichkeit, die Drida gut an ihm kannte, schließlich brachte er ihr gegenüber stets nur Liebenswürdigkeit entgegen. Aber seinem Erstgeborenen nicht.

»Karl. Ich habe gehört, du hast dich wieder einmal von deinem Bruder besiegen lassen«, donnerte seine Stimme durch den Raum, der bis auf die Atemlosigkeit keine Schwäche anzuhören war. »Von deinem jüngeren, kleineren Bruder.«

Karl warf einen Blick zurück über die Schulter, als wollte er sehen, wer dem König davon erzählt hatte. Sein Blick traf den seines Bruders voller Hass, als Pippin auch schon ausholte. Es war ein Schlag mit der offenen Hand ins Gesicht, der durch den ganzen Raum nachhalte. Er war wohl nicht sehr schmerzhaft, aber demütigend.

»Wann hörst du endlich auf, mich zu enttäuschen, Junge? Wann hörst du auf, wie ein kleines Kind mit dem Fuß aufzustampfen, dein Leid zu beklagen und deinen Bruder zu beneiden, anstatt dich selbst zu verbessern? Wie willst du mein Erbe antreten? Wie soll ich dir einen Teil meines Reiches vermachen, wenn ich schon jetzt die Menschen bedaure, über die du einst herrschen wirst?«

»Vergebt mir, Vater«, hörte Drida ihn leise antworten.

Am liebsten wäre sie wider besseres Urteil zu ihm gegangen. Das Mitleid ließ sich nicht einfach auslöschen – nicht, wenn sie ständig vor sich sah, was ihn so hatte werden lassen.

»Meine Vergebung willst du? Noch ehe du mich in einen Sarkophag dort hinten legst? Wie wäre es, wenn du sie dir verdienst? Na los, zieh dein Schwert! Zeig, dass du doch etwas kannst. Zeig, dass du deinen Bruder zu schlagen imstande bist.«

»Mein König!«, stieß der Abt, der ihnen in die Kirche gefolgt war, entrüstet aus.

»Ruhig Blut, Vater, ich lasse es die Jungen schon nicht in einem Gotteshaus austragen. Wir werden nach draußen gehen. Ein letzter Kampf, bevor der Herrgott mich zu sich holt. Eine letzte Möglichkeit, meinen Erstgeborenen glänzen zu sehen.«

»Pippin, mein Herz.« Die Königin ging auf ihren Gemahl zu und legte ihm die Hand auf den Arm.

Drida konnte nicht verstehen, was sie sagte, es war nur mehr ein leises Raunen, sie hörte nur die Worte »Einheit« und »Wettstreit« heraus. Pippins Antwort fiel dafür umso lauter aus, sie dröhnte mit einem erstickten Lachen durch den Saal.

»Was bitteschön soll an einem Wettstreit so schlecht sein, Frau? Die Jungen waren sich nie einig. Seid Ihr wirklich so leichtgläubig anzunehmen, das wird sich je ändern? Dann sollen sie sich lieber gegenseitig an der Spitze halten, im Versuch, den jeweils anderen zu überflügeln. So werden sie starke Herrscher.«

»Ihr wollt, dass ich kämpfe, Vater. Dann kämpfe ich.« Karl riss sein Schwert aus der Scheide, und die Mönche rundherum schrien im Chor auf.

Fassungslose Gesichter blickten umher, ein paar lange Herzschläge sagte niemand etwas. Dann trat Abt Fulrad vor.

»Steckt das weg«, zischte er, und sein Gesicht glühte in der staubigen Luft.

Karl rührte sich nicht. Karlmann griff sich mit einem resignierten Seufzen an die Stirn. Es war ihm anzusehen, dass er sich weit fort wünschte, während Himiltrud auf dem Absatz umkehrte und hinausstürmte.

Gerperga wollte ihr hinterherlaufen, aber in diesem Moment kam die Königin zu ihnen und schloss ihre Hand um Gerpergas Arm.

»Euer Platz ist hier«, sagte sie zu Karlmanns Gemahlin.

Dann warf sie Drida einen Blick zu, der unmissverständlich klarmachte, dass ein Bastard in ihren Augen ganz und gar nicht hierhergehörte. Der Verdruss, dass Drida diesen Fauxpas bezeugt hatte, war der Königin anzusehen, und das mochte etwas heißen, denn für gewöhnlich gelang es ihr gut, ihre Gefühle verborgen zu halten.

Drida nickte nur und wandte sich ab, insgeheim froh, der staubigen Kirche und vor allem der Auseinandersetzung entgehen zu können. Sie hörte noch Pippins Stimme, ehe sie die Kirche verließ:

»Dachtest du etwa, mit dieser Dummheit einer weiteren Niederlage zu entgehen, Karl? Indem du Schande über uns alle und den Herrgott bringst? Geh mir aus den Augen.«

Drida trat in den Nieselregen hinaus und zog die Kapuze ihres Umhangs über den Kopf und den Stoff an der Brust enger um Lunas schlafenden Körper. Sie hielt nach Himiltrud Ausschau, auch wenn sie wusste, dass Karls Gemahlin vermutlich nicht mit ihr sprechen wollte. Die junge Adlige schien die Einstellung der Königin zu teilen und zu glauben, dass Karls und Karlmanns Konflikt allein Dridas Schuld war. Anders als Gerperga ging sie ihr lieber aus dem Weg und sprach nicht mehr als das Nötigste mit ihr. Aber Drida musste zumindest versuchen, Himiltrud zu beruhigen.

Draußen tummelten sich viele Menschen zwischen den Verkaufsständen, an denen Kreuze, Kruzifixe und Weihwasser, aber auch Speis und Trank sowie Stoffe und Pelze angeboten wurden. Sie bemerkte einen Schmied, der unter einer Überdachung Pferde beschlug, daneben Beornred mit einem Mann an seiner Seite, den Drida nicht kannte. Genauso wie der Angelsachse hatte auch der Fremde langes Haar und einen dichten Bart, und anders als bei den Franken üblich trug er einen nur knielangen Umhang. Vielleicht stammte er aus Beornreds Heimat und brachte Nachrichten. Drida wusste, dass Beornred davon träumte, zurück nach Britannien zu gehen und sich seine Krone zurückzuholen, aber er hatte nicht genügend Unterstützer. Und Pippin hatte auf dem Festland so viele Konflikte zu bestreiten, dass er es sich nicht leisten konnte, kampffähige Männer auf die neblige Insel zu schicken.

Beornred blickte in ihre Richtung, und als er sie entdeckte, lächelte er freundlich, was in dem grimmigen, von tiefen Falten zerfurchten Gesicht sonderbar aussah. Er schien sich von dem Mann an seiner Seite zu verabschieden und winkte sie näher.

Drida folgte der Aufforderung. Sie sprach gerne mit dem Angelsachsen, denn er hatte stets Interessantes über seine Heimat zu erzählen. Außerdem nutzte sie jede Gelegenheit, um sich in seiner Sprache zu verbessern.

»Drida, wie geht es Eurer Wölfin? Sie macht einen zufriedenen Eindruck.«

Drida sah auf die schlafende Luna hinab und stellte sich zu Beornred unter das Dach, um trocken zu bleiben. »Sie frisst und schläft. Es ist erstaunlich, wie viel stärker sie bereits nach so kurzer Zeit wirkt.«

»Nun, bedenkt man Eure hingebungsvolle Fürsorge, ist es nicht so erstaunlich, wie Ihr meint. Aber was ist mit Euch? Habt *Ihr* Hunger?« Beornred deutete auf einen Verkaufstisch neben dem Schmied, wo Feigen feilgeboten wurden.

Aber Drida schüttelte den Kopf. Nach dem neuerlichen Zusammenstoß zwischen dem König und Karl war ihr der Appetit vergangen.

»Ich suche nach Himiltrud. Habt Ihr sie gesehen?«

Beornred sah sich auf dem Hof um. »Nein, aber sie ist hier bestimmt irgendwo, sorgt Euch nicht. Ich nehme an, der

König und sein Sohn haben kein herzerwärmendes Wiedersehen gefeiert?«

»Nein. Und ich fürchte, der Abschied wird genauso ausfallen.«

Seufzend sah sie sich auf dem Markt um. Sie wollte nicht darüber sprechen, noch nicht einmal daran denken. Der Blick in eine Zukunft ohne ihren Onkel bescherte ihr ein drückendes Gefühl der Ungewissheit. Pippin hatte ganz offen davon gesprochen, bald in einem Sarkophag zu liegen, aber andererseits war er noch kräftig genug gewesen, um seinen Sohn zu demütigen. Nach Herzog Autchars Nachricht hatte Drida nicht angenommen, dass der König sich noch auf den Beinen hielt.

»Habt Ihr Nachricht aus Eurer Heimat erhalten?«, lenkte sie ab und versuchte sich ein ums andere Mal die Insel Britannien vorzustellen, die Heimat ihrer Mutter auf der anderen Seite der Meerenge.

Nach all den Erzählungen schien es ihr ein völlig anderes Land zu sein. Es gab so viele Könige und Subkönige, Fürsten und Völker auf so wenig Platz, dass es ihr nicht verwunderlich schien, dass ständig jeder mit jedem im Krieg lag.

Beornred bedeutete ihr zurückzutreten, als der Schmied das glühende Eisen vom Brennofen nahm. Dann begann er zu erzählen:

»Ich habe gehört, die angelsächsischen Könige suchen engere Kontakte ins Frankenreich – nicht nur was den Handel betrifft, auch die Kirche möchte mit jener hier zusammenarbeiten. Ich werde König Pippin raten, keine Abkommen mit Offa von Mercia zu schließen. Lieber soll er sich mit dem König von Northumbria oder dem von Wessex zusammentun. Das sind zwei Königreiche, die es mit ihrer Macht mit Mercia aufnehmen können, auch wenn Offa gerne behauptet, Wessex zu kontrollieren und König über alles Land südlich des Humber zu sein.«

»Ihr hasst diesen Offa sehr«, stellte Drida nicht zum ersten Mal fest. Was wohl auch nicht verwunderlich war, schließlich hatte Offa Beornreds Krone gestohlen.

»Er war noch ein junger Bursche, als ich ihn zum ersten Mal sah, aber schon damals zeigte er deutlich sein teuflisches Ich. Er kam an den Hof des Königs …«

»… den Ihr getötet habt.« Drida sah den Angelsachsen prüfend an.

Sie hatte Beornred immer gemocht. Anfangs war sie zwar von seiner bärenhaften Gestalt eingeschüchtert gewesen, aber er hatte eine ruhige Ausstrahlung, und in der Ausbildung der Königssöhne war er immer geduldig gewesen. Umso schwerer fiel es ihr, sich vorzustellen, dass er in der Lage gewesen war, einen König zu töten – von Gott gesalbt war dieser allerdings nicht gewesen. Bei den Angelsachsen war alles anders. Vielleicht lag es daran? König wurde derjenige, der sich das Amt mit dem Schwert erkämpfte und alle Widersacher beseitigte, nicht jener, den der Heilige Vater in Rom auserwählte, um unter Gott und der Kirche zu dienen. Pippin war gesalbt worden, allerdings hatte er im Gegenzug dem Papst versprechen müssen, Rom gegen alle Feinde zu verteidigen. Er war nicht nur König über die Franken geworden, sondern auch Schutzherr der Kirche.

»Ja, ich habe Æthelbald getötet«, erklärte Beornred ohne jegliches Bedauern, sondern aus tiefster Überzeugung. »Und ich würde es sofort wieder tun, denn Æthelbald verdiente den Namen König nicht. Er war ein Tyrann, der hurte und schändete – sogar Dienerinnen Gottes! Er trank, er fraß, und, ja … er gewann lange Zeit Schlachten für Mercia, aber irgendwann hörte auch das auf. Er drohte Mercia unter seiner Gottlosigkeit zu begraben. Als sein Leibwächter war ich stets an seiner Seite, sah all seine Sünden, aber mein Schwur zwang mich zur Untätigkeit. Bis … Ich habe dir von meiner Wolfshündin erzählt, meiner treuen Begleiterin. Eines Tages fand ich sie angebunden und mit Pfeilen gespickt in der Halle, wo der König sich, betrunken wie er war, einen Spaß daraus gemacht hatte, ›die Bestie‹ zu erlegen. Sie lebte noch, Gott allein weiß, wie lange sie leiden musste, während ich auf Erkundungsritt war. Ich musste sie erlösen. Und in diesem Moment war mir klar, dass es das einzig Gottgefällige war, meinen Schwur zu brechen. Ich musste Æthelbald aufhalten, ehe es zu spät war – für ihn und seine Seele, für das Land und das Volk, das unter ihm litt. Und hätten sich all die Verräter, die sich Aldermänner und Noble nannten, nicht hinter Offa geschart, dann hätte ich auch diesen Frevler getötet, der offen ein heidnisches Symbol zur Schau stellt und jedem verkündet, vom Gott Wōden abzustammen.« Beornred bekreuzigte sich, wie um sich reinzuwaschen vom Namen dieses alten Gottes. »Mein Land ist nicht wie Eures, Drida. In meinem Land treiben immer noch falsche Götter ihr Unwesen, wenn auch nicht mehr so offen wie früher. Die Menschen behaupten, Christen zu sein, und die Kirche leistet Gottes Arbeit mit Hingabe und Mut, aber es gibt immer noch zu viele, die heimlich den alten, falschen Weg beschreiten. Menschen mit Macht, die dafür verantwortlich sind, ihr Volk auf Gottes Pfad zu führen. Ihr wisst, dass König Pippin versucht, die Sachsen im Norden zu besiegen, um sie in den Schoß der Kirche Roms zu führen und die alten Götter zu vernichten. Nun, meine Heimat mag das Christentum gefunden haben, aber auch sie muss immer noch gerettet werden.«

Drida blickte zurück zur Basilika, ein prächtiges Bauwerk, das dem Herrn Ehre machen sollte, das die Lehren Christi verkörperte. Aber sie wusste, dass nicht jeder diesem Weg folgte. Es waren nicht nur die Sachsen. Auch die Sarazenen trugen einen völlig anderen Glauben in ihren Herzen.

»König Offa regiert nun schon seit über einem Jahrzehnt«,

hakte sie vorsichtig nach. »Geht es Eurem Land nun schlechter? Ist er genauso wie König Æthelbald?«

Beornreds Miene versteinerte, und in diesem Augenblick spürte sie seine Riesenhaftigkeit noch einmal viel deutlicher. Sie konnte sich nicht vorstellen, was der angelsächsische König gefühlt haben musste, als sein eigener Leibwächter, dieser Bär von einem Mann, ihn nachts aus dem Schlaf gerissen und ihm ein Schwert zwischen die Rippen gestoßen hatte. Jeder Gegner auf einem Schlachtfeld musste sich vor Beornred fürchten.

»Schlimmer. Denn er ist gewiefter. Er hat aus Æthelbalds Untergang gelernt. So ergibt er sich weder der Maßlosigkeit noch der Hurerei – ganz im Gegenteil. Ich höre viele, die sagen, er wäre kalt und gefühllos wie ein Stein, er kennt keine Freude, keine Gefühle, nur die eiserne Faust, mit der er sein Volk führt und die umliegenden Königreiche unterjocht. Das war schon früh abzusehen gewesen. Noch als einfacher Aldermann unter Æthelbald wagte er es, dem König von Wessex zu drohen, voller Hochmut und Machtliebe, ungeachtet der Konsequenzen – seither ist der Friede mit Wessex zunichte. Offa nahm es auf sich, unsere Heimat in Krieg zu stürzen – Krieg gegen Nachbarn, gegen Angelsachsen und Christen – und wofür? Um einen Waliser entkommen zu lassen! Den Feind! Und was unternahm der König? Er tat den Bericht einfach ab. Weil Offa von seinem Blut ist, konnte er sich alles erlauben. Anstatt zu handeln, ergab Æthelbald sich in dieser Nacht dem Ale und tötete meine Hündin.«

Drida schauderte. Eiseskälte, die nicht nur von der Nässe des Regens stammte, kroch in ihr hoch. Sie stellte sich Luna vor, blutend und voller Pfeile, und sie konnte verstehen, dass der Anblick Beornred immer noch nicht loslassen wollte. So viel Hass klang aus seinen Worten. Nie zuvor hatte er derart viele Einzelheiten erzählt, sich so in Rage geredet, aber die

Nachrichten aus seiner Heimat mussten ihn aufgewühlt haben.

»Den wahren Feind«, fuhr er bebend fort, »die Waliser, die verschont er. Sie haben ihn sogar angegriffen, nur wenige Jahre nach seiner Krönung, und er hat zurückgeschlagen, sie aber nicht vernichtet. Nein, er lässt sie ihr heidnisches, barbarisches Leben führen, unbehelligt, weil er selbst ein Heide und Barbar ist. Meine ganze Familie wurde von Walisern ausgelöscht, aber Offa nennt sogar den Fürsten von Powys, den seit jeher schlimmsten Feind Mercias, seinen Freund.«

»Es tut mir leid um Eure Familie. Und um Eure Heimat.«

Beornred winkte ab und schimpfte mit düsterer Stimme weiter. »Inzwischen soll er eine Frau suchen, eine Ehefrau, und den Wunsch nach Erben hegen – legitimen Erben, von der Kirche anerkannt. Er will das Gesetz ändern und nicht mehr den Rat der Weisen einen Thronfolger unter allen männlichen Verwandten eines Königs wählen lassen. Nein, er möchte die Krone an sein eigen Fleisch und Blut weitergeben, eine direkte Erbfolge.«

»So wie hier«, erkannte Drida, die immer wieder darüber staunte, wie anders Beornreds Heimat war.

Beornred nickte grimmig. »Er hat einen Priester an seiner Seite, Herefrith, der erzählt ihm alles übers Frankenreich und wie die Thronfolge hier aussieht. Natürlich ist Offa davon angetan und pickt sich die Punkte, die ihm zum Vorteil gereichen, heraus. Er nimmt sich kein Beispiel am christlichen Leben hier, er tut nichts für die Kirche in seinem Land, und insgeheim ist er immer noch ein Heide. Er kann mit dem Frankenreich nichts anfangen – aber die Erbfolge, die schaut er sich ab, die nutzt er für sich. Er will die Macht in seiner Familie behalten, er will eine Dynastie schaffen, und Gott allein weiß, welche abscheulichen Wege er zu gehen bereit ist, um das zu erreichen. Ich bete für mein armes Volk und wünschte, jeder Einzelne könnte über das Meer in dieses Land kommen und sehen, wie gottgefälliges Leben unter einem fähigen König und der schützenden Hand Roms aussieht.«

Er deutete zur Kirche, in der sich vermutlich noch der König befand. Schließlich wanderte sein Blick nach Süden, in Richtung Paris, das von hier aber nicht zu sehen war. »Und ich bete für das arme Weib, das die unglückliche Aufgabe erhält, diesen Teufel zum Mann zu nehmen.« Drohendes Unheil schwang mit seinen Worten mit, sodass Drida selbst ganz bang wurde.

Sie konnte sich wohl glücklich schätzen, im Frankenreich zu leben, auch wenn sie sich sorgte, dass sich mit Pippins Tod alles ändern würde. Aber so schlimm wie mit diesem König Offa würde es in ihrer Heimat hoffentlich nie werden. Britannien erschien ihr wie ein barbarisches Land, ähnlich der sächsischen Gebiete nördlich von hier, die Pippin für Rom und die Christenheit zu erobern versuchte. Zurückgekehrte Kämpfer erzählten von Blutopfern und Zauberern, von Teufelsanbetern und falschen Götzenverehrern. Einerseits bescherte ihr allein der Gedanke schon Gänsehaut, andererseits hegte sie auch eine heimliche Faszination für alles Fremde und andere.

»Drida.«

Unvermittelt trat Karl an sie heran und ließ sie mit seinem plötzlichen Erscheinen zusammenzucken. Sie war so in Gedanken versunken gewesen, dass sie sein Näherkommen gar nicht bemerkt hatte. Er nickte Beornred kühl zu, dann legte er ihr die Hand auf den Arm und zog sie mit sich, hinaus in den Regen und fort von Beornred, einen Verschwörerton in der Stimme.

»Ich nehme an, du hast von den Plänen meines Vaters gehört.«

Drida sah immer noch Beornreds überraschten Blick, der

wohl auch ihren eigenen widerspiegelte, und musste sich erst fassen. Sie sah verwirrt zu ihm hoch.

»Die Pläne deines Vaters?«

Karl seufzte und zog sie weiter, fort vom Markt, an dem immer mehr Menschen neugierig in ihre Richtung blickten, um den Königssohn zu betrachten. Er führte sie in ein kleines, an die Kirche anschließendes Nebenhaus, das von mehreren schmalen Fensteröffnungen erleuchtet war. Drida sah Spaten, Sensen, Rechen und anderes Werkzeug an den Wänden lehnen, genauso mehrere verschlossene Truhen. Spinnweben hatten sich in den Ecken ausgebreitet, und der unbefestigte Boden war feucht.

»Karl, was ist los?«

Sie streichelte Luna, was ihr half, sich selbst zu beruhigen, wie sie festgestellt hatte. Gänzlich ablegen konnte sie ihr Misstrauen ganz allein hier drinnen mit Karl aber nicht.

»Mein Vater will mich hintergehen, mich um mein Erbe bringen«, knurrte er und ging mit weitgreifenden Schritten auf und ab.

Drida sah ihm besorgt zu. »Er möchte das Land unter euch aufteilen, so wie sein Vater zuvor bei ihm und seinen Brüdern.«

Abrupt blieb Karl stehen und fuhr zu ihr herum. Fast wäre Drida zurückgewichen, sie konnte sich gerade noch rechtzeitig zur Ruhe mahnen.

»Er vermacht mir den Norden Austrasiens und Neustriens und den Westen Aquitaniens. Karlmann soll den Rest bekommen, dazu noch Burgund, die Provence, Septimanien, das Elsass und Alamannien.«

So viel Zorn bebte in jedem Wort, dass Drida es nun doch ein wenig mit der Angst zu tun bekam. Sie wusste schließlich, wie impulsiv Karl war und wie schnell er die Beherrschung verlieren konnte. Fieberhaft überlegte sie, wie sie ihn davon überzeugen konnte, dass niemand einen heimtückischen Plan verfolgte, um ihm alles wegzunehmen. Denn genau diese Furcht stand in seinen Augen.

»Ihr wolltet beide Aquitanien. Euer Vater gibt euch jedem einen Teil davon. Das ist doch nur gerecht. Er möchte, dass ihr beide zusammenarbeitet und …«

»Karlmann erhält das Herz«, stieß Karl außer sich vor Wut aus, ehe sie zu weiteren Worten kam. Sein ganzer Körper wirkte wie kurz vor einem Angriff, während sein Blick gehetzt durch die Hütte wanderte, als fürchtete er, sein Bruder könnte durch eins der Fenster zuhören. »Ich bin der Erstgeborene, und ich bekomme nur die Randgebiete. Meine Wegstrecken sind damit sehr viel länger, ich habe keinen Zugang zum Mittelmeer und damit auch nicht zum wichtigen Handel dort. Das wahre Frankenreich geht an meinen kleinen Bruder. Hast du sie nicht flüstern gehört? Drüben in der Kirche? Ich bin ein Bastard, sagen sie!«

»Ich habe niemanden gehört«, versicherte Drida ihm und ließ Luna langsam auf den Boden hinab, da sie das Gefühl hatte, dass die Wölfin dort sicherer war. Sollte Karl seinem Ärger noch weiter Luft machen, wollte sie Luna lieber nicht in der Nähe haben. Die Wölfin sah zuerst ein wenig verdattert aus, machte sich dann aber daran, den Raum zu erkunden.

»Du bist deines Vaters Sohn, Karl, niemand zweifelt das an.«

»Sie mögen Karlmann lieber!« Die Worte platzten aus ihm heraus.

Drida wusste nicht, was sie sagen sollte. Er sah sie an wie ein kleiner Junge, und im Moment tat er ihr nur leid.

»*Du* magst Karlmann lieber«, fügte er düster hinzu.

Drida spürte ihr Herz schneller schlagen, aus Angst, ihr Geheimnis ans Licht kommen zu sehen. »Ihr seid beide meine

Brüder …«, begann sie, aber Karl unterbrach sie mit einem zornigen, ungeduldigen Laut.

»Mach mir nicht vor, du würdest uns als Brüder sehen, du würdest gar Karlmann als Bruder sehen. Halt mich nicht für dumm!« Er wandte sich abrupt ab und ergab sich einem Redeschwall, als hätte er ihre Anwesenheit plötzlich ganz vergessen. »Wenn Vater tot ist, muss ich mich sofort krönen lassen. Meinen Sohn werde ich Pippin nennen, damit gleich jeder weiß, dass *er* der Erbe über das Frankenreich ist. Das *ganze* Frankenreich. Ich muss schnell handeln, noch vor Karlmann. Was, wenn er auch einen Sohn bekommt? Was, wenn ich keinen bekomme? Nein, Himiltrud hat es versprochen, sie trägt einen Sohn, und er wird Pippin heißen. Ich muss meine Ländereien sichern, und du …« Unvermittelt wandte er sich ihr wieder zu. »Du, Drida, musst mit mir kommen. Du musst an meiner Seite bleiben.«

Unbewusst trat sie einen Schritt zurück. Diese Forderung traf sie wie ein Peitschenhieb. Sie war immer davon ausgegangen, bei Karlmann zu bleiben, aber vielleicht war das kein so guter Einfall. Vielleicht wäre es besser, sich von ihm fernzuhalten und ihm und Gerperga die Möglichkeit zum Glück zu geben. Aber an Karls Hof zu leben war für sie auch keine Option. Vor allem, da sie wusste, wer nie von seiner Seite weichen und gegen Drida arbeiten würde. Ja, vermutlich sähe sie sich unter diesem Einfluss tatsächlich bald in einem Kloster oder im Bett eines schrecklichen Ehemanns.

»Du hast deine Mutter«, begann sie, aber Karl wandte sich frustriert ab und trat gegen eine der Truhen.

Sofort erklang Lunas Winseln, und Drida biss die Zähne zusammen. Sie suchte nach den richtigen Worten, nach irgendeinem Ausweg aus dieser Situation. Sie wollte raus aus dieser Hütte, fort von Karl, aber sie wusste nicht, ob er sie gehen lassen würde, wenn sie sich jetzt abwandte. Sie wollte ihm nicht noch mehr das Gefühl geben, von allen verlassen zu werden, denn gerade dann wurde er am gefährlichsten. Also stand sie nur da, während Karl ihr den Rücken zugewandt hatte und sich mit beiden Händen an einer Truhe abstützte, mit erschöpft hinabhängendem Kopf.

Lange Herzschläge lang sagte niemand etwas. Es war bis auf den Nachhall der Bauarbeiten in der Kirche still. Dann drehte Karl sich unvermittelt zu ihr um und durchmaß den Abstand zwischen ihnen mit drei schnellen Schritten.

Drida keuchte vor Schreck auf, taumelte zurück gegen die Tür in ihrem Rücken, aber Karl stand bereits vor ihr, umfasste ihr Gesicht mit beiden Händen und beugte sich zu ihr hinab.

»Er liebt seine Frau«, sagte er heiser. Sein Atem strich über ihre Lippen, nur ein Blatt hätte zwischen seinen Mund und ihren gepasst. Seine blauen Augen funkelten im Zwielicht, und Drida spürte ihren Herzschlag in der Kehle pochen. »Du glaubst, er ist es wert, dein Herz zu bekommen. Aber er liebt seine Frau. Er benutzt dich nur, um mir wehzutun. Denn er weiß, dass meine Gefühle für dich echt sind. Er will mir alles nehmen.«

Drida stand da wie gefroren, während seine Worte auf sie niederprasselten. So viel Überzeugung lag in seiner Stimmung, solch eine Entschlossenheit, dass sie ihm jedes Wort glaubte. Nun, da er so vor ihr stand und sie seinem Blick nicht ausweichen konnte, schien seine Wahrheit die einzige zu sein. Er empfand wirklich etwas für sie, ging ihr in diesem Augenblick auf, und die Erkenntnis, dass er zu ehrlichen Gefühlen fähig war, verschlug ihr die Sprache. Sie wusste nicht, was sie sagen sollte, ohne ihm wehzutun, wie sie ihn zurückweisen sollte, ohne die Kluft zwischen ihm und seinem Bruder noch zu vergrößern. Sie war das neue Spielzeug gewesen, das Pippin seinen Kindern mitgebracht hatte, und beide hatten sie für sich haben wollen. Und irgendwie war das bis heute so geblieben.

»Karl …« Sie presste sich gegen die Tür in ihrem Rücken, versuchte seiner Nähe zu entgehen, sonst konnte sie keinen klaren Gedanken fassen.

Karls Augenbrauen zogen sich zusammen. Er sah sie noch einen Augenblick lang reglos an, dann ließ er die Hände sinken und trat einen Schritt zurück.

»So viel Furcht liegt in deinen Augen, Drida. Warum? Glaubst du wirklich, ich würde dir je etwas antun?«

Du hast mir oft genug etwas getan, hätte sie beinahe erwidert, aber sie biss sich gerade noch rechtzeitig auf die Zunge. Karl schien die Worte trotzdem zu erahnen, denn er nickte langsam, traurig.

»Ich wollte dich retten«, sagte er, und Verzweiflung lag in seinem Blick. »Jedes Mal. Ich wollte dich nur retten.«

Das glaubte sie sogar. Wenn ihr Pferd sich vor Schmerz aufgebäumt hatte und davongestürmt war, war Karl zur Stelle gewesen, um es wieder einzufangen. Wenn sie ob der Spinnen aufgeschrien hatte, war er ins Gemach gestürmt, um sie zu entfernen. Wenn sie etwas gegessen hatte, was ihr solche Bauchkrämpfe bescherte, dass sie dachte, sie müsse sterben, hatte er ihr einen heilenden Aufguss gebracht.

»Karl, wenn ich gedacht hätte, dass es dir hilft, wäre ich freiwillig in den Fluss gesprungen. Aber du musst mich nicht in Gefahr bringen, um mich zu retten. Du musst niemandem etwas beweisen. Ich möchte nicht, dass es dir schlecht geht oder dass du glaubst, für die Gunst anderer etwas tun zu müssen.«

Karl blickte zu Boden. Ihm war anzusehen, dass ihre Worte nicht bei ihm ankamen. Drida wusste nicht mehr, was sie noch sagen sollte. Sie konnte ihm nicht versprechen, mit ihm zu gehen, wenn er sein eigenes Königreich übernahm. Sie konnte ihm nicht sagen, dass sie genauso fühlte wie er für sie, selbst wenn er nicht mit Himiltrud verheiratet wäre. Ihr Herz gehörte Karlmann, ihr dummes, verräterisches Herz. Natürlich wusste sie, dass diese Liebe niemals irgendwohin führen könnte oder würde, aber sie konnte nichts dagegen tun.

»Es tut mir leid.« Die Worte verließen ihren Mund, ohne dass sie darüber nachdachte, und sie war nicht überrascht, dass lediglich ein abfälliges Schnauben von Karl folgte. Wäre die Situation andersherum gewesen, dann wäre ihr diese Floskel wohl auch leer vorgekommen.

Sie überlegte, was sie noch sagen konnte, als die Tür in ihrem Rücken unvermittelt aufging.

Drida drehte sich um und blickte direkt in Karlmanns Gesicht. Er sah zwischen ihr und Karl hin und her, und seine Miene wurde mit jedem weiteren Herzschlag, der verging, noch düsterer.

»Was geht hier vor?«

Ein Lachen drang aus Karls Kehle, das nichts Fröhliches, noch nicht einmal etwas Hämisches in sich trug. Es unterstrich lediglich die Absurdität der Situation. Karlmann machte einen bedrohlichen Schritt auf ihn zu, als plötzlich Luna an ihm vorbei durch die offen stehende Tür hinaushuschte.

Drida schreckte aus ihrer Erstarrung und schob sich an Karlmann vorbei. »Luna!«, rief sie und lief zurück in den Regen. Sie sah sich in alle Richtungen nach der Wölfin um, aber zwischen so vielen Beinpaaren am Markt war sie nirgends zu erkennen.

»Drida …«, begann Karlmann und kam an ihre Seite, aber Drida riss die Hand hoch und ließ ihn nicht weitersprechen.

»Nicht jetzt! Ich muss nach Luna suchen.«

»Die ist längst über alle Berge. Zurück in den Wald, wo sie hingehört.«

Drida fuhr zu Karlmann herum, der entnervter nicht hätte

aussehen können. In diesem Moment war die Liebe zu Luna stärker als die zu Karlmann. Es war erstaunlich, wie schnell sich die kleine Wölfin in ihr Herz geschlichen hatte, und dass Karlmann dafür kein Verständnis zeigte, entfernte sie ein Stück von ihm.

»Ich muss sie suchen.«

Und mit diesen Worten rannte sie los, in die Menschenmenge hinein, den Blick auf den Boden gerichtet, unter Verkaufsstände spähend und betend, Luna zusammengekauert dort zu finden. Aber sie war nicht da.

~

»Drida?« Die Tür öffnete sich, und in das Schlafgemach außerhalb der Klostermauern schob sich Gerperga.

Drida bewohnte den kleinen finsteren Raum mit den anderen Damen des Gefolges, die aber zu ihrer Erleichterung nun alle in der Messe waren. Alle bis auf Gerperga, wie es schien.

»Deine Abwesenheit wird auffallen«, bemerkte Drida und erhob sich vom Boden, wo sie einen Riss im Saum ihres Überkleides ausgebessert hatte.

Luna hatte sich darin verbissen. Allein der Gedanke an ihre kleine Wölfin tat schrecklich weh. Wieso war sie nur weggelaufen? Wie sollte sie jetzt allein dort draußen überleben? Selbst wenn sie noch ein Rudel haben sollte, war dieses weit weg bei Quierzy. Wie sollte sie zurückfinden?

»Ach, es sind Hunderte Menschen in der Kirche, und Karlmann hatte nichts dagegen, dass ich nach dir sehe. Irgendein Zeichen von Luna?«

Drida schüttelte den Kopf und versuchte sich an einem Lächeln, um nicht preiszugeben, wie sehr sie das kleine Fellbündel vermisste. »Sie war wohl einfach schneller bereit für die Wildnis, als ich dachte.«

Oder sie war von Karls Verhalten so erschrocken gewesen, dass sie den ersten Moment zur Flucht genutzt hatte.

»Der König war heute nicht in der Kirche.« Gerperga ließ sich auf ihrer Bettstatt nieder und sah sie sorgenvoll an. »Königin Bertha sagt, es wird nicht mehr lange dauern.« Sie bekreuzigte sich, und Drida tat es ihr gleich.

Unheil schwebte über ihr, sie spürte es ganz deutlich. Aber das war wohl nicht verwunderlich, wenn ein König im Sterben lag. Dem ganzen Land musste es so gehen. Die Zukunft war ungewiss, und für Drida ganz besonders. Sie hatte das Gefühl, an einem Scheideweg zu stehen. Sie war sechzehn Jahre alt, sie konnte nicht ewig im Gefolge eines Königs reisen und mit seinen Kindern, die genauso wie sie längst keine Kinder mehr waren, zusammenleben. Drida wusste noch nicht einmal, ob es Heiratsangebote für sie gab. Manchmal waren da wohl Blicke von Männern gewesen, aber sie war nur ein Bastard. Sie konnte nicht auf eine vorteilhafte Hochzeit hoffen.

Und ihr Vormund lag im Sterben. Zweifelsohne würden sowohl Karlmann als auch Karl sich um sie kümmern, aber sie wollte nicht deren Anhängsel sein, sie wollte ihr eigenes Leben, ihre eigene Familie, irgendeinen Sinn. Im Moment kam es ihr sogar verlockender vor, in den Wäldern mit Luna zu leben, als weiterhin bei Hofe zwischen zwei Brüdern und zwei Eheleuten zu stehen. Aber Luna war fort.

Gerperga streckte die Hand nach ihr aus, und Drida schreckte aus ihren Gedanken auf. »Du kommst doch mit uns, nicht wahr?«

So viel Hoffnung stand in ihrem Blick, und Drida war hin- und hergerissen zwischen dem Wunsch, aus dem Gemach zu fliehen, und dem, sich in Gerpergas Arme zu werfen, um Trost zu suchen.

»Ich brauche dich bei mir, Drida«, bekräftigte ihre Freundin und legte die Hand auf ihren noch wenig gewölbten Bauch. »Du bist die Einzige unter all den Frauen, die ich ertragen kann. Himiltrud ist mir immer noch gram, da der König mich an Karlmann gab und nicht sie und …«

»Himiltrud wollte Karlmann?«, unterbrach Drida sie verblüfft. Diese Offenbarung war ihr völlig neu.

Gerperga lächelte, aber es trug keinen Frohsinn in sich. »Jeder will doch Karlmann, oder?« Sie sah Drida in die Augen, und Drida zuckte ertappt zurück.

Prüfend sah sie Gerperga an. Wusste sie es tatsächlich? Auch Karl waren ihre Gefühle nicht verborgen geblieben. Hatte Drida immer nur geglaubt, es wäre ein Geheimnis, während in Wirklichkeit das ganze Land Kenntnis davon hatte?

Beschämt senkte sie den Blick und wartete auf weitere Worte – auf die unweigerliche Feststellung, dass Drida den Gemahl ihrer einzigen Freundin liebte, was keine Unterstellung, sondern die Wahrheit war. Sie hörte bereits Schimpf und Schande, Vorhaltungen und Enttäuschung.

Aber Gerperga seufzte nur. »Wo war ich? Ach ja, Himiltrud. Sie hasst mich. Und die Königin sieht auf mich herab, als wäre ich kein Mensch, nur eine Zuchtstute. Die anderen Damen suchen meine Nähe, weil sie wissen, dass ich an Karlmanns Seite bald selbst Königin sein werde. Ich kann niemandem vertrauen, nur …«

»Mir.« Drida zwang sich, den Blick zu heben und Gerperga in die Augen zu sehen. »Ja, du kannst mir vertrauen«, versicherte sie ihr. Nie war sie froher als in diesem Moment, dass sie ihren Gefühlen für Karlmann nie nachgegeben und Gerperga hintergangen hatte. Der Entschluss, auch zukünftig standzuhalten, kam ihr nun nicht mehr so schwer vor.

Und plötzlich erkannte sie ihre Bestimmung.

Sie musste für Gerperga da sein, für sie und ihr Kind. Schwere Zeiten kamen auf sie zu, wenn Karlmann König wurde. Gerperga brauchte eine Freundin, die treu an ihrer Seite stand und ihr half, dieses schwere Amt zu tragen. Das war das Mindeste, was Drida tun konnte für ihre heimlichen Gefühle Karlmann gegenüber. Sie verdiente kein eigenes Leben. Sie musste ihres Gerperga widmen.

»Natürlich folge ich *dir*.« Sie nannte bewusst Gerperga und nicht Karlmann – hoffend, betend, dass Karl ihr diese Entscheidung nicht übelnahm.

KAPITEL 13

Straße nach Soissons, Neustrien, Fränkisches Reich,
Oktober 768

Karl ärgert sich gerade schwarz«, erklärte Karlmann düster und blickte mit grimmigem Blick vor sich auf die Straße, die ihn nach Soissons bringen sollte, zu seiner Krönung. Drida und Gerperga hielten sich an seiner Seite, vor ihnen ritten Beornred und Herzog Autchar, hinter ihnen erstreckte sich ein nicht enden wollendes Gefolge.

Noble aus allen Winkeln des Reiches waren zur Beisetzung des Königs nach Saint-Denis gekommen, und nun folgten sie ihrem neuen König zu seiner Krönung. Es war sonderbar mit anzusehen gewesen, wie sich die Menschenmassen vor Saint-Denis teilten. Manche hatten sich Karl auf seinem Weg nach Noyon angeschlossen, das nahe Quierzy lag, und die anderen begleiteten Karlmann auf der viertägigen Reise nach Soissons. Die beiden Krönungsstätten lagen ebenfalls nahe aneinander, kaum eine Tagesreise voneinander entfernt, und doch klafften nun Welten dazwischen. Misstrauen war beim Aufbruch in der Luft gelegen, eine sonderbare Stimmung. Überall hatte Drida gesehen, wie Köpfe zusammengesteckt und auf Menschen von der anderen Seite gezeigt wurde. Aus einem vereinten Land waren plötzlich zwei Länder geworden. Und wenn man die Vergangenheit der beiden Brüder betrachtete, gab es keine Hoffnung auf Einigkeit und Frieden.

»Natürlich ist Karl wütend. Er hat erfahren, dass Ihr die Krönung am Gedenktag des Heiligen Dionysius plant«, ließ sich Herzog Autchar aus der vordersten Reihe vernehmen. »Zweifelsohne ärgert er sich, nicht selbst darauf gekommen zu sein.«

»Oh, ich bin sicher, er wird sich nicht davon abhalten lassen, denselben Tag zu wählen. Aber das meinte ich nicht, als ich sagte, dass mein verehrter Bruder sich ärgert. Nein – es ist der Ort, den er mir nicht gönnt. In Soissons ließ sich unser Vater zum König ausrufen, und nun werde auch ich dort gekrönt.«

»Euer Vater war kein törichter Mann«, erwiderte Autchar und blickte über die Schulter zurück.

Der Herzog war ein hagerer, hochgewachsener Herr mit langer Hakennase, aber warmen, gütigen Augen. Drida kannte ihn nicht gut, er blieb meist für sich, aber er war seit jeher treu zu Pippin gestanden und hatte auch Karlmann als Berater gedient. Nun war er an Karlmanns Seite geblieben, was seine Loyalität noch einmal unter Beweis stellte.

»Pippin musste Karl etwas abgeben, um einen seiner berüchtigten Tobsuchtsanfälle zu verhindern, aber er gab Euch, mein König, das Herz des Frankenreiches. Er hat Euch zum König der Franken ernannt, zweifelsohne im Wissen, dass Ihr es bald alleine halten werdet.«

»Nennt mich nicht König, Autchar, noch bin ich keiner.«

»Verzeiht.«

»Auch habe ich nicht die Absicht, meinem Bruder irgendetwas wegzunehmen – solange Karl es nicht provoziert.«

»Bleibt nur zu hoffen, dass er klug genug ist, es nicht zu versuchen. Seht Euch um.« Autchar deutete nach hinten zur nicht enden wollenden Schlange an Pferden, Falknern, Hundeführern, Fußgängern und Karren. Drida erkannte sogar Abt Fulrad, der sich ihnen angeschlossen hatte, um der Krönung beizuwohnen. »Pippins treueste Noble und hohe Kirchenherren stehen auf Eurer Seite. Ihr seid stark, und Karl hat Euch nichts entgegenzusetzen. Er ist allein.«

Er ist allein. Die Worte hallten durch Dridas Kopf. Ein schlechtes Gewissen überkam sie. Sie schloss die Hände fester um die Zügel und konzentrierte sich auf das Ohrenspiel ihrer Mähre. Zu deutlich hatte sie noch Karls Bild vor Augen, als sie sich von ihm verabschiedet hatte. Zuerst war da Enttäuschung und Ungläubigkeit darüber gewesen, dass sie ihn verließ, dass sie sich für Karlmann entschieden hatte – für *Gerperga*, wie sie ihm mehrmals versichert hatte. Aber beides war schnell in Zorn umgeschlagen. Sie hatte es deutlich in seinem kalten Blick erkannt. In seinen Augen war sie eine Verräterin. Und ein Teil in ihr fühlte sich auch so. Wie immer tat er ihr leid, und sie war froh, dass er seine Mutter an seiner Seite hatte, auch wenn sie das Gift fürchtete, das diese ihm zweifellos in die Ohren träufelte.

Es war mühsam, dem Gespräch zu lauschen – mühsam und bedrückend. Niemand sprach von einer glorreichen Zukunft, von besseren Tagen, jetzt, da das Bangen um König Pippin vorbei war. Eher schien jeder nur auf den nächsten Schlag zu warten. So auch Drida.

Sie spürte Gerpergas Blick. Ihre Freundin machte sich Sorgen um sie, aber das beruhte auf Gegenseitigkeit. Drida hatte Angst um die zukünftige Königin. Die langen Reisen mussten schrecklich sein in ihrem Zustand. Und tatsächlich sah Gerperga auch blass aus, Schweiß stand ihr auf der Stirn. Die Tage wurden stetig kühler, aber heute begehrte der Sommer noch einmal auf. Vielleicht wäre es besser, Gerperga würde auf einem der Karren reisen. Aber Drida wusste, dass sie dies gar nicht erst vorzuschlagen brauchte. Gerpergas Platz war an der

Seite ihres Gemahls, und bald würde sie Königin sein. Sie musste stolz voranreiten. Drida bewunderte sie für ihre Kraft. Nach außen hin wirkte sie stets sanft und zurückhaltend, aber ihrem entschlossenen Blick war ihre wahre Stärke anzusehen. Sie hielt sich aufrecht, obwohl allein das Schwanken des Pferdes ihre Übelkeit bestimmt noch einmal verstärkte.

Gerperga sah sie fragend an. Vielleicht hatte Drida sie zu lange gemustert. Vielleicht erkannte ihre Freundin auch die Bewunderung in ihrem Blick, vielleicht gab ihr das noch ein wenig mehr Kraft, um weiter durchzuhalten.

Die Straße führte in einen lichten Laubwald. Einzelne Sonnenstrahlen fielen durch die roten und goldenen Kronen, ein zauberhafter Anblick. Die Hufe der Pferde pflügten durch einen dichten Blätterteppich, der verbarg, wo der Weg begann und wo er endete. Die Luft war so klar und rein, dass Drida das Gefühl hatte, die Bäume einzuatmen. Darauf sollte sie ihre Aufmerksamkeit lenken, nicht auf die ungewisse Zukunft.

Noch einmal sah sie zu Gerperga, um nachzusehen, ob der Schatten des Waldes auch ihr guttat. Da bemerkte sie inmitten der bunten Blätter, aus denen sich einzelne grüne Farne streckten, eine Bewegung. Nur einen flüchtigen Augenblick lang. Etwas Rotbraunes und Graues, das kurz hochgesprungen und dann wieder zwischen Laub und Sträuchern verschwunden war. Drida konnte nichts rascheln hören, der Reisetrupp war viel zu laut. Aber sie hielt den Wegesrand fest im Blick.

Hoffnung keimte in ihr auf, obwohl sie das nicht zulassen wollte. Sie hatte sich doch damit abgefunden, dass Luna für immer verschwunden war. Es war gut drei Wochen her, seit die kleine Wölfin davongelaufen war. Drida hatte sich gesagt, dass es so das Beste war, dass es Luna gutging, und dass sie sich früher oder später ohnehin hätten trennen müssen. Sie hatte sich gesagt, dass es jetzt bestimmt weniger wehtat als später, aber gleichzeitig hatte sie gespürt, dass es nicht so war. Genauso konnte sie sich jetzt nicht einreden, dass ihr Herz allein beim Gedanken, dass Luna in der Nähe sein könnte, nicht schneller schlug.

»Zeig dich«, flüsterte sie und musste bereits den Hals verrenken, um dieselbe Stelle weiterhin im Auge zu behalten. Aber nichts bewegte sich mehr.

Mit einem Seufzen drehte sie sich wieder nach vorne.

»Alles in Ordnung?« Karlmann sah sie sorgenvoll an.

Drida nickte nur und zwang sich ein Lächeln auf die Lippen. Sie wünschte, er würde statt ihr seine Gemahlin fragen, wie es ihr ging. Karl hatte gesagt, dass Karlmann Gerperga liebte, und Drida hoffte, dass er recht damit hatte. Er durfte sich nicht mehr um Drida kümmern, sie waren keine Kinder mehr, die zusammen aufwuchsen und Hand in Hand durch die Wiesen rannten. Er wurde Vater! Er wurde König! Sie durfte sich nicht fragen, ob er ihren Rat brauchte, ob er reden wollte. Er hatte genügend Menschen an seiner Seite, die angemessener dafür waren. Nicht mehr für ihn da zu sein fiel ihr schwer, besonders da er seit Pippins Tod noch verschlossener war als schon zuvor. Aber sie konnte nicht für Gerperga und gleichzeitig für ihn da sein, ohne das Gefühl zu haben, ihre Freundin zu betrügen. Und Gerperga hatte niemanden sonst.

»Der Ritt wird dir doch nicht zu anstrengend?«

Karlmann sah sie mit hochgezogener Augenbraue an, aber wie immer zeigte er kein Lächeln, und seiner Stimme war kein Humor anzuhören, als wolle er sie aufziehen. Nein, er verkörperte puren Ernst, als stemmte er die Last der ganzen Welt auf seinen Schultern.

Sie seufzte. »Mir geht es gut.«

»Die nächste Pfalz ist nicht weit.«

»Ich weiß.« Die Königshöfe waren so gelegen, dass sie nie weiter als einen Tagesritt voneinander entfernt lagen. So stellten sie angenehme Zwischenstationen auf längeren Reisen dar. »Ich habe mich nur gefragt, wie schön es wäre, längere Zeit an einem Ort zu verweilen.«

Sie warf Gerperga einen vorsichtigen Blick zu, denn sie ahnte, dass ihre Freundin protestieren wollte, dass sie darauf bestand, stets an Karlmanns Seite zu bleiben. Aber Drida glaubte, es werde der zukünftigen Königin guttun, ihr Kind fern der zweifelsohne bald aufbrandenden politischen Ränke, fern der bevorstehenden düsteren Machtspiele zwischen Karl und Karlmann aufwachsen zu lassen. Ihr und dem Kind durfte nichts passieren, aber Karlmann musste als König stets das ganze Land bereisen, um zu regieren. Nur ein anwesender König war ein mächtiger König.

»Mir hat es in Quierzy immer so gut gefallen. Vielleicht könnten Gerperga und ich nach der Krönung eine Weile dort verbringen.«

»In Quierzy?« Karlmann sah sie aus verengten Augen an, warf dann einen Blick zu seiner Frau, die sich keine Gefühlsregung anmerken ließ, und nickte schließlich. »Wenn dies euer Wunsch ist.« Er wandte sich noch einmal an Gerperga. »Ist dies dein Wunsch?«

Drida lächelte. Sie war froh, dass er sie um ihre Meinung fragte, aber Gerperga machte einen kläglichen Eindruck.

»Ich möchte dich nicht verlassen, mein Herz.« Sie legte ihre Hand auf ihren Bauch, und plötzlich war ihr anzusehen, wie sehr sie gegen die Übelkeit kämpfte. Sie schluckte und schloss kurz die Augen. »Aber vielleicht ist es das Beste so.«

»Dann ist es also beschlossen.« Karlmann trieb sein Pferd vorwärts und nahm seinen Platz zwischen Beornred und Herzog Autchar ein.

Drida wusste nicht, was er von dieser Entscheidung hielt, wie immer ließ er sich nichts anmerken. Sie hoffte nur, dass er die Notwendigkeit verstand. Genauso wie Gerperga.

Vorsichtig spähte sie zu ihrer Freundin hinüber. »Bitte sei mir nicht böse.«

Gerperga schüttelte den Kopf, sie atmete ruhig und konzentriert durch die Nase. »Ich bin dir nicht böse. Ich sehe ja ein, dass ich nicht ewig so weitermachen kann. Andere Frauen meinten, es würde vergehen, ich würde mich besser fühlen mit der Zeit. Aber es sind nun schon vier Monate, und ich kann immer noch kaum etwas bei mir behalten. Du hast eine Entscheidung getroffen, im Wissen, dass sie mir nicht gefallen wird, zu meinem Wohl und dem des Kindes. Und ich glaube, das brauche ich jetzt.«

»Jemanden, der dir sagt, was du nicht hören willst?«

»Jemanden, der auf uns achtgibt.«

Drida lächelte und streckte die Hand nach Gerperga aus. Ihre Freundin lenkte ihre Mähre näher heran und schloss die Finger um ihre Hand. Im nächsten Moment riss sie unvermittelt die Augen auf, die Luft entwich ihr mit einem hohen Laut, und sie zog die Hand zurück.

Drida wusste nicht, was los war, und fürchtete, dass etwas mit dem Kind nicht stimmte. Vor ihrem geistigen Auge sah sie ihre Freundin bereits vom Pferd kippen, besinnungslos stürzen … Aber stattdessen zeigte Gerperga an Drida vorbei, und ihr erschrockener Ausdruck wich einem Lächeln, das ihr sogar ein wenig Farbe zurück in die Wangen brachte.

»Luna!«

Es war nur ein Wort, aber es ließ Drida das Herz in der Brust springen. Sie fuhr im Sattel herum. Tränen schossen ihr in die Augen. Trotzdem erkannte sie durch den verschwommenen Schleier hindurch ihr kleines Fellbündel, das am Wegesrand saß und sie mit schiefgelegtem Kopf und gespitzten Ohren ansah.

Ein hoher Laut entfuhr ihr, der ihr selbst fremd vorkam. Dann sprang sie vom Pferd, ohne es anzuhalten und ohne auf alle anderen zu achten. Sie hörte Herzog Autchar laut »Halt!« rufen, aber nichts davon war wichtig.

»Luna, wo warst du denn?«

Sie rannte die wenigen Schritte auf die Wölfin zu und vergaß ganz, sich ihr langsam zu nähern, um sie nicht zu erschrecken und sie nicht wieder zu verlieren. Etwas in ihr wusste einfach, dass Luna bleiben würde. Vielleicht weil sie ihr Hinterteil in die Luft streckte und sie voller Erwartung ansah.

»Bist du etwa den ganzen Weg hierher gelaufen? Hast du uns begleitet?«

Drida fiel auf die Knie, und Luna sprang ihr sofort in den Schoß, schnappte nach ihren Händen, Haaren und Kleidern, ohne wirklich zuzubeißen. Sie schleckte und streifte sie mit den Zähnen. Drida kämpfte gegen ein Schluchzen an.

»Dieser Wolf schon wieder«, hörte sie eine Stimme, die ihr bekannt vorkam, die sie aber nicht sofort zuordnen konnte. Sie blickte über die Schulter zurück und erkannte Abt Fulrad, der von seinem edlen Ross mit gerümpfter Nase auf sie herabblickte. »Dieses Gör hat ihn in die Kirche gelassen. Ich habe ja nichts gesagt, um unseren Herrn König nicht aufzuregen, und auch die Königin war anwesend, aber jetzt … Das geht doch wirklich zu weit. Ein Wolf ist doch kein Spielgefährte für eine junge Dame!«

»Ich bin keine Dame«, erwiderte Drida lächelnd und streichelte Luna, die sich auf den Rücken warf und sich den Bauch kraulen ließ. »Nur ein Bastard.«

Abt Fulrad zuckte zurück, als hätte sie ihn körperlich angegriffen. Dann sah er zu Karlmann, Beornred und Herzog Autchar nach vorne.

»Mein Herr! Das könnt Ihr doch unmöglich gutheißen!«

»Wir verlieren Zeit«, erwiderte Karlmann, ohne sich anmerken zu lassen, auf welcher Seite er stand. »Lasst uns weiterreiten, sonst kommen wir erst nach Sonnenuntergang zur Pfalz. Drida, steig auf.«

Drida erhob sich gehorsam, schob ihre Kleider zurecht, strich sie glatt und wandte sich schließlich Abt Fulrad zu, den unschuldigsten und liebsten Ausdruck aufsetzend, den sie heraufbeschwören konnte. Sie ging zu ihrem Pferd, das einer der Knechte am Zügel festhielt, und sah dem Abt dabei nach wie vor lächelnd in die Augen. Ein weiterer Knecht kam herbei und bot ihr seine Hände, um ihr beim Aufsteigen zu helfen, und Drida machte Anstalten, der Aufforderung nachzukommen. Dann aber bückte sie sich schnell hinab, hob Luna hoch und ließ sich schließlich mitsamt der Wölfin auf den Armen in den Sattel heben.

»Ich bin bereit«, erklärte sie, wickelte Luna in ihren langen Umhang und ergriff die Zügel mit einer Hand.

Der Abt wurde rot im Gesicht, die Knopfaugen schienen ihm aus den Höhlen zu quellen. Karlmann hingegen sah sie mit versteinerter Miene an, sagte aber nichts, sondern gab das Zeichen zum Weiterreiten.

Drida grinste in sich hinein. Luna war zurück! Sie musste ihr hinterhergelaufen sein, den ganzen Weg.

Ein herzallerliebstes Gähnen bewies, wie erschöpft die Kleine war. Nachher würde Drida sie wieder auf den Boden lassen, in der Hoffnung, dass sie den Zug weiter begleitete. Aber für den Moment konnte Luna sich ausruhen und schlafen. Ein derart weiter Weg war noch zu beschwerlich für einen Wolfswelpen.

»Du hast eine wahre Freundin gefunden«, bemerkte Gerperga, die wieder denselben verzückten Ausdruck auf dem Gesicht trug wie vor dem Wohnhaus in Quierzy, als sie Luna zum ersten Mal erblickt hatte.

Drida streichelte durchs weiche Fell. Sie hatte schon ganz vergessen, wie es sich anfühlte. »*Wir* haben eine wahre Freundin gefunden.«

Ein unbeschreibliches Glücksgefühl überkam sie. Plötzlich war sie mit der Welt wieder im Reinen. Die Angst, ihre Wölfin zu verlieren, sie verloren zu haben, war von ihr abgefallen. Jetzt hatte sie das Gefühl, dass Luna immer wieder zu ihr zurückkehren würde, selbst wenn sie für eine Zeitlang verschwand. Es war ein Trost, eine Gewissheit, die ihr Bild von einer finsteren Zukunft unter zwei verfeindeten Königen heller zeichnete.

KAPITEL 14

Quierzy, Neustrien, Fränkisches Reich, Juni 769

Zwei Hühner!«

Der Abt des Klosters Brétigny plusterte sich vor Drida auf und streckte ihr etwas in seiner Hand entgegen, das sich nach genauerer Betrachtung als Schnabel herausstellte. Drida blickte darauf und versuchte verwirrt auszusehen, als wüsste sie nicht, worum es sich handelte oder wovon er sprach.

»Zwei Hühner?«, fragte sie unschuldig und sah sich verstohlen im Hof der Pfalz nach Luna um.

Die Wölfin kam und ging, wie es ihr gefiel. Heute Morgen hatte sie die schützenden Mauern verlassen, und es wäre äußerst ungünstig, kehrte sie ausgerechnet jetzt zurück. Die Menschen in der Pfalz waren von dem umherstreifenden Wolf zwar nicht angetan, aber sie duldeten Luna, da Gerperga als Königin ihre schützende Hand über sie hielt. Auch hatte Luna noch nie Angriffslust gegenüber Menschen gezeigt, eher im Gegenteil. Sie ließ sich von Drida und Gerperga liebend gerne pflegen und streicheln, obwohl sie hier kaum noch etwas zu fressen bekam. Andere Menschen aber ignorierte sie. Fast konnte man sie Fremden gegenüber sogar als scheu bezeichnen. Ein bösartiger Wolf war sie auf keinen Fall.

»Ihr wisst genau, wovon ich rede. Hier lebt ein wildes Tier, eine Bestie, und sie hat zwei unserer Hühner gerissen.«

Drida schlug sich gespielt entsetzt die Hand vor den Mund. »Eine Bestie treibt hier ihr Unwesen? Eure armen Hühner! Tausend Dank, werter Abt, dass Ihr den Weg persönlich auf Euch genommen habt, um uns zu warnen.«

Sie winkte den beiden Mönchen hinter dem Abt, die ihn begleitet hatten und in einiger Entfernung Abstand warteten. »Gott segne euch. Wir sind euch zu großem Dank verpflichtet.«

Der Abt warf die Schnäbel davon. »Was? Nein! Ich habe nicht … ich will nicht …«

»Ich werde sofort der Königin und allen anderen hier Bescheid geben, damit sie auf der Hut sind. Besonders die Hirten müssen gewarnt werden. Eine Bestie, die einfach so hilflose Hühner angreift … wie furchterregend.«

»Nein, es geht nicht um eine Bestie, sondern um …«

»Geht es nicht?« Drida legte sich mit einem deutlichen Aufatmen die Hand auf die Brust. »Also doch keine Bestie. Das beruhigt mich aber sehr! Ich hatte schon Angst, mich überhaupt noch vor die Tore zu wagen. Na, dann war es wohl der Fuchs, der Eure Hühner erwischt hat. Äußerst bedauerlich, aber wohl der Lauf der Natur. So hat Gott die Welt erschaffen, und wir sollten uns an ihr erfreuen mit all ihren Eigenarten.«

Der Abt sah aus, als stünde er kurz vorm Ersticken. Er schnappte nach Luft wie ein Fisch auf dem Trockenen und fuchtelte wild mit den Händen. »Das ist nicht, was ich …«

»Gibt es hier ein Problem?«

Unvermittelt trat Gerperga an Drida und den Abt heran. Sie trug einen Strauß Sommerblumen in den Händen, die sie im Garten vor dem Wohnhaus gepflückt hatte. Seit sie sich nach Quierzy zurückgezogen hatten und dort fern von Karlmann und den politischen Konflikten lebten, war es auch mit Gerpergas Gesundheit bergauf gegangen. Im zeitigen Frühjahr hatte sie einen gesunden Sohn geboren, und nun war sie eine strahlende Schönheit, die auch jetzt mit einem Lächeln von einem zum anderen blickte.

Drida wandte sich ihr mit einem gespielt erleichterten Seufzen zu. »Unser hochwürdiger Abt war besorgt, eine Bestie könnte hier ihr Unwesen treiben, aber es war wohl doch nur ein Fuchs. Kein Grund zur Aufregung, meine Königin.«

Der Abt hob beschwichtigend die Hände. »Nein, bitte, sorgt Euch nicht«, stammelte er und sah Gerperga an, als wäre sie eine göttliche Erscheinung. »Es gibt überhaupt kein Problem, ein kleines Missverständnis, nichts weiter. Irgendjemand wird vergessen haben, das Tor richtig zu schließen, und ein Fuchs hat sich dann wohl zwei unserer Hühner geholt.«

»Das tut mir aufrichtig leid, ehrwürdiger Abt«, erwiderte Gerperga mit einer Erhabenheit, von der Drida sich gerne etwas abschaute. »Darf ich Euch hereinbitten, um mir beim Essen Gesellschaft zu leisten? Ich wäre sehr daran interessiert zu hören, wie die Arbeit in Eurem Skriptorium für die bebilderte Heilige Schrift vorangeht.«

»Ihr werdet zufrieden sein«, erklärte der Abt stolz und ließ sich von der Königin fortführen.

Seine Augen leuchteten, und er schien den eigentlichen Grund für sein Kommen bereits vergessen zu haben. Drida hörte ihn weitererzählen, während Gerperga über die Schulter zurückblickte und ihr zuzwinkerte.

Drida lächelte und sah sich schließlich erneut im Hof um. »Luna«, seufzte sie und ging zwischen den blühenden Holunderbäumen hindurch zum offen stehenden Tor. Sie sah hinaus über die nebelumhüllte Ebene, die zum waldgesäumten Ufer der Oise führte. Purpur blühender Salbei und Bittersüß leuchteten durch den grauen Schleier aus dem Dickicht heraus. Drida versuchte ihre kleine Wölfin zu entdecken, die gar nicht mehr so klein, sondern fast ausgewachsen war. Anstatt der Wölfin bemerkte sie aber einen Reiter, der die Straße entlang auf sie zu galoppierte. Er war lediglich ein dunkler Schemen im sich auflösenden Frühnebel, in den goldenen Glanz der einzelnen durchscheinenden Sonnenstrahlen gehüllt. Aber dann kam er näher, und seine mächtige Gestalt auf dem kräftigen Schimmel war unverkennbar.

»Herr Beornred!«

Der Angelsachse hielt vor ihr. Aber anstatt wie üblich zu lächeln und ihr freundlich zu begegnen, blickte er grimmig auf sie herab. Er sah an ihr vorbei durchs Tor in den Hof und schien zu überlegen, ob er sich mit ihr aufhalten sollte.

»Was ist passiert?«, fragte sie schnell, bevor er sich entscheiden konnte, sie im Unwissen zu lassen. Beornred hielt sich meist an Karlmanns Seite, und Drida fürchtete, dem König könnte etwas zugestoßen sein.

»Wo ist die Königin?«, wollte Beornred wissen und trieb sein Pferd wieder in den Schritt.

Drida folgte ihm eilig, nun noch nervöser über das sonderbare Verhalten des Angelsachsen. »Sie speist mit Abt Hubert. Geht es unserem König gut?« Sie hatte gehört, in Aquitanien drohe ein Aufstand, und sie fürchtete, Karlmann könnte in den Kampf ziehen.

Beornred antwortete immer noch nicht. Er schwang sich aus dem Sattel, warf die Zügel einem herbeieilenden Knecht zu und ging mit weitgreifenden Schritten zum Wohnhaus an der Ostmauer der Pfalz. Die große Königshalle an der Nordseite, die direkt ans Wohnhaus anschloss und zum Fluss hin ausgerichtet war, war jenseits großer Veranstaltungen unbenutzt. Beornred schien das zu wissen, denn er ging zielgerichtet durch eine kleine Vorhalle zum Gemach der Königin. Davor standen zwei Wachen und ihr Kammerdiener, der sich bei Beornreds Anblick von seinem Schreibpult erhob.

»Die Königin speist mit Abt Hubert von Brétigny. Sie will nicht gestört werden.«

»Hierfür *will* sie gestört werden«, erwiderte Beornred eisig.

Der Kammerdiener und die Wachen betrachteten den hünenhaften Angelsachsen. Bestimmt wussten sie, dass sie ihn nicht aufhalten konnten, sollte er es sich in den Kopf setzen, an ihnen vorbeizukommen, und so nickte der Kammerdiener nur und trat ins königliche Gemach. Drida hörte, wie er mit Gerperga sprach und wie ihm ihre helle Stimme antwortete, aber sie konnte die Worte nicht verstehen.

Schließlich kam der Hofbeamte zurück und machte eine einladende Geste.

Beornred verlor keinen weiteren Augenblick und schob sich an dem grauhaarigen Mann vorbei. Drida folgte ihm. Niemand versuchte sie aufzuhalten, denn es war auch ihr Gemach. Sie schlief im selben Bett wie Gerperga und verbrachte fast jeden wachen Augenblick an ihrer Seite, um ihr Gesellschaft zu leisten und ihr zu helfen. Sie lebten in Quierzy in Ruhe und Frieden, aber Beornreds Erscheinen brachte die unheilvolle Ahnung, dass es jetzt damit vorbei sein könnte.

Wie erwartet, saßen die Königin und der Abt an der kleinen, bescheidenen Tafel, an der Drida, Gerperga und die anderen Damen, die der Königin dienten, jeden Tag ihre Mahlzeiten einnahmen. Abt Hubert hatte ein Hühnerbein in der Hand, was wohl abseits der Sorge, die Drida fest umklammert hielt, belustigend sein könnte. Schließlich war er wegen toter Hühner hierhergekommen.

»Herr Beornred was führt Euch zu mir?«

Gerperga sah dem Angelsachsen ausdruckslos entgegen, ihre Stimme war höflich und neutral. Drida zweifelte nicht daran, dass ihre Freundin beim Anblick des Gefolgsmannes ihres Gemahls ebenfalls schlechte Nachrichten fürchtete, aber Gerperga hielt sie gut verborgen.

»Meine Königin, ich bin hier mit einer Botschaft Eures Gemahls, des Königs. Himiltrud hat Karl einen Sohn geboren, und Karl hat ihn auf den Namen Pippin getauft.«

Gerperga schloss einen Moment lang die Augen und atmete durch leicht geöffnete Lippen aus, offensichtlich erleichtert, dass die Nachricht nichts Schlimmeres beinhaltete. Ihr Blick fiel zu den Vorhängen, hinter denen die Bettstätten lagen und wo die Ammen sich zurzeit um ihren kleinen Sohn kümmerten. Schließlich widmete sie sich wieder ihrem bescheidenen Mahl aus dünner Brühe.

»Ich nehme an, mein Gemahl wünscht nun, dass unser Sohn auf denselben Namen getauft wird?«, fragte sie wie beiläufig.

Bislang war der kleine Thronfolger noch namenlos geblieben. Karlmann hatte es noch nicht geschafft, sie hier in Quierzy zu besuchen, einen Namen zu bestimmen und der Taufe beizuwohnen. Er hatte seinen Sohn noch kein einziges Mal gesehen.

Beornred nickte ernst. »So ist es, Königin. Die Taufe soll nun ohne den König abgehalten werden. Es ist ihm nicht möglich, nach Quierzy zu kommen.«

Gerpergas Kiefer spannte sich an. Scheinbar seelenruhig löffelte sie weiter ihre Brühe, aber Drida wusste, dass sie innerlich bebte.

»Ich werde gehorchen«, sagte sie. Dann blickte sie unvermittelt zu Beornred auf. Ihre Stimme blieb ruhig, aber der Zorn war ihr anzuhören. »Auch wenn ich diese Provokation Karl gegenüber nicht gutheiße, das könnt Ihr meinem Gemahl ausrichten. Genauso wenig wie sein Fernbleiben von seiner Frau und seinem Sohn.«

Beornred räusperte sich. »Meine Königin – Stärke gegen Karl zu beziehen ist jetzt wichtiger als je zuvor.«

»Wieso das? Gibt es denn Schwierigkeiten in Aquitanien?«

»Bislang nur geflüsterte Gerüchte über die Unzufriedenheit

der Menschen dort, aber das war abzusehen. König Pippin hat Aquitanien kurz vor seinem Tod besiegt, und es wäre nicht überraschend, wenn sie jetzt versuchten, ihre Unabhängigkeit zurückzuerlangen. Sie sind bestimmt nicht taub und haben zweifelsohne gehört, dass sich die beiden neuen Könige nur schwer einig werden. Aber Aquitanien stellt im Moment nicht die größte Bedrohung dar. Es sind die Langobarden, meine Königin. Karl plant, die Tochter von König Desiderius aus der Lombardei zu heiraten, um ein Bündnis zu schließen. Mit den Langobarden an Karls Seite wird Euer Gemahl von seinem Bruder und dessen Verbündeten eingekreist.«

Gerperga erhob sich langsam, ohne sich am Tisch abzustützen, sondern aufrecht und stolz. »Was ist mit Himiltrud geschehen?«, fragte sie. Ihre Unterlippe zitterte kaum merklich, ihr Blick wurde starr. »Starb sie im Kindbett?«

Beornred sah verwirrt von einem zum anderen. Schließlich schüttelte er den Kopf. »Sie ist nicht gestorben, meine Königin.«

Nun waren es die anderen im Raum, die perplexe Blicke tauschten. »Aber wie kann Karl dann diese langobardische Prinzessin heiraten, wenn Himiltrud noch am Leben ist? Sie hat Karl doch gerade erst einen Sohn geboren, sie ist seine Frau, seine Königin …«

»Karl hat sie verstoßen.«

Gerperga zuckte zurück, als hätte Beornred mit seinen Worten den Teufel heraufbeschworen. Auch Drida konnte kaum glauben, was sie da hörte. Sie hatte immer gewusst, dass Karl seiner Gemahlin nicht zugetan war, aber seine vor Gott angetraute Gattin zu verstoßen, die ihm noch dazu einen Thronerben geboren hatte, traute sie ihm trotzdem nicht zu.

»Es war die Königsmutter«, erklärte Beornred in die entsetzte Stille. Seinem Tonfall war anzumerken, was er von dieser hielt. »Sie selbst überquerte die Alpen, um König Desiderius zu treffen und die Heiratsverhandlungen zu führen. Es waren ihre Ränke. Sie hat Karl dieses Bündnis eingeredet.«

»Der Heilige Vater würde dies nie erlauben«, ließ sich nun Abt Hubert atemlos vor Aufregung vernehmen. »Die Langobarden sind seine größten Feinde! Sie nehmen päpstliche Ländereien an sich, sie würden nicht einmal davor zurückschrecken, Rom selbst anzugreifen! König Pippin hat geschworen, Rom zu schützen, und seine Söhne tragen dieses Vermächtnis. Mit einer solchen Heirat spuckt Karl dem Heiligen Vater ins Gesicht!«

Beornred antwortete nicht. Stattdessen zog er ein Stück zusammengerolltes Pergament aus seinem Gürtel und überreichte es dem Abt. Dieser zog es auseinander und las mit gerunzelter Stirn.

»Es ist ein Brief an König Karl und König Karlmann. Die beiden erhielten den gleichen Brief, nehmen wir an. Wenn der Brief für König Karlmann auch nicht mehr Bedeutung hat, als ihn davon in Kenntnis zu setzen, was sein Bruder plant.« Beornred wandte sich an Gerperga und neigte sein Haupt in ihre Richtung. »König Karlmann würde natürlich nie auch nur einen Gedanken an eine solch abscheuliche Tat verschwenden«, erklärte er, als der Abt auch schon vorzulesen begann.

»Ihr beide seid bereits durch Gottes Willen und den Befehl Eures Vaters rechtmäßig mit noblen Ehefrauen Eures eigenen Volkes verheiratet, die wertzuschätzen Ihr verpflichtet seid. Und es ist gewiss nicht rechtens für Euch, Eure Frauen fortzuschicken und andere zu heiraten, oder Euch in Heiratsbündnissen mit fremdem Volke zusammenzutun, etwas, was nie zuvor durch Eure Vorfahren getan wurde. Allein der Gedanke von Euch an eine neuerliche Heirat, während Ihr bereits verheiratet seid, ist boshaft. Ihr solltet nicht derart handeln, Ihr, die Ihr bekennt, Gottes Gesetz zu folgen, und andere zu bestrafen, die in solcher

gesetzlosen Art handeln. Solche Dinge tun nur Heiden. Aber sie sollten nicht von Euch getan werden, die Ihr Christen seid, ein heiliges Volk und eine königliche Priesterschaft.«

Der Abt legte den Brief nieder und bekreuzigte sich. »Der Papst persönlich hat ihn unterzeichnet«, stieß er ehrfürchtig aus. Er blickte zu Beornred auf, tiefes Entsetzen legte sich in seinen Blick. »Und König Karl gedenkt tatsächlich diese Zeilen zu ignorieren und dem Befehl des Heiligen Vaters zuwiderzuhandeln?«

»Königin Himiltrud wurde bereits in ein Kloster geschickt.«

»Beim Allmächtigen!« Der Abt sank in seinem Stuhl zurück und bekreuzigte sich.

»Arme Himiltrud.« Auch Gerperga ließ sich wieder auf die Bank sinken. Plötzlich schien sie schwach und nicht einmal fähig, nach außen hin so zu tun, als rührten die Geschehnisse sie nicht. »Wir waren uns nie besonders zugetan, aber solches Los wünschte ich nicht einmal meinem ärgsten Feind.«

»Die Königsmutter soll zudem vorgeschlagen haben, ihre Tochter Gisela mit dem Sohn des Königs der Langobarden zu verheiraten«, fuhr Beornred mit den bedrohlichen Nachrichten fort. »Adalgis regiert gemeinsam mit seinem Vater Desiderius, und dies wäre eine zweite Absicherung, um die Langobarden an Karls Seite zu halten. Gegen Euren Gemahl, Königin Gerperga.«

Gerpergas Miene versteinerte, nur ihre Augen funkelten. »Mein armer Karlmann! Derart betrogen von seiner eigenen Mutter. Und Bertha befindet sich immer noch in der Lombardei?«, fragte sie, plötzlich wieder voller Kraft.

Beornred neigte sein Haupt. »Die Verhandlungen laufen noch. Wir erfuhren nur durch diesen Brief und den päpstlichen Boten von diesem schändlichen Vorgehen.«

»Und wo befindet sich Karl? Wo hält er sich jetzt auf?«

Beornred verengte ein wenig die Augen, vermutlich war er

sich nicht sicher, worauf die Königin hinauswollte. »Angeblich in Noyon, meine Königin.«

Gerperga riss die Augen auf. »Das ist nur eine halbe Tagesreise von hier!«

»Bitte sorgt Euch nicht. Es hat im Moment nicht den Anschein, als wolle Karl mit militärischer Macht gegen seinen Bruder ziehen. Nicht, solange das Bündnis mit den Langobarden nicht geschlossen ist. Ihr seid hier sicher.«

»Das weiß ich.« Gerperga sah den Angelsachsen ungeduldig an, dann wandte sie sich Drida zu. »Du musst zu ihm gehen.«

Nun war Drida sich der Aufmerksamkeit aller sicher, dabei wusste sie gar nicht, ob sie die Königin richtig verstanden hatte.

»Zu Karl?«

»Ja, geh zu ihm«, befahl Gerperga ungeduldig, stand auf und kam auf sie zu. Sie umschloss Dridas Hände, ihr Blick konnte nicht eindringlicher sein. »Der böse Einfluss seiner Mutter ist im Augenblick fort, also wird er dich empfangen und auf dich hören. Nutz diese Gelegenheit und bring ihn ab von diesem teuflischen Weg.«

Drida spürte ihr Herz schneller schlagen. Sie trat einen Schritt zurück und zog ihre Hände an sich. Sie wusste nicht, ob Karl tatsächlich bereit wäre, ihr zuzuhören. Er hatte sie bei ihrem Abschied wie eine Verräterin angesehen. Ob sie wirklich etwas bewirken konnte? Aber allein der Gedanke, nicht machtlos zuzusehen, erfüllte sie mit Stärke. Doch der Zeitpunkt konnte nicht schlechter gewählt sein.

»Was ist mit Euch?«, fragte sie ihre Freundin, die sie vor den anderen stets förmlich ansprach. »Ihr braucht mich doch hier.«

»Welchen Nutzen hast du an meiner Seite, wenn Karl kurz davorsteht, alles zu zerstören, was einmal für mein Kind sein soll? Wie soll ich Trost in deiner Nähe finden, wenn du anderswo in der Lage sein kannst, großes Unheil zu verhindern?«

»Wie soll dieses Mädchen irgendetwas bewirken?«, schnaubte Abt Hubert, woraufhin Beornred seinen vieldeutigen Blick voller Missgunst über Dridas Körper wandern ließ.

Drida schnappte empört nach Luft und wandte sich dem Abt so würdevoll wie möglich zu. »König Karl und ich wuchsen zusammen auf. Mein Wort bedeutet ihm etwas, er ist mir zugetan. Es wäre zumindest einen Versuch wert, mit ihm zu sprechen.«

Sie warf Beornred einen strengen Blick zu, damit er solche unausgesprochenen Unterstellungen in Zukunft bleiben ließ. Der Angelsachse neigte auch unterwürfig den Kopf, seine Zweifel konnte er aber nicht verbergen. Beinahe hätte Drida ihm entgegengeschleudert, dass sie keine Hure war und sich auch nicht so behandeln ließ, aber da ergriff Gerperga bereits das Wort.

»So ist es also beschlossen. Wir werden Berthas Abwesenheit nutzen und Karl wieder zur Vernunft bringen.«

»Meine Königin, ich glaube nicht, dass Euer Gemahl erlauben würde …«, begann Beornred, aber weiter kam er nicht.

»Er muss nichts davon wissen, oder?« Gerperga sah dem Angelsachsen eindringlich in die Augen.

Drida wusste nicht, warum, aber Beornred kam ihr plötzlich kleiner vor, fast schon unbeholfen. Er räusperte sich, strich sich das lange sandfarbene Haar zurück und machte schließlich eine abrupte Kopfbewegung, die einem Nicken am nächsten kam.

»Wie Ihr befehlt, meine Königin.«

KAPITEL 15

Noyon, Neustrien, Fränkisches Reich, Juni 769

Die Stadt war von alten römischen Mauern umschlossen, hinter denen nur die Kirchturmspitzen hervorragten, und eine sonderbare Angst überkam Drida bei diesem Anblick. Als würde sie durch das mächtige zweiflügelige Tor reiten und nie wieder hinauskommen. Noyon lag ebenso wie Quierzy am Fluss Oise, sozusagen nur einen Steinwurf entfernt, und doch war es ein anderes Reich. Quierzy, ihr Zuhause, kam Drida plötzlich unerreichbar vor.

Sie konnte nicht absehen, wie Karl auf ihr Erscheinen reagieren würde. Er war schon immer schwer einschätzbar gewesen. Nach den neun Monaten, die sie einander nun nicht mehr begegnet waren, wusste sie nicht, wie sehr er sich verändert hatte. Doch wenn sie den Erzählungen Beornreds glaubte, waren seine Entscheidungen unberechenbarer und gefährlicher als je zuvor.

»So muss es in Britannien sein«, mutmaßte sie, während sie an Beornreds Seite zwischen Händlern und Reisenden in die Stadt hineinritt. »Ein Land, aber mehrere Könige. Eine Grenze, die das Volk teilt.«

»Karl und Karlmann sind Brüder, und vielleicht reizen sie ihre Machtspiele bis zum Äußersten aus. Aber ich glaube nicht, dass einer dem anderen jemals wirklich etwas zuleide tun würde. In Britannien haben wir die Waliser, die nichts mit unserem Volk gemein haben und die nicht davor zurückschrecken würden, einem Kind nachts die Kehle durchzuschneiden. Dort ist es ganz anders.«

Drida versuchte sich etwas derart Abscheuliches vorzustellen und sich gleichzeitig an der Gewissheit festzuhalten, dass es hier nicht so war. Dies war immer noch das Fränkische Reich, ihre Heimat, regiert von ihren beiden Vettern. Es gab nichts, wovor sie sich fürchten musste.

Ihr Blick fand Luna, die sich nahe an ihrem Pferd hielt und die vielen Menschen misstrauisch beäugte. Drida war nicht überrascht, dass die Wölfin sie begleitet hatte. Zwischen ihnen gab es ein Band, das keine Leinen, keinen Zwang und keine Gewalt brauchte. Luna war frei, aber sie entschied, in Dridas Nähe zu bleiben. Manchmal verschwand sie für Tage, aber sie kehrte immer wieder zurück, und sie fand Drida jedes Mal wieder. Ein Vertrauensbeweis, der Drida die Stärke gab, sich dem Bischofssitz zu nähern, in dem sie Karl vermutete.

»Ist das ein Wolf?«, hörte sie plötzlich eine kindliche Stimme.

Sie entdeckte einen Jungen an der Hand seiner Mutter. Die Frau schob ihn schnell hinter sich, aber der Junge spähte immer wieder am langen Umhang seiner Mutter vorbei.

Beornred an ihrer Seite lachte. »Eure Luna erregt genauso viel Aufsehen wie meine Hündin damals. Nur erkennen die Leute Eure sofort als Wolf, während sie bei meiner nie richtig sicher waren, was genau sie war. Doppelt so groß wie Luna, aber schlank und drahtig wie eine Katze. Sie war so groß, dass sie Kindern wie dem Jungen hier direkt in die Augen blickte.« Wehmut schwang in seiner Stimme mit, und Drida konnte ihm nachfühlen, wie sehr er seine Heimat vermisste.

Sie selbst wollte nie von hier weg. Sie vermisste Gerperga,

ihren kleinen Sohn und Quierzy schon jetzt und hoffte, dass sie bald zurückkehren konnte. Mit guten Nachrichten.

Es war schwer, durch die schmalen Straßen voranzukommen. Die Stadt war in Anbetracht des königlichen Besuchs überfüllt, das große Gefolge musste ja irgendwo unterkommen. Die vielen Bewaffneten, die sich unter die Händler und einfachen Bewohner mischten, schienen niemanden zu beunruhigen. Die Menschen waren königlichen Besuch wohl schon gewohnt.

Auch für Drida sollte ein Treffen mit Karl eigentlich nichts Besonderes sein. Trotzdem krampfte sich ihr Bauch nervös zusammen. Sie sah das prächtige Herrenhaus, in dem der Bischof lebte, schon von Weitem und stellte sich vor, wie sie vor dem gesamten Gefolge vor Karl treten und ihm mitteilen musste, dass er falschlag, dass er einen schweren Fehler beging und dass seine Mutter eine böse, durchtriebene Schlange war, die den eigenen Sohn ans Messer lieferte. Drida konnte sich gar nicht vorstellen, wie es Karlmann bei der Nachricht des Papstes ergangen war, wie sehr es ihn schmerzen musste, von der eigenen Mutter verraten zu werden. So musste Karl sich gefühlt haben unter Pippins herablassendem Verhalten. Und jetzt war es an Drida zu richten, was diese beiden schrecklichen Eltern zerbrochen hatten. Doch wie sie das anstellen sollte, wusste sie immer noch nicht. Noch nicht einmal, ob sie überhaupt Gelegenheit erhalten würde, mit dem König zu sprechen.

Aber all diese Gedanken verflogen, als sie durch das Tor in den Innenhof blickte und dort Karl mit einem Schwert in der Hand sah. Als wäre er kein König, sondern immer noch der junge Thronerbe, der sich zum Vergnügen mit anderen maß und es genoss zu gewinnen – was oft der Fall war, solange er nicht gegen seinen Bruder antrat. Ein breites Lächeln lag in seinem Gesicht, sein goldenes Haar flog ihm um den Kopf, während er herumwirbelte.

Ein Hauch von Wehmut überkam Drida. Ihre gemeinsame Zeit war nicht perfekt gewesen, sondern geprägt von Streit zwischen ihm und Karlmann, von Streichen und von Eifersucht – aber sie waren alle zusammen gewesen. Drida fragte sich, ob sie das je wieder sein würden.

Karl kämpfte gegen Gerold, einen Grafensohn, dessen Vater eigentlich Karlmann unterstand. Aber wohl nicht alle bevorzugten den jüngeren Bruder, wie es schien, vor allem dann nicht, wenn der Erstgeborene drauf und dran war, den Jüngeren zu umzingeln. Und wenn auch Gerolds Vater insgeheim an Karls Seite stand, hatte Karlmann sogar Feinde in den eigenen Reihen. Wusste Karlmann davon?

»Beornred von Mercia. Ich begleite die Dame Quindrida, Cousine des Königs.«

Beornreds Worte lenkten ihre Aufmerksamkeit zurück zu den Wachen, die ihnen den Weg durchs Tor versperrten und sie und vor allem Luna kritisch musterten.

»Ist das ein Wolf?«, wollte einer von ihnen wissen, während er jede Bewegung Lunas genauestens beobachtete.

Drida lächelte liebenswürdig. »Nur ein Hund. Aus Irland«, fügte sie hinzu, als sie an Beornreds Hündin dachte, die noch sehr viel furchteinflößender als ein gewöhnlicher Wolf ausgesehen haben musste.

Die Wachen tauschten Blicke, doch schließlich traten sie beiseite.

Noch ehe Drida das Tor durchquert hatte, wandte Karl sich ihr zu. Es schien eine zufällige Bewegung, vielleicht war er neugierig, wer gerade ankam. Immer noch lag dieses freie Lächeln in seinem Blick, aber es gefror augenblicklich. Sein Körper erstarrte mitten in der Bewegung.

»Drida?«

Sie las ihren Namen mehr von seinen Lippen, als dass sie ihn aus der Entfernung hörte, und ihr Herz begann schneller zu schlagen. *Bitte, hör mir zu, bitte komm ab von diesem Weg,* flehte sie stumm.

Beornred schwang sich aus dem Sattel und reichte ihr die Hand, um ihr zu helfen. Aber Drida stieg allein ab, ohne den Blick von Karl zu nehmen. Auch er sah sie unentwegt an.

»Herr König.«

Beornred ging auf Karl zu und verneigte sich. Drida folgte ihm. Ihre Hände zitterten, sie wusste gar nicht richtig, warum. Karl regte sich nicht. Auch in seinem Gesicht änderte sich nichts, er sah ihr unverwandt entgegen. Da war kein Lächeln, keine Freude, nur eine kalte Wand, wie auch sein Bruder es so herausragend beherrschte.

»Mein König.« Dridas Stimme war schwach, sie räusperte sich. »Ich bin gekommen, um Euch zur Geburt Eures Thronfolgers zu gratulieren. Ich hoffe, Mutter und Kind sind wohlauf?«

Die Wachen zogen sich diskret zurück, Drida sah es aus den Augenwinkeln. Gerold steckte sein Schwert weg und entfernte sich ebenfalls, während Beornred die Pferde zum Stall führte. Dabei ließ er sie nicht aus den Augen. Drida spürte es mehr, als dass sie es sah.

»Hält die Königin sich ebenfalls in Noyon auf?«, fragte sie so ungerührt wie möglich und nutzte die Gelegenheit, um sich im Hof umzusehen. »Ich hatte gehofft, sie und das Kind hier zu sehen. Schließlich bin ich fast so etwas wie eine Tante.«

Karl starrte sie noch einige lange Herzschläge an, dann wandte er sich unvermittelt ab und ging mit weitgreifenden Schritten durch die Arkadengänge davon, ehe er in einer Seitentür verschwand.

Drida ließ langsam die Luft aus der Lunge entweichen. Sie hatte das Gefühl, seit ihrer Ankunft nicht mehr geatmet zu haben. Sie sank in die Knie und legte ihren Arm um Luna, die immer noch Karl hinterherblickte. Der warme, weiche, aber doch so kräftige Wolfskörper war ihr ein Trost und half ihr, nicht die Hoffnung zu verlieren. Karl mochte sie immer noch als Verräterin sehen und sie am liebsten ignorieren, aber sie war gerade erst angekommen. Es würde ihr noch gelingen, mit ihm zu sprechen und ihn umzustimmen. Vielleicht war es noch nicht zu spät. Vielleicht nahm er Himiltrud zurück und sah ab von diesem gefährlichen Bündnis mit den Langobarden.

»Meine Herrin.«

Eine kindliche Stimme erklang über ihr. Drida blickte auf. Vor ihr stand ein Junge von vielleicht dreizehn oder vierzehn Jahren, der sich in sicherem Abstand hielt und Luna angstvoll betrachtete.

Drida richtete sich auf. In diesem Moment drehte Luna sich um und huschte aus dem Tor. Im ersten Moment erschrak Drida und wollte die Wölfin zurückrufen. Aber sie wusste, Luna würde zurückkommen, so wie immer. Im bischöflichen Hof war ohnehin nicht ihr Platz. Sollte sie sich draußen herumtreiben, solange sie nur vorsichtig war.

»Meine Herrin, der König wünscht Euch zu sprechen. Wenn Ihr mir bitte folgen würdet.« Der Junge machte eine auffordernde Bewegung zum bischöflichen Herrenhaus.

Drida hätte beinahe gesagt: »Das ging ja schnell.« Aber sie konnte sich gerade noch auf die Lippe beißen.

Karl hatte also den Schock ihrer Ankunft überwunden und war bereit, sie zu empfangen. Blieb nur zu hoffen, dass es bei diesem Gespräch nicht um Vorhaltungen ging, sondern dass er ihr wirklich zuzuhören bereit war.

Sollte sie Beornred Bescheid geben, dass sie zu Karl ging? Sie warf einen Blick zu den Stallungen, in denen der Angelsachse verschwunden war, aber sie konnte ihn nirgends mehr entdecken. So zögerte sie nicht länger und folgte dem Jungen.

Dabei ließ sie ihre Hand über den kalten, spröden Stein der

Bogengänge streifen und atmete die kühle Luft im Schatten, während sie sich bereits die richtigen Worte zurechtzulegen versuchte. Aber das war ihr auf dem Ritt hierher schon nicht gelungen, und jetzt konnte sie es genauso wenig.

Der Junge führte sie durch einen von hohen Bogenfenstern lichtdurchfluteten Korridor, den schwere Wandteppiche zierten. Schließlich öffnete er eine knarzende Holztür und bedeutete ihr einzutreten.

Drida folgte der Anweisung so entschlossen wie möglich, konnte aber nicht verhindern, dass sie zusammenzuckte, als der Junge die Tür hinter ihr sogleich wieder schloss. Sie fuhr herum und fragte sich einen flüchtigen, von Panik erfüllten Moment lang, ob sie wohl eingesperrt war.

»Hast du Angst, keinen Fluchtweg mehr zu haben?«

Sie wandte sich wieder um und sah sich Karl gegenüber, der mitten in einem prächtigen, von römischem Stuck verzierten Raum stand. Auch hier schmückten bunte Wandteppiche mit Bildern von biblischen Ereignissen die weiß gekalkten Wände. Für die Räumlichkeiten hatte sie jetzt aber kaum ein Auge.

Sie betrachtete Karl, den sie zuletzt in Saint-Denis gesehen hatte, wütend und enttäuscht. Sie wusste nicht, was sie erwartet hatte – vielleicht einen König, der mehr an Pippin erinnerte. Aber Karl sah genauso aus wie immer, nichts wies ihn als Herrscher aus. Immer noch trug er eine schlichte, lediglich mit Seide gesäumte Tunika und mit Bändern umwickelte Hosen. Auf seinem Kopf thronte keine Krone, und auch sonst zierte ihn kein Schmuck. Lediglich sein Schwert hatte er wie meist umgegürtet, jetzt öffnete er aber die Schnalle und nahm es ab. Er legte es auf einen schweren, mächtigen Eichentisch, auf dem halb abgebrannte Kerzen in schlichten Bronzeständern und ein paar Schriftstücke lagen.

»Warum bist du hergekommen?«

Er nahm eins der Pergamente und las es. Zumindest tat er so – Drida wusste ja, dass er sich damit schwertat.

»Ich wollte dir persönlich sagen, wie sehr ich mich freue, dass du einen Thronerben …«

Karl fuhr zu ihr herum, derart forsch, dass sie beinahe einen Schritt zurückgetaumelt wäre. »Lüg mich nicht an!« Er warf das Pergament nieder und kam auf sie zu, sein Blick war unbarmherzig durchdringend. »Du hast dich für Karlmann entschieden, du bist fortgegangen, und seit diesem Tage habe ich nie wieder etwas von dir gehört oder gesehen.«

»Ich bin mit *Gerperga* gegangen«, berichtigte Drida vorsichtig, im Wissen, wie genau sie jedes Wort in seiner Gegenwart abwägen musste. »Seit Karlmanns Krönung lebe ich mit Gerperga in Quierzy. Deinen Bruder habe ich genauso lange nicht mehr gesehen wie dich.«

Karl sah sie wortlos an. Seinem überraschten Ausdruck nach zu schließen, hatte er nichts davon gewusst, obwohl sie die ganze Zeit nur wenige Stunden von ihm entfernt gewesen war.

»Dann hast du die Wahrheit gesagt. In Saint-Denis … Du hast gesagt, du gehst mit Gerperga, nicht mit Karlmann.«

»Gerpergas Gesundheit war angeschlagen. Sie brauchte Ruhe fern des Hofs.«

Karl machte noch einen Schritt auf sie zu. Die Art, wie er sie ansah, beschwor die Erinnerung an Beornreds Reaktion in Quierzy herauf. Auf die Frage des Abts, wie Drida den König zu überzeugen beabsichtigte, hatte er seine Vermutung deutlich offenbart. Er hatte angenommen, sie würde zur Hure werden. Aber das konnte sie nicht, auch wenn es ihr dann vielleicht gelänge, Karl von seinem Zwist mit Karlmann abzubringen. Vielleicht hätte sie dann größeren Einfluss auf ihn, denn sie würde ihm etwas geben, was ihm gehörte, und nicht seinem Bruder. Aber Bertha würde zurückkehren, und Drida konnte nicht einschätzen, wie Karl sich entscheiden würde, müsste er ihretwegen gegen das Wort seiner Mutter handeln.

»Wie geht es Gerperga jetzt?«, fragte Karl. Zu Dridas Überraschung klang er ehrlich besorgt.

»Viel besser. Sie hat ebenfalls einen Jungen zur Welt gebracht.«

Er nickte bedächtig. Vielleicht überlegte er, was Karlmanns Thronfolger für ihn bedeutete. Aber dann schüttelte er den Kopf, und sein prüfender Blick traf sie wieder. »Gerperga ist vor Kurzem Mutter geworden, und trotzdem bist du hierhergekommen? Zu mir?« Noch ein Schritt, und seine Hand streifte ihren Arm. »Du bist zu mir zurückgekommen?«

Beinahe hätte sie »Nein!« gerufen, sie konnte sich gerade noch zurücknehmen. Ihr Herz begann zu rasen. Er verstand sie vollkommen falsch. Vielleicht *wollte* er sie falsch verstehen. Aber wie sollte sie ihm jetzt den wahren Grund für ihren Besuch mitteilen? Dass sie hier war, um Karlmann zu schützen? Er würde sie sofort davonjagen.

»Ich mache mir Sorgen«, erklärte sie also ehrlich. »Um dich, um Gerperga, Karlmann, mich … um uns alle.«

»Du machst dir Sorgen um mich.« Es schien das Einzige, was er gehört hatte, und der Blick aus seinen blauen Augen wurde sanft. »Ich wusste es.« Seine Hand hob sich an ihr Gesicht.

Dridas Gedanken rasten. *Nimm Himiltrud zurück*, wollte sie rufen. *Verweigere den Plan deiner Mutter, versöhn dich mit Karlmann! Rette das Land vor einem Bruderkrieg!* Aber sie wusste nicht, wie sie beginnen sollte. Klare Worte waren ihr unmöglich.

Karl beugte sich zu ihr hinab, sein Blick hielt ihren gefangen. Und dann berührten seine Lippen die ihrigen, sanft und weich.

Ein Blitz schien durch ihren Körper zu fahren, sie sprang

zurück und starrte Karl erschrocken an. Es überraschte sie nicht, mit anzusehen, wie seine Miene versteinerte, wie seine Muskeln sich anspannten und seine Hände sich zu Fäusten ballten.

»Schon wieder hast du mich getäuscht!«

»Nein!«

Warum musste sie stets alles schlimmer machen? Warum konnte sie ihm nicht erklären, was sie hierherführte, ohne dass die Angst vor seiner Reaktion sie zum Verstummen brachte? Schlimmer als jetzt konnte es wohl nicht mehr werden.

»Ich bin hier wegen Himiltrud!«, stieß sie aus und erzitterte beim Anblick des Loderns in seinen Augen. Sie zwang sich aber weiterzureden. »Bitte, Karl! Es ist nicht recht, was du tust! Sie ist deine Ehefrau! Karlmann ist dein Bruder! Du …«

»Karlmann also!« Sein Kiefer mahlte, und ein Muskelstrang an seinem Hals drang hervor. »Wieder einmal Karlmann! Am Ende geht es immer nur um ihn, und am Ende fällt ihm wieder alles zu. Aber jetzt nicht mehr. Er wird verlieren.«

Er überwand den Abstand zwischen ihnen, und ehe sie sich's versah, hatte er seinen Arm um sie geschlungen, und seine Lippen lagen erneut auf ihren, diesmal aber hart und schmerzhaft. Er schob sie zurück, sie prallte gegen die Wand in ihrem Rücken. Alle ihre Versuche, ihn von sich zu schieben, schien er gar nicht zu bemerken.

»Diesmal gewinnt er nicht«, stieß er aus.

Mit einem Ratschen rissen die Schnüre, die ihr Kleid am Ausschnitt zusammenhielten. Er schob es ihr von den Schultern. Drida spürte ihren Körper taub werden vor Angst.

»Bitte nicht!«, hörte sie sich rufen, während sie seinem Mund, der erneut ihren fand, auszuweichen versuchte.

Karl schob ihre Röcke hoch, seine Hand strich über die Innenseite ihres Schenkels, und ihr blieb der Atem weg.

»Du hast es versprochen!«, stieß sie aus und stemmte sich mit aller Kraft gegen ihn. »Du hast gesagt, du würdest mir nie etwas antun!«

»Ich befreie dich!«, erwiderte Karl. Seine Lippen wanderten über ihren Hals, er schob ihr Haar zurück und presste sich fest gegen sie. »Ich befreie dich von ihm. Ab jetzt gehörst du mir, und du wirst nie wieder zwischen uns stehen. Ich rette dich.«

»Nein!«

Sie versuchte, ihre Hände zu befreien, und es gelang ihr. Sie umschloss sein Gesicht und hielt ihn fest, sodass er gezwungen war, innezuhalten und sie anzusehen.

»Du rettest mich nicht, Karl«, sagte sie so ruhig wie möglich, auch wenn ihr Atem schwer ging. Sie sah ihm in die Augen und versuchte irgendwie zu ihm durchzudringen. »Bitte, hör auf.«

Etwas an seiner Haltung änderte sich. Die Spannung wich aus seinem Körper, und seine Hände sanken schlaff an seine Seiten hinab.

In diesem Moment fiel die Angst von Drida ab wie ein schwerer Stein, unter dem sie hilflos begraben gewesen war. Sie sah ihn wieder als denjenigen, der mit ihr zusammen Luna gefunden hatte.

Regungslos standen sie einander gegenüber. Drida spürte seinen Atem auf ihrem Gesicht und wusste, sie hatte verloren. Er würde seinen Kampf gegen Karlmann fortführen. Jetzt vielleicht erst recht.

Die Tür ging auf, und Drida zuckte zusammen, herausgerissen aus der Anspannung, ertappt, so dicht beim König. Karl aber schien sich darüber nicht zu sorgen. Er trat nicht zurück, sondern drehte nur den Kopf und blickte zu dem prächtig gekleideten Mann, der ins Gemach trat.

»Mein König …«, begann dieser, verstummte aber bei Karls und Dridas Anblick sofort.

Er sah zwischen ihnen beiden hin und her. Drida wusste, was er dachte: der König und irgendeine Hure, mit der er sich die Zeit vertrieb.

»Bischof Giselbert.« Karl hätte nicht ungnädiger klingen können. »Was kann ich für Euch tun?«

Der Bischof beobachtete Drida, wie sie sich das Kleid zurück über die Schultern zog und versuchte, es am Ausschnitt zusammenzuhalten. Für einen Bischof war er noch sehr jung, zumindest hatte Drida bislang nur wesentlich ältere Bischöfe kennengelernt. Auch sah er gut aus mit seinem dunklen, kurz geschnittenen Haar, dem markanten Gesicht und den grauen Augen, die aber nichts Warmes ausstrahlten. Er war fast so hochgewachsen wie Karl und von schlanker Gestalt. Eher hätte Drida ihn für einen von Karls Noblen gehalten oder für einen Krieger, der bereits getötet hatte, aber nicht für einen Diener der Kirche.

Noch einige lange Augenblicke betrachtete er Drida, dann wandte er sich endlich Karl zu.

»Ihr wolltet mich sprechen«, sagte er, nun offensichtlich ein wenig grämlich, für eine Frau vergessen worden zu sein. »Ihr hattet mich gebeten, Euch nach der Messe in Eurem Gemach aufzusuchen, um die Vermählung …« Er verstummte abrupt und warf Drida einen abschätzenden Blick zu. Ganz so, als wüsste er sofort, dass sie auf Karlmanns Seite stand, obwohl er sie halbnackt im Gemach des anderen Königs gefunden hatte. »Nun, Ihr wolltet mich sprechen.«

Karl trat nun endlich einen Schritt zurück und strich sich mit einem Seufzen das goldene Haar aus dem Gesicht. »Ja, richtig. Mir kam etwas dazwischen.«

Er ließ seinen Blick über Drida wandern. Traurigkeit stand in seinen Augen, die Drida schmerzte, aber nichts an ihrer Haltung ihm gegenüber änderte. Was er heute getan hatte, zeigte ihr noch einmal auf, dass sie ihm nicht trauen konnte, und es würde stets die guten Momente, die sie zusammen erlebt hatten, überlagern.

»Wünscht Ihr, dass ich später wiederkomme?«, wollte der Bischof wissen.

Karl musterte immer noch Drida, als überlegte er, was er mit ihr machen sollte. In diesem Augenblick hoffte sie nur, dass er sie gehen ließ, nicht mehr, dass er sie anhörte und von seinem Weg Abstand nahm – in dieser Hinsicht machte sie sich nichts mehr vor.

»Ja, kommt später wieder.«

Karl wandte sich abrupt ab und durchmaß den Raum mit weitgreifenden Schritten. Er ging zum hohen Bogenfenster und blickte hinaus, die Hände an seinen Seiten ballten sich zu Fäusten, dann streckte er die Finger wieder. Alles an ihm strahlte Unruhe und Zerrissenheit aus.

»Kümmert Euch um sie«, sagte er noch rau.

Der Bischof neigte ehrerbietig den Kopf. Dann wandte er sich Drida zu und ruckte auffordernd das Kinn in Richtung Tür.

Drida setzte sich, ohne zu zögern, in Bewegung. Sie war froh, heil hier herauszukommen, und sah Karl nicht mehr an.

Sie trat aus dem Gemach und sah ein paar Wachen, die wohl mit dem Bischof gekommen waren. Giselbert gab ihnen mit einer knappen Geste in Dridas Richtung ein Zeichen, woraufhin sich einer der Männer löste und mit weitgreifenden Schritten davonging. Drida wusste nicht, was das zu bedeuten hatte, und hielt inne, während sie immer noch mühsam ihr zerrissenes Kleid zusammenhielt. Aber der Bischof bedeutete ihr mit einer Handbewegung, ihm zu folgen, und als sie sich nicht sofort rührte, regte sich bereits einer der Männer. Also gehorchte sie und folgte dem Bischof, in der Hoffnung, dass er sie in den Hof brachte, wo sie Beornred finden konnte, um mit ihm heimzureiten.

Ihr Besuch war kürzer ausgefallen als geahnt, aber auf diese Weise ließ sie zumindest Gerperga nicht allzu lange allein. Es tat ihr nur leid, ihre Freundin zu enttäuschen, die all ihre Hoffnungen in Drida gesetzt hatte. Jetzt mussten sie einen anderen Weg finden, um Karlmann zu helfen und das Bündnis mit den Langobarden zu verhindern. Vielleicht intervenierte ja auch noch einmal der Heilige Vater in Rom.

Der Bischof führte sie durch einen langen, nicht enden wollenden Korridor, der – anders als der, durch den sie gekommen war – keine Fenster aufwies und nur durch Kerzen in Wandhaltern mäßig beleuchtet war. Schließlich kamen sie am Ende an eine Tür, vor der jener Wachmann stand, der vorhin davongegangen war. Er öffnete die Tür. Als Drida hineinging, sah sie, dass sie nicht hinaus-, sondern in einen weitläufigen, kreisrunden Raum hineinführte. Dieser hatte wieder große Bogenfenster, sie standen aber höher, sodass es unmöglich war hinauszusehen. Es gab mehrere Schreibpulte, ein mindestens drei Schritt großes Holzkreuz an einer Wand und einen altarähnlichen Tisch mit allerlei Kerzen.

Was sollte sie hier? Sie wollte hinaus. »Der Herr Beornred erwartet mich«, begann sie, aber der Bischof unterbrach sie sogleich.

»Legt die Fetzen ab.«

Die Worte klangen freundlich, fürsorglich sogar, sodass Drida der Sinn dahinter gar nicht richtig bewusst wurde. Sie sah den Bischof nur schweigend an, wie er zu einem Tisch unter einem der Fenster ging und etwas in die Hand nahm, das Drida nicht sehen konnte. Er hatte ihr den Rücken zugewandt und seine Hände vor dem Bauch verborgen.

»Was?«, brachte sie schließlich heraus.

Sie verstand nicht, was hier vor sich ging. Sie sah zurück zur Tür, die sich wie durch Zauberhand geschlossen hatte, und die

Angst von vorhin kehrte so schlagartig zurück, dass ihr augenblicklich übel wurde.

»Ich glaube, einem Mädchen wie dir muss man das nicht zweimal sagen, oder?«

Der Bischof drehte sich zu ihr um, und nun erkannte Drida, dass er mehrere zusammengebundene Lederriemen in der Hand hatte. Ohne bedrohlich zu wirken, hingen sie an seiner Seite hinab, aber Drida wusste sofort, was ihr blühte. Sie drehte sich auf dem Absatz um, rannte zur Tür und versuchte sie zu öffnen. Aber sie war verschlossen.

Der Atem entwich ihr mit einem Keuchen. Panisch suchte sie nach einem Riegel, nach irgendeiner Möglichkeit, die Tür zu öffnen. Aber da war nichts.

»Leg die Fetzen ab und knie nieder.«

»Ich bin die Cousine des Königs!«

Drida drehte sich wieder zum Bischof um und versuchte, ihre Angst abzuschütteln. Sie hob den Kopf, straffte die Schultern und beschwor Gerperga, aber auch Bertha vor ihrem geistigen Auge herauf, um dieselbe Würde auszustrahlen. Auch Drida stammte von Königen ab, durch sie floss dasselbe Blut. Und der Bischof sollte das wissen.

»Umso größer die Sünde«, gab Bischof Giselbert zurück und hob langsam den Arm mit der Peitsche. »Der Schmerz wird dich reinwaschen, und du wirst für immer das Zeichen der Sünderin tragen, um nie wieder zu vergessen, wer du bist.« Er wies zur Seite.

Als Drida seinem Blick folgte, erkannte sie, dass er zur Feuerstelle zeigte, in der ein glühendes Eisen lag. Ihr Magen verwandelte sich in einen Stein.

»Der König hat mir aufgetragen, mich um dich zu kümmern.«

»*Das* hat er damit nicht gemeint.«

Drida konnte kaum noch Worte formen, ihre Lippen zitterten, ihre Zähne klapperten, und ihr Körper wollte ihr nicht gehorchen – es war, als hätte sie ihn verlassen. Wäre sie doch nur bei Karl geblieben, schoss ihr durch den Kopf. Aber sie wusste sofort, dass der König sie genauso zerstört hätte, wie der Bischof es zu tun beabsichtigte.

»Es gibt nur einen Weg, sich um Huren zu kümmern.«

»Ich bin keine Hure.«

»In euch allen steckt etwas Verdorbenes, und ich werde dich davon befreien. Jetzt mach deinen Rücken frei und …«

Drida wartete nicht darauf, was er noch zu sagen hatte. Stattdessen machte sie einen Satz an ihm vorbei und rannte durch den Raum, auf der Suche nach einer weiteren Tür, nach einem niedrig gelegenen Fenster, nach irgendeinem Weg hier heraus. Aber sie kam nicht weit.

Giselberts Hand schloss sich wie ein Schraubstock um ihren Arm und riss sie derart heftig herum, dass sie zu Boden stürzte. Hier gab es kein Stroh, keine Binsen, nur Steinplatten, und Schmerz schoss durch ihr Knie. Sie hatte aber keine Gelegenheit, sich darüber richtig bewusst zu werden, denn der Bischof riss ihr bereits das Kleid vom Rücken. Aus dem Augenwinkel sah sie, wie er ausholte.

Sie rollte sich zur Seite weg. Sie hörte, wie die Lederriemen auf dem Boden aufschlugen, und versuchte sich aufzurappeln, aber Giselbert war wieder schneller. Er war kein alter, fetter Kirchenfürst. Ihr wurde bewusst, dass sie nicht entkommen konnte.

Der Bischof packte sie an der Schulter, drehte sie herum, sodass sie auf dem Rücken lag, und mit einem Knie drückte er sie am Bauch nieder. Seine grauen Augen trugen Höllenfeuer in sich, er starrte sie an, wie sie halbnackt unter ihm lag, und sein Atem ging schnell.

»Es wird mir ein besonderes Vergnügen bereiten, dich schreien zu hören.«

Er hob den Arm, Drida hörte sich selbst wimmern, und im nächsten Moment schnitten die Peitschenschnüre über ihren Rumpf, ihren Arm, die Schulter, den Hals, die Brust. Kein Schrei entkam ihr. Zu geschockt war sie über das, was ihr hier geschah.

Wusste Karl, was sein Bischof tat? Hatte er sie wirklich in seine Hände gegeben, im Wissen, was ihr blühte? War seine Enttäuschung über ihre Zurückweisung tatsächlich so groß?

Erneut holte der Bischof aus, kein Lächeln im Gesicht, nur dunkles Lodern in den Augen. Diesmal schrie Drida auf.

Aber es war kein Schmerzenslaut. Nein, sie rief einen Namen.

»Karl!«

Immer wieder, so laut sie konnte, schrie sie seinen Namen hinaus. Ihr ganzes Leben lang hatte er sie retten wollen. Und jetzt, da sie ihn wirklich brauchte, ließ er sie im Stich.

Sie erkannte die Erregung in Giselberts Gesicht, sah, wie er sich an ihrem Leid ergötzte. Der Anblick schürte einen solchen Hass in ihr, dass ihr Körper wieder zum Leben erwachte. Ihr Zorn überlagerte den Schmerz, dieses fürchterliche Brennen, als wäre er mit Klingen in ihren Körper gefahren – und er gab ihr Kraft. Sie würde sich nicht weiter auspeitschen und schon gar nicht brandmarken lassen.

Giselbert holte erneut aus, aber Drida riss die Hände hoch und umschloss seinen Arm. Der Bischof war ob ihrer Gegenwehr so überrascht, dass es ihr gelang, ihn für einen winzigen Moment lang aufzuhalten. Lange genug, um ihre Hüften hochzustemmen, ihn von sich fortzustoßen und ihn damit aus dem Gleichgewicht zu bringen. Sie zog ihr Knie an und gab ihm den letzten Stoß, um ihn zur Seite stürzen zu lassen, während sie sich gleichzeitig aufrichtete und ihn von sich drückte. So schnell sie konnte, sprang sie auf die Füße. Sie wusste, das war ihre letzte Gelegenheit zu entkommen. Sie wusste aber auch, wie schnell er war und dass sie noch viel schneller sein musste als zuvor.

Sie hörte Giselbert stöhnen. »Verfluchtes Miststück!«

Sie machte sich keine Illusionen darüber, was er nun mit ihr machen würde, wenn er sie noch einmal erwischte. Sie rannte los und lief quer durch den Raum. Ihre Beine trugen sie direkt zur Feuerstelle. Dort lag ein dick gepolstertes Stück Stoff, bereits vorbereitet für den Bischof, um das Eisen zu entnehmen. Aber nun war es Drida, die danach griff. Ohne zu zögern, riss sie das glühende Metall aus dem Feuer und wirbelte damit herum, streckte es Giselbert entgegen.

Er kam gerade noch mit hocherhobenen Händen davor zum Stehen.

Drida stieß das Eisen drohend nach vorne, und Giselbert taumelte schnell einen Schritt zurück.

»Dann wollen wir mal sehen, wer hier als Sünder gebrandmarkt wird«, flüsterte sie mit einer fremdartig klingenden Stimme – zu aufgewühlt, um noch Kraft zum Sprechen zu haben.

Sie machte sich gar nicht die Mühe, ihr Kleid, das an ihren Hüften hing, wieder hochzuziehen. Sie durfte ihre Waffe nicht senken. Und was sollte sie vor ihm noch verbergen? Ihr Gewand entschied nicht über ihre Würde, die trug sie tief im Inneren. Und die würde sie sich nicht von ihm nehmen lassen.

Giselbert sah sie einen Moment lang entsetzt an, dann aber hoben sich seine dünnen Lippen zu einem Lächeln, und die grauen Augen bekamen das gierige Glühen zurück. Eine Gänsehaut zog über Dridas Körper. Wenn er noch nicht einmal jetzt Angst hatte oder zumindest seine Niederlage eingestand, bedeutete das vielleicht tatsächlich, dass er ihr überlegen war, dass sie nicht entkommen konnte.

»Wie öffne ich die Tür?«

Sie sah flüchtig an ihm vorbei und versuchte erneut einen

Riegel oder Ähnliches zu entdecken, aber sie konnte sich nur vorstellen, dass die Tür von außen verschlossen war.

Der Bischof lächelte einfach nur weiter. Drida hörte das Blut in ihren Ohren rauschen.

»Wo komme ich hier raus?«

Es musste seine Taktik sein, diese Ungerührtheit, um sie zu zermürben. Er konnte ihr nichts mehr tun, sie hatte eine Waffe!

Giselbert wies auf den Boden hinab. »Knie nieder, erdulde deine Strafe, und danach wird mein Wort dich befreien.«

»Euer Wort.«

Sie wusste nicht, was mit ihr geschah. Der Schmerz ihrer blutenden Striemen durchzuckte sie, die Hitze des Metalls drang durch die dicken Stoffe zu ihrer Hand, und sie stieß das blendend helle Eisen vor, rammte es direkt in Giselberts Schulter.

Der Schrei des Bischofs zerriss den Raum, seine Augen schienen aus den Höhlen zu quellen.

Drida zog das Eisen wieder zurück. Ein bestialischer Gestank nach verbranntem Fleisch breitete sich aus. Sie würgte. Das Eisen fiel ihr aus der Hand. Sofort wurde ihr bewusst, dass sie damit ihre einzige Waffe verloren hatte.

Aber Giselbert bemerkte es gar nicht. Er schrie immer noch, hielt sich die Wunde und starrte sie an – nun ohne Gier und Verzückung, sondern als wäre sie ein Höllenwesen, das heraufgestiegen war, um ihn zu holen.

Drida sah sich nach einem Fluchtweg um, als plötzlich die Tür aufflog und zwei Wachen hereinstürzten.

»Schnell! Er ist verletzt!«, rief sie und rannte auf die beiden zu, fast unbekleidet und blutend, wie sie war.

Die Wachen hielten einen Moment lang inne, sahen sie verwirrt an und bemerkten dann zu Dridas Erleichterung den Bischof. Sofort eilten sie auf ihn zu, und Drida lief aus der Tür, so schnell sie konnte. Im Laufen zog sie ihr Kleid hoch und hielt es vorne an der Brust zusammen, während sie nach einem Weg suchte, der hinaus in den Hof führte.

»Haltet sie!«, hörte sie durch den Korridor schallen, und sie rannte noch schneller.

Da war eine Tür an der Außenwand. Drida stieß sie auf. Weinend taumelte sie unter das kühle Gewölbe der Arkadengänge. Sie hörte Vögel singen und ein Pferd wiehern. Wo war Luna? Drida konnte sie durch den verschwommenen Schleier hindurch nirgends entdecken, aber das war auch gut so. Sie wollte sich gar nicht vorstellen, was die Wachen ihr antun würden. Jetzt brauchte Drida nur ein schnelles Pferd, und dann musste sie es zurück über die Grenze schaffen.

Sie lief hinaus in die Sonne, blinzelte, sah zu den Ställen hinüber. Dort stand Beornred wie ein goldener Bär. Er blickte in ihre Richtung, und Entsetzen machte sich auf seinem kantigen Gesicht breit. Auch andere sahen sie an – Mägde, Knechte, Noble, Kirchenmänner –, voller Schrecken, aber Drida kümmerte es nicht. Sie lief auf Beornred zu. Jetzt war er der Einzige, der ihr noch helfen konnte. Sie streckte die Hand nach ihm aus, ihre Füße flogen nur so über den Boden, ihr Blick hielt sich an ihm fest, ihr Ziel, ihre Rettung … Aber sie kam nicht weiter. Hände packten sie an ihren wunden Armen, an den Schultern, von allen Richtungen umströmten die Wachen sie. Drida schrie auf vor Schmerz und Angst. Sie versuchte sich aus den Griffen herauszuwinden. Ihr Haar fiel ihr wie ein schwarzer Schleier vors Gesicht, und jede ihrer Bewegungen wurde mit weiterer Pein gestraft.

»Was geht hier vor?!«, hörte sie Beornred donnern, der sich zu ihr hindurchkämpfte.

Drida hielt inne und sah zu ihm empor. Sie konnte sich vorstellen, was für einen erbärmlichen Anblick sie bot. Ihr Kleid war längst wieder auf ihre Hüften hinabgefallen, und die

Hände der Wachen rutschten von all dem Blut auf ihrer Haut. Ihre Gegenwehr und die Grobheit der Männer hatten ihre Wunden nur noch schlimmer gemacht. Drida fragte sich, ob sie je hier herauskäme und ob auch Beornred in Gefahr schwebte.

»Diese Hure hat den Bischof angegriffen«, knurrte eine von den Wachen. Drida sah den Mann gar nicht an. Ihr wurde schwindlig, und ihre Knie begannen zu zittern. »Mit einer glühenden Eisenstange hat sie auf ihn eingestochen! Gott allein weiß, ob er diese Wunde überlebt.«

»Eine glühende Eisenstange?« Beornred baute sich vor den Wachen auf, was ihn noch größer wirken ließ als ohnehin schon. »Und wie kam sie zu dieser Eisenstange? Was hat dieser Bischof ihr angetan?«

»Sie ist nur eine dahergelaufene Hure …«

»Sie ist die Cousine des Königs und kam mit einer wichtigen Botschaft König Karlmanns hierher! Nennt sie noch einmal Hure, und es wird das Letzte sein, was Euren Mund verlässt, bevor ich Euch die Zunge herausreiße!«

Die Wachen tauschten unsichere Blicke. Der raue angelsächsische Klang in seiner Art, das Fränkische zu sprechen, der unbändige Zorn in seiner Stimme und in seinem Gesicht, seine bärenhafte Gestalt – all das verfehlte seine Wirkung nicht.

Drida spürte Beornreds Drohung und die Verunsicherung der Wachen mehr, als dass sie es sah. Die Ränder ihres Blickfelds zogen sich zusammen, Schwärze breitete sich aus. Wo war Karl?, ging ihr die ganze Zeit durch den Kopf. Wo war er, ihr selbsternannter Retter?

Aber er ließ sich nicht blicken.

Stattdessen hörte sie nur die düsteren Worte der Wache: »Der Bischof verlangt, dass sie hingerichtet wird, und wir werden das für ihn erledigen. Jetzt gleich.«

Da war das vertraute Scharren gezogener Klingen, sie sah Metall in der Sonne aufblitzen, aber die Dunkelheit gewann und nahm Drida mit sich.

~

»Drida?«

Eine riesenhafte Gestalt beugte sich über sie.

Drida schrak zurück, versuchte zu entkommen. Das Lächeln der dünnen Lippen des Bischofs tanzte vor ihren Augen und ließ ihr nur lähmendes Entsetzen. Sofort roch sie wieder das verbrannte Fleisch, spürte ihre Wunden brennen, und ihr Herz pochte wild in ihrer Brust.

»Drida, beruhigt Euch, ich bin es.«

Sie kannte diese Stimme, den fremdartigen Klang in der fränkischen Sprache. Das Bild des Bischofs zerfiel, und plötzlich war da Beornred. Ein Schluchzen entkam Dridas Kehle. War sie entkommen? Hatte er sie aus den Fängen des Bischofs und der Wachen befreit?

»Wo bin ich hier?«

Sie sah sich um, doch sie konnte kaum etwas erkennen. Bis auf einen Lichtstrahl, der durch ein schmales Fenster fiel und Staubwirbel beleuchtete, war es finster. Fliegen surrten um sie herum, ließen sich auf ihren Wunden nieder. Drida wedelte sie mit schwacher Hand fort. Wo war sie nur? Sie sah lediglich, dass der Raum aus Stein bestand und halbrund war. Sie selbst lag auf einem Strohlager mit einer Wolldecke, und ihr Körper war von einem Umhang bedeckt. Neben ihr lag ein einfaches langes Leinenhemd, und eine Schale Wasser stand auf dem Boden.

»Der Bischof hat Euch hierherbringen lassen«, drang Beornreds Stimme wie durch Wasser in ihren benebelten Kopf, aber bei der Erwähnung Giselberts fand sie schlagartig zurück in die Realität.

Eisiger Schrecken durchzuckte sie, und ihr Atem beschleunigte sich. Sie war nicht entkommen!

»Ich konnte ihn davon abhalten, Euch auf der Stelle umzubringen. Beim Kreuze Jesu, Drida, was ist nur passiert?«

Drida dachte an Karl, an seine Annäherungen, und wie sie ihn zurückgewiesen hatte. Sie hatte geglaubt, Karls Zorn darüber wäre das Schlimmste, was ihr passieren könnte. Aber dann war sie bei Giselbert gewesen. Nichts davon konnte sie aussprechen. Und so schüttelte sie nur den Kopf, während sie versuchte, die Bilder zu vertreiben.

Beornred sagte nichts und beugte sich zu der Schale hinunter. Sie hörte, wie er Wasser auswrang, und schließlich legte er ihr einen nassen Lappen an den Hals, tupfte vorsichtig das eingetrocknete Blut ab.

Drida biss die Zähne zusammen, zuckte aber nicht zurück. Sie musste jetzt stark sein, und es gab Wichtigeres als ihre Wunden.

»Ist Euch etwas geschehen?« Sie versuchte, Verletzungen an Beornred auszumachen, aber er trug immer noch seinen Ringpanzer, und sie konnte nichts erkennen. »Ihr habt Euer Schwert gezogen … aber es waren so viele … Ihr wolltet für mich kämpfen.«

»Der Anführer der Wachen ließ es nicht so weit kommen. Er hat wohl erkannt, dass ich einige von seinen Männern ausgeschaltet hätte, und so gab er den Befehl, die Waffen zu senken. Ich konnte erklären, wer Ihr seid und dass der König niemals zulassen würde, dass Euch etwas geschieht und er jeden, der noch einmal Hand an Euch legt, sofort hinrichten lassen würde, egal, was der Bischof wünscht.«

»Ihr habt mich gerettet.«

Ein schweres Seufzen in der Dunkelheit. »Nein, Drida. Der Bischof verlangt noch immer Euren Tod. Ihr sollt vor den König treten und Euer Urteil hören. Ich kann nicht voraussagen, was

Karl tun wird. Draußen herrscht große Aufregung über Eure Tat, und ich fürchte, er wird sich dem Druck aller beugen.«

»Karl würde mich nicht hinrichten. Nein, er …« Sie verstummte mit der lähmenden Gewissheit, dass sie nicht abschätzen konnte, was Karl tun würde. Er war schon immer unberechenbar gewesen, aber nach ihrer neuerlichen Zurückweisung würde er womöglich den Wunsch verspüren, sie endgültig aus dem Weg zu räumen.

Ein Zittern überfiel ihren Körper, sie konnte es nicht kontrollieren. Ihr Kiefer schmerzte im Versuch, das Zähneklappern zu unterdrücken.

»Ich bete, dass er Euch zu Karlmann zurückkehren lässt«, sagte Beornred leise. »Und wenn nicht … irgendwie werde ich Euch hier herausholen. Auch Euer Wolf streift hier herum. Ich habe sie vorhin am Tor gesehen und fortgescheucht – der Bischof würde Jagd auf sie machen, wenn er wüsste, dass Ihr eine Verbindung zu diesem Tier habt. Aber ich bin sicher, sie ist noch irgendwo in der Nähe.«

Drida richtete sich mühsam auf, lehnte sich gegen die kalte Steinwand in ihrem Rücken und biss die Zähne zusammen. Sie spürte, wie die eingetrockneten Wunden an einigen Stellen wieder aufbrachen, aber das kümmerte sie im Moment nicht.

»Ihr dürft nicht mehr für mich kämpfen.« Sie schloss ihre Hand um das Kettengeflecht an seinem Arm und sah ihm eindringlich in die Augen. »Sie werden Euch mit mir töten. Geht zurück zu Gerperga … zu Karlmann. Verschwindet von hier, solange Ihr noch könnt.«

Beornred zog seinen Arm zurück und erhob sich. Von ihrem Lager aus sah er noch gigantischer aus. Sie wünschte, er wäre tatsächlich in der Lage, sie von hier verschwinden zu lassen, aber das war unmöglich. Er war einer gegen viele, noch nicht einmal seine hünenhafte Gestalt könnte ihn ewig schützen.

»Ja, ich gehe zu Karlmann«, sagte er ernst und legte seine Hand an den Schwertknauf. »Ich werde ihm berichten, was hier geschieht, und er wird Euch zurückholen – wenn nötig, mit Waffengewalt. Da bin ich mir sicher.«

»Nein.« Drida streckte die Hand nach ihm aus, um ihn aufzuhalten, aber er trat bereits von ihr weg. »Karlmann darf diesen Konflikt nicht meinetwegen eskalieren lassen. Ihr müsst versuchen, Frieden zwischen den beiden zu erreichen, sonst war alles umsonst. Ich bin hierhergekommen, um einen Bruderkrieg abzuwenden, ich darf nicht der Grund sein, der ihn endgültig auslöst.«

Beornred blieb an der Tür stehen und drehte sich noch einmal zu ihr um. »Dies mag das letzte Mal sein, dass ich Euch sehe, und ich … ich wollte sagen, dass es mir eine Ehre ist, Euch zu kennen. Ihr mögt eine Fränkin sein, aber auch durch Euch fließt angelsächsisches Blut, und Ihr habt mir stets das Gefühl gegeben, der Heimat näher zu sein. Karlmann und ich werden kommen. Und wir werden alles geben, um Euch zu retten. Ich bete nur, dass wir nicht zu spät sein werden.«

»Ihr werdet zu spät sein, und viele Menschen werden umsonst leiden.«

»Dann war es Gottes Wille.«

Und mit diesen Worten öffnete er die Tür. Blendend helles Licht strömte für einen Augenblick herein, aber dem folgte sofortige Dunkelheit.

Die Halle war zum Bersten voll. Der Bischof saß, blass und mit einer dick verbundenen Schulter, an Karls Seite auf einem Podest. Durch hohe Bogenfenster, die Drida an die Basilika von Saint-Denis erinnerten, fiel das Tageslicht und füllte den Saal mit angenehmer Helligkeit. Goldene Figuren und Verzierungen funkelten. Unter anderen Umständen wäre es wohl ein schöner Anblick gewesen.

Hunderte Augenpaare waren auf sie gerichtet, während sie so stolz wie möglich, von zwei Wachen flankiert, den Mittelgang entlangschritt und Karl entgegenblickte. Sie hatte das lange naturfarbene Leinenhemd angelegt, das auf ihrem Strohlager für sie vorbereitet gewesen war, aber es konnte ihre Striemen am Hals nicht verbergen. Die Schuhe waren ihr abgenommen worden, sie schritt mit nackten Füßen über den Steinboden, und das Haar fiel ihr offen über die Schultern bis zur Taille. Sie versuchte, Bischof Giselbert und seinen Hass auszublenden und nur den König zu sehen, mit dem sie aufgewachsen war, ihren selbsternannten Retter. Aber das Tuscheln um sie herum konnte sie nicht gänzlich ignorieren.

»Gleiches mit Gleichem«, hörte sie eine Frauenstimme zischen. »Brennen soll sie.«

Ein anderer forderte ihren Kopf, wieder ein anderer hielt Ertränken oder Hängen für am angemessensten, nachdem sie beinahe einen Fürsten Gottes umgebracht hatte. Die Menschen zeigten Einfallsreichtum, wenn es darum ging, eine Hure zu beseitigen. Die gesamte Garnison sollte sie schänden, und was von ihr übrig blieb, könne doch den Hunden vorgeworfen werden, hörte sie zu ihrer Rechten. Allmählich begann sie sogar auf einen schnellen Tod zu hoffen, wenn sie all die schrecklichen Möglichkeiten einer Hinrichtung hörte, und nicht mehr auf Rettung.

Karl blickte ihr entgegen. Vielleicht versuchte er, eine ausdruckslose Miene aufrechtzuerhalten, aber sie las in ihm wie in einem offenen Buch. Der Schmerz brannte in seinen Augen. Drida hätte ihm am liebsten entgegengeschleudert, dass alles seine Schuld war. Wenn er Himiltrud nicht verstoßen hätte, wenn er nicht vorhätte, ein Bündnis mit den Langobarden gegen seinen eigenen Bruder zu schließen, dann hätte sie gar nicht zu ihm kommen müssen. Wenn er seinen Zwist mit Karlmann nicht auf sie übertragen hätte, dann hätte er auch nicht unbedingt gegen seinen Bruder gewinnen müssen. Wenn er sich ihr nicht aufgedrängt hätte, dann wäre sie nie mit zerrissenem Kleid vor dem Bischof gestanden. Und hätte Karl sie nicht in Giselberts Fänge übergeben, dann wäre sie nicht gezwungen gewesen, sich zu wehren.

Aber jetzt war sie hier, und in Karls tränenfeuchten Augen las sie bereits sein Urteil.

»Quindrida.«

Karl erhob sich von seinem schnörkellosen, einfachen Holzstuhl. Seine Miene versteinerte, das Gequälte verließ ihn, er war nun durch und durch König. Selbst seiner Stimme merkte sie keine Regung mehr an. Augenblicklich wurde es um sie herum still. Drida schluckte gegen die Enge in ihrer Kehle.

»Du wurdest für schuldig befunden, einen Bischof unseres Herrn angegriffen und schwer verletzt zu haben.«

»Hängt sie auf!«, rief jemand von den Versammelten, aber Karl hob die Hand und brachte ihn zum Schweigen.

Drida sah den König voller Verachtung an. »Und was ist mit dem, was er mir zugefügt hat?«, erwiderte sie mit lauter, fester Stimme, ohne zu wissen, wie sie diese zustande brachte. Sie zeigte mit dem Finger auf Giselbert, um nur ja keine Missverständnisse aufkommen zu lassen. »Welche Strafe blüht dem, der sich am Leid anderer ergötzt?«

Empörtes Raunen umhüllte sie über ihre Unverfrorenheit, aber das war ihr gleichgültig. Sie sollte ohnehin sterben, wieso dann nicht noch die Wahrheit sagen?

Sie straffte die Schultern und sah Karl und den Bischof herausfordernd an. »Heute ist ein wahrlich trauriger Tag, mein König. Der Herr blickte auf seine Kinder herab, er schaute auf seine Söhne, die in seinem Namen herrschen und seinen Namen preisen, und er erkannte eine Tochter, die ihre Tugend schützte und dafür aufs Schlimmste bestraft wurde. Der Herr wird über euch richten. Über Euch, mein König, und über Bischof Giselbert.«

»Schweig!«, rief eine der Wachen, und im nächsten Moment traf sie ein Schlag an der Schläfe, derart heftig, dass sie zur Seite fiel und die andere Wache sie auffangen musste. Sie richtete sich aber sofort wieder auf und sah zu den beiden Männern empor, die über ihren Tod bestimmten.

Bestürzung lag auf Karls Gesicht. Es bereitete ihr Genugtuung zu sehen, dass ihre Worte getroffen hatten, dass sie nicht wehrlos gehen musste. Sie wollte, dass Karl wusste, wie falsch er handelte, dass er darüber nachdachte und dass ihr Gesicht ihn auf ewig verfolgte. Sie waren zusammen aufgewachsen, und trotzdem war er bereit, sie für die widerlichen Taten eines Bischofs ans Messer zu liefern, für eine Zurückweisung, und aus Eifersucht auf seinen Bruder. Nie würde sie ihm das vergessen, bis in den Tod und darüber hinaus.

»Der Herr mag über uns richten«, sagte Karl ruhig, und sein Ausdruck wurde wieder ein wenig kontrollierter, fast glaubte sie schon Erleichterung zu sehen, als hätte er plötzlich eine Lösung für ein schwerwiegendes Problem gefunden. »Aber er wird auch über dich richten, Quindrida. Der Herr soll entscheiden, ob du lebst oder stirbst.«

»Was?!«, entfuhr es Bischof Giselbert.

Drida verstand nicht, wovon Karl sprach, aber der König fuhr bereits fort:

»Man wird dich an die Küste bringen, und mit dem ersten Handelsschiff, das ablegt, wirst du hinaus aufs Meer fahren. Wenn du weit genug entfernt bist, um das Land aus eigener Kraft nicht mehr zu erreichen, wirst du in einem Beiboot ausgesetzt. Die Winde und die Strömungen werden dich mitnehmen, und allein der Herr entscheidet, ob du zurück an

Land gelangst oder für immer auf dem Meer treibst und dort stirbst.«

Unruhe kam um Drida herum auf. Jeder schien seine Meinung dazu kundtun zu wollen, während sich in Dridas Kopf ein Dröhnen breitmachte. Ausgesetzt auf dem Meer?! Das war keine Gnade, das war auch kein Gottesurteil. Es war nur eine andere Art der Hinrichtung – nur dass ihr Tod langsam und schmerzhaft sein würde. Oder war es ihre Möglichkeit zur Rettung? Gewann sie dadurch Zeit, damit Beornred sein Versprechen wahrmachte, obwohl sie ihm doch gesagt hatte, er solle nichts unternehmen? Nein, selbst wenn Karlmann Hals über Kopf zu ihrer Rettung eilte – was sie ihm durchaus zutraute –, Karl kontrollierte die Küste der britannischen See, und Karlmanns Schiffe lagen im Mittelmeer. Er konnte sie nicht retten.

Bischof Giselbert trat nach vorne, offensichtlich alles andere als zufrieden. Den Schmerz in seiner Schulter schien er ganz vergessen zu haben, denn er gestikulierte wild in Dridas Richtung:

»Wer sagt, dass die Händler sie nicht einfach in ein anderes Land bringen, wo sie ihr gottloses Leben weiterführt? Wer sagt, dass sie die Männer an Bord nicht verzaubert, damit sie ihrem Willen folgen? Ich sage, wir richten sie hier und jetzt! Wir tun unsere Pflicht als Christen und schützen andere vor diesem Weib.«

Karl fuhr unwirsch zum Bischof herum. »Wollt Ihr mir erklären, dass Ihr dem Herrn nicht traut, die richtige Entscheidung zu fällen? Wollt Ihr sagen, Gott würde eine Kreatur retten, die Euch grundlos angegriffen hat, wie Ihr behauptet?«

Giselbert trat einen Schritt zurück, alle Farbe wich ihm aus dem Gesicht. Kleinlaut sagte er: »Keineswegs, mein König. Ich traue unserem Herrn. Aber nicht diesem Weib, und nicht den Männern, die sich von ihrem dunklen Blick verzaubern lassen.«

Karl hob die Hände. »Dann solltet Ihr sie vielleicht begleiten, um sicherzustellen, dass meinem Befehl Folge geleistet wird!«

Der Bischof zuckte zurück. Er sah aus, als würde er jeden Moment in sich zusammenfallen, was Drida wohl mit Genugtuung erfüllen sollte. Aber sie spürte nur noch Angst. Sie erinnerte sich, wie es sich angefühlt hatte, im Fluss in die Tiefe gezogen zu werden, wie sie gekämpft hatte, um ans Ufer zu gelangen. Jetzt sollte sie in einem kleinen Boot ausharren, ohne Wasser, ohne Essen, und sich dem Wind und den Wellen opfern, bis eine davon sie in ihr kaltes, nasses Grab spülte.

»Karl.« Sein Name verließ ihren Mund wie von selbst, etwas Fassungsloses klang daraus.

Der König blickte auf sie hinab. Nun gelang es ihm nicht mehr, eine gefühllose Miene aufrechtzuerhalten. Er wirkte, als risse ihm jemand das Herz heraus. Aber er würde sich wohl schnell trösten mit seiner neuen Gemahlin aus der Lombardei. Das schien er sich selbst zu sagen, denn er riss seinen Blick von Drida los und verließ den Saal durch eine Tür hinter dem Podest.

Bischof Giselbert hingegen blieb und sah sie hasserfüllt an, während die Wachen sie herumrissen und durch die weiter schimpfende Menge hinausführten.

Aber Drida hörte die bösen Worte der Menschen gar nicht mehr. Da war nur ein Heulen aus der Ferne.

Wolfsheulen.

KAPITEL 16

Seine-Mündung, Neustrien, Juni 769

Drida hatte nie zuvor das Meer gesehen. Für einen kurzen Augenblick vergaß sie ganz, dass es ihren Tod bedeuten sollte.

Möwen flogen kreischend über sie hinweg. Sie sah gestrandete Schiffe, die in zurückgebliebenen Pfützen auf die Flut warteten. Das Wasser schien ihr eine Ewigkeit weit weg, da waren nur sanfte Rinnsale, die sich durch Bodenvertiefungen im Sand schlängelten und sich um kleine Inseln wanden. Aber sie wusste, das Bild würde sich bald ändern, das Meer würde zurückkehren. Sie hatte Händler schon oft über das Warten auf die Flut und den richtigen Wind sprechen gehört, sich nur nie vorzustellen vermocht, welches enorme Ausmaß die Gezeiten hatten. Wie sie in der Lage waren, eine Landschaft innerhalb von Stunden vollkommen zu verändern.

Große rechteckige Segel an Holzmasten prangten auf Schiffen weiter draußen und sahen aus der Ferne aus wie Wolken. Der Horizont schimmerte in Grün und Blau, ein helles Glitzern tanzte im Sonnenschein darüber. Langstieliger Strandhafer wogte an ihren Seiten im Wind, und Drida sah dazwischen eine Bewegung, über die sie sich aber nicht mehr wunderte. Sie wusste, dass Luna ihr den ganzen Weg über gefolgt war. Allein bei dem Gedanken, gleich von ihr Abschied nehmen zu müssen, stiegen ihr Tränen in die Augen. Sie hoffte nur, dass Luna sich nicht aus ihrem Versteck wagte und von den bewaffneten Männern, die Drida begleiteten, angegriffen wurde.

»Ich weiß, was du denkst«, erklang die Stimme des Bischofs an ihrer Seite.

Er war blass, Schweiß stand ihm auf der Stirn, und sein sonst so hoch aufgerichteter Körper wirkte im Sattel zusammengesunken. Vielleicht hatte er Fieber von der Verletzung. Drida sollte sich darüber wohl schuldig fühlen und um Verzeihung bitten. Aber sie war wie taub für andere Gefühle außer Furcht und Trauer.

»Du glaubst, entkommen zu können, du glaubst, zurück an Land zu gelangen. Aber ich werde dafür sorgen, dass du nie wieder einen Fuß auf festen Boden setzt. Du wirst ins offene Meer davontreiben und schließlich vom Rand der Erde fallen.«

Drida lächelte den Bischof so ungerührt wie möglich an und hoffte, dass man ihr die Angst vor einer solchen Aussicht nicht anmerkte. Tatsächlich hatte sie gehofft, ein Schiff weiter nördlich zu besteigen. Von Beornred wusste sie, dass es nördlich der Seine-Mündung einen Ort gab, an der sich das Meer verengte und wo die britannische Küste mit bloßem Auge zu erkennen war. Sie hatte gehofft, dort ausgesetzt zu werden, wenn ihr auch diese Lage keine Sicherheit garantiert hätte. Nur wäre die Wahrscheinlichkeit größer gewesen, irgendwie an Land zurückzukommen. Aber der Bischof schien fest entschlossen, ihr nicht die geringste Möglichkeit zum Überleben zu lassen.

Karl hatte seine Aufforderung an den Bischof, Drida zu begleiten, vielleicht nicht ernst gemeint, aber Giselbert wollte nichts zwischen sie und die Hölle kommen lassen, wie er nicht müde wurde zu verkünden. Ungeachtet seines eigenen Gesundheitszustands.

Gerold, der junge Grafensohn, der sonst oft an Karls Seite zu finden war, wendete sein Pferd und wandte sich ihnen beiden zu. »Die Händler wissen bereits Bescheid, und die Flut kommt. Wenn wir das Schiff nicht ohne uns davonfahren sehen wollen, sollten wir uns jetzt beeilen.«

Er sah Giselbert eindringlich an, der zustimmend nickte und sein Pferd weitertrieb.

Gerold ritt voraus, durch die Wasserpfützen im Sand zu einem Schiff, wo eine Gruppe Männer zusammenstand. Einer von ihnen, ein beleibter rothaariger Mann mit Bart, löste sich von den anderen und ging Gerold entgegen. Die anderen kümmerten sich inzwischen um die Ladung. Kisten und Fässer wurden an Bord gehievt und dort verzurrt, aber bei ihrem Näherkommen hielten alle inne und blickten zu Drida – neugierig, vielleicht sogar ein wenig fasziniert, und manche tatsächlich verängstigt. Köpfe wurden zusammengesteckt, ein kleiner, zusammengestauchter Mann mit Glatze zeigte sogar in ihre Richtung. Was dachten sie jetzt wohl? Was hielten sie von ihrer Aufgabe, eine junge Frau in den Tod zu führen?

Drida hätte sie gerne gefragt, wenn da nicht der Bischof an ihrer Seite gewesen wäre, der sich selbstzufrieden umsah, als könne er es gar nicht erwarten, abzulegen und sie in den Abgrund zu werfen.

»… bis weder in die eine noch in die andere Richtung die Küste erreicht werden kann«, hörte sie Gerold dem rothaarigen Händler befehlen. »Ihr müsst den Meeresarm zur Gänze verlassen, erst im offenen Ozean dürft Ihr umkehren – ohne die Gefangene.«

Drida schloss die Augen, versuchte sich zusammenzureißen und das aufkommende Zittern zu unterdrücken. Sie dachte an Karlmann und fragte sich, wie er die Nachricht von Beornred aufgenommen hatte. Wie ging es Gerperga? Hoffentlich gab ihr kleiner Sohn ihr Trost. Und dann war da noch

Karl … Er hatte sie nicht an die Küste begleitet. Vielleicht fürchtete er, es sich dann anders zu überlegen. Schließlich handelte er oft überstürzt und bereute es hinterher. Aber bislang war kein Reiter eingetroffen, um den Befehl des Königs zurückzunehmen. Dieses Mal würde seine Reue zu spät kommen, sie spürte es.

Drida öffnete wieder die Augen, nur um Giselberts zufriedenes Lächeln zu sehen. Selbst als er sich mühselig aus dem Sattel gleiten ließ und dabei deutlich vor Schmerz die Zähne zusammenbiss, war ihm die Genugtuung ins Gesicht geschrieben.

Die Männer beim Schiff nahmen wieder ihre Arbeit auf, schielten aber immer wieder in Dridas Richtung.

»Absteigen«, befahl Gerold und kam auf sie zu.

Drida wollte soeben gehorchen, als sie eine Veränderung an den Händlern bemerkte. Das verstohlene, zurückhaltende Mustern ging über in ein offenes Starren. Die Männer, die sich über ihre Fracht gebeugt hatten, richteten sich abrupt auf, und der Händler, der Gerold empfangen hatte, griff zu einem langen Messer an seiner Seite. Drida sah sich nach dem Grund für dieses Verhalten um, als plötzlich ein grauer Schemen an ihr vorbeiflog.

»Luna!«

Die Wölfin jagte aufs Schiff zu, umrundete es, rannte wieder zurück, umkreiste Drida, Giselbert und die Wachen und stürmte dann wieder zum Schiff, wie besessen. Sand spritzte unter ihren Pfoten auf, Wasser stob in funkelnden Tröpfchen in die Luft, und einen Augenblick lang war es bis auf das Rauschen der Wellen und Lunas Hecheln vollkommen still. Selbst die Möwen schienen ob der rasenden Wölfin verstummt.

Aber dann brach Panik in der kleinen Gruppe aus.

»Tötet den Wolf!«, rief der rothaarige Händler, und Giselbert drängte sich ängstlich an sein Pferd. Dieses aber scheute zurück, riss den Kopf hoch, die Nüstern gebläht und Luna aus weit aufgerissenen Augen beobachtend.

Auch Dridas Mähre begann unruhig zu tänzeln. Einen kleinen Moment lang kam Drida der Gedanke zur Flucht. Jetzt, da alle abgelenkt waren, sollte sie losgaloppieren und dem ohnehin schon nervösen Pferd erlauben, seinem Fluchtinstinkt nachzugeben. Luna würde ihnen sofort hinterherjagen und die Mähre damit noch weiter antreiben. Aber wie weit würden sie kommen? Bis in Karlmanns Reich schafften sie es nie. Auch die anderen hatten Pferde, sehr viel bessere als ihres. Hier gab es auch weit und breit nichts als weite Wiesenebenen im flachen Flusstal. Sie könnte ihre Verfolger nirgends abhängen, sie wäre überall schon von Weitem zu erblicken.

Der Moment war dahin, zerstoben wie die zum Strand drängenden Wellen. Eine der Wachen schien die Unruhe ihrer Mähre zu bemerken, denn der Mann stieg ab und festigte seinen Griff um das Seil, mit dem er sie festhielt. Er blickte zu ihr auf, und ihr kam es so vor, als hätte er ihre Gedanken gelesen. Mit fast schon bedauernder Miene zuckte er mit den Schultern, dann wandte er seine Aufmerksamkeit wieder Luna zu, die immer noch wie verrückt durchs näher kommende Wasser sauste.

Die Händler und Dridas Begleiter zogen ihre Waffen, aber niemand schien Luna zu nahe kommen zu wollen.

»Tötet den Wolf endlich!«, rief nun der Bischof, da Luna direkt auf ihn zuraste. »Bewegt euch! Tut etwas!«

Giselbert schrie, ließ sein Pferd los, das sofort die Flucht ergriff, und versteckte sich hinter dem Grafensohn Gerold. Die anderen Pferde rissen die Köpfe hoch und versuchten, ihre Hinterteile der Gefahr zuzudrehen, nervöses Schnauben erklang.

Drida schwang sich aus dem Sattel und wollte zu Luna laufen, sie beruhigen, aber einer der Bewaffneten unter Gerolds

Befehl packte sie sofort am Arm und riss sie zurück. Drida gab einen leisen Schrei von sich, ihre Verletzung brannte höllisch, aber dies führte Lunas Aufmerksamkeit von Giselbert zu ihr. Die Wölfin machte einen Satz auf ihren Angreifer zu, die Lefzen zurückgezogen, den Blick aus ihren mittlerweile nicht mehr blauen, sondern bernsteinfarbenen Augen auf den Mann fixiert, der Drida festhielt. Dieser stieß sein Kurzschwert vor, um Luna zu verscheuchen, aber die Wölfin wich nur aus, knurrend und ohne ihren tödlichen Blick von ihm zu nehmen.

»Lasst mich los«, sagte Drida eindringlich, da sie fürchtete, dass Luna ihn oder andere attackierte und dann tatsächlich getötet wurde. Die Wölfin könnte vielen hier Verletzungen zufügen, aber wenn die anderen sie erst einmal mit ihren Schwertern umzingelten, konnte sie ihnen bestimmt nicht mehr entgehen.

Der Bewaffnete sah sie zweifelnd an, dann löste er aber die Finger von ihr. Drida lief schnell auf Luna zu, ohne Angst vor der angriffslustigen Haltung der Wölfin.

Luna stellte sich an Dridas Seite, aber ihr Körper bebte nach wie vor, das Knurren drang tief aus ihrer Kehle, und immer noch zeigte sie ihre scharfen Zähne.

»Sie tut niemandem etwas!«, rief Drida, voller Angst, ihre Wölfin müsste sie in den Tod begleiten. »Lasst sie einfach in Ruhe, dann lässt sie auch euch in Ruhe.«

»Wir haben keine Zeit mehr zu verlieren«, ließ sich der Anführer der Händler vernehmen und deutete auf sein Schiff, um das bereits Wasser leckte. »Vergesst den Wolf. Wenn ihr wollt, dass wir die Gefangene mitnehmen, müsst ihr euch beeilen. Wir legen ab – mit oder ohne das Mädchen.«

»Schafft sie aufs Schiff«, befahl Gerold, aber als einer der Bewaffneten erneut seine Hand nach Drida ausstreckte und Luna nach ihm schnappte, setzte Drida sich schnell in Bewegung.

»Ich gehe freiwillig«, erklärte sie und ging hocherhobenen Hauptes auf das Händlerschiff zu.

Sie wusste, für sie gab es kein Entkommen. Sie hatte nur noch die Wahl, ob sie ihrem Ende mit Würde entgegenblickte oder sich durch den Sand schleifen ließ. Lieber wählte sie Ersteres, vor allem auch, um Luna zu beruhigen, ihr zu zeigen, dass alles in Ordnung war. Dabei brach ihr das Herz bei dem Gedanken, dass die Wölfin sie davonsegeln sah und nicht verstand, dass sie nie wieder zurückkehrte.

Aber ihr Plan ging nicht auf. Luna beruhigte sich nicht, sie zog sich nicht zurück, wie sonst immer, um den Menschen aus dem Weg zu gehen. Nein, sie hielt sich weiterhin knapp an Dridas Seite. Die Händler tauschten Blicke.

»Was sollen wir mit dem Vieh machen?«, wollte der beleibte Rothaarige wissen.

»Sie wird schon davonlaufen, wenn ich erst mal auf dem Schiff bin«, versuchte Drida ihn zu beruhigen. »Lasst sie einfach in Ruhe«, wiederholte sie, da sie nach wie vor fürchtete, ihre Wölfin sterben zu sehen.

Der Händler zuckte nur mit den Schultern und reichte ihr schließlich die Hand, um ihr über die Strickleiter auf das Schiff hochzuhelfen. Nach ihr folgten Giselbert und Gerold. Der Bischof, um sicherzustellen, dass Drida nicht überlebte, und der Grafensohn, um sicherzustellen, dass der Bischof sie nicht schon vor Antritt ihrer Strafe beseitigen ließ. Wäre ihre Situation nicht so traurig, würde sie wohl darüber lachen.

»Das war das letzte Mal, dass du Erde unter deinen Füßen gespürt hast«, feixte Bischof Giselbert, aber Drida ignorierte ihn.

Sie achtete auch nicht auf die Arbeiten der Händler und Seemänner, die das Schiff bereit machten. Nein, sie sah nur Luna an, die am Fuße des Schiffes stand und zwischen ihr und dem näher schwappenden Wasser hin und her blickte.

»Verschwinde«, flüsterte Drida und deutete über den Strand zur Wiesenebene. »Lauf schon. Du bist frei. Ich komme zurecht, du brauchst mich nicht. Lauf davon, bevor dir hier noch etwas geschieht.«

Das Schiff machte einen Ruck, Wind fuhr in die Segel. Luna stieß ein Geräusch aus, das halb Jaulen und halb Bellen war. Wieder blickte sie aufs Wasser hinab, und Drida spürte Tränen ihre Wangen hinabfließen.

»Verschwinde endlich!«, rief sie und wischte sich die Tränen fort. »Lauf!«

Luna zuckte ob ihres schroffen Tons zusammen. Dann machte sie plötzlich einen Satz nach vorne, mitten ins Wasser. Im nächsten Moment sprang sie hoch auf die Strickleiter, die die Männer gerade hochzogen, und von dort weiter auf eins der Ruder und schließlich ins Schiff.

Die Männer taumelten zurück, Giselbert bekreuzigte sich, und Gerold zog sein Schwert.

»Werft die Bestie von Bord!«, rief der Händler.

Aber Drida stellte sich schnell vor die Wölfin. »Lasst sie endlich in Frieden!«

Sie sah jedem Einzelnen der Männer herausfordernd ins Gesicht und wartete, ob sich einer näher herantraute, um Lunas Zähne zu spüren. Aber niemand wagte es, den ersten Schritt zu machen.

Schließlich steckte der Grafensohn Gerold sein Schwert weg. »Dann wird der Wolf eben mit dir sterben.« Und seine Worte trugen solch eine Kälte und Endgültigkeit mit sich, dass Drida ein Schaudern spürte.

Von allen Kräften verlassen, sank sie in die Knie und legte ihren Arm um Lunas warmen Körper. Die Wölfin schmiegte sich nicht an sie, sondern blieb angespannt und fixierte weiterhin die Männer, die wieder ihren Arbeiten nachgingen, wachsam und beschützend.

»Es tut mir so leid«, flüsterte Drida und legte ihr Gesicht auf das weiche Fell. »Entweder du kommst mit mir aufs Beiboot und wirst genauso wie ich elendig verhungern und verdursten oder ertrinken. Oder du bleibst auf diesem Schiff zurück, und die Männer hier werden dich töten. Wieso bist du nicht davongelaufen, als du noch konntest?«

Da regte Luna sich endlich. Vielleicht erkannte sie, dass die Händler ihr keine Aufmerksamkeit mehr schenkten und keine Gefahr darstellten, denn sie legte sich nieder, über Dridas Füße, als wollte sie ihr zeigen, dass sie für immer bei ihr bleiben würde. Und obwohl Drida ihren Gedanken selbstsüchtig fand, war sie froh, dass sie ihrem Tod nicht allein entgegengehen musste.

KAPITEL 17

Drida hielt ihren Blick fest auf das davonfahrende Schiff gerichtet. Solange sie noch den weißen Tupfen des Segels ausmachen konnte, war sie noch nicht verloren, sagte sie sich. Aber er entfernte sich immer weiter, zurück in Richtung Heimat, während Drida in ihrer Nussschale saß, Luna an sie geschmiegt.

Sechs Tage waren sie auf dem Handelsschiff unterwegs gewesen, das gegen den Westwind ankämpfte, der sie nicht aus dem Meeresarm zwischen der fränkischen und der britannischen Küste hinauszulassen schien. Aber schließlich waren sie so weit von jeglichem Land entfernt gewesen, dass Bischof Giselbert zufriedengestellt war. »Nördlich liegt Irland, östlich Britannien«, hatte der Händler gesagt. Trotzdem wusste Drida nicht, wo genau sie sich befand.

»Der Wind bläst immer noch von Westen«, sagte sie in die Stille und Einsamkeit des offenen Meeres. »Vielleicht wird er uns zurückbringen. Wir können es schaffen.«

Sie streichelte durch Lunas Fell und sah weiterhin dem sich schnell entfernenden Schiff nach, bis sie es kaum noch ausmachen konnte. Nun sollte sie wohl die niederdrückende Macht ihres nahenden Dahinscheidens spüren, aber da war nichts. Ihr Todesurteil war auf sie herabgefahren, sie war in das kleine Boot geklettert, in dem sie nicht einmal ausgestreckt liegen konnte, es schaukelte wild auf den Wellen hin und her, auf und ab – und trotzdem fürchtete Drida sich nicht. In ihr schlummerte immer noch ein Funke Hoffnung, der Kampfgeist, den sie schon bei der Urteilsverkündung verloren geglaubt hatte. Aber da war es nur um sie allein gegangen. Jetzt hatte sie Luna bei sich, und sie musste allein schon um der Wölfin willen glauben und hoffen.

Das war hier draußen nicht schwer. Der Wind fuhr ihr ins Gesicht, rauschte an ihren Ohren, und die gespiegelten Wolken tanzten auf der Meeresoberfläche. Drida befand sich in einer völlig anderen Welt, entrückt von der Wirklichkeit, Gott näher. Sie dachte an Karls Worte. *Der Herr sollte entscheiden, was mit ihr geschah.* Vielleicht stand er tatsächlich auf ihrer Seite. Vielleicht schickte er deshalb den Wind. Sie musste nur lange genug durchhalten, um von den Strömungen und der steten Brise zurückgebracht zu werden.

Ihre Hand fuhr zu dem Stück Brot und dem Trockenfleisch, das sie heimlich entwendet und an ihrem Leib vor den anderen versteckt hatte. Nur Wasser mitzunehmen – das Wichtigste – war ihr nicht gelungen. Aber vielleicht hielten sie lange genug durch. Die ganze Reise über war sie mit ausreichend Speis und Trank versorgt worden. Sogar Luna hatte etwas Trockenfleisch bekommen, vielleicht, um sie bei Laune zu halten. Niemand wollte mit einem hungrigen Wolf auf einem Schiff gefangen sein. Der Gedanke war auch Drida gekommen – wie lange konnten sie gemeinsam hier draußen treiben, ehe Luna zu hungrig wurde und sie anfiel?

Ihr blieb nur zu beten, dass es nicht so weit kam. Wölfe lebten oft viele Tage ohne Nahrung. Luna durfte nur nicht dem Drang nachgeben und das giftige Wasser des Meeres trinken.

»Du verlängerst nur dein Leid«, hatte Bischof Giselbert zu Drida gesagt, als der rothaarige Händler ihr ein Stück Brot und einen alten, runzligen Apfel gereicht hatte. »Hungere besser schon jetzt, dann geht es draußen auf dem Meer schneller.«

Und das war auch Dridas Gedanke gewesen. Sie hatte jegliche Nahrungs- und Wasseraufnahme verweigern wollen, um ihren Tod nicht unnötig lange hinauszuzögern. Aber Giselberts Worte hatten sie dazu angestachelt zu kämpfen. Seine Genugtuung hatte sie darin bestärkt, so viel wie möglich auf ihrer Reise zu trinken und zu essen und auch Luna gut zu versorgen, um lange genug auf dem Boot ausharren zu können, um gerettet zu werden. Entweder durch Gottes Hand, indem er sie an Land brachte, oder durch Karlmanns Schiffe. Auch wenn sie wusste, dass letztere Möglichkeit kaum bestand. Wie lange würde es dauern, bis Karlmann von der Art ihrer Strafe erfuhr? Bis seine Schiffe vom Mittelmeer hier ankamen? Bis dahin wären Luna und sie schon lange tot.

»Aber wir werden nicht sterben«, sagte sie fest entschlossen und hielt sich an den kleinen Dingen fest, wie der Tatsache, dass ihr vom beständigen Schaukeln nicht übel wurde.

Sie rollte sich in der Nussschale zusammen, Lunas Körper nah an ihrem, und blickte in den bedeckten Himmel empor. Die Wolken bewegten sich schnell im Wind, und Drida fühlte sich, als würde sie auf einer davon reiten.

Was geschah zu Hause? War eine Versöhnung der beiden Brüder nun für immer verloren?

Ein Seufzen entfuhr ihr, und sie schloss die Augen. Es gab nichts, was sie von hier aus tun konnte. Nur warten.

~

Der Durst kam viel zu früh und unerwartet heftig. Sie wollte noch nicht einmal ihren kleinen Proviant essen, um nicht noch ausgetrockneter zu werden, und verfütterte ihn lieber an

Luna. Das Rauschen des Wassers war eine Qual, und die Verlockung, einfach einzutauchen ins Nass und einen tiefen Schluck zu nehmen, wurde immer größer.

Ihre Haut brannte, obwohl die Sonne sich kaum zeigte. Selbst der Wind schmerzte mittlerweile, als trüge er Sand in sich und rieb damit über ihren Körper. Einzig ihre Peitschenwunden heilten gut. Sie wusch sie mehrmals am Tag mit dem salzigen Wasser aus, und so bildete sich eine Kruste, ohne dass die Verletzungen heiß wurden oder eiterten.

»Nur noch ein wenig länger«, sagte sie zum vermutlich hundertsten Mal an Luna gewandt und streichelte der ruhenden Wölfin durchs Fell. Heute war der zweite Tag, und Luna war noch kein einziges Mal unruhig geworden. Sie schlief viel, und ansonsten hielt sie sich in der Mitte ihres kleinen Bootes – das Meer schien ihr unheimlich zu sein, und sie wollte nicht zu nahe an den Rand. Für Drida war das eine Erleichterung. Sie wollte sich nicht vorstellen, dass ihre Wölfin es in ihrem kleinen Gefängnis nicht mehr länger aushielt und ins Wasser sprang.

Ein zischender Laut zu ihrer Rechten ließ sie zusammenzucken. Er war so laut und durchdringend in der ständig selben Geräuschkulisse von Rauschen und Gluckern, dass er nicht in diese Welt zu gehören schien. Auch Luna sprang auf.

Drida richtete sich auf und blickte aufs Wasser hinab, das an einer Stelle gekräuselt war, als wäre die Oberfläche gerade durchbrochen worden. Und dann stieß plötzlich ein gewaltiges graues Dreieck heraus, und mit demselben zischenden Laut fuhr Wasser und Luft aus einem Loch im Körper des sonderbaren Tieres hoch.

Drida rutschte in ihrem Boot zurück und bekreuzigte sich. »Was in Gottes Namen …«

Sie sah den mächtigen Schatten des Wesens, und daneben entdeckte sie zwei weitere. Wieder kam das Ungeheuer an die

Oberfläche, stieß Luft aus und machte eine Wendung um ihr kleines Boot herum.

Drida klammerte sich am Rand des Bootes fest, das Herz pochte ihr in der Kehle, Schweiß brach ihr am ganzen Körper aus. Luna stand auf allen vieren, fixierte die Meereswesen und stieß ein Knurren aus.

»Ganz ruhig«, flüsterte Drida mit zitternder Stimme, die vom seltenen Sprechen inzwischen rau war.

Sie versuchte Zuversicht auszustrahlen, die sich hoffentlich auf die Wölfin übertrug, aber sie hatte wenig Hoffnung, in diesem Vorhaben erfolgreich zu sein. Die schiere Größe dieser Meereswesen beschwor bereits Bilder herauf, wie sie im Ganzen verschluckt wurde. Sollte das ihr Ende sein? Nicht Verhungern oder Verdursten oder gar Ertrinken? Nein, die Mahlzeit eines Ungeheuers.

»Die tun uns nichts«, sagte sie, um sich selbst zu beruhigen. »Ich habe Seefahrer schon von diesen Kreaturen reden gehört. Sie begleiten Boote, sind neugierig, meistens aber nicht angriffslustig. Verhalt dich ruhig, dann werden sie das Interesse an uns verlieren. Ganz ruhig.«

Sie wusste nicht mehr, was sie noch sagen sollte, es fühlte sich sonderbar an, ihre Stimme zu hören. Aber sie merkte auch, dass ihr das Reden half, um selbst wieder entspannter zu atmen, und so stimmte sie kurzerhand ein Lied an. Sie behielt die Meereswesen im Auge, es schien ihr eine Gruppe von sechs großen Tieren und zwei kleinen zu sein – vermutlich die Jungen –, und sie umkreisten ihr zerbrechliches Boot. Dabei sang Drida leise vor sich hin, eine besänftigende Melodie, und Worte, die ihr kurzerhand in den Sinn kamen. Und mit jeder weiteren Strophe spürte sie, wie die Anspannung aus ihren Muskeln wich und das Zittern nachließ.

Eins der wohl jüngeren Tiere streckte den Kopf aus dem

Wasser, das dunkle Auge blickte direkt in Dridas. Gänsehaut überzog sie.

»Ihr seid nicht feindselig, nicht wahr?«

Sie wusste nicht, warum sie sich darüber plötzlich so sicher war, wieso ihre Furcht wie eine Welle an einem Stein abprallte. Da lag etwas Sanftes in den Augen des Tieres, und Drida spürte, dass die Meerestiere ihr und Luna nichts antun würden. Wenn sie das vorgehabt hätten, wären sie wohl schon tot. Aber das Gegenteil war der Fall. Der Herr hatte ihr lediglich weitere Begleiter geschickt – ja, so musste es sein! Und dieses Zeichen bestärkte sie in der Hoffnung, es zurück an Land zu schaffen, zu überleben. Die neue Gesellschaft lenkte sie sogar ein wenig vom quälenden Durst ab.

»Ich danke euch«, seufzte sie und wagte es sogar, ihre Hand ins kühle Wasser hinabgleiten zu lassen.

Fast kam es ihr wie ein Streicheln vor, das Nass tat ihrer Haut gut und der Drang, ganz ins Meer einzutauchen, wurde beinahe wieder übermächtig. Die Meerestiere hielten sich fern, keines von ihnen schwamm herbei, um sie zu fressen.

Aber jetzt machte ihr eher das unbändige Sehnen nach der Tiefe Angst, nach dem Trost des Meeres, das sie für immer einhüllen konnte. Schnell zog sie die Hand wieder zurück. »Noch bin ich nicht bereit.«

Sie konzentrierte sich lieber weiter auf die Meereswesen, versuchte immer wieder ihre riesigen Gestalten unter der Oberfläche auszumachen und zu erahnen, an welcher Stelle sie als Nächstes auftauchten, um Wasser in die Luft zu spritzen.

Aber dann schwammen die Tiere davon.

~

Die Nacht brach herein, und Drida lag wieder in ihrer Nussschale und blickte in den von weißen Schlieren durchzogenen

Sternenhimmel hoch. Ein Halbmond blickte auf sie herab, und wie schon in der Nacht zuvor hatte Drida Angst, einzuschlafen und von einer Welle aus ihrem Boot gespült zu werden. Oder dass das Boot kentern und Drida ins Nass stürzen könnte. Was, wenn es ihr dann nicht mehr gelang, ihre sichere Insel wieder aufzurichten und hineinzuklettern? Sie war allein, und sie wusste nicht einmal, ob Luna – oder Wölfe generell – schwimmen konnte.

Wenn sie so in der Einsamkeit trieb, allein mit ihren Gedanken, nur Lunas warmes Fell an ihrem Körper, sah sie unzählige Möglichkeiten vor sich, wie sie zu ihrem Ende finden konnte. Nachts war es schwieriger, die Hoffnung aufrechtzuerhalten und Gottes Nähe zu spüren. Ihre Kehle brannte, in ihrem Mund sammelte sich kaum noch Speichel, und ihre Augen fühlten sich ebenfalls trocken und wund an. Sie hatte das Gefühl, jemand würde auf ihrer Brust sitzen und ihr das Atmen erschweren. Ihre Hände und Füße begannen zu kribbeln.

Irgendwann schlief sie aber doch ein. Nicht für lange, denn es war immer noch dunkel, als sie durch Nässe auf ihrem Gesicht erwachte.

Drida schrak hoch. Diesmal konnte sie im Himmel weder Sterne noch den Mond erkennen. Er war vollständig von Wolken bedeckt. Regen prasselte auf sie herab. Dazu hatte der Wind noch aufgefrischt und peitschte das Wasser auf. Die Wellen schaukelten sie hoch und ließen sie wieder fallen. Luna rollte sich zu einem kleinen Ball zusammen und winselte. Drida aber musste trotz ihrer Angst lachen.

»Danke, Herr!«, rief sie und sah sich nach etwas um, mit dem sie den Regen auffangen konnte. Aber sie besaß nichts anderes als das Boot. Also zog sie kurzerhand ihr Hemd, das sie seit ihrer Urteilsverkündung trug, über den Kopf und spannte es von einer Seite zur anderen. Als es richtig nass war, wrang sie das Wasser in ihre Hand aus und ließ es von Luna auflecken. Sie selbst nuckelte am durchtränkten Leinen. Obwohl ihr die Kehle schmerzte, war jedes Schlucken eine Wohltat.

»Daran hast du nicht gedacht, Giselbert!«, rief sie und breitete laut lachend die Arme aus, nur um gleich darauf umzukippen, da eine Welle eine Seite des Bootes anhob. Schnell klammerte sie sich an den Rändern fest und betete, dass der Sturm nicht stärker würde.

Luna an ihrer Seite schüttelte sich die Nässe aus dem Fell und nieste, was Drida ein Lächeln entlockte. »Wir schaffen es«, wiederholte sie zum ungezählten Mal. »Karl wollte ein Gottesurteil, und der Herr entscheidet. Wir schaffen …« Eine Böe riss ihr das Wort von den Lippen, und von einem Moment zum anderen wurde der Regen so stark, als goss jemand Eimer über sie.

Jetzt konnte sie sich nicht einmal mehr darauf konzentrieren, Trinkwasser zu sammeln, sondern verwendete ihre ganze Aufmerksamkeit darauf, nicht aus dem Boot zu fallen. Nun schwappte auch Meerwasser ins Innere, übergoss ihren nackten Körper und auch ihr aufgespanntes Hemd. Dahin war ihre Möglichkeit, Trinkwasser zu bekommen, jetzt mischte sich das gefährliche Salz darunter. Aber noch war sie nicht bereit aufzugeben.

Mit den Händen hielt sie sich an jeder Seite des Bootes fest, dann legte sie den Kopf in den Nacken und öffnete den Mund. Der Regen war so stark, dass er ihr kaum noch die Möglichkeit zu atmen gab, und trotzdem erschien es ihr, als gelangte kaum Wasser in ihren Mund. Aber irgendwann ließen der Schmerz in der Kehle und der Durst nach, und Drida wusste, dass sie damit Zeit gewann. Jetzt musste sie nur noch den Sturm überstehen.

Der Sonnenaufgang ließ auf sich warten, und als es endlich heller wurde, blieb der Tag grau und trostlos. Dridas nasser, kalter Körper zitterte im Wind, und nicht einmal Lunas Nähe konnte sie noch wärmen. Drida hielt Ausschau nach weiteren Meereswesen, aber sie blieb allein. Zumindest ließ der Sturm ein wenig nach, auch wenn es nach wie vor weiter nieselte. Es war der dritte Tag, und er wollte nicht vergehen. Sie sehnte sich nicht nach der Nacht, aber diese Tortur sollte endlich vorbei sein. Sie dachte daran, wie lange sie mit den Händlern unterwegs gewesen war und wie lange es wohl dauern würde zurückzugelangen – ohne Segel. In welche Richtung hatte der Wind nachts geweht? Ohne die Sonne war es ihr unmöglich gewesen, sich zu orientieren. War sie gar noch weiter davongetrieben? Kam sie dem Rand der Erde näher?

Drida schloss die Augen und versuchte, die plötzliche Enge in ihrer Kehle zu ignorieren. Sie durfte nicht weinen, sie durfte nicht aufgeben. Wenn sie jetzt die Hoffnung verlor, konnte sie genauso gut aus dem Boot gleiten und sich einfach sinken lassen.

~

Die nächste Nacht war klar, was zwar den Wellengang beruhigte, aber auch klirrende Kälte mit sich brachte. Luna wanderte durchs Boot, so gut es ihr möglich war, kletterte über Dridas zusammengerollten Körper, legte sich wieder hin, stand auf, wechselte wieder die Seite, legte sich hin. Drida dachte an Giselbert und wie er ihr empfohlen hatte, auf dem Händlerboot nichts mehr zu essen und zu trinken, um ihr Leid auf dem Meer nicht zu verlängern. Vielleicht hätte sie auf ihn hören sollen. Vielleicht hätte sie auch nicht den Regen trinken dürfen, da dieser sie wohl noch länger am Leben hielt.

Das Meer war groß, vielleicht entfernte sie sich mit jedem Herzschlag noch weiter von der Küste.

Ein Platschen an ihrer Seite riss sie aus einem Dämmerschlaf. Drida richtete sich auf, starrte aufs schwarze Meer hinaus und hoffte gleichzeitig auf eine Rückkehr der Meereswesen, aber fürchtete auch, von einem Ungeheuer verschlungen zu werden. Doch nichts regte sich mehr. Was auch immer da gewesen war, hatte sich längst wieder entfernt.

Drida konnte die Augen nicht mehr offen halten. Ihr Körper wurde zunehmend schwächer, und als die Sonne wieder aufging und warm auf sie herabstrahlte, fand sie es schon mühsam, den Kopf zu heben. Noch einmal Regen, dachte sie, obwohl ihr erst jetzt richtig warm wurde und sie nicht wieder zittern wollte. Aber sie brauchte Wasser, sie hielt es nicht länger aus. Sie stellte sich die Oise vor und wie sie über die alte Eiche balancierte, unter ihr das Rauschen des Flusses. Sie würde hineinspringen, abtauchen ins wunderbare Nass und trinken und trinken und …

Der Schrei einer Möwe hallte aus weiter Ferne. Es musste eine Erinnerung sein – Drida begann wohl, Hirngespinste zu sehen und zu hören. Luna an ihrer Seite sprang auf und stieß ein Jaulen aus.

»Ich weiß«, brachte Drida aus ihrer trockenen Kehle heiser hervor. »Ich bin auch durstig.«

Luna aber hielt irgendetwas fixiert, sodass Drida sich nun doch aufrappelte. Sie blickte in dieselbe Richtung wie die Wölfin, und beinahe wäre sie wieder in sich zusammengefallen. Wieder ein Möwenschrei. Der weiße Vogel flog über sie hinweg, ihm folgten zwei weitere. Aber das allein war es nicht, was ihr den Atem nahm.

»Land.«

Sie starrte auf den fernen Schatten, der nur von hochaufragenden Klippen stammen konnte, und ein Schluchzen entfuhr ihr.

»Der Herr hat uns zurückgebracht!«

Drida bekreuzigte sich und blickte dankbar gen Himmel. Sie wusste, sie war immer noch eine Unendlichkeit weit entfernt, aber dieser Schemen bewies, dass es nicht unmöglich war, das Land zu erreichen. Sie konnte tatsächlich zurück nach Hause, der Westwind hatte seinen Dienst getan.

Wildeste Gedanken wirbelten ihr durch den Kopf. Wo war sie wohl? Welches Land erstreckte sich vor ihr? War es das Frankenreich? Wie sollte sie festen Boden unter ihren Füßen zurückerlangen, wenn es nur eine schroffe Klippenlinie gab, aber keine Strände? Ihr kleines Boot würde an den Felsen zerschellen!

Nein, sie durfte nicht verzagen. Der Herr hatte sie bis hierher gebracht, er würde sie auch den Rest des Weges beschützen.

Drida hielt sich den ganzen Tag über aufrecht und behielt die Küstenlinie im Auge. Sie hatte Angst, wenn sie nur einmal wegblickte, würde sie sich als Trugbild herausstellen. Nur je mehr Zeit verging, desto banger wurde ihr. Das Land kam nicht näher. Sie fühlte sich verspottet, als hielte jemand einem Hungernden ein Stück Brot vor die Nase, nur um es immer wieder wegzuziehen. Und hungernd war sie, und am Verdursten, und voller Sehnsucht nach festem Boden.

Die Schwäche übermannte sie. Als sie wieder aufwachte, war es dunkel. Von Land war jetzt nichts mehr zu erkennen, und obwohl sie sich sagte, dass dies nur an der Dunkelheit lag, dass sie nicht davontrieb, übermannte die Angst Drida diesmal. Sie konnte die Tränen nicht zurückhalten. Ihr Schluchzen zerriss die einsame Stille. Selbst als Luna ihren Kopf auf ihren Schoß legte, konnte sie sich nicht beruhigen.

»Vielleicht solltest du mich wirklich fressen«, flüsterte sie und vergrub ihre Hand im weichen Fell. »Dann wäre es wenigstens vorbei, und du könntest überleben, bis du an Land kommst. Ich kann nicht mehr, meine Kleine. Ich will nicht mehr.« Sie blickte auf die schwarze Decke des Meeres hinab und stellte sich vor, wie sie sich über den Rand des Bootes schob und eintauchte.

Aber sie war zu schwach, um auch nur die Hand zu heben. So fiel sie weinend in den Schlaf zurück.

Als sie das nächste Mal erwachte, blickte sie in einen feuerroten Sonnenaufgang, der gewaltige Klippen beleuchtete.

Drida fuhr hoch, ihr wurde schwindlig, das Bild zerrann vor ihren Augen, Schwärze breitete sich von den Rändern ihres Blickfelds aus. Aber als sie blinzelte, sah sie die Klippen erneut.

Das Herz schlug ihr wild in der Brust. Sie waren so nah. Fast schien es ihr, als müsse sie nur die Hand ausstrecken. Im nächsten Moment erklang ein Ruf in einer fremden Sprache. Drida fuhr herum, und ein hoher Laut, der ihr gar nicht richtig menschlich erschien, kam ihr über die Lippen. Vor ihr trieb ein langes Schiff mit einem einzelnen Segel – so eins wie jenes, das sie aufs Meer hinausgebracht hatte.

Drida öffnete den Mund, um etwas zu sagen. Das Rauschen des Meeres wurde immer lauter in ihren Ohren. Erneut versuchte die Schwärze sich zurückzuschleichen, und diesmal konnte sie ihr nichts entgegensetzen. Die Dunkelheit nahm sie ein, und das letzte, was Drida dachte, war die Frage, ob sie überhaupt wach gewesen war oder alles nur geträumt hatte.

KAPITEL 18

Lundenwic (London), Mercia, Juni 769

»Wo ist nun dieser herausragende Baumeister, der weiß, wie man einen Wall von Küste zu Küste errichtet?«

Offa ließ den Blick über die vielen, bunt gemischten Menschen schweifen, die sich an den Anlegestellen tummelten. Männer hievten Truhen und Fässer von ihren Booten zu denen, die auf den Stegen bereitstanden, anderswo luden Händler gerade auf. Die Männer des Handels-Reeves überprüften Waren, nahmen Geld entgegen und hatten ein Auge auf jeden Einzelnen, der ankam oder abfuhr. Bloßfüßige Kinder in Lumpen wanden sich durch die Menge, bettelten nach etwas zu essen, leichtbekleidete Frauen boten ihre Dienste an. Der Gestank nach Fisch und Ausscheidungen lag in der Luft. Trotzdem herrschte heitere Stimmung – Lachen und scherzhafte Rufe in den verschiedensten Sprachen hallten übers Flussufer.

Dem Anschein nach kamen die Menschen aus allen Winkeln der Welt. Unter ihnen waren hell- und dunkelhäutige Händler, die einen in fremdartigen Kleidern, andere mit den außergewöhnlichsten Haarschnitten oder umwickelten Köpfen, manche mit auffälligem Schmuck, und wieder andere, die durchaus als Einheimische durchgingen. Lundenwic war ein Schmelzkessel verschiedenster Völker, und Offa fühlte sich inmitten des Trubels wohl wie selten irgendwo. Niemand schenkte ihm und seinen Getreuen Beachtung. Er fiel trotz der prächtigen Pferde, Rüstungen und Waffen gar nicht auf, was in den letzten Jahren zu einer Ausnahme geworden war. Bewusst trug er keine Insignien seines Amtes, kein Banner oder wertvollen Schmuck oder Zierrat. Er konnte genauso gut ein Aldermann oder ein einfacher Kriegsherr sein.

»Er hat gesagt, er trifft uns mittags an der Mündung.« Leofric deutete zur hochstehenden Sonne und ließ seinen Blick dann ebenfalls durch die Menge schweifen.

An dieser Stelle traf der Fluss Flēot auf die Temese und bildete ein dreihundert Fuß weites Mündungsgebiet, in dem unzählige Schiffe anlegten. Lundenwic war eine der wichtigsten Handelsstätten der Insel, und viele der benachbarten Königreiche, wie Essex, Wessex oder Kent, hätten gerne Anspruch darauf erhoben. Aber schon Offas Vorgänger hatten die Stadt unter mercische Kontrolle gebracht, und Offa hatte nicht vor, sie jemals zu verlieren. Nicht weit von hier erhoben sich immer noch die alten Römermauern und deren altertümliche, verlassene Stadt, aber sein Volk bevorzugte es, außerhalb dieser Mauern zu siedeln. Manche sagten, sie fürchteten alte Geister, aber Offa glaubte eher, dass die Menschen die fortschrittlichen römischen Bauwerke, die beeindruckenden Säulen und Skulpturen, die Bäder und die unterirdischen Wasserrohre nicht verstanden. Es war etwas, was zu errichten sie selbst nicht imstande waren, und deshalb lebten sie lieber in dem, das ihnen vertraut war. Gäbe es nur heute noch solche Baumeister wie früher, die auch den Hadrianswall errichtet hatten, um die Pikten fernzuhalten – Offa fiele es weniger schwer, jemanden für eine noch längere Barriere zu finden.

Leofrics Stimme riss ihn aus seinen Gedanken. »Eigentlich sollte der Baumeister nicht zu übersehen sein. Er hat noch roteres Haar als ich und überragt mich um eine Handspanne.«

»Du meinst, roteres Haar, als du mal gehabt hast«, erwiderte Eadric grinsend und deutete auf Leofrics grauen Bart. »Du wirst alt, mein Freund.«

Leofric reckte die Faust. »Mach es dir in deinem neuen Sattel nicht zu bequem! Noch ein Wort, und du frisst Dreck.« Wie um Leofrics Worte zu unterstreichen, grub sein Pferd mit dem Huf durch den schlammigen, von Pferdedung und Abfällen durchsetzten Untergrund des Flussufers. Leofric lachte und klopfte dem Braunen den Hals, der ihn schon begleitet hatte, als Offa vor nunmehr fast zwölf Jahren zum König gewählt worden war. »Von wegen alt. Wir sind noch jung und frisch, nicht wahr?«

»Waren das gerade deine alten Knochen, die ich da knacken gehört habe?«, fragte Eadric gespielt besorgt, wich aber schnell mit seinem Pferd aus, als Leofric die Hand nach ihm ausstreckte und ihn tatsächlich aus dem Sattel ziehen wollte.

Leofric war fünfzig Jahre alt, zwölf Jahre älter als Offa, aber er war immer noch stark und vor Kraft strotzend. Eadric sollte lieber still sein, schließlich zeigte sich auch in seinem dunklen Haar schon erstes Grau, aber über sein Mundwerk hatte er nach wie vor nur selten Kontrolle.

»Und langsam wirst du auch schon!«, rief er und krümmte sich vor Lachen.

Aber gerade als Leofric absteigen wollte, um seine Drohung wahrzumachen, trieb Wulfhere sein Pferd zwischen die beiden.

»Mein König.«

Er war der Einzige, der Offa förmlich ansprach, selbst wenn sie unter sich waren, was für Offa nach all den Jahren immer noch ungewohnt war. Mit ernster Miene deutete der mürrische Krieger zu den Schiffen, die ans Ufer gezogen worden waren, etwas weiter weg von der Mündung, wo sich die von Palisaden umschlossene Stadt erstreckte. Und tatsächlich kam ein rothaariger, hochgewachsener Mann mit buschigem rotem Bart von einem der Schiffe. Der Baumeister hatte mit einem Mann des Reeves gesprochen, der die Handelsabgaben einzog. Jetzt aber hob er die Hand und winkte breit lächelnd in ihre Richtung.

»Mein König!«, rief er schon von Weitem.

Offa konnte sich gerade noch davon abhalten, die Augen zu verdrehen. Wieso musste der rote Hüne seinen Titel so laut hinausschreien? Jetzt wanderten tatsächlich Blicke in seine Richtung, Händler steckten ihre Köpfe zusammen und zeigten auf ihn.

Der Baumeister kämpfte sich durch den Schlamm vorwärts und kam schließlich schwer atmend vor ihnen zum Stehen. Er sah von einem zum anderen und verneigte sich schließlich mit ausgebreiteten Armen vor Offa.

»Mein König – welche Ehre, Euch gegenüberstehen zu dürfen! Als Euer getreuer Krieger Leofric in der Taverne erwähnte, dass Ihr einen Baumeister für die Errichtung eines Walls sucht, konnte ich mein Glück kaum fassen. Göttliche Fügung, sagte ich dazu! Warum sonst hätte mein Pferd gerade in jener Straße ein Hufeisen verlieren sollen, in der es einen Schmied und eine Taverne gibt, in der auch ein eingeschworener Krieger der Herdwache unseres großen Königs verweilt?«

»Habt Ihr Erfahrung mit der Errichtung von Erdwällen?«, fragte Offa von seinem Pferd herab.

Er war sich nicht ganz sicher, was er von diesem Mann halten sollte. Seine Erfahrung sagte, dass derart überschwängliche Persönlichkeiten meist von irgendetwas ablenken wollten.

»Aber ja, mein Herr König, viele Wälle! Ganze Siedlungen habe ich befestigt. Ich weiß, worauf es ankommt, ich schwör's. Wollt Ihr auch eine Siedlung befestigen, Herr König? Oder gar eine ganze Stadt?«

»Ein ganzes Land«, erwiderte Offa. Ob des Schocks im Gesicht seines Gegenübers musste er sich ein Lächeln verkneifen. »Ich dachte, Leofric hätte meine Absichten erwähnt? Er sagte, Ihr wüsstet, was ich plane – einen Wall zu errichten, der angelsächsisches und walisisches Land voneinander trennt. Einen Wall, der von Küste zu Küste reicht.«

»Das ist … ja … ja … Er hat es gesagt, aber … ich dachte, das wäre nur Gerede … Ich … Solch ein Unterfangen ist unmöglich …«

»Unmöglich, sagst du?« Offa warf Leofric einen Blick zu, der nicht ungehaltener hätte ausfallen können.

»Du hast gelogen!«, rief der Krieger und erregte damit noch mehr Aufmerksamkeit, was Offa gerne vermieden hätte. »Du hast gesagt, du könntest solch ein Vorhaben in die Tat umsetzen!«

»Ich … ich …«

»Geh«, befahl Offa dem Baumeister ruhig. Er verbarg seine Enttäuschung darüber, erneut dieselbe Antwort zu bekommen, wie schon von vielen zuvor. Aber der rothaarige Hüne fand noch einmal den Mut zu sprechen.

»Herr König, um den kürzesten Weg zu finden, muss der Wall von Küste zu Küste absolut gerade ausgerichtet werden. Ich kenne das Grenzgebiet gut, ich …«

»Leofric sagte, du stammst aus Northumbrien und du bist direkt am Hadrianswall aufgewachsen.«

»Bis meine Mutter in zweiter Ehe einen mercischen Händler geheiratet hat, ja, mein König. Wir verblieben nie lange an einem Ort, zogen durch die Flusstäler, und ich sah so viel von diesem Land wie kaum ein Zweiter. Dabei habe ich gearbeitet, wo ich nur Arbeit finden konnte. Ich habe Wälle errichtet und Häuser gebaut. Ich habe gelernt, wie man den Boden bearbeitet, wie man Gräben aushebt und Erde aufschüttet. Daher weiß ich, dass Euer Vorhaben unmöglich ist, mein König.«

»Nun, ich denke auch an keinen Hadrianswall, an keine Steinmauern, Türme und Kastelle. Es soll ein Erdwall werden. Zwanzig Fuß hoch, mit einem Graben auf walisischer Seite, um unser Volk vor Raubzügen zu schützen.«

»Dieser Wall wäre fast doppelt so lang wie der zum Piktenland, mein König. Bitte versteht: Das Land ist nicht überall gleich. Im Grenzgebiet gibt es Hochmoore, Flüsse, die den Weg kreuzen, steile Hügelhänge, tief hinabführende Täler … Allein schon, wie viele Männer es brauchen würde, um überhaupt einen kleinen Abschnitt zu schaffen, wie viele Steinmetze, die felsigen Boden aufbrechen …«

»Jeder Noble schuldet mir pro fünf Hufen Landbesitz einen Mann für Brücken- und Festungsarbeit. Wenn dies noch nicht genug ist, werde ich weitere Männer anheuern. Der Wall *wird* gebaut.«

»Herr König.«

Unvermittelt traten zwei Männer des Handels-Reeves an ihre kleine Gruppe heran, was Offa fast schon mit Erleichterung aufnahm.

Er wollte nicht länger hören, dass sein Vorhaben unmöglich war. Den immer gleichen Begründungen lauschte er schon lange genug. Wie sollte er mit seinem Werk beginnen, wenn es niemanden gab, der diesen Auftrag übernehmen wollte, aus Angst zu versagen?

Lange war sein Gedanke an einen Wall zwischen walisischem und angelsächsischem Land in den Hintergrund getreten. Offa war über Nacht zum König ausgerufen worden, hatte sich dem Teufel Beornred in einer Schlacht gestellt, und er hatte Freunde verloren, darunter auch Aldermann Heardberht, den Bruders des Königs, der seinen Verletzungen, die er in der Schlacht erlitten hatte, erlegen war. So war es Offas Aufgabe – seine Bürde – geworden zu reparieren, was durch Æthelbalds Tod und Beornreds Heimtücke zerbrochen war.

Und das so gut wie allein, ohne Heardberhts Rat. Offa hatte schnell lernen und schnell handeln müssen, um Mercia vor dem sicher scheinenden Untergang zu bewahren. Die Geier in den benachbarten Königreichen waren nur allzu bereit gewesen, sich selbst an die Spitze Britanniens zu setzen. Auch die Waliser unter Fürst Brochfael von Powys waren in sein Land eingefallen. Ein Alleingang der Noblen, hatte Brochfael ihm in einem Schreiben, überreicht von einem Priester, versichern wollen, er selbst lege Wert auf Frieden. Aber Offa hatte mit aller Härte geantwortet. Wenn er eines gelernt hatte, dann war es, Stärke zu zeigen, und dass für persönliche Gefühle kein Platz war. Selbst wenn Brochfaels Kriegsherren ohne seine Zustimmung gehandelt hatten, Offa hatte ein Zeichen setzen müssen. Und so hatte er all jene Gebiete für Mercia zurückerobert, die unter König Æthelbald an Brochfaels Vater Elisedd gefallen waren.

Offa war auch nie Brochfaels Einladung nach Mathrafal gefolgt. Zu turbulent war die Zeit nach Æthelbalds Tod gewesen, zu groß das Risiko, in walisischem Land einem Hinterhalt zu erliegen und Mercia wieder in Unruhe zu stürzen. Um Brochfael war es zwar nach Offas Gegenschlag wieder ruhig geworden; es schien dem Fürsten zu gelingen, seine Männer im Zaum zu halten und Raubzüge auf angelsächsische Seite zu verhindern. Aber die Waliser blieben trotzdem stets eine Bedrohung. Brochfael mochte sich an den Waffenfrieden halten, den sie nie offen ausgesprochen hatten, aber es gab auch andere walisische Fürsten, die Raubzüge in Offas Land unternahmen. Sie fielen immer noch in wehrlose Dörfer ein und raubten den Lebensunterhalt fleißiger Angelsachsen. Zweifelsohne wuchs auch auf Brochfael der Druck, den angelsächsischen Feind, den Eindringling und Dieb der Heimat, zu vernichten.

Für diesen Tag wollte Offa bereit sein. Er war König, obwohl er nie nach der Krone verlangt hatte, und somit für sein Volk verantwortlich. Seine Suche nach einem fähigen Baumeister ging also weiter, aber nicht heute, und nicht hier.

Jetzt wollte er nur raus aus der Stadt. Zuvor musste er sich aber mit den beiden Männern des Handels-Reeves aufhalten, die sich vor ihm verneigten.

»Herr König, erlaubt uns, Euch in Lundenwic willkommen zu heißen. Wollt Ihr unserem Herrn Ealdwuld die Ehre erweisen, in sein bescheidenes Haus einzukehren? Er wird Euch und Euren Männern mit größter Gastfreundschaft begegnen.«

Auch die anderen am Ufer waren näher gekommen und bildeten einen Kreis um ihn und seine Getreuen. So viel zu seiner Freude, einmal nicht als König wahrgenommen zu werden.

»Feinster fränkischer Wein ist heute eingetroffen, wenn wir Euch und Eure Männer damit erfreuen dürften, und …?«

Offa hob die Hand und glaubte, Eadric und Leofric enttäuscht seufzen zu hören, obwohl er noch gar nicht gesprochen hatte. Aber nach all den Jahren an seiner Seite kannten sie ihn wohl besser als er sich selbst.

»Habt Dank für Eure Freundlichkeit, aber wir bleiben nicht lange.«

Jetzt, da jeder wusste, wer er war, konnte er nicht schnell genug von hier verschwinden. Tatsächlich trat schon einer der Bettler vor und fiel vor ihm auf die Knie.

»Mein König, meine Kinder hungern, wir verloren alles, das wir haben, in einem Feuer, habt Erbarmen.«

»Scher dich weg, elende Ratte.« Einer der Männer des Reeves trat gegen den zusammengekrümmten Körper des Bettlers, der zur Seite in den Schlamm kippte.

Offa biss die Zähne zusammen, und seine Hand fuhr an seine Hüfte, dabei wusste er nicht, ob er nach seinem Schwert oder der Börse greifen wollte. Er hatte Mitleid, aber ihm war auch bewusst, dass er sich bald inmitten einer flehenden Meute befinden würde, zöge er auch nur eine einzige Münze heraus. Wenn er einem gab, musste er allen geben.

»Nach der Sonntagsmesse werden Almosen verteilt, guter Mann. Ich gebe dir mein Wort«, erklärte er also, um alle zufriedenzustellen. Dabei sah er die Männer des Handels-Reeves streng an, damit diese seinen Befehl weitergaben und dafür Sorge trugen, dass er auch wirklich ausgeführt wurde.

»Habt Dank, Herr, Gott segne Euch, habt Dank.« Der Bettler rappelte sich wieder auf und ging unter ständigen Verbeugungen davon.

Auch ein paar von den anderen Umstehenden verstreuten sich, und Offa wollte gerade seinen Begleitern das Zeichen zum Aufbruch geben, als eine Frau in der Menge seine Aufmerksamkeit erregte. Er wusste nicht, warum ihr Anblick sein Herz plötzlich schneller schlagen ließ. Sie sah ihn an, aus großen Augen, als stünde eine heilige Gestalt vor ihr, wandte sich dann aber schnell ab und versuchte inmitten der Menschenleiber zu verschwinden. Ein Junge, fast schon ein Mann, vielleicht fünfzehn oder sechzehn Jahre alt, war an ihrer Seite. Er redete auf sie ein, deutete zurück zu Offa, aber sie zog ihn nur weiter. Das goldene Haar der beiden leuchtete aus der Menge heraus, sodass Offa sie nicht aus den Augen verlor.

Sein Körper handelte wie von selbst. Er trieb seinen Rappen vorwärts, der schwere Pferdekörper zwängte sich zwischen die auseinanderlaufenden Menschen. Die Frau sah über die Schulter zurück, und Offa hob die Hand, als könnte er sie aus der Ferne festhalten.

»Warte!«, rief er, obwohl er ahnte, dass es sinnlos war, dass sie ihn ignorieren und einfach weiterlaufen würde.

Aber da blieb sie unvermittelt stehen. Sie wusste offenbar genau, dass er sie meinte.

Ein sonderbares Flattern zog durch seinen Körper, mit der

Erinnerung an eine Zeit, in der er kaum älter als dieser Bursche an ihrer Seite gewesen war. Frei an Aldermann Heardberhts Seite, der ihm immer noch fehlte. Frei, ohne die schwere Krone auf seinem Haupt, die er kaum trug und trotzdem ständig spürte. Er war noch nicht einmal Aldermann gewesen, nur ein aufstrebender Krieger, der noch kaum etwas von der Welt verstand.

Die Frau drehte sich zu ihm um, blickte ihm direkt in die Augen, als wäre er der einzige Mensch hier. Sie war älter geworden, natürlich. Sie musste schon fast vierzig sein, aber immer noch hatte sie dasselbe goldene Haar, das kaum Grau zeigte, aber stark verfilzt ihren Kopf umschloss. Ihr Körper war von Lumpen bedeckt und kaum verhüllt, Schuhe trug sie keine. Aber in ihren Augen loderte etwas.

Ihr war anzusehen, wie schnell sie atmete. Sie starrte ihn an. Auch er hatte sich verändert, er war auch nicht mehr der Junge von früher. Den Kopf hielt sie hoch, stolz genug, um sich ihre offensichtlich missliche Lage nicht anmerken zu lassen.

»Mutter?«, fragte der Bursche an ihrer Seite, der Offa misstrauisch beäugte.

Aber sie regte sich nicht.

Offas Begleiter hatten mittlerweile zu ihm aufgeschlossen, während der Baumeister wohl verschwunden war, um Offas Zorn nicht weiter auf sich zu ziehen. Fragend sahen seine Männer zwischen ihm und der Frau hin und her, dann schnappte Leofric plötzlich hörbar nach Luft.

»Hilda?«, stieß er fassungslos aus und lehnte sich im Sattel weiter vor, als könnte er sie dadurch besser sehen. »Hilda aus Averdun? Tochter von Godric? Bist du das?«

»Ja, roter Leofric«, erwiderte Hilda und musterte den Krieger von oben bis unten. »Oder soll ich besser *grauer Leofric* sagen?«

Eadric prustete los vor Lachen, aber auch Leofric fiel darin ein und wandte sich Offa zu. »Das ist doch nicht zu glauben! Hilda, das kleine, schüchterne Mädchen aus Averdun, steht vor mir und kommt mir frech! Na, das versüßt mir wirklich den Tag.«

»Ich kann Euch den Tag noch auf ganz andere Weise versüßen, roter Leofric«, erwiderte Hilda, und etwas Kaltes schwang in ihrer Stimme mit, etwas Berechnendes, Fremdes. Etwas, das Offa nie von Hilda erwartet hätte, das nicht zu ihr gehören wollte. Aber was wusste er schon über sie?

Der Bursche an ihrer Seite wandte sich abrupt ab und ging davon. Hilda aber sah Offa herausfordernd, ja, fast anklagend in die Augen. Nun lachte niemand mehr.

Leofric strich sich, offensichtlich verlegen, über den Nacken. »Du bist weit fort von zu Hause«, sagte er schließlich räuspernd.

Hilda nickte, ohne den Blick von Offa zu nehmen. »Ja, das bin ich.«

»Wir dachten, du wärst verschleppt worden«, sagte Offa und erinnerte sich an die verlorene Schlacht gegen die Westsachsen. Das geschlagene Heer war gen Norden geflüchtet und bei Averdun vorbeigekommen. Hilda war verschwunden gewesen, und sein Reeve Aldfrith war getötet worden. Es schien ihm wie ein völlig anderes Leben, so viel war seither passiert.

Hilda antwortete nicht, sie sah ihn nur weiterhin herausfordernd an, und ihr Anblick schmerzte ihn mehr, als er zugeben wollte. Sie war in seinen Augen immer für die Reinheit und Freiheit seiner Jugend gestanden. Und jetzt stand sie vor ihm, knochendürr und schmutzig, und bot sich Männern an.

»Willst du zurück nach Hause?«, fragte er das Erste, was ihm in den Sinn kam. Es war das Mindeste, was er tun konnte: sie zurück in die Heimat bringen. Aber Hilda schien von dieser Frage wie vor den Kopf gestoßen. Einen Moment lang starrte sie ihn mit leerem Blick an, dann trat sie einen Schritt zurück.

»Ich habe kein Zuhause.« Sie sprach ungerührt, stellte lediglich die Sachlage klar, ohne Trauer oder Selbstmitleid. Da fiel ihm ein, dass es in Averdun tatsächlich nichts mehr für sie gab.

»Deine Eltern leben nicht mehr.«

Er wusste nicht, wie er ihr sonst davon erzählen sollte, oder ob sie es ohnehin wusste, aber dem kurzen Flackern in ihren Augen nach zu schließen, war diese Nachricht neu für sie. Offa setzte zu weiteren Worten an, er wollte ihr sagen, wie sie gestorben waren – ihr Vater nach einem Unfall mit dem Pflug, da seine Verletzungen nicht hatten heilen wollen, und ihre Mutter zwei Jahre später am Fieber. Aber er kam zu keinen Worten, denn Hilda riss die Hand hoch und schüttelte den Kopf. Sie wollte es nicht hören.

Also überlegte Offa, was er jetzt tun sollte.

»Du kommst mit uns.« Er hatte keine Entscheidung dazu getroffen, die Worte verließen seinen Mund wie von selbst. »In Tamouuorthig ist Platz für dich. Du wirst als Magd arbeiten.«

Alles war besser, als sie in diesem dreckigen Loch als Hure zurückzulassen. Sie war aus Averdun, und er konnte sich nicht einfach abwenden und so tun, als wäre er ihr nie begegnet.

»Mein Sohn kommt mit mir«, erwiderte Hilda mit fester Stimme. Kein Dank, keine Gefühlsregung, nur ein Befehl, und ein Lächeln schlich sich in Offas Gesicht. Wie stark sie geworden war.

Er erinnerte sich noch gut an die Tage nach dem Überfall auf Averdun, an ihren Besuch am Fluss. Sie war ein Werkzeug ihres Vaters gewesen, unschuldig und zurückhaltend. Davon war jetzt nichts mehr übrig. Er konnte sich nicht vorstellen, welchen Weg sie bereits hinter sich hatte, wie viel auszuhalten sie gezwungen gewesen war. Den Schatten und den Falten unter ihren Augen war anzusehen, dass das Leben nicht spurlos an ihr vorübergegangen war. Aber sie stand immer noch aufrecht, und das fand er bewundernswert. Dass der Bursche ihr Sohn war, überraschte ihn nicht, eher wunderte ihn ob ihres Lebens als Dirne Lundenwics eher, dass sie nicht mehr Kinder hatte.

»Hol deinen Sohn, und dann triff uns an der Wæcelinga Stræt, außerhalb der Palisaden. Dann reiten wir nach Tamouuorthig. Ab jetzt stehst du unter meinem Schutz. Du hast mein Wort.«

~

Hilda besaß nicht viel. Alles, was sie hatte, passte in den kleinen Beutel an dem Strick, der ihr Hemd an der Taille zusammenhielt. Ein paar Münzen, ein Kamm, ein Messer, Nadel und Faden. Deogol hatte auch nicht viel mehr.

Schweigend hielt er sich an ihrer Seite, folgte der mehr als zwanzig Fuß breiten, gepflasterten Straße zum Tor. Die Palisaden waren über die einfachen, strohgedeckten Häuser hinweg schon von Weitem zu erkennen. Hildas Herz schlug immer schneller, mit jedem Schritt, den sie Offa näher kam.

Immer noch konnte sie kaum glauben, dass sie ihn wiedergesehen hatte. Als jemand »König« gerufen hatte, war ihr sofort heiß und kalt zugleich geworden. Und dann war sein Name, flüsternd wie das Summen der vielen Fliegen im Unrat, das Ufer entlanggetragen worden. »König Offa.«

Ihr Körper kribbelte und verkrampfte sich gleichzeitig schmerzhaft. Sie trug Zorn in sich, ja gar schon Hass. So oft hatte sie ihn verflucht, schon als sie aus Averdun hatte fortlaufen müssen – bei ihrem beschwerlichen Weg durchs Land, von Dorf zu Dorf, in die nächste Stadt, bei ihren Versuchen, eine

Möglichkeit zu finden, ihr Kind loszuwerden. Niemand hatte ihr helfen wollen. Dann war sie nach Licidfelth gekommen, nicht weit von Tamouuorthig entfernt, und hatte angefangen, im Schatten der Kathedrale ihren Körper zu verkaufen, um zu überleben. Etwas anderes kannte sie seither nicht mehr.

Oft hatte sie mit dem Gedanken gespielt, zu Offa zu gehen, aber sie hatte nicht gewusst, wo er war. Er hatte Schlachten ausgefochten und war stets durchs ganze Land gereist, um die Ordnung und den Frieden zu wahren. Und so war sie ihm ferngeblieben, selbst wenn sie gehört hatte, dass er etwa Weihnachten nur wenig entfernt von ihr verbrachte. Aus Unsicherheit, wie er auf sie reagieren würde, aus Angst davor, ob er sie überhaupt wiedererkannte oder sich noch an sie erinnerte. Sie hatte sich geschämt, und gleichzeitig war da auch ihr Stolz gewesen, ihn nicht um Hilfe bitten zu wollen. Er hatte sie zurückgewiesen, und danach hatte er wohl nie mehr auch nur einen Gedanken an sie verschwendet, während für Hilda kaum ein Tag ohne sein Antlitz vor ihrem geistigen Auge vergangen war.

»Was soll ich in Tamouuorthig machen?«, brach Deogol schließlich sein Schweigen. »Weiterhin stehlen und um Geld kämpfen?«

»Offa wird auch für dich einen Platz finden.«

»Offa?«

Hilda schüttelte den Kopf. Sie musste sich daran gewöhnen, ihn nicht mehr als ihren Offa zu sehen, als diese Traumgestalt. »Der König.«

Sie war wütend gewesen, als Offa sie zu einer Magd ernannt hatte, als müsse sie vor Dankbarkeit vor ihm auf die Knie fallen. Nachdem er sein ganzes Leben lang keinen Gedanken an sie verschwendet hatte, lief er ihr jetzt über den Weg und glaubte, über sie bestimmen zu können. Aber sie konnte nicht bestreiten, dass da auch ein Funke Erleichterung gewesen war.

Sie wusste noch nicht, was sie von dieser neuen Entwicklung halten sollte. Vielleicht hätte sie nicht am Flussufer verharren dürfen, vielleicht hätte sie verschwinden sollen, schon als sein Name gefallen war. Aber sie hatte ihn nur einmal sehen wollen. Und dann war es ihr nicht mehr möglich gewesen, den Blick von ihm zu nehmen.

»Ihr habt im selben Dorf gelebt«, sagte Deogol. Es war keine Frage.

»Wir waren beide noch Kinder.«

»Und trotzdem erinnert er sich an dich.« Er warf ihr einen Seitenblick zu.

Hilda wusste, was er dachte. Wie sollte er auch anderes annehmen? Schließlich kannte er nichts anderes als eine Mutter, die mit ihrem Körper Geld verdiente.

»Du bist kein königlicher Bastard, falls es das ist, was du erhoffst.«

»Nun, vielleicht nicht. Aber er will dich mit sich nehmen, und ich kann mir nur einen Grund dafür vorstellen.«

Hilda legte die Hand auf ihren Bauch, um das Flattern darin zum Stoppen zu bringen. Jeder Mann, der sie genommen hatte, war in ihrer Vorstellung Offa gewesen. An dem Gedanken an ihn hatte sie sich festgehalten. Was, wenn ihr Traum nun endlich wahr werden sollte? Was, wenn sie all diese Prüfungen hatte erdulden müssen, um jetzt endlich ihre Belohnung zu erhalten? Fand Offa sie noch anziehend? Sie war nicht mehr das achtzehnjährige Mädchen von damals, sondern fast vierzig. Ihr Körper war abgemagert, ihr Haar verfilzt, und Offa kannte die Wahrheit über ihren unehrenhaften Beruf. Und trotzdem … Er hatte sie angesehen, als wäre sie noch das unschuldige Mädchen von damals.

Vielleicht nahm er sie tatsächlich in sein Bett. Sie würde nicht mehr im Schlamm schlafen, nicht einmal auf Stroh, sondern auf weichen Decken, sie würde ihren Magen füllen und

Seide ihren Körper umschmeicheln lassen. Und wenn Offa sie erst einmal hatte, würde er nie wieder eine andere wollen. Sie war erfahren genug, um zu wissen, wie sie Männer um den Verstand bringen konnte. Nicht viele Frauen überlebten lange in ihrem Geschäft, aber Hilda war eine Meisterin ihres Fachs. Offa war immer noch nicht verheiratet, und sie hatte auch keine Gerüchte über ehelose Kinder gehört oder irgendeine Frau, die eine besondere Rolle für ihn spielte.

Das würde sich bald ändern.

»Ab jetzt wird alles besser«, erklärte sie, selbst davon überzeugt.

Deogol aber zuckte nur mit den breiten Schultern. »Vielleicht sollte ich dich alleine gehen lassen«, meinte er, ohne sich Gefühle anmerken zu lassen.

Er war schon immer verschlossen gewesen, ihr gegenüber kühl, aber das war wohl ihre eigene Schuld. Sie hatte ihn nicht haben wollen, schon als er noch in ihrem Bauch gewesen war, und danach … Sie hatte ihn nur angesehen, blutig und hässlich, wie er war, und sie hatte auf Abscheu gewartet, auf Hass. Aber stattdessen war da dieser enorme Drang, dieses kleine Wesen zu beschützen, über sie hereingebrochen. Deogol war zu einer Schwäche geworden. Sie hatte ihn nur ansehen müssen, und der Wunsch nach einem besseren Leben war stetig stärker geworden. Nur war sie nicht in der Lage gewesen, ihn zu beschützen. Ihretwegen hatte er schon früh lernen müssen, zu stehlen und zu betteln, und oft fiel es ihr schwer, ihn anzusehen, ohne an seinen Vater zu denken. An Aldfrith, den sie getötet hatte.

Der alte Reeve war nicht der Einzige geblieben. Sie hatte sich nicht nur einmal gegen Freier wehren müssen, oder gegen Männer, die wollten, dass sie für sie arbeitete, die ihr ihren hart erarbeiteten gerechten Lohn stehlen wollten. Sie wusste, wie es sich anfühlte, Leben auszulöschen, um ihr eigenes und das ihres Sohnes zu retten. Aber von nun an würde es nur noch einen Mann geben, der sich ihres Körpers bemächtigte.

Die Palisaden taten sich vor ihnen auf. Die Passanten schenkten ihr und Deogol keine Beachtung, sie waren nur zwei niedere Wesen in den Augen der meisten, unsichtbar. Aber nicht für Offa. Er hatte sie sogar in der Menge gesehen.

Sie erkannte ihn schon von Weitem. Am Rande der von Eschen gesäumten Straße stand er, zusammen mit den drei Kriegern Averduns und einem kleinen Gefolge, das vorhin am Fluss nicht bei ihm gewesen war. Da waren ein Bannerträger und weitere gut gerüstete Männer, vielleicht Krieger seiner Herdtruppe, oder Noble. Auch ein Priester begleitete die Gruppe, ein hagerer grauhaariger Mann in einer mausbraunen Kutte. Aber niemand war wohl in der Lage, die anderen wahrzunehmen, wenn Offa in deren Mitte stand. Auf gewisse Weise war er mit seinem weizenfarbenen, im Nacken zusammengebundenen Haar und dem ebenso hellen Bart immer noch derselbe. Aber sein hochgewachsener Körper war breiter, härter, auch sein Gesicht war kantiger geworden. Seine blauen Augen wirkten kühler, zeugten von zahlreichen Erfahrungen, die nicht alle gut gewesen sein konnten. Er hatte sich die Krone erkämpfen müssen, er hatte den Usurpator in die Flucht geschlagen und sich schon in so jungen Jahren einen derart großen Namen gemacht, dass die Aldermänner ihn zum König ausgerufen hatten.

Wenn Hilda an den siebzehnjährigen Jungen von damals dachte, konnte sie kaum glauben, dass er derselbe war – ein wahrer König.

Offa blickte ihr entgegen. Es war ihr unmöglich zu erahnen, was er dachte. Was erwartete er von ihr? War es Mitleid oder Begehren, das sein Handeln bestimmte? Sie hoffte auf Letzteres – und wenn nicht, würde sie ihn eines Besseren belehren.

»Mein König.«

Sie sah ihm direkt in die Augen und versuchte ihm allein mit ihrem Blick zu zeigen, was er alles von ihr haben konnte. Sie war in der Lage, seine Vorstellung von einer Frau zu erschüttern. Er würde ihr verfallen, voll und ganz.

»Hilda, ich bin froh, dass du dich entschieden hast, mit uns zu kommen.«

Er sprach kühl und förmlich, und das ärgerte sie. Er war selten anders zu ihr gewesen, aber das würde sich bald ändern. Vielleicht gab er sich auch nur vor seinen Kriegern so. Allein in seinem Gemach würde er zeigen, wie heiß das Feuer wirklich in ihm brannte. Er hatte Rache für die Ermordung des alten Königs geübt, er hatte andere Könige unterworfen. Niemand ohne Feuer war dazu in der Lage.

»Dein Sohn wird also mit uns kommen.«

»Mein Name ist Deogol, Herr.«

Ihr Sohn verneigte sich knapp, und Hilda spürte einen Anflug von Stolz, den sie schnell abzuschalten versuchte. Sie durfte nicht zu stark für jemanden empfinden, nicht einmal für ihren Sohn.

»Wie alt bist du, Deogol?«

»Sechzehn, Herr.«

Ein kaum merkliches Lächeln spielte um Offas Lippen. Hildas Herz begann schneller zu schlagen. Sie hatte ihn nie zuvor lächeln gesehen, noch nicht einmal halbherzig wie jetzt. Zwei knapp nebeneinanderliegende Vertiefungen zeichneten sich in seine Wangen, die auch der Bart nicht verdecken konnte, und der Anblick ließ ihren Atem stocken.

»Kannst du kämpfen?«, wollte er als Nächstes wissen.

Seine Krieger hielten sich schweigend im Hintergrund. Sie beobachteten Hilda nur, was ihr unangenehm war, schließlich kannte sie drei davon noch von früher. Hätte Offa ausschließlich Fremde um sich gehabt, die sie nicht als dieses junge, unschuldige Mädchen in Erinnerung hatten, dann würde es ihr leichterfallen, ihre neue, starke Persönlichkeit zu zeigen. Doch unter den Blicken der früheren Weggefährten aus ihrem Dorf fühlte sie sich schnell wieder so hilflos wie damals in Aldfriths Hütte. Wie unter der Missachtung ihrer Eltern, von denen sie bis heute noch nicht einmal gewusst hatte, ob sie noch lebten.

Deogol deutete auf Offas Schwert. »Ich kann kämpfen, Herr, aber nicht damit.«

Offas Blick flog flüchtig zurück zu Hilda, dann wandte er sich wieder an Deogol. »Kannst du reiten?«

Nun zeigte ihr Sohn zum ersten Mal ein wenig Unsicherheit. »Nicht auf solchen«, sagte er und deutete auf Offas beeindruckenden Rappen.

Offa gab Wulfhere an seiner Seite ein Zeichen, der ein unscheinbares, kleines Handpferd vorführte. Wulfhere hatte sich am wenigsten von allen verändert, bei ihm schien die Zeit stehengeblieben zu sein. Damals hatte er für seine Lebensjahre alt ausgesehen, jetzt aber war es passend. Wulfhere war wohl ein paar Jahre jünger als der rote Leofric, dessen gelocktes Haar und der lange Bart, nunmehr silbergrau, sein stets lachendes Gesicht umrahmten. In Wulfheres Gesicht zeigten sich immer noch dieselben Falten in den Wangen, auf der Stirn und um die Augen. Das kurze Haar war schon damals grau und schütter gewesen, ebenso wie der Bart.

Eadric hingegen hätte sie beinahe nicht wiedererkannt. Er war ein junger, gutaussehender Mann von Anfang zwanzig gewesen, mit dunklem Haar und dunklem Bart, beides kürzer gehalten als bei Offa und Leofric. Daran hatte sich zwar nichts geändert, aber er war in die Breite gegangen, allerdings anders als Offa. Eadrics Gesicht war rund geworden, genauso sein Bauch.

»Auf die Schnelle konnten wir dieses Pferd auftreiben«, erklärte Offa und machte eine einladende Geste in Deogols Richtung. »Du, Hilda, wirst wohl teilen müssen.«

Ihr Herz machte einen hoffnungsvollen Satz, fast wäre ihr ein Lächeln entkommen. Ein Ritt mit Offa auf seinem Pferd. Plötzlich fühlte sie sich wieder wie das junge Mädchen von damals.

»Wulfhere.«

Offa gab ein Zeichen, und der mürrische Krieger streckte ihr, ohne die Miene zu verziehen, die Hand entgegen. Beinahe wäre sie zurückgewichen. *Nein, so war das nicht gedacht gewesen.* Aber sie konnte wohl kaum darauf bestehen, mit dem König zu reiten, und so ließ sie sich von dem Krieger vor sich auf den Fellsattel ziehen.

Wulfhere führte seine Hände an ihr vorbei, um die Zügel zu halten, sein Körper war nahe an ihrem, was sie nicht stören durfte. Sie kannte die Nähe zu Männern schließlich gut genug. Aber bei Wulfhere fühlte es sich anders an. Da war wieder diese Erinnerung an früher, an ihr anderes Leben, ihr beschütztes Leben, ehe alles über sie hereingebrochen war. Wulfhere hatte zu dieser Welt gehört.

Deogol stieg auf das freie Pferd, und Offa gab das Zeichen zum Aufbruch.

Dutzende Fragen brannten in Hilda. Sie wollte wissen, warum er in so kleiner Gesellschaft reiste. War dies für einen König nicht gefährlich? Was hatte er in Lundenwic gewollt? Sie hatte ihn mit einem Mann sprechen gehört. Wieso wollte er nach Tamouuorthig? Er hatte dort vor Jahren eine große Königshalle errichten lassen, das war während ihrer Zeit in Licidfelth in aller Munde gewesen. Aber seine Königssitze erstreckten sich übers ganze Land, und sie wusste, er war nie lange an einem Ort, genauso wie Æthelbald vor ihm. Würde er sie als Magd nach Tamouuorthig bringen und dann gleich wieder abreisen? Wollte er nur mildtätig sein und sie dann wieder im Stich lassen?

Sie brauchte Zeit und Gelegenheiten, ihn allein zu erwischen. Sie musste ihn verführen, ehe er sich wieder von ihr abwandte. Könnte sie ihm nur ein Kind gebären … Dann wäre er ihr auf ewig verbunden. Aber sie war nach Deogols schwerer Geburt nie wieder schwanger geworden und glaubte nicht, dass der Herr sie noch einmal mit einem Kind segnen würde. All die Jahre war ihre Unfruchtbarkeit ein Glück für sie gewesen, aber bei Offa war es anders.

Sie erinnerte sich an die Worte ihres Vaters, der auf solche Weise die Familie hatte retten wollen. Sie hätte ein eheloses Kind von Offa bekommen sollen. Hilda hatte zu bedenken gegeben, dass auch Offa etwas zustoßen könnte in den Schlachten, die er focht. Aber heute sah sie, dass er nicht so leicht zu töten war. Er war König über Könige. Und bald würde er seine Macht mit ihr teilen.

Eine Bewegung in ihrem Rücken riss sie aus ihren Gedanken. Es war Wulfhere, der die Zügel auf dem Hals des Pferdes ablegte, hinter ihr hantierte und ihr schließlich seinen Umhang um die Schultern legte.

Beinahe hätte sie sich umgedreht, um ihn anzusehen und zu fragen, was das sollte. Aber da bemerkte sie, wie sehr sie vor Aufregung zitterte. Hatte Offa es bemerkt und Wulfhere aufgetragen, ihr seinen Umhang zu geben? Sie blickte in seine Richtung, aber er beachtete sie gar nicht. Nein, er sprach mit ihrem Sohn.

»Wie lange lebt ihr bereits in Lundenwic?«, wollte er wissen.

Wieso fragte er nicht sie? Sie konnte ihm genauso gut antworten! Das Zittern verstärkte sich, während ihr gleichzeitig immer heißer wurde.

»Ich weiß nicht genau«, antwortete Deogol und hielt die Zügel des erbärmlich aussehenden Tiers fest umklammert. »Ein paar Jahre.«

»Wo wart ihr davor?«

»Überall.«

Offa nickte und schien eine Weile in Gedanken versunken. Hilda überlegte, wie sie das Wort an ihn richten konnte, an einen König, als Offa sich wieder an Deogol wandte.

»Kannst du irgendetwas besonders gut, Deogol? Mit Tieren umgehen? Pferde … Jagdhunde … Vögel …?«

Deogol schüttelte den Kopf.

Offa fuhr fort, als hätte er es gar nicht gesehen. »Vielleicht ein Handwerk?«

»Stehlen, Herr.«

Alle Köpfe drehten sich zu Deogol, der Priester schnappte hörbar nach Luft und bekreuzigte sich, während Hilda ihrem Sohn am liebsten einen Klaps gegeben hätte. Dummer Junge! Wieso sagte er so etwas? Nun musste Offa jeden Augenblick fürchten, von ihrem Sohn bestohlen zu werden.

Offa aber verzog keine Miene. Er blickte stoisch geradeaus auf die Straße. »Ab jetzt nicht mehr. Es sei denn, ich befehle es.«

»Ja, Herr.« Deogol warf Hilda einen verstohlenen Blick zu. Unsicherheit lag in seinen Augen.

Am liebsten hätte sie ihn berührt, ihm Gewissheit und Zuversicht vermittelt, aber sie sah weg. All ihre Aufmerksamkeit musste sie auf ihr Ziel richten, Offa für sich zu gewinnen. Den König.

KAPITEL 19

Küste vor Britannien, Juni 769

Fremde Augen blickten auf sie herab. Es waren allesamt Männer mit kurzen, dunklen Haaren und bartlosen Gesichtern. Ein wenig sahen sie aus wie die Menschen, denen Drida ganz im Süden, in Aquitanien, begegnet war. Aber die Sprache, mit der sie sich unterhielten, war ihr gänzlich fremd. Dabei war Drida stets an den unterschiedlichsten Sprachen interessiert gewesen. Sie beherrschte Fränkisch in mehreren Dialekten, Latein, ein wenig Angelsächsisch, und sie verstand sogar etwas Griechisch. Aber diese Sprache hatte sie nie zuvor gehört.

Mühsam versuchte sie den Kopf zu heben, aber es fühlte sich an, als wäre sie gefesselt, als würde eine unsichtbare Macht sie niederhalten. Angst machte sich in ihr breit, ihr Atem beschleunigte sich, der Schmerz in ihrer Kehle kehrte zurück, und damit die Erinnerung. Das Boot! Sie war auf dem Meer gewesen, für so lange, und dann hatte sie die Küste gesehen und ein Boot, und …

»Luna!«

Der Name krächzte aus ihrem Hals, und die Männer sahen einander an. Einer von ihnen zeigte auf sie. Er trug ein feines Gewand aus dunklem, mit Seide gesäumtem Leinen. Drida sah an sich hinab.

Ein hoher Laut entfuhr ihr, als sie Lunas Kopf auf ihrem nackten Bauch ruhen sah. Erleichterung überschwemmte sie wie eine kühle Welle klaren Wassers und ließ ihren Körper einen Moment lang so leicht werden, dass sie glaubte, wieder in die Schwärze davonzudriften. Aber im nächsten Augenblick durchzuckte sie ein Schreck, der sie bei Bewusstsein hielt. Sie war vollkommen nackt! Und umgeben von fremden Männern!

»Lasst mich in Ruhe«, keuchte sie und stemmte sich mit aller Kraft hoch. Sofort begann sich die Welt um sie herum zu drehen. »Fasst mich nur ja nicht an!«

Derselbe Mann von vorhin streckte die Hand nach ihr aus, beruhigend. Aber Luna knurrte ihn sofort an, und er zuckte zurück. Er sagte etwas. Seine dunklen Augen unter den dichten Brauen blickten freundlich, er war mittleren Alters und schien ihr wohlhabend. Aber sie verstand kein Wort. Er stellte ihr eine Frage, und ein anderer streckte ihr eine Decke entgegen, aber erneut ließ Luna niemanden nahe an sie heran.

Wie waren sie überhaupt in dieses Schiff gekommen? Hatte Luna es zugelassen, dass sie Drida hochzogen? Und irgendwie mussten sie es auch Luna ermöglicht haben, gerettet zu werden, sie hatten sie nicht ihrem Schicksal in der kleinen Nussschale überlassen. Vielleicht wollten sie ihr wirklich nur helfen.

Aber wie sollte sie mit diesen Fremden reden, wenn sie nicht wusste, woher sie kamen, und mit welcher Sprache sie sich mit ihnen verständigen konnte?

»Wo sind wir hier?«, fragte sie.

Je länger sie wach war, desto schärfer zeigte sich das Bild vor ihr. Sie fuhren in eine Flussmündung ein. Um sie herum erstreckte sich ein so gewaltiges blaugraues Ästuar unter einem bewölkten Himmel, dass es kaum möglich war, von einer Uferseite zur anderen zu blicken. Auf dem Boot um sie herum befanden sich zahlreiche Truhen. Vielleicht waren diese Männer Händler.

Der Mann versuchte erneut, ihr die Decke zu reichen, und Drida nahm sie entgegen, indem sie Luna mit einem Arm festhielt. Sie wickelte sich in die raue Wolle ein und spürte erst jetzt, wie eiskalt ihr Körper war. Das Empfinden kehrte nur langsam zurück, damit auch ein Spannen an ihrem Hals und ihrer Brust, wo Giselberts Peitschenriemen sie getroffen hatten. Die Wunden waren gut zugeheilt, aber gänzlich fort waren sie noch nicht – das würden sie wohl auch nie sein. Die Narben würden bestimmt ihr restliches Leben lang ihren Körper zeichnen. Drida konnte sich auch gut vorstellen, wie ihr Gesicht aussah, verbrannt von der Sonne, dem Wind und dem Salz.

Zumindest Luna schien sich zu entspannen. Vielleicht traute sie Drida jetzt, da sie wach war, zu, selbst zu entscheiden, wer ihr näher kam. Bislang dürfte sie über Drida gewacht haben, denn die Männer wagten sich nur langsam näher heran. Der mit den feinen Gewändern, den sie für den Anführer hielt, reichte ihr einen Lederschlauch. Drida konnte nicht an sich halten. Sie riss ihn dem Mann aus der Hand und trank, ohne wirklich zu schmecken, was es war. Sie merkte nur, dass es sich nicht um Wasser handelte. Es war süßer, und Drida glaubte, vor Wohlgefallen zu sterben.

Sie trank, verschluckte sich, hustete, trank weiter und leerte alles. Als sie den Schlauch wieder senkte, schämte sie sich für ihre Gier. Verlegen gab sie den Behälter zurück, aber der Anführer lächelte nur.

Er stellte wieder eine Frage, von der Drida nicht einmal erahnen konnte, was sie bedeutete. Also beschloss sie, alle Sprachen zu versuchen, die sie beherrschte, in der Hoffnung, dass eine davon für die Händler bekannt klang. Schließlich kamen sie mit ihren Waren bestimmt weit herum.

Als Erstes versuchte sie es mit Latein. »Ist dies das Frankenreich?«, fragte sie und deutete auf die sich verengenden Ufer der Flussmündung.

Konnte es die Seine sein? Aber bei ihrer Abreise hatte alles ganz anders ausgesehen. Auch der Stand der Sonne stimmte nicht. Von der Seine-Mündung aus waren sie gen Westen gesegelt, der untergehenden Sonne entgegen, aber nun senkte sich die große goldene Scheibe zu ihrer Linken herab. Welche Küste war nach Süden ausgerichtet?

Die Männer sahen einander an, dann sprach der Anführer zu ihrer Überraschung tatsächlich Lateinisch. »Das ist der Fluss Hafren, Mädchen. Du bist in Britannien.«

Drida blickte zu den dichten, nebelverhangenen Wäldern, die das Ufer säumten, wie ein verwunschenes Land, und augenblicklich überzog sie Gänsehaut. Sie war in Britannien, der Heimat ihrer Mutter. Aber die Händler hatten nicht Angelsächsisch gesprochen, so wie Beornred. Das konnte nur eines bedeuten.

»Ihr seid Waliser.«

Wieder wurden Blicke getauscht, und der Anführer verengte die Augen. »Wir sind Britannier. Nur die Sachsen nennen uns Waliser – Fremde.«

Beornreds Geschichten schlichen sich in Dridas Gedanken. Geschichten über ein barbarisches Volk, das Raubzüge unternahm, Kindern die Kehlen durchschnitt und alte Götter verehrte. Sie wusste nicht mehr, was sie sagen sollte, wie sie fliehen konnte – zurück ins Frankenreich, zu Karlmann. Vielleicht sollte sie nur froh darüber sein, dem Meer entkommen zu sein. Aber in Sicherheit war sie noch nicht. Wer wusste schon, was diese Händler mit ihr vorhatten?!

»Wo kommst du her?«, wollte der Anführer auch sogleich wissen. »Wieso sprichst du Lateinisch?«

»Ihr seid der Sprache doch auch mächtig«, gab sie zurück.

Sie war sich noch nicht sicher, was sie von sich preisgeben sollte.

Der Anführer musterte sie kurz schweigend, dann zuckte er mit den Schultern. »Ich bin ja auch Händler. Ich muss mich mit Menschen anderer Länder verständigen können.« Er wies auf Luna hinab. »Wir hätten dich fast auf deinem kleinen Boot gelassen. Dein Wolf wollte uns nicht an dich heranlassen. Wir mussten ihn mit Stöcken zurücktreiben und ihn ins Wasser stoßen, damit wir dich holen konnten.«

Eisiger Schreck durchzog sie bei diesem Gedanken. Sofort hatte sie innere Bilder vor sich – ihre Luna, panisch im Meer strampelnd, voller Angst zu ertrinken. Aber das war nicht passiert. »Trotzdem habt ihr auch Luna gerettet.«

»Luna?« Der Anführer blickte auf die nun friedlich wirkende Wölfin hinab. »Nun, ich wollte das Vieh absaufen lassen, aber mein Freund Beli hier überredete mich, sie mit dem Netz herauszufischen. Das war nicht einfach.« Er streckte ihr seinen Arm entgegen und schob den Ärmel hoch. Blutige Krallenspuren verliefen darüber.

»Ich danke Euch.« Sie sah den Waliser an, den der Anführer Beli genannt hatte, dem Anschein nach der Älteste unter ihnen, das dunkle Haar bereits mehr grau als schwarz, das Gesicht von tiefen Falten zerfurcht.

Er nickte nur, er beherrschte wohl das Lateinische nicht.

»Ja, Beli meinte, ein Fluch könne über uns kommen, wenn wir den Wolf absaufen lassen. Er muss etwas Besonderes sein, wenn er mit einem Mädchen mitten auf dem Meer treibt, ohne es anzufallen. Bist du eine Zauberin?«

Ein Laut, der fast wie ein Lachen klang, entfuhr ihr. Sie hatte nicht gedacht, dies jemals wieder zu tun. »Nein.«

Sie sah durch die Runde aufmerksamer Gesichter und fragte sich, was diese Männer nun mit ihr vorhatten. Sie waren offensichtlich keine barbarischen Wilden, die über eine wehrlose Frau herfielen, sonst hätten sie das bereits getan. Das hoffte sie zumindest. Aber handelten sie aus reiner Nächstenliebe?

»Wohin bringt ihr mich?«, fragte sie den Anführer, dessen Namen sie immer noch nicht wusste.

Der Händler ließ seinen Blick über sie wandern, blieb ihr aber eine Antwort schuldig. Stattdessen wandte er sich in seiner Sprache an seine Männer, die aufstanden, sich zerstreuten und ihren Arbeiten nachgingen.

Ein ungutes Gefühl kam in Drida auf. Sie konnte sich nur einen Grund vorstellen, weshalb diese Männer sie unversehrt ließen, abgesehen von der Hoffnung, gütige, gottesfürchtige Menschen getroffen zu haben – nach Beornreds Geschichten glaubte sie aber nicht, dass sie so viel Glück erwarten durfte. Gott hatte ihr Rettung zugeführt. Aber ging er tatsächlich so weit, sie in selbstlose Hände zu führen? Schließlich waren diese Männer Händler, und Drida zweifelte nicht daran, dass sie sich mit ihr ein Geschäft versprachen. Sie würden sie als Leibeigene verkaufen, und dann wäre es ihr unmöglich, zurück zu Gerperga und Karlmann zu gelangen.

»Also, du kommst aus dem Frankenreich?«, wollte der Anführer wissen und nahm von einem der anderen Männer einen Apfel entgegen, den er ihr reichte.

Drida starrte die rote Frucht an und fürchtete bereits, sich wieder ohne Sinn und Verstand darauf zu stürzen, aber sie konnte sich beherrschen. Ohne Eile nahm sie den Apfel entgegen und streckte ihn Luna hin. Die Wölfin sah sie einen Moment lang mit schief gehaltenem Kopf an, schnupperte dann an dem Apfel und schnappte ihn sich schließlich. Das Geräusch, wie sie die saftige Frucht verspeiste, ließ Drida es einen kurzen Augenblick lang bereuen, nicht selbst hineingebissen zu haben.

Jetzt musste sie sich aber auf Wichtigeres konzentrieren.

»Mein Name ist Drida. Ich gehöre der königlichen Familie der Franken an. König Karl und König Karlmann sind meine Vettern.«

Der Anführer sah sie regungslos an, als versuchte er in ihrem Gesicht zu lesen und zu erfassen, ob sie die Wahrheit sprach. Schließlich blickte er ungläubig zurück aufs Meer. »Und du bist mit deinem Wolf ganz allein von der fränkischen Küste bis hierher … was? Gesegelt? Du hast kein Segel. Dein Boot war ein Bretterhaufen, nicht einmal Ruder fanden wir darin.«

»König Karlmann wird Euch reich belohnen, wenn Ihr mich zu ihm zurückbringt.«

»Wieso Karlmann? Karl ist es, der die Küste der britannischen See hält.«

Drida versuchte, nicht laut zu seufzen. Weshalb mussten diese Händler das wissen?

»Krieg droht zwischen den beiden Königen«, beantwortete der Mann sich die Frage selbst. »Du stehst auf Karlmanns Seite.«

»Ich will nur zu ihm zurück, und ich weiß, dass er sich als dankbar und großzügig erweisen wird.«

Der Anführer sah sie noch ein paar Herzschläge lang an, dann wandte er sich wortlos ab und ging zu seinen Männern. Kurz darauf redeten alle in der fremden Sprache durcheinander und zeigten auf sie.

Drida war nicht überrascht. Sie hoffte nur, dass die Händler ihr glaubten. Schaudernd zog sie die Decke enger um ihren Körper und hielt sich so aufrecht und stolz wie möglich. Dabei kraulte sie Luna durchs Fell. »Bald«, flüsterte sie. »Bald sind wir wieder zu Hause.«

Der Anführer kam zurück. Drida blickte ihm so zuversichtlich wie möglich entgegen.

»Wir bringen dich zu unserem Fürsten«, verkündete er und

zog ihr damit den Boden unter den Füßen weg. Einen Moment lang wusste sie gar nicht, was sie sagen sollte, aber sie fing sich schnell wieder.

»Aber ich muss zu König Karlmann! Ich versichere Euch, er wird …«

»… uns reich belohnen, ja. Aber wie sollen wir zu diesem König gelangen? Um an seiner Küste zu landen, müssten wir wochenlang segeln, bis ins Mittelmeer, und eine derartige Reise hat keiner von uns je auf sich genommen. Wir handeln mit Irland, nicht mit den Franken. Und wenn wir an Karls Küsten landen, müssten wir über den Landweg durch sein Land, bis wir deinen König Karlmann finden, wobei niemand von uns weiß, wo genau er sich aufhält. So groß kann die Belohnung gar nicht sein, um diesem Aufwand zu entsprechen.«

»Aber das wird sie!«

Alles um Drida herum begann sich zu drehen, ihre Sicht verschleierte sich, nicht nur des zunehmenden Nebels wegen. Sie fürchtete bereits, wieder in Dunkelheit zu versinken, aber sie zwang sich, im Hier und Jetzt zu bleiben.

»Es tut uns leid, Mädchen. Der Fürst wird uns auch bezahlen, und der ist leichter zu erreichen.«

»Und wer ist dieser Fürst?«, zischte sie und blickte an den Männern vorbei zu den verwunschenen Wäldern.

»Fürst Brochfael von Powys.«

KAPITEL 20

Fürstentum Powys, Wales, Juni 769

Das Land war anders als ihre Heimat, dabei konnte Drida gar nicht genau benennen, warum. Es fühlte sich einfach fremd an. Sollte sie nicht eine Verbindung spüren? Schließlich stammte ein Teil von ihr von dieser Insel. Hatte ihre Mutter gar in der Nähe gelebt? Am Fuße jener bewaldeten, hochaufragenden Hügel in der Ferne, von denen Drida den Blick nicht nehmen konnte?

Drida hatte so gut wie nie an ihre Mutter gedacht, aber während der langen Fahrt mit den Fremden beschäftigte diese Angelsächsin, der sie ihr Leben verdankte, ihre Gedanken – jetzt, da es eine Gemeinsamkeit zwischen ihnen gab. Ihre Mutter war ins Frankenreich verkauft worden, sie hatte ihre Heimat Britannien verlassen müssen. Nun kehrte ihre Tochter zurück, ebenfalls unter Zwang. Hatte der Herr sie deshalb hierhergeführt?

Drida stand am Schiffsrand und blickte auf das an den Ufern weit hinausführende Marschland mit den vielen bunt blühenden Heidepflanzen und den darüber kreisenden Vögeln. Sie fühlte sich, als wäre sie in eine andere Welt gefallen. Vielleicht auch deshalb, weil der melodische Klang der fremden Sprache sie stets im Hintergrund begleitete.

Die Flut brachte sie weit flussaufwärts. Dann fuhren sie

noch zwei weitere Tage den Fluss Hafren entlang, bis tief ins Herz der Insel Britannien. Den Großteil davon auf angelsächsischer Seite, aber die Händler schienen nicht beunruhigt. Und so versuchte Drida, es auch nicht zu sein.

Sie wusste nicht, wer in Beornreds Geschichten bedrohlicher geklungen hatte: die Waliser oder der thronraubende Angelsachsenkönig Offa. Sie wollte keinem der beiden begegnen. Denn auch wenn die Händler gut zu ihr waren, sie mit Essen und Trinken versorgten und sie ansonsten nicht behelligten, wusste sie, dass sie sich Profit von ihr erhofften und sie vermutlich nur deshalb in Ruhe ließen. Ob der walisische Fürst die charakteristisch barbarischen Züge zeigte, die Beornred allen Walisern zugeschrieben hatte? Drida hatte keine andere Wahl, als die Ruhe vor der nächsten Hürde zu nutzen, um wieder zu Kräften zu kommen. Sie spürte auch, wie sie von Tag zu Tag ein wenig stärker wurde.

Die Händler hatten ihr keine Kleider anzubieten, aber Beli schnitt ein Loch in die Mitte der Decke, sodass Drida sie sich überziehen konnte, und ein Strick hielt sie in der Mitte zusammen. Der ältere Händler war der Einzige, der sich an Luna heranwagte. Er beobachtete sie mit Faszination, weniger mit Furcht, und es schien ihr, als gäbe er ihr von seinen persönlichen Rationen etwas ab. Luna schien sich auf dem Schiff auch nicht unwohl zu fühlen. Sie hatte alles im Blick, hielt sich stets in Dridas Nähe und beobachtete alles in Seelenruhe, ohne dabei nervös zu wirken. Einmal schnupperte sie sogar an Belis Hand. Drida hätte ihn gerne gefragt, wieso er darauf bestanden hatte, Luna zu retten. Sie wollte sich bedanken, aber anders als sein Anführer sprach er nicht Lateinisch.

Mittlerweile wusste Drida, dass der Anführer Cyngen hieß. Er navigierte das Händlerboot geschickt durch ein Labyrinth aus verschiedenen schmalen Wasserläufen, zwischen hochaufragenden Schilfpflanzen hindurch und an kleinen Flussinseln vorbei, durch das Marschgebiet. Schließlich verkündete er, dass sie in Powys angelangt waren. Drida atmete auf, obwohl sie nicht wusste, ob sie hier tatsächlich sicherer war.

Die nur selten zwischen den Wolken hervorblickende Sonne stand hoch, als die Händler an einem von weiteren Schiffen bevölkerten Ufer anlegten. Drida erkannte strohgedeckte Holzhütten, Rauchfahnen, die aus Lücken in den Dächern emporstiegen, und zwei höher aufragende Gebäude an jedem Ende der Siedlung, die beide mit einem Kreuz versehen waren und daher wohl Kirchen waren. Ein Trost, denn sie hatte schon gefürchtet, heidnische Tempel und Opferpfähle zu erblicken, dazu nackte, bemalte Menschen, die mit Tierschädeln darum herumrannten und Blutopfer darbrachten. Stattdessen hörte sie schon von Weitem das Muhen von Rindern. Auf einer abgesteckten Wiese außerhalb der Häuseransammlung erschloss sich auch gleich der Grund dafür: Unzählige Kühe waren dort zusammengepfercht. In einem weiteren Seilgeviert erkannte sie Schafe und Ziegen.

»Der größte Viehmarkt des Landes«, erklärte Cyngen und reichte ihr die Hand, um ihr aus dem Boot zu helfen. Jetzt war es also so weit.

Drida blickte auf das schlammige Ufer hinab und konnte kaum glauben, dass sie nach so langer Zeit tatsächlich wieder festen Boden unter den Füßen spüren sollte.

Luna sprang als Erste von Bord und warf sich sogleich auf die Erde nieder. Genüsslich wälzte sie sich im Schlick und zog damit die Aufmerksamkeit von zahlreichen Menschen in der Nähe auf sich.

Stimmen auf Walisisch erklangen, Cyngen rief irgendetwas lachend zurück, dann streckte er Drida noch einmal nachdrücklicher die Hand entgegen, und sie kletterte aus dem Schiff. Ihre nackten Füßen sanken in die kühle, nasse Erde, und zu ihrer Überraschung spürte sie Tränen in ihre Augen hochsteigen, und ihre Kehle wurde eng. Ihre Knie fühlten sich schwach an, als wären sie weich wie Butter in der Sonne, ihr eigenes Gewicht kam ihr zu viel vor. Aber sie hatte es geschafft. Sie war in Sicherheit. Sie wusste nicht, ob der Fürst von Powys eine Bedrohung für sie darstellte oder ihr dabei half, zurück zu Karlmann und Gerperga zu gelangen, aber sie war dem Meer entkommen. Und das war das Wichtigste.

»Komm. Uns steht noch ein Fußweg bevor. Die anderen kümmern sich um das Schiff und die Ladung.« Cyngen wies auf einen der Pfade, die vom Ufer weg in die Siedlung hineinführten.

Drida setzte vorsichtig einen Fuß vor den anderen. Es war schwierig, das Gleichgewicht zu halten, ein wenig fühlte es sich an, als hätte sie immer noch schwankenden Boden unter sich. Auch achtete sie darauf, worauf sie mit ihren nackten Füßen trat. Da waren Scherben von zerbrochenen Tongefäßen, Fischreste mit scharfen Gräten und Unrat von Tieren.

»Werdet Ihr mich an diesen Fürsten Brochfael verkaufen?«, fragte sie und versuchte, sich ihr Unbehagen nicht anmerken zu lassen.

»Wenn du wirklich bist, wer du behauptest zu sein, wird er Interesse daran haben, dich teuer weiterzuverkaufen, vielleicht sogar an deinen König Karlmann. Brochfael ist ein Fürst, ein König – er hat geeignetere Mittel, um Kontakt mit den Franken aufzunehmen. Ich werde dich nicht billig hergeben, schließlich will ich für meine Mühen auch entlohnt werden. Aber Brochfael kann sich noch Gewinn versprechen. So sind wir alle zufrieden.«

Drida nickte nur. Sie wagte kaum zu hoffen, dass dieser Fürst Brochfael sie zurück nach Hause brachte.

Eine Weile ging sie schweigend neben dem Anführer der Händler her. Auch der ältere Beli schloss zu ihnen auf, nur von Luna war weit und breit nichts zu sehen. Normalerweise sollte sie das nicht beunruhigen, sie wusste schließlich, dass die Wölfin kein Hund war, der ständig neben ihr herlief oder dem sie eine Leine anlegen konnte. Aber nach ihrer gemeinsamen Reise und den Beschwerlichkeiten, die sie zusammen durchgestanden hatten, war die Angst, sie zu verlieren, noch größer geworden.

Der Weg führte sie durch die Siedlung und vorbei am Viehmarkt, wo der Gestank beinahe unerträglich war. Nach der reinen, klaren Luft draußen auf dem Meer konnte sie hier schier nicht mehr atmen, und beinahe erbrach sie ihre letzte Mahlzeit. Es war eine Wohltat, kurz darauf in den Wald zu kommen, auch wenn ihr hier bald die Füße schmerzten. Sie trat auf Steine, Wurzeln, Nadeln und Zapfen, und schnell hatte sie das Gefühl, keinen Schritt mehr weitergehen zu können. Sie war zu Tode erschöpft, ihr Körper wollte ihr nicht richtig gehorchen, er war zu schwer und zu schwach.

Drida wusste nicht, wie lange sie sich weiterkämpfte, aber die Sonne war noch nicht besonders weit gewandert, als sich vor ihr hölzerne Palisaden auf einem Hügel erhoben. Darum herum zerstreut tummelten sich ähnliche Holzhütten wie jene am Fluss, umschlossen von kleinen eingezäunten Gärten, und an einem Wiesenhang zeigten sich Dutzende Rinder wie dunkle Tupfen.

»Wir sind da. Ich hoffe nur, Fürst Brochfael ist hier. Es ist sein Hauptsitz, auch wenn er nahe zur Grenze Mercias liegt. Oder vielleicht gerade deshalb. So hat er stets ein Auge auf den Feind.«

»König Offa.«

Der Händler nickte. »Der mercische König ist oft an der Grenze zu finden. Er reitet alle Siedlungen ab und sieht nach dem Rechten, so große Angst hat er vor uns.«

»Ich hörte, König Offa und Fürst Brochfael halten Frieden.«

Ein Brummen zeigte deutlich, was der Händler davon hielt.

»Das ist nur die Ruhe vor dem Sturm, sei dir dessen versichert. Irgendwann wird unser Fürst aus seiner Starre erwachen und zurückholen, was uns gestohlen wurde. Er wird genauso gnadenlos gegen die Angelsachsen vorgehen wie sein Vater vor ihm.«

Drida hatte nicht vor, so lange hierzubleiben, um das noch zu erleben und wieder zwischen die Fronten zu geraten. Sie würde diesen Brochfael davon überzeugen, sie zurück zu Karlmann zu bringen.

Menschen waren auf fernen Ackerstreifen zu sehen. Drida konnte nicht genau erkennen, was dort angebaut wurde, aber das Leben hier schien ihr nicht viel anders als in ihrer Heimat. Nur dass dies die Pfalz eines Königs sein sollte, erschloss sich ihr nicht ganz. Noch nicht einmal wie der Sitz eines Herzogs oder Grafen sah es aus. Sie dachte an Quierzy, an Soissons und Noyon, an Paris und Saint-Denis und an all die anderen beeindruckenden Orte mit ihren Palästen, Kathedralen und atemberaubenden Basiliken. Hier aber passierten sie eine nur kleine, aus Stein errichtete Kirche, die in Quierzy das Küchenhaus hätte sein können. Durch das offen stehende Tor der baufällig wirkenden Palisaden erkannte Drida lediglich ein aus Holz errichtetes Langhaus, keine weitläufigen Steinbauten mit Arkadengängen und Türmen.

»Und hier lebt der Fürst?«, fragte sie, immer noch ungläubig. »Sein Hauptsitz?«

»Mathrafal, das Zentrum der Macht von Powys.«

Drida wusste nicht, was sie sagen sollte. Was für eine Macht sollte das sein? Alles, was hier stand, war vergänglich. Nichts würde den zukünftigen Generationen erhalten bleiben – Holz wurde morsch und verrottete. Dem Unterricht der Königssöhne hatte sie entnommen, dass die Römer auch diese Insel bevölkert hatten. Wieso war es den Einheimischen nicht gelungen, sich etwas von ihrer Baukunst abzuschauen? In dieser

Hinsicht kamen ihr die Waliser tatsächlich rückständig und barbarisch vor. So lebten laut König Pippin die Sachsen nördlich des Frankenreichs, das er zu erobern versucht hatte, um sie dem wahren Glauben zuzuführen.

Kinder rannten über die schmalen Pfade zwischen den einzelnen Häusern und Gärten, Lachen erfüllte die Luft, in der blassen Nachmittagssonne saßen Frauen mit Näharbeiten beieinander. Rückständig, aber friedlich, dachte Drida, und zu ihrer eigenen Belustigung wünschte sie sich, Teil davon zu sein – mit diesen Frauen, deren Haar um die Ohren herum rund abgeschnitten war, in der Sonne zu sitzen.

Aber Cyngen und Beli führten sie bereits weiter. An den Palisaden standen ein paar mit Speeren bewaffnete Männer. Sie trugen Ringpanzer, aber keine Helme. Einer von ihnen sagte etwas zu Cyngen, der in seiner Sprache antwortete. Sofort blickten alle neugierig auf Drida, und ihre Augen weiteten sich, als Luna sich entlang der Palisaden näher heranschlich und sich schließlich wachsam an Dridas Seite begab.

Was für eine Erleichterung, dass die Wölfin wieder da war.

Die Wachen stellten Fragen und deuteten dabei auf Luna. Diesmal war es Beli, der antwortete. Vielleicht erzählte er wieder irgendwelche Geschichten von Zaubern und Flüchen. Was auch immer er sagte, die Wachen schienen zufrieden, denn sie ließen Drida und die beiden Händler in den Hof.

Wie sie nach ihrem flüchtigen Blick von draußen schon vermutet hatte, gab es auch innerhalb der Palisaden nichts Königliches. Die hölzernen Stützpfeiler, die das Vordach der Langhalle trugen, zeigten geschnitzte Verzierungen, Symbole, die Drida nicht verstand, und die vielleicht sogar heidnisch waren. Zu ihrer Seite schmiegte sich ein Haus an die Palisaden, vor dem in einer kleinen Wiesenfläche eine Vielfalt bunter Blumen blühte. Ein hübscher Anblick, aber ein Königspalast war es trotzdem nicht.

Drida sah sich um, legte sich bereits die richtigen Worte zurecht, um diesen Fürsten davon zu überzeugen, sie zurück zu Karlmann zu bringen, als sich die Tür des Blumenhauses öffnete. Heraus trat eine Frau mit langem weizenfarbenem Haar unter einem goldverzierten weißen Schleier, der am Kopf mit einem edelsteinbesetzten Reif befestigt war. Die knöchellange ärmellose Tunika aus grünem Leinen war von Mustern mit Goldfäden gesäumt und fiel über ein langärmliges Unterhemd in einem etwas helleren Ton. Ein in der Sonne funkelnder Ring zierte die linke Hand der Frau, glitzernde Reife ihren Arm und eine Brosche ihre Brust. Wenngleich Mathrafal Dridas Vorstellungen von einem Königssitz nicht genügte – aber diese Frau war in ihren Augen eine Königin. Drida schätzte sie auf Mitte dreißig. An ihrer Seite hielt sich ein Junge, der noch keine zehn Jahre alt sein konnte. Seine Gewänder waren schlichter und einfarbig, aber von gutem Tuch. In der Hand trug er einen Bogen.

Als die beiden in die Sonne hinaustraten, fielen ihre Blicke sofort auf Luna, und der Junge schnappte hörbar nach Luft. Aufgeregt sagte er etwas zu der Frau, die Drida für seine Mutter hielt. Sie legte den Arm um den Jungen und führte ihn näher heran.

Etwas änderte sich an Cyngens und Belis Haltung. Sie richteten sich straff auf, hielten sich stolz und sprachen voller Ehrfurcht. Die Frau aber schien sie gar nicht wahrzunehmen. Sie blickte auf Luna hinab und stellte Drida schließlich eine Frage.

Drida sah zu Cyngen, der ihr auf Lateinisch übersetzte. »Die Gemahlin des Fürsten möchte von dir wissen, ob du einen Wolf gezähmt hast.«

Die Gemahlin des Fürsten also. Das war nicht überraschend. Der Prunk ihrer Erscheinung zeigte ihren hohen Rang deutlich, wenn auch weniger ihr Auftreten. Anders als Königin Bertha aus dem Frankenreich strahlte die Frau vor ihr keine Erhabenheit aus, und auch nichts Unnahbares – ganz im Gegenteil. Sie trug ein strahlendes Lächeln auf dem hübschen Gesicht, als stünde sie ihren engsten Freunden gegenüber, als wäre sie ein junges Mädchen, das auf Ästen über Flüsse balancierte.

»Ich habe sie nicht gezähmt«, wandte Drida sich direkt an die Frau, während sie am Rande hörte, dass Cyngen übersetzte. »Luna hat selbst entschieden, bei mir zu bleiben.«

Die Gemahlin des Fürsten blickte bewundernd auf die Wölfin hinab und streckte schließlich vorsichtig eine Hand nach ihr aus. Sofort kamen zwei der Wachen näher, und ihrem Tonfall nach zu schließen, sprachen sie eine Warnung aus. Die Frau aber winkte lachend ab und hielt ihre Hand weiterhin Luna entgegen.

Die Wölfin aber zeigte kein Interesse. Die vielen Menschen schienen ihr zu viel zu werden, denn sie blickte noch einmal kurz zu Drida hoch, dann wandte sie sich ab und trabte seelenruhig aus dem Tor.

Der Junge seufzte enttäuscht, aber seine Mutter legte ihm die Hand auf die Schulter und deutete zur Halle. Dann lief er auch schon los in die entsprechende Richtung. Die Frau hingegen wandte sich wieder den beiden Händlern zu, die ihr etwas erklärten. Drida bemerkte, wie sich Neugierde im Gesicht der Fürstin abzeichnete und wie sie Drida aus den Augenwinkeln heraus immer wieder beäugte. Schließlich winkte sie einer Magd mit zwei vollen Kannen in Händen.

»Bereitet Speis und Trank für unsere Gäste. Es soll ihnen an nichts fehlen«, befahl sie.

Drida brauchte einen Augenblick, um zu begreifen, dass sie die Worte verstanden hatte. Das war Angelsächsisch. Verwirrt sah sie zwischen den Umstehenden hin und her. Wie war das so plötzlich passiert?

Die Magd lief auf eine kleine Hütte zu, die ans Langhaus

anschloss, sie hatte die Anweisung also verstanden. Vielleicht war die Bedienstete eine Angelsächsin. Das wäre wohl nicht verwunderlich. In den Kriegen gab es oft Gefangene, die zum Besitz des Gegners wurden, aber dass die Fürstin die Sprache ihres Gesindes kannte, war wiederum erstaunlich. Oder stammte die Frau gar selbst von der anderen Seite der Grenze? Ehebündnisse wurden aus politischen Gründen geschlossen, und die Händler hatten genauso wie Beornred erzählt, dass derzeit Frieden zwischen den Walisern und Angelsachsen herrschte.

Drida hätte gerne nachgefragt, aber sie wusste noch nicht, ob sie offenbaren sollte, welche Sprachen sie tatsächlich beherrschte. Lieber wollte sie versuchen, mehr über die Menschen hier in Erfahrung zu bringen. Jetzt sollte sie wohl auch dem Fürsten vorgestellt werden, denn die schöne hellhaarige Frau wies einladend zur Halle, und die Händler folgten ihr.

»Die Gemahlin des Fürsten ist sehr interessiert an dir und deiner Wölfin. Ich glaube, das wird ein gutes Geschäft«, erklärte Cyngen, während Beli mit der Frau sprach, vielleicht sogar über Luna, denn sie unterhielten sich angeregt.

In der Halle war es düster. Sonnenlicht drang aus nur schmalen Fensterschlitzen, und der Rauch der mittig gelegenen Feuerstelle zog durch eine Öffnung im Dach nur mäßig ab. Alles hier drinnen war von einem grauen Schleier verhüllt, Licht flackerte in der Herdglut und in mehreren Kerzen in Wandhaltern. Der Boden war mit Binsen ausgelegt. Drida hoffte, nicht auf irgendetwas Scharfes zu treten, wie Knochen, alte Klingen oder Scherben.

Diese Halle war kein Vergleich zu den großen steinernen Sälen im Frankenreich, mit ihren hohen Bogenfenstern, Säulengängen und Kaminen. Es war eine völlig andere Welt, stellte sie nicht zum ersten Mal fest. Jetzt wollte sie sich aber weniger auf die baulichen Begebenheiten konzentrieren als auf die Menschen.

Drida sah eine Gruppe Männer an der Feuerstelle zusammensitzen, allesamt unbewaffnet. Nur im Schatten waren ein paar Krieger mit Schwertern an den Hüften, vielleicht eine Art Leibwache des Fürsten. Der Junge von vorhin stand neben einem Mann, der sich von den Kriegern löste und zum Herd ging. Er war nicht hochgewachsen, und sein Körperbau war eher schmächtig. Das dunkle Haar hatte er so kurz geschnitten, dass es aussah, als hätte er es vor nur wenigen Tagen ganz abgeschoren. Er blickte ihnen entgegen, ebenso wie alle anderen, dann fragte er auf Lateinisch:

»Wo ist der Wolf?«

Drida blieb verblüfft stehen. Ebenso wie zuvor beim vertrauten Klang des Angelsächsischen, traf es sie unerwartet, plötzlich zu verstehen, was gesprochen wurde.

»Irgendwo in der Nähe«, antwortete sie und fragte sich, ob dieser schlicht gekleidete Mann tatsächlich der Fürst von Powys war.

Der Mann nickte. Ein freundliches Lächeln lag in seinem Gesicht. »Mein Sohn hegt eine große Faszination für Wölfe. Seit er sprechen kann, fleht er mich an, einen einzufangen und ihm zu schenken. Schon als Säugling … wenn er fernes Heulen hörte, war er sofort still, selbst wenn er zuvor geweint hatte. Ich glaube sogar, sein erstes Wort mag *Wolf* gewesen sein. Jahrelang erzähle ich ihm nun schon, dass Wölfe und Menschen nicht zusammenleben können. Die Wölfe halten sich von uns fern, und wir lassen sie ebenfalls in Ruhe. Aber dann spaziert eine junge Frau durch unser Tor, der ein Wolf wie ein abgerichteter Hund folgt. Was soll ich meinem Sohn jetzt sagen?«

»Dass Wölfe niemals abgerichtete Hunde sein werden. Sie treffen ihre eigenen Entscheidungen.« Drida wusste nicht, woher sie die Kraft in ihrer Stimme nahm, aber wenn sie nur an Luna dachte, hatte sie das Gefühl, etwas von der Stärke der Wölfin in sich zu spüren.

Der Mann lächelte, blickte dann auf den Jungen hinab und sprach mit ihm auf Walisisch. Schließlich wandte er sich in derselben Sprache an die Frau und die Händler, und alle sprachen miteinander. Drida wollte sich auf die Worte konzentrieren und versuchen, etwas zu verstehen. Aber dann bemerkte sie, dass der Junge sie immer noch ansah.

Sie schenkte ihm ein Lächeln. Mehr schien er nicht zu brauchen. Langsam löste er sich von der Seite seines Vaters, des Fürsten, und kam zu ihr. Mit seiner kindlichen Stimme stellte er ihr eine Frage. Drida tat es leid, sie nicht zu verstehen.

»Kommt Ihr von der anderen Seite der Grenze?«, wollte er dann plötzlich auf Angelsächsisch wissen. Er sprach es genauso mühelos wie das Walisische vorhin. Drida sah ihn erstaunt an.

»Nein, ich komme von weiter her«, antwortete sie, wenn auch nicht so fließend wie der Junge.

Sie hatte oft und gerne von Beornred gelernt, und sie verstand so gut wie alles. Aber die Worte selbst in ihrem Mund zu formen fühlte sich sonderbar und fremd an.

Aus den Augenwinkeln bemerkte sie, wie sich die Händler, der Fürst und seine Frau ums Feuer versammelten und weiterredeten. Manchmal deutete Cyngen in ihre Richtung. Im Augenblick war sie froh, mit dem Jungen jemanden zu haben, der sich mit ihr unterhielt und von dem sie keine Gefahr fürchten musste.

»Wieso sprecht Ihr Angelsächsisch?«, fragte sie ihn, bewusst höflich, denn schließlich handelte es sich hier vermutlich um einen Thronfolger. Sie dachte daran, wie verfeindet die Waliser und die Angelsachsen laut Beornred waren. Es kam ihr sonderbar vor, dass ein junger walisischer Fürstensohn die Sprache des Feindes erlernte. Ohnehin passte hier nichts zu dem Bild, das sie sich aufgrund Beornreds Schilderungen gemacht hatte.

Der Junge zeigte zu den anderen hinüber. »Die Fürstin ist Angelsächsin, und mein Vater sagt, ich muss beide Sprachen beherrschen, so wie er. Er kann auch noch Latein, mein Großvater hat es ihm eingeprügelt, aber ich muss es nicht lernen. Es genügt, wenn unser Kaplan Latein beherrscht. Aber ich glaube nicht, dass er es wirklich kann, er tut nur so«, flüsterte er in verschwörerischem Ton. »Für mich hört es sich so an, als wenn er sich irgendwelche Worte ausdenkt.«

Drida musste lachen. Dieser Junge war bezaubernd. »Wie heißt Ihr denn?«, wollte sie wissen, während sie die Händler und den Fürsten im Auge behielt.

»Cadell. Cadell ap Brochfael. Und wie heißt Ihr?«

»Drida. Und die Wölfin heißt Luna«, fügte sie hinzu, im Wissen, dass dies das Einzige war, was ihn wirklich interessierte.

»Sie kam mit Euch übers Meer«, erklärte er und blickte kurz zu seinem Vater. Vielleicht sprachen die Männer dort drüben gerade über ihre Ankunft. »Und sie hat Euch gar nicht aufgefressen.«

»Nein, das hat sie nicht.«

»Warum seid Ihr ganz allein mit einem Wolf von so weit her gekommen?«

»Das wollte ich auch gerade fragen«, erklang nun die Stimme des Fürsten an ihrer Seite. Wie aus dem Nichts war er neben ihr erschienen.

Drida wandte sich ihm zu und beschloss, die Wahrheit zu sagen. Sie war nie eine gute Lügnerin gewesen. Und wenn sie wollte, dass dieser Fürst ihr die Möglichkeit verschaffte, nach Hause zurückzukehren, musste sie ihm zuerst mit ihrem Vertrauen entgegenkommen.

»In meiner Heimat droht Krieg zwischen den beiden fränkischen Königen Karlmann und Karl, die Brüder sind. Ich wuchs als Mündel ihres Vaters mit den beiden auf, entschied mich dann aber, an der Seite von Karlmanns Gemahlin Gerperga zu bleiben, meiner Freundin. Um zwischen den Brüdern zu vermitteln und Blutvergießen abzuwenden, ging ich zu Karl, im falschen Glauben, er würde mich um unserer gemeinsamen Kindheit willen anhören. Aber ich lag falsch. Für meinen Versuch, meine Ehre zu verteidigen, wurde ich aufs Meer verbannt, um mich dort Gottes Urteil zu ergeben. Ein Urteil, das mich zu Euch geführt hat, Fürst.«

Brochfael lauschte regungslos. Es war ihm nicht anzusehen, ob er ihr glaubte. Schließlich wies er zum Tor, das aus der Halle hinausführte. »Und der Wolf?«

»Ich fand Luna als Welpe, halb verhungert und von ihrem Rudel verlassen. Ich fütterte und pflegte sie. Seither bleibt sie an meiner Seite und folgt mir überallhin.«

»Selbst auf ein kleines Boot, das Euch in den Tod treiben sollte.«

»Ja.«

Brochfael schüttelte mit einem ungläubigen Schnauben den Kopf. Dann traten zwei andere Waliser an ihn heran und sagten etwas. Ihrem Aussehen nach zu urteilen waren sie hohe Herren. Brochfael lauschte ihnen aufmerksam. Dann mischte sich auch wieder Cyngen ein. Schließlich nickte der Fürst und gab seiner Gemahlin, der goldhaarigen Angelsächsin, ein Zeichen. Sie verließ mit einem respektvollen Neigen des Kopfes die Halle.

Dann wandte der Fürst sich wieder Drida zu.

»Ab heute gehören dein Wolf und du mir.«

KAPITEL 21

Tamouuorthig (Tamworth), Königreich Mercia, Juli 769

Hilda fing an, ihre Entscheidung zu bereuen, nach Tamouuorthig zu gehen.

Sie musste hier zwar nicht mehr mit Männern liegen, um Geld zu verdienen. Aber dafür musste sie sich von alten, auf sie herabblickenden Weibern Anweisungen geben lassen und jede noch so niedere Arbeit erledigen. Noch nicht einmal Offa war hier. Er hatte sich gerade mal zwei Tage in Tamouuorthig aufgehalten, dann war er schon wieder weitergezogen. Gott allein wusste, wohin. Zuvor hatte er Acha, einer alten, runzligen Frau, aufgetragen, sich um Hilda und Deogol zu kümmern. Von da an hatte sie ihn nicht mehr zu Gesicht bekommen.

So verbrachte sie ihre Tage damit, ihr Dasein als Leibeigene zu fristen. Sie fegte die Binsen, fütterte die Tiere, schaufelte Mist, holte Wasser, half in der Küche, schnitt frisches Schilf für den Boden, sammelte Kräuter und Beeren … während sie eigentlich Offas Königin sein sollte. Stattdessen war sie sein Besitz geworden, und das auch noch freiwillig – für ein Dach über dem Kopf und Essen im Bauch. Etwas, was sie nie hatte tun wollen. Lieber war es ihr gewesen, ihren Weg, für sich und Deogol aufzukommen, selbst zu finden.

Aber wem machte sie etwas vor? Sie wurde auch nicht jünger, und indem sie sich Offa übergab, bekam sie wenigstens die Gelegenheit, das Rad des Schicksals endlich für sie zum Guten zu wenden. Denn ewig würde sie nicht seine Leibeigene sein.

Noch bevor die edlen Frauen, die Gemahlinnen von Noblen und angesehenen Kriegern, sich morgens von ihren weichen Decken und Fellen erhoben, kroch Hilda aus dem Stroh in der Nische neben den Kühen. Sie musste über andere Mägde hinwegsteigen, die nur langsam in Bewegung kamen. Aber eine war heute schon auf. Die alte, runzlige Acha stand bereits in ihrem schlichten Gewand, das aber aus gutem Leinen hergestellt war, vor ihr und zeigte mit dem Finger auf sie.

»Bist du taub? Hörst du die Kühe nicht schreien? Glaubst du etwa, die melken sich selbst?«

»Was glaubst du, wer mich geweckt hat, du altes hässliches Weib?«, gab Hilda zurück und bückte sich nach dem Melkstuhl.

Der Schlag mit dem Stock, den Acha stets bei sich hatte – einerseits, um sich darauf zu stützen, andererseits für genau solche Momente –, überraschte Hilda nicht. Sie spürte den Schmerz kaum. Zu groß war die Genugtuung, sich nichts gefallen zu lassen. Aus den Augenwinkeln bemerkte sie die anderen Mägde, die sich schnell aufrappelten und ob Hildas frecher Zunge entsetzte Blicke tauschten. Aber was sollte ihr schon geschehen? Tiefer als in die Leibeigenschaft konnte sie nicht sinken.

»Glaub nicht, ich weiß nicht, wo du her bist, Hurenstück. Dass unser guter König sich deiner heruntergekommenen Seele erbarmt hat, bedeutet nicht, dass du hier tun und lassen kannst, was dir gefällt.«

»Ich mache meine Arbeit«, gab Hilda zurück. Sie war nicht in der Lage, auch nur ein Wort dieses meckernden Huhns kommentarlos stehen zu lassen. »Aber wenn du mich noch einmal schlägst, bekommst du den Stock selbst zu spüren.«

Und mit diesen Worten ließ sie Acha stehen, die plötzlich abwechselnd ganz rot und ganz blass wurde, nahm einen Eimer und trat zwischen die festgebundenen Milchkühe, deren Kälber aus einem anderen Stall nach ihren Müttern riefen.

»Du bist mutig«, flüsterte plötzlich eine junge weibliche Stimme.

Im nächsten Moment ließ sich eine der Mägde, ein junges rothaariges Ding, mit einem Melkschemel an der Kuh neben der von Hilda nieder. So saßen sie Rücken an Rücken.

Hilda seufzte laut. Sie hätte lieber ihre Ruhe gehabt.

»Ich wünschte, ich könnte auch nur einmal aussprechen, was ich denke, wenn die Frau Acha mit mir schimpft.«

»Tu es doch einfach.«

Ein tiefes, entsetztes Luftholen erklang hinter ihr. Hilda verdrehte nur die Augen und begann zu melken.

Wo Deogol wohl war? Er arbeitete meist mit den Knechten draußen im Wald und schlug Holz, oder er besserte die Palisaden, Tore und Hütten aus oder schleppte Säcke voller Getreide von der Mühle zu den Vorratshäusern. In den drei Wochen, die sie bereits hier verbracht hatten, hatte sie ihn kaum noch zu sehen bekommen. Es kam ihr gar so vor, als ginge er ihr aus dem Weg, worüber sie wohl erleichtert sein sollte. Aber stattdessen vermisste sie ihn. Sie hatten stets eng zusammengelebt, hatten aufeinander achtgegeben, und nun war er auf sich allein gestellt, und Hilda hatte nur noch Acha und die anderen Mägde.

»Ich heiße übrigens Fina«, erklang es unvermittelt hinter ihr. »Du fragst dich bestimmt, warum ich einen so sonderbaren Namen habe.«

»Nein.«

»Nun, mein Name ist Irisch – da komme ich her, aus Irland. Meine Eltern verkauften mich, als ich acht Jahre alt war. Seither lebe ich hier.«

Hilda hielt mit dem Melken inne. Plötzlich sah sie sich selbst in Averdun vor sich, voller Angst, in die Leibeigenschaft zu geraten. Nur war sie damals sehr viel älter gewesen als Fina seinerzeit. Fina sprach das Angelsächsische gut, ihr war kaum ein fremdländischer Klang anzuhören. Dabei war sie erst eine junge Frau, vielleicht sechzehn oder siebzehn Jahre alt. Aber Hilda war nicht hier, um sich mit anderen anzufreunden. Sie war hier, um bald über allen anderen zu stehen.

»Du kennst unseren König von früher?«, hakte Fina nach.

Hilda gab ein neuerliches Seufzen von sich. »Du bist ja noch unausstehlicher als Acha.«

Schweigen. Dann glaubte Hilda, ein Schulterzucken an ihrem Rücken wahrzunehmen. »Der Herr Eadric hat in der Halle erzählt, dass er fast vom Pferd gefallen wäre, weil er plötzlich eine Frau gesehen hat, die aus dem Dorf stammt, in dem auch er, der Herr Leofric, der Herr Wulfhere und König Offa aufgewachsen sind.« Natürlich war es Eadric gewesen, der seinen Mund nicht hatte halten können. »Du hast unseren König gekannt, als er noch ein Kind war?«

Erinnerungen drohten Hilda zu überfluten. Sie dachte daran, wie Offas Lippen sich auf ihren angefühlt hatten, seine Zunge in ihrem Mund, seine Hände an ihrem Körper. So viele Männer hatten sich ihrer seither bemächtigt, und trotzdem vergaß sie ihn nie.

»Ja.«

»Und dann bist du nach Lundenwic gegangen? Ganz allein? Du hast auch einen Sohn. Der Herr Eadric hat gesagt …«

»Fertig.«

Hilda nahm den Eimer mit der Milch und erhob sich, ohne Fina weiter zu beachten. Sie wollte die Irin nicht kennenlernen, denn sie wollte sich nicht mit ihrer Position als niedere Magd abfinden. Wenn sie damit erst einmal anfing, verlor sie gar ihr Ziel aus den Augen.

Sie bemerkte Finas Verwunderung ob ihres Verhaltens. Verletzt blickte die Irin ihr hinterher, aber Hilda war das egal. Sie verließ den Stall und blinzelte ins grelle Sonnenlicht. Es war noch kühl an diesem Morgen, aber der blaue Himmel versprach einen heißen Sommertag. Vielleicht hatte sie heute endlich Zeit, zum Fluss zu gehen, um zu baden. Der Kuhgestank war unausstehlich, sie fühlte sich verschmutzt und unwohl in ihrer Haut, und das einfache Wollhemd, das alle Leibeigenen trugen, kratzte fürchterlich. Wenigstens das Haar war ihr bis auf den unteren, stark verfilzten Teil nicht abgeschnitten worden. Dagegen hätte sie sich auch mit Händen und Füßen gewehrt.

»Höher den Schild, sonst ist er nutzlos. Stoß an ihm vorbei. Ja, genau!«

»Aber er ist so schwer!«

Hilda hielt inne. Sie erkannte Deogols Stimme sofort, auch wenn sie sich in letzter Zeit verändert und die Kindlichkeit verloren hatte. Der Junge stand gemeinsam mit einem Krieger am Palisadenzaun und hatte ein Holzschwert und einen Schild in der Hand. Damit versuchte er, den kräftigen, muskulösen Mann mit dem abgeschorenen Haar und dem langen Bart zu treffen, der wiederum nichts weiter als einen Stock und ebenfalls einen Schild in Händen hatte.

Es war Wulfhere, einer von Offas eingeschworenen Männern aus Averdun. Als Hilda auf seinem Pferd den ganzen Weg von Lundenwic hierher mitgeritten war, hatte er kaum drei Worte verloren, und auch in den Tagen danach hatte sie ihn nur mit mürrischer Miene in der Halle sitzen oder Wache halten gesehen. Seine Stimme war tief und rau und klang ungewohnt, da er plötzlich in ganzen Sätzen sprach.

»Du willst vorausahnen, was dein Gegner als Nächstes tut. Schau auf seine Körperhaltung, bleib locker in den Knien, bleib in Bewegung …«

»Was zur Hölle …!« Hilda stellte die Eimer mitten im Hof ab und durchmaß den Platz mit weitgreifenden Schritten. »Deogol, was tust du da?«

Ihr Sohn drehte sich mit roten Wangen und vor Aufregung leuchtenden Augen zu ihr um. »Mutter, sieh doch! Der Herr Wulfhere bringt mir das Kämpfen bei.«

Hilda riss ihm das Holzschwert aus der Hand. »Du wirst niemals ein Schwert führen! Das ist etwas für Könige und Noble. Wenn sie dich in den Kampf schicken, dann mit deinen Fäusten und Zähnen, im Wissen, dass du nicht überleben wirst.«

»Aber ich werde ein Krieger, so wie der Herr Wulfhere. Ich werde mir ein Schwert verdienen und einen Schild und eine Rüstung und …«

»Du bist ein Niemand! Ein Niemand und ein Dieb, der Sohn einer Hure! Also träum nicht von Dingen, die du nie erreichen wirst. Ein warmes Lager, ein voller Bauch, davon kannst du träumen.«

»Das habe ich längst! Unser König ist gut, und er hat uns aus dem Dreck geholt und uns ein schönes Leben gegeben!« Trotzig und mit Tränen in den Augen starrte Deogol sie an, als wäre er wieder ein kleiner Junge. Am liebsten hätte Hilda ihm eine Ohrfeige gegeben. Stattdessen richtete sie ihren Zorn auf den Krieger.

»Habt Ihr nichts Besseres zu tun, als einen nutzlosen Leibeigenen mit dem Schwert zu verprügeln?«

»Er ist schnell, flink und geschickt. Er kann kämpfen, wenn sich jemand die Zeit nimmt, es ihm beizubringen.«

»Ihr habt ihm überhaupt nichts beizubringen. Ihr seid weder sein Vater noch sein Besitzer. Ihr habt überhaupt nichts mit meinem Sohn zu schaffen. Also schert Euch weg!«

»Mutter!« Deogol starrte sie mit tiefem Entsetzen an, und dafür erhielt er nun doch eine Ohrfeige. »Und du auch, Junge!

Du bist längst ein Mann und benimmst dich, als hättest du vergessen, wie das Leben wirklich ist.«

»Ungerecht und hart«, antwortete Deogol monoton – Worte, die Hilda ihm schon früh beigebracht hatte.

»Ganz genau. Und jetzt verschwinde und erledige deine Arbeit, ehe man dich noch wegen Faulheit davonjagt.«

Deogol sah sie nicht mehr an. Er drehte auf dem Absatz um und rannte in den Stall, aus dem sie vorhin gekommen war. Das hätte ihr noch gefehlt, dass Deogol plötzlich auf den Gedanken kam, einer kindischen Spinnerei hinterherzurennen, und sich gar mit einem Schwert erwischen ließ, um dann seine Hand zu verlieren.

Hilda blickte ihm noch einen Augenblick lang hinterher, dann wandte sie sich ab und wollte zurück zu ihren Milcheimern gehen, als Wulfhere ihr unvermittelt den Weg vertrat. Mit grimmiger Miene sah er sie an. Die tiefen Falten um seinen Mund und die ständig herabgezogenen Lippen machten einen anderen Ausdruck bei ihm wohl auch unmöglich.

»Ich kannte deine Eltern gut, Hilda. Godric hat meinem Vater mit dem Pflug geholfen, als er sich das Bein gebrochen hatte, und deine Mutter gab uns nach der schlechten Ernte von eurem Essen ab. Als mein Bruder in König Æthelbalds Schlacht fiel und mein Vater es kaum noch von seinem Lager schaffte, lehrte Godric mich, wie man ein Feld bestellt. Ich verdanke ihnen vieles. Sie waren gute, gottesfürchtige Menschen. Und der Junge ist ihr Enkelsohn.«

»Eine wirklich rührselige Geschichte. Man könnte meinen, Ihr redet von anderen. So gut und gottesfürchtig waren sie mir gegenüber nie.«

Hilda sah den Krieger herausfordernd an, aber er zeigte keine Verwunderung oder gar Entsetzen ob ihrer losen Zunge. Er sah sie nur an. Hilda suchte nach weiteren Worten, um ihn aus der Fassung zu bringen, um ihm aufzuzeigen, dass sie sich von ihm nichts sagen lassen würde. Wulfhere mochte Teil ihrer Heimat gewesen sein, aber für sie war dieser Abschnitt ihres Lebens schon lange tot und begraben, der Gedanke daran weckte keine Gefühle mehr in ihr.

»Deogol ist *mein* Sohn, und *ich* bestimme über ihn«, sagte sie also bestimmt, was Wulfheres Lippen ein wenig anhob.

Fast konnte man es als Lächeln bezeichnen, aber dafür blieben seine Augen zu hart und zu unnachgiebig.

»Er ist ein Niemand«, sagte er eisig und machte einen Schritt auf sie zu. »Genauso wie du, Hilda. Und ich bin Krieger der Herdwache des Königs und Herr über dreißig Hufen Land. Wenn ich sage, der Junge lernt den Umgang mit dem Schwert, dann lernt er den Umgang mit dem Schwert.« Er ließ seine Worte noch einige wenige Herzschläge lang in der Luft schwingen, dann ging er an ihr vorbei und ließ sie stehen, so wie sie es zuvor mit Fina getan hatte.

Die angehaltene Luft entwich Hilda mit einem fassungslosen Keuchen. Sie fuhr herum und blickte Wulfhere hinterher. Sie wollte ihm etwas nachschreien, irgendeine Beleidigung, irgendeinen Protest. Aber ihr fiel nichts ein, und Wulfhere ging seelenruhig zur Halle.

KAPITEL 22

Mathrafal, Königreich Powys, Wales, Juli 769

Drida war begabt, was Sprachen betraf, aber es gelang ihr nicht, das Walisische zu erfassen. So oft versuchte sie zu verstehen, was die Frauen im Haus der Fürstin besprachen, aber sie konnte noch nicht einmal den Sinn erahnen.

Seit einer Woche lebte sie jetzt schon in Mathrafal, abgeschieden mit den Gemahlinnen und Töchtern von Kriegern und Noblen, die sich am fürstlichen Hof aufhielten. Sie verbrachte ihre Zeit mit Nähen und Sticken, ohne dass ihr irgendjemand sagte, wie ihre Zukunft aussehen sollte. Den Fürsten bekam sie nicht mehr zu Gesicht, denn die Männer und Frauen lebten getrennt voneinander. Drida nahm sogar ihre Speisen in dem kleinen Häuschen jenseits der Halle ein. Einzig die Fürstin verbrachte so manche Nacht bei ihrem Gemahl und hielt sich ab und zu in der Halle auf, um Gäste persönlich zu bewirten. Es war zum Verzweifeln.

Mit einem Seufzen drehte Drida den zwischen die Knie geklemmten Spinnrocken mit der rechten Hand weiter, während sie mit der linken Fasern der unbearbeiteten Wolle herauszog und die Fäden aufwickelte. So viel Zeit war bereits vergangen. Hielt Gerperga sie bereits für tot? Wusste irgendjemand, wo sie gelandet war? Dass sie es an Land geschafft hatte? Hatte Fürst Brochfael Nachricht ins Frankenreich geschickt? Wieso wollte ihr niemand sagen, was vor sich ging? Der Fürst hatte verkündet, dass sie jetzt ihm gehörte, sie war in das Frauenhaus gebracht worden, und seitdem verharrte sie im Warten. Warten auf irgendeine Nachricht, eine Reaktion. Sollte sie denn etwa für immer hierbleiben? Was hatte der Fürst mit ihr vor? Sie wurde behandelt wie eine Noble, nicht wie eine Unfreie, sie glaubten ihr also die Geschichte über ihre Herkunft und respektierten sie. Aber sprechen wollte trotzdem niemand mit ihr. Selbst die Fürstin wich ihren Fragen aus.

Drida warf der Angelsächsin einen Blick zu. Die Fürstin saß auf einem gepolsterten Schemel am Fenster, durch dessen geöffnete Läden warme Sommerluft hereinströmte. Ihr gegenüber saß der walisische Kaplan, mit dem sie oft tief ins Gespräch versunken war. Natürlich konnte Drida nicht verstehen, worüber die beiden sprachen. Sie nahm nicht an, dass es sich um die Beichte oder um Gebete handelte, denn Lateinisch hätte sie verstanden. Aber es schienen ihr Gespräche zu sein, die die Fürstin stets zum Nachdenken anregten. Oft zog sich die schöne Frau danach in die kleine Kirche zurück, und Drida begleitete sie manchmal, um dort um Befreiung zu beten.

Aber mit jedem Tag, der verging, verlor sie ein wenig Hoffnung. *Dankbarkeit*, sagte sie sich. Sie musste dankbar sein für ihre Rettung. Sie war keinen nassen, kalten Tod auf dem Meer gestorben, sie saß mit noblen Frauen zusammen, erfuhr gute Behandlung, bekam angenehm auf der Haut zu tragende Kleider, stets ausreichend zu essen – und Respekt. Und trotzdem …

Die Tür flog auf, und herein stolperte der kleine Cadell, ihm hinterher eine der Wachen, die noch versuchte, ihn am Hemd zu packen.

Der Krieger wandte sich mit Worten an die Fürstin, die

entschuldigend klangen, während Cadell sofort auf Drida zuflog.

»Sie ist wieder da!«, rief er aufgeregt auf Angelsächsisch und deutete wild nach draußen. »Die Wachen haben sie gesehen! Sie umstreift die Palisaden. Kommt schnell!«

Drida sprang hoch, sie konnte gerade noch den Spinnrocken festhalten. Seit ihrer Ankunft in Mathrafal hatte Luna sich nicht mehr blicken lassen. Drida hatte sich gezwungen, nicht besorgt zu sein, sich zu sagen, dass die Wölfin immer zurückkehren würde, aber die schrecklichsten Gedanken hatten sie heimgesucht. Luna kannte dieses fremde Land nicht. Was, wenn ihr etwas zugestoßen war?

Aber jetzt war sie wieder da.

»Kommt schnell!«

Cadell packte ihren Hemdsärmel und zog sie mit sich.

Drida zögerte noch, warf einen fragenden Blick zur Fürstin, um sie um Erlaubnis zu bitten. Diese nickte, ein Lächeln im Gesicht, und richtete mahnende Worte an ihren Sohn.

Nun kannte Drida, ebenso wie der Junge, kein Halten mehr. Sie stürmte an der Wache vorbei hinaus in die Sonne und sah sich im Hof um.

»Luna!«, rief sie.

Cadell zog sie weiter zum Tor. Er rief etwas zu den Wachen an den Wehrgängen der Palisaden hoch, die in östliche Richtung deuteten.

»Sie ist ganz nah!«, rief er. »Schnell, bevor sie wieder wegläuft.«

Drida ließ sich von seiner Aufregung anstecken. In ihrer Brust begann es zu flattern. Wenn sie ihre Wölfin endlich wiedersehen könnte, fände sie bestimmt zur Hoffnung zurück. Ihre Rückkehr musste ein Zeichen sein, dass alles wieder gut werden würde.

Unbehelligt verließen sie und Cadell den Fürstensitz und

rannten in die Siedlung. Es war ihr immer möglich gewesen, sich innerhalb der Palisaden frei zu bewegen, aber sie hatte noch nie versucht, den Hof zu verlassen. Jetzt war sie zum ersten Mal draußen, und sie fühlte sich gleich ein wenig freier.

Zwischen der Palisadenwand und den ersten vereinzelten Häusern liefen sie weiter, um eine Biegung … und dann stand sie plötzlich da. Luna, einfach so, im hohen Gras. Mit fast schon fragendem Blick sah die Wölfin sie an, als wollte sie wissen, wieso Drida so atemlos war, warum ihr Tränen in den Augen standen. Ein paar Kletten hatten sich in ihrem Fell verfangen, um die Schnauze herum waren einzelne Haare rot, als hätte sie vor Kurzem ein Tier gerissen und gefressen. Aber ansonsten sah sie unverletzt aus.

»Endlich bist du wieder hier«, stieß sie aus und fiel auf die Knie.

Luna sah Cadell noch kurz misstrauisch an, dann aber lief sie Drida entgegen, stellte ihre Vorderpfoten auf Dridas Schoß, leckte ihr über den Hals und versuchte auch, ihre Lippen zu erreichen.

»Bleib nie wieder so lange weg! Was, wenn sie mich fortschicken? Wenn sie mich zurück zu Karlmann und Gerperga bringen, und du bist nicht da?«

»Wo ist sie gewesen?«, wollte Cadell wissen, der ihre fränkischen Worte nicht verstand.

Drida musste lachen. Dachte der Junge wirklich, sie könnte mit Luna sprechen, so wie mit ihm? Dass die Wölfin ihr auf all ihre Fragen antwortete?

»Sie wollte sich Euer Land ansehen«, erklärte sie ernst, als flüsterte ihr die Wölfin tatsächlich ihre Geheimnisse ein. Verschwörerisch fügte sie hinzu: »Sie war auf der anderen Seite der Grenze und hat den Feind ausspioniert.«

»Wirklich?« Cadell ging neben ihr in die Knie und betrachtete Luna wie eine heilige Gestalt. »Was hat sie denn gesehen?«

»Den König Offa«, log sie, da sie sich an Cyngens Worte erinnerte, dass der angelsächsische König oft in den Grenzgebieten zu finden war. »Er blickte auf Euer Land, und er war erfüllt von Neid, da Eures viel schöner ist als seines.«

Cadell nickte, als hätte er gar nichts anderes erwartet. »War Offa wieder beim Wall?«, wollte er wissen, während er vorsichtig die Hand nach Lunas Schnauze ausstreckte.

Drida beobachtete die Reaktion der Wölfin ganz genau. Sie hatte sich noch nie von jemand anderem als von Drida oder Gerperga berühren lassen. Aber zu ihrer Überraschung machte sie jetzt einen Schritt nach vorne und stieß ihre Schnauze gegen die Kinderhand.

»Beim Wall?«, fragte sie, da Cyngen ihr davon nichts erzählt hatte.

Cadell ließ sichtbar langsam den Atem zwischen den Lippen hindurchströmen, seine Augen hielten weiterhin Luna fixiert. »Ja. Keine halbe Tagesreise nördlich von hier gibt es einen langen Wall, der bis zur Flussmündung hochführt. Irgendein angelsächsischer König hat ihn vor langer Zeit erbauen lassen, damit wir uns nicht zurückholen können, was sie uns gestohlen haben. Bei diesem Wall treibt Offa sich oft herum.«

»Ich dachte, Euer Vater und Offa halten Frieden.«

»Ja.« Das war kaum mehr als ein Knurren, was deutlich zeigte, was der Junge davon hielt. Genauso wie Cyngen, der ähnlich reagiert hatte.

»Vater sagt, wir sollen dankbar sein, in Frieden zu leben. Der König Offa lässt uns in Ruhe, und wir ihn. Aber die Noblen sagen, dass man dem Angelsachsen nicht trauen darf. Er will die ganze Insel an sich reißen. Jetzt wendet er seine Aufmerksamkeit noch auf die anderen Königreiche seines Volkes, aber irgendwann wird sein Blick wieder nach Westen führen, und deshalb ist er auch immer beim Wall. Als ich noch nicht auf der Welt war, da haben die Noblen sich zusammengeschlossen, ohne meinem Vater Bescheid zu sagen, und sie haben Mercia angegriffen. Sie sagen, sie mussten Stärke zeigen und dass es keinen Frieden mit den Menschen geben darf, die unser Land gestohlen haben. Aber der König Offa hat zurückgeschlagen und viele Gebiete an sich gerissen, die mein Großvater für uns erobert hatte. Deshalb lassen wir Offa in Ruhe. Vater sagt, wir stechen nicht in das Hornissennest, die Fehler der Noblen vor neun Jahren sollten uns eine Lehre sein. Aber ich höre, was die Noblen und die Landhalter reden. Sie glauben immer, dass ich nicht verstehe, was sie sagen, weil ich noch ein Kind bin, dabei bin ich schon acht und fast ein Mann. Sie sagen, dass Vater weich ist und zu schwach, und weil er eine Angelsächsin geheiratet hat, nennt er die Angelsachsen seine Freunde. Er hätte eine von unserem Volk heiraten sollen, eine von den anderen Fürstentümern, um Bündnisse gegen den Feind zu schließen.«

»Es muss sehr schwer für Euch sein, solche Dinge über Eure Mutter zu hören.«

»Eadburh ist nicht …« Cadell blickte zu ihr auf und biss sich schnell auf die Unterlippe. Dann schüttelte er den Kopf. »Nein, es ist nicht schwer. Aber wie soll ich ein Krieger werden, wenn Frieden herrscht und ich nicht kämpfen kann?«

Ach, Junge, hätte Drida beinahe gesagt, und am liebsten hätte sie ihn in die Arme genommen. Wie glücklich er sich doch schätzen konnte, einen Vater wie Fürst Brochfael zu haben, der den Frieden dem Krieg vorzog, der weise und vorausschauend handelte und der wusste, welchen Kampf er nicht gewinnen konnte. Hätten Karlmann und Karl doch nur ein wenig von diesem Waliser.

Nur welche Rolle die angelsächsische Fürstin spielte, war für Drida schwer zu durchschauen. Die Noblen waren mit ihr also nicht einverstanden gewesen, und trotzdem hatte Brochfael sie geheiratet. Und was hatte es mit Cadells Worten auf sich? Hatte er sagen wollen, die Fürstin sei nicht seine Mutter? Es hatte zumindest so geklungen. Aber es war offensichtlich, dass er eigentlich nicht darüber sprechen wollte. Also entschied Drida, ihn nicht zu drängen. Lieber nutzte sie den Umstand, dass er gerne den Gesprächen der Erwachsenen lauschte und dass er ihr vertraute. Sie musste herausfinden, was der Fürst und seine Noblen für sie planten.

Luna legte sich vor ihnen in die Wiese, und Drida streichelte ihr durchs Fell. Sie bemerkte, dass Cadell überlegte, dies ebenfalls zu versuchen, und so nickte sie ihm aufmunternd zu.

Langsam und bedacht streckte er seine kleine Hand wieder aus. Luna behielt sie im Auge, ihre Ohren zuckten. Aber sie blieb liegen. Und dann berührten die Kinderfinger ihr Fell.

Ein leiser, überraschter Laut kam dem Jungen über die Lippen, und in Drida schlich sich der flüchtige Gedanke, dass ein Leben hier vielleicht gar nicht so schlecht wäre. Es ging ihr gut, sie hatte überlebt, und der Herr hatte sie wohl nicht umsonst nach Britannien geführt. In Wales könnte sie vielleicht Frieden erfahren, Glück, Sicherheit.

Aber sofort dachte sie an Gerperga, an ihren Sohn, an Karlmann, der sich gegen seinen älteren Bruder zur Wehr setzen musste. An Karl, der kurz davorstand, eine langobardische Prinzessin zu heiraten, die seine Mutter ihm über die Alpen brachte, der gegen den Wunsch des Papstes handelte und bereit war, seinen eigenen Bruder zu vernichten. Sie musste zurück.

»Ich bin sehr froh, dass Euer Vater sich entschieden hat, mich den Händlern abzukaufen«, begann sie vorsichtig und war gleichzeitig erstaunt, dass Luna sich die Berührung des Kindes gefallen ließ.

»Sie ist so weich«, flüsterte Cadell. Er schien ihre Worte gar nicht richtig gehört zu haben.

»Ich hoffe nur, die Noblen sind, zumindest was mich betrifft, mit der Entscheidung des Fürsten einverstanden.«

»Sie wollen Euch nach Irland verkaufen.« Die Worte kamen so ungerührt und beiläufig, dass Drida einen Moment lang brauchte, um den Inhalt wirklich zu erfassen.

In ihrer Brust zog sich etwas zusammen, ihr wurde heiß und kalt zugleich. »Nach Irland?«

Das Entsetzen musste ihr anzuhören sein, denn Cadell blickte zu ihr auf und legte ihr die Hand auf den Arm, wie um sie zu trösten. »Keine Sorge. Ich habe ihnen allen gesagt, dass Ihr hierbleiben sollt.«

Das beruhigte sie ganz und gar nicht. So gelassen wie möglich sagte sie: »Ach, ich dachte, sie schicken mich zurück ins Frankenreich.«

»Mein Vater hat keine Schiffe, jedenfalls keine, die einen so weiten Weg schaffen. Und den Händlern traut er nicht.«

Übelkeit stieg in ihr hoch. All ihre Hoffnungen zerplatzten. Cyngen hatte doch gesagt, ein großer Fürst wie Brochfael hätte die Mittel und Wege, sie nach Hause zu bringen! Und nun hieß es, der Fürst habe keine Schiffe?

»Aus Irland kommen oft Händler für Leibeigene den Fluss herauf. Sie werden für eine Frau mit einem Wolf viel Geld bezahlen, sagen die Noblen. Sie wollen Euch nicht hierhaben, weil Wölfe nur Unheil bringen.« Cadell schüttelte mit einem missbilligenden Laut den Kopf, um zu verdeutlichen, dass er anderer Meinung war. Aber er war erst acht Jahre alt und konnte ihr nicht helfen.

»Euer Vater ist der Fürst«, begann sie, in dem Versuch, selbst irgendeine Lösung zu finden und zu verstehen, was in der Halle zwischen all den noblen Männern vor sich ging. »Ich gehöre ihm, und er allein kann entscheiden …«

»Und er wird Euch behalten, versprochen.«

Darauf konnte sie nicht vertrauen. Schließlich wusste sie

von Beornred, wie es in Offas Volk zuging, und bei den Walisern war es wohl auch nicht anders. Auf dem Thron saß derjenige, der ihn sich erkämpft hatte und der stark genug war, ihn zu halten. Fürst Brochfael brauchte die Unterstützung und den Zuspruch seiner Noblen, und wenn diese ohnehin mit seiner friedvollen Art unzufrieden waren, würde Brochfael sie bestimmt nicht wegen einer fränkischen Leibeigenen und ihrem Wolf weiter gegen sich aufbringen wollen. Nein, sie musste weg von hier. Nur wohin? Wie sollte sie an die Küste gelangen? Und wer garantierte ihr, dass sie dort jemanden fand, der sie zurück ins Frankenreich brachte, ins Mittelmeer zu Karlmann? Sie konnte sich genauso gut wieder bei Händlern wiederfinden, die sich von ihr Profit erhofften und sie weiterverkauften. Brochfael war nicht mächtig genug, um sie zurück nach Hause zu schicken. Vielleicht wollte er es auch einfach nicht. Sie musste jemanden finden, der in der Lage war, ihre Reise zurück ins Frankenreich zu ermöglichen. Jemanden, der viel Macht hatte und den sie davon überzeugen konnte, dass es auch für ihn von Vorteil war, sie zurückzubringen. Nur wie? Und wen?

»Könnt Ihr ihr Kunststücke beibringen?«, fragte Cadell, für den das Thema wohl abgeschlossen war.

Drida sah auf ihn und die Wölfin hinab, versuchte, ihre wild durcheinanderwirbelnden Gedanken zu sortieren. Sie war, ohne behelligt zu werden, durchs Tor der Palisade spaziert, vielleicht konnte sie das wieder tun. Dann musste sie sich nur gen Osten halten, die Grenze zu Mercia war nahe. Und bei den Angelsachsen gab es vielleicht jemanden …

»Drida?«

»Ein Wolf ist kein Hund«, sagte sie abwesend, mit dem Gefühl, die Worte schon oft ausgesprochen zu haben. Aber sie konnte diese Wahrheit gar nicht deutlich genug machen.

Cadell murrte irgendetwas auf Walisisch, aber zumindest

schien er Freude daran zu haben, die Wölfin zu streicheln, und Luna ließ es sich auch gerne gefallen. Drida zog ihr die Kletten aus dem Fell und überlegte fieberhaft, wie sie aus dieser Situation herauskommen konnte, als unvermittelt ein Schatten auf sie fiel.

»Cadell, Vater Dafydd sucht nach dir. Es ist Zeit für deinen Unterricht«, sagte die Fürstin auf Angelsächsisch.

Drida blickte auf und sah tatsächlich die schöne goldhaarige Frau, prunkvoll wie immer, in Begleitung zweier Wachen und einer der Damen, deren Namen Drida sich nie merken konnte.

Cadell protestierte, aber die Fürstin sah ihn nur streng an. Und so rappelte der Junge sich auf, warf noch einen letzten bedauernden Blick auf Luna hinab, und schlenderte schließlich die Palisadenwand entlang zurück. Luna stand auf und blickte dem Fürstensohn hinterher, dann schaute sie sich zwischen den Neuankömmlingen um und schien zu beschließen, dass es zu viele Menschen waren, denn sie wandte sich ab und lief zwischen die Häuser davon.

»Sie scheint sich in diesem Land bereits zurechtzufinden«, sagte die Fürstin gedankenvoll und unüblich ernst.

Drida erhob sich vom Boden. »Sie mag Euren Sohn.«

Die Fürstin öffnete den Mund, wie um etwas zu erwidern, hielt dann aber inne. Sie sah zu der Frau an ihrer Seite, dann zu den Wachen, und gab schließlich einen Befehl auf Walisisch. Da die drei sich verneigten und davongingen, nahm Drida an, dass die Fürstin allein mit ihr sprechen wollte.

»Cadell ist nicht mein Sohn«, sagte sie dann auch schon unumwunden, sobald ihre Begleiter außer Hörweite waren.

Drida hatte bereits so etwas vermutet, aber die Wahrheit ausgesprochen zu hören überraschte sie trotzdem. Vielleicht war die Angelsächsin Brochfaels zweite Ehefrau, vielleicht war Cadells Mutter im Kindbett gestorben. Andererseits hatte Cadell ihr erzählt, dass die Noblen noch vor seiner Geburt Mercia ohne Brochfaels Einverständnis angegriffen hatten und schon damals gegen seine angelsächsische Ehefrau gewesen waren.

Mit einer einladenden Geste bedeutete die Fürstin Drida, ihr zu folgen, und so spazierten sie Seite an Seite die Palisaden entlang, bis sich eine weitläufige Wiese vor ihnen auftat, die zum Fluss führte. Vereinzelte kleine Hütten aus Flechtwerk mit Lehmverstrich standen dort verstreut, aber ansonsten schien die Siedlung sich eher in die entgegengesetzte Richtung zu erstrecken.

»Der Fürst und ich, wir lernten uns schon sehr jung kennen … und lieben«, begann die Angelsächsin.

Drida fragte sich, warum sie ihr das erzählte. Denn auch wenn niemand sie hier so behandelte, war sie doch eine Leibeigene, Besitz des Fürsten, und hoffentlich auch bald gar nicht mehr hier. Es ging sie gar nichts an. Aber die Fürstin schien etwas erzählen zu wollen.

»Brochfaels Vater war gegen unsere Vermählung, und meine Eltern … nun, sie wären bestimmt auch dagegen gewesen. Aber wir heirateten trotzdem. Laut walisischem Gesetz wird eine Ehe nach sieben Jahren auch ohne Einverständnis der Eltern rechtskräftig, und wir waren bereit, uns so lange durchzukämpfen. Bald wurde ich auch schwanger, und mit einem Kind, einem Sohn, hätte der Fürst uns nichts mehr entgegenzusetzen gehabt. Ich trug den Erben der Dynastie.«

»Selbst wenn er als illegitim angesehen worden wäre?«, fragte Drida erstaunt.

Die Fürstin nickte und führte sie zum Fluss, der von hohem Schilfgras gesäumt war. Es gab einen freigeschlagenen Pfad ans dunkle Wasser, das bis auf leichte Kräuselungen vom Wind friedlich dahinfloss. Die Fürstin blickte zum anderen

Ufer hinüber – das Land der Angelsachsen, ihre Heimat, lag nicht weit davon entfernt.

»Es ist die Blutlinie, die zählt«, erklärte sie und drehte den Ring an ihrem Finger. »Diese ist den Walisern am wichtigsten. Bei ihnen haben auch illegitime Söhne Anspruch auf ein Erbe, solange das noble Blut in ihnen fließt. Brochfael stammt von einem Kriegsherrn ab, der schon vor Hunderten von Jahren, zur Zeit der Römer, über dieses Gebiet herrschte. Dieser Kriegsherr soll es gewesen sein, der nach Abzug der Römer von der Insel die Angeln und die Sachsen in dieses Land einlud, damit sie für ihn gegen die Pikten im Norden kämpfen. Aber die Söldner kamen, um zu bleiben. Damit begann der Untergang Britanniens, sagen sie. Mein Volk nahm beinahe alles an sich, bis auf diesen Flecken hier, den sie Wales nennen und der mein Zuhause wurde.«

Drida hörte gespannt zu. Sie liebte es, Geschichten über Länder und Völker zu lauschen. Sie hatte nichts darüber gewusst, wie die Angelsachsen nach Britannien gekommen waren.

»Und wie seid Ihr nach Wales gelangt?«, fragte sie nach, wobei sie sich nicht sicher war, ob ihr das überhaupt zustand.

Aber die Fürstin antwortete: »Ich sollte verheiratet werden, war aber mit der Wahl, die meine Eltern getroffen hatten, nicht einverstanden. Zwar hätte ich die Ehe verweigern können, aber das hätte große Schande über meine Familie gebracht. Heiraten konnte ich den Mann aber auch nicht – einen Kriegsherrn meines Onkels, der schon zwei Frauen gehabt hatte. Keine davon lebte besonders lange.« Die Fürstin kniete nieder, streckte die Hand nach dem Wasser aus und strich über die Oberfläche, als liebkoste sie etwas Wertvolles. »Für mich gab es nur einen Ausweg, um das Gesicht der Familie zu wahren und dieser Ehe zu entgehen: den Fluss.«

Sie schloss die Augen, und Drida blickte schaudernd aufs

Wasser hinaus. Sie wusste nicht, was die Fürstin genau damit meinte, aber die Düsterheit in ihrer Stimme sprach vom Tod. Vom Ertrinken. Ein Ende, dem auch Drida entgegengeblickt hatte.

Drida spürte, dass Luna in der Nähe war, da war eine Präsenz zu ihrer Rechten im Schilf. Sie erinnerte sich noch zu genau, wie sie zusammen auf dem Boot getrieben waren. Jede Nacht träumte sie davon.

»Aber dann war ich im Wasser und wusste, dass ich gar nicht sterben will«, fuhr die Fürstin fort. »Ich war erst fünfzehn Jahre alt, und ich kämpfte. Der Herr belohnte mich dafür, mein Leben nicht fortgeworfen zu haben. Er führte mich aus dem Fluss hinaus und ließ mich Tage später im zu meinem Dorf benachbarten Reich geradewegs in einen walisischen Raubzug laufen. Zuerst dachte ich, das wäre nun mein Ende, aber Brochfael war da. Ich weiß auch nicht, wir sahen uns an, und … Nun, er nahm mich mit sich. Nur ihm vertraute ich an, wer ich war, woher ich kam, ihm konnte ich vertrauen. Er sprach meine Sprache, und wir sprachen ganze Nächte hindurch miteinander.«

So viel Sehnsucht und Zärtlichkeit schwang in ihrer Stimme mit, die in Drida sofort Bilder von Karlmann heraufbeschworen. Sie kannte diese Vertrautheit, jemanden zu haben, dem sie alles sagen konnte.

»Brochfael entschied schnell, mich zur Frau zu nehmen, aber sein Vater war natürlich dagegen. Als wir uns trotzdem vermählten, war Elisedd außer sich vor Zorn. Brochfael, sein einziger Sohn und Erbe, Zukunft des Hauses, hatte den Feind zur Frau genommen. Dahin waren all seine großen Pläne, die er für Brochfael gehabt hatte. Und dann machte mein Gemahl einen Fehler …« Die Fürstin schloss die Augen und atmete tief durch. »Er erzählte seinem Vater, wer ich bin: die Tochter des Aldermanns Thingfrith von Averdun, eine enge

Verwandte des Königs von Mercia, Æthelbald. Er wollte seinen Vater damit umstimmen, ihm aufzeigen, dass ich nicht irgendeine angelsächsische Leibeigene war, sondern von königlichem Blut, geeignet, um einen Fürstensohn zu heiraten. Unsere Liebe konnte ein Bündnis zwischen unseren Völkern schaffen.

Aber Elisedd war nicht interessiert an Bündnissen mit dem Feind, und das wollte er Brochfael und mir deutlich zeigen. Als Strafe für unsere heimliche Eheschließung schickte er eine Kriegsbande in mein Zuhause. Obwohl er wusste, dass ich Brochfaels Kind erwartete, seinen Enkel. Alles, was er dazu sagte, war, dass Brochfael mit seinen achtzehn Jahren noch jung sei und noch viele Kinder bekommen könnte. Kinder von reinem walisischem Blut. Als Brochfael vom Raubzug gegen meine Heimat hörte, ritt er den Kriegern hinterher. Er wollte sie aufhalten, er wollte mein Zuhause schützen, aber er war zu spät. Averdun brannte, und Brochfael, der noch das Schlimmste zu verhindern versuchte, geriet in Gefangenschaft.«

Ein deutliches Schaudern fuhr über den Körper der Fürstin, dann erhob sie sich unvermittelt und setzte sich wieder in Bewegung, den Fluss entlang. Der Pfad zwischen dem hohen Ufergras und dem Wasser war gerade breit genug, dass sie nebeneinandergehen konnten. Die Pflanzen streiften Dridas Arm. So verborgen hier draußen fühlte sie sich abgeschottet von der ganzen Welt. Sie sah ein paar Fischer auf dem Wasser, in kleinen runden Booten, ähnlich jenem, in dem sie ausgesetzt worden war. Sie hatten ein Seil von Ufer zu Ufer gespannt und hangelten sich daran hin und her, aber sie schenkten der Fürstin und Drida keine Beachtung.

»Euer Gemahl kam wieder frei«, brach Drida das kurzzeitige Schweigen.

Jetzt sah sie den Fürsten mit ganz anderen Augen. Zu wissen, wie sehr er um seine Liebe gekämpft hatte, verlieh ihm etwas mehr Menschlichkeit, machte ihn für Drida greifbarer. Wenn sie mit ihm sprach, würde er vielleicht doch versuchen, sie zurück zu Karlmann zu bringen.

Die Fürstin blickte auf die andere Uferseite und seufzte. »Wir hielten ihn alle für tot.« Die Worte hingen schwer in der Luft, die sanfte Sommerbrise trug sie davon. »So lange glaubten wir, er wäre gefallen. Und plötzlich ließ Elisedd mich an seinen Hof bringen, plötzlich nannte er mich Brochfaels Gemahlin. Ich trug den letzten Erben der Linie, und das machte mich in Elisedds Augen zum wertvollsten Gut. Ich verachtete ihn dafür, ich trauerte um Brochfael, und dann … dann verlor ich unseren Sohn.« Sie schlang die Arme um ihren Oberkörper, wie um sich vor dieser Wahrheit schützen zu können. »Ich weiß noch, wie sehr Elisedd wütete. Er gab mir die Schuld daran. Eine angelsächsische Mähre könne niemals einen Königssohn gebären. Und in diesem Moment glaubte ich ihm. Ich war von zu Hause fortgelaufen, um einer Ehe zu entgehen, stattdessen hatte ich Liebe gefunden und mit ihr nicht nur einen Angriff auf mein Heim verschuldet, sondern auch Brochfael umgebracht. Ich … ich fragte den Herrn, wieso er mich nicht im Fluss hatte ertrinken lassen.

Elisedd ließ mich fortbringen in ein Kloster, was wohl noch gnädig war. Auch verriet er niemandem, wer ich wirklich war, aus Furcht, jemand von seinen Männern könnte mich benutzen, um einen Handel mit meiner Familie abzuschließen. Niemand sagte mir, dass Brochfael lebte, dass er bei meinem Bruder war. Elisedd tat alles, um ihn zurückzuholen, jetzt, da die Zukunft der Linie gestorben war. Ich erfuhr erst davon, als Brochfael durch die Tore des Klosters ritt und mich zurückverlangte.«

Ein wehmütiges Lächeln lag in dem schönen Gesicht, und Drida griff unvermittelt nach der Hand der Fürstin. Sie wusste nicht genau, warum, aber dieses Gespräch erinnerte sie an ihre Zeit mit Gerperga. Sie fand es grausam, eine Frau derart leiden zu sehen. In Wales war es wohl nicht anders als im Frankenreich: Frauen waren die Spielbälle der Männer.

»Brochfael und ich lebten von da an wohl glücklich als Eheleute, aber der Herr segnete uns mit keinen weiteren Kindern mehr. Viermal empfing ich das größte Wunder, und viermal nahm der Herr es uns wieder weg. Fürst Elisedd wurde es nie müde, mich an mein Versagen zu erinnern. Er verlangte von Brochfael, dass er mich verstößt und wieder heiratet, aber Brochfael weigerte sich. Acht Jahre nach Brochfaels Freilassung verstarb der Fürst schließlich nach einem Sturz vom Pferd. Brochfael wurde Fürst, und ich dachte, jetzt würde alles gut werden.«

»Aber die Noblen waren gegen Euch«, wusste Drida mittlerweile.

Die Fürstin sah sie kurz fragend an, dann schüttelte sie mit einem leisen Lachen den Kopf, als wüsste sie, dass Cadell geplaudert hatte.

»Ja, die Noblen setzten meinen Gemahl unter Druck. Mein Bruder erlangte die Krone Mercias, und Brochfael wollte ihn nicht angreifen, er wollte friedlich mit ihm Seite an Seite leben – um meinetwillen, aber auch, weil er während seiner Gefangenschaft gelernt hatte, meinen Bruder zu respektieren. Ich selbst hatte stets ein wenig Angst vor ihm, wenn ich ehrlich bin. Ich wusste, dass er immer ein großer Krieger werden wollte, dass er den Kampf bevorzugte. In meinen Augen war er ein wenig wie Elisedd, und deshalb wollte ich nicht, dass er erfährt, dass ich noch lebe. Ich fürchtete, er könnte einen Krieg mit Powys beginnen, um mich zurückzubekommen. Mittlerweile bin ich mir darüber nicht mehr so sicher. Ich wollte wohl einfach nur in Frieden leben und meine Vergangenheit, meine angelsächsische Seite, hinter mir lassen. Aber die Noblen wurden nie müde, meinen Gemahl an eben diese

Seite von mir zu erinnern. Brochfael war fünf Jahre Fürst, als die Noblen sich nicht länger aufs Reden beschränkten und in angelsächsisches Land einfielen.«

Davon hatte der kleine Cadell Drida soeben erzählt. Die Waliser waren für den Überfall schwer bestraft worden, denn die Angelsachsen hatten hundertfach zurückgeschlagen.

»Mein Gemahl verlor durch den Gegenschlag meines Bruders weitreichende Ländereien, und er wusste, er konnte nicht länger gegen alle Noblen stehen, er brauchte ihre Unterstützung. Daher gab er ihnen, was sie verlangten – einen Erben.«

Drida blieb stehen, der Schmerz in der Stimme der Fürstin tat ihr selbst weh. Was für eine grausame Geschichte. Sie konnte kaum weitergehen.

Die Fürstin drehte sich zu ihr um und sah sie mit einem gequälten Lächeln an. »Wir wussten es doch beide. Ich konnte ihm keine lebenden Kinder gebären, und blind so weiterzumachen wäre unverantwortlich dem ganzen Land gegenüber gewesen. Wir konnten doch nicht schuld daran sein, dass eine jahrhundertealte Königslinie ausstirbt, dass Powys zerfällt.« Sie senkte den Blick und sprach monoton weiter. »Die Noblen wählten eine Frau, die Tochter eines großen Landhalters. Ein wunderschönes Mädchen – Milisandia. Mich brachten sie wieder für zwei lange Monate ins Kloster. Als ich an den Hof zurückkehrte, trug die junge Frau Brochfaels Kind – Cadell.«

»Cadell ist von illegitimer Geburt?«, fragte Drida erstaunt und wollte gar nicht auf den grausamen Schmerz eingehen, den es einer Ehefrau bereiten musste zu wissen, dass ihr Gemahl mit einer anderen Frau lag.

Welche Ängste musste die Fürstin ausgestanden haben, wie schrecklich war wohl jeder einzige Tag im Kloster gewesen, während sie wusste, sich vorstellte, was ihr geliebter Mann tat. Das Gefühl zu haben, nicht fähig zu sein, dem Ehemann und dem Land zu geben, was sie brauchten. Allein beim Gedanken daran wurde Drida übel, und sie spürte ein flaues Bangen, als wäre sie selbst in dieser Situation gewesen.

»Wie gesagt: Ob legitime oder illegitime Geburt, spielt für die Waliser keine Rolle. Es ist nur wichtig, dass er von der noblen Blutlinie stammt, von Brochfaels Blut. Cadell ist der Erbe, und ich … ich werde geduldet.«

»Wo ist Milisandia jetzt?«

»Bei ihrer Familie. Sie kommt meist nur zu hohen Feierlichkeiten an den Hof, um Cadell zu sehen.«

Auch für Milisandia ein schweres Los. Sie hatte den Erben zur Welt gebracht, musste aber getrennt von ihm leben. Vermutlich genoss sie bei den Noblen aber eine höhere Stellung als die Fürstin. Wie stand wohl Brochfael zur Mutter seines Sohnes? Wie oft fragte die Fürstin sich wohl dasselbe?

»Natürlich drängen die Noblen meinen Gemahl schon seit Jahren, ein weiteres Kind mit Milisandia zu bekommen. Sie hat ihm schon einen Sohn geboren, sie kann ihm bestimmt noch mehr schenken. Und ein Sohn allein sichert die Linie nicht, es kann immer etwas passieren. Ich habe Brochfael gesagt, dass ich dies verstehe, dass es für mich keinen Unterschied macht. Aber er lehnt es strikt ab.«

Drida dachte daran, wie oft sie die Fürstin schon zusammen mit Cadell gesehen hatte. Anfangs war sie davon ausgegangen, dass Cadell ihr Sohn war, sie war liebevoll mit ihm umgegangen. Das musste sie große Kraft kosten. Nur eines verstand sie immer noch nicht.

»Warum erzählt Ihr mir all das?«

Die Fürstin blieb stehen und sah sich um, als fürchtete sie Zuhörer, Verfolger. Vielleicht auch wegen des steten Raschelns im Schilf, das zweifelsohne von Luna stammte.

»Ihr müsst etwas für mich tun.«

Sie warf noch einen Blick ans andere Ufer und sah Drida dann ernst an, was in ihrem sonst stets so strahlenden, lachenden Gesicht ungewohnt aussah. Umso bewundernswerter fand es Drida, dass sie die Fürstin als diese freundliche, lebensfrohe Frau kennengelernt hatte, der sie nie eine derart düstere Vergangenheit zugetraut hätte.

»Sagt es nur. Sofern ich dazu imstande bin, werde ich es gerne tun.«

»Ich möchte, dass Ihr zu meinem Bruder geht. Ich möchte, dass Ihr ihm sagt, dass ich lebe, dass Ihr ihm meine Geschichte erzählt. Ich möchte, dass Ihr ihm sagt, dass ich glücklich bin, dass ich Brochfael liebe und dass er nichts unternehmen darf, um mich zurückzuholen.«

»Euer Bruder …« Drida sah die Fürstin verständnislos an, obwohl sie nach der langen Erzählung bereits ahnte, wer er war. Aber als die Fürstin den Namen aussprach, zuckte sie trotzdem zurück.

»Offa von Mercia. Ich möchte, dass Ihr zum König von Mercia geht.«

»Aber …« Drida deutete zurück zur Siedlung, die von hier aus nicht mehr zu sehen war. »Ich kann doch nicht einfach so fortgehen!«

»Wenn Ihr es nicht tut, wird mein Gemahl Euch nach Irland verkaufen. Er wird sich dem Druck der Noblen beugen, und dann habt Ihr keine Möglichkeit mehr, zurück nach Hause zu gelangen. Ich kann nicht versprechen, dass mein Bruder Euch helfen wird, aber er kontrolliert Lundenwic, einen großen Hafen im Osten des Landes. Er hat die Möglichkeit, Euch zurückzuschicken.«

König Offa … Drida graute schon allein beim Klang des Namens. König Offa, der Beornred die Krone geraubt und ihn aus seiner Heimat vertrieben hatte. Ein grausamer Usurpator, ein heidnischer Barbar, ein machtbesessener Teufel.

Die Fürstin musste ihr die Zweifel ansehen, denn sie streckte die Hand nach ihr aus und umschloss ihren Arm. »Bei ihm seid Ihr sicher. Sagt ihm, wer Euch schickt, und er wird Euch schützen. Wenn er weiß, dass ich ihn darum bitte, wird er Euch helfen. Aber ich flehe Euch an, Drida, haltet ihn davon ab, zu mir zu gehen. Er wird Himmel und Hölle in Bewegung setzen wollen, um mich zurückzuholen. Deshalb hielt ich mein Überleben so lange vor ihm geheim. Ich will nicht zurück. Ich gehöre hierher, zu Brochfael. Aber er wird das nicht so sehen. Ihr müsst ihn überzeugen. Sagt ihm alles. Sagt ihm, dass Brochfael weiterhin Frieden wünscht. Lasst nicht zu, dass mein Land noch einmal für unsere Liebe bluten muss.«

Drida wusste nicht, was sie antworten sollte. Die offensichtliche Angst in den Augen der Angelsächsin vergrößerte auch Dridas Unbehagen beim Gedanken an den König von Mercia. Wenn selbst seine eigene Schwester ihn für das fürchtete, wozu er imstande war, wie sollte Drida – eine Fremde – ihn dann davon überzeugen, sie ins Frankenreich zurückzuschicken?

»So lange habt Ihr Eurem Bruder Euer Überleben verheimlicht. Nun wollt Ihr es ihm verraten, nur um mich zu schützen?«

»Er wird Euch helfen, wenn Ihr von mir kommt, wenn er von Euch die Wahrheit hört. Außerdem … es vergeht kein Tag, an dem ich nicht fürchte, dass Offa es herausfindet, dass irgendjemand redet. Kein Tag, an dem dieses Geheimnis nicht auf mir lastet. Es wird mir eine große Erleichterung sein zu wissen, dass er es endlich weiß. Ich habe zu lange geschwiegen – aus Angst, er könnte mich zurückholen, und mit jedem weiteren Tag schien es mir unmöglicher, die Wahrheit zu sagen. Aber jetzt ist der Zeitpunkt gekommen. Ich spüre es. Jetzt kann die Wahrheit auch Gutes bewirken. Sie kann Euch helfen, zurück nach Hause zu kommen.«

Darauf wagte Drida gar nicht richtig zu hoffen. Seit sie zurückdenken konnte, hatte jede von Beornreds Geschichten vom Heiden Offa gehandelt, der sein Land mit eiserner Faust führte und andere Königreiche unterwarf, und dem zur Vergrößerung seiner Macht jedes Mittel recht war. Aber andererseits hatte sie auch bei den Walisern ein barbarisches, gefährliches Volk erwartet und stattdessen nur Freundlichkeit kennengelernt, fast schon ein Zuhause.

»Aber ich kenne dieses Land nicht. Wie soll ich Euren Bruder finden, ganz allein?«

»Folgt dem Fluss weiter nach Norden, bis Ihr zu einem Erdwall gelangt, der das Land durchteilt. Dort werdet Ihr auf eine Pilgerstraße treffen, die Euch nach Oswaldestroe führt. Fragt dort nach dem König, und wo er sich gerade aufhält. Mein Bruder ist oft in dieser Stadt. Wartet auf ihn. In Oswaldestroe gibt es Tavernen, die Zimmer an die Pilger vergeben. Hier ...« Unvermittelt zog die Fürstin einen schweren Beutel von ihrem Gürtel und gab ihn Drida in die Hand.

»Das ist ja ein halbes Vermögen!«, rief Drida aus.

Aber die Fürstin schüttelte den Kopf. »Nehmt es, Ihr werdet es brauchen. Ihr müsst essen und irgendwo unterkommen, bis Ihr auf meinen Bruder trefft. Und nun geht.«

Drida konnte sich nicht rühren. Sie war wie vor den Kopf gestoßen. Bis vor wenigen Augenblicken hatte sie sich in relativer Sicherheit gefühlt, dann erfahren, dass sie nach Irland verkauft werden sollte, und nun musste sie zu König Offa nach Mercia? Wie hatte all das so schnell passieren können?

Die Furcht hielt sie in eisernen Klauen. Sie war schon so oft verraten worden, und niemand konnte ihr sagen, ob sie König Offa in diesem fremden Land überhaupt fand oder wie er sie aufnehmen würde. Die Fürstin fürchtete offensichtlich, dass er mit Zorn auf die Nachricht von ihrem Überleben reagieren würde. Was, wenn er diesen Zorn auf Drida lenkte?

»Bitte, Drida. Ihr müsst jetzt gehen.« Eadburh stieß sie leicht an. »Unser Spaziergang kann nicht ewig dauern, und

Ihr müsst einen ausreichenden Vorsprung erlangen. Geht endlich! Bitte!«

»Ich …«

Drida blickte über das Schilf hinweg zu den Palisaden, die sich in der Ferne erhoben. Was sollte sie tun? Sie dachte an Cadell und dass sie ihn vermissen würde. Wie traurig er bestimmt war, wenn er hörte, dass Luna nicht zurückkommen würde. Aber ihr fiel auch der Abschied von der Fürstin schwer. Ihr war bewusst, dass diese ihr helfen wollte und sie gerade gegen den Willen anderer freiließ. Eine Entscheidung, die ihr bei Hofe bestimmt nicht besonders weiterhalf.

Aber Drida fiel es schwer, den Schritt zu wagen, besonders nachdem sie gerade so mit dem Leben davongekommen war. Doch hatte sie denn überhaupt eine Wahl? Hierbleiben konnte sie nicht, wenn sie sich nicht wieder auf einem Boot wiederfinden wollte, dieses Mal in Richtung Irland. Sie musste gehen.

»Drida, ich bitte Euch …«

»Danke. Für alles.«

Drida wusste nicht, was sie sonst noch sagen sollte, und so machte sie, ohne darüber nachzudenken, einen Schritt nach vorn und umarmte die Fürstin sacht. Diese spannte sich im ersten Moment überrascht an. Dann legte sie aber ihre Arme um Drida, und ein erleichtertes Ausatmen war zu hören.

»Gebt auf Euch acht, Drida. Aber ich weiß, Ihr habt eine Beschützerin.«

Und als hätte Luna dies gehört, brach sie aus dem Schilf und kam an Dridas Seite. Drida bückte sich hinab und kraulte ihr durchs Fell.

»Die Reise geht weiter, wie es scheint. Also gut. Dann werden wir uns stellen.«

Sie sah die Fürstin noch einmal kurz an, die ihr bekräftigend zunickte, dann setzte sie sich in Bewegung. Einen Schritt nach dem anderen, König Offa entgegen.

KAPITEL 23

In der Nähe von Oswaldestroe, Königreich Mercia, Juli 769

»Ich danke dir.«

Offa nahm den Becher Ale von Eadrics Gemahlin Ceolflæd entgegen und trank einen großen Schluck. Es war das beste Ale, das er je gekostet hatte, süffig und mild – er würde einen ganzen Krug davon auf einmal hinunterkippen können. Beeindruckt blickte er auf.

»Wir brauen es jetzt selbst«, erklärte die junge Frau stolz, als hätte sie seine Gedanken erraten.

»Hört nie damit auf«, befahl Offa gespielt streng und trank den halben Becher leer.

Er streckte die Beine aus und lehnte sich gegen die Hallenwand in seinem Rücken. Die Bänke waren an diesem warmen Sommertag weit weg vom Herdfeuer aufgestellt worden, wo stets eine kühle Brise vom offen stehenden Tor hereinströmte. Es war ein wunderbarer Ort, an den er sich gerne zurückzog. Nur leider fand er nicht einmal hier seine Ruhe.

Mit einem Seufzen wandte er sich an den Gesandten von Jænberht, des Erzbischofs von Cantuarabyrg, der ihn hier aufgesucht hatte. Der kleine Mönch stand etwas verloren da, und Offa tat es schon fast leid, ihn ignoriert zu haben. Schließlich konnte der Geistliche nichts für die Aufträge, die er erhielt. Aber vielleicht berichtete er seinem Herrn dann, dass es nutzlos war, ihn abseits des Hofes zu belästigen.

»Es muss eine sehr dringliche Angelegenheit sein, wenn der Erzbischof nicht bis zu Michaelis in Tamouuorthig warten kann.«

Offa gab sich nicht die Mühe, seinen Ärger darüber zu verbergen. Er reiste stets durchs ganze Land, traf sich mit seinen Aldermännern, Gesiths und Reeves, prüfte, ob alles in seinem Reich seine Ordnung hatte. Aber jetzt war er außerhalb von Oswaldestroe an Eadrics Hof, um einmal Ruhe von allen Bittstellern zu haben. Es sollten ein paar wenige Tage des Jagens, Trinkens und Feierns sein, ein paar Augenblicke, in denen er nicht König war, sondern mit seinen Gefährten ein einfaches Dasein führte. Aber schon hatten die Geier ihn gefunden. Wer hatte dem Gesandten verraten, wo er sich aufhielt? Oder war es längst kein Geheimnis mehr, dass er diesen Ort allen anderen bevorzugte?

»Mein König, der Erzbischof bittet Euch um Erlaubnis, Münzen in seinem Namen prägen zu lassen.«

Offa war nicht überrascht. Der Erzbischof hatte diesen Wunsch schon einmal geäußert. Nur Könige und große Kirchenfürsten hatten ihre eigenen Münzen, und Offa sollte das Anliegen des Erzbischofs wohl gutheißen. Cantuarabyrg lag im Königreich Kent, dessen Herrscher allerdings Offa verpflichtet war. Keine Urkunde durfte ausgestellt, kein Land vergeben werden ohne sein Einverständnis. Kent und sein König unterstanden ihm.

»Auf einer Seite, mein König, soll der Name des Erzbischofs stehen«, fuhr der Gesandte fort, da er Offas Schweigen wohl als Ablehnung verstand. »Auf der anderen Seite der Eure als unser aller höchstem Souverän.«

Der Gedanke gefiel ihm. So erkannte jeder sofort, dass er, Offa, über Kent und insbesondere über Cantuarabyrg und damit auch über dem größten Kirchenfürsten des Landes stand. Er selbst hatte ohnehin schon neue Münzen prägen lassen wollen. Sie sollten breiter und schwerer werden als die bisherigen, nach fränkischem Vorbild. Osmod war der Münzmeister in Cantuarabyrg, vielleicht würde Offa demnächst Kent besuchen. Das sollte der Erzbischof aber noch nicht erfahren.

»Ich denke darüber nach. Kommt zu Michaeli nach Tamouuorthig, dann werde ich Euch meine Entscheidung mitteilen.«

Der Gesandte verneigte sich, schien aber nicht froh über die Antwort. Genauso wenig würde es Erzbischof Jænberht sein. Aber Offa wollte nicht, dass die Menschen glaubten, sie würden ihren Willen bekommen, wenn sie ihn bis hin zu seiner kleinen Stätte der Ruhe verfolgten.

Er war gern in diesem Landstrich, den er Eadric schon vor etlichen Jahren vermacht hatte. Es war seine Zuflucht, auch wenn es das Heim seines Kriegers war und nicht sein eigenes. Er selbst hatte kein Heim. Er hatte Hallen, in denen er Hof hielt, aber einen Ort des Friedens kannte er nicht. Noch nicht einmal sein altes Zuhause Averdun, wo seine Mutter lebte, war ein Heim für ihn. Zu lebhaft waren immer noch die Erinnerungen an alles, wofür Averdun stand – eine fast unbeschwerte Kindheit mit seiner Schwester, die Enttäuschung über seinen Vater, und große Verluste.

Offa berührte den kleinen Beutel an seinem Gürtel, in dem das blaue Seidenband seiner Schwester verwahrt war. Selbst nach so vielen Jahren trug er es immer noch bei sich. Es vergingen Tage, ja, Wochen, in denen er nicht an Eadburh dachte, aber in Momenten wie diesen, wenn er Eadrics vier Kinder durch die Halle laufen sah, erinnerte er sich wieder schmerzhaft an sie. Gleichzeitig fragte er sich, ob er dies je haben würde: eine Familie. Eine Frau, Kinder. Ohne Unterlass versuchten seine Noblen, ihm ihre Töchter anzubieten, aber keine davon konnte er heiraten, ohne damit einen anderen zu beleidigen. Gleichzeitig wusste er aber auch, dass er die Erbfolge sichern musste, ehe es zu spät war. Sein neununddreißigster Geburtstag stand bevor, er wurde nicht jünger, und Feinde lauerten überall.

»Lasst uns ausreiten.« Eadric wies zum Hallenausgang, er schien Offas Stimmung bemerkt zu haben, und wie immer hielt er mit seinen Gedanken nicht hinter dem Berg. »Bei deiner Miene wird noch die Milch sauer. Ich dachte mir, da wir Wulfhere in Tamouuorthig zurückgelassen haben, gäbe es keine Grübler mehr. Stattdessen verdirbst du unser aller Laune. Mein König«, fügte er auf einen entsetzten Blick seiner Gemahlin hin schnell hinzu.

Offa musste lächeln. Er wusste ja, warum er sich so gerne in Eadrics Nähe aufhielt. Wenn Leofric, der an seinem eigenen Hof weilte, auch noch zu ihnen stieß, würde wohl nichts mehr seine Laune trüben können.

»Ich schieße uns einen Braten«, erklärte Eadric und nahm seinen Bogen, der an der Wand lehnte. Gleichzeitig gab er einem seiner Knechte ein Zeichen, der loslief, wohl, um Pfeile zu holen.

»Aber ich habe schon drei Hühner geschlachtet!«, rief seine Frau, während Eadrics ältester Sohn, der achtjährige Uffa, an die Seite seines Vaters eilte.

»Darf ich mitkommen?«, fragte der Junge aufgeregt und hob seinen kleinen Bogen.

Eadric zauste ihm unwirsch durchs Haar und schubste ihn lachend zurück. »Wenn dir ein Bart wächst.«

»Ich glaube, dein Vater hat Angst, dass du ihn im Umgang mit dem Bogen längst überflügelt hast«, sagte Offa und zwinkerte dem Jungen zu. »Übe fleißig weiter, und ich werde dich mit Freuden in meinen Dienst stellen.«

»Dann werde ich Teil der königlichen Herdwache?« Uffa

starrte Offa an, als wäre er ein großer Held aus alten Sagen, und Eadric lachte.

»Zuvor sollst du üben. Du hast den König doch gehört.« Der Krieger schob seinen Sohn mit einem Klaps davon, der sich beeilte hinauszukommen. Dabei rief er noch nach seinen Brüdern, um mit ihnen zusammen zu üben.

»Wir werden Teil der Herdwache!«, sang er dabei und hopste davon. »Kommt, schießen wir auf die Hühner!«

»Nein!« Eadrics Gemahlin rannte ihren Kindern hinterher, und Offa erhob sich lachend von der Bank, froh darüber, in den Wald zu kommen und eine Weile nur zu reiten.

Wie es sich wohl anfühlte, vom eigenen Sohn so angesehen zu werden, wie Uffa zu ihm aufgeblickt hatte? Lange hatte er sich nicht vorstellen können, Kinder zu bekommen, zu heiraten. Ihm war immer bewusst gewesen, dass es seine Pflicht war, aber er hatte es so lange wie möglich aufgeschoben. Nun verspürte er aber die Sehnsucht danach.

Sie ritten von Eadrics Hof nach Norden, die Pilgerstraße entlang. Die Wälder jenseits von Oswaldestroe boten ein gutes Jagdgebiet, und Offa hielt sich gerne in der Nähe des alten Walls auf. Immer wieder begutachtete er das Werk, versuchte genau zu verstehen, wie es geglückt war, das Land mit einer schnurgeraden Linie, ungeachtet der landschaftlichen Gegebenheiten, zu unterteilen. Dabei war er sich stets der Nähe zu den Walisern bewusst. Aber das störte ihn nicht – im Gegenteil, er hatte gerne ein Auge auf seine Nachbarn.

»Offa, siehst du das?«

Eadric deutete nach vorn, die Straße entlang. Wie immer waren seine Augen sehr viel besser als die aller anderen. Zwei von Eadrics Jägern begleiteten sie beide, aber auch sie tauschten nur verwunderte Blicke. Niemand wusste, was Eadric meinte.

Offa kniff die Augen ein wenig zusammen. Dann sah er es.

Ein gutes Stück vor ihnen schritt eine einsame Gestalt die Straße entlang, vermutlich ein Pilger auf dem Weg nach Oswaldestroe. Aber Offa konnte nichts Ungewöhnliches feststellen.

»Die Frau«, führte Eadric ungeduldig näher aus.

Auf die Entfernung war es Offa nicht möglich gewesen, das Geschlecht der Gestalt genauer auszumachen. Aber jetzt, da sie sich näherten, erkannte er die zierliche Statur und die Anmut in den Bewegungen. Die Fremde trug einen dunklen, einfachen Umhang, die Kapuze in dieser sommerlichen Hitze zurückgeschlagen, schwarzes Haar schimmerte unter den Sonnenstrahlen, es verschwand unter dem Umhang, sodass Offa nicht erkennen konnte, wie lang es war.

Natürlich schien es eher ungewohnt, eine alleinreisende Frau zu treffen, nicht viele setzten sich solcher Gefahr aus. Aber was genau an ihr Eadric in solche Aufregung versetzte, ahnte er noch immer nicht. Er wollte gerade danach fragen, als er eine Bewegung in den Sträuchern des Straßenrandes bemerkte.

Offa lehnte sich ein wenig weiter vor, versuchte Genaueres zu erkennen – und dann bemerkte er mit Schrecken einen Wolf, der die Frau zu begleiten schien und jede ihrer Bewegungen beobachtete. Das Tier drückte sich im Schatten der Äste herum und wartete ganz offensichtlich auf eine Gelegenheit anzugreifen – und die Pilgerin schien nichts von der Gefahr zu bemerken. Vielleicht war sie ins Gebet vertieft, vielleicht hörte sie den Verfolger an ihrer Seite auch nicht im Wind, der die Blätter und Zweige rascheln ließ. Üblicherweise näherten Wölfe sich Menschen nicht so weit und machten auch keine Jagd auf sie. Aber dieser Wolf hatte womöglich schon lange keine Beute erwischt und sah in der einsamen Frau eine leichte Beute.

»Vorwärts!«

Offa trieb seinen Rappen in den Galopp, die anderen folgten ihm. Vor seinem geistigen Auge sah er den Wolf bereits auf die Straße springen, der Frau direkt an die Kehle, aber die näher kommenden, donnernden Hufe verscheuchten ihn. Das Tier sah noch einmal zwischen der Frau und Offa hin und her, dann huschte es zwischen die Sträucher und verschwand außer Sichtweite.

Die Frau blieb stehen, sah in die Richtung, in der der Wolf gewesen war, und fuhr schließlich zu ihm und seinen Begleitern herum, ein kleines Messer in der Hand von sich gestreckt.

Offa brachte sein Pferd vor ihr zum Halten, fast musste er lachen.

»Es freut mich zu sehen, dass du dich zu wehren weißt«, sagte er und deutete ins Gebüsch. »Aber ob diese winzige Klinge etwas gegen derart scharfe Reißzähne ausrichten hätte können …?«

»Wovon redet Ihr?« Die Pilgerin blickte zu ihm auf.

Offa stellte erstaunt fest, dass sie noch erstaunlich jung war und von atemberaubender Schönheit. Das lag weniger an ihren Gesichtszügen, die für eine Frau vielleicht ein wenig zu scharf waren, sondern an den leuchtend grünen Augen, die zwei funkelnden Smaragden glichen. Sie blickten aus einem von der Sonne bronzefarben getünchten Gesicht, das von langen rabenschwarzen Strähnen umrahmt war. Eine Kraft und Stärke ging von ihr aus, funkelte in den Smaragdaugen, die er einer so jungen Frau nicht zugetraut hätte. Meist begegneten die Menschen ihm verhalten und eingeschüchtert, und gerade eine Frau ganz allein sollte unsicherer wirken.

»Du wärst fast von einem Wolf gefressen worden«, erklärte Eadric unbeeindruckt.

Dabei fragte Offa sich unwillkürlich, ob sie mit der formlosen Anrede richtiglagen. Offa hatte die Frau für eine einfache Pilgerin gehalten, die aus irgendeinem Dorf kam, um Buße zu tun oder um ein Wunder zu bitten. Aber irgendetwas an ihrer Haltung und an der Art, wie sie sprach und die Worte formte, deutete auf eine noble Abstammung hin.

Immer noch hielt sie das Messer in der Hand. Mit ihrem Smaragdblick von einem zum anderen wandernd, musterte sie jeden von ihnen abwechselnd. Dann sah sie wieder zurück zu Offa.

»Ich muss weiter«, erklärte sie, und dabei fiel ihm auf, wie ihre Unterlippe ganz leicht, kaum merklich, zitterte.

Also doch! Ein kleines Zeichen der Verletzlichkeit. Sie blickte ihm direkt in die Augen, fragend, als wollte sie wissen, ob er sie gehen lassen würde. Aber Offa hatte nicht vor, ihr Verschwinden zu erlauben, bevor er mehr über sie erfuhr.

»Es ist gefährlich ganz allein. Erlaubt uns, Euch zu begleiten.« Er wechselte bewusst ins Förmliche, um ihr Respekt zu zollen, zumal er nun wirklich dachte, jemandem von Bedeutung gegenüberzustehen. Nur welche Bedeutung, das wusste er noch nicht.

Die Frau aber schien von diesem Vorschlag nicht angetan. Sie wich von ihm zurück, immer noch das Messer umklammernd. »Das ist sehr freundlich, mein Herr, aber wirklich nicht nötig. Ich bin fast da.«

»Wohin wollt Ihr denn?«

»Zu König Offa«, erwiderte sie schnell wie ein Pfeilschuss. »Er erwartet mich bereits, ich darf also wirklich keine Zeit mehr vergeuden. Wenn ich nicht bald ankomme, wird er glauben, dass mir auf der Straße etwas zugestoßen ist. Er wird herausfinden wollen, was passiert ist und wer zu dieser Zeit hier unterwegs war.« Fast schon drohend sah sie ihn an.

Offa hatte alle Mühe, eine ernste Miene aufrechtzuerhalten, während Eadric an seiner Seite mit einem grunzenden Laut gerade noch das Lachen zurückhalten konnte.

»König Offa«, wiederholte er gedehnt.

In diesem Moment war er froh, sich stets schlicht zu kleiden, sodass er sich kaum von Eadric oder anderen Kriegern unterschied. Sie musste ihn für einen Aldermann oder Kriegsherrn halten, sonst würde sie ihn nicht so förmlich anreden. Aber dass er der König war, vermutete sie offensichtlich nicht.

Woher sie wohl kam? Angelsächsisch schien, der fremden Sprachmelodie nach zu schließen, nicht ihre Muttersprache zu sein. Vielleicht kam sie von der anderen Seite der Grenze.

»Kennt Ihr König Offa gut?«, hakte er nach und empfand ein wenig Freude an diesem Spiel. Er wusste nicht mehr, wann ihn zum letzten Mal irgendetwas amüsiert hatte.

Die junge Frau schob das Kinn ein wenig vor, aber die Unsicherheit in ihrem Blick konnte sie dadurch nicht verbergen. »Ich bringe ihm eine wichtige Botschaft«, wich sie aus, was ihn aufhorchen ließ, auch wenn sie vermutlich weiterhin log.

»Wie sieht König Offa denn aus?«, wollte Eadric wissen und wischte sich grinsend über den von Grau durchzogenen dunklen Bart. Dabei warf er Offa einen belustigten Seitenblick zu.

Die Pilgerin hob den Kopf ein wenig an und erklärte voller Überzeugung: »Er ist groß und stark, und er hat goldenes Haar und blaue Augen.«

Verblüfft sah Eadric ihn an. Aber so erstaunlich war es nun auch wieder nicht, dass sie ihn richtig beschrieben hatte. Auf viele Angelsachsen traf diese Beschreibung zu. Und auch wenn sie ihm noch nie persönlich begegnet war – daran würde er sich erinnern –, so hatte sie doch offensichtlich von ihm gehört.

»Also gut. Wir begleiten Euch sicher zum König«, bestimmte Offa, während er wieder darüber nachdachte, ob er sich zu erkennen geben sollte oder nicht.

»Ich sagte: Nein, danke.« Die junge Frau ging noch einen Schritt zurück.

Offa erwartete angesichts ihrer angespannten Haltung bereits, dass sie sich umdrehte und davonlief, aber stattdessen erklang plötzlich ein tiefes Knurren aus dem Gebüsch zu seiner Seite.

»Der Wolf ist zurück«, stieß Eadric aus und zog sein Schwert.

Und tatsächlich: Aus dem Dickicht trat das wilde Tier, Offa und die anderen aus braungoldenen Augen fixierend.

Ein kalter Schauder jagte ihm den Rücken hinunter. Wölfe verhielten sich nicht so. Sie würden nie auf eine Gruppe Menschen zukommen, sie waren scheu. Aber dieser hier nicht. Dieser musste sehr verzweifelt oder krank sein.

»Schnell, kommt her!« Offa streckte die Hand nach der jungen Frau aus.

Aber sie rührte sich nicht. Der Wolf ging auf sie zu, und Offa sprang aus dem Sattel, zog sein Schwert und eilte auf die Pilgerin zu.

In diesem Moment fuhr der Wolf mit einem Knurren zu ihm herum. Offa holte mit dem Schwert aus, jeder Muskel seines Körpers angespannt, darauf gefasst, dass der Wolf ihm mit einem Satz an die Kehle sprang.

»Nein!« Unvermittelt flog die junge Frau am Wolf vorbei auf ihn zu und warf sich ihm gegen die Brust. »Lasst sie in Ruhe!«

Offa taumelte zurück, mehr überrascht, als dass sie ihn aus dem Gleichgewicht gebracht hätte. Er sah an ihr vorbei auf das wilde Tier und fürchtete, dass es die junge Frau gleich von hinten ansprang. Ein derart verstörtes Wesen war unberechenbar. Aber der Wolf stand immer noch in deutlicher Anspannung da und starrte ihn an.

»Geht zur Seite.«

Mit festem Griff umschloss er ihren Arm, zog sie hinter sich und wollte erneut mit dem Schwert ausholen, da klammerte die Frau sich mit beiden Händen an seinen Arm.

»Ich sagte, Ihr sollt sie in Ruhe lassen!«

Sie zerrte an seiner Schwerthand, aber als das nichts nützte, ließ sie los.

Im nächsten Moment lag ihre kleine Klinge an seinem Hals.

Offa hielt erstaunt inne. Er hörte, wie Schwerter gezogen wurden und auch die anderen aus dem Sattel sprangen. Aber er hob die Hand und bedeutete ihnen innezuhalten.

»Ich will Euch doch nur helfen«, sagte er und fing den panischen Blick der Frau ein. »Dieses Tier muss krank sein.«

»Luna ist nicht krank!« Sie ließ die Hand mit dem Messer sinken, trat von Offa zurück und ging an die Seite des Wolfes.

»Was, beim Allmächtigen …«, stieß Eadric aus.

Offa staunte nicht weniger. Die junge Frau streckte die Hand nach dem Tier aus, strich ihm durchs Fell, und der Wolf ließ es sich gefallen. Mehr noch, er presste sich gegen die Beine der Frau, während er Offa und die anderen weiterhin bedrohlich ansah. Als würde er die junge Frau schützen.

Konnte dies denn wahr sein? Die beiden kannten sich! Hatte die Frau den Wolf nicht gerade Luna genannt? Das war doch kein Hund! Wie war es einer jungen Frau mit dem Kampfgewicht einer Libelle möglich, einen Wolf zu kontrollieren?

»Wer seid Ihr?«, stieß Offa aus. Er konnte sein Staunen nicht aus der Stimme heraushalten. Nie zuvor hatte er auch nur Ähnliches gesehen.

Die junge Frau straffte die Schultern. »Ich bin Drida aus dem Frankenreich, und ich muss zu König Offa.« Die Worte hallten über die Straße.

Offas Hand hob sich wie von selbst an den Valknut, den er immer noch an einer Schnur um den Hals trug. Wenn er die junge Frau mit ihrem Wolf so vor sich sah, dachte er an die alten Götter, die ihn geheilt hatten, wie um ihm eine Bestimmung aufzuerlegen. Sie hatte etwas an sich, das nicht in diese

Welt zu gehören schien, als wäre auch sie irgendwie von den alten Göttern berührt worden, als wäre der Wolf an ihrer Seite ein Zeichen.

Drida … Der Name war ihm fremd, und trotzdem hallte er in seinem Kopf nach.

»Ihr müsst nicht weitergehen.« Nun hatte er keinen Zweifel mehr daran, dass er offenbaren musste, wer er war. Er wollte mehr über sie herausfinden, woher sie kam, was sie zu ihm führte. Er hob die Hand und drehte seinen Siegelring nach vorne, das Siegel Mercias, damit sie es sehen konnte. »Ihr habt ihn gefunden.«

Drida blickte auf seinen Ring hinab und dann zurück in sein Gesicht. Zornesröte stieg ihr in die Wangen. Gleich darauf zeichnete sich tiefer Schreck in ihren Augen ab, und sie wich einen Schritt zurück. Was auch immer sie zu ihm geführt hatte, was auch immer ihr über ihn erzählt worden war, erfüllte sie ganz offensichtlich mit Angst. Trotzdem wandte sie den Blick nicht ab. Sie musterte ihn, versuchte in seinem Gesicht zu lesen. Vielleicht wollte sie herausfinden, ob er überhaupt die Wahrheit sprach und wirklich der war, für den er sich ausgab.

Schließlich aber steckte sie ihr Messer weg und kam auf ihn zu, den Kopf hocherhoben, das Kinn ein wenig vorgestreckt, den Wolf an ihrer Seite.

»Ihr seid also König Offa.«

Er nickte. Irgendetwas an ihren Smaragdaugen, an ihrem festen Blick, ließ sein Herz schneller schlagen. Er fürchtete den Grund, den ein so zauberisches Wesen zu ihm führte, er fürchtete schreckliche Nachrichten. Sie kam aus dem Frankenreich, aber er kannte niemanden dort, bis auf ein paar Geistliche. Er wusste nicht, was so bedeutend sein konnte, um eine Frau allein den weiten Weg bis zu ihm reisen zu lassen.

Drida sah ihn noch ein paar Momente lang prüfend an, als

blickte sie direkt bis in seine Seele, als müsste sie sichergehen, dass er es wert war, ihre Botschaft zu empfangen. Schließlich nickte sie.

»Ich komme mit einer Nachricht zu Euch, König Offa. Von Eurer Schwester.«

Taumelnd trat er einen Schritt zurück, die Spitze seines Schwertes sackte zu Boden. Die Worte flogen ihm entgegen wie ein Pfeilhagel, prallten an ihm ab, wollten nicht bis zu ihm hindurch. Sie ergaben keinen Sinn. Alles hatte er erwartet, nur das nicht.

»Ich habe keine Schwester.«

Seine Stimme drang rau aus seiner Kehle. Er spürte, wie es ihm heiß und kalt gleichzeitig aufstieg. Aus den Augenwinkeln bemerkte er seine Männer, die näher herantraten und verwirrte Blicke tauschten.

»Eadburh«, erklärte Drida. Allein der Name ließ ihm den Atem stocken. »Eadburh, Tochter von Thingfrith, die Gemahlin des Fürsten von Powys.«

»Die Gemahlin des Fürsten von Powys?!«

Ihre Worte wurden immer unsinniger, er konnte sie über das heftige Rauschen in seinen Ohren kaum noch hören. Aber Drida nickte bekräftigend.

»Eadburh lief von zu Hause fort, um nicht heiraten zu müssen, Herr König – einen Mann Eures Onkels.«

»Æthelric.«

Offa erinnerte sich daran, dass seine Mutter davon erzählt hatte. Eadburh hatte an ihrem Unglückstag ihren Verlobten, einen Kriegsherrn der Hwicce, treffen sollen. Sie war fortgelaufen? Sie war nicht tot? Das konnte nicht wahr sein.

»Eure Schwester entkam dem Fluss, stieß auf einen Raubzug der Waliser und traf dort den Sohn des Fürsten – Brochfael. Die beiden heirateten, und seither lebt Eure Schwester in Powys.«

»Das ist eine Lüge.«

Heißer Zorn stieg in Offa auf. Wie konnte diese Frau diesen alten Schmerz und die Erinnerungen zurückholen? Wie konnte sie es wagen, sich vor ihn hinzustellen und ihm ins Gesicht zu lügen? Ihrem König!

»Ich lüge nicht.« Drida blickte ihm in die Augen.

Ein Beben fuhr durch seinen Körper, jeder Muskel spannte sich an, seine Hände ballten sich zu Fäusten. Wenn seine Schwester in Powys lebte, dann hätte er davon erfahren. Der Fürstensitz Mathrafal lag nicht weit von hier entfernt. So oft war er die Grenze entlanggeritten, und Eadburh war gleich auf der anderen Seite gewesen? Dies konnte nur eine Täuschung sein. Er hatte seine Schwester betrauert, er hatte so viele Jahre mit dem Wissen verbracht, dass sie tot war. Sie war im Fluss ertrunken, er hatte ihr Seidenband.

Der Drang, irgendetwas zu zerstören, kam in ihm auf. Die Worte dieser Drida waren wie Gift, und er wollte sie zum Verstummen bringen, wollte auf irgendetwas einschlagen, seinem Zorn Luft machen.

Abrupt wandte er sich ab, kämpfte um Fassung. War Eadburh wirklich auf der anderen Seite der Grenze? War sie die ganze Zeit dort gewesen? Bei den Walisern?! Mit denen er Frieden gehalten hatte?! So viele Jahre der Lügen? Oder war es die junge zauberische Frau, die log? Lebte Eadburh wirklich noch? Seine kleine goldhaarige Schwester, die stets lachte?

»Mein König?«

Eadric trat näher heran, Sorge schwang in seiner Stimme mit. Vermutlich war Offa weiß wie eine gekalkte Wand.

»Ich komme vom Hofe Fürst Brochfaels …«, fuhr Drida fort, aber Offa riss die Hand hoch, und sie verstummte.

Er warf ihr nur einen Blick zu, und was auch immer sie in seinen Augen las, ließ sie zurückweichen. Das war auch gut so, denn er hatte das Gefühl, außer Kontrolle zu geraten. So wie alles, was er zu wissen geglaubt hatte, plötzlich durcheinanderwirbelte.

Zitternd vor Anspannung ging er fort, zum Wegesrand. Er konnte nichts mehr hören. Er streckte die Hand aus und presste sie gegen einen Baum, ließ die scharfkantige Rinde in seine Haut eindringen. Mit der anderen Hand stützte er sich auf sein Schwert. Nie wollte er die Kontrolle verlieren, nie vor anderen Gefühle zulassen und riskieren, seine Stärke zu verlieren. Feinde konnten jegliches Zeichen der Schwäche gegen ihn verwenden, so wie einst bei seinem Vater und bei König Æthelbald. Aber jetzt, vor dieser fremden Frau, stand er gebückt da und rang um Atem. Eadburh …

Bilder tanzten vor seinem geistigen Auge, Stimmen prasselten auf ihn nieder. Brochfaels Stimme! Der Waliser und Offa waren in der Kirche vor Oswaldestroe gewesen, in der Kirche, die nur einen Fußmarsch von hier entfernt lag. »*Wir haben gegen den Willen unserer Eltern geheiratet. Ich hoffe, dass mein Vater unsere Verbindung nach allem, was passiert ist, nun endlich akzeptiert.*«

Das war eine Lüge gewesen! Gegen den Willen seines eigenen Vaters hatte Brochfael vielleicht geheiratet, aber Thingfrith hatte nichts davon gewusst. Er hatte Totenmessen für seine Tochter lesen lassen und sich gänzlich der Trunkenheit hingegeben.

»*Ich kann leider nicht zulassen, dass Ihr getötet werdet, Offa … Mein Ziel war es nie, Euch zu schaden. Ich wollte lediglich zurück zu meiner Frau.*«

Aber Brochfael *hatte* ihm geschadet und ihn hintergangen!

Der Verrat drückte Offa nieder, drohte ihn in die Knie zu zwingen. Er konnte nicht glauben, dass er so lange mit dem Waliser eingesperrt gewesen war und dass dieser ihm nie die Wahrheit erzählt hatte! Sie hatten sogar über Eadburh gesprochen! Offa hatte ihm von ihrem Tod erzählt, Brochfael hatte das Seidenband gesehen, er hatte es die ganze Zeit gewusst. Und dann bei der kleinen Hütte im Wald, während der Jagd mit König Cynewulf von Wessex …

Das war Eadburh gewesen! Seine Schwester war bei Brochfael gewesen, er hatte sie sogar gesehen! Sie war fortgeritten, ihr langes goldenes Haar wie ein Schleier hinter ihr im Wind. Er hätte nur die Hand ausstrecken müssen und … *Meine Frau hat sich in Euch getäuscht.*

Brochfaels Worte hallten durch seinen Kopf. Was hatte er damit gemeint? Womit hatte Eadburh sich getäuscht? Was sollte all dies bedeuten? Brochfael hatte ihn zu sich nach Mathrafal eingeladen, aber Offa war nie hingereist. König Æthelbald war heimtückisch ermordet worden, und damit war alles über ihn hereingebrochen. So viele Fragen schwirrten durch seinen Kopf, aber eines wusste er.

Offa holte tief Atem, presste die Handfläche noch stärker gegen die raue Rinde des Baums, spürte den Schmerz. Dann richtete er sich auf und drehte sich um.

Eadric und seine beiden Begleiter sahen ihn besorgt an, die junge Frau schien beunruhigt. Argwöhnisch beäugte sie jede seiner Bewegungen, als wäre er ein wildes Tier wie der Wolf, der immer noch an ihrer Seite stand.

»Ich reite nach Mathrafal.«

»Mein König!« Eadric kam auf ihn zu.

Offa wusste genau, was sein Krieger zu sagen beabsichtigte, aber er wollte nichts davon hören.

»Meine Schwester ist in Mathrafal, und ich gehe dahin.«

»Das ist viel zu gefährlich! Ihr seid Mercia! Wenn Euch etwas passiert …«

Eadric streckte die Hand nach Offa aus, als wollte er ihn packen und ihn zur Vernunft schütteln, aber Offa machte mit nur einem warnenden Blick klar, dass er dies bereuen würde.

»Du sagst nichts, was ich nicht selbst weiß, also spar dir

deinen Atem, Eadric. Diese Ratte von Waliser hat mir direkt ins Gesicht gelogen! Meine Schwester war da, an seiner Seite, und er hat mich im Glauben gelassen, sie sei tot! Er wird mir Rechenschaft ablegen.«

»Eure Schwester und auch ihr Gemahl würden Euch empfangen«, erklang unvermittelt Dridas Stimme. Sie sprach ruhig und vorsichtig, als wolle sie seine Aufmerksamkeit gar nicht auf sich lenken. Trotzdem drang ihre Stimme tiefer zu ihm hindurch, als es Eadric gelungen war. Dabei machte sie ihn rasend. Jedes Wort brachte weiteren Schmerz. »Mathrafal ist nicht weit«, fuhr sie fort und sah ihn mit ihren Smaragdaugen an. »Aber die Noblen dort wollen Euch tot sehen. Es ist nicht sicher, dass Ihr mit Euren wenigen Begleitern überhaupt bis zum Fürsten durchkommen würdet. Und selbst wenn, wird er sich dem Druck beugen müssen, wozu er zuvor schon gezwungen war.«

Zuvor? Spielte sie auf den Angriff der Waliser vor knapp zehn Jahren an, von dem Brochfael nichts gewusst haben wollte? Oder war das nur eine weitere seiner Lügen gewesen? Offa vermochte es nicht zu sagen. Es war ihm aber auch egal. Jetzt ging es nur darum, seine Schwester zu sehen und den Verräter Brochfael zu stellen.

»Dann gehe ich eben mit einem Heer!«, gab er zurück und riss die Zügel seines Pferdes aus Eadrics Händen. »Mal sehen, was Brochfael und seine Noblen dann zu sagen haben.«

»Ein Heer?«, fragte sein Krieger, und ihm war anzusehen, dass er sich fragte, ob Offa den Verstand verlor.

Offa hörte selbst, wie verrückt sich seine Worte anhörten, aber er konnte nichts gegen den brodelnden Zorn in seinem Inneren tun. Seine Schwester lebte kaum einen Steinwurf von ihm entfernt, wie sollte er jetzt umkehren und seine ruhigen Tage zurück an Eadrics Hof genießen? Wie sollte er so tun, als wäre nichts gewesen? Wieso jetzt? Wieso schickte Eadburh diese Frau mit ihrem unheimlichen Wolf, um ihm nach über zwanzig Jahren zu verkünden, dass sie am Leben war?

Offa fuhr zu Drida herum, und sie wich sofort wieder einen Schritt zurück. War sein Blick derart wild, dass sie ihm nicht mehr standhalten konnte?

»Ihr sagt mir jetzt alles, was Ihr wisst«, befahl er scharf.

Die junge Frau nickte. Angst stand in ihren Augen, dahin waren die Überlegenheit und Stärke, die sie vorhin noch zur Schau getragen hatte. Er musste wohl einen furchterregenden Anblick bieten mit seinem Schwert in der Hand.

»Auf dem Weg nach Mathrafal?«, fragte Eadric vorsichtig nach.

Offa stieß einen Fluch aus. »Nein!«, knurrte er und hasste die Antwort, die er geben musste, da sie das genaue Gegenteil von dem war, was er wollte. »Wir gehen nach Tamouuorthig. Von dort aus schicke ich einen Boten zu Brochfael. Und zu meiner Mutter nach Averdun. Sie muss wissen, dass ihre Tochter am Leben ist.«

Erleichtert seufzte Eadric auf, aber Offa beachtete ihn und seine Begleiter gar nicht mehr, er steckte sein Schwert weg und sah Drida auffordernd an.

»Und jetzt zu Euch. Sagt mir alles, was Ihr wisst.«

~

Drida musste sich zusammenreißen, um weiterhin so ungerührt wie möglich auf der Straße zu stehen. Es wäre eine Lüge gewesen zu behaupten, der König sei kein angsteinflößender Anblick. Sie sah das wilde Rasen in seinen eisblauen Augen und glaubte Beornred aufs Wort. Wenn sie Offa auch weniger als kalt und gefühllos wie einen Stein sah, wie Beornred ihn geschildert hatte – aber sie nahm ihn durchaus als gefährlich, hitzköpfig und unberechenbar wahr. Wie Karl. Sie sah den

Heiden und Barbaren vor sich, den brutalen Usurpator, den Beornred beschrieben hatte. Drida war auch sofort das heidnische Symbol aufgefallen, das er um den Hals trug, und um das er seine Hand geschlossen hatte. In den vielen Jahren, seit Beornred seinen Feind zum letzten Mal gesehen hatte, schien sich nicht viel geändert zu haben.

»Eure Schwester sagte, Ihr würdet mir helfen«, brachte sie heraus und versuchte, Kraft von Luna an ihrer Seite zu empfangen. »Sie sagte, Ihr könntet mich nach Hause bringen. Um mir zu helfen, offenbarte sie mir ihre wahre Herkunft. Um mich zu schützen, trug sie mir auf, sich Euch zu erkennen zu geben, auch wenn sie Euer Handeln fürchtet.«

»Mein Handeln?!« Jeder Muskel seines großen, kräftigen Kriegerkörpers, der von einem Ringpanzer bedeckt war, schien zum Zerreißen angespannt, und Drida fühlte sich schrecklich klein und verwundbar.

Zu lange war es her, seit sie sich wirklich in Sicherheit gewogen hatte, ohne dieses ständige Bangen, was andere mit ihr zu tun gedachten, wie der morgige Tag aussehen würde. Zu lange war sie schon der Gnade anderer ausgeliefert, und sie fürchtete bereits, sich selbst in der Angst zu verlieren, aber das durfte sie nicht. Sie musste an die Tage in Quierzy bei Gerperga denken, an die letzten Momente, in denen sie sicher gewesen war. Und dafür musste sie kämpfen.

»Zu Recht, wie es scheint«, gab sie zurück, ohne zu wissen, woher sie den Mut nahm. Sie versuchte zu ignorieren, mit wem sie sprach, zu vergessen, was sie alles über den vor ihr aufragenden König gehört hatte, auszublenden, wie die drei Männer an seiner Seite sie anstarrten. Sie hatte Eadburh ihr Wort gegeben, alles zu tun, um den König davon abzuhalten, sie zurückzuholen. »War es nicht Euer erstes Vorhaben, ohne Sinn und Verstand nach Mathrafal zu rennen? Ein Heer aufzustellen? Genau deshalb behielt Eadburh ihr

Schweigen bei und hielt ihren Gemahl dazu an, dasselbe zu tun.«

»Und nur für Euch bricht sie nun dieses Schweigen.« Offa kam auf sie zu, langsam, aber angespannt, wie ein Raubtier. Sein Blick fiel auf Luna, die sich ebenfalls sofort sprungbereit machte, aber dann blickte er wieder Drida in die Augen. »Was an Euch ist so besonders, dass meine Schwester für Euch mit der Wahrheit herausrückt?«

»Gar nichts.« Drida legte den Kopf in den Nacken, um ihm weiterhin in die Augen zu sehen. »An mir ist nichts besonders.«

Ein langsames, kaum merkliches Nicken, während in seinem Blick immer noch etwas loderte, das deutlich zeigte, dass er anderer Meinung war. Drida wusste nicht, wie lange er sie nur ansah, als wolle er in ihre Seele blicken und jedes ihrer tiefsten Geheimnisse herausreißen. Dann wandte er sich abrupt ab und schwang sich in den Sattel seines Rappen.

»Los, kommt.« Er streckte ihr die Hand mit dem Siegelring entgegen. »Wir reiten nach Tamouuorthig.«

Drida konnte sich nicht rühren. Sie starrte die schlanken, langgliedrigen Finger an, die eher zu einem Gelehrten als zu einem mordlustigen Krieger passen würden, und sie wusste, sie musste jetzt auf ihn zugehen. Sie hatte keine andere Wahl, als zu gehorchen. Wem wollte sie etwas vormachen? Selbst mit Luna an der Seite war sie gegen vier Krieger machtlos. Wenn diese Männer wollten, konnten sie sie einfach bäuchlings übers Pferd werfen und festbinden. Trotzdem war es ihr nicht möglich, sich in Bewegung zu setzen. Er war Offa von Mercia, Inhalt aller Schreckensgeschichten, seit sie klein war, genauso wie die Waliser. Ihm plötzlich gegenüberzustehen, diesen eisblauen Blick auf sich zu spüren, erschien ihr nicht echt. Wie war sie so plötzlich in die Welt aus Beornreds Erzählungen geraten? Manchmal glaubte sie, sie wäre immer noch auf dem Boot und hatte den Verstand verloren.

»Eadric.«

Der König gab einem seiner Männer ein Zeichen, und ehe Drida reagieren konnte, kam ein Pferd an ihre Seite, ein Arm schlang sich um ihre Mitte, sie verlor den Boden unter den Füßen, und dann saß sie seitlich auf dem Fellsattel vor dem Krieger namens Eadric.

Drida fuhr zu ihm herum und blickte in ein grinsendes Gesicht mit tiefen Kerben in der Wange, die der dunkle Bart nicht verdecken konnte. Luna knurrte, aber Drida streckte schnell die Hand nach ihr aus.

»Alles ist gut«, sagte sie beruhigend, ehe die Wölfin sich noch in Gefahr begab.

Luna sah sie noch einen Augenblick lang an, dann drehte sie um und sprang ins Unterholz des angrenzenden Walds.

»Der Wolf will uns wohl nicht begleiten«, meinte der Krieger hinter ihr amüsiert.

Drida sah Luna hinterher. »Sie wird wiederkommen.«

Eine Drohung schwang in ihrer Stimme mit, auch wenn sie wusste, dass Luna allein nichts gegen die Krieger mit ihren Schwertern ausrichten konnte. Aber niemand ließ sich freiwillig von einem Wolf anfallen. Luna flößte Respekt ein, bestimmt mehr als Drida.

Der König gab das Zeichen zum Aufbruch, er wollte wohl noch ein Stück Weg schaffen vor Sonnenuntergang. Drida wusste nicht, wie weit Tamouuorthig entfernt lag, aber sie erwartete einen längeren Ritt. Insgeheim war sie froh, nicht beim König auf dem Pferd zu sitzen. Zwar konnte sie den Krieger Eadric jetzt nicht sehen, aber vorhin war er ihr als Einziger ein wenig freundlicher, weniger grimmig und schrecklich erschienen. Er hatte lachende Augen, und obwohl sie den Spott in seiner Stimme nicht mochte, schien es ihr, als wäre er die geringste Bedrohung von allen.

Eadric sandte schließlich auch einen der anderen Männer

zu seiner Halle, um dort Bescheid zu geben, dass der König und er selbst nicht zurückkehren würden. Dann verließen sie die Straße und schlugen einen Pfad gen Osten ein, die herabsinkende Sonne in ihrem Rücken, die aber immer noch unbarmherzig heiß auf sie herunterbrannte. Weite, teils bewaldete, teils beweidete Hügel taten sich vor ihnen auf. Weit und breit war kaum eine Ansiedlung zu erblicken.

Drida beobachtete den König aus den Augenwinkeln, der an ihrer Seite ritt. Dieser wiederum beobachtete Luna, die ihre kleine Gruppe in weitem Abstand begleitete. Dabei schien er ihr immer noch angespannt, sein Kiefer mahlte, was die scharfen Züge seines Gesichts betonte. Ein nur wenig von Grau durchzogener goldener Bart umrahmte seinen Mund und war am Kinn ein wenig länger. Das schulterlange Haar hatte er im Nacken zusammengebunden. Drida versuchte eine Ähnlichkeit zu seiner Schwester zu finden, zu ihrer Sanftheit und fröhlichen Ausstrahlung, die nur zu bewundern war, bedachte man, welch schweren Weg sie hinter sich hatte. Aber bis auf dieselbe Haar- und Augenfarbe konnte Drida keine Ähnlichkeit erkennen. Alles an ihm schien ihr hart und abweisend. Schon als sie ihn auf der Straße zum ersten Mal erblickt hatte, war das Grauen in ihr hochgekrochen. Vielleicht war er nicht derart hochgewachsen und von solch bärenhafter Gestalt wie Beornred, denn trotz breiter Schultern und breiter Brust, die zeigten, dass er sein Königreich nicht von einer warmen, gemütlichen Halle aus regierte, war er eher schlank. Aber in seinen Augen lag etwas Misstrauisches, Unberechenbares. Selbst als er sich einen Spaß daraus gemacht hatte, ihr vorzugaukeln, er wäre ein anderer, war da keine Fröhlichkeit gewesen, eher eine hämische Freude an ihrer Unwissenheit.

Nur einen flüchtigen Moment lang war da etwas in seinem Blick gewesen – bei der Verkündung, dass seine Schwester noch am Leben war: Schmerz. Hoffnung. Verletzlichkeit. Aber schon mit dem nächsten Wimpernschlag war das Feuer des Zorns darüber hinweggebrandet.

Sollte Drida ihm jetzt mehr von seiner Schwester erzählen? Sollte sie das Schweigen brechen? Er wollte doch alles wissen! Aber das schien er wieder völlig vergessen zu haben. Sein Blick wanderte über die Landschaft, als suchte er etwas, und Drida hätte gerne in seine Gedanken geblickt. Würde er ihr helfen, nach Hause zurückzukehren? Oder täuschte sich Eadburh? Bislang hatte die Angelsächsin richtiggelegen. Offas erster Impuls war es gewesen, seine Schwester zurückzuholen, aber Drida hoffte, dass er davon endgültig abgekommen war. Er wollte einen Boten schicken, was bestimmt sehr viel weiser war als ein blinder Vorstoß.

Unvermittelt wandte er sich ihr zu, und Drida fühlte sich ertappt und sah schnell weg. Nun war sie es, die seinen Blick auf sich spürte. Er gab sich auch keine besondere Mühe, verstohlen zu tun. Nervös grub sie die Hände in die braune Mähne des Pferdes und zwang sich, nicht unruhig hin und her zu rutschen. Was dachte er über sie, wenn er sie so offenkundig musterte? Was hatte er mit ihr vor, wenn sie ihm alles erzählt hatte? Wieso fragte er sie nicht?

Er war der mächtigste König dieser Insel und nur mit wenigen Begleitern unterwegs. Was hatte er hier überhaupt gemacht? Es gab so viele Fragen, die sie ihm stellen wollte, aber sie fürchtete die Antworten. Besonders auf die größte Frage, ob er sie zurück nach Hause bringen konnte. Im Moment durfte sie sich wohl glücklich schätzen, dass er sie in seinem Zornesausbruch nicht auf der Stelle getötet hatte.

Also verharrte sie schweigend, und auch die anderen sagten nichts. Drida behielt lieber Luna im Auge und sah sich das Land ihrer Mutter genauer an.

Die Weiden wichen nacktem, schroffem Felsgestein, das zunehmend zwischen dem Grün hervorlugte, welches ihr auch nicht mehr wie reines Gras schien, sondern sie eher an Moos erinnerte. Schließlich kamen sie in einen dichten Wald, in den die untergehende Sonne nicht mehr hineinreichte. Es war düster, das unheimliche Lachen eines Grünspechts begleitete ihren Ritt, genauso wie das Plätschern von Wasser. Irgendwo musste es hier einen Bachlauf geben. Auch die Ohren des Pferdes zuckten unruhig von einer Seite zur anderen, folgten jedem Rascheln, jedem Rauschen, als spürten sie Gefahr.

Der Weg war nicht mehr als ein Trampelpfad, auf dem zwei Reiter nebeneinander keinen Platz hatten. Der König ritt voran, dahinter Eadric mit Drida, und am Ende der dritte Krieger, den Eadric vorhin Osred genannt hatte. Es wurde kalt, und trotz Umhang spürte Drida, wie sie zu zittern begann. Vielleicht auch vor Angst und Aufregung. Das schwindende Licht legte sich unerbittlich und bedrohlich auf sie nieder, zeigte ihr die eigene Machtlosigkeit noch einmal auf.

Der Pfad verbreiterte sich, die Bäume wichen auseinander, und ein wenig mehr des letzten grauen Tageslichts drang zu ihnen hindurch. Etwas funkelte vor ihr in der Ferne, unzählige kleine Lichtpunkte tanzten über dem Boden, und beim Näherkommen erkannte sie, dass sich vor ihnen ein See auftat. Einzelne Sonnenstrahlen fielen noch aufs Wasser und verwandelten die blaue Oberfläche in ein Glitzermeer. Es war ein wunderschöner Anblick, und Drida spürte die Sehnsucht nach dem Wasser, die einst ein Teil von ihr gewesen war, die sie aber dann für immer verloren geglaubt hatte. Einmal hinabtauchen, sich gänzlich umschließen lassen von der kühlen, weichen Decke wie in Quierzy … Nach den schrecklichen Tagen auf dem Boot hatte sie schon angenommen, sich nie wieder so zu fühlen, und beinahe stiegen ihr Tränen in die Augen vor Erleichterung. Die Schrecken der Überfahrt bestimmten nicht mehr allein über sie, sie fand wieder zu sich selbst zurück.

»Ich möchte mich waschen«, erklärte sie bestimmt und deutete zum See.

Eadric wandte sich an den König, Drida spürte es mehr, als dass sie es sah. Die beiden Männer schienen ohne Worte miteinander zu sprechen. Schließlich nickte Offa, hielt an und schwang sich aus dem Sattel. Auch Eadric stieg ab und reichte ihr die Hand, um ihr zu helfen, aber Drida schaffte es allein.

Es tat gut, wieder auf den Füßen zu stehen. Sie streckte die Schultern durch und bewegte sie hin und her, um den Schmerz darin zu vertreiben. Als sie aber bemerkte, dass der König sie immer noch ansah, hielt sie mitten in der Bewegung inne. Sie wandte sich ihm zu, und er blickte unverhohlen zurück. Wollte er sie nervös machen? Sie herausfordern? Dachte er, sie bekäme wieder Angst vor ihm, so ganz allein im Wald mit drei Männern? Es war kein angenehmes Gefühl, aber sie sagte sich, dass die drei wohl schon über sie hergefallen wären, hätten sie das vorgehabt.

In den kühlen blauen Augen war nicht zu erkennen, was er dachte. Er hielt seine Gedanken gut verschlossen, aber Drida ahnte, dass er sie zermürben wollte, dass er sie vor ihm zittern sehen wollte, so wie vorhin auf der Straße. Es würde dem Charakter entsprechen, den sie bei ihm vermutete.

Aber das würde ihm nicht mehr gelingen! Mit so viel Würde wie möglich ging sie auf ihn zu, ohne den Blick von seinen Augen zu nehmen, auch wenn sie den Kopf zurücklegen musste, um weiterhin zu ihm aufzublicken. Sie löste die Schnalle ihres Umhangs und ließ ihn vor seine Füße fallen.

»Entschuldigt mich. Ich nehme ein Bad«, sagte sie, ließ ihren Blick noch einen Moment lang auf ihm ruhen, dann ging sie an ihm vorbei zum Seeufer.

Offa sagte kein Wort, und der Gedanke, dass sie den König von Mercia sprachlos gemacht hatte, gefiel ihr. Er erfüllte sie mit einem aufregenden Kribbeln und einem Hauch von

Machtgefühl. Sie durfte es nur nicht zu weit treiben – gerade weit genug, um ihn dazu zu bringen, ihren Wert zu erkennen. Wenn sie ihm sagte, dass Karlmann eine hohe Summe für ihre Rückkehr zahlen würde, musste er ihr zuhören und sie ernst nehmen.

Der Weg zum See hinunter führte sie durch hohes Schilf, durch das sie sich kämpfen musste, aber es würde sie hoffentlich auch ein wenig vor den Blicken der Männer schützen. Misstrauisch warf sie einen Blick über die Schulter zurück, um sicherzugehen, dass ihr niemand folgte. Aber sie sah die Männer die Pferde absatteln und Feuerholz sammeln, selbst den König. Niemand blickte in ihre Richtung.

Hatten sie keine Angst, dass sie davonlaufen könnte? Andererseits war sie ja keine Gefangene, oder? Der König wollte seine Antworten und würde sie vorher kaum gehen lassen. Das hatte sie aber auch nicht vor, das musste er wissen. Sie hatte ihm bereits gesagt, dass sie seine Hilfe brauchte, und er musste auch wissen, dass sie fremd in diesem Land war. Ohne ihn würde sie sich verlaufen und nie mehr aus dem Wald herausfinden.

Drida schlüpfte aus den ledernen Schuhen, die sie am walisischen Hof erhalten hatte, hob Unterhemd und Überkleid über ihren Kopf und ließ alles auf den weichen, sandigen Boden fallen. Ihre Füße sanken tief ein, der Untergrund war kalt und feucht, und die kühle Abendluft schmiegte sich an ihren unbekleideten Leib. Wie in Quierzy breitete sie die Hände aus, schloss die Augen, legte den Kopf in den Nacken und spürte ihr langes Haar, das sie am Rücken kitzelte. Sie setzte einen Schritt vor den anderen und stellte sich vor, wieder zu Hause zu sein. Das leise Plätschern des Sees war der Fluss Oise, aus der Ferne rief Gerperga ihren Namen. Allen ging es gut.

Drida trat ins Wasser. Es war eisig kalt, aber sie öffnete

nicht die Augen, sondern ging weiter, obwohl die Kälte wie Nadelstiche schmerzte. Der Boden fiel schnell steil ab, mit den nächsten Schritten umhüllte das Nass schon ihre Oberschenkel. Noch zwei weitere, und es erreichte ihren Bauch.

Drida ließ langsam die Luft zwischen den Lippen hindurchgleiten – sie hatte das Gefühl, ewig nicht mehr geatmet zu haben. Sie tauchte die Hände ein und ließ sich schließlich langsam in die Knie sinken. Das Wasser stieg bis zu ihrem Hals, über ihren Kopf, hüllte sie ganz und gar ein, verschluckte sie, wusch sie rein. Und nun öffnete Drida die Augen und blickte in die Dunkelheit des Sees. Die wenigen Sonnenstrahlen, die vorhin noch gefunkelt hatten, waren fort, um sie herum war nur Schwärze. Ihr Haar schwebte um sie herum, bewegte sich in den kleinen Wellen, die ihr Körper verursacht hatte, streichelte ihren Körper. Sie konnte bis auf leises Rauschen nichts hören, nichts sehen, sie war in Sicherheit. Zum ersten Mal abgeschottet von allen anderen.

Der Druck in ihrer Brust baute sich auf, sie musste zurück an die Oberfläche und atmen. Aber noch war sie nicht bereit. Luftblasen entwichen zwischen ihren Lippen, sie konzentrierte sich noch einmal auf die Kälte, die ihren Körper hatte taub werden lassen, auf die ruhige Einsamkeit. Dann erhob sie sich.

Gierig holte sie Atem, und die Luft traf sie härter als das Wasser vorhin. Kalter Wind fuhr ihr über die nasse Haut, Rinnsale flossen von ihrem Haar hinab über ihr Gesicht. Sie wischte sie fort. Sie fror, aber endlich fühlte sie sich wieder sauber, belebt, zurück in der Welt. Sie drehte sich zum Ufer um – und hielt unvermittelt inne.

An einen Baum gelehnt, neben ihren abgelegten Kleidern, stand Offa und sah sie unverwandt an.

Drida erstarrte. Sie blickte noch nicht einmal an sich herab, um zu überprüfen, wie nackt sie wirklich vor ihm stand. Das

Wasser reichte ihr bis zur Taille, und sie spürte ihr Haar, das ihr über die Schultern nach vorne fiel und einen Teil ihrer Brust verdeckte. Ihr erster Instinkt war, die Hände zu heben und sich zu bedecken, aber sie war wie gelähmt. Sie sah Offa nur an, wartete auf eine Reaktion, eine Erklärung, was er hier wollte. Aber er stand weiterhin nur da.

Die kühle Abendluft zwischen ihnen wurde schwer, schien zu zittern, sich zu erwärmen, Mücken umschwirrten Drida, surrten, und an ihrer Seite platschte ein Fisch. Alles um sie herum bekam eine fast schmerzhafte Intensität, ihre Sinne weiteten sich. Das graue Licht schwand zusehends. Offas Gesicht war kaum mehr als ein Schatten, aber sie spürte immer noch seinen Blick auf sich, sah das Funkeln im eisigen Blau, das jetzt dunkel war. Rauch stieg hinter ihm auf – die anderen beiden mussten ein Feuer gemacht haben –, die Schlieren krochen zwischen den Ästen und dem Schilf hindurch auf ihn zu, hüllten ihn ein und griffen schließlich auch nach Drida, machten ihr das Atmen schwer.

Sie wusste nicht, wie viel Zeit vergangen war – sie spürte ihre Beine längst nicht mehr –, als der König sich plötzlich vom Baumstamm in seinem Rücken löste und einen Schritt auf sie zukam.

»Zieht Euch an und kommt ans Feuer.«

Seine Stimme klang rau, fast schon wütend. Er ließ seinen Blick noch einmal über sie wandern, dann drehte er sich um und verschwand im Dickicht.

Drida blickte ihm hinterher, bis sie nichts mehr von ihm sehen konnte, dann eilte sie aus dem Wasser. Sie konnte sich gerade noch auf den Beinen halten. Sie stürzte sich auf ihre Kleider, noch nie in ihrem Leben war ihr so kalt gewesen. Aber selbst mit dem Unterhemd und dem Überkleid wurde ihr nicht warm.

Ihr Blick fiel zum Ursprung der Rauchschwaden, und sie

wünschte sich ans Feuer. Trotzdem zögerte sie. Es war anstrengend, in des Königs Nähe zu sein. Nie wusste sie, was er dachte, und wie sie sich verhalten sollte. Und dann waren da auch noch die beiden anderen Krieger.

Wo hielt sich nur Luna versteckt? Drida würde ihren warmen Wolfskörper jetzt gut gebrauchen können. Lieber würde sie hier am Ufer an Luna geschmiegt die Nacht verbringen als bei den Männern. Aber von der Wölfin war nichts zu sehen. Ihr blieb nichts anderes übrig, als sich durchs Schilf zurückzukämpfen. Ihr Haar hatte längst ihr Kleid durchnässt, und sie zitterte, als sie bei den drei Männern ankam, die ums Feuer saßen. Der König blickte nicht auf, er hatte sein Schwert über seinen Schoß gelegt und schliff es mit einem Wetzstein. Eadric nahm einen Trinkschlauch vom Boden, erhob sich und reichte ihn ihr, während der dritte Krieger ebenfalls aufstand, die Pferde losband und sie zum See führte.

Drida nahm den Schlauch entgegen und trank. Es war köstlicher Honigwein. Sie wollte das Behältnis zurückgeben, aber Eadric wandte sich bereits ab und folgte dem Krieger mit den Pferden. Nur Offa blieb hier. Drida wusste nicht, was sie tun sollte.

»Habt Ihr Hunger?«, brach er unvermittelt das Schweigen, ohne aufzusehen.

Drida ging ein wenig näher heran. Ihr Magen war ein leeres Loch, sie wusste gar nicht, wann sie das letzte Mal etwas gegessen hatte. Sie öffnete den Mund, um zu antworten, als Offa ihr zuvorkam.

»Natürlich habt Ihr Hunger.«

Er griff zur Seite, wo seine Satteltasche lag, und nahm Käse, Brot und Trockenfleisch heraus. Er legte alles neben sich auf dem ausgebreiteten Umhang ab, und so blieb Drida nichts anderes übrig, als sich an seiner Seite niederzulassen.

»Ich danke Euch.«

Sie nahm ein Stück Brot und versuchte nicht laut zu stöhnen, als sie hineinbiss. Das Feuer verströmte Hitze, die fast schon zu groß war, aber für ihren durchgefrorenen Körper war es genau richtig.

Eine Weile aß sie schweigend, während Offa weiter seine Klinge schliff, dann hielt sie es nicht länger aus.

»Ich bin Quindrida vom Frankenreich, Cousine der Könige Karlmann und Karl, illegitime Tochter Grifos, Enkelin von Karl Martell.«

Offa hielt mit dem Stein in der Hand inne und wandte sich ihr zu. Sein kühler Blick aus den blauen Augen traf sie, bescherte ihr eine Ahnung von dem, was Beornred gesagt hatte. Kalt wie Stein. Wenn er sie so ansah, fiel es ihr schwer vorstellbar, dass sie vor gar nicht langer Zeit so viel Schmerz und Zorn in seinen Augen hatte lodern sehen. War dies ein Ausrutscher gewesen? Hatte die Nachricht über seine Schwester ihn derart gerührt, und zeigte er Drida jetzt seine wahre Natur, die jegliche Empfindung verbarg oder sogar unterdrückte? Sie erwartete Fragen, irgendetwas, aber er sah sie nur an.

Und so fuhr sie fort: »Ich lebte in Quierzy an Königin Gerpergas Seite, sie ist die Gemahlin des Königs Karlmann. Aber dann ging ich zu König Karl, und …«

Sie versuchte, die richtigen Worte zu finden, so wie damals bei den Walisern, aber es fiel ihr schwer, wenn Offa von Mercia neben ihr saß und sie unverwandt ansah. Ständig hatte sie Beornreds Stimme im Ohr, und auch wenn Offa ihr nichts getan hatte, gab es für sie keinen Grund, Beornreds Worte anzuzweifeln. Der verstoßene Angelsachse hatte sogar sein Leben riskiert, um ihr zu helfen, um sie zu verteidigen. Er war kein Lügner. Vielleicht hatten sich die Waliser ihm anders gezeigt als ihr, aber das musste nicht bedeuten, dass Beornreds Vergangenheit nicht so passiert war und er im Grunde unrecht hatte.

»Ich verletzte einen Bischof«, brachte sie hervor und versuchte nicht an das junge, schöne Gesicht zu denken, mit den dünnen Lippen und den teuflischen Augen. »Im Versuch, mich selbst zu schützen.« Das würde Offa ihr vielleicht gar nicht glauben. »Zur Strafe wurde ich auf dem Meer ausgesetzt, um dort zu sterben.«

»Hat dieser Bischof das getan?«

Offa ruckte mit dem Kinn kaum merklich vor, sein Blick flackerte kurz zu ihrem Hals und ihrer Brust hinab, und Dridas Hand fuhr selbsttätig hoch, als könne sie so ihre frischen Narben verbergen. Natürlich hatte er am See alles gesehen.

»Walisische Händler fanden mich und brachten mich zu Brochfael von Powys«, wich sie aus, denn sie wollte nicht über den Bischof sprechen. »Dort lernte ich Eure Schwester kennen.«

Offa nahm den Blick von ihr und ließ den Wetzstein wie zuvor in langsamen, gleichmäßigen Bewegungen über die Klinge fahren. »Sie lief von zu Hause fort und glaubte, nicht zurückkommen zu können. Selbst nach Vaters Tod. Selbst zu mir nicht.«

»Sie wollte nicht zurückkommen. Sie liebt Brochfael.«

»Und sie dachte, ich würde nicht erlauben, dass die Schwester eines Aldermanns … eines Königs … einen Waliser heiratet. Sie dachte, ich würde sie gegen ihren Willen zurückholen.«

»Das wolltet Ihr doch auch.«

Er hob den Kopf und sah sie flüchtig an – war da wieder dieses gefährliche Lodern gewesen? Dann aber widmete er sich wieder seiner Arbeit. »Ich kann mir vorstellen, was Ihr am walisischen Hof alles über mich gehört habt.«

»Nicht nur am walisischen Hof«, korrigierte Drida ihn und dachte voller Wehmut an Beornred, Gerperga, Karlmann … Was passierte zu Hause? War Karls langobardische Prinzessin schon auf dem Weg zu ihm? Übten die Aquitanier den Aufstand? Konnten die beiden Brüder sich zusammenreißen, um sich der Bedrohung gemeinsam entgegenzustellen? Suchte Karlmann mit Beornred auf dem Meer nach ihr?

»Im Frankenreich spricht man von mir?« Offa klang erstaunt, fast ein wenig erfreut.

Drida verdrehte die Augen. »Nichts Gutes, das sei Euch versichert.«

Offa zuckte mit den breiten Schultern. »Vermutlich ist jedes Wort wahr.«

Nun wandte Drida sich ihm ganz zu und sah ihn neugierig an. Solch ein Geständnis hatte sie nicht erwartet. Sie erinnerte sich noch daran, wie Karl seine Taten stets zu rechtfertigen versucht, wie er alles schöngeredet hatte. Nie war etwas seine Schuld gewesen. Offa schien da anders zu sein, auch wenn sie nicht wusste, ob es ihr ein besseres Gefühl gab zu wissen, dass er offen dazu stand, den Thron mit Gewalt gestohlen zu haben und andere Königreiche zu unterdrücken. Falls er überhaupt an dasselbe dachte wie sie.

Offa legte den Wetzstein zur Seite und wandte sich ihr ebenfalls zu. »Ihr habt nichts Gutes von mir gehört. Trotzdem seid Ihr mir mutig begegnet, und auch jetzt sitzt Ihr an meiner Seite und zittert kaum noch.«

»Ich zitterte der Kälte wegen.«

Sein rechter Mundwinkel hob sich ein wenig, er schien das Lächeln aber nicht zulassen zu wollen. »Und jetzt ist Euch wärmer?«

Seine Stimme war wie der Rauch, der vom Feuer emporstieg, wie der Honigwein, der wohlig ihre Kehle hinabgeflossen war. Einen Moment lang verlor sie sich im kühlen Blau seiner Augen, aber das Knacken eines Asts in den Flammen riss sie sofort zurück in die Wirklichkeit.

»Beornred, der König von Mercia, hat mir von Euch erzählt.«

Sie blickte ihm direkt in die Augen und wartete auf seine Reaktion. Sie wollte ihn dazu herausfordern, alles zu bestätigen, was sie von ihrem Freund in der Heimat gehört hatte. Oder vielleicht leugnete er nun doch?

Offa starrte sie an. Eis legte sich über seine Augen. Er bewegte sich kein Stück, und trotzdem war er plötzlich ein anderer.

Drida bereute ihre Worte sofort, und es verlangte ihr ein unglaubliches Maß an Selbstbeherrschung ab, nicht aufzustehen und davonzulaufen.

Es gab keinen Zweifel, dass der Hass, den Beornred für den König empfand, auf Gegenseitigkeit beruhte, selbst nach so langer Zeit.

»Er lebt?«, stieß Offa schließlich kaum hörbar aus. Immer noch glich sein Gesicht einer Statue.

Drida ließ so unauffällig wie möglich die angehaltene Luft zwischen ihren leicht geöffneten Lippen entweichen. »Er ist ein Getreuer König Karlmanns.«

Ein langsames, kaum merkliches Nicken. »Seine Geschichten waren bestimmt noch farbenprächtiger als die der Waliser. Kein Wunder, dass Ihr mich nicht erkannt habt. Ihr müsst meine Hörner vermisst haben, meine Klauen und Reißzähne.« Hohn schwang in seiner Stimme mit.

Drida hob den Kopf an. »Sagtet Ihr nicht, alles, was ich gehört hätte, sei wahr?«

»Das ist es vermutlich auch. Aber es kommt wohl immer auf die Auslegung an. Und ich kann mir vorstellen, wie Beornred seine Geschichte erzählt.«

»Er sagte, Ihr seid ein Heide.« Drida wies auf seine Brust, auf der das unbekannte Symbol ruhte. »Ist das auch Auslegungssache?«

Offa hob die Hand und umschloss den Anhänger. »Ja.«

Ein verächtlicher Laut entkam ihr. Sie wollte aufstehen, als sich seine Finger unvermittelt um ihren Arm schlossen und sie zurückzogen. »Ihr sagtet, Ihr braucht meine Hilfe.«

Die Worte waren so unerwartet und aus dem Nichts, dass Drida ihn ein paar Herzschläge lang nur verständnislos ansehen konnte.

»Ich muss zurück«, flüsterte sie schließlich und verstand nicht, warum sie die Worte kaum auszusprechen vermochte. Es war wohl die Angst vor der Antwort. So viele Menschen hatte sie darum gebeten, sie nach Hause zu bringen, und jedes Mal war sie enttäuscht worden.

»Zu meiner Schwester?«

»Zu Karlmann.«

Seine Augen verengten sich, und sein Griff um ihren Unterarm verstärkte sich einen Moment lang, dann ließ er sie los. »Ins Frankenreich.«

»Zu meiner Familie. König Karl übergab mich dem Meer, und alle werden mich für tot halten. Ich möchte zurück nach Hause, zu König Karlmann und Königin Gerperga. Die walisischen Händler sagten, Fürst Brochfael sei in der Lage, mich zurückzubringen, aber seine Noblen wollten mich nach Irland verkaufen. Deshalb schickte Eure Schwester mich fort, zu Euch. Sie sagte, Ihr kontrolliert eine Stadt im Osten, von der aus …«

»Lundenwic.«

»Ja.«

»König Karl kontrolliert die britannische See. Ich betreibe Handel mit ihm.«

Ihr Magen verkrampfte sich. Nicht schon wieder, dachte sie verzweifelt. Sagt mir nicht erneut, dass es unmöglich ist. Sie hörte es bereits an seinem Tonfall.

»König Karlmann würde Euch belohnen. Er wird mich zurückhaben wollen, er würde eine hohe Summe …«

»Ihr vergesst, mit wem Ihr sprecht.« Er sprach ruhig, und doch lag eine unbarmherzige Härte in seiner Stimme. »Ich bin der König von Mercia, kein dahergelaufener Händler, der nach ein paar Münzen giert.«

Drida spürte all ihre Hoffnung schwinden. Er hatte recht. Es gab keinen Grund für ihn, ihr zu helfen. Seine Schwester hatte sich geirrt.

»Es ist spät, Ihr solltet schlafen. Wir haben noch einen langen Ritt vor uns.«

Seine Worte hatten eine Endgültigkeit, die ihr die Kehle zuschnürte. Was sollte sie jetzt tun? Wieso war sie so dumm gewesen anzunehmen, König Offa wäre ihre Rettung? Sie hatte Beornred doch ihr ganzes Leben lang gehört! Er hatte es ihr immer und immer wieder gesagt. Offa war niemand, der anderen half. Er tat nur, was ihm selbst diente und was seine Macht vergrößerte.

Mit bleiernen Beinen erhob sie sich und ging auf die andere Seite des Feuers. Dort ließ sie sich auf der Erde zwischen Farnen und anderen niedrig gewachsenen Pflanzen nieder und legte sich hin. Ihr Kopf ruhte auf ihren Händen, ihr Haar schob sie über die Schulter nach vorne, damit es nicht auf dem Boden lag und sich Laub und Nadeln darin verfingen. Sie war müde, aber sie wusste, sie würde lange keinen Schlaf finden. Durch die Flammen hindurch sah sie Offa an. Er blickte zurück. Das rote Farbspiel in der Dunkelheit aus Licht und Schatten tanzte über sein Gesicht, verschärfte seine Züge, ließ seine Augen lodern und das Gold seines Haars und des Barts glühen. Er war eine teuflische Gestalt. Drida lähmte die Gewissheit, nie von hier wegzukommen.

Blitze zuckten über den Himmel, Donner zerriss die Luft und dröhnte in ihren Ohren. Dridas kleine Nussschale schwankte hin und her, füllte sich mit Regenwasser, das derart heftig vom

Himmel stürzte, dass sie glaubte zu ertrinken. Sie griff nach Luna, aber sie tastete ins Leere. Ein Schrei entfuhr ihr. »Luna!« Panisch drehte sie sich im Kreis, versuchte den Schemen in der Dunkelheit auszumachen, weiches Fell zu greifen, aber da war nichts, sie war allein. »Luna!« Ein fernes Jaulen aus der Nacht, zerbrochen im Donner und vermischt mit dem Heulen des Windes. Drida klammerte sich an den Rand des Bootes, versuchte etwas auf der aufgewühlten See auszumachen, als das Wasser sich vor ihr auftürmte und als niederschmetternde Wand auf sie zuraste. Sie bohrte ihre Fingernägel ins Holz, ohrenbetäubender Lärm hüllte sie ein, ein Krachen, als schlügen Steine aufeinander. Ihr Boot wurde hochgehoben, Wasser stürzte auf sie nieder. Sie fiel, wurde herumgewirbelt. Klauen schlossen sich um ihre Arme, zerquetschten sie. Graue Augen, die Höllenfeuer in sich trugen, starrten sie an. *»In euch allen steckt etwas Verdorbenes, und ich werde dich davon befreien!«* Die Klauen zerschnitten ihre Haut. Drida schrie und schrie. Dann waren es plötzlich eisblaue Augen, die sie aus dem Wasser heraus ansahen. Sie versuchte, sich von diesem Ungeheuer zu befreien, aber es war zu stark. Erneut dieses Jaulen von Luna, ein Knurren.

»Wacht auf!« Eine Stimme, die sie nicht zuordnen konnte. Immer noch der Schmerz um ihre Arme. Ihr Körper wurde geschüttelt. »Es ist nur ein Traum! Wacht auf!«

Drida riss die Augen auf, und plötzlich war das Wasser fort. Sie war verloren in Dunkelheit, an ihrer Seite sengende Glut. Wo war sie? Wie war sie hierhergekommen?

Ihr Atem ging schwer, immer noch hatte sie das Gefühl, unter Wasser zu geraten und keine Luft mehr zu bekommen. Das Ungeheuer! Es hielt sie immer noch fest, sie spürte den festen Griff an ihren Armen. Sie schlug um sich, wollte sich befreien, aber die Klauen waren unnachgiebig, zogen sie nach vorne, pressten sie gegen etwas Hartes, umschlossen sie ganz und gar.

»Es ist vorbei.« Eine raue, kühle Stimme über ihr. »Kommt zurück, es ist vorbei.«

Drida versuchte etwas auszumachen, zurückzufinden, und da sah sie auf der anderen Seite der Glut Eadric und Osred. Beide sahen sie besorgt, ja gar erschrocken an. Dridas Finger krallten sich in hartes Kettengeflecht, ihr Gesicht lag ebenfalls an einem Ringpanzer, sie roch das Eisen. Offa!

Mit einem Keuchen fuhr sie zurück, und der feste Halt um ihren Körper verschwand. Vor ihr kniete der König, sein Gesicht in rotes Licht und Schatten geteilt, die sonst eisblauen Augen nur ein finsteres Funkeln. Sie war in Mercia! Am Seeufer bei König Offa, Eadric und Osred. Sie hatte geträumt.

»Luna.«

Sie war das Erste, was ihr in den Sinn kam. Im Traum hatte sie die Wölfin jaulen gehört.

Offa wies zur Seite. Dort stand sie tatsächlich in nur wenigen Schritten Abstand, den Körper gestreckt, den Kopf gesenkt, als würde sie jeden Moment abspringen und jemanden anfallen. Ihre Augen leuchteten gelblich.

Drida seufzte erleichtert auf und streckte die Hand nach der Wölfin aus. »Luna, komm her.«

Die Wölfin zögerte einen kurzen Augenblick, betrachtete Offa noch einmal misstrauisch, dann tapste sie auf Drida zu, legte ihren Kopf in ihre ausgestreckte Hand und schmiegte sich an sie. Endlich spürte sie wieder das weiche Fell und den warmen Körper, den Trost, das Vertraute.

Verlass mich nicht, dachte sie und legte ihre Wange an Lunas Hals. Die Wölfin legte sich quer über Dridas Schoß nieder und ließ sich kraulen.

»Als wäre das Vieh eine Strohpuppe«, staunte Eadric und sah Drida und Luna über die heruntergebrannte Feuerstelle hinweg an. »Fast hätte der Wolf dem König die Hand abgebissen, als er Euch wecken wollte.«

Drida warf Offa einen Blick zu. Der hatte sich aber schon erhoben und ging zu den unruhigen Pferden, ohne Drida zu beachten.

Der König hatte sie geweckt. Er hatte ihre Arme umklammert und sie geschüttelt, und als sie aufgewacht war, hatte er sie an seine Brust gezogen und gehalten. Beide Hände waren noch dran.

»Den ganzen Wald habt Ihr zusammengeschrien«, fuhr Eadric fort, mit einer Mischung aus Besorgnis und Bewunderung. »Jedes Tier im näheren Umkreis muss geflohen sein.«

Drida senkte beschämt den Blick und konzentrierte sich ganz auf Luna, auf ihr ruhiges Atmen und auf das Heben und Senken ihres Bauches.

»Was habt Ihr denn geträumt?«, wollte Eadric wissen.

Dridas Hände verkrampften sich. Sie dachte an das Wasser, an das Boot, die Einsamkeit, den Durst … die Angst zu sterben. Als gute Christin sollte sie sich nicht fürchten, sie sollte dem Herrn vertrauen. Aber sie fühlte sich noch lange nicht bereit, Abschied zu nehmen.

»Die Sonne geht bald auf, wir reiten weiter«, erklärte Offa, ehe sie Worte finden konnte, die den Krieger Eadric zufriedenstellten. In diesem Moment war sie dankbar dafür, dass Offa die Aufmerksamkeit von ihr ablenkte.

Eadric blickte zu seinem König und dann zurück zu ihr. Schließlich nickte er und rappelte sich mit einem Stöhnen auf. Osred faltete inzwischen einen ledernen Eimer auseinander und ging damit zum See, vermutlich, um Löschwasser für das Feuer zu holen.

Drida war immer noch müde. Sie hätte sich gerne noch einmal hingelegt. Bei dem Gedanken, erneut vor Eadric auf dem Pferd zu sitzen, bis jeder Muskel schmerzte, graute ihr. Aber wohin sonst sollte sie gehen? Zurück nach Powys konnte sie nicht, die Noblen würden sie verkaufen. Ihr blieb nur, sich dem König anzuschließen. Vielleicht fand sie ja in der Stadt, in die er wollte, jemanden, der ihr helfen konnte.

Ein Seufzen unterdrückend, schob sie Luna von sich und erhob sich ebenfalls. Sie sammelte die umherliegenden Trinkschläuche auf, schüttelte Umhänge aus und packte alles in die auf dem Boden liegende Satteltasche. Dabei spürte sie, wie Offa sie beobachtete. Fürchtete er, sie könnte seine Habe durchsuchen und ihn bestehlen? Wohin sollte sie schon gehen?

Osred kehrte mit dem Wasser zurück und kippte es wie erwartet über die Glut. Ein Zischen erklang, und dichter, beißender Rauch breitete sich aus. Drida wandte sich ab, hob die Satteltasche auf und ging damit zum König. Wortlos nahm er sie entgegen und machte sie fest.

Sie wollte sich gerade wieder abwenden, als er unvermittelt einen Schritt nach vorne machte und ihr Handgelenk sacht umschloss.

»Ich werde sehen, was ich tun kann«, sagte er, fast ärgerlich.

Zuerst wusste Drida nicht, was er meinte, aber dann begann ihr Herz schneller zu schlagen. »Ihr bringt mich nach Hause?« Sie brachte kaum mehr als ein Flüstern zustande.

Offa sah sie streng an, und sein Griff verstärkte sich einen kurzen Augenblick lang. »Ich werde sehen, was ich tun kann«, wiederholte er. Dann ließ er sie los.

KAPITEL 24

Tamouuorthig (Tamworth), Königreich Mercia, September 769

Hilda hörte leises Kichern aus dem Stall der Milchkühe. Es hörte sich an wie Fina, was nicht verwunderlich wäre. Diese dumme Gans kicherte ständig oder redete oder stellte dumme Fragen. Dabei sollte sie Hilda in der Käserei helfen. Na, der würde sie was erzählen! Fina glaubte, sich vor Acha fürchten zu müssen, aber bald würde sie sich das alte Weib zurückwünschen. Hilda konnte noch viel ungemütlicher werden.

Mit festen Schritten ging sie zwischen den rechts und links von ihr angebundenen Kühen hindurch und blickte in jede einzelne Lücke zwischen den Tieren, um Fina zu finden. Aber sie war nirgends.

Schwert atmend vor Zorn blieb Hilda stehen und lauschte. Da war es wieder. Das Kichern, gefolgt von einem tiefen Stöhnen, das zweifelsohne männlich war. Es kam aus der abgetrennten Nische, in der das Heu für die nächsten Tage bereitlag und wo Hilda und die anderen Mägde meist schliefen, da es oben auf dem Heuboden zu staubig war. Hilda wusste genau, was sie dort finden würde. Sie hatte ihren Körper lange genug verkauft.

»Du kleine Hure …«, begann sie und bog um die Bretterwand. Aber als sie Fina erblickte, verstummte sie augenblicklich.

An ihrer Seite lag Deogol. Ihr Sohn! Noch vollständig bekleidet, genauso wie Fina. Aber das wäre sicher nicht mehr lange so geblieben.

Ein schockierter, wütender Laut entfuhr Hilda, ihr fehlten die Worte. Fina sah sie aus schreckgeweiteten Augen an. Das flammend rote Haar hatte sich aus ihrem Kopftuch gelöst und hing ihr in dicken Strähnen ins erhitzte Gesicht. Deogol setzte sich auf, er schien nicht minder entsetzt, seine Mutter hier zu erblicken.

»Was tust du hier?«, wollte er wissen. Sein vorwurfsvoller, entrüsteter Tonfall stand im Widerspruch zu der Scham, die ihm deutlich ins Gesicht geschrieben war.

»Du dreckiges, durchtriebenes Miststück!« Hildas Hände formten sich zu Krallen, sie wollte die Irin an den Haaren aus dem Heu ziehen, aber sie war wie gelähmt. Fina schien ihr den Gedanken von den Augen abzulesen, denn sie rutschte zurück.

Deogol hingegen sprang auf. »Rede nicht so mit ihr!«

Hilda holte aus. Sie wollte ihrem Sohn eine Ohrfeige verpassen, aber zu ihrer Überraschung fuhr seine Hand vor, noch ehe sie seine Wange erreichte, und umklammerte ihren Unterarm.

Hilda erstarrte, genauso wie Deogol. Regungslos standen sie einander gegenüber, während er immer noch ihren erhobenen Arm fest im Griff hatte.

Ein entrüstetes Keuchen entfuhr ihr. Nie zuvor hatte Deogol etwas Derartiges getan.

»Du einfältiger Bengel!«, entfuhr es ihr. Sie zog ihren Arm an sich und blickte zwischen Fina und ihrem Sohn hin und her. »Du dummer Junge!«

»Ich bin ein Mann«, entgegnete Deogol – Widerworte, die ihm genauso wenig ähnlich sahen.

Hilda wurde schwindlig. Was geschah hier? Das war alles Wulfheres Schuld. Es war der Krieger, der ihrem Sohn Flausen in den Kopf setzte, genauso dieses Mädchen! Was machten sie mit ihrem gehorsamen Deogol?

Nie hätte sie hierherkommen dürfen. Es war ein großer Fehler gewesen.

»Wir verschwinden von hier.« Ihre Stimme klang eisig, düster und bedrohlich. »Noch heute. Wir gehen zurück nach Lundenwic.«

»Nein!« Deogol machte einen Schritt zurück an Finas Seite. »Ich gehe nirgendwohin.«

»Du gehst dahin, wo ich sage. Du bist mein Sohn!«

»Ich bin ein Mann!«, wiederholte Deogol mit glühenden Wangen und am ganzen Leib zitternd.

Am liebsten hätte sie noch einmal ausgeholt, wenn sie nicht gefürchtet hätte, dass er sie erneut aufhielt. Es war, als wüsste er plötzlich, dass er sie mit seinen sechzehn Jahren überragte, dass er nicht mehr klein war und ihr auch an Kraft längst überlegen war. Das musste er bei den Übungsstunden mit Wulfhere richtig bemerkt haben. Sie war machtlos. Aber das durfte er nicht wissen. Sie war immer noch seine Mutter. Sie hatte ihn nach der Geburt nicht im Fluss ertränkt, nein, sie hatte ihn an ihrer Brust genährt, hatte für ihn Essen gestohlen und ihn aufgezogen. So dankte er es ihr jetzt?

»Wir gehen fort«, sagte sie, langsam und jedes Wort betonend. »Und du gehst mit, ob es dir passt oder nicht.«

»Nein.« Deogol griff nach Finas Hand. Die Magd rappelte sich auf, stellte sich an seine Seite und sah sie angstvoll an. »Wir wollen den König um Erlaubnis bitten, uns zu vermählen.«

»Vermählen?!«

Dies musste ein Albtraum sein. Ihr Deogol konnte sich unmöglich in einen derart dummen Tor verwandelt haben. Er hatte sein ganzes Leben lang auf der Straße überlebt, jemand Dummes schaffte das nicht. Deogol war gewieft, er konnte andere einschätzen, vor allem machte er sich keine falschen Hoffnungen. Er wusste, wie das Leben war. Sie hatte es ihm eingebläut. Und jetzt stand er da wie ein verliebter Narr.

»Du wirst auf keinen Fall diese kleine Hure heiraten.«

»Hör auf, sie so zu nennen! Sie ist keine Hure!«

»Ach, eine edle Dame legt sich mit einem törichten Jungen ins Heu.«

»Wir haben nichts getan!« Die Röte in seinem Gesicht breitete sich bis zu den Ohren aus. »Nicht … nicht das, zumindest. Wir … wir warten, bis wir verheiratet sind.«

Hilda warf die Arme in die Höhe. »Gütiger Gott, befreie mich von diesem dummen Sohn!«

Sie drehte sich auf dem Absatz um und stürmte aus dem Stall, denn sie konnte den Anblick der beiden keinen Augenblick länger ertragen. Sie hörte Deogol noch beruhigend auf Fina einreden und glaubte, vor Zorn aus der Haut zu fahren. Schweiß brach ihr aus. Und gleichzeitig war da auch tiefer Schmerz, ein Bangen vor der Einsamkeit. Plötzlich war sie ganz allein auf der Welt.

Nein. Sie würde nicht zulassen, dass Deogol diese kuhäugige Fina heiratete. Sie würde mit ihm fortgehen, vielleicht nicht zurück nach Lundenwic, aber irgendwo anders hin, wo es keine unverschämten Krieger gab, die ihrem Sohn falsche Träume in den Kopf setzten, und keine gespielt unschuldigen Huren.

»Hilda, wieso bist du nicht in der Käserei?«

Acha kam, die Hände in die Seiten gestemmt, über den Hof auf sie zu. Aber Hilda beachtete sie gar nicht und hielt aufs Tor zu. Sie wollte in die Siedlung, einfach nur hier raus, fort von hier, und nachdenken, wie sie Deogol dazu bringen könnte, mit ihr wegzugehen. Sie hatte den Hof kaum zur Hälfte überquert und stand gerade mitten zwischen den Gänsen, als Reiter auf sie zukamen.

Sie erkannte Offa an der Spitze sofort, und ihr Herz machte einen Satz. Mit Offa kehrte auch ihre Hoffnung zurück. Er würde ihr helfen, Deogol zur Vernunft zu bringen.

»Hilda.« Die raue, tiefe Stimme jagte ihr einen Schauer über den Körper. »Hast du dich eingelebt?«

»Ich erzähle Euch später gerne alles darüber, mein König!«

Jetzt war er wieder hier, in ihrer Reichweite. Nie würde er erlauben, dass ihr Sohn sein Leben für diese Fina wegwarf. Er würde alles zum Guten wenden, er …

Offa drehte sich auf seinem Pferd um. Nun bemerkte Hilda auch seine Begleiter. Als Erstes sah sie die schwarzhaarige Frau auf Eadrics Pferd. Eine junge, mit atemberaubender Schönheit gesegnete Frau. Goldene, von der Sonne geküsste Haut, die aber von Natur aus einen eher blasseren Ton zu haben schien, stellte einen Kontrast zum in der Sonne glänzenden Rabenhaar dar. Sie hatte große Augen, deren Farbe Hilda nicht erkennen konnte, aber sie waren hell – blau, grau oder grün vielleicht –, und selbst von hier aus sah Hilda die dunkle Umrandung durch bestimmt lange, dichte Wimpern. Ein schön geschwungener Mund – die Oberlippe war genauso dick wie die untere – und hohe, ausgeprägte Wangenknochen. Auch musste sie noch jung sein. Ihre Haut war makellos, und sie wirkte klein und zerbrechlich.

Es erstaunte Hilda nicht, dass sich augenblicklich alle Männer im Hof nach ihr umdrehten. Aber wohl nicht nur nach ihr. An der Seite der Reiter trabte ein Wolf durchs Tor und sah sich im Hof um. Ein wahrhaftiger Wolf. Hilda hatte schon einmal einen gesehen, auf dem Weg nach Lundenwic, im Wald. Aber er war schnell wieder davongelaufen. Dieser hier aber ging auf die Frau zu, die von Eadrics Pferd rutschte, und schmiegte sich an sie.

Raunen erklang um sie herum. Offa sah die Frau immer noch an, unergründlich. Es war nicht zu erkennen, was er bei ihrem Anblick dachte, aber Hilda kannte Männer gut genug, und es fiel ihr nicht schwer zu erahnen, was er von ihr wollte.

Schließlich wandte Offa sich an einen seiner Krieger und sagte etwas zu ihm, was Hilda nicht verstand. Die Frau sah sich inzwischen um und ließ ihre Hand durch das Fell des Wolfes streichen, als hätte sie einen Hund neben sich. Ihr Blick wanderte über den Hof und blieb schließlich bei Hilda hängen.

Beinahe zuckte Hilda zusammen, wie ertappt, aber sie riss sich gerade noch rechtzeitig zusammen und sah der Frau direkt in die Augen – grüne, wie sie jetzt erkannte. Die Frau zog die dunklen Brauen ein wenig zusammen, verwirrt über Hildas Blick. Dann aber wandte sie sich an den König, mit so leise gesprochenen Worten, dass Hilda wieder nichts verstehen konnte.

Offa sah sich um, und nun war er es, der Hilda ansah und sie näher winkte.

»Hilda wird Euch zeigen, wo Ihr fürs Erste unterkommen könnt.«

Er kam auf sie zu, und Hilda wusste nicht, was ihr mehr den Schweiß ausbrechen ließ: seine plötzliche Nähe, sein männlicher Duft nach Eisen, Leder und Wald, die eisblauen Augen, die sich direkt auf sie richteten – oder die Empörung darüber, dass er sie wie eine Magd, die fremde Frau hingegen derart förmlich und höflich behandelte. Wer war sie denn schon? Eine von edlem Blut? Die Tochter eines Aldermanns? Eines Königs? Etwa eine mögliche Braut? Hilda rang nach Luft. Offas Worte drangen wie durch Wasser zu ihr hindurch.

»Drida gehört dem fränkischen Königshaus an. Richte ihr ein Lager in der Halle und füll ihr den Zuber in der Küche.« Er warf einen Blick über die Schulter zurück. »Ich nehme an, Ihr möchtet diesmal mit heißem Wasser baden.«

»Solange Ihr mir dabei nicht wieder zuseht«, erwiderte die junge Frau mit einem fremden Klang in der Sprachmelodie, was ihr etwas Erhabenes, Faszinierendes verlieh.

Hilda wurde schlecht. Fränkisches Königshaus? Was zum Teufel machte sie dann in Mercia? Sollte sie womöglich Offa heiraten? Da war etwas in seiner Stimme gewesen, als er von heißem Wasser gesprochen hatte, etwas, was die beiden verband, etwas Unsichtbares – aber Hilda hatte es deutlich gespürt. Es knisterte wie die Luft vor einem Gewitter, als würden jeden Moment Blitze über den Himmel zucken.

Nein! Sie musste schnell handeln, bevor diese Fränkin ihr noch den Mann stahl.

»Und etwas zu essen«, wandte Offa sich wieder an sie. Aber er schien sie gar nicht richtig zu sehen, sie war nur seine Magd.

Am liebsten hätte sie ihre Finger ins Eisengeflecht seines Ringpanzers geschlagen und ihn geschüttelt. Stattdessen neigte sie nur gehorsam den Kopf.

»Kann ich auch für Euch etwas tun?«, bot sie an und wünschte, sie hätte sich heute Morgen besser um ihr Haar und ihr Gesicht gekümmert. Vermutlich stank sie auch von der Käserei.

Offa winkte mit einer ungeduldigen Geste ab und ging an ihr vorbei zur Halle, aus der gerade der Priester Herefrith kam. Die beiden begrüßten einander und verschwanden gemeinsam im Inneren des gewaltigen Langhauses.

Hilda seufzte und wandte sich der fränkischen Frau zu, die sie abwartend ansah, fast schon ein wenig verunsichert. Der Wolf stand immer noch an ihrer Seite, und Hilda versuchte, sich nicht von den durchdringenden bernsteinfarbenen Augen des Tiers beunruhigen zu lassen.

»Erwartet Ihr, dass ich auch für das Vieh etwas zu essen bringe?« Hilda deutete auf den Wolf hinunter und erfreute sich an der Verblüffung der Fränkin. Sollte sie nur gleich wissen, dass Hilda nicht vorhatte, vor ihr zu kriechen.

Die junge Frau musterte sie deutlich, dann fand sie ihre Worte wieder. »Luna besorgt sich ihr Essen selbst, vielen Dank«, sagte sie. Und wäre die Situation anders gewesen, dann hätte Hilda ihr wohl zugutehalten müssen, dass es ihr gelang, drohend zu klingen. Es gefiel ihr anscheinend nicht, wenn ihre *Luna* Vieh genannt wurde.

»Na, dann kommt mit.«

Hilda drehte sich um und ging zum Küchenhaus, das in kleinem Abstand zur Halle stand, ohne darauf zu achten, ob die Fränkin ihr folgte. Zu ihrem Bedauern war Acha da und schimpfte mit den Mägden, die schneller schneiden und schälen sollten. Selbst der Oberköchin gab sie Befehle.

»Der König ist wieder da!«, kreischte sie und fuchtelte dabei wild mit den Händen herum. »An die Arbeit! Wollt ihr ihn etwa verhungern lassen?«

»Ich habe hier noch ein Maul, das gefüttert werden muss«, verkündete Hilda.

Alle drehten sich zu ihr und der Fränkin um, die hinter ihr eintrat. Achas Gesicht verzog sich wütend, sie wollte schon wieder losschimpfen. Aber dann betrachtete sie die Fränkin etwas genauer, und was auch immer sie sah, zeichnete ihre Züge glatt, und ein groteskes Lächeln verzog ihre dünnen Lippen.

»Natürlich!«, rief sie mit viel zu hoher Stimme. »Kommt nur herein, Herrin, kommt nur herein!«

Herrin?! Hilda sah die alte Frau an, als stünde ein Geist vor ihr. Dahin war die ewig schimpfende verschrumpelte Alte, und hervor kam ein freundliches Wesen. Woher wusste Acha überhaupt von der Ankunft des Königs und seiner Begleiterin? Hatte sich die Kunde wirklich so schnell bis zur Küche herumgesprochen?

»Ich hörte, Ihr seid in Begleitung eines … eines Wolfs«, stieß Acha auch schon aus. Sie hatte also wirklich allerhand erfahren. »Soll ich dem Tier ein schönes Stück Fleisch bringen?«

Ein schönes Stück Fleisch für ein flohverseuchtes Ungeheuer? Wie wäre es mit einem Braten für Hilda? Sie hatte schon lange kein Fleisch mehr gegessen, und dieser Wolf sollte welches bekommen? Das wurde ja immer besser!

»Ich danke Euch für Eure Großzügigkeit, aber das wird nicht nötig sein.« Die Fränkin lächelte, und Hilda hätte fast auf den festgestampften Lehmboden gespuckt.

»Ich stelle heißes Wasser für Euer Bad auf«, zischte sie und hängte einen Kessel über eine der gerade unbenutzten Feuerstellen.

Sie kippte die an der Wand stehenden vollen Eimer Flusswasser hinein und schickte schließlich eine der Mägde, um Neues zu holen. Schließlich winkte sie die Fränkin näher, die gerade von Acha ein Holzbrett mit kaltem Braten, Brot und Käse entgegennahm. Sie zog das grobe Tuch zur Seite, das den Holzzuber verdeckte, und wies einladend darauf.

»Wollt Ihr nun baden oder essen?«, fragte sie ungeduldig.

Die Fränkin sah zwischen ihrem Mahl und dem Zuber hin und her, tatsächlich so zerknirscht, als wüsste sie nicht, welche Wahl sie treffen sollte. Was für ein Leben musste das sein, wenn dies die schwierigsten Entscheidungen für eine Frau waren!

»Was erlaubst du dir, mit einer Dame edlen Geblüts derart zu sprechen, du Drecksstück!«, rief Acha außer sich.

Aber die Fränkin hob schnell ihre freie Hand. »Es ist schon in Ordnung«, sagte sie und lächelte Hilda zu, was der fast den Haferbrei vom Morgen hochsteigen ließ. »Ich nehme ein paar Bissen, bis das Wasser warm ist. Vielen Dank für Euer aller Gastfreundschaft, ich weiß das wirklich sehr zu schätzen. Mir tut nach dem Ritt jeder Muskel weh.«

»Ihr armes Ding«, heuchelte Hilda, ohne die Unehrlichkeit

in ihren Worten zu verbergen. »Was wollt Ihr überhaupt hier?«, fragte sie schließlich geradeheraus.

Wie erwartet ließ es Acha diesmal nicht beim Schimpfen bleiben. Sie nahm den Kochlöffel, holte aus und schlug Hilda damit fest auf den Arm.

Die Fränkin keuchte auf, aber Hilda zuckte nicht einmal zusammen.

»Ich werde dem König von deinem widerlichen Verhalten berichten«, erklärte Acha und zeigte drohend mit dem Kochlöffel auf sie.

»Schon wieder?«, fragte Hilda gelangweilt, während sich alle anderen in der Küche bemühten, beschäftigt auszusehen und dem Spektakel nicht allzu offen zuzusehen.

Die Fränkin blickte zwischen ihr und Acha hin und her. Dann wandte sie sich ab, zog sich an die lange Holztafel zurück, an der Frauen Teige kneteten, und knabberte wie eine Maus in winzig kleinen Bissen an ihrem Käse.

Hilda konnte sie kaum ansehen. Sie stellte sich vor, wie sie in Offas Bett lag, wie er sie küsste und berührte, und ihr wurde so heiß, dass sie es neben der Feuerstelle kaum noch aushielt. Die Angst, Offa an diese Frau zu verlieren, schnürte ihr die Kehle zu.

Eine Ewigkeit schien zu vergehen, bis das Wasser kochte und sie es gemeinsam mit weiteren Eimern kalten Wassers in den Zuber goss. Die Fränkin kam auf sie zu, und Hilda zog das Tuch vor, um den Körper der edlen Dame vor den Blicken der anderen zu schützen.

Kaum jemand badete je hier. Die Bediensteten wuschen sich ab und zu im Fluss, bevorzugten es aber meist, nicht nass zu werden. Und die hohen Damen, die Gemahlinnen von Edelleuten oder hochgestellten Kriegern aus Offas Herdtruppe, nahmen auch nur selten ein Bad. Meist wuschen sie sich nur mit einer Schale Wasser. Hilda konnte das nicht verstehen. Sie selbst nutzte jede Gelegenheit, um ihren Körper zu reinigen, flussaufwärts, wo das Wasser sauberer war. Sie war es so gewohnt. Nach jedem Mann, der sich ihrer bemächtigt hatte, war der Drang, alles an ihr zu waschen, übermächtig gewesen, auch wenn sie sich danach immer noch beschmutzt gefühlt hatte. Ein Gefühl, das die Fränkin wohl nicht kannte.

Hilda breitete die Arme aus, um die Kleidung der jungen Frau entgegenzunehmen. Diese stand aber nur befangen da.

»Wollt Ihr nun doch kein Bad?«

Die Fränkin sah an sich hinab, dann atmete sie sichtbar ein und hob die Hände. Sie fädelte die Verschnürung ihres Überkleids auf, schob es von ihren schmalen Schultern und ließ es zu Boden gleiten. Schließlich fasste sie auch ihr langärmliges Unterhemd zusammen, als wollte sie es sich über den Kopf ziehen, hielt aber erneut inne und sah Hilda misstrauisch an. Hatte sie wirklich Angst, ihren Körper vor einer anderen Frau zu zeigen?

Ach, Offa, dachte Hilda, du willst dir ein verklemmtes, unerfahrenes Ding in dein Bett holen, das dir nie geben wird, was du dir tief im Inneren wünschst, was du brauchst.

»Worauf wartet Ihr? Wollt Ihr mit dem Hemd baden?«

Manch edles Fräulein tat dies tatsächlich, aber Hilda fand das lächerlich.

Die Fränkin schien derselben Ansicht, denn nun hob sie schließlich das Hemd über ihren Kopf. Unsicher stand sie vor Hilda, dann stieg sie in den Zuber. Hilda versuchte, die Frau nicht zu offensichtlich anzustarren und sich die Bitterkeit bei diesem Anblick nicht anmerken zu lassen.

Die Fränkin hatte den Körper einer Göttin. Schmale Schultern mit zarten Schlüsselbeinen, feste, runde Brüste, die eine große Hand füllen konnten, eine schmale Taille und einen flachen Bauch, die Hüften ausladend, die Haut straff und jugendlich. Verklemmt oder nicht, jeder Mann musste sie in ihrem

Bett haben wollen. Das schwarze Haar fiel ihr wie Seide über die Schultern, bedeckte die kurz hervorblitzenden rosa Brustwarzen, die grünen Augen leuchteten im Zwielicht der durch den schmalen Fensterschlitz dringenden Sonnenstrahlen.

Mit beiden Händen schob die junge Frau ihr Haar zurück und ließ sich ins Wasser gleiten. Da bemerkte Hilda die frisch verheilten Wunden an ihrem Hals und ihrer Brust. Es waren blasse Striemen wie durch eine Peitsche. Wer würde eine junge adlige Frau auspeitschen? Dann noch an solcher Stelle?

Es war ein Anblick, der Hilda mit Entsetzen und Zorn erfüllte, der sie daran erinnerte, wie sie selbst einmal gewesen war – unsicher, hilflos, Männern ausgeliefert. Sie sah sich wieder vor sich, wie sie zum ersten Mal in Aldfriths Hütte stand, und ein Hauch von Mitleid überkam sie – eine Art Verbundenheit zu einer Frau, die gelitten hatte, genau wie sie. Im Grunde waren alle ihres Geschlechts lediglich die Spielbälle von Männern. Vielleicht sollten sie mehr zusammenhalten.

Aber Hilda hatte schnell gelernt, dass jeder für sich allein kämpfte. Sie durfte sich nicht erlauben, jemandem zu vertrauen, selbst wenn sie sich oft danach sehnte.

Die Fränkin schien ihr Starren zu bemerken, denn sie senkte beschämt den Blick und wandte ihr den Rücken zu.

»Nicht das, was du erwartet hast?«, fragte sie tonlos, holte Atem und tauchte schließlich unter Wasser.

Hilda stand reglos da. Ihr blieb nichts mehr zu sagen.

Offa wusste nicht, wann er zuletzt eine so anstrengende Reise hinter sich gehabt hatte. Es war gewesen, als käme er nie an seinem Ziel an. Da war einerseits das Brennen der Nachricht über Eadburhs Überleben, dem er nachgehen wollte. Und dann auch noch Drida, deren Anwesenheit ihn mit einer Unruhe erfüllte, die er sich nicht erklären konnte. Sie und ihr Wolf und die Nachricht, die sie überbracht hatte, beschäftigten seine Gedanken, und er war froh, in Tamouuorthig angekommen zu sein und Drida nicht mehr um sich zu haben.

Die Halle Tamouuorthigs war ihm vertraut, sie war der Ort, der einem Zuhause am nächsten kam, obwohl er nicht mehr Zeit hier verbrachte als anderswo. Vielleicht, weil hier alles angefangen hatte. Hier war er zum Aldermann und danach zum König geworden.

Erschöpft trat er in den rauchigen, zwielichtigen Raum ein. Vater Herefrith, Eadric und weitere Krieger, die zu seiner Herdwache gehörten, folgten ihm. Auf der gegenüberliegenden Seite des Eingangs, wo die Schlaflager hinter den schweren Eichenpfeilern lagen, sah er schemenhafte Gestalten. Direkt an der Feuerstelle in der Mitte, die so groß war, dass man einen ganzen Ochsen darüber braten könnte, saßen weitere Männer auf den Bänken. Nachdem sich seine Augen an das düstere Licht gewöhnt hatten, erkannte er Wulfhere, der sich erhob und zu ihm kam. Andere Aldermänner hielten sich, in Grüppchen zusammenstehend, hier auf, darunter seine Vettern Uhtred und Ealdred von den Hwicce, Merdith von den Magonsæten und Mitglieder des Stammes der Cilternsæten. Die meisten wussten, dass Offa Tamouuorthig als seinen Hauptsitz betrachtete, und wer etwas von ihm wollte, kam hierher.

Eine Magd trat mit einem Kelch an ihn heran. Offa nahm ihn entgegen und winkte zweien seiner Männer, die er als Boten einsetzte. Einen schickte er wie geplant zu seiner Mutter nach Averdun, den anderen nach Mathrafal, um ein Zusammentreffen mit Fürst Brochfael und Eadburh zu arrangieren. Dabei machte ihn schon die Aussicht auf die lange Zeit des Wartens fast wahnsinnig. Er wollte sofort zu seiner Schwester, er wollte sie nach Tamouuorthig holen. Aber sein Verstand arbeitete wieder besser, und er wusste, dass er nicht nach Mathrafal gehen konnte, ohne sein Leben zu riskieren.

Wulfhere kam an seine Seite und lauschte Offas Anweisungen an die Boten, stellte aber keine Fragen. Er wartete, bis die beiden sich verneigt und abgewandt hatten und begann schließlich ohne Umschweife zu berichten:

»Die Ernten sind reich und üppig, mein König, Ihr könnt an Michaelis hohe Abgaben erwarten. Nur die Weizenfelder von Eata, die am Fluss Anker liegen, wurden beim letzten starken Regen überflutet, und größere Einbußen sind zu erwarten.«

Offa nickte. Er konnte seine Gedanken jetzt nicht auf derlei Dinge wenden, dafür hatte er seine Reeves. Jetzt drängte es ihn, mit Vater Herefrith zu sprechen.

»Eata also«, sagte er abwesend und blickte zu dem Geistlichen, der sich bereits zur Feuerstelle begab und ihm von dort erwartungsvoll entgegenblickte. »Er trägt den Namen eines Heiligen, und doch scheint Gott ihm nicht zugetan. Warten wir ab, was seine Ernte hergibt, und besprechen dann mit ihm eine mögliche Senkung der Abgaben. Dieses eine Mal.«

»Mein König.« Wulfhere verneigte sich und trat einen Schritt zurück. Er schien zu bemerken, dass Offa jetzt kein Ohr für Abgaben und Ernten hatte.

»Vater.« Offa ging zu dem Priester ans Feuer, das nie gelöscht wurde, und legte ihm die Hand auf die Schulter, um ihm zu bedeuten, sitzen zu bleiben.

Die anderen im Zentrum der Halle – Männer und Frauen seines Haushalts, die ihn neugierig ansahen, um zu erfahren, ob es Neuigkeiten gab – winkte er mit einer knappen Geste davon. Er wollte mit Herefrith allein sprechen.

Ohne zu zögern, zogen sie sich zurück in die abgelegeneren, dunkleren Bereiche jenseits der Stützpfeiler. Selbst die Hunde erhoben sich und folgten Offas Hundeführer hinaus in den Hof.

Offa ließ sich auf seinen gepolsterten Stuhl sinken und nahm einen Schluck vom Ale. »Habt Ihr Neuigkeiten aus dem Frankenreich vernommen?«

Es gab nicht viele Menschen an seinem Hof, die Offas großes Interesse an diesem Land kannten. Er bewunderte das Volk auf der anderen Seite der britannischen See für ihre Fortschrittlichkeit, nicht nur, was ihr Herrschaftssystem betraf, das sehr viel weniger barbarisch war als das der Angelsachsen. Sondern auch für ihre Baukunst, ihre Kultur und ihre Bildung. Er wollte diese Vorzüge auch in sein Reich bringen. Einerseits war Stärke wichtig, ein strenges Durchsetzen gegen jede Art des Friedensbruches, eine harte Hand gegen Feinde, die sein Volk mit ihren Raubzügen drangsalierten. Gleichzeitig wollte er aber auch die Bildung in seinem Land verbessern. Die Schulen mussten ausgebaut werden, und mehr Studenten musste eine Ausbildung ermöglicht werden, sie alle mussten lernen von den Geschichten ihrer Vorfahren. Auch Offa wollte mehr erfahren – über die Römer, die einst über dieses Land geherrscht hatten und denen sie prächtige Bauwerke und ihre Straßen verdankten, aber vor allem über die Franken.

»Die Schlacht ist entschieden, mein König«, erklärte Herefrith und sah ihn aus seinem faltigen Gesicht ernst an. »Die Aquitanier unter Hunold wurden besiegt.«

»Karl hat sich ihnen allein gestellt?«

Offa hatte es sich Drida gegenüber nicht anmerken lassen, aber er wusste mehr über ihre Vettern Karl und Karlmann, als sie dachte. Herefrith hielt ihn über das Treiben im Frankenreich stets auf dem Laufenden, schließlich strebte Offa auch eine enge Beziehung zu den fränkischen Höfen an. Besonders, um Handel zu treiben und seinen eigenen Status auf der britischen Insel über den der anderen Könige zu heben. Nur so war es möglich, den Frieden und die Sicherheit seines Volkes zu wahren. Einer musste über allen anderen stehen, sonst würden sich die unterschiedlichen Könige stets gegenseitig aufreiben. Irgendwann, so hoffte Offa, würde es nur noch einen König der Angelsachsen geben. Sein Volk würde vereint und dem der Waliser an Stärke bei Weitem überlegen sein. Niemals würden sie es dann noch wagen, in seine Heimat einzufallen – schon gar nicht, wenn erst sein Wall stand.

»Karl hatte keine andere Wahl«, erklärte Herefrith aufgeregt. Da der Geistliche selbst lange Zeit im Frankenreich gelebt hatte, brannte er immer noch für dieses Land, und die politischen Verstrickungen entfachten Leidenschaft in ihm. Seine Augen funkelten, und seine Stimme bebte. »Er konnte entweder den Aufstand der Aquitanier geschehen lassen und den Verlust dieses Landesteiles akzeptieren oder ihn alleine niederwerfen.«

»Was war mit seinem Bruder Karlmann?«

»Der kam mit seinem Heer nach Montcontour, und alles sah danach aus, als ob die Brüder gemeinsam gegen Aquitanien vorgehen, so wie es üblich ist. Fränkische Könige zogen seit jeher gemeinsam in die Schlacht. Karlmann gebot doch auch über einen Teil Aquitaniens, es wäre auch seine Aufgabe gewesen, in den Kampf zu ziehen und sein Land zu verteidigen. Aber im letzten Moment zog er ab, versagte Karl die Hilfe und ließ ihn allein stehen. Niemand weiß, warum. Ich habe nur Gerüchte gehört, die wohl von einer Frau handeln.«

Offa schnaubte abfällig. Welche Geschichte drehte sich nicht um eine Frau, da solch romantischer Tand besser klang als reine Machtgier? »Eher hat Karlmann wohl angenommen, Karl würde verlieren und geschwächt daraus hervorgehen.«

»Ja. Aber jetzt steht Karlmann als Feigling dar, als jemand, der sich vor einer Schlacht drückt und den eigenen Bruder im Stich lässt. Karl hat die Aquitanier geschlagen, allein! Er hat Hunold gefangen genommen und sich nun zum Herrn über ganz Aquitanien erklärt – auch über Karlmanns Anteil.«

Offa seufzte und strich sich über die Stirn. Er kannte den Bruderkonflikt schon seit Längerem, und er hatte stets Interesse daran gehabt, wer die Oberhand behielt, um einen würdigen Handelspartner zu finden. Bislang hatte er Karlmann für den Stärkeren gehalten, den Nachrichten zufolge war er der Beliebtere und Fähigere. Aber daran hegte er jetzt Zweifel.

»Karlmann fällt, und seine Mutter lässt ihn einkreisen.«

Herefrith nickte aufgeregt und verzichtete diesmal darauf, die fränkische Königsmutter zu verfluchen, da sie sich gegen den Heiligen Vater in Rom stellte. »Sie weilt beim Langobardenkönig Desiderius in Pavia, und alles deutet auf eine baldige Vermählung zwischen Karl und Desiderius' Tochter hin. Auch mit den Baiern paktiert sie, um die Schlinge gegen Karlmann vollständig zuzuziehen.«

Diese Nachrichten hätten Offa gleichgültig sein müssen. Es musste ihn nicht kümmern, wer der beiden am Ende siegreich hervorging. Zumindest hatte es ihn bislang nicht berührt. Bis er einer jungen Frau sein Wort gegeben hatte. Drida wollte zurück zu Karlmann. Zu dem Mann, der von seinem Bruder eingekreist wurde, der jetzt eine herbe Niederlage erfahren hatte, und der nun noch schwieriger zu erreichen war, als Offa zuvor gedacht hatte. Die Ländereien entlang der britannischen See gehörten Karl. Durch sein Reich zu reisen, mit einer Frau, die dieser für tot hielt, konnte gutgehen, oder auch nicht. Karl war stärker als je zuvor – der Mann, der Drida auf dem Meer hatte aussetzen lassen.

»Wie könnte ich Karlmann erreichen? Wie könnte ich ihm etwas überbringen lassen?«

Der Priester musterte ihn kurz misstrauisch, dann schüttelte er den Kopf. »Es sollte nichts zu Wertvolles sein, mein König. Die Gefahr besteht, dass es in Karls Hände gerät. Ich hörte, dass Karl sogar schon Schiffe seines Bruders kapern ließ.«

»Das habe ich mir gedacht.«

»Was wollt Ihr ihm denn überbringen?«

»Etwas zu Wertvolles.«

Herefrith verengte die Augen, bis sich die buschigen grauen Brauen in der Mitte trafen, und öffnete den Mund, um weitere Fragen zu stellen, aber Offa erhob sich bereits. Er musste mit Drida sprechen und ihr sagen, dass er falschgelegen hatte. Er konnte rein gar nichts tun, um sie nach Hause zu bringen. Zumindest jetzt.

Aldermänner und Hofbeamte, die ihn aus den Augenwinkeln beobachtet hatten, regten sich, traten in seine Richtung, um die Gelegenheit zu nutzen, ihn zu sprechen, aber Offa ignorierte sie und schritt aus der Halle. Stets wollte irgendjemand etwas von ihm, und er musste sich die Zeit nehmen, das war seine Pflicht. Aber wann und wo, das bestimmte immer noch er. Jetzt musste er Dridas Hoffnung zunichtemachen.

Im Hof war nichts von ihr zu sehen. Da war nur eine Magd, die einen Karren voll mit Galläpfeln zog, die sie wohl im nahen Eichenwald gesammelt hatte. Bis die Gerber und die Tintenhersteller diese abholten, kamen sie ins Vorratslager. Das Michaelifest stand bevor, das Ende der Ernte, an dem seine Reeves die Abgaben einholten und das Jahr abrechneten. An diesem Tag wurde im Zuge der Feierlichkeiten auch ein Gallapfel geöffnet. Fand sich darin ein Wurm, so stand ein frohes, unaufregendes Jahr bevor, befand sich aber eine Spinne darin, so musste man mit zerstörten Ernten rechnen. Bei einer Fliege stand eine bescheidene Zeit bevor, und sollte der Gallapfel leer sein, so würden sie das ganze Jahr über von schweren Krankheiten und Seuchen heimgesucht werden. Offa konnte sich nicht erinnern, dass die Gallapfel-Prophezeiungen je eingetroffen wären, trotzdem klopfte jedes Mal sein Herz, wenn sie einen öffneten.

»Wo finde ich Hilda und die Fränkin, die vorhin mit mir angekommen ist?«, fragte er die Magd.

»In der Küche, mein König.«

Offa nickte und blickte zum Küchenhaus. Vermutlich nahm Drida gerade ein Bad, er konnte also schlecht einfach so hineinplatzen – nicht schon wieder. Also hatte er nun doch Zeit für seine Aldermänner. Doch danach würde er mit Drida sprechen.

~

Hilda entfloh dem dampfenden Küchenhaus und ließ die Fränkin allein darin zurück. Die junge Adlige zog sich nach ihrem Bad noch an und war in rege Unterhaltungen mit der schrecklichen Acha verstrickt. Die würde eine Weile beschäftigt sein. In der Zwischenzeit musste Hilda ihr Schlaflager in der Halle vorbereiten. Aber alles war besser, als in der Hitze zu schmoren und dem glockenhellen Lachen zuzuhören, mit dem dieses Weibsbild alle zu täuschen versuchte.

Wo war überhaupt der vermaledeite Wolf hin? Stahl er etwa die Hühner?

Hilda ließ den Blick über den Hof schweifen, als ihr plötzlich Offa ins Auge fiel. Er stand unter dem Vordach des Halleneingangs an der Längsseite mit einem Aldermann der Magonsæten. Das Gespräch schien schon beendet zu sein, denn der Aldermann verneigte sich knapp und marschierte schließlich zu den Ställen. Offa hingegen blickte zum Küchenhaus, direkt zu ihr.

Und Hilda traf keine Entscheidung. Sie handelte rein aus Instinkt.

Mit einem hohen Laut krümmte sie sich zusammen, verzog das Gesicht und versuchte, Tränen in ihre Augen zu zwingen.

Ohne Offa anzusehen, tastete sie sich an der Wand entlang in die finstere Gasse zwischen Küchenhaus und Halle. Jetzt wusste sie, was Offa wollte. Er hatte diese zerbrechliche Drida angesehen, auf eine Art, die ihr zuwider war, aber jetzt kannte Hilda den Grund. Er war ein Beschützer. Er wollte verletzliche Frauen.

Mit aller Mühe zwängte sie ein Schluchzen aus ihrer Kehle, hielt sich mit einer Hand an der Wand fest und spürte endlich erste Nässe in den Augen hochsteigen.

»Hilda?«

Fast wäre ihr ein Lächeln entkommen. Stattdessen verzog sie ihr Gesicht noch mehr und wandte sich zum König um. Gespielt erschrocken fuhr sie zurück, wischte sich schnell über die Wangen und rückte ihre Kleider zurecht. »Mein König«, stieß sie mit gespieltem Entsetzen aus.

»Nenn mich Offa.«

Nun verzogen sich ihre Lippen doch ein wenig zu einem Lächeln. Ganz vergessen hatte er ihre gemeinsame Vergangenheit also noch nicht. »Offa. Bitte verzeiht mir, ich habe mich schon wieder beruhigt. Ich mache mich sofort wieder an die Arbeit.«

»Was ist denn los?«

»Ach, kümmert Euch nicht um mich. Ich komme schon zurecht.«

»Wenn es irgendetwas gibt, das ich tun kann …«

Sie warf sich mit einem verzweifelten Laut die Hände vors Gesicht und ließ ihren Körper erbeben.

Offa blieb stehen. Sie spürte, dass er sie ansah, und sie wünschte, er würde näher kommen, würde sie an seinen Körper ziehen, sie mit seinen Armen umfangen. Aber er regte sich nicht.

»Es ist Deogol«, entfuhr es ihr schließlich. »Er tut sich so schwer hier. Manchmal frage ich mich, ob ich überhaupt hätte herkommen sollen. Ich dachte, uns würde es hier gutgehen, ich war so dankbar, diesem … diesem Leben in Lundenwic zu entgehen. Aber Deogol …« Sie schüttelte schluchzend den Kopf und sah zu Offa auf, der sie mit ausdrucksloser Miene ansah.

»Kommt er mit seinen Aufgaben nicht zurecht? Behandelt ihn jemand schlecht?«

Hilda schüttelte schniefend den Kopf. »Ach, er ist ein starker Junge, das würde er aushalten, aber … aber … es ist das Gegenteil. Diese Magd … Fina … sie umgarnt meinen Jungen, macht ihm schöne Augen, versucht ihn zu gottlosem Treiben zu verführen, dabei … Ich wollte doch nie, dass mein Junge wird wie ich. Ich hatte doch keine andere Wahl, aber er … Alles habe ich getan, nur damit er eine bessere Zukunft hat, aber stattdessen macht er dieselben Fehler wie ich. Diese Fina … sie ist liebreizend und hübsch und wirkt durch und durch unschuldig, aber ich habe sie reden gehört. Und diese bösen, durchtriebenen Worte machen mir Angst. Sie sagte, sie würde sich meinen Deogol schnappen, dann könnte sie aus der Leibeigenschaft entrinnen und hier am Hof aufsteigen. Der Herr Wulfhere hat sich seiner angenommen, und Ihr würdet auch stets ein Auge auf mich und meinen Sohn haben. Das sei ihr sofort aufgefallen. Und mit Deogol könne sie zu Wohlstand gelangen, auch wenn sie ihn nicht leiden kann. Sie sagte … sie sagte …« Hilda ließ ihre Knie zittern, und ihr Atem kam in kleinen Japsern. »Wenn mein Deogol wirklich ein Krieger wird, dann fällt er nach der Hochzeit vielleicht bald in einer Schlacht, und sie wäre ihn los.« Herzzerreißendes Weinen brach sich Bahn. Fast glaubte sie selbst schon ihre Worte, und sie blickte aus tränenverschleierten Augen zu Offa auf.

Mit zusammengezogenen Brauen sah er sie an. Dabei ließ er sich nicht anmerken, was er von ihrem Vortrag hielt. Wenn er sich nicht bald rührte, blieb ihr wohl nichts anderes übrig, als sich an seine Brust zu werfen.

»Wulfhere hat sich seiner angenommen?«, fragte er schließlich.

Hilda brauchte ein paar Augenblicke, um diese Belanglosigkeit zu erfassen.

»Er kannte meine Eltern aus Averdun gut«, winkte sie ab und wollte die Aufmerksamkeit wieder auf sich selbst und das eigentliche Problem lenken, auf ihre Verzweiflung.

Aber Offa sah sich stattdessen um, und als er den Krieger Wulfhere bei den Stallungen entdeckte, winkte er ihn zu sich.

Hilda starrte ihn sprachlos an. Was sollte das? Er sollte sich ihrer erbarmen und sie trösten! Er sollte ihre Nähe suchen! Dann würde er bald spüren, dass er sie brauchte. Stattdessen trat er einen Schritt zurück.

»Der Junge wird sich schon klug entscheiden, Hilda, trau ihm ein wenig Menschenkenntnis zu. Du trägst die Sorge einer Mutter in dir. Aber Deogol ist doch kein Kind mehr. Erzähl Wulfhere von deinen Befürchtungen. Wenn er sich wirklich seiner angenommen hat, fällt ihm vielleicht etwas ein, wie er den Jungen zur Vernunft bringen kann.«

»Wulfhere?« Sie spuckte das Wort förmlich aus und funkelte an Offa vorbei zu dem Krieger, der mit finsterer Miene über den Hof näher kam.

»Kopf hoch.« Offa hob ein wenig die Mundwinkel, aber es war kein wahres Lächeln, nur Pflichterfüllung. »Sprich mit Wulfhere, und ihr werdet eine Lösung finden.«

Und mit diesen Worten wandte er sich ab und ging aufs Küchenhaus zu – dorthin, wo sich Drida befand. Er richtete ein paar Worte an seinen Krieger und deutete auf Hilda, dann hielt er eine Magd auf, fragte sie etwas, und als die Frau hinter sich zur Küche zeigte, ging er hinein.

Drida! Immer wieder diese Drida!

Hilda wollte sich abwenden und fortgehen, aber Wulfhere kam bereits auf sie zu.

»Du sorgst dich um Deogol und Fina?«, fragte er mit einer Härte, als wäre seine Stimme aus Steinen, die aneinanderrieben.

Hilda wischte sich die letzten Tränen von den Wangen und straffte die Schultern. »Das geht Euch überhaupt nichts an.«

Sie wollte an ihm vorbeirauschen, aber Wulfhere machte einen Schritt zur Seite.

»Lass die beiden in Ruhe«, warnte er ruhig, aber die Drohung war unverkennbar.

Hilda blickte zu ihm hoch. Nachdem er sie beim letzten Mal einfach so stehen gelassen und unverdrossen weiter mit Deogol geübt hatte, mussten ihr jetzt die richtigen Gegenworte einfallen. Sie sah ihm in die grauen, verengten Augen, die dünnen Lippen waren wie immer zusammengekniffen, was die Falten um seinen Mund herum betonte. Noch nicht einmal der lange Bart, der schon fast komplett grau war, konnte sie verbergen. Das Kopfhaar hatte er hingegen wieder abgeschoren, was sein mürrisches Gesicht noch mehr hervorhob. Er war ein schrecklicher Mann, und Hilda war es leid, sich von ihm in ihre Pläne pfuschen zu lassen.

»Haltet Euch von meinem Sohn fern.« Mehr als diese Warnung fiel ihr nicht ein.

Aber Wulfhere blieb unbeeindruckt. »Deogol kann hier glücklich werden. Es tut mir leid, dass du deinen Frieden nie gefunden hast, und …« Er ließ den Blick über sie wandern, abschätzig, missbilligend, »… dass so etwas aus dir geworden ist. Aber für Deogol ist es noch nicht zu spät. Er kann Bedeutung erlangen, und er kann Glück finden.«

»Nicht mit dieser Fina.«

»Und wer wäre deiner Meinung nach angemessen?«

Hilda trat einen Schritt weg, zurückgestoßen von diesen Worten. Wer war angemessen? Es würde ihr wohl nie gefallen, wenn Deogol sich von ihr abwandte, unabhängig wurde und sein eigenes Leben begann. Sie hatte alles für ihn aufgegeben, und das Mindeste, das er dafür tun konnte, war es doch, dafür an ihrer Seite zu bleiben, sie für sich ebenso in den Mittelpunkt zu stellen, wie sie es mit ihm tat.

»Ich glaube dir, dass du deinen Sohn liebst«, sagte Wulfhere, sprach die Worte genauso tonlos wie alles andere, was seinen Mund verließ. »Auf deine Art und Weise. Aber er ist nicht dein Eigentum. Er muss seinen eigenen Weg gehen, seine eigenen Fehler machen, und seine eigenen Träume verwirklichen. Steh ihm dabei nicht im Weg.«

Schon wieder eine Drohung!

»Und wenn ich das tue?«

»Werde ich dafür sorgen, dass es das letzte Mal war.« Und mit diesen Worten ließ er Hilda erneut stehen, und sie blieb fassungslos zurück.

~

Drida war nicht mehr in der Küche. Irgendwie war sie allen entschlüpft. Offa wurde nervös. War sie davongelaufen? Aber wohin konnte sie schon gehen? Sie wollte zurück ins Frankenreich, zu König Karlmann, und niemand konnte sie dorthin bringen, wenn noch nicht einmal Offa dazu in der Lage war.

Er sah Hilda, die mit eiligen, festen Schritten zur Halle ging, sie war ganz offensichtlich zornig. Er wurde nicht schlau aus ihr, hoffte aber, dass es eine gute Entscheidung gewesen war, sie hierherzubringen.

»Offa.«

Eadric trat zu ihm. Wenn sie allein waren, sprach er ihn nie förmlich an, was Offa bevorzugte. Er war oft genug der König, über jede Pause war er froh.

»Suchst du nach dem Mädchen?«, wollte sein Krieger grinsend wissen.

»Hast du sie gesehen?«

»Nicht gesehen, aber gehört, dass es unten am Fluss große Aufregung um eine junge, zauberische Frau und ihren Wolf gibt. Vielleicht siehst du dort nach?«

Offa legte ihm die Hand auf die Schulter und setzte sich in Bewegung, ein Seufzen unterdrückend. Er wurde nicht schlau aus Hilda – aber noch weniger schlau wurde er aus Drida.

Er ging allein in die Siedlung. Schmale Pfade führten zwischen den einzelnen reetgedeckten Häusern, ihren Gärten und Stallungen hindurch. Tamouuorthig war längst über die Begrenzung der Palisaden hinausgewachsen, alles tummelte sich um seinen Lieblingssitz, an dem sich die zwei Flüsse Tame und Anker trafen. Wenn er sich jetzt umsah, fiel sein Blick auf geschäftige Menschen, die wie fleißige Ameisen auf ihrem Haufen umherliefen, ihre Tiere versorgten, ihre Felder bestellten, Handwerk ausübten, Handel betrieben und seine Stadt, sein Land, zu Wohlstand brachten.

»Mein König«, kam es von mancher Seite mit einer demütigen Verneigung, aber schnell wurden die Blicke wieder gesenkt und die Arbeit wieder aufgenommen. Nur die Kinder waren da anders. Offa sah sie mit leuchtenden Augen hinter Hausecken hervorspähen, aus Fensterschlitzen hervorblinzeln, und manche blieben mit offenem Mund vor ihm stehen und starrten ihn an. Wenn er sich vorstellte, wie diese Kinder ihn sehen mussten, den mächtigen König von Mercia, dann kam ihm die Krone wie etwas Prächtiges vor, während sie in Wahrheit die meiste Zeit eher eine Qual war.

Er lächelte den Kindern zu, weil er sich daran erinnerte, dass er sich das gewünscht hätte, als er noch ein Junge gewesen war, und folgte weiter dem Pfad zum Fluss, der sich verbreitete und in einem großen Feld, gesäumt von Verkaufsständen und vereinzelten Hütten, zum Wasser hinunterführte.

Und dort entdeckte er Drida und die Wölfin – Luna. Die Fränkin kniete auf dem festgetretenen Pfad und betrachtete das Tier, das wie wild herumrannte, zwischen den ans Ufer gezogenen Booten ins Wasser stürzte, wieder hinauslief und sich im Kreis drehte. Immer mehr Menschen sammelten sich rundherum und beobachteten das Schauspiel. Einer warf sogar einen Fisch zu der Wölfin, die sich sofort darauf stürzte und ihn verschlang.

Offa beachtete aber weniger die Wölfin als die Frau. Das lange schwarze Haar fiel ihr offen bis zur Taille, es trocknete in der Sonne und glänzte wie Seide. Ihr Körper wirkte ein wenig ausgezehrt und abgemagert, aber das war nach allem, was sie zu erdulden gehabt hatte, wohl auch nicht verwunderlich. Ihre Augen leuchteten dafür umso mehr. Ein sanftes Lächeln umspielte ihre vollen Lippen, während sie mit offensichtlicher Zuneigung das wilde Tier betrachtete.

Er wusste nicht, wie lange er genauso wie die anderen hier unten am Fluss einfach nur dastand und sie und ihre Wölfin beobachtete, als sie unvermittelt den Kopf drehte und ihn ansah. Einen Moment lang rührte sie sich nicht, erwiderte nur seinen Blick. Dann erhob sie sich und kam auf ihn zu.

»Wollt Ihr zu mir?«, fragte sie ohne Umschweife. Es war wohl offensichtlich, dass er nicht zum reinen Vergnügen am Fluss herumstand. Sie hoffte bestimmt auf gute Neuigkeiten.

Offa sah sich um, betrachtete die vielen Menschen, von jung bis alt, die ihn und Drida aus den Augenwinkeln oder ganz direkt beobachteten. Hier konnte er nicht mit ihr sprechen.

»Begleitet mich.«

Er machte eine einladende Geste den Fluss entlang, und Drida setzte sich sogleich in Bewegung. Ja, sie erwartete wohl tatsächlich die Verkündung, dass sie schon bald ein Schiff besteigen und ins Frankenreich segeln würde.

»Braucht Ihr keine Leibwache?«, fragte sie und sah sich am Flussufer um. Es war ein schmaler Pfad zwischen dem flachen Wiesenhang, der zu den ersten Häusern hinaufführte, und zu den wilden Uferverwachsungen.

Offa legte die Hand auf seinen Schwertknauf, den er mittlerweile an eine andere Klinge hatte anbringen lassen. Die seines Großvaters, so schön sie auch gewesen war, hatte ihren Zweck nicht mehr erfüllt. »Ich weiß mir schon zu helfen, keine Sorge. Außerdem glaube ich nicht, dass es hier jemanden gibt, der meinen Tod wünscht.«

»Es gibt immer jemanden, der den Tod eines Königs wünscht.« Sie sprach sachlich, als spräche sie eine Tatsache aus, wie die Farbe des Himmels. Dachte sie dabei ans Frankenreich?

Ein paar Fischer fuhren draußen auf dem Fluss mit ihren Booten, Frauen knieten am Ufer und wuschen die Wäsche, aber es waren nicht mehr so viele Menschen um sie herum wie noch vorhin.

»Wollt Ihr nicht Eure Wölfin rufen, damit sie Euch folgt? Ihr müsst Euch Sorgen machen, wenn sie so ganz allein dort drüben ist.«

»Luna geht, wohin sie möchte.«

Offa nickte und überlegte, wie er ihr von den Verwicklungen im Frankenreich erzählen konnte.

»Ich habe mit meinem Kaplan, dem Priester Herefrith, gesprochen«, begann er und fragte sich, warum er plötzlich so nervös war, warum er ihre Reaktion fürchtete. »Er hat gute Kontakte ins Frankenreich.«

Drida spannte sich an seiner Seite deutlich an. Sie schien den Atem anzuhalten, ihre Hände ballten sich zu Fäusten.

»Die Aquitanier rebellierten gegen die Königsbrüder, aber

nur einer von ihnen zog gegen sie: König Karl. Sein Bruder versagte ihm die Hilfe, und Karl gewann den Kampf allein. Er nennt sich jetzt Herrscher über ganz Aquitanien.«

Drida blieb stehen. Sie sagte kein Wort, blickte nur ins Leere.

»Er hat seine Ehefrau verstoßen und heiratet eine langobardische Prinzessin. Er …«

»Ihr werdet mich nicht zurück nach Hause bringen.« Sie sagte es tonlos und kalt. Die Sonne funkelte in ihren Smaragdaugen, die neben dem Wasser noch heller zu leuchten schienen, und doch wirkten sie eisig, während schwarze Strähnen um ihr Gesicht wehten.

»Ich könnte nicht für Eure Sicherheit garantieren.«

Nun blickte sie auf. Sie reichte ihm nicht ganz bis zur Schulter, aber trotzdem strahlte sie Größe aus. »Über das Mittelmeer …«

»Wir müssten zuerst durch ein Seegebiet, das König Karl kontrolliert, und gerade jetzt im Konflikt gegen seinen Bruder ist er auch auf dem Wasser gefährlich. Ja, es könnte gelingen, wir könnten Euch mit Händlern schicken, Euch in Lumpen hüllen, und niemand würde wissen, wer Ihr seid und dass Ihr zur Königsfamilie gehört. Aber solange auch nur die kleinste Möglichkeit besteht, dass Ihr wieder in Karls Hände fallt und er beendet, was er begonnen hat – wäre es da nicht klüger, hier zu verweilen, wo es sicher ist?«

»Ist es das?« Prüfend sah sie ihn an.

Offa konnte ehrlich antworten. »Ihr seid hier so lange willkommen, wie Ihr es wünscht. Bleibt in Tamouuorthig, wartet ab. Wir können im Frankenreich nichts ausrichten, nur Geduld haben. Wenn Gott Eurem König Karlmann gnädig ist, wendet sich vielleicht das Blatt. Nach allem, was ich gehört habe, ist er der fähigere, der beliebtere König. Er hat *eine* Niederlage erlitten. Und er wird nicht tatenlos zusehen, wie er eingekreist wird. Und wenn er an Stärke gewonnen hat, wenn es sicherer ist, dann verspreche ich Euch, dass ich Euch zurückbringen lasse. Ich werde Euch nicht gegen Euren Willen hier festhalten.«

Drida wandte den Blick von ihm ab und drehte sich dem Fluss zu. Sie schaute hinaus aufs Wasser und schien nachzudenken. Vielleicht wägte sie das Risiko ab, doch zu versuchen, zu Karlmann zurückzukehren. Offa hoffte nur, sie sah ein, dass sie dort nichts ausrichten konnte. Entweder sie geriet in Karls Hände, oder sie schaffte es zu Karlmann und ging gemeinsam mit ihm unter, wenn Karl seine Schlinge zuzog. Sollte Karlmann wirklich die Oberhand gewinnen, konnte Drida immer noch zurück.

»Ich hoffe, Eure Schwester trifft sich mit Euch«, brach Drida unvermittelt das Schweigen.

Die Worte trafen ihn unvorbereitet und brachten ihn einen Augenblick lang durcheinander.

Sie warf ihm einen Blick über die Schulter zu. »Sie ist eine unglaubliche Frau.«

Offa wusste nicht, was er sagen sollte. Allein der Gedanke an Eadburh schmerzte, und so wandte er sich ab. »Ich nehme an, Ihr findet allein zurück«, sagte er noch.

Dann ging er davon, um sich um die bevorstehenden Abgaben, den Gerichtstag, seine Noblen, die wieder einmal in gegenseitige Zwistigkeiten verstrickt waren, um die Grenzländer, und ungefähr noch hundert andere Dinge zu kümmern.

~

»Darf ich mich zu Euch setzen, mein Kind?«

Drida blickte von ihrem verlassenen Plätzchen am Flussufer auf und erkannte einen ältlichen Mann mit glattrasierten Wangen und kurzem grauem Haupthaar. Er trug eine mausbraune, schmucklose Kutte, die mit einem Strick in der Mitte gehalten wurde, und um seinen Hals pendelte ein schlichtes Holzkreuz. Er war der Priester, der sich oft in Offas Nähe aufhielt. Drida hatte nach ihren ersten Tagen am mercischen Hof den Eindruck, dass er ein enger Berater des Königs war. Wie er sie hier draußen, fern der königlichen Halle und der geschäftigen Siedlung, gefunden hatte, war ihr allerdings ein Rätsel.

Sie nickte und wies einladend auf das Gras hinab, insgeheim zweifelnd, dass der Gottesmann sich auf dem feuchten Untergrund niederließ. Aber er zögerte keinen Augenblick. Mit einem Knacken in den Knien setzte er sich neben sie und blickte auf den Fluss zu den Fischern hinaus.

»Ein wunderbares Plätzchen, wenn es um diese Jahreszeit auch schon fast zu kühl für einen langen Aufenthalt draußen wird.«

Er sprach Fränkisch, und der vertraute Klang ihrer Heimat verwandelte ihren Magen in einen schweren Klumpen. Sie fühlte sich einsam, mehr noch als am walisischen Hof. Dabei müsste ihr dieses Volk durch ihre Mutter doch eigentlich näherstehen. Aber sie fühlte sich stets beobachtet, sah neugierige Blicke, die jede ihrer Bewegungen wahrnahmen. Am walisischen Hof hatte sie zusammen mit den Frauen streng getrennt gelebt, in einem Haus jenseits der fürstlichen Halle, und Vorhänge hatten die einzelnen Schlaflager voneinander getrennt. Hier aber konnte sie sich kaum zurückziehen. Sie schlief mit dem gesamten Haushalt, mit den Kriegern und ihren Gattinnen und Kindern, mit den Hofbeamten und ihren Familien und Gästen zusammen in dem gewaltigen Langhaus. Ein Lager folgte dem nächsten, und kaum je kehrte genug Ruhe ein, um einen tiefen Schlaf zu ermöglichen. Drida war ausgelaugt und konnte kaum essen. Auch Luna hielt sich meist fern.

Etwas in ihr brannte um priesterlichen Beistand. Sie wollte sich jemandem anvertrauen, die Beichte ablegen und ein Gebet hören. Aber sie wagte es nicht, danach zu fragen. Also blickte sie genauso wie der Priester zum Fluss hinaus und wartete darauf zu erfahren, was der Grund für sein Erscheinen war. Doch der Mann schwieg weiterhin, und Drida fand es zunehmend unangenehm. Es war ein weiter Weg von der Halle hierher, und sie glaubte nicht daran, dass er ihr zufällig begegnet war.

»Habt Ihr etwas vom Frankenreich gehört?«, fragte sie also, um die Stille zu unterbrechen. Nach dem, was Offa ihr erzählt hatte, schien er enge Kontakte zu haben, durch andere Geistliche und sogar über Händler.

Der Priester schüttelte den Kopf. »Bedaure.«

Drida presste die Lippen aufeinander und versuchte, der niederdrückenden Einsamkeit nicht nachzugeben. Es war schrecklich, nicht zu wissen, wie es ihren Freunden, ihrer Familie ging. Sie hörte nur von den politischen Wirrungen und konnte sich lediglich vorstellen, was Gerperga, Karlmann, Beornred und alle anderen machten.

»Wisst Ihr etwas über König Karlmanns Kind?«, fragte sie und wagte kaum zu hoffen, etwas Näheres herauszufinden.

Der Priester aber wandte sich ihr zu und nickte mit aufgeregt funkelnden Augen. »Ihr meint den kleinen Pippin?«

»Er wurde also tatsächlich auf denselben Namen getauft. Ist er gesund?«

»Ich habe nichts Gegenteiliges gehört.«

Drida atmete erleichtert auf. Ihren Freunden, ihrer Familie ging es gut. Karlmann hatte einen Erben und das Recht auf seiner Seite. Karl hingegen, der die Mutter seines Sohnes verstoßen hatte, war dabei, ein Bündnis mit dem Teufel zu schließen. Er hatte sich vom Papst abgewandt und würde die gerechte Strafe erhalten, während Karlmann seine Ehe aufrechterhielt. Eine Ehe, die mit dem kleinen Pippin bestimmt stärker war denn je. Und dann konnte Drida endlich zurück.

Erneut herrschte Schweigen, und in Drida kam der Gedanke auf, dass der Priester nicht gekommen war, weil er etwas von ihr wollte, sondern aus reiner Nächstenliebe. Da war etwas in seiner ruhigen Art, was Wärme und Geborgenheit ausstrahlte und schon tröstend auf sie wirkte, wenn er nur neben ihr saß. Und ohne weiter darüber nachzudenken, wandte sie sich ihm zu.

»Ich möchte gerne die Beichte ablegen.«

Der Priester sah sie nicht an. Er nickte nur und betrachtete weiterhin die kleinen gekräuselten Wellen auf der Wasseroberfläche. Und so begann Drida zu erzählen.

Sie sagte ihm alles. Sie begann bei ihren verbotenen Gefühlen für Karlmann, ihren Schuldgefühlen Gerperga gegenüber, ihrem Besuch bei Karl und wie sie den Bischof verletzt hatte. Sie erzählte ihm von den schrecklichen Tagen auf dem Boot, und dass es dort Momente gegeben hatte, in denen sie ihrem Leben beinahe ein Ende bereitet hatte. Sie schilderte ihre Zeit bei den Walisern bis hin zu diesem Augenblick. Sie redete und redete – einmal angefangen, wollten die Worte hinaus. Sie fühlte sich wie ein Kind, das elterlichen Beistand suchte, etwas, was sie nie gehabt hatte. Sie sprach sogar über ihre Mutter, über ihre illegitime Geburt, über den Konflikt ihres Vaters mit seinem Bruder Pippin. Es gab kein Halten mehr, alles musste heraus.

Und als sie nichts mehr zu sagen wusste, blieb da keine Leere, sondern ein angenehmer Frieden. Es wunderte sie, dass sie imstande war, sich einem Fremden gegenüber derart zu öffnen. Aber Herefrith war ein Mann Gottes. Er war der Einzige, der ihr weniger wie ein Waliser, Angelsachse oder Franke erschien, irgendeinem Lager zugehörig, sondern ein Mann Roms, ein Diener jenes Gottes, dessen Kinder sie alle waren –

nun ja, bis auf Offa, wenn man an den Anhänger an seiner Brust dachte und Beornred glauben mochte.

»Bereut Ihr Eure Sünden?« Der Priester sprach ruhig und blickte weiterhin auf den Fluss hinaus.

Drida kämpfte gegen die Enge in ihrer Kehle, wenn sie an Karlmann und Gerperga dachte. »Aus tiefstem Herzen.«

Nun wandte er sich ihr zu und legte ihr die Hand auf die Schulter. »Ich spreche dich frei, mein Kind. Im Namen des Vaters, des Sohnes und des Heiligen Geistes.« Er segnete sie mit einem Kreuz auf ihrer Stirn, und Drida spürte eine große Last von sich weichen.

»Geht heute Abend in die Kapelle und betet«, sagte Herefrith und wandte sich wieder dem Fluss zu. »Zu dieser Zeit werdet Ihr dort Ruhe und Frieden finden. Es wird Euch helfen. Findet Trost und Zuversicht im Herrn.«

Drida nickte, erstaunt darüber, wie viel Trost und Zuversicht sie schon jetzt erlangt hatte.

Wieder wurde es still zwischen ihnen. Doch diesmal fühlte sich die Stille nicht mehr bedrückend an, sondern tröstlich.

»Ich kannte Euren Vater«, brach der Priester schließlich unvermittelt sein Schweigen. Drida erstarrte über diese überraschenden Worte. »Als junger Mann begleitete ich Bonifatius, den Bischof von Mainz, auf seinen Missionen ins Land der Friesen, um den Heiden dort den wahren Glauben näherzubringen. An seiner Seite verkehrte ich auch am Hofe Eures Großvaters, Karl Martell. Dort traf ich einen seiner Söhne – Euren Vater Grifo.«

Gänsehaut überzog Drida. Allein der Klang dieses Namens. Niemand am Hofe König Pippins hatte ihn je ausgesprochen, nie hatte sie irgendetwas Genaueres über ihn erfahren. Er hatte gegen seine beiden Brüder Pippin und Karlmann, die aus einer ersten Ehe entstammten, um das Erbe gekämpft und war dann von einem von Pippins Männern getötet worden.

Das war alles, was man ihr erzählt hatte. Und jetzt saß da ein Mann, der ihn getroffen hatte, der seinen Namen aussprach.

Tausende Fragen schwirrten ihr durch den Kopf, aber ihrer Zunge gelang es nicht, auch nur eine einzige zu formen.

»Er war noch ein Bursche von fünfzehn Jahren, kurz bevor sein Vater starb. Ich war dabei, als Karl Martell ihn zum Miterben ernannte. Aber bald nach seinem Tod erklärten die Brüder Eures Vater dieses Erbe für ungültig und setzten Grifo und seine Mutter in unterschiedlichen Klöstern fest.« Herefriths Mundwinkel zuckte, als wäre er froh über diese Ereignisse. Drida konnte es von der Seite nicht genau sagen, aber ihr schien es tatsächlich, als würde der Priester lächeln. »Nun, Grifo kam in ein Kloster, in dem ich ebenfalls gerade verweilte, um Bonifatius' Besuch vorzubereiten. Euer Vater war trotz der Ungerechtigkeiten in seiner Familie ein fröhlicher, stets gut gelaunter junger Mann, voller Tatendrang und Gottvertrauen. Ihm gelang die Flucht aus dem Kloster.« Jetzt war es tatsächlich ein Grinsen, und die Art, wie er dabei die Hände aneinanderrieb, ließ Drida vermuten, dass er etwas mit der Flucht zu tun gehabt haben könnte.

»Ihr wisst sehr genau darüber Bescheid«, hakte sie vorsichtig nach, und der Priester lachte leise. Er wurde aber schnell wieder ernst.

»Es war eine Schande, wie es mit ihm zu Ende gehen musste. Ich weiß leider nichts von Eurer Mutter. Er muss sie Jahre später kennengelernt haben, vielleicht in seiner Zeit in Baiern auf der Flucht vor seinem Bruder. Aber Ihr seht ihm ein wenig ähnlich.« Er warf ihr einen flüchtigen Blick zu. »Das schwarze Haar habt Ihr von ihm, und das schmale Gesicht. Die Augen müsst Ihr von Eurer Mutter haben, Grifo hatte dunkle. Aber wenn Ihr lächelt, scheint es mir, als blicke seine unverdrossene Fröhlichkeit daraus hervor.« Er wandte sich ihr zu. Sein Ausdruck hatte etwas Tröstendes, Versicherndes.

Dridas Augen füllten sich mit Tränen, und sie wandte schnell den Blick ab.

»Nun denn.« Mit einem Seufzen rappelte der Priester sich auf, und Drida sprang schnell auf die Füße, um ihn zu stützen, was ihn zum Lachen brachte.

»Ich bin zweiundfünfzig Jahre alt, Kind, kein alter Greis. Ich kann noch selbst aufstehen.« Er nahm aber ihre Hand und legte seine zweite darüber. »Kommt zu mir, wann immer Ihr wollt. Ich bin in Mercia geboren, lebte aber einen Großteil meines Lebens im Frankenreich. Sogar mir kommt alles hier manchmal fremd und anders vor. Aber niemand hier möchte Euch schaden. Ihr seid hier in Sicherheit.«

Drida nickte, und ihre Lippen hoben sich wie von selbst zu einem Lächeln.

»Da«, sagte der Priester und nickte bekräftigend. »Wie Euer Vater.«

Er ließ ihre Hand los, und gemeinsam folgten sie dem Uferpfad zurück in die Siedlung. Jetzt war alles ausgesprochen worden, und Drida fühlte sich nicht länger, als kehrte sie in ein Gefängnis zurück.

Die hohen Palisaden, die die königliche Halle umschlossen, waren von jedem Winkel der Stadt aus zu sehen, sie waren der Mittelpunkt, und so würde Drida wohl immer den Weg zurückfinden. Das Tor der inneren Verteidigungsanlage stand offen. Drida und der Priester durchquerten es gerade, als sie Hufschlag hinter sich vernahm. Derart laut, dass er nur von mehreren beschlagenen Pferden stammen konnte.

Neugierig drehte sie sich um und sah eine Handvoll Krieger, in deren Mitte eine hochgewachsene, füllige Frau die Straße heraufritt. Sie trug einen dunkelroten Schleier mit goldenen Stickereien, der ihr Haar verdeckte, ihr Überkleid war vom selben Tuch. Das rundliche Gesicht war um den Mund und die Augen herum von Falten gezeichnet. Die Frau ritt in den Hof, ohne einen Blick auf Drida oder den Priester zu werfen. Sie sah nur nach vorne zur Halle, aus der in diesem Moment der König heraustrat. Knechte und Mägde eilten herbei, nahmen die Pferde entgegen, liefen zu der Frau, um ihr ihre Dienste anzubieten, aber sie winkte alle mit einer harschen Handbewegung davon. Mit weitgreifenden Schritten marschierte sie über den staubigen Boden und sank plötzlich vor dem König auf die Knie.

»Entschuldigt mich«, erklang die Stimme des Priesters an Dridas Seite, dann ließ er sie stehen und ging auf die beiden zu.

Der König umfasste die Schultern der Frau und zog sie hoch, dann begleiteten er und der Priester sie hinein in die Halle.

War dies Offas Mutter? Der König hatte nach ihr rufen lassen, um ihr vom Überleben Eadburhs zu erzählen. Würden sie jetzt zusammen nach Powys reisen, um Fürst Brochfael und seine Frau zu sehen? Was würden die walisischen Noblen dazu sagen, die gegen eine freundschaftliche Beziehung zu den Angelsachsen waren?

Drida schüttelte den Kopf und verließ den Hof wieder, um nach Luna zu suchen. Es sollte sie nicht kümmern, was mit Eadburh, den Walisern und Angelsachsen geschah. Sie würde wieder nach Hause gehen, so bald wie möglich. Aber gänzlich verschließen konnte sie sich vor den Menschen hier jetzt nicht mehr.

KAPITEL 25

Offa ließ den Blick über die vielen jungen Frauen und Mädchen schweifen, die seine Aldermänner und Noblen zum Fest von Michaeli an seinen Hof gebracht hatten. Zweifelsohne, um sie zur Königin zu machen.

Sie lachten und tanzten zur Melodie der wandernden Musiker, die Offa für das Fest eingeladen hatte, da sie schon letztes Jahr zu Feierlichkeiten hier gewesen waren. Schon damals hatten sie alle mit ihren lebhaften Geschichten begeistert, die sie auch jetzt mit Gesang und ihren Instrumenten erzählten. Viele der Gäste entlang der Bänke, die weit über die Feuerstelle hinausreichten, stimmten in die Lieder mit ein, andere tanzten und nutzten jede freie Fläche, sodass die Mägde sich mit vollen Krügen und Holzbrettern zwischen ihnen hindurchwinden mussten.

Offa aber nahm an dem Trubel nicht teil. Er hielt sich im Hintergrund, im Schatten eines Stützpfeilers, um zu beobachten. Er sah Aldermänner und Gesiths zusammenstehen und merkte sich genau, wer mit wem sprach und was ihre Mienen aussagten. Gab es Unstimmigkeiten oder verborgene Bündnisse? Wem konnte er trauen, und wem nicht?

Er sah noble Damen an ihren Töchtern herumzupfen und die Halle mit ihren Blicken nach ihm absuchen, um sie ihm vorzustellen. Er sah Priester und Bischöfe sich die Bäuche vollschlagen, und er sah einfache Leute, die an diesem Festtag mitfeierten und sich bewundernd in all dem Prunk umsahen. Die wertvollen Kleider, die funkelnden Pokale und Speiseplatten, die duftenden Bienenwachskerzen in goldenen Ständern, die Waffen, Schilde, Geweihe und Tierfelle an den Wänden … Die Halle war eines Königs würdig. Anders als einst unter Æthelbald, der alles hatte herunterkommen lassen.

Auch seine Krieger waren allesamt da. Eadric mit seinem Sohn Uffa, Leofric tanzte mit einer ganzen Handvoll Mägde, und Wulfhere saß ein wenig abseits auf einer Bank und sprach mit Hildas Sohn. Noch war der junge Deogol mit seinen Heiratsabsichten nicht zu ihm gekommen, fiel Offa bei seinem Anblick ein. Aber morgen stand ihm ein weiterer Tag bevor, an dem er sich die Sorgen, Wünsche und Beschwerden seines Volkes anhören würde. Nur wusste er nicht, ob er Hilda oder Deogol nachgeben sollte. Wenn der Junge heiraten wollte, dann sollte er diese Erfahrung selbst machen. Andererseits kannte Hilda ihn am besten. Sie war seine Mutter, und einen Vater gab es keinen, der dem Jungen mit Rat und Tat zur Seite stehen konnte.

Vielleicht sollte er sich diese Magd, die Deogol heiraten wollte, vorher noch ansehen. Lieber beschäftigte er sich nämlich mit den Heiratsabsichten anderer, als mit seinen eigenen. Erneut betrachtete er die jungen Frauen und überlegte, welche infrage kommen könnte.

»Die Helle dort drüben vielleicht?«, erklang unvermittelt die Stimme seiner Mutter an seiner Seite. Er hatte sie nicht kommen gehört, zu vertieft war er in seine Gedanken gewesen.

»Sie ist eine Tochter der Magonsæten«, erwiderte er nur, und damit war für ihn alles gesagt. Seine Mutter aber sah nur fragend zu ihm auf. »Sie ist aus Mercia«, führte er daher weiter aus.

»So wie fast alle Frauen hier.«

»Mercia ist mein. Ich brauche Bündnisse mit anderen Königreichen. Außerdem traue ich den Magonsæten nicht. Anders als sie habe ich nicht vergessen, dass sie einst die Waliser durch ihr Land ließen, damit sie Averdun angreifen konnten.«

»Das ist über zwanzig Jahre her.«

»Und ich habe es nicht vergessen.«

Seine Mutter seufzte nur und sah sich weiter um. »Andere Königreiche also … Kent macht kein Hehl daraus, Unabhängigkeit von Mercia anzustreben. Ich hörte, Kents König hätte ohne deine Erlaubnis Land an einen seiner Gesiths vergeben.«

»Diese Urkunde wird von mir für ungültig erklärt. Das ist aber noch kein Grund, eine kentische Braut zu nehmen. Da gäbe es noch andere … Die Könige im Westen von Sussex sind mir treu ergeben, aber im Osten gibt es noch einen, der eher unwillig ist, meine Oberherrschaft anzuerkennen. Und dann ist da noch East Anglia – noch halten sie den Frieden, aber für wie lange?«

»Nicht zu vergessen die großen Mächte Wessex und Northumbria.«

An die wollte Offa gar nicht denken. »Egal wen ich heirate: Es wird immer irgendeinen geben, der es als Beleidigung auffasst.«

In Wessex herrschte immer noch Cynewulf, der es wohl nie verkraftet hatte, dass Offa ihn einst mit einem Pfeil hatte bedrohen lassen, um Brochfael zur Flucht zu verhelfen. Das Königreich war stark und unabhängig. Bislang war es Offa nicht gelungen, es zu unterwerfen, und mit Waffengewalt hatte er nicht gegen seine südlichen Nachbarn vorgehen wollen. Zu instabil war die Lage in den anderen Königreichen, und mit manchen Stämmen sogar in seinem eigenen Land. Northumbria wiederum war seit jeher ohne mercischen Einfluss gestanden. Nicht einmal Æthelbald war es gelungen, seine Macht nördlich des Humber auszuweiten.

Im Moment wollte Offa auch nicht länger darüber nachdenken, auch wenn er wusste, dass er sich nicht länger drücken konnte. Er brauchte einen Erben. Er war nicht unsterblich, und sein Erbe musste Zeit haben, um heranzuwachsen, zu reifen und zu einem Mann zu werden, damit ein reibungsloser Machtübergang möglich war. Offa durfte keine wertvollen Momente mehr vergeuden. Aber mit seiner Mutter wollte er nicht darüber sprechen.

Marcellina schien das zu spüren, denn sie wechselte das Thema, wenn auch nicht in angenehmere Gefilde. »Hast du Nachricht aus Mathrafal erhalten?«

Offa biss die Zähne zusammen. Der Gedanke an seine Schwester war immer noch schmerzhaft. »Der Bote, den ich zu Brochfael geschickt habe, kam mit einer Einladung zum Weihnachtshof zurück.«

»Aber bis Weihnachten ist noch eine halbe Ewigkeit hin.«

Offa nickte und legte seiner Mutter die Hand auf die Schulter. »Ich weiß. Wir werden auch nicht hingehen können. Es wäre zu gefährlich. Brochfael und Eadburh mögen uns einladen, aber seine Noblen haben schon einmal einen Alleingang unternommen. Wir dürfen nichts riskieren. Es wird sich ein anderer Zeitpunkt finden«, fügte er hinzu, als er den Schmerz in Marcellinas Augen sah.

Er wollte sie trösten, denn für Marcellina war die Nachricht von Eadburhs Überleben wohl ein noch größerer Schock gewesen als für ihn. Zwei Tage lang hatte sie nur geweint, und Offa hatte schon befürchtet, sie bewachen lassen zu müssen, damit sie nicht Hals über Kopf nach Powys aufbrach. Er musste ihr Zuversicht schenken, auch wenn er selbst am liebsten sofort aufbrechen wollte. Brochfael musste wissen, dass Offa seiner Einladung nicht nachkommen konnte, aber sie war wohl ein Zeichen seines guten Willens. Offa fürchtete nur um Eadburh. Brochfaels Noble wollten keinen Frieden, und sollten sie sich je gegen Brochfael wenden, dann würden sie das auch gegen Eadburh tun – die Schwester ihres größten Feindes.

Irgendwie musste Offa ein Zeichen setzen und diesen vermaledeiten walisischen Noblen klarmachen, dass sie jegliches Leid, das seiner Schwester widerfuhr, tausendfach bezahlen würden. Sie mochten jetzt große Töne spucken, aber Mercia wollten sie garantiert nicht zum Feind.

»Wenn du innerhalb der Hwicce heiratest, bleibst du dem Stamm treu, dem auch du entsprungen bist.«

»So wie Eadburh innerhalb der Hwicce heiraten sollte?«

Seine Worte waren kaum mehr als ein Knurren, dabei hatte er seine Schwester gar nicht mehr erwähnen wollen. Aber der Gedanke, dass sie davongelaufen war, um einer Heirat zu entgehen, erfüllte ihn mit Schuldempfinden. Er machte sich Vorwürfe, dass er nicht für sie da gewesen war. Sie hatte ihn gebraucht, aber er war mit Aldermann Heardberht und seinen Kriegern durchs Land gestreift und hatte sein Leben genossen.

Seine Mutter sah ihn getroffen an, dann aber hob sie das Kinn und sprach, als hätte sie ihn gar nicht gehört. »Du willst eine Frau, die jung und gesund ist, die dir starke Erben geben kann und die dir eine mächtige Familie an deine Seite holt. Sieh dich um, die Auswahl ist groß. Also hör auf, dir Ausreden zu überlegen, und triff deine Wahl, mein Sohn.«

Verblüfft blickte Offa auf seine Mutter hinab. Er konnte sich nicht erinnern, dass sie seit seiner Krönung derart mit ihm gesprochen hatte.

»Die Leute reden schon«, führte sie weiter aus und senkte die Stimme, sodass er sie über dem Lärm der Halle kaum verstehen konnte. »Du hast dich nie mit auch nur einer Frau gezeigt, du hast keine Kinder …«

»Ich bin nicht Æthelbald.« Bilder blitzten vor seinem geistigen Auge auf. Æthelbald und seine Nonne hinter den Vorhängen. Es war ein Bild gewesen, das Æthelbald etwas seiner Königswürde beraubt hatte. Und Offa wusste, wie wichtig der Blick der Außenwelt war.

»Das sagt auch keiner. Aber dein Mönchsleben beschwört Gerede.«

»Ein Mönch bin ich nun wahrlich nicht.«

»Das freut mich zu hören.«

Offa warf seiner Mutter einen ungeduldigen Blick zu. »Es gibt Frauen. Aber nicht in Tamouuorthig, nicht öffentlich, und ganz bestimmt werde ich kein illegitimes Kind zeugen, das später Anspruch auf den Thron erhebt. Wenn ich ein Kind zeuge, dann einen wahren Erben in ehelichem Bund, bei dem es keine Zweifel über seinen Anspruch gibt.«

Marcellina verdrehte die Augen. »Du redest, als hättest du kein Herz, als wärst du vollkommen kalt. Gab es denn nie eine Frau, die dir den Verstand vernebelt hat? Nicht ein Mal?«

»Nein.«

Tatsächlich waren seine Gefühle nie über eine zarte Zuneigung hinausgegangen. Vielleicht war er zu solch brennender Liebe und Leidenschaft, wie manch ein Musiker und Geschichtenerzähler sang, auch gar nicht fähig.

»Hast du denn jetzt eine Frau im Auge?«, hakte seine Mutter nach. »Gefällt dir eine besonders gut? Wenn du die politischen Belange außer Acht lassen würdest, welche …«

»Sind wir wieder auf Brautsuche?«

Diesmal war es Vater Herefrith, der zu ihnen trat, wenn auch nicht ganz so lautlos wie Marcellina zuvor. Offa hatte ihn bereits kommen gehört.

»Der König fürchtet, mit seiner Wahl einen Krieg auszulösen«, erklärte seine Mutter und konnte leichten Hohn nicht aus ihrer Stimme heraushalten. Sie wusste ja auch nicht, wie es war, überall Feinde zu sehen, niemandem zu vertrauen, die Verantwortung über ein ganzes Volk zu tragen. Sie verwaltete Averdun für ihn, aber das war nicht dasselbe.

»Dann nehmt keine Angelsächsin«, erwiderte Herefrith gelassen, was seine Mutter laut nach Luft schnappen ließ.

»Nie wird er eine Waliserin zur Frau nehmen! Schlimm genug, dass meine arme Eadburh an diese Barbaren verloren ging! Kein Angelsachse wird eine Waliserin an der Seite ihres Königs akzeptieren.«

»Ich meinte auch keine Waliserin, Herrin. Sondern eine Fränkin«, sagte Herefrith.

Offa horchte auf. Ein sonderbares Ziehen machte sich in seiner Magengegend breit. Er sah auf Herefrith hinab und blickte schließlich in dieselbe Richtung wie der Priester.

Nahe dem Feuer saß Drida und sprach mit einer kleinen rothaarigen Magd. Er konnte sie nur von der Seite sehen, aber ihm schien es, als würde sie lächeln. Die Glut flackerte über ihr nachtschwarzes Haar und das dunkle Kleid. Wo sich wohl ihre Wölfin herumtrieb? Es hatte bereits Beschwerden über das Tier gegeben, und Offa hatte jeglichen Verlust ersetzt, ohne Drida darauf anzusprechen. Er hatte ihr Sicherheit versprochen, und dies galt auch für ihren Wolf.

Drida hatte ihm mit der Nachricht von Eadburhs Überleben das größte Geschenk seines Lebens gemacht, das verstand er jetzt nach dem anfänglichen Schock. Sie war allein von Powys nach Mercia gekommen, und er konnte ihr nichts dafür geben. Er konnte sie nicht nach Hause bringen, aber zumindest einen Ort zum Leben für sie und ihre tierische Begleiterin konnte er ihr bieten.

»Ihr meint doch nicht etwa diesen Bastard des erfolglosen Sohns von Karl Martell?«

Die Worte seiner Mutter waren scharf und abfällig und schnitten Offa ins Herz. Eine Mahnung lag ihm auf den Lippen, aber Herefrith kam ihm zuvor: »Ihre illegitime Geburt spielt keine Rolle. Kaum jemand hier weiß davon, und selbst wenn … Es gab schon Könige auf dem Thron, die nicht im Ehebett gezeugt wurden – König Karl im Frankenreich zum Beispiel, sagt man. Im Vordergrund steht doch ihre Verbindung zu den beiden Frankenkönigen und die Frage, welche Vorteile dies für uns bringen kann. Mit der Wahl einer Frau von außerhalb gäbe es auch keine Bevorzugung oder Benachteiligung angelsächsischer Nobler oder Könige. Und zu den Franken gibt es keinen jahrhundertealten Krieg wie mit den Walisern. Wie Ihr schon sagtet, Herrin: Sie ist die Enkelin Karl Martells, sie ist die Cousine zweier Könige, ihre Mutter war Angelsächsin, und sie ist durchaus würdig, Euren Sohn zu heiraten. Außerdem …« Er wandte sich von Marcellina ab und blickte wieder zu Drida, die sich hochaufgerichtet und stolz inmitten so vieler Unbekannter hielt, als wäre sie für den Hof geboren. Ihre Jugend war ihrer Haltung nicht anzusehen, sie strahlte Würde aus, ihr war anzumerken, dass sie an einem Königshof groß geworden war, der das kleine Mercia um ein Vielfaches übertraf. »… würde sie eine wahre Königin abgeben.«

Die Worte hallten durch Offas Kopf. Er konnte den Blick nicht von Drida abwenden. An die Möglichkeit, sie zu heiraten, hatte er noch gar nicht gedacht. All seine Energien waren darauf gerichtet gewesen, sie wieder nach Hause zu bringen, ihr diesen Wunsch zu erfüllen, nachdem sie ihm solch freudige Nachrichten überbracht hatte.

Aber Herefrith hatte recht. Drida wäre eine wahre Königin. Und bei diesem Gedanken stockte Offa der Atem.

»Ihre Mutter war irgendeine Leibeigene«, zischte Marcellina, die gegen diese Verbindung zu sein schien, aus Gründen, die Offa unerklärlich blieben. »Niemand würde sie als Königin akzeptieren.«

»Ich glaube, das Volk würde die junge, schöne Quindrida

nicht nur akzeptieren, sondern sogar verehren«, wandte Herefrith ein und sah nun erwartungsvoll zu Offa auf, um sein Urteil zu hören.

Aber Offa konnte kaum einen klaren Gedanken fassen. So lange schon beschäftigte ihn die Frage, wen er zu heiraten gezwungen war, welche Folgen dies für sein Land hätte, wie er die richtige Frau finden sollte. Und nun stand sie vor ihm. Sie könnte seine Frau werden, die Königin von Mercia, und vielleicht eines Tages Königin über alle Angelsachsen. Bei jeder Heiratskandidatin, die ihm vorgestellt worden war, hatte er sofort Dutzende Gründe gefunden, weshalb sie nicht geeignet war. Bei Drida fiel ihm nur einer ein.

»Sie würde niemals zustimmen.«

Ein Schnauben von Seiten seiner Mutter. »Als würde diese dahergelaufene Ausgestoßene einen König ablehnen!«

Offa fuhr zu seiner Mutter herum. Sein Blick machte ihr hoffentlich klar, dass er keine derartigen Worte mehr duldete. »Sie will zurück ins Frankenreich. Ich habe ihr versprochen, alles zu tun, um sie nach Hause zu bringen. Niemals wird sie freiwillig ihr restliches Leben hier verbringen.«

»Mit den richtigen Worten könnte man sie umstimmen«, sinnierte Herefrith und legte sich nachdenklich die Hand ans glatte Kinn. Dabei behielt er Drida immer noch im Auge. »Ich glaube, *mir* könnte es gelingen.«

»Und wie?« Offas Ungeduld über die vagen Reden des Priesters war seiner Stimme anzuhören, aber das war ihm egal.

Herefrith wandte sich ihm zu. »Sie steht auf König Karlmanns Seite. Ein König, der gerade von seinem Bruder eingekreist wird und eine herbe Niederlage hinter sich hat. Ihr muss klar sein, dass sie nicht zurückkann, solange Karl derart stark ist, wenn je überhaupt. Sie weiß auch, dass es schlecht um Karlmann steht, seine Beliebtheit wird mit Karls wachsender Macht bald abnehmen. Er wird Verbündete verlieren. Aber sie könnte Karlmann einen Verbündeten verschaffen.« Er sah Offa vieldeutig an.

Und Offa verstand. Zwar wusste er nicht, ob Drida sich darauf einlassen würde. Aber wenn sie vernünftig war, musste sie sehen, dass dies der beste Ausweg für alle war.

»Soll ich zu ihr gehen, mein König?«, wollte Herefrith wissen und machte bereits Anstalten, sich in Bewegung zu setzen.

Offa aber streckte die Hand aus und hielt ihn zurück. »Nein. Ich mache das selbst.«

»Aber Offa, du kannst doch nicht einfach, ohne darüber nachzudenken, aus einer Laune heraus, so schnell eine Entscheidung treffen. Nimm dir noch etwas Zeit, du …«

»Die Zeit läuft diesem Land davon. Und Ihr habt Vater Herefrith gehört. Eine geeignetere Kandidatin wird es nicht mehr geben. Sie ist die richtige Wahl. Die einzige Wahl, die zu akzeptieren ich bereit bin.« Er wandte sich ohne ein weiteres Wort von den beiden ab, bevor seine Mutter weiter protestieren konnte, und mischte sich in die Menge.

Offa hielt Drida fixiert, während er sich zwischen den feiernden Menschen hindurchschob. Irgendwie hatte er das Gefühl, wenn er nur einmal blinzelte, würde sie sich in Luft auflösen. Jetzt, da er beschlossen hatte, sie zur Frau zu nehmen – eine Entscheidung, die in nur einem Herzschlag gefallen war –, wollte er nichts dazwischenkommen lassen. Denn Herefrith hatte recht. Er würde nie jemand besser Geeigneten finden. Drida kam aus einem großen Königshaus, mit dem er seine Beziehung zu vertiefen beabsichtigte, sie hatte nichts mit den Konflikten innerhalb der Reiche auf dieser Insel zu tun und drohte auch keine neuen auszulösen. Sie wusste, was Politik war und wie ein Königshof funktionierte.

Und dass allein ihr Anblick sein Blut in Wallung brachte, störte sein Vorhaben nun auch nicht wirklich. Er durfte gar nicht daran denken, wie sie im See im Wald ausgesehen hatte. Es war falsch von ihm gewesen, ihr nachzugehen, er wusste gar nicht genau, warum er es getan hatte. Etwas in ihm hatte sie nicht aus den Augen lassen wollen. Er hatte sich gesagt, er würde nur kurz nach dem Rechten sehen, nur sicherstellen, dass es dort nichts gab, was eine Gefahr für sie darstellte. Aber dann war sie so lange unter Wasser gewesen. Luftblasen waren aufgestiegen, und er war erstarrt im Unwissen, ob sie ertrank oder nur zum Vergnügen hinabgetaucht war. Aber gerade, als er sich zum See hatte stürzen wollen, um sie hochzuziehen, war sie wieder aufgetaucht. Er hatte sich ertappt gefühlt und war drauf und dran gewesen zu verschwinden. Aber es war ihm nicht möglich gewesen, sich zu rühren. Zumindest nicht von ihr weg.

»Noch zu trinken?«

Offa blieb schlagartig stehen. Beinahe wäre er in Hilda hineingelaufen, die mit einem Krug und einem Pokal vor ihm stand und zu ihm emporlächelte. Einen Moment lang konnte er sie nicht zuordnen, nicht verstehen, was sie hier machte, was sie von ihm wollte, so ganz und gar gefangen war er in seinen Gedanken. Dann aber fand er seine Stimme wieder.

»Nein, ich brauche nichts.«

Er überlegte kurz, ob er sie nach ihrem Sohn und seinen Heiratsabsichten fragen sollte, entschied sich aber dagegen. Jetzt musste er sich um seine eigenen Heiratsabsichten kümmern. Er blickte an Hilda vorbei zu Drida, die jetzt mit Leofric sprach. Zum Glück war die Frau des Kriegers dabei, sonst müsste Offa sich sorgen, ob Leofric sich auch benahm. Der Krieger schäkerte gerne mit dem anderen Geschlecht, war seiner Frau aber treu ergeben und ging nie über Worte hinaus. Doch jetzt wollte Offa weder Leofric noch seine Frau an Dridas Seite sehen. Wie sollte er sie vor allen anderen um ihre Hand bitten? Eine größere Schmach als ihre Abweisung vor seinem gesamten Hof könnte es wohl nicht geben. Nein, er musste allein mit ihr sprechen.

»Hilda, sag bitte Drida, dass ich in meinem Gemach mit ihr sprechen möchte. Schick sie gleich zu mir.«

»Was?« Hilda sah ihn an, als hätte er eine fremde Sprache gesprochen. Ihre Hände senkten sich, und beinahe hätte sie den guten Wein verschüttet.

»Die Fränkin«, führte er näher aus und deutete auf Drida.

In diesem Moment sah diese zu ihm her und schien zu bemerken, dass er zu ihr wies. Aus leicht verengten Augen sah sie zwischen ihm und Hilda hin und her, aber dann zog wieder Leofric ihre Aufmerksamkeit auf sich.

»Ich soll sie in Euer Gemach schicken?«, japste Hilda, und Offa ging auf, wie sie seine Bitte auslegen musste. Was, wenn Drida dasselbe annahm?

»Meine Mutter möchte Zeit mit ihr verbringen«, rettete er sich also und deutete zurück zu Marcellina. »Abseits des Trubels. Sie möchte sie näher kennenlernen. Seit ihrer Ankunft hatte sie kaum Gelegenheit dazu.«

»Wieso will Eure Mutter die Fränkin näher kennenlernen? Ich dachte, sie verschwindet sowieso bald wieder übers Meer.«

Offa sah Hilda erstaunt an. Dabei sollte ihn ihre unverblümte Art gar nicht mehr wundern. Eigentlich sollte er es erfrischend finden, dass sie mit ihm sprach, als wäre er noch der junge Bursche aus Averdun, mit dem sie im Heu gelegen war, anstatt ein König. Aber im Moment war er so angespannt, dass er keine Geduld für ihre Fragen hatte.

»Schick sie einfach zu mir.« Und mit diesen Worten wandte er sich ab, winkte Eadric weg, der zu ihm kommen wollte, und verschwand hinter den schweren Vorhängen, die sein Privatgemach vom Rest der Halle abtrennten.

»Ich kann die Tunika für Euch nähen, Herrin.«

Die junge Magd Fina wies auf Dridas Saum hinab, und als Drida an sich hinabblickte, stellte sie erschrocken fest, dass ihr Überkleid einen langen Riss hatte.

»Luna«, seufzte sie, musste aber gleichzeitig lächeln bei dem Gedanken an die junge Wölfin. Drida war dem Trubel von Michaeli, solange es möglich gewesen war, ausgewichen und hatte sich mit Luna außerhalb der Siedlung am Fluss versteckt. Dort hatte sie mit ihr gespielt und war dann nur faul unter dem bedeckten Himmel gelegen und hatte die Wolken beobachtet. Aber so wie es schien, war ihr Spiel nicht ohne Folgen geblieben.

»Ich danke dir, Fina, aber …« Sie wollte sagen, dass sie es selbst nähen konnte, aber Fina sah sie aus so erwartungsvollen großen Augen an. Sie war stets so bemüht, hilfreich zu sein, dass Drida es nicht über sich brachte, sie zurückzuweisen. »Das wäre wirklich ganz wundervoll. Deine Nähte sind sicher sehr viel feiner als meine.«

Fina strahlte, und ihre Wangen glühten genauso wie ihr rotes Haar. Unter ständigen Dankesbekundungen huschte sie davon.

»Euer Wolf scheint nicht nur Hühner zu massakrieren«, lachte der kräftige Krieger mit dem langen roten Haar und dem Bart, von dem fast nur noch Grau zu sehen war. Sein Name lautete Leofric, und ein wenig erinnerte er sie an Beornred mit seiner hünenhaften Gestalt.

»Wieso Hühner?«, fragte Drida und erhob sich von der Bank.

Ein ungutes Gefühl überkam sie. Sie erinnerte sich noch zu gut an den Abt von Brétigny, und wie zornig er gewesen war, als Luna seine Hühner geholt hatte. Machte Luna sich auch hier am Vieh zu schaffen?

»Ja, Hühner. Und das spätgeborene Lämmchen, das wohl ohnehin nicht überlebt hätte.«

Ihr wurde heiß und kalt zugleich. Diesen Moment hatte sie befürchtet. Die Menschen würden sich gegen Luna zusammenschließen, man würde sie davonjagen, und wohin sollte sie dann? Sie lebte hier einzig und allein in Offas Gnade, und sobald sie oder Luna etwas taten, was ihm oder anderen nicht gefiel, wäre es damit vorbei. Dann würde auch er sie nach Irland schicken wollen.

»Keine Sorge.« Der Krieger beugte sich zu ihr hinab und lächelte aufmunternd. »Der König hat jeden Schaden ersetzt und die Gemüter beruhigt. Er hat den Leuten erklärt, dass der Wolf Schutz für uns alle bedeutet, ihm darf nichts angetan werden. Und das bisschen Vieh, das er sich hin und wieder holt, kann verschmerzt werden.«

Schutz für alle? Drida sah den Krieger fassungslos an. Seine Frau an seiner Seite nickte bekräftigend, wie um die Worte ihres Gemahls zu bekräftigen. Aber Drida konnte das nicht glauben. Wieso sollte Offa so etwas tun? Wieso hatte er ihr nichts davon gesagt und sie nicht ermahnt, ihren Wolf besser unter Kontrolle zu halten?

»Meine Herrin.«

Drida kannte diese Stimme und die gelangweilte, respektlose Art zu sprechen. Widerwillig drehte sie den Kopf und blickte ohne Überraschung in das missmutige Gesicht der Magd Hilda.

»Was willst du?«

»Der König bittet Euch in sein Gemach.«

Drida machte einen Schritt zurück, ihr Körper handelte wie von selbst. Sie sah zurück zu Leofric und seiner Gemahlin, aber auch die tauschten nur verwunderte Blicke.

»In sein Gemach?«

»Ja.«

Drida sah in das ausdruckslose Gesicht der Magd und versuchte herauszufinden, was das zu bedeuten hatte.

»Gibt es Neuigkeiten aus meiner Heimat?«, fragte sie also hoffnungsvoll.

»Weiß ich nicht. Vermutlich will er Euch nur besteigen.«

Die Luft entfuhr Drida mit einem Keuchen. Leofrics Gemahlin schlug sich die Hand vor den Mund, und der Krieger machte einen energischen Schritt an Drida vorbei auf Hilda zu.

»Verschwinde, Hilda, aber schnell, bevor ich dir Beine mache.«

Die Magd sah abfällig von einem zum anderen, sank dann in einen tiefen, spöttischen Knicks und stolzierte schließlich davon.

»Hört nicht auf sie«, sagte Leofric sanft, nahm seine Frau an der Hand und wies mit beruhigender Miene zurück zum königlichen Gemach. »Hilda stammt aus meinem Dorf, ich kenne sie, seit sie ein kleines Mädchen war. Sie war nicht immer so. Sie hatte schwere Schicksalsschläge zu erdulden, sie musste lange allein zurechtkommen, das hat sie hart werden lassen. Nehmt sie nicht zu ernst.«

»Sie sollte bestraft werden«, zischte seine Gemahlin und klammerte sich an seinen Arm. »Man sollte ihr eine Lehre erteilen und ihr die Teufel austreiben, die ihre Zunge führen.«

Ein Schauder fuhr über Dridas Körper. Plötzlich fühlte sie sich nach Noyon zurückversetzt, zum Bischof Giselbert, der ihr auch den Teufel hatte austreiben wollen. Plötzlich erschienen ihr Hildas Unverschämtheiten nicht mehr ganz so schlimm. Wie Leofric schon gesagt hatte: Sie hatte schwere Schläge erdulden müssen. Drida konnte dies nachvollziehen, und so versuchte sie, Hilda nicht zu schnell zu verurteilen.

Zuerst musste sie aber herausfinden, was der König von ihr wollte. Ein Teil in ihr hoffte auf gute Nachrichten und ihre Heimreise, ein anderer schalt sie eine Närrin.

»Bitte entschuldigt mich«, wandte sie sich an Leofric und

seine Frau. Die beiden aber ließen sich nicht so leicht abwimmeln und bestanden darauf, Drida persönlich zum königlichen Gemach zu bringen. Sie bahnten sich in Schlangenlinien einen Weg zwischen den zusammenstehenden Grüppchen an Noblen und dem einfachen Volk hindurch, passierten die riesige Feuerstelle in der Mitte, schafften es an den Musikern vorbei, die sie zum Mitmachen animieren wollten, und standen schließlich vor dem schweren, festen Tuch, das an Ringen an einer Stange hing und das Königsgemach von der Halle abtrennte.

Hier entdeckte Drida auch Offas Mutter, die neben einem Stützpfeiler an der Längsseite der Halle stand, im Schatten, wo sich die Schlaflager befanden. In diesem Licht war es Drida nicht möglich, Marcellinas Miene zu lesen, aber sie fühlte sich von ihr misstrauisch beäugt. Ein kalter Hauch schien zu ihr herüberzuwehen. Drida wusste nicht, warum die Königsmutter sich ihr gegenüber so kühl verhielt; sie hatte ihr schon bei ihrer Ankunft unterstellt, Eadburhs Geschichte erfunden zu haben. Aber vermutlich war die Nachricht vom Überleben ihrer Tochter für sie ein ebenso großer Schock gewesen wie für Offa.

»Wartet kurz.«

Leofric schob sich durch die Vorhänge. Seine tiefe Stimme war kurz zu vernehmen, eine andere antwortete. Schließlich kam er wieder heraus und bedeutete ihr einzutreten, ein breites Grinsen im Gesicht, das ihr ganz und gar kein gutes Gefühl bescherte. Oder waren es vielleicht doch gute Nachrichten aus dem Frankenreich?

Mit einem letzten Blick auf Leofric und seine Frau trat sie ins Gemach, wobei sie versuchte, die Hoffnung zurückzuhalten. Sie sah Offa sogleich inmitten des mit Stroh ausgelegten Raums stehen. Die Hände hinter dem Rücken verschränkt, blickte er ihr aufmerksam entgegen.

In ihrer Brust begann es zu flattern vor Nervosität. Was wollte er von ihr? Sein Blick ruhte auf ihr, sein im Nacken zusammengebundenes goldenes Haar wirkte hier drinnen dunkler, genauso der Kinnbart. Seine stets ungerührte Miene zeigte die Schärfe seiner Züge umso deutlicher, und Drida hielt seinem Blick nicht länger stand. Sie wandte den Blick ab, sah sich im Gemach um. Sie war nie zuvor hier gewesen und war ein wenig überrascht, dass der Raum für einen König eher bescheiden wirkte. Aber eigentlich sollte sie es schon gewohnt sein, dass das Leben hier anders als im Frankenreich aussah.

Auch an diesen Wänden prangten die Geweihe mächtiger Hirsche, alte Schilde mit verblassten Farben und ausgebrochenen Stücken, vielleicht von vorangegangenen Königen oder Offas Vorfahren. In der Ecke links stand eine große Bettstatt mit Decken und Fellen, die von Vorhängen verdeckt werden konnte, zu ihrer Rechten nahm ein riesiger Tisch, auf dem in sicherer Entfernung zu den Vorhängen mehrere Bienenwachskerzen standen, viel Raum ein. Auch Pergamentrollen lagen darauf. Es gab ein Kohlebecken und ein paar Stühle und Bänke drum herum, mehrere Truhen, und auf einem hohen Schemel eine Schale mit Wasser.

»Nicht, was Ihr erwartet habt?« Seine raue, leise Stimme neben der dumpf von der anderen Seite hereindringenden Musik bescherte ihr eine Gänsehaut.

»Vieles hier ist anders.«

»Vater Herefrith erzählt mir oft von Eurer Heimat. Ich bin bemüht, mir ein Beispiel zu nehmen. So lasse ich neue Münzen prägen, die denen auf dem Festland entsprechen und den Handel vereinfachen.«

»Den Handel mit dem Festland?« Sie wagte kaum, ihn anzusehen, von seinem Gesicht zu lesen. »Habt Ihr denn Neuigkeiten erfahren?«

»Ich fürchte, nein. Die Königsmutter Bertha soll sich nach

den Verhandlungen mit Desiderius wohl zum Papst aufgemacht haben, um ihn zu beschwichtigen und ihm Karls Treue zu versichern.«

Und wenn der Papst weiterhin zu Karl stand, obwohl dieser seine Ehefrau verstoßen hatte und die Tochter seines ärgsten Feindes zur Frau nahm, stand Karlmann erst recht alleine da. Allein bei dem Gedanken wurde Drida übel.

»Wenn Ihr keine Neuigkeiten für mich habt …«, begann sie und ließ den Blick noch einmal durchs Gemach wandern, in dem es kühl und klamm war, als könne sie dort einen Grund dafür finden, warum er sie zu sich gerufen hatte. Hildas Worte klangen in ihren Gedanken nach, aber Drida verscheuchte sie schnell wieder.

»Was wollt Ihr?« Sie sah ihn direkt an.

Offa schien von der Frage überrumpelt. Er löste die Hände hinter dem Rücken und rieb sie unruhig aneinander. Er drehte an seinem Siegelring und betrachtete Drida lange schweigend.

»Ich möchte Euch die Ehe antragen«, erklärte er schließlich so ruhig und empfindungslos, dass Drida den Sinn hinter den Worten zuerst gar nicht begriff.

Reglos sah sie ihn an, wartete auf irgendeine Erklärung, aber er sagte nichts.

»Die Ehe?«, brachte sie schließlich heraus, es war kaum mehr als ein Japsen nach Luft.

»Werdet meine Gemahlin.«

Hitze stieg in ihr auf, sie hatte das Gefühl, jemand drückte ihr die Kehle zu. Beornreds hasserfüllte Stimme drang an ihr Ohr: *Ich bete für das arme Weib, das die unglückliche Aufgabe erhält, diesen Teufel zum Mann zu nehmen.*

Ob Offa wirklich so ein Teufel war, wusste Drida nicht. Er hatte sich ihr gegenüber bisher nur anständig verhalten. Aber in diesem Moment fühlte sie sich von ihm verraten.

»Ihr wärt die Königin, die Mercia braucht«, fuhr er fort und klang dabei immer noch so sachlich, als spräche er mit seinen Noblen über Politik.

Aber was war dies auch anderes als Politik? Sie stand nicht mit Karlmann verborgen in der Kirche und kämpfte gegen die in ihr brennende Leidenschaft, das Verlangen und die Schuld. Sie stand vor einem König, der sie benutzen wollte. Beornred hatte es gesagt, und Offa selbst ebenso: Er suchte eine Verbindung zum Frankenreich. Und sie war ihm einfach so vor die Füße getaumelt, ohne Familie, die irgendwelche Ansprüche erheben könnte. Er hatte versprochen, sie zurück nach Hause zu bringen, und jetzt sollte sie für immer hierbleiben? Was würde er tun, wenn sie ablehnte? Wäre er dann immer noch so gastfreundlich? Würde er ihr dann noch helfen und sie und Luna beherbergen und verteidigen?

»Karlmann wird es schwer haben, sich gegen seinen Bruder durchzusetzen«, sprach Offa weiter, und Dridas Herz schlug immer schneller. »Alles deutet darauf hin, dass Karl seine Oberhand weiter ausbaut, und dann …« Er sah sie ernst an. Drida machte einen Schritt zurück, stieß gegen die Vorhänge. Am liebsten wäre sie hindurchgeflohen, aber wohin? »Lasst uns der Welt verkünden, dass die Cousine Karls und Karlmanns den König von Mercia geheiratet hat und dass Mercia, das stärkste Reich Britanniens, sich für Karlmann erklärt. Lasst uns ein Dorn in Karls Seite sein und Karlmann zu neuer Stärke verhelfen.«

Das war ihr größter Wunsch – Karlmann mit neuer Stärke. Um heimgehen zu können. Aber wenn es so eintraf, wie Offa behauptete, und Karlmann sich tatsächlich gegen seinen älteren Bruder behaupten konnte, wenn Mercia ihm dabei half, dann änderte dies nichts für Drida. Sie wäre dann immer noch hier. In der Heimat ihrer Mutter, an der Seite des Mannes, der Beornred die Krone geraubt, das Land an sich gerissen und ihn aus der Heimat verbannt hatte. An der Seite eines

Mannes, der bereit war, Karlmann zu unterstützen, aber nicht ohne einen Preis.

»Denkt darüber nach.« Er machte eine auffordernde Handbewegung hinter sie, und Drida musste sich nicht zweimal bitten lassen.

Sie drehte sich auf dem Absatz um und warf sich beinahe schon durch die Vorhänge in Sicherheit. Flucht – das war das Einzige, woran sie jetzt denken konnte. Aber sie stand in der überfüllten Halle, ohne Ausweg.

»Das ging aber schnell.« Hilda trat zu ihr und sah sie aus bösartigen Augen an. »Konntet Ihr den König nicht … zufriedenstellen?«

Drida hob die Mundwinkel zu einem sanften Lächeln. »Ich bedaure dich, Hilda. Du hast mein Mitleid. Aber treib es nicht zu weit.«

»Mitleid?!« Hildas Hände an ihren Seiten formten sich zu Krallen. »Was fällt dir ein, du dahergelaufene Hure, *mich* zu bedauern? Ich werde dir schon noch etwas zu bedauern geben! Glaubst du wirklich, hier antanzen und alles an dich reißen zu können? Du dreckiges …«

»Schweig still.«

Unvermittelt erschien ein anderer von Offas Kriegern an ihrer Seite, den Drida bisher stets nur aus der Ferne gesehen hatte. Er hatte eine kantige Statur und einen kräftigen Stiernacken, was durch das vollkommen abgeschorene Haar noch einmal deutlicher zu sehen war. Ein langer, brauner, von Grau durchwobener Bart fiel ihm auf die Brust, seine dunklen Augen funkelten zornig. Ohne Umschweife packte er Hilda am Arm und schloss die Finger so fest darum, dass seine Knöchel weiß wurden.

»Du vergisst, wo dein Platz ist. Komm mit.«

Hilda stemmte sich gegen den Griff. »Ihr habt mir überhaupt nichts zu sagen, Wulfhere!«

»Komm freiwillig mit, oder ich schleife dich hinaus, ganz wie du willst.«

Das Gesicht der Magd wurde rot, sie starrte zu dem Krieger auf. Aber der stierte unnachgiebig zurück, und Drida wusste: Wenn er sie so ansehen würde, dann würde sie sich schleunigst in Bewegung setzen. Zu ihrer Erleichterung kam Hilda auch zur Vernunft und folgte dem Krieger, während Drida wie erstarrt zurückblieb.

Nur raus. Das war alles, das sie jetzt wollte, an die frische Luft.

So schnell sie konnte, bahnte sie sich ihren Weg durch die Halle. Alles um sie herum schien ihr lauter, greller, stickiger als zuvor. Wie hätte sie die Situation mit Hilda jetzt gemeistert, wäre sie eine Königin und Offas Gemahlin? Sie konnte es sich gar nicht vorstellen. Für immer an diesem Hof bleiben, heiraten, Kinder bekommen, Offas Kinder, seine Erben … mit allem, was dazugehörte. Mit Offa das Bett teilen! Allein bei dem Gedanken überkam sie schreckliche Angst. Sie sah wieder Karl vor sich, spürte seine Hände auf sich, dann Bischof Giselbert … Die beiden waren noch harmlos gewesen, wenn sie an Offas wutflammende Augen auf der Straße vor Oswaldestroe dachte, wenn sie ihn sich vorstellte, breit und kräftig und vermutlich fähig, sie mit nur einem Finger niederzuhalten.

Ihr Blick hielt den Hallenausgang in der Längsseite der Halle fest, und sie stürzte darauf zu. Das Tor stand offen, sie schob sich an zwei hereintorkelnden Männern vorbei und atmete endlich die kühle Abendluft.

Auch hier draußen herrschte Trubel. Aber alles war angenehmer, als eingesperrt zu sein. Hier hatte sie den Himmel über sich, der jetzt aussah, als würde er mit den vom Sonnenuntergang rot leuchtenden Wolken in Flammen stehen.

Suchend sah sie sich im Hof um, sah die Ställe, das Küchenhaus, die Käserei und die Vorratsräume. Aber kein Ort versprach genügend Ruhe und Sicherheit, um nachzudenken. Am liebsten wollte sie zum Fluss, nach Luna rufen, sich ins hohe Gras legen und den warmen Wolfskörper an ihrer Seite spüren. Aber es wurde bald dunkel, und sie zitterte jetzt schon vor Angst, ohne dass sie sich auch noch weiteren Gefahren aussetzte.

Dann fiel ihr Blick plötzlich auf das kleine unscheinbare Holzhaus nahe den Palisaden, auf dessen Wand neben dem Eingang ein großes Kreuz prangte. Die Kirche!

Drida eilte los und hoffte inständig, dort drinnen niemanden vorzufinden. Die Dörfler hatten eine eigene Kirche in der Siedlung, in dieser hier hörten nur die Angehörigen des königlichen Hofs die Messe.

Tatsächlich fand sie das Gotteshaus leer vor. Kerzenlicht flackerte vorne am Altar, und kleine Flämmchen tanzten in zwei Fackeln an den Längsseiten, was die schlichten Bänke rechts und links in sanftes Licht tauchte. Der Großteil der Kirche aber lag im Schatten.

Drida ging auf das große Kreuz an der Stirnseite zu, das aus purem Gold und mit Edelsteinen besetzt war. Auch auf dem Altar standen güldene Kelche und Schalen – zumindest ein kleines Zeichen, dass dies eine königliche Kapelle war.

Erschöpft ging Drida vor dem Altar auf die Knie nieder und kämpfte gegen die Tränen an. Nie würde sie von hier wegkommen. Wenn sie Offa heiratete, wurde sie Königin von Mercia, und wenn sie ablehnte, schickte er sie vermutlich zurück zu Karl und Bischof Giselbert, oder nach Irland, oder verkaufte sie sonst wohin.

Aber wenn sie ihn heiratete, könnte sie zumindest Karlmann helfen. War dies nicht wichtiger? Durfte sie überhaupt an sich selbst denken? Was war mit Gerperga und dem kleinen Pippin? Die beiden waren jetzt wichtig, ihnen musste sie helfen! Wenn Mercia Karlmann seine Unterstützung zusprach, mochte das auch andere umstimmen, die sich womöglich auf Karls Seite stellen wollten.

Aber es fiel ihr schwer. Allein der Gedanke erfüllte sie mit Grauen.

Ein Schluchzen entfuhr ihrer Kehle, und sie wischte sich Tränen von den Wangen. Sie konnte sich gar nicht vorstellen, Gerperga und Karlmann nie wiederzusehen. Sogar Beornred fehlte ihr. Aber sollte sie sich nicht glücklich schätzen? Sie hätte genauso gut auf dem Meer sterben können. Jetzt sollte sie Königin werden!

»Ich hoffe, Ihr weint vor Freude«, erklang plötzlich eine Frauenstimme, die Drida zuerst nicht zuordnen konnte. Dann aber ahnte sie, wer ihre Zurückgezogenheit in der Kirche störte.

Schnell stand sie auf und drehte sich zur Königsmutter um. »Meine Herrin.« Sie sank in einen tiefen Knicks, wie sie es vom fränkischen Hof kannte.

Aber Marcellina beachtete sie gar nicht. Sie hielt ihren Blick aufs Kreuz gerichtet und kam gemessenen Schrittes näher.

»Ich nehme an, Ihr solltet ab jetzt *Mutter* zu mir sagen.« Nichts Herzliches lag in Marcellinas Stimme, sie war kalt wie ihr Sohn. Drida stand nur reglos und schweigend da.

»Wisst Ihr irgendetwas über Eure wahre Mutter? Wer sie war? Woher sie kam? Wie lautete ihr Name?«

»Sie trug denselben Namen wie ich – Cynethryth.«

»Den Namen werdet Ihr ab jetzt benutzen. Ihr braucht einen angelsächsischen Namen, Ihr müsst eine angelsächsische Königin werden. Königin Cynethryth von Mercia.«

»Ich habe mich noch nicht entschieden«, flüsterte sie vorsichtig, aber Marcellina ignorierte ihren Einwurf.

»Ich nehme an, Ihr blutet in regelmäßigen Abständen, seid bereit, einem Erben das Leben zu schenken. Wie alt wart Ihr, als Ihr zu bluten begonnen habt?«

Drida brachte kein Wort heraus, starrte die Königsmutter nur an, die sich ob ihres Schweigens zu ihr umdrehte und sie ungeduldig ansah.

»Dreizehn, Herrin«, stammelte sie schließlich.

»Und jetzt seid Ihr …?«

»Siebzehn, Herrin.«

»Hatte Eure Mutter mehr Kinder oder nur Euch?«

»Das … das weiß ich nicht, Herrin.«

»Woran starb sie?«

»Ich glaube, im Kindbett, Herrin.«

Ein schweres Seufzen. »Nun, wenn Euch dieses Schicksal ereilt, so hinterlasst Ihr hoffentlich einen Sohn. Und Euer Vater? War er gesund?«

»Ich glaube schon.«

»Er fiel in einer Schlacht, nicht wahr? Zumindest ein guter Tod. Kein Dahinvegetieren.«

»Ja, Herrin.« Drida wusste nicht, was hier vor sich ging. Sie fühlte sich wie in einem Albtraum gefangen, nichts hier erschien ihr echt.

»Seid Euch darüber bewusst, was es heißt, Königin zu sein. Wir sind hier nicht im Frankenreich. Glaubt nicht, irgendeinen Einfluss auszuüben. Eure Aufgabe besteht einzig und allein darin, Kinder zu gebären und das Land durch Erben zu sichern. Ihr werdet die Gemahlin eines großen Königs, mehr nicht. Eine Krone steht Euch selbst nicht zu. Ihr werdet Offas Mähre. Seid bescheiden und gottesfürchtig und haltet Euch im Hintergrund. Seid für Euren Gemahl da, wenn er Euch braucht, und zieht Euch zurück, wenn er sich andere Beschäftigung sucht. Tut stets, was er Euch sagt, und vergesst nie, dankbar zu sein. Mein Sohn hätte Euch genauso gut in die Leibeigenschaft schicken können.«

»Oh, ist es schon entschieden?« Der Priester Herefrith kam durch eine Seitentür der Kirche und blickte freudig zwischen ihnen beiden hin und her. »Nehmt Ihr den Antrag unseres Königs an?«

»Natürlich tut sie das!«, zischte Marcellina, aber der Priester sah weiterhin abwartend Drida an.

»Ich weiß es noch nicht«, sagte sie leise, und wie erwartet, stieß die Königsmutter einen abfälligen Laut aus.

»Nun, wenn es Euch besser gefällt, Euren Körper an den Häfen zu verkaufen, um nicht verhungern zu müssen …«

»Meine Herrin«, unterbrach der Priester die Königsmutter. »Eigentlich bin ich hier, weil ich Euch gesucht habe. Der König möchte mit Euch sprechen.« Herefrith wies auffordernd zum Ausgang, und Drida musste sich ein erleichtertes Aufatmen verkneifen. *Bitte lasst mich allein,* dachte sie und sah wohl erbarmungswürdig aus, denn in den Augen des Priesters stand deutliches Mitleid.

Mit einer ungeduldigen Geste scheuchte er die Mutter des Königs davon, was Drida fast schon wieder zum Lachen brachte, obwohl die Tränen immer noch in ihrer Kehle steckten.

Marcellina zeigte sich deutlich ungehalten, folgte aber schließlich mit einem letzten abfälligen Blick in Dridas Richtung der Aufforderung und verließ die Kirche.

Herefrith schwieg, bis sich die Tür hinter Marcellina geschlossen hatte, dann wandte er sich Drida zu.

»Möchtet Ihr beten?«, fragte er.

Drida spürte allein durch diese drei Worte eine enorme Last von ihren Schultern fallen. Sie nickte und kniete wieder vor dem Altar nieder. Ihre schwachen Beine knickten fast von selbst ein.

Herefrith ließ sich an ihrer Seite auf den kalten, festgestampften Boden sinken und begann auf Lateinisch die Gebete.

Es war ein Trost, ihm zu lauschen, sich ganz und gar auf seine Stimme und seine Worte im flackernden Licht zu konzentrieren. Er pries Gott und seinen Sohn Jesus Christus, und Drida spürte seine Kraft auf sich übergehen. Der Geruch von Weihrauch hüllte sie ein, und der Nebel in ihrem Kopf lichtete sich.

Sie sah alles vor sich, was seit Noyon passiert war. Kaum zu glauben, dass es erst drei Monate her war. Dachten Karlmann und Gerperga überhaupt noch an sie, oder hielten sie sie längst für tot? Waren Beornred und Karlmann aufgebrochen, um sie auf dem Meer zu suchen? Waren sie das Risiko eingegangen, in Karls Gewässer zu fahren? Gehört hatte sie nichts dergleichen. Karlmann war in Aquitanien gewesen bei Karl, aber nur, um ihm seine Unterstützung zu verwehren. War Gerperga noch in Quierzy mit dem Kind? Oder begleitete sie ihren Gemahl? Was würde passieren, wenn Karl die Macht übers ganze Frankenreich an sich riss? Waren ihre Freunde, ihre Familie dann noch sicher? Drida hatte etwas in der Hand, um ihnen zu helfen. War sie nicht verpflichtet, alles für sie zu tun?

Herefrith beendete das Gebet und kniete noch eine Weile schweigend neben ihr. Es war keine unangenehme Stille, lediglich ein Nachlauschen des Gesagten und ein In-sich-Gehen.

Es war genau das, was Drida jetzt brauchte, besonders, da sie nicht mit Luna draußen in der Freiheit ihre Gedanken sortieren konnte. So fremd und ablehnend ihr dieser Ort auch oft erschien, Herefrith gab ihr das Gefühl, hierhergehören zu können.

»Ich glaube, es gab einen Grund, der Euch ausgerechnet zu Offas Schwester führte«, unterbrach der Priester schließlich die Stille.

Sie hatte gewusst, dass er versuchen würde, auf sie einzuwirken, sie hatte schon darauf gewartet. Aber sie nahm ihm diese Einmischung nicht übel, denn sie wusste, dass er herzensgut war und für alle nur das Beste wollte. Sie hielt ihn für weise und gerecht, und wenn er etwas zu sagen hatte, wollte sie es auch hören.

»Es gab einen Grund, der euch beide auf der Straße zusammenbrachte. Ihr seid vom Frankenreich allein übers Meer gereist, über Wales nach Mercia, zu genau jener Straße, auf der unser König ritt. Ihr habt eine Bestimmung. Genau wie er.«

»Welche Bestimmung?«

»Es liegt an Euch, das herauszufinden. Ihr habt mir Eure Geschichte erzählt. Nie hattet Ihr Kontrolle über das, was Euch geschieht. Andere haben für Euch entschieden. Nun seid Ihr hier und könnt wählen. Ihr seid in der Lage, Euer Schicksal selbst zu lenken und für Euch zu entscheiden. Und seid versichert: Egal wie diese Entscheidung auch ausfällt, hier seid Ihr sicher.«

»Das sieht die Königsmutter anders.«

»Wie Ihr schon sagt: Sie ist die Mutter eines Königs. Nicht der König.«

Drida blickte auf den grauen Boden hinab und betrachtete die einzelnen Risse darin. Herefrith verehrte seinen König, das war ihm anzumerken. Er war bestimmt schon viele Jahre an seiner Seite und kannte ihn wohl gut. Doch Drida wagte es nicht, Offa zu trauen. Sie sah ihn als das, was er war: ein Herrscher. Er würde immer sein Reich, seine Macht an erste Stelle setzen. Karl hatte sie geliebt und sie trotzdem dem Meer übergeben, um dem Druck des Bischofs nachzukommen. Karlmann war gewillt gewesen, das Leben seines eigenen Bruders in Aquitanien zu opfern, um sein Reich zu halten. Brochfael von Powys hatte sich für einen Erben eine andere Frau genommen. Er hätte Drida auch auf Drängen seiner Noblen nach Irland verkauft.

Niemand konnte ihr garantieren, dass Offa sie nicht zu Karl schickte oder sie fortjagte, sollte sie sein Angebot ablehnen.

Selbst ohne Einfluss von anderen. Er hatte ihr auch zugesagt, dass sie hier sicher war, bis sich die Lage im Frankenreich beruhigte, und dann nach Hause gehen zu können. Jetzt waren nur wenige Tage vergangen, und schon war dieses Versprechen dahin, schon wollte er etwas für sich und sein Reich. Im Grunde hatte sie keine Wahl.

»Ich danke Euch.« Sie erhob sich, und Herefrith kam ebenfalls schnell auf die Füße. Fragend sah er sie an. »Es wird mir ein großer Trost sein, Euch in meiner Nähe zu wissen«, sagte sie.

Zu ihrer eigenen Überraschung verspürte sie eine sonderbare Ruhe, jetzt, da sie wusste, wohin ihr Weg sie führte, und sie die Entscheidung getroffen hatte. Ihre Angst war immer noch groß, sie konnte sich kaum vorstellen, für immer an Offas Seite zu stehen. Aber sie war alleine auf dem Meer getrieben und hatte dem Tod ins Auge geblickt. Sie konnte auch den König von Mercia heiraten.

»So werdet Ihr annehmen.« Es war keine Frage. Auch ließ der Priester sich keine Gefühle anmerken.

Drida antwortete nicht. Stattdessen wandte sie sich ab und durchschritt den Mittelgang der Kirche zurück zum Ausgang. Sie musste Offa finden und ihm ihre Entscheidung mitteilen, ehe die Zweifel sich ihrer bemächtigten. Sie musste an Gerperga, Karlmann und den kleinen Pippin denken. Und vielleicht, irgendwann, war es ihr möglich, die drei zu sehen.

Draußen herrschte graues Dämmerlicht, die Abendröte war bereits verschwunden, jeden Moment würde sich vollkommene Finsternis übers Land legen. Wachen entzündeten bereits Fackeln, und Feiernde mit ihren Kindern gingen nach Hause. Drida graute davor, zurück in die Halle zu müssen, in der wohl noch lange weitergefeiert werden würde. Aber mittlerweile war sie es schon gewohnt, auf dem Schlaflager inmitten des Trubels ein wenig Ruhe zu finden. Die Halle war so groß und weitläufig, dass bis zu ihrer dunklen Ecke nur der Nachhall der Geräuschkulisse drang.

Das große Haupttor in der Längsseite der Halle stand nach wie vor offen, und die Musik und das Lachen drangen heraus. Drida hielt den Blick auf das herausströmende Licht gerichtet, als etwas ihr Bein berührte. Überrascht sah sie an sich hinab, und ein erleichtertes Seufzen drang aus ihrer Kehle.

»Luna.« Sie ging in die Hocke und streichelte der Wölfin durch das weiche Fell. »Was machst du denn hier?«

Normalerweise waren der Wölfin so viele Menschen zu viel Trubel, sie hielt sich lieber von der Siedlung fern, und insbesondere vom Königssitz im Zentrum. Aber jetzt schmiegte sie sich an Drida und ließ sich Kletten aus dem Fell ziehen.

»Ich habe dich auch vermisst, du kannst dir nicht vorstellen, wie sehr.«

Sie ließ ihre Hand mit etwas mehr Druck über Lunas Körper wandern und überprüfte, wie stark die Rippen hervorstanden. Es schien alles in Ordnung, die Wölfin schien fleißig zu jagen – oder sich Hühner zu stehlen –, sie war gut genährt.

»An diesen Anblick werde ich mich wohl nie gewöhnen.«

Drida blickte auf, und ihr Herz machte einen Satz, als sie in Offas ernstes Gesicht sah. Er schaute auf sie herab, ohne sich anmerken zu lassen, was er dachte oder fühlte. War es Hoffnung, dass sie seinen Antrag annahm? Oder war ihm tatsächlich alles gleichgültig, wie seine Miene vermuten ließ?

»Ihr werdet Euch daran gewöhnen *müssen*«, sagte sie leise, erhob sich und sah sich nach Zuhörern um. Aber der Hof hatte sich bereits geleert, niemand schenkte ihnen noch Beachtung.

Nun zogen sich seine Augenbrauen ein wenig zusammen. Schweigend wartete er darauf, dass sie weitersprach.

Drida atmete tief ein und sprach die Worte, ehe sie es sich

anders überlegte. Mit Luna an ihrer Seite fiel es ihr leichter. »Ich werde Euch heiraten.«

Sie beobachtete ihn genau, wollte zumindest eine kleine Reaktion entdecken, aber sie wurde enttäuscht. Er regte sich bis auf ein kaum merkliches Nicken gar nicht. Stattdessen sah er ihr weiterhin durchdringend in die Augen, als wolle er ihre tief verborgenen Gedanken erreichen.

Unruhe erfüllte sie, ein Kribbeln, das durch ihren ganzen Körper zog. Es kostete sie enorme Mühe, ungerührt zurückzublicken und nicht von einem Bein aufs andere zu treten oder die Finger aneinanderzureiben. Luna hatte sich auf ihre Füße gelegt. Ihr Gewicht half ihr, ruhig stehen zu bleiben.

»Ihr werdet Karlmann helfen«, platzte es dann aus ihr heraus. »Ihr werdet Euch seiner Sache verschreiben.«

Wieder ein Nicken, und Drida hatte Mühe, nicht laut zu schreien. Sie tat, was er wollte – wieso zeigte er sich dann nicht glücklicher? Wieso zeigte er sich nicht … irgendwie!

»Ich nehme an, Ihr wollt so schnell wie möglich heiraten?« *Und Euren Erben bekommen* … Gerade noch konnte sie einen Schauder unterdrücken. Sie konnte sich sich selbst gar nicht als Mutter vorstellen, als eine angelsächsische Königin, als Gemahlin … Aber es hatte wohl so kommen müssen. Wie der Priester Herefrith gesagt hatte: Es musste alles einen Grund haben. Genauso gut hätte Bertha sie im Frankenreich verheiraten können. Ihr Los wäre dann auch nicht viel besser gewesen.

»Nein.«

Das rau gesprochene Wort riss sie aus ihren trudelnden Gedanken. Verblüfft sah sie zu ihm auf, und er fuhr auch sogleich fort: »Wir werden warten.«

»Worauf?!«

Sie klang panisch, und zum ersten Mal tat sich etwas in seinem Gesicht, ein halbes Lächeln, ein leichtes Funkeln in den

Augen. Dachte er etwa, sie war so erpicht darauf, seine Frau zu werden? Sie wollte es nur so schnell wie möglich hinter sich bringen, ehe ihre Angst und ihre bangen Gedanken sie noch um den Verstand brachten.

»Unsere Vermählung muss gut geplant werden. Alle Noblen des Landes und darüber hinaus werden eingeladen. Der Erzbischof von Cantuarabyrg wird uns trauen und Euch zur Königin krönen. Reiter werden die Kunde unserer bevorstehenden Vermählung ins ganze Land tragen, in jedes Dorf, zu jedem einzelnen Hof. Das Volk soll die Möglichkeit bekommen, daran teilzuhaben. Nach der Hochzeit werden wir durchs Land reisen und Euch dem Volk als Königin vorstellen.«

Drida wusste nicht, was sie sagen sollte. Solch ein Aufhebens war ihr selbst aus dem Frankenreich fremd.

»Von jetzt an wird Euch auch Vater Herefrith unterrichten, in den Gepflogenheiten und Gesetzen dieses Landes, und im Ausbau Eurer sprachlichen Fähigkeiten. Ihr sprecht Angelsächsisch, aber nicht gut genug, um Königin Mercias zu sein.«

Nun verschlug es ihr endgültig die Sprache. Sie dachte an Marcellinas Worte über ihre Aufgaben als Königin, die sich mit denen ihres Sohnes nicht im Geringsten deckten.

»Habt Ihr es Euch jetzt anders überlegt?« Offa hob eine Augenbraue und sah sie prüfend an.

Drida aber straffte die Schultern und gab sich so selbstbewusst wie nur möglich. »Ich war umgeben von Königinnen. Nichts davon ist mir fremd oder kann mich schrecken.«

Ein Lächeln, das eher schaurig als beruhigend wirkte, erschien auf seinem kantigen Gesicht. »Ich weiß.«

Sie spielte ihm in die Hände. Er bekam alles, was er wollte, und das gefiel ihr nicht. Über seine Beweggründe machte sie sich keine Illusionen. Es ging ihm nicht darum, ihr Respekt zu zollen, sie zu ehren und ihren Stand als seine Gemahlin zu verbessern. Nein, er wollte noch mehr Macht. Und wenn er

Drida hoch hinaushob, konnte es keine Zweifel an der Legitimität und dem Herrschaftsanspruch seiner Erben geben.

Ihr blieb nur zurückzulächeln, ihm zu zeigen, dass sie ihn durchschaute, dass sie keine Puppe an Fäden war, die er nach seinen Wünschen lenken konnte. Er wollte eine Königin, und er würde eine bekommen.

»Lasst mich los!«

Hilda wollte ihren Arm losreißen, aber Wulfhere hielt sie unnachgiebig fest und nahm sie mit sich aus der Halle, als wäre sie ein Köter, den er am Strick hinter sich her zerrte.

Ohne auf die Blicke der Feiernden draußen im Hof zu achten, marschierte er weiter zu den Stallungen. Hilda sah nur vages Interesse in den Augen der Umstehenden, niemand schien sonderlich aufgebracht darüber, dass ein Krieger eine Magd hinter sich her schleifte. Es schien ihnen vollkommen normal. Hilda aber hatte nicht vor, sich das länger gefallen zu lassen.

Mit aller Kraft schlug sie ihre Nägel in seine Hand, das Einzige, was nicht vom Eisengeflecht seines Ringpanzers verdeckt war. Wulfhere aber biss nur die Zähne zusammen, verstärkte den Griff sogar noch und schleuderte sie schließlich durch die offen stehende Tür ins dunkle Innere des Stalls.

Ein Huschen und Poltern erklang, als die Tiere erschrocken zurückwichen. Hilda fiel auf den strohgedeckten Boden zwischen den Laufställen der Kühe, Pferde und Ziegen. Ein paar Gänse im hinteren Bereich, die über Nacht eingesperrt waren, schnatterten aufgeregt. Aber keine Magd, keiner der Stallburschen oder sonstige Unfreie erhoben sich aus den Strohlagern, um nachzusehen, was hier los war. Denn noch hatte sich bei diesem rauschenden Fest niemand zur Ruhe begeben.

»Hier bleibst du für den restlichen Abend«, stieß Wulfhere aus, der drohend über ihr stand. Seine Stimme bebte vor Zorn. »Und wage dich nur ja nicht wieder heraus.«

»Sonst was?« Sie rappelte sich auf, stellte sich mit in die Hüften gestemmten Händen herausfordernd vor ihn hin. Bewusst sprach sie ihn nicht länger förmlich an. Er war nicht ihr Gebieter, er war nur einer der Männer aus ihrem alten Dorf. »Glaubst du etwa, ich hätte Angst vor dir, Wulfhere? Glaubst du, dass einer wie du mich noch das Fürchten lehren kann?«

Sie dachte zurück an Aldfrith, und wie jung und dumm sie damals gewesen war. Es schien ihr drei Leben her. Damals hatte sie noch Furcht gehabt. Aber Männer waren nicht so einschüchternd, wie sie meist von sich selbst glaubten. Wenn sie erst einmal schwitzend und stöhnend unter ihr lagen, winselnd wie junge Welpen, hatten sie nichts Furchteinflößendes mehr an sich.

»Du wirst gehorchen. Ansonsten wirst du wieder lernen, dich zu fürchten.« Er deutete zurück zur Halle. »Glaubst du wirklich, solches Verhalten bleibt noch länger ungestraft?«

»Ach, unsere zukünftige Königin hält das schon aus.«

»Zukünftige Königin?«

Hilda schlug gespielt überrascht die Hände zusammen. »Du weißt es nicht? Offa hat der Fränkin gerade die Ehe angetragen! Ich habe jedes Wort gehört.«

»Belauscht, meinst du wohl.«

»Na und?«

Wulfhere schüttelte den Kopf. Seine Miene konnte sie in der Dunkelheit nicht erkennen, aber sie spürte umso deutlicher, wie zornig er war.

»Umso mehr Grund, dich ihr gegenüber respektvoller zu verhalten. Oder glaubst du wirklich, Offa lässt dir alles durchgehen, nur weil du aus demselben Dorf stammst wie er? Irgendwann wird es auch ihm zu viel, und dann kann ich dir nicht mehr helfen.«

»Du glaubst, mir geholfen zu haben?«

»Noch ein Wort, und andere wären dazwischengegangen. Und die wären nicht so freundlich mit einer dahergelaufenen Magd gewesen wie ich. Also halt dich endlich zurück.«

Hilda ballte die Hände zu Fäusten. Am liebsten wäre sie auf ihn losgegangen, aber sie wusste, sie würde sich selbst mehr wehtun als ihm.

»Du hast mir gar nichts zu sagen, und dich noch weniger in mein Leben einzumischen! Wie oft soll ich dir das noch sagen?«

»Ich werde nicht blind dabei zusehen, wie du ins Verderben rennst.«

»Weil meine Eltern gut zu dir waren?!«

»Weil du einen Sohn hast, auf den dein Verhalten Auswirkungen hat.«

»*Mein* Sohn …«

»… geht mich nichts an, das sagtest du bereits. Und ich sagte dir, dass ich mich einmische, so viel ich will. Dein Sohn ist gut und fleißig und könnte etwas aus sich machen, wenn seine Mutter ein wenig Weisheit hätte.«

»Das redest du dir ein?« Hilda ging auf ihn zu, blickte ihm in die in der Dunkelheit des Stalls funkelnden Augen. »In Wahrheit geht es dir doch um etwas ganz anderes. In Wahrheit willst du dasselbe wie alle anderen Männer auch.« Wenn sie ihn schon nicht mit Worten dazu bringen konnte zu tun, was sie wollte, dann eben durch Taten. »Deshalb bist du ständig in meiner Nähe, deshalb liegt dein gieriger Blick immer auf mir. Deshalb ziehst du mich in die Einsamkeit des Stalls.« Sie trat so nah vor ihn, dass ihr Körper gegen seinen stieß. »Du willst mich. So wie alle anderen auch. Du kannst mich haben, Wulfhere. Für den richtigen Preis bin ich dein – für ein paar Momente lang. Aber ich verspreche dir, die wirst du nie wieder vergessen.«

Sein Blick durchbohrte sie. Hilda konnte nicht sagen, was sich darin verbarg. War es Zorn, oder doch Begehren? Langsam hob sie ihre Hand an seine Wange, aber bevor sie ihn berührte, umschloss er ihren Arm und hielt sie fest.

»Halt dich von der Halle fern, von Drida, von Offa, und auch von Deogol und Fina.« Und damit ließ er sie los, wandte sich ab und verließ den Stall.

Diesmal aber war Hilda nicht bereit, ihm das letzte Wort zu lassen und ihm wie vor den Kopf gestoßen hinterherzublicken. Nein, sie verließ gleich hinter Wulfhere den Stall, trat zu den letzten Feiernden hinaus und schritt mit herausforderndem Blick vor seinem mordlustigen Gesicht zur Halle. Sie lächelte und breitete die Hände aus, um ihn einzuladen, sie aufzuhalten.

Aber Wulfhere starrte sie nur böse an. Sie hatte gewonnen.

KAPITEL 26

Averdun, Königreich Mercia, Februar 770

Und wenn du jetzt einen Bogen nach oben machst, ist das Wort fertig. Sieh nur: *sēo sunne* – die Sonne.«

Drida führte die Hand der kleinen Goda mit der Feder übers Pergament. Die anderen Kinder des Haushalts umrundeten die Tafel in der Halle und staunten.

»Du hast geschrieben, Goda!«, rief ihr Vetter und zog das Pergament unter ihr hervor, um es genauestens zu betrachten. »Sieh dir das nur an!«

»Könnt ihr es denn alle lesen?«, fragte Drida in die Runde. »Erkennt ihr, wie sich das Wort zusammensetzt?«

»Ja, es ist ganz leicht«, erklärte Goda, die die Tochter eines Noblen aus Offas Verwandtschaft war.

Drida streichelte ihr über den Kopf. »Da hast du recht, aber nur, wenn man so klug ist wie ihr. Auf Fränkisch heißt Sonne übrigens *Sunner*. Ihr hört, das klingt fast gleich. Und auf Lateinisch *sol*.«

»Ihr wisst so viel, Herrin Drida.«

»Das kommt daher, dass ich am fränkischen Königshof groß geworden bin. Dort habe ich allerhand gelernt, und vor allem habe ich mich nie von den Stimmen entmutigen lassen, die sagten, Mädchen müssten das nicht lernen.« Sie tippte Æthelric, dem Sohn eines Aldermanns der Hwicce, auf die

Nase, damit er sich ihre Worte gut merkte. »Für Mädchen ist es genauso wichtig, ihren Verstand zu stärken, wie für Jungen. Denkt nur an die Heilige Hilda oder die Äbtissinnen in den Klöstern. Sie verwalten große Landstriche und tun das genauso gut wie Männer. Seht ihr, wie hilfreich es sein kann, Briefe zu schreiben?«

Drida nahm die Feder und ein frisches Stück Pergament zur Hand und begann, den von ihr lang geplanten Brief zu verfassen. Noch lasen die Kinder nicht gut genug, um erfassen zu können, an wen dieses Schreiben ging, und was es beinhaltete, weshalb Drida die Gunst der Stunde nutzte. Sie formte die Schriftzeichen und ließ die Kinder dabei zusehen, um ihnen zu zeigen, wie leicht sich ein ganzer Brief anfertigen ließ. Gleichzeitig konnte sie ihr Vorhaben endlich in die Tat umsetzen.

»An wen schreibt Ihr?«, wollte Æthelric sogleich wissen und blickte angestrengt auf die geformten Worte.

»An König Offa«, log sie und tauchte die Feder in die Tinte ein. »Ich schreibe ihm, wie sehr ich mich auf unsere Vermählung freue.«

»Aber dann werdet Ihr von hier weggehen!« Goda sah traurig zu ihr auf.

Drida wollte gar nicht daran denken, die Zeit mit den Kindern hier beenden zu müssen. Die Sprösslinge der Noblen und des Haushalts hatten sie in den langen, dunklen Wintermonaten in Averdun, in der Obhut von Offas Mutter, bei Verstand gehalten. Die Kinder waren es, die sie jeden Tag zum Lachen brachten und ihr die Lebensfreude erhielten. Vor dem Tag, an dem sie Offa heiraten und mit ihm ziehen musste, graute ihr schon jetzt. Dabei wurde Vater Herefrith nie müde, ihr zu versichern, welch guter Mann Offa doch sei, und wie glücklich sie sich schätzen konnte. Drida wollte ihm das kaum glauben, obwohl sie ihm ansonsten bedingungslos vertraute.

Aber zu tief saßen Beornreds Geschichten und ihre eigenen Erfahrungen in ihr. Sie fürchtete Offa und misstraute ihm. Aber heiraten würde sie ihn nichtsdestotrotz. Für Gerperga, für Karlmann, den kleinen Pippin und alle anderen in ihrer Heimat.

Nur eines hatten Herefriths Worte bewirkt: Sie wollte so unvoreingenommen wie möglich in diese Verbindung gehen und das Beste daraus machen.

»Heißt das *Eadburh*?«, fragte Goda und zeigte auf den Namen, den Drida aufgeschrieben hatte.

Fast wäre ihr die Feder aus der Hand gefallen. Die kleine Goda war gefährlich klug. Sie lächelte das goldhaarige Mädchen an und hoffte, dass Goda ihre Anspannung nicht bemerkte. »Das hast du ausgezeichnet gelesen.«

Die Kleine strahlte und ließ zu Dridas Erleichterung von weiteren Fragen ab. Nicht auszudenken, was geschehen würde, läse irgendjemand ihre Zeilen. In dieser Hinsicht gereichte ihr zum Vorteil, dass kaum jemand hier des Lesens mächtig war. Trotzdem blickte Drida sich verstohlen in der Halle um. Aber niemand schenkte ihr und den Kindern Beachtung. Alle waren es schon gewohnt, dass sie ihre Zeit mit den Kleinen verbrachte.

Schnell beendete Drida den Brief, streute Sand darüber, um die Tinte zu trocknen, versiegelte ihn und erklärte den Kindern noch einmal die Wichtigkeit des Schriftverkehrs. Dann beauftragte sie den jungen Æthelric, das Schriftstück Vater Herefrith zu bringen. Ihm konnte Drida vertrauen. Er würde dafür sorgen, dass es in die richtigen Hände kam.

»Ihr seht«, wandte sie sich wieder an die Kinder, »einen Brief zu verfassen ist gar nicht schwer.«

»Was für Flausen setzt Ihr den armen Kindern in den Kopf?«

Drida blickte nicht auf. Sie wusste auch so, dass Marcellina hinter ihr stand. Sie war nur froh, dass Offas Mutter nicht schon vorher gekommen war.

»Ich hörte, Euer Sohn legt großen Wert auf Bildung. Er will die Schulen des Landes erweitern und unterstützen, damit noch mehr Menschen in den Genuss des Lernens kommen. Davon profitieren nicht nur Einzelne, sondern auch der König selbst. Sein Land wird gedeihen und erblühen mit Gelehrten, fähigen Handwerkern und starken Kriegern. Denn das braucht es alles, nicht nur eines davon. Ich unterstütze ihn lediglich dabei.«

»Ich muss mit Vater Herefrith sprechen. Er soll Euch beibringen, wie Ihr Euch als Königin zu verhalten habt, und nicht, wie Ihr das ganze Volk in Gelehrte verwandeln könnt.«

Drida schüttelte nur seufzend den Kopf. Ihre zukünftige Schwiegermutter hatte offensichtlich nichts verstanden. Aber das war Drida mittlerweile schon gewohnt. Vier Monate lebte sie nun schon in Averdun, um sich auf ihre Aufgabe als Königin vorzubereiten. Für niemanden sollte Offas Entscheidung, sie zur Frau zu nehmen, überstürzt wirken. Niemand sollte annehmen können, sie hätte schon vor der Ehe ein Kind getragen, sie wäre nur irgendeine dahergelaufene Geliebte oder würde gar einen Bastard auf den Thron setzen wollen.

Nein, der König hatte Drida seiner Mutter unterstellt, ihre noble fränkische Herkunft verkündet, und er zeigte allen, wie geduldig und überlegt er damit umging, dass sie seine vor Gott angetraute Ehefrau werden würde, dass alles Gottes Plan war.

»Wem fällt ein schönes Wort ein, das wir als Nächstes schreiben können?«, fragte sie die Kinder und ignorierte Marcellina, die wie eine Krähe hinter ihr herumlungerte.

»Eitergeschwür!«, rief der junge Æthelric schon von Weitem, der von seinem Auftrag zurückgelaufen kam, um nur ja nichts zu verpassen.

Die Mädchen verzogen sofort die Nasen und gaben angewiderte Laute von sich. »Was?! Mein Onkel ist daran gestorben! Ihr könnt euch gar nicht vorstellen, wie das gestunken hat! Zuerst haben wir ihn auf der Wiese neben der Kirche begraben, und dann, ein Jahr später, haben sie ihn wieder ausgebuddelt und ihn in den Sarkophag in der Kirche gelegt. Damit er reinpasst, weil sein Körper schon zerfallen ist.«

Weiteres hohes Kreischen der Mädchen. Dabei wusste Drida mittlerweile, dass diese Art der Bestattung unter Noblen in diesem Land gar nicht so unüblich war.

»Ich sagte, ein *schönes* Wort«, erinnerte sie Æthelric an die Aufgabenstellung.

Aber es war Goda, mit ihren acht Jahren die begeistertste am Unterricht, die antwortete. »Drida!«, rief sie und lächelte zwischen ihren goldenen Locken zu ihr empor. »Das schönste Wort, das es gibt.«

»Ach, Schätzchen.« Drida nahm das Mädchen in den Arm und schrieb schließlich gemeinsam mit ihr den Namen auf.

»Schluss jetzt mit diesem Unsinn! Räumt das weg! Jeden Moment treffen Aldermann Æthelmund und die Könige der Hwicce bei uns ein. Und ich will verdammt sein, wenn meine Neffen sehen, wie ihren Töchtern das Schreiben und Lesen beigebracht wird. Sie haben sie unter meine Obhut gestellt, damit sie lernen, wo der Platz einer Frau ist, wie sie gute Ehefrauen werden, und nicht, um ihnen den Kopf mit Sinnlosigkeiten vollzustopfen.«

»Die Subkönige«, korrigierte Drida ihre zukünftige Schwiegermutter. »Es gibt keine anderen Könige in Mercia neben Offa.«

Marcellina funkelte sie an, dann wandte sie sich an die Kinder, die aus großen, schreckgeweiteten Augen zwischen ihnen hin und her blickten. »Räumt das weg«, zischte sie noch, dann rauschte sie davon.

»Dürfen wir jetzt nicht mehr schreiben?«, fragte Goda traurig und mit Flüsterstimme.

Drida legte ihr die Hand auf die Schulter. »Fragen wir doch einfach deinen Vater, wenn er nachher kommt. Ich bin sicher, er wird sich über deine Fortschritte freuen.«

Goda strahlte sie an, und gemeinsam rollten sie das Pergament auf und verstauten Federn, Tinte und Sand in der Truhe im Gemach der Herrin von Averdun. Zum Glück war die Königsmutter gerade nicht hier. Vermutlich trieb sie die Köche und Mägde an, alles für den hohen Besuch vorzubereiten. Aber das waren sie wohl ohnehin schon gewohnt. Seit Drida hier war, kamen häufiger Noble vorbei, um die zukünftige Königin kennenzulernen. Marcellina hatte sich bereits bei ihrem Sohn über die hohen Ausgaben beschwert, die es bedeutete, ständig Besucher zu verköstigen, und dass er Dridas Aufenthalt hier hätte geheim halten sollen. Aber geändert hatte sich nichts, und Drida freute sich über die Abwechslung in ihrem tristen Alltag unter den stets wachsamen Augen der Königsmutter. Sie wusste nicht, was Marcellina gegen sie hatte, aber dass sie mit der Verbindung nicht einverstanden war, zeigte sie deutlich.

»Vater!«

Godas hoher Ruf klang durch die Halle und riss Drida aus ihren Gedanken. Sie blickte zum Eingang des Langhauses, wo in diesem Moment eine Handvoll Männer in die Halle trat. Zwei davon kannte sie bereits: die beiden Herrscher über die Hwicce, Uhtred und Ealdred. Letzterer war Godas Vater. Der dritte im Bunde musste Aldermann Æthelmund sein, Æthelrics Vater und ebenfalls vom Stamm der Hwicce. Der Junge blieb bis zu seiner Ausbildung zum Krieger in der Obhut der Königsmutter, was eine große Ehre zur Stärkung der Familienbindung war, vor allem, da Æthelrics Mutter nicht mehr lebte. Zwei weitere Männer, vermutlich Gesiths, also Noble, die unter dem Rang eines Aldermanns standen, begleiteten die drei hohen Herren.

Drida hatte gelernt, dass die freien Männer, meist Bauern, die das Land bewirtschafteten, *ceorls* genannt wurden und oft selbst Land besaßen; meist eine Hufe, das reichte aus, um eine Familie zu ernähren. Wer fünf Hufen oder mehr besaß, stieg auf zu den Noblen, zu einem Gesith. Sein Wergeld, und somit sein Wert, übertraf den eines freien Gemeinen um das Sechsfache. Sollte ein Gesith getötet werden, musste der Täter zwölfhundert Schillinge bezahlen. Aber der Gesith hatte auch Pflichten. So musste er für je fünf Hufen Land einen Mann zum Kriegsdienst sowie zur Brücken- und Festungsarbeit stellen. Marcellina verstand zwar nicht, wieso Drida all das lernte – schließlich würde ihre Aufgabe einzig und allein sein, Erben zu gebären –, aber Offa hatte dem Priester Herefrith genaue Anweisungen gegeben, und diese erfüllte er auch.

»Meine Herren!« Mit einem strahlenden Lächeln ging Drida auf die Männer zu, die mit ihren pelzgesäumten Mänteln einen beeindruckenden Anblick boten. Dabei sah sie sich unauffällig nach Marcellina um, aber sie hatte Glück. Noch war die Königsmutter nicht zu erblicken. »Welche Freude, Euch in Averdun begrüßen zu dürfen. Ihr müsst Aldermann Æthelmund sein.«

Sie wandte sich an den Mann, den sie noch nicht kannte, da sein Sohn schon vor ihrer Ankunft in Averdun gelebt hatte. Zu ihrer Erleichterung nickte er.

»Wir hofften, den König hier anzutreffen, um Grenzangelegenheiten mit den Magonsæten zu besprechen.«

»Es tut mir leid, Euch enttäuschen zu müssen, der König ist nicht hier. Ich hoffe doch, es gibt keine Schwierigkeiten mit Euren Nachbarn?«

Der Aldermann tauschte einen Blick mit seinen Begleitern.

Vermutlich wollte er solcherlei Dinge nicht mit einer Frau besprechen. Aber Drida kannte sich besser aus, als er vermutete.

»Vor gar nicht langer Zeit durften wir Aldermann Merdith von den Magonsæten hier begrüßen. Schließt sein Land nicht direkt an das Eure an?«, fragte sie unschuldig, und noch ehe einer von ihnen antworten konnte, hielt sie eine Magd auf, die mit einem Krug und Bechern zu ihnen kam, nahm ihr alles ab und bedeutete den Männern, ihr zum Feuer zu folgen.

Dort schenkte sie allen Ale ein, wies die Mägde an, die Mäntel der Männer zum Trocknen aufzuhängen, denn draußen tobte ein Sturm mit Graupelregen, und ließ sich schließlich ihnen gegenüber auf der Bank nieder.

»Herr Ealdred, ich hoffe, Ihr seid nicht hier, um Eure Tochter wieder mitzunehmen?«, lenkte sie das Gespräch in weniger politische Gewässer, auch wenn sie nicht vorhatte, ihren Trumpf über das Wissen der Grenzstreitigkeiten unausgespielt zu lassen. Sie hoffte nur, dass Marcellina nicht plötzlich kam und alles zunichtemachte.

»Keineswegs. Ich sehe, wie gut es Goda hier geht.« Er blickte an ihr vorbei zu den Kindern, die sich bei den Schlaflagern herumdrückten und sie beobachteten.

Drida lächelte. Die Mädchen und Jungen waren ihr ganzer Trost an diesem so fremden, bedrückenden Ort.

»Goda ist eine Bereicherung für diesen Haushalt. Selten habe ich ein derart kluges Kind kennengelernt.« Wachsam beobachtete sie Ealdreds Reaktion, im Wissen, dass er womöglich genauso wie Marcellina dachte. Aber gleichzeitig war wohl kein Vater gegen Lob über das eigene Kind gefeit. »Im Frankenreich, müsst Ihr wissen, Herr, war ich häufig beim Unterricht der beiden Thronerben Karl und Karlmann zugegen. Und was ihnen selbst nach Wochen noch schwerfiel, meistert Eure Tochter an nur einem Tag. Stellt Euch nur vor, die beiden wuchsen zu Königen heran. Was mag dann Eure Tochter einst erreichen?«

Ealdred starrte sie an, dann blickte er wieder in Richtung der Kinder, als suchte er seine Tochter.

»Unterricht?«, fragte er schließlich. Weder seiner Miene noch seinem Ton war anzuhören, was er dachte.

»Ja, im Schreiben und Lesen, und in den Sprachen dieser Welt.«

Ealdred riss die Augen auf, und auch die anderen Männer tauschten Blicke. Ehe aber auch nur einer von ihnen etwas sagen konnte, kam Drida ihnen zuvor.

»Stellt Euch nur vor, Herr, wenn sie eines Tages ihren eigenen Haushalt führt, wird sie in der Lage sein, selbst die Einnahmen und die Ausgaben zu kontrollieren. Sie muss sich nie auf andere verlassen, nie anderen blind vertrauen oder sich gar Betrug ausgesetzt sehen. Sie erlangt ein Wissen, das ihr niemand wegzunehmen vermag.«

»Ihr Mann wird sich um solcherlei Angelegenheiten kümmern«, erklärte Godas Onkel Uhtred, der jüngere Bruder Ealdreds.

Drida lächelte ihn an. »Und wie viele Männer sind des Lesens und Schreibens mächtig?«

Stille folgte, peinlich berührte Blicke. Drida wusste, dass noch nicht einmal Offa, der König selbst, über eine fundierte Ausbildung verfügte. Auch er war angewiesen auf andere, was Drida bei ihrem eigenen Sohn nie zulassen würde. Am fränkischen Hof war der Bildung deutlich mehr Bedeutung zugekommen. Es würde sie nicht überraschen, wenn sich auch die Männer, die vor ihr saßen, Briefe vorlesen lassen mussten oder sich rein auf mündliche Botschaften beschränkten – die oft nicht voll und ganz der Wahrheit entsprachen.

»Ich bewundere alle für ihr Vertrauen, derlei wichtige und private Angelegenheiten in fremde Hände zu geben. Aber

Wissen bedeutet Macht, und diese Macht kann Euren Söhnen und Töchtern ohne viel Aufwand gegeben werden.«

»Und *Ihr* vermögt es, den Kindern dies beizubringen?« Ealdred sah wieder zu seiner Tochter. Doch jetzt funkelten seine Augen.

Hoffnung blühte in Drida auf. »Sie wird allen anderen gegenüber einen Vorteil erlangen. Und wie ich schon sagte: Gerade Goda verfügt über einen scharfen Verstand, der nicht unterdrückt, sondern gefördert werden sollte. Sie wird Euch und Eure gesamte Familie mit Stolz erfüllen und Euch Ehre machen.«

»Ich hatte keine Ahnung«, stieß Ealdred aus und nahm einen Schluck vom Ale. »Ich hielt sie stets für ein simples Mädchen, dem es an Geschick beim Nähen mangelt. Und nun sagt Ihr mir, sie ist klüger als die Könige des Frankenreichs?« Röte breitete sich auf seinen glattrasierten Wangen aus, und Drida wusste, sie würde Godas Unterricht fortführen dürfen.

»Nicht nur klüger, auch sehr viel schöner«, lachte sie.

Alle fielen in das Lachen mit ein, selbst Uhtred, der ihr eher wie ein Zweifler erschien. Und wenn Godas Ausbildung tatsächlich Früchte trug, waren Ealdred und die anderen Herren der Hwicce vielleicht bereit, Offas Vorhaben, die Schulen Mercias auszubauen, zu unterstützen. Ein Unterfangen, in dem sie selbst große Leidenschaft finden konnte. Es gab nichts Schöneres, als ein Kind sein erstes Wort lesen zu hören und die Freude darüber in seinen Augen zu sehen.

»Wo wir gerade über Wissen sprechen«, griff Drida schließlich wieder die weniger erfreulichen politischen Belange auf, jetzt, da sie die Männer ein wenig besser einschätzen konnte und sie bereit waren, ihr zuzuhören. »Ich habe gehört, dass Aldermann Merdith den Bau einer Brücke über den Severn plant.«

Sofort verfinsterten sich die Gesichter wieder. »Plant? Der

Bau hat bereits begonnen, und dann treibt er über genau diese Brücke seine Rinder auf *unsere* Weiden! Mal sehen, was er dazu sagt, wenn wir mit dem Vieh ein Festmahl fürs ganze Land veranstalten.« Uhtred winkte zornig die Magd davon, die ihm eine Schale Wasser zum Händewaschen brachte.

Dabei wäre das bitter nötig, wie Drida feststellte. Auch sein langes braunes Haar, das ihm strähnig über die Schultern fiel, hätte etwas Wasser und Seife vertragen können.

»Er behauptet, der Weidestreifen auf unserer Seite des Ufers gehöre noch zu seinem Land, aber damit liegt er falsch.«

»Ich denke doch, dass sich die genauen Grenzen aus alten Dokumenten mit Sicherheit feststellen lassen, oder etwa nicht?«, überlegte Drida laut.

Dabei hatte sie zusammen mit Vater Herefrith nach Aldermann Merdiths Besuch bereits Erkundungen eingeholt. Sie hatte geahnt, dass es durch Merdiths Vorhaben zu Streit kommen würde, und von Herefrith hatte sie auch erfahren, dass König Offa den Magonsæten gegenüber nicht wohlgesinnt war. Dabei ging es wohl um alten Groll über den Überfall auf seine Heimat, den Fürst Elisedd von Powys einst aus Zorn über Brochfaels und Eadburhs Heirat unternommen hatte. Offas Schwester hatte ihr davon erzählt.

Offa mochte also geneigt sein, den Bau der Brücke und das Weiden der Rinder am Ostufer für die Magonsæten zu untersagen. Dabei hatte Drida bereits herausgefunden, dass dieser Streifen tatsächlich einst Teil des Landes vom Stamm der Magonsæten gewesen war. Offa würde sich dann offen auf die Seite der Hwicce stellen, mit denen er durch seine Mutter Blutsbande teilte. Manche würden ihm dann womöglich Bevorzugung unterstellen, womit niemandem geholfen war. Nein, die Magonsæten waren ein Teil Mercias, und Drida hatte sich bereits eine Möglichkeit ausgedacht, um alle zufriedenzustellen.

Auch die anwesenden Herrscher der Hwicce schienen die alten Dokumente zu kennen, denn sie tauschten unbehagliche Blicke. Sie wussten also sehr wohl, dass es einen berechtigten Anspruch auf das Weideland gab. Andererseits war dieser über Generationen nicht geltend gemacht worden, und natürlich konnte man darüber streiten, wem das Land heute gehörte.

»Vielleicht ließe sich eine Einigung mit Aldermann Merdith finden.« Drida tat so, als würde sie gerade jetzt darüber nachdenken. Aber sie hatte sich bereits mit Vater Herefrith beraten, um sich der gesetzlichen Lage zu vergewissern. »Aldermann Merdith errichtet die Brücke, die Ihr mitbenutzt. Ich könnte mir auch vorstellen, dass Eure saftigen Weiden dem Aldermann auch eine geringe Abgabe wert wären? Ein kleiner Anteil an den Rindern, wenn sie verkauft oder geschlachtet werden?«

»Diese gierige Ratte ließe sich nie darauf ein«, knurrte Uhtred.

Sein Bruder allerdings hob die Hand. »Eine Abgabe, hm?«

»Ich weiß, dass Aldermann Merdith zur königlichen Hochzeit kommen wird, und ich glaube nicht, dass er einer Braut einen solchen Wunsch abschlagen würde.« Ganz im Gegenteil, er wollte diese Weiden um jeden Preis, und wenn er dafür ein paar Rinder opfern musste, würde er diesen Handel gerne annehmen. Auf beiden Seiten ging es nur um Stolz, keiner wollte nachgeben. Aber wenn Drida die Vorschläge machte, um Einigkeit herbeizuführen, blieb ihnen nichts anderes übrig, als zuzustimmen.

Ealdred sah sie schweigend mit verengten Augen an, seine Begleiter beobachteten wiederum ihn und warteten auf seine Antwort. Drida erwiderte den Blick des Herrschers der Hwicce ungerührt, sah ihm direkt in die Augen, bis er bedächtig nickte.

»Ich glaube, das wäre ein Handel, mit dem ich leben könnte.«

»Was für ein Handel?«

Natürlich genau im richtigen Moment rauschte Marcellina herbei, außer Atem, als hätte sie gerade gehört, dass die Besucher eingetroffen waren, und wäre weit gelaufen, um sie schnell zu begrüßen.

»Herrin Marcellina.« Ealdred und die anderen erhoben sich und neigten die Köpfe. »Tante«, fügte Ealdred schließlich noch hinzu. »Habt Dank, uns erneut mit Eurer Gastfreundschaft zu empfangen und uns die Gegenwart der zukünftigen Königin Mercias zu gestatten. Drida erfreut nicht nur die Augen.« Er warf ihr einen bewundernden Seitenblick zu, und Marcellina riss wie erwartet empört die Augen auf. Bevor sie aber etwas sagen konnte, kam Ealdred ihr zuvor: »Wusstet Ihr vom Unterricht unserer Kinder hier?«

Ein hörbares Luftschnappen und ein Anflug von Panik in Marcellinas Augen. »Ihr müsst verstehen …«, begann sie entschuldigend, aber Ealdred ließ sie wieder nicht weiterreden.

»Ich überlege schon, ob ich überhaupt zulassen soll, Goda einmal an einen Ehemann zu geben, wenn ich sie doch viel lieber bei mir behalten würde, damit sie meine Schriftführerin wird, die mir meine Briefe vorliest und verfasst.«

Entsetzte Blicke folgten, auch bei seinen Begleitern, aber Ealdred begann zu lachen, und so fielen die anderen darin ein.

»Seid versichert«, stieß Marcellina mit einem strengen Blick in Dridas Richtung aus. »Eurer Tochter werden hier die für sie notwendigen Fähigkeiten beigebracht. Nicht mehr und nicht weniger.«

»Ja, und über die Notwendigkeit des Schreibens und Lesens klärte mich unsere zukünftige Königin bereits auf. Ich freue mich schon darauf, Goda lesen zu hören.«

»Was?« Marcellina sank auf die Bank nieder, dann sah sie

Drida böse an. »In der Küche wird getrödelt. Warum seht Ihr nicht nach und treibt das Gesinde zur Eile an?«

Drida lächelte. »Natürlich gerne, Mutter.« Sie nannte ihre zukünftige Schwiegermutter nur vor Besuch so, im Wissen, dass andere genau dies hören wollten. »Bitte entschuldigt mich.« Sie wollte gerade aufstehen, als Ealdred die Hand hob.

»Ach, Tante, das Küchengesinde anzutreiben ist wohl kaum die Aufgabe der Königin Mercias. Außerdem haben wir uns gerade so gut unterhalten. Schickt sie uns nicht fort.«

»Noch ist sie nicht Königin Mercias.« Marcellinas Worte klangen hart und kalt, und die Männer sahen verwundert aus, woraufhin Marcellina schnell ein entwaffnendes Lächeln aufsetzte. »Aber die Königin all unserer Herzen.«

Beinahe wurde Drida schlecht, auch wenn sie sich in einem Winkel ihres Herzens über diesen Sieg freute. Hauptsächlich für die Kinder, da sie diese nun weiter unterrichten durfte – aber einen kleinen, unchristlichen Teil der Schadenfreude in ihr konnte sie auch nicht bestreiten. Drida wusste nicht, wie lange sie noch hier mit der Königsmutter leben musste, bevor Offa sie nach diesem fast schon halben Jahr zu ehelichen gedachte, aber sie musste sich gegen Marcellina behaupten. Einen Kampf nach dem anderen.

»Lasst nur, Mutter«, sagte sie und legte ihr sacht die Hand auf den Arm. »Ich sehe gerne in der Küche nach dem Rechten und verspreche, gleich wieder zurück zu sein.« Bei den letzten Worten lächelte sie den Noblen zu, dann wandte sie sich ab und schritt durch die Halle zum Ausgang.

Sie wollte gerade aufatmen, ihre Anspannung loslassen, kurz die Augen schließen und das Sonnenlicht genießen, als plötzlich Vater Herefrith vor sie trat, und sie mit zusammengezogenen Brauen misstrauisch musterte.

»Könnt Ihr mir sagen, wieso ich gerade einen Boten nach Mathrafal geschickt habe?«

»Das habt Ihr?« Drida fiel ein Stein vom Herzen. Der Junge hatte ihm den Brief also tatsächlich überreicht, und der Priester hatte ihn weitergeleitet. »Habt vielen Dank!«

»Sagt mir nur, dass ich damit keinen Verrat an meinem König begangen habe.«

»Gewiss nicht«, versicherte Drida ihm und dachte an den Inhalt des Briefes. »Ich nahm mir lediglich Eure Worte zu Herzen.«

»Und welche meiner vielen Weisheiten soll das gewesen sein?«

»Selbst zu entscheiden. Mein Schicksal liegt in meinen eigenen Händen.«

»Sie schäkert mit den Männern wie eine dahergelaufene Dirne! Mit den Noblen genauso wie mit dem Gesinde. Sie lacht mit ihnen, macht ihnen schöne Augen, wirft ihnen Blicke zu, die Unaussprechliches erhoffen lassen! Bist du dir wirklich sicher, so jemanden zur Frau zu nehmen? Nie könntest du gewiss sein, ob deine Kinder auch wirklich deine Kinder sind!«

Offa verkniff sich ein Seufzen und ging weiter mit langen Schritten zur Halle, als könnte er seiner Mutter dadurch entgehen. Er war kaum richtig angekommen, da hatte Marcellina ihn schon aufgeregt überfallen.

»Was für ein Bild will sie vermitteln? Weißt du, wie viele Aldermänner und Gesiths uns hier besuchen, um zu sehen, wer in naher Zukunft an der Seite des Königs stehen wird? Wer die Erben des Landes zur Welt bringen wird? Und dann gibt sie sich jedem Einzelnen von ihnen hin wie eine Hure, weiß nicht, wo ihr Platz ist, kennt keine Zurückhaltung oder Demut, wie eine Schankfrau in einer Taverne benimmt sie sich, sie ist keine …«

»Leofric.« Offa wandte sich an den grinsenden Krieger an seiner Seite, der zweifelsohne jedes Wort gehört hatte, Marcellina aber offensichtlich genauso wenig ernst nahm wie Offa. »Wann, meinte Erzbischof Jænberht, wird die Vermählung stattfinden?«

»Schon an diesem Sonntag, Herr.«

»Richtig, in nur fünf Tagen. In fünf Tagen ist Quindrida aus dem Frankenreich Königin Mercias. Und Ihr, Mutter, habt jetzt hoffentlich die letzten schmutzigen Worte über sie verloren. Von nun an will ich nichts anderes über die Frau hören, die mir angetraut wird, als darüber, wie Ihr ihr das Leben in diesem ihr fremden Land leichter machen könnt.«

Seine Mutter blieb wie vom Schlag getroffen stehen. Vielleicht waren seine Worte zu hart, vielleicht sollte er mehr auf sie eingehen, ihr zuhören. Aber er wollte nichts mehr von ihrem Schimpfen hören. Schlimm genug, dass er die letzten Monate damit verbracht hatte, darüber nachzugrübeln, ob er die richtige Entscheidung getroffen oder einen Fehler begangen hatte. Er brauchte nicht auch noch ihre Zweifel, die die seinen nährten und stärkten. Er hatte die Verbindung bereits dem ganzen Land verkündet, er konnte nicht zurück. Zudem war er kein kleines Kind mehr. Er war in der Lage, seine eigenen Entscheidungen zu treffen. Er war der König.

Aus dem Augenwinkel bemerkte er, wie seine Mutter aus ihrer Starre erwachte und wieder zu ihm aufschloss. »Aber Offa, du begehst einen schrecklichen Fehler«, begann sie erneut.

Er spürte, wie rasender Zorn in ihm hochstieg. Verstand sie ihn denn überhaupt nicht? Konnte sie nicht an seiner Seite stehen bei diesem so wichtigen Schritt? Schon wollte er ihr mit noch deutlicheren Worten seinen Standpunkt klarmachen, aber in dem Augenblick trat er bereits in die Halle und erblickte Drida mit einem ganzen Haufen Kinder an der gegenüberliegenden Wandseite bei den Schlaflagern.

Er wusste nicht, warum er sie auf die Entfernung hin sofort entdeckte, aber seine Augen hatten sie wie durch eine fremde Macht gelenkt gefunden. Vergessen waren seine Mutter, Leofric und seine anderen Männer, die nach und nach hinter ihm eintraten. Monatelang hatte Drida seine Gedanken beschäftigt, nun wurden all seine Pläne Wirklichkeit.

Und als spürte sie seinen Blick, drehte auch sie den Kopf und sah direkt in seine Richtung. Einen Moment lang erstarrte sie, ja, sie wirkte gar erschrocken. Aber sie fing sich schnell wieder. Sie erhob sich, sagte etwas zu den Kindern, die enttäuscht wirkten, und kam schließlich durch die Halle auf ihn zu, jede ihrer Bewegungen stolz und erhaben, den Kopf hoch getragen, seinen immer noch wie gebannt auf sie gerichteten Blick erwidernd. Ein dünner gehäkelter Schleier in fast weißer Farbe fiel auf ihr langes Haar, das darunter schwarz wie die Nacht glänzte und einen starken Kontrast bot. Mit jedem Schritt, den sie näher kam, erkannte er das leuchtende Grün ihrer Augen besser, das durch ihr grünes Überkleid noch deutlicher zur Geltung kam. Sie war eine Erscheinung wie aus einer anderen Welt, selbst ohne den Wolf an ihrer Seite.

Hätte seine Mutter tatsächlich irgendeinen Zweifel in ihm heraufbeschworen, mit diesem Anblick wäre er verflogen. Er hatte vergessen, wie schön sie war, wie sie allein durch ihre Präsenz den gesamten Raum ausfüllte, und er verstand noch einmal umso mehr die Berichte, die ihm zu Ohren gekommen waren.

»Mein König.« Sie sank in einen tiefen Knicks, sah ihm aber weiterhin in die Augen.

Am liebsten hätte er sie berührt, sie an den Schultern genommen und wieder hochgezogen. Aber er neigte nur grüßend das Haupt.

Er wusste nicht, warum, aber die Zeit schien stillzustehen. Um ihn herum herrschte Schweigen, er spürte die Blicke auf sich, alle wollten teilhaben an dem Moment, in dem Offa seine zukünftige Braut nach Monaten wiedersah, aber das war ihm egal. Er sah auf sie hinab und versuchte sich vorzustellen, wie es war, sein Leben mit ihr zu teilen.

»Alle Noblen des Landes haben ihr Herz an Euch verloren«, sagte er, ohne darüber nachzudenken, und ignorierte das verächtliche Schnauben seiner Mutter an seiner Seite, auch wenn sie seine Geduld bereits überstrapazierte.

Drida erhob sich. Eine sachte Röte stieg bei seinen Worten in ihre Wangen, die in ihm allerlei Bilder vor seinem geistigen Auge entstehen ließ. Bilder von ihrer gemeinsamen Hochzeitsnacht. Er ehelichte sie rein aus politischen Gründen, aus Vernunft, sagte er sich. Aber ihr Anblick machte ihm die Entscheidung leicht.

»Ich hoffe, Ihr hattet Gelegenheit, Euch in meinem Land einzugewöhnen.«

»Ich habe hier viel Freude gefunden, Herr.«

Sie blickte zurück zu den Kindern, und Offa verstand. Er hatte schon gehört, dass sie die Mädchen und Jungen unterrichtete, was gemischte Gefühle bei seinem Gefolge hervorrief. Besonders die Kirchenmänner waren davon nicht angetan. Aber er ging davon aus, dass zumindest Vater Herefrith ihr Unterfangen begrüßte. Schließlich war er an ihrer Seite in Averdun geblieben, um ihr beim Einleben in Mercia zu helfen.

Offa sah sich um, um den Priester zu suchen, aber von Herefrith war nichts zu sehen. Dafür bemerkte er die vielen neugierigen Blicke. Beinahe wäre ihm ein Seufzen entkommen.

»Wollt Ihr nicht dafür sorgen, dass der König und sein Gefolge mit Speis und Trank versorgt werden?«, brach seine Mutter das Schweigen. »Und wie wäre es mit Wasser, damit sie sich den Straßenstaub abwaschen können?«

»Natürlich, sofort.«

Drida wandte sich sogleich ab und huschte davon, die Kleinen bei den Schlaflagern sprangen auf und eilten ihr hinterher. Als hätte sie selbst bereits eine ganze Schar Kinder. Dabei war sie selbst fast noch eines.

»Du siehst, Offa, all meine Mühen waren umsonst. Ich habe wirklich versucht, ihr ihre Pflichten beizubringen, ihr zu vermitteln, was ihre Aufgaben sind, wie sie einen Haushalt zu führen hat, aber ich fürchte, bei ihr ist jede Hoffnung verloren. Sie weiß noch nicht einmal, wie sie dich anständig begrüßt.«

»Mutter.« Offa wandte sich ihr zu und sah ihr eindringlich in die Augen. »Hört auf.« Sein Tonfall sollte alles sagen, aber er musste dieses Mal wirklich sichergehen, dass sie ihn tatsächlich verstand, deshalb fuhr er fort: »Akzeptiert endlich, dass sie meine Königin wird, dass sie *Eure* Königin wird, oder Ihr werdet nicht mit uns nach Licidfelth kommen. Ihr werdet hierbleiben und nur Berichte über meine Vermählung hören. Ist es wirklich das, was Ihr wollt?«

Marcellina sah ihn aus großen Augen an, und plötzlich kam die Erinnerung über ihn, wie er sie als Junge gesehen hatte. Als Stützpfeiler der Familie. Sie hatte die Pflichten eines Mannes übernommen, weil ihr Gemahl dazu nicht fähig gewesen war, sie hatte das Land schon lange vor Thingfriths Tod verwaltet. Eigentlich sollte sie verstehen, warum Offa in Drida eine Frau an seiner Seite haben wollte, die ebenso fähig war wie sie. Aber vielleicht wollte sie Drida ja auch nur solch ein Schicksal ersparen? Vielleicht wollte sie ihrer Schwiegertochter geben, was sie selbst nie gehabt hatte? Die Freiheit, sich ganz und gar auf ihre Kinder zu konzentrieren?

»Wie Ihr wünscht, mein König.« Marcellina sah ihn mit einem Blick an, als wäre er noch ein kleiner Junge, der gescholten werden müsste, und machte sich schließlich ebenfalls von dannen.

»Ich rate dir, lass die beiden nicht mehr zusammen allein«, ließ sich Leofric an seiner Seite vernehmen, und die Schadenfreude war ihm anzuhören. »Das war wohl nicht dein bester Einfall, deine Zukünftige in die Obhut deiner Mutter zu geben. Du hättest sie genauso gut draußen bei den Wölfen leben lassen können. Die wären bestimmt zahmer zu ihr gewesen.«

»Drida hat die Wölfin überlebt, sie wird auch meine Mutter überleben. Sie ist stark.«

»Sie ist eine Königin.« Leofric klang bewundernd.

Offa wusste nicht, ob es ihm gefiel oder nicht, wie alle über seine Angetraute sprachen. Denn mit einem hatte seine Mutter recht: Männerherzen *hatte* Drida erobert. Sie sei herzlich und zugänglich, dabei aber immer tugendhaft und anmutig, hörte er, und sie würde lachen, dass die Sonne aufgehe. Und sie hatte einen gefährlich scharfen Verstand. Natürlich spielte ihre nicht zu übersehende Schönheit auch keine kleine Rolle, und die Art, wie sie sich hielt, voller Erhabenheit und Anmut. All dies erfüllte ihn mit Stolz, denn schon bald würde sie *seine* Frau sein. Gleichzeitig aber nagte schon jetzt ein heißer Stich der Eifersucht an ihm.

Was, wenn seine Mutter doch recht hatte? Wenn sie nicht so keusch war, wie er glaubte? In ihren Augen loderte etwas … Sie musste schon mehreren Männern den Verstand vernebelt haben. Er musste nur aufpassen, dass es ihm nicht auch so erging.

Gefühle waren immer gefährlich, das wusste er. Je nüchterner er blieb, umso besser.

KAPITEL 27

Licidfelth (Lichfield), Königreich Mercia, Februar 770

Drida wusste nicht, was sie erwartet hatte, aber derartige Menschenmengen waren ihr nie zuvor zu Gesicht gekommen. Sie näherten sich der Kathedralenstadt Licidfelth, nur zwei Reisestunden nordwestlich von Offas Hauptsitz Tamouuorthig, und es schien ihr, als hätte sich das ganze Land hier versammelt. Die Menschen säumten die gepflasterte Römerstraße und standen sogar auf den weißen Sandsteinmauern einer in Ruinen daliegenden Stadt. Sie winkten mit Tüchern in den Händen, saßen auf Ästen von Bäumen und jubelten.

Offas Bannerträger führten den gewaltigen Zug an, gemeinsam mit Trommlern, die aber den Lärm kaum zu übertönen vermochten. Ihnen folgten Aldermänner und Gesiths, alle in ihren besten Gewändern, mit Schmuck und Geschmeide behängt. Selbst die Pferde trugen reich verzierte Decken und Vorderzeuge. In der Mitte des Zugs fanden sich schließlich Vater Herefrith und andere Geistliche, darunter auch der Erzbischof von Cantuarabyrg, Jænberht, sowie Mönche und Kirchenjungen, die das schwere Kreuz vor sich hertrugen.

Dahinter ritt Drida auf einer prächtigen weißen Mähre, an ihrer Seite der gekrönte Offa auf seinem Rappen. Ihnen folgten Offas Krieger und weitere Aldermänner und Noble, selbst aus den benachbarten Königreichen. Alle hatten sich in Tamouuorthig versammelt, um dem prächtigen Zug nach Licidfelth beizuwohnen.

Drida fühlte sich wie in einem Traum. Der Lärm, die Enge, die vielen Menschen, die schaukelnde Bewegung des Pferdes, der Blütenduft der Tinktur, mit denen die Frauen in Tamouuorthig sie eingerieben hatten, die weiche Seide der hellgrünen Tunika, die ärmellos auf ein ebenfalls seidenes und langärmliges Unterkleid in einem dunkleren Farbton fiel … Sie war wie benebelt, ihr Atem ging schnell vor Aufregung, vor Angst. War das alles echt?

Wind fuhr ihr durchs offene Haar, zerrte an den Schneeglöckchen, die in einer geschwungenen Linie über ihren Hinterkopf verliefen, aber Marcellina und die Frauen von Noblen hatten die Stängel mit einzelnen Strähnen vernäht, sodass es keine einzige Blüte wagen konnte, ihr Haupt zu verlassen. Sie musste schön aussehen, denn heute fand nicht nur ihre Hochzeit statt, sondern zugleich auch ihre Krönung. Eine besondere Ehre und Anerkennung, die den Gemahlinnen von Königen nicht oft zuteilwurde, erklärte ihr Marcellina ohne Unterlass.

Aber zumindest auf diesem Weg zu ihrem neuen Leben als Ehefrau und Königin hielt sich ihre zukünftige Schwiegermutter nicht in ihrer Nähe auf. So konnte Drida alles um sich herum auf sich wirken lassen, ohne ständig böse Worte im Ohr zu haben.

Da waren Kinder, die ihr ganz aufgeregt zuriefen. Drida winkte ihnen zu, während sie versuchte, sich selbst mit deren Augen zu sehen. Was dachten sie, wenn sie Offa mit seiner prächtigen Krone auf dem gewaltigen Rappen sahen, und Drida mit ihrem blumengeschmückten Haupt an seiner Seite? Wünschten sie sich, den Platz mit ihr zu tauschen? Wenn sie nur wüssten, wie sehr sie sich nach Hause sehnte! Wie groß ihre Angst war, die sie stets zu unterdrücken versuchte, da sie ohnehin nichts an ihrer Lage ändern konnte. Sie hatte sich vorgenommen anzunehmen, was Gott ihr darbot, und mit der Entscheidung, die sie selbst getroffen hatte, zu leben. Aber jetzt, da es so weit war, polterte ihr das Herz.

Ihr Blick fiel zu Offa. Wie immer wirkte er ernst, der Jubel schien nicht bei ihm anzukommen. Da war kein Lächeln auf seinen Lippen, keine Zufriedenheit in seinen Augen, seine Züge wirkten noch härter als für gewöhnlich. Was tat sie hier nur? Sie nahm wirklich *ihn* zum Mann! Den Krieger, der die Krone Mercias mit Gewalt an sich gerissen und Beornred verbannt hatte. Was würde ihr angelsächsischer Freund dazu sagen? Hatten Karlmann, Karl, Gerperga und alle anderen bereits von ihrer bevorstehenden Verbindung mit Offa erfahren?

Offa schien ihren Blick zu spüren, denn er wandte sich ihr zu und sah sie aus verengten Augen an. Sein weizenfarbenes Haar glänzte unter der Sonne und der funkelnden Krone. Er hatte es ein wenig geschnitten, aber es ließ sich immer noch im Nacken zusammenbinden.

Er war gutaussehend, auf eine andere Art als Karl und Karlmann, die sie immer an die Geschichten der alten griechischen Götter erinnert hatten. Nein, Offa hatte etwas Raues, Barbarisches an sich, nicht die Feinheit wie die beiden Frankenkönige, und es erfüllte sie mit Furcht und Aufregung zugleich.

»Das ist eine alte Stadt der Römer«, sagte er unvermittelt und riss sie damit aus ihren Gedanken. Er lenkte sein Pferd näher an ihres und wies zu den halb verfallenen Mauern. »Es heißt, tausend Christen fanden hier den Märtyrertod, deshalb ist Licidfelth auch ein derart heiliger Ort. Jetzt ist es nicht mehr weit.«

Drida überlegte, was sie antworten sollte. Es fiel ihr schwer, mit ihm zu sprechen. Ob sie sich je richtig kennenlernen würden? Wollte er das überhaupt? Oder war sie wirklich nur eine Zuchtstute, die sein Reich sicherte?

»Wo ist Eure Wölfin?«

Drida blickte über die vielen Menschen hinweg zu den bewaldeten sanften Hängen. »In der Nähe«, erwiderte sie nur, denn sie war sicher, Luna bewegte sich nicht zu weit fort. Sie hatte Drida nun schon so lange begleitet, war auch nach Averdun mitgekommen und würde sie bestimmt auch dieses Mal nicht verlassen.

Drida hatte keine Ahnung, warum Luna sich so verhielt, warum sie nicht einfach davonzog und nie wieder zurückkehrte. Aber sie hoffte, dass die Wölfin ebenso eine Verbindung zu ihr spürte. Sie hatten schon so viel zusammen durchgestanden, dieses Band war unzertrennlich.

»Werde ich weiterhin die Kinder unterrichten können?«, fragte sie bang, denn allein der Gedanke, diese Freude aufgeben zu müssen, tat weh.

Ihr Schmerz verstärkte sich bei Offas Reaktion, denn er wurde noch ernster und suchte ganz offensichtlich die richtigen Worte, um ihr den Wunsch abzuschlagen.

»Ihr werdet Königin …«, begann er in einem Tonfall, der bereits klarmachte, welche Worte folgen würden, aber Drida ließ ihn gar nicht ausreden.

»Und damit bin ich für alle Menschen Mercias verantwortlich, ist es nicht so? Auch für die Kleinsten.«

»Die Kinder, die Ihr bislang unterrichtet habt, sind in Averdun, sie unterstehen der Obhut meiner Mutter und …«

»Ich möchte, dass sie meiner Obhut unterstellt werden.«

Offa wandte sich ihr zu, und so schwer er für gewöhnlich zu lesen war, so deutlich zeigte sich jetzt die Überraschung, ja gar Überrumpelung in seinem Gesicht.

»Wie Ihr schon sagtet«, sie zwang sich ein Lächeln auf die

Lippen, »ich werde Königin. Und ich glaube, Eure Aldermänner hätten nichts dagegen, wenn ihre Kinder im Haushalt der Königin Mercias groß werden.«

Offa sah sie schweigend an, und nun wusste sie wieder nicht, was er dachte. Überlegte er, wie er seiner Mutter ihren Wunsch, ihre Forderung überbringen sollte? Würde Marcellina es als Angriff verstehen? Drida wollte sich nicht mit ihrer künftigen Schwiegermutter anlegen, ihr ging es rein um die Kinder. Hoffentlich verstand Marcellina das auch.

»Ja, es wäre eine große Ehre für die Familien«, erklärte Offa und blickte nach vorne zu den Noblen. »Viele würden ihre Kinder wohl gerne im Haushalt der Königin sehen. Ich müsste nur gut überlegen, wem wir diese Ehre zuteilwerden lassen. Nicht alle Kinder, die Ihr in Averdun um Euch hattet, erfüllen die nötigen Voraussetzungen. Andere hingegen, die Ihr noch nicht kennt, könnten dazukommen.«

»Und welche Voraussetzung wären das?«

Sie klang abweisend, schnippisch, aber das war ihr egal. Sie würde auf keines der Kinder aus Averdun verzichten.

Der Trubel um sie herum drang kaum noch bis zu ihr hindurch. Jetzt ging es darum, diesen Bund gleich richtig zu beginnen. Offa sollte wissen, dass sie eine eigene Stimme hatte und nicht gedachte zu verstummen.

»Die Voraussetzung, dass mir eine solche Ehrbezeugung nützt. Goda zum Beispiel – sie ist die Tochter meines Vetters Ealdred von den Hwicce und mir bereits durch Blutsbande verbunden. Ihren Platz könnte ich vorteilhafter vergeben.«

»Goda wird nicht ersetzt!«

Offa warf ihr einen ungeduldigen Blick zu, als wäre sie nur ein einfältiges Kind, und Drida vergaß völlig, wo sie sich befanden und was ihr bevorstand. Ihr wurde heiß, und ihr Herz begann zu rasen. Sie wusste selbst nicht genau, warum sie sich derart in den Kampf stürzen wollte. War ihr der Unterricht wirklich so wichtig? Sie hatte keine Antwort darauf – nur das Gefühl, sich nicht unterkriegen lassen zu dürfen, sonst hätte sie verloren. Als würde dieser Moment ihre ganze Zukunft bestimmen.

»Goda wird nicht ersetzt«, wiederholte sie noch einmal, ruhiger, aber auch eindringlicher diesmal.

»Wir müssen treue Familien belohnen«, fuhr Offa fort, als hätte er ihren Einwurf gar nicht gehört. »Aber die, welche uns schon durch andere Bande nahestehen, gehören nicht dazu. Auch kann ich niemanden von den Magonsæten nehmen. Ihnen kann man nicht trauen.«

»Indem Ihr jenen, die zweifeln, solch ein Angebot macht, werdet Ihr sie stärker an Euch binden. Auch die Magonsæten. Und hier geht es doch um den Haushalt der Königin. Um *meinen* Haushalt. Und über den bestimme ich.«

Offa fuhr zu ihr herum und starrte sie an, mit einem Blick, der ihr eiskalt werden ließ. Sie bereute ihre Worte sofort, aber gleichzeitig wollte sie ihm noch viel mehr entgegenschleudern. Vernunft und Leidenschaft kämpften gegeneinander, aber ehe sie einer Seite nachgeben konnte, trieb Offa unvermittelt sein Pferd an und ritt zwischen die Geistlichen. Drida blieb allein zurück.

War sie tatsächlich zu weit gegangen? Offa erschien ihr nicht wie ein Mann, der sich von einer Frau gerne etwas sagen ließ. Aber sie konnte doch nicht einfach akzeptieren, dass die Monate in Averdun umsonst gewesen waren! Sie hatte etwas in diesem fremden Land gefunden, das ihr das Gefühl gab, einen Sinn zu haben – nicht nur den, dem König die lange gesuchte Ehefrau und Mutter seiner Kinder zu geben. Sie konnte einen Unterschied machen, nicht für viele, aber für manche, und das wollte sie sich nicht wegnehmen lassen.

»Luna«, flüsterte sie und blickte erneut über die Menschen

hinweg zu den Bäumen. In ihr brannte das Sehnen, einfach davonzureiten und diesem Wahnsinn zu entgehen.

Eine Weile ritt sie weiter allein inmitten des Zugs, winkte den Menschen und lächelte, auch wenn sie sich mit jedem weiteren Schritt fühlte wie bei ihrem Ritt zur Küste, um auf dem Meer ausgesetzt zu werden.

Dann kam plötzlich Vater Herefrith zu ihr zurück. Sie konnte die Erleichterung über seinen Anblick wohl nicht verbergen, denn er lächelte wissend.

»Überwältigend, nicht wahr?« Er lenkte sein Pferd an ihre Seite und wies zu den Menschenmassen, die sogar noch zunahmen, je weiter sie sich Licidfelth näherten. »Sie alle sind nur für Euch gekommen.«

»Und für den König«, verbesserte Drida ihn, immer noch unsicher beim Gedanken an Offa und die Frage, wie er ihr jetzt begegnen würde, da sie ihm so offen widersprochen hatte.

Grollte er ihr? Würde er seinen Zorn loslassen? Würde er nach den Eheschwüren sein wahres Ich zeigen?

»Ach, niemanden interessiert der König. Ihr müsst wissen, er gilt im Volk als streng und unnahbar, und wenn er reist, werdet Ihr niemanden auf den Straßen sehen. Lieber verstecken sie sich.«

Das konnte sie sich gut vorstellen. Mehr noch, da sie diesen Blick gesehen hatte, und besonders, wenn sie an Beornreds Geschichten dachte.

»Er ist streng, aber gerecht«, erklärte Herefrith, und wie immer war ihm seine Verehrung für Offa anzuhören. »Er bestraft Vergehen aufs Härteste und hat das Land damit sicherer gemacht. Aber viele fürchten ihn deshalb auch.«

Drida nickte nur. Sie wusste nicht, was sie dazu sagen sollte, aber Herefrith schien ihr die Gedanken vom Gesicht abzulesen.

»*Ihr* müsst ihn nicht fürchten, Herrin.«

Sie musste zweifelnd aussehen, denn Herefrith streckte die Hand nach ihr aus und berührte kurz ihren Arm.

»Ich kenne den König, seit er mit siebzehn Jahren in Æthelbalds Halle marschierte und erklärte, ein Krieger werden zu wollen. Ich hielt ihn für überheblich und einfältig. Aber dann durfte ich ihn bei seinem ersten Feldzug begleiten, und er riskierte sein eigenes Leben, um meines zu retten. Diese Art König ist er, diese Art Mann ist er. Er mag allen gegenüber hart sein, aber mit sich selbst ist er am strengsten. Nehmt Euch etwas Zeit, um ihn kennenzulernen, er mag Euch überraschen.«

Aber auf welche Weise?, dachte Drida bang, obwohl sie Herefriths Worte gerne glauben wollte. Doch die Angst ließ sich davon nicht vertreiben.

Vielleicht konnte sie den König wenigstens mit ihrem geheimen Vorhaben sanfter stimmen.

»Ich habe einen weiteren Brief, der dringend auf den Weg muss«, begann sie vorsichtig und merkte sofort, wie Herefrith sich anspannte und sich unwohl im Gefolge umsah.

»Erneut nach Mathrafal?«, fragte er leise.

Drida nickte. »Ich gebe ihn Euch bei den Feierlichkeiten.«

»Meine Herrin, Ihr werdet heute meine Königin. Aber ich muss Euch sagen, dass Ihr mich in eine sehr unangenehme Lage bringt.«

»Es ist die letzte Nachricht. Versprochen.«

Ein greiser, beleibter Mann in feinen Gewändern und behangen mit wertvollen, schweren Goldketten kam ihnen mit schwerfälligen Schritten und auf einen Stab gestützt von der Kathedrale aus entgegen. Ihm voraus wurde ein mit Edelsteinen besetztes goldenes Kreuz getragen, und hinter ihm folgte eine ganze Schar von Mönchen.

»Bischof Berhthun«, seufzte Offa, der sich mittlerweile wieder an ihrer Seite eingefunden hatte, aber vermutlich nur, um den Schein zu wahren, denn er hatte kein Wort mehr mit ihr gesprochen. Auch jetzt wandte er sich an Herefrith, der noch an ihrer Seite war, nicht an sie. »Ich sage Euch, mein Freund, ich würde viel lieber Euch als Bischof sehen, als diesen alten Fettwanst.«

»Dann müsstet Ihr aber auf meine ständige Gegenwart verzichten, mein König.«

»Da sprecht Ihr Wahres. Doch Ihr würdet dieses Amt verdienen. Und Licidfelth verdient mehr, als nur ein einfacher Bischofssitz zu sein.«

»Ihr sprecht von einem Erzbistum?«

»Wie kann es sein, dass zu meiner Vermählung der Erzbischof aus Cantuarabyrg kommen muss, ein Erzbischof aus einem anderen Königreich? Mercia ist das mächtigste Land Britanniens, und es hat kein Erzbistum. Selbst Northumbrien hat einen Erzbischof.«

»Dann wird es wohl Zeit, etwas daran zu ändern. Aber nicht heute, mein König. Heute heiratet Ihr.«

Offa warf Drida einen flüchtigen, nichtssagenden Blick zu, dann hielt er sein Pferd an. Die Formation der im Zug vor ihnen Reitenden teilte sich, und die kirchliche Gesandtschaft der Kathedrale vermischte sich mit den Geistlichen, die mit ihnen aus Tamouuorthig gekommen waren, darunter auch der besagte Erzbischof aus dem benachbarten Königreich Kent.

Alle blickten zu Drida empor, und ein Zittern bemächtigte sich ihrer, das sie nicht unterdrücken konnte.

Offa schwang sich aus dem Sattel. Dann kam er zu ihr herum und reichte ihr seine Hand. Drida blickte auf die langen, schlanken Finger hinab, auf den mächtigen Siegelring, und zwang sich, ihre Hand in seine zu legen. Es war sonderbar, wie klein sie aussah, als er seine Finger darum schloss, aber Drida konzentrierte sich nicht länger darauf, sondern rutschte aus dem Sattel und stand nun dicht vor ihm. Den Kopf in den Nacken gelegt sah sie zu ihm auf. Sie wünschte sich, ungerührter zu sein, um ihm nicht zu zeigen, wie es in ihr aussah. Aber ihr Körper war verräterisch. Fast schon klapperten ihre Zähne. Von fern her drang immer noch Jubel, während um sie herum die Mönche Gesang anstimmten. Es war eine ruhige, fast klagende Melodie, und Gänsehaut überzog Drida.

Die Prozession setzte sich in Bewegung, und Drida folgte an Offas Seite, wie durch eine fremde Macht gelenkt. Einen Fuß vor den anderen. Sie blickte auf zu den weißen Sandsteinmauern des Kathedralenturms – das erste Gebäude, das sie an die Pracht ihrer Heimat erinnerte. Holt mich zurück, dachte sie, aber gleich darauf schalt sie sich selbst. Sie hatte diese Entscheidung getroffen, und sie musste ihr mit Anmut und Stolz folgen. Sie sollte eine Königin werden. Nun musste sie sich auch so verhalten.

Ihr Blick war auf den Rücken des Erzbischofs gerichtet, der vor ihnen herschritt, als um sie herum plötzlich etwas anders wurde. Der Gesang der Mönche wurde übertönt von Rufen und Schreckenslauten, Gedränge kam um sie herum auf. Offas Hand fuhr zu seinem Schwert, er sah sich um, als erwartete er einen Angriff, dabei war er umgeben von seinen Kriegern. Im nächsten Moment flitzte etwas Graues zwischen den Menschen hindurch, direkt auf Drida zu.

Ein Laut der Überraschung und Freude befreite sich aus ihrer Kehle. Sie fiel auf die Knie, die sie ohnehin kaum noch getragen hatten, und Luna sprang auf sie zu. Im nächsten Moment war da schon die Wolfszunge, die ihr über die Hände leckte, und Drida hatte große Mühe, die Tränen zurückzuhalten.

»Danke«, flüsterte sie und wuschelte der Wölfin durchs Fell. Genau das hatte sie gebraucht, um den Mut zu finden, diesen Schritt zu gehen und sich endgültig von ihrer Heimat abzuwenden. »Ich danke dir.«

»Was hat das zu bedeuten?«, keuchte der Erzbischof über ihr, aber Drida beachtete ihn gar nicht. »Ist das etwa ein Wolf?!«

»Sorgt Euch nicht«, erklang Offas Stimme tonlos, ohne sich anmerken zu lassen, was er von dieser Unterbrechung hielt. »Er wird Euch nicht fressen. Bischof Berhthun vielleicht. Aber nicht Euch.«

Der Erzbischof holte hörbar Atem, und der genannte Bischof Berhthun von Licidfelth an seiner Seite stieß ein hohes »Herr König!« aus.

Drida blickte auf zu Offa, um in seinem Gesicht zu lesen, um zu sehen, ob er lächelte und seine Worte als Scherz entkräftete, aber der König gab sich ernst und empfindungslos.

»Wollen wir?« Jetzt sah er auf sie hinab.

Drida strich noch einmal durch Lunas Fell und richtete sich auf. Am liebsten hätte sie gefragt, wieso er es so eilig hatte, ob er sich denn fürchtete und alles rasch hinter sich bringen wollte. Aber sie hatte noch genug Verstand, um inmitten der Prozession, nur Augenblicke vor ihrer Bindung für die Ewigkeit, zu schweigen.

Der Erzbischof und der Bischof von Licidfelth blickten noch einmal misstrauisch auf Luna hinab, dann gaben sie den Mönchen ein Zeichen, und diese stimmten erneut den Gesang an. Es ging weiter zum hohen doppelflügeligen Tor der Kathedrale, vor dem die Kreuzträger stehen blieben und sich zu ihnen umdrehten. Auch alle anderen taten es ihnen gleich. Die Nachfolgenden bildeten einen Halbkreis um sie.

Und so waren Offa und Drida vor den Toren der Kathedrale eingeschlossen.

Der Erzbischof trat nach vorne, nahm Offas Hand, dann Dridas, und führte sie zusammen. In diesem Moment ging Drida zum ersten Mal auf, dass sie niemanden hatte, der sie übergab. Keinen Vater. Keine Familie. Sie war ganz und gar allein.

Eine Bewegung gegen ihr Bein erfüllte sie mit bittersüßer Traurigkeit. *Du hast recht,* dachte sie und blickte auf Luna hinab, die an sie geschmiegt an ihrer Seite stand. *Ich habe dich.*

Die Zeremonie begann, und die Worte des Erzbischofs, das vertraute Lateinisch, erinnerte sie an die beiden Hochzeiten der fränkischen Könige. Karl und Karlmann hatten im selben Jahr geheiratet, und sowohl Gerperga als auch Himiltrud hatten dabei eingeschüchtert ausgesehen. Bot Drida ein ähnliches Bild? Sah man ihr deutlich an, dass alles um sie herum sie überforderte?

Das wollte sie nicht. Und so versuchte sie, dem Bischof aufmerksam zuzuhören und Stärke auszustrahlen. Sie war stolz auf sich, denn als Marcellina zu ihr kam und ihr einen Ring überreichte, den sie Offa geben musste, zitterte sie nicht mehr.

Offa steckte ihr ebenfalls einen Ring an, einen schmalen, zierlichen Goldreif mit einem verschnörkelten Muster. Dann erklärte der Erzbischof sie zu Mann und Frau.

Drida blickte zu Offa auf, zu ihrem Gemahl, und er schaute auf sie hinunter. Einen Moment lang schien die Welt um sie herum stehenzubleiben. Sie hörte den Jubel aller, besonders den seiner Krieger, die um ihn standen, aber er klang weit weg. Sie war jetzt verheiratet. Eine Ehefrau. Wie sehr sie sich Gerperga an ihre Seite wünschte!

Die Prozession setzte sich wieder in Bewegung, die singenden Mönche voran, und es ging hinein in die Kathedrale, den Mittelgang nach vorne zum Altar, der durch die bunten Glasfenster in der Apsis in Regenbogenfarben schimmerte. Drida sah sich nach Luna um, aber sie musste draußen geblieben sein – ein Halt, der ihr jetzt fehlte.

Ohrenbetäubender Lärm hallte durch die Kathedrale, während alle ihre Plätze auf den Bänken und auf jedem freien Stück Boden dazwischen einnahmen. Schließlich ließ sich Offa auf dem Altarpodest auf einem bronzenen, den Menschen zugewandten Lehnstuhl mit aufwendigen Verzierungen nieder, während Drida nicht wusste, was sie tun sollte. Sie stand am Fuße der beiden Stufen zum Podest und blickte in die vielen aufmerksamen Gesichter, als Offa ihr bedeutete, auf dem Stuhl an seiner Seite Platz zu nehmen. Schließlich begann der Bischof von Licidfelth die Messe zu lesen, und sie empfingen die Kommunion.

Drida wusste gar nicht, wie viel Zeit verging, ihr Kopf fühlte sich an wie mit Wolle ausgestopft. Wie würde sie diesen Moment sehen, wenn sie in Jahren zurückblickte? Würde sie sich an die vielen Details erinnern, den Weihrauchgeruch, die Kälte auf ihrer Haut, die hallende Stimme des Bischofs, der mit seinen Stummelbeinen hinter dem Altar auf und ab schlurfte und den Wein segnete? Wie viele Gesichter würde sie später noch vor sich sehen? Manche der Noblen, die ganz vorne ihre Plätze in der Kathedrale hatten, hielten den Kopf gesenkt, andere blickten neugierig zu ihr auf. Was sahen *sie*? Woran würden *sie* sich erinnern? Wie würde Drida Jahre später als Königin gesehen werden? Hatte sie dann schon Kinder? Einen Erben? Oder würde es ihr wie Bertha ergehen, und sie würde viele Jahre kinderlos bleiben, bis man drohte, sie zu verstoßen? Oder wie Eadburh, die ihr Kind verloren und ihren Mann einer Geliebten hatte überlassen müssen? Die Ungewissheit lag wie ein schweres, dichtes Tuch auf Drida, das sie niederdrückte.

Schließlich trat der Erzbischof, lateinische Gebete vor sich hin sagend, vor sie hin. Er hatte ein kleines bauchiges Gefäß in der Hand, von dem er etwas auf seine Hand träufeln ließ. Er bedeutete ihr niederzuknien, und Drida sank vor dem Altar auf den kalten Steinboden. Jetzt war es also so weit. Ihre Krönung.

Ihre Vermählung lag hinter ihr. Welcher Teil hatte wohl mehr Bedeutung?

Es war dieser hier. Denn mit ihrer Krönung übernahm sie die Verantwortung über all die Menschen hier, die erwartungsvoll zu ihr aufblickten. Marcellina wurde zwar nicht müde, ihr ihre Bedeutungslosigkeit aufzuzeigen, aber Drida glaubte das nicht. Sie konnte etwas bewirken. Durch dieses Bündnis gewann Karlmann einen Unterstützer, und sie würde Kindern zu besserer Bildung verhelfen. Nicht nur jenen der Noblen – sie musste einen Weg finden, auch die weniger Glücklichen zu erreichen. All diese Gedanken gingen ihr durch den Kopf, während der Erzbischof sprach.

Sie sah hinweg über die Reihen von Menschen zum geschlossenen Tor, die Stimme des Erzbischofs und den leisen Gesang in den Ohren, und obwohl Luna nicht an ihrer Seite war, spürte sie jetzt Kraft, die in sie strömte. War es die Kathedrale, dieser heilige Ort, der sie derart mit Stärke erfüllte? Oder das heilige Öl, mit dem der Erzbischof ein Kreuz auf ihre Stirn malte? Er salbte sie zur Königin, vor Gott und vor so vielen Zeugen, und sie spürte die Macht, die durch sie hindurchfloss.

Der Erzbischof sprach noch ein Gebet, und Drida senkte den Kopf, betete ihre eigenen Worte an Gott. *Steh mir bei,* flehte sie stumm. *Lass mich meine Aufgabe gut erfüllen, lass mich würdig sein, und hilf denen, denen ich Hilfe versprochen habe. Hilf Karlmann, Gerperga und Pippin, halte deine schützende Hand über sie. Lass diesen meinen Schritt nicht umsonst gewesen sein.*

Der Erzbischof wandte sich ab und nahm vom Bischof von

Licidfelth eine gewaltige Krone entgegen. Sie war mehr als nur ein Goldreif. Goldene, von Edelsteinen besetzte Schlingen wanden sich empor und verbanden sich in der Mitte zu einem vierblättrigen Kleeblatt. Drida traute ihren Augen kaum. Die Krone funkelte und glitzerte. Sie war ein Symbol für etwas Helles, für eine bessere Zukunft.

Drida konzentrierte sich auf ihren Atem, sie blickte wieder geradeaus und wagte es nicht, zu Offa oder den Bischöfen zu sehen, aus Angst, sie könnten ihr die Aufregung anmerken. Nichts hier kam ihr echt vor, und zugleich hatte alles um sie herum eine kaum zu ertragende Intensität.

Der Erzbischof trat in seinem goldgewobenen Gewand vor sie hin, der Gesang der Mönche schwoll an, dann setzte er ihr die schwere Krone aufs Haupt.

Drida ließ langsam die angehaltene Luft entweichen. Sie wagte es nicht, sich zu bewegen, aus Angst, das schwere, wertvolle Gebilde könnte verrutschen und auf den Boden stürzen. Sie hörte, wie Offa sich erhob, dann erschien seine Gestalt vor ihr. Er streckte die Hand nach ihr aus, hielt sie ihr entgegen, und Drida legte ihre hinein. Auf einen leichten Druck seinerseits erhob sie sich, sah ihm in die Augen und versuchte ihm allein mit ihrem Blick alles zu sagen, was diese Krönung für sie bedeutete. Sie würde kein stummer Schatten an seiner Seite sein. Nein, sie wäre eine Herrscherin, so wie er.

Offa erwiderte ihren Blick. Eine Ewigkeit schien zu vergehen, in denen er ihr mit seinem kalten Blick direkt in die Augen sah. Dann hob er plötzlich einen gewaltigen, mit einem leuchtenden Rubin versetzten Ring in die Höhe.

»Meine Königin«, sagte er leise, als wären die Worte nur für sie bestimmt, und steckte ihr den Ring an. Dabei nahm er keinen Herzschlag lang den Blick von ihr. Ein sonderbares Flattern machte sich in ihr breit. Die ganze Aufregung des Tages wurde bald zu viel für sie.

Drida blickte hinab auf die beiden Ringe an ihrer Hand: den für ihre Ehe und den für die Krone.

Schließlich wandte Offa sich wieder an die vielen Menschen, hob ihre geschmückte Hand in die Höhe und rief: »Königin Cynethryth von Mercia!«

Dahin war die Erhabenheit des Moments, das stille Staunen. Die Kathedrale bebte unter dem Jubel, und Drida warf Offa einen Blick zu. Sie wollte sehen, ob er zufrieden war, ob er jetzt bekommen hatte, was er wollte. Offa sah sie ebenfalls an, und obwohl er wie meist ausdruckslos und ernst dreinsah, glaubte sie, nun ein Funkeln in seinen Augen zu sehen, eine Ahnung davon, dass all das hier ihm gefiel.

»Mit diesem Tag«, verkündete er dann plötzlich laut – seine Stimme hallte durch die Kathedrale, und alle verstummten –, »übergebe ich das Land Lindesege an meine Gemahlin und Königin, um es zu halten und zu vergeben nach ihrem Willen. Jegliche Abgaben dieses Landes sollen ihre allein sein.«

Raunen erklang um sie herum. Marcellina, die am Fuße der beiden Stufen zum Altar stand, wurde weiß wie eine gekalkte Wand. Drida verstand nicht, was vor sich ging, was Offa da gerade gesagt hatte, als er sich ein wenig zu ihr lehnte.

»Lindesege war einst ein eigenständiges Königreich am Humber, nordöstlich von hier, ehe es mir gelang, es anzuschließen«, erklärte er leise, während immer noch Aufruhr durch die Kathedrale hallte, »es ist so groß wie das Königreich Essex oder das Land der Hwicce. Deshalb diese Reaktion.«

Für einen flüchtigen Augenblick klang er fast belustigt, und Drida sah ihn nur geschockt an. Dieses Land sollte ihr gehören? Eigenes Land? So groß wie ein angelsächsisches Königreich?

Offa nickte, wie um ihre unausgesprochenen Fragen zu beantworten, dann wandte er sich wieder an die Versammelten. »Ihr alle seid Zeugen und verpflichtet, meinen Entschluss weiterzutragen und zu befolgen. Unsere Königin kam allein in dieses Land, ohne Familie, und es ist meine Pflicht, ihrem Vormund, König Karlmann vom Frankenreich, ein angemessenes Brautgeld zu bezahlen. Sobald Reisen in sein Reich wieder sicherer sind, wird sich ein Bote auf den Weg zu ihm machen.«

»Das ist nicht nötig«, hallte plötzlich eine tiefe Stimme durch die Kathedrale.

Ein Zittern überfiel Dridas Körper, noch ehe ihr Verstand begriff, zu wem die Stimme gehörte. Das Tor stand einen Spalt weit offen, und, flankiert von zwei jungen Kriegern, trat ein Bär von einem Mann ein, mit schulterlangem strohfarbenem Haar. Er war zu weit weg, als dass sie sein Gesicht erkennen konnte, und trotzdem wusste sie sofort, wer er war.

»Verzeiht, mein König«, rief einer der Krieger. »Der Mann sagt, Ihr kennt ihn, und sein Anliegen bedarf keines Aufschubs. Es geht um Leben und Tod, und Ihr wollt ihn unbedingt empfangen, sofort.«

Die beiden Krieger führten den Mann näher, und als ein Lichtstrahl sein Gesicht traf, entfuhr Drida ein Laut, der einem Wimmern glich. Das konnte nicht sein, sie musste träumen.

Offa sah sie verwirrt an, dann blickte er wieder zu den Näherkommenden, die den Mittelgang entlangschritten und von allen Anwesenden neugierig begutachtet wurden. Er schien nicht zu wissen, was vor sich ging. Wie auch – so viele Jahre waren vergangen, seit er seinen Widersacher besiegt und verbannt hatte.

»Ich nehme das Brautgeld gerne entgegen. Und die Braut.«

»Beornred.« Offa knurrte den Namen. Jetzt hatte er ihn nach den vielen Jahren also doch erkannt. Seine Stimme schien die Kathedrale mit Eis zu überziehen.

»Herr König.« Beornred verneigte sich mit ausgebreiteten Armen. Die Geste trug Spott in sich, und die jungen Krieger tauschten verwirrte Blicke und schienen nicht zu wissen, was sie tun sollten.

Die Männer aus Offas Herdtruppe, die gleich am Fuße des Altars bereitstanden, kamen aber näher und zogen einen Kreis um Beornred.

»Ich bringe ihn hier und jetzt um«, erklärte Eadric, der Krieger, der Drida stets als der Zugänglichste erschienen war. Davon war jetzt nichts mehr zu erkennen.

»Dies ist die Kathedrale von Licidfelth!«, rief Bischof Berhthun entsetzt, woraufhin sich der Krieger Leofric zu Wort meldete.

»Wir schleifen ihn gerne hinaus.«

»Ich komme als Gesandter des Königs der Franken!«, rief Beornred und blickte herausfordernd zu Offa auf. »Tötet mich, und Ihr werdet die Konsequenzen spüren.«

Offas Hand schloss sich fest um Dridas, erst jetzt bemerkte sie, dass er sie immer noch hielt.

»Was wollt Ihr hier?«

»Ich bin ihretwegen gekommen.« Beornred deutete mit dem Finger auf Drida, und neuerliches Raunen erfüllte das Gotteshaus. Alle schienen Drida anzustarren, und ihr Herz raste immer schneller. »König Karlmann schickt mich. Ich bin gekommen, um Drida zurück nach Hause zu bringen.«

Drida begann zu schwanken. Die Krone begann zu rutschen, und sie hatte alle Mühe, sich aufrecht zu halten. Offas Griff wurde immer schmerzhafter.

»Cynethryth ist Königin von Mercia. *Meine* Gemahlin. Ihr Zuhause ist hier.«

Beornreds Blick flog kurz zu Drida, dann wandte er sich wieder an Offa, mit dem alten Hass in seiner Stimme, den sie noch gut kannte. Er sprach so leise, dass die hinteren Reihen ihn wohl gar nicht hörten. »Ich mag zu spät sein. Aber das heißt nicht, dass ich nichts dagegen unternehmen kann.«

Dridas Kehle wurde eng. Ja, er war zu spät. Sie war verheiratet, gesalbt und gekrönt. Wäre er nur früher gekommen! Was hätte sie dann getan? Wäre sie mit ihm gegangen? Oder hätte sie ihr Versprechen eingehalten?

Unvermittelt ließ Offa sie los, als könnte er ihre Gedanken lesen, dann ging er mit festen Schritten die beiden Stufen der Altarempore hinab und baute sich vor Beornred auf, auch wenn dieser ihn um eine Handspanne überragte.

»Ihr seid umsonst gekommen. Nehmt Dridas Brautgeld und bringt es Eurem König – sofern Ihr es nicht selbst behaltet und ihn des Nachts im Schlaf ersticht.«

Zustimmende Worte erklangen, Flüche, die in einer Kathedrale nichts verloren hatten, prasselten auf Beornred ein.

»Ihr seid der Gesandte eines Königs, und deshalb jage ich Euch kein Schwert in die Brust, aber nehmt diese Gnade und geht, bevor ich es mir anders überlege. Ihr habt diesen Tag und dieses Land lange genug beschmutzt. Morgen steht Ihr auf einem Schiff zurück ins Frankenreich, oder ich erkläre, dass jeder Mann, der Euch noch auf britannischem Boden begegnet, das Recht hat, Euch straflos zu töten.«

Beornred blickte an Offa vorbei zu Drida, und sie fühlte sich in der Zeit zurückversetzt. Sie sah sich vor sich, als sie sich dem Bischof von Noyon gegenübergesehen hatte, seinen Wachen, und Beornred alles getan hatte, um ihr zu helfen, ja, sogar sein Leben hatte er riskiert. Jetzt stand er vor ihr, nachdem sie schon geglaubt hatte, niemanden aus ihrer Vergangenheit jemals wiederzusehen. Sie konnte ihn unmöglich fortschicken, ohne wenigstens mit ihm gesprochen zu haben! Sie hatte tausend Fragen. Er durfte Mercia nicht verlassen, eher er sie ihr beantwortet hatte!

Ihr Mund öffnete sich, sie wollte lautstark erklären, dass Beornred nicht weggeschickt werden durfte, dass sie ihn als ihren Gast in ihren Haushalt aufnehmen wollte, aber kein

Wort kam ihr über die Lippen. Sie durfte Offa nicht vor den versammelten Noblen und höchsten Geistlichen widersprechen. Wie sollte er darauf reagieren? Er könnte ihr nicht nachgeben, ohne als schwach zu gelten und seine Drohungen als nichtig zu offenbaren. Von dem Vertrauensbruch, ihn in eine derartige Situation zu bringen, am Tag ihrer Hochzeit und Krönung, einmal abgesehen. Schließlich hatte sie nun auch gesehen, welche Stimmung hier in Bezug auf Beornred herrschte. Was hatte Offa den Menschen von seinem Widersacher erzählt? Woher kam dieser große Hass? Lag es daran, dass Beornred den vorherigen König getötet hatte? Den Tyrannen?

Offa hatte diese Tat gerade angesprochen. Aber laut Beornred war dies ein Akt der Befreiung gewesen. Was auch immer die Menschen hier dachten, Drida konnte sich nicht gegen sie stellen.

Nein, sie musste es geschickter angehen. Doch wie? Was hätte Bertha getan, die stets einen Ausweg fand, so verwerflich Drida ihre Taten auch oft fand?

So anmutig und aufrecht wie möglich schritt sie die beiden Stufen hinunter an Offas Seite. Aller Augen lagen auf ihr, und Drida wusste, wie wichtig es war, wie sie sich gab, welche Worte sie wählte. Sie war kein kleines Mädchen mehr, das ihren Unmut laut hinausrufen durfte. Sie war Königin Mercias.

Sanft legte sie ihre Hand auf Offas angespannten Arm, und er blickte überrascht auf sie hinab.

»Ich gebe Euch recht, mein König«, sagte sie, darauf bedacht, ruhig und besonnen zu klingen, gleichzeitig aber auch laut genug, um von allen gehört zu werden. »Dieser … Eindringling wählte wahrlich den falschen Moment für seinen Besuch. Und den falschen Grund.«

Nun wandte sie sich direkt an Beornred und blickte ihm eindringlich in die Augen in dem Versuch, ihm irgendwie zu verstehen zu geben, dass sie keine andere Wahl hatte.

»Euer Weg war umsonst, mein Herr. Ihr kamt, um mich zurück ins Frankenreich zu bringen, aber wie mein Gemahl und König Euch bereits sagte: Mercia ist jetzt mein Zuhause.« Jedes Wort brannte in ihrer Kehle, und sie wusste selbst nicht, wie es ihr gelang, ohne Zittern zu sprechen. »Aber ich habe den Ort meiner Herkunft nicht vergessen und hoffe, dass Ihr als Gesandter König Karlmanns zwar nicht mich ins Frankenreich bringt, sondern unser Wohlwollen und die Hoffnung auf ein Bündnis unserer beiden Reiche. Wenn es König Offa gefällt …« – sie blickte kurz zu ihm auf und betete, dass sie ihre nächsten Worte nicht bereuen würde – »… werden die Einzelheiten über dieses ersehnte Bündnis mit König Karlmann in den nächsten Tagen in Tamouuorthig besprochen. Auf dass beide Länder davon profitieren und Ihr die Kunde einer fruchtbaren Beziehung überbringt.«

Beornred blickte ihr unverwandt ernst in die Augen. Er ließ sich nicht anmerken, was er dachte oder was er von ihr erwartet hatte. Schließlich wandte er den Blick ab und sah zu Offa, auf seine Entscheidung wartend. Es war still, jeder lauschte auf die Worte des Königs. Drida blickte zu ihm auf, während sie sich mit aller Macht davon abhielt, ihn anzuflehen. *Lasst ihn mir nur ein paar Tage,* versuchte sie ihm stumm mitzuteilen. *Lasst mich erfahren, wie es meiner Familie geht.*

Offa sah auf sie hinab, dann auf ihre Hand, die noch auf seinem Arm ruhte. Schließlich blickte er an Beornred vorbei zu den vielen wartenden Menschen.

»Meine Königin war vor dreizehn Jahren nicht hier und hat nicht miterlebt, welch schändliche Taten dieser Mann verbrochen hat. Sie war damals ein kleines, unbeschwertes Mädchen, behütet im Frankenreich am königlichen Hof. Sie weiß nichts von den Kämpfen und Gräueln, die der Ermordung unseres geliebten Königs Æthelbalds vorausgingen.« Dabei blickte er zu seinem Krieger Eadric, der Beornred hasserfüllt ansah.

Warum ausgerechnet diesen Krieger?, dachte Drida. Was war damals passiert?

»Deshalb spricht sie weise und mit klarem Verstand, der sich nicht von den Rachegefühlen vergangener Taten trüben lässt. Nicht das Herz darf entscheiden, es muss der Kopf sein. Und so sage ich, diese Gespräche über ein Bündnis mit König Karlmann, von dem beide Länder profitieren, werden stattfinden. Im Wissen, dass der Verräter Beornred seiner gerechten Strafe nicht entgehen wird.« Er wies zum Kreuz, das die Prozession angeführt hatte und das die Kirchenjungen immer noch festhielten. »Der Herr wird über Euch richten, Beornred, und Ihr werdet größeres Leid erfahren, als ich Euch zuzufügen je in der Lage wäre.«

Zustimmende Worte hallten durch die Kathedrale, genauso wie der Ruf: »Brenne in der Hölle!«

Jeder hasserfüllte Ruf schmerzte Drida in der Brust, und am liebsten hätte sie den Menschen hier von dem Beornred erzählt, den sie im Frankenreich kennengelernt hatte. Dieser Mann stimmte nicht überein mit der Schreckensfigur, die hier gezeichnet wurde.

»Schafft ihn hier raus«, befahl Offa den beiden jungen Kriegern. »Und stellt sicher, dass er mir nicht mehr unter die Augen tritt, bis ich nach ihm rufen lasse.«

Die Krieger machten Anstalten, Beornred an den Armen zu packen, aber der Hüne hob die Hand und ließ sie innehalten. Dann ließ er sich plötzlich vor Drida auf ein Knie nieder.

»Ich beglückwünsche Euch zu Eurer Vermählung, Königin Cynethryth.«

Die Worte klangen kalt und gefühllos, und Dridas Kehle zog sich zusammen. So oft hatte Beornred ihr vom gefährlichen, schrecklichen König Offa erzählt, und nun war er gekommen, um sie zu retten, um sein Versprechen zu erfüllen, und fand Drida als Gemahlin Offas wieder. Er musste sie für eine Verräterin halten.

Drida neigte nur das Haupt, sie war zu keinen Worten fähig. Beornred erhob sich, ignorierte Offa, wandte sich ab und schritt den Mittelgang hinaus, ehe die Krieger ihn zu fassen bekamen.

Offa blickte ihm hinterher, und Drida fürchtete seinen Zorn. Zorn auf Beornred, der ganz offensichtlich in ihm loderte, und Zorn auf sie, da sie erwirkt hatte, dass er blieb.

~

Der Bischof von Licidfelth bewohnte eine gewaltige Halle, in der die Hochzeitsfeierlichkeiten stattfanden. Mehrere Gruppen von Musikern waren für diesen Anlass bestellt worden, die sowohl im Inneren als auch draußen fürs einfache Volk spielten. Hunderte Gäste tummelten sich in der Halle, Dutzende von Leibeigenen huschten zwischen ihnen umher und versorgten jedermann mit Met und Ale. Trunkenheit war verpönt in der Kirche, aber Drida bemerkte, dass die Geistlichen zum Met nicht Nein sagten.

Auf der hohen Festtafel, an der Drida genauso wie der König an ihrer Seite in einem hohen Lehnstuhl saß, fanden sich so viele Speisen, wie Drida sie nie zuvor gesehen hatte, nicht einmal bei Festlichkeiten im Frankenreich. Berge an Fleisch von Rindern, Hammeln, Wild und Schwein türmten sich auf Platten, genauso Hühner und anderes Federvieh, dazu Fische, Krabben und Muscheln. Pasteten und Eintöpfe dampften, Schalen aus Brot wurden an der Tafel ausgegeben, damit die Gäste sie mit ihren Speisen füllten.

Der Lärm dröhnte durch Dridas Kopf, die Gerüche bereiteten ihr Übelkeit. Immer wieder hielt sie Ausschau nach Beornred, aber sie wusste, dass er sich hier nicht blicken lassen durfte. Ihr blieb nur die Hoffnung auf die nächsten Tage. Sie betete, dass Offa sein Wort hielt. Sie wusste, er wollte das Land bereisen, die Grenzen besuchen und sich und Drida dem Volk zeigen. Inwiefern sich dies mit Bündnisgesprächen vereinbaren ließ, vermochte Drida nicht zu sagen. Sie kannte Offa zu wenig, um zu erahnen, ob er sein Wort halten würde. Bislang war er nicht besonders zuverlässig gewesen. Vielleicht würde er sich Beornreds doch noch entledigen. Zuzutrauen wäre es ihm.

»Ihr habt noch nichts angerührt.« Offas Stimme riss sie aus ihren Gedanken.

Drida zwang sich, zu ihm aufzublicken. Seit Beornreds Erscheinen in der Kathedrale hatte er kaum drei Worte mit ihr gesprochen. Er war auch ständig belagert gewesen von seinen Kriegern, den Noblen und Kirchenmännern, die ihm gratulieren wollten. Drida wusste selbst nicht, ob ihr sein Schweigen lieber gewesen war.

»Ich bin nicht hungrig. Die Aufregung«, fügte sie erklärend hinzu, um ihn nicht zu beleidigen. Er hatte ein gewaltiges Fest organisiert, und auch wenn es wohl eher dazu diente, seinen Wohlstand zu präsentieren und die Legitimität dieser Verbindung zu unterstreichen, so war es im Grunde doch auch ein wenig ihr zu Ehren.

Offa sah sie prüfend an, lange und unangenehm. Drida wusste nicht, wohin sie blicken sollte.

»Beornred kam zu spät«, sagte er dann unvermittelt. Er klang wie beiläufig, aber ihr entging der hasserfüllte Unterton nicht. »Das sagte er in der Kathedrale. Er kam zu spät, um Euch nach Hause zu bringen.«

Drida wusste nicht, was sie antworten sollte, was er von ihr hören wollte, und so hob sie den Becher, den sie sich mit Offa teilte, an die Lippen und ließ den süßen Met ihre Kehle hinabfließen.

»Es war Euch sehr wichtig, dass er bleibt«, hakte er nach. Drida wünschte sich, er würde sie lieber wieder mit Schweigen strafen.

»Ja. Und ich danke Euch, dass Ihr Eure Meinung geändert habt. Ich möchte mich bei ihm nach meiner Freundin Gerperga erkundigen. Und darüber hinaus glaube ich tatsächlich, dass er ein guter Kandidat wäre, um das Bündnis mit Karlmann auszuhandeln. Das war es doch, was Ihr wolltet, oder etwa nicht? Deshalb wolltet Ihr mich zur Frau – um ein Bündnis mit dem Frankenreich, mit Karlmann zu schließen.«

Offa wandte sich ab und trank seinerseits, aber er leerte den gesamten Becher und gab dem Mundschenk ein Zeichen nachzufüllen.

Ein Dichter kam und trug den Speisenden im oberen Bereich der Halle ein Werk über alte Helden vor. Drida versuchte, sich auf die Worte zu konzentrieren und wie eine glückliche Braut und Königin auszusehen. Aber Offas Anspannung an ihrer Seite war fast greifbar.

Schließlich winkte Offa den Dichter fort und sprach mit Herefrith, der den Platz an seiner anderen Seite genoss, obwohl der Erzbischof von Cantuarabyrg und der Bischof von Licidfelth einen weitaus höheren Rang kleideten. Die beiden saßen aber an Dridas Seite.

»Probiert vom Fasan, edle Königin«, sagte Bischof Berhthun, der Gastgeber, der mit seinem dicken Bauch kaum Platz zwischen der Bank und der Tafel fand. »Solch erlesene Speisen, wie sie meine Köche zubereiten, werdet Ihr nicht mehr oft genießen. Es gibt keine besseren in ganz Britannien, ja, ich wage zu behaupten, im ganzen Christenreich.«

Der Bedienstete, der das Fleisch schnitt und anrichtete, sah sie fragend an, und Drida nickte, wenn auch widerwillig. Sie durfte den Bischof nicht beleidigen. Zudem war es auch nicht klug, nur zu trinken, ohne etwas zu essen. Der Bedienstete legte ihr ein knuspriges Stück Brust des Vogels auf Offas und ihre Speiseplatte, und Drida zupfte mit den Fingern ein Stück ab.

Bischof Berhthun sah sie erwartungsvoll an. Drida gab einen leisen, lustvollen Laut von sich.

»Ihr habt nicht gelogen, werter Bischof. Nie zuvor habe ich so gut gespeist.«

Der Bischof lachte zufrieden und beglückte sogleich den Erzbischof mit Kostproben.

»Ihr seid also doch hungrig«, raunte Offa.

Drida wusste nicht, warum, aber seine Stimme bescherte ihr eine Gänsehaut.

»Ich bin höflich«, flüsterte sie zurück, gerade so, dass er es über dem Lärm der Musiker hören konnte.

»Ist es auch Höflichkeit, die Euch beim Fest verweilen lässt, anstatt auf die Suche nach Beornred zu gehen?«

Drida fuhr zu ihm herum und funkelte ihn zornig an. Offa aber erwiderte ihren Blick ungerührt.

»Ich bin sicher, ein schnelles Pferd und ein Schiff warten bereits auf Euch, Beornred steht bestimmt bereit. Streng genommen ist unsere Ehe noch nicht rechtskräftig.« Er lächelte auf widerwärtige Art und Weise. »Sie muss erst noch vollzogen werden. Im Frankenreich findet sich bestimmt ein Bischof mit guten Beziehungen zum Papst, der Euch freispricht.«

Drida rang um Atem. Sie hatte Mühe, sich nicht anmerken zu lassen, wie sehr seine Worte sie trafen. Der Gedanke, mit Beornred fortzugehen, war ihr tatsächlich gekommen, vorhin in der Kathedrale. Sie hatte daran gedacht, was gewesen wäre, wenn er früher in Mercia angekommen wäre. Und wenn sie ehrlich zu sich war, kannte sie die Antwort nicht. Vor einem halben Jahr hätte nichts sie aufhalten können, aber jetzt sah sie hier eine Aufgabe für sich. Tief in ihrem Inneren gab es zwar immer noch einen Teil, der wünschte, Beornred könnte sie nach Hause bringen, aber dieser beherrschte nicht mehr jeden ihrer Gedanken. Auch wenn Offa es ihr nicht gerade leicht machte, in Britannien bleiben zu wollen.

Vielleicht wartete Beornred tatsächlich darauf, dass Drida sich fortschlich und er sie retten konnte. Aber selbst wenn sich die Ehe annullieren ließe, die Krönung konnte nicht ungeschehen gemacht werden. Sie war vom Erzbischof gesalbt worden, vor Gott und seinen Vertretern, und sie hatte diese Aufgabe bewusst übernommen. Sie nahm diesen Schwur ernst.

»Ich weiß, Ihr hasst Beornred«, sagte sie, um Ruhe in der Stimme und in ihrer Miene bemüht. Sie sprach freundlich und sah Offa in die Augen, auch wenn es ihr schwerfiel, weil sie sah, wie der alte Hass darin loderte. »Vielleicht habt Ihr auch guten Grund dazu. Und dass er ausgerechnet an diesem Tag hierherkam, war tatsächlich unglücklich. Ihr habt alles Recht der Welt, wütend zu sein. Aber diesen Zorn müsst Ihr nicht an mir auslassen, *mein König*. Weder habe ich Beornreds Vergehen begangen, noch habe ich ihn zu meiner Hochzeit eingeladen. Ich glaube, *Ihr* wart es, der unsere Verbindung über Monate hinweg der ganzen Christenheit verkündete. Wenn Beornred gekommen ist, dann auf Eure Einladung hin.«

Offa starrte sie an, wie vor den Kopf gestoßen, aber Drida wartete gar keine Antwort ab. Sie erhob sich vom Stuhl, den ein Bediensteter ihr schnell zurückzog, und wandte sich an den Bischof an ihrer Seite. »Entschuldigt mich.«

Ohne einen weiteren Blick auf Offa zu richten, wandte sie sich ab und schritt davon zu den Gästen, die nicht mehr an der Tafel verweilten, sondern in Grüppchen zusammenstanden. Sie erkannte Ealdred von den Hwicce mit seinem Bruder und hielt auf ihn zu.

Der Subkönig zeigte sich bei ihrem Näherkommen erfreut, er wandte sich ihr zu und verneigte sich mit ausgebreiteten

Armen. »Darf ich sagen, wie sehr es mich erfreut und mit Stolz erfüllt, eine Frau wie Euch meine Königin nennen zu dürfen?«

Drida versuchte ihre Verlegenheit mit einem Lächeln zu überspielen, aber die Hitze in ihren Wangen konnte sie dadurch nicht vertreiben, vor allem, da auch noch Wut über Offa in ihr brodelte. »Ich hatte gehofft, Eure Tochter würde zu den Feierlichkeiten erscheinen«, lenkte sie das Gespräch in angenehmere Gefilde.

Augenblicklich verdüsterte sich seine Miene. »Die Königsmutter hielt es für angebrachter, sie in Averdun zurückzulassen. Ein derartiges Spektakel ist nichts für so junge Mädchen.«

Drida vermied es, sich nach Marcellina umzusehen. Es ärgerte sie, dass die Königsmutter nach wie vor über Goda bestimmte, aber das durfte sie nicht zeigen. Sie musste stets allen gegenüber diplomatisch vorgehen. Niemand durfte glauben, sie und ihre Schwiegermutter kämen nicht gut miteinander aus, denn dann würden sich schnell Lager bilden, und Unfriede würde den Hof zerreißen. Das kannte sie zur Genüge von Karl und Karlmann.

»Vielleicht hat sie damit recht. Mir selbst schwirrt schon der Kopf«, lachte sie also und fasste sich an die Stirn. »All das hier ist überwältigend. Ich bin wirklich dankbar, so freundlich in diesem Land aufgenommen zu werden.«

»Die Freude ist auf unserer Seite, Herrin, seid dessen versichert. Mein Vetter ist ein glücklicher Mann und kann sich des Neids vieler sicher sein. Habe ich nicht recht, Uhtred?«

Der zweite Subkönig der Hwicce, der mit den fettigen Haaren, die er auch zu diesem Anlass nicht gepflegt hatte, brummte nur irgendetwas Unverständliches und sah Drida aus unangenehm durchdringenden Augen an. In Averdun war er von der Vorstellung, Mädchen zu unterrichten, nicht so schnell überzeugt gewesen wie Ealdred, vielleicht war er immer noch nicht einverstanden damit. Immerhin hatte er seinen Sohn, Godas Vetter, nicht zurück nach Hause geholt.

»Ich hoffe, Goda nach unserer Reise durchs Land in Tamouuorthig zu sehen«, wandte sie sich wieder an Ealdred. »Sofern Euch das recht ist, natürlich. Es würde mich so freuen, den Unterricht mit ihr und den anderen Kindern fortsetzen zu können.« Wenn Offa in dieser Sache schon nichts unternehmen wollte, dann musste sie das eben selbst tun.

»Es wäre uns eine große Ehre, Herrin. Und Goda sprach bei meinem Besuch nur von Euch. In ihren Augen seid Ihr so etwas wie eine Heldin.«

Die Art, wie er sie dabei ansah, gefiel ihr nicht ganz. Etwas Begehrliches schimmerte in seinen Augen. Gleichzeitig freute sie sich aber bei dem Gedanken an Goda. Sie konnte es kaum erwarten, den Trubel hinter sich zu bringen, auch die Zeit mit Offa auf ihrer Reise durchs Land, und zurückzukehren nach Tamouuorthig, um einen friedvollen Alltag aufzunehmen, umgeben von den Kindern.

»Die wahre Heldin ist Eure Tochter, mein Herr. Ihr könnt sehr stolz auf sie sein. Es schmerzt mich zu wissen, dass ihre Mutter von Euch gerufen wurde, ehe sie sehen konnte, was für einem bezaubernden Wesen sie das Leben schenkte.«

Ealdred senkte den Blick und bekreuzigte sich. »Es ist tatsächlich sehr schwer ohne sie. Und einsam. Goda ist alles, was mir geblieben ist.«

Ein verächtliches Schnauben aus Uhtreds Richtung erklang, woraufhin Ealdred seinem Bruder einen vernichtenden Blick zuwarf.

Uhtred hob ergeben die Hände, dann wandte er sich ab und ließ Drida mit seinem Bruder allein, was ihr nicht behagte. Sie sah sich nach anderen um, mit denen sie sprechen konnte, am liebsten mit Vater Herefrith – aber der saß immer noch an Offas Seite. Vielleicht war es tatsächlich das Beste, sich zurückzuziehen und einen Moment für sich allein zu erhaschen, auch wenn Offa ihr dann bestimmt unterstellte, sich auf die Suche nach Beornred gemacht zu haben.

Aber so dumm war sie nicht. Sie wusste, dass die Krieger von fast ganz Mercia hier versammelt waren. Wenn Beornred sie mitnehmen wollte, kämen sie ohnehin nicht weit. Nein, das Gespräch mit ihm musste warten, wenn sie auch seine Sicherheit gewährleisten wollte.

Jetzt aber wollte sie für ein paar Augenblicke zur Ruhe kommen, ehe der Abend den gefürchtetsten Moment erreichte.

Offa betrachtete seine Gemahlin über die Tafel hinweg, wie sie mit seinen Vettern zusammenstand und angeregt plauderte. Immer noch dröhnten ihre Worte durch seinen Kopf, von denen er nicht wusste, was er davon halten sollte. Einerseits machten sie ihn wütend, andererseits beschämten sie ihn auch.

Hatte er sich ihr gegenüber tatsächlich ungerecht verhalten? Er konnte es nicht sagen. Die Fassungslosigkeit und der Zorn über Beornreds plötzliche Rückkehr machten jeden klaren Gedanken zunichte. Er konnte es einfach nicht glauben. Dass dieser Mörder es überhaupt wagte, noch einmal Fuß auf britannisches Land zu setzen, die Grenzen Mercias zu überschreiten! Wäre Beornred nach der Niederlage in der Schlacht nicht so feige geflohen, dann hätte Offa sein Leben schon damals beendet. Stattdessen hatte er lediglich eine Verbannung aussprechen können. Auf Lebenszeit. Aber Beornred lachte ihm ins Gesicht und kreuzte bei seiner Vermählung auf. Als hätte er genau auf diesen Augenblick gewartet, um ihn am meisten zu treffen.

Ja, er war auch wütend auf Drida, weil sie Offa in der Kathedrale gezwungen hatte, Beornred zu erlauben, in der Nähe zu bleiben, obwohl er ihn am liebsten an Ort und Stelle getötet hätte. Gleichzeitig war er ihr auch dankbar für die Art und Weise, wie sie es getan hatte. Er bewunderte ihre Fähigkeit, ihren Willen zu bekommen, ohne einen Aufstand zu veranstalten, ohne etwas direkt zu verlangen. In dieser Hinsicht kam er ihr fast ausgeliefert vor. Er hatte nichts anderes tun können, als ihr nachzugeben. Ständig war er, was seine Gemahlin betraf, hin- und hergerissen zwischen Empörung, tiefer Bewunderung und Faszination.

Offa blickte zu seinen Kriegern, die nahe an seiner Seite saßen. Kaum einer von ihnen rührte etwas von den Speisen an. Besonders Eadric war anzusehen, wie sehr Beornreds Rückkehr ihn traf. Es war lange her, aber niemand hatte Beornreds Intrige vergessen, die sie alle in einen Hinterhalt vor Oswaldestroe geführt und Cerdic das Leben gekostet hatte, genauso wie den Ziegenhirten Osbald. Seither hatte Offa viele Männer verloren, in unzähligen Schlachten gekämpft – aber bei Oswaldestroe, das waren die ersten gewesen. Cerdic war der Erste gewesen, den er selbst hingerichtet hatte. Seine erste schwerwiegende Entscheidung.

Beornred war es einst gelungen, Cerdic zum Verräter zu machen, und dann hatte er das Ohr König Æthelbalds lange vergiftet, so sehr, dass dieser nicht erkannt hatte, dass er einen Judas in seinem engsten Umkreis hatte, bis es zu spät gewesen war. Wie sollte er es Drida verdenken, einem jungen Mädchen, dass sie sich von Beornreds Worten ebenfalls hatte blenden lassen?

Sein Blick führte zurück zu seinen Vettern, und sein Herz machte einen Satz, als er entdeckte, dass Drida nicht mehr bei ihnen war. Angespannt sah er sich in der ganzen Halle nach ihr um, sah in jede finstere Ecke, aber von Drida fehlte jede Spur.

Beornred!

Offas Hände ballten sich zu Fäusten, er wollte gerade aufspringen, als Herefrith unvermittelt seinen Arm ergriff und ihn eisern festhielt.

»Sie ist gerade erst hinausgegangen, mein König. Lasst sie. Was sollen die anderen denken, wenn Ihr ihr auf Schritt und Tritt hinterherlauft?«

Offa ignorierte den Priester und gab Leofric ein kleines Zeichen. Wenn er selbst ihr schon nicht folgen konnte, dann zumindest einer seiner Männer. Leofric erhob sich sogleich von der Bank und schob sich zwischen den vielen Umstehenden zu ihm hindurch.

»Soll Euer Krieger ihr etwa den Rock halten, während sie den Abtritt aufsucht?«, zischte Herefrith böse und verstärkte seinen Griff um Offas Arm. »Sie ist Königin Mercias, Tausende haben ihre Krönung bezeugt, wo soll sie denn schon hin?«

»Ja, sie ist die Königin Mercias. Sie braucht Leibwächter, und solange sie noch keine eigenen ernannt hat, wird sie meine an ihrer Seite haben. Leofric.« Der Krieger trat zu ihm heran, aber ehe Offa ihm seinen Auftrag erteilen konnte, kam Herefrith ihm zuvor.

»Genießt das Fest, Herr Leofric, es hat sich bereits alles erübrigt.«

Leofric sah Offa verwirrt und fragend an, während Herefrith ihn weiterhin ungeduldig fortscheuchte. Offa seufzte und nickte schließlich widerwillig. Leofric verneigte sich und wandte sich wieder ab – nicht, ohne ihm einen zweifelnden Blick zuzuwerfen.

Offa wandte sich an den Priester an seiner Seite. Er bereute bereits, ihm diesen ehrenvollen Platz zugewiesen zu haben. Aber bislang hatte er Herefriths Rat und Beistand stets geschätzt. »Wenn sie geradewegs in Beornreds Arme läuft und ihr etwas zustößt, mache ich *Euch* dafür verantwortlich.«

»Der gesamte Bischofshof ist voll von Euren Männern, von Merciern, die Beornred allesamt verabscheuen. Er kann sich nicht einmal in Sichtweite der Tore begeben, ohne fürchten zu müssen, abgeschlachtet zu werden. Eure Sorge um Eure Königin in allen Ehren, aber sie ist unbegründet.«

»Beornred mag nicht hereinkommen, aber Drida findet womöglich einen Weg hinaus.«

»Ach, darum geht es. Ihr fürchtet, sie könnte Euch davonlaufen. Am Tag ihrer Vermählung und Krönung? Ich bitte Euch. Sie ist ein siebzehnjähriges Mädchen, das, von diesem Tag überwältigt, ein wenig Ruhe sucht. Ist das denn wirklich so schwer nachzuvollziehen?«

Nein, das war es nicht. Und trotzdem traute er Beornred nicht über den Weg. Wer wusste schon, wie er an Drida heranzukommen versuchen würde? Sie wäre die perfekte Waffe gegen Offa. Etwas Besseres konnte Beornred gar nicht in die Hände fallen.

»Ich war auch erst siebzehn, als ich mich gegen Beornred stellen musste«, sagte er und dachte an seine erste Begegnung mit dem Krieger, an Eadburhs Seidenband, an Brochfael und daran, wie viel seither passiert war. »Ich kämpfte in dem Alter vor Oswaldestroe gegen eine Übermacht.«

»Ich weiß, mein König. Ich war dabei und vergesse nie, dass Ihr mir an diesem Tag das Leben gerettet habt. Ich harrte mit Euch in der Kirche aus und fürchtete den nächsten Tag, den alles vernichtenden Angriff der Waliser. Aber Ihr habt uns dort herausgebracht.«

»Ich tat, was getan werden musste. Und Drida muss das ebenso tun. Es wird wohl nicht zu viel von ihr verlangt sein, in der Halle zu bleiben, an der Seite ihres Gemahls, wo sie hingehört.«

Herefrith seufzte nur noch.

Offa hatte ebenfalls genug von diesem Gespräch. Er erhob

sich von der Bank, ungeachtet Herefriths erneuten Protests, griff nach seinem Schwertgurt und band ihn sich um. Er und seine Herdwache, seine vertrautesten und besten Krieger, waren die Einzigen, die in der Halle Waffen trugen. Diese Männer waren es auch, die bei seiner Regung sofort aufsprangen, aber Offa bedeutete ihnen zu bleiben. Ein Bediensteter schob ihm den Stuhl zurück, und Offa marschierte am Herdfeuer vorbei zum Ausgang an der Längsseite der Halle.

»Feiert weiter!«, rief er gespielt fröhlich, da ihn alle beobachteten, »Ich muss das Ale loswerden, um wieder Platz für mehr zu haben!«

Lachen erklang, Trinkhörner und Pokale wurden gehoben, und Offa trat endlich in die Dunkelheit der frühen Nachtstunden.

Auch hier draußen brannten Feuer, um die sich Gestalten tummelten, um sich vor der Februarkälte zu schützen. Offa hätte lieber ein wenig später im Jahr geheiratet, wenn es wärmer war und das Reisen leichterfiel, aber die Fastenzeit stand bevor, und nach Ostern hatte er sich endlich um den Bau des Walls zu kümmern. Es hatte jetzt sein müssen.

Angestrengt versuchte er die schattenhaften Gestalten zu erkennen, zu erfassen, um wen es sich dabei handelte, und ob Drida unter ihnen war. Aber er konnte sie nirgends entdecken. Sein Herz schlug immer schneller.

Beornred, dachte er die ganze Zeit. Der dreckige Verräter war gewieft, er würde alles tun, um sich an Offa zu rächen.

Mit weitgreifenden Schritten durchquerte er den Hof und ging zu den Palisaden, die den Bischofssitz vom Rest der Stadt abtrennten. Zwei am Tor lehnende Wachen mit gesenkten Köpfen zuckten bei seinem Näherkommen zusammen. Der eine stieß den anderen an, beide richteten sich schnell auf und verneigten sich.

»Ist die Königin hier vorbeigekommen?«, fragte er, aber die

Männer sahen sich nur aus leeren, schlaftrunkenen Gesichtern an.

»Ihr seid hier, um das Tor zu bewachen und mir auf Anfrage genau zu berichten, wer hinein- und wer hinausgegangen ist, nicht, um zu schlafen!« Er stieß demjenigen der beiden, der näher zu ihm stand, vor die Brust, sodass er zurück gegen das Tor taumelte. »Der Bischof wird zu hören bekommen, was für nutzlose Wachen er hier beschäftigt!«

Beornred konnte ohne Weiteres eingedrungen sein. Er konnte die ganze Halle in Brand stecken und die feiernde Gesellschaft allesamt elendig umbringen. Was würde ihn davon abhalten? Bestimmt kein Gewissen. Dass er keines hatte, hatte er bewiesen, als er König Æthelbald im Schlaf ermordet hatte, um sich selbst die Krone aufzusetzen.

Es war zum Aus-der-Haut-Fahren. Warum hatte Beornred zurückkehren müssen? Warum ausgerechnet jetzt?

Offas Muskeln waren zum Zerreißen angespannt. Am liebsten hätte er seinen Zorn an den beiden Wachen ausgelassen. Sie hatten noch Glück, dass er sich unter Kontrolle halten konnte. Wenn Beornred jetzt vor ihm stünde, hätte Offa nicht übel Lust auf die Begegnung. Er wollte es zu Ende bringen und nicht ständig bangen müssen, was diese elende Ratte als Nächstes vorhatte.

»Vergebt uns, Herr König«, murmelte eine der Wachen.

Offa konnte bei diesem mitleiderregenden, wenig kriegerischen Mann, der seine Gefolgschaft schützen sollte, kaum noch an sich halten. »Geh in die Halle zu Aldermann Leofric und sag ihm, er soll eine Handvoll meiner eigenen Männer ans Tor zur Wache stellen.«

Der Mann nickte und setzte sich mit schlurfenden Schritten in Bewegung. Offa glaubte fast zu zerspringen.

»Heute noch!« Er stieß den Mann vorwärts, der endlich die Beine in die Hand nahm und losrannte.

»Mein König.«

Die sanfte, weibliche Stimme drang wie durch Nebel zu ihm hindurch. Er fuhr herum.

Drida stand vor ihm, starrte ihm aus großen, schreckgeweiteten Augen aus ihrem blassen Gesicht entgegen. Sie war einfach da, als hätten die Rauchschwaden der Feuer sie aus dem Nichts erscheinen lassen. Er sollte Erleichterung verspüren. Stattdessen sah er immer noch vor sich, was hätte passieren können, sah Leichtsinn und Verrat.

»Wo seid Ihr gewesen?!«

Drida wich einen Schritt zurück. Er sah sie nicht oft so ängstlich. Fast war er es schon gewohnt, dass sie ihm Kontra gab, aber jetzt tat sie es nicht. Wie furchterregend musste er aussehen? Voller Hass auf Beornred, der ihm den so lange geplanten und wichtigen Tag zerstört hatte!

»Ich wollte nur …«, begann sie, aber Offa wollte es gar nicht hören.

»Kommt mit.«

Er wies mit einer harschen Bewegung zum Haus des Bischofs, das dieser abseits der Halle zu seinem Komfort bewohnte und das er ihm und Drida für diese Nacht überlassen hatte.

Drida rührte sich nicht. So ging Offa auf sie zu, nahm ihren Arm und führte sie mit sich. Er hielt sie nicht grob gepackt, aber doch so deutlich, dass sie wusste, dass sie ihm zu folgen hatte und besser nicht auf den Gedanken kam, ihm zu widersprechen. Immer noch fand er es töricht, dass sie einfach so davongegangen war, ohne jeglichen Schutz, während ganz in der Nähe ein Mörder sein Unwesen trieb.

Manche Umstehenden wandten die Köpfe. Der Aldermann der Magonsæten, dem Offa seit dem Angriff auf Averdun misstraute, hob seinen Pokal und rief ein paar schmutzige Worte. Dann endlich stieß Offa die Tür des Bischofshauses auf und ließ die anderen hinter sich.

Kerzen brannten auf dem Tisch in der Mitte des großen, länglichen Raums, der einer kleinen Halle glich, ebenso in Wandhaltern. Das Licht tanzte gelb flackernd durch den Raum. Offa entdeckte zwei Mägde bei der gigantischen Bettstatt, auf der zehn Bischöfe Platz gefunden hätten. Die beiden Frauen fuhren erschrocken herum. Sie hielten Decken in den Händen, die sie gerade aufgeschüttelt hatten, ihre Blicke wanderten hin und her zwischen Offa und Drida, die er immer noch am Arm festhielt.

»Raus.«

Er machte die Tür frei und ließ Drida los.

Eine der Mägde öffnete den Mund, als wollte sie etwas sagen, ihr Blick fiel zum Kohlebecken, das noch nicht erhitzt war. Dann aber überlegte sie es sich anders, gab der anderen Magd ein Zeichen, und gemeinsam rannten sie schnell wie der Wind hinaus.

Offa schloss die Tür und schob den Riegel vor. Dann warf er einen Blick aus dem schmalen Fensterspalt. Würde Beornred es wirklich wagen, zu den Feierlichkeiten einzudringen, oder war er bereits auf dem Weg nach Tamouuorthig, um dort die Bündnisgespräche abzuwarten?

Seine Krieger schienen sich dasselbe zu fragen, denn Offa sah Leofric, Eadric und auch Wulfhere, der schon morgen zurück nach Tamouuorthig reisen würde, aus der Halle kommen. Die drei sahen sich im Hof um, fragten einen der Männer am Feuer, der zum Bischofshaus wies, und dann kamen alle drei auf ihn zu.

Offa schob den dicken Stoff vors Fenster, fast wäre ihm ein Lachen entkommen. Seine Krieger waren ob Beornreds Rückkehr wohl genauso angespannt wie er und wollten sichergehen, dass der Verräter sie nicht alle im Schlaf ermordete. Offa hörte, wie die drei draußen miteinander sprachen und eine Wache für das Bischofshaus einteilten. Diese Nacht käme niemand an ihn und Drida heran.

Die Loyalität seiner Männer beruhigte ihn ein wenig. Er nahm seinen Schwertgurt ab.

»Fürchtet Ihr, dass jemand hereinkommen könnte oder dass ich hinauslaufe?«, fragte Drida mit einem Zittern in der Stimme.

Als er sich zu ihr umdrehte, deutete sie auf den vorgeschobenen Riegel. Wenn er ihr die Angst nicht angehört hätte, wäre sie ihm in ihrer stoisch gelassenen, fast herausfordernden Miene nicht aufgefallen.

»Manch einer mag sich einen Spaß erlauben und Eure nächtliche Ruhe stören«, erwiderte er, ging zum Tisch und legte seinen Schwertgurt dort ab. »Letzterer Gedanke ist aber nicht so abwegig, bedenkt man, dass Ihr kommt und geht, wie es Euch gefällt.«

»Wurde ich mit dem Erhalt der Krone denn eine Gefangene? Oder eher mit dem Ehering?« Ihre Augen blitzten, was nicht unbedingt half, das Feuer des Zorns in ihm gänzlich zu erlöschen.

»Ihr seid keine Gefangene, aber auch nicht länger ein einfaches Mädchen, das an der Küste angespült wurde. Ihr seid nun Königin und damit von hohem Wert. Eure Sicherheit geht jetzt über alles. Ihr könnt nicht länger tun und lassen, was Euch gefällt, Ihr müsst stets an die Folgen denken. Jede Kleinigkeit kann weittragende Konsequenzen mit sich bringen.«

»Das klingt schrecklich anstrengend.« Etwas Provozierendes, Neckendes lag in ihrer Stimme, das ihn beschwichtigen sollte, denn er sah deutlich, dass sie genau wusste, was er meinte, und ihre Aufgabe auch ernst nahm.

Das hatte er bei der Krönung gesehen und an ihrer Art bemerkt, wie sie Forderungen stellte, wie etwa bei der Überstellung der Kinder Averduns in ihren Haushalt. Trotzdem waren ihre Widerworte heute kein Spaß, keine willkommene Abwechslung, sondern ein weiterer Stachel in seinem Fleisch. Er dachte an die Bedenken seiner Mutter und auch an Dridas Art, ihren Willen durchzusetzen. Konnte er ihr überhaupt trauen? Musste er sie denn vor Beornred schützen, oder arbeitete sie gar mit ihm zusammen? War alles ein lang ausgeklügelter Plan, um ihn zu Fall zu bringen, um Beornred die Krone zurückzugeben?

Ihre Schönheit durfte ihn nicht blenden. Er wäre nicht der Erste, der sich von einer Frau vernichten ließ. Diesen Fehler durfte er nicht begehen.

»Es wird Zeit, die Vermählung offiziell zu machen«, erklärte er und ging an ihr vorbei zur Bettstatt. Ein Strauß Schneeglöckchen lag auf den dicken Decken und Fellen, mit einem Seidenband zusammengebunden, einzelne Blütenblätter waren darum herum verteilt. Wer hatte nur solch einen Einfall gehabt?

Mit einem Seufzen schlüpfte er aus seinen Stiefeln, zog sich Tunika und Unterhemd über den Kopf, warf die Kleidung aufs Bett und wandte sich Drida zu. Auffordernd sah er sie an, aber sie regte sich nicht.

»Ihr kennt den Grund für diese Verbindung«, sagte er rau und machte Anstalten, die Verschnürung seiner Hosen zu öffnen. Aber ihr deutliches Zittern ließ ihn innehalten.

»Ein Erbe«, gab sie zurück.

Trotz lag in ihrer Stimme, sie versuchte alles, um ihre Furcht zu verbergen. Ein Anblick, der ihn sanfter stimmte. Wenn sie so vor ihm stand, mit ihrem langen schwarzen Haar, das ihr blasses Gesicht umrahmte und das Grün ihrer feengleichen Augen betonte, konnte er nicht glauben, dass sie ihn zu hintergehen beabsichtigte. Alles an ihr wirkte zart und unschuldig, sodass er am liebsten seine Arme um sie gelegt und sie gewärmt hätte. Trotzdem musste er wachsam bleiben, er durfte keine Schwäche zulassen. Und die Ehe zu vollziehen, war die größte Sicherheit, die er erlangen konnte. Ebenso wie ein Erbe, so schnell wie möglich.

»Seid Ihr bereit, Eure Pflicht zu erfüllen?«, fragte er.

Sein Körper erwachte bereits beim Gedanken daran und schien sich daran zu erinnern, wie lange er schon keine Frau mehr gehabt hatte. Seit seinem Entschluss, Drida zu heiraten, war er mit keiner mehr zusammen gewesen, denn er war sich darüber im Klaren, dass er mit seinen Gedanken ohnehin nur bei ihr gewesen wäre – bei der schönsten Frau, die er je gesehen hatte, nicht nur ihres Äußeren wegen. Vor allem sprach ihn der Widerspruch ihrer so offensichtlichen Stärke mit der dennoch immer wieder durchscheinenden Zerbrechlichkeit an.

Er blickte auf die Ringe an ihrer Hand hinab und hörte wie aus weiter Ferne seine eigene Stimme, seinen Schwur vor der Kathedrale, sie als seine Gemahlin zu beschützen.

»Ich bin bereit.«

Sie trat aus ihren Schuhen, hob dann die Hände, löste die Bänder am Halsausschnitt, die das Überkleid zusammenhielten, und schob es sich schließlich von den schmalen Schultern, ohne den Blick von ihm zu nehmen. Nur noch im dunkelgrünen Unterhemd stand sie vor ihm. Die Erhebungen ihrer Brust zeichneten sich deutlich darunter ab, und seine Hände ballten sich zu Fäusten.

Ein Kampf wütete ihn ihm. Sie war seine Frau, es sollte so sein, dass sie heute zusammenlagen. Auch sein Körper verlangte deutlich danach. Und trotzdem zögerte er. Irgendetwas in ihm hielt es für falsch, als würde er großes Unrecht begehen, eine Sünde. *Wir sind verheiratet,* sagte er sich, was sollte daran Sünde sein? Aber es gelang ihm nicht, auf sie zuzugehen. Nie hatte er eine Frau gegen ihren Willen genommen, sie waren stets allzu bereit gewesen. Aber seine junge Gemahlin war es nicht.

Drida sah ihn abwartend an. Jeder Herzschlag, den sie sich schweigend in sicherer Entfernung voneinander gegenüberstanden, schien sie nervöser zu machen. Schließlich hob sie die Hände und wollte auch ihr Unterhemd abstreifen. Da erwachte Offa aus seiner Starre.

»Halt.« Er sagte es, ohne darüber nachzudenken. Drida hielt inne und sah ihn verunsichert an. »Es muss nicht sein«, hörte er sich sagen. Er klang tonlos und fremd. »Nicht heute. Bald. Aber nicht heute.«

Prüfend sah sie ihn an. Sie ließ den Blick über seinen Körper schweifen, schien dabei jede einzelne Narbe auf seiner Haut im Kerzenlicht zu studieren. Schließlich straffte sie die Schultern.

»Ich habe mich heute diesem Land und Euch verpflichtet, mein König. Und ein Erbe wird dieses Land sichern und damit alle Bewohner, denen zu dienen ich geschworen habe. Ich kenne meine Aufgabe und bin bereit, sie zu erfüllen.«

Offa fiel keine Antwort darauf ein. Er hatte Erleichterung und Dankbarkeit erwartet, aber nicht das.

Das Blut brodelte heiß in seinen Adern, und er musste sich zusammenreißen, um nicht zu offenbaren, wie sehr sein Atem sich beschleunigte, wie wild sein Herz in seiner Brust raste.

Langsam ging er auf sie zu, auf jeden Schritt bedacht, und beobachtete sie genau. Sie blickte ihm unverwandt in die Augen, aber als er sie fast erreicht hatte, wich sie einen Schritt zurück.

»Werdet Ihr Beornred mit ins Ehebett nehmen?«, fragte sie über das Rauschen in seinen Ohren und riss ihn damit ein wenig zurück ins Hier und Jetzt.

»Was?« Allein dieser Name verknotete erneut seinen Bauch.

»Seine Rückkehr hat Euch mit großem Hass erfüllt. Ihr seid wütend, auch auf mich.« Wachsam beobachtete sie ihn und seine Reaktion, während er nur staunte, dass sie imstande war, derart gut in ihm zu lesen, dass sie es wagte, so offen zu sprechen. »Ich kann es erkennen und verstehen. Aber wenn Ihr … wenn Ihr das jetzt tut, dann nicht … nicht mit Zorn.« Nun klang etwas Bittendes in ihrer Stimme, und es war, als hätte sie ihre Hand um sein Herz gelegt und es zerquetscht.

Erneut erfüllten ihn ihre Worte mit Scham, erneut hielt sie ihm sein Spiegelbild vor, wie sie so vor ihm stand und ihn um Sanftheit bat. Nicht zum ersten Mal bezichtigte sie ihn heute der Ungerechtigkeit. Sie hatte seinen Zornesausbruch gegenüber den Wachen bezeugt, und schließlich hatte er sie fast in dieses Haus geschleift. Was musste sie über ihn denken?

»Nicht mit Zorn. Ich schwöre es.«

Und das meinte er auch. Er musste Beornred aus seinen Gedanken verbannen. Er begann hier und jetzt nicht nur ein politisches Bündnis, sondern eine Ehe, daran hatte sie ihn zu Recht erinnert. Er durfte nicht zulassen, dass sein alter Feind sich in diese Nacht schlich, so wie in die Kathedrale.

Drida nickte, eine nervöse, abrupte Geste. Dann hob sie die Hand und legte sie unbeholfen auf seine nackte Brust. Seine Muskeln zuckten unter ihrer Berührung, er konnte sich nicht erinnern, sich jemals so gefühlt zu haben.

Die Ehe war etwas Heiliges, Mann und Frau sollten nur unter diesem Bündnis zusammenliegen, sagte die Kirche. Jetzt verstand er es.

Offa legte seine Hand auf ihre, schloss seine Finger darum und führte Drida schließlich zur Bettstatt. Ihr Blick fiel auf die darauf ausgebreiteten Blumen, und ein kaum merkliches Lächeln spielte in ihrem Mundwinkel. Dachte sie etwa, sie wären Offas Werk?

»Die sind nicht von mir«, sagte er, um sie nicht anzulügen.

Dridas Kopf fuhr hoch, das Lächeln war gestorben.

Offa verkniff sich ein Seufzen, er bereute seine Worte sofort, wollte aber noch nicht aufgeben. Er ließ ihre Hand los, legte die seinige in ihren Rücken und schob sie sacht näher an sich heran, bis sie ihn berührte. Alles an ihr war angespannt, zweifelsohne spürte sie, wie bereit er längst war. Ihr Körper bebte an seinem, und er strich langsam mit den Fingerspitzen über ihren Rücken auf und ab, versuchte, sie zu entspannen.

Ihre von dichten schwarzen Wimpern umrandeten Augen funkelten zu ihm hoch, ihre vollen Lippen waren leicht geteilt, er glaubte, den Atem hindurchströmen zu spüren, und er wollte nichts lieber, als ihn einzufangen. Der süße Duft von Blumen stieg ihm in die Nase, er beugte sich zu ihr hinab, hob die andere Hand an ihre Wange, er wollte sie küssen. Aber Drida drehte sich im letzten Moment aus seinen Armen, trat einen Schritt zurück.

Kaum merklich schüttelte sie den Kopf, dabei sah sie ihn wieder an wie einen Fremden. Der er ja auch war.

Fern der Blumen legte sie sich auf die Bettstatt, rutschte zurück, stützte sich auf die Ellbogen und blickte ihm abwartend entgegen.

Offa sah auf sie hinab, Enttäuschung und auch wieder ein Anflug von altbekanntem Zorn brannte in ihm hoch, aber er versuchte, beides zu unterdrücken. Er öffnete die Verschnürung der weiten Hosen, lockerte die Bänder an den Waden und streifte alles ab. Dann wandte er sich ihr zu. Gänzlich unbekleidet stand er vor der Bettstatt und wartete auf ihre Reaktion, darauf, dass sie es sich anders überlegte. Aber sie blickte ihm weiterhin unverwandt entgegen. Von draußen klang der dumpfe Nachhall der Feierlichkeiten herein, der Wind bewegte die schweren Stoffe vor den Fensterlücken, das Kerzenlicht flackerte und tanzte über ihre Gestalt.

Es war schon jetzt eine Prüfung seiner Selbstkontrolle, und er wusste, es würde noch schwerer werden, mit jedem weiteren Moment.

Er achtete darauf, keine zu schnellen Bewegungen zu machen, als wäre sie ein Reh, das er verscheuchen könnte, und kniete sich mit einem Bein auf die dicke, federgefütterte Matratze. Ohne Drida aus den Augen zu lassen, umfasste er ihren Knöchel, schob sacht ihre Beine auseinander und ließ seine Hand über ihre Wade hoch zu ihrem Oberschenkel gleiten. Dabei schob er gleichzeitig das Unterhemd hoch.

Ein Schaudern fuhr ihr über den Körper, sie bekam deutlich Gänsehaut. Offa begann zu hoffen, sie empfänglich für ihn und seine Berührung zu machen. Er näherte sich noch weiter, kniete sich zwischen ihre Beine und beugte sich über sie. Sein Gesicht schwebte über ihrem, er wollte nichts lieber, als sie zu küssen. Er fühlte sich sonderbar und konnte nur hoffen, dass sie nicht merkte, wie heftig ihm das Herz in der Brust schlug.

Sacht schob er ihr ein paar Strähnen aus dem Gesicht, dann stützte er sein Gewicht auf einen Ellbogen und strich mit der anderen Hand wieder über die Innenseite ihres Oberschenkels. Er beobachtete sie, wartete auf eine Reaktion, seine Finger glitten auf und ab, dabei näherten sie sich jedes Mal etwas mehr ihrer Mitte.

Drida kniff die Augen zu und drehte den Kopf von ihm weg. Nicht vor Wonne, sondern so, als würde sie sich wappnen. Offa erkannte, dass sie keinerlei Zärtlichkeit von ihm anzunehmen bereit war.

Erneut kämpfte er gegen das Gefühl, abgelehnt zu werden. Ständig war er hin- und hergerissen zwischen diesem Sehnen, dem Wunsch, ihr alles zu geben, dieser Zartheit, die etwas tief in ihm berührte – und der Enttäuschung über ihre Zurückweisung. Er hatte geschworen, keinen Zorn mit ins Ehebett zu bringen. Aber hingeben wollte sie sich auch nicht. Also blieb ihm nur noch eines zu tun.

So vorsichtig und langsam wie möglich versuchte er in sie einzudringen, was nicht einfach war, denn sie hielt sich verspannt und geschlossen. Er musste Kraft aufwenden. Schließlich aber wurden sie eins.

Drida hielt sich ganz still, offensichtlich entschlossen, alles zu ertragen und mit sich geschehen zu lassen, und Offa schloss resigniert die Augen. Die Hoffnung, sie mitreißen zu können, legte er ab, und so versuchte er nur noch, möglichst schnell zum Ende zu kommen. Er spürte, wie sich sein Höhepunkt anbahnte, und machte sich bereit, sich zurückzuziehen, wie er es immer tat – das Einzige, was er kannte, da er nie ein Kind hatte zeugen wollen. Aber dann fiel ihm wieder ein, dass ein Kind der einzige Grund hierfür war. Er konnte sich also ganz und gar in ihr verlieren. Und mit dieser Erkenntnis kannte er kein Halten mehr.

Durch ihn fuhr ein Beben, wie er es nie zuvor erlebt hatte, er glaubte zu bersten und konnte sich nicht erinnern, sich jemals dermaßen mächtig gefühlt zu haben.

Aber alles war zunichte, als die Welle abebbte, er die Augen öffnete und die Tränen auf Dridas Wangen sah. Erschüttert starrte er auf sie hinab.

Als sie seinen Blick bemerkte, wischte sie schnell über ihr Gesicht. »Mit Gottes Willen«, stieß sie mit gebrochener Stimme aus, »bekommt Ihr schon bald Euren Erben.«

~

Offa schlief, und Drida wagte kaum, sich zu bewegen, aus Angst, ihn zu wecken. Selbst ihr Atmen kam ihr zu laut vor. Und so starrte sie lediglich in die Finsternis. Sie fürchtete, wenn er erwachte, würde er wiederholen wollen, was ihm von Rechts wegen zustand. Aber ihr tat immer noch alles weh, sie war wund und fühlte sich gebrochen, sie konnte es nicht noch einmal ertragen.

Sie dachte daran, wie er ihr angeboten hatte, den Vollzug

der Ehe aufzuschieben. »*Nicht heute*«, hatte er gesagt. »*Bald, aber nicht heute.*« Fast hätte sie ihm ins Gesicht gelacht.

Welchen Sinn hätte es gehabt, das Unvermeidliche aufzuschieben? Jede Nacht neben ihm zu liegen und die Angst aushalten zu müssen, die sich dadurch nur vergrößerte, wäre noch grausamer gewesen. Stets hätte sie überlegt, wann er von seinem Recht Gebrauch machen würde, wie lange ihre Gnadenfrist andauern sollte, und wann er die Geduld verlieren würde. Sie hatte auch an Bertha gedacht und wie lange die Königsmutter des Frankenreichs auf eine Schwangerschaft hatte warten müssen. Die Gefahr, als unfruchtbar in ein Kloster verbannt zu werden, war ständig über ihr geschwebt. So würde es auch Drida ergehen – ein Kloster oder eine Demütigung, wie Eadburh sie hatte erfahren müssen. Offa mochte Geduld zeigen, aber alle anderen warteten bestimmt schon jetzt auf den langersehnten Erben, und mit jedem Monat, den Drida dann nicht schwanger würde, würde sich auch das Gerede verstärken. Nein, sie musste sofort beginnen. Genauso wie Offa hatte sie keine Zeit zu verschwenden.

So vorsichtig wie möglich drehte sie den Kopf, versuchte Offa auszumachen, der ihr den Rücken zugewandt hatte. Seine regelmäßigen Atemzüge durchbrachen die Stille.

Erstaunlich, wie ungefährlich und friedvoll er jetzt wirkte. Das vertrieb aber nicht den Anblick der Mordlust, der seit Beornreds Erscheinen in der Kathedrale in seinen Augen glomm. Immer mehr zeigte sich sein wahres Ich. Sie hatte es in der Halle bei seinen bösen Worten an sie erkannt, und dann noch einmal bei seinem Umgang mit den Wachen. Wäre sie nicht gekommen, dann hätte er die beiden zweifelsohne verprügelt oder Schlimmeres.

Das war der Mann, von dem Beornred gesprochen hatte. Und seine Nähe war kaum auszuhalten gewesen. Jede Berührung hatte Widerwillen in ihr hervorgerufen. Sein vernarbter, kraftstrotzender Körper, der nur Härte und Schmerz kannte, war ein Zeichen dessen, was ihr widerfahren sollte. Jedes Muskelspiel hatte ihr gezeigt, dass sie ihm körperlich weit unterlegen war, und seine Kraft hatte sie zu spüren bekommen. Er mochte seinen Schwur gehalten haben, er war bestimmt nicht unnötig grob gewesen. Aber trotzdem hatte sie schon bei seinem Anblick gewusst, dass es für sie nur schmerzhaft werden konnte. Es war unmöglich, dass ein Mann wie er sich mit einer Frau wie ihr vereinigen konnte, ohne dass er sie verletzte. Sie hatte Bilder vor sich gesehen, von Karl, der sich ihr hatte aufzwingen wollen, von Giselbert und seiner Gier, und sie war gefangen gewesen in diesem Sturm aus Schmerz und Angst.

Nein, sie konnte nicht länger hierbleiben und darauf warten, dass er erwachte und alles von vorne begann.

Mit angehaltenem Atem richtete sie sich auf, hob die Beine aus dem Bett und kniff die Augen zu, als es laut unter ihr knarrte und die Decken raschelten.

Offa regte sich kurz, aber gleich darauf klang sein Atem wieder ruhig und gleichmäßig.

Erneut kämpfte sie gegen Tränen, aber sie durfte nicht weinen, das würde ihn wecken. Und wenn er sie erwischte, wie sie sich hinausschlich, würde es zweifelsohne ein Donnerwetter geben. Nie würde er ihr glauben, dass sie den Trost und den Schutz der Kapelle suchte, den Beistand der Mutter Maria, um sie um ein Kind anzuflehen, einen Erben, der Offa gab, was er wollte, damit er von ihrem Körper abließ. Er würde ihr wieder unterstellen, zu Beornred zu laufen, der aber bestimmt nicht in der Nähe war. Vermutlich wartete er in Tamouuorthig auf sie. So leichtsinnig, sich inmitten betrunkener Feiernder zu halten, die ihn dem Anschein nach alle tot sehen wollten, konnte er nicht sein.

Ihre Füße berührten das Bodenstroh, und Drida schloss

beim neuerlichen Rascheln die Augen, als könnte sie dadurch das Geräusch zunichtemachen. Wieder blickte sie zu Offa, aber er schlief selig weiter, auch als sie durch den Raum ging und ihr Überkleid aufhob. Sie streifte es sich über, schlüpfte in ihre Schuhe und richtete ihr Haar ein wenig.

Sie hatte keinen Umhang hier und auch keinen Schleier für ihr Haar, den sie jetzt, da sie verheiratet war, tragen sollte. Aber es war mitten in der Nacht, draußen war alles längst ruhig geworden. Niemand würde sie sehen, bis auf die Wachen, die Offa rund ums Haus aufgestellt hatte.

Mit zusammengebissenen Zähnen schob sie den Riegel zurück. Er war gut geölt und nicht zu laut, trotzdem schlug ihr das Herz bis zum Hals. *Bitte schlaft weiter, bitte schlaft weiter,* flehte sie stumm und wagte es nicht mehr, zu ihm zurückzublicken.

Sie schob die Tür einen Spalt weit auf, quetschte sich hindurch, zog sie wieder zu und atmete auf. Der schmerzende Druck in ihrer Brust ließ nach.

Im nächsten Moment war da aber eine Regung an ihrer Seite, und beinahe wäre ihr ein Schrei entkommen.

»Meine Königin.« Es war Leofric. »Was macht Ihr denn hier draußen zu dieser gottverlassenen Stunde?«

»Herr Leofric.« Sie war froh, ihn hier zu sehen, und kein unbekanntes Gesicht. Dass ihr Wachen begegnen würden, hatte sie gewusst, nicht aber, dass es ein Mann war, den sie nur als freundlich kannte. Die Erleichterung ließ ihre Beine schwach werden. »Wäre es allzu vermessen, Euch zu bitten, mich zur Kathedrale zu begleiten?«

»Jetzt?!«

Sie nickte und musste wohl einen erbarmungswürdigen Anblick im Fackellicht abgeben, denn der Aldermann sah sie mit väterlichem Ausdruck an. »Wenn Ihr es wünscht, Herrin.«

»Was ist denn los?« Plötzlich kam auch noch Eadric zu ihnen. Drida senkte den Blick zu Boden.

»Ich begleite die Königin zur Kathedrale. Halt weiterhin Wache.«

Drida spürte Eadrics fragenden Blick und nahm eine stille Konversation wahr, die zwischen den beiden hin und her ging. Dann sah sie aus dem Augenwinkel, wie Leofric die Hand auf sein Schwert legte und ihr bedeutete voranzugehen.

Sie konnte ihr Glück kaum fassen. Erleichterung durchflutete sie, genauso wie die kalte Februarnachtluft, die zwar von Rauch durchsetzt war, sie aber trotzdem ein wenig beruhigte. Jeder Schritt tat ihr weh, aber sie ignorierte den Schmerz und setzte einen Fuß vor den anderen. Hauptsache, sie entfernte sich vom König und konnte in der Kathedrale Trost finden. Am liebsten hätte sie nach Vater Herefrith gefragt, sie wollte so gerne mit ihm sprechen – über Beornred, die Verwirrung, die seine Rückkehr in ihr ausgelöst hatte, und die Angst vor ihrem Gemahl. Aber manche Dinge konnte sie wohl niemandem anvertrauen, nur ihr selbst und dem Herrn im Gebet.

Sie erreichten die stark bewachten Palisaden des Bischofssitzes, aber niemand sagte etwas bei ihrem und Leofrics Anblick. Der große rothaarige Krieger war wohl allen bekannt, und so traten sie hinaus in die stille Stadt. Dunkle Häuser säumten die Straße, aus nur wenigen drang schwaches Licht von Herdfeuern. Aber vor einem erkannte Drida plötzlich einen bekannten Schemen, nachtfunkelnde Augen sahen sie an. Es war Luna!

Drida konnte ihr Glück kaum fassen. »Komm her, Mädchen!«, flüsterte sie und streckte die Hand nach ihr aus. Die Wölfin war genau der Trost, den sie jetzt brauchte.

Aber zu Dridas Überraschung und Enttäuschung wandte Luna sich plötzlich ab, warf noch einen Blick auf das Haus hinter ihr und trabte dann davon.

Drida blieb stehen, diese Reaktion schien ihr die letzte Kraft zu nehmen.

»Ich scheine ihr Angst zu machen«, sagte Leofric an ihrer Seite. Es war offensichtlich, dass er sie damit trösten wollte.

Drida nickte nur. Sie wollte nur noch in die Kirche und alles, das heute geschehen war, für wenige Augenblicke vergessen.

Sie folgten weiter der Straße auf dem kurzen Weg zur Kathedrale, die nachts fremd und bedrohlich aussah. Dabei konnte sie kaum glauben, dass sie vor nur wenigen Stunden vor diesen Toren zur Ehefrau und dann innerhalb der Mauern zur Königin geworden war. Es erschien ihr wie aus einem anderen Leben.

Leofric kam an ihre Seite und öffnete ihr das Tor. Sogleich drang Gesang an ihre Ohren, die Kathedrale war hell erleuchtet, und Drida erblickte Mönche bei der Vigil, der Nachtwache. Im ersten Moment war sie ein wenig enttäuscht, die Kathedrale nicht für sich zu haben, nicht eintauchen zu können in diesen gewaltigen leeren Raum und allein mit Gott zu sein. Aber die Ehrerbietung in den Stimmen der Mönche, dieser tiefe Glaube in den Gebeten, erschien ihr kraftvoll und gab ihr das Gefühl, hier zu neuer Stärke finden zu können.

So leise wie möglich zog sie sich in den Schatten des Seitenschiffs zurück, um niemanden zu stören. Nur wenige Mönche hielten sich hier auf. Drida wählte eine Bank, die nicht besetzt war, und kniete davor nieder. Leofric blieb an einer der Trägersäulen stehen, von wo aus er sie im Auge behalten konnte, aber Drida beachtete ihn nicht länger. Sie senkte den Kopf, faltete die Hände und lauschte einfach nur den Psalmen. Dabei dachte sie nicht an ihre eigenen Sorgen und Bitten. Sie ließ alles aus sich herausfließen und ließ sich stattdessen vom Frieden und der Harmonie in der Kathedrale erfüllen.

Ein neuerliches Lied begann. Drida atmete den Duft des

Weihrauchs und stellte sich vor, zurück im Frankenreich zu sein und dort eine Messe zu hören.

»Seht nicht auf.«

Es war eine vertraute Stimme, die zu ihrer Heimat gehörte. Drida brauchte einen Moment, um zu begreifen, dass sie echt war. Der Atem entfuhr ihr mit einem Keuchen.

»Keine auffällige Bewegung, Drida. Euer Aufpasser hat Euch genau im Blick.«

»Was macht Ihr hier?« Sie flüsterte und kämpfte gegen das aufgeregte Zittern, das sich ihres Körpers bemächtigte. »Das ist zu gefährlich, Ihr solltet nicht …«

»Ich habe die Tore von einem Haus aus, das nahe bei den Palisaden steht, beobachtet. Ich wusste, Ihr würdet einen Weg suchen, mit mir zu sprechen, Ihr würdet Euch hinausschleichen. Und ich hatte recht.«

Drida konnte es nicht glauben, er war tatsächlich hier! Hatte Luna ihr dies sagen wollen? War sie vor dem Haus gestanden, in dem Beornred sich versteckt hatte?

So unauffällig wie möglich blickte sie zur Seite. Fast wäre ihr ein Schluchzen entkommen. Beornred kniete tatsächlich neben ihr, in einer Mönchskutte, und so nah, dass sie ihn anfassen hätte können. Zuletzt war er in Noyon wirklich bei ihr gewesen, als er versprochen hatte, Hilfe für sie zu holen. Jetzt war er tatsächlich gekommen.

»Wie geht es Gerperga? Und Pippin? Und Karlmann? Sind sie gesund?«

»Sch, sch.« Beornred sah sie mahnend an, und Drida senkte schnell wieder den Kopf über die Hände.

Sie war nur froh, dass sie im Schatten knieten und Leofric bestimmt nichts Genaues ausmachen konnte. Über den Gesang der Mönche waren ihre geflüsterten Stimmen auch nicht zu hören.

»Es geht ihnen gut. Aber sie sorgen sich natürlich um Euch.

Als Königin Gerperga erfuhr, was Karl Euch angetan hat, wäre sie beinahe selbst nach Noyon gegangen, um ihn zur Rede zu stellen. Aber da zog er bereits nach Aquitanien. Genauso wie Karlmann. Er konnte keine Schiffe nach Euch schicken, Karl war eine zu große Gefahr.«

Das war erleichternd. Drida hatte schon in Noyon gewusst, dass ein Schiff ihr nicht helfen konnte und dass Karlmann und seine Männer sich nur unnötig in Gefahr bringen würden.

»Ich hörte von Aquitanien. Karlmann verweigerte Karl seine Hilfe.«

»Ja. Nachdem Karl Euch in seinen Augen umgebracht hatte, wollte er seinen Bruder ins offene Messer laufen lassen. Aber stattdessen wurde Karl nur noch mächtiger. Er ist jetzt mit der Langobardenprinzessin verheiratet, und sogar der Papst hat seinen Ärger darüber abgelegt. Bertha ist es gelungen, den Langobardenkönig dazu zu bringen, seinen Anspruch auf päpstliche Ländereien abzulegen, was den Papst zufriedenstellt.«

»Karl hat seine vor Gott angetraute Ehefrau verstoßen und sich mit einem Feind des Heiligen Stuhls verbunden. Wie kann der Papst ihm nur wegen ein paar Ländereien so schnell verzeihen?«

»Er hat Angst. Das Frankenreich hat sich als Schutzherr der päpstlichen Ländereien erklärt, aber nun steht Karl auf Feindesseite. Karlmann allein ist zu schwach, der Papst muss die Stärke wählen. Aber Karlmann hat dem Papst bereits angeboten, sich mit ihm zusammen gegen die Langobarden zu stellen, die schon so oft eine Bedrohung für Rom waren. Der Primicerius in Rom, Christophorus, steht auf seiner Seite, und er wird alles tun, um König Desiderius und somit auch Karls Bündnis zu vernichten. Aber es ist eine schwere, gefährliche Zeit.«

»Wie seid Ihr nach Mercia gelangt? Karl kontrolliert die britannische See.«

»Als Geistlicher verkleidet. Es war nicht einfach. Wir begegneten tatsächlich zweien von Karls Schiffen, die Händler überprüften. Karl ist vorsichtig. Die Ruhe um Aquitanien kann schnell wieder umschlagen, er traut Karlmann nicht, und auch hat er natürlich Offas Verkündung gehört, Quindrida von den Franken zu ehelichen. Er glaubt jetzt, dass Mercia und Karlmann gemeinsam gegen ihn konspirieren.«

Hoffentlich zu Recht, dachte Drida. Schließlich war ein Bündnis zwischen Karlmann und Offa gegen Karl der Grund für ihre Zustimmung zu dieser Ehe gewesen. Karl versuchte, seinen Bruder einzukreisen, aber mit Mercia auf der anderen Seite der britannischen See hatte er selbst ebenfalls Feinde auf beiden Seiten.

»Als Angelsachse auf einem angelsächsischen Schiff konnte ich schlussendlich tatsächlich unauffällig bleiben.«

»Das Risiko war trotzdem groß. Eure Erscheinung ist ja nicht gerade unauffällig.«

»Nun, ich musste das Risiko eingehen. Dachtet Ihr etwa, wir würden nichts unternehmen, sobald wir von Eurem Überleben gehört hatten? Als die Nachricht an Karlmanns Hof eintraf, dass Ihr Offa heiraten sollt, konnten wir es nicht glauben. Karlmann weiß von mir, was für ein heidnischer Teufel Offa ist, und er nahm mir den Schwur ab, Euch hier rauszuholen. Auch Gerperga würde mich vierteilen, käme ich ohne Euch zurück. Ich weiß, es hat schrecklich lange gedauert, es war schwierig, aber jetzt bin ich hier. Und wenn ich Euch zurückbringe, wird es noch gefährlicher. Dann sind nicht nur Karls Schiffe eine Gefahr, sondern auch Offas. Wir müssen Euch das Haar schneiden, Euch als Unfreie einkleiden, aber ich bin Angelsachse, ich kann uns von hier fortbringen. Wir müssen es nur geschickt anstellen und dürfen nichts übereilen.«

»Beornred, ich kann nicht zurück. Ihr wart doch dabei. Ich bin jetzt Königin Mercias.«

»Unter Zwang.«

Drida schwieg und versuchte, die richtigen Worte zu finden, aber Beornred kam ihr zuvor.

»Gerperga wartet auf Euch, Drida, sie wartet jeden Tag. Ihr könnt Euch ihr Leid nicht vorstellen, die Vorwürfe, die sie sich macht, weil sie Euch nach Noyon geschickt hat.«

Jedes Wort schmerzte Drida. Sie wollte nichts lieber, als ihre Flucht planen, zurück zu ihrer Familie zu gehen. Aber das konnte sie nicht.

»Beornred.« Am liebsten hätte sie seine Hand ergriffen, um ihren Worten mehr Nachdruck zu verleihen, aber das hätte Leofric bemerkt. »Ich kann gar nicht sagen, wie froh ich bin, Euch wiederzusehen. Nicht nur einmal dachte ich, nie wieder etwas vom Frankenreich zu hören. Aber ich bin diesen Bund eingegangen, um euch allen zu helfen. Offa wird sich für Karlmann erklären, er wird Karls Schiffe aufbringen, den Handel mit ihm zunichtemachen, er wird ihn schwächen und …«

»Das hat er Euch erzählt?« Beornred wandte sich trotz seiner eigenen Warnung zu ihr um und sah sie an, als wäre sie ein kleines, unvernünftiges Kind. »Habt Ihr mir denn nie zugehört? Waren all meine Worte umsonst? Offa wird gar nichts für Euch oder für Karlmann tun. Alles, was er tut, ist für ihn selbst. Habt Ihr das immer noch nicht begriffen, nach all der Zeit, die Ihr nun schon in Mercia seid?«

Drida zuckte zurück. Seine Worte trafen sie wie Peitschenhiebe. Sie sah ihn an, und eine schreckliche Angst, er könnte recht haben, überkam sie. In diesem Moment, während ihr Körper immer noch den schmerzenden Nachhall ihrer Entscheidung spürte, kam sie sich tatsächlich wie ein dummes Kind vor. Offa hatte ihr versprochen, sie zurück nach Hause zu bringen – auch das war nicht wahr gewesen. Er hatte heute auch eine Seite gezeigt, die sie aus Beornreds Geschichten kannte.

»Vielleicht hat Offa gelogen«, sagte sie, um Ruhe in der Stimme bemüht. »Aber *ich* bin keine Lügnerin, und ich breche keine Schwüre, Beornred. Ich bin Königin Mercias, und Gerperga wird das bestimmt verstehen, schließlich ist auch sie Königin und trägt Verantwortung über viele Menschen. Und gerade wenn Offa gelogen hat, muss ich bleiben, um dafür zu sorgen, dass er seinen Worten Taten folgen lässt. Ich muss Karlmann und Gerperga von dieser Seite aus helfen.«

»Das wird Euch nicht gelingen.«

»Ich habe das Meer allein mit einem Wolf überquert, ich bin durch Wales gereist, habe am Hof des Fürsten von Powys gelebt und wurde schließlich Königin über das mächtigste angelsächsische Land. Ich weiß, Ihr haltet mich für hilflos, aber das bin ich nicht.«

Es tat gut, sich das selbst zu sagen, sich zu erinnern, was sie sich bei der Krönung vorgenommen hatte. Sie war zerschlagen und gebrochen in die Kathedrale gekommen, und gerade jetzt, da Beornred an ihr zweifelte, fand sie ihre Kraft wieder. »Offa und ich reisen an die Grenzen und besuchen die Ländereien von Aldermännern und Gesiths. Ich glaube wirklich, es wäre besser, wenn Ihr zurückgeht, Beornred. Hier seid Ihr nicht sicher. Ich weiß nicht, was einst mit Euch und Offa geschah, aber der König will Euch tot sehen, daran habe ich keinen Zweifel. Und so, wie ich ihn einschätze, wird er einen Weg finden.«

»Das soll er nur versuchen.«

Drida warf ihm einen ungeduldigen Blick zu, und ein Lächeln zeichnete Beornreds verhärmtes Gesicht ein wenig weicher. »Jetzt seht Ihr wahrlich aus wie eine Königin.«

Sie fühlte sich nicht so. Aber das würde sich hoffentlich ändern, wenn sie ihre Aufgabe wirklich antreten, wenn sie etwas bewirken konnte.

»Ich danke Euch, dass Ihr diese Gefahr auf Euch genommen habt, für mich. Ihr konntet nicht wissen, wie Offa reagiert. Ihr hättet direkt hier, an diesem Ort in der Kathedrale, Euer Leben verlieren können.«

»Als Heide wäre ihm tatsächlich zuzutrauen, ein Gotteshaus zu entweihen. Aber ich hielt ihn doch für klug genug, keinen Boten eines Königs zu töten. Ich werde in Tamouuorthig auf Euch warten, während Ihr das Land bereist. Um den Schein zu wahren und die Bündnisgespräche zu führen. Nur für den Fall, dass Ihr es Euch anders überlegt und doch noch weg möchtet.«

Drida nickte, auch wenn sie kein gutes Gefühl dabei hatte und um ihren angelsächsischen Freund fürchtete. Gleichzeitig war sie aber auch froh und dankbar, ihre Heimat, für die Beornred in ihren Augen stand, nicht schon jetzt zu verlieren.

Ein letztes Mal sah sie ihn an, ließ den Gedanken für einen kurzen wunderbaren Moment zu, von hier fortzukönnen, stellte sich vor, wie es wäre, heimzusegeln und Gerperga in die Arme zu nehmen. Dann bekreuzigte sie sich, stand auf und ging zu Leofric, ohne einen Blick zurückzuwerfen.

Der Krieger sah an ihr vorbei. »Hat der Mönch Euch gestört, Herrin?«

Er hatte also bemerkt, dass sie mit Beornred gesprochen hatte. »Er hieß mich nur willkommen.«

Leofric sah weiterhin misstrauisch an ihr vorbei, und Drida blickte nun ebenfalls zurück, um zu überprüfen, wie gut Beornred von hier aus zu erkennen war. Aber er war nur eine Gestalt in Mönchskutte mit gesenktem Haupt, das Gesicht im Schatten verborgen.

»Ich bin müde und möchte gerne zurück«, lenkte sie schnell

Leofrics Aufmerksamkeit wieder auf sich. »Vielen Dank für Eure Mühe, mich zu begleiten.«

Leofric wandte sich ihr endlich zu. »Jederzeit«, sagte er und ging voraus, um ihr das Portal zu öffnen.

Draußen war es ruhig und kalt, und Drida hielt nach Luna Ausschau, um sie noch einmal zu sehen, ehe sie sich ihrem Gemahl stellte. Aber von der Wölfin war nichts mehr zu erblicken. Wieso war sie vor dem Haus gewesen? Hatte ihr Davonlaufen bedeutet, dass Drida dasselbe tun sollte? Dass sie mit Beornred heimreisen sollte? Oder dass sie zurück zu Offa gehen und Beornred aus dem Weg gehen musste?

Drida wusste es nicht. Sie wusste nur eines: Luna fehlte ihr. Meist sah sie sie nur noch aus der Ferne. Und jetzt, da Drida Königin war, würde es wohl noch schwieriger werden, allein in die Einsamkeit hinauszugehen, wo sich Luna ihr wieder anschließen würde.

Schweigend setzten sie ihren Weg zum nahen Bischofssitz fort, und als sie das offen stehende, streng bewachte Tor hinter sich ließen, hörte Drida sofort die Stimmen.

Es war Offa, der mit seinen Kriegern sprach.

Ihr Körper gehorchte ihr nicht mehr. Sie blieb stehen, voller Ahnung, wie aufgebracht er über ihr Verschwinden war. Es bedurfte all ihre Willenskraft, um sich nicht umzudrehen und erneut in der Kathedrale Schutz zu suchen. Bei den Wachen hatte er gezeigt, wie wenig er sich unter Kontrolle hatte. Wer sagte, dass er nicht auch bei ihr in seinem Zorn die Beherrschung verlieren würde? Gerade ihr Gespräch mit Beornred erinnerte sie wieder zu genau an seine Warnungen, an die alten Geschichten vom Usurpator Offa.

Der König blickte in ihre Richtung, sie spürte es mehr, als dass sie es sah. Im Fackellicht konnte sie auf die Entfernung seine Züge nicht genau lesen. Sie konnte nicht erkennen, was er dachte.

»Kommt nur.« Leofric klang tröstend, beruhigend, als wüsste er genau, was in ihr vorging, und Drida setzte sich in Bewegung, da sie ohnehin keine andere Wahl hatte.

Offa kam auf sie zu, die Wachen zogen sich diskret zurück, und Drida wappnete sich.

»Mein König.«

Sie sank in einen Knicks, den ihre schwachen Beine kaum zulassen wollten, und blickte zu ihm auf, im Versuch, sich nicht einschüchtern zu lassen und keine Angst zu zeigen.

Offa aber ignorierte sie und wandte sich an den Krieger an ihrer Seite. Ohne ein Wort sah er Leofric nur auffordernd an, der schließlich das Wort ergriff.

»Die Königin wünschte zu beten«, erklärte er und zuckte mit einem leisen Lachen mit den Schultern. »Was hätte ich anderes tun sollen, als sie zur Kathedrale zu begleiten? Sie zurück ins Bett schleifen?«

Ein tiefer, zorniger Laut entrang sich Offas Kehle. Dann wandte er sich ab und marschierte zurück zum Bischofshaus, ging zweifelsohne davon aus, dass Drida ihm folgte. Ihr blieb ja ohnehin nichts anderes übrig. Trotzdem wehrte sich alles in ihr dagegen.

»Na, geht schon«, sagte Leofric aufmunternd. »Bellende Hunde beißen nicht. Der Verräter Beornred hat ihm ein wenig den Verstand vernebelt, das legt sich wieder.«

Drida nickte nur und setzte sich in Bewegung. Es gefiel ihr nicht, dass sie sich vor Leofric so schwach, so wenig erhaben und stolz zeigte. Sie wollte mehr wie Bertha oder Marcellina sein, aber trotz großer Mühe war sie nach wie vor nicht gut darin. Sie hatte noch viel zu lernen.

So ungerührt, wie sie es nur zustande brachte, mit hocherhobenem Haupt, trat sie durch die offen stehende Tür und sah sich um. Doch von Offa war nichts zu sehen.

Im nächsten Moment flog die Tür hinter ihr mit einem

Knall zu. Drida fuhr herum und sah sich ihrem Gemahl gegenüber, der sich dagegenlehnte.

»Mir fällt nicht einmal mehr ein, was ich noch sagen soll«, stieß er aus, kaum mehr als ein Flüstern und trotzdem messerscharf.

Drida konzentrierte sich auf einen ruhigen Atem. »Ich wollte beten.«

»Habt Ihr denn auch nur ein Wort von dem verstanden, was ich Euch gesagt habe? Dass Ihr nicht einfach kommen und gehen könnt, wie es Euch gefällt? Es ist gefährlich, und …«

»Deshalb bat ich ja den Herrn Leofric, mich zu begleiten! Ich war nie allein und nie in Gefahr!«

»Glaubt Ihr wirklich, *ein* Mann hätte Euch schützen können, während dort draußen Beornred frei herumläuft? Glaubt Ihr wirklich, der Verräter hätte davor zurückgeschreckt, Leofric heimtückisch zu ermorden, um an Euch heranzukommen? Nicht nur Euch selbst habt Ihr in Gefahr gebracht, sondern auch noch einen Noblen dieses Landes – und meinen Freund!«

»Beornred ist nicht so, wie Ihr ihn darstellt. Ihr hingegen seid ganz genau so, wie ich es von ihm weiß.« Ein böses Lachen schlug ihr entgegen, und Drida krallte ihre Fingernägel in die Handflächen. »Ihr bestätigt es nur noch mehr, und ich bereue schon …«

Sie verstummte abrupt, biss sich auf die Lippe. Fast hätte sie ihr geheimes Vorhaben verraten, das sie im Glauben, ein friedvolles Beisammensein mit Offa führen zu können, plante. Im Glauben, einen Verbündeten gefunden zu haben, der Karlmann zu helfen bereit war. Aber sie war zu leichtgläubig gewesen. Sie hatte Herefriths Worte zu nahe an sich herangelassen, obwohl sie es selbst doch besser gewusst hatte.

Offa kam einen Schritt auf sie zu. »Was bereut Ihr? Mich geheiratet zu haben?«

»Gehofft zu haben«, gab sie zurück und spürte zu ihrem Ärger Tränen, die ihr nach diesem langen, ereignisreichen Tag in die Augen stiegen. »Darauf, dass Beornred sich geirrt hat.«

Und mit diesen Worten wandte sie sich ab und legte sich auf die Bettstatt. Sie zog eine der Decken hoch und wartete, bangte. Auf weitere böse Worte, auf sein Näherkommen, auf irgendeine Art der Bestrafung. Aber stattdessen öffnete sich die Tür und fiel kurz darauf wieder zu.

Drida blickte hoch und sah sich um. Offa war weg.

Aber anstatt Erleichterung verspürte sie nur noch mehr Angst.

KAPITEL 28

Tamouuorthig (Tamworth), Königreich Mercia, Februar 770

Hilda hatte sich den Rückweg nicht so beschwerlich vorgestellt. Die Straßen waren voll mit Menschen, die nach Tamouuorthig oder in andere Städte und Dörfer zurückkehrten. Die Hochzeits- und Krönungsfeierlichkeiten waren vorbei, und für alle ging das Leben weiter wie zuvor. Karren von Händlern, Musikern und Gauklern verstellten den Weg, genauso wie die von Spielleuten, die das große Ereignis genutzt hatten, um Geld zu verdienen. Dem Tierdung war bald nicht mehr auszuweichen, und Hilda überlegte bereits, sich durch den Wald zu schlagen. Aber dann würde sie ihren Plan nicht in die Tat umsetzen können.

Erneut stellte sie sich auf die Zehenspitzen und versuchte, den Gesuchten auf der Straße ausfindig zu machen. Aber sofort drängten andere sie weiter.

Ob die alte Acha ihre Abwesenheit wohl bemerkt hatte? Im Grunde war ihr das egal, was sollte diese verdorrte Kuh schon machen? Sie wieder mit ihrem Stock schlagen?

Hilda hatte zur Hochzeit gehen, es mit eigenen Augen sehen müssen, dass Offa sich wirklich fürs Leben band. Es war schmerzhaft gewesen – und gleichzeitig wundervoll, sich vorzustellen, sie stünde an seiner Seite.

»Aus dem Weg!«

Die Stimmen hinter ihr wurden lauter. Warnrufe, empörtes Raunen und Schreckenslaute vermischten sich. Hilda drehte sich um und erblickte Wulfhere und weitere Krieger von Tamouuorthig, die sich mit ihren schweren Pferden den Weg zwischen den vielen zurückweichenden Menschen hindurchbahnten.

Sie zog sich schnell die Kapuze ihres Umhangs über den Kopf, stellte sich ganz an den Rand inmitten einer Gruppe Spielleute und blickte zu Boden. Das würde ihr noch fehlen, dass Wulfhere sie erkannte und ihr die Hölle heißmachte, da sie sich zur Hochzeit geschlichen hatte.

Für gewöhnlich war ihr egal, was der Krieger zu ihr sagte oder über sie dachte, aber dieser Aufruhr konnte alles kaputt machen. Zu ihrer Erleichterung aber verklang der Hufschlag schnell wieder, und das übliche Stimmengewirr breitete sich erneut aus.

»Atemberaubend«, hörte sie schließlich eine Frau vor sich, die mit ihrer Familie einen vollbepackten Maulesel führte. »Ich glaube, unser Herr König hätte sie auch zur Gemahlin genommen, wenn sie keine adlige Fränkin wäre. Als Frau fällt es mir nicht leicht, die Schönheit anderer zu preisen, aber unsere Königin ist tatsächlich gesegnet.«

»Aber nicht so schön wie du, mein Herz«, antwortete der Gemahl pflichtschuldig und erntete dafür von seiner Frau einen Ellbogen in die Seite und ein Lachen der Kinder.

»Aber ein wenig leidgetan hat sie mir ja doch«, meldete sich dann eine andere zu Wort, von einer Gruppe, die sich zu der Familie umwandte. »Der König gibt immer eine so furchterregende Erscheinung ab.«

»Was meinst du denn damit? Also, ich würde ihn nicht aus meinem Bett stoßen, ganz bestimmt nicht.«

»Oh, gutaussehend ist er, ohne Frage. Aber er sieht immer so ernst aus!«

Wie sollte er auch anders aussehen, wenn er ein so prüdes, zerbrechliches Ding heiratete, dachte Hilda. Beinahe sprach sie die Worte auch aus, aber sie lauschte lieber, anstatt sich einzumischen.

»Das arme Mädchen!«, seufzte die halbwüchsige Tochter der ersten Gruppe. »Ganz allein ohne Familie. Wurde sie wirklich aus ihrer Heimat verbannt?«

»Von König Karl, habe ich gehört.«

»Wer soll das sein?«

»Ein König auf dem Festland – bei den Franken, glaube ich.«

»Und weswegen wurde sie verbannt?«

»Wer weiß das schon?«

»Ich habe gehört, sie soll eine Kundschafterin für den anderen König der Franken gewesen sein.«

»Ich hörte, es war Unzucht.«

»Dafür wird man nicht zum Tode verurteilt.«

»Außerdem, schaut sie euch an. So tugendhaft … das war bestimmt nicht der Grund.«

»Auf dem Meer wurde sie ausgesetzt, könnt ihr euch das vorstellen?«

»Ach, du dummes Weib, du glaubst auch jede Mär. Wie sollte das denn gehen? Ein Mädchen ganz allein auf dem Meer.«

»Sie war ja nicht allein. Der Wolf war bei ihr.«

»Hör doch auf mit diesem Geschwätz! Es gibt gar keinen Wolf bei unserer Königin.«

»Mit meinen eigenen Augen habe ich ihn gesehen!«

»Mein Vetter sagt, vor der Kathedrale. Da kam der Wolf hin und ließ sich von unserer Königin anfassen, als wäre er ein kleiner Hund!«

»Vielleicht war es ja ein Hund, und dein Vetter sieht schon schlecht.«

»Ein echter Wolf hätte sie schon längst gefressen.«

»Das hat er nicht, weil sie eine Zauberin ist. Sie kann ihm Befehle geben.«

Hilda würde nicht länger zuhören können, ohne ihre Meinung dazu kundzutun. Das war doch wirklich nicht zu fassen – die Menschen hier verehrten Drida. Aber nicht mehr lange.

Mit einem Kopfschütteln ließ sie sich zurückfallen, als plötzlich ein Pferd an ihre Seite kam.

»Gefallen dir die Geschichten über die Königin nicht?«, fragte eine männliche Stimme.

Hilda blickte auf zu einem hünenhaften Krieger mit schulterlangem sandfarbenem Haar, der abschätzig auf sie herabblickte.

Beinahe wäre ihr das Herz stehen geblieben. Seit ihrem Aufbruch in Licidfelth hatte sie nach ihm gesucht. Und nun war er es, der sie gefunden hatte. Der Herr stand also doch auf ihrer Seite.

»Ich mag solchen Klatsch nicht«, erwiderte sie und tat betroffen. »Zudem halte ich es für ehr- und respektlos, vor allem unserer guten Königin gegenüber. Gott möge sich ihrer erbarmen.« Hilda bekreuzigte sich und war nicht erstaunt, dass der Mann sie genauestens musterte.

»Was meinst du damit?«, fragte er auch schon, und Hilda wusste, das Spiel hatte begonnen.

Dieser Mann war in die Kathedrale marschiert, hatte Anspruch auf Drida erhoben und Offa herausgefordert. Er wollte Drida zurück ins Frankenreich bringen – etwas, was zufälligerweise auch Hilda gut gefallen würde. Zudem kannte sie die Geschichten von Beornred, dem Mörder und Usurpator. Sie hatte Offas Reaktion von ihrem Platz ganz hinten in der Kathedrale nicht genau gesehen, aber sie wusste, dass er Beornred hasste.

Und damit war dieser Mann auch ein Feind Hildas. Aber für Offa, für seine Freiheit von dieser Fränkin, konnte sie für kurze Zeit darüber hinwegblicken und ein Bündnis mit ihm schließen. Damit Drida endlich wieder von hier verschwand.

»Verzeiht, mein Herr, ich habe nicht nachgedacht. Ich sollte nicht darüber sprechen.«

»Antworte. Wieso sollte man sich der Königin erbarmen? Sie hat wohl alles, was eine Frau sich wünschen kann.«

»So ist es«, bestätigte Hilda und nickte eifrig. »Auch wenn … auch wenn der König …« Sie schüttelte erneut den Kopf, senkte den Blick. »Es wäre Verrat, nein, ich kann nicht. Bitte reitet weiter, mein Herr, vergesst mich, ich bin nur eine einfache Magd, was weiß ich schon von solcherlei Dingen?«

Wieder spürte sie diesen durchdringenden Blick, dann schwang der Krieger sich plötzlich aus dem Sattel, nahm das Pferd, das er vermutlich schon an der Küste gekauft oder geliehen hatte, am Zügel und trat an ihre Seite.

»Ihr scheint von Eurem König nicht sehr angetan«, sagte er leise und sah sich um.

Die anderen Menschen schenkten ihnen keine Beachtung, sie unterhielten sich immer noch lautstark über die zauberische, schöne Drida und ihren Wolf.

»Es ist nur …«, begann sie zerknirscht. »Man hört Geschichten, mein Herr. Das ist alles.«

»Was für Geschichten?«

Hilda schielte bewusst auffällig auf sein Schwert und trat ein wenig von ihm weg. »Ihr seid ein Krieger des Königs. Lasst mich einfach ziehen und …«

»Ich bin ein Krieger, aber keiner des Königs, dessen sei dir sicher.«

Hilda mimte Nachdenklichkeit und blickte in die Menschenmenge. Sie nahm sich Zeit, um ihre Zerrissenheit echter wirken zu lassen. Schließlich seufzte sie und straffte die

Schultern. »Ich weiß, wie unser König an die Krone kam, Herr. Unseren Befreier, ja, den hat er verbannt, und seither … Nun, ich glaube, dem Land würde es heute sehr viel besser gehen, wäre die Schlacht damals anders ausgegangen.« Jedes Wort war eine Lüge. Am liebsten würde sie Beornred an ihrer Seite ein Messer zwischen die Rippen stoßen, um Offa eine Freude zu machen. Aber stattdessen benutzte sie ihn lieber, um Drida loszuwerden. »Ich bin eine Magd in Tamouuorthig, müsst Ihr wissen, Herr. Da sieht und hört man so einiges.«

Beornred nickte gedankenvoll, und Hilda wusste, sie hatte ihn am Haken.

»Wenn ich diesem armen Mädchen nur irgendwie helfen könnte … Ich hoffe, sie und der König kommen von ihrer Reise bald zurück in die Stadt. Vielleicht kann ich ihr dann Beistand leisten. Habt Ihr sie heute Morgen gesehen, mein Herr? Vor ihrer Abreise? Gebrochen hat sie ausgesehen. Als Frau fühle ich mit ihr.«

»Ja, ich habe sie gesehen.« Der Krieger spannte sich deutlich an.

Hilda tat nun so, als würde sie es zum ersten Mal wagen, ihn richtig anzusehen. Unverblümt musterte sie ihn, dann schlug sie sich die Hand vor den Mund.

»Beim Herrn und all seinen Heiligen!« Sie packte seinen Arm, obwohl sie nur eine Magd war und keinen hohen Herrn einfach so berühren durfte. Aber diese Geste sollte ihm vormachen, dass sie sich nicht mehr unter Kontrolle hatte. »Ihr seid Beornred! Ihr seid der Retter Mercias.« Sie zwang sich Tränen in die Augen, ließ ihre Hand zittern und nahm sie dann schnell wieder weg. »Verzeiht, mein Herr, bitte vergebt mein Verhalten. Es ist nur … Nie hätte ich gedacht, je den Blick auf Euch richten zu dürfen. Als ich hörte, dass Ihr zurückgekehrt seid, spürte ich nach Jahrzehnten zum ersten Mal wieder Hoffnung. Sagt … seid Ihr hier, um uns zu befreien? Werdet Ihr gegen Offa vorgehen?«

Beornred musterte sie lange und kühl, dann blieb er unvermittelt stehen, schwang sich zurück in den Sattel und trieb sein Pferd vorwärts, durch die Menge hindurch.

Hilda blieb erschrocken und verwirrt zurück. Hatte er sie etwa durchschaut? War sie zu weit gegangen mit ihrem Schauspiel?

Wütend biss sie die Zähne zusammen. Nein, sie durfte nicht aufgeben. Beornred war die letzte Möglichkeit, um Drida aus Offas Leben zu reißen und Platz für Hilda zu machen. Er musste sie entführen und zurück ins Frankenreich bringen. Aber noch war Zeit.

Die Straße verzweigte sich, und damit teilten sich auch die vielen Reisenden auf. Hilda kam nun besser voran.

~

In Tamouuorthig sprachen wie erwartet ebenfalls alle von der Hochzeit. Von Acha war nichts zu sehen, dafür aber war der Hof voll mit Hühnern, die einer Getreidespur pickend folgten, da wohl ein Sack ein Loch gehabt hatte. Einer der Hunde stand bellend daneben, als wolle er die Hühner zur Ordnung rufen. Vom Verschlag des Schmieds her erklang das Singen eines Hammers auf Metall, und von den Ställen her hörte sie erwartungsvolles Wiehern, da die Fütterungszeit bevorstand. Hilda hielt darauf zu, um sich auf ihr Strohlager zu legen und sich ein wenig auszuruhen.

Sie hatte die strohgedeckten Holzbauten kaum erreicht, als Deogol ihr von der großen Halle aus entgegenkam. Er wirkte aufgeregt und kam mit weitgreifenden Schritten auf sie zu. Sofort fiel ihr auf, wie fein und vornehm gekleidet er war, in einer beigefarbenen Tunika mit braunen Stickereien am Halsausschnitt und dunkelbraunen Hosen, die an den Waden von wiederum hellen Bändern umwickelt waren. Ein lederner Gürtel mit einer leeren Scheide für ein Messer hielt das Tuch an der Taille zusammen, das kinnlange Haar hatte er zurückgekämmt, das bisschen Bart wegrasiert. Die Art, wie er den Pfützen auszuweichen versuchte und wie vorsichtig er die Füße aufsetzte, lenkte ihre Aufmerksamkeit auch auf sein hochwertiges Schuhwerk aus bestem Leder.

»Wo warst du, Mutter?«, fragte er außer Atem, als hätte er sie schon lange gesucht. Dabei konnte er den Vorwurf aus seiner Stimme nicht gänzlich heraushalten.

Es war dieser Unterton, der sie sofort zornig werden ließ. »Das geht dich überhaupt nichts an.«

»Bist du etwa bei der königlichen Hochzeit gewesen?« Er sah an ihr vorbei zu anderen Reisenden, die gerade durchs Tor schritten, und sein Blick hätte nicht missbilligender sein können.

Hilda ballte ihre Hand zur Faust und stieß ihm gegen die Brust. »Wo ich bin und warum, hat dich überhaupt nicht zu kümmern. Und was soll dieser Aufzug überhaupt? Wo hast du das alles her?« Sie zupfte an seinem Hemd, das aus feinstem Leinen genäht war. Etwas so Wertvolles hatte er nie zuvor getragen.

»Der Herr Wulfhere hat es mir geliehen.«

Beinahe blieb ihr die Sprache weg. Wulfhere schon wieder! »Und wieso sollte er so etwas tun?«

»Damit ich für meine Vermählung angemessen gekleidet bin.«

»Für deine *was*?!« Er hätte sie mit einem Eimer kalten Wasser übergießen können, sie wäre weniger überrascht gewesen.

»Fina und ich, wir heiraten heute. Deshalb habe ich dich ja auch überall gesucht!«

Hildas Herz begann zu rasen, Hitze breitete sich in ihr aus, ihre Wangen glühten. »Bist du von Sinnen? Du heiratest ganz gewiss nicht! Du hast noch nicht einmal die Erlaubnis des Königs.«

»Und ob ich die habe. Noch vor seiner Abreise nach Averdun gab er mir seine Erlaubnis – und mehr noch, seinen Segen. Herr Wulfhere hat mit ihm gesprochen und …«

»Wulfhere.« Der Name klang wie ein Fluch aus ihrem Mund, und für sie war er auch einer. »Ich verbiete es.«

Deogol sah sie nur ernst an und nickte langsam, als hätte er nichts anderes erwartet. In diesem Moment sah er schrecklich erwachsen aus. »Weißt du was, Mutter? Ich habe gar nichts anderes erwartet, und genau deshalb habe ich dir so lange nichts davon erzählt. Ich wusste, du würdest Himmel und Hölle in Bewegung setzen, um mein Glück zu zerstören.«

»Nicht dein Glück zerstören. Dich beschützen! Vor dieser … dieser … kuhäugigen kleinen Hure.«

Deogol ignorierte ihr Schimpfen und fuhr erstaunlich ruhig fort. »Es war Fina, die mich überredete, dir doch noch Bescheid zu geben. Du bist meine Mutter, sagt sie, du willst ganz bestimmt an diesem wichtigen Tag an meiner Seite stehen. Hätte sie noch Eltern, so würde sie sich ihren Beistand wünschen, obwohl sie sie in die Leibeigenschaft verkauft haben. Denn Fina ist nun einmal nicht so wie du und ich. Sie denkt nicht wie wir. Sie ist besser.«

»Das glaubst du *jetzt,* und dann kommt das böse Erwachen. Warte nur, Deogol. Komm dann nicht heulend angerannt, wenn sie dich ausraubt oder ins Bett eines jeden Dahergelaufenen steigt und dir Hörner aufsetzt. Wie schnell du vergessen hast, wer all deine Lebensjahre an deiner Seite stand, wer dich aufzog, dein Überleben sicherstellte!«

»Fina sah das Gute in dir. Du möchtest mich nur beschützen, sagt sie, aber ich erkenne die Wahrheit – kontrollieren willst du mich. Das hat nichts damit zu tun, dass du mich aufgezogen und am Leben erhalten hast. Es geht darum, etwas zu haben, über das du die Macht hast. Aber nicht mehr länger. Ich gründe jetzt meine eigene Familie, und ich lade dich ein, ein Teil davon zu werden. Aber wenn du nur unser Glück zerstören willst, dann bitte ich dich: Halt dich fern von uns.«

Hilda konnte ihren Sohn nur anstarren. Woher kamen diese Worte? Das war nicht er! Ihr kleiner Junge! Es musste Wulfhere sein. Das war alles seine Schuld! Wenn Offa nur hier wäre. Sie hätte ihm schon ausgeredet, Deogol die Erlaubnis zu diesem Bündnis zu geben. Aber er war fort mit seiner *Braut*.

Galle stieg ihr hoch, sie bohrte ihre Fingernägel in die Handflächen, bis es schmerzte.

»Der Pfarrer im Dorf hat nach dem Mittagsläuten Zeit für uns. Komm oder komm nicht, Mutter, mir soll es gleich sein.« Und mit diesen Worten wandte er sich ab und ließ sie stehen, so wie es so viele Menschen stets mit ihr zu tun pflegten.

»Das wirst du bereuen!«, rief sie ihm hinterher, aber Deogol blickte nicht zurück.

Hilda kämpfte gegen den Drang, laut zu schreien, all ihren Zorn hinauszulassen. Sie hatte das Gefühl auseinanderzuspringen, wenn sie ihrem Ärger nicht Luft machte.

»Ach, da bist du!«

Wie gerufen kam Acha auf sie zugestapft, einen Besen in der Hand, und Hilda wollte ihn ihr nur aus der Hand reißen und damit auf sie einschlagen.

»Dachtest dir etwa, du machst dir eine schöne Zeit, und es fällt niemandem auf, was?«

Die Alte holte aus, ließ das Holz auf Hilda herabfahren, aber gerade, als es auf ihren Körper traf, schloss Hilda ihre Hände um den Stiel, drehte ihn herum und nahm ihn tatsächlich an sich.

»An deiner Stelle, du hässliches, altes Weib, würde ich jetzt ganz schnell rennen.«

Acha starrte sie aus weit aufgerissenen Augen an, was deutlich die vielen roten Äderchen im Weiß zeigte. »Du bist wahnsinnig! Der Teufel hat sich deiner bemächtigt!«

»Dann hältst du dich lieber fern von mir.«

Sie machte einen drohenden Schritt auf Acha zu, holte aus, und die Alte taumelte mit einem Keuchen zurück. Sie sah sie noch wenige Herzschläge lang erschrocken an, dann nahm sie tatsächlich die Beine in die Hand und rannte.

Hilda atmete tief durch, sie fühlte sich schon etwas besser. Aber was sollte sie jetzt tun? Sie blickte auf den Besen hinab und beschloss, sich an die Arbeit zu machen. Sie musste sich ablenken, sie durfte nicht an Deogol und Fina denken.

Und tatsächlich half es ihr, all ihren Zorn und ihre Enttäuschung beim Kehren herauszulassen, kurz nicht zu denken, auch wenn sie sich nach wie vor fragte, wie es jetzt weitergehen sollte. Ihr Plan mit Beornred hatte nirgendwohin geführt. Und nun würde sie auch noch Deogol verlieren.

Glockenläuten ließ sie innehalten. Hilda blickte auf. Es musste Mittag sein. Sie versuchte es zu ignorieren, aber ihr Magen schien sich in einen schweren Stein zu verwandeln, und ihre Hände begannen zu zittern. Mit schweren Beinen trat sie aus der Stallgasse hinaus in den Hof, blickte hoch in die Sonne und versuchte, das plötzliche Beben ihres Körpers unter Kontrolle zu bringen.

Plötzlich sah sie Bilder vor sich von Deogol – gleich nach seiner Geburt, von später, als er schon laufen konnte und ihr, dumm wie er war, ständig Blumen pflückte, egal wie oft sie ihm sagte, dass sie mit solcherlei Unkraut nichts anzufangen wüsste. Sie sah ihn vor sich, wie er ihr sein erstes Diebesgut brachte, noch keine fünf Jahre alt, sie sah diese Mischung aus Stolz, Furcht und Scham in seinen Augen, die Zerrissenheit zwischen richtig und falsch, die ihn seither geplagt hatte. Und trotzdem hatte er alles getan, was sie ihm aufgetragen hatte. Für sie.

Sein Name bedeutete *Geheimnis*. Er war ihr Geheimnis gewesen – die ungewollte Schwangerschaft, das Kind, geboren außerhalb des Ehebunds, Aldfriths Tod –, und das größte Geheimnis war: wie viel er ihr bedeutete, egal wie sehr sie sich dagegen wehrte.

»Zur Hölle damit«, fluchte sie, lehnte den Besen gegen die Stallwand und ging los.

Sie würde jetzt zu dieser Hochzeit gehen, den Mund halten und herunterschlucken, was sie dieser Fina zu sagen hatte. Denn wenn sie es nicht tat, verlor sie Deogol tatsächlich.

Aber sie hatte den Hof kaum zur Hälfte durchquert, als unvermittelt Beornred an sie herantrat, der goldene Bär von einem Krieger, auf dem all ihre Hoffnungen geruht hatten.

»Ich habe nicht vor, gegen Offa vorzugehen«, sagte er unumwunden, leise, aber bestimmt, und blickte streng auf sie hinab.

Hilda senkte schnell den Blick. Sie musste zurück in ihre Rolle finden, sofort. »Natürlich nicht, Herr. Bitte vergebt mir, ich rede oft, ohne nachzudenken, das war schon immer so, und hat mich schon oft in Schwierigkeiten gebracht.« Sie schob den Ärmel ihres Unterhemds hoch und offenbarte Narben, die sie von einem Kampf gegen einen Freier davongetragen hatte.

Beornred schien getroffen von diesem Anblick. Er musterte sie lange und durchdringend, aber Hilda fand es nicht unangenehm, eher war sie froh darüber. Sie hatte also doch noch nicht verloren.

»Vergesst einfach mich und meine Worte.« Sie wollte sich abwenden, aber Beornred vertrat ihr wie erwartet den Weg.

»Ich will nicht gegen Offa als König vorgehen«, wiederholte er und machte noch einen Schritt auf sie zu, sodass er dicht vor ihr stand, seine Stimme senkte sich zu einem Raunen. »Aber ich plane, die Königin zurück ins Frankenreich zu bringen. Wirst du mir dabei helfen?«

Hilda tat im ersten Moment überrascht, ja erschrocken. Sie sah sich gespielt besorgt im Hof um, als könne jemand ihr Gespräch belauschen. Dann erklärte sie feierlich: »Ihr habt mein Wort. Ich werde alles tun, um unserer Königin die Rückkehr in ihre Heimat zu ermöglichen.« Und dieses Mal meinte sie jedes Wort ernst.

Beornred nickte zufrieden. »Gut. Dann komm mit, wir haben einiges zu besprechen.« Er wies zum Palisadentor, aber Hilda zögerte.

Die Glocken waren verstummt, Deogol und Fina traten jeden Moment vor den Priester, um sich für die Ewigkeit zu binden. Sie hatte eine Entscheidung zu treffen. Deogol oder Offa. Ein Ehebund oder die Zerstörung eines anderen.

»Was ist los?« Beornred sah sie ungeduldig an. »Hast du es dir anders überlegt, Magd?«

»Nein.« Hilda schluckte gegen die Enge in ihrer Kehle und schüttelte den Gedanken an Deogol ab. Sie musste an ihrem Vorhaben festhalten, jetzt, da Dridas Fortgang zum Greifen nah war.

»Lass uns Vorbereitungen treffen.«

KAPITEL 29

Wininicas, Königreich Mercia, Februar 770

Drida blickte auf den markanten Hügel in der sonst eher flachen Landschaft und hielt nach einem Dorf, einer Ansiedlung, irgendeinem Zeichen von Menschen Ausschau. Aber da waren nur die grasbewachsenen Hänge, aus denen weißer Kalkstein als schroffes Felsgestein hervorblickte.

Die Sonne senkte sich bereits hinter die von hageren Baumskeletten bedeckte Anhöhe, klirrende Kälte breitete sich aus, und Drida sehnte sich nach einem Feuer, nach Rast, etwas Wasser und zu essen. Aber so weit das Auge blickte, entdeckte sie nichts, was ein Dach für diese Nacht versprach.

Am Morgen nach ihrer Vermählung und Krönung waren sie westwärts geritten und hatten schließlich drei Tage in Heantune verbracht, einem Kloster, das eine Tagesreise von Licidfelth entfernt lag. Heute Morgen war es dann weitergegangen. Sie saß erneut ohne Unterbrechung im Sattel, und jeder Knochen tat ihr weh. Auch ihre Haut war wundgescheuert.

»Hinter diesem Waldstück liegt das Kloster Wininicas«, erklang unvermittelt Vater Herefriths Stimme an ihrer Seite, als hätte er ihre Gedanken gelesen. »Dort übernachten wir heute.«

Beinahe wäre ihr ein erleichtertes Seufzen entkommen. Sie war schon oft tagelang im Sattel unterwegs gewesen, aber die lieblosen Nächte der Pflichterfüllung mit Offa forderten ihren Tribut. Drida wusste nicht, wie lange sie das noch aushalten sollte. Sie konnte nur beten, bald ein Kind zu empfangen.

»Die Nonnen dort werden sich um Euch kümmern, Herrin. Und wir werden Gelegenheit finden, ausgiebig zu beten und den morgigen Feiertag der Heiligen Mildburh zu feiern.«

»Werden wir denn rechtzeitig in Oswaldestroe ankommen?«, fragte Drida bang.

Sie hatte mit ihren mangelnden Kenntnissen über Mercia nicht genau gewusst, wie weit diese Grenzstadt zu Wales entfernt lag, und nun hielten sie sich auch noch tagelang in den Klöstern auf dem Weg dorthin auf. Für Drida willkommene Pausen, die Gotteshäuser brachten ihr und ihren Begleitern große Gastfreundschaft entgegen. Aber sie fürchtete, ihr Plan könnte zunichtewerden.

»Rechtzeitig wofür?«, fragte Herefrith auch schon misstrauisch, sodass Drida schnell abwinkte.

»Ich frage mich nur, wie lange diese Reise noch dauern wird, das ist alles.«

»Nun, sie ist nach Oswaldestroe noch lange nicht vorbei, eher ist die Stadt erst der Anfang. Fühlt Ihr Euch denn nicht wohl, Herrin?«

»Es geht mir gut«, lenkte sie ab.

Der eindringliche Blick des Priesters schien ihr viel zu tief zu sehen. Womöglich erkannte er, wie es tatsächlich in ihr aussah – sie fühlte sich zerrissen zwischen ihrer Pflicht und diesem bangen Hoffen, Beornred könnte doch noch irgendetwas für sie tun, sie nach Hause bringen. Eine Unmöglichkeit, die trotzdem immer wieder ihre Gedanken heimsuchte.

»Erzählt mir von der Heiligen Mildburh«, bat sie daher, um sich abzulenken, und wie erwartet leuchteten Herefriths Augen sofort auf.

»Sie war Äbtissin genau dieses Klosters«, erklärte er und

zeigte zum kahlen Laubwald, der vor ihnen lag. »Sie war die Tochter eines Königs der Magonsæten und der Heiligen Æbbe, die aus einem Königsgeschlecht von Kent stammte. Mildburh hatte auch noch zwei jüngere Schwestern, die ebenfalls beide Heilige wurden: die heilige Mildrith und die heilige Mildgytha.«

»Eine außergewöhnliche, fromme Familie«, bemerkte Drida, die wie immer großes Interesse an den Geschichten der Vergangenheit hatte, so auch der angelsächsischen.

»Mildburh sollte eigentlich einen Adligen aus einem Nachbarskönigreich heiraten, aber sie sah ihre Berufung als Dienerin des Herrn. Beinahe wäre sie mit Gewalt verschleppt worden, aber sie floh über einen Fluss. Als ihr Freier ihr folgen wollte, schwollen die Wassermassen derart an, dass ein Überqueren für ihn unmöglich war. So sah der Mann deutlich, dass der Herr Mildburh für sich beansprucht hatte. Mildburh trat schließlich in das Kloster Wininicas ein, das wir bald erreichen, und dort lernte sie unter der fränkischen Äbtissin Liobinde. Auch ins Frankenreich reiste sie, um sich zu bilden, und schließlich übernahm sie nach Liobindes Tod das Amt der Äbtissin.«

»Und warum wurde sie heiliggesprochen?«

»Sie konnte Vögel kontrollieren und sie von den Getreidefeldern fernhalten. Auch konnte sie das Getreide wachsen lassen. Sie war auch der Heilkraft mächtig und gab Blinden das Augenlicht wieder.«

»Ich werde zu ihr beten, wenn wir ankommen«, erklärte Drida und hoffte, dass die heilige Mildburh ihr half, ein Kind zu empfangen.

Offa hatte nach ihrer ersten gemeinsamen Nacht zuerst keine Anstalten mehr gemacht, bei ihr zu liegen. Sie hatten im Kloster Heantune die Gemächer des Abts bewohnt und Zurückgezogenheit genossen. Offa hatte sich sogleich schlafen gelegt und ihr den Rücken zugewandt. Bis Drida ihn daran erinnert hatte, dass er genauso wie sie einen Erben brauchte. Worte, die ihr schwergefallen waren, und schon kurz darauf hatte sie sich dafür verflucht. Aber sie musste durchhalten, denn die Gründe für ihr Handeln waren immer noch dieselben. Sie durfte nicht in eine ähnliche Situation geraten wie Bertha oder Eadburh. Sie war allein hier und musste ihren Stand sichern.

Und sie glaubte, ein Kind könnte ihr auch Trost spenden, ihr eine Aufgabe geben, abseits des Unterrichts, den sie hoffentlich bald fortführen durfte. Bislang hatte sie Offa nicht mehr auf die Kinder und ihren Wunsch, sie von Averdun nach Tamouuorthig zu holen, angesprochen. Sie gingen einander aus dem Weg, so gut es möglich war, und sprachen nicht mehr als das Nötigste miteinander.

Es war eine unschöne Stimmung, die ihr an die Substanz ging, aber was sollte sie machen? Beornred schwebte stets über ihnen, er war beständig sowohl in Offas als auch Dridas Gedanken, nur auf völlig unterschiedliche Art und Weise.

Die Dunkelheit brach bereits herein, als sie mitsamt ihrem Gefolge aus Kriegern und Bediensteten das Kloster erreichten, in dem Nonnen und Mönche zusammenlebten. Der Abt und die Äbtissin warteten bereits im Klosterhof vor der großen Steinkirche, um sie zu begrüßen. Beide schienen ihr verhalten, fast ein wenig ängstlich, aber Drida war es bereits gewohnt, dass Offa solch eine Wirkung auf andere hatte. Sie konnte es ihnen nicht verdenken.

»Herzlich willkommen!«, rief der Abt inbrünstig und mit ausgebreiteten Armen. Er zeigte ein breites Lächeln, wenngleich seine Augen nervös und gehetzt wirkten. »Herr König, seid gesegnet, und habt Dank für diese besondere Ehre, die Ihr uns erweist.«

Offa schwang sich schweigend aus dem Sattel, gab ein vages Zeichen nach hinten zu den Bediensteten, und dann kam auch schon einer der Knechte zu Drida, um ihr vom Pferd zu helfen. Sie konnte gut und gerne allein absteigen, aber sie hatte gelernt, dass die Verweigerung von Hilfe als Beleidigung angesehen wurde.

»Wir sind hungrig und müde«, erklärte Offa rau und sah sich im Hof um, als suchte er bereits das Refektorium, um etwas zu essen.

»Gewiss, gewiss, Herr König, wenn Ihr mir folgen wollt. Unsere Möglichkeiten sind begrenzt, und unsere Speisen bescheiden, aber wir gaben unser Bestes, um Euch anzubieten, was Eurem Gaumen gefällt. Und morgen zum Feiertag der Heiligen Mildburh lesen wir eine Messe zu Euren Ehren und für Eure Gemahlin, die Königin Cynethryth …« Bei letzteren Worten drehte er sich um und schien nach Drida Ausschau zu halten, als ginge ihm gerade jetzt erst auf, dass Offa nicht alleine gereist war. Er sah erst sie an und blickte dann zurück zu Offa, als wüsste er nicht, warum der König seinen Weg ohne seine Gemahlin fortsetzte.

Schließlich trat die Äbtissin an Drida heran. »Willkommen, Königin, möchtet Ihr mich begleiten? Ihr müsst doch bestimmt auch hungrig sein.«

Drida sah Offa hinterher. Im Moment konnte sie gut auf seine Gesellschaft verzichten.

»Wenn es Euch nichts ausmacht, würde ich lieber vorher beten.«

Die Äbtissin sah sie wie vor den Kopf geschlagen an, diese Worte schien sie nicht erwartet zu haben. Dann aber breitete sich ein freudiges Lächeln auf ihrem faltigen Gesicht aus.

»Aber natürlich, Herrin, kommt nur, ich bringe Euch in die Kirche. Wünscht Ihr geistlichen Beistand? Ich könnte nach jemandem rufen lassen oder Euch selbst begleiten.«

»Ihr seid zu freundlich. Aber heute möchte ich gerne alleine beten.«

Die Äbtissin nickte und führte sie schließlich über den gepflasterten Hof zur Kirche, während Offa und die anderen im Kreuzgang verschwanden. Drida bemerkte, dass Offa noch einen Blick über die Schulter zu ihr zurückwarf und sich seine Brauen zusammenzogen, als er sah, dass sie ihm nicht hinterherkam. Dann aber wandte er sich wieder ab und folgte dem Abt.

»Wie gefällt Euch unser Land?«, fragte die Äbtissin, die eine Handvoll Nonnen vor den Kirchenpforten davonscheuchte, wie um den Weg für Drida freizumachen.

Die Frauen sahen Drida an, als wäre sie eine Erscheinung, voller Ehrfurcht und Bewunderung. Vermutlich, weil Drida einen wertvollen, hermelingesäumten Umhang trug und ihr Haar von einem goldenen Schleier mit feinsten Stickereien verdeckt war, der mit einem edelsteinbesetzten Reif gehalten wurde. Kostbarkeiten, die Offa für sie hatte anfertigen lassen und die zu tragen er sie anhielt. Für Drida war solcher Tand nicht wichtig, aber sie musste zugeben, dass sie alles wunderschön fand.

Drida lächelte den jungen Nonnen zu, die aber schnell davonhuschten, als würden sie etwas Verbotenes tun, wenn sie Drida ansahen.

»Ich habe leider noch nicht viel davon gesehen«, antwortete sie der Äbtissin wahrheitsgemäß. »Wir befinden uns noch ganz am Beginn unserer Reise. Aber schon jetzt bin ich beeindruckt. Irgendetwas hier ist anders als im Frankenreich – das Licht, das Grün der Wiesen, die Hügel … Der Anblick erfüllt mich mit Ehrfurcht, und ich denke oft an meine Mutter, die von hier stammte.«

»Ja, richtig – ich hörte, Ihr habt auch eine angelsächsische Abstammung. Nun, ich hoffe, Ihr wisst, wie glücklich wir alle sind, dass Ihr den Weg zu unserem König gefunden habt.«

»Ich danke Euch.«

Sie fragte sich, ob sie selbst jemals glücklich darüber sein würde – sie hatte ihre Lage akzeptiert und sich damit abgefunden, aber Glück war etwas anderes.

Die Äbtissin öffnete das schwere Holzportal der verlassenen Kirche, die von nur wenigen Kerzen beleuchtet war – zu den Stundengebeten sah es hier bestimmt anders aus, aber Drida war froh über die dunkle Abgeschiedenheit.

»Solltet Ihr etwas brauchen, zögert bitte nicht, nach mir zu schicken.« Und mit diesen Worten ließ die Äbtissin Drida allein zurück.

Drida hatte das Gefühl, als ob ein enormes Gewicht von ihren Schultern glitt. Auf Reisen mit einem königlichen Gefolge hatte sie kaum je die Möglichkeit, alleine durchzuatmen, ihre Gedanken zu sortieren und einfach nur die Stille zu genießen.

Den Blick auf das große Holzkreuz über dem Altar gerichtet schritt sie den Mittelgang entlang und kniete schließlich nieder. Sie dachte an die Heilige Mildburh und wie sie ihrem für sie bestimmten Ehemann entflohen war. Diese längst verstorbene Frau hatte es geschafft, ihr Leben selbst zu lenken, sie war gereist und hatte schließlich großen Einfluss gewonnen. Hätte Drida ebenso der Ehe entgehen sollen? Hätte sie es darauf ankommen lassen sollen, in der Hoffnung, dass Offa sie weiterhin an seinem Hof duldete, bis Beornred sie holen kam? Aber wie hätte sie damals wissen sollen, dass Beornred nach Mercia kam? Sie hatte doch nur Karlmann und Gerperga helfen wollen.

Drida schüttelte den Kopf. Sie musste endlich aufhören, darüber nachzusinnen. Sie war jetzt in dieser Situation, und daraus gab es kein Entrinnen. Sie konnte nur um Stärke bitten, ihren Weg weiterzugehen. Vielleicht würde sie auch hier irgendwann ankommen. Wenn sie erst einmal ihren eigenen Haushalt ernannte, wenn sie ihre eigenen Leibwächter hatte, Hofbeamte, Mägde und Knechte, würde sie sich ein wenig unabhängiger von Offa fühlen. Aber noch war alles sein, und selbst wenn er sie ermutigte, ihr Gefolge zu bestimmen, so gab es niemanden, der ihr verbunden war, dem sie wirklich vertraute. Es waren alles *Offas* Männer und Frauen, selbst Vater Herefrith.

Drida betete aber nicht nur für sich selbst, sondern auch für ihre Familie im Frankenreich, selbst für Karl, damit er von seinem falschen Weg abkam und sich auf die Tugenden besann, die er noch nicht ganz vergessen haben konnte.

Sie verlor sich ganz und gar in der Stille, dem vertrauten Weihrauchgeruch, dem kalten Stein um sie herum, und wusste nicht, wie viel Zeit vergangen war, als sie unvermittelt Schritte auf sich zukommen hörte.

Sie bekreuzigte sich und blickte zurück. Ihr Herz machte einen kleinen Sprung. Es war Offa.

»Habt Ihr nach mir gesucht?«, fragte sie und sah sich nach Begleitern um, seinen Kriegern oder Geistlichen vielleicht, aber er war allein. »Die Äbtissin weiß Bescheid, dass ich hier bin«, beeilte sie sich zu sagen. Schließlich wusste sie, wie wenig er es mochte, wenn sie sich von ihm oder dem restlichen Gefolge trennte.

Die Angst vor seinem Zorn musste ihr anzuhören sein, denn etwas an seinem Ausdruck änderte sich. Seine Züge verloren ihre übliche Strenge.

»Nein. Um ehrlich zu sein, dachte ich, dass Ihr längst schlaft.« Er klang sanfter als üblich, fast ein wenig traurig, dann ließ er sich hinter ihr in der ersten Bankreihe nieder und blickte zum Kreuz empor.

Drida beobachtete ihn misstrauisch. Dabei fiel ihr Blick wie so oft auf das heidnische Symbol an seiner Brust. »Kamt Ihr etwa hierher, um zu beten?«

Sie musste ungläubig klingen, denn Offa sah sie überrascht, ja gar belustigt an. »Ist das so schwer vorstellbar? Ich besuche nicht zum ersten Mal eine Kirche.«

»Zum ersten Mal alleine«, gab sie zurück und erhob sich von den Knien. Nun stand sie ihm gegenüber. »Ihr besucht die Messen mit Eurem Gefolge, erfüllt Eure Pflicht, aber mir schien es, Euer Herz ist nicht dabei.«

»Damit kennt Ihr Euch ja aus«, gab er zurück, nun wieder so kühl, wie sie ihn kannte. »Mit Pflichterfüllung, meine ich.«

Drida starrte ihn an. Am liebsten hätte sie den Blick abgewandt, sich von ihm entfernt, aber sie wollte keine Schwäche zeigen. Wie schnell er sich nur immer wandeln konnte.

»Ja«, erwiderte sie nur und sah ihn unverwandt an.

Offa blickte zurück. Keiner von ihnen beiden sagte ein Wort, keiner wollte als Erster wegschauen, und so sahen sie in der immer schwerer werdenden Luft einander an. Das Blau in Offas Augen wirkte hier drinnen dunkler, die Kerzenflammen spiegelten sich darin, und Drida dachte bereits an die Nacht, die bestimmt längst hereingebrochen war. An ihr Ziel, ein Kind zu empfangen. Wo würden sie heute ihre Schlaflager erhalten? Wie lange noch, bis er sie aufforderte, sich zur Ruhe zu begeben, um der Pflichterfüllung nachzukommen? Es war nicht seine Schuld, dass sich ihr Magen allein bei dem Gedanken daran verkrampfte. Er tat nur das, was jeder Ehemann tat – sie beide taten, was getan werden musste, um das Königreich zu sichern. Trotzdem war sie mit diesen Gedanken nicht länger imstande, ihn anzusehen. Sie wandte den Blick ab, gab auf und gestand sich die Niederlage ein.

»Das Volk fürchtet mich«, sagte er zu ihrer Überraschung unvermittelt. Seine Stimme hallte in der leeren Kirche nach. »Ich kann gar nicht wirklich sagen, warum. Vielleicht schon wegen der Art, wie meine Herrschaft begann – Beornreds Unterstützer erhielten von mir keine Gnade. Etwas, was ich nicht bereue. In meinem Reich gibt es Gesetze, und jeder Bruch derselben wird bestraft. Ich glaube, nur durch Strenge und Härte kann das Land sicher sein – im Inneren wie nach außen.«

Drida wandte sich ihm wieder zu, wusste nicht, worauf er hinauswollte, und sah ihn fragend an, aber er fuhr bereits fort: »Es stört mich nicht, wenn mein Volk mich fürchtet. Aber ich hasse es, dass *Ihr* Angst vor mir habt.«

Seine Worte klangen durch die Kirche, und Drida spürte ihr Herz schneller schlagen. Sein Blick ruhte auf ihr, und sie wusste nicht, was sie sagen sollte. Ihre Beine fühlten sich plötzlich schwach an. So schritt sie zu der Bank auf der anderen Seite des Mittelgangs und ließ sich ihm gegenüber darauf nieder.

»Seid Ihr ein Heide?«, fragte sie das Erste, was ihr einfiel, da sie nicht wieder in das drückende Schweigen zurückfallen wollte. »Oder ein Christ?«

Offa senkte den Blick, und wie so oft schloss er die Hand um den heidnischen Anhänger, der an einer Kette um seinen Hals hing. »Kann man denn nur das eine oder das andere sein?«

»Ich denke schon. Zumindest ist es das, was die Kirche sagt.«

Er schnaubte verächtlich. »Dann muss ich Euch enttäuschen. Eine klare Antwort kann ich Euch nicht geben.«

Drida nickte und dachte über seine Worte nach. Alles hier war so anders als in ihrer Heimat, wo ihr nicht einmal der kleinste Hauch von Heidentum begegnet war. Sie hatte immer nur davon gehört, aber ihr waren diese anderen Götter weit weg und unwirklich erschienen.

»Was ist mit den Priestern und Bischöfen?«, fragte sie, mit

Blick auf seinen Siegelring. »Wie konnte der Erzbischof Euch zum König krönen, wenn Ihr so offen alte Götter anbetet?«

»Ich bete genauso zum Christengott.«

»Das war ihnen genug?«

»Ist es das für Euch?«

Er sah sie an, prüfend und abwartend, und Drida zwang sich, ihm standzuhalten, jetzt, da etwas Entfernung zwischen ihnen lag. Immer noch erfüllte er sie mit Unruhe, mit einer nervenaufreibenden Anspannung. Gleichzeitig wurde ihr bewusst, dass dies seit ihrer Vermählung das erste wirkliche Gespräch war, das sie führten. Und sie war froh darüber.

»Dort, wo ich herkomme, ist es ein Verbrechen, andere Götter anzubeten.«

»Ihr seid jetzt nicht mehr dort.«

»Nein, das bin ich nicht.« Sie blickte zum Altar, zu den flackernden Lichtern der Kerzen, und dachte an Zuhause. »Ich glaube nicht, dass es ein Verbrechen ist, auch an andere Götter zu glauben, auch wenn ich mir nicht vorstellen kann, dass es einen anderen gibt als den Einen. Nur würde ich gerne wissen …« Sie wandte sich ihm wieder zu, ein wenig ermutigt, da er so offen mit ihr sprach. »Wieso haltet Ihr an diesem Symbol fest?« Sie zeigte auf den Anhänger. »Ihr seid doch getauft worden, seid als Christ aufgewachsen und erzogen worden, oder etwa nicht?«

Offa lächelte. Ein seltener Anblick, der sie aber nur wenig beruhigte, denn sie wusste mittlerweile, wie schnell seine Stimmung umschlagen konnte. Dann erhob er sich plötzlich und schritt auf den Altar zu. »Kennt Ihr die Geschichte des Königs Uffo von Angeln?«

Drida schüttelte verwirrt den Kopf. Wieso sprach er jetzt davon? »Nein.«

»Nun, Uffo lebte zwölf Generationen vor uns, er ist mein Vorfahre und lebte noch auf dem Festland, in Angeln, das liegt am Fluss Eider.« Er blieb neben dem Altar stehen und wandte sich ihr wieder zu, fast wie ein Priester, der bereit war, eine Predigt zu halten. »Uffo war der Sohn von König Wærmund, von riesenhafter Gestalt, aber stumm und von einfältigem Geist. Ein Leiden, das die Götter ihm auferlegt hatten als Strafe für die Taten zweier Männer seines Volkes. Die beiden Männer, müsst Ihr wissen, rächten sich am Mörder ihres Vaters, indem sie ihm auflauerten, und ihn, zwei gegen einen, angriffen und töteten. Eine Feigheit, die große Schande über das ganze Volk brachte.«

»Das waren grausame Götter«, bemerkte Drida.

»Die beiden feigen Männer waren König Wærmunds Ziehsöhne, und Uffo heiratete deren Schwester. So bestand zu der Schande eine noch engere Beziehung. Als König Wærmund schließlich mit dem Alter erblindete, kam der König der südlich gelegenen Sachsen zu ihm, um diese Schwäche zu nutzen und das Land für sich zu beanspruchen. Wærmund sei nicht mehr in der Lage zu herrschen, sagte er, und so schlug er vor, seinen Sohn gegen den stummen, einfältigen Uffo kämpfen zu lassen. Der Gewinner sollte beide Königreiche erhalten. Wærmund war natürlich außer sich, er wusste von der Nutzlosigkeit seines Sohns. Und so bot er an, trotz seiner Blindheit selbst zu kämpfen. Doch die Sachsen sahen dies als Beleidigung an. Da ergriff Uffo plötzlich das Wort.«

Etwas an Offas Stimme änderte sich, er verwandelte sich in einen Geschichtenerzähler, seine Augen funkelten im Kerzenschein, und seine Hände gestikulierten, als erzählten auch sie die alte Sage. In diesem Moment vergaß Drida ganz, wer er war, und hing an jedem seiner Worte.

»Niemand konnte glauben, dass Uffo tatsächlich gesprochen hatte, am wenigsten sein blinder Vater. Seine Noblen mussten ihm schwören, dass die Worte wirklich aus Uffos Mund kamen. Es mussten die alten Götter gewesen sein, die ihn heilten, um die Schande der beiden feigen Männer in der Vergangenheit zu tilgen. Er trat vor zum Sachsenkönig und erklärte, dass er gerne gegen seinen Sohn kämpfen würde, aber nicht nur gegen ihn, sondern auch noch gegen einen weiteren sächsischen Krieger, den besten, den sie hatten. Zwei gegen einen.«

Drida staunte und hörte fasziniert zu. Dabei konnte sie kaum glauben, dass sie mit Offa in einer Abteikirche saß und sie sich unterhielten, als wären sie Freunde. Dass sie über eine alte Geschichte Zugang zueinander fanden.

»Ich weiß von den Sachsen«, sagte sie, den schmerzhaften Stich beim Gedanken an die Heimat ignorierend, dafür war jetzt kein Platz. »König Pippin hatte vor, einen Feldzug gegen sie zu führen. Aber alles, was nördlich von dort liegt, ist mir fremd.«

»Genauso wie mir.« Er wirkte plötzlich jünger, anders, unbeschwerter, ja fast schon schalkhaft. »Ich weiß nur die Dinge aus den alten Geschichten, die meine Vorfahren mit auf diese Insel brachten, als sie die Heimat verließen, um hier neues Glück zu finden.«

»Wie ging es mit Uffo weiter?«

Offa lächelte, und diesmal lag nichts unterschwellig Düsteres darin.

»Die Sachsen akzeptierten das Angebot, und Uffo bereitete sich auf den Kampf vor. Aber seine Brust war so breit, dass sie die Eisenglieder sprengte und dass ihm kein Ringpanzer passen wollte. So mussten sie die größte Rüstung – jene seines Vaters – an der Seite spalten, damit er hineinpasste, und sie mit einer Spange zusammenhalten. Auch zersplitterte jedes Schwert, wenn Uffo es nur schwang. Also verwies König Wærmund seine Männer auf *Skrep,* sein altes Schwert, das er vergraben hatte aus Verzweiflung, da sein Sohn nie würdig sein würde, es zu führen. Die Männer fanden das Schwert, aber es war vom Alter schwach und zerbrechlich, und Uffo wagte nicht, es zu schwingen. Denn Wærmund sagte ihm, dass es kein anderes Schwert mehr gäbe, das stark genug für ihn wäre, wenn *Skrep* zerbrach.«

Offa kam auf sie zu und ließ sich schließlich neben ihr auf der Bank nieder. Licht und Schatten tanzten über sein scharf gezeichnetes Gesicht, der goldene Bart wirkte rötlich.

»Die Kontrahenten kamen auf einer Insel im Fluss Eider zusammen, Uffo gegen den Königssohn der Sachsen und deren besten Krieger. König Wærmund stand direkt am Ufer, bereit, sich ins Wasser zu stürzen, wenn sein Sohn fiele. Und tatsächlich sah auch alles danach aus, als würde Uffo verlieren. Denn er wich den Schlägen gegen ihn stets nur aus, ohne selbst sein Schwert zu schwingen. Er wusste, *Skrep* würde nur wenige Hiebe aushalten, und er musste den richtigen Moment abwarten.«

Drida spürte eine Gänsehaut und strich sich über die Arme.

»Ist Euch kalt?«, fragte Offa und sah sie besorgt an. Er hob die Hände zur Verschnallung seines Umhangs.

Aber Drida ergriff schnell seinen Arm und hielt ihn auf. »Nein!«, rief sie, viel zu aufgeregt. »Mir ist nicht kalt. Was passierte dann?«

Offa sah sie belustigt an, dann blickte er auf seinen Arm hinab, und Drida ließ ihn sofort los. Er räusperte sich und fuhr fort.

»Uffo beobachtete seine beiden Gegner und stellte fest, dass der sächsische Krieger gefährlicher war als der Prinz, und so beschloss er, diesen als Erstes auszuschalten, solange sein Schwert noch Kraft hatte. Er lockte den Krieger näher an sich heran, indem er so tat, als wäre er hilflos, dann holte er aus und schlug zu. König Wærmund hörte sein Schwert singen. Er fragte seine Noblen, in welchen Körperteil seine Klinge eingedrungen wäre, ob es ein tödlicher Stoß war. Da sagten ihm die

Noblen, die Klinge sei in keinen Körperteil gestoßen. Uffo hatte den Krieger mit nur einem Hieb entzweigeschlagen.«

Drida fuhr zurück und schlug sich mit einem Keuchen die Hände vor den Mund.

»Verzeiht.« Offa rutschte zerknirscht ein Stück von ihr weg. »Ich habe nicht nachgedacht, das ist wirklich keine Geschichte für …«

»Was war mit dem anderen?«, brach es atemlos aus Drida heraus. »Mit dem Prinzen?«

Offa sah sie einen Moment lang verwirrt an, dann lachte er kurz auf. »Ihn ereilte dasselbe Schicksal. Die Angeln waren gerettet, und die Schande getilgt, indem Uffo einen Sieg bei zwei gegen einen erlangt hatte.«

»Wurdet Ihr denn nach diesem Vorfahren benannt?«

Offa nickte ernst. Dann sah er sie kurz schweigend an, als dachte er nach. Schließlich sagte er: »Meine Eltern nannten mich nach meiner Geburt Winfrith. Das war mein Name für die ersten Jahre meines Lebens. Ihr müsst wissen …« Noch einmal hielt er inne, überlegte sichtlich, schließlich atmete er tief ein. »Ich wurde blind und taub geboren und konnte meine Glieder nicht bewegen.«

»Was?« Drida traute ihren Ohren nicht. Sie sah diesen kraftstrotzenden Krieger vor sich und konnte sich nicht vorstellen, dass er je etwas anderes gewesen war.

»Es ist wahr. Mein Vater betete zum christlichen Gott und all den Heiligen und versprach für meine Heilung die Errichtung eines Klosters – was er nie einlöste. Meine Mutter aber betete zum Gott Wōden, von dem meine Familie abstammt. Sie opferte ein Pferd, und bald darauf war ich gesund.«

Drida konnte ihn nur anstarren, ein Schaudern fuhr ihr über den Körper. Sie dachte an das blutige Tieropfer, gleichzeitig aber auch daran, was Offa schon durchgestanden hatte.

»Und nach dieser Heilung nannte man Euch Offa?«

»Meine Eltern ließen mich noch einmal neu taufen. Sie sagten, nun sei ich die Hoffnung der Angeln, so wie Uffo es einst gewesen war.«

»Ein großes Vermächtnis.« Es war bestimmt nicht leicht, mit so hohen Erwartungen zu leben.

»Es war Wōden, der mich heilte und mein Schicksal lenkte.« Offa schloss seine langgliedrige Hand erneut um den heidnischen Anhänger.

Drida verstand nun besser, warum er ihn trug. Sie wusste nicht, wie sich diese Geschichte mit ihrem Glauben an den einen Gott vereinbaren ließ, aber im Moment war ihr das auch nicht wichtig. Sie konnte Offa jetzt besser verstehen. Zum ersten Mal hatte sie das Gefühl, ihren Gemahl kennenzulernen, und sie war froh und erleichtert darüber.

Aber nun breitete sich wieder Schweigen zwischen ihnen aus. Es gab nichts mehr zu sagen, die Geschichte war zu Ende, und sie saßen einander gegenüber und wussten nicht, wie es weitergehen sollte. Drida graute davor, zurück in die angespannte Stille zu gleiten, in die Distanziertheit. Sie wollte nicht, dass es endete. Es war spät, sie spürte die Müdigkeit und Erschöpfung des langen Tages und des weiten Ritts. Aber den Trost und den Schutz der Kirche wollte sie trotzdem nicht verlassen.

Offa musterte sie. Sein Blick drang tief, er schien in ihr lesen zu wollen, vielleicht um zu ahnen, was sie nun über ihn dachte. Doch dieses Mal fiel es ihr nicht mehr so schwer, ihm standzuhalten. Im Gegenteil. Auch sie wagte es, einen genaueren Blick zu riskieren, zu versuchen, hinter die Mauern zu sehen.

Das Tor öffnete sich lautstark, Stimmen erklangen, und Drida zuckte genauso wie der König zusammen, als wären sie beide bei etwas Verbotenem erwischt worden.

Drida sah den Mittelgang zurück, durch den Mönche und

Nonnen zum Stundengebet näher kamen, und sie wusste, ihre Zurückgezogenheit musste nun endgültig ein Ende finden.

Offa erhob sich und blickte auf sie hinab. »Gute Nacht, Drida. Die Äbtissin hat Euch bereits ein Lager im Refektorium der Nonnen eingerichtet. Wir sehen uns morgen früh bei der Messe.«

Und mit diesen Worten wandte er sich ab und schritt davon.

Drida blickte ihm erstaunt nach. Eine unglaubliche Erleichterung überspülte ihren Körper. War sie diese Nacht tatsächlich frei? Sie konnte es kaum glauben! Aber sie war froh und dankbar – und ein wenig, das musste sie sich eingestehen, sah sie Offa nach seinen Offenbarungen mit anderen Augen.

Heute hatte sie zum ersten Mal das Gefühl gehabt, einen Funken des wahren Offa zu sehen, nicht des Königs von Mercia. Und was sie erfahren hatte, gefiel ihr wesentlich besser als die grobe Fassade.

KAPITEL 30

Oswaldestroe (Oswestry), Königreich Mercia, März 770

Die Kirche vor Oswaldestroe stand immer noch so da wie vor dreiundzwanzig Jahren. Offa war seit jenem schicksalhaften Tag schon öfter hier vorbeigekommen, und wie jedes Mal schwang er sich auch jetzt davor aus dem Sattel und trat in das steinerne Gotteshaus.

Eadric und Leofric folgten ihm. Sie waren genauso still wie er und ließen ihren Blick durch das verlassene, mit altem Stroh ausgelegte Gebäude schweifen. Eadric dachte wohl genauso wie Offa an die Zeit, in der sie hier gefangen gewesen waren, und Leofric hatte vielleicht die Verluste vor Augen, den Verrat. Offa wusste nicht, warum, aber diese Tage hingen ihm immer noch nach. Vielleicht, weil er damals zum ersten Mal die Angst davor gespürt hatte, Männer, für die er verantwortlich war, in den Tod zu schicken, falsche Entscheidungen zu treffen, die schreckliche Konsequenzen mit sich brachten.

Er dachte an den jungen Osbald von Averdun, an Cerdic, der zuvor seine Familie verloren hatte, an Brochfael und an seine Schwester.

Frische Kerzen standen auf dem Altar bereit, zwei davon brannten. Die Kunde von Offas Ankunft musste bereits angekommen sein.

Offa nahm eine der Kerzen in die Hand, um eine weitere zu entzünden. Eadric und Leofric taten es ihm gleich, leise Worte an ihre Verstorbenen murmelnd. Offa hatte den Befehl erlassen, dass in dieser Kirche stets eine Kerze brennen musste, denn er wollte bei seinen Besuchen der Menschen aus der Vergangenheit gedenken. Er wollte nichts vergessen, denn dieser Ort erinnerte ihn auch daran, woher er kam, wer er gewesen war, welche Reise bereits hinter ihm lag.

Ob er Drida von der Bedeutung dieses Ortes erzählen sollte? Etwas in ihm wünschte sich, ihr zu sagen, wie es damals gewesen war und was Beornred angerichtet hatte. Er wünschte, sie würde verstehen, warum er diesen Mann so hasste. Vielleicht ließe sich dann auch die Kluft zwischen ihnen überbrücken. Im Kloster Wininicas war da dieser Moment gewesen – sie hatten miteinander gesprochen, als gäbe es Vertrauen zwischen ihnen. Und sie hatte ihn einmal nicht so angesehen, als sei er der Teufel höchstpersönlich, der aus der Hölle emporgestiegen war, um sie zu vernichten. Auch am Morgen danach, bei der Messe und dem anschließenden Essen, war etwas anders gewesen. Sie sah ihn nicht mehr so angstvoll an, und einmal hatte sie sogar gelächelt. Auf dem Weg nach Oswaldestroe hatte sie schließlich gefragt, ob er noch mehr Geschichten über seine Vorfahren kannte, und Offa war ihrem Wunsch gerne nachgekommen. Den gesamten Ritt über hatten sie miteinander gesprochen, und ihm war auch Vater Herefriths mühsam unterdrücktes Lächeln nicht entgangen.

Jetzt hätte er Drida in der Kirche gerne dabeigehabt. Aber dafür war immer noch Zeit, wenn sie die Bedeutung des Ortes verstand, wenn sie bereit war, die Wahrheit über Beornred zu hören.

»Du siehst aus, als hätte dich dein Verstand verlassen«, erklang unvermittelt Leofrics Stimme an seiner Seite.

Offa zuckte aus seinen Gedanken zurück und blickte zu

seinen Kriegern auf, die ihn beide ansahen, als wäre er ein Fremder.

»Wieso stehst du in dieser unheilvollen Kirche und *lächelst*? Du!?«

»Die Kirche ist nicht unheilvoll«, erwiderte Offa und bemühte sich schnell wieder um einen strengeren Ausdruck. »Sie hat uns alle davor bewahrt, von den Walisern in Einzelteile zerstückelt zu werden.«

»Und trotzdem ist es ein wenig unpassend, hier drinnen so dümmlich dreinzuschauen«, erwiderte Leofric gespielt ernst, während Eadric in sich hineingrinste.

Offa stieß ihn vor die Brust. »Was unpassend ist und was nicht, entscheide immer noch ich.«

»Ja, Herr König.«

Leofric verneigte sich spöttisch, und Offa konnte nicht länger an sich halten und brach in Lachen aus.

Ein seltener Moment, in dem die Heiterkeit ihn übermannte. Allein mit seinen beiden Getreuen konnte er wirklich er selbst sein. In diesen Augenblicken kam es ihm tatsächlich so vor, als wäre er noch ein Junge und spielte lediglich König. Als wäre er nur verkleidet und machte allen anderen etwas vor. Wenn es doch nur wirklich so wäre. Wie gerne er manchmal die Krone in die Ecke schleudern und davonreiten würde, ohne auch nur einmal zurückzublicken.

Schnell wurde er wieder ernst. Sein Lachen währte nie lange. Die beiden Krieger spürten es, auch sie fanden sofort wieder zurück.

»Lassen wir die anderen nicht warten«, sagte Offa und wandte sich vom Altar ab.

»Meinst du deine Frau?«, neckte Leofric ihn.

Offa spürte eine nicht mehr überraschende Wärme beim Gedanken an Drida. Er wusste, es war nicht wichtig, Gefühle für sie zu empfinden, denn ihre Verbindung war rein politisch. Aber er konnte nicht abstreiten, dass Drida etwas in ihm anrührte.

»Mein König?« Eine Frauenstimme erklang.

Offa zuckte zusammen, seine Hand fuhr sofort zum Schwert. Er hatte sich mit den beiden Kriegern allein geglaubt, und dass er es nicht war, ließ ihn sofort an einen Hinterhalt denken.

Er blickte über die Schulter zurück und sah eine Gestalt im Schatten hinter dem Altar, eine Frau in einfachem Gewand. Ihr Gesicht konnte er nicht erkennen.

»Was willst du hier?«, rief Eadric und ging auf die Frau zu, die sich dort hinten versteckt haben musste. »Hat man dir nicht gesagt, dass die Kirche für den Besuch des Königs verlassen sein muss?«

»Das hat man«, erwiderte die Frau und schob ihr langes goldenes Haar zurück hinter die Schulter, wo es unter den losen dunklen Schleier von einfachem Tuch fiel. »Es hieß, der König sei nah, und er würde wie jedes Mal die Kirche besuchen. Deshalb kam ich hierher. Ich wartete in der Stadt, viele Tage lang, und dann musste ich die Gelegenheit nutzen. Ich dachte, du kämst allein her, Offa. Ich wollte mich dir sofort zeigen, aber dann waren die beiden Krieger bei dir, und ich wagte es nicht mehr und versteckte mich. Aber jetzt … jetzt wolltest du wieder gehen, und ich wusste nicht, ob ich noch einmal die Gelegenheit bekommen würde, mit dir zu sprechen, dich zu sehen. Ich konnte dich nicht einfach gehen lassen …«

»Was faselst du da?« Eadric streckte die Hand aus, als wollte er sie packen und hinter dem Altar hervorziehen, aber Offa hielt ihn auf.

»Warte«, sagte er und wollte auf die Frau zugehen, sie genauer betrachten. Im dürftigen Licht der wenigen Kerzen konnte er sie kaum erkennen, aber er war wie gelähmt. »Wer bist du?«

»Erkennst du mich wirklich nicht wieder? Haben die Jahre der Trennung ausgereicht, um mich zu vergessen? Wiegen sie so viel schwerer als unsere gemeinsamen Jahre als Kinder?«

Offa spürte eine Gänsehaut aufziehen, sein Herz begann schneller zu schlagen.

»Eadburh?«

Der Name klang rau aus seinem Mund, er wagte es kaum, ihn auszusprechen. Angst, getäuscht zu werden, machte sich in ihm breit.

Aber dann trat sie vor, das Licht der Kerzen fiel auf ihr Gesicht, und Offa verlor beinahe das Gleichgewicht. Er spürte sich taumeln, streckte die Hand aus und presste sie gegen den Stützpfeiler, der das Dach trug. An seiner Seite hörte er leises Fluchen und ungläubiges Luftschnappen, aber er konnte sich nicht darauf konzentrieren.

»Ich wollte dich sehen, großer Bruder«, flüsterte sie.

Offa stieß einen kläglichen, fast kindlichen Laut aus, der nicht zu ihm passte. Er machte einen schwachen Schritt vor, aber in diesem Moment umrundete Eadburh bereits den Altar und rannte die kurze Entfernung auf ihn zu. Sie sprang ihm entgegen, fiel ihm gegen die Brust, und Offa wurde von der Wucht beinahe umgeworfen. Aber er hielt sie, er schlang seine Arme um sie und hielt sie fest – während er sich noch fragte, ob er träumte, ob er irgendeinem Zauber erlag, oder ob dies tatsächlich Wirklichkeit war.

Eadburh zitterte und bebte, er hörte sie schniefen und schluchzen. Er schob sie von sich, um sie anzusehen.

Mit tränennassem Gesicht stand sie vor ihm, blickte aus vertrauten blauen Augen zu ihm hoch, und auch er sah seine Sicht verschwimmen. Nach so vielen Jahren hätte sie eigentlich eine Fremde für ihn sein müssen, aber ihr Anblick brachte Erinnerungen zurück, die er für vergessen gehalten hatte. Alles an ihr schien ihm anders, und doch war sie genauso, wie er sie in Erinnerung hatte.

»Wie ist das möglich?«, stieß er aus und ignorierte die verwirrten Blicke seiner Krieger, die er aus dem Augenwinkel wahrnahm. Jetzt konnte er nur Eadburh ansehen, aus Angst, sie könnte verschwinden, wenn er sich abwandte.

»Drida hat mir geschrieben«, erklärte Eadburh mit schwacher, zitternder Stimme, immer noch überwältigt. »Sie erzählte mir von deiner geplanten Reise durchs Land und sagte mir, wann ihr wahrscheinlich nach Oswaldestroe kommen würdet. Sie wusste, wie sehr du dir gewünscht hast, mich zu sehen, und wie sehr ich mir dasselbe ersehnte. Aber es war nie möglich. Unsere beiden Länder ... Es war immer zu gefährlich. Deshalb kam ich allein hierher, noch nicht einmal Brochfael weiß davon. Ich verkleidete mich als Pilgerin und wartete auf dich.«

Drida kam ihm in den Sinn, die er auf der Straße nach Oswaldestroe ebenfalls für eine Pilgerin gehalten hatte. Auf demselben Weg sollte die Fürstin von Powys ganz allein in mercisches Gebiet gereist sein? Allein beim Gedanken an all die Gefahren wurde ihm schon schlecht. Und Drida hatte dieses Treffen eingefädelt? Warum? Sie musste es bereits vor längerer Zeit geplant haben, aber aus welchem Grund? Die beiden Frauen hatten sich doch kaum gekannt, und Drida war in Averdun gewesen, bei seiner Mutter, und hatte auf ihre Vermählung gewartet. Wie war es ihr gelungen, Nachrichten nach Powys zu schicken?

»Eadburh?«

Es war Leofric, der sich nun vorsichtig näherte und kaum mehr als ein Flüstern wagte. Und das sollte etwas heißen, denn Leofric war genauso wie Eadric niemand, der sich besonders zurückhielt. Jetzt aber pirschte er sich an, als hätte er Angst, ins Feuer zu greifen.

»Es ist schön, euch wiederzusehen«, erwiderte Eadburh. Für die beiden Krieger musste sie wohl noch lebendiger in deren Erinnerung leben als für Offa. Denn er selbst war ja fortgegangen, während Eadburh noch zwei weitere Jahre im selben Dorf wie Leofric und Eadric gelebt hatte – bis zu jenem schicksalhaften Tag, an dem sie ihren Verlobten hätte treffen sollen. Natürlich wussten die beiden ebenso wie Offa, dass Eadburh überlebt hatte und als Fürstin in Powys lebte. Trotzdem sahen sie jetzt aus, als hätten sie einen Geist vor sich.

»Bist du es wirklich?«, wollte Eadric wissen, was Eadburh ein Lächeln entlockte.

Sie wischte sich die Tränen von den Wangen und nickte. »Ihr beide seid alt geworden.«

»Herrje, sie ist es wirklich! Schon damals warst du eine rotzfreche Göre!« Leofric streckte ihr die Arme entgegen, als wollte auch er sie an seine Brust ziehen, besann sich aber schnell wieder und blickte ein wenig verschämt zu Boden.

Eadburh aber ließ sich nicht aufhalten. Sie ging auf die beiden Krieger zu, breitete die Arme aus und umfasste beide gleichzeitig.

Es war ein bizarrer Anblick, wie die beiden gestandenen Krieger unbeholfen und wie festgefroren dastanden und Eadric die Hand hob, um Eadburhs Schulter zu tätscheln.

»Niemand darf wissen, dass du hier bist«, sagte Offa.

Die Gedanken in seinem Kopf wirbelten durcheinander. Da waren einerseits Freude und Ungläubigkeit, gleichzeitig dachte er aber bereits wieder an die Konsequenzen. Eadburh hatte noch nicht einmal ihrem Gemahl Bescheid gesagt, sie war einfach verschwunden. Brochfael musste vom Schlimmsten ausgehen, ganz Powys befand sich bestimmt in Aufruhr. Und wenn die Noblen herausfanden, dass Eadburh zu ihrem schlimmsten Feind gegangen war, unterstellten sie ihr gar, für Mercia zu arbeiten, zu spionieren. Ihr Stand in Powys würde noch schwieriger werden. Von Drida wusste Offa, unter wie viel Druck Brochfael seitens seiner Noblen stand. Und wenn der Fürst fiel, würde es auch Eadburh schlecht ergehen.

Gleichzeitig wusste Offa auch nicht, wie die Ankunft der Fürstin von Powys bei seinen eigenen Leuten aufgenommen werden würde. Selbst wenn er erklärte, dass sie seine Schwester war. Eine Kluft herrschte zwischen ihren Ländern, und Offa hielt es für das Beste, das angespannte Verhältnis nicht noch zu verschlimmern.

Eadburh drehte sich zu ihm um, sie sah ihn lange und prüfend an, dann nickte sie zustimmend.

»Wir werden schweigen«, versicherte Leofric ihm, aber diese Worte musste Offa nicht hören. Er wusste, dass er sich auf die beiden verlassen konnte.

»Was willst du jetzt tun?«, fragte Eadric. Sorge lag in seiner Stimme.

Offa überlegte, seine Schwester als Pilgerin auszugeben und mitzunehmen, aber wie groß war die Gefahr, dass jemand sie so nahe am Fürstensitz von Powys erkannte? Die letzten Tage war es ihr gelungen, unsichtbar zu bleiben, aber im Gefolge des Königs würde sie eher auffallen. Die Menschen würden sich fragen, warum der König so viel Zeit mit einer gewöhnlichen Pilgerin verbrachte. Wenn sie nicht erkannten, dass sie seine Schwester war, dann würden sie ihm zumindest unterstellen, sich so bald nach der Hochzeit eine Geliebte genommen zu haben. Zurückschicken wollte er seine Schwester aber auch auf keinen Fall. Es gab so vieles, was er wissen wollte. Er musste mit ihr sprechen, all die Jahre aufholen – er konnte doch nicht einfach aus der Kirche gehen und so tun, als wäre sie nicht den weiten Weg hierhergekommen, nur um ihn zu treffen, ungeachtet der Gefahren und Konsequenzen.

»Sagt den anderen, sie sollen schon in die Stadt ziehen. Sagt ihnen, ich bleibe hier, um zu beten. Bis dahin darf niemand außer euch beiden die Kirche betreten.«

»Für wie lange?«

»So lange, wie ich sage.«

Die beiden Krieger verneigten sich, auch vor Eadburh, und verließen schließlich die Kirche.

»Mein großer Bruder, der König«, sagte Eadburh schließlich, kaum dass die Tür zugefallen war. Etwas Trauriges und zugleich auch Bewunderndes klang aus ihrer Stimme. »Es war diese Kirche, nicht wahr? Hier warst du mit Brochfael eingesperrt.« Sie schlenderte zwischen den wenigen Bänken hindurch und ließ ihre Hand über die Stützpfeiler gleiten.

»Hier ließ er mich in dem Glauben, du wärst tot.«

Sie warf ihm einen ungeduldigen Blick zu, so wie früher als Kind, wenn sie ihn als stur bezeichnet hatte. »Er tat nur das, worum ich ihn bat.«

»Weil du dachtest, ich würde nicht erlauben, dass du bei ihm bleibst. Beim Fürstensohn von Powys, dem ärgsten Feind unseres Volkes, den du offenen Auges geheiratet hast.«

»*Hättest* du es denn erlaubt?« Sie wandte sich ihm ganz zu.

Offa antwortete ehrlich. »Vermutlich nicht. Aber andererseits warst du immer schon sehr überzeugend.«

»Brochfael ist das Beste, was mir der Herr je gegeben hat. Du hast ihn kennengelernt, du weißt, dass er gut ist.« Sie ging zur Steinwand und blickte aus dem kleinen, schmalen Fensterschlitz, so wie Offa und seine Männer es getan hatten, als sie hier in der Falle gesessen hatten. »Du hättest mich zurückgeholt, großer Bruder, und an irgendeinen Noblen verkauft, um ein Bündnis zu schließen.«

Diese Worte trafen ihn härter, als er sich eingestand. »Glaubst du das wirklich?«

»Etwa nicht?« Eadburh drehte sich zu ihm um und blickte ihm direkt in die Augen, so unbarmherzig wie eh und je.

Sie hatte sich nie mit der Wahrheit zurückgehalten. Ihre Erscheinung war stets die eines sanften Engels gewesen, aber er kannte die Härte, die ihre Worte in sich tragen konnten.

Offa überlegte, ob sie recht haben könnte. Sie war seine über alles geliebte Schwester, er hatte sich nie etwas anderes als Glück für sie gewünscht. Aber wenn sie geblieben wäre und er die Entscheidung darüber hätte fällen müssen, wen sie heiratete, dann hätte er sie wohl auch getroffen. Nie hätte er sie an jemanden gegeben, der nicht gut zu ihr war, aber wenn sie sagte, dass sie für ein Bündnis hätte dienen müssen, hatte sie recht. Das war doch ihrer aller Aufgabe. Offa hatte es sich auch nicht ausgesucht, König zu werden, auch er tat Dinge, die ihm widerstrebten, auch seine Vermählung war ein politisches Bündnis gewesen. Sie alle mussten ihre Rolle spielen und ihren Beitrag leisten, um das Land zu stärken und zu sichern.

»Ich weiß nicht, wer du heute bist, Offa. Aber damals war es dein einziger Wunsch, ein großer Krieger zu werden und unser Land vor den Walisern zu schützen, koste es, was es wolle. Aber du bist mehr geworden. Du folgtest unserem Vater als Aldermann und bist schließlich sogar zum König Mercias aufgestiegen. Und alles, was ich über dich hörte, war, dass du mit Strenge und Härte regierst. Ich weiß, mit welcher Grausamkeit dein Gegenschlag gegen uns ausfiel, als die Noblen sich gegen Brochfael wandten und in dein Land einfielen. Ich weiß auch noch, wie unbeherrscht und jähzornig du sein kannst. Brochfael sprach nur gut über dich, aber um ehrlich zu sein, wagte ich es nicht, das Risiko einzugehen. Ich wusste … ich weiß nicht, wer du bist und wie du handeln wirst.«

Offa wusste nicht, was er sagen sollte. Ein Teil in ihm konnte sie verstehen, ein anderer war immer noch zornig über die vielen Jahre der Lügen. »Und dann hast du Drida geschickt, um mir die Wahrheit zu erzählen.«

»Es war Zeit. Ich nehme an, Drida hat dir alles berichtet und dir meine Beweggründe erklärt.« Sie sah ihn eindringlich an und kam wieder näher. »Aber genug über mich. Ich schickte Drida zu dir, damit du sie nach Hause bringst. Stattdessen hast du sie zu deiner Frau genommen.«

»Wieso höre ich einen Vorwurf aus deiner Stimme? Meinst du denn auch, es ist ein derart schweres Los, mich zum Mann zu haben?«

Eadburh lächelte milde, ein Ausdruck, den er noch nicht an ihr kannte. »Ich weiß, wie sehr es sie drängte, ins Frankenreich zurückzukehren. Und ich zweifle daran, dass es die plötzliche große Liebe war, die sie dazu bewegte hierzubleiben.«

Nun war es Offa, der sich abwandte. Er konnte seine Schwester nicht länger ansehen. Er wollte sie fragen, ob es denn allen unmöglich erschien, jemanden wie ihn zu lieben, aber er schwieg, denn in Wahrheit musste er diese Frage Drida stellen. Aber auch in ihrer Gegenwart würde er sie nie über seine Lippen kommen lassen. Er wurde von seinem Volk gefürchtet, von seinen Kriegern respektiert, von manchen Noblen und Königen gehasst, von der einen oder anderen Frau begehrt – aber er kannte niemanden, der ihn liebte.

»Mutter würde dich so gerne sehen«, sagte er beim Gedanken an Marcellina, die wohl die Einzige war, die wirkliche Zuneigung für ihn empfand, auch wenn er sich manchmal fragte, ob ihr Herz während der schweren Jahre an Thingfriths Seite nicht erkaltet war. »Zu wissen, dass du lebst und es bevorzugt hattest, fern von uns zu leben, hat sie sehr schwer getroffen.«

»Sie weiß, warum ich es bevorzugte, fern von euch zu leben.«

Offa nickte, er hatte schließlich von der unerwünschten geplanten Vermählung gehört. Und Eadburhs Tonfall entnahm er, dass die beiden, Mutter und Tochter, vor Eadburhs Fortgang nicht besonders gut zueinander gestanden waren.

»Warum hat Drida dir geschrieben?«, fragte er die Frage, die ihn beschäftigte, seit Eadburh hinter dem Altar hervorgekommen war.

»Das weiß ich nicht. Sie hat mir keinen Grund genannt, nur dass du hier sein würdest. Vielleicht wollte sie dir einen Wunsch erfüllen.«

Offa schnaubte bei diesem Gedanken. »Wieso sollte sie so etwas tun?«

Eadburh neigte den Kopf ein wenig und musterte ihn. »Hat sie denn keinen Grund dazu? Bist du ihr kein guter Ehemann?«

Das war eine Frage, die er nicht beantworten konnte. Er fand, er tat sein Bestes, auch wenn es ihm nicht leichtfiel. In ihrer Gegenwart wusste er nie, wie er sich verhalten sollte, er fühlte sich tollpatschig und unerfahren, dabei war er weder das eine noch das andere. Aber er glaubte – nein: er hoffte, dass es jetzt besser wurde.

»Vermutlich kein so guter wie dein Brochfael«, erwiderte er, immer noch ein wenig bitter beim Gedanken daran, dass der Waliser ihn im Unwissen gelassen hatte. »Das warst doch du in der halb verfallenen Hütte im Wald, als ich mit König Cynewulf von Wessex auf Brochfael stieß, oder etwa nicht?«

Eadburhs Wangen begannen zu leuchten, was selbst im schwachen Licht zu erkennen war. »Und auch da hast du meinen Gemahl verschont. Ich hoffe nur, du vergisst nicht, dass wir dir nichts Böses wollen, Offa. Wir sind wahrlich nicht deine Feinde. Gerüchte gehen um, dass du tatsächlich diesen Wall bauen willst. Das wäre eine große Provokation. Du weißt, die Waliser sehen das Land, auch deines, als ihren rechtmäßigen Besitz an. Sie waren vor uns hier, und wenn du jetzt diesen Wall baust …«

»Ich schütze mein Land, und das hat weder etwas mit dir noch mit Brochfael zu tun. Es geht hier nicht um Freundschaften oder Familienbande. Brochfael hatte seine Noblen schon einmal nicht unter Kontrolle, und wenn es wieder so weit kommen sollte, werden wir bereit sein.«

Eadburh nickte bedächtig. In diesem Moment war ihr anzusehen, dass sie nicht mehr das junge Mädchen von einst war. Sie wirkte müde, und älter, als sie eigentlich war. »Ich wünschte, wir wären wieder in Averdun und würden den Hügel zum alten Fort hochlaufen. Nur für einen Tag.«

»Ich ebenfalls. Aber diese Zeit ist vorbei. Alles, was wir tun können, ist, dafür zu sorgen, dass unsere Kinder sicher und in Freiheit über die Hügel laufen können. Jeder für sich.«

Drida ahnte, warum Offa die Kirche nicht mehr verließ, und der wahre Grund hatte bestimmt nichts mit Gebeten zu tun. Schließlich war er ein halber Heide. Nein, ihr Plan musste aufgegangen sein. Und als die Krieger Eadric und Leofric den Hof des Reeves von Oswaldestroe mit gefüllten Satteltaschen voller Speis und Trank verlassen wollten, gab es für sie nur eines zu tun.

»Ich komme mit.« Sie trat vor die beiden Krieger, die gerade ihre Pferde von den Knechten entgegennahmen, und bedeutete einem der Burschen, auch ihr ein Pferd zu bringen.

Leofric und Eadric tauschten betretene Blicke.

»Meine Königin«, stammelte Letzterer und trat unruhig von einem Bein aufs andere. »Wir wollen nur … wir reiten … das ist nichts, wo Ihr …«

»Ihr reitet zur Kirche vor der Stadt, zu Offa … und Eadburh«, fügte sie leiser hinzu, was den Schock in den Gesichtern der beiden noch vergrößerte. »Und Ihr werdet mich mitnehmen. Die Fürstin von Powys hieß mich an ihrem Hof willkommen, sie verhinderte meinen Verkauf in die Leibeigenschaft und ermöglichte mir die Flucht. Ich werde sie treffen, und ihr beide werdet mich nicht davon abhalten.«

Schweigen antwortete ihr, weiteres Unbehagen, aber in diesem Moment brachte der Knecht ihr bereits ein gesatteltes Pferd, und Drida schwang sich hoch, ehe er ihr Hilfe anbieten konnte.

»Wollen wir?« Sie lächelte die beiden Krieger an, die schließlich gleichzeitig ein resigniertes Seufzen von sich gaben und ebenfalls aufstiegen.

Seite an Seite ritten sie durch die Stadt, die laut Offa mal in walisischer und mal in angelsächsischer Hand gewesen war und die wegen eines heiligen Baumes und einer Quelle viele Pilger anzog. Sie passierten eine kleine Holzkirche, vor der sich einige Bettler versammelt hatten. Vielleicht wurden dort manchmal Almosen ausgegeben. Drida nahm sich vor, später selbst dort vorbeizusehen und mit den Geistlichen zu besprechen, was getan werden konnte, um den Menschen zu helfen. Zuerst musste sie aber zu Offa und Eadburh.

»Was hat es mit der Kirche vor den Toren auf sich?«, fragte Drida in das angespannte Schweigen der beiden hinein. Es war ihr sonderbar vorgekommen, dass Offa darauf bestanden hatte, vor dem Gotteshaus zu halten und zu beten. Er hatte nicht wissen können, dass Eadburh dort drinnen auf ihn wartete, und vom Gefolge hatte Drida gehört, dass Offa bei jedem seiner Besuche Zeit in der Kirche verbrachte – zweifelsohne war das auch nicht vor Eadburh verborgen geblieben, weshalb sie diesen Ort gewählt hatte, um auf ihren Bruder zu warten.

Die beiden Krieger tauschten einen Blick, sie schienen zu überlegen, ob und was sie antworten sollten. Schließlich ergriff Leofric das Wort.

»Der König nahm Oswaldestroe vor über zwanzig Jahren

ein, Herrin. Damals war er noch keine achtzehn Jahre alt. Die Waliser umzingelten ihn und seine Männer – Eadric war auch dabei, sie waren gerade mal ein Dutzend gewesen, gegen das gesamte Heer aus Powys. Aber die Kirche bot ihnen Schutz. Sie harrten mehrere Tage lang darin aus, ohne zu wissen, wann die Schlinge sich zuziehen würde, bis ich endlich von diesem Hinterhalt erfuhr und mit Offas Truppe zu ihm stoßen konnte.«

Drida ließ ihren Blick die Straße entlang und über die einzelnen strohgedeckten Häuser schweifen. Sie konnte sich Offa kaum vorstellen vor so langer Zeit – so jung, und schon ein Krieger und Anführer. Sie dachte an Karl und Karlmann, die die Königswürde ebenfalls schrecklich jung übernommen hatten und die von der Bürde aufgerieben zu werden schienen. Wie würden die beiden in zwanzig Jahren sein? Welche Folgen hinterließen die Jahre des Kampfes? Aus Offas Augen blickten die Vergangenheit, Kriege, Misstrauen, Wachsamkeit. Es war wohl nicht verwunderlich, dass er so geworden war.

»Ihr beide steht schon lange an der Seite des Königs.«

»Und das werden wir weiterhin tun«, erwiderte Eadric feierlich. »Bis zum Ende.«

Drida betrachtete die beiden, zwei gestandene, erfahrene Krieger, die auch schon vieles erlebt hatten. Es sagte wohl auch einiges über Offa aus, wenn ihm solche Treue und Ehrerbietung zuteilwurde. Er konnte nicht nur der grausame Tyrann sein, für den so viele ihn hielten. Auch Drida hatte bereits eine andere Seite an ihm gesehen. Vielleicht würde er eines Tages auch seinem Volk erlauben zu erkennen, dass er nicht nur Härte und Strenge kannte.

Sie verließen die Stadt und passierten noch mehrere Verkaufsstände, die innerhalb der Palisaden keinen Platz mehr gefunden hatten. Dann erreichten sie die einsame Kirche.

Drida spürte ihr Herz schneller schlagen. Sie wusste nicht einmal, wie Offa auf diese Überraschung reagiert hatte, ob er sich freute, und was sie jetzt erwartete.

Leofric kam zu ihr und reichte ihr die Hand, ehe sie allein absteigen konnte. Sie wollte schon protestieren, erinnerte sich aber schnell wieder daran, dass sie die Königin war und Hilfe nicht immer abschlagen durfte.

Den Blick auf die stille Kirche gerichtet, rutschte sie aus dem Sattel, ein nervöses Flattern im Bauch, dann klopfte Eadric bereits energisch gegen das Tor.

»Mein König!«, rief er und lauschte. »Wir sind es, Leofric und Eadric, wir haben Euch zu essen und zu trinken gebracht. Und Eure Frau«, fügte er leiser hinzu, als hoffte er, Offa würde es nicht hören.

Aber nur wenige Augenblicke später flog die Tür auf, und Offa stand vor ihnen. Er starrte Drida kurz an, voller Ungläubigkeit, dann wandte er sich an seine Männer.

»Was habt ihr euch dabei gedacht?!«

»Mein König … sie hat …«

»Ich sagte doch, niemand kommt zur Kirche! Wir sind einen Steinwurf von Mathrafal entfernt, die halbe Bevölkerung Oswaldestroes steht auf walisischer Seite und will mich tot sehen, und ihr beide entfernt euch mit der Königin aus der Stadt, *zwei* Krieger. Wollt ihr die Geschichte wiederholen? Wie lange, bis die Waliser die Gelegenheit nutzen und uns erneut hier einsperren und umzingeln? Die Königin muss dort sein, wo es sicher ist, und …«

»Verzeiht meinem Bruder.« Unvermittelt trat Eadburh an ihm vorbei und lächelte Drida freudig entgegen. Anders als in Powys war sie heute nicht in prächtige Kleider und Schmuck gehüllt, aber das tat ihrer Schönheit keinen Abbruch. »Dieser Ort beschwört böse Erinnerungen herauf. Auch für mich, denn auch das Leben *meines* Gemahls stand in dieser Kirche auf dem Spiel. Wir sind wohl alle etwas angespannt. Umso mehr freue ich mich aber, Euch wiederzusehen. Königin.«

Drida erwiderte das Lächeln, behielt aber Offa wie ein gefährliches Raubtier im Auge. Für ihn gab es wohl immer irgendeinen Grund für sein Verhalten, sei es ein Mensch aus der Vergangenheit wie Beornred oder ein Ort wie dieser hier.

»Ich wollte Euch noch einmal sehen«, wandte sie sich an Eadburh. »Um Euch für Eure Hilfe zu danken. Ich hoffe, Eurem Gemahl und … Cadell geht es gut?«

»Die beiden erfreuen sich bester Gesundheit, habt Dank.«

»Ob es Brochfael so gutgeht, wenn er überall nach dir suchen lassen muss oder dich längst für tot hält, sei mal dahingestellt.«

Eadburh warf ihrem Bruder einen ungeduldigen Blick zu. Drida fand es sonderbar, die beiden nebeneinander zu sehen. Da war tatsächlich eine gewisse Ähnlichkeit zwischen ihnen, gerade bei diesem Blick war es zu sehen.

»Ich habe gehört, ihr habt Speis und Trank dabei?« Eadburh sah zu den beiden Kriegern, woraufhin sich Eadric schnell abwandte und die Satteltaschen abnahm.

Er reichte alles Offa und wies schließlich aufs Tor. »Wir halten hier Wache«, erklärte er ernst, und es klang ein wenig spöttisch, wie eine Anspielung auf Offas Sorge, was der König wiederum mit einer ähnlichen Reaktion wie seine Schwester beantwortete: Ungeduld und ein winziger Funke Humor.

»Wollen wir?« Eadburh wies einladend zu Drida in die Kirche hinein und lachte. »Ja, ich weiß, es ist absonderlich. Der König und die Königin von Mercia und die Gemahlin des Fürsten von Powys speisen in einer verlassenen Kirche und verstecken sich vor allen anderen. Aber das ist auch aufregend, nicht wahr?«

Offa murmelte irgendetwas Unverständliches, das nicht besonders freudig klang, und Eadburh wandte sich ihm zu.

»Man könnte meinen, du möchtest deine Frau und mich nicht im selben Raum haben. Keine Sorge, Bruder, ich verrate deiner Gemahlin schon nicht, wie du zum Großteil deiner Narben gekommen bist.« Sie lehnte sich zu Drida und flüsterte: »Bei uns am Hof gab es einen wütenden Hahn, der Offa als kleinen Jungen jeden Morgen die Esche vor der Halle hinaufgejagt hat.«

»Daran kann ich mich nicht erinnern«, erwiderte Offa grimmig und schloss das Portal hinter ihnen.

Schlagartig war es bis auf das sanfte Kerzenlicht vorne am Altar und die wenigen Sonnenstreifen, die durch schmale Fensterluken hereintasteten, dunkel.

»Natürlich nicht«, lachte Eadburh, nahm Dridas Hand und führte sie zwischen wenigen, schattenhaften Bänken hindurch nach vorne zum Licht. »Ich wette, du erzählst jedem, es seien Kriegsnarben. Womit du ja auch recht hast. Die Schlachten gegen den Hahn waren beeindruckend.«

Offa seufzte nur und folgte ihnen. Sie hörte ihn im Lederbeutel herumkramen, dann kam er auf sie zu.

»Hier.«

Er reichte ihr einen Trinkschlauch. Etwas Gequältes lag in seinem Gesicht.

Drida musste lächeln. Wenn Eadburh dabei war, fühlte sie sich in seiner Gegenwart anders, ein wenig sicherer – sie nahm nicht mehr jeden finsteren Blick von ihm so ernst.

»Danke.« Sie nahm den Schlauch entgegen und trank fruchtigen Wein. Dann reichte sie ihn an Eadburh weiter, die aber den Kopf schüttelte und durch die Kirche schlenderte.

»Ich muss bald zurück«, sagte sie und warf ihnen beiden einen Blick zu. »Und nein, Brochfael hält mich nicht für tot. Eine Magd hat ihm die Nachricht überbracht, dass es mir gutgeht, dass er nicht nach mir suchen soll und dass ich bald wieder nach Hause komme.«

»Du solltest die Nacht über hierbleiben und erst morgen früh zurückgehen.«

»Ich gehe im Schutz der Dunkelheit. Genauso bin ich hergekommen.«

Offa schloss die Augen, als wolle er sich so etwas gar nicht vorstellen, dann seufzte er. »Eadric und Leofric werden dich begleiten. Keine Widerrede«, fügte er schnell hinzu, als Eadburh bereits den Mund öffnete, um zu protestieren.

»Aber zuerst müsst ihr essen«, erklärte Drida, nahm dem überraschten Offa die Satteltaschen aus den Händen und packte Brot, Trockenfleisch und etwas Käse aus.

Dann nahm sie ihren Umhang von den Schultern, breitete ihn auf dem Boden vor dem Altar aus und legte alles ab. Eadburh kniete an ihrer Seite nieder und riss sich ein Stück Brot ab. Offa zögerte kurz, dann setzte aber auch er sich hin.

»Gibt es noch mehr düstere Geschichten aus Eurer Vergangenheit, mein König?«, fragte Drida neckend, mit einem Seitenblick in Eadburhs Richtung. Solange seine Schwester da war, fühlte sie sich einfach wohler, sicherer.

Offa aber kam zu gar keiner Antwort, denn Eadburh lachte bereits los. »Dutzende, meine Liebe, und ich werde jede Einzelne erzählen.«

»Sei nur vorsichtig, bevor ich deine Geheimnisse offenbare«, erwiderte Offa.

Etwas Übermütiges, Unbekanntes funkelte in seinen Augen. Es war erstaunlich, wie ungezwungen die beiden Geschwister nach so vielen Jahren der Trennung waren, als vermochten sie es, nahtlos an ihrer letzten Begegnung anzuschließen. Ob es genauso sein würde, wenn Drida Gerperga wiedersah? *Falls* sie ihre Freundin jemals wiedersah.

»Ich habe keine Geheimnisse«, erwiderte Eadburh aus tiefster Überzeugung, was Offa höhnisch lachen ließ.

»Ich sage nur … Eadric.«

Eadburh schnappte nach Luft wie eine Ertrinkende, die zurück an die Oberfläche gelangte. Ihre Augen wurden riesig, und ihr Gesicht rot wie reife Beeren.

»Untersteh dich!«

»Was würde er wohl dazu sagen, wenn er hört, dass du damals mit Absicht in den Bach gefallen bist, nur damit er dich rettet?«

»Sei sofort still!« Eadburh warf einen panischen Blick zur Tür, hinter dem der Krieger Wache hielt, dann nahm sie ein kleines, abgebrochenes Stück Käse in die Hand und warf es nach ihrem Bruder. »Das ist lange her, und ich war ein kleines Kind!«

»Eine ganze Nacht saß er da und flickte seine Hosen, die bei deiner Rettung einen Riss bekamen. Ich hörte seine Mutter bis zur Halle schimpfen.«

»Ich schwöre dir …«

Drida blickte zwischen den beiden Geschwistern hin und her. Sie konnte sich nicht erinnern, sich seit ihrer Ankunft auf dieser Insel so wohl und heimisch gefühlt zu haben. Am liebsten hätte sie Eadburh gebeten, noch länger hierzubleiben, sie auf dieser Reise durchs Land zu begleiten, aber sie wusste, das war unmöglich. Aber zumindest jetzt wollte sie die Zeit noch genießen. Und wenn sie Offa ansah, kam ihr die Aussicht, weiter mit ihm zu reisen, nicht mehr ganz so schrecklich vor.

~

Die heilige Esche sah in ihrer Blüte so wunderschön aus, dass Drida am liebsten auf einen Ast geklettert wäre und sich darauf niedergelegt hätte. Beleuchtet von einem silbrigen Halbmond, der sich in dem darunter vorbeilaufenden Bachlauf spiegelte, strahlte dieser Ort tatsächlich etwas Heiliges aus.

Offa begleitete seine Schwester noch mit den beiden Kriegern ein Stück des Weges in Richtung Powys, und eigentlich hatte Drida sich gleich zur Ruhe begeben wollen. Eine Schar von Mägden hatte ihr ein Bad bereitet, sie anschließend in vorgewärmte Tücher gehüllt und ihr Haar gebürstet. Dann waren sie gegangen und hatten sie in dem Haus, das Offa stets bei seinen Besuchen in Oswaldestroe bewohnte, allein gelassen. Es hätte eine angenehme Ruhe sein sollen. Aber Drida war nach diesem Tag so aufgewühlt, dass sie nicht schlafen konnte. Daher war sie zur Quelle gekommen.

Die Nacht war sternenklar, und es war kalt, aber ihr Umhang war dick, und der Fellbesatz schmiegte sich an ihr Kinn. Sie wollte nicht lange bleiben, nur kurz die kühle, klare Luft atmen und den Anblick dieses wunderschönen Ortes aufnehmen, um besser in den Schlaf zu finden.

Das Glitzern des Wassers zog Drida an. Sie ging näher, ihre ledernen Schuhe strichen durchs feuchte Gras. Am Ufer ging sie in die Hocke und streckte die Hand aus. Es war so still. Mitten in der Nacht gab es wohl nicht viele, die wie sie noch umherirrten. Aber genau das war es, was sie so genoss. Inmitten des königlichen Gefolges war sie stets von Menschen umgeben, umso angenehmer waren diese gestohlenen Momente.

Wenn nur Luna zu ihr kommen würde. Aber sie hatte die Wölfin zuletzt in Wininicas gesehen, sie näherte sich ihr immer seltener. Kein Wunder, Drida war ja auch so gut wie nie allein.

»Luna«, flüsterte sie und legte die flache Hand auf das eisig kalte Wasser, als würde das Gluckern den Namen weitertragen und die Wölfin finden. »Komm zu mir.«

»Ich kann es niemandem verdenken, der Euch für eine Zauberin hält.«

Drida zuckte zusammen und fuhr hoch. Sie hatte Offa schon an der Stimme erkannt, aber ihn im Mondlicht vor sich zu sehen, im silbrig schimmernden Ringpanzer, ließ ihr Herz schneller schlagen. Sie wusste bereits, was er sagen würde. Sie hatte zurück sein wollen, ehe er wiederkam, um genau diese Situation zu verhindern.

»Euer Haus ist wirklich nicht weit weg«, begann sie unruhig, ja, fast ein wenig herausfordernd, denn sie wusste schließlich, wie zornig er jetzt werden würde. »Hier kann mir nichts passieren. Keiner wagt sich in die Kälte hinaus, mitten in der Nacht.«

»Bis auf Euch«, erwiderte Offa und machte einen Schritt auf sie zu. »Vielleicht sollte ich Euch künftig immer irgendwo festbinden, während ich fort bin.«

Drida funkelte ihn an. Sie konnte sich nicht vorstellen, woher sie den Mut nahm, womöglich hatte Eadburh ein wenig auf sie abgefärbt. »Als Zauberin wäre es mir ein Leichtes, mich davon zu befreien.«

Sie wusste, diese Worte würden ihm als halben Heiden keine Angst machen, und zugleich war sie es leid, sich immer wieder vor ihm zu fürchten. In ihrer Heimat war sie hingegangen, wohin sie wollte, sie war über den Fluss balanciert, hatte Freiheit genossen. Sie verstand, dass es hier nicht genauso sein konnte, aber einsperren ließ sie sich gewiss nicht.

Offa nickte langsam und sah sie unverwandt an, und dieser Blick war schlimmer, als wenn er ihr wieder Vorwürfe entgegengeschleudert hätte. Drida versuchte, sich nicht verunsichern zu lassen, aber das war schwerer, als sie dachte. Sein Schweigen verwirrte sie. Wieso tobte er nicht, wie sie es von ihm kannte?

»Ihr habt meiner Schwester geschrieben«, sagte er dann unvermittelt.

Drida versuchte, an seiner Miene abzulesen, was er davon hielt. Er sprach ohne Gefühlsäußerung, und sie konnte nicht erkennen, ob er froh darüber war oder sich ärgerte. In der verlassenen Kirche war er ihr glücklich erschienen, leichtherzig, sie hatten sogar alle zusammen gelacht. Aber jetzt war Eadburh fort, und Drida war es wieder unmöglich, ihn zu durchschauen.

»Das habe ich«, sagte sie also nur und blieb wachsam.

»Warum?«, wollte er wissen und stellte damit eine Frage, die sie sich kaum selbst beantworten konnte. Schon gar nicht, wenn er sie so durchdringend ansah.

So ungerührt wie möglich wandte sie sich ab, blickte auf den leise plätschernden Bach hinunter und betrachtete das silbrige Glitzern. Es tanzte mit dem gekräuselten Wasser um große, an die Oberfläche ragende Steine herum und blendete stellenweise sogar fast.

»Ich war lange in Averdun«, begann sie schließlich und erinnerte sich an die Zeit in Marcellinas Obhut zurück. »Ich hatte ausreichend Gelegenheit, über meine Entscheidung nachzudenken. Die Entscheidung hierzubleiben ... Euch zu heiraten. Ich wusste, wie sehr Ihr Euch wünscht, Eure Schwester zu sehen, und ich dachte ... ich hoffte ...«

»Was habt Ihr gehofft?«

Drida zuckte zusammen, denn seine raue Stimme erklang direkt hinter ihr. Sie hatte nicht gehört, wie er näher gekommen war. Ihr Körper erstarrte, sie wagte es nicht zurückzublicken, sich zu ihm umzudrehen. Sie konnte nirgendwohin. Vor ihr erhob sich die Esche, und zu ihrer Seite verlief der Bachlauf. Sie war eingesperrt.

Ihr Atem stand in weißen Wolken vor ihrem Gesicht, aber ihr war nicht kalt, von seinem Körper in ihrem Rücken ging eine Hitze aus, die sie durch und durch erfüllte.

»Ich weiß es nicht«, flüsterte sie über das sanfte Rauschen hinweg und hörte ihn tief ausatmen.

Sie lauschte, wartete auf Worte, aber seine Stimme war es

nicht, die antwortete, sondern eine sachte Berührung an ihrem Hals.

Beinahe blieb ihr das Herz stehen. Sie wagte nicht, sich zu bewegen, sie konnte es auch gar nicht. Offa schob ihr Haar und den Schleier zurück, seine Finger glitten von der Rückseite ihres Ohrs unter das Fell des Umhangs nach vorne zu ihrem Schlüsselbein, und Drida spürte sich erschauern.

Seine andere Hand berührte sie an der Seite, sie vernahm es selbst durch den Umhang hindurch. Er hielt sie sacht an der Taille fest und kam noch einen Schritt näher. Jetzt berührte sein Rumpf den ihren. Seine Hand glitt vor zu ihrem Bauch, unter den Umhang zur Wärme ihres Körpers. Seine Fingerspitzen glitten über die Seide ihres Überkleids, über ihre Rippen, aber es war, als läge kein Stoff zwischen ihnen. Ihre Haut kribbelte und erhitzte sich unter seiner Berührung, und Drida spürte, wie sich ihr Atem beschleunigte.

Etwas Alarmierendes machte sich in ihr breit, eine Warnung, alte Furcht, aber diese Empfindungen konnten nicht überdecken, wie angenehm es sich plötzlich anfühlte, von ihm berührt zu werden, in seinem Arm zu stehen und seine Wärme auf sich übergehen zu lassen.

Die Augen fielen ihr zu, ihr Kopf sank mit einem leisen Seufzen zurück gegen seine Schulter.

Nun umfasste er mit beiden Händen ihren Leib, seine Hände wärmten sie, hüllten sie ein, und Drida taumelte durch die Dunkelheit. Seine Finger beschrieben kleine verschlungene Muster über ihrem Bauch und ihrer Seite, und mit jeder Kreisung glitt die eine Hand tiefer und die andere höher.

Sein Atem strich durch ihr Haar, und im nächsten Moment lagen seine Lippen an ihrer Schläfe, drückten sanft dagegen. Der Druck seiner Hände nahm ein wenig zu, schoben sie noch näher an sich, und Dridas Beine wurden schwach. Am liebsten wollte sie ihren zitternden Knien nachgeben und sich gänzlich in seinen Halt fallen lassen.

Seine Fingerspitzen fanden den Ansatz ihrer Brust, und kleine Blitze zuckten durch ihren Körper. Sie wusste nicht, was mit ihr geschah, sie fühlte sich wie in einem Traum: Dieser wunderschöne, magische Ort, die Nähe, die Geborgenheit und Wärme, das versengende Kribbeln, war das alles denn echt?

Ja. Sie stand hier mit Offa, dem König von Mercia, ihrem Gemahl!

Der Atem entwich ihr mit einem Keuchen, und mit einem Mal fuhren all der Schmerz und die Angst wie ein Gewitter mit tosendem Donner durch sie hindurch. Ihr Körper handelte wie von selbst, sie riss sich von ihm los, flüchtete die wenigen Schritte zum Baum, fuhr zu ihm herum und starrte ihn an, während sie fast erwartete, ihn schreien und toben zu sehen.

Aber er stand nur da und sah sie an. Das im Nacken zusammengebundene Haar schimmerte genauso wie der goldene Bart im Mondlicht und hob sich von der Schwärze der Nacht ab. Seine Augen funkelten. Ihre Farbe war jetzt nicht zu erkennen, aber sie wusste, sie war die von einem frostig klaren Winterhimmel.

Langsam hob er die Hand, streckte sie ihr auffordernd entgegen. »Drida«, sagte er sanft und machte einen kleinen Schritt auf sie zu. »Nicht.«

Sie verstand nicht, was er meinte, ihre Gedanken verschwammen, wie unter dem Nebel, der langsam aufzog und die Straße herunterkroch. Da war nur noch dieses Gefühl der Machtlosigkeit, das ihren Magen verknotete.

»Komm zu mir.«

Er hielt ihr weiterhin die Hand entgegen, aber Drida konnte sich nicht rühren.

Offa wartete, dann machte er noch einen Schritt auf sie zu, beobachtete sie wachsam, dann noch einen, bis er sie erreichte.

Mit festem Griff, wenn auch nicht grob, umschloss er ihren Arm, hielt sie fest, aber es fühlte sich nicht an, als sei sie gefangen, sondern als gäbe er ihr eine Stütze. Seine andere Hand hob sich an ihre Wange, umfasste sie, sein Daumen folgte dem Verlauf ihres Jochbeins. Er blickte auf sie hinab, direkt in ihre Augen, und jetzt glaubte sie, das Blau darin zu sehen, auch wenn es eher an ein dunkles Meer erinnerte.

Bilder blitzten vor ihrem inneren Auge auf. Offa, der vor ihr kniete und ihre Arme festhielt, am Seeufer auf ihrem Weg nach Tamouuorthig. Seine Stimme hallte durch ihren Kopf, als er sie aus ihrem Albtraum gerissen hatte. »*Kommt zurück. Es ist vorbei.*« Sie sah ihn vor sich, voller Schmerz auf ihre Verkündung hin, dass seine Schwester noch lebte, seine Hände gegen den Baum am Straßenrand gepresst. Sie sah ihn zusammen mit Eadburh, wie ein ganz normaler Mann, der Erinnerungen mit seiner Schwester teilte und lachte. Sie sah ihn in der Kirche in Wininicas, wie er von Uffo und den Sachsen erzählte, voller Begeisterung und Leidenschaft.

Und alles, was sie wollte, war zurückzukehren. Zu dem Moment, bevor die Angst sich ihrer bemächtigt hatte.

Offa sah ihr in die Augen, seine Hand glitt zurück durch ihr Haar, hielt sie am Hinterkopf fest, wie um ein Ausweichen zu verhindern, dann beugte er sich zu ihr hinab.

Drida hielt den Atem an, ihr ganzer Körper spannte sich an, als wisse er nicht, in welche Richtung er gehen sollte: fort von Offa oder noch näher heran. Offas Lippen berührten beinahe schon ihre, sein warmer Atem strich über ihre Haut. Sie roch den Wein, den sie in der Kirche getrunken hatten, immer noch an ihm. Dann hielt er plötzlich inne.

»Denk gar nicht dran wegzulaufen«, flüsterte er. Es war, als würden seine Augen lächeln, und im nächsten Moment lag sein Mund auf ihrem.

Drida spürte die Berührung durch ihren ganzen Körper zucken. Tiefes Staunen machte sich in ihr breit. Nie zuvor hatte ein Mann sie geküsst, und sie war fassungslos darüber, was eine solch schlichte Tat in ihrem Innersten auslöste. Sie wusste nicht, was sie tun sollte, aber das machte nichts, denn ihr Mund öffnete sich wie von selbst zugleich mit seinem, erlaubte seiner Zunge Einlass, begegnete ihm, und das wilde Flattern, das von ihrer Brust immer tiefer in ihren Leib zog, verstärkte sich. Sein Bart kratzte an ihrer Haut, aber es war nicht unangenehm, eher verstärkte er das Empfinden noch.

Offa küsste sie, langsam und tief, als stünden sie nicht in der schlimmsten Winterkälte an einem heiligen Ort, wo sie jeden Augenblick erwischt werden konnten. Er kostete den Moment aus, und Drida war froh darüber. Sie wollte nicht aufhören, ungeachtet dessen, dass ein kleiner Teil in ihr *Verrat* rief. Ihr Verstand wusste, dass dies ihre Zukunft war, ihre neue Heimat, und ihr Herz begann sich ebenfalls zu öffnen. Aber gänzlich brachte sie die Vergangenheit nicht zum Schweigen.

Sie hob die Hand, berührte das eiskalte Eisengeflecht des Ringpanzers an seiner Brust. Sie musste die Wirklichkeit spüren, sich am Hier und Jetzt festhalten. Die Hitze seines Munds und die Kälte, die jeden unbedeckten Fleck ihrer Haut überzog, verwirrten ihre Sinne und stellten einen berauschenden Kontrast dar.

Seine Arme glitten unter ihren Umhang, umfingen sie und hüllten sie ein, und obwohl seine Rüstung kalt war, schien es ihr, als glühte er darunter. Seine Finger pressten sich in ihren Rücken. Ihr Atem beschleunigte sich, genauso wie der seine, alles zwischen ihnen schien im Gleichtakt zu laufen. Seine Hand glitt tiefer, umfasste ihr Gesäß, die andere strich hoch zu ihrer Brust, und ein Stöhnen kam ihr über die Lippen.

Der Kuss verlor von seiner Ruhe und Beherrschtheit, etwas Dringliches verdrängte alles andere, und Drida spürte auch selbst ein tiefes Sehnen nach mehr. Sie wollte ihn berühren, wollte, dass er nie aufhörte, sie zu berühren. Dabei wusste sie, was kommen würde. Doch zum ersten Mal trat die Angst in den Hintergrund.

Sein Körper drängte gegen ihren. Ohne den Kuss zu unterbrechen, raffte er ihre Kleider hoch, umfasste ihre Kniekehle und hob ihr Bein an. Zum ersten Mal verließ sein Mund den ihren, und sie spürte, wie sehr ihre Haut am Kinn brannte, aber das machte ihr nichts aus. Seine Lippen fanden ihren Hals, seine Zunge tanzte über ihre Haut, und Drida keuchte auf. Gleich darauf klang ein tiefes Stöhnen aus Offas Kehle, und er presste sich noch fester an sie. Drida blickte hinauf zu den Sternen, die zwischen den hellgrün blühenden Eschenzweigen hindurchblitzten, und sie hatte das Gefühl, in der Dunkelheit zu schweben.

Im nächsten Moment übertönte ein Knacken ihrer beider schnellen Atem, gefolgt von einem Fluch.

Drida zuckte zusammen, Offa fuhr herum, stellte sich schützend vor sie, die Hand auf dem Schwertknauf, und im nächsten Moment fluchte auch er.

»Was zur Hölle suchst du hier?«

Drida blickte an ihm vorbei und sah einen Krieger, der nur wenige Schritte vor ihnen stand, und obwohl Drida sein Gesicht nicht genau sehen konnte, hatte sie den Eindruck, dass er peinlich berührt zu Boden blickte.

»Nach Euch sehen, mein König«, murmelte er betreten, mit einem Hauch von Furcht in der Stimme. »Ihr wisst schon … die Waliser und so. Ihr seid nicht bei der Hütte angekommen, und die Königin hat auch schon länger niemand mehr gesehen, da wollten die anderen Männer und ich nur sicherstellen, dass Ihr …«

»Verschwinde.« Es war kaum mehr als ein Knurren.

Drida schloss die Augen und wünschte sich weit weg. Sie konnte nicht glauben, in welcher Situation dieser Krieger sie gesehen hatte. Am liebsten wäre sie mit dem Baum in ihrem Rücken verschmolzen. Sie blickte auf Offas angespannte Gestalt vor sich und spürte den Zorn und die Angriffslust, die von ihm ausgingen. Jetzt war er wieder der Offa, den sie kannte und fürchtete. Schon konnte sie sich nicht mehr vorstellen, dass sie sich gerade noch in seine Arme hatte fallen lassen. Mit ihm war es ein ständiges Hin und Her, und sie konnte kaum noch ihre Gedanken oder Gefühle kontrollieren.

»Verzeiht, mein König«, sagte der Krieger, verneigte sich und ging mit weitgreifenden Schritten davon.

Drida hörte ihn noch etwas zu jemandem in der Ferne rufen, wohl, um einen anderen Krieger davon abzuhalten weiterzugehen. Dann wurde es wieder still.

Offa stand vor ihr, ihr den Rücken zugewandt, und sie hörte ihn tief einatmen. Dann drehte er sich zu ihr um, sie wappnete sich bereits für seinen Zorn, auch wenn er nicht gegen sie gerichtet war – als ein leises Lachen aus ihm herausbrach.

Drida starrte ihn ungläubig an.

»Da bin ich wohl selbst schuld«, sagte er belustigt und strich sich mit beiden Händen das Haar aus dem Gesicht. »Bitte verzeih mir, dass ich dich in solch eine Lage gebracht habe, es … Es kam so über mich, ich konnte nicht an mich halten.« Wieder ein Lachen.

Drida brachte immer noch kein Wort heraus. Sie starrte ihn an, als wäre er ein Fremder. Offa machte einen Schritt auf sie zu und stand wieder so dicht vor ihr wie zuvor. Sie sah, wie wieder Sorge den Humor verschwinden ließ.

»Nein, Drida«, sagte er sanft und hob seine Hand an ihre Wange. »Du entwischst mir jetzt nicht mehr.«

Er beugte sich zu ihr herab, und seine Lippen berührten erneut ihre, diesmal aber nur für einen kurzen Moment lang. Das Flattern in ihrem Inneren kehrte augenblicklich zurück.

»Ich weiß, wir hatten keinen guten Anfang. Ich weiß, daran bin ich großteils schuld. Aber das ist jetzt vorbei. Es ist jetzt anders. Es kann anders sein, wenn du es nur zulässt.« Erneut küsste er sie, ließ gar nicht zu, dass sie antwortete und ihm widersprach. Er küsste sie wieder so ruhig und innig, dass ihre Knie weich wurden und sie sich an ihn schmiegen wollte.

Dann aber löste er sich von ihr, nahm ihre Hand und führte sie mit sich, fort von dem heiligen Baum. Drida war zu benebelt und zu verwirrt, um eigenständig zu handeln, sie folgte ihm einfach.

Sie schritten die verlassene Straße entlang. Nur schwache Lichter von Herdfeuern drangen hinter zugehängten Fenstern heraus, alles war still, nur hier und da war ein Bellen zu hören oder der Ruf einer Eule.

Offa führte sie zu seinem Haus, vor dem der Krieger von vorhin und noch zwei weitere auf sie warteten. Keiner von ihnen sagte ein Wort, sie waren wie Schatten, die zuverlässig für ihre Sicherheit sorgten. Es fiel Drida schwer, sich daran zu gewöhnen, denn anstatt sich durch ihre Gegenwart sicherer zu fühlen, erinnerten sie sie stets daran, dass sie eine Königin war und es andere geben konnte, die ihr nach dem Leben trachteten. Sie dachte an Offas Vorgänger, König Æthelbald, der von seiner eigenen Leibwache im Schlaf ermordet worden war. Es war kein erbaulicher Gedanke, und Drida war froh, dass Offa den Riegel der Tür vorschob.

Er schien ihren Blick darauf zu bemerken, denn er lächelte sanft. »Glaubst du schon wieder, ich würde dich einsperren wollen? Wir wissen doch mittlerweile beide, dass so ein Riegel dich nicht daran hindert, durch die Nacht zu spazieren.«

»Nein.« Sie erwiderte sein Lächeln, zwang sich, sich zu beruhigen und die Nervosität zu unterdrücken – schließlich wusste sie, was jetzt folgen würde, wenngleich es sich jetzt anders anfühlte. »Ich bin nur froh, dass uns jetzt niemand mehr stören kann.« Sie wusste nicht, woher sie den Mut für diese Worte fand.

Offa schien nicht minder überrascht. Sein Lächeln erstarb, seine Miene wurde ernst, und seine Hand ballte sich zur Faust. Rötliches Licht von der Glut der Feuerstelle teilte sein Gesicht in Licht und Schatten, was ihn markanter, härter wirken ließ. Aber Drida war es leid, sich vor ihm zu fürchten. Offa hatte recht. Es musste zwischen ihnen nicht so schwierig sein, sie waren so oder so für ihr ganzes Leben aneinander gebunden.

Er rührte sich als Erster. Er ging zum Herd in der Mitte, der von rechteckigen Steinen eingefasst war und direkt unter dem Rauchabzug im Dach lag, nahm ein Holzscheit aus dem Korb daneben und legte es auf die Glut. Der Rauch nahm kurz zu, tanzte um es herum, aber gleich darauf fuhr eine Flamme hoch und hüllte es in blendendes Licht. Er blickte zu ihr, und Drida spürte eine Gänsehaut ihren ganzen Körper überziehen. Allein der Gedanke, ihn noch einmal so zu küssen wie dort draußen in der Kälte, noch einmal seine Hände so zu spüren …

Offa richtete sich auf, ohne den Blick von ihr zu nehmen. Dann löste er seinen Schwertgurt, ließ ihn achtlos zu Boden fallen, und zog sich den Ringpanzer mitsamt dem Unterhemd über den Kopf. Genauso wie in ihrer ersten gemeinsamen Nacht stand er nun in Hosen vor ihr, die wenigen goldenen Brusthaare auf den steinernen Muskeln funkelten wie Goldstaub, und Dridas Herz begann schneller zu schlagen.

Sie hob die Hände, löste die Brosche am Umhang und ließ ihn zu Boden gleiten. Dann wollte sie gerade die Verschnürung ihres Überhemds lösen, als Offa auf sie zukam, langsam und wachsam.

Das Holz knisterte und knackste, die Luft zwischen ihnen schien geladen wie vor einem Gewitter. Vor ihr blieb er stehen, umschloss ihr Handgelenk und drückte es sanft nach unten, fort von den Bändern, die ihr Kleid an der Schulter zusammenhielten.

Drida blickte auf seine langen, schlanken Finger, die sich hoben und die Verschnürungen lösten. Immer wieder berührten sie dabei ihre Haut, und jedes Mal sandten sie einen Schauer über ihren ganzen Körper. Seine Fingerknöchel strichen über sie, als er das Überkleid über ihre Schultern hinabschob, sein Ausdruck hatte etwas Konzentriertes, Intensives. Sie spürte seine Hände an ihren Hüften, wie sie das Unterhemd rafften, während er ihr unverwandt in die Augen blickte. Im nächsten Moment zog er es ihr über den Kopf.

Drida rang nach Luft, die Hitze des Herdfeuers legte sich genauso wie sein Blick auf ihre nackte Haut. Nie war sie vollkommen unbekleidet vor ihm gestanden, und jetzt betrachtete er sie mit einem Feuer in den Augen, das sie frösteln ließ und sie zugleich versengte.

Er öffnete den Mund, als wollte er etwas sagen, aber kein Wort kam ihm über die Lippen. Langsam hob er die Hand, nahm auch ihren Schleier ab und strich durch ihr langes Haar, das über ihre Schulter nach vorn fiel. Seine Finger streiften ihren Bauch, fuhren höher, und schließlich umschlossen sie ihre Brust. Sein Daumen strich über die Mitte, und ein Seufzen kam ihr über die Lippen. Sie wusste nicht, was mit ihr los war, wieso es sich so anfühlte, sie verstand sich selbst und ihren Körper nicht mehr, aber das war ihr im Moment alles gleichgültig. Sie wollte ihm nur nahe sein, ihn berühren, und so legte sie ihre Hand auf seine harte Brust, die andere auf seinen Bauch, dessen Muskeln unter ihrer Berührung zuckten.

Offa sah sie weiterhin an, scheinbar ruhig, aber sie spürte, wie schnell sein Herz raste. Und in diesem Moment, mit seinem klaren Blick auf ihr, schien es ihr, als blickte sie bis in seine Seele. Da waren keine Mauern mehr, keine aufgesetzte Härte, und obwohl sie erwartete, in tiefe Abgründe zu blicken, fand sie nichts davon. Nein, seine Seele war rein und gut, er wirkte fast schon unschuldig, und ihr Herz wurde schwer. Sie ließ die Hände höher gleiten, in seinen Nacken, überwand die geringe Entfernung zwischen ihnen, schmiegte sich an ihn, stellte sich auf die Zehenspitzen und küsste ihn.

Offa erstarrte kurz, zweifelsohne war er überrascht, dass sie die Initiative ergriffen hatte. Aber der Moment dauerte nur kurz an, im nächsten schlang er bereits seine Arme um sie, hielt sie nah bei sich, seine nackte Haut auf ihrer, und erneut verloren sie sich in einem Kuss, der sich nun fast schon vertraut, natürlich anfühlte, Drida aber wieder mit einem Schwingen durch ihren ganzen Körper erfüllte.

Sie schlupfte aus ihren Schuhen und spürte, dass Offa die Verschnürungen seiner Hose löste. Dann ließ er kurz von ihr ab, entledigte sich der Wadenbänder, der Stiefel und der Hosen, und ehe sie sich richtig darüber im Klaren sein konnte, dass nichts sie mehr voneinander trennte, hob er sie bereits hoch und trug sie vom Feuer fort zur Bettstatt. Auf weichen Schafsfellen legte er sie nieder, kam über sie und küsste sie wieder, ihre Lippen, ihren Hals, ihre Schlüsselbeine und ihre Brust, während seine Hand über die Innenseite ihres Oberschenkels höherglitt.

Drida krallte die Hände in die Felle, ihr Atem ging in schweren Stößen, sie wand sich unter seiner Berührung, im Versuch, ihr zu entgehen, da sie das Gefühl hatte, es nicht länger auszuhalten, im nächsten Moment presste sie sich aber wieder gegen ihn. Sie zog Offa zu sich hoch, sie wurden eins, und die Empfindungen nahmen noch an Intensität zu, obwohl sie es gar nicht mehr für möglich gehalten hatte. Da war kein Schmerz mehr, nur ein prickelndes Pulsieren, das sie fast um den Verstand brachte. Sie bewegten sich im Gleichklang, wie ein ganz natürlicher Tanz.

Sie fühlte sich ihm so nah, so verbunden, und mit jeder Bewegung gelangte sie immer näher an einen Abgrund, in den sie schließlich gemeinsam mit ihm unter Tausenden Lichtern hinabstürzte.

Um Atem ringend, kamen sie zurück. Offa sah auf sie hinab, und sie erwiderte seinen Blick, zu keinen Worten fähig. Auch er sagte nichts, er strich ihr nur sanft das Haar zurück und küsste ihre Stirn, eine herzzerreißend zärtliche Geste. Da stand etwas in seinen Augen, das ihr fremd an ihm war. Ihr schien, als wäre er ein anderer, und es war für sie plötzlich unvorstellbar, ihn noch mit dem Bild zusammenzubringen, das sie von ihm gehabt hatte – dem grausamen Usurpator.

Offa ließ sich von ihr sinken, zog sie aber zugleich nah an sich heran, sodass ihr Kopf auf seiner Brust zu ruhen kam. Sie hörte seinen Herzschlag, der sich langsam wieder beruhigte. Erneut wurde ihr das Herz schwer, und Angst überkam sie, ohne dass sie wusste, wovor. Vielleicht weil sie zum ersten Mal seit unvorstellbar langer Zeit wirklich glücklich war. Sie fühlte sich geborgen, sicher und … geliebt.

Doch sie wusste, was dort draußen auf sie wartete: eine schier unmögliche Aufgabe als Königin; der Druck, den ersehnten Erben zu gebären; Konflikte, nicht nur in Mercia, auch im Frankenreich. Dies hier war nur eine Atempause. Aber die wollte sie auskosten, solange es ging.

KAPITEL 31

Tamouuorthig (Tamworth), Königreich Mercia, April 770

Offa kam für gewöhnlich gerne nach Tamouuorthig zurück, aber dieses Mal war ihm schon der Anblick der Festungsanlage, die er selbst mit seinen Männern ausgebaut hatte, zuwider. Dieser Ort besiegelte das Ende seiner ersten Reise durchs Land mit seiner Gemahlin. Wenn er durch die Tore ritt, hatten ihn die Noblen und Bischöfe und Fürsten und Nachbarskönige allesamt wieder. Diese waren auch unterwegs zu ihm gekommen, aber nicht so gehäuft wie in seinen Tagen in Tamouuorthig.

Ein Hornstoß erklang aus der Ferne, seine Bannerträger und das große Gefolge mussten schon von Weitem zu erblicken gewesen sein. Menschen versammelten sich auf der Straße, sie winkten und riefen freudig, was sie vor seiner Vermählung mit Drida kaum getan hatten. Aber jetzt schien es ihm, als wollten sie die Königin gebührend zurückempfangen, und Drida lächelte und winkte zurück.

Offa konnte kaum den Blick von ihr abwenden, was Leofric an seiner Seite augenblicklich in leises Lachen ausbrechen ließ.

»Man könnte fast eifersüchtig werden«, sagte der Krieger, blickte aber ebenfalls mit Bewunderung auf seine Königin, die bereits veranlasste, Almosen auszuteilen. »Wochenlang hat man dich kaum zu Gesicht bekommen, weil du dich mit deiner jungen Braut verschanzt hast, und wenn du mal rausgekommen bist, dann nur für langweiligen politischen Kram. Wir müssen mal wieder auf die Jagd gehen, nur wir Männer.«

Offa wandte sich ihm zu, vermutlich trug er ein ziemlich dümmliches Grinsen im Gesicht.

»Spätestens, wenn die Königin im Kindbett liegt«, erklärte er und dachte gar nicht daran, auch nur einen Tag zu versäumen, an dem er bei Drida liegen konnte.

Ihr Zusammenkommen in Oswaldestroe hatte irgendetwas ausgelöst zwischen ihnen; es war ihm kaum mehr möglich, die Hände von ihr zu lassen. Leofrics Vorwurf entsprach ganz und gar der Wahrheit. Drida und er hatten jede Gelegenheit genutzt, um sich zu lieben, selbst tagsüber – was bei der Kirche verpönt war, Vater Herefrith aber nur ein wissendes Schmunzeln hatte entlocken können. Anfangs war Drida ihre Unerfahrenheit anzumerken gewesen, aber das ließ Offa nur noch tiefer für sie empfinden. Der Gedanke, dass sie ganz und gar sein war, dass *er* ihr alles zeigte und kein anderer Mann sie je so berührt hatte und es auch nie tun würde, ließ ihn beinahe schon besitzergreifend werden. Er hatte ihr alles gezeigt, und die Art, wie sie darauf geantwortet hatte, ließ allein schon beim Gedanken die Hitze in ihm aufsteigen.

»Du gibst dir auf alle Fälle große Mühe, dass es bald so weit ist«, scherzte Leofric.

Allein der Gedanke, Drida könnte bald schwanger werden, sein Kind tragen, stellte irgendetwas mit Offas Inneren an. Er konnte sich nicht erinnern, je so glücklich gewesen zu sein. Zufrieden, ja – aber Glück? Seit er König geworden war? Nie hätte er erwartet, dass es so zwischen ihnen werden könnte. Umso bestrebter war er, jeden Moment davon auszukosten.

Sie gelangten zum Königssitz im Herzen der Stadt. Die Bannerträger ritten voraus, ihnen folgten ein paar seiner Krieger, desgleichen Drida und Vater Herefrith an ihrer Seite, und schließlich ritt auch Offa durchs Tor. Wie immer bei seiner Ankunft sah er sich im Hof um, überprüfte, ob alles so war, wie er es sich vorstellte, ob die Wachen an ihren Posten waren. Aber dieses Mal kam er nicht weit.

Sein Blick fiel sofort zu dem hünenhaften, goldhaarigen Krieger, der vor der Halle stand, als wäre es seine, und sich mit ausgebreiteten Armen spöttisch vor ihm verbeugte.

Dahin war jegliches Glücksgefühl, in den Hintergrund geraten die wenigen Wochen des Vergessens. Jetzt war er wirklich zurück.

Drida stieg ab. Sie machte den Eindruck, als wollte sie direkt zu seinem größten Feind laufen und ihn begrüßen, und Offa spürte seine Brust vor Zorn eng werden.

»Drida!«, sagte er kurz und scharf.

Und was auch immer sie in seiner Stimme hörte, ließ sie innehalten und sich zu ihm umdrehen. Sie blickte zwischen ihm und Beornred hin und her, und in ihren Augen flackerte etwas, was er nun schon länger nicht mehr an ihr gesehen hatte: Furcht.

Sie kam zu ihm, wachsam, als hätte sie die letzten Wochen vergessen, als wären sie wieder dort, wo sie nach ihrer Vermählung gewesen waren. Offa schwang sich aus dem Sattel. Er reichte ihr die Hand, und als sie ihre mit einem kurzen Zögern in seine legte, drückte er sie kurz, um ihr ein sichereres Gefühl zu geben.

»Komm.« Er führte sie über den Hof zur Halle, aber ehe sie Beornred erreichten, kam Wulfhere, der für ihn hier die Stellung gehalten hatte, auf ihn zu.

»Mein König, meine Königin.« Er verneigte sich vor ihnen beiden und sah ihn mit üblich mürrischer Miene an. »Bitte verzeiht! Ich habe ihm gesagt, er soll sich nicht blicken lassen, bis Ihr nach ihm ruft. Aber er ist schwieriger festzuhalten als eine schmierige Forelle aus dem Tame. Besonders, wenn man darauf verzichten muss, Waffengewalt einzusetzen.« Bei letzteren Worten war ihm anzuhören, was er von Offas Befehl hielt, nichts gegen Beornred zu unternehmen, bis er zurückkehrte.

Offa zwang sich, nicht in Beornreds Richtung zu blicken, ihm nicht die Genugtuung zu geben, sich von ihm ärgern zu lassen. »Gab es Probleme, während ich weg war?«

»Der Verräter hielt sich erstaunlich ruhig, was mich persönlich eher beunruhigt. Er hat wohl auch das Gespräch mit verschiedensten Noblen gesucht.«

»Natürlich hat er das.« Offa verkniff sich ein Seufzen und rieb sich über die Stirn, um den plötzlich stechenden Schmerz hinter den Augen zu vertreiben.

»Ich hatte stets ein Auge auf ihn, und ich habe nicht den Eindruck, als wäre es ihm gelungen, unter den Noblen Zuspruch zu finden.«

Nach außen hin natürlich nicht, dachte Offa, aber er war von Natur aus ein misstrauischer Mensch. Er hatte die Krone erlangt, da der vorherige König im Schlaf erstochen worden war, von seinen eigenen Männern. Das war nichts, was er je vergessen würde.

»Um ehrlich zu sein, hatte ich gehofft, bei meiner Rückkehr von ihm befreit zu sein«, knurrte er und warf dem Verräter nun doch einen Blick zu.

Im Moment sah Beornred gar nicht mehr in seine Richtung, sondern zur Magd Hilda drüben bei den Hühnern. Hoffentlich hatte Beornred das Gesinde in Ruhe gelassen und sich an niemandem vergriffen. Zu genau erinnerte er sich an die willkürliche Grausamkeit, die Beornred einst Brochfael entgegengebracht hatte, als er ihn für einen walisischen Knecht gehalten hatte. Offa würde Erkundungen einholen, ob es irgendwelche Vorfälle mit dem Gesinde gegeben hatte.

»Mein König, ein Wort von Euch hätte genügt«, erklärte Wulfhere ernst, aber Offa winkte ab.

»Noch kann ich ihn nicht töten. Ich habe versprochen, Bündnisgespräche mit ihm zu führen. Aber er wird schon noch einen Fehler machen, und dann …«

Ein leises Keuchen an seiner Seite erinnerte ihn an Dridas Anwesenheit. Aus großen, erschrockenen Augen sah sie zu ihm auf, und Offa hätte sie am liebsten wach gerüttelt, um ihr aufzeigen, wer Beornred wirklich war. Zwar hatte er ihr so gut wie alles aus seiner Vergangenheit erzählt, aber sie hatte ein derart anderes Bild von diesem Ungeheuer, dass seine Worte nicht bis zu ihr durchgedrungen waren. Für sie war Beornred immer noch die Tür zurück in ihre Heimat, selbst jetzt noch, das spürte er mit einem tiefen Stich in der Brust.

»Ich nehme an, du willst mit ihm sprechen.« Er konnte den Verdruss darüber nicht aus seiner Stimme heraushalten.

Drida sah verunsichert zwischen ihm und Beornred hin und her. »Wenn Ihr es erlaubt«, erwiderte sie.

Fast hatte er vergessen, wie es sich anfühlte, derart förmlich von ihr angesprochen zu werden, aber sie hielt sich vor anderen meist daran. Jetzt schien ihm diese Distanz aber weniger an Wulfheres Gegenwart zu liegen.

»Nicht allein«, befahl er und wies mit der Hand in Beornreds Richtung. Wenn dieser Bastard etwas zu seiner Gemahlin zu sagen hatte, dann konnte er es auch vor Offa tun.

Gemeinsam überwanden sie die letzten Schritte hin zu Beornred. Wulfhere blieb in sicherer Nähe, und wie immer spürte Offa auch Leofrics und Eadrics Blicke, die den Feind im Auge behielten.

»König Offa.« Beornred nickte ihm zu und lächelte dann in Dridas Richtung – ein Lächeln, das in Offas Augen grotesk aussah in dem breiten Gesicht. »Königin Drida.«

»Herr Beornred.« Ihre Stimme klang so sanft, so melodisch,

und er wünschte, er könnte sie aus Beornreds Nähe wegbekommen, als könne der Krieger sie vergiften. »Ich hoffe, Euer Aufenthalt hier war während unserer Abwesenheit angenehm.«

»Mir fehlte es an nichts, habt Dank für Eure Sorge.«

»Gibt es etwas … habt Ihr …« Sie sah unsicher zu Offa hoch, aber Beornred schien schon zu wissen, worauf sie hinauswollte, denn er antwortete:

»Eurer Familie geht es gut, Königin.« Unausgesprochene Worte hingen dem nach, der Hauch von Unheil, als hätte er gerne das Wort »noch« hinzugefügt.

Drida nickte, doch ihre Miene war das Abbild von Verzweiflung und Sorge. Am liebsten wäre Offa mit ihr wieder aus der Stadt hinausgeritten oder hätte zumindest Beornred verbannt. Aber entgegen den Vorstellungen der meisten Menschen konnte er als König nicht tun und lassen, was er wollte.

»Habt Ihr Eurem König Karlmann mitgeteilt, dass Drida nicht zurückkehren wird, dass sie jetzt Königin von Mercia ist und Ihr ein Bündnis in seinem Namen aushandeln sollt?«

Beornred wandte den Blick von Drida ab und sah Offa in die Augen. »Ich habe ihm eine Botschaft überbracht.« Wieder diese Zweideutigkeit.

Offa ballte die Hand zur Faust und musste sich zusammenreißen, um nicht Dridas Finger zu zerquetschen.

»Nun gut. Ich lasse nach Euch rufen, wenn ich bereit bin, die Bündnisgespräche zu führen.«

»Ihr hoffe, Ihr lasst Euch nicht zu lange Zeit, Herr König. Ich warte hier schon einige Wochen, und König Karlmann ist kein geduldiger Mensch.«

»Oh, keine Sorge, Ihr seid noch vor Ostern von hier weg. Auf die eine oder andere Weise.« Und mit diesen Worten verstärkte er seinen Griff um Dridas Hand und schritt mit ihr durchs Tor der Halle.

»Was meinst du damit?«, fragte Drida ihn.

Aber Offa konnte jetzt nicht antworten, sie nicht beruhigen und ihr erklären, dass er lediglich seinem Ärger über die ständige Provokation hatte Luft machen müssen. Er erblickte bereits den Bischof von Licidfelth, Aldermänner und auch einen Gesandten des Königs von Kent, der einzig durch Offas Wohlwollen regierte. Er musste sich jetzt seiner Aufgabe widmen und Beornred für den Moment zur Seite schieben.

»Erhol dich von der Reise«, sagte er und legte seine Hand an ihre Wange. »Wir reden später.«

Drida sah ihn misstrauisch an. Sie war ganz und gar nicht glücklich über diese Worte. Dann ließ sie seine Hand los und durchschritt die Halle. Ein paar der Anwesenden, die sie bemerkten, verneigten sich, Drida nickte ihnen zu und schob sich schließlich zwischen die Vorhänge, die das Privatgemach vom Rest der Halle abtrennten.

»Ein Herz zu gewinnen ist schwer – es zu behalten aber auch nicht leichter«, erklang unvermittelt Vater Herefriths Stimme an seiner Seite.

Offa blickte auf die sich sanft bewegenden Tuchbahnen, als könnte er durch sie hindurch Drida sehen. »Was wisst Ihr schon davon?«, knurrte er und wandte sich dem Priester zu. »Ihr habt ein Keuschheitsgelübde abgelegt, als Ihr ein junger Mann wart.«

»Das heißt nicht, dass ich keine Augen … oder kein Herz hätte. Lasst nicht zu, dass der Verräter einen Keil zwischen Euch und Eure Gemahlin treibt, mein König. Es ist genau das, was er will.«

Das wusste Offa, und trotzdem konnte er nicht so tun, als liefe kein Mörder und Usurpator in seinem Heim frei herum. Nicht einmal für Drida. Sie musste die Gefahr doch erkennen! Sie wusste doch, was er getan hatte und dass er bestimmt auch nicht davor zurückschrecken würde, ihnen nachts die Dächer über dem Kopf anzuzünden. Wie viele Menschen musste er dieser Gefahr aussetzen, wie viele würden sterben, wenn Beornred sich entschloss zu handeln, nur damit er, der Verräter, weiterleben durfte?

Zudem war Offa eines durchaus bewusst: Noch hatte er kein Herz gewonnen. Er und Drida mochten sich nähergekommen sein, ihre Beziehung hatte sich verbessert, und was im ehelichen Bett geschah, vermochte Himmel und Erde in Bewegung zu versetzen. Aber er zweifelte daran, dass sie ihm wirklich ganz und gar gehörte. Etwas zog sie immer noch zurück, und das würde sich auch nicht ändern, solange Beornred hier herumstolzierte. Ewig konnte Offa nicht tatenlos dabei zusehen und darauf warten, bis Beornred Drida zurück in die Heimat brachte.

Denn eines war ihm nur allzu bewusst: Sein eigenes Herz hatte er längst verloren.

»Ich habe so gehofft, dass Ihr noch vor Ostern zurückkehrt, Herrin! Jeden Tag habe ich gebetet.« Die Magd Fina nahm Dridas Kleider aus der schweren Reisetruhe und schüttelte sie mit all der Kraft ihres kleinen, schmächtigen Körpers auf. »Ich kann kaum glauben, dass der Tag nun endlich da ist.«

»Warum das denn nur?«

Drida tauchte ihre Hände in das erhitzte Wasser und wusch sich den Reisestaub vom Gesicht. Sie war froh gewesen, die Magd im Gemach zu finden, wo sie gerade frische Binsen ausgelegt hatte. Sie musste sich ablenken, ihre Sorgen und Ängste und rasenden Gedanken beruhigen.

»Es ist einfach besser, wenn Ihr hier seid, Herrin. Der ganze Hof scheint mir dann ein angenehmerer Ort. Soll ich das flicken?« Fina zeigte auf eine ausgerissene Öse an einem ihrer Überkleider, wo Offa ein wenig zu stürmisch geworden war.

Sofort stieg Drida Hitze in die Wangen, und sie griff nach dem bereitgelegten Tuch – nicht nur, um sich das nasse Gesicht abzutrocknen, sondern auch, um die Röte zu verbergen. Ihre Scham war wohl lächerlich, die Magd würde bestimmt nicht sofort erkennen, wie die Verschnürung kaputtgegangen war. Trotzdem fühlte sie sich ein wenig ertappt.

»Sei so gut«, bat sie. Sie erinnerte sich noch von ihrem letzten Aufenthalt in Tamouuorthig daran, wie gerne Fina solche Arbeiten erledigte, und vor allem auch, wie geschickt sie darin war.

An Offa wollte sie jetzt auch nicht denken. Ihr schien es, als wäre er sofort wieder ein anderer geworden, kaum dass sie die Tore Tamouuorthigs durchquert hatten. Was bestimmt nicht zuletzt an Beornreds Anwesenheit gelegen hatte. Drida konnte Offas Hass ja auch verstehen, aber es fiel ihr immer noch schwer, den angelsächsischen Krieger aus ihrer Kindheit mit dem Mann in Verbindung zu bringen, den Offa beschrieb.

»Es ist allerhand passiert, während Ihr weg wart«, schnatterte Fina auch schon ohne Unterlass weiter, nahm Faden und Garn aus dem Beutel an ihrem Gürtel und setzte sich mit dem Kleid auf den strohbedeckten Boden. »Die Königsmutter Marcellina ist wieder abgereist, zurück nach Averdun. Wir verköstigten auch noch für mehrere Tage den Erzbischof und andere noble Gäste, die für Eure Hochzeit angereist waren – das waren aufregende Tage, sage ich Euch. Wir hatten so viel zu tun, aber abends spielte Musik in der Halle, und am Tag vor Beginn der Fastenzeit ließ der Herr Wulfhere die Musiker auch für uns, das Gesinde, spielen. Ach ja: Geheiratet habe ich auch.«

»Was?« Drida drehte sich zu der Magd um und musste bei deren ungerührtem Gesichtsausdruck lachen. »Warum hast du das nicht gleich gesagt? Das sind doch große Neuigkeiten. Wer ist denn der Glückliche?«

»Deogol, Herrin, einer der Knechte. Er kam letztes Jahr mit seiner Mutter Hilda nach Tamouuorthig. Aber eines Tages wird er ein Krieger werden. Der Herr Wulfhere bringt ihm das Kämpfen bei.«

»Ich kenne Hilda.«

Drida dachte an die Magd, die ihr schon bei ihrer ersten Ankunft in Tamouuorthig ein wenig Angst gemacht hatte, und die ihr seitdem nur feindselig begegnet war. Sie konnte für Fina nur hoffen, dass der Sohn nicht nach der Mutter kam.

»Du brauchst ein Hochzeitsgeschenk.«

»Was? Herrin, nein!«

Aber Drida sah sich bereits im Gemach nach etwas um, das sie Fina schenken konnte. Sie besaß noch nicht viel. Sie musste ihren Haushalt erst richtig aufstellen, jemanden finden, der ihr Eigentum verwaltete, allen voran die Abgaben ihres Landbesitzes … und sie brauchte eine persönliche Magd.

»Ab heute dienst du nur noch mir«, erklärte sie, was die Augen in Finas Gesicht riesig werden ließ. Die Hand mit der Nadel zwischen ihren Fingern sank schlaff in ihren Schoß. »Falls du noch Mägde kennst, die fleißig und vertrauenswürdig sind, bring sie zu mir. Und die hier …« Sie ging zur Reisetruhe und nahm eine silberne Spange von ihrem gerade abgelegten Umhang, »gehört ab jetzt dir. Gottes Segen für deine und Deogols Zukunft.«

Fina sprang auf die Füße und taumelte auf sie zu. Mit zitternder Hand nahm sie die Spange entgegen – beinahe wäre sie zu Boden gefallen, aber Fina schloss schnell die Finger darum. »Wie … wie soll ich das annehmen, Herrin? So etwas Wertvolles besitzt niemand hier. Ich kann doch unmöglich …«

»Vergelte es mir mit deiner Treue und deinem Beistand. Ich

bin allein in dieses Land gekommen, ich brauche Menschen, denen ich vertrauen kann, und ich hoffe, Fina, du wirst zu ihnen zählen.«

»Ihr könnt Euch auf mich verlassen, Herrin, ich schwör's!«

Ein wenig Schwere glitt von Dridas Schultern, die Hoffnung, nicht mehr ganz so allein hier zu sein. Sie legte der Magd lächelnd die Hand auf die Schulter, aber es gefror ihr sofort auf den Lippen, als sie an Fina vorbeiblickte und ausgerechnet Hilda durch die Vorhänge kommen sah. Sie brauchte unbedingt Wachen.

»Was willst du hier?«

Drida setzte einen neutralen Ton auf, bemerkte aber sogleich die Neugierde, ja, Missbilligung in Hildas Augen, als sie Fina an ihrer Seite sah. Eher sollte Hilda sich doch für ihre Schwiegertochter freuen, den engen Kontakt zu einer Königin gefunden zu haben. Aber so wie Drida die Magd kennengelernt hatte, war sie kein Mensch, der anderen ihr Glück gönnte, selbst wenn es um die eigene Familie ging.

»Der Herr Beornred möchte Euch sprechen, Herrin«, sagte Hilda tonlos, ja fast gelangweilt. »Er bat mich, Euch diese Nachricht zu überreichen.« Sie streckte ihr ein zusammengerolltes Stück Pergament entgegen.

Dridas Herz begann zu rasen.

Beornred! Am liebsten wollte sie zu ihm eilen, ihm tausend Fragen stellen, ihm versichern, dass es ihr gutging und ihn bitten, auch Karlmann und Gerperga zu beruhigen. Aber sie war wie gelähmt. Sie blickte auf das Pergament in Hildas Hand hinab und dachte an Offa, daran, wie nah sie sich in den letzten Wochen gekommen waren und wie er reagieren würde, wenn sie sich heimlich mit Beornred traf, wenn sie seine Nachrichten entgegennahm.

»Im Stall, Herrin«, führte Hilda näher aus und gab sich

keine Mühe, ihre Ungeduld zu verbergen. »Er wartet auf Euch, es scheint dringend zu sein. Jetzt.«

Ein Zittern überfiel Drida, und sie verschränkte die Hände vor dem Bauch, um es zu verbergen. Nichts wollte sie lieber, als jetzt mit Beornred zu sprechen. Aber sie durfte nicht vergessen, welche Position sie nun bekleidete, dass sie auch Teil eines Ganzen war. Beornreds Wunsch und damit ihrem eigenen Wunsch nachzukommen käme ihr wie Verrat an Offa vor. Und nach diesen Wochen – nach der Möglichkeit, bereits sein Kind zu tragen – konnte sie ihm nicht mehr so einfach zuwiderhandeln.

Fina an ihrer Seite ging auf Hilda zu und holte Drida damit aus ihren Gedanken. Fina wollte das Schreiben für Drida entgegennehmen und es ihr bringen, aber Drida riss die Hand hoch.

»Nein.« Sie sprach ruhig, obwohl sie nicht wusste, wie ihr das gelang. »Hilda, bitte sei so gut und richte dem Herrn Beornred aus, dass ich gerne mit ihm spreche, zusammen mit meinem Gemahl, dem König. Wir werden nach ihm rufen lassen, wenn die dringlichen Angelegenheiten nach unserer Abwesenheit allesamt erledigt sind und wir Zeit für die Bündnisgespräche finden.«

Jedes Wort brannte wie Säure in ihrem Mund. Sie konnte kaum glauben, dass sie dies wirklich aussprach, aber sie hatte keine andere Wahl.

Und wenn Beornred ihre Nachricht hörte, würde er vielleicht auch endlich von dem Gedanken abkommen, sie zurück ins Frankenreich zu bringen. Er würde endlich verstehen, dass ihr Leben jetzt in Mercia war, und zurück in seine neue Heimat gehen, wo es für ihn sicher war. Dann könnte er auch Karlmann Offas Unterstützung versichern, und sie konnten sich endlich auf das Wesentliche konzentrieren: Karlmann zu neuer Stärke gegen Karl zu verhelfen.

Hilda sah sie an, als hätte Drida plötzlich eine andere Sprache gesprochen, und kurz musste Drida tatsächlich überlegen, ob sie nicht versehentlich ins Fränkische verfallen war. Aber dann nickte die Magd und schloss die Faust um das Pergament.

»Ich verstehe«, sagte sie nur eisig, wandte sich ohne weitere Worte, ohne Respektsbezeugung ab und verschwand genauso schnell wieder aus dem Gemach, wie sie hereingekommen war.

Drida atmete tief aus. Es schien ihr, als hätte sie die ganze Zeit über die Luft angehalten. Sie hatte Beornred ein Gespräch verweigert, sie hatte ihn abgelehnt, ihn von sich gestoßen – den Mann, der immer nur gut zu ihr gewesen war, der sich in Gefahr gebracht hatte, um ihr zu helfen, und das mehr als einmal. Welche Zeilen hatte er ihr geschickt? Was hatte er ihr sagen müssen? Warum hatte er sie sehen wollen? Gab es Neuigkeiten aus dem Frankenreich, die er nicht vor Offa aussprechen wollte?

Drida bereute ihre Entscheidung augenblicklich. Aber sie hatte nicht anders handeln können.

»Herrin?« Fina drehte sich zu ihr um und sah sie besorgt an. »Geht es Euch gut?«

»Gibt es hier Pergament, Feder und Tinte?« Drida konnte nicht länger über Beornreds Brief nachdenken und darüber, was darin gestanden haben mochte. Sie musste auf die Bündnisgespräche warten, und dann, in Offas Gegenwart, konnte sie mit Beornred sprechen. Jetzt aber war es höchste Zeit, sich um die dringlichen Angelegenheiten ihres neuen Lebens zu kümmern. »Ich möchte einen Brief an die Königsmutter schreiben.«

Die Nacht musste längst hereingebrochen sein, aber Offa war noch nicht in das Gemach gekommen. Der Lärm in der Halle war ebenfalls noch nicht abgeklungen, vermutlich gab es mit der Rückkehr des Königs vieles zu bereden. Einerseits war Drida froh darüber, sich Offa und seinem Zorn auf Beornred noch nicht stellen zu müssen. Sie fragte sich angstvoll, inwieweit jetzt alles anders sein würde. Andererseits erfüllte das Aufschieben des Unausweichlichen sie auch mit Unruhe.

Zumindest war sie in der Lage gewesen, sich tagsüber abzulenken. Sie war nicht untätig geblieben. Sie hatte ihr Ersuchen an Marcellina geschrieben, die Kinder Averduns zu ihr nach Tamouuorthig zu schicken. Sie hatte neben Fina auch noch zwei weitere Mägde in ihren Haushalt aufgenommen, die von nun an für ihre Kleider, ihre Bäder, ihre Haare, ihre Speisen und noch viel mehr zuständig waren. Und sie hatte mit Fina über die Wachen Tamouuorthigs gesprochen. Sie brauchte Krieger, und auch Hofbeamte, die sich um ihre Finanzen kümmerten. Aber der Einzige, den sie wirklich kannte und dem sie traute, war Vater Herefrith. Dieser aber war Offas Kaplan, und hoffentlich blieb er auch weiterhin der ihre. Sie konnte ihm wohl nicht noch mehr aufbürden. Vielleicht kannte er jemanden, einen jungen Gelehrten möglicherweise, dem sie die Verwaltung ihres noch ungewohnten neuen Vermögens anvertrauen konnte.

»Fina, es ist spät. Du solltest dich schlafen legen.«

»Kann ich nichts mehr für Euch tun, Herrin? Ihr habt seit Eurer Ankunft kaum etwas gegessen, vielleicht …« Sie verstummte und blickte zu den schweren, dunklen Tüchern, die die Halle vom Gemach abtrennten.

Auch Drida vernahm das Anschwellen der Lautstärke in den Gesprächen draußen – aufgeregte Rufe, die nur gedämpft bis zu ihr hindurchdrangen.

»Was mag dort wohl vor sich gehen?«, fragte Fina und sah beunruhigt zwischen ihr und der Halle hin und her.

»Streitigkeiten unter den Noblen vielleicht«, vermutete Drida und versuchte, Genaueres herauszuhören, aber es war nur ein dumpfes Grölen. »Du hast doch vorhin gesagt, der Aldermann der Magonsæten wäre eingetroffen. Und da auch Uhtred von den Hwicce am Hof verweilt, kann es wohl durchaus etwas lauter zugehen.«

»Da habt Ihr bestimmt recht, Herrin. Nun, soll ich Euch noch etwas …«

»Gesegnet sei der, der diese Tat vollbrachte!«, erklang unvermittelt ein Ruf von draußen, klar und deutlich, gefolgt von bebendem Jubel.

Drida trat fort vom Schreibpult, an dem sie einen Brief an Gerperga verfasst hatte, in der Hoffnung, dass Beornred ihn nach seiner Abreise überbringen konnte. Sie lauschte aufmerksam, und es erschien ihr, als herrsche gute, ausgelassene Stimmung. Also doch kein Streit.

Nun war sie neugierig, was dort draußen vor sich ging. Sie trat zu Fina, legte ihr die Hand auf die Schulter und sagte: »Leg dich schlafen, Fina. Ich brauche dich heute nicht mehr.«

Und mit diesen Worten schob sie sich zwischen den Tüchern hindurch in die hell erleuchtete Halle, in der sie um das Herdfeuer herum allerhand Gestalten zusammenstehen sah. Sie hielt auch nach Offa Ausschau, konnte ihn aber nirgends entdecken.

»Ich sagte schon immer, niemand entgeht Gottes Gerechtigkeit! Lange hat es gedauert, aber der Herr belohnt die Geduldigen!«

Drida sah einen Mann mit einem Trinkhorn in der Hand, der es in die Luft stieß und dann einen tiefen Schluck nahm. Die Hälfte floss ihm über den langen Bart hinunter. Bei näherer Betrachtung erkannte sie in ihm einen Krieger aus Offas

Herdwache. Drida sah sich nach weiteren bekannten Gesichtern um, nach Leofric, Eadric oder auch Vater Herefrith, irgendjemanden, den sie näher kannte als nur von flüchtigen Begegnungen. Aber keiner von ihnen hielt sich in der Halle auf.

Die heitere Stimmung schien die Wände zittern zu lassen. Und trotzdem war da irgendetwas, das Drida ein ungutes Gefühl bereitete. Etwas Feindseliges, Dunkles, Schadenfrohes lag in der Luft.

»Ruhe! Die Königin!«

Unvermittelt wurde es still, und alle drehten sich zu ihr um, sahen sie an, wie sie vor den Vorhängen des Gemachs stand und im Versuch, Näheres herauszufinden, alles genau beobachtete. Ealdred von den Hwicce, Godas Vater, kam auf sie zu, strahlend übers ganze rote Gesicht. Er breitete die Arme aus und verneigte sich, dabei schwankte er ein wenig, was vom übermäßigen Genuss des Weins zeugte, trotz Fastenzeit.

»Meine Königin.« Die Worte klangen schwer, schienen ihm kaum über die Zunge zu kommen. »Ein Geschenk wartet auf Euch, zur Feier Eurer Wiederkehr! Der Verräter ist tot!«

Wieder erklang Jubel.

Drida spürte ihre Beine schwach werden. Ein Kribbeln machte sich in ihrem Kopf breit, ihre Ohren fielen förmlich zu, und die Ränder ihres Blickfelds zogen sich zusammen. Die Worte hallten immer wieder in ihren Gedanken nach, und obwohl sie sie gar nicht richtig verstand, wusste sie doch sofort, was sie bedeuteten.

»Beornred ist tot!«, rief auch schon ein anderer.

Drida glaubte in einen Albtraum gefallen zu sein. Regungslos stand sie da, blickte jedem einzelnen Feiernden ins Gesicht und sammelte alles an Kraft, was sie hatte, um sich keine Gefühle anmerken zu lassen, um den Männern, die sie ihre Königin nannten, nicht zu zeigen, was diese Worte in ihr auslösten.

Dabei half ihr der Umstand, dass ihr all dies unwirklich erschien. Sie fühlte sich wie unter Wasser getaucht. Das konnte nicht stimmen, irgendetwas war hier falsch. Sie hatte doch vorhin erst eine Nachricht von ihm bekommen. Er hatte sie im Stall treffen wollen. Aber sie war nicht hingegangen. Sie hatte ihn im Stich gelassen.

»Sollen wir ihn für Euch hereintragen, Herrin, damit Ihr ihn betrachten könnt? Wir legen seinen Leichnam gerne zu Euren Füßen. Von nun an könnt Ihr wieder ruhig schlafen. Ihr, der König und die Kinder, die Ihr einmal bekommen werdet, sind von diesem Tage an wieder sicher.«

»Wem kann ich für dieses Geschenk danken?«, fragte sie, ruhig und gefasst. Ihre Stimme zitterte kein bisschen, sie fühlte sich ihrem Körper entrückt.

Schweigen folgte, Blicke wurden getauscht, dann sprach erneut Ealdred.

»Nun, meinem Vetter, nehme ich an – dem König, Eurem Gemahl. Und Zeit wurde es, wenn Ihr mich fragt. Der Herr Leofric kam vorhin herein und erzählte, dass Beornred mit durchgeschnittener Kehle im Stall liegt. Er wollte wissen, wer das war, und obwohl ich mich gerne mit dieser Tat gerühmt hätte, konnte ich ihm leider keine Antwort geben. Aber wir wissen doch alle, dass unser König zu Ende brachte, was gar nicht so lange hätte aufgeschoben werden dürfen. Vielleicht gibt er für seine Beziehung zum Frankenreich vor, es nicht gewesen zu sein, aber niemand sonst hätte gegen seinen Befehl verstoßen. Beornred konnte nur durch Offas Hand oder durch Offas Befehl sterben. Er ist draußen, Herrin, falls Ihr Euch bedanken wollt. Ich begleite Euch gerne und …«

Drida hob langsam die beringte Hand, sah dem Subkönig in die Augen und zwang ihre Lippen zu einem Lächeln. »Habt Dank, aber ich werde ihn schon finden. Genießt die Nacht, aber haltet Euch mit dem Wein zurück. Vergesst nicht, dass wir bald Ostern feiern.«

»Gesegnet sei unsere fromme Königin!«, rief er, streckte ihr das Horn entgegen, zwinkerte ihr zu und wandte sich schließlich wieder an seine Kumpane.

Drida setzte sich in Bewegung, wie eine Schlafwandlerin, einen Schritt vor den anderen. Sie konnte es nicht glauben. Die letzten Wochen war sie glücklich gewesen, voller Zuversicht, sie hatte sich fast schon zu Hause gefühlt, geborgen, kraftstrotzend. Sie war auch sicher gewesen, Karlmann helfen zu können, mit Offa an ihrer Seite, einem Mann, dem zu vertrauen sie gelernt hatte. Sie konnte sich nicht vorstellen, dass er tatsächlich Beornred getötet hatte.

Andererseits hatte er in Bezug auf Beornred nie klar zu denken vermocht. Der Hass blendete ihn, und er hatte doch bei ihrer Ankunft zu ihm gesagt: *»Auf die eine oder andere Weise.«* Vielleicht hatte Offa die Klinge nicht selbst geführt, aber es musste sein Befehl gewesen sein. Denn wie Ealdred schon sagte: Offa hatte ausdrücklich befohlen, Beornred nichts anzutun und Bündnisgespräche mit ihm führen zu wollen. Niemand hätte seinem Wort zuwidergehandelt. Vielleicht war es Eadric gewesen, der vor langer Zeit seinen Bruder verloren hatte, als dieser sich auf Beornreds Seite gestellt hatte. Vielleicht auch Leofric, oder irgendein anderer von Offas Kriegern.

Die kalte Nachtluft schlug ihr entgegen, ein klarer Sternenhimmel und ein abnehmender Mond strahlten zwischen einzelnen, unheimlich umherziehenden Wolkenfetzen auf sie herab. Drida sah Mägde und Knechte im Hof, aufgeregte Stimmen surrten auch hier durcheinander, vor dem Stall standen Gruppen zusammen. Drida erkannte Leofric mit seinem herausleuchtenden Haar. Er blickte in ihre Richtung und wandte sich schließlich an den Mann vor ihm, der in der Menge kaum zu erblicken war. Aber dann trat Leofric zur Seite, und Drida sah Offa, der an Leofric vorbei zu ihr blickte. Aus der Entfernung konnte sie seinen Ausdruck nicht lesen, aber sie glaubte, dass er erschrocken war, sie hier zu sehen. Leofric sagte irgendetwas zu ihm, dann löste Offa sich von den anderen und kam mit weitgreifenden Schritten über den Hof auf sie zu.

Jetzt konnte sie ihn auch genauer erkennen. Seine Miene wirkte im kalten Mondlicht noch düsterer, gefühlloser als sonst, das Licht der Fackeln erreichte ihn nicht, und so wirkte er wie eine Gestalt des Todes.

»Drida.«

Sie konnte ihn nicht ansehen, blickte an ihm vorbei zu den zusammenstehenden Menschen, versuchte etwas auszumachen, das ihr einen Hinweis auf die Wahrheit gab.

»Komm mit. Du solltest das nicht sehen.«

»Was soll ich nicht sehen?«

Sie klang tonlos, blickte gar nicht zu ihm auf, sondern hielt ihren Blick weiterhin auf den Stalleingang gerichtet. Ein paar Knechte drängten sich in die Unterstände, wo die Pferde für einen Ritt fertig gemacht oder abgesattelt wurden, sie kletterten auf die Umzäunungen und versuchten, einen Blick zu erhaschen. Auf den toten Verräter.

Oder vielleicht hatte Ealdred sich ja getäuscht, vielleicht war all das gar nicht wahr?

»Leofric hat ihn gefunden«, erklang Offas Stimme wie aus weiter Ferne.

Er kam allerdings zu keinen weiteren Worten, denn als hätte der Krieger seinen Namen gehört, kam er auf sie beide zu.

»Was sollen wir mit ihm machen? Die Männer wollen ihn an die Schweine verfüttern.« Drida zuckte zusammen, und Leofric sah erschrocken auf sie hinab. »Bitte verzeiht, Herrin, ich wollte nicht …«

Hilfesuchend sah er zu Offa, aber Drida konnte nicht länger ruhig verharren. Sie schob sich an den beiden Männern vorbei und ging zum Stall, immer noch sonderbar entrückt.

»Drida, warte«, hörte sie Offa, und im nächsten Moment war er auch schon an ihrer Seite und umschloss ihren Arm mit festem Griff.

Sie blickte zu ihm empor, direkt in seine eisblauen Augen, die jetzt dunkel wirkten.

»Lass mich los«, sagte sie ruhig.

Seine Brauen zogen sich zusammen, prüfend sah er sie an. Schließlich nickte er, und seine Finger um ihren Arm lösten sich ein wenig, aber nicht ganz.

»Komm.«

Er winkte nach vorn, die Männer gingen auseinander, und dann führte er sie langsam näher an den Stall heran. Drida spürte ihr Herz in der Brust rasen, ihr war brennend heiß und eiskalt zugleich, alles um sie herum begann sich zu drehen. Zu wissen, was sie sogleich erblicken würde, war fast mehr, als sie aushalten konnte.

Im Dunkeln hätte sie ihn beinahe gar nicht gesehen, aber dann senkte einer der Männer seine Fackel und beleuchtete Beornred, der vor dem Tor auf dem Boden lag und sie aus offenen, leblosen Augen anstarrte. Sein Gesicht war aschfahl. In der Dunkelheit war auf dem Ringpanzer kaum Blut zu erkennen, hauptsächlich bedeckte es als dunkle Flecken seine schlaff an seiner Seite liegenden Hände.

Drida stellte sich vor, wie er seine Kehle umklammert hatte, im verzweifelten Versuch, die Wunde zu schließen. Nichts an ihm wirkte friedlich, der Schock stand ihm immer noch ins Gesicht geschrieben, und sie konnte gar nicht glauben, was für ein Hüne er gewesen war. Jetzt lag er da wie ein gefällter Baum und wirkte winzig. Aus dem Leben herausgerissen, von einem Moment auf den anderen.

»Warum?«

Nun war ihrer Stimme die Schwäche anzuhören, sie klang kläglich, und kaum einer schien sie wahrzunehmen. Offa allerdings verstärkte seinen Griff, als fürchtete er, sie könne zusammenbrechen. Er umschloss auch noch ihren anderen Arm und drehte sie zu sich herum, sodass sie gezwungen war, den Blick von Beornred zu nehmen und ihn anzusehen.

»Was meinst du damit?«, fragte er und sah sie ausdruckslos an.

Drida versuchte, ihre Gedanken zu sortieren, wieder klarer zu werden – und vor allem in seinen Augen die Wahrheit zu erkennen. Abzulesen, ob er etwas damit zu tun hatte. Aber es war ihr nicht möglich. Selbst nach den gemeinsamen Wochen konnte sie noch immer nicht in seiner Miene lesen.

»Er wäre abgereist«, brachte sie mühsam heraus. »Er wäre von hier weggegangen. Ich habe ihm nicht geantwortet, er hat den ganzen Tag auf mich gewartet, und ich habe nicht reagiert, für dich, für uns, damit er abreist, damit er sieht, dass ich …«

»Komm mit.« Offa wies zur Halle.

Drida bemerkte, dass nun doch Blicke auf ihr lagen. Sie musste sich zusammenreißen. Beornred war für alle hier ein Feind gewesen, sie durfte nicht offen trauern. Zudem war sie die Königin, sie musste stets allen Gefühlen gegenüber erhaben sein. Aber sie spürte an ihrem Zittern, dass ihr dies kaum gelingen wollte. Dabei sollte sie mit ihren fast achtzehn Jahren und allem, was sie bereits erlebt hatte, nicht mehr so leicht zu erschüttern sein.

»Bringt ihn zur Kirche und sorgt dafür, dass er ein anständiges Begräbnis erhält.«

Offa führte sie über den Hof, aber nicht zurück in die Halle, wo immer noch lautstark gefeiert wurde, sondern am Langhaus vorbei zu den finsteren, herabgesenkten Vorratshäusern, deren spitz zulaufende Dächer bis zum Boden reichten. Er stieß die Tür einer dieser Hütten auf, führte sie zwei Stufen hinab und wandte sich ihr schließlich zu. Es roch nach Staub und Getreide, und sie konnte kaum etwas sehen, es war stockdunkel.

»Es tut mir leid, dass du das sehen musstest.«

Seine Stimme war rau, ihr waren keine Gefühle anzuhören. Vielleicht riss er sich für sie zusammen, um seine Freude über Beornreds Tod nicht so offen zu zeigen, wie Ealdred und die anderen in der Halle. »Ich hatte gehofft, dir das ersparen zu können.«

»Er wäre fortgegangen.« Sie konnte an nichts anderes denken. Warum hatte sie ihn abgewiesen? Was hatte er ihr sagen wollen? Hatte er bereits gewusst, dass er in Gefahr schwebte? Sie war schuld.

»Ja, vielleicht.«

»Warum musste er dann sterben?« Sie sah zu Offa auf, erkannte nur seine Umrisse, aber etwas an seiner Haltung änderte sich.

»Du glaubst, *ich* war es?«

»Wenn nicht du selbst, dann einer deiner Männer.«

»Es ist wahr: Ich bin nicht traurig, ihn tot zu wissen, wir sind hier ganz bestimmt sicherer ohne ihn. Aber ich habe nichts damit zu tun.«

Drida wandte sich ab. Sie wusste nicht, was sie glauben sollte. Sie hatte Offa bei ihrer Ankunft ja gehört! Er wäre durchaus fähig gewesen, Beornred aus dem Weg zu schaffen. Und wie Ealdred schon gesagt hatte: Wer hätte gegen Offas Befehl verstoßen?

»Drida.«

Offa legte seine Hand auf ihre Schulter, aber sie hielt seine Berührung im Moment nicht aus. Sie wand sich aus seinem Griff. Aber nun nahm er sie an beiden Schultern und drehte sie zu sich herum.

»Beornred war nicht der, für den du ihn hältst, glaub mir. Er war zu Taten fähig, die du dir nicht vorstellen kannst. Wir wären nie sicher vor ihm gewesen. Er hätte dich gegen deinen Willen fortschaffen können, er hätte dir etwas antun können, unseren Kindern, wenn der Herr uns mit welchen segnet.«

»Er hätte mir nie etwas getan, Offa. Er wäre doch nach Hause gegangen.«

»Das können wir nicht wissen. Er wäre gegangen, aber bestimmt nicht, bevor er hier alles zerstört hätte.«

»Also warst du es doch.«

»Ich sagte dir bereits: Ich war es nicht.«

Drida drehte sich von ihm weg, so gut es ihr möglich war, aber Offa umfasste ihr Kinn und zwang sie so, ihn anzusehen. Dabei konnte sie kaum mehr als seine funkelnden Augen erkennen und seinen Atem auf ihrem Gesicht spüren.

»Ich werde herausfinden, wer das war, Drida, auch wenn es nicht leicht wird. Beornred hatte hier viele Feinde.«

»Wer hätte gegen deinen Befehl verstoßen, wenn er nicht sicher wäre, von dir geschützt zu werden?«

Schweigen.

Er schloss kurz die Augen, dann atmete er tief ein. »Ich kann dir die Antworten nicht geben, die du dir wünschst. Aber glaub mir, auch mich beunruhigt es zu wissen, dass es hier jemanden gibt, der meinen Anweisungen zuwiderhandelt und das Gesetz in die eigene Hand nimmt. Du glaubst mir doch, dass ich nichts damit zu tun habe?«

Drida schwieg. Sie konnte sich nicht abwenden, einer Antwort nicht entgehen, während Offa sie immer noch unverwandt ansah.

»Drida?«

»Du hast es heute selbst gesagt: *Er wird von hier verschwinden, auf die eine oder andere Weise.*«

»Das waren im Zorn gesprochene Worte. Hätte ich ihn töten wollen, dann hätte ich es bei Tageslicht und unter Zeugen getan, mit eigener Hand. Drida …« Sein Griff wurde etwas lockerer, er strich mit dem Daumen über ihre Wange. »Ich weiß, das ist ein schwerer Schlag für dich, ich weiß, wofür er für dich steht. Ich habe ihn für dich verschont und hätte nie alles zwischen uns riskiert, nur um meine Rache zu bekommen. Lass nicht zu, dass dies etwas zwischen uns ändert.«

Sie war überfordert und von Trauer überwältigt. Im Moment fühlte sie sich wieder schrecklich allein. Ein Teil in ihr wollte sich an Offa schmiegen, von seinen starken Armen festgehalten werden und Trost erfahren. Vielleicht glaubte sie ihm sogar, aber der Schmerz über den Verlust ließ sich dadurch nicht vertreiben. Auch nagte trotz seiner Versicherungen ein winziger Stachel der Verunsicherung und des Zweifels an ihr. Sie brauchte Ruhe, um ihre Gedanken zu sortieren.

»Erlaubst du, dass ich mich zurückziehe? Ich bin müde.«

Offa sah sie eine quälende Ewigkeit lang schweigend an, dann ließ er die Hände sinken. »Er wird angemessen bestattet, und Vater Herefrith wird König Karlmann im Frankenreich informieren.«

Drida nickte nur, sie wollte gar nicht mehr sprechen. Bestimmt vermutete Karlmann sofort, dass Beornred von Offa ermordet worden war, ein heimtückischer Hinterhalt. Mit Letzterem hätte er nicht unrecht. Vielleicht würde es ihr besser gehen, wenn Offa die Tat zugäbe und verteidigte, wenn sie wirklich wüsste, was geschehen war. Aber so blieb von Beornred nichts als eine Blutlache in der Stallgasse.

KAPITEL 32

Das Glück, welches das Königspaar bei ihrer Ankunft in Tamouuorthig umgeben hatte, war zerstört. Die beiden waren kaum noch zusammen anzutreffen, sprachen bei den Mahlzeiten nur das Nötigste miteinander, und obwohl Fina sich weigerte, irgendetwas über ihre neue Herrin, die Königin, auszuplaudern, wusste Hilda, dass auch nachts Eiseskälte zwischen den beiden herrschte. Ihr Plan war aufgegangen. Alles verlief so, wie es sein sollte.

Ihr Blick fiel auf die Getreidesäcke hinab. Der Lichtschein aus der offen stehenden Tür fiel genau auf die Spitze der dort auf dem Lehmboden versteckten Klinge und schuf einen kleinen, funkelnden Fleck. Hilda ging in die Hocke und streckte die Hand danach aus. Sie sollte einen Sack Hafer in die Küche bringen, aber das Funkeln zog sie an. Sie schloss ihre Finger um die Spitze und zog das Messer heraus. Getrocknetes Blut klebte immer noch daran, sie hatte bewusst keine Gelegenheit gesucht, um es unauffällig abzuwaschen. Nein, sie brauchte es noch, sie musste nur den richtigen Moment abwarten. Es war nicht ihr Messer, sondern stammte aus der Küche, um keinen Verdacht auf sie zu lenken. Es war scharf, geeignet, um feste Fleischstücke zu zerschneiden, und es war leicht durch Beornreds Hals gefahren.

Er hatte es nicht erwartet. Er hatte sie als Verbündete betrachtet. Und Hilda hätte auch weiter mit ihm zusammengearbeitet. Aber dann hatte sie gesehen, wie Offa und Drida sich ansahen, sie hatte erkannt, dass sich zwischen den beiden auf ihrer Reise etwas geändert hatte. Ihr war klar geworden, dass auch dann, wenn Beornred die Königin von hier fortbrachte, Offa niemals aufgeben würde, um sie zurückzubekommen. Dridas Verschwinden hätte seine Gefühle für sie nur noch verstärkt. Und die Reaktion der Königin auf Beornreds Brief hatte ebenfalls klargemacht, dass sie gar nicht beabsichtigte, Offa zu verlassen, dass Beornred mit leeren Händen hätte zurückgehen müssen.

Nein, Beornred war nutzlos geworden. Doch er hatte am Ende noch einem Zweck gedient: einen Bruch zwischen Offa und Drida herbeizuführen. Jetzt musste Hilda nur noch die Klinge in Offas Gemach verstecken, irgendwo, wo Drida sie finden konnte, um ihren Zweifeln an seiner Unschuld weitere Nahrung zu geben. Und während Drida den König mit Nichtachtung strafte und er voller Enttäuschung über ihre Zurückweisung war, würde Hildas Moment kommen. Offa würde sich dankbar in ihre Arme flüchten, er würde Vergessen bei ihr suchen – und finden. Danach würde er sich an seine kleine Königin gar nicht mehr erinnern können.

»Mutter?«

Deogols Stimme klang fremd und kalt. Hilda fühlte sich augenblicklich aus ihren verzückten Gedanken gerissen. Schnell ließ sie die Klinge sinken, versteckte sie hinter dem Rücken und erhob sich vom Boden. Aber sie ahnte, dass es zu spät war.

Deogol stand in der offenen Tür. Sie konnte sein Gesicht nicht genau erkennen, denn er stand gegen die Sonne. Aber sie spürte seine Anspannung. Seit seiner Heirat hatte er kein Wort mehr mit ihr gesprochen. Warum ausgerechnet jetzt?

»Sieh nur, was ich gefunden habe«, sagte sie schnell, damit er nicht noch misstrauischer wurde. Sie zog die Klinge hervor und streckte sie ihm entgegen. »Jemand muss das Messer hier versteckt haben.«

Deogol kam die beiden Stufen zu ihr herunter und blickte auf die Klinge hinab, die Brauen misstrauisch zusammengezogen. Das sonst golden schimmernde Haar war von Erde, Nadeln und Rindenstückchen beschmutzt. Vermutlich hatte er wieder im angrenzenden Wald gearbeitet, jedenfalls roch er angenehm danach.

»Ja«, sagte er tonlos und streckte auffordernd die Hand aus. Alles an ihm schien wachsam, als könnte sie jeden Moment mit dem Messer auf ihn einstechen, auf ihren eigenen Sohn. »Jemand hat es wohl hier versteckt. Wir sollten es dem König bringen.«

Hilda schloss die Hand fester um das Heft. Sie wollte das Messer nicht hergeben, schließlich musste es noch seinen Zweck erfüllen. »Ja. Das wollte ich auch gerade tun.«

Deogol trat einen Schritt zur Seite und wies einladend zur Tür. Hilda überlegte, wie sie jetzt handeln sollte. Schließlich klemmte sie das Messer in ihren Gürtel.

»Zuerst muss ich den Hafer in die Küche bringen, der König ist ohnehin bei der Ostermesse.« Sie wollte sich zu den Säcken hinabbeugen und einen davon nehmen, als Deogol sie unvermittelt an der Schulter festhielt.

»Ich überbringe es für dich. Gib es mir.«

»Ach, das musst du nicht, ich …«

»Du kanntest den Herrn Beornred, nicht wahr? Fina meinte, sie hätte dich mehrmals mit ihm zusammen im Stall gesehen.«

Immer diese Fina!

»Na und?«, gab sie zurück und hoffte, dass er das Thema fallen lassen würde, wenn er die nächsten Worte hörte, von denen sie wusste, dass sie ihm unangenehm waren. »Es ist nichts Neues für dich, dass deine Mutter eine Hure ist.«

Wie erwartet senkte Deogol den Blick, und sie glaubte, seine Wangen glühen zu sehen.

»Mochtest du ihn?«, fragte er schließlich zu ihrem Leidwesen. Nun klang Sorge aus seiner Stimme.

Hilda schnaubte verächtlich. »Was willst du überhaupt hier? Du hast die letzten Wochen doch auch so getan, als würde es mich nicht geben.«

»Ich … ich weiß auch nicht. Ich war enttäuscht, dass du nicht zu meiner Hochzeit gekommen bist. Ja, das bin ich auch noch immer. Aber nach diesem … Mord … wollte ich nur sichergehen, dass es dir gutgeht. Und dann finde ich dich mit diesem Messer. Nicht erschüttert oder verwirrt, sondern … lächelnd.«

»Nun, du kennst mich, Junge. Ich bin keine, die besonders sensibel oder sentimental ist. Ich habe gelächelt im Wissen, dass der König sich über diesen Fund freuen wird und ich vielleicht eine Belohnung erhalte.«

»Deshalb willst du das Messer selbst überbringen. Für die Belohnung.«

»Ich lebe hier mit nichts. Es wäre nett, einmal ins Dorf zu gehen und mir eine schöne Spange oder Brosche kaufen zu können.«

Deogol nickte nachdenklich. Hilda glaubte schon, ihn gleich loszuwerden, dann aber streckte er erneut die Hand aus.

»Gib mir das Messer trotzdem. Ich gebe dir die Belohnung, wenn es eine gibt, ich schwöre es. Ich möchte nur nicht, dass du in Schwierigkeiten gerätst. Es wird Fragen geben, wie du dazu gekommen bist, vor allem, da du Beornred gekannt hast. Ich kümmere mich darum.«

Wie erwachsen er plötzlich wirkte! Nur leider im unpassendsten Moment. Doch ihr fiel nichts mehr ein, was sie noch sagen sollte, wie sie das Messer behalten könnte, ohne den

Verdacht auf sich zu lenken. Also überreichte sie es ihm schließlich widerwillig.

»Danke«, sagte sie und zwang sich zu einem Lächeln. Jetzt musste sie sich etwas anderes einfallen lassen.

Hilda schritt wachsam durch die Halle, ließ ihren Blick über die versammelten Noblen und Bediensteten schweifen. Auch die Königin war anwesend, sie sprach mit Vater Herefrith am Herdfeuer. Dunkle Schatten lagen unter ihren Augen in dem blassen, schmalen Gesicht. Von Fina wusste Hilda, dass die Königin in den letzten Tagen kaum ihr Essen hatte behalten können, der Anblick des toten Beornred hatte sie stark getroffen. Aber Hilda fürchtete, dass Drida bereits ein Kind erwartete. Sie musste schnell handeln.

Die geeignete Gelegenheit bot sich ihr unerwartet ganz von selbst. Offa hatte nach ihr rufen lassen, und Hilda zweifelte nicht daran, dass er die Einsamkeit vertreiben wollte. Sie hatte in den letzten Tagen bemerkt, dass er ihr immer wieder Blicke zuwarf, dass er sie beobachtete. Und jedes Mal, wenn sie zurückgesehen hatte, hatte sie in ihre Augen ein Versprechen gelegt, sie hatte ihm ohne Worte mitgeteilt, was ihn erwartete, wenn er sich endlich entschloss, seine prüde Gemahlin zu vergessen. Nun konnte er wohl nicht länger warten, und er gehörte endlich ihr.

Einer von Offas Hofbeamten stand vor den Vorhängen. Als er sie herankommen sah, ging er ins königliche Gemach, kam gleich darauf wieder zurück und hielt ihr das Tuch einladend zur Seite. Er wusste also Bescheid.

Hilda warf der Königin im Herzen der Halle einen Blick zu. Bemerkte Drida, dass ihr Gemahl gerade dabei war, sich eine Geliebte zu nehmen? Nein, die Königin unterhielt sich immer noch mit dem Priester und sah nicht einmal in Hildas Richtung, was ihr ein wenig Freude über den Sieg nahm. Aber das Beste würde jetzt ja erst folgen.

Hocherhobenen Hauptes und mit beschwingtem Schritt ging sie in das königliche Gemach und sah Offa sogleich am Schreibpult. Hinter ihm prangte ein wertvoller, schwerer Wandteppich, der irgendeinen Märtyrer zeigte. Daneben zierten mächtige Geweihe und Schilde von vergangenen Generationen die Wände. Bald würde sie mehr von all dem sehen, wenn sie erst einmal Offas Geliebte war. All der Prunk war bald auch ihrer.

Bei ihrem Eintreten blickte Offa auf. Er lächelte – ein seltener Anblick, der ihr bereits alles verriet. Ein wenig hilflos hob er die Feder in der Hand an und drehte sie hin und her. »Die Königin vermag zu schreiben und zu lesen, und ich möchte ihr in nichts nachstehen. Also versuche ich mein Glück. Aber es will mir nicht so recht gelingen.«

»Ihr seid der König«, erwiderte Hilda.

Allein die Erwartung an das, was bevorstand, löste ein aufgeregtes Zittern in ihr aus. Sie betrachtete ihn in der knielangen Tunika, die sich über seine breiten Schultern und die muskulöse Brust spannte, das Flackern der Lichter auf seinem immer noch goldenen Haar, das er wie meist im Nacken zusammengebunden hatte. Wie sich wohl sein Bart anfühlte, wenn er sie küsste? Einst im Stroh hatte er kaum einen Flaum gehabt, jetzt aber war er ein richtiger Mann. Ein Ziehen machte sich in ihrem Unterleib breit.

»Ihr habt Bedienstete, die solcherlei Dinge für Euch erledigen. Ihr solltet Euch auf das Wesentliche konzentrieren.«

Offa lachte leise, legte die Feder nieder und trat vom Pult zurück.

»So direkt wie immer, Hilda.«

Er sah sie an, aber es war kein flüchtiger Blick. Nein, es war genau das, was sie wollte. Er musterte sie, lange, als suchte er nach den richtigen Worten. Vermutlich fiel es ihm schwer, den Anfang zu machen. Hilda konnte sich vorstellen, dass er seine Gemahlin nicht hintergehen wollte, er hatte immer schon zu viel Ehre im Leib gehabt. Aber sie würde es ihm leichtmachen.

»Es hat mir sehr leidgetan zu sehen, was der Tod des Verräters angerichtet hat«, begann sie vorsichtig, um ihm zu zeigen, dass sie auf seiner Seite stand. »Als Ihr nach Tamouuorthig gekommen seid, wirktet Ihr glücklich. Jetzt aber … Ich nehme an, die Königin hält an alten, falschen Loyalitäten fest. Warum sonst könnte man den Usurpator betrauern?«

Seine Brauen zogen sich zusammen, sein Blick wurde kühl, und Hilda überlegte erschrocken, ob sie womöglich die falschen Worte ausgesprochen hatte.

»Die Königin ist dankbar für die Befreiung von dieser Gefahr«, erwiderte er ernst. Seine Worte erlaubten keine Widerrede. »Der Anblick eines gemeuchelten Mannes, so schlecht er auch war, hat ihre zarte Seele erschüttert. Sie wuchs nicht auf mit Überfällen, Krieg und Tod, und wir wollen ihr junges Alter nicht vergessen.«

»Natürlich nicht, Herr.« Ein Mädchen, noch ein halbes Kind, das ihn bestimmt nicht zufriedenstellen konnte.

»Hilda, ich habe dich aus einem besonderen Grund rufen lassen.«

Endlich! Ihr aufkommender Gram verflog augenblicklich wieder, ihr Herz beschleunigte seinen Schlag, und ihr Blick fiel auf seine Lippen. *Rede nicht so viel,* wollte sie sagen, *nimm dir endlich, was du begehrst. Du hast es ja auch offensichtlich eilig, das Thema zu wechseln.*

»Du hast schon viel durchgemacht in deinem Leben«, begann er und wandte sich von ihr ab. Er hielt auf die Bettstatt zu, und Hilda musste sich ein Lächeln verkneifen. Sie hörte ihm kaum zu. »Als ich dich fand, musstest du davon leben, deinen Körper zu verkaufen, dein Sohn war ein Dieb.« Er ging am Bett vorbei zu einer Truhe, aus der er einen schlichten Schleier herausnahm. Damit kam er zurück zu ihr. »Dir war anzusehen, dass es Tage gab, an denen du nichts zu essen hattest, an denen du kein Dach über dem Kopf hattest. Du hast dich mir anvertraut, dich in meinen Besitz übergeben, um würdevollerer Arbeit nachzugehen, um regelmäßig zu essen zu bekommen, um deinen Körper zu kleiden und in Wärme zu schlafen. Aber ich merke, das ist noch nicht genug. Du hast mehr verdient.«

Ihr Herz begann schneller zu schlagen. *Ja, das habe ich,* wollte sie sagen. *Ich habe dich verdient.*

Offa blieb vor ihr stehen und legte ihr den Schleier über den Kopf. Sie wusste nicht, was das sollte, aber im Moment war ihr das egal. Er stand so dicht vor ihr, seine Hitze strahlte auf sie aus, der Geruch nach Eisen und Leder stieg ihr in die Nase. Sie musste nur die Hand heben, ihn berühren …

»Wulfhere hat mich um die Erlaubnis gebeten, dich zur Frau zu nehmen, und ich habe zugestimmt.«

Hilda fuhr zurück, ihr Körper begriff die Worte schneller als ihr Verstand. »Was?« Fassungslos starrte sie ihn an, dann entfuhr ihr ein Lachen, so unglaublich waren diese Worte.

»Es ist eine große Ehre für eine Leibeigene, für eine …«

»Hure?!«

Offa ignorierte das zornig gesprochene Wort und sprach weiter, ungeachtet ihres immer schneller werdenden Atems.

»Wulfhere ist ein Krieger meiner Herdtruppe, der Herr über weitreichende Ländereien, und bislang gab es keine Frau für ihn, die er zu ehelichen beabsichtigte. Ich weiß nicht, wie du das geschafft hast, aber …«

»Ich? Geschafft?!«

Der Raum um Hilda begann sich zu drehen. Sie tastete zur Seite, nach Halt suchend, aber da war nichts. Nein, das war falsch, es hätte alles anders sein sollen! Sie sollte längst auf dieser Bettstatt liegen, sie sollte weiche Felle und glatte Seide spüren, sie sollte wie eine Königin behandelt werden, wenn sie schon keine sein konnte.

»Ich nehme an, euch beide verbindet die gemeinsame Herkunft, und ich weiß, er ist sehr angetan von Deogol, er sieht in ihm großes Potenzial.«

Deogol! Darum ging es Wulfhere! Natürlich! Er wollte die Macht über ihren Sohn erlangen! Hilda rang nach Luft.

»Ich freue mich auf jeden Fall sehr, dass du und dein Sohn einer guten Zukunft entgegenblickt. Deogol ist glücklich verheiratet, und nun wirst auch du ein ehrenhaftes Leben führen.«

»Niemals.« Sie brachte kaum mehr als ein Flüstern zustande, und Offa schien es auch gar nicht zu hören.

»Mit Wulfhere habe ich bereits besprochen, dass die Hochzeit nach Ostern stattfinden soll. Er möchte keine große Sache daraus machen, aber das kannst du mit ihm besprechen. Ich für meinen Teil kann nur sagen, dass ich froh bin, dich in derart guten Händen zu wissen, und dass ich meine Zustimmung mit großer Freude gegeben habe.«

Hilda starrte ihn an. Sie wollte schreien und toben – das war ihr ja auch nicht fremd –, aber diese Nachricht übermannte sie derart, dass sie sich dazu plötzlich gar nicht mehr in der Lage sah. Offas Worte hatten etwas Endgültiges. Er war der König. Alles, was er beschloss, war ein Befehl, dem jeder zu gehorchen hatte, also gab es für sie kein Entkommen. Und viel zu deutlich erkannte sie jetzt auch mit einem Mal, dass er nie ihr gehören würde. Dass er nie beabsichtigt hatte – und es auch nie tun würde –, sie zu seiner Geliebten zu machen. Er hatte seine Drida. Er wollte nur Drida.

»Mein König.«

Sie legte so viel Kraft und Würde in ihre Stimme, wie sie

zustande brachte, bebend vor Zorn. Das würde er bereuen! Alle würden diese Entscheidung bereuen!

Offa nickte nur und wandte sich wieder dem Schreibpult zu. Das Gespräch war beendet. Er hatte gesagt, was er sagen wollte, und fühlte sich anscheinend auch noch gut dabei, als hätte er sie gerettet!

Hilda knickste kurz und verließ das Gemach, in dem sie eine ganz andere Wendung ihres Schicksals erwartet hatte. Einer Vermählung mit Wulfhere konnte sie wohl nicht entgehen. Sie war Besitz, sie hatte nichts zu sagen. Aber wenn sie leiden musste, dann andere auch. Und Wulfhere würde es schon noch bereuen, sie vor den Traualtar zu zwingen, um Deogol zu bekommen. Er wollte eine brave Ehefrau? Darauf konnte er lange warten.

~

Drida konnte den Gerüchten kaum glauben, aber als sie am Fluss ankam, wo Fischer ihre Boote in den Schlick gezogen hatten, lag sie dort tatsächlich unter den herabhängenden Ästen einer Weide im Schatten.

»Luna! Wo warst du nur?«

Ein paar Menschen, die an der Uferböschung saßen und Netze flickten oder Fische ausnahmen, drehten sich zu ihr um, erhoben und verneigten sich, aber Drida konnte ihnen bis auf ein kurzes Nicken kaum Beachtung schenken. Sie ging langsam und vorsichtig den flachen Hang hinunter auf die Wölfin zu, die bei ihrem Näherkommen den Kopf von den Pfoten hob und sie mit gespitzten Ohren ansah.

Drida bemühte sich um Ruhe und Gelassenheit, sie wollte Luna mit ihrer Aufregung nicht vertreiben. Aber es war so lange her, dass die Wölfin sich ihr das letzte Mal genähert hatte. Luna ging ihren eigenen Weg, was Drida freuen sollte.

Aber Drida konnte nicht bestreiten, dass sie ihre vierbeinige Gefährtin oft vermisste. Jetzt, da sie um Beornred trauerte, umso mehr.

»Komm her, Mädchen.«

Drida ging in die Hocke, und Luna erhob sich gemächlich. Sie streckte ihren langen Wolfskörper, und da fiel Drida plötzlich der deutlich gewölbte Bauch auf. Im ersten Moment war sie erschrocken, aber dann entkam ihr ein Lachen, und ihre Hand bewegte sich selbsttätig in Richtung ihres eigenen Bauchs.

»Luna, was hast du da draußen nur getrieben?« Die Wölfin kam träge näher, und Drida streckte die Hand nach ihr aus. Die feuchte Nase traf ihre Haut, und Tränen füllten ihre Augen. »Wirst du etwa Mutter, Luna? Genauso wie ich.«

Sie strich der Wölfin über den Kopf und griff ihr wieder ins Fell. Kein Wunder, dass Luna ihre Reise durchs Land nicht begleitet hatte. Sie hatte andere Wölfe getroffen. Blieb nur zu hoffen, dass sie Anschluss an ein Rudel gefunden hatte und ihre Welpen nicht alleine aufziehen musste.

Schwermut überkam Drida. Wie so oft in den letzten Tagen sah sie Beornred vor sich. Sie erinnerte sich an die Zeit im Frankenreich zurück, vor König Pippins Tod, als sie noch alle zusammen gewesen waren. Gerperga, Karlmann, Karl und Himiltrud, und auch Beornred. Wie lange vergangen ihr all das schon erschien. Sie war knapp achtzehn Jahre alt und fühlte sich bereits von der Zeit gezeichnet.

Die Menschen um sie herum zogen sich diskret zurück, vielleicht, weil sich Brorda näherte, ein Krieger von Tamouuorthig, den sie als Leibwache in ihren persönlichen Haushalt aufgenommen hatte. Fina kannte jeden hier in- und auswendig und hatte ihr dabei geholfen zu wählen, genauso Offa, der ihr ansonsten meist aus dem Weg ging. Oft war sie froh darüber, denn sie wusste immer noch nicht, ob sie ihm glauben konnte, ob er wirklich nichts mit Beornreds Tod zu tun gehabt hatte – und wenn es nur ein Wort gewesen war. In anderen Momenten aber fehlte er ihr schrecklich, besonders, da er noch nichts von ihrem Zustand wusste. Er würde sich freuen, das stand außer Frage, aber sie war noch nicht bereit zurückzugehen, zum Davor, zum Glück. Noch sah sie zu scharf Beornreds leblosen Körper vor sich, und nicht zu wissen, wer es getan hatte, wie er umgekommen war, brachte sie nachts um den Schlaf.

Denn wenn Offa es nicht getan hatte, dann gab es hier jemanden, der Menschen umbrachte und straflos davongekommen war.

Mit einem Seufzen ließ Drida ihre Hand durch das weiche Fell streichen und zog einzelne Büschel heraus, da Luna das Winterfell abstieß. Drida wusste nicht, warum Luna zurückgekommen war, aber in ihrer düsteren Stimmung hatte sie den Eindruck, dass es ein Abschied für immer war. Wenn Luna erst ihre Welpen hatte, wenn sie Teil eines Rudels war, würde sie Drida vergessen. Aber noch hatte sie es nicht getan. Noch kehrte sie zu ihr zurück, und Drida war dafür dankbar.

Sie blickte auf ihren eigenen, noch flachen Bauch hinab und malte sich aus, wie es werden würde, Mutter zu sein. Wenn nur Gerperga an ihrer Seite wäre! Wenn Dridas Kind und Gerpergas Söhne nur zusammen aufwachsen oder sich zumindest kennenlernen könnten! Vielleicht würden sie eines Tages Verbündete werden. Dridas Kinder wären Erben eines mächtigen Reiches, und wenn Karlmann die Oberhand über seinen Bruder gewann, dann wurden seine Söhne Könige über das Frankenreich. Zwei Söhne hatte Karlmann inzwischen, was viele bestimmt als Segen sahen. Viele Söhne bedeuteten Sicherheit.

Aber im Frankenreich standen sie wohl eher für Krieg. Pippin und seine Brüder hatten einander bekämpft, Dridas Vater war als Verlierer daraus hervorgegangen, und genauso bekriegten sich jetzt Karlmann und Karl. Drida betete, dass Gerperga ihren Söhnen die Kraft gab, später einmal besser zu sein, es richtig zu machen. Und sie betete für ihr eigenes Kind, denn sie fühlte sich allein, und sie fürchtete sich. Was, wenn es ein Mädchen war? Wie würden Offa und alle anderen in Mercia reagieren? Sie würden sagen, dass Drida in ihrer Aufgabe als Königin versagt hatte. Was, wenn das Kind nicht gesund war? Wenn sie die Geburt nicht überlebte?

»Meine Herrin!«

Finas Ruf riss sie aus ihren düsteren Gedanken, und Drida war froh darüber. Sie hatte die Magd gerne um sich, ihre vor Lebensfreude sprühende Art war oft ansteckend. Als Fina aber Luna erblickte, blieb sie in sicherer Entfernung wie erstarrt stehen.

»Tut doch etwas«, zischte sie schließlich in Brordas Richtung, aber der kahlköpfige Krieger zuckte nur mit den Schultern und lächelte.

»Komm nur her«, lud Drida die Magd ein und winkte sie näher. »Sie tut dir nichts. Sieh nur, sie wird Mutter.«

Erneut durchfuhr sie ein schmerzhafter Stich, das Sehnen nach Gerperga und ihrer Vertrautheit. Sie stellte sich vor, wie ihre Freundin näher kam und sich über Lunas Zustand freute, wie sie bereits überlegte, welche Namen sie den Welpen geben konnten. Drida klammerte sich an die Magd, weil sie die Einzige hier war, der sie zumindest einen Hauch von Vertrauen entgegenbrachte. Aber Gerperga fehlte ihr schrecklich, besonders jetzt.

»Ja, sie wird Mutter«, sagte Fina leise, die immer noch einen Schritt entfernt von ihr und Luna stehen geblieben war. »So wie Ihr.«

Drida blickte zu der Magd auf, deren Gesicht im Schatten lag, weil sie vor der Sonne stand. Natürlich hatte Fina ihre

Schwangerschaft bemerkt. Sie war ihre Magd, und sie wusste, dass Drida in diesem Monat nicht geblutet hatte.

»So Gott will, ja.«

»Wollt Ihr dem König nicht sagen …«

Drida wandte sich ihr mit mahnendem Blick zu. »Der König wird davon erfahren, wenn ich mir sicher bin. So früh kann noch vieles passieren. Und er wird es von *mir* erfahren, von niemandem sonst.«

Fina nickte. Ihr war anzuhören, dass ihr Lächeln zurückkehrte. »Meine Herrin, ich wollte Euch noch fragen, ob Ihr mich morgen früh entbehren könntet? Ich begleite meinen Gemahl zur Hochzeit seiner Mutter mit dem Herrn Wulfhere.«

»Ach ja, das ist ja morgen.«

Drida konnte den Mann nur bemitleiden, sie hatte die Magd Hilda im Hof bereits wütend mit Wulfhere schimpfen gehört. Diese Ehe würde nicht einfach werden. Drida konnte sich beim besten Willen nicht vorstellen, warum ein Krieger wie er, ein Mann von Rang und Namen, eine Unfreie, eine einfache Magd, noch dazu solch eine, zu ehelichen gedachte. Aber sie musste es auch nicht verstehen noch gutheißen.

»Natürlich kannst du gehen, Fina. Ich hoffe, du kehrst in einem Stück zurück.«

»Meine Schwiegermutter ist nicht sehr einfach«, bestätigte die Magd mit düsterer Stimme, »aber sie hatte es nicht leicht.«

Das wusste Drida bereits, aber war das wirklich eine Entschuldigung für solcherlei Verhalten? Zumindest Hildas Sohn, Finas Gemahl, schien ihr anständig. Er hatte ihr als Erstes von Lunas Rückkehr erzählt, nach seiner Arbeit im Wald.

»Ich möchte noch länger hierbleiben.« Drida kraulte Luna, die sich vor sie hinlegte und die Streicheleinheiten genoss. »Würdest du dem König bitte Bescheid sagen, dass ich hier am Fluss bin?«

Fina nickte und schien nicht traurig darüber, von der Wölfin fortzukommen.

»Vielleicht wendet sich jetzt alles zum Guten«, sagte Drida leise an Luna gewandt und schmiegte ihre Wange ins Fell. »Du bist zurückgekommen, und schon in den nächsten Tagen reisen die Kinder Averduns an. Dann habe ich endlich wieder eine Aufgabe und muss nicht mehr ständig an Beornred denken.«

Sie ließ den Blick über den grau vor ihr liegenden Fluss schweifen, über die Bäume, die sich am anderen Ufer wiegten. Sie dachte an Quierzy und an alles, was früher gewesen war.

Sie musste mit Offa sprechen. Nicht nur darüber, dass sie vermutlich ein Kind erwartete. Sondern auch über Karlmann und die Hilfe, die Offa ihr für diese Verbindung zugesagt hatte.

~

Offa hatte sich in das Gemach abseits der Halle zurückgezogen. Das war nicht verwunderlich, wenn man die vielen Menschen in dem Langhaus betrachtete. Drida sah sogar den Bischof von Licidfelth und fragte sich, was er vom König wollte. Vater Herefrith lächelte ihr zu, und sie überlegte, ihn in die Kirche zu bitten. Sie wollte mit ihm sprechen – über ihre verwirrenden Gefühle, die sie einerseits zu Offa hinzogen, während ihre Trauer und ihr Misstrauen sie gleichzeitig von ihm fernhielten. Sie wollte ihm von ihrer möglichen Schwangerschaft erzählen und seinen Rat hören, was sie jetzt tun sollte. Aber im Grunde kannte sie die Antwort. Sie musste Offa davon erzählen.

Eadric, der Wache hielt, schob ihr den Vorhang zur Seite, und Drida trat ein in das Gemach, das einem Zuhause wohl am nächsten kam.

Offa lag ausgebreitet auf der Bettstatt. Sie konnte nicht erkennen, ob er schlief oder zu den Dachbalken hochblickte.

Wie immer fand sie es schwer, mit ihm im selben Raum zu sein. Das war ihr noch nie leichtgefallen, selbst auf der Reise durchs Land nicht. Selbst wenn sie sich zu ihm hingezogen fühlte, schüchterte er sie nach wie vor schnell ein.

»Mein König?«, flüsterte sie und hoffte dabei insgeheim, dass er schlief und sie das Gespräch noch aufschieben konnte. Aber Offa setzte sich auf und blickte im Licht der wenigen Bienenwachskerzen zu ihr.

»Ich hörte, du hast deine Wölfin wiedergefunden«, sagte er mit rauer Stimme, vielleicht vom Rauch in der Halle.

»Ich glaube, sie erwartet Welpen.«

Offa hob überrascht die Brauen, dann erhob er sich von der Bettstatt und kam auf sie zu. »Ich bin froh, Drida. Ich weiß, wie sehr du sie vermisst hast.«

Er näherte sich ihr vorsichtig, wie immer seit Beornreds Tod. Drida wusste, dass er zurückkehren wollte zu ihrer mühsam erlangten, fragilen Vertrautheit, aber das fiel ihr noch schwer.

»Luna ist nicht die Einzige«, sagte sie also, im Wissen, wie sehr er sich über diese Nachricht freuen würde, bevor der Mut sie verließ. »So wie es scheint, erwarte ich ein Kind.«

Offa blieb stehen und sah sie an, als hätte sie in einer fremden Sprache gesprochen. Dann leuchteten seine Augen plötzlich auf. »Bist du sicher?«

»Alle Anzeichen sprechen dafür.«

Ein Laut, halb Japsen, halb Lachen, entfuhr ihm. Er machte einen Schritt auf sie zu, blieb dann aber unsicher stehen. »Drida …«, begann er, und ihm war anzusehen, wie er nach den richtigen Worten suchte. »Wenn ich nur irgendwie … Du musst mir glauben …«

»Ich weiß«, unterbrach sie ihn und überwand die wenigen Schritte zwischen ihnen.

Sacht legte sie ihm die Hand auf die Brust. Das war alles an Nähe, was sie im Moment zulassen konnte. »Es ist nur so viel, verstehst du? Ich brauche Zeit, um mir über vieles klar zu werden. Darüber, dass Beornred für immer fort ist, dass meine letzte Verbindung zum Frankenreich abgebrochen ist, dass ich Mutter werde. Und meine Rolle als Königin ist immer noch so ungewohnt.«

»Du hast deinen Haushalt aufgestellt, und ich höre nur Wohlwollen, wenn man von dir spricht. Du bist die beste Königin, die Mercia je hatte. Und wenn sich erst herumspricht, dass du den Erben Mercias trägt …«

»Wirst du jetzt Karlmann helfen?«, kam sie auf das Entscheidende zu sprechen. Sie wollte noch nichts über den Erben Mercias hören, aus Angst vor der Enttäuschung, sollte es eine Tochter sein. »Wirst du Schiffe senden, die Karls Flotte aufbringen? Wirst du den Handel zu Karl verbieten und dich offen für Karlmann erklären? Vater Herefrith sagt, dass Karl stärker ist als je zuvor.«

»Ich werde mich Karlmann erklären, Drida. Aber wir müssen den rechten Augenblick abwarten. Im Moment muss ich mich um Verbündete und Gegner an meinen eigenen Grenzen kümmern, direkt vor unserer Tür.«

Drida trat einen Schritt von ihm zurück. Beornreds Worte hallten durch ihren Kopf, dass Offa alles versprechen würde, um sein Ziel zu erreichen, und dass er Karlmann nie helfen würde.

»Diese Gegner wird es immer geben.«

»Damit hast du recht. Aber im Osten von Sussex gibt es Unruhe. Sie wollen den westlichen Teil, der mir bislang ohne Schwierigkeiten gefolgt ist, gegen mich aufbringen. Wenn es mir nicht gelingt, für Ruhe zu sorgen, werde ich mit einem

Heer nach Sussex ziehen müssen und die Unruhen niederschlagen, bevor auch noch andere Königreiche, die mir unterstehen, auf denselben Gedanken kommen. Auch kann es nicht länger sein, dass es Subkönige gibt, so wie meine Vettern der Hwicce. Den Titel *König* darf nur noch einer tragen. Ich werde auf Widerstand treffen, aber die, welche Länder für mich verwalten, werden nicht mehr als Aldermänner sein.«

»Du hast große Pläne.«

Die Karlmann nicht mit einschlossen, fiel ihr auf.

Offa ergriff ihre Hand, ehe sie sie zurückziehen konnte. »Siehst du denn nicht, wie wichtig die Stärkung Mercias ist? Jetzt noch mehr, da du womöglich den Erben trägst. Ein starkes Mercia ist ein sicheres Mercia. Ich will meinem Sohn eines Tages ein Reich übergeben, um das er nicht mehr kämpfen muss. Das frei von Überfällen, Aufständen und Machtübernahmeversuchen ist. Das bedeutet, ich muss jetzt handeln und darf keine Zeit verschwenden. Das ist doch auch für dich von Vorteil.«

»Der Ring um Karlmann hat sich zugezogen, und Karl wird sich damit nicht zufriedengeben. Er wird nicht ruhen, ehe er allein Herrscher über das Frankenreich ist. Wir können nicht tatenlos dabei zusehen …«

»Bald, Drida, ich verspreche es. Aber je stärker meine Position hier ist, umso besser kann ich auch Karlmann helfen.«

Leere Worte, Drida erkannte es deutlich. Sie hatte gedacht, er würde sich über die Nachricht von ihrer Schwangerschaft so freuen, dass er alles für sie tun, dass er augenblicklich Hilfe zu Karlmann entsenden würde. Aber das Gegenteil war der Fall. Die Nachricht von einem Erben ließ ihn noch fester an seinem eigenen Reich festhalten.

Enttäuscht zog sie die Hand aus seiner und wandte sich ab. Sie war zu leichtgläubig gewesen, schon wieder. Zu dumm. Sie war keine Königin, sie war ein dummes, leichtgläubiges Kind.

»Drida …«

Offa klang sanft. Ihm war aber auch anzuhören, wie sehr er die Distanziertheit zwischen ihnen leid war. Ihr ging es ebenso, aber sie wusste nicht, wie sie zurückfinden sollten. Sie hatte Offa geheiratet, um ihrer Familie, ihren Freunden im Frankenreich zu helfen, und nun erwies sich, dass alles umsonst gewesen war.

Ohne einen Blick zurück verließ sie das Gemach und fand sich in der Halle wieder, inmitten des Trubels, den sie schon so leid war. Sie sah Brorda und zwei weitere ihrer neu ernannten Krieger am Herdfeuer sitzen, aber als sie sich erheben und ihr folgen wollten, winkte Drida ab und durchschritt die Halle zum Ausgang. Die Männer waren ein wenig übereifrig, erschien es ihr, sie empfanden ihre neue Stellung als hohe Ehre und wollten ihr gerecht werden. Aber ständig bewacht zu werden war nichts, was Drida lange aushalten konnte.

Im Hof ging bereits die Sonne unter, und alle trafen Vorbereitungen für die Nacht. Fackeln wurden an der Feuerstelle in der Mitte, die nie gelöscht wurde, entzündet, Tiere eingesperrt und Wachen abgelöst. Es war ein vertrauter Anblick, fast schon heimisch, obwohl ihr das Leben an Offas Königshof eher wie das eines wohlhabenden Bauern erschien, im Vergleich zum Frankenreich. Aber sie hatte sich daran gewöhnt.

Ein lautstarker Fluch, vermischt mit einem tiefen Knurren, lenkte ihre Aufmerksamkeit zur Küche. Der Atem entwich ihr mit einem Keuchen.

»Luna!«

Sie rannte auf die Wölfin zu, die mit einem jungen Mann um ein Stück Fleisch kämpfte. Wie wild zerrte sie daran, alle vier Beine fest in den Boden gestemmt, den Hals gestreckt, ihre bernsteinfarbenen Augen leuchteten heraus, während der Mann mit aller Kraft in die andere Richtung zog. Beim Näherkommen erkannte sie ihn als Finas Gemahl Deogol. Luna hatte ein prächtiges Stück Schulter im Maul, und Deogol versuchte es ihr mit aller Macht wegzunehmen. Luna wollte damit flüchten, aber Deogol verkrallte sich in ihrem Fell und klemmte sie sich zwischen die Beine – er hielt sie offensichtlich mühsam bei sich, während Luna drohend knurrte. Nur zubeißen wollte sie nicht, um ihre Beute nicht zu verlieren.

»Was ist hier los?«, donnerte schon von Weitem Leofric, der von den Palisaden zu ihnen eilte.

Dridas Gedanken rasten. Wieso war Luna gekommen? War sie ihr gefolgt? Wollte sie wieder in Dridas Nähe bleiben? Gab es vielleicht gar kein Rudel, und sie war auf sich allein gestellt? Aber warum wagte sie sich dann bis zur Küche, um Fleisch zu stehlen? Wieso holte sie sich kein Huhn? So viele Menschen machten ihr doch für gewöhnlich Angst!

»Lass es dem Wolf«, befahl Leofric. Er erreichte die beiden noch vor Drida, die ihre Schritte beschleunigte. »Wir können damit ohnehin nichts mehr anfangen, lass los.«

Deogol aber schob seine Hände in Lunas Maul, um ihren Fang zu öffnen. »Sie darf es nicht fressen!«

Eine sonderbare Angst überkam Drida, ihr wurde ganz kalt. »Warum nicht?«

Deogol blickte kurz zu ihr auf, er wirkte verzweifelt. »Bitte, Herrin, bringt sie dazu, davon abzulassen. Sie darf dieses Fleisch nicht fressen, sonst stirbt sie!«

»Was?«

»Befehlt dem Wolf, das Fleisch fallen zu lassen«, flehte Deogol. Seine Hände bluteten, der Schweiß troff ihm übers Gesicht.

»Was redest du da?«, wollte nun Leofric wissen.

Drida aber hielt sich nicht weiter mit Fragen auf, sondern fiel vor Luna auf die Knie.

»Gib es mir«, sagte sie eindringlich und streckte die Hand nach dem Fleisch aus. »Komm schon, lass es los, gib es mir.«

Sie wollte ihr ebenfalls in den Fang greifen, aber da schrie Deogol panisch auf:

»Fasst das Fleisch nicht an!«

Erschrocken zog sie die Hand zurück. Und dann endlich gab Luna auf und ließ ihre Beute los. Sie wand sich aus Deogols Griff und rannte aufs offen stehende Tor zu.

»Lasst sie nicht raus!«, rief Deogol.

Aber es war zu spät. Luna entwischte, und alle starrten ihr hinterher, nur um dann fragend zu dem jungen Mann zu blicken.

»Was soll das alles?«, wollte Leofric wissen.

Und auch Drida war brennend an der Antwort interessiert. Immer noch pochte es in ihren Ohren, und die Angst um die Wölfin hielt sie fest umklammert.

Deogol rieb sich mit schmerzverzerrter Miene die Hände. Drida sah neben den blutenden Verletzungen von Lunas Zähnen auch weitere Rötungen und sonderbar dunkle Flecken. Was ging hier vor sich?

»Erklär dich«, forderte sie Deogol auf. Sie spürte ihr Herz rasen.

Deogol sah hilflos von einem zum anderen, dann weiteten sich seine Augen, er blickte an Drida vorbei, und die Angst in seinem Blick verstärkte sich.

»Mein König«, stieß er aus.

Drida drehte sich um. Tatsächlich kam Offa auf sie zu, misstrauisch in die Runde blickend. Leofric ging ihm die letzten Schritte entgegen, raunte ihm etwas zu und erklärte wohl die Situation, dann kam er zurück und hielt Deogol an der Schulter fest.

»Für wen war das Fleisch bestimmt?«, fragte Offa, derart düster, dass selbst Drida ein wenig bang zumute wurde.

Deogol blickte nur zu Boden und schüttelte den Kopf.

»Wen wolltest du damit vergiften?«

»Niemanden, Herr.«

»Woher wusstest du dann, dass es vergiftet ist?«

»Das kann ich nicht sagen.«

»Für wen arbeitest du?«

Nun blickte Deogol auf. »Für niemanden Herr, ich schwör's.«

»Dann sag mir endlich, für wen das Fleisch bestimmt war.«

»Ich weiß es nicht, Herr, wirklich, ich glaube … ich glaube, für den Wolf.«

»Für Luna?«, japste Drida und schlug sich die Hand vor den Mund.

Sie hatte gedacht, dass Luna es sich geschnappt hatte, aber nicht, dass es ihr absichtlich gegeben worden war. Aber warum sonst hätte Luna es dann in ihrem Maul haben sollen? Sie musste absichtlich damit geködert worden sein.

»Zuerst bringst du mir das Messer, mit dem der Herr Beornred umgebracht wurde, dann versuchst du, den Wolf der Königin zu vergiften.«

Deogol senkte wieder den Kopf und schwieg. An diese Verbindung hatte Drida noch gar nicht gedacht. Deogol war ihr – wohl durch Fina – immer vertrauenswürdig erschienen. Als er das blutige Messer Offa übergeben und erklärt hatte, es gefunden zu haben, hatte sie ihn nicht verdächtigt. Der wahre Mörder hätte das Messer wohl eher verschwinden lassen, anstatt damit zum König zu marschieren. Oder hatte Deogol es genau deshalb getan? Um den Verdacht gleich von sich zu lenken?

Dridas Gedanken wirbelten durcheinander. Wenn Deogol tatsächlich etwas mit Beornreds Tod zu tun gehabt hatte, wenn er Luna etwas hatte antun wollen … Dann steckte vielleicht mehr dahinter! Aber wieso hätte er ihr das Fleisch dann wieder wegnehmen wollen? Das ergab alles keinen Sinn.

»Deogol!«

Fina rannte über den Hof herbei, die Angst war ihr schon aus der Ferne anzusehen. Augenblicklich verkrampfte sich Dridas Magen. Sie fragte sich, ob sie wieder einmal zu leichtgläubig gewesen war. Vielleicht steckten die beiden unter einer Decke, vielleicht hatte Fina sich bei ihr eingeschlichen, um ihr am Ende etwas anzutun?

Sie sah zu Offa auf, der ihren Blick ernst, aber auch sorgenvoll erwiderte. In diesem Moment verstand sie seine misstrauische Natur. Wie konnte er bereits so viele Jahre mit der ständigen Angst leben, von jemandem um der Macht willen getötet zu werden?

Er griff nach ihrer Hand, und Drida schloss ihre Finger um seine. Sie brauchte seinen Halt. Was, wenn Luna genug von dem Gift erwischt hatte, um ernsthaft krank zu werden? Wenn etwas mit ihren Welpen geschah? Sie war jetzt ganz allein da draußen!

»Wir müssen Luna finden«, flüsterte sie, mehr zu sich selbst, aber Offa drückte ihre Hand.

»Ich werde Männer aussenden.« Dann wandte er sich wieder mit aller Strenge an Deogol, während Fina an dessen Seite eilte.

»Acha hat gesagt, du hast mit der Wölfin gekämpft! Was ist denn passiert? Deine Hände!«

Aber Deogol reagierte gar nicht. Auch der König beachtete sie nicht.

»Das ist deine letzte Möglichkeit, zu sprechen und dich zu erklären, Junge.«

»Was ist los?« Fina standen Tränen in den Augen.

Drida konnte nicht glauben, dass die Magd ein falsches Spiel trieb, dafür war ihre Angst zu echt. Aber ob das auch für ihren Gemahl galt, vermochte Drida nicht zu sagen.

»Ich war es«, brach es schließlich aus Deogol heraus. Er hob den Kopf und blickte Offa direkt in die Augen. »Ich habe den

Herrn Beornred getötet, und ich habe versucht, die Wölfin der Königin zu vergiften.«

Fina schrie auf und nahm ihre Hände von Deogol, als hätte sie sich an ihm verbrannt. Gleich darauf aber packte sie ihn schon wieder am Hemd und schüttelte ihn kräftig. »Warum sagst du so etwas? Das ist nicht wahr! Wieso sagst du das?!«

»Mein König!« Unvermittelt kam Wulfhere herangeeilt, und auch andere Wachen und Bedienstete näherten sich. »Was geht hier vor sich?«

Dem Krieger, dem kaum je Gefühle anzumerken waren, stand Todesangst ins Gesicht geschrieben. Er stellte sich vor Deogol und Fina und sah den König flehentlich an. »Wenn er etwas angestellt hat, kann ich das klären, Herr, ich kann …«

Aber Offa ließ ihn gar nicht ausreden. »Der Junge, der morgen dein Sohn werden sollte, hat soeben gestanden, Beornred getötet und den Versuch unternommen zu haben, die Wölfin der Königin zu vergiften.«

»Was?!« Wulfhere fuhr zu Deogol herum, der sich von Fina löste und sich an dem Krieger vorbeischob.

»Das habe ich, Herr König«, erklärte er bestimmt und sah mit festem Blick von einem zum anderen. »Ich bin schuldig. Ich ganz allein.«

Offa sah ihn einige quälend lange Momente schweigend an, versuchte offensichtlich die Wahrheit zu erkennen, dann seufzte er.

»Leofric, schaff ihn fort und lass ihn bewachen, bis ich mir überlegt habe, was mit ihm zu tun ist. Und dann sucht nach dem Wolf.« Mit diesen Worten ließ er Dridas Hand los, wandte sich ab und schritt davon.

Drida sah zwischen Offa, Leofric – der Deogol am Arm packte und mit sich zog – und der verzweifelten Fina, die ihren Gemahl zuerst festhalten wollte, dann aber aufgab und Drida nur verzweifelt ansah, hin und her.

Irgendetwas stimmte nicht. Etwas in ihr zweifelte an Deogols Worten. Aber warum sollte er so etwas behaupten, eine derartige Schuld auf sich nehmen, wenn dies sehr wahrscheinlich seinen Tod bedeutete? Er war jung, und die einzige Möglichkeit, die ihr plausibel erschien, war die, dass er jemanden schützen wollte. Nur wen, wenn nicht Fina?

»Alles wird sich klären«, sagte sie an die Magd gewandt, dann eilte sie Offa hinterher, der im Stall verschwunden war.

Sie fand ihn im Laufstall, aus dem er selbst seinen Rappen herausführte, ein Knecht kam bereits mit einer Bürste und dem Sattel herbei.

»Ich suche nach Luna«, erklärte er ohne Umschweife und band den Rappen außerhalb des Laufstalls an einen Pfahl.

Eine Welle der Dankbarkeit und der Erleichterung überkam sie. Ihr erster Impuls war es, ihn zu begleiten, aber sie wagte es nicht in ihrem Zustand. Zu groß war ihre Angst, dem ungeborenen Kind könnte etwas geschehen des Nachts im Wald.

»Ich gehe zum Fluss, vielleicht kommt sie dorthin«, erklärte sie Offa.

»Nimm ausreichend Wachen mit.«

»Natürlich.« Drida zögerte, betrachtete den Knecht, der mit schnellen Bewegungen über das Fell des Pferdes strich, und gab sich schließlich einen Ruck. »Ich glaube nicht, dass Deogol so etwas tun würde.«

»Ich habe ihn hierhergeholt, einen gewöhnlichen Straßendieb, aus Sentimentalität seiner Mutter gegenüber. Das ist sein Dank dafür.«

»Mir schien es, als hätte er versucht, Luna zu retten.«

»Und Beornred? Er hat gestanden, ihn umgebracht zu haben. Oder glaubst du immer noch, ich war es?«

Drida senkte den Blick. »Nein, das glaube ich nicht mehr.« Sie sah wieder zu ihm auf, fest entschlossen. »Aber genauso wenig war er es – zumindest, was Luna betrifft. Bitte urteile nicht voreilig. Lass uns der Sache auf den Grund gehen.«

Offa kam auf sie zu und legte seine Hand an ihre Wange. Er betrachtete sie kurz, dann senkte er sich zu ihr hinab und legte seine Lippen sacht auf ihre, nur für einen kurzen Augenblick lang.

»Zuerst kümmern wir uns um Luna.«

~

Hilda spähte aus der Küche und blickte ihrem Sohn nach, der von dem Krieger Leofric fortgebracht wurde.

Dummer Bengel! Wieso hatte er eingegriffen? Wieso hatte er alles zerstören müssen? Es war doch nur ein Wolf! Jetzt bezahlte er den Preis dafür. Denn Hilda hatte nicht vor, ihn zu retten, indem sie alle Schuld auf sich nahm. Deogol hatte den Helden spielen wollen, dann sollte er zusehen, wie er sich da wieder herauswand.

Drei Tage lang hatte sie das Fleisch in einem Sud aus den Blättern und Wurzeln der Tollkirsche eingelegt, gleich im Anschluss auf Finas versehentliches Ausplaudern von Dridas Schwangerschaft hin. Was sonst hätte sie tun sollen? Es hatte sie rasend gemacht zu wissen, dass Drida jetzt womöglich auch noch den ersehnten Erben brachte und das ganze Land, allen voran Offa, sie nur noch mehr lieben würde. Während Hilda selbst in Wulfheres Bett gelegt wurde, keine Hoffnung auf eigene Kinder mehr hatte und auch ihren einzigen Sohn an Fina verloren hatte.

Sie hatte ein Zeichen setzen müssen! Und der vermaledeite Wolf war am besten dafür geeignet gewesen, um ihrem Zorn Luft zu machen. Drida selbst umzubringen wäre zu gefährlich gewesen, aber die Trauer um ihren Wolf hätte zumindest dem Kind geschadet, es vielleicht sogar getötet. Und das wäre ein neuerlicher Bruch zwischen Offa und Drida gewesen.

»Was gibt es da draußen zu sehen?«, schimpfte Acha, und noch ehe Hilda sich von der Küchentür umdrehen und beim Schneiden des Gemüses helfen konnte, wurde sie schon herumgerissen.

»Arbeiten sollst du!«

Ein Schlag gegen ihren Rücken, und Hilda taumelte zum Tisch, wo alte, verschrumpelte Zwiebeln ausgebreitet lagen. Die Speisekammern gaben nach dem Winter nicht mehr viel her, für Hilda und das andere Gesinde noch weniger. Über eine Schale Getreidebrei am Tag konnten sie sich schon glücklich schätzen. Umso schwieriger war es gewesen, das gute Schulterstück zu entwenden, nur damit Deogol ihr alles zunichtemachen konnte. Zumindest das würde sich hoffentlich ändern, wenn sie morgen den unweigerlichen Gang zum Traualtar antrat: Sie würde endlich wieder ihren Bauch füllen.

Hilda griff nach dem Messer. Sie wollte gerade mit ihrer Arbeit beginnen, als die Tür der Küche aufging und Wulfhere hereinkam. Das hätte sie eigentlich erwarten müssen.

Alle hielten in ihren Tätigkeiten inne und starrten den Krieger an, der die Tür in seinem Ringpanzer ausfüllte.

Wulfhere aber beachtete niemanden, er zeigte auf Hilda und sah sie streng an.

»Komm mit«, befahl er knapp, wandte sich ab und schritt wieder hinaus.

Hilda warf Acha einen Blick zu, die nur verdattert den leeren Türrahmen anstarrte, und ging schließlich triumphierend hinaus. Einem Befehl eines Kriegers und noblen Herrn konnte noch nicht einmal Acha widersprechen, und die verschrumpelte Alte konnte ihre nicht minder verschrumpelten Zwiebeln jetzt alleine schneiden. Zwar hatte Hilda keine Lust darauf, mit ihrem zukünftigen Gemahl zu sprechen, vor allem, da sie längst wusste, worum es ging. Aber sie war froh, aus der Küche zu kommen.

Wulfhere lehnte zu ihrer Rechten an der Steinwand des Küchenhauses und sah sie noch ernster an als für gewöhnlich. Natürlich, er fürchtete, seinen von ihr gestohlenen Sohn zu verlieren, bevor er ihn überhaupt richtig gehabt hatte.

»Deogol hat den Mord an Beornred gestanden und versucht, die Wölfin der Königin zu vergiften. Er wurde weggebracht, bis der König sein Urteil fällt.«

Hilda schlug sich die Hand vor den Mund. Wulfhere konnte nicht wissen, dass sie alles beobachtet hatte.

»Das ist nicht wahr«, stieß sie aus, und zur Abwechslung war es keine Lüge, die ihren Mund verließ. »Deogol hat bestimmt nichts getan.«

»Da stimme ich dir zu. Die Frage ist nur: Wen schützt er?«

Er blickte auf sie hinab, und zu ihrer Überraschung war es kein Vorwurf, kein Verdacht, der in seinen Augen lag, sondern ehrliche Sorge. Kam er wirklich nicht auf den Gedanken, dass *sie* all das getan haben könnte? Die Frau, die er morgen zu heiraten beabsichtigte? Er hielt keine besonders großen Stücke auf sie, das verheimlichte er auch gar nicht. Heiraten wollte er sie rein ihres Sohnes wegen. Aber vielleicht brachte er Beornreds Tod einfach nicht mit einer Frau in Verbindung. Wie sollte eine kleine zarte Magd auch in der Lage sein, einen Hünen wie Beornred zu fällen? Nun, indem er es nicht erwartet hatte. Sie war schnell und präzise vorgegangen, und ihr einziges Bedauern war, dass ihr sein Tod nicht mehr genützt hatte.

»Das möchte ich auch gerne wissen«, sagte sie nur düster, während sie bereits wieder überlegte, wie sie Drida und Offa auseinanderbringen konnte, jetzt, da die Vergiftung des Wolfes fehlgeschlagen war.

Blieb nur zu hoffen, dass Deogol weiterhin seinen Mund

hielt und nicht verriet, dass seine Mutter all diese Verbrechen begangen hatte. Aber er schien sie schützen zu wollen. Und selbst wenn er redete – wer würde ihm glauben? Er wuchs zu einem kräftigen Mann heran, und ihr traute man offensichtlich keine Bluttat zu.

»Ich werde noch einmal mit dem König sprechen, hab keine Sorge«, sagte Wulfhere beruhigend.

Seit sie ihn kannte, hatte er noch nie so sanft geklungen, und nie zuvor hatte sie so viel Angst in seinen Augen gesehen. Sie konnte sich nicht erklären, warum, aber er steckte sie damit an. Dabei hatte sie beschlossen, sich nicht von Deogols dummer Entscheidung beeinflussen zu lassen. Wenn ihn die Konsequenzen trafen, dann musste ihr das egal sein, er hatte sich doch schon längst von ihr abgewandt.

Aber sie konnte das bange Gefühl tief in ihrem Inneren nicht vertreiben.

Deogol könnte sterben. Ihr Sohn. Vielleicht hängten sie ihn für ihre Taten auf. Aber warum hatte er auch genau in dem Moment hinter das Vorratshaus kommen müssen, in dem sie die Wölfin mit dem Fleisch anzulocken versucht hatte? Zur größeren Verführung hatte sie es auch noch in Rinderblut getaucht, und die Wölfin war auch darauf hereingefallen.

Aber warum hatte Deogol sofort geahnt, was ihr Plan war? Wieso hatte er so plötzlich durchschaut, dass sie auch Beornred auf dem Gewissen hatte? In seinem Blick war deutlich abzulesen gewesen, dass es ihm wie Schuppen von den Augen gefallen war. Er hatte alles zunichtegemacht! Jetzt wollte er sie schützen, sie, seine Mutter. Nur er konnte dumm genug dafür sein.

»Ich danke Euch«, sagte sie tonlos, die besorgte Mutter spielend.

Tatsächlich verwandelte sie sich auch immer mehr in eine solche. Der Gedanke, ihren kleinen Jungen zu verlieren, schnürte ihr die Kehle zu. Aber dieses Gefühl war Schwäche, sie konnte sich nicht erlauben, sich davon berühren zu lassen. Andere hatten stets über sie bestimmt, hatten sie durch die Hölle und wieder zurück gejagt. Nun hatte sie auch noch alle Hoffnung auf Offa verloren und wurde in eine Ehe gezwungen. Sie hatte alles verloren. Warum nicht auch noch Deogol?

»Ich weiß …«, begann Wulfhere, und er konnte ihr dabei nicht in die Augen sehen. »… du bist mit unserer Verbindung nicht einverstanden. Aber ich hoffe, du wirst sehen, dass ich deinem Sohn zur Seite stehen, dass ich nicht zulassen werde, dass ihm etwas geschieht. Und vielleicht wirst du dann den Vorteil unseres Bündnisses erkennen.«

»Da bin ich mir sicher«, erwiderte sie und gab sich alle Mühe, aufrichtig zu klingen. Sie hoffte, dass es ihm gelang, Deogol zu retten, auch wenn sie es kaum wagte. Vielleicht sollte sie Wulfhere morgen Nacht tatsächlich erlauben, seiner ehelichen Pflicht nachzukommen. Vielleicht sollte sie sich nicht länger dagegen wehren und ihn stattdessen an sich binden. Er war ein hoher Herr und Krieger, er könnte ihr bei Hofe noch nützlich werden. Wenn er ihr erst einmal verfallen war, könnte er ihr dabei helfen, die Königin zu vernichten. So gesehen kam ihr Deogols Not gerade recht. Das war etwas, was Wulfhere näher an sie band. Dann würde er bald alles für sie tun.

»Es fällt mir nicht leicht, das zu sagen«, druckste sie herum und tat so, als könnte sie kaum zu ihm aufblicken. »Aber danke. Für alles.«

Wulfhere sah sie einen Moment lang prüfend an, dann nickte er.

»Ich gehe zum König.«

Und damit ließ er sie stehen, wie so oft zuvor.

Diesmal war sie aber nicht wütend darüber, denn im nächsten Moment bemerkte sie den Aldermann der Magonsæten, der aus der Halle kam. Augenblicklich wich Deogol in den Hintergrund, und sie sah wieder eine neue Möglichkeit, um Offa und Drida auseinanderzubringen. Sollte Wulfhere sich um ihren Sohn kümmern, das hatte er sich doch so lange gewünscht. Sie selbst musste sich jetzt auf anderes konzentrieren.

In den letzten Wochen hatte sie bereits erste Vorarbeit geleistet. Sie hatte dem Aldermann beim Einschenken von Wein schöne Augen gemacht, genauso anderen wichtigen Männern. Fast alle waren einfach gestrickt und ließen sich von großen Brüsten, breiten Hüften und unausgesprochenen Versprechungen beeindrucken. Es war ein leichtes, ihre Aufmerksamkeit auf sich zu ziehen und ihr Interesse zu wecken. Lange hatte sie keine konkrete Vorstellung gehabt, wie sie diese Männer nutzen konnte, aber das Plappermaul Fina hatte ihr bereits geholfen. Wenn ihr Plan mit dem Wolf schon schiefgelaufen war, dann musste sie jetzt eben noch tiefer eingreifen.

Ohne in die Richtung des Aldermanns zu blicken, schritt sie über den Hof, um seinen Weg zu kreuzen, dabei schüttelte sie immer wieder ungläubig den Kopf. Sie sah seinen Schatten aus dem Augenwinkel, schwenkte ein wenig um und stieß dann mit ihm zusammen.

Gespielt erschrocken fuhr sie zurück und blickte hoch in das rundliche Gesicht mit den stets roten Wangen.

»Bitte vergebt mir, mein Herr«, stieß sie aus und starrte unterwürfig zu Boden. Sie sprach aber gleich weiter, damit er ihre Tollpatschigkeit nicht einfach abtat und sich anderem widmete. »Was für eine Aufregung! Ich bin noch ganz außer mir. Die arme Königin. Ein Schlag nach dem anderen.«

Sie sah zwischen ihren Wimpern hindurch zu ihm empor, und er überlegte sichtlich, ob er antworten, ob er sich mit ihr abgeben sollte. Aber dann erinnerte er sich wohl an ihre Blicke in der Halle, daran, wer sie war und was er von ihr haben könnte.

»Ja … ich habe bereits davon gehört. Man wollte diesen Wolf, der sich hier herumtreibt, vergiften.«

Sein Blick wanderte über ihren Körper, und sie musste ein Lächeln unterdrücken. Wusste er, dass Deogol ihr Sohn war? Zumindest schien er noch keine Verbindung herzustellen, aber selbst wenn er es tat, war das nicht schlimm. Sie war nur eine unschuldige Frau, die mit einem mörderischen Sohn nur noch größeres Mitleid erfahren würde.

»Ein schwerwiegendes Vergehen«, bekräftigte Hilda und sah sich im Hof nach Zuhörern um.

Aber niemand schenkte ihnen Beachtung. Ein paar Wachen standen um den Feuerkorb im Zentrum, ein Fischer aus der Siedlung brachte auf seinem Karren Forellen, Rotaugen und Döbel. Mit Letzteren beiden durfte Hilda sich später in der Küche wohl wieder ärgern, denn obwohl sie delikat schmeckten, waren ihre feinen Gräten eine Plage.

Seufzend wandte sie sich wieder dem Aldermann zu. »Ich bin ja nur froh, dass der Königin nichts geschehen ist«, erklärte sie, immer noch ganz aufgelöst. »So wie der Wolf um dieses Stück Fleisch getobt hat … Ich muss gestehen, manchmal fürchte ich, er wird unserer Königin noch die Kehle herausreißen. Ein Wolf ist doch kein Hund, kein Begleiter für die höchste Frau des Landes. Es ist wohl nicht verwunderlich, dass manche dieses wilde Tier fürchten, das sich ständig hier herumtreibt. Man muss ja schon Angst um seine Kinder haben. Aber vergiften … nein, diese Trauer hätte ich ihr trotzdem gerne erspart, besonders jetzt, da sie doch ohnehin schon so viel durchmachen muss.«

Nun war es der Aldermann, der sich umsah, dann bedeutete er ihr mit einer knappen Bewegung des Kinns, ihm zu folgen, und so schritten sie unter das Vordach der Käserei.

»Was ist denn mit unserer Königin?«, fragte er besorgt.

Hilda wusste, dass er Drida sehr zugetan war, nachdem sie es irgendwie geschafft hatte, eine Grenzstreitigkeit mit den Hwicce für ihn zu lösen. Aber das ließe sich bestimmt schnell ändern.

»Nun, ich weiß auch nicht, mein Herr. Der Tod des Herrn Beornred hat sie wohl sehr getroffen, dabei war er ein Verräter. Aber sie ist dem Frankenreich ja immer noch sehr verbunden, wer kann es ihr verdenken? Sie ist noch so jung, wurde aus der Heimat verbannt, und der Einzige, der ihr von dort vertraut war, wurde heimtückisch umgebracht.«

»Beornred war ein Verräter, er ermordete König Æthelbald im Schlaf, und ich kann nicht glauben, dass unsere Königin einen derartigen Mann betrauert.«

»Da habt Ihr bestimmt recht. Aber nur so kann ich mir ihre vielen Tränen erklären. Oder es liegt daran, dass sie immer noch Hilfe zu diesem König im Frankenreich entsenden will, König Offa seine Männer aber natürlich nicht einfach übers Meer schicken kann?«

»Was sollten unsere Männer im Frankenreich verloren haben?«

»Das frage ich mich auch, mein Herr. Aber die Königin spricht oft davon, das Frankenreich zu unterstützen, dabei brauchen wir hier in Mercia doch bestimmt jeden Mann, um uns vor den Walisern und anderen vor der eigenen Tür zu schützen. Aber was verstehe ich schon davon?«

»Woher wisst Ihr so viel darüber?«, wollte der Aldermann misstrauisch wissen.

Zur Abwechslung sprach Hilda die Wahrheit, was sich fast ungewohnt anfühlte: »Meine Schwiegertochter dient der Königin, und sie ist sehr besorgt über ihr Wohlergehen. Sie bat mich um Rat, wie sie der Königin helfen kann, ihre Trauer zu überwinden und ihre Sehnsucht ins Frankenreich zu mildern.

Schließlich ist sie doch jetzt hier zu Hause. Sie ist die Königin Mercias, nicht der Franken.«

»Ja.« Der Aldermann blickte über sie hinweg zur Halle, als könnte er durch die Holzwände hindurch Drida erkennen.

Und Hilda wusste: Der Same, den sie gesät hatte, würde bald keimen.

Offa war müde, erschöpft und schmutzig, aber ihm ging es trotz allem erstaunlich gut. Er durchschritt so leise wie möglich die Halle, die bis auf gelegentliches Schnarchen aus der einen oder anderen Ecke und das Knistern des Feuers still war. Im Licht der Glut erkannte er drei seiner Krieger um den Herd sitzen und Wache halten. Bei seinem Näherkommen wollten sie sich erheben, aber er schüttelte den Kopf und bedeutete ihnen mit einer Handbewegung, sitzen zu bleiben.

Die Wache vor seinem Privatgemach zog das abtrennende Tuch zur Seite, und Offa trat vorsichtig in den von wenigen Kerzen erleuchteten Raum. Er wollte Drida nicht wecken, aber er hatte kaum drei Schritte über den strohbedeckten Boden getan, da fuhr sie schon auf der Bettstatt hoch. Das schwarze Haar umrahmte ihr blasses Gesicht, das im schwachen Licht geisterhaft aussah, es fiel über ihre schmalen Schultern auf das ungefärbte Leinenhemd. Ihre Augen wirkten noch größer als sonst, und Offa wusste, wie sehr sie auf Antworten brannte.

»Ich habe sie gefunden.«

Die Luft entwich ihr hörbar, dann schob sie die Decken zurück und schwang die Beine aus dem Bett. Offa aber hob die Hand, um sie vom Aufstehen abzuhalten.

»Nicht. Ruh dich aus, du hast dich heute wahrlich genug angestrengt mit diesen Aufregungen. Luna geht es gut«, fügte er auch noch schnell hinzu, im Wissen, dass sie keine Ruhe finden würde, bevor sie das wusste.

»Wo ist sie?«

»Wulfhere und ich haben sie und zwei weitere Wölfe auf einem Feld außerhalb von Licidfelth gesehen. Sie wirkte ganz munter und gesund.«

»Woher willst du wissen, dass sie es war?« Nun erhob sie sich doch und kam mit bloßen Füßen auf ihn zu. »Es war dunkel, und auf die Entfernung hin sieht doch jeder Wolf gleich aus.«

»Diese Wölfin würde ich überall erkennen. Außerdem ist es eine klare Nacht, und sie … sie hat mich angesehen.«

»Sie hat dich angesehen?«

Offa seufzte und nahm seinen Umhang ab. »Ja, auf eine Weise, die … Ich weiß einfach, dass sie es war. Außerdem hing ihr der Bauch fast bis zum Boden, daher …«

»Danke.«

Drida legte ihm die Hand auf die Brust, und Offa vergaß ganz, was er hatte sagen wollen. Das Verlangen nach ihr und ihrer Nähe hielt ihn fest im Griff, und ihr Verhalten verwirrte ihn. Vorhin hatte sie sich noch von ihm abgewandt, da er König Karlmann im Frankenreich nicht helfen konnte. Aber vielleicht verstand sie nun, dass er keine andere Wahl hatte, dass Mercia Vorrang hatte. Dies war ihr Reich, und es würde das Reich ihres Kindes werden. Sie mussten all ihre Aufmerksamkeit und Stärke darauf richten.

Er wünschte, sie könnten wieder fortreiten, nur sie zwei. Etwas hatte sich mit Beornreds Tod geändert, selbst wenn sie sagte, dass sie an Offas Beteiligung nicht mehr glaubte. Da war eine Unruhe, die sie beide fest in ihren Klauen hielt, bange Gedanken und Sorgen. Die Leichtigkeit war nicht mehr da. Beornreds Tod hatte auch ihn erschüttert. Nicht, weil er nicht froh war, diesen Unhold, diese Gefahr los zu sein. Sondern weil es hier jemanden gab, der gegen seinen Befehl verstoßen hatte und damit davongekommen war. Dann noch der Vergiftungsversuch heute. Es gab hier Feinde, und wie so oft dachte er an König Æthelbald, der im Schlaf getötet worden war.

»Ich fürchte, Luna wird nun noch weniger gerne zurückkommen, nach allem, was heute geschehen ist«, seufzte Drida. Die Traurigkeit darüber war ihr deutlich anzuhören.

»Ihr Platz ist im Wald«, sagte Offa – nicht, um ihr wehzutun, sondern um sie zu trösten. Luna war genau dort, wo sie hingehörte, und vor allem war es in der Nähe der Siedlung nicht sicher.

Drida nickte. Sie wusste es selbst. Dann ließ sie die Hand von seiner Brust gleiten, was sofort Kälte auf seiner Haut hinterließ, obwohl er ihre Berührung durch den Ringpanzer kaum gespürt hatte.

»Ich glaube nicht, dass Deogol irgendetwas getan hat«, sagte sie.

Ein weiteres Thema, das ihm Kopfschmerzen bereitete und seine Gedanken auf düstere Art und Weise beschäftigte.

»Wulfhere ist mir den ganzen Ritt über damit in den Ohren gelegen. Und wenn ich ehrlich bin … nach seinen Beschreibungen passt so etwas auch nicht zu dem Jungen. Aber warum sonst sollte Deogol so etwas sagen? Dann auch noch über Beornred? Es ging um Luna. Er hätte doch kein Wort über Beornred verlieren müssen.«

»Ich weiß es auch nicht, aber Fina ist verzweifelt. Sie glaubt … sie glaubt, dass Deogols Mutter etwas damit zu tun haben könnte.«

»Hilda?!« Offa dachte an die Magd, die morgen seinen Krieger heiraten sollte, die er kannte, seit er ein Junge war, und allein der Gedanke war absurd. »Hilda mag etwas schroff sein, das Leben hat sie hart werden lassen. Aber sie wäre doch nie in der Lage gewesen, Beornred etwas anzutun. Selbst wenn sie das wollte. Allein schon körperlich ist sie dazu doch gar nicht in der Lage. Und was sollte sie gegen Luna haben? Gegen dich? Wieso sollte sie dir schaden wollen? Du hast ihre Schwiegertochter in deinen engsten Kreis aufgenommen und damit auch die Position ihres Sohnes verbessert. Sie wird morgen einen meiner engsten Begleiter heiraten. Wir waren alle immer nur gut zu ihr, und auch wenn sie es nicht so zeigen kann, sehe ich doch, dass sie dankbar ist.«

»Ich weiß nur, dass Fina verzweifelt ist und …«

»Fina sollte dich nicht mit ihren Problemen belasten, schon gar nicht in deinem Zustand.«

Er kämpfte sich mühsam aus dem Ringpanzer, ließ ihn zu Boden fallen und bewegte seine schmerzenden Schultern. Dann sah er wieder zu Drida, die ihn flehentlich ansah.

»Ich werde Deogol nicht hinrichten lassen«, beruhigte er sie und ging an ihr vorbei zum Tisch, auf dem eine Schale Wasser bereitstand. »Ich glaube an seine Unschuld und werde ihn morgen früh freilassen. Wulfhere wird ein Auge auf ihn haben, er trägt jetzt die Verantwortung für ihn.«

Er wusch sich das Gesicht und den Hals und wollte nach dem Tuch zum Trocknen greifen, als sich Dridas Hand plötzlich auf seine legte. Er hatte sie gar nicht näher kommen gehört.

Überrascht wandte er sich ihr zu. Bei ihrem zerbrechlichen Anblick, mit dem offenen Haar, nur in ihrem Unterhemd, überkam ihn ein überwältigendes Gefühl von Zärtlichkeit. Sein Blick fiel auf ihren Bauch hinab, und er begann erst jetzt richtig zu verstehen, dass sie tatsächlich schwanger war. Dass sie ihm bald ein Kind schenken würde.

Langsam hob er die Hand an ihre Wange, strich mit den Fingern über ihre zarte Haut, und er wollte nichts lieber tun, als sie zu küssen. Aber dies war immer noch keine Selbstverständlichkeit. Nie wusste er, ob sie es auch zulassen würde.

Immer noch war sie nicht ganz und gar sein, die unsichtbare Mauer zwischen ihnen war noch nicht überwunden.

Drida aber machte einen Schritt auf ihn zu, ließ ihre Hand von seiner Brust hinauf in seinen Nacken gleiten. Dann stellte sie sich auf die Zehenspitzen und kam ihm entgegen. Es war ein langsamer, zarter Kuss, und Offa rang um Beherrschung. Er wollte mehr, wusste aber nicht, wie sicher dies in ihrem Zustand wäre.

Drida schien seine Gedanken zu erraten, denn sie löste sich von ihm und verschränkte ihre Finger mit seinen. Sie führte ihn zur Bettstatt und ließ schließlich ihre Hände unter sein Hemd gleiten. Die Berührung auf seiner nackten Haut sandte heiße Wellen durch seinen ganzen Körper, und er wusste, es würde schwierig werden, sich zurückzuhalten.

»Wird es dem Kind nicht schaden?«, fragte er unsicher und schloss seine Hände um ihre, um sie von ihm fernzuhalten, bevor er sich noch ganz vergaß.

Drida lächelte. »Die Frauen zu Hause meinten, dass eine Schwangerschaft eine gute Möglichkeit ist, die Männer aus dem Ehebett zu verbannen, denn sie wissen nicht, dass es dem Kind nicht schadet.«

»Aber du willst mich nicht aus dem Ehebett verbannen?«

Drida senkte den Blick und zog ihre Hände aus seinen heraus. »Ich wünschte, ich wüsste, was mit Beornred geschehen ist und wer Luna etwas antun wollte. Ich wünschte, du würdest Karlmann die versprochene Hilfe entsenden …«

»Wenn ich könnte …«, begann er, aber Drida ließ ihn nicht weitersprechen.

»Ich möchte nicht, dass uns das entzweit. Wir bekommen ein Kind, und ich beginne, die Gefahren zu verstehen, vor denen du mich immer gewarnt hast. Das heute mit Luna hat mir noch einmal deutlich die Augen geöffnet. Ich glaube, wir können all dem nur standhalten, wenn wir zusammenhalten.«

Offa traute seinen Ohren kaum. Diese Worte hatte er nicht erwartet, und er war froh, sie zu hören. Gleichzeitig war er aber auch ein wenig enttäuscht über ihre Entscheidung, die allein ihr Verstand getroffen zu haben schien. Sie sprach nicht von Gefühlen, davon, ihm verbunden zu sein. Doch es sollte ihn nicht stören. Er selbst war doch auch kein Mensch, der Herzensangelegenheiten nachhing. Er hatte sich selbst stets als nüchtern gesehen. Aber Drida änderte all das.

Offa war um eine Antwort verlegen, also beugte er sich zu ihr hinab und küsste sie. Er nahm sich, was sie zu geben bereit war, für ihren Zusammenhalt in der schwierigen Aufgabe, Mercia zu halten.

KAPITEL 33

Tamouuorthig (Tamworth), Königreich Mercia,
Dezember 770

Es hat mich mit großer Freude und auch mit Stolz erfüllt, die Einladung zum weihnachtlichen Hof zu erhalten – in Form eines Briefes, den meine Tochter selbst verfasst hat!«

Aldermann Ealdred blickte an Drida vorbei zu Goda, die mit den anderen Kindern hinter den Stützpfeilern bei den Schlaflagern spielte.

»Ja, ich habe sogar darüber nachgedacht, selbst ein paar Zeichen zu erlernen. Aber wir können nicht alle das Privileg genießen, von der Königin selbst unterrichtet zu werden.«

Drida lächelte, wie immer, wenn es um die Kinder ging. »Ich bin sicher, Ihr werdet jemand angemessenen finden.«

»Angemessen, ja …«

Ealdred sah sie an, sein durchdringender Blick bekam etwas Prüfendes. Er strich sich durch das mausbraune Haar und zwirbelte schließlich seinen langen Bart um den Zeigefinger. Nachdenklich musterte er sie. Schließlich atmete er hörbar ein und warf einen Blick durch die überfüllte Halle.

Alles, das Rang und Namen hatte, war an den Weihnachtshof gekommen, und Drida hatte das Gefühl, vor allem in ihrer fortgeschrittenen Schwangerschaft, hier drinnen bald keine

Luft mehr zu bekommen. Aber sie musste ihre Pflicht tun und mit den Noblen sprechen.

»Ich habe gehört«, begann Ealdred zögerlich, und Drida stellte mit Unbehagen fest, dass sich auch sein Bruder Uhtred näherte, »… Ihr bringt den Kindern Fränkisch bei. Und auch so allerhand anderes über das Frankenreich.«

Sein Tonfall zeigte deutlich, dass er damit nicht einverstanden war, und Drida sah wachsam zwischen ihm und seinem näher kommenden Bruder hin und her.

»Es kann ihnen eines Tages nützlich sein«, erwiderte sie vorsichtig. Doch sie spürte bereits den nahenden Gegenwind.

»Wofür?«, fragte Ealdred auch schon unumwunden. »Wir sind hier in Mercia, wir sind Angelsachsen. Was gehen uns die Franken an?«

»Die Franken?«, fragte nun Uhtred, der sich mit einem Becher Met zu ihnen gesellte. »Mit denen haben wir nichts zu schaffen.«

»Nun, der König …«, begann Drida, aber Uhtred fiel ihr sofort ins Wort.

»Der König sollte sich nicht um ein Land auf der anderen Seite der Meerenge kümmern. Handel zu treiben mag ja gut und schön sein, aber deshalb müssen unsere Kinder nicht deren Sprache oder Geschichte lernen.«

Dridas Herz begann schneller zu schlagen. »Was sie jetzt lernen, kann ihnen niemand mehr wegnehmen, und …«

»Verzeiht«, sagte Ealdred. Er musste laut sprechen, um den Lärm der vielen Gäste zu übertönen. Dabei versuchte er aber auch beschwichtigend zu klingen. »Ich weiß nicht, ob Ihr meine Tochter länger unterrichten solltet.«

Die Luft blieb Drida weg, und sie umschloss reflexartig ihren gewölbten Bauch, wie um sich daran festzuhalten, an ihrem Glück, ihrer Hoffnung. Nichts konnte so schlimm sein, solange sie nur ihr Kind spürte. Trotzdem erfüllte die Aussicht, die Arbeit mit den anderen Kindern zu verlieren, sie mit einem dumpfen Schmerz in der Brust. Das Ziehen, das sie schon seit zwei Tagen im Rücken spürte, verstärkte sich.

»Es wird so wohl besser sein«, führte Ealdred näher aus, während sein Bruder ernst nickte. »Ihr werdet bald entbinden. Und dann werdet Ihr bestimmt keine Zeit mehr für die anderen Kinder finden. Die Mutter des Erben zu sein ist wohl eher eine Aufgabe, die einer Königin angemessen ist.«

Dridas erster Impuls war es, lautstark zu protestieren, für Goda zu kämpfen. Aber sie wusste, dass dies nichts nützen würde. Ealdred war nicht der Erste, der den Unterricht seines Kindes beendete. Auch der junge Æthelweard von den Hwicce hatte Tamouuorthig verlassen, um seine Ausbildung zum Krieger zu beginnen. Aber Drida hatte schon bei ihm das Gefühl gehabt, dass dies nicht der einzige Grund war.

In den letzten Monaten war irgendetwas geschehen … Die Stimmung ihr gegenüber war umgeschlagen, je weiter ihre Schwangerschaft fortschritt. Dabei sollten die Menschen doch glücklich darüber sein, dass sie den möglichen Erben in sich trug! Sie war schnell schwanger geworden und hatte ihr Kind fast schon die volle Zeit getragen, sie erfüllte ihre Pflicht als Königin. Aber jedes Mal, wenn sie das Frankenreich vor den Aldermännern auch nur erwähnte, wenn sie Offa auf Karlmann ansprach, wurden böse Blicke getauscht; sogar dann, wenn Offa selbst über den möglichen Handel mit Karlmann sprach. Ihr einziges Glück war, dass ihre Schwiegermutter nicht an den Hof hatte kommen können, da es ihre angeschlagene Gesundheit nicht erlaubte. Für Marcellina wäre es ein gefundenes Fressen gewesen, den Zerfall ihres Unterrichts zu sehen.

»Wie Ihr wünscht«, sagte sie nur und atmete ruhig durch die Nase, da der tief ziehende Schmerz in ihrem Rücken nun auch in ihren Bauch und Unterleib wanderte. »Wenn Ihr mich dann entschuldigen wollt, Vater Herefrith möchte mit mir sprechen.«

Sie wies zu dem Geistlichen, der sich nahe dem Herdfeuer mit dem Bischof von Licidfelth unterhielt und in ihre Richtung blickte. Ein willkommener Grund zur Flucht.

Ealdred und Uhtred neigten die Köpfe, dann wandte Drida sich so gelassen wie möglich ab und ging zum Zentrum der Halle. Sie kam aber nur wenige Schritte weit, als unvermittelt Nässe ihre Beine hinabfloss. Erschrocken blieb sie stehen und blickte an sich hinab. Die Hebamme hatte ihr gesagt, dass dies passieren könnte. Aber jetzt, da sie mitten am Weihnachtshof stand, zwischen plaudernden und feiernden Noblen, spürte sie Panik in sich aufkommen. War es wirklich schon so weit? Konnte dies denn wahr sein? Sie bekam ihr Kind!

Eine Magd schob sich an ihr vorbei, und Dridas Hand fuhr vor, umschloss ihren Arm mit festem Griff.

»Schick Fina und die Hebamme in mein Gemach. Sofort.«

Sie ließ die verdutzte Magd los und stieß sie ein wenig an, damit sie sich endlich in Bewegung setzte. Dann sah sie sich in der Halle um. Niemand schenkte ihr Aufmerksamkeit, nur Vater Herefrith blickte zwischen seinem Gesprächspartner und ihr hin und her. Seine Brauen zogen sich zusammen. Zuerst zeichnete sich Verwirrung, dann Sorge auf seinem Gesicht ab. Er wandte sich an Offa, der zu seiner anderen Seite neben ihm auf der Bank saß und ihr den Rücken zugewandt hatte. Offa drehte sich augenblicklich zu ihr um, sah sie an, wie sie regungslos dastand, und erhob sich.

Drida wollte auf ihn zugehen, aber sie war nicht in der Lage, sich zu bewegen. Ihre Beine gehorchten ihr nicht, obwohl der Schmerz abrupt aufgehört hatte.

Offa kam langsam und gemächlich auf sie zu, wie um keine Aufmerksamkeit erregen zu wollen, aber in seinen Augen las sie die Angst. Vermutlich war sie blass wie eine gekalkte Wand, und er war wohl, ebenso wie sie bei ihm, besser darin geworden, in ihrer Miene zu lesen.

»Was ist los?«, fragte er, als er bei ihr ankam. Die Hände hielt er zu Fäusten geballt.

»Ich weiß es nicht«, flüsterte sie und konnte ihn nur erschrocken ansehen. »Ich glaube … ich glaube, es ist so weit.«

Offa sah sie nur unverwandt an, dann nickte er langsam und umschloss sacht ihren Arm.

»Komm mit.«

Er setzte sich in Bewegung und zog sie mit sich, als wäre all das hier nichts Besonderes, als wäre dieser Moment nicht wichtig für sie beide und das ganze Land. Aber wenigstens wusste ihr Körper wieder, wie er einen Schritt vor den anderen setzen musste. Sie spürte die Nässe an ihrem Unterhemd und ihren Beinen, und sie hoffte, betete, dass es kein Blut war, dass alles in Ordnung war und es ihrem Kind gutging.

Der Krieger Brorda stand nahe bei den Vorhängen, die das Privatgemach abtrennten. Er warf einen Blick auf Drida und Offa und zog bereits das schwere Tuch zur Seite. In diesem Moment rauschten auch schon Fina und die Hebamme herbei – eine kleine, rundliche Frau mittleren Alters mit weizenfarbenem Haar, das sie fast zur Gänze unter einem Schleier verborgen hielt. Sie bewirtschaftete mit ihrer Familie einen kleinen Hof außerhalb der Stadtgrenze, und Drida war froh, dass sie der Einladung zum Weihnachtsfest gefolgt war. Sonst wäre sie bestimmt nicht so schnell zur Stelle gewesen.

»Ihr müsst draußen bleiben, Herr«, befahl die Hebamme schroff und ergriff Dridas anderen Arm, um sie mit sich zu nehmen.

Offa aber verstärkte seinen Griff und sah zwischen Drida und dem kaum beleuchteten Gemach hin und her. Ihm war anzusehen, dass es ihm widerstrebte, sie allein hineingehen zu lassen. Die Hebamme hielt sich aber gar nicht lange mit ihm auf, sie wandte sich bereits an Fina.

»Schür das Feuer und bring einen Kessel voll Wasser zum Kochen. Beeil dich«, trug sie ihr auf. Dann zog sie leicht an Dridas Arm und sah abwartend zu Offa auf. »Herr?«

Offa blickte auf Drida hinab. Drida wusste nicht, warum, aber sie fürchtete den Moment, in dem er ihren Arm losließ und sich abwandte. Schreckliche Angst hielt sie gefangen, davor, was ihr jetzt blühte, davor, was danach geschah – würden das Kind und sie gesund sein? Was, wenn es eine Tochter war? Würde die Stimmung noch weiter gegen sie umschlagen als ohnehin schon? Allein der Gedanke an eine kleine Tochter erfüllte sie mit Freude und Liebe, aber sie wusste, den anderen würde es nicht so gehen, sie würden es als Versagen auffassen.

»Ich bleibe«, erklärte Offa unvermittelt.

Drida atmete erleichtert auf. Allein diese beiden Worte gaben ihr sofort mehr Kraft.

Die Hebamme aber sog scharf den Atem ein. »Unmöglich! Das ist nichts für Euch, glaubt mir!«

»Was?«

Offa klang ruhig, kalt – es war die Stimme, die Drida immer am meisten Angst machte. Es war nur ein Wort, eine Frage, aber es genügte, um seinen Stand als König klarzustellen und der Hebamme die Möglichkeit zu geben, noch einmal zu überlegen, ob sie ihm wirklich widersprechen wollte.

Die Hebamme wirkte auch tatsächlich plötzlich unsicher, sah zwischen Drida und Offa hin und her. Dann nickte sie und ging ohne ein weiteres Wort ins Gemach, wo Fina bereits das Feuer schürte. Offa legte seinen Arm um Drida und führte sie hinein.

»Ich hoffe, es wird eine Tochter«, flüsterte er ihr zu und küsste sie sacht auf den Scheitel.

Drida sah überrascht zu ihm auf. Sie hatte alle Worte erwartet, nur diese nicht. Er erwiderte ihren Blick ernst und bestimmt mit seinen kühlen blauen Augen, die ihr längst vertraut waren. Aber sie konnte ihm nicht glauben und vermutete eher, dass er sie beruhigen wollte. Doch allein schon dafür war sie ihm dankbar. Denn mit diesen Worten bedeutete er ihr, dass er zu ihr stehen würde, selbst wenn dieser Tag mit einer Enttäuschung für das ganze Land enden würde. Gerne wollte sie ihm versprechen, dass er seinen Erben heute bekommen würde, aber sie konnte es ja nicht. Und so legte sie nur den Kopf an seine Brust, während die Hebamme die Bettstatt vorbereitete, die Felle entfernte und Leintücher ausbreitete.

Die Angst verflog ein wenig, obwohl der Schmerz zurückkehrte, heftiger nun, aber sie atmete durch das Ziehen hindurch. Ihr Körper wusste plötzlich, was er zu tun hatte.

Die Hebamme trug ihr auf, das Geschmeide und das Überkleid abzulegen und sich aufs Bett zu legen, während Offa an ihre Seite trat und ihr durchs Haar streichelte. Drida beobachtete ihn. Da waren keine nervösen Blicke durch den Raum, zur Hebamme oder zur Halle, in der die Feierlichkeiten von einem besinnlichen Zusammensein in ein lautstarkes Fest in Erwartung des königlichen Kindes umgeschlagen waren. Er ging nicht zitternd auf und ab, stellte keine bangen Fragen und zeigte keine Angst. Nein, er hielt sich stark und zuversichtlich neben ihr, ein Fels in der Brandung, als wäre er bereits Zeuge unzähliger Geburten gewesen.

Dabei hatte er ihr stets versichert, keine illegitimen Kinder zu haben, obwohl sie ihn dafür nicht verurteilt hätte. Im Gegenteil, es wäre ihr wichtig gewesen, diese kennenzulernen und ein gutes Verhältnis zu ihnen aufzubauen. Offa war gut zwanzig Jahre älter als sie, er hätte schon Kinder zeugen können, lange bevor sie auf der Welt gewesen war. Aber Drida glaubte ihm. So war dieser Moment auch für Offa neu. Besonders. Und sie war froh darüber.

Er blieb an ihrer Seite, die ganze Zeit über, und sie schöpfte aus seiner Kraft. Mehr noch als auf die Anweisungen der Hebamme oder das Beten Finas hörte sie auf seinen ruhigen Atem an ihrem Ohr. Sie hatte keine Gedanken mehr an die vielen Fragen nach dem Danach, an all ihre Ängste. Sie war voll und ganz in dem Moment.

Bis der Schmerz abrupt aufhörte und das Weinen ihres Kindes erklang.

Offa sprang sofort auf. Es war das erste Mal, dass er Aufregung zeigte. Auch Drida rappelte sich hoch, stützte sich auf die Ellbogen und wollte einen Blick auf ihr Kind erhaschen. Doch die Hebamme durchtrennte bereits die Nabelschnur und wickelte das Neugeborene in bereitgelegte Tücher.

»Gebt es mir«, befahl Offa in einem Tonfall, der keine Widerrede duldete, und ging mit festen Schritten auf die Hebamme zu.

Diese blickte verdutzt hoch – sie hatte sich gerade abwenden wollen –, als Offa ihr das Bündel auch schon ohne Umschweife aus den Händen nahm. Er hielt es ganz sacht, aber nicht unsicher, drehte es herum, sodass er dem Kind ins Gesicht blicken konnte. Dann sah er es konzentriert und ernst an.

»Was ist es?«, fragte Drida bang, ihre Angst kehrte zurück.

Draußen war es still geworden. Hatten etwa alle den ersten Schrei gehört und warteten nun auf die Nachricht, ob Drida ihre Pflicht erfüllt hatte?

»Es ist ein Junge«, sagte die Hebamme anerkennend.

Offa nahm den Blick von seinem Sohn und sah Drida an, fast schon ungläubig, als wäre sie eine Heilige.

Eine enorme Last glitt von Dridas Schultern. Sie hatte einen Sohn! Einen Erben! Sie war Mutter.

Die Atemluft verließ sie mit einem zitternden, hohen Laut, dann hoben sich ihre Hände wie von selbst. Sie streckte die

Arme aus, wollte ihr Kind. Offa kam auf sie zu, und immer noch fand sie es erstaunlich, mit welcher Selbstverständlichkeit er das kleine schreiende Bündel hielt, ohne Angst. Aber warum sollte er auch Angst haben? Es war sein Sohn, und er hielt ihn so sicher, wie er ihn wohl durch sein weiteres Leben führen würde.

Eine Welle der Liebe überschwemmte sie, derart heftig, dass ihr Tränen in die Augen schossen. Offa beugte sich zu ihr hinab und legte ihr das kleine Bündel in die Arme, strich über das winzige Köpfchen mit den langen dunklen Haaren.

Und dann sah Drida auch das von Weinen rote, verzerrte Gesichtchen.

Ungläubig sah sie auf ihren Sohn hinab und konnte nicht erfassen, dass dieser Moment Wirklichkeit war. Offa ließ sich an ihrer Seite nieder, schob ihr das strähnige Haar zurück und küsste ihre verschwitzte Stirn.

»Danke«, flüsterte er und legte seine Hand auf den Bauch des Kleinen.

»Er soll Ecgfrith heißen – *prächtiges Schwert*. Denn das wird er für Mercia sein.«

KAPITEL 34

Oswaldestroe (Oswestry), Grenze zu Powys, Januar 772

Ecgfrith tapste durch das mit Raureif überzogene Gras im Hof jenseits der kleinen Halle, die sie bei ihrem Besuch in Oswaldestroe bewohnten, und streckte ihr seine kleinen Arme entgegen.

»Komm, mein Liebling, komm nur her.«

Drida ging mühselig mit ihrem dicken Bauch in die Hocke und fing ihren kleinen Schatz auf, der ihr lachend gegen die Brust stolperte. Beinahe verlor sie das Gleichgewicht und kippte nach hinten, aber sie konnte sich gerade noch halten. Auch wenn Brorda, der sie wie meist begleitete, bereits einen Schritt nach vorn getan hatte, um sie gegebenenfalls aufzufangen.

»Ihr werdet sehen, Herrin, bald rennt er uns allen davon«, erklärte Fina und sah dabei so stolz aus, als wäre der kleine Thronfolger ihr eigener Sohn.

Drida wollte gar nicht daran denken, wie schnell aus ihrem winzigen, hilflosen Säugling ein wilder kleiner Rabauke geworden war, der sie alle auf Trab hielt. Aber es war wohl auch nicht verwunderlich, dass Fina sich Dridas Sohn so verbunden fühlte, denn sie verbrachte fast genauso viel Zeit mit ihm wie Drida. Und obwohl Fina nun schon fast zwei Jahre verheiratet war, hatte der Herr sie noch nicht mit einem Kind gesegnet.

»Vermisst du Deogol?«, fragte Drida, als Ecgfrith wieder ein paar Schritte davontapste und schließlich auf sein Hinterteil fiel.

Fina blickte zu Boden. In letzter Zeit hatte sie etwas von ihrer übersprudelnden Freude verloren, aber Drida kam nicht auf den Grund. War es tatsächlich ihr unerfülltes Sehnen nach einem Kind? Oder belastete sie etwas anderes?

»Ja, er fehlt mir«, sagte die Magd und behielt Ecgfrith bei jeder Bewegung im Auge, vielleicht weil bei den Eichen ein steiler Hang zu einem Bachlauf hinabführte. »Ich bin froh, dass er in seinem Stiefvater einen so guten Lehrer gefunden hat. Er hat kämpfen gelernt. Aber das bedeutet auch, dass er früher oder später in die Schlacht ziehen muss. Und wenn es mit den Walisern ernst werden sollte …«

Sie blickte zu Offa hinüber, der zusammen mit einem Baumeister unter einer Eiche stand und wild gestikulierte. Offa glaubte, endlich den richtigen Mann für seinen Wall gefunden zu haben, und sein Tatendrang war schier unerschöpflich.

Drida dachte an den Kampf gegen die Südsachsen letztes Jahr, der Offa für viele Wochen von ihr fortgeführt hatte. Ihn in Gefahr zu wissen war für sie kaum auszuhalten gewesen. Ihr war bewusst geworden, wie viel er ihr bedeutete, aber auch, wie abhängig sie von ihm war. Ihr Sohn, der Erbe, war klein. Was würde mit ihr und Ecgfrith geschehen, wenn Offa etwas zustieß? Offa hatte die erfolglos aufbegehrenden Südsachsen zwar geschlagen, aber einem Kampf folgten stets weitere.

»Deogol ist stark, und wie du schon sagst, der Herr Wulfhere ist ein guter Lehrer. Er lässt ihn nicht aus den Augen und wird auf ihn aufpassen, so wie er es schon immer getan hat. Er hat ihn doch auch dazu gebracht, sein falsches Geständnis zurückzunehmen.«

»Weiß der Teufel, was da in ihn gefahren ist. Ich verstehe bis heute nicht, welcher Dämon ihn besessen hat, dass er behauptet hat, den Herrn Beornred getötet zu haben und Luna vergiften zu wollen. Er verliert kein Wort mehr darüber. Nicht einmal mir will er sagen, warum er solche Lügen erzählt hat und wen er schützen wollte. Dabei bin ich seine Frau.«

»Es würde auch Offa und mich interessieren, warum er das gesagt hat. Vor allem, wer tatsächlich dafür verantwortlich war. Aber wie es scheint, werden wir es wohl nie herausfinden.«

Und Offa hatte keinen Mann strafen wollen, von dessen Unschuld er überzeugt gewesen war.

Ecgfrith lief zurück zu ihr, noch schneller als zuvor. Drida fing ihn erneut auf und wollte ihn am liebsten gar nicht loslassen. Sie legte ihre Wange an seine und staunte wie immer, wie weich Ecgfriths Haut war. Am liebsten wollte sie ihn ständig nur küssen und nah bei sich halten, vor allem, da die Zeit viel zu schnell verging.

In nur wenigen Jahren sollte ihr kleiner Sohn bereits mit seiner Ausbildung zum Krieger beginnen, was ihr unvorstellbar erschien. Fina machte sich Sorgen um Deogol, aber Drida glaubte, es nicht überleben zu können, wenn sie daran dachte, dass Ecgfrith einmal ein Schwert führen sollte. Die Zeit rann ihr durch die Finger. Den Beweis dafür spürte sie deutlich unter der Hand, die sie auf die Wölbung ihres Bauches legte. Nur wenige Monate nach Ecgfriths Geburt war sie erneut schwanger geworden, und sie konnte es kaum erwarten, Ecgfriths Bruder oder Schwester in den Armen zu halten.

Sie hatte festgestellt, dass es nichts Schöneres für sie gab, als Mutter zu sein. Jedes Lächeln, jede Bewegung ihres Kindes, selbst wenn es nur ein Zucken des Mundwinkels war, war für sie das schönste Geschenk. Aber mit diesem Geschenk ging auch große Angst einher. Sie hatte nie etwas derart Wertvolles in ihrem Leben gehabt, und sie würde es nicht überleben, eins ihrer Kinder zu verlieren.

Ihr Blick wanderte zurück zu Offa, der aus der Entfernung in dieser kargen grauen Winterlandschaft unter den kahlen, knorrigen Bäumen Härte und Strenge ausstrahlte. Das im Nacken zusammengebundene Haar und der mit Grau durchzogene Bart am Kinn verliehen ihm etwas Raues. Er trug keinen Ringpanzer, nur eine knielange Tunika und einen fellgesäumten Umhang, aber seine breiten Schultern ließen glauben, er wäre gerüstet. Er war durch und durch der unnachgiebige König, aber Drida kannte ihn längst anders. Selbst jetzt, da er forsch gen Süden zeigte, in die Richtung, in der es bereits einen Wall zu den Walisern gab, und sie seine tiefe Stimme im Wind hörte, voller Ungeduld und Zorn, sah sie ihn eher als den Mann, der seinen Sohn in die Luft warf und dabei strahlte.

Ein Lächeln breitete sich auf ihren Lippen aus. Wie leidenschaftlich er war, wenn es um seinen Wall ging! Aber nicht nur diesem Bauwerk widmete er sich. Er hatte auf Dridas Drängen hin auch damit begonnen, die Schulen im Land besser auszubauen. Wenn er nur in Sachen Frankenreich ebenfalls auf sie hören würde. Aber er hatte sein Versprechen, Karlmann zu unterstützen, noch immer nicht eingelöst. Zu instabil war die Lage im eigenen Land, sagte er. Inzwischen wusste sie, er hatte damit recht.

Die Waliser unternahmen wieder Überfälle über die Grenzen – zwar nicht unter Brochfael, aber durch benachbarte Fürsten. Auch Brochfaels Noble verlangten offen ein Zeichen der Stärke gegen die Angelsachsen, und Drida hatte das Gefühl, es brodelte an allen Ecken. Allein schon, Offa fort in die Schlacht reiten zu sehen, an der Spitze eines Heeres, hatte sie zu Tode geängstigt. Trotzdem erfüllten Nachrichten aus dem Frankenreich sie mit noch brennenderer Unruhe.

»Wolken ziehen auf«, ließ sich Brorda hinter ihr vernehmen mit einem Blick gen Himmel, wo sich tatsächlich etwas zusammenbraute. »Darf ich Euch hineinbegleiten, Herrin?«

Drida wandte den Blick von Offa und seufzte. Sie hasste den Aufenthalt in der kleinen Halle und war viel lieber unter freiem Himmel, aber sie waren schon lange draußen in der Winterkälte und sollten nicht auch noch nass werden.

»Also schön.« Sie hob Ecgfrith hoch und küsste ihn auf die Wange.

Dann sah sie noch einmal zu Offa und überlegte, wie sie ihn heute auf Karlmann ansprechen sollte, aber dann verwarf sie den Gedanken wieder. Es war ein Thema, das niemand bei Hofe gerne hörte, und sie musste diskret vorgehen, den richtigen Moment erwischen. Im Winter konnten sie ohnehin nichts tun, jetzt marschierten keine Heere, und auch Schiffe fuhren sehr viel weniger. Blieb nur zu hoffen, dass es im Frühling nicht wieder irgendeinen Aufstand gab, den Offa niederzuschlagen gezwungen war. Dann konnte er vielleicht endlich Karlmann helfen.

Ihre Stimmung hob sich ohnehin gleich wieder, als Ecgfrith seine kleinen Ärmchen um sie legte und seinen Kopf auf ihre Schulter bettete.

Wenn sie ihren Sohn in ihren Armen hielt, war es verlockend, das Frankenreich und ihr Leben vor Karls Urteil zu vergessen. Manchmal wollte sie sich ganz und gar in ihrem Dasein als Königin, Ehefrau und Mutter verlieren. Aber da war immer diese Stimme in ihrem Kopf, ihre Erinnerung an Gerperga und Karlmann, und der Gedanke, sie im Stich gelassen zu haben. Drida war eine Königin, genauso wie Gerperga, und sie tat nichts, um ihrer Freundin, die stets zu ihr gehalten hatte, zu helfen, während Karl mächtiger und mächtiger wurde.

Fina kam an ihre Seite und streckte die Hände aus, um ihr Ecgfrith abzunehmen, aber Drida schüttelte den Kopf. Er war ihr nicht zu schwer. Bald musste er ohnehin ein wenig auf sie verzichten, wenn das zweite Kind da war, und bis dahin wollte sie jeden Moment nutzen, der nur ihnen beiden gehörte.

»Du kommst auch noch dran, Fina«, sagte Drida und versuchte zuversichtlich auszusehen und tröstende Worte für ihre Freundin zu finden. »Wenn wir zurück in Tamouuorthig sind und du wieder mit Deogol vereint bist, wirst du bestimmt auch bald ein Kind empfangen.«

»Lange genug trinke ich ja schon das schreckliche Gebräu meiner Schwiegermutter, das mir dabei helfen soll.«

»Deiner Schwiegermutter?«, fragte Drida nach, und sie wurde sofort hellhörig. Nach wie vor bescherte ihr die Magd Hilda ein ungutes Gefühl.

»Ja, sie wünscht sich auch schon so lange ein Enkelkind und will mich dabei unterstützen, schwanger zu werden. Sie kennt sich ein wenig mit Kräutern aus und meinte, das wird helfen.«

»Und vertraust du deiner Schwiegermutter?«

Sie gingen durchs knirschende Gras zurück zum weitläufigen Platz vor der Halle. Nur wenige Bedienstete waren draußen, und nur ein paar Krieger aus Offas und ihrem Gefolge.

»Ich weiß, Hilda ist kein sehr umgänglicher Mensch, und sie war lange gegen mich, aber seit Deogol beinahe hingerichtet wurde, hat sie sich verändert. Vielleicht auch durch ihre Heirat mit dem Herrn Wulfhere. Sie versucht wirklich, eine gute Beziehung zu ihrem Sohn und zu mir zu haben.«

»Das freut mich für euch.«

Vielleicht hatte Fina tatsächlich recht. Den Schock, beinahe einen Sohn zu verlieren, konnte Drida erst jetzt richtig nachfühlen, da sie selbst einen hatte.

Drida durchschritt den Hof, wissend, dass die Halle bis auf wenige Hofbeamte verlassen sein würde. Vom Trubel von Tamouuorthig waren sie hier weit entfernt. Sie sollte die ruhigen Tage wohl genießen, in denen Offa seine Pläne zur Sicherheit seines Volkes schmiedete. So oft hatte sie sich gewünscht, dem Hof – und damit auch den neugierigen und urteilenden Blicken – zu entgehen. Aber ihr stand eine lange Zeit der Zurückgezogenheit im Kindbett bevor, und so hatte sie im Moment nichts gegen ein wenig Ablenkung einzuwenden.

Wie gerufen kam auch Vater Herefrith mit einem Mann aus der Halle, der sie mit seinen langen Gewändern ans Frankenreich erinnerte. Bei ihrem Fortgang vorhin war er noch nicht da gewesen.

Augenblicklich begann ihr Herz schneller zu schlagen. Handelte es sich etwa um einen von Herefriths Kundschaftern? Drida hatte ihn nie zuvor gesehen. Aber das musste nichts heißen, sie kannte kaum einen der Männer, von denen Herefrith seine Informationen erhielt.

Der Priester legte dem Fremden die Hand auf die Schulter, dann wanderte sein Blick zu ihr, ernst und undurchschaubar. Es konnte sich also nicht um gute Nachrichten handeln, denn ansonsten würde Herefrith ihr aufmunternd zulächeln. Nie würde er etwas tun, was ihr Sorgen bereitete, wenn es keinen Grund dafür gab.

Drida schlang die Arme fester um Ecgfrith. Was hatte Karl dieses Mal angestellt? Im Frühjahr waren es eher gute Nachrichten gewesen, die sie erreicht hatten. Karl war endlich aufgewacht und hatte sich von den Ränken seiner Mutter abgewandt. Er hatte seine langobardische Braut zu ihrem Vater zurückgeschickt und somit auch das von seiner Mutter geknüpfte und vom Heiligen Vater verurteilte Bündnis mit der Lombardei gebrochen. Angeblich wegen eines Feldzugs des Langobardenkönigs Desiderius gegen den Papst. Aber in Wahrheit hatte Karl natürlich wieder eigennützige Pläne verfolgt. Drida hatte geglaubt, er würde endlich den richtigen Weg finden und auch Einigkeit mit Karlmann erzielen.

Aber gleich darauf hatte Karl sich erneut eine neue Frau genommen. Ein dreizehnjähriges Mädchen mit dem Namen Hildegard, in das er sich angeblich unsterblich verliebt hatte. Wäre es nur eine Heirat aus Liebe gewesen! Wäre er nur glücklich damit, über seinen Anteil des Reiches zu herrschen mit seinem jungen Mädchen. Aber die neue Königin an Karls Seite war eine Alemannin, eine Frau aus Karlmanns Reich. Karl gab sich also nicht mehr allein damit zufrieden, Karlmann einzukreisen. Nein, er griff auch ins Land seines Bruders ein.

Was war nun wieder passiert? Hatte Karl offen den Krieg erklärt? War er wirklich bereit, zur Vergrößerung seiner Macht Brüder gegen Brüder, Vettern gegen Vettern kämpfen zu lassen?

Der Fremde verabschiedete sich von Herefrith, und der Priester kam mit ausdrucksloser Miene auf Drida zu. Ein sonderbarer, ungewohnter Anblick. Herefrith war ihr schon so vertraut, sie kannte ihn nur selten derart düster. Und in Kombination mit den schwarzen Wolken, die sich unheilvoll herabsenkten und jeden Moment ihre Schleusen öffnen würden, überkam sie das panische Herzrasen, das nahendem Unheil vorausging.

»Fina, bring ihn bitte hinein.«

Sie reichte Ecgfrith nun doch an die Magd, in der Vorahnung, dass sie sich jetzt wappnen musste. Nicht nur für die Neuigkeiten, sondern auch für ein weiteres unangenehmes Gespräch mit Offa. Genauso für die Missgunst des mercischen Hofes, der nichts mit dem Frankenreich jenseits eines blühenden Handels zu tun haben wollte. Offa musste doch irgendetwas unternehmen können! Er herrschte über das mächtigste Land Britanniens, Könige unterstanden ihm. Es war nur ein schmaler Streifen Meer, der ihn und Karls Land trennte. Aber Offa sagte, dass er Mercia schwächen würde, wenn er Karlmann militärisch unterstützte, und wenn die anderen Königreiche auch nur einen Hauch von Schwäche sahen, würden sie die Gunst der Stunde nutzen. Allen voran die starken Königreiche, die Mercias Vormachtstellung am wenigsten akzeptieren wollten, wie Wessex und Northumbria. Und dann waren da auch immerzu die Waliser.

»Meine Königin.«

Herefrith konnte ihr nicht in die Augen sehen. Stattdessen blickte er an ihr vorbei zu dem Wiesenstück, auf dem Offa und der Baumeister standen.

»Was ist passiert?«, fragte Drida rundheraus.

Aber Herefrith verzog seine Lippen zu einem Lächeln, das keine Ehrlichkeit in sich trug. Etwas lag in seinen Augen, das ihr Angst machte.

»Nichts, worüber Ihr Euch jetzt sorgen müsst, Herrin. Ich frage mich nur, wann der König und der Baumeister fertig sind. Ich möchte mit ihm sprechen.«

»Worüber?«

»Nichts, worüber Ihr Euch …«

»Vater.« Drida sah den Priester so streng an wie die wenigen ihr verbliebenen Kinder im Unterricht. »Wer war dieser Mann? Kam er aus dem Frankenreich?«

»Das war ein Gesandter Herzog Autchars, meine Königin.«

»Herzog Autchar?«

Ihr Herz begann wieder zu rasen, und sie legte beide Hände auf ihren Bauch, als könnte sie ihr Ungeborenes vor den folgenden Worten schützen. Herzog Autchar war ein Gefolgsmann Karlmanns, es musste also tatsächlich schlechte Nachrichten über ihn geben. Hoffentlich ging es Gerperga und ihren zwei Söhnen gut.

»Was wollte er?«

»Wenn der König sein Gespräch mit dem Baumeister beendet hat …«

»Herefrith, Ihr kommt stets mit den Nachrichten des Frankenreichs zu mir, und ich lese in Eurem Gesicht wie in einem offenen Buch. Sagt endlich, was los ist! Glaubt mir, nichts kann so schlimm sein wie meine Vorstellung.«

Herefriths Ausdruck zeigte deutlich, dass er daran zweifelte, und nun schnürte sich auch noch ihre Kehle zu vor Angst.

»Er hat es wirklich getan, nicht wahr?«, presste sie mühsam hervor, ihre Stimme kaum mehr als ein Krächzen. »Karl ist gegen seinen eigenen Bruder in die Schlacht gezogen. Er hat einen offenen Krieg begonnen.«

Das Frankenreich, ihr Zuhause, Ort all ihrer schönen Erinnerungen, würde bald in Flammen aufgehen.

»Nein.«

Herefrith sah sich im Hof um, als hielte er nach Hilfe Ausschau. Dann ergriff er unvermittelt ihren Arm und hielt sie fest. Verwirrt blickte Drida auf seine blassen, knochigen Finger hinab, die erstaunliche Kraft in sich trugen, und zurück in sein Gesicht.

»Karlmann ist tot«, sagte er.

Drida verstand seine Worte kaum. Sie spürte nur eisige Kälte, die über ihren Körper floss, als hätten sich die Wolken über ihr nun endlich entladen. Aber es regnete nicht. Sie stand immer noch unter einem bedeckten Himmel vor der Halle, genauso wie vor wenigen Herzschlägen. Nur, dass plötzlich alles ganz anders war. Sie fühlte sich zurückversetzt zu dem Moment, in dem sie von Beornreds Tod erfahren hatte. Aber diesmal war es noch schlimmer.

»Karl«, sagte sie nur, sie hegte keine Zweifel.

Jetzt hatte er es also tatsächlich getan. Sie fragte sich, warum sie im ersten Moment so überrascht gewesen war. Ein Teil in ihr hatte immer gewusst, dass Karl seinen Bruder eines Tages töten würde.

»Fiel er in der Schlacht?«, fragte sie, um Fassung ringend,

fest entschlossen, sich nichts anmerken zu lassen, den Schmerz gar nicht zu tief zu spüren. Für ihr Kind in ihrem Bauch.

Herefrith aber schüttelte den Kopf. »Es war nicht Karl, Herrin. König Karlmann starb eines natürlichen Todes.«

»Eines natürlichen Todes?«

Nun drängten sich Verwirrung, aber auch Zorn in ihren mühsam unterdrückten Schmerz. »Karlmann ist … er *war* zwanzig Jahre alt. Was an seinem Tod könnte natürlich gewesen sein?«

Ihre Stimme brach, und sie musste gegen innere Bilder der Heimat ankämpfen. Zwanzig Jahre! Er war nur ein Jahr älter gewesen als sie, sein ganzes Leben hatte noch vor ihm gelegen. Jetzt war er tot. Ihr Karlmann. Der schöne, besonnene König, der mit seinen bernsteinfarbenen Augen auf sie hinabsah, voller Sehnsucht und Liebe. Plötzlich war sie zurück in der kleinen Kapelle von Quierzy, kämpfte darum, die Hand nicht nach ihm auszustrecken, sehnte sich in seine Arme.

»Ich meinte nicht *natürlich*«, fuhr Vater Herefrith zerknirscht fort, »nur, dass er nicht durch fremde Hand starb. Er wurde plötzlich krank, es ging ganz schnell. Er starb am vierten Tag des Monats Dezember.«

Drida schüttelte den Kopf. Das alles ergab keinen Sinn. Die Verwirrung, der Schmerz und der Zorn gaben ihr das Gefühl, in ihrem eigenen Körper an dieser Flut zu ertrinken.

»Gerperga«, entfuhr es ihr schließlich. »Wird sie einen Regenten einsetzen, bis ihre Söhne alt genug sind, um selbst zu herrschen? Habt Ihr irgendetwas von ihr gehört?«

Sie trat von Herefrith zurück, ehe er antworten konnte, und riss dabei ihren Arm von ihm los. Das ganze Ausmaß der Folgen von Karlmanns Tod wurde ihr erst nach und nach bewusst.

»Karl wird das Land an sich reißen. Gerperga und ihre Söhne sind in größter Gefahr!«

Herefrith nickte. »Königin Gerperga ist geflohen, Herrin. Gemeinsam mit den Thronfolgern.«

»Wohin?«

»Es heißt, der Herzog Autchar brachte sie zu den Langobarden, zu König Desiderius.«

Drida entwich der Atem mit einem Keuchen. Sie wollte schon fragen, was Gerperga dazu gebracht hatte, ausgerechnet zu jenem König zu fliehen, der sich mit Bertha und Karl nicht nur gegen Karlmann, sondern auch gegen den Papst gestellt hatte. Aber dann fiel ihr ein, weshalb Herzog Autchar die Lombardei wohl als sichersten Ort für sie und die Kinder ansah.

»König Desiderius hat es bestimmt nicht gut aufgenommen, dass Karl seine Tochter als Gemahlin verstoßen und sie in schwangerem Zustand zu ihm zurückgeschickt hat.«

»Er ist im Moment Karls größter Feind, ja.«

Ein winziger Funke Hoffnung schimmerte durch die Dunkelheit. Der Schmerz um Karlmann brannte in ihr, und sie wusste, er würde sie später, wenn sie allein war, umso heftiger treffen. Aber jetzt waren die Lebenden wichtiger. Gerperga und die Kinder!

»Karlmanns Noble und die Langobarden bilden gemeinsam eine starke Macht gegen Karl! Sie können für das Recht der Jungen kämpfen.«

»Meine Königin, ein Großteil von Karlmanns Noblen ist bereits übergelaufen und hat Karl noch im Dezember in Corbeny gehuldigt. Karl hat sich zum Alleinherrscher über das Frankenreich erklärt.«

Er hätte ihr mit der Faust in den Magen schlagen können, es hätte ihr nicht weniger die Luft aus der Lunge gepresst.

»Und da sagt Ihr noch, Karl hätte nichts mit dem Tod seines Bruders zu tun?« Sie brachte kaum mehr als ein Japsen zustande. »Er ist derjenige, der davon profitiert hat, der keinen

Moment der Trauer verstreichen ließ, um die Macht an sich zu reißen. Er hat Karlmann umgebracht, seinen eigenen Bruder. Und noch bevor sein Leichnam kalt war, hat er das Land seiner Neffen an sich gerissen. Er wird Gerperga und den Kindern etwas antun. Gerperga wird für ihre Söhne, für ihr Anrecht, kämpfen, das weiß ich. Sie schweben in großer Gefahr. Wie konnten die Noblen ihren eigenen König und dessen Söhne nur derart schändlich verraten?«

»Karl ist die stärkere Macht, Herrin. Sie folgen lieber einem Mann als kleinen Kindern.«

Drida presste sich die Hände gegen die Schläfen. Sie hatte das Gefühl, ihr Kopf würde jeden Moment zerspringen.

»Ich bitte Euch, Herrin.« Herefrith streckte erneut die Hand nach ihr aus, aber Drida trat wieder zurück, sie konnte seinen Trost jetzt nicht annehmen.

»Ich muss zu Offa.«

»Er kann nichts tun!«

Drida funkelte ihn wütend an. Vor allem aber war sie zornig, weil Herefrith gleich geahnt hatte, was sie von Offa verlangen wollte.

»Ich kann Gerperga und die Jungen nicht im Stich lassen. Das habe ich lange genug getan.«

»Herrin, es ist nicht Eure Schuld.«

»Ist es nicht? Vor zwei Jahren habe ich einen Handel mit Offa geschlossen, der seine Hilfe für Karlmann beinhaltete, und seither ist *nichts* geschehen! Ich habe zu wenig für Karlmann gekämpft, ich habe mich davon überzeugen lassen, auf mein Amt als Königin zu blicken, auf meine Aufgabe als Mutter, auf Mercia, und sonst nichts. Ich habe mich dem Druck aller gebeugt, und nun ist es zu spät. Jetzt ist Karlmann tot. Und Ihr sagt, wir sollen weiterhin untätig bleiben, während Karl auch noch Gerperga und die Kinder vernichtet?«

»Es gibt nichts, was Ihr tun könnt.«

Drida wandte sich abrupt ab und ging zurück auf die Wiese.

»Bitte, Herrin, denkt an das Kind!«, hörte sie Herefrith noch rufen, aber sie ignorierte ihn.

Feuer schien in ihr zu tosen, sie zu versengen. Schmerz und Zorn, Trauer und Hass hielten sie fest in ihren Fängen. Hass auf sich selbst, da sie so lange untätig gewesen war, und Hass auf Karl. So lange hatte sie auf das Gute in ihm gehofft, hatte nicht wahrhaben wollen, wie weit er für die Macht gehen würde, wie sehr er über seinen Bruder obsiegen wollte, selbst wenn dies bedeutete, ihn zu vernichten. Karl musste bezahlen! Er musste vom Antlitz dieser Erde verschwinden. Vorher gab es für Gerperga und Karlmanns Söhne keine Sicherheit.

Offa drehte sich zu ihr um, obwohl sie fast lautlos durchs Gras schritt, als spürte er ihre Aufregung, lange bevor sie ihn erreichte. Drida wusste nicht, was er sah, aber er merkte ihr den Schmerz und den Zorn wohl an, denn er wandte sich mit wenigen Worten an den Baumeister, ließ ihn schließlich stehen und kam ihr mit eiligen Schritten entgegen.

»Was ist passiert? Ist etwas mit Ecgfrith?«

Angst lag in seinem Blick – ein wahrlich ungewohnter Anblick, schließlich ließ er sich nicht oft anmerken, wie es in seinem Inneren aussah. Aber so wie Drida vorhin bei Herefrith geahnt hatte, dass etwas Schreckliches passiert sein musste, so erkannte auch Offa ihre tiefe Erschütterung.

Sie blieb vor ihm stehen. Sie wollte mit den Fäusten auf ihn einschlagen, ihn anschreien und ihn für seine Untätigkeit verfluchen, sich irgendwie Luft machen, aber sie brachte kein Wort heraus. Sie zitterte am ganzen Leib und starrte ihn nur an.

»Drida!« Er packte sie an den Armen und hielt sie fest, als fürchtete er, sie würde jeden Moment in sich zusammensinken. »Sag, was ist los?«

»Karlmann ist tot«, brachte sie schließlich hervor, kaum mehr als ein Flüstern.

Die Worte brannten in ihrer Kehle, und Tränen stiegen ihr in die Augen. Es auszusprechen machte es noch einmal sehr viel wirklicher. Und bei der Erkenntnis, dass sie Karlmann das letzte Mal bei seiner Krönung gesehen hatte, verkrampfte sich ihr Magen. Drida war mit Gerperga nach Quierzy gegangen, um auf das Kind zu warten, um etwas Ruhe vom Hofleben zu haben, aber dann war alles anders gekommen. Mit König Pippins Tod war alles auseinandergebrochen. Wie sehr, erfasste sie erst jetzt.

»Weißt du das von Herefrith?«, wollte Offa wissen.

Drida konnte nur abwesend nicken. Zuerst Beornred, jetzt Karlmann. Würden Gerperga und ihre Kinder folgen?

»Wie ist er gestorben?«, fragte Offa weiter. Er klang ruhig, kühl, so wie meist. Er hatte schnell wieder die Kontrolle zurückerlangt – anders als sie. Seine Worte drangen kaum bis zu ihr hindurch.

»Er wurde krank«, sprach sie monoton und schüttelte dabei leicht den Kopf, konnte ihre eigenen Worte nicht glauben. »Er war noch so jung, er kann nicht an einer Krankheit gestorben sein. Nicht er. Er war so stark! Karl hat das ganze Land an sich gerissen, Gerperga und ihre Söhne sind in die Lombardei geflüchtet.«

»Drida, es tut mir so leid.«

Ihr Kopf fuhr hoch, sie sah ihn durch ihren Tränenschleier hindurch an.

»Ich muss zurück«, stieß sie aus. Sie konnte an nichts anderes mehr denken. »Ich muss zu Karl und ihn aufhalten und dafür sorgen, dass Karlmanns Söhne ihr Erbe antreten können. Bitte, Offa, ich weiß, was du sagen willst, aber sprich es nicht aus! Ich kann nicht anders. Ich muss ins Frankenreich, für Gerperga und die Jungen, für Karlmann!«

»Drida …«

Die mahnende Stimme, die sie erwartet hatte, als wäre sie ein Kind, das um ein zu wertvolles Geschenk bat. Sein Blick, sein Tonfall, jedes Wort schürte das Feuer des Widerstands in ihr.

»Was ist mit Ecgfrith?«, wollte er wissen, ruhig und vernünftig, als müsste sie jetzt sehr behutsam behandelt werden, als wäre sie ein fragiles Ding, das keinen Verstand mehr hatte! »Was ist mit unserem zweiten Kind?«

Er legte seine Hand auf ihren Bauch, und Drida presste die Augen zu. Dann trat sie einen Schritt zurück und starrte ihn an. In diesem Moment hasste sie ihn. Weil er aussprach, was sie selbst wusste, obwohl sie ihn darum gebeten hatte, es nicht zu tun: Sie war machtlos. Sie konnte nicht ins Frankenreich, nicht in ihrem hochschwangeren Zustand, und Offa würde Karlmann nicht rächen. Er würde Gerperga nicht helfen. Sie musste wie so oft akzeptieren, dass die Welt um sie herum zusammenbrach und sie untätig dabei zusehen musste. Das war nicht Offas Schuld, sie verstand all seine Argumente. Und trotzdem sah sie ihn vor sich, als mächtigen, starken König, der in so wichtigen Belangen am Ende machtlos war. Welchen Nutzen hatte es, die Bürde über das Land zu tragen, wenn sie dadurch nicht einmal diejenigen schützen konnten, die ihnen teuer waren?

»Wenn das Kind geboren ist«, sagte Drida schließlich bestimmt, »gehe ich ins Frankenreich zu Karl. Ich werde ihn zur Rede stellen, ich werde ihn fragen, ob er Karlmann getötet hat. Er wird mir antworten und die Konsequenzen spüren. Dann helfe ich Gerperga.«

»Was für Konsequenzen? Drida, hör dir doch einmal selbst zu! Karl hat dich schon einmal zum Tode verurteilt! Sollen deine Kinder ohne Mutter aufwachsen? Glaubst du wirklich, ich lasse dich gehen?«

»Ob du mich gehen *lässt*? Ich bin nicht deine Gefangene!«

Offas Hand fuhr vor, er umschloss ihren Arm, ehe sie reagieren konnte, und zog sie nah an sich heran.

»Du bist meine Frau. Du bist die Königin Mercias. Wann kann ich endlich aufhören, dich daran zu erinnern?« Er deutete in Richtung Stadt, fort von der Halle. »Hast du etwa schon vergessen, was wir hier zusammen in Oswaldestroe erlebt haben? Wir haben aus Vernunft geheiratet, aber unter dem Heiligen Baum wurden wir wirklich Mann und Frau. Hast du das schon wieder vergessen? Ich sollte dich nicht gegen deinen Willen festhalten müssen, du solltest hier sein wollen!«

»Aus Vernunft haben wir geheiratet?« Drida blinzelte wütend die Tränen fort. »Ich habe dich geheiratet, um Karlmann zu helfen, Offa, einzig und allein für Karlmann. Aber jetzt ist er tot. Es war alles …«

»… umsonst?« Sein Griff verstärkte sich noch. »Glaubst du das wirklich? Ecgfrith? Das Kind in deinem Bauch? Die Kinder, die du unterrichtest, die Schulen, die wir zusammen ausbauen? War das wirklich alles umsonst? Wir beide?« Er brachte sein Gesicht nah vor ihres, seine kühlen blauen Augen funkelten jetzt mit kaltem Feuer. »Ging es dir wirklich immer nur darum? Um Karlmann? Wer war er wirklich für dich?«

Drida riss sich von ihm los. »Spar dir deine Eifersucht auf einen toten Mann!«

»Ich will dich nur verstehen. Und wenn ich deine Vergangenheit kenne, fällt mir das leichter.«

»Meine Vergangenheit? Meine Vergangenheit ist unwiederbringlich verbunden mit Karlmann und Karl. Wir wuchsen zusammen auf, wir waren eine Familie, wir haben uns …«

»Geliebt?«

Drida wandte sich ab, sie konnte ihn nicht mehr ansehen. Sie versuchte, klare Gedanken zu finden. »Ja, ich habe Karlmann geliebt. Und auf eine gewisse Weise auch Karl. Ich …

ich habe mit ihm gefühlt, ich hatte Mitleid und die lächerliche, kindische Hoffnung, er würde von seinen falschen Wegen abkommen. Ich sah das Gute in ihm, ich wollte an ihn glauben, obwohl er mir nur selten Anlass dafür gab. Aber das ist jetzt vorbei. Ich kenne Karl, ich weiß, wie sehr er immer Karlmann besiegen wollte. Und daher weiß ich auch, dass er für Karlmanns Tod verantwortlich ist. Und wenn er dazu fähig war, dann wird er auch etwas gegen Karlmanns Söhne unternehmen. Karl hat sich alles erkämpfen müssen, sein Vater hat nie an ihn geglaubt. Er hat stets das Gefühl, sich beweisen zu müssen, es allen zu zeigen. Jemand muss ihn aufhalten, ehe er endgültig in den Abgrund stürzt.«

»Dieser Jemand bist nicht du.«

»Was weißt du schon?« Drida fuhr zu ihm herum. »Du kanntest weder Karl noch Karlmann, du weißt nichts über das Frankenreich, über meine Heimat und die Menschen, die dort leben. Genauso wenig, wie du Beornred kanntest! Dir ist die Krone zugefallen! Die Noblen haben dich zum König ernannt, du musstest nicht dafür kämpfen! Du weißt nicht, wie es ist, wenn niemand an dich glaubt, wie es ist, stets in den Staub getreten zu werden und wieder aufstehen zu müssen. Du hattest von Anfang an das Vertrauen aller, sie wollten dich zum König haben, du musstest nur Ja sagen!«

»Und du glaubst, das ist leichter?!« Offa baute sich vor ihr auf, ganz der Kriegsherr und König, der sie immer noch einschüchtern konnte. »Du glaubst, erwählt zu werden, um das Land zu verteidigen, zu schützen und zu stärken, ist eine einfache Aufgabe? Glaubst du, das Vertrauen aller zu spüren, ihre Hoffnung und ihre Erwartungen, beschert mir einen guten Schlaf in der Nacht? Zu wissen, dass alle an mich glauben und ich sie nicht enttäuschen darf? Mir wäre es lieber gewesen, mir traute niemand etwas zu, und ich hätte sie eines Besseren belehrt, als erklärt zu bekommen, dass ich derjenige zu sein habe, der das Land retten soll, und niemanden im Stich lassen zu dürfen!«

Er kam auf sie zu und streckte erneut die Hand nach ihr aus. Diesmal aber packte er nicht zu, sondern legte sie sacht in ihren Rücken.

»Das Frankenreich ist nicht das einzige Land, das dich braucht, Drida. Die Könige dort sind nicht die Einzigen …« Er verstummte, blickte zu Boden und schüttelte den Kopf, als hätte alles keinen Sinn.

Drida spürte ihr Herz hämmern. Es erweckte auch das Kind in ihrem Bauch, das wie wild zu treten begann und ihr deutlich aufzeigte, worauf ihre Konzentration und Energie gerichtet sein sollte. Aber wie sollte sie Gerperga den Rücken zukehren? Gerperga hatte Drida nie aufgegeben. Sie hatte Beornred geschickt, um sie zu befreien, mit dem einzigen Ergebnis, dass dieser wichtige, fähige Krieger Karlmanns umgekommen war. Jetzt brauchte Gerperga Hilfe, und Drida sollte einfach wegsehen? Sie vergessen?

»Ich werde nicht jetzt gehen, Offa. Nicht, solange ich schwanger bin. Aber danach muss ich ihr helfen, so gut es geht.«

»Ich werde jemanden schicken«, versuchte Offa sie zu beschwichtigen. »Ich werde versuchen, Gerperga zu helfen.«

Aber für Drida waren es nur weitere leere Versprechungen. »So, wie du Karlmann geholfen hast?«

Ihre Worte waren gut gezielte Hiebe, sie sah es ihm an. Und obwohl sie ihn nicht verletzen wollte, hatte sie das Gefühl, es tun zu müssen, damit er ihren Schmerz besser nachvollziehen konnte. Damit er verstand, warum sie gehen musste.

»Behaupte nicht, ich hätte mein Wort nicht gehalten, weil ich es nicht *wollte*. Ich habe deinem Karlmann deshalb nicht geholfen, damit du und unsere Kinder und das ganze Volk weiterhin in einem sicheren Land leben könnt.«

Drida wusste das. Aber es änderte nichts.

»Nach der Niederkunft gehe ich ins Frankenreich«, erklärte sie und sah ihm entschlossen in die Augen.

Etwas an Offas Ausdruck änderte sich, sein Blick wurde sanfter, um seine Lippen spielte fast schon ein Lächeln, das durch den kurzen Bart kaum zu sehen war. Seine eisblauen Augen blickten in ihre, unter dem bedeckten Himmel wirkten sie fast grau. Er hob seine langgliedrige, schöne Hand an ihre Wange, strich sacht über ihre Haut, ihre Lippen, dann beugte er sich zu ihr hinab und küsste sie.

Drida wusste nicht, was das zu bedeuten hatte, seine Reaktion überraschte sie. Aber sie gab sich dem Kuss hin, sie war zu schwach, um ihm zu widerstehen. Wenn er sie berührte, wenn er sie küsste, erwachte ihr ganzer Körper zum Leben, und sie wollte sich an ihn schmiegen und Trost bei ihm finden, für wenige Augenblicke vergessen, was sie hier draußen zusammengebracht hatte. Sie wollte ihm sagen, dass sie Karlmann geliebt hatte, dass sie ihn, ihren Gemahl, aber um das Tausendfache mehr liebte. Wann dies passiert war, wusste sie nicht, aber in diesem Moment spürte sie es wieder schmerzhaft deutlich. Sie liebte ihn – genauso wie sie ihn oft hasste. Er ließ sie Dinge spüren, die sie für unmöglich gehalten hatte, und sie hoffte nur, dass er sie endlich verstand.

Es war ein tiefer, inniger Kuss. Offa ließ sich Zeit, seine Finger strichen über ihren Hals und zurück, sandten Schauer über ihren Körper. Aber etwas Schwermütiges ging von ihm aus – er küsste sie, als müsste er jeden Augenblick auskosten, als wäre es ihr letzter Kuss, ein Abschied.

Ein schmerzhafter Stich fuhr ihr in die Brust, eine leise Ahnung. Sie zuckte zurück, und Offa sah sie an, nach wie vor voller Wehmut mit diesem traurigen Lächeln. Seine Hand lag immer noch an ihrer Wange, er beugte sich vor, küsste sie auf die Stirn und ließ seine Lippen auf ihrer Haut verharren.

»Von diesem Moment an«, sagte er rau, und sein Atem strich über ihr Gesicht, »wirst du keinen Schritt mehr ohne eine Wache tun. Du wirst Mercia nicht verlassen. Nie.«

Und mit diesen Worten ließ er sie abrupt los, wandte sich ab und schritt zur Halle, ohne sie noch einmal anzusehen.

Drida fuhr zu ihm herum und starrte ihm fassungslos hinterher. Alles in ihr bebte, seine Worte hallten in ihrem Kopf immer wieder nach. Sie sah ihn vor der Halle mit Eadric sprechen, beide blickten in ihre Richtung, dann nickte der Krieger und kam auf sie zu, bereit, seine Aufgabe zu übernehmen und Drida nicht mehr aus den Augen zu lassen.

Jetzt war sie tatsächlich eine Gefangene geworden.

Offa starrte auf die Schriftzeichen, die sich deutlich vom Pergament abhoben, und obwohl er nicht jedes Wort entziffern konnte, verstand er, was dieses Schreiben bedeutete.

»Wünscht Ihr, dass ich Euch die Nachricht vorlese, Herr?«, wollte Vater Herefrith wissen. Er kam vom Altar der verlassenen Kirche von Oswaldestroe auf ihn zu.

Aber Offa schüttelte den Kopf, erhob sich von der Bank in der ersten Reihe und zerdrückte das Pergament. »Die Nachricht kommt von Eadburh. Die walisischen Noblen wollen sich gegen Brochfael erheben, der Druck auf ihn wird immer größer, sie beeinflussen den jungen Cadell und wollen ihn gegen uns in den Kampf schicken.«

»Cadell, Brochfaels Sohn? Er kann doch kaum mehr als ein kleiner Junge sein.«

»Er ist elf Jahre alt, also fast erwachsen, und laut Eadburhs Schreiben fähig und bereit, ein Schwert zu führen. Wenn nicht in diesem Jahr, dann im nächsten oder übernächsten. Er wächst zu einem Mann heran, der, anders als Brochfael, keinen Frieden sucht. Zu einem Mann, der unser Volk immer noch als Eindringling sieht, obwohl es seit Jahrhunderten hier siedelt.«

»Der Wall.«

Herefrith trat an ihn heran. Im Kerzenlicht zeigten sich erste Falten auf seiner Haut, die sich um das hagere Gesicht spannte.

Offa ließ den Blick auf dem Holzkreuz über dem Altar ruhen. »Zu lange habe ich dieses Vorhaben aufgeschoben, zu lange habe ich mich von anderen Dingen ablenken lassen. Dann noch der Feldzug letztes Jahr gegen die Südsachsen. Uns rennt die Zeit davon. Wir können die walisischen Noblen und Cadell nicht daran hindern, uns anzugreifen, auf ihre feige Art und Weise. In einer Schlacht werden sie sich uns niemals stellen. Nein, sie werden immer wieder über die Grenzen stoßen, wie es ihre Art ist, wie Nadelstiche zuschlagen, ohne eine Vorwarnung auf das Wo und Wann, und dann werden sie wieder davonrennen, ehe wir ihnen entgegenziehen können. Der Wall wird ihren Weg unterbrechen, und er wird es ihnen erschweren, Beute zurück in ihr Land zu bringen.«

»Das Volk wird es Euch danken, Herr.«

Offa dachte an die Erhöhung der Steuern, die für dieses gewaltige Unterfangen notwendig waren, an die unzähligen Männer, die seine Noblen für den Bau stellen mussten, über die übliche Verpflichtung zur Brücken- und Festungsarbeit hinaus. Nur so ließ sich ein derartiges Ausmaß bewältigen. »Ich habe lange mit dem Baumeister gesprochen. Er wird das Ausrichten und Abstecken noch diesen Frühling in die Wege leiten. Der Wall soll in gerader Linie von Küste zu Küste verlaufen. Stein muss aus dem Boden gehauen, Gräben müssen gegraben, und der Wall muss hoch aufgeschüttet werden. Wir müssen jetzt beginnen.«

»Ich stimme Euch zu, Herr. Die Gefahr eines Angriffs der

Waliser ist groß. Aber wenn Ihr Eurer Schwester antwortet und ihr für ihre Warnung dankt, könnt Ihr ihr vielleicht auch schon die freudige Nachricht eines weiteren Sohns oder einer Tochter übermitteln. Die Königin wird bald entbinden, hörte ich.«

Offa riss den Blick vom Kreuz los und konnte nicht verhindern, dass sich seine Hand erneut zur Faust um das Pergament ballte. »Wenn es so weit ist, werde ich nicht mehr hier sein. Ich muss meine Noblen besuchen und ihnen die Wichtigkeit des Baus darlegen, ich muss ihnen persönlich sagen, dass ich ihre Männer brauche, für uns alle. Ich muss auch an die Grenze und den Beginn der Arbeiten bezeugen. Die Männer, das einfache Volk, sie müssen mich dort sehen. Sie müssen wissen: Was sie dort erschaffen, ist ein Bauwerk, das die Ewigkeit überdauern wird.«

»Aber mein König, sicherlich werdet Ihr Euer Kind so schnell wie möglich sehen wollen und …«

»Ich sagte, meine Verpflichtungen führen mich anderswohin. Die Königin wird zurück nach Tamouuorthig gehen und das Kind dort auf die Welt bringen.«

Herefrith sah ihn prüfend an. Es war ihm anzumerken, dass er weiter nachfragen wollte, aber er war klug genug zu schweigen. Er presste die Lippen aufeinander, öffnete dann noch einmal kurz den Mund, als müssten die Worte hinaus. Dann aber schüttelte er nur den Kopf, verneigte sich knapp und verließ die Kirche.

Endlich hatte Offa seinen Rückzugsort für sich allein, um über sein Land nachzudenken. Und über seine Ehe. Denn nicht nur Mercia war bedroht, sondern auch das Band zwischen ihm und Drida, das nie besonders stark und gefestigt gewesen war. Jetzt drohte es unter dem Tod des Frankenkönigs zu zerreißen. Er hoffte nur, dass Drida bald verstehen würde, warum er so handeln musste. Warum konnte sie nicht sehen, dass sie als Königin Mercias nicht einfach ins Frankenreich gehen konnte, um den dortigen König herauszufordern? Offa brauchte Karl. Der Handel mit dem Frankenreich stand noch über dem mit Irland und den Ländern der Muselmanen. Das Frankenreich war es, das ihnen die Wolle ihrer kostbaren Schafe abkaufte, sowie gleichermaßen verarbeitetes Tuch. Offa musste seine Zusammenarbeit mit Karl verbessern, aber er wusste, wie Drida darauf reagieren würde, daher hatte er es ihr gegenüber nie erwähnt. Sie musste trauern und kam hoffentlich bald wieder zu sich. Spätestens nach der Geburt, wenn sie ihr kleines Kind in den Armen hielt, wenn Ecgfrith an ihrem Bett saß und seinen Bruder oder seine Schwester begrüßte, würde sie sich wieder daran erinnern, wo ihr Platz war.

Das Portal der Kirche öffnete sich. Als Offa Leofrics rotgrauen Schopf entdeckte, wusste er, dass sein Krieger und Freund nicht so leicht zum Verstummen zu bringen war wie Vater Herefrith.

»Was höre ich da von Eadric, dass wir deine Königin bewachen sollen?«, donnerte auch schon seine Stimme durch die Kirche.

Offa schloss mit einem gequälten Stöhnen die Augen. Er wollte Leofric ignorieren, aber er wusste, das war nicht möglich. Er spürte bereits einen stechenden Kopfschmerz, der sich mit jedem Schritt, den Leofric den Mittelgang entlangkam, verstärkte.

»Es ist zu ihrer eigenen Sicherheit. Also fang gar nicht erst an.«

»Du gibst damit ein sonderbares Bild ab, Offa.«

»Wenn ich eine andere Wahl gehabt hätte, dann hätte ich sie getroffen.« Er wandte sich dem Krieger zu, der einen Krug und einen Becher in der Hand hatte und ihm beides reichte.

Offa nahm einen Schluck vom Ale, obwohl es sich in einem

Gotteshaus nicht gehörte, aber hier war der einzige Ort, wo sie wirklich in Ruhe miteinander sprechen konnten. Und so erzählte er Leofric von Karlmanns Tod und Dridas törichtem Vorhaben.

»Sie ist jung«, beschwichtigte Leofric ihn und ließ sich ihm gegenüber auf die erste Bank sinken. »Noch ein halbes Kind. Sie wird schon wieder zur Vernunft kommen.«

»Dein Wort in Gottes Ohr.«

»Aber ob es wirklich hilft, sie einzusperren?« Leofric sah ihn zweifelnd an, ja fast schon vorwurfsvoll.

Offa seufzte. »Was sollte ich sonst tun? Sie ins Frankenreich rennen lassen, damit Karl zu Ende bringt, was er vor fast drei Jahren so feige begonnen hat?«

»Nun, jetzt kann sie das ohnehin nicht tun, in ihrem Zustand. Das Kind kann jeden Tag kommen, und danach hat sie ihre Absichten vielleicht schon wieder vergessen. Sie ist dann so mit den Kindern beschäftigt und hat bis dahin auch den Schock über Karlmanns Tod überwunden, sodass sie es sich anders überlegen wird. Es wäre wirklich klüger gewesen abzuwarten.«

»Ach, wäre es das gewesen? Nun, jetzt kann ich nicht mehr zurück. Welchen Sinn also hat es, darüber nachzusinnen, was ich hätte anders tun sollen? Du weißt ja nicht, wie es ist, mit einer Frau, die so … so … starrsinnig ist.«

»Du könntest zu ihr gehen, du könntest die Wachen abziehen und ihr vertrauen.«

Offa lachte auf, aber es war kein froher Laut. Er ließ sich auf die Bank sinken und nahm noch einen Schluck aus dem Becher.

»Nur, dass ich ihr nicht vertraue.«

KAPITEL 35

Tamouuorthig (Tamworth), Königreich Mercia, Februar 772

Hilda ließ die Hand über Wulfheres nackte Brust gleiten und zwirbelte sein Haar um ihren Finger. Sie wusste, er würde erfreut sein, auf diese Art und Weise von ihr geweckt zu werden. Auch in den benachbarten Bettstätten der Halle kam Regung auf. Männer und Frauen erhoben sich, um ihrer Tagarbeit nachzugehen, ein Kessel wurde übers Feuer gehängt, in das lautstark frische Scheite flogen. Aber Hilda kümmerte sich nicht darum, sie widmete sich lieber ihrem Gemahl und ließ ihre Hand tiefer gleiten.

Wulfhere stöhnte auf. Im nächsten Moment schreckte er aber, wie durch seinen eigenen Laut erwacht, aus dem Schlaf und umschloss mit festem Griff ihr Handgelenk.

»Ich bin es nur«, flüsterte sie, beugte sich vor und küsste ihn auf die stoppelbärtige Wange.

Wulfhere ließ ihr Handgelenk los, und selbst im düsteren Licht der Schlaflager am Rande der Halle erkannte sie, wie misstrauisch er sie aus seinen schlaftrunkenen Augen ansah. Gleichzeitig bemerkte sie da aber auch das dunkle Flimmern, das Begehren, das letzten Endes stets die Oberhand gewann.

Er war ihr schon lange verfallen, auch wenn er es nie zugeben würde. Für Hilda wiederum war er lediglich ein Spiel, ein notwendiges Übel, auch wenn die Ehe mit ihm weniger schlimm war, als sie sich vorgestellt hatte. Sie musste zugeben, dass die Vorteile tatsächlich überwogen. Als Wulfheres Gemahlin war sie nicht länger der schrecklichen Acha ausgesetzt, und sie schlief nicht mehr mit den Unfreien im Stall, sondern in der Halle, wie alle anderen Angehörigen des Haushalts.

Zuerst war sie außer sich vor Zorn über diese Verbindung gewesen und hatte Offa dafür verflucht. Dann aber hatte sie schnell gelernt, sie zu nutzen. Während sie die brave Ehefrau eines der bedeutendsten Krieger des Landes gab, konnte sie gleichzeitig den Hof gegen Drida aufbringen. Hilda war jetzt eine hohe Dame, die Gemahlin eines Landhalters, eines Noblen, und sie genoss jeden Moment, in dem Acha und die anderen ihr dienen mussten. Wenn nur ihr Vater sie sehen könnte – sie würde ihn in den Dreck hinabtreten, so wie er es stets mit ihr getan hatte.

Aber wirklich glücklich würde sie trotzdem erst sein, wenn das kleine ausländische Miststück an Offas Seite verschwand, und mit ihr ihre Brut. Königin Drida war ihr immer noch ein Stachel im Fleisch, sie war die stete Erinnerung an das, was sie ihr Leben lang hatte haben wollen. Denn auch wenn sie es mit Wulfhere hätte schlechter treffen können, so war er doch eine Niederlage für sie gewesen. Eine andere hatte über sie obsiegt und ihr weggenommen, was von Kindertagen an ihres gewesen war. Das konnte sie nicht vergessen.

»Ich muss los.«

Wulfhere wollte sich aufrichten, aber Hilda presste ihre Hand gegen seine Brust.

»Noch nicht.« Sie kletterte auf ihn und ließ sich rittlings auf ihm nieder. Je stärker sie ihn an sich band, desto stärker war ihre Position an diesem Hof. »Es ist noch früh. Der König verweilt hier, das heißt, du musst dich nicht allein um alles kümmern. Sein ganzer Hofstaat und ein halbes Heer an Wachen sind an seiner Seite. Du darfst auch mal länger im Bett bleiben. Bei deiner Frau.«

Wulfhere umfasste ihre Hüften, wie um sie von sich zu heben, aber stattdessen hielt er sie fest. »Morgen ist Mariä Lichtmess. Die Abgaben müssen eingeholt werden, der Gerichtstag findet statt, ich muss …«

»Wie du schon sagtest: morgen. Aber heute ist heute.«

Sie beugte sich vor und küsste ihn, den kleinen Stich in ihrer Brust ignorierend, der sich bemerkbar machte, wenn er seine Arme um sie schlang und sie festhielt, beschützend, so wie sie es sich viele Jahre lang gewünscht hatte. Aber sie durfte dem Wohlgefühl nicht verfallen, sie war zu klug dafür. Sie wusste zu viel von der Welt, als dass sie sich auf andere verließ. Sie war ihr eigener Halt. Abstreiten konnte sie aber nicht, wie gut sich sein starker, vom Kampf gekräftigter Körper unter ihr anfühlte, und die Art und Weise, wie er den ihrigen berührte.

Er war zwar nicht Offa, aber ihr Los ließ sie *beinahe* schon zufrieden sein.

Manchmal kam ihr der Gedanke, ihre alten Wege hinter sich zu lassen und einfach glücklich zu sein. Aber sie wusste nicht, wie das gehen sollte. Glück war nichts, womit sie Erfahrung hatte, und wenn sie andere sah, die genau das gefunden hatten, was ihr manchmal zum Greifen nah erschien, aber dann doch wieder entglitt, wollte sie nichts lieber, als auch die anderen an den Rand zu treiben, an die Schwelle zur vollkommenen Zufriedenheit, ohne dass sie sie je erreichten. Damit sie wussten, wie das war.

Wulfhere raffte ihr Hemd hoch und zog die Decke über sie beide. Die Menschen in den benachbarten Bettstätten hatten ihn nie sonderlich gestört, genauso wenig wie der Trubel im Herzen der riesigen Halle, wo das Herdfeuer Tag und Nacht brannte. Und Hilda war auch nicht zimperlich. Sie war eine Hure gewesen. Intimitäten mit ihrem Gemahl, während noch viele andere anwesend waren und oft dasselbe taten, konnten sie nicht schrecken.

Das Weinen eines Säuglings klang dumpf an sie heran, und Hildas Laune fiel sofort. Das musste das neue königliche Kind sein, das von Offas Privatgemach plärrte. Eine Tochter! Der Königin war es nicht gelungen, einen weiteren Sohn zu gebären, um dem Land noch größere Sicherheit zu bieten.

Aber Wulfheres kräftiger Stoß in ihr Innerstes riss sie aus ihren davonschweifenden Gedanken, und sie erfüllte ihre Pflicht als Ehefrau und gelangte dabei selbst zum Höhepunkt. Wulfhere erstickte ihre Laute mit seinem Kuss. Und erneut stellte sie sich die Frage: Konnte er ihr nicht genug sein?

Schließlich blickte sie auf ihn hinab, und auch er sah ihr in die Augen, versuchte dabei ganz offensichtlich, bis in ihre Seele zu blicken. Aber das würde ihm nicht gelingen, nie. Vielleicht glaubte er manchmal, sie wäre wirklich sein – wohl in den Momenten, in denen sie schwach wurde und es selbst für einen winzigen Augenblick annahm –, aber damit machten sie beide sich nur etwas vor.

Wulfhere hob die Hand und legte sie an ihren Hals, eine schrecklich zärtliche Geste, die zwischen ihnen keinen Platz haben sollte. Er hatte sie ihres Sohnes wegen geheiratet, um Einfluss auf ihn zu haben, und Hilda war gezwungen worden und hatte sich schließlich der Vorteile wegen gefügt. Das war alles. Aber in diesem Moment, im Zwielicht der immer zahlreicher entzündeten Lichter und des grauen Tageslichts, das durch die schmalen Ritzen hereindrang, schwebte etwas zwischen ihnen. Ein zartes, zerbrechliches Band, das Hilda am liebsten zerreißen wollte. Aber sie brachte es nicht über sich.

Schweigend ließ sie sich von ihm gleiten, erhob sich von der Bettstatt, griff nach ihren an einer Stange aufgehängten Kleidern und zog sich an. Wulfhere tat es ihr gleich, und während er neben ihr stand und sie noch den Nachhall der Hitze von seinem Körper spürte, wollte sie am liebsten davonrennen.

»Mutter?«

Hilda hielt mit der Verschnürung des Ärmels inne und blickte über die Schulter zurück. Deogol stand vor ihr. Sie erkannte ihn im schwachen Licht mehr an der Stimme als am Aussehen. Aber dann machte er noch einen Schritt vor, direkt an die Bettstatt heran, und sie bemerkte, wie blass er war. In letzter Zeit keine Seltenheit.

»Was willst du, Deogol? So früh am Morgen. Hält deine Frau dir dein Bett nicht warm?«

»Mutter, ich möchte, dass du mit mir kommst. Jetzt.« Er wies zurück ins Herz der Halle, eine abrupte, beherrschte Geste. »Der König wird bald aufstehen.«

»Na und? Wen interessiert das?«

Offa war gestern von seinem Wall zum Gerichtstag gekommen, und um seine Tochter zu sehen. Deren Geburt hatte er versäumt, und die Königin war auch nicht aus dem Gemach gekommen, um ihn zu begrüßen, denn sie lag noch im Kindbett. Trotzdem hatte Hilda im Gespür, dass zwischen den beiden nicht mehr alles so rosig war wie noch vor ihrem Aufbruch nach Oswaldestroe. Es gab Gerüchte – über den Tod eines Königs im Frankenreich und über die Handvoll von Offas Kriegern, die den König nicht an die Grenze begleitet hatten, sondern mit der Königin zurück nach Tamouuorthig gekommen waren.

»Du bist blass, Deogol. Was ist denn überhaupt passiert?«, fragte Hilda, ohne allzu beunruhigt zu sein.

Deogol war seit seinem falschen Schuldgeständnis und seiner nur knappen Freilassung ein Nervenbündel. Er war stets beunruhigt und auf der Hut. Jetzt sah er Hilda voller Entschlossenheit an, aber sie sah, wie er bebte, wie seine Hände zitterten, während er sie immer wieder zur Faust ballte und dann die Finger streckte.

»Du musst mit mir zum König kommen, Mutter. Jetzt gleich.«

»Was redest du da, Junge?«, wollte nun Wulfhere wissen, der zu ihrem Sohn immer noch ein innigeres Verhältnis hatte als zu ihr.

Es erfüllte sie mit Eifersucht. Deogol gehörte ihr, ganz allein, und sie mochte es nicht, wenn Wulfhere sich als Vater aufspielte, egal, wie vorteilhaft sich dies für Deogol erweisen würde. Sie hatte in ihrem ganzen Leben keinen Menschen gehabt, der ihrer gewesen war, nur Deogol, und sie war nicht bereit, ihn mit jemand anderem zu teilen.

»Ich war gerade bei der Königin«, erklärte ihr Sohn gepresst.

Hilda merkte, wie viel Mühe er sich gab, sich zusammenzureißen, während in Wahrheit etwas in ihm brodelte. Sie horchte bei Dridas Erwähnung auch tatsächlich sofort auf. Vielleicht war die Königin krank geworden! Vielleicht war etwas mit ihrer kleinen Tochter! Die Geburt war noch nicht lange her, und Mütter konnten auch danach noch an einem Fieber sterben.

Wulfhere schob Hilda sacht beiseite und blickte an Deogol vorbei in die Halle, zum Privatgemach des Königs. Vermutlich dachte er dasselbe wie sie. Aber Deogol fuhr ohnehin bereits fort.

»Ich war bei der Königin«, wiederholte er krächzend und räusperte sich gleich darauf, um seiner Stimme Kraft zu geben. Er war längst kein Junge mehr, sondern ein stattlicher Mann. Aber die Art und Weise, wie er jetzt vor ihr stand, mit diesem leidenden Blick, erinnerte sie an ihre Zeit in Lundenwic, an seinen ersten Diebstahl, seine Verzweiflung darüber, als wäre er wieder ein kleiner Junge. »Ich habe ihr mitgeteilt, dass Fina ihr heute nicht dienen kann. Sie ist krank.«

Der Hauch von Anspannung, der sich wegen Deogols Verhalten in Hilda aufgebaut hatte, verflog augenblicklich wieder. Es ging also nur um sein kuhäugiges irisches Weib.

»Ich werde für sie beten«, sagte sie, mit so viel Mütterlichkeit, wie sie nur aufbringen konnte. »Mach dir keine Sorgen, Junge, sie wird schon wieder genesen.«

»Ja, das wird sie«, erwiderte Deogol, und in seine Stimme mischte sich etwas Fremdes, Kaltes, seine Augen blitzten im Licht der Ölleuchten und Kerzen. »Wenn sie aufhört, deinen Trank zu trinken.«

»Meinen Trank?«

Hilda sah ihren Sohn ahnungslos an, aber ihr Herzschlag beschleunigte sich. Sie spürte Wulfheres fragenden Blick auf ihr, aber ehe er zu Wort kommen konnte, trat Deogol noch einen Schritt auf sie zu und baute sich vor ihr auf.

»Ich sagte der Königin, dass Fina sich den Magen verdorben hat, dass sie schon seit Tagen schreckliche Bauchschmerzen hat und sich jetzt auch noch übergeben muss. Die Königin fragte, ob Fina denn immer noch dieses ekelhafte Gebräu meiner Mutter trinke, um endlich schwanger zu werden. Sie solle eine Pause einlegen, ein Kind ließe sich nicht erzwingen. Also fragte ich die Königin, was sie denn damit meinte, denn ich wusste nichts von einem Gebräu, und die Königin erwiderte, dass Fina schon über Monate hinweg einen Trank zu sich nimmt, um schwanger zu werden, den du ihr gibst. Sie meinte, dass Fina es in ihrem unbändigen Wunsch nach einem Kind wohl damit übertrieben hätte und deshalb krank geworden sei.«

»Das kann durchaus möglich sein, oder?«, fragte Wulfhere und klang dabei so arglos, als verdrängte er tatsächlich, wer sie war, als hätte er nach zwei Jahren Spaß im ehelichen Bett schon vergessen, wie oft er sie zu anderem Verhalten ermahnt hatte.

Oder vielleicht dachte er tatsächlich, die Verbindung zu ihm hätte sie bekehrt. Nur ein Mann konnte so einfältig, leichtgläubig und von sich selbst überzeugt sein.

»Beruhig dich, Deogol«, sagte Hilda und streckte die Hand nach ihm aus.

Ihr Sohn aber wich der Berührung aus. Hilda atmete tief durch. Die dramatische Natur ihres Sohnes könnte ihr noch große Schwierigkeiten bereiten.

»Das sind nur ein paar aufgebrühte Kräuter, die die Fruchtbarkeit steigern, davon ist sie bestimmt nicht krank geworden. Ich nehme eher an, die Männer des Königs haben die Krankheit von der walisischen Grenze hierhergeschleppt. In ein paar Tagen geht es ihr wieder gut, da bin ich mir sicher.«

»Ja, denn sie wird keinen Schluck mehr davon nehmen. Du wirst sie nicht länger vergiften.«

»Vergiften?!« Hilda schlug sich mit einem Keuchen die Hand gegen die Brust. »Ich wollte ihr helfen! Und dir! Ich wollte euch eine Familie ermöglichen! Aber deine Frau scheint dazu einfach nicht in der Lage. Du hast ein vertrocknetes Weib geheiratet.«

»Ich wusste es.« Deogol klang voller Abscheu, seine Augen wirkten jetzt fremd. »In dem Moment, in dem die Königin mir sagte, dass Fina etwas aus deiner Hand zu sich genommen hat, wusste ich, dass du dafür verantwortlich bist. Vermutlich ist sie auch deshalb nicht schwanger geworden. Du hast die ganze Zeit über dafür gesorgt.«

Hildas Atem beschleunigte sich. Dumm war ihr Sohn ja nicht, das musste sie ihm lassen, aber zum Glück war ihr Gemahl nicht so leicht zu überzeugen.

»Du bist aufgeregt, Junge«, sagte er und ging auf Deogol zu. Er legte ihm die Hand auf die Schulter, und diese Berührung ließ Deogol sich gefallen. »Ich verstehe deine Sorge um Fina, aber du kannst doch nicht einfach so deine Mutter einer solchen Hinterlist beschuldigen. Warum sollte sie so etwas denn tun?«

»Aus Eifersucht.« Deogol hielt Hildas Blick gefangen, beobachtete jedes Blinzeln, jedes Zucken ihres Kiefermuskels. »Sie war von Anfang an gegen Fina. Sie will mich mit niemandem teilen.«

»Du bist ein erwachsener Mann, Deogol, bestimmt wird deine Mutter …«

Aber Deogol ließ seinen Stiefvater gar nicht ausreden. »Sie hält mich für ihren Besitz und will mich mit niemandem teilen. Genauso wie sie König Offa mit niemand anderem teilen will.«

»Was?« Wulfhere konnte nicht verwirrter klingen.

Hilda wagte es nicht, zu ihm aufzublicken.

»Deshalb wolltest du auch den Wolf der Königin vergiften«, sagte Deogol düster.

Hilda hatte immer größere Mühe, ruhig zu bleiben. Er tat es wirklich! Er verriet alles!

»Deshalb hast du den Herrn Beornred umgebracht. Du hast gegen die Königin intrigiert, um an den König heranzukommen.«

»Du bist verrückt«, stieß Hilda mit einem Lachen aus, aber sie hörte selbst, wie nervös es klang.

Schweiß brach ihr aus, das Herz drohte ihr aus der Brust zu springen, so heftig schlug es, während Wulfhere nur von einem zum anderen blickte.

»Ich habe lange gebraucht, dich zu durchschauen«, sagte Deogol, und immer noch streckte er hektisch die Finger, um sie gleich darauf zur Faust zu ballen. »Aber jetzt, bei Fina … da fiel es mir wie Schuppen von den Augen. Ich habe dich beim Wolf geschützt, da du meine Mutter bist, und ich ahnte … nein, vielleicht *wusste* ich es tief in mir drin auch, dass du Beornreds Mörderin bist. Als ich dich im Vorratshaus mit dem Messer sah … Ich redete mir ein, du wärst zu schwach dafür, aber das ist nicht wahr, oder? Du hast auch schon zuvor Männer getötet, in Lundenwic. Das war nichts Neues für dich.«

»Deogol, was du Hilda da unterstellst, ist gefährlich«, sagte Wulfhere rau, und auch in seiner Stimme lag ein ungewohntes Zittern. »Du sprichst hier über deine Mutter, du glaubst doch nicht wirklich, dass sie dazu fähig wäre.«

»Ich glaube es nicht, ich *weiß* es. Und dieses Mal, *Mutter*, werde ich dich nicht mehr schützen. Ich werde keine fremde Schuld mehr auf mich nehmen. Du hast die letzte Grenze überschritten. Du hast einen großen Fehler gemacht, indem du Fina angegriffen hast. Und ich weiß, wenn ich dich jetzt nicht aufhalte, werden wir unser Leben lang unter dir leiden, genauso wie viele andere, die deine Eifersucht und deinen Zorn auf sich ziehen.«

Ein Rauschen erklang in Hildas Ohren, die Ränder ihres Blickfelds zogen sich zusammen, ihre Kehle wurde eng. Sie konnte diese Worte nicht mehr mit einem Lachen abtun, sie konnte Deogol nicht von ihrer Unschuld überzeugen, das sah sie überdeutlich in seinen Augen. Er hatte die Wahrheit durchschaut, und davon gab es kein Zurück mehr. Ihr blieb nur noch, ihn zum Schweigen zu überreden.

»Wenn du ein Wort darüber verlierst, Deogol, werde ich aufs Härteste bestraft. Du kennst die Konsequenzen nicht.«

»Hilda.« Wulfhere umschloss ihren Arm und sah auf sie hinab. »Sag mir, dass das nicht wahr ist. Sag, dass Deogol sich täuscht.«

»Wozu?« Hilda wusste nicht, warum, aber sie spürte plötzlich Scham, wenn ihr Gemahl derart hoffnungsvoll auf sie hinabblickte, immer noch im Glauben, dass es sich um ein Missverständnis handeln könnte. »Du weißt doch selbst, dass es wahr ist. Du weißt, wer ich bin, wie ich bin. Du hast es immer gewusst.«

»Nein. Nicht das. Nicht so.«

»Dann weißt du es jetzt.«

»Offa und meine Mutter wuchsen im selben Dorf auf«, erklang Deogols harte Stimme.

»Das weiß ich«, knurrte Wulfhere und fuhr zu Deogol herum. »Ich wurde im selben Dorf groß. Aber was soll das mit all dem hier zu tun haben?«

»Es hat damit zu tun, dass Offa zum König aufstieg. Mutter dachte, einen Anspruch auf ihn zu haben, und dass er Drida heiratete, war ihr ein Dorn im Auge, ist es nicht so? Ich habe immer gesehen, wie eifersüchtig du warst, wollte aber nicht wahrhaben, wie weit du gehen würdest, um das Glück unserer Königin zu zerstören. Genauso wie mein Glück.«

»Fina war die falsche Wahl«, gab Hilda voller Überzeugung zurück. »Sie benutzt dich nur, sie ist dumm wie Stroh und gebiert dir noch nicht einmal Kinder!«

»Dafür hast du gesorgt.« Deogol sah sie noch einen Augenblick lang zornig an, dann wies er zurück in die Halle. »Komm jetzt mit mir. Ich bringe dich zum König, und du wirst alles gestehen.«

»Du bist aufgeregt und wütend, aber handle nicht voreilig, mein Sohn. Hinterher wirst du es bereuen, glaub mir. Wenn du deine eigene Mutter vernichtest, wirst du davon aufgefressen.«

»Ich werde damit leben können.«

Hilda konnte kaum noch einen klaren Gedanken fassen. Sie sah sich nach einem Fluchtweg um. Aber als ahnte Deogol genau das, war er mit zwei schnellen Schritten bei ihr und schloss seine Hand um ihren Arm wie ein Schraubstock. Jetzt sah sie die Tränen in seinen Augen.

»Es tut mir leid«, flüsterte er. »Aber ich kann dich nicht weitermachen lassen.«

»Das werde ich nicht«, gab Hilda flehend zurück, während Wulfhere an ihrer Seite sich abwandte, sich mit beiden Händen über das geschorene Haar fuhr und qualvoll aufstöhnte.

Was würde er tun? Sie schützen oder sie ausliefern? Er focht einen inneren Kampf mit sich aus, das war überdeutlich zu sehen, aber welche Seite würde gewinnen? Er musste Deogol davon überzeugen zu schweigen. *Sie* musste ihren Sohn davon überzeugen.

»Ich werde nie wieder gegen Fina arbeiten oder gegen irgendjemand anderen, Deogol. Ich schwöre es.«

Übelkeit stieg in ihr auf, sie hasste sich selbst, ihre Stimme, jedes Wort, das ihren Mund verließ. Sie war kein Mensch, der bettelte und sich erniedrigte, sie griff an. Aber sie war klug genug zu wissen, wann ein Kampf verloren war. Mit Drohungen oder sonst irgendeiner Art der Gegenwehr kam sie jetzt nicht mehr weiter, jetzt musste sie auf Mitleid setzen.

»Ich werde dir beistehen, Deogol, dir und Fina, ich werde euch helfen, wo ich nur kann. Ich habe jetzt eine gute Position, eine hohe Stellung, ich kann auch Finas Rang heben, ich …«

»Es ist zu spät, Mutter. Wenn ich noch länger schweige, mache ich mich mitschuldig. Gott mag über mich richten, da ich zu lange zugesehen habe, da ich erst jetzt handle, da meine eigene Frau betroffen ist. Ich bereue es zutiefst. Aber keinen Tag länger werde ich warten.«

»Deogol …«

Sie umschloss sein Hemd, krallte sich an ihm fest und sah jedes Detail seines Gesichts genau an. Ihr Sohn, ihr kleines Kindchen, das in ihren Armen geschrien hatte. Wie waren sie von jenem Moment zu diesem hier gekommen?

»Wulfhere?« Sie sah zu ihrem Gemahl auf. Jetzt konnte nur noch er ihr helfen.

Er blickte auf sie und Deogol hinab, wie sie einander gegenüberstanden und sich gegenseitig festhielten. Er sah nie fröhlich aus, das war sie gewohnt, aber jetzt lag tiefer Schmerz in seinem Gesicht. Sie wusste, sie hatte ihn enttäuscht, sie wusste, er hatte gehofft, sie geändert, ihren Weg zum Besseren gelenkt zu haben. Jetzt blickte er der Lüge ins Antlitz. Aber er musste verstehen, dass es noch nicht zu spät war.

»Ich kann mich ändern«, stieß sie aus.

Aber da wandte Wulfhere sich unvermittelt ab, ließ sie und Deogol stehen und verließ die Schlaflager.

Hilda keuchte auf. Auch Deogol wirkte plötzlich erschrocken. Beide starrten sie ins hell erleuchtete Herz der Halle und beobachteten Wulfhere, der direkt auf das Gemach des Königs zuhielt.

»Er wird mich retten«, japste Hilda und ballte ihre Hände zu Fäusten, bis sich ihre Fingernägel in die Handflächen bohrten. Es konnte nicht umsonst gewesen sein, sich Wulfhere zum Freund zu machen, sie hatte immer gewusst, er würde sich noch einmal als nützlich erweisen. »Er muss es einfach. Er wird mich retten.«

KAPITEL 36

Offa fiel es selten schwer, seine Gefühle verborgen zu halten, aber während Hilda mit tränennassen Augen vor ihm stand, kämpfte er um Kontrolle.

»Ich wollte doch nur bei dir sein«, weinte sie, ein klägliches Häufchen Elend. Von der starken Frau, die stets eine Antwort parat hatte, war nichts mehr übrig.

»Vergiss nicht, mit wem du redest«, knurrte Leofric an seiner Seite, und andere Noble nickten zustimmend.

Die Halle war für diesen Gerichtstag am zweiten Tag des Monats Februar im Jahre des Herrn 772 zum Bersten voll, das hatte Offa erwartet – nicht aber, dass er über das Mädchen seiner Kindheit richten würde müssen.

»Ich wollte dein … Euer sein«, fuhr Hilda, um Atem ringend, fort. »Mein König. Nicht nur für mich. Auch für Euch. Ich hätte Euch glücklich gemacht. Ich hätte Euch nicht zu einem stetig zweifelnden Schwächling gemacht, der seiner Gemahlin hinterherhechelt und das Wohl seines Landes riskiert, nur um ihren Launen zu folgen und ihr zu gefallen.«

Sie deutete zu Drida, die blass am Herdfeuer saß. Das rötliche Licht der Glut legte sich auf ihr schwarzes Haar, tanzte darüber mit den Rauchschwaden. Neben ihr saßen Vater Herefrith und der Krieger Brorda.

Nach Wulfheres Bericht über Hildas Taten war Drida derart außer sich gewesen, dass Offa bereits um ihre Gesundheit gefürchtet hatte. Sie habe es immer schon gewusst, hatte sie gerufen und darauf bestanden, jedes Wort der Verteidigung aus Hildas Mund mit eigenen Ohren zu hören. Es wäre ihm lieber gewesen, sie wäre in ihrem Gemach geblieben, bei den Kindern, aber um die kümmerten sich jetzt Leofrics und Eadrics Gemahlinnen, während Dridas Magd Fina genauso wie ihr Gemahl, Hildas Sohn Deogol, sich unter den Umstehenden befanden, um sein Urteil zu hören.

Offa merkte Drida an, dass auch sie um Beherrschung rang, und er war froh, dass sie stark genug war, sich zurückzuhalten, denn er selbst spürte sich an seine Grenzen gelangen.

»Du bewegst dich auf sehr dünnem Eis, Hilda«, sagte er ausdruckslos und ermahnte sich innerlich, keine Gefühle zuzulassen. Sie war nicht mehr die Hilda, die er am Flussufer geküsst hatte. Sie war eine Mörderin, eine Intrigantin, und sie war hier, um ihre gerechte Strafe zu bekommen.

»Ich sterbe ohnehin«, gab sie zurück, und in diese Worte mischte sich wieder ein wenig von der Hilda, die er in Lundenwic kennengelernt hatte. »Sollen vorher doch alle hören, wie Eure Königin, die Schutzherrin Mercias, alles daransetzt, unsere Kräfte ins Frankenreich zu entsenden, um uns zu schwächen! Der Herr weiß das, deshalb schenkte er Euch auch keinen weiteren Sohn mehr, sondern nur eine Tochter.«

Drida schlug sich entsetzt die Hand vor den Mund, während sich Vater Herefrith erschrocken bekreuzigte.

Offa aber erlaubte sich nicht, auf diese Worte zu reagieren, er wusste gut genug, dass sie falsch waren. Es mochte seit Karlmanns Tod und seiner Entscheidung, Drida bewachen zu lassen, einen Bruch zwischen ihm und Drida gegeben haben, den sie aufgrund seiner langen Abwesenheiten noch nicht überwunden hatten. Aber dies hatte nichts mit seiner Tochter zu tun – im Gegenteil. Die kleine Eadburh, die er mit Dridas Einverständnis nach seiner Schwester benannt hatte, war ihm eine unbeschreibliche Freude. Ja, selbst Drida schien ihm durch ihr neues Mutterglück versöhnlicher gestimmt, und sie hatte sogar seinen Kuss zugelassen. Auch hatte er gute Nachrichten für sie gehabt. Papst Stephan war gestorben, und König Desiderius besuchte nun den neuen Papst, Hadrian, damit dieser Karlmanns junge Söhne zu Königen über das Reich ihres Vaters salbte. Der Langobardenkönig setzte sich für Gerperga und die Kinder ein, und Offa hatte gesehen, dass diese Kunde Drida ein wenig Seelenfrieden gab.

Er hatte die Hoffnung gehabt, ihr Zerwürfnis beizulegen. Aber dann war Wulfhere zu ihm gekommen, um ihm von den Taten seiner Gemahlin zu berichten. Und damit waren sowohl er als auch Drida zurück in die Wirklichkeit geworfen worden, zu den grausamen Pflichten eines Königs. Denn Hilda hatte recht. Sie würde sterben.

»Du hast den Herrn Beornred getötet, einen Gesandten des fränkischen Königs …«

»Einen Verräter und Usurpator«, zischte Hilda und blickte zu den versammelten Noblen, als hoffte sie auf Zustimmung.

Aber niemand von den Männern wagte es, eine Gefühlsregung zu zeigen, weder in die eine noch in die andere Richtung. Alle sahen Hilda mit versteinerter Miene an. Nur Wulfhere nicht. Er war das Abbild von Verzweiflung, und Eadric neben ihm schien angespannt, bereit, seinen Freund und Kampfgefährten gegebenenfalls von einer Dummheit abzuhalten.

»Du gibst zu, ihn getötet zu haben, um einen Keil zwischen die Königin und mich zu treiben, nachdem dein Versuch, mit dem Verräter zu konspirieren und die Königin ins Frankenreich zurückbringen zu lassen, missglückte. Du gibst zu, dass du versucht hast, die Wölfin Luna zu vergiften, damit die Königin in ihrer Trauer unseren Sohn verliert. Und nach den Aussagen all jener, die heute vortraten, um über dich zu sprechen, wissen wir nun auch, dass du am Hofe Zwietracht gesät und die Königin in Verruf gebracht hast. Zudem hast du deine eigene Schwiegertochter vergiftet.«

»Sie steht gesund und munter vor Euch, Herr König.«

Offa ballte die Hände zu Fäusten. Er hätte Hilda am liebsten kräftig geschüttelt, sie angeschrien und gefragt, was nur aus ihr geworden war. Stattdessen erhob er sich von dem einsamen Stuhl an der Stirnseite der rechteckigen Feuerstelle, so gelassen wie möglich.

Seine Regung änderte auch etwas in Hildas Gesicht, er sah die Angst jetzt deutlich in ihren Augen stehen. In diesem Moment verfluchte er den Tag, an dem Aldermann Heardberht ihm mit dem Heer Mercias auf der Straße begegnet war und ihm die Krone angetragen hatte. Er traf oft schwierige Entscheidungen, aber diese spürte er bis tief in seine Seele. In ihm wütete Zorn über Hildas Taten, aber er verspürte auch Schuldgefühle. Er hätte ihr schon damals in Averdun mehr Beachtung schenken müssen, er hätte ihr irgendwie helfen müssen, um sie auf einen besseren Pfad zu führen. Wann war aus dem lieben, zurückhaltenden Mädchen die Frau vor ihm geworden?

Sein Blick fiel zu Wulfhere, der ihn flehentlich ansah. Der Krieger hatte schon in Offas Gemach um Gnade gebeten, aber Offa konnte seinem Wunsch nicht nachkommen. Damit würde er ein falsches Zeichen setzen, würde den Menschen zeigen, dass Verbrechen ungesühnt blieben – ein gefährliches Signal. Er war seit jeher für die strenge Durchsetzung der Gesetze bekannt, und er durfte auch heute nicht damit brechen. Besonders, da man ihm dann auch unterstellen könnte, Beornreds Tod gewollt zu haben und Hilda deshalb zu schonen, ja womöglich, dass er ihr sogar den Auftrag dazu gegeben hätte. Nein, er durfte kein Erbarmen zeigen.

»Gibt es hier irgendjemanden, der für Hilda sprechen

möchte?«, fragte er in die Runde, nachdem bereits genügend vorgetreten waren, um gegen Hilda auszusagen.

Betretenes Schweigen, verstohlen getauschte Blicke, Kopfschütteln. Offa sah zu Hildas Sohn Deogol, der seinen Blick starr erwiderte. Noch nicht einmal er wollte etwas sagen.

»Sie soll brennen«, erklärte schließlich sein Vetter Uhtred von den Hwicce. »Wie es das Gesetz verlangt.«

Zustimmendes Gemurmel, und auch andere Noble, die ihm als Berater dienten, sprachen sich für diese höchste Strafe aus.

Offa spürte seinen Hals eng werden. Er sah zurück zu Hilda, die ihn totenblass anstarrte, in ihren Augen stummes Flehen. Langsam, fast geschmeidig, fiel sie auf die Knie, weniger als ein Ersuchen um Erbarmen als aus Schwäche, wie ihm schien. Er zwang sich, nicht wegzusehen, sondern ihren Blick zu erwidern.

»Hilda«, begann er, und er war froh, dass seiner Stimme nicht anzuhören war, wie viel ihn diese Worte kosteten. »Du hast deine Taten gestanden, und so zeige ich Milde.«

Aller Augen waren auf ihn gerichtet, und bis auf das Knacken des Feuers und das Rascheln der Hunde im Heu war es bedrückend still. Sein eigener Atem kam ihm laut wie ein Schrei vor, sein Herzschlag trommelte in seinen Ohren. Er wusste, hinter all den Versammelten waren die Kinder in den Schlaflagern, sie standen auf den Matratzen und versuchten, etwas zu sehen. Genauso hatte Offa früher jede Urteilsverkündung seines Vaters und seiner Berater angehört. Er wünschte, die Vergangenheit hätte ihn darauf vorbereitet, aber er fühlte sich wie in eisig kaltes Wasser getaucht, ertrinkend und verzweifelt nach Luft japsend. Er sah Hilda in die Augen und versuchte in ihr eine Fremde zu sehen. Schlimmer noch als seine eigenen Erinnerungen mit ihr traf ihn der Schmerz, den er Wulfhere bereiten musste. Aber er war der König. Er hatte

Eadric nicht davor bewahren können, seinen Bruder zu verlieren, und er konnte Wulfhere nicht seine Frau lassen.

»Du entgehst einem Tod durch Erwürgen und Verbrennung. Stattdessen wirst du morgen bei Sonnenaufgang hängen.«

Die Stille hielt an, niemand schien mehr zu atmen. Dann hörte er erstes Aufkeuchen, Hände hoben sich zu einer Bekreuzigung, andere zischten Verwünschungen gegen Hilda.

Offa erwiderte Hildas starren Blick. Er hielt ihr stand, und es schien ihm, als wartete sie auf weitere Worte – darauf, dass er sein Urteil zurücknahm, dass er sie nur hatte erschrecken wollen. Aber das würde nicht eintreffen.

Er sah zu Drida hinüber, die immer noch erschreckend blass war. Im Kontrast zu ihrem pechschwarzen Haar, das nur teilweise unter einem Schleier verborgen war, fiel ihm ihre fahle Hautfarbe noch stärker auf. Drida sah nicht zu ihm zurück, auch nicht zu Hilda, sondern zu Deogol und Fina, und ihr war anzusehen, dass ihr Herz für die beiden brach. Ebenso für Wulfhere, der gefährlich zu schwanken begann und von Eadric am Arm gepackt wurde. Offa sah, wie sich Eadrics Lippen bewegten, wie er eindringlich auf Wulfhere einredete, aber der Krieger riss sich unvermittelt los und eilte auf Offa zu. Raunen erklang, Hoffnung schimmerte in Hildas Augen auf.

Offa wusste, was jetzt kommen würde, und er wollte seinem Krieger und sich selbst die Auseinandersetzung ersparen, besonders vor dem gesamten Hof. Also wandte er sich abrupt ab und hielt auf den Ausgang zu. Aus den Augenwinkeln sah er, wie Hilda von seinen Männern gepackt wurde, um sie bis zur Vollstreckung des Urteils in Gewahrsam zu nehmen. Vermutlich sperrten sie sie in den kleinen Verschlag im Anschluss des Stalls, wo sie das Holz für den Winter aufbewahrten.

Die Menschenmenge teilte sich, ließ ihn hindurch, und eine

seiner Wachen öffnete ihm das Haupttor in der Längsseite der Halle.

Offa trat in den Hof hinaus, so ungerührt und gelassen wie möglich, und atmete die kalte Winterluft tief ein. Aber auch hier konnte er keine Ruhe finden. Weitere Bittsteller hatten sich bereits versammelt, es herrschte großer Trubel, seine Bediensteten verstauten gebrachte Abgaben und versorgten die wartenden Menschen mit Speis und Trank. Bei seinem Erscheinen wandten sich ihm einige zu und verneigten sich.

Offa aber wollte nur hinaus aus dem Hof. Am liebsten wollte er zurück zur Grenze reiten und Hildas Hinrichtung morgen nicht bezeugen. Eine Frau zum Tode zu verurteilen war noch einmal etwas gänzlich anderes als einen Mann. Aber sie hatte nicht nur einen Mord begangen, sondern auch Verrat an ihm und dem Land. Er hatte keine andere Wahl.

»Mein König!«

Offa schloss die Augen und atmete tief durch. Dann beschleunigte er seine Schritte, um das Tor zu erreichen. Er wollte so wenig Zeugen wie möglich.

»Mein König, bitte!«

Wulfhere holte ihn auf der Brücke über den Graben ein und ging atemlos neben ihm her mit in die Stadt.

»Ich weiß, dass Hilda bestraft werden muss, ich weiß, dass sie Schreckliches getan hat, deshalb bin ich zu Euch gekommen!«

»Du bist zu mir gekommen, damit dein Sohn … Deogol … es nicht tun musste. Du hast Hilda geheiratet für den Jungen, und du hast sie für den Jungen angeklagt. Die Aufgabe, dich um ihn zu kümmern, nimmt dir niemand weg, Wulfhere. Im Gegenteil, sie ist jetzt wichtiger als je zuvor. Deogol braucht dich jetzt.«

»Ich kann Hilda fortbringen.« Sie folgten der von strohgedeckten Hütten gesäumten Straße, die an diesem Wintermorgen noch mit Eiskristallen überzogen war. »Auf mein Land! Ihr werdet nie wieder etwas von ihr hören oder sehen. Ich kann sie unter Kontrolle halten.«

»Wulfhere, du weißt, mir sind die Hände gebunden. Du wusstest es bereits, als du zu mir kamst.«

»Ich habe getan, was ich als Euer Schwurmann tun musste. Ich habe Euch Treue geschworen, und ich habe Euch nie Anlass gegeben, an meiner Loyalität zu zweifeln. Seit fünfundzwanzig Jahren stehe ich an Eurer Seite, bin Euch in unzählige Schlachten gefolgt und verwalte Tamouuorthig für Euch.«

Offa blieb stehen. Sie hatten beinahe schon die Kirche im Zentrum erreicht, und auf dem weitläufigen Platz davor tummelten sich meist viele Menschen. Handwerker boten dort ihre Dienste an, und Händler verkauften Waren. Lieber blieb er in der schmalen, verlassenen Straße, in der sie sich jetzt befanden.

»Jedes Wort ist wahr«, sagte er und wandte sich Wulfhere zu, der ihm, derart verzweifelt, fremd erschien. »Ich vertraue dir wie nur wenigen in meinem Haushalt, und ich würdige es, dass du deine eigene Gemahlin angeklagt hast.« Er dachte an Drida und wie es wäre, wenn er sie sterben sehen müsste. Allein bei der Vorstellung wurden seine Knie schwach, und Übelkeit stieg in ihm auf. »Hilda hat nicht nur gemordet, Wulfhere. Sie hat damit auch unsere Beziehungen ins Frankenreich gefährdet.«

»Tut nicht so, als hättet Ihr Beornred nicht tot sehen wollen.«

Offa zog überrascht eine Augenbraue hoch, und Wulfhere senkte sofort den Kopf und trat einen Schritt zurück.

»Verzeiht, mein König.«

Offa seufzte und beschloss, den Ausrutscher zu ignorieren. »Hilda wollte auch der Königin Schaden zufügen. Zuerst durch den Wolf, dann durch Intrigen unter den Noblen. Wer sagt, dass sie hier die Grenze zieht? Dass sie nicht als Nächstes versucht, Drida zu vergiften? So wie Dridas Magd.«

»Ich könnte …«

»… sie unter Kontrolle halten? Wulfhere …« Offa legte seine Hand auf die Schulter des Kriegers. »Du hast eine bessere Frau verdient. Es tut mir nur leid, dass ich es nicht vorher erkannte. Ich war blind, ich dachte nicht, dass Hilda sich derart weit von dem Mädchen aus Averdun entfernt hatte, das sie einmal gewesen war. Ich sah, dass sie verändert war, aber wie sehr …« Er schüttelte den Kopf. »Hilda wird morgen hängen, Wulfhere. Und es gibt nichts, das du dagegen tun kannst.«

Wulfhere starrte immer noch zu Boden. Er zitterte am ganzen Leib, seine Hände waren an seinen Seiten zu Fäusten geballt, und Offa betete, dass er keine Dummheiten beging, dass er nicht versuchte, Hilda zu retten.

»Reite fort, Wulfhere, auf dein Land. Nimm Deogol und Fina mit. Verschwindet von hier für ein paar Tage oder Wochen.«

»Mit Eurer Erlaubnis, Herr, bleibe ich hier … und begleite meine Gemahlin auf ihrem letzten Weg. Danach bringe ich ihren Leichnam nach Hause … nach Averdun.« Er sah zu ihm auf, direkt in seine Augen.

Offa gab sich größte Mühe, nichts zu fühlen, sich nicht an Averdun zu erinnern, wo seine Mutter immer noch lebte, und an seine Kindheit dort.

Er nickte nur seine Zustimmung, drückte noch kurz Wulfheres Schulter und ging schließlich davon. Er wollte allein sein, und es gab auch nichts mehr, was er Wulfhere noch sagen konnte. Sollte Drida jemals etwas zustoßen, gäbe es auch für ihn keinen Trost auf der Welt.

Drida schlich durch die Halle, in der in diesen frühen Morgenstunden noch alle schliefen. Sie wollte niemanden aufwecken, aber Brorda, der hinter ihr mit jedem Schritt in seinem Ringpanzer Lärm verursachte, machte ihr Vorhaben bestimmt bald zunichte.

»Sch.« Sie drehte sich zu ihm um und legte einen Finger auf die Lippen.

Der Anblick, wie ein so großer schwerer Mann auf Zehenspitzen durchs Stroh schlich, sollte wohl belustigend sein, aber Dridas Stimmung war zu düster, als dass sie hätte lachen können.

Sie hielt weiter auf den Ausgang zu, zielgerichtet, und wollte sich nicht von ihrem Vorhaben abbringen lassen. Es war ihre letzte Gelegenheit, Hilda zu konfrontieren.

Eadburhs Weinen erklang aus ihrem Gemach, und Drida hielt vor dem Tor inne. Sie blickte noch einmal zurück, in ihrer Brust zog es schmerzhaft, und sie wollte schon umdrehen, zu ihren Kindern zurückgehen. Aber zwei Mägde waren bei ihnen, sie waren in guten Händen, und Drida hatte die kleine Eadburh gerade zuvor noch gestillt, sie konnte also nicht hungrig sein. Nein, sie musste ihr Vorhaben jetzt erfüllen.

Eadburh weinte oft und viel, ohne dass Drida den Grund dafür finden konnte. Vielleicht spürte die Kleine die Aufregung, die bedrückte Stimmung. Vielleicht war auch Offa deshalb nicht ins Gemach gekommen. Drida wusste nicht, wo er war, aber sie konnte verstehen, dass er Einsamkeit suchte. Er hatte die Gemahlin seines Freundes zum Tode verurteilt. Drida wünschte nur, er hätte das Gefühl, mit seinem Schmerz zu ihr kommen zu können. Aber dass er es nicht tat, war ihre Schuld. Nach Karlmanns Tod hatte sie ihn von sich gestoßen, und er fand kein Zurück. Wenn Hildas Hinrichtung vorüber war, wenn sie alle wieder in ihr normales Leben fanden, musste sie mit Offa sprechen. Sie hatten zwei Kinder miteinander, und obwohl Hilda immer noch ins Frankenreich reisen wollte, mussten sie zusammenhalten und einen gemeinsamen Weg finden.

Graues Licht herrschte draußen, wenige rötliche Wolkenstreifen über den Dächern im Osten kündigten den Sonnenaufgang an. Drida musste sich beeilen, wenn sie noch rechtzeitig mit Hilda sprechen wollte. Sie hielt auf das Holzlager zu, gab Brorda ein kurzes Zeichen, zu warten und ihr nicht weiter zu folgen, und trat schließlich zu Eadric, der Wache gehalten hatte.

»Ihr wünscht mit ihr zu sprechen, Herrin?«, fragte er mit müdem, resigniertem Blick. Er schien nicht überrascht, sie hier zu sehen.

Drida nickte nur, und Eadric trat zur Seite. Jetzt sah Drida die kaum ergraute, goldhaarige Frau am Fuße eines Holzstapels liegen, eingerollt in eine löchrige Decke, um wenigstens ein bisschen Wärme zu bewahren. Bei ihrem Näherkommen blickte Hilda auf, sah sie zwischen verfilzten Strähnen hindurch an und lächelte hämisch.

»Seid Ihr gekommen, um Euch über mein Ende zu ergötzen?«

Drida warf einen Blick zurück zu Eadric, der sie verstand und sich diskret entfernte. Dabei ging er bestimmt nicht weit weg. Hilda war nicht angekettet, sie konnte ohnehin nirgends hin. Um den Königssitz zu verlassen, müsste sie an wesentlich mehr Wachen vorbei als nur an Eadric.

»Ich habe mich oft gefragt, was es ist, was dich so gegen mich aufgebracht hat«, sagte Drida und dachte an ihre erste Begegnung mit Hilda, gleich nach ihrer Ankunft in Tamouurthig, an das Bad, an Hildas abschätzende, missbilligende Blicke, an ihre schroffe Art. »Manchmal fragte ich mich, ob ich dir irgendetwas getan habe. Ich fragte auch andere, aber man sagte immer, du hattest es nicht leicht und bist deshalb so … hart geworden. Aber jetzt weiß ich, warum du mich so hasst. Ich habe das, was du wolltest.«

»Offa war mein, lange bevor Ihr über das Meer gekommen seid. Er hätte mein sein sollen.«

Die Verehrung und zugleich die Besessenheit in Hildas Augen zu sehen, wenn sie über Offa sprach, war beängstigend. Drida konnte es nicht Liebe nennen. Sie glaubte nicht, dass Liebe so war. So selbstsüchtig und zerstörerisch.

»Ja, vielleicht hätte er das. Vielleicht hätte ich vor fast drei Jahren nicht zu König Karl nach Noyon gehen und versuchen sollen, ihn mit seinem Bruder zu versöhnen. Vielleicht hätte ich in Quierzy bleiben müssen. All das wäre nicht passiert, hätte ich damals einen anderen Weg genommen. Beornred wäre noch am Leben, vielleicht sogar Karlmann. Aber kleinste Entscheidungen tragen oft weitreichende Konsequenzen. Und durch meine Entscheidung habe ich jetzt Ecgfrith und Eadburh. Du hattest Deogol und Wulfhere, der dich liebt.«

Hilda schnaubte abfällig. »*Mich liebt.* Er wollte meinen Sohn, und jetzt hat er ihn. Er konnte gar nicht schnell genug zum König rennen, um mich anzuklagen.«

»Er liebt dich, Hilda, ein Blinder würde das sehen. Aber du wolltest seine Liebe nicht. Es war die falsche, in deinen Augen. So erging es mir auch einmal. Auch ich liebte jemanden vor langer Zeit, und ich wollte mein Herz Offa gegenüber nicht öffnen. Aber ich habe es dennoch getan, habe mich für ihn entschieden, und ich wurde glücklich.«

»Glücklich?!« Hilda lachte laut auf – ein Laut, so voller Bosheit, dass Drida fröstelte. »Der König lässt Euch bewachen, und Ihr straft ihn dafür mit Missachtung. Jeder weiß das. Wie könnt Ihr da von Glück sprechen?«

Drida lächelte, sie war nicht überrascht. Ein angelsächsischer Hof war kein besonders privater Ort. »Ich sage nicht, dass das Glück perfekt ist, das ist es nie. Aber ich habe Offa angenommen, und ich wünschte, du hättest mit Wulfhere und Deogol dasselbe getan.«

»Nun, das habe ich nicht.« Hilda setzte sich auf und lehnte sich gegen das Holz, schob ihre Hände unter die Decke und sah Drida fast schon triumphierend an. »Wir, Herrin, sind beide an einem Scheideweg gestanden, und Ihr glaubt, Ihr habt den richtigen Weg gefunden – den Weg zur Königin, nicht zum Galgen. Aber in Wahrheit habt Ihr Euch nur verkauft – Euch, Eure Vergangenheit, Eure Herkunft. Ich habe nichts dergleichen getan. Ich habe mich nicht mit halben Sachen begnügt, ich habe für mich und das Ganze gekämpft. Aus meinem Mund werdet Ihr nie hören ›Glück ist nicht perfekt‹, denn welchen Sinn hat das Leben, wenn wir nicht genau danach streben und uns mit weniger zufriedengeben? Ich hätte mich nie damit abgefunden, und ich bereue nichts. Mein Ende ist gekommen, aber ich falle kämpfend. Während Ihr weiterhin im *Beinahe* feststeckt. Dieses Wissen wird mir ein Trost sein, wenn ich die Schlinge um den Hals spüre. Ich habe mein Glück nicht bekommen, aber genauso wenig Ihr.«

Drida sah auf Hilda hinab und versuchte, die Worte nicht an sich heranzulassen. Aber jedes einzelne davon traf sie tief ins Herz.

Hilda hatte recht. Drida befand sich ständig auf einer über dem Abgrund hängenden Brücke und versuchte, die Balance zu halten. Auf der einen Seite lagen das Frankenreich, Gerperga und ihre Söhne, auf der anderen Mercia, Offa und ihre eigenen Kinder. Sie konnte sich keiner Seite zuneigen, ganz und gar in nur eine Richtung laufen, ohne die andere zu verlieren.

»Habe ich einen Nerv getroffen?« Hilda grinste bösartig.

Drida straffte die Schultern, sie durfte sich nicht verunsichern oder sich Gefühle anmerken lassen.

»Ich werde Deogol zu meiner persönlichen Leibwache ernennen«, erklärte sie ihr Vorhaben, das sie schon gestern in der Halle getroffen hatte. »Er hat große Loyalität gezeigt, und ich weiß, dass ich ihm vertrauen kann. Ich dachte, du möchtest das vielleicht wissen. Deinem Sohn wird es gutgehen. Und ohne deinen Einfluss wird die Linie vielleicht auch weitergehen. Fina wird, so Gott will, Kinder bekommen, und vielleicht werden die beiden ihnen von dir erzählen – das Gute, zu dem du gewiss auch fähig warst. Sonst hättest du keinen so großartigen Sohn.«

Hilda sah sie unverwandt an, und wäre Drida abergläubisch gewesen, dann hätte sie jetzt den bösen Blick gefürchtet. Es war Hilda anzusehen, dass sie Drida im Stillen gerade verfluchte.

»Seid Ihr nun fertig?«, wollte sie schließlich wissen und zog ihre Beine an die Brust heran. »Der Priester war bereits hier, ich brauche keine Predigten von Euch, *Königin*. Also lasst mich meine letzten Atemzüge in Frieden verbringen.«

»Ich will dir nicht predigen, Hilda, ich bin hier …« Drida atmete tief ein und kämpfte gegen den Schmerz, den die Erinnerung an Beornred und das Wissen darum, wie er gestorben war, mit sich brachte. »Ich möchte dich um etwas bitten.«

Diese Worte erweckten offensichtliches Interesse, ja gar Staunen in Hildas Augen.

»Was kann eine zum Tode Verurteilte für die Königin Mercias tun? Und vor allem … was bekommt sie dafür?«

»Meine Vergebung.«

Hilda zuckte zurück, als hätte Drida sie mit einer Peitsche geschlagen. Sie fing sich aber schnell wieder und hob den Kopf. »Was wollt Ihr?«

»Sag mir, was Beornred vorhatte. War deine Nachricht an mich echt? Warum wollte er mich vor seinem Tod treffen? Was wollte er mir sagen?«

Hilda sah sie schweigend an, unerträglich lange. Drida wollte schon aufgeben, einsehen, dass Hilda ihr nie etwas verraten würde, aber schließlich erhob sich die Frau schwach, wobei sie sich an den Holzscheiten festhielt. »Beornred wollte Euch zurück ins Frankenreich bringen, auch gegen Euren Willen. Nach dem Gespräch mit Euch und Offa, gleich nach Eurer Rückkehr von Eurer Reise durchs Land, war er davon überzeugt, dass Ihr nicht länger in Offas Nähe bleiben dürft. Er wollte alles riskieren, um Euch wieder mit Eurer Familie zu vereinen.«

Tränen schossen Drida in die Augen, und sie machte sich nicht die Mühe, sie fortzublinzeln. »Aber warum hast du ihn dann getötet?«, fragte sie mit schwacher Stimme. »Du wolltest doch, dass ich fortgehe. Du wolltest, dass er mich außer Landes bringt.«

»Zuerst ja. Aber dann erkannte ich, dass dies nichts nützen würde. Ich erkannte, dass Offa Euch liebt, und diese Liebe, die ich in seinen Augen sah, hätte auch über das Meer gereicht. Offa hätte Himmel und Hölle in Bewegung gesetzt, um Euch zurückzubekommen. Daher musste ich genau daran etwas ändern. Ich musste dafür sorgen, dass Ihr Offa beschuldigt, dass Ihr ihn hasst, und dass dies Euch beide entzweit. Damit Offa erkennt, dass Ihr nicht gut für ihn seid. So wie jetzt, da Ihr ihn bestraft, nur weil er Euch, Eure Kinder und Euer Land schützen will. Oder soll ich sagen: *sein* Land? Denn Eures ist Mercia nicht.«

Drida war sprachlos über derart boshafte Pläne, und gleichzeitig verspürte sie auch Schuldgefühle Offa gegenüber. Sie wollte ihm ja geben, was er von ihr verlangte, sie wollte sich ganz und gar ihm und seinem Land verschreiben, aber es erschien ihr wie ein Verrat an Gerperga. Selbst der Atem blieb ihr für einige lange Momente stehen. Schließlich aber holte sie tief Luft und nickte.

»Ich danke dir, Hilda, für deine Ehrlichkeit. Und … es tut mir leid. Alles. Dass es so weit kommen musste. Dass du nicht bekommen konntest, was du dir gewünscht hast. Ich kann dir nur den einen Trost geben, dass es deinem Sohn, deiner Schwiegertochter und möglichen Enkeln immer gutgehen wird. Dafür werde ich sorgen.«

Drida erwartete eine schnippische Antwort, aber stattdessen neigte Hilda nur das Haupt und ließ sich schließlich entlang der gestapelten Holzscheite wieder zu Boden sinken.

»Ich werde für Euch beten«, sagte Drida noch und wandte sich schließlich ab.

Sie wollte fort von Hilda, zurück zu ihren Kindern. Und sie wollte auch nichts von der Hinrichtung sehen.

Eadric kam ihr entgegen, seine Augen verengten sich bei ihrem Anblick. »Was hat dieses elende Weibsbild zu Euch gesagt?«

Drida wischte sich die Tränen fort. »Dinge, die ich wohl hören musste.« Sie legte Eadric die Hand auf den Arm und sah noch einmal zum Holzverschlag zurück. »Sorgt dafür, dass es schnell geht.«

Eadric nickte grimmig, und Drida ging zurück in die Halle. Immer noch war es ruhig, nur ein paar Mägde wuselten bereits herum, schürten das Feuer, entzündeten Lampen und setzten einen Kessel mit heißem Wasser auf.

Aus dem Gemach im Anschluss an die Halle war nichts zu hören, und Drida schloss kurz erleichtert die Augen. Sie hatte schon gefürchtet, die Mägde wären nicht in der Lage gewesen, Eadburh zu beruhigen.

So leise wie möglich schob sie sich durch die Vorhänge hindurch und setzte einen Fuß vor den anderen auf den strohgedeckten Boden. Es war fast dunkel, nur wenige Bienenwachskerzen spendeten Licht. Drida sah sich um, hielt nach den Mägden Ausschau, aber niemand war hier. Stattdessen lag

Offa auf der großen Bettstatt, neben ihm ihre kleinen Engel Ecgfrith und Eadburh.

Ihre Brust wurde eng, sie wusste nicht, was genau mit ihr passierte, aber augenblicklich kehrten die Tränen zurück. Offa schien nicht zu schlafen, seine Hand fuhr in ruhigen, gleichmäßigen Bewegungen über Eadburhs Bauch. Dann hob er den Kopf und sah sie an.

Er sagte nichts, stattdessen richtete er sich vorsichtig auf. Eadburh regte sich kurz, seufzte auf, und auch Ecgfrith drehte sich herum, aber als Offa sich von der Bettstatt erhob, schliefen sie bereits wieder weiter.

»Du warst bei Hilda«, flüsterte er.

Drida nickte. Sie konnte nichts gegen die Tränen tun, die unaufhörlich ihre Wangen hinabflossen. Sie war so überglücklich, wenn sie Offa mit ihren Kindern sah, und gleichzeitig so unglaublich traurig – für Deogol und Wulfhere, für Gerperga und ihre Kinder, die, aus ihrer Heimat vertrieben, in Angst leben mussten. Selbst der Hoffnungsschimmer durch den neuen Papst war ihr kaum ein Trost. Solange Karl lebte, waren sie in Gefahr. Wie durfte Drida glücklich sein, wenn andere so leiden mussten?

»Verzeih mir«, schniefte sie, so leise wie möglich. »Ich habe dich beschuldigt. Ich dachte, du wärst es gewesen, du hättest Beornred getötet. Aber es war sie. Alles war sie.«

»Das ist vorbei.«

Offa stand auf und kam auf sie zu, Sorge stand in seinen Augen. Aber er fragte gar nicht lange nach, er schloss sie in seine Arme und hielt sie fest. Drida wusste nicht, wie lange sie nur so dastanden, während Offa über ihren Rücken streichelte und seine Stärke auf sie übergehen ließ.

»Verzeih mir, dass ich dich bewachen ließ«, flüsterte er schließlich gegen ihren Scheitel, an dem seine Wange lag. »Ich hätte dich nicht einsperren dürfen. Auch das ist jetzt vorbei.«

Drida schmiegte sich an ihn. Am liebsten hätte sie den Tag daran gehindert zu beginnen, Hildas Todestag. Sie wollte noch länger im Dazwischen bleiben, zwischen Tag und Nacht, im Frieden mit Offa und ihren Kindern. Aber das konnten sie nicht. Der Tag brach herein, und er begann mit Hildas Tod.

KAPITEL 37

Lindcolne, Königreich Mercia, Spätsommer 773

Drida breitete die Arme aus und gab sich ganz den Bewegungen des Pferdes hin. Im rasenden Galopp preschte sie durchs Marschland des Flusstals. Wasser spritzte unter den Hufen hoch, das hohe Moorgras peitschte um ihre Beine. Sie war bis zu den Oberschenkeln klitschnass, aber das war ihr egal. Die Sonne brannte auf sie hernieder, und obwohl sie in Mercia und insbesondere so hoch im Norden nie dieselbe Kraft hatte wie in ihrer alten Heimat, dem Frankenreich, umhüllte sie Drida mit ihren wärmenden Strahlen.

Vor ihr erstreckte sich die Römerstraße, die Lundenwic im Süden mit Eoferwic im Norden verband. Sie führte genau durch Lindcolne hindurch, den Hauptsitz jenes Landes, das Offa ihr zur Hochzeit vermacht hatte. Kleinere Gehöfte säumten die Straße, Rinder weideten auf den Ebenen, und vor ihr erhoben sich alte Römermauern auf einem Hügel. Die Straße führte direkt dorthin, durch die tote Festung, und verband sich an dieser Stelle auch mit einer weiteren alten Römerstraße, die aus dem Südwesten kam. Drida wusste schon so vieles über dieses Land, das meiste von Vater Herefrith, und sie hatte es lieben gelernt.

Die sanfte Schimmelstute unter ihr schnaufte ob der Steigung des Hügels zum alten römischen Stützpunkt hinauf, aber Drida trieb sie noch weiter, sie wollte ihren Begleitern entkommen. Einst musste es hölzerne Palisaden gegeben haben, aber davon war nichts mehr übrig. Dafür durchritt Drida aber einen fast noch perfekten steinernen Torbogen und passierte weitere aus Stein errichtete Häuser, in denen vor Hunderten von Jahren die Männer der Legion gelebt hatten. Heute fand man hier keine Menschenseele mehr, deshalb mochte Drida diesen Ort auch so gerne.

Sie zügelte die Stute und blickte in die leeren Fensterhöhlen hinein, stellte sich vor, wie es gewesen war, hier zu leben. Die alte Pracht erinnerte sie ans Frankenreich, das so anders war als Mercia mit seinen strohgedeckten Holzhäusern und Langhallen, in denen der gesamte Haushalt zusammen lebte und schlief. In ihrer Heimat hielten die Menschen sich von den alten römischen Bauten nicht fern, sie nutzten immer noch die heißen Bäder und beeindruckenden Herrenhäuser. Nur in Mercia fürchtete man alte Geister, und so fand sich erst auf der anderen Seite des Hügels, unten an seinem Fuße und direkt neben dem Fluss, eine erste Siedlung.

Dort lebte Drida bereits seit mehreren Monaten, in denen Offa sich um den Bau seines Walls kümmerte, genauso wie um den Frieden mit den anderen angelsächsischen Königreichen, die ihn nach seinem Sieg gegen die aufständischen Südsachsen fast ausnahmslos als ihren Souverän anerkannten. Hier konnte sie einen Hauch von Freiheit genießen. Am liebsten wollte sie gar nicht mehr zurück nach Tamouuorthig gehen. Dieses abgeschiedene Land hoch im Norden, in der Nähe der Grenze zu Northumbria, gab ihr endlich das Gefühl, wieder atmen zu können.

Von ihrer erhöhten Position aus sah Drida, dass ein paar Schiffe in dem breiten Becken lagen, in dem sich zwei Flüsse verbanden. Manchmal kamen Händler hier vorbei, und Drida trieb in Erwartung von ein wenig Abwechslung und Neuigkeiten ihr Pferd erneut an.

Brorda und Deogol, die sie begleitet hatten, holten inzwischen auf, hielten aber respektvollen Abstand. Schließlich erreichten sie die Siedlung, die lediglich einer kleinen Kirche und einem Dutzend Familien, die das umliegende Land bestellten, ein Zuhause gab.

Auf dem Platz vor der Kirche hatten sich einige bekannte Gesichter versammelt. Drida kannte längst jeden hier, und sie entdeckte auch Fina mit ihrem drei Monate alten Sohn auf dem Arm. Dridas Kinder Ecgfrith und Eadburh waren auch bei ihr, gemeinsam mit der Magd Mildrith, die aus Tamouuorthig mitgekommen war. Alle versammelten sich um die Händler, begutachteten Tücher, Zierrat und Geschirr.

Drida schwang sich aus dem Sattel. Aus dem Augenwinkel bemerkte sie, dass Deogol und Brorda es ihr gleichtaten. Einer von den jungen Burschen der Siedlung kam zu ihr und nahm ihr das Pferd ab. Drida nickte ihm dankbar zu und mischte sich schließlich ins Getümmel. Sie fand es angenehm, dass niemand hier ob ihrer Stellung großes Aufhebens machte. Die Leute wichen ihr kaum aus, es gab keine Verneigungen oder sonstiges übertriebenes Respektsgebahren. Sie grüßten lediglich freundlich und fragten nach ihrem Wohlergehen, als wären sie Freunde. Auch der örtliche Pfarrer, ein junger Mann, der kein Wort Latein beherrschte, stand bei den Händlern und interessierte sich für einen Ring aus dem Heiligen Land, den er sich nie würde leisten können.

Eadburh und Ecgfrith entdeckten sie und liefen ihr freudig entgegen. Eadburh war schon eineinhalb Jahre alt und schloss augenblicklich ihre Ärmchen um Dridas Bein, während der um ein gutes Jahr ältere Ecgfrith gleich an ihr hochzuspringen versuchte. Drida nahm zuerst Ecgfrith auf den Arm und dann die noch leichtere Eadburh, und so ging sie mit je einem Kind auf dem Arm auf die Händler mit ihren Truhen zu.

»Woher kommt Ihr?«, fragte sie die Männer und musterte sie, mit ihrem schwarzen Haar und den schwarzen Oberlippenbärten. Auch ihre Haut war ein wenig dunkler. Sie mussten von irgendwoher aus dem Süden kommen.

»Von hier und da«, antwortete der Älteste von ihnen, der fast schon vollständig ergraut war, und verneigte sich mit ausgebreiteten Armen. »Ihr seid Königin Cynethryth.«

Drida sah den Mann prüfend an. Es war wohl nicht erstaunlich, dass er wusste, wer sie war. Die anderen hier mussten von ihr erzählt haben, und obwohl sie nur einfaches Gewand trug, das bis zur Hüfte von Wasser- und Schlammspritzern besudelt war, erkannte er sie wohl an dem schmalen Goldreif, der ihren Schleier hielt.

»Was verkauft Ihr?«

Sie blickte an den Männern vorbei zu den Truhen, was auch Ecgfriths Aufmerksamkeit auf die schönen Stoffe lenkte. Sofort wollte er wieder von ihrem Arm herunter, und die Magd Mildrith nahm ihn ihr ab und hielt ihn an der Hand, damit er sich näher umsehen konnte.

»Seide und Purpur, Herrin, die wir weit weg, in der großen Handelsstadt Konstantinopel, erstanden haben. Und Informationen.«

»Informationen?« Drida tauschte einen Blick mit Fina, die nur die Augenbrauen hob und wohl ebenso überrascht von dieser Unverblümtheit war wie Drida. Nicht viele begegneten ihr so direkt, aber Drida fand es erfrischend. »Was für Informationen sollen das sein?«

»Ich hörte, Ihr seid interessiert an der Königswitwe Gerperga und ihren Söhnen. Solcherlei Dinge sprechen sich schnell herum, und daher entschied ich mich, meinen Weg nach Eoferwic ein wenig abzuändern und Euch als Erstes zu besuchen.«

»Was für Informationen sind das?«

Der Händler tauschte einen Blick mit seinen Gefährten und rieb schließlich Daumen und Mittelfinger aneinander.

Drida presste die Lippen aufeinander, sie mochte es nicht, ausgespielt zu werden. Aber der Händler wusste genauso gut wie sie, dass sie die Informationen haben wollte. Daher gab sie Deogol ein Zeichen, der eine kleine Börse von ihr trug, und der Krieger zog eine Münze heraus und reichte sie ihr.

Drida streckte sie dem Händler entgegen, aber als er sie ergreifen wollte, zog sie die Hand zurück und sah ihn auffordernd an. Das gefiel dem Händler augenscheinlich nicht besonders, aber nach kurzem Überlegen begann er zu reden:

»Papst Hadrian hat sich trotz mehrmaliger Besuche von König Desiderius geweigert, König Karlmanns Jungen Pippin und Syagrius zu Königen über das Reich ihres Vaters zu salben. Er musste sich entscheiden zwischen König Karl und den Langobarden mit den Jungen. Er entschied sich für Karl.«

Der Händler streckte die Hand aus, und Drida überreichte die Münze widerwillig. Sie hätte lieber für bessere Informationen gezahlt, für die gute Nachricht, dass der Papst Gerperga und die Jungen unterstützte.

»Ich weiß noch mehr«, erklärte der Händler, und sie spürte, dass es nichts Gutes sein würde.

Gier und Schadenfreude schimmerten in seinen Augen, und Drida hätte ihre Krieger am liebsten angewiesen, die Informationen aus ihm herauszuschütteln. Aber stattdessen gab sie Deogol das Zeichen für eine weitere Münze. Der Händler lächelte zufrieden.

»König Desiderius war über die Zurückweisung durch den Papst nicht erfreut, und so fiel er in dessen Ländereien ein. Er gelangte bis Rom und konnte nur durch Androhung des

Kirchenbannes davon abgehalten werden, Rom selbst anzugreifen.«

Drida schloss die Augen und atmete tief ein. Warum konnte Gerperga nicht einmal Glück erfahren? Warum konnte nicht einmal etwas Gutes für sie entstehen?

Aber es würde noch schlimmer kommen, Drida ahnte es bereits. Wenn der Papst derart in Bedrängnis war …

»Lasst mich raten. Der Heilige Vater bat König Karl um Hilfe.«

Der Händler wirkte kurz überrascht, dann nickte er anerkennend. »Karl befand sich gerade auf einem Feldzug gegen die Sachsen, Herrin. Die Irminsul, den heiligen Baum dieser Heiden, hat er vernichtet. So gut wie das ganze Frankenreich steht hinter ihm auf der Mission, das Christentum ins Sachsenland zu bringen. Er wird von allen verehrt.«

Und zweifelsohne gab es im heidnischen Sachsen auch große Beute zu machen. Kein Wunder, dass alle Noblen Karlmanns zu Karl übergelaufen waren. Er hatte mit diesem ruhmreichen Eroberungsfeldzug gewunken, und die Noblen waren ihm zugelaufen, denn welche Glorie und welchen Reichtum sollten sie unter zwei Kindern erlangen? Auch der Papst wählte natürlich Karls Seite, der das Wort Gottes verbreitete. Es war zum Aus-der-Haut-Fahren.

»König Karl wollte zuerst seinen Sachsenfeldzug nicht abbrechen, und er verhandelte mit König Desiderius. Er bot ihm Frieden für die Rückgabe der päpstlichen Ländereien an den Heiligen Vater und für die Herausgabe seiner Neffen. Dafür wollte er Desiderius sogar vierzehntausend Goldschillinge bezahlen. Desiderius lehnte aber ab, und so berief Karl die Heerversammlung nach Genf. Jetzt lenkt er sein gewaltiges Heer in die Lombardei«, berichtete der Händler weiter.

Drida hatte plötzlich das Gefühl, dass die kleine Eadburh

in ihren Händen immer schwerer wurde. Auch ihr Magen krampfte sich zusammen.

»Karl ist der Schutzherr Roms, und er wird die Langobarden vernichten, um den Papst zu retten.«

Und bei der Gelegenheit konnte er auch noch Karlmanns Söhne ergreifen. Die Zeiten, in denen Gerperga am Hofe König Desiderius' Sicherheit gefunden hatte, waren vorbei. Karl zog ihm entgegen, und Drida zweifelte nicht daran, dass er obsiegen würde. Wenn tatsächlich so gut wie das ganze Frankenreich hinter ihm stand, war Desiderius kein ernstzunehmender Gegner. Drida mochte sich gar nicht vorstellen, was geschah, wenn Karlmanns junge Söhne in Karls Hände fielen.

»Bezahl ihn ausreichend«, wandte sie sich an Deogol, dann wandte sie sich ab.

Sie konnte nicht länger inmitten der vielen Menschen stehen und so tun, als würden diese Nachrichten ihr nicht den Boden unter den Füßen wegziehen. Sie schritt an der Kirche vorbei zu ihrem Haus, das direkt am Fuße des Hügels lag, umwachsen von reich tragenden Nussbäumen. Für gewöhnlich ein wunderbarer Anblick, der ihr das Gefühl gab, ein Zuhause gefunden zu haben. Jetzt aber füllte er ihre Augen mit Tränen. Drida gab sich alle Mühe, sich zusammenzureißen, denn sie wollte Eadburh nicht beunruhigen. Sie legte ihre Wange an die ihres kleinen Schatzes und versuchte, eine Entscheidung zu treffen. Gab es überhaupt eine Entscheidung zu fällen? Lag es nicht ohnehin auf der Hand, was sie zu tun hatte? Doch wie sollte sie ihre Kinder zurücklassen?

Gerperga hatte auch Kinder, und während es den ihrigen hier in Lindcolne immer gutgehen würde, musste Gerperga um das Leben ihrer Söhne fürchten.

»Herrin?«

Fina kam ihr mit eiligen Schritten hinterher. Sie hatten solch eine schöne Zeit hier zusammen verbracht. Endlich hatte auch ihre Freundin Mutterglück erfahren, sie war mit Deogol zusammen, und der Schatten von Hildas Tod, der in Tamouuorthig noch lange Zeit oft in aller Munde gewesen war, hatte nicht bis hierher gereicht. Sie waren glücklich und unbeschwert gewesen. Aber jetzt würde alles anders werden.

Gegen Tränen blinzelnd, drehte Drida sich zu ihrer Freundin um, die nicht nur ihren Sohn auf dem Arm hatte, sondern auch Ecgfrith an der Hand. Allein der Anblick ihres kleinen Jungen schnürte ihr die Kehle zu. Wie sollte sie ihm erklären, dass sie weg musste, dass sie sich in große Gefahr begeben musste? Er war noch so klein, wie sollte er das verstehen? Er würde nur bemerken, dass seine Mutter nicht mehr da war, ohne ein Zeitgefühl dafür zu haben, wann sie zurückkehren würde. Ebenso wie Eadburh.

Drida verstärkte den Griff um ihre kleine Tochter, die den Kopf auf ihre Schulter legte und der bereits die Lider schwer wurden, und sie wusste, sie musste schnell aufbrechen, ehe sie es sich anders überlegte. Ehe die Nachrichten auch Offa erreichten und er ahnte, wie sie handeln würde.

»Was kann ich tun?«, fragte Fina, die ihr nach der langen gemeinsamen Zeit den inneren Aufruhr offensichtlich anmerkte.

So oft hatte Drida ihr erzählt, dass sie Gerperga helfen wollte. Jetzt war der Moment gekommen, in dem es keinen Aufschub mehr geben durfte, keine Ausreden, keine Beschwichtigungen. Karl marschierte gegen seine Neffen, und Drida musste ihn aufhalten. Ihr war bewusst, wie vermessen dieses Vorhaben war. Sie wusste noch nicht einmal, wer Karl heute überhaupt war. Schon damals, als sie jeden Tag zusammen gewesen waren, hatte sie ihn stets falsch eingeschätzt. Aber irgendwie musste es ihr gelingen, Gerperga und die Kinder zu retten. Sie würde sich nie verzeihen, wenn sie untätig hier verharrte und die Dinge im Frankenreich ihren zerstörerischen Lauf nehmen ließ.

Drida blickte an Fina vorbei zu Deogol und Brorda, die sich ebenfalls von den Händlern bei der Kirche entfernten und zu ihr kamen, und sie überlegte, wie sie von hier verschwinden konnte, ohne dass Offa davon erfuhr – oder, noch schlimmer, Gelegenheit bekam, sie aufzuhalten. Eadburh strich mit ihrer kleinen Hand über Dridas Wange, und Drida versuchte fieberhaft gegen den Schmerz anzukämpfen.

»Herrin?« Fina sah sie besorgt an, ließ Ecgfrith los und kam näher. »Was wollt Ihr jetzt tun?«

»Ich werde krank«, stieß Drida das Erste aus, was ihr in den Sinn kam. Je länger sie darüber nachdachte, desto besser gefiel ihr dieser Einfall. »Brorda und ich, wir werden nachts verschwinden, wenn niemand es bemerkt.« Sie wandte sich an den Krieger. »Ich werde mich als wohlhabende Pilgerin mit einem Leibwächter an meiner Seite ausgeben, eine Passage ins Frankenreich finden und dann zu Karl gehen. Du wirst mich begleiten.«

Brorda nickte ernst und entschlossen seine Zustimmung. Deogol an seiner Seite aber sah aus, als hätte er in einen faulen Apfel gebissen.

»Meine Herrin, ob das so klug ist? Was wird der König sagen?«, fragte er zögerlich.

»Bist du mir schwurgebunden oder dem König?«

Deogol hatte keine Schwierigkeiten, ihren strengen Blick zu erwidern.

»Er ist trotzdem mein König«, sagte er.

Drida fürchtete bereits, ihren Plan an Deogols Loyalität gegenüber Offa scheitern zu sehen. Sie überlegte, wie sie den jungen Krieger zum Stillschweigen überreden konnte, als er das Wort ergriff:

»Ich tue, was auch immer Ihr befehlt, Herrin. Ich muss es

nicht mögen, aber ich werde kein Wort sagen. Ich bin Euch treu ergeben. Bitte zweifelt nicht an mir.«

»Das tue ich nicht, Deogol. Ich kenne deine Treue.«

»Ich muss mit Euch kommen«, stieß Fina kläglich aus.

Sie blickte zwischen Drida und ihrem Säugling in den Armen hin und her, und ihr war anzusehen, dass sie überlegte, wie sie das anstellen sollte.

Drida legte ihr beruhigend die Hand auf die Schulter.

»Ich brauche dich hier, Fina. Du wirst Speisen in mein Haus bringen, wirst Kleider von mir waschen und flicken, um den Schein zu wahren. Und du wirst dich um meine Kinder kümmern. Du wirst allen sagen, dass ich bettlägerig sei und das Haus nicht verlassen kann, während du, Deogol, Wache hältst. Niemand darf hinein. Niemand darf wissen, dass ich fort im Frankenreich bin. Ich werde eine Nachricht an Offa schicken und ihm von meiner Krankheit erzählen, ihn gleichzeitig aber auch beruhigen, dass es nichts Schlimmes ist, damit er nicht herkommt. Ihr beide, Fina und Deogol, ihr müsst diese Lüge aufrechterhalten. Weiht von meinem Haushalt ein, wen ihr für notwendig haltet, wem ihr wirklich vertraut. Aber ihr beide seid für das Gelingen meines Vorhabens verantwortlich. Nur euch traue ich diese Aufgabe zu.«

»Ihr könnt Euch auf uns verlassen«, erklärte Fina, und ihr Gemahl stimmte zu, wenn auch mit deutlich sichtbarem Unbehagen.

Dann stöhnte Fina unvermittelt auf: »Ich werde keine Nacht auch nur ein Auge zutun, aus Angst, Euch könnte dort drüben etwas geschehen. Ich kenne Euch zu gut, deshalb versuche ich gar nicht erst, Euch davon abzuhalten, Euch diesen Plan auszureden. Denn ich weiß, wie wichtig Euch Gerperga und ihre Söhne sind. Meine Worte wären alle umsonst. Aber bitte, ich flehe Euch an: Passt auf Euch auf! Riskiert nichts, und kommt zurück, wenn Ihr nichts tun könnt! So schnell wie möglich.«

Drida lächelte, um nicht zu weinen, und dann umarmte sie Fina, so gut es ging, während sie beide ein Kind auf dem Arm hatten. Allein der Gedanke, auch nur einen Tag ohne Eadburh und Ecgfrith zu verbringen, zerriss ihr schier das Herz. Aber genau dieser Schmerz bestätigte sie darin, Gerperga davor zu bewahren, die schlimmste Qual erleiden und ihre Söhne verlieren zu müssen.

Drida verlangte von den anderen bedingungslose Treue, so wie Gerperga dies von Drida erwartet hatte. Wie konnte Drida der Loyalität anderer würdig sein, wenn sie selbst denjenigen, denen beizustehen sie geschworen hatte, den Rücken kehrte? Sie wusste, Offa würde sich verraten fühlen, er würde es nicht verstehen. Egal, wie oft sie ihm sagen würde, dass sie zurückkehrte, dass diese Trennung nur für kurze Zeit andauerte, dass ihre Kinder hier in Sicherheit waren … er würde es nicht verstehen.

Und so durfte er es auch nie erfahren.

KAPITEL 38

Oswaldestroe (Oswestry), Grenze zu Powys, Spätsommer 773

Offa glaubte, vor Zorn auseinanderzubrechen. Die versengende Hitze war zu groß, um in seinem Körper eingesperrt zu bleiben. Der zu Tode erschöpfte, blutende Arbeiter vor ihm starrte ihn angstvoll an, als würde Offa jeden Moment seine Wut an ihm auslassen. Stattdessen aber trug Offa den Knechten auf, sich um den Mann zu kümmern, seine Wunden zu versorgen und ihm ausreichend zu essen und zu trinken zu geben. Schließlich rief er nach den Pferden und allen Kriegern, die er bei sich hatte.

Leofric, der den Arbeiter auf der Straße vor Oswaldestroe aufgelesen und zu ihm gebracht hatte, wandte sich ab und eilte bereits zu den Ställen.

»Wir reiten sofort los!«, rief Offa noch einmal und ging inzwischen dem Jungen entgegen, der seinen Schild und seinen Helm brachte. Ein anderer trug seinen Ringpanzer und sein Schwert.

Innerhalb kürzester Zeit bebte der ganze Hof vom Klirren von Waffen und Rüstungen, dem Wiehern von Pferden und ihren Hufen auf der gepflasterten Straße. Kaum jemand sprach ein Wort, jeder ging seiner Aufgabe nach, schnell und effizient.

Offas Körper zitterte vor Anspannung, im Wissen, dass er

zu spät kommen würde – nichts hier ging schnell genug. Er schwang sich auf seinen Rappen und preschte los, ohne darauf zu achten, ob die anderen bereits so weit waren. Sie würden ihm folgen, er aber durfte keinen weiteren Augenblick mehr vergeuden.

Er fühlte sich wie in einem Albtraum gefangen. Sein Pferd holte alles aus sich heraus, galoppierte gestreckt mit weitgreifenden Sprüngen, und trotzdem hatte er das Gefühl, nicht von der Stelle zu kommen. Sie ließen die Stadt hinter sich, folgten der Pilgerstraße, flogen Wat's Dyke entlang, immer weiter gen Süden. Und dann sah er auch schon die kaum noch sichtbaren zerstiebenden Rauchfetzen vor sich in die Höhe steigen.

Offa zog sein Schwert. Den Schild ließ er auf seinem Rücken, der konnte ihm jetzt nicht nützlich sein. Nun erkannte er auch die sich vor ihm erstreckende Baustelle, in der Männer in Gräben schufteten, schwitzten und bluteten, sich tief ins Innere der Erde vorarbeiteten, gegen dicke Steinschichten ankämpften und alles zu einem hochaufragenden, kaum überwindbaren Wall türmten. Diese Männer waren die Stützpfeiler dieses Landes, die wahren Helden, aber Offa sah keinen einzigen von ihnen hier stehen. Die gespannten Leinentücher, die sie als Zelte nutzten, um ein wenig Schutz vor der Witterung zu haben, waren großteils abgebrannt. Töpfe lagen neben einer noch glühenden Feuerstelle im Gras, aber keine einzige Schaufel, keine Spitzhacke, kein Karren war mehr zu finden. Noch nicht einmal die Vorräte für die Arbeiter waren noch da. Alles war leergeräumt.

Offa hielt sein Pferd an, ließ die Schwerthand sinken und ballte die Finger derart fest um den Griff zur Faust, dass er seine Gelenke knacken hörte. Als er abstieg, bemerkte er aus dem Augenwinkel Leofric und die anderen, die ihm gefolgt waren und sich ebenso sprachlos umsahen.

Langsam schritt er den bereits fertiggestellten Abschnitt des

Walls hinauf, im Wissen, was ihn erwartete, wenn er von dort hinabblickte. Aber als er den steilen Hang hinunter in den Graben sah und die achtlos hineingeworfenen, übereinandergestapelten Toten entdeckte, hob sich sein Magen. Galle stieg ihm hoch, er konnte sie gerade noch hinunterschlucken, damit niemand etwas bemerkte. Er war für diese Menschen verantwortlich gewesen.

Nicht nur die Krieger, die er zur Bewachung der Baustelle eingeteilt hatte, waren hingemeuchelt worden, auch die einfachen Arbeiter. Nur einen hatten sie laufen lassen, um Offa eine Botschaft zu überbringen, im Wissen, dass er nicht schnell genug hier sein würde, um den Angriff zu verhindern.

Sein erster Impuls war, zurück auf sein Pferd zu steigen und der Raubbande nachzustellen, sie noch zu erwischen und sie bezahlen zu lassen. Aber vermutlich wollten sie genau das erreichen. Vermutlich wartete auf walisischem Land ein ganzes Heer auf ihn.

»Fürst Brochfael ist also tot.« Leofric kam an seine Seite, blickte ebenfalls auf die vielen blutüberströmten Körper hinab und bekreuzigte sich mit einem Kopfschütteln. »Was glaubt Ihr? Wie ist er gestorben? Waren es seine eigenen Leute, die ihn umgebracht haben, um seine Friedenspolitik zu vernichten?«

»Das werden wir wohl nie erfahren.« Die Botschaft hatte nur gelautet, dass der Fürst tot sei und nun Cadell ap Brochfael über Powys herrschte und die Zeit der Unterdrückung durch die Angelsachsen vorbei sei. Brochfael war Mitte vierzig gewesen, nur ein Jahr älter als Offa, und von einer Krankheit hatte man nichts gehört. War es ein Unfall gewesen? Oder doch Mord durch die eigenen Leute, so wie bei König Æthelbald?

»Ich muss meine Schwester dort herausholen.« Er blickte über den Graben hinweg auf den vor ihm liegenden Wald, der schon Teil von Powys war. Ganz in der Nähe lag der Fürstensitz Mathrafal. »Mit Brochfaels Tod ist sie vielleicht in Gefahr.«

»Cadell ist ihr Sohn. Er würde wohl kaum gegen seine eigene Mutter handeln, auch wenn sie angelsächsischer Herkunft ist.«

»Cadell ist nicht ihr Sohn«, erwiderte Offa – eine Wahrheit, die er schon vor langer Zeit von Drida erfahren hatte. »Ich weiß nicht, wie er zu meiner Schwester steht. Ich kann nur hoffen, dass er sie eher zu mir zurückschickt, wenn er sie nicht haben will, als dass er ihr etwas antut.«

»Das wird er nicht wagen, Offa. Die Schwester des Königs von Mercia zu verletzen würde das gesamte mercische Heer in sein Land spülen. Das wissen sie.«

»Und meine Arbeiter niederzumetzeln, nicht?«

Er konnte den Blick nicht von den verstümmelten Körpern abwenden, und wollte es auch nicht. Er wollte sich ihr Bild einprägen, um nie mehr zu vergessen, dass die Waliser nicht seine Freunde sein konnten. Mit Brochfael hatte er den Frieden gehalten, ja, er hatte den Fürsten sogar respektiert. Aber er hatte immer gewusst, dass es nur eine Waffenruhe auf Zeit war. Mit Cadell, mit dem erst zwölfjährigen Jungen, würde das anders sein, was nicht einmal Cadells Schuld war. Die Noblen lenkten ihn, benutzten ihn und würden letztendlich den Untergang des Landes heraufbeschwören. Offa war König über Könige, er hielt ein Reich, größer noch als das seiner Vorfahren. Und dieser Wall würde gebaut werden, egal, was die Waliser unternahmen, um es zu verhindern.

»Die Waliser halten diesen Abschnitt noch für ihr Land«, sagte Leofric. »Sie werden behaupten, Eindringlinge beseitigt zu haben und nicht nach Mercia vorgedrungen zu sein.«

»Sie können behaupten, was sie wollen, Tatsache ist …«

»Mein König!«

Offa fuhr herum und sah Vater Herefrith, der ihm augenscheinlich gefolgt war. Er hing über dem Hals des Pferdes, die Arme hatte er darum herumgeschlungen, und Eadric musste ihn aus dem Sattel ziehen. Herefrith war noch nie ein guter Reiter gewesen. Die Kunde von den toten Arbeitern hatte aber offensichtlich auch ihn zur Eile angetrieben.

Herefrith rückte seine Kutte zurecht, er stand auf sichtlich wackligen Beinen, dann aber straffte er sich und zog eine Rolle Pergament aus seinem Gürtel. Mit der in der Hand von sich gestreckt eilte er den Wall zu Offa herauf.

»Ich fürchte, Ihr kommt gerade zur richtigen Zeit, Vater.« Offa wies auf die Toten hinab. »Wir werden sie begraben. Es wäre gut, wenn Ihr ein Gebet für sie sprechen könntet.«

»Natürlich, Herr, aber zuerst …« Herefrith rollte das Pergament auseinander und streckte es Offa hin. »Ihr wart kaum aus der Stadt, da kam ein Junge aus Lindcolne mit einem Brief des dortigen Priesters. Er ist leider kaum des Schreibens mächtig, aber was ich zu entziffern wusste und was der Junge sagte, ist sehr besorgniserregend.«

Offa griff nach dem Pergament, blickte aber nicht auf die verschnörkelten Schriftzeichen hinab, sondern sah Herefrith auffordernd an, während er sich innerlich verbot, das Schlimmste zu befürchten. Seine Frau und seine Kinder waren in Lindcolne, und Drida hatte ihm geschrieben, dass sie ihn nicht wie vereinbart in Oswaldestroe besuchen konnte, da ihr nicht wohl war. Offa hatte sich nicht viel dabei gedacht, eher war er voller Hoffnung gewesen, Drida könnte erneut schwanger sein. Sie waren bei seinem Besuch vor zwei Monaten jede Nacht zusammengelegen. Aber jetzt bekam er es mit der Angst zu tun. Indem er über so vielen Toten stand, sah er wohl nichts anderes mehr als Untergang und Verderben.

»Es geht um die Königin«, brachte Herefrith auch schon atemlos hervor, und Offa versuchte, so ruhig wie möglich zu bleiben. »Es scheint, sie ist sehr krank. Schon länger hat niemand sie mehr zu Gesicht bekommen. Seit Wochen, Herr. Die Bediensteten der Königin versicherten dem Pfarrer, dass ihr Zustand nicht zu schlimm sei. Auch den Kindern geht es gut. Aber sie erlauben ihm nicht, sie zu sehen. Sie will noch nicht einmal die Beichte ablegen oder eine Messe hören. Daher sah er sich dazu veranlasst, Euch darüber in Kenntnis zu setzen. Er macht sich große Sorgen.«

Das Pergament glitt aus Offas Hand. Er bemerkte es kaum, lähmende Schwäche machte sich in ihm breit. Drida! Er wusste, was sie tat. Sie wollte ihn schützen, sie wollte nicht, dass das Land erfuhr, dass die Königin schwerkrank war. Sie wollte, dass er sich nicht sorgte. Deshalb versteckte sie sich im Haus. Wie schlimm musste es um sie stehen, wenn sie es für nötig befand, ihren Zustand vor ihm geheim zu halten? Und das schon seit Wochen! Er durfte sie nicht verlieren.

»Ich muss zu ihr.«

Er ging an Herefrith vorbei den Wall hinunter, zurück zu seinem Pferd, das einer der Krieger für ihn festhielt. Dann aber hielt er unvermittelt inne und ließ noch einmal seinen Blick über die zerstörte Baustelle schweifen. Seine Schwester!

»Eadric.«

Der Krieger kam zu ihm, und Offa versuchte nüchtern und mit klarem Verstand nachzudenken.

»Geh mit deinen Männern nach Mathrafal zum neuen Fürsten Cadell, in gutem Willen. Sieh nach meiner Schwester und biete ihr an, zurück nach Hause zu kommen.«

»Mein König, ist das sicher?«, wollte Herefrith besorgt wissen.

Eadric aber schob sein Schwert zurück in die Scheide und klopfte dem Priester auf den Rücken.

»Das kleine Fürstenbürschchen macht mir keine Angst.«

»Aber die Noblen …«

»… wollten ein Zeichen setzen«, erwiderte nun Offa, der kaum noch an etwas anderes als an Drida denken konnte. »Eadric, sprich dem neuen Fürsten mein Beileid zum Tod seines Vaters aus. Sag ihm, wir werden keinen Vergeltungsschlag für diesen Angriff ausüben, wenn er meine Schwester unbeschadet gehen lässt.«

Er musste jetzt Frieden suchen, so schwer es ihm auch fiel, denn am liebsten würde er für diesen Angriff mit all seiner Macht nach Powys ziehen und die Waliser ein für alle Mal vernichten. Aber es gab einen Grund, warum sein Volk daran gescheitert war, die gesamte Insel Britanniens zu erobern, und warum Wales immer noch in britischer Hand war: Die Waliser wussten die undurchdringlichen Wälder, die Hügel und Berge zu nutzen. Sie stellten sich nie in einer Schlacht. Offa würde mit der ganzen Macht aller vereinigten angelsächsischen Königreiche nach Powys ziehen können – es würde nichts nützen, da der Feind ihm davonlief, sich in den Bergen versteckte und immer nur feige aus dem Hinterhalt heraus zuschlug und dann wieder wegrannte. Auf diese Weise waren sie nicht zu besiegen. Alles, was er davon hätte, wäre, dass sein Heer langsam aufgerieben und zermürbt wurde. Nein, die Waliser mussten auf ihrer Seite gehalten und ihre Raubzüge mussten erschwert werden. Mit dem Wall. In der Zukunft.

Jetzt aber musste er sich um Drida kümmern. Er wusste nicht, was ihn in Lindcolne erwartete. Die Waliser mussten ruhiggestellt werden, damit er seinen Wall ohne weitere Zwischenfälle weiterbauen konnte, damit er sich auf Drida konzentrieren konnte, und damit seine Schwester sicher war.

»Ihr könnt Euch auf mich verlassen«, sagte Eadric entschlossen, wandte sich ab und machte sich auf den Weg, um seine Männer zu sammeln und nach Mathrafal zu reiten.

Offa ließ sich auch nicht länger aufhalten, er durfte keine Zeit mehr verlieren. Er musste zu Drida, und er betete, dass der Priester sich getäuscht hatte, dass es ihr gutging. Er wusste nicht, wie er ohne sie weiterleben konnte.

KAPITEL 39

Lindcolne, Königreich Mercia, Herbst 773

Der Ritt von Oswaldestroe zu den nahen Baustellen des Walls war ihm wie eine Ewigkeit erschienen. Seine Männer in so greifbarer Nähe hingemetzelt zu wissen, als könne er die Hand ausstrecken, um sie zu retten, und sie dann doch sterben zu sehen, verfolgte ihn in seinen Träumen. Aber mehrere Tage zu Drida zu reiten, nur um sie in den wenigen Stunden Schlaf, die er sich nachts erlaubte, gemeinsam mit den Arbeitern sterben zu sehen, trieb ihn beinahe in den Wahnsinn. Jeden wachen Moment fragte er sich, ob sie noch lebte, ob irgendeine heimtückische Krankheit sie in ihren noch so jungen Jahren dahingerafft hatte. Oder war sie doch schwanger gewesen, und etwas war schiefgegangen? Oder war es Gift? Hildas Taten und ihr Ende hingen ihm immer noch nach, und er sah unzählige Möglichkeiten vor sich, wie er Drida verlieren konnte.

Als er endlich den Hügel mit dem alten römischen Stützpunkt aus dem Flachland emporragen sah, glaubte er sich schon am Ziel, aber es war immer noch ein unerträglich langes Stück Weg, bis er endlich die altertümlichen Ruinen hinter sich ließ und die kleine Siedlung am Flussbecken erreichte.

Leofric und noch eine Handvoll weiterer Krieger begleiteten ihn, aber niemand sagte ein Wort, niemand hatte noch

Kraft. Vater Herefrith hatte ebenfalls mitkommen wollen, aber Offa hatte ihm befohlen zurückzubleiben. Der Priester hätte ihn nur aufgehalten, und Schnelligkeit war alles gewesen, was jetzt zählte.

Männer und Frauen hielten sich auf den umliegenden Feldern auf, während die Siedlung selbst fast ausgestorben war. Offa sah die Kirche im Herzen der losen Ansammlung an Hütten, und er überlegte, dorthin zu reiten, um den Priester zu finden, der ihm geschrieben hatte. Stattdessen blieb er am Rande der Siedlung und ritt den Fuß des Hügels entlang zu den Nussbäumen.

Schon von Weitem erkannte er Deogol mit seiner hochgewachsenen, schlaksigen Statur und dem goldenen Haar, das er von Hilda geerbt hatte. Deogol stand, an die Holzwand gelehnt, neben der Eingangstür und war in ein Gespräch mit einem Mann in einer mausbraunen Kutte vertieft, den Offa von seinem letzten Besuch als den jungen Priester wiedererkannte. Dann öffnete sich plötzlich die Tür, und Fina kam heraus, wild gestikulierend und ihren Finger auf die Lippen legend. Der Priester wollte sich an Deogol vorbeischieben, aber der Krieger ließ ihn nicht hindurch und legte sogar seine Hand auf sein Schwert. Fina stellte sich vor die Eingangstür und breitete die Arme aus. Es war ein fast schon komischer Anblick, wäre Offa nicht derart in Sorge gewesen.

Aber wenn die beiden die Hütte schützten und niemanden hineinließen, so hieß dies zumindest, dass Drida noch am Leben war, dass er nicht zu spät gekommen war.

Fina blickte in seine Richtung, und selbst aus der Entfernung erkannte er, wie ihr Mund aufklappte und ihr alle Farbe aus dem Gesicht wich. Deogols Reaktion war ähnlich. Und schließlich drehte sich auch der Priester zu ihm um und bekreuzigte sich.

Offa hielt sein Pferd an, schwang sich aus dem Sattel und ging mit weitgreifenden Schritten auf ihn zu.

»Dem Herrn sei gedankt! Ihr habt meine Botschaft bekommen!«

»Was für eine Botschaft?!«, rief Fina. Ihre Stimme überschlug sich beinahe schon, so schrill wurde sie. »Was habt Ihr getan?«

»Das einzig Richtige! Ich finde keine Ruhe, solange ich nicht weiß, was mit unserer Königin geschehen ist!«

Offa hielt auf die Tür zu, hinter der Drida schon seit einigen Wochen eingesperrt lebte, und ihm graute vor dem, was er dort drinnen finden würde. Was, wenn sie bereits gestorben war und die anderen versuchten, es geheim zu halten?

»Die Kinder schlafen.«

Fina blieb weiterhin vor der Tür stehen und sah angstvoll zu ihm auf, auch wenn sie wohl versuchte, entschlossen und energisch aufzutreten. Es gelang ihr nicht. Sie zitterte am ganzen Leib und blickte ihm mit solcher Furcht entgegen, als hielte er die Spitze seines Schwerts auf sie gerichtet.

»Tritt zur Seite«, erklang Leofrics Stimme hinter ihm.

Aber Fina rührte sich nicht. »Die Kinder brauchen wirklich Ruhe, mein König, ich habe sie gerade erst schlafen gelegt und …«

»Tritt zur Seite.« Nun sprach Offa selbst, und er wusste nicht, wie er es zustande brachte, derart ruhig zu klingen.

Fina starrte ihn an, und was auch immer sie in seinen Augen sah, ließ sie in sich zusammensinken. Den Blick gesenkt, tastete sie nach hinten, öffnete die Tür und ging schließlich zu ihrem Gemahl, der ebenfalls angespannt und nervös wirkte.

Offa hielt sich nicht länger mit den beiden auf. Aus den Augenwinkeln bemerkte er, dass auch der Priester sofort in die Hütte eilen wollte, Leofric ihn aber festhielt. Dann umschloss ihn schon Dunkelheit. Keine Kerze brannte, keine Öllampe, nichts. Nur durch wenige schmale Fensterschlitze fiel Tageslicht herein und schuf ein paar Lichtflecken.

Aufmerksam sah er sich um, lauschte. Aber er hörte und sah nichts. Kein Zeichen von Drida. Er ging zur Bettstatt. Seine Augen gewöhnten sich nur langsam an die verhältnismäßige Dunkelheit, aber er sah genug. Auf dunklen Schafsfellen lagen seine beiden Kinder und ein Säugling, der wohl Finas und Deogols war. Friedlich, gleichmäßig atmend und wunderschön. Er wollte seine Hand ausstrecken, über Ecgfriths dunkles Haar und Eadburhs zarte Wange streicheln, aber er fürchtete, sie zu wecken. Und sie sollten nichts von dem, das jetzt passierte, mitbekommen.

Denn Drida war nicht da, und das konnte nur eines bedeuten: Sie war längst tot, und vor ihrem Dahinscheiden hatte sie noch den Auftrag gegeben, dies geheim zu halten. Warum, wusste er nicht. Vielleicht, um ihn zu schonen, oder um ihn nicht von der Grenze wegzuholen.

»Wo ist die Königin?« Die Stimme des Priesters. Er war ihm also doch gefolgt.

Offa ließ noch einmal den Blick durch die Hütte wandern, stellte sicher, dass Drida wirklich nicht hier war. Dann wandte er sich ab, ging wortlos an dem Priester vorbei und hinaus.

Fina und Deogol starrten ihn an. Beide öffneten und schlossen ihre Münder immer wieder, wie um etwas zu sagen, ihm Erklärungen zu geben. Aber keiner von ihnen brachte ein Wort heraus.

»Sie ist tot?«, fragte Offa. Er erkannte seine eigene Stimme kaum wieder, sie klang, als wäre er selbst bereits gestorben.

Fina riss die Augen auf und klammerte sich an ihren Mann, als würde sie jeden Moment umkippen. Dann sah sie zurück zu der offen stehenden Tür, durch die der Priester gerade herauskam, und schloss sie schließlich, vermutlich, um die Kinder nicht zu stören. Dann wies sie fort vom Haus, zu einem kleinen Gemüsegarten im Anschluss, wo Lauch, Zwiebeln, Bohnen und Kohl wuchsen.

Offa folgte ihr widerwillig. Jeder Muskel seines Körpers war zum Zerreißen gespannt, seine Kehle brannte, er wollte schreien, aber er hielt sich zurück. Für seine Kinder, die sich bestimmt jeden Tag fragten, wo ihre Mutter war.

»Was ist passiert?«, verlangte er schließlich zu wissen, als sie am Rande des Beetes, unter den Nussbäumen, im Schatten standen. »War sie schwanger?«

Fina öffnete wieder nur stumm den Mund. Es war Deogol, der antwortete:

»Wir mussten schwören, Herr König. Niemand durfte es wissen.«

Offa presste die Augen zu. »Sag es endlich.«

»Sie ist im Frankenreich.«

Er riss die Augen auf und sah ungläubig von einem zum anderen.

»Was?«

Eine Welle der Erleichterung überspülte ihn. Sie war nicht tot! Sie war nie krank gewesen! Aber der Moment währte kurz. Im nächsten blieb ihm vor Zorn die Luft weg.

»Sie ist *wo*?!«

»Händler brachten ihr die Nachricht, dass König Karl mit einem Heer in die Lombardei gegen König Desiderius zieht«, stotterte nun Fina und wich einen Schritt vor ihm zurück. »Sie … sie ist gegangen, um Gerperga und ihren Söhnen zu helfen.«

Offa starrte die beiden an. Seine Brust hob sich rasend schnell und viel zu heftig, sein Herz pochte schmerzhaft, es hatte plötzlich keinen Platz mehr hinter seinen Rippen, es wurde schier zerquetscht.

»Sie ist ins Frankenreich gegangen.« Seine Stimme klang

rau, bedrohlich, er wollte den beiden vor ihm den Hals umdrehen. »Und ihr habt sie gelassen.«

»Was hätten wir denn tun sollen?« Fina sah hilflos in die Runde sprachloser Gesichter. »Sie ist die Königin.«

»Und ich bin der König!«

Er machte einen schnellen Schritt auf Fina zu, sein Körper handelte wie von selbst, er konnte kaum noch sehen vor rasender Wut. Aber da trat Deogol vor, stellte sich schützend vor seine Frau, und im nächsten Moment lag Leofrics Hand auf Offas Schulter und zog ihn zurück.

»Wie lange ist sie schon fort?«, fragte der Krieger, während Offa sich abwandte und auf und ab lief, weil er nicht länger stillstehen konnte.

Er musste etwas tun, er wollte irgendetwas zerschlagen, zerstören, dieses Gefühl, gleich bersten zu müssen, hinauslassen. Er konnte es nicht glauben. Sie war ins Frankenreich gegangen! Sie war fortgelaufen! Sie hatte ihn verlassen!

»Sie ging schon letzten Monat, Herr.«

Offa ballte die Hände zu Fäusten, sein Kiefer spannte sich an im Bemühen, einen wilden Schrei zu unterdrücken.

»Hat irgendjemand seither etwas von ihr gehört?«, wollte Leofric wissen, der offensichtlich erkannte, dass Offa nicht mehr in der Lage war, ein Gespräch zu führen.

Aus den Augenwinkeln bemerkte Offa Finas Kopfschütteln und fürchtete, jeden Moment in die Knie zu gehen.

»Verschwindet«, sagte er nur rau.

Es hatte keinen Sinn, weiter mit den beiden zu sprechen, die ihn verraten hatten. Er würde sich später um sie kümmern, jetzt wollte er niemanden mehr sehen.

»Verschwindet alle.«

Er warf einen kurzen Blick zu den Kriegern und dem Priester Lindcolnes, um klarzustellen, dass auch sie damit gemeint waren, und zu seiner Erleichterung machten sich alle tunlichst davon, um nicht in die Bahn seines Zorns zu geraten.

Drida war ins Frankenreich gegangen. Nach allem, was war, hatte sie es tatsächlich getan! Wo war sie jetzt? Hatte Karl sie längst umgebracht? Würde er überhaupt etwas über ihr Schicksal erfahren? Er musste ihr hinterherreisen. Er musste sie zurückholen. Und wenn er das getan hatte, würde er sie einsperren, ganz gleich, was die anderen dazu sagten. Aber dazu musste sie noch am Leben sein.

Mit einem Stöhnen presste er beide Hände gegen den Nussbaum. Er musste irgendwie den Druck in seinem Innersten loswerden, aber es half nichts. Im nächsten Moment holte er aus und schlug seine Faust mit aller Kraft gegen die Rinde.

Der Schmerz riss durch seinen Zorn, seine Angst, seine rasenden Gedanken. Er blickte auf das Blut hinab, und es gab ihm ein sonderbares Gefühl der Befriedigung.

»Was willst du jetzt tun?«, erklang Leofrics Stimme hinter ihm.

Offa presste die Zähne zusammen. »Habe ich nicht gesagt, ihr sollt verschwinden?«

»Du willst ihr hinterher.«

»Ja.«

»Muss ich dir sagen, dass …«

Offa fuhr zu ihm herum. »Nein, musst du nicht. Ich *kann* ihr nicht hinterherreisen. Ich kann mein Land nicht verlassen und riskieren, dass ich nicht zurückkehre. Ich kann mein Volk nicht im Stich lassen, schon gar nicht jetzt, da Brochfael tot ist und der kleine Cadell an meine Tür klopft. Ich kann sie nicht zurückholen, Leofric. Ich bin der König, und ich kann überhaupt nichts tun. Ich konnte noch nicht einmal meine Frau in meinem Land halten.«

»Die Wahrheit wird herauskommen. Es wird sich herumsprechen, dass sie fort ist. Die Mär von ihrer Krankheit ging schon viel zu lange.«

»Ich weiß.«

Er blickte zurück zu der Hütte, in der seine Kinder schliefen, und er konnte nicht glauben, dass Drida die beiden allein gelassen hatte.

»Soll ich sagen, dass ich meine Meinung geändert und sie doch ins Frankenreich gehen gelassen habe? Dann würden alle sagen, ich wäre irrsinnig, meine Frau einer solchen Gefahr auszusetzen. Oder soll ich zugeben, dass meine Frau sich mir widersetzt hat und mich als Schwächling hinstellt?«

Leofric sah ihn ernst an, die Falten um seine Augen und auf der Stirn vertieften sich.

»Ich gehe ins Frankenreich, Offa. Ich finde sie.«

Offa wollte ablehnen, ihm sagen, dass er hier gebraucht wurde, dass er sich ihretwegen nicht einer solchen Gefahr aussetzen sollte. Aber er konnte es nicht.

»Bring sie zurück, Leofric.«

KAPITEL 40

Verona, Lombardei, Herbst 773

»Halt! Wohin wollt ihr?!«

Drida blinzelte gegen die unbarmherzig herabbrennende Sonne und erkannte die Umrisse eines Reiters, der auf einem kräftigen Pferd saß und eine Flügellanze in der Hand hielt. Der Anblick sollte ihr wohl Angst machen, vor allem, da sie hinter dem Mann noch zwei weitere Berittene ausmachen konnte. Aber die fränkische Sprache zu hören, nach so langer Zeit, in der sie diesen Klang herbeigesehnt hatte, löste nichts als Erleichterung in ihr aus. Sie hatte ihr Ziel erreicht. Endlich.

Brorda an ihrer Seite spannte sich deutlich an, er verstand kein Wort. Drida aber hob die Hand, bedeutete ihm, ruhig zu bleiben, und wandte sich an den Reiter.

»Wir wollen nach Verona«, erklärte sie und schob die Kapuze ihres dünnen Umhangs zurück, den sie eher als Schutz vor der grellen und heißen Sonne trug. Nach den Jahren auf der britannischen Insel war sie die Hitze nicht mehr gewohnt. Sie bezweifelte auch, dass es im Frankenreich je so heiß gewesen war wie hier in der Lombardei, und das, obwohl längst der Herbst hereingebrochen war.

Ihre Stimme klang rau, sie war ausgetrocknet und sehnte sich nach Wasser. Ihre letzte Rast war schon lange her, und sie waren schon eine Ewigkeit an keinem Bachlauf oder Fluss vorbeigekommen, um ihre Trinkschläuche aufzufüllen.

Jetzt aber schien sie tatsächlich angekommen zu sein. Denn der Mann vor ihr sprach nicht nur Fränkisch, er trug auch die Rüstung eines fränkischen Panzerreiters. Sie erkannte den Spangenhelm, den blauen Umhang, den Schuppenpanzer und die Beinschienen. An König Pippins Hof hatte es jedes Jahr im Mai eine Heerschau gegeben, und der König war stets voller Stolz gewesen, seine stärkste Waffe, die Panzerreiter, zu präsentieren. Daher kannte Drida ihre Erscheinung gut.

Karl wusste seine Reiter augenscheinlich auch zu nutzen.

»Verona ist eingeschlossen, es gibt keinen Weg hinein und keinen hinaus. König Karl belagert die Stadt.«

Das wusste Drida, und genau deshalb war sie hier. Denn hinter den Mauern dieser langobardischen Stadt waren Gerperga und ihre Söhne gefangen. Drida war nur froh, rechtzeitig angekommen zu sein. In Lundenwic hatte sie erfahren, dass Karl in der Lombardei angekommen war, dass König Desiderius sich in Pavia verschanzt hatte, Herzog Autchar, Gerperga, die Kinder und Desiderius' Sohn Adelchis aber nach Verona geflohen waren – der am stärksten befestigten Stadt der Lombardei.

Es war schwer für Drida gewesen, ein Schiff zu finden, das sie übers Meer brachte, obwohl sie sich als reiche Pilgerin ausgegeben hatte – als Witwe eines kentischen Noblen, die für die Sünden ihres Gemahls Buße tun wollte. Denn ein Großteil der Schiffe fuhr nur an die fränkische Westküste, sie überquerten lediglich die britannische Meerenge. Drida aber hatte jemanden finden müssen, der sie ins Mittelmeer brachte, direkt in die Lombardei, um eine Überquerung der Alpen zu vermeiden.

Schließlich hatte sie einen Händler bezahlt, der sich nicht vor den Strömungen und Winden in der Meerenge zwischen den maurischen Ländern gefürchtet hatte. Für ein halbes Vermögen hatte er sie nach Rom gebracht – weit von ihrem Ziel entfernt. Aber sie hatte die Mär von der Pilgerreise aufrechterhalten müssen, denn der Händler war aus Mercia gewesen. Hätte er gewusst, wer sie war, dann hätte er sie womöglich zu Offa zurückgebracht.

In Rom hatte sie schließlich erfahren, dass Karl sein Heer aufgeteilt hatte. Die eine Hälfte belagerte König Desiderius in Pavia, er selbst aber war bei Verona. So hatte ihr Weg fast drei Wochen lang in nördliche Richtung geführt. Drida wusste nicht, woher sie die Kraft genommen hatte, wie ihr Körper überhaupt noch aufrecht blieb, vor allem, seit sie die an der Küste günstig gekauften Pferde zurücklassen hatten müssen, weil sie lahmten. Aber sie hatte gewusst, sie durfte nicht scheitern, denn dann wäre alles umsonst gewesen. Vermutlich kannte Offa längst die Wahrheit, ihre Reise zog sich in die Länge, und der schwierigste Teil lag erst vor ihr. Fina und Deogol würden die Menschen Lindcolnes nicht ewig täuschen können. Aber jetzt war sie hier und konnte ohnehin nichts verhindern, was in Mercia geschah.

»Ich weiß, dass Verona belagert wird«, erklärte sie. Jetzt war der Moment gekommen, um ihre Identität zu offenbaren. Nach so vielen Wochen der Lügen und des Verstellens hatte sie fränkische Panzerreiter vor sich und konnte endlich die Wahrheit sagen. »Deshalb bin ich hier. Ich möchte zu König Karl.«

Sie konnte die Miene des Reiters nicht erkennen, vor der grellen Sonne, die durch die verzweigten Äste des hinter ihm liegenden Hains schien, lag sein Gesicht im Schatten. Aber sie bemerkte, dass er sie anstarrte. Dann drehte er sich zu den anderen Reitern auf einem Pfad am Waldrand um und sah schließlich wieder zu ihr und Brorda. Dabei erschien es ihr, als würde er insbesondere den Krieger an ihrer Seite und dessen

Schwert mustern. Er musste erkennen, dass sie keine Bettler waren, sondern wohlhabend, ja, von noblem Blut. Und er schien tatsächlich zu überlegen, ihrem Anliegen nachzukommen.

»Mein Name lautet Quindrida«, fuhr sie daher fort, ehe er zu lange darüber nachdenken und ablehnen konnte. »Ich bin die Königin Mercias und die Cousine König Karls. Bringt mich zu ihm. Er wird mich sehen wollen.«

Schweigen antwortete ihr. Wieder starrte er sie an, sie spürte es ganz deutlich. Brorda an ihrer Seite blickte unruhig zwischen ihr und dem Reiter hin und her. Schließlich wendete der Reiter sein Pferd und trabte zu den anderen zurück.

Drida spürte ihr Herz in ihrer Brust pochen. Wenn diese Männer ihr nicht erlaubten, zu Karl zu gehen, war alles umsonst gewesen. Sie käme nie nahe genug an ihn heran, wenn seine Krieger ihr den Weg verstellten. Aber das allein ließ sie nicht vor Unruhe zittern. Es war der Erfolg, den sie fürchtete. Karl gegenüberzutreten.

Die Männer sprachen miteinander, Drida sah sie gestikulieren und in ihre Richtung zeigen, schließlich kam ein anderer von ihnen zu ihr. Auch er trug einen Helm. Trotzdem wusste sie, dass sein Haar von hellem Braun war, denn sie erkannte sein Gesicht selbst im grellen Licht der Sonne.

»Herr Gerold.«

Sie neigte den Kopf, blickte ihm dabei aber weiterhin in die Augen, während er offensichtlich zu erkennen versuchte, ob sie diejenige war, für die sie sich ausgab. Der junge alemannische Grafensohn sah immer noch genauso aus wie bei ihrer letzten Begegnung. Damals, vor vier Jahren, hatte er sich in Noyon im Schwertkampf gegen Karl gemessen, und er war auch bei der Urteilsverkündung anwesend gewesen.

Einen Moment lang kam es ihr so vor, als würde sie in der Zeit zurückversetzt. Sie war nach Noyon geritten, um Karl zu konfrontieren, und war als Erstes Gerold begegnet, genauso wie heute. Man hätte meinen können, alles wäre so, wie es immer gewesen war, aber viel war seither passiert. Nicht nur in Dridas Leben. Sie wusste, dass Gerold mittlerweile einer von Karls engsten Gefolgsmännern war, obwohl er, sein Vater und seine Brüder Karlmann die Treue geschuldet hatten, und dass seine junge Schwester Hildegard Karl geheiratet hatte.

»Drida.« Er klang tonlos, musterte sie immer noch unverhohlen und unterzog auch Brorda einer eingehenden Beurteilung. »Ich hätte nicht gedacht, Euch je wiederzusehen. Was kann Euch nur zu König Karl führen?«

»Das ist nur für die Ohren des Königs bestimmt.«

Sie erwiderte seinen durchdringenden Blick, obwohl sein Anblick sie aufwühlte. Er war der letzte Beweis dafür, dass sie zurück war, in ihrer alten Welt. Die ganze Reise über hatte sich unwirklich angefühlt, vielleicht da sie nie im Frankenreich gelandet war, sondern sich stets durch fremdes Land bewegt hatte. Fremd war sie hier zwar immer noch. Sie war nie zuvor auf der anderen Seite der Alpen gewesen, aber die Menschen vor ihr waren Franken, sie waren Teil ihrer Heimat.

»Er wird mich sehen wollen«, fügte Drida hinzu, damit Gerold endlich eine Entscheidung fällte.

Schließlich nickte er. »Folgt mir. Königin.«

Er neigte fast schon respektvoll das Haupt, wendete sein Pferd und ritt zurück zu den anderen.

Drida blickte zu Brorda, der misstrauisch dreinsah. »Es ist gut«, sagte sie und setzte sich in Bewegung. »Er bringt uns zu Karl.«

»Und dann?«

Drida atmete tief durch. »Egal, was passiert … Versuch nicht, für mich zu kämpfen. Wenn sie mir etwas antun wollen, musst du zurück nach Mercia, damit die anderen wissen, was geschehen ist. Wirf dein Leben nicht leichtfertig hin.«

»Ich werde für Euch kämpfen bis zum Tod, Herrin. Das habe ich geschworen. Die Schande, Euch zu überleben, wäre schlimmer als der Tod.«

Drida legte ihm die Hand auf den Arm und ignorierte das krampfhafte Gefühl in ihrem Bauch, als sie in den kühlen Schatten des Waldes eintauchten. Sie sollte froh darüber sein, aus der brennenden Sonne zu kommen, aber sie wusste, hinter den Bäumen lag ganz nahe Verona, und dort musste sie Karl gegenübertreten.

»Beten wir, dass es nicht so weit kommt.«

~

Drida kannte Heerlager. Sie hatte König Pippin und seine Söhne nach Aquitanien begleitet, und sie hatte Offas Heer auf dem Weg zu den Südsachsen verabschiedet. Aber die schiere Anzahl an Zelten, Männern, Pferden, Karren und Ochsen, die sich vor den grauen Mauern Veronas erstreckten, übertraf all ihre Vorstellungen. Und das sollte nur das halbe Heer sein?

Wohin sie auch sah, überall blitzte Eisen. So viele Männer waren gerüstet, der Anblick war ihr nach den Jahren in Mercia schon ganz fremd. In Britannien trug kaum jemand einen Ringpanzer, geschweige denn hochwertigere Rüstungen, das war dort nur etwas für Könige und Noble. Unzählige Rauchfahnen stiegen gen Himmel, schlängelten sich der Sonne entgegen, und Drida überlegte, welches Zelt wohl Karls war. Sie entdeckte mehrere größere Zelte, in denen Männer aufrecht stehen konnten, die schon kleinen Hallen gleichkamen, aber keines davon zeichnete sich durch besonders großen Prunk aus.

Gerold und die beiden Panzerreiter, die wohl auf Erkundungsritt gewesen waren, bewegten sich zielgerichtet durch das Labyrinth an Feuerstellen und Zelten. Sie wussten genau, wohin sie mussten, und Drida sah sich aufmerksam um. Sie hielt nach bekannten Gesichtern Ausschau, auch wenn ihr bewusst war, dass dies im Anbetracht der Fülle an Menschen fast unmöglich war. Aber das Fränkische um sie herum zu hören gab ihr ein so vertrautes Gefühl, als kenne sie jeden Einzelnen hier.

Sie zog auch die Blicke auf sich. Eine Frau in edlen Gewändern war wohl kein alltäglicher Anblick inmitten des Heers, aber die Aufmerksamkeit störte sie nicht. Sollten nur alle wissen, dass eine Königin gekommen war. Karl würde sich heute schon mehr einfallen lassen müssen, wenn er sie loswerden wollte.

Immer mehr Menschen wandten sich ihr zu, einer stieß den anderen an, zeigte auf sie, Raunen breitete sich aus. Und dann erblickte Drida die Grafen Warin und Adalhard, beide einst Gefolgsmänner Karlmanns, die nun seine Witwe belagerten. Die beiden erwiderten ihren Blick, starrten sie an, als wäre sie eine heilige Erscheinung. Drida sah zurück, mit tödlicher Ruhe. *Verräter,* sollte ihr Blick sagen, während sie hocherhobenen Hauptes als Königin Mercias durch die Reihen schritt.

Sie wollte Ruhe und Würde ausstrahlen, so wie Karls Mutter Bertha. Sie wollte keine Angst zeigen. Gleichzeitig sah sie sich aber auch unauffällig um, versuchte, Gerpergas Lage einzuschätzen.

Drida konnte keine Kriegsmaschinen entdecken, um die wuchtigen römischen Mauern anzugreifen. Vermutlich war es Karl nicht möglich gewesen, sie über die Berge zu bringen. Ihr schien das stark befestigte Verona uneinnehmbar. Die in der Ferne aufragenden ersten Ausläufer der Alpen verstärkten diesen Eindruck noch. Also musste Karl vorhaben, die Bewohner auszuhungern.

Das Lager glich mittlerweile einem Bienenstock, jeder schien einen Blick auf sie werfen zu wollen. Vermutlich hatte sich in den letzten Jahren herumgesprochen, dass Karl seine Cousine auf dem Meer hatte aussetzen lassen und dass sie dann zur Königin über das mächtigste Reich Britanniens aufgestiegen war. Die Nachricht von ihrer Rückkehr schien sich wie ein Lauffeuer zu verbreiten. Wäre nur Luna an ihrer Seite! Dann hätten die Menschen hier noch mehr zu sehen gehabt.

Drida hielt sich zwischen Gerold und einem der Panzerreiter, als unvermittelt vor ihr ein Mann mit weitgreifenden Schritten aus einem der größeren Zelte kam. Es geschah von einem Moment zum anderen.

Plötzlich stand einfach so Karl vor ihr. Der König. Ihr Vetter. Der Begleiter ihrer Kindheit.

Karl mit seinem hohen, schlanken Wuchs, dem sandfarbenen Haar, das er immer noch rund geschnitten trug, ohne jeglichen Schmuck und ohne Krone. Die ausdrucksstarken blauen Augen, die in der Sonne funkelten und jetzt tiefen Schrecken in sich trugen. Das Eisen seiner Rüstung funkelte, an seiner Seite hing ein Schwert. Er hätte irgendein Krieger sein können, nichts bis auf einen Siegelring und ein weiteres Goldband am dritten Finger zeichneten ihn als König aus.

Drida wusste nicht, wie lange sie einander schweigend gegenüberstanden, während die Umstehenden sie beobachteten und auf eine erste Reaktion warteten. Sie hatte sich so viele Worte zurechtgelegt. Während ihrer beschwerlichen Reise hatte sie jeden Tag diesen Moment vor sich gesehen, aber jetzt war ihr Kopf leer. Bilder aus der Vergangenheit überfluteten sie: Karl, der sie im Wasser festhielt, den Schalk in den Augen. Karl, der ihr versprach, dass sie Luna behalten konnte und dass der Wölfin kein Leid widerfahren würde. Karl im Kampf mit Karlmann. Karl, gebrochen in der Basilika von Saint Denis, geschlagen von seinem Vater, verzweifelt im Schuppen, als er sie gebeten hatte, mit ihm zu kommen, sich für ihn zu entscheiden. Karl in seinem Gemach in Noyon, als er sie geküsst hatte. Und sie sah ihn vor sich bei der Verkündung ihres Todesurteils.

Jetzt stand sie ihm wieder gegenüber, und die Gefühle brandeten derart heftig über sie hinweg, dass sie beinahe in die Knie ging. Wenn sie ihn sah, dann sah sie auch Karlmann. Und Karlmanns Mörder.

»Herr König.«

Ihre Stimme klang gefasst, ihr war kaum ein Zittern anzuhören, was sie wunderte. Sie sank in einen Knicks, und diese Regung schien ihn aus seiner Starre zu reißen.

»Es ist wahr«, stieß er atemlos hervor.

Seine Hand umschloss das Heft seines Schwertes, als müsste er sich daran festhalten. »Du bist hier.«

»Ich kam einen weiten Weg, um Euch zu sehen.«

»Du bist von Britannien bis hierher gekommen.«

Er blickte an ihr vorbei, sah sich um, als suche er nach einer Erklärung, und schien dann erst Brorda wahrzunehmen, der mit seinem langen Haar und dem Bart, dem knielangen Umhang und dem kurzen Ringpanzer sofort auffiel.

»Ganz allein. Nur mit einem Mann.«

»Werdet Ihr mich anhören?«

Karl starrte sie an, sein Blick so durchdringend, dass sie die Erschütterung in ihrer Seele spürte. Dann verneigte er sich plötzlich mit ausgebreiteten Armen und brachte sie damit ganz durcheinander.

»Königin Cynethryth von Mercia. So nennt man Euch, nicht wahr?«

Drida senkte bejahend das Haupt, und als Karl einladend zum Zelteingang wies, glaubte sie, die ungerührte Fassade nicht länger aufrechterhalten zu können. Ihr Blickfeld zog sich zusammen, ihre Ohren dröhnten, aber sie überspielte es. Sie gab Brorda ein Zeichen zu warten und folgte Karl in sein Zelt, in dem mehrere Krieger und Geistliche versammelt waren. Auch eine junge, rundliche Frau, noch fast ein Mädchen, war anwesend. Das musste Hildegard sein, Gerolds Schwester, und Karls mittlerweile dritte Gemahlin. Drida hatte bereits gehört, dass Karl sie auf seinen Feldzug mitgeschleppt hatte. Vielleicht war es ja doch die große Liebe? Drida hoffte, dass es so war, denn wenn Karl glücklich war, würde er vielleicht von seinen bösen Plänen absehen.

Sie erkannte auch den Abt Fulrad, der einst ebenfalls auf Karlmanns Seite gestanden hatte, und dann entdeckte sie Bischof Giselbert von Noyon.

Augenblicklich presste sich alle Luft aus ihrer Lunge, sie glaubte zu ersticken, und die Narben an ihrem Hals und an den Schultern spannten.

Ihm schien es bei ihrem Anblick nicht anders zu ergehen – er wurde weiß wie Schnee. Die kühlen grauen Augen trugen tiefen Schreck in sich.

»Beim Allmächtigen«, stieß er aus und bekreuzigte sich.

Die anderen schienen nicht minder überrascht, Drida hier zu sehen. Aber Karl schien keine Geduld für lange Erklärungen zu haben. Er verlangte, ungestört mit ihr zu sprechen, und nach vielen misstrauischen Blicken, besonders von Hildegard, war Drida plötzlich allein mit dem König des Frankenreichs in einem Zelt inmitten seines Heerlagers, vor der belagerten Stadt Verona. Nie hätte sie sich träumen lassen, dass sie noch einmal zurückkehrte. Und schon gar nicht unter solchen Umständen.

»Warum bist du gekommen?«

Er sprach leise, sah sie nicht an. Er griff nach einem Krug, der auf einer Tafel mit einigen Trinkpokalen inmitten von ausgebreiteten Pergamenten stand. Er schenkte ein und trank in großen Zügen. Dann goss er nach, wandte sich ihr zu und reichte ihr den Pokal, wobei er sie immer noch ansah, als sei sie ein Wesen aus einer anderen Welt.

Drida griff nach dem Pokal, ihre Finger berührten seine, und Blitze schienen durch ihren Körper zu fahren. Ihm erging es nicht anders, sie erkannte es am Zucken seiner Augen. Sah auch er die Bilder vor sich, die unaufhörlich auf sie einprasselten? Sie war wieder im Gemach von Noyon, spürte seine Hände auf sich, fühlte die Angst und die Panik, als sie versucht hatte, ihn von sich zu stoßen. Sie hatte Offa gesagt, dass sie Liebe für Karl empfunden hatte. Und jetzt, da er vor ihr stand, wusste sie, dass es stimmte. Wie hätte sie ihn nicht lieben sollen nach den gemeinsamen Jahren, nach allem, was sie zusammen erlebt hatten? Es war keine Liebe gewesen wie jene, die sie für Karlmann empfunden hatte, und weit entfernt von ihren Gefühlen für Offa. Aber sie hatte etwas für Karl empfunden, sie hatte mit ihm gefühlt, sie hatte ihm nur das Beste gewünscht. Er war Teil ihrer Familie gewesen. Und dann war der Hass gekommen. Alles vermischte sich, während er sie schweigend ansah und ihre Finger sich um den Pokal krallten. Die Vergangenheit und die Gegenwart, die Grenzen verschwammen.

»Wieso bist du gekommen?«, fragte er erneut, kaum mehr als ein Flüstern.

Drida hob den Pokal an die Lippen, trank, um Zeit zu gewinnen, um ihre vorbereiteten Worte wiederzufinden, um für Gerperga zu kämpfen, um für ihr Leben und das ihrer Jungen zu bitten. Aber als sie das Gefäß senkte, hatte sie keine Kontrolle mehr.

»Ich kam, um dich zu verfluchen, Karl. Um dir in die Augen zu sehen und dir den Tod zu wünschen.«

Karl starrte sie an, ihre Worte schienen ihn zu durchstoßen wie Dolchstiche. Lange sagte er gar nichts. Dann machte er einen Schritt auf sie zu, was sie sofort in Anspannung versetzte.

»Kein Tag ist vergangen, an dem ich es nicht bereute, Drida. Kein Tag.«

»Deine Reue kommt zu spät. Sie bringt die Toten nicht zurück.«

Karl zog die Augenbrauen zusammen. Erste Falten zeigten sich, dabei war er mit seinen fünfundzwanzig Jahren noch jung.

»Aber du stehst doch vor mir! Der Herr kannte deine Unschuld, und er rettete dich!«

»Ich spreche nicht von mir.«

Ungeduld machte sich in ihr breit. Wie konnte er nur glauben, dass es ihr darum ging? Nach allem, das er nach ihrem Urteil getan hatte! Wie konnte er glauben, dass sie nach Jahren zu ihm kam, um ihn dafür noch zur Rede zu stellen! Sie sah ihn aufmerksam an, wollte kein Detail seiner Reaktion versäumen.

»Ich spreche von Karlmann.«

Da! Ein Zucken im Kiefer, sein Blick wurde starr. »Was?«

»Du musstest den finalen Sieg erlangen, und du hast ihn dir genommen. Also genieß dein gewaltiges Reich, Karl, deine Krone über ein geeintes Frankenreich, solange du lebst, denn für diesen Brudermord wirst du in der Hölle brennen.«

»Brudermord?!« Karl schoss auf sie zu, und ehe sie reagieren konnte, hatte er ihren Arm umfasst. »Was sagst du da?«

Seine Reaktion verwirrte sie kurz, aber sie durfte sich nicht täuschen lassen.

»Du hast Karlmann umgebracht, deinen eigenen Bruder. Er war erst zwanzig Jahre alt, er hatte eine Frau, er hatte zwei kleine Söhne, und du hast ihn aus dem Leben gerissen – aus Eifersucht! Aus Machtgier!«

Karls starrer Blick durchdrang sie. Dann ließ er sie unvermittelt los, seine Hand sank schwach an seine Seite.

»Deshalb bist du gekommen. Du glaubst, ich habe ihn umgebracht.«

»Vielleicht nicht du selbst. Aber du hast ihn töten lassen, so wie dein Vater den meinen, und dann hast du seinen Söhnen ihr Reich gestohlen. Jetzt stehst du vor ihren Toren, und ich möchte mir nicht vorstellen, was du tun wirst, wenn sie dir in die Hände fallen.«

»Du glaubst, ich habe Karlmann umgebracht. Du glaubst, ich würde zwei kleine Kinder töten.«

Er wandte sich ab, sein Blick hatte etwas Entrücktes, Ungläubiges. Immer wieder schüttelte er den Kopf, dann murmelte er irgendetwas Unverständliches vor sich hin.

»Ich wollte dich töten, Karl«, stieß sie aus, gegen das unaufhörliche Zittern ankämpfend. »Ich wollte hierherkommen und dich für deine Taten töten. Vielleicht mit Gift.«

Er hielt sich mit beiden Händen an der Tischkante fest und sah sie an. Lange und ungläubig. Schließlich nahm er einen neuen Pokal und streckte ihn ihr entgegen.

»Dann tu es, Drida. Wenn du wirklich glaubst, dass ich schuldig bin, dann gib mir dein Gift.«

Drida verengte die Augen. Wie immer war sie nicht imstande, in ihm zu lesen, es gelang ihr nicht, die Wahrheit zu erkennen. Von ihm ging reiner Schmerz aus.

»Ich habe Kinder. Ich verdamme mich nicht selbst mit einem Mord, so wie du es getan hast, und ich werde auch nicht für den Mord an einem König brennen. Ich werde zu meinem Mann und zu meinen Kindern zurückgehen.«

»Wenn du mich nicht töten willst, welche Strafe hast du dir dann für meine Sünde überlegt, hm?« Er richtete sich auf, kam auf sie zu, und im nächsten Moment holte er aus und schleuderte den leeren Pokal gegen die Zeltplane. »Sprich!«

Drida schob das Kinn vor, ballte die Hände zu Fäusten. Sie durfte der Angst nicht nachgeben.

»Keine Strafe, Karl. Nur eine Bitte, ein Flehen. Um das Leben von Gerperga, Pippin und Syagrius.«

Ein gefährliches Funkeln blitzte in seinen Augen. »Damit ich sie nicht allesamt umbringe, wenn Verona fällt?«

Drida kannte diese Art an ihm. Er fühlte sich ungerecht behandelt und reagierte mit Zorn. Doch dazu hatte er kein Recht.

»Tu nicht so, als wärst du dazu nicht fähig.«

»Und wenn ich dir sage, dass ich es nicht bin? Wenn ich dir sage, dass ich nichts mit Karlmanns Tod zu tun habe, dass diese Nachricht mich genauso traf wie dich, wenn nicht noch hundertmal stärker? Wenn ich dir sage, dass diese beiden Kinder eine Gefahr für mich, für ein geeintes Frankenreich und ein friedvolles Land sind und ich vorhabe, ihnen den Kopf zu scheren und sie in ein Kloster zu stecken, was dann? Was sagst du dann?«

»Dass du nicht nur ein Mörder, sondern auch ein Lügner bist.«

Karl nickte langsam. Ein Lächeln spielte um seine Lippen, das nichts Fröhliches in sich trug.

»Aber es ist wahr, Drida. Ich wollte Karlmanns Land, ich wollte das Erbe, das mir zusteht, ich wollte über ihn obsiegen, in all diesen Punkten hast du recht. Aber seinen Tod wollte ich nie. Und auch wenn aus den Kindern einmal Männer, Krieger, werden, so können sie nicht durch meine Hand oder meinen Befehl fallen. Sie sind alles, was von Karlmann geblieben ist. Von meinem Bruder, den ich liebte. Und den ich hasste.«

»Du weißt doch gar nicht, was Liebe ist.«

»Ich habe *dich* geliebt.«

Drida lachte ob dieser Unverfrorenheit auf. »Was meine Worte nur beweist. Du hast mich in die Fänge dieses verabscheuungswürdigen Bischofs gegeben.« Sie deutete zum Zelteingang hinaus und schnappte nach Luft vor Wut. »Und dann hast du mich zu einem einsamen, grausamen Tod verurteilt. Das nennst du Liebe? Vielleicht hast du Karlmann auf deine verworrene, vernichtende Weise geliebt und ihn deshalb umgebracht, so wie du mich beinahe umgebracht hättest.«

»Nein.« Karl sah ihr in die Augen. Er wollte ihr die Möglichkeit geben, in sein Innerstes zu blicken. »Ich habe es nicht getan. Es tut mir leid, dich zu enttäuschen und dir kein Ziel für deinen Zorn über diesen ungerechten Tod geben zu können. Jetzt bleibt dir nur noch, den Herrn dafür zu verfluchen, denn niemand aus Fleisch und Blut war dafür verantwortlich. Karlmann wurde krank, er bekam hohes Fieber, erbrach sich andauernd und hatte Durchfall. Nach nur wenigen Tagen gab sein Körper auf. Das ist die Wahrheit. Mach damit, was du willst.«

Er nahm ihr ihren Pokal aus der Hand, den sie immer noch umklammert hielt, wandte sich von ihr ab und trank ihn leer. Er schien zu wissen, dass sie einen Moment brauchte, um diese Information zu verarbeiten, um zu überlegen, ob sie auch nur ein Wort davon glauben sollte. Ihr Gefühl sagte ihr, dass er die Wahrheit sprach, aber vielleicht war sie, was ihn betraf, nur zu leichtgläubig. Es wäre nicht das erste Mal.

»Es spielt keine Rolle mehr, wie Karlmann starb«, brachte sie schließlich aus rauer Kehle hervor. »Heute zählen nur noch die Lebenden. Die, die du hier belagerst.«

»Ich belagere Desiderius' Sohn, der zusammen mit seinem Vater päpstliche Ländereien angegriffen hat.«

»Verkauf mich nicht für dumm. Du willst Karlmanns Söhne.«

»Ja.« Er stand ungerührt vor ihr und breitete die Hände aus. »Wie ich schon sagte, sie werden allem Weltlichen abschwören und der Kirche dienen.«

»Damit wärst du zufrieden? Du? Würdest du nicht jeden Tag fürchten, dass sie, einmal erwachsen, die Noblen um sich scharen und sich zurückholen, was ihnen von Rechts wegen zusteht?«

»Von Rechts wegen steht ihnen gar nichts zu. Die geistlichen und weltlichen Vertreter dieses Landes haben mich zum König des gesamten Frankenreichs gewählt, sie haben sich für mich und gegen Karlmanns Kinder entschieden. Damit ist ihr Anspruch zunichte.«

Drida sah ihn prüfend an, versuchte zu erkennen, ob er das wirklich ernst meinte. Sie war gekommen, um ihn für Karlmanns Tod zu verfluchen, und er sagte ihr, dass er es nicht gewesen war. Sie war gekommen, um für das Leben der Jungen zu flehen, und er sagte ihr, dass er nicht vorhatte, ihnen etwas anzutun. Aber würden sie in seiner Reichweite wirklich sicher sein?

»Erlaube Gerperga und den Kindern, mit mir zu kommen.« Sie sprach, ohne nachzudenken, es schien ihr der einzige Ausweg. »Lass sie mit mir nach Mercia gehen. Von dort aus werden sie keine Gefahr für dich darstellen. Sie werden am Hofe König Offas leben, in Frieden. Sie werden auf jeglichen Anspruch verzichten.«

Die Worte schmerzten, Drida hätte gerne für das Recht von Karlmanns Söhnen auf ihren Thron gekämpft. Aber sie sah ein, dass dieses Ziel nie zu erreichen wäre. Die Noblen standen hinter Karl, die Kirche, selbst der Papst. Jetzt ging es darum, alle am Leben zu erhalten und sie nicht in ein Kloster gesperrt zu sehen, wo sie vielleicht sogar der Tod erwartete, wenn Karl es sich plötzlich anders überlegte. Nein, Gerperga und die Jungen mussten mit ihr kommen. Nur in Mercia waren sie sicher.

»Damit sie eines Tages mit einem mercischen Heer zurückkommen und mein Land in den Krieg stürzen?« Karl schnaubte abfällig und wollte sich erneut von ihr abwenden.

Aber Drida ging auf ihn zu, umfasste seinen Arm.

»Offa wird dich nicht angreifen«, versicherte sie ihm, und es fiel ihr nicht schwer, überzeugend zu klingen, denn es war die Wahrheit. »Glaub mir, ich habe jahrelang versucht, ihn genau dazu zu bewegen. Aber er hat es nicht getan, und er wird auch in Zukunft nicht mit dir und mit dem Frankenreich brechen.«

»Du wirst es ihm schon einreden.«

»Nein.« Drida krallte die Finger in seinen gerüsteten Arm, was er vermutlich gar nicht spürte. »Ich gebe dir mein Wort. Lass uns ziehen. Lass die Kinder als Angelsachsen aufwachsen, und ich schwöre dir, aus Mercia wird dir nie Verrat blühen.«

Karl blickte auf sie hinab, mit seinen vertrauten blauen Augen. Er war so nah, dass sie die einzelnen goldenen Sprenkel darin erkennen konnte.

»Gesprochen wie eine wahre Königin – die Königin Mercias.« Er schüttelte kaum merklich den Kopf, sein Blick wanderte über ihr Gesicht, zu ihren Lippen, zurück zu ihren Augen. »Der Gedanke, dass du einem anderen Mann gehörst, zerreißt mich innerlich.«

Drida ließ die Hand sinken, trat einen Schritt zurück, aber Karls Hand schoss vor, umfasste ihr Kinn. Er brachte sein Gesicht nah vor ihres, und Dridas Herz begann wie wild zu schlagen. Sie sah sich wieder in seinem Gemach in Noyon und betete, dass die Geschichte sich nicht wiederholte.

»Ich habe Karlmann nicht getötet«, flüsterte er. Sein Atem strich über ihre Haut, die scharfen Konturen seines Gesichts traten noch härter hervor. »Ich habe nichts damit zu tun.«

»Wirst du den dreien erlauben, mit mir zu kommen? Wirst du uns freies Geleit zusagen?«

Nichts anderes war jetzt wichtig. Dafür war sie hergekommen, dafür hatte sie Offa und ihre Kinder verlassen, und dafür würde sie zu Hause die Konsequenzen spüren.

Karl strich mit dem Daumen über ihre Wange, hinab zu ihren Lippen. Dann ließ er sie abrupt los und wandte sich ab.

»Geh, Drida. Lass mich allein.«

Sie starrte ihn an wie vor den Kopf gestoßen. »Nein. Nicht ohne …«

»Ich sagte, geh.« Im nächsten Moment flogen die Zeltplanen zurück, und zwei Wachen traten herein.

Drida konnte nicht glauben, was hier geschah. Sie erkannte aber, dass sie jetzt nichts mehr erreichen konnte. Wenn sie Karl noch mehr unter Druck setzte, würde er erneut kopflos handeln, und dann war alles verloren.

»Denk darüber nach«, sagte sie nur und verließ das Zelt, ehe die Wachen sie berühren konnten.

Draußen herrschte großer Trubel. Brorda eilte sofort an ihre Seite, während alle anderen sie nur anstarrten – Noble und Geistliche, die sie kannte, allen voran Bischof Giselbert. Dieser ließ seinen hasserfüllten Blick kurz auf ihr ruhen, dann stürmte er in Karls Zelt, zweifelsohne, um ihn zu überreden, dass er beenden solle, was das Meer für ihn nicht getan hatte. Weitere folgten, und Drida hörte bald aufgebrachte Stimmen. Diskutierten sie eine mögliche Freilassung von Gerperga und den Söhnen? Gab es noch Hoffnung?

»Ihr habt wirklich überlebt.«

Unvermittelt trat Abt Fulrad an sie heran. Er war so gealtert, dass sie ihn kaum noch wiedererkannte. »Ihr habt das Unmögliche vollbracht. Es ist … ein Wunder.«

Drida erwiderte den staunenden Blick mit so viel Ruhe, wie sie aufbringen konnte. »Der König wollte ein Gottesurteil, und er hat es bekommen.«

»Fürwahr, fürwahr.« Immer wieder ließ der Abt den Blick über sie gleiten, als wäre sie tatsächlich eine heilige Erscheinung. »Der Herr hat entschieden. Er hat Euch zu einer Königin gemacht. Und Euch dann allein den weiten Weg zurückgeführt. Der Herr hält seine Hand über Euch.«

Drida überlegte noch, was sie darauf sagen sollte, aber der

Abt schüttelte den Kopf, immer noch ungläubig, wandte sich ab und trat ebenfalls ins Zelt.

»Was hat das zu bedeuten?«, wollte Brorda an ihrer Seite wissen, der kein Wort verstanden hatte.

Drida blickte auf die im Wind wehenden Eingangsplanen und versuchte auszumachen, was dahinter vor sich ging.

»Ich weiß es nicht.«

»Seid Ihr hier noch sicher?«

Fast wäre ihr ein Lachen entkommen. »Das lässt sich in Karls Gegenwart nie so leicht beantworten.«

Sie sah sich im Heerlager um, blickte zur Stadt Verona, und in ihrem Bauch flatterte es wild, wenn sie daran dachte, dass Gerperga und ihre Kinder so nah waren.

Es erschien ihr wie eine Ewigkeit, in der Karl und seine Berater im Zelt eingeschlossen blieben. Ein paar junge Kämpfer brachten ihr und Brorda zu trinken und zu essen. Ersteres nahm sie gerne an, aber sie war nicht hungrig und brachte keinen Bissen hinunter.

Endlich tat sich etwas am Zelteingang. Es war Bischof Giselbert, der herausstürmte, mit dem Finger auf sie zeigte, als könne er sie dadurch verfluchen, und schließlich davonstapfte. Im nächsten Moment kam Abt Fulrad heraus und winkte sie näher.

»Kommt nur, kommt, der König hat Euch etwas zu sagen.«

Dridas Beine wurden schwach, es war ihr kaum möglich, einen Schritt vor den anderen zu setzen. Sie streckte die Hand nach Brorda aus und hielt sich an seinem Arm fest. Dieses Mal begleitete der Krieger sie hinein.

Genauso wie vorhin standen alle um den großen Tisch in

der Mitte herum. Davor stand Karl und sah ihr entgegen. Er breitete die Hände aus und erklärte feierlich:

»Was Ihr vollbracht habt, Königin, kann sich kein Mann erklären. Ihr seid allein, mit nur einem einzigen Leibwächter, von Britannien bis hierher gereist, sicher und gesund, als begleite Euch ein Heer an Engeln, genauso wie einst auf dem Meer. Ihr habt mich darum gebeten, die Witwe meines Bruders und dessen Kinder an Euch zu überreichen, damit sie in Mercia in Frieden leben. Ihr habt mir Euer Wort gegeben. Und hiermit gebe ich Euch meines: Ihr, Gerperga, Pippin und Syagrius seid frei zu gehen.«

Drida zuckte zusammen. Ein Keuchen entkam ihr, und ihre Finger krallten sich ins Eisengeflecht von Brordas Ringpanzer. Konnte es denn wirklich wahr sein? Würde sie Gerperga wiedersehen? Nach all der langen Zeit?

Aber konnte sie Karl trauen? Er konnte sie genauso gut dazu benutzen, um Gerperga und die Kinder aus der Stadt zu bekommen, um ihnen etwas anzutun.

Aber Karls Blick und die Blicke aller anderen Anwesenden – Zeugen seiner Worte – trugen keine Arglist, sondern etwas, was Drida zutiefst verwirrte: Bewunderung.

Karl trat zur Seite und wies zur Tafel, wo Feder, Tinte und Pergament bereitlagen.

»Gerperga wird erkennen, dass die Nachricht von Euch stammt. Sie wird wissen, dass Ihr es seid. Schreibt ihr, sie soll herauskommen und dass ihr und den Kindern nichts geschieht. Inzwischen wird Abt Fulrad die Erklärung des Verzichts ihrer Söhne auf das Land ihres Vaters aufsetzen.«

Drida zögerte. Sie versuchte immer noch zu erkennen, ob sie in eine Falle lief, ob sie Gerpergas Untergang heraufbeschwor, aber welche andere Wahl hatte sie, als Karl zu vertrauen?

Mit bleiernen Beinen trat sie an die Tafel heran und nahm

die Feder entgegen, die Karl ihr mit unangenehm intensivem Blick reichte. Dann begann sie den Brief an ihre Freundin, der sie endlich wieder vereinen sollte.

Liebste Gerperga …

KAPITEL 41

Drida starrte auf das gewaltige Tor in der römischen Mauer, das ihr unzerstörbar schien, und wartete darauf, dass es sich öffnete. Seit Sonnenaufgang stand sie auf der Straße vor Verona, umringt von verlassenen Häusern und mit Karls Heerlager im Rücken. Auch Brorda war bei ihr, ebenso Abt Fulrad, Graf Gerold, sein Sohn, der denselben Namen trug, und weitere von Karlmanns Noblen, die die Seiten gewechselt hatten.

Die Nachrichten an Gerperga waren noch gestern überbracht worden, aber bislang hatte es keine Antwort gegeben, keinen Hinweis darauf, dass Gerperga die Sicherheit der Stadt aufgeben würde.

Bestimmt hielt ihre Freundin den Brief für eine Falle. Sie musste vermuten, dass Karl sie nach dem Öffnen der Tore augenblicklich ergriff und ihren Söhnen etwas antat. Auch Drida war sich nicht ganz sicher, ob dies nicht Karls Plan war, aber welche andere Wahl hatte sie? Sollte sie hier draußen warten und zusehen, wie die Stadt ausgehungert wurde? Gerperga musste ebenfalls einsehen, dass sie das Risiko eingehen musste. Es war ihr einziger Ausweg.

Die Sonne näherte sich dem Zenit und brannte unbarmherzig auf sie herunter. Drida hätte nicht gedacht, das Wetter Mercias je zu vermissen, aber vielleicht lag das auch daran, dass sie Mercia grundsätzlich vermisste. So lange hatte sie sich nach dem Frankenreich gesehnt, nach der Heimat, aber jetzt, da sie ihr so nahe war, wollte sie nur noch zurück, zu ihren Kindern, zu Offa, Fina und Deogol, zu Vater Herefrith und allen anderen.

Ein lautes Rumpeln riss sie aus ihren Gedanken, es kam von der Stadt. Gebannt blickte sie aufs Tor und konnte es nicht glauben, als sie plötzlich einen Spalt sah. Das Tor öffnete sich tatsächlich, und hindurch kam eine Frau in langen, wehenden Schleiern und Gewändern, die das Haar zur Gänze verdeckten, an jeder Hand ein kleines Kind.

Drida wurde schwindlig, sie tastete nach Halt. Da ergriff Brorda ihre Hand und hielt sie fest.

»Ihr seid so weit gekommen«, flüsterte er an ihrer Seite, »haltet an Eurer Stärke fest.«

Drida drückte seine Hand, dann ließ sie ihn los und ging wie eine Schlafwandlerin auf die drei zu. Sie blickte nicht hinauf zu den Bewaffneten über der Mauer, die alles genau beobachteten, nicht zurück zu ihren Begleitern, weil sie fürchtete, Karl dort zu sehen, der zum Angriff rief.

Nein, sie konzentrierte sich allein auf Gerperga, ihre Freundin, die sie zuletzt in Quierzy vor vier Jahren gesehen hatte. Ihre Söhne waren vier und ungefähr zwei Jahre alt, und Drida konnte nicht glauben, dass ihr Wunsch, so Gott wollte, in Erfüllung ging, sie gemeinsam mit ihren eigenen Kindern aufwachsen zu sehen.

Das Tor schloss sich wieder, niemand sonst kam heraus. Drida hätte auch den Herzog Autchar und andere von Karlmanns Männern, die Gerperga begleitet hatten, erwartet. Aber die Königswitwe kam allein mit ihren Kindern.

Mit jedem Schritt, den sie aufeinander zu taten, konnte Drida Gerpergas Gesicht besser ausmachen. Sie erkannte die vertrauten Züge, auch wenn ihrer Freundin die übliche Leichtigkeit und Freude, die stets aus ihren Augen geleuchtet hatten, abhandengekommen waren. Wie hätte sie das auch gekonnt, wenn der Ehemann und Vater ihrer Kinder so früh von ihr gerissen worden war und sie dann um ihr Leben und das ihrer Söhne hatte fürchten müssen?

»Drida?« Gerperga beugte sich hinunter, nahm den kleinen Syagrius auf den Arm und beschleunigte ihre Schritte. »Bist du es wirklich?«

Drida spürte beim Klang der vertrauten Stimme Tränen in ihre Augen schießen. Sie rannte beinahe, überwand die letzten Schritte zwischen ihnen. Dann fielen sie sich auch schon in die Arme. Drida hielt ihre Freundin fest und konnte nicht glauben, dass sie tatsächlich wieder zueinandergefunden hatten. Sie hörte auch Gerperga schluchzen.

»Du bist in Sicherheit«, flüsterte Drida und betete, dass es keine Lüge war. »Es ist vorbei. Wir gehen nach Mercia. Du bist in Sicherheit.«

Gerperga schob sich von ihr und sah sie aus tränennassen Augen an. »Du bist von Britannien bis hierher gekommen … für uns?«

Drida lachte, auch wenn es mehr ein Schluchzen war. Dann strich sie dem kleinen Syagrius über den schwarzen Schopf und sah sich auch Pippin genau an. Beide hatten mehr Ähnlichkeit mit Gerperga, schien ihr, aber es war ein kleiner Trost zu wissen, dass Karlmann in ihnen weiterlebte.

»Es tut mir so leid, dass es so lange gedauert hat. Dass ich euch allein gelassen habe.«

»Welche Wahl hattest du denn? Karl hat dich auf dem Meer ausgesetzt, und dann …« Sie hob hilflos die freie Hand und ließ ihren Blick über sie wandern. »Du bist jetzt eine Königin.«

»In einem Land, das dir und deinen Kindern Schutz bieten kann. Kommt mit mir. Ich weiß, die Aufgabe des Erbes deiner Söhne, ihres Anrechts, war keine leichte Entscheidung, aber ihr habt keine andere Wahl. Karl …«

Gerperga blickte an ihr vorbei auf das gewaltige Heer.

»Ich weiß. Den Thronanspruch meiner Söhne habe ich schon lange aufgegeben. Das habe ich auch König Desiderius gesagt, der immer weiter für sie kämpfte, um eines Tages Einfluss auf sie ausüben zu können, um das Frankenreich an sich zu binden. Sein Sohn und Herzog Autchar flohen des Nachts aus Verona«, flüsterte sie mit einem kurzen Blick zu Abt Fulrad und den anderen. »Aber ich möchte nur noch in Frieden meine Kinder groß werden sehen. In … Mercia, wie es scheint. Sofern Karl es wirklich erlaubt.«

Drida ergriff ihre Hand. »Er stellt uns eine Eskorte zur Küste. Dieses Mal scheint er es wirklich aufrichtig zu meinen. Er … er hat Karlmann nicht umgebracht.«

»Dachtest du etwa, er wäre es gewesen?«

Drida nickte, und tiefe Traurigkeit zeichnete die ohnehin gepeinigte Miene ihrer einst so schönen, lebendigen Freundin.

»Nein. Es war eine schreckliche Krankheit, die nicht nur ihn, sondern auch andere traf. Ich danke Gott, dass meine Kinder nicht in der Nähe waren.«

Dann hatte Karl tatsächlich nicht gelogen. Und das gab Drida Hoffnung, dass sie es wirklich hier herausschaffen würden.

Und zurück nach Mercia. Zu Offa.

KAPITEL 42

Lundenwic (London), Königreich Mercia, Spätherbst 773

Es war wie Nachhausekommen, was Drida nie erwartet hätte. Wer hätte gedacht, dass sie fortgehen hatte müssen, um zu erkennen, wo ihr Platz wirklich war? Aber dass sie jetzt voller Freude ihren Fuß auf britannischen Boden setzte, lag bestimmt auch daran, dass es nichts mehr im Frankenreich gab, was sie jetzt noch dorthin zurückzog. Karls Schiff hatte sie von Genua aus noch vor Einsetzen der Winterstürme sicher übergesetzt, und nach mehreren Wochen betraten sie nun endlich wieder festen Boden.

Gerperga und die Jungen verließen, ebenso wie Brorda, an ihrer Seite das Boot und sahen sich aufmerksam um. Sie waren wirklich da, in ihrer neuen Heimat, in ihrem Reich. Und wie um sie nicht gleich zu verschrecken, schien an diesem Tag Ende Oktober sogar die Sonne und beleuchtete die bunten Laubbäume, die die Flussmündung säumten.

Alles sah wie verzaubert aus – das sanfte Licht, das hier herrschte, die angenehme, milde Wärme der Sonnenstrahlen, die tiefgrünen Hügel in der Ferne … Es war der schönste Ort auf der Welt. Aber es hatte für Drida lange gedauert, um dies zu erkennen, und zweifelsohne würde es Gerperga nicht anders ergehen. Sie hatte ihre Heimat verloren und würde sich erst an Britannien gewöhnen müssen.

»Vieles ist hier anders«, warnte Drida ihre Freundin, während Gerperga sich aufmerksam zwischen den vielen Menschen umsah, die an diesem geschäftigen Handelsplatz vor dem Winter noch ihre letzten Waren auf- oder abluden.

Vor ihnen erstreckten sich bereits die ersten Reihen schlichter Hütten aus Flechtwerk mit Lehmverstrich. Ihre Schuhe sanken knöcheltief in den Schlick des Ufers. Bettelnde Kinder, die bestimmt auch gut darin waren, Börsen vom Gürtel zu schneiden, schoben sich zwischen den vielen Leibern hindurch.

»Die Hallen des Königs sind anders als die Burgen im Frankenreich, auch die Kirchen und Kathedralen sind nicht so … prunkvoll. Dafür aber auch nicht derart einschüchternd. Warme Bäder und Böden aus den Leitungen der Römer, ihre komfortablen Paläste wirst du hier nicht finden. Die Angelsachsen halten sich von allem Römischen fern. Aber es ist trotzdem …« Drida zuckte mit den Schultern, und Gerperga legte ihr die Hand auf den Arm.

»Schön«, sprach sie ihren Satz zu Ende, und Drida glaubte, ihr Herz vor Glück übersprudeln zu fühlen.

Aber noch begleitete sie auch das flaue Gefühl, nicht zu wissen, was ihr in Lindcolne blühte. Es war noch ein weiter Weg dorthin, und sie musste auch herausfinden, wo Offa sich aufhielt. Vermutlich bei den Arbeiten seines Walls an der Grenze zu Wales. Sie musste jemanden fragen. Vielleicht gab es hier Händler oder Noble, die den letzten Aufenthaltsort des Königs kannten. Und dann musste sie sofort zu ihren Kindern.

Aufmerksam sah sie sich um, in der Hoffnung, Bedienstete des ansässigen Reeves zu entdecken, die sie zu ihm bringen konnten. Im Haus des Reeves könnten sie sich stärken, Informationen erlangen und ihre weitere Reise planen. Aber dann fiel ihr Blick zu einem ans Ufer gezogenen Schiff, ein Stück weiter flussabwärts, vor dem eine hünenhafte Gestalt mit zwei fränkisch aussehenden Händlern sprach.

Ein erschrockener Laut kam ihr über die Lippen, sie schlug sich die Hand vor den Mund.

»Gütiger Gott im Himmel«, stieß sie aus und starrte den Mann ungläubig an. Nie hätte sie erwartet, ihn hier zu sehen.

Gerperga folgte ihrem Blick und sah dann zurück zu ihr.

»Ist das etwa …«, begann sie, aber Drida schüttelte den Kopf, setzte sich in Bewegung, konnte keinen klaren Gedanken fassen.

In diesem Moment wandte sich auch der Krieger in ihre Richtung, als spürte er ihren starren Blick. Das lange rot-graue Haar und der ebenso lange Bart wehten im Wind um sein Gesicht. Trotzdem konnte er die Überraschung und Ungläubigkeit in seinen Augen nicht verbergen, als er Drida entdeckte. Er sagte etwas zu den Händlern, dann kam er mit eiligen Schritten am flachen Ufer auf sie zu.

»Ihr seid hier!«, rief er schon von Weitem und breitete die Arme aus, als wollte er sie am liebsten an sich ziehen. »Beim Allmächtigen, Ihr seid wirklich hier! Ich wollte heute ins Frankenreich reisen und Euch suchen!«

Drida sank das Herz.

»Herr Leofric«, brachte sie nur heraus, während Gerperga interessiert zwischen ihnen hin und her sah und bestimmt kein Wort von dieser Sprache verstand. »Ihr wolltet ins Frankenreich? Das bedeutet, der König weiß …«

»… dass Ihr auf und davon seid? O ja, das weiß er.«

Die Düsterheit in seiner Stimme verstärkte augenblicklich das flaue Gefühl in Dridas Magen. Ihr Plan war also gescheitert, die Mär von ihrer Krankheit hatte nicht lange gehalten.

»Ihr seid nicht allein zurückgekehrt.« Leofric musterte Gerperga und die Kinder, aber ehe Drida sie vorstellen konnte, bemerkte er Brorda. Augenblicklich wurde seine sonst so fröhliche Miene noch härter.

»Und du! Was hast du dir überhaupt dabei gedacht, hm?«

Brorda straffte die Schultern, trat einen Schritt vor.

»Ich habe mir gedacht, dass ich die Königin weder festbinden noch sie alleine gehen lassen kann«, gab er ungerührt zurück, was Leofric nur ein abfälliges Schnauben entlockte.

»Der König freut sich schon auf dich«, erklärte er unheilvoll, aber Drida konnte sich darum jetzt nicht kümmern.

»Sagt, Herr Leofric, den Kindern, Fina und Deogol … es geht doch allen gut?«

Leofric wandte sich ihr zu, und sein Ausdruck wurde wieder etwas weicher. »Es geht ihnen nicht nur gut, Herrin. Sie sind alle hier.«

»Was?« Drida sah sich augenblicklich am geschäftigen Flussufer um. »Wo?«

»Im Haus des Reeves. Kommt mit, ich bringe Euch zu ihnen. Meine Reise ins Frankenreich kann ich mir nun ja sparen. Meine arme Frau, sie hat sich schon so darauf gefreut, mich loszuwerden.«

Er grinste. Dass er wieder so war, wie sie ihn kannte, gab ihr ein etwas besseres Gefühl, auch wenn sie immer noch schrecklich aufgeregt war.

»Komm.« Drida nahm den kleinen Pippin an der Hand, der ihr nach den gemeinsamen Wochen auf Karls Schiff bereits zugetan war, während Gerperga den noch jüngeren Syagrius auf dem Arm hatte, um schneller voranzukommen. »Meine Kinder sind hier.«

Sie konnte die Ungläubigkeit nicht aus ihrer Stimme heraushalten, die Vorfreude, aber auch die Angst. Würden sie ihre Mutter nach so langer Zeit wiedererkennen? Oder würden sie sie mit Missachtung strafen? Und dann war da noch Offa …

»Wer ist dieser Mann?«, wollte Gerperga leise wissen, während sie der befestigten Straße vom Hafen in die Stadt folgten, die auch die Händler mit ihren Karren nutzten.

»Das ist Leofric, ein Aldermann … eine Art Graf. Und er ist Teil der Herdtruppe des Königs.«

»Der Herdtruppe?«

»Seine persönliche Leibwache. Die besten eingeschworenen Krieger des Landes.«

»Und der König … dein Gemahl … Er ist auch hier?«

Drida hatte nicht nachzufragen gewagt. Sie wollte als Allererstes zu ihren Kindern, und so zuckte sie nur mit den Schultern.

Auf der Schiffsreise hatte sie Gelegenheit gehabt, Gerperga alles genau zu erzählen – die Zeit auf dem Meer mit Luna, die jetzt längst mit ihrem Rudel in der Wildnis lebte und Mutter war; ihre Ankunft in Wales, ihre Zeit am Fürstenhof von Powys, und dann von Offa. Gerperga hatte ihr wiederum alles aus dem Frankenreich erzählt, was während Dridas Abwesenheit vorgefallen war, und auch von Karlmanns letzten Momenten. So lange war Drida der festen Überzeugung gewesen, dass Karl seinen Bruder getötet hatte, und ein Teil in ihr konnte immer noch nicht glauben, dass sie seinen Fängen entkommen waren, dass er sie tatsächlich hatte gehen lassen. Aber er war schlussendlich doch nicht der Teufel, für den sie ihn zwischenzeitlich gehalten hatte.

»Was wird dein Gemahl, der König, dazu sagen, dass du uns aus dem Frankenreich geholt hast?«

»Oh, er wird sehr viel dazu zu sagen haben … oder sehr wenig. Ich weiß nicht, was schlimmer ist.«

»Wird er uns willkommen heißen?«

Sorge klang aus Gerpergas Stimme, und Drida konnte sie so gut verstehen – fremd in einem anderen Land, dessen Menschen, dessen Sprache und Gebräuche sie nicht verstand, ihre beiden Kinder an ihrer Seite, die sie beschützen wollte.

»Mach dir keine Gedanken, Gerperga. *Euch* wird er auf alle Fälle willkommen heißen.«

»Und was ist mit dir?«

Sie dachte daran, wie zornig Offa werden konnte, wie kalt sein Blick dann war, während gleichzeitig ein Feuer darin loderte, wie sehr er sie einzuschüchtern vermochte – immer noch. Die ganze Rückreise hatte sie kaum an etwas anderes gedacht. Aber sie konnte sich der Situation nur stellen.

Es war ein geschäftiger Tag in Lundenwic. Das waren die letzten Wochen vor Wintereinbruch immer, denn dann fuhren kaum noch Schiffe, auch das Reisen über Land wurde schwieriger. Drida war froh, es rechtzeitig zurückgeschafft zu haben. Leofric bog in eine Seitenstraße ab, in der die Häuser größer wurden und aus Holz errichtet waren. Die Menschen warfen ihnen neugierige Blicke zu. Sie wussten vermutlich nicht, dass sie die Königin war, kaum jemand hier hatte sie je persönlich zu Gesicht bekommen. Aber sie sahen prächtige Krieger und noble Damen, und das erregte Aufmerksamkeit.

Schließlich bogen sie um eine weitere Ecke, und plötzlich sah Drida eine Frau auf der Straße, die sie kannte, die sie in dieser Umgebung aber zuerst nicht zuordnen konnte – sie gehörte nicht hierher.

»Eadburh?«, brachte sie schließlich den Namen heraus, ehe sie ganz begriffen hatte, dass die goldhaarige Frau, die ihr in Powys so geholfen hatte, wirklich hier war.

Es war tatsächlich die Fürstin von Powys, die im Schatten der weit herabreichenden Dächer stand und auf eine offen stehende Tür blickte. Wie war das nur möglich? Was machte sie hier, so weit von ihrem Zuhause entfernt?

Drida konnte aber gar keine Fragen stellen, denn im nächsten Moment liefen Ecgfrith und die kleine Eadburh aus dem

Haus, in die Arme ihrer Tante, die sich umdrehte, Drida erblickte und erstarrte. Aber auch Eadburh hatte keine Gelegenheit, richtig zu begreifen, was vor sich ging, oder nachzufragen, denn Leofric eilte bereits auf sie zu.

»Wo ist der König?«, wollte er wissen.

Drida glaubte, keinen Schritt mehr tun zu können. Nun sahen auch ihre Kinder zu ihr, und Drida spürte ihr Herz bis in den Hals klopfen. Sie sank in die Knie, ihre Beine wollten sie nicht mehr tragen. Sie breitete die Arme aus und wusste nicht, ob sie lachte oder weinte.

»Ich bin zurück«, flüsterte sie, zu mehr hatte sie keine Kraft. »Eure Mutter ist wieder da.«

Die beiden starrten sie an, dann verzerrte sich Ecgfriths Gesicht plötzlich, und er lief los, direkt auf sie zu, und im nächsten Moment prallte er bereits weinend gegen ihren Körper. Die kleine Eadburh folgte ihm – sie verstand zwar nicht ganz, was vor sich ging, aber sie tat, was ihr Bruder tat. Und so hielt Drida endlich ihre beiden Kinder fest im Arm.

Sie konnte es nicht glauben. Endlich hatte sie sie wieder. Wie gut sie rochen, nach frisch gebackenem Brot und Kräutern, wie zart und weich ihre Körper sich anfühlten, wie seidig ihr Haar war.

»Ich habe euch so vermisst.« Die Tränen wollten nicht versiegen, sie bekam nichts mehr von dem mit, was um sie herum geschah, da waren nur diese beiden kleinen Wesen, die sie mit all ihrer Kraft festhielten und weinten. »Jetzt gehe ich nie wieder fort, Kinder. Ich schwöre es euch. Ich bleibe für immer hier.«

»Ihr habt die Königin aber schnell wiedergeholt«, hörte sie Eadburh wie aus weiter Ferne sagen. »Seid Ihr ein Zauberer?«

»Nur vom Herrn gesegnet, der mir eine lange Reise erspart hat.«

»Die Königin ist wieder da?!« Das war Finas Stimme.

Drida aber blickte nicht auf. Für sie war die Geräuschkulisse, vermischt mit dem Schluchzen und Atmen ihrer Kinder in ihren Armen, das Schönste auf der Welt. Sie hielt die Augen geschlossen, genoss den Moment, ließ sich im Glück treiben.

Aber dann wurde es plötzlich ganz still. Ein Schatten fiel auf sie. Drida blinzelte hoch und zuckte zusammen.

Offa stand über ihr, und sein Blick hätte tödlicher nicht sein können. Die Kinder schienen eine Veränderung zu bemerken, ihre Anspannung, denn sie lösten sich von ihr, drehten die Köpfe und sahen ebenfalls hoch.

»Vater!«, rief Ecgfrith aufgeregt und deutete auf Drida. »Mutter ist da!«

Offa sah schweigend auf sie hinab, schmerzhaft intensiv. Sie spürte all den Zorn, der in ihm brodelte, als übergieße er sie mit flüssigem Feuer.

So würdevoll wie möglich richtete sie sich auf, hielt seinem Blick stand und neigte schließlich das Haupt.

»Mein König.«

Es klang mehr wie eine Frage. Vielleicht, weil so viele Fragen in ihr brannten.

Offa strafte sie noch wenige lange Herzschläge lang mit seinem Blick, dann wandte er sich abrupt ab und ging zurück ins Haus, das wohl das des Reeves war.

»Das ist Offa?« Gerperga trat an ihre Seite, und das Grauen war ihrer Stimme anzuhören.

»Er ist … schwer kennenzulernen«, beschwichtigte Drida vielleicht mehr sich selbst als ihre Freundin, »aber er kann auch liebevoll und gütig und sanft sein.«

»Ich würde dir alles glauben. Nur das fällt mir schwer.«

»Er ist wütend auf mich. Ich habe es dir erzählt – ich bin ohne seine Zustimmung gegangen. Ich muss mit ihm sprechen.«

Gerperga war anzumerken, dass sie Drida am liebsten zurückhalten wollte. Das war auch nicht verwunderlich. Offa hatte noch gefährlicher ausgesehen als für gewöhnlich – vermutlich hatte er auch schon tage- oder wochenlang nicht mehr richtig geschlafen. Aber er war ihr angetrauter Gemahl, und sie musste die Sache bereinigen. Ihr Blick fiel auf Fina, die sich unter einem Dachvorsprung im Schatten hielt und sie mit einer Mischung aus Freude und Schuld ansah. Offensichtlich wagte sie sich nicht näher heran. Am liebsten wollte Drida auch sie in die Arme schließen, ihr danken und ihr sagen, dass alles gut war. Aber zuerst musste sie mit Offa sprechen.

Daher lächelte sie Fina nur beruhigend zu und ging schließlich mit entschlossenen Schritten auf das Haus zu, während sie die Blicke aller auf sich spürte. Sie streckte die Hand nach der Tür aus, sammelte all ihren Mut, als plötzlich Vater Herefrith herauskam und sie breit anlächelte.

Beinahe hätte sie geseufzt, so froh war sie, ihn zu sehen. Aber sie durfte sich nicht länger aufhalten, sonst wagte sie es am Ende gar nicht mehr.

»Ihr seid wirklich zurück!«, rief der Priester und wirkte, als wollte er sie am liebsten in den Arm nehmen oder auf und ab springen. »Unsere Gebete wurden erhört. Und das muss die Königswitwe Gerperga mit ihren Söhnen sein.« Neugierig sah er an Drida vorbei. »Wie habt Ihr das nur angestellt? Nun, das müsst Ihr mir alles in genauesten Einzelheiten erzählen.«

»Gerne, Vater, aber etwas später. Könntet Ihr Euch vielleicht um unsere Gäste … wobei, Gäste sind sie ja keine, sie bleiben ja hier …« Drida lächelte bei dem Gedanken, sich nicht mehr von Gerperga verabschieden zu müssen, und für einen kurzen, leichten Moment spürte sie keine Angst, auch nicht vor Offa. »Nun, könntet Ihr Euch um Gerperga und die Kinder kümmern, während ich mit dem König spreche?«

Herefrith schien ihr das Unbehagen anzumerken, denn er lächelte aufmunternd.

»Er freut sich sehr, dass Ihr wohlbehalten zurückgekehrt seid, Herrin. Die Sorge um Euch hat ihn beinahe aufgefressen. Das ist jetzt alles, was zählt. Dass Ihr wieder hier seid.«

Drida nickte und hoffte, dass er dies auch Offa gesagt hatte und der Sturm, der ihr gleich entgegenwehen würde, nicht ganz so schlimm wurde. Es gab keinen Grund für Offa, den Bruch zwischen ihnen zu heilen. Er könnte sie einfach fortschicken, in ein Kloster, oder zurück auf ihr Land, und sie würden getrennt voneinander leben. Er hatte seinen Erben und eine Tochter. Sie mussten nicht zurückfinden zu ihrer zarten, zerbrechlichen Verbundenheit, die in manchen Momenten, in denen sie zusammen waren, so stark und unerschütterlich wie ein Berg schien, und dann wieder so flüchtig, als könnte der Wind sie davonwehen.

Drida blickte nicht zurück, sie wollte keine besorgten Gesichter sehen. Und so trat sie energisch durch die Tür in der Längsseite des Hauses, das einer kleinen Halle glich.

Sie sah Offa sofort. Er stand mit dem Rücken zu ihr vor der Feuerstelle in der Mitte, um die leere Bänke standen. Bis auf ihn war niemand hier. Bestimmt hatten alle längst die Flucht ergriffen.

»Geh.«

Es war nur ein Wort, rau und unnahbar, und ließ sie in der offen stehenden Tür innehalten. Dann aber gab sie sich einen Ruck. So leicht durfte sie nicht aufgeben, und so zog sie die Tür hinter sich zu und machte ein paar zaghafte Schritte über den schilfbedeckten Boden auf Offa zu.

»Ich meine es ernst, Drida. Geh. Ich habe dir nichts mehr zu sagen und will auch nichts aus deinem Munde hören. Also geh, bevor ich nicht mehr an mich halten kann und tue, was ich wirklich will.«

Drida zwang sich, ruhig weiter ein- und auszuatmen, nicht zurückzuweichen.

»Und was wäre das?«

»Dir wehtun. Dich schütteln, dich festhalten, dich …« Seine Hände an seinen Seiten ballten sich zu Fäusten, und dann streckte er sie wieder. »Bitte. Ich will dir nicht wehtun, aber ich bin so voller Zorn, also verschwinde …«

»Ich hatte keine andere Wahl.«

»Drida!«

Er fuhr zu ihr herum und zeigte mit dem Finger auf sie, warnend, während in seinen Augen das stille Rasen zu erkennen war. »Hörst du mich denn gar nicht? Ist jedes meiner Worte für dich bedeutungslos?«

»Nein.«

Sie kämpfte gegen den Drang an, sich entweder umzudrehen und das Weite zu suchen oder auf ihn zuzugehen und seine Nähe zu finden. Also verharrte sie bewegungslos und überlegte, was sie sagen sollte. Aber im Grunde hatte sie doch längst alles ausgesprochen. Er kannte all ihre Beweggründe, und sie kannte seine. Es gab keine Worte mehr, und die Angst, ihn zu verlieren, schnürte ihr die Kehle zu. Sie war endlich hier, wirklich hier – sie stand nicht länger auf der Brücke zwischen zwei Welten. Sie konnte ganz und gar sein werden. Doch sie wusste nicht, wie sie ihm das begreiflich machen sollte.

»Offa …«, begann sie, aber ehe sie weitersprechen konnte, stürmte er an ihr vorbei und hinaus aus der Hütte.

Drida schnappte nach Luft, sie glaubte zu ersticken. Fassungslos fuhr sie herum und starrte durch die offene Tür auf die sonnenbeschienene Straße hinaus.

Er war wirklich weg. Sie hatte ihn verloren.

Offa ritt aus der Stadt hinaus, so schnell, dass keine seiner Wachen Zeit hatte, ihm noch hinterherzueilen. Er musste allein sein, er musste klare Gedanken finden, und das konnte er nicht, während Drida in seiner Nähe war.

Eine Weile folgte er der Römerstraße, froh darüber, kaum noch einem Menschen zu begegnen, aber er fühlte sich immer noch zu ausgeliefert, zu leicht zu finden, und so lenkte er seinen Rappen den Hang hinunter in den Wald.

Kühle, klare Luft umgab ihn, die Bäume hüllten ihn ein, und er musste langsamer reiten, als sich das Gestrüpp verdichtete. Hier sollte er ausreichend Ruhe finden, um wieder klar denken zu können. Aber sein Herzschlag wollte sich nicht beruhigen, seine Hände zitterten.

Sie war zurück.

Ihr war nichts passiert. Es ging ihr gut.

Sie hatte ihn verlassen. Jetzt war sie wieder da.

Offa wusste nicht, was er denken oder fühlen sollte. Da war das Gefühl, verraten worden zu sein, und zugleich Erleichterung, Zorn und Liebe. Er wusste nicht, wie es ihm gelungen war, sie nicht an sich zu ziehen, zu küssen, festzuhalten, zu schütteln, anzuschreien und wieder zu küssen. Natürlich verstand er, warum sie das Gefühl gehabt hatte, es tun zu müssen, und trotzdem …

Sie hatte eine Entscheidung gefällt, die gegen ihn gefallen war. Und jetzt kam sie zurück und wollte so tun, als wäre nie etwas gewesen! Wie sollte er ihr je wieder vertrauen? Jeden wachen Augenblick fürchtete er, sie könnte ihn für immer verlassen, und nachts träumte er davon. Nun hatte sie es getan, sie war fortgerannt. Aber wiedergekommen. Was davon wog schwerer?

Ein Rascheln riss seine Aufmerksamkeit zu den Farnen an seiner Seite. Im ersten Moment dachte er, seine Wachen hätten ihn gefunden, allen voran Leofric. Aber da war etwas Kleines, das sich im Dickicht versteckte.

Ein leiser, hoher Laut erklang, und Offa verengte die Augen, versuchte Genaueres auszumachen. Vorsichtig schwang er sich aus dem Sattel, klopfte seinem unruhig werdenden Rappen den Hals und ging näher heran.

Im nächsten Moment sprang ein graues Etwas heraus, starrte ihn kurz an und rannte schließlich davon.

Offa entwich die Luft mit einem Keuchen. Das war ein junger Wolf gewesen! Sein erster Instinkt war es, ihm hinterherzulaufen. Aber er konnte nicht mehr sehen, wohin das Tier verschwunden war. Ein wahrhaftiger Wolf! So lange schon hatte er keinen mehr zu Gesicht bekommen, zuletzt zusammen mit Drida …

Bilder fluteten über ihn hinweg. Drida allein auf der Pilgerstraße, ein Wolf an ihrer Seite. Schon damals hatte er gewusst, dass sie etwas Besonderes war, dass ihre Schicksale sich verknüpfen würden. Drida im See. Er dachte daran, wie sehr es ihn zu ihr hingezogen hatte, daran, wie Albträume sie gefoltert hatten und er sie festgehalten hatte. Der enorme Drang, sie zu beschützen, war über ihn gekommen. Ihre Vermählung und die Kirche von Wininicas. Dort hatte er zum ersten Mal Zugang zu ihr gefunden, Hoffnung war über ihn gekommen, dass sie tatsächlich sein werden könnte, dass sie irgendwann seine Gefühle erwiderte. Und dann war da Oswaldestroe gewesen. Allein der Gedanke an den Moment, in dem sie sich ihm das erste Mal voll und ganz hingegeben hatte, war schmerzhaft und schön zugleich.

Nichts wollte er lieber, als dorthin zurückzufinden. Aber er wusste nicht, ob das möglich war, ob sie überhaupt je sein gewesen war. Warum war er in diese Falle getappt, wieso hatte er sich erlaubt, derart zu fühlen? Wie ließ es sich wieder abstellen?

Er war der mächtigste König Britanniens, und irgendwann würde es ihm gelingen, alle angelsächsischen Königreiche unter sich zu vereinen. Er würde der erste König aller Angelsachsen werden. Aber das konnte er nur mit Drida an seiner Seite.

Ein frustrierter Laut entfuhr ihm. Er strich sich mit beiden Händen übers Gesicht und kämpfte gegen den kindischen Drang, sein Schwert zu ziehen und auf die Bäume um sich herum einzuschlagen.

Es war zwecklos. Er wollte Drida bestrafen, aber indem er sie von sich fernhielt, bestrafte er sich nur selbst. Er musste zurück, zu ihr und zu seinen Kindern, und dann musste er alles dafür tun, sie nie wieder zu verlieren.

»Lass uns gehen«, seufzte er und klopfte dem Rappen den Hals. Er nahm die Zügel in eine Hand und wollte aufsteigen, als ein neuerliches Rascheln ihn innehalten ließ.

Dieses Mal kam es von hinten. Offa fuhr herum, und sein Herz verlor den Takt.

»Wie hast du mich gefunden?«

Seine Stimme klang rau, als hätte er tagelang nicht gesprochen.

Drida stieg von der weißen Mähre und zeigte hinter sich, ihr Blick wachsam und nervös.

»Das wirst du mir nicht glauben.«

»Versuch es.«

Er wollte gefühllos klingen, als würde nicht allein ihr Anblick ihn zum Beben bringen.

Drida ließ ihr Pferd los und kam langsam auf ihn zu, auf jeden Schritt bedacht. Ihre Kleider und der Umhang strichen über die Farne, in jeder ihrer Bewegungen lag Anmut.

»Da war ein Wolf«, flüsterte sie und sah ihm prüfend in die Augen. In diesem Moment erinnerte sie ihn wieder an ihre erste Begegnung auf der Pilgerstraße. »Er rannte direkt über die Straße, hierher in dieses Waldstück. Ich bin ihm hinterhergeritten, ich weiß nicht, warum. Und dann warst du plötzlich hier.«

Offa ballte die Hände zu Fäusten. Sie kam immer näher, und er wollte ihr sagen, sie solle stehen bleiben, aber er konnte es nicht. Sein Körper war ein Verräter, erlaubte ihm noch nicht einmal Worte.

Entschlossen ging sie auf ihn zu, sie ignorierte seine Anspannung. Und dann stand sie direkt vor ihm, blickte zu ihm auf. Ihr vertrauter Duft nach Blumen stieg ihm in die Nase, vermischt mit dem des Meeres.

Die Zeit schien sich zu dehnen, alles passierte ganz langsam. Sie hob ihre Hand an seine Brust, ließ sie nach oben gleiten bis in seinen Nacken. Feuer toste durch ihn hindurch. Sie hob sich auf die Zehenspitzen, sah ihm in die Augen, und dann lagen ihre Lippen auf seinen.

Offa glaubte zu zerspringen. Er packte ihre Schulter, er musste sie wegstoßen … Aber stattdessen zog er sie näher an sich heran. Die Wucht der Gefühle, die er für sie hatte, beängstigte ihn, aber er konnte sich nicht länger dagegen wehren.

»Ich liebe dich, Offa.«

Sie löste sich nur wenig von ihm, ihr Atem strich über seine Lippen, und sein Herz drohte zu zerspringen.

»Du bist mein Gemahl, mein König, mein Herz und meine Seele. Und ich bin deine Königin. Von diesem Tage an ganz und gar dein.«

Sie küsste ihn erneut, und Offa hielt sie, so fest er nur konnte. Seine Finger gruben sich in ihre Knochen, er fürchtete, ihr wehzutun, aber er konnte sich nicht unter Kontrolle bringen, ebenso wenig wie sie es konnte. Auch Drida klammerte sich fast schon schmerzhaft an ihn.

Und Offa wusste, sie würden wieder zueinanderfinden.

Sacht löste er sich von ihr, lehnte seine Stirn gegen ihre, seine Hand hob sich an ihre Wange.

»Ich dachte, du wärst tot, Drida. Du hättest im Frankenreich auch sterben können. Ich dachte, ich hätte dich verloren.«

Drida beugte sich vor, berührte seine Lippen sanft mit ihren – eine Antwort, die mehr sagte, als Worte es im Moment tun könnten. Sie bedeuteten mehr als alle Versprechen. Sie verschränkte ihre Finger mit seinen und hob sie hoch an ihr Herz.

Die Anspannung wich aus seinem Körper und verließ auch den ihren. Da blieb nur Erleichterung und Hoffnung.

Dieses Mal war er es, der sie küsste. Innig, verbunden, im Wissen, dass sie einander gehörten. Für immer.

NACHWORT

Mit diesem Roman habe ich mich zeitlich in gänzlich neue Gefilde begeben, was für mich eine spannende und aufregende Reise war. Die vier Bände rund um das Geschlecht der Geraldines im Hochmittelalter lagen hinter mir, und ich wusste: Für mein neues Projekt gehe ich in der Zeit entweder nach vorn oder zurück. England und Wales wollte ich unbedingt treu bleiben, und die Leser meiner Romane wissen schon, dass ich am liebsten über Figuren schreibe, die tatsächlich gelebt haben. Die Historie bietet so beeindruckende, wundervolle Geschichten, denen Leben einzuhauchen meine große Leidenschaft ist.

Bald stieß ich auch auf Offa, der mich genauso wie Drida von Anfang an faszinierte. Ich war schon immer ein Fan des Frühmittelalters, seien es Geschichten rund um König Arthur, die Wikingereinfälle oder auch *Beowulf*. Und gerade Letztere spielte für diesen Roman eine große Rolle.

Die Recherche stellte mich aber auch vor große Herausforderungen. Über die Angelsachsen zur Zeit der normannischen Eroberung sowie zuvor über die Zeit unter Alfred dem Großen ist verhältnismäßig viel bekannt, und so ist es möglich, ein authentisches, buntes Bild der damaligen Zeit zu zeichnen. Das lässt sich über Offas Jahre – und generell über die früheren angelsächsischen Jahre – leider nicht behaupten. So war es auch nicht leicht, das Herrschaftssystem zu Offas Lebenszeit nachzuvollziehen – was den Historikern bis heute leider auch kaum gelungen ist. Das liegt vor allem daran, dass Bezeichnungen wie *Ealdorman* (Aldermann), *Thane, Reeve* und andere Amtstitel zu Alfreds und späteren Zeiten oft eine andere Bedeutung hatten als früher. Auch in den einzelnen Königreichen gab es innerhalb derselben Zeitspanne Unterschiede, was das Aufgabengebiet der einzelnen Ämter betraf. Besonders die lateinischen Bezeichnungen der Ämter von den jeweiligen Urkunden der angelsächsischen Gebrauchssprache zuzuordnen stellte sich als fast unmöglich heraus. Genauso gestaltet es sich bei Bezeichnungen wie *Witan*, die erst später aufkamen, auch wenn es zuvor schon solche Versammlungen »der Weisen« gab. Ealdormen kamen auf, als kleinere Königreiche wie etwa das der Hwicce von den größeren wie Mercia einverleibt wurden. Anfangs blieben die Herrscher dieser kleinen Königreiche laut den Aufzeichnungen noch *reges* (Könige), *subreguli* (Klein- oder Unterkönige) oder *principes* (Prinzen bzw. Fürsten). Zu Offas Zeiten kamen aber in den Urkunden auch die Bezeichnungen *praefecti* (Präfekten), *comites* (Grafen) und *duces* (Herzöge) auf, die in der Mundart *Aldermänner* genannt wurden. Diese Aldermänner hielten für den König meist ein großes Gebiet wie ein ehemaliges Königreich, ähnlich den späteren Earls, die ein Shire (eine Grafschaft) hielten; während die Reeves über eine einzelne Stadt herrschten, aber auch – besonders bei großen, einflussreichen Städten wie London oder Canterbury – zu beeindruckendem Wohlstand kamen und über einen eigenen großen Haushalt verfügten.

Mit der Zeit vor den Wikingereinfällen und der normannischen Eroberung haben sich noch nicht viele Schriftsteller beschäftigt. Umso aufregender fand ich es, mich tief in die Materie zu wühlen und nach und nach ein klareres, für mich logisches Bild zu zeichnen.

Kommen wir also zur Frage: Was ist Wahrheit, was Fiktion? Eine Frage, die sich nie so einfach beantworten lässt – umso weniger, je weiter man in der Zeit zurückgeht. Aber ich werde versuchen, Ihnen zu erzählen, was ich von Überlieferungen und Legenden übernommen habe und was gänzlich meiner Fantasie entsprungen ist.

Beginnen wir mit Offa, über dessen Kindheit und Jugend nichts bekannt ist. Ich habe schon eine Verbindung zu *Beowulf* erwähnt, denn in diesem Epos kommt ein gewisser Offa vor, der auch noch eine Frau namens Tryth hatte (ähnlich Drida bzw. Cynethryth, wie sie auch genannt wurde). Diese Tryth soll sehr grausam gewesen sein, und auch unserer Drida wird in der Historie viel Böses unterstellt, was hoffentlich in einem weiteren Roman über die nächste Generation Platz findet. Wurde *Beowulfs* Tryth von der historischen Drida beeinflusst? Dagegen spricht, dass *Beowulf* vor der Lebenszeit unserer Charaktere geschrieben wurde. Es wäre allerdings möglich, dass die Geschichte von Offa und Tryth später hinzugefügt wurde. Alcuin of York zumindest lobte Dridas Frömmigkeit, und da damals viele Frauen »Tryth« in ihren Namen trugen, muss hier nicht unsere Drida gemeint gewesen sein. Eher deutet vieles darauf hin, dass *Beowulfs* Offa derjenige war, der viele Jahrhunderte vor »unserem« lebte, und dass von »unserer« Drida wegen der grausamen Frau des ersten Offa auch ein negatives Bild gezeichnet wurde.

Die Geschichte des ersten Offa habe ich in diesem Roman ebenfalls erwähnt – Sie erinnern sich an die Szene in der Kirche, in der Offa Drida von seinem Vorfahren und dessen wichtigem Schwertkampf »zwei gegen einen« erzählte. Im Roman nannte ich ihn zur besseren Abgrenzung zu unserem Helden Uffo, da sein Name auch historisch manchmal so geschrieben wurde.

Eine sehr interessante Quelle bei meiner Recherche war

auch die *Vitae duorum Offarum* – »die Leben der zwei Offas« –, geschrieben von einem Mönch in St. Albans, einem Kloster, das unser Offa stiftete. Die Geschichte des ersten Offa kennen Sie ja jetzt. Sie hat große Ähnlichkeiten zu *Beowulfs* Offa. Beim zweiten Offa kann es sich dann nur um unseren Protagonisten handeln, da er zur Zeit Karls des Großen lebte. Offas Wunderheilung und sein ursprünglicher Name Winfrith werden in diesem Werk erwähnt.

Man geht davon aus, dass Offa aus dem Stamm der Hwicce stammte. Seinem Großvater Eanwulf wurde tatsächlich Land im heutigen Bredon vermacht, wo er eine Abtei errichtete. Dort beginnt unsere Geschichte. Offas Heimatdorf nannte ich aber nicht Bredon (bzw. Breodun nach alter Schreibweise), sondern Averdun, mit Hinblick auf die Nähe zum Fluss Avon. Diese Namensänderung entstand, um Ihnen das Lesen leichter zu machen, da Breodun sehr ähnlich wie der Name von Offas Gegenspieler Beornred klingt.

Der Angriff der Waliser auf Averdun hat so nie stattgefunden, Raubzüge über die Grenze waren damals jedoch keine Seltenheit. Ob Offa vor seiner Zeit als König Aldermann war, wie sein Verhältnis zu seinen Eltern oder auch zum König aussah, ist leider nicht überliefert. Auch über König Æthelbald ist nicht viel bekannt, außer dass er für die damalige Zeit ungewohnt lange und erfolgreich regierte. Und natürlich können wir vieles aus dem Brief von Bischof Bonifatius ableiten. Denn diesen habe ich tatsächlich so übernommen, wie er überliefert ist. Auch soll der Priester Herefrith tatsächlich den Auftrag gehabt haben, den König zur Vernunft zu bringen.

Offa habe ich zu einem erfolgreichen Kriegsherrn gemacht, da es für mich nur so logisch ist, dass er König wurde – in einer Zeit, in der es tatsächlich noch keine geregelte Erbfolge gab, sondern ein König aus allen männlichen Verwandten des vorherigen Herrschers gewählt wurde. Oder die Krone durch Waffengewalt an sich brachte.

So wie Beornred es getan hat. Denn König Æthelbald wurde tatsächlich von seiner Leibwache im Schlaf ermordet, woraufhin Beornred die Krone an sich nahm. Dabei ist aber nicht gesichert, ob Beornred an dem Mord tatsächlich beteiligt war. Den Posten als Befehlshaber der Leibwache habe ich ihm gegeben, da kaum etwas über ihn bekannt ist. Er soll nur für eine kurze, unglückliche Zeit regiert haben, bis Offa ihn besiegte. Beornred floh aus dem Land, und was danach mit ihm geschah, ist nicht überliefert. Daher schickte ich ihn ins Exil ins Frankenreich.

Hier kommen wir zum zweiten wichtigen Part des Romans:

Drida ist wirklich eine unglaublich spannende Figur, auch wenn man heute nicht mehr genau sagen kann, woher sie stammte. War sie eine angelsächsische Noble? Oder doch aus dem Frankenreich? Im Werk *Vitae duorum Offarum* wird geschrieben, dass sie dem Geschlecht der Karolinger angehörte. Leider sind aber keine Details genannt, in welcher Verbindung genau sie zu Karl stand. Deshalb machte ich sie zu einer illegitimen Tochter von König Pippins Halbbruder Grifo. Dieser wurde tatsächlich von Pippins Männern im Machtkampf um die alleinige Herrschaft getötet.

Es ist auch überliefert, dass die Brüder Karl und Karlmann kein gutes Verhältnis zueinander hatten, und so fanden die politischen Verstrickungen im Frankenreich im Großen und Ganzen auch tatsächlich so statt, wie im Roman erzählt. Die Frage, ob Karl an Karlmanns Tod schuld war, stellten sich naturgemäß viele, aber Karls Chronist streitet dies natürlich ab. Wie wir wissen: Es sind immer die Sieger, die die Geschichte schreiben.

Dridas Reise übers Meer und die Tatsache, dass sie dann auch noch ausgerechnet in Wales landet – eine nicht unerhebliche Strecke –, mag Ihnen wie eine Passage aus einem Fantasy-Roman vorkommen. Tatsächlich habe ich mir diese Geschichte aber nicht ausgedacht. Sie steht so in dem schon angesprochenen Werk über Offas Leben: Die schöne, aber grausame Drida wurde von König Karl für ihre Verbrechen verurteilt (welche, wird nicht erwähnt) und aufgrund ihrer hohen Geburt nicht zum Tode verurteilt, sondern in einem Boot ohne Segel und Ruder ausgesetzt. Sie landet an der walisischen Küste und gelangt schließlich zu Offa. Ihm erzählt sie, dass ihr Verbrechen lediglich die Verteidigung ihrer Unschuld war, und so wird sie in die Obhut von Offas Mutter Marcellina gegeben. Offa verliebt sich in sie und heiratet sie.

An dieser Stelle muss auch gesagt werden, dass der Verfasser dieser Geschichte, der Mönch aus St. Albans, Drida Taten anhängt, die in Wahrheit wohl von Offa begangen wurden – aber es ging darum, den Namen des Klosterstifters reinzuhalten. Und starke Frauen waren ja sowieso verpönt. In Verbindung mit der Geschichte der grausamen Gemahlin des ersten Offa ließ sich da eine gute Parallele ziehen. Vergessen wir nicht, dass dieses Werk Jahrhunderte nach Offas und Dridas Lebzeiten geschrieben wurde und dass Dridas Zeitgenossen sie nur lobten.

Inwiefern man nun die Geschichte rund um Offas Wunderheilung sowie Dridas Reise übers Meer ernst nehmen kann, ist natürlich fraglich. Stufen wir sie einfach als Legenden ein. Aber auch für solche sollte in einem Roman Platz sein, schließlich spiegeln sie auch die Denkweise und den Glauben von damals wider.

Tatsächlich hatte Drida an Offas Hof eine ungewöhnlich hohe Stellung. Die Frau eines Königs zur Königin zu krönen war damals nicht gang und gäbe. Auch ließ Offa Münzen in Dridas Namen prägen – damit ist sie die einzige angelsächsische Königin mit eigenen Münzen. In Briefen wird sie »Verwalterin des königlichen Haushalts« genannt, und sie hat einige Urkunden unterzeichnet. Gerade diese stellten mich aber vor ein paar Schwierigkeiten, denn Drida und ihre Kinder sollen bereits Urkunden bezeugt haben, als Karl gerade erst König geworden war. Drida konnte da noch gar keine mündigen Kinder gehabt haben, denn zu diesem Zeitpunkt war sie erst von Karl verurteilt und ausgesetzt worden. Wenn ich mir ansehe, in welchem Jahr zum Beispiel Dridas Tochter eine Urkunde unterzeichnet haben soll und in welchem Jahr diese Tochter heiratete, dann passt auch das nicht ganz zusammen, denn ihre Tochter wäre dann bei ihrer Vermählung für die damalige Zeit schon unüblich alt gewesen. Daher ergab für mich die zeitliche Reihenfolge, wie ich sie in meinem Roman dargestellt habe, am meisten Sinn.

Natürlich kann man heute nicht sagen, welche Beweggründe Offa hatte, seiner Frau eine so hohe Stellung zu geben. War es wirklich die große Liebe, wie in manchen Quellen beschrieben – oder der Wunsch, seinen Nachkommen mehr Legitimität zu verleihen und somit eine für damals unübliche, reibungslose Erbfolge zu sichern? Vielleicht war es eine Kombination aus beidem. Auf jeden Fall soll Offa sich sehr für die Bildung eingesetzt haben, und Alcuin of York schickte ihm auf seine Anfrage hin auch einen Gelehrten, dem mehrere Schüler unterstellt werden sollten.

Wie Offa und Brochfael zueinander standen, ist leider nicht überliefert. Allerdings war es unter Brochfael tatsächlich sehr lange ruhig, und er hielt die meiste Zeit Frieden. Offas Schwester Eadburh ist eine fiktive Figur, mit der ich die beiden Herrscher miteinander verbunden habe. Wie Brochfael gestorben ist, weiß heute leider niemand, daher habe ich es auch im Roman offengelassen.

Tatsächlich überliefert ist aber Offas Beziehung zu Karl dem Großen. Offa eiferte ihm wohl sehr nach. Es ist auch noch ein Briefwechsel zwischen den beiden erhalten; darin geht es um Geschenke und um den Handel.

Leider weiß man nicht, was aus Gerperga und ihren Söhnen wurde. Sie fielen in Verona in Karls Hände, und danach hörte man nie wieder etwas von ihnen. Manche nehmen an, dass sie in Klöster geschickt wurden, andere gehen vom Schlimmsten aus. Ich habe mich dazu entschlossen, den dreien einen Neuanfang in Mercia zu geben.

Auch Offas Wall ist ein großes Thema und eigentlich das, was ihn so berühmt gemacht hat. *Offa's dyke* steht in Abschnitten noch heute. Mich faszinierte es von Anfang an, wie es den Menschen damals gelungen ist, etwas zu schaffen, das mehr als ein Jahrtausend überdauern sollte.

Aber es gibt noch etwas, das Offa einzigartig macht und was dem Buch seinen Namen verliehen hat: Nicht nur mit Krieg und Kampf, sondern auch mit geschickter Heiratspolitik für seine Kinder gelang es Offa schließlich, Einfluss auf so gut wie alle angelsächsischen Königreiche auszuüben. Daher wird er von vielen als erster König Englands gesehen.

Aber all das ist Stoff für eine andere Geschichte, die ich hoffentlich auch bald erzählen darf.

DANKSAGUNG

Die Geraldines hinter mir zu lassen war nicht ganz leicht. Ursprünglich hatte ich vor, chronologisch mit der Geschichte von Wales weiterzumachen. Ich wurde allerdings ermutigt, etwas gänzlich anderes zu beginnen, und so fand ich Offa und Drida. Ein großes Dankeschön also an meine Agentur, insbesondere Herrn Molden, und an meine Lektorin Maria Runge, die mich bei der Ideenfindung und auch beim weiteren Verlauf begleitet haben. Dieses Mal durfte ich auch noch mit einer weiteren Lektorin zusammenarbeiten, Eva Wagner, mit der das Feilen an der Geschichte großen Spaß gemacht hat.

Auch bei den Lesern möchte ich mich gerne bedanken, die mir so oft Nachrichten zukommen lassen und sich schon so auf neue Geschichten freuen, dass ich nie die Motivation verlieren könnte. Und natürlich gebührt ein riesiger Dank meiner Familie und meinen Freunden.

Autorin

Sabrina Qunaj wurde im November 1986 geboren und wuchs in einer Kleinstadt in der Steiermark auf. Nach der Matura an der Handelsakademie arbeitete sie als Studentenbetreuerin in einem internationalen College für Tourismus, ehe sie eine Familie gründete und das Schreiben zum Beruf machte. Sabrina Qunaj lebt mit ihrem Mann und ihren zwei Kindern in der Steiermark.

Sabrina Qunaj im Goldmann Verlag:

Die Geraldines-Reihe
Die Tochter des letzten Königs. Historischer Roman
Das Blut der Rebellin. Historischer Roman
Der Ritter der Könige. Historischer Roman
Die fremde Prinzessin. Historischer Roman

(alle auch als E-Book erhältlich)

GOLDMANN
Lesen erleben